文学賞受賞作品総覧 小説篇

日外アソシエーツ

Catalog of Prize Works

Japanese Novels

Edited by

Nichigai Associates, Inc.

©2016 by Nichigai Associates, Inc.

Printed in Japan

本書はディジタルデータでご利用いただくことが
できます。詳細はお問い合わせください。

●編集担当● 木村 月子

刊行にあたって

　文学賞は、いつの時代もその世相を反映しながら話題となり大き
な関心が寄せられるものであるが、長く継続している賞もあれば短
期間で終了してしまう賞などその移り変わりも激しい。受賞情報や
受賞作家の作品一覧などは、これまでも小社が「賞の事典」シリー
ズなどを刊行してきたが、明治期から通覧できるというツールは存
在していなかった。

　本書は、明治時代以降に国内で実施された主要な文学賞受賞作品
の中から、小説に関わる 338 賞の受賞作品 7,549 点を収録、受賞者
ごとに受賞作品を一覧できる作品目録である。明治期から大正期の
文壇登竜門的存在であった「『万朝報』懸賞小説」、定番の「芥川龍
之介賞」「直木三十五賞」、「『このライトノベルがすごい！』大賞」
「本屋大賞」といった近年創設された文学賞受賞作品までを対象と
しており、純文学、歴史・時代小説、SF、ホラー、ライトノベル
まで幅広く収録した。また、受賞作品が掲載された比較的入手しや
すい図書の書誌データを示し、巻末に作品名索引を付すことで利用
の便を図っている。

　本書が、小説を愛する読者のためのガイドとして、また作家研究
のためのツールとして活用されることを期待する。

　　2015 年 12 月

　　　　　　　　　　　　　　　　　　　　日外アソシエーツ

目　次

凡　例 …………………………………………………………… (6)

文学賞受賞作品総覧　小説篇 ……………………………… 　1

作品名索引………………………………………………… 577

凡　　例

1. 本書の内容

　本書は、明治期から 2015 年（平成27年）までの期間に、日本国内で実施された小説に関する賞 338 賞の受賞作品の目録である。

2. 収録対象

　明治から現代まで、純文学、歴史・時代小説、SF、ホラー、ライトノベルまで日本の小説に関わる賞を収録した。

3. 記載事項・排列など

（1）受賞者名
　・いずれの作品もまず受賞者名で排列した。見出しとした受賞者名は 5,663 件である。
　・受賞者名にはひらがなで読みを付したが、受賞者名が民族読みの場合はカタカナで表記した。
　・受賞者名は姓と名で分け、姓の読み・名の読みの五十音順とした。団体名はすべて姓とみなして排列した。
　・排列にあたっては、濁音・半濁音は清音扱いとし、ヂ→シ、ヅ→スとみなした。また拗促音は直音扱いとし、長音（音引き）は無視した。

（2）作品番号・作品名
　・同一受賞者の作品は作品名の読み順に排列した。作品名の冒頭には索引用の番号を付した。収録した作品数は 7,549 点である。

（3）受賞データ（回次／受賞年／部門／席次）
　・受賞データは受賞年順に記載した。

（4）図書データ
　・作品を収録した図書が刊行されている場合には、その書名、巻次、著者、出版者、出版年月、ページ数、大きさ、叢書名、定価（刊行時）、ISBN などを記載した。

・見出しの受賞者と図書データの著者が一致している場合、図書の著者名は省略した。
・図書データの記載は原則刊行年月順とした。2015年12月までに刊行された9,886点を収録した。

4. 作品名索引

受賞作品名をその五十音順に排列し、作者名を（　）で補記した。本文における所在は作品番号で示した。

5. 参考資料

記載データは主に次の資料に依っている。
「出版年鑑」出版ニュース社
「増補改訂 新潮日本文学辞典」新潮社
「日本近代文学大事典」講談社
「文学賞事典」日外アソシエーツ
「bookplus」
「JAPAN/MARC」

6. 収録賞名一覧

愛のサン・ジョルディ賞
アガサ・クリスティー賞
芥川龍之介賞
朝日時代小説大賞
朝日新人文学賞
「朝日新聞」懸賞小説
あさよむ携帯文学賞
中・近世文学大賞
文の京文芸賞
鮎川哲也賞
池内祥三文学奨励賞
泉鏡花記念金沢市民文学賞
泉鏡花文学賞
一葉賞
伊藤整文学賞
岩手日報文学賞
潮賞
江戸川乱歩賞
エンタテイメント小説大賞
大江健三郎賞
大阪朝日新聞懸賞小説
大阪女性文芸賞
大藪春彦賞
岡山・吉備の国「内田百間」文学賞
大佛次郎賞
織田作之助賞
オール讀物新人賞
オール讀物推理小説新人賞
女による女のための R-18 文学賞
海燕新人文学賞
「改造」懸賞創作
海洋文学大賞
学園小説大賞
学生小説コンクール

カドカワエンタテインメント
　　Next 賞
角川学園小説大賞
角川小説賞
角川つばさ文庫小説賞
角川春樹小説賞
角川ビーンズ小説大賞
河合隼雄物語賞
河出長編小説賞
川端康成文学賞
関西文学賞
関西文學新人賞
関西文学選奨
菊池寛賞
北区内田康夫ミステリー文学賞
北日本文学賞
木山捷平短編小説賞
木山捷平文学賞
九州芸術祭文学賞
「きらら」文学賞
近代文学賞
具志川市文学賞
グルメ文学賞
くろがね賞
黒豹小説賞
群像新人長編小説賞
群像新人文学賞
芸術祭奨励賞
芸術祭文部大臣賞
芸術選奨
幻影城新人賞
幻想文学新人賞
幻冬舎 NET 学生文学大賞
健友館文学賞

航空朝日航空文学賞
航空文学賞・航空総監賞
講談倶楽部賞
神戸女流文学賞
神戸文学賞
国際短篇小説コンクール
国鉄文学賞
コスモス文学新人賞
古代ロマン文学大賞
小谷剛文学賞
『このミステリーがすごい!』大賞
『このライトノベルがすごい!』大賞
コバルト・ノベル大賞
堺自由都市文学賞
作品賞
さくらんぼ文学新人賞
作家賞
「サンデー毎日」懸賞小説
サンデー毎日小説賞
サンデー毎日新人賞
「サンデー毎日」大衆文芸
サントリーミステリー大賞
サンリオ・ロマンス賞
「時事新報」懸賞短編小説
時事文学賞
時代小説大賞
10分で読める小説大賞
柴田錬三郎賞
司馬遼太郎賞
自分史文学賞
島清恋愛文学賞
島田荘司選 ばらのまち福山ミステ
　　リー文学新人賞
社会新報文学賞
ジャンプ小説新人賞 (jump Novel
　　Grand Prix)

ジャンプ小説大賞
集英社創業50周年記念1000万
　　円懸賞小説
集英社ライトノベル新人賞
「週刊朝日」懸賞小説
週刊小説新人賞
週刊小説創刊記念懸賞小説
自由都市文学賞
12歳の文学賞
ジュニア冒険小説大賞
小学館文学賞
小学館文庫小説賞
小学館ライトノベル大賞〔ガガガ
　　文庫部門〕
小学館ライトノベル大賞〔ルルル
　　文庫部門〕
小説現代ゴールデン読者賞
小説現代新人賞
小説現代推理新人賞
小説現代長編新人賞
「小説ジュニア」青春小説新人賞
小説新潮賞
小説新潮新人賞
小説新潮長篇新人賞
「小説推理」新人賞
小説推理新人賞
小説すばる新人賞
小説フェミナ賞
小説宝石新人賞
「女性」懸賞小説
女流新人賞
女流文学者賞
女流文学賞
城山三郎経済小説大賞
「新小説」懸賞小説
新青年賞

(9)

深大寺短編恋愛小説「深大寺恋物語」　　谷崎潤一郎賞
新潮エンターテインメント新人賞　　　田村俊子賞
新潮エンターテインメント大賞　　　　地球賞
新潮社文学賞　　　　　　　　　　　　地上文学賞
新潮社文芸賞　　　　　　　　　　　　千葉亀雄賞
新潮新人賞　　　　　　　　　　　　　千葉文学賞
新潮ミステリー倶楽部賞　　　　　　　中央公論社文芸賞
新日本文学賞　　　　　　　　　　　　中央公論新人賞
新風舎出版賞　　　　　　　　　　　　中央公論文芸賞
新風舎文庫大賞　　　　　　　　　　　ちよだ文学賞
新風賞　　　　　　　　　　　　　　　坊っちゃん文学賞
新鷹会賞　　　　　　　　　　　　　　坪田譲治文学賞
親鸞賞　　　　　　　　　　　　　　　「帝国文学」懸賞小説
スニーカー大賞　　　　　　　　　　　電撃ゲーム小説大賞
スーパーダッシュ小説新人賞　　　　　電撃小説大賞
すばる文学賞　　　　　　　　　　　　電撃大賞
星雲賞　　　　　　　　　　　　　　　透谷賞
星新一ショートショート・コンテスト　透谷文学賞
せれね大賞　　　　　　　　　　　　　同人雑誌賞
戦後文学賞　　　　　　　　　　　　　東北北海道文学賞
全作家文学賞　　　　　　　　　　　　睫目反・文学賞
全作家文学奨励賞　　　　　　　　　　直木三十五賞
総額 2000 万円懸賞小説募集　　　　　中村星湖文学賞
創元 SF 短編賞　　　　　　　　　　　中山義秀文学賞
創元推理短編賞　　　　　　　　　　　夏目漱石賞
ソノラマ文庫大賞　　　　　　　　　　二千万円テレビ懸賞小説
大衆雑誌懇話会賞　　　　　　　　　　日経中編小説賞
大衆文芸懇話会賞　　　　　　　　　　日経懸賞経済小説
大衆文芸賞　　　　　　　　　　　　　日経小説大賞
ダイヤモンド経済小説大賞　　　　　　新田次郎文学賞
「太陽」懸賞小説及脚本　　　　　　　ニッポン放送青春文芸賞
大陸開拓文学賞　　　　　　　　　　　日本 SF 新人賞
ダ・ヴィンチ「本の物語」大賞　　　　日本 SF 大賞
ダ・ヴィンチ文学賞　　　　　　　　　日本医療小説大賞
多喜二・百合子賞　　　　　　　　　　日本海文学大賞
太宰治賞　　　　　　　　　　　　　　日本芸術院賞

日本ケータイ小説大賞
日本作家クラブ賞
日本推理サスペンス大賞
日本推理作家協会賞
日本ファンタジーノベル大賞
日本文学大賞
日本文芸家クラブ大賞
日本文芸大賞
日本冒険小説協会最優秀短篇賞
日本冒険小説協会大賞
日本ホラー小説大賞
日本ミステリー文学大賞新人賞
日本ラブストーリー＆エンターテ
　インメント大賞
日本ラブストーリー大賞
人間新人小説
農民文学有馬賞
農民文学賞
ノベルジャパン大賞
ノベル大賞
野間文芸賞
野間文芸奨励賞
野間文芸新人賞
野村胡堂文学賞
ハィ！ノヴェル大賞
パスカル短編文学新人賞
パピルス新人賞
ハヤカワSFコンテスト
ハヤカワ・ミステリ・コンテスト
パレットノベル大賞
美少女文庫新人賞
平林たい子文学賞
ファンタジア大賞
ファンタジア長編小説大賞
ファンタジーロマン大賞
フェミナ賞

フーコー短編小説コンテスト
富士見ヤングミステリー大賞
富士見ラノベ文芸賞
婦人公論文芸賞
双葉推理賞
ブックバード文学大賞
舟橋聖一顕彰青年文学賞
舟橋聖一文学賞
フラウ文芸大賞
部落解放文学賞
振媛文学賞
古本小説大賞
文学界賞
文學界新人賞
「文学評論」懸賞創作
文学報国賞
文学報国新人小説
「文化評論」文学賞
「文芸倶楽部」懸賞小説
「文芸」懸賞創作
文芸懇話会賞
「文藝春秋」懸賞小説
「文藝春秋」読者賞
文藝賞
「文芸」推薦作品
「文章世界」特別募集小説
文壇アンデパンダン
碧天文芸大賞
ボイルドエッグズ新人賞
「宝石」懸賞小説
宝石賞
宝石中篇賞
放送文学賞
北海道新聞文学賞
歿後五十年中島敦記念賞
北方文芸賞

ポプラ社小説新人賞
ポプラ社小説大賞
ホラーサスペンス大賞
ホワイトハート新人賞
本格ミステリ大賞
本にしたい大賞
本屋大賞
毎日芸術賞
毎日出版文化賞
松岡譲文学賞
松本清張賞
マドモアゼル女流短篇新人賞
マドモアゼル読者賞
マリン文学賞
満洲文話会賞
三島由紀夫賞
ミステリーズ！新人賞
三田文学賞
三田文学新人賞
水上滝太郎賞
南日本文学賞
ムー伝奇ノベル大賞
紫式部文学賞
問題小説新人賞
文部大臣賞
野性時代新人文学賞
野性時代青春文学大賞
野性時代フロンティア文学賞
山田風太郎賞
やまなし文学賞
山本周五郎賞
『幽』怪談文学賞
『幽』文学賞
ゆきのまち幻想文学賞
横溝正史賞
横溝正史ミステリ大賞

横光利一賞
吉川英治賞
吉川英治文学賞
吉川英治文学新人賞
読売文学賞
「万朝報」懸賞小説
ランダムハウス講談社新人賞
歴史群像大賞
歴史文学賞
歴史浪漫文学賞
「恋愛文学」コンテスト
労働者文学賞
ロータス賞
ロマン大賞
早稲田文学新人賞
わんマン賞
BE・LOVE 原作大賞
Bunkamura ドゥマゴ文学賞
C★NOVELS 大賞
FNS レディース・ミステリー大賞
HJ 文庫大賞
H 氏賞
MF 文庫 J ライトノベル新人賞
NHK 銀の雫文芸賞
YA 文学短編小説賞

文学賞受賞作品総覧

小説篇

【あ】

藍 あずみ あい・あずみ

0001 「交響詩「一騒乱」」
◇コバルト・ノベル大賞（第21回/平成5年上/佳作）

阿井 渉介 あい・しょうすけ

0002 「第八東龍丸」
◇小説現代新人賞（第35回/昭和55年下）

逢上 央士 あいうえ・おうじ

0003 「オレを二つ名（そのな）で呼ばないで！」
◇『このライトノベルがすごい！』大賞（第3回/平成24年/優秀賞）
「オレを二つ名（そのな）で呼ばないで！」宝島社 2012.10 300p 16cm（このライトノベルがすごい！文庫 あ-2-1）648円 ①978-4-8002-0274-1
「オレを二つ名（そのな）で呼ばないで！ 2」宝島社 2013.1 300p 16cm（このライトノベルがすごい！文庫 あ-2-2）648円 ①978-4-8002-0645-9
「オレを二つ名（そのな）で呼ばないで！ 3」宝島社 2013.5 298p 16cm（このライトノベルがすごい！文庫 あ-2-3）648円 ①978-4-8002-0971-9
「オレを二つ名（そのな）で呼ばないで！ 4」宝島社 2013.9 298p 16cm（このライトノベルがすごい！文庫 あ-2-4）562円 ①978-4-8002-1719-6
「オレを二つ名（そのな）で呼ばないで！ 5」宝島社 2014.1 227p 16cm（このライトノベルがすごい！文庫 あ-2-5）648円 ①978-4-8002-2182-7

藍上 ゆう あいうえ・ゆう

0004 「ドS魔女の×××」
◇『このライトノベルがすごい！』大賞（第2回/平成23年/優秀賞）
「ドS魔女の×××」宝島社 2011.10 265p 16cm（このライトノベルがすごい！文庫 あ-1-1）648円 ①978-4-7966-8633-4

相内 円 あいうち・えん

0005 「すてっち！―上乃原女子高校手芸部日誌」
◇ノベルジャパン大賞（第4回/平成22年/金賞）
「すてっち！」ホビージャパン 2010.7 250p 15cm（HJ文庫 249）619円 ①978-4-7986-0083-3
「すてっち！ 2」ホビージャパン 2010.9 245p 15cm（HJ文庫 257）638円 ①978-4-7986-0112-0

アイカ

0006 「ブタになったお姉ちゃん」
◇角川つばさ文庫小説賞（第1回/平成24年/こども部門/グランプリ）

愛川 晶 あいかわ・あきら

0007 「化身」
◇鮎川哲也賞（第5回/平成6年）
「化身―アヴァターラ」東京創元社 1994.9 374p 19cm 2000円 ①4-488-02341-X
「化身」幻冬舎 1999.6 516p 15cm（幻冬舎文庫）724円 ①4-87728-735-3
「化身」東京創元社 2010.9 452p 15cm（創元推理文庫）900円 ①978-4-488-41011-7

相川 英輔 あいかわ・えいすけ

0008 「日曜日の翌日はいつも」
◇坊っちゃん文学賞（第13回/平成25年/佳作）

相川 黒介 あいかわ・くろすけ

0009 「エピデミックゲージ」
◇スニーカー大賞（第18回・春/平成24年/特別賞）
「インヴィジョン・ワールド 001」角川書店, KADOKAWA〔発売〕 2013.8 284p 15cm（角川スニーカー文庫 あ-4-1-1）600円 ①978-4-04-100951-2
※受賞作「エピデミックゲージ」を改題
「インヴィジョン・ワールド 002」KADOKAWA 2013.12 251p 15cm（角川スニーカー文庫 あ-4-1-2）600円 ①978-4-04-101111-9

藍川 竜樹 あいかわ・たつき

0010 「秘密の陰陽師―身代わりの姫と恋する後宮―」
◇ロマン大賞（平成23年度/大賞）

「ひみつの陰陽師　ひとつ、秘め事だらけ
の宮廷絵巻」集英社　2011.11　295p
15cm　（コバルト文庫　あ23-1）571円
①978-4-08-601581-3
※受賞作「秘密の陰陽師─身代わりの姫
と恋する後宮─」を改題
「ひみつの陰陽師　2　ふたつ、不運な姫
君は百花の陰に鬼を飼う」集英社
2012.2　285p　15cm　（コバルト文庫　あ
23-2）533円　①978-4-08-601612-4
「ひみつの陰陽師　3　みっつ、三日夜の
餅をあなたと」集英社　2012.5　296p
15cm　（コバルト文庫　あ23-3）552円
①978-4-08-601638-4
「ひみつの陰陽師　4　よっつ、黄泉姫は
愛を願う」集英社　2012.8　299p
15cm　（コバルト文庫　あ23-4）570円
①978-4-08-601658-2
「ひみつの陰陽師　5　いつつ、色にでに
けり我が恋は」集英社　2012.11
295p　15cm　（コバルト文庫　あ23-5）
570円　①978-4-08-601681-0
「ひみつの陰陽師　6　むっつ、無垢なる
瞳は未来をうつす」集英社　2013.2
296p　15cm　（コバルト文庫　あ23-6）
570円　①978-4-08-601701-5
「ひみつの陰陽師　7　ななつ、泣く子も
黙る嵐の予兆!?」集英社　2013.3
300p　15cm　（コバルト文庫　あ23-7）
570円　①978-4-08-601708-4
「ひみつの陰陽師　8　やっつ、やっとの
ことで大団円」集英社　2013.4　267p
15cm　（コバルト文庫　あ23-8）560円
①978-4-08-601717-6

愛川 弘　あいかわ・ひろし

0011　「腰振りで踊る男」
◇部落解放文学賞　（第34回/平成19年/
佳作/小説部門）

相川 貢　あいかわ・みつぐ

0012　「迷子屋」
◇角川つばさ文庫小説賞　（第3回/平成
26年/一般部門/グランプリ）

藍沢 羽衣　あいざわ・うい

0013　「ぼくとばあちゃんと桜の精」
◇ジュニア冒険小説大賞　（第12回/平成
25年/佳作）

相沢 沙呼　あいざわ・さこ

0014　「午前零時のサンドリヨン」
◇鮎川哲也賞　（第19回/平成21年）

「午前零時のサンドリヨン」東京創元社
2009.10　332p　20cm　1900円　①978-
4-488-02449-9
※他言語標題：Cendrillon of midnight

相沢 正一郎　あいざわ・しょういちろう

0015　「パルナッソスへの旅」
◇H氏賞　（第56回/平成18年）
「パルナッソスへの旅」書肆山田　2005.
8　114p　22cm　2200円　①4-87995-
647-3

相沢 武夫　あいざわ・たけお

0016　「戊辰瞽女唄」
◇オール讀物新人賞　（第46回/昭和50年
上）

愛洲 かりみ　あいす・かりみ

0017　「友達の作り方」
◇ノベルジャパン大賞　（第3回/平成21
年/特別賞）〈受賞時〉愛洲 かりみ
「友だちの作り方」ホビージャパン
2009.10　230p　15cm　（HJ文庫 200）
619円　①978-4-89425-946-1

会津 信吾　あいず・しんご

0018　「快男児押川春浪」
◇日本SF大賞　（第9回/昭和63年）
「快男児 押川春浪」横田順彌, 会津信吾
著　パンリサーチインスティテュート
1987.12　335p　19cm　（パンリサーチ
の本）2000円　①4-89352-022-9
「快男児押川春浪」徳間書店 1991 416p
（徳間文庫）
「快男児 押川春浪」横田順彌, 会津信吾
著　徳間書店　1991.5　408p　15cm
（徳間文庫）580円　①4-19-579321-1

相泉 ひつじ　あいずみ・ひつじ

0019　「ヤンデレ学園ハーレム天国」
◇美少女文庫新人賞　（第10回/平成25年
/わかつきひかる特別賞）
「ヤンデレ学園ハーレム天国」フランス
書院　2013.9　318p　15cm　（美少女文
庫）667円　①978-4-8296-6265-6

愛染 猫太郎　あいぜん・ねこたろう

0020　「塔京ソウルウィザーズ」
◇電撃大賞　（第19回/平成24年/電撃小
説大賞部門/銀賞）
「塔京ソウルウィザーズ」アスキー・メ
ディアワークス, 角川グループパブリッ

シング〔発売〕 2013.2 349p 15cm
（電撃文庫 2486） 610円 ①978-4-04-
891331-7

相磯 巴 あいそ・ともえ

0021 「**Wandervogel**」
◇小学館ライトノベル大賞〔ガガガ文庫
部門〕（第4回/平成22年/ガガガ
賞）
「Wandervogel」 小学館 2010.9 357p
15cm （ガガガ文庫 ガあ8-1） 629円
①978-4-09-451231-1
「Wandervogel 2」 小学館 2011.1
339p 15cm （ガガガ文庫 ガあ8-2）
629円 ①978-4-09-451252-6

会田 五郎 あいだ・ごろう

0022 「チンチン踏切」
◇オール讀物新人賞（第34回/昭和44年
上）

0023 「二番目の男」
◇サンデー毎日小説賞（第3回/昭和36
年）

亜逸 あいつ

0024 「**BLOOD IN BLOOD**」
◇ファンタジア大賞（第28回/平成27年
/銀賞）

相戸 結衣 あいと・ゆい

0025 「**LOVE GENE～恋する遺伝子
～**」
◇日本ラブストーリー大賞（第8回/平
成25年/大賞）
「さくら動物病院」 宝島社 2013.3
243p 20cm 1400円 ①978-4-8002-
0806-4
※受賞作「LOVE GENE～恋する遺伝子
～」を改題
「さくら動物病院」 宝島社 2014.1
247p 16cm （宝島社文庫 Cあ-11-1）
640円 ①978-4-8002-2029-5

相場 英雄 あいば・ひでお

0026 「デフォルト」
◇ダイヤモンド経済小説大賞（第2回/
平成17年/大賞）
「デフォルト―債務不履行」 ダイヤモン
ド社 2005.10 367p 20cm 1600円
①4-478-93069-4
「デフォルト―債務不履行」 角川書店、
角川グループパブリッシング（発売）

2007.11 360p 15cm （角川文庫） 629
円 ①978-4-04-387201-5
※ダイヤモンド社2005年刊の増訂

相場 秀穂 あいば・ひでほ

0027 「無常」
◇「サンデー毎日」大衆文芸（第41回/
昭和27年上）

相羽 鈴 あいば・りん

0028 「**1000キロくらいじゃ、涙は死な
ない**」
◇ノベル大賞（第38回/平成19年度/入
選）

相原 千里 あいはら・ちさと

0029 「山梨 太宰治の記憶」
◇中村星湖文学賞（第25回/平成23年/
優秀賞）
「山梨太宰治の記憶―おはなし歴史風土
記」 山梨ふるさと文庫 2011.3 270p
19cm （シリーズ山梨の文芸） 1500円
①978-4-903680-33-0

相星 雅子 あいほし・まさこ

0030 「下関花嫁」
◇南日本文学賞（第18回/平成2年）
「下関花嫁」 鹿児島 高城書房出版 1990.
3 211p
「下関花嫁」 高城書房出版 1990.3
211p 19cm 1030円 ①4-924752-20-7

碧 夕季里 あお・ゆきり

0031 「**真夜中のアルカイックスマイル**」
◇碧天文芸大賞（第6回/平成18年/最優
秀賞）
「真夜中のアルカイックスマイル―脳性
麻痺で生まれた我が子・タツピノと、母
の日常」 新風舎 2007.12 188p
19cm 1500円 ①978-4-289-02756-9
「真夜中のアルカイックスマイル」 文芸
社 2008.12 188p 19cm 1500円
①978-4-286-05739-2
※新風舎2007年刊の増訂

蒼井 上鷹 あおい・うえたか

0032 「**キリング・タイム**」
◇小説推理新人賞（第26回/平成16年）

蒼 隼大 あおい・しゅんた

0033 「**DEADMAN'S BBS**」
◇ジャンプ小説新人賞（jump Novel

Grand Prix）（'09 Spring（平成21
年春）/小説：テーマ部門/銅賞）

葵 せきな　あおい・せきな

0034　「マテリアルゴースト」
◇ファンタジア長編小説大賞（第17回/
平成17年/佳作）
「マテリアルゴースト」　富士見書房
2006.1　333p　15cm（富士見ファンタ
ジア文庫）580円　①4-8291-1789-3
「マテリアルゴースト　2」　富士見書房
2006.5　302p　15cm（富士見ファンタ
ジア文庫）580円　①4-8291-1819-9
「マテリアルゴースト　3」　富士見書房
2006.9　316p　15cm（富士見ファンタ
ジア文庫）580円　①4-8291-1864-4
「マテリアルゴースト　4」　富士見書房
2007.1　331p　15cm（富士見ファンタ
ジア文庫）580円　①978-4-8291-1888-7
「マテリアルゴースト　0」　富士見書房
2007.4　311p　15cm（富士見ファンタ
ジア文庫）580円　①978-4-8291-1906-8
「マテリアルゴースト　5」　富士見書房
2007.5　382p　15cm（富士見ファンタ
ジア文庫）620円　①978-4-8291-1927-3

蒼井 ひかり　あおい・ひかり

0035　「アパートメント・ラブ」
◇日本ラブストーリー大賞（第8回/平
成25年/優秀賞）
「進め！枯れ女（カレージョ）」　宝島社
2013.4　311p　20cm　1400円　①978-4-
8002-0881-1
※受賞作「アパートメント・ラブ」を改題

葵 みどり　あおい・みどり

0036　「ルベト〜夕照の少女〜」
◇ホワイトハート新人賞（平成25年下
期/佳作）

蒼井 湊都　あおい・みなと

0037　「月華の楼閣」
◇小学館ライトノベル大賞〔ルルル文庫
部門〕（第7回/平成25年/優秀賞
＆読者賞）〈受賞時〉塚原 湊都
「月華の楼閣」　小学館　2013.8　251p
15cm（小学館ルルル文庫 ルあ4-1）
552円　①978-4-09-452261-7

葵 ゆう　あおい・ゆう

0038　「蟲使い・ユリウス」
◇角川ビーンズ小説大賞（第5回/平成

18年/奨励賞）
「召喚王子ユリウス―任務デビューは華
やかに」　角川書店, 角川グループパブ
リッシング（発売）　2008.2　223p
15cm（角川ビーンズ文庫 BB66-1）
457円　①978-4-04-453501-8
「召喚王子ユリウス―約束はクリスタル
の輝きに」　角川書店, 角川グループパブ
リッシング（発売）　2008.6　223p
15cm（角川ビーンズ文庫 BB66-2）
457円　①978-4-04-453502-5
「召喚王子ユリウス―秘密の任務は伯爵
と」　角川書店, 角川グループパブリッ
シング（発売）　2008.11　223p　15cm
（角川ビーンズ文庫 BB66-3）457円
①978-4-04-453503-2
「召喚王子ユリウス―光のプリンスと闇
の継承者」　角川書店, 角川グループパ
ブリッシング（発売）　2009.4　222p
15cm（角川ビーンズ文庫 BB66-4）
457円　①978-4-04-453504-9
※並列シリーズ名：Beans bunko

青垣 進　あおがき・すすむ

0039　「底ぬけ」
◇新潮新人賞（第30回/平成10年）

青木 音吉　あおき・おときち

0040　「小犬」
◇「文章世界」特別募集小説（大7年4
月）

青木 和　あおき・かず

0041　「イミューン」
◇日本SF新人賞（第1回/平成11年/佳
作）
「イミューン―ぼくたちの敵」　徳間書店
2000.9　429p　16cm（徳間デュアル文
庫）819円　①4-19-905007-8

青木 健　あおき・けん

0042　「星からの風」
◇新潮新人賞（第16回/昭和59年）
「星からの風」　鳥影社　2010.6　149p
19cm（季刊文科コレクション）1800円
①978-4-86265-238-6

青木 淳悟　あおき・じゅんご

0043　「四十日と四十夜のメルヘン」
◇新潮新人賞（第35回/平成15年/小説
部門）
◇野間文芸新人賞（第27回/平成17年）

「四十日と四十夜のメルヘン」 新潮社
2005.2 216p 20cm 1500円 ⓘ4-10-474101-9
「四十日と四十夜のメルヘン」 新潮社
2009.9 246p 16cm （新潮文庫 あ-64-1） 400円 ⓘ978-4-10-128271-8

0044 「私のいない高校」
◇三島由紀夫賞 （第25回/平成24年）
「私のいない高校」 講談社 2011.6
226p 20cm 1600円 ⓘ978-4-06-217008-6

青木 隆弘 あおき・たかひろ

0045 「読むな」
◇星新一ショートショート・コンテスト
（第3回/昭和56年/最優秀作）

青木 玉 あおき・たま

0046 「小石川の家」
◇芸術選奨 （第45回/平成6年度/文学部門/文部大臣賞）
「小石川の家」 講談社 1994.8 214p
19cm 1500円 ⓘ4-06-206198-8
「小石川の家」 講談社 1998.4 259p
15cm （講談社文庫） 467円 ⓘ4-06-263746-4

青木 千枝子 あおき・ちえこ

0047 「わたしのマリコさん」
◇小説現代新人賞 （第25回/昭和50年下）
「小説現代新人賞全作品 4」 講談社
1978.4 285p 20cm 1200円

青木 智子 あおき・ともこ

0048 「港へ」
◇大阪女性文芸賞 （第1回/昭和58年）

青木 洪 あおき・ひろし

0049 「耕す人々の群」
◇農民文学有馬賞 （第4回/昭和16年）
「耕す人々の群」 第一書房 1941 303p
「耕す人々の群」 ゆまに書房 2000.9
303,6p 22cm （日本植民地文学精選集8（朝鮮編2）） 11200円 ⓘ4-8433-0164-7
※解説：布袋敏博，第一書房1941年刊の複製

青木 正久 あおき・まさひさ

0050 「世界のバラ」
◇日本文芸大賞 （第3回/昭和58年/特別

賞）

青木 八束 あおき・やつか

0051 「蛇いちごの周囲」
◇文學界新人賞 （第36回/昭和48年上）
「田村孟全小説集」 田村孟著 航思社
2012.9 689p 21cm 7800円 ⓘ978-4-906738-02-1

青木 祐子 あおき・ゆうこ

0052 「ぼくのズーマー」
◇ノベル大賞 （第33回/平成14年/入選）

青木 裕次 あおき・ゆうじ

0053 「夜咄（よばなし）」
◇ゆきのまち幻想文学賞 （第9回/平成11年）
「ゆきのまち幻想文学賞小品集 9」 ゆきのまち通信企画・編 企画集団ぷりずむ 2000.4 175p 19cm 1800円 ⓘ4-906691-06-4

青木 弓高 あおき・ゆみたか

0054 「美貌戦記」
◇ファンタジーロマン大賞 （第1回/平成4年/佳作）
「美貌戦記」 集英社 1992.5 264p（集英社スーパーファンタジー文庫
「美貌戦記」 集英社 1992.5 264p
15cm （集英社スーパーファンタジー文庫） 450円 ⓘ4-08-613062-9

青木 陽子 あおき・ようこ

0055 「一輪車の歌」
◇「文化評論」文学賞 （第4回/平成1年/小説）

青木 礼子 あおき・れいこ

0056 「逃げ場」
◇フーコー短編小説コンテスト （第6回/平成12年6月/純文学・娯楽部門/最優秀賞）
「フーコー「短編小説」傑作選 6」 フーコー編集部編 フーコー 2001.3
413p 19cm 1700円 ⓘ4-434-00869-2

青桐 柾夫 あおぎり・まさお

0057 「あたしの幸福」
◇「サンデー毎日」大衆文芸 （第15回/昭和9年下）

青崎 庚次　あおさき・こうじ

0058　「黍の葉揺れやまず」

◇九州芸術祭文学賞（第15回/昭和59年）
「九州芸術祭文学賞作品集　15号（1984）」九州文化協会　1985.2　210p　21cm　1200円

青崎 有吾　あおさき・ゆうご

0059　「体育館の殺人」

◇鮎川哲也賞（第22回/平成24年度）
「体育館の殺人」東京創元社　2012.10　329p　20cm　1700円　①978-4-488-02310-2

青島 幸男　あおしま・ゆきお

0060　「人間万事塞翁が丙午」

◇直木三十五賞（第85回/昭和56年上）
「人間万事塞翁が丙午」新潮社　1981.4　228p
「人間万事塞翁が丙午」新潮社　1984.8　301p（新潮文庫）
「人間万事塞翁が丙午」パロディー社　1995.3　301p　20cm　2000円　①4-938688-04-2
「人間万事塞翁が丙午」新潮社　2007.1　301p　15cm（新潮文庫）438円　①978-4-10-126704-3
※第12刷

あおぞら 鈴音　あおぞら・すずね

0061　「こいねこ～君に逢えたら」

◇美少女文庫新人賞（第1回/平成17年）
「こいねこ～君に逢えたら」フランス書院　2005.7　270p　15cm（美少女文庫）648円　①4-8296-5754-5

青田 八葉　あおた・やつば

0062　「ピーチガーデン」

◇スニーカー大賞（第14回/平成21年/優秀賞）〈受賞時〉ジロ爺ちゃん
「ピーチガーデン　1　キスキス・ローテーション」角川書店, 角川グループパブリッシング（発売）2009.12　301p　15cm（角川文庫　16013—角川スニーカー文庫）571円　①978-4-04-474803-6
「ピーチガーデン　2　ハードラック・サクセション」角川書店, 角川グループパブリッシング（発売）2010.3　312p　15cm（角川文庫　16160—角川スニーカー文庫）600円　①978-4-04-474810-4

青沼 静哉　あおぬま・しずや

0063　「ほか巡いど」

◇早稲田文学新人賞（第23回/平成21年）

青野 聡　あおの・そう

0064　「女からの声」

◇野間文芸新人賞（第6回/昭和59年）
「女からの声」講談社　1984.2　239p
「女からの声」講談社　1987.1　272p（講談社文庫）

0065　「愚者の夜」

◇芥川龍之介賞（第81回/昭和54年上）
「愚者の夜」文芸春秋　1979.8　165p
「芥川賞全集12」文芸春秋　1982　1982
「愚者の夜」文芸春秋　1983.2　356p（文春文庫）
「昭和文学全集31」小学館　1988

0066　「人間のいとなみ」

◇芸術選奨（第38回/昭和62年度/文学部門/文部大臣賞）
「人間のいとなみ」福武書店　1987.12　305p
「人間のいとなみ」福武書店　1990.9　381p（福武文庫）

0067　「母よ」

◇読売文学賞（第43回/平成3年/小説賞）
「母よ」講談社　1991.6　208p
「母よ」講談社　2000.5　229p　15cm（講談社文芸文庫）1100円　①4-06-198210-9

青葉 優一　あおば・ゆういち

0068　「王手桂香取り！」

◇電撃大賞（第20回/平成25年/電撃小説大賞部門/銀賞）
「王手桂香取り！」KADOKAWA　2014.2　275p　15cm（電撃文庫 2689）550円　①978-4-04-866317-5
「王手桂香取り！　2」KADOKAWA　2014.6　307p　15cm（電撃文庫 2756）630円　①978-4-04-866623-7

青平 繁九　あおひら・はんきゅう

0069　「鐘の音」

◇「文芸倶楽部」懸賞小説（第28回/明38年6月/第3等）

青谷 真未　あおや・まみ

0070　「花の魔女」
◇ポプラ社小説新人賞　（第2回/平成24年/特別賞）
「鹿乃江さんの左手」　ポプラ社　2013.10　327p　16cm（ポプラ文庫 あ8-1）640円　①978-4-591-13622-5
※受賞作「花の魔女」を改題

青山 恵梨子　あおやま・えりこ

0071　「夏至の匂い」
◇北日本文学賞　（第45回/平成23年/選奨）

青山 健司　あおやま・けんじ

0072　「囚人のうた」
◇文藝賞　（第17回/昭和55年）
「海辺の人」　現代社　1955　209p（現代新書）
「囚人のうた」　河出書房新社　1981.1　230p　20cm　1200円

青山 光二　あおやま・こうじ

0073　「修羅の人」
◇小説新潮賞　（第13回/昭和42年）
「修羅の人」　講談社　1965　246p
「修羅の人」　光風社出版　1982.4　268p
「修羅の人」　角川書店　1984.11　384p（角川文庫）

0074　「闘いの構図」
◇平林たい子文学賞　（第8回/昭和55年/小説）
「闘いの構図」　新潮社　1979.7　2冊
「闘いの構図」　新潮社　1984.11　2冊（新潮文庫）
「闘いの構図　上」　朝日新聞社　1991.11　554p　15cm（朝日文庫）840円　①4-02-260672-X
「闘いの構図　下」　朝日新聞社　1991.11　549p　15cm（朝日文庫）840円　①4-02-260673-8

0075　「吾妹子哀し」
◇川端康成文学賞　（第29回/平成15年）
「文学　2003」　日本文藝家協会編　講談社　2003.4　305p　20cm　3300円　①4-06-211811-4
「吾妹子哀し」　新潮社　2003.6　258p　20cm　1600円　①4-10-332309-4

蒼山 サグ　あおやま・さぐ

0076　「ロウきゅーぶ！」
◇電撃大賞　（第15回/平成20年/電撃小説大賞部門/銀賞）
「ロウきゅーぶ！」　アスキー・メディアワークス，角川グループパブリッシング（発売）　2009.2　321p　15cm（電撃文庫 1719）570円　①978-4-04-867520-8
「ロウきゅーぶ！ 2」　アスキー・メディアワークス，角川グループパブリッシング（発売）　2009.6　307p　15cm（電撃文庫 1774）550円　①978-4-04-867842-1
※イラスト：てぃんくる，並列シリーズ名：Dengeki bunko
「ロウきゅーぶ！ 3」　アスキー・メディアワークス，角川グループパブリッシング（発売）　2009.10　317p　15cm（電撃文庫 1840）570円　①978-4-04-868076-9
※イラスト：てぃんくる，並列シリーズ名：Dengeki bunko
「ロウきゅーぶ！ 4」　アスキー・メディアワークス，角川グループパブリッシング（発売）　2010.2　291p　15cm（電撃文庫 1897）550円　①978-4-04-868329-6
※イラスト：てぃんくる，並列シリーズ名：Dengeki bunko，著作目録あり

青山 真治　あおやま・しんじ

0077　「ユリイカ EUREKA」
◇三島由紀夫賞　（第14回/平成13年）
「ユリイカ」　角川書店　2000.12　289p　20cm　1600円　①4-04-873267-6
「ユリイカ」　角川書店　2002.6　292p　15cm（角川文庫）514円　①4-04-365601-7

青山 七恵　あおやま・ななえ

0078　「かけら」
◇川端康成文学賞　（第35回/平成21年）
「かけら」　新潮社　2009.9　151p　20cm　1200円　①978-4-10-318101-9

0079　「ひとり日和」
◇芥川龍之介賞　（第136回/平成18年下半期）
「ひとり日和」　河出書房新社　2007.2　169p　20cm　1200円　①978-4-309-01808-9
「ひとり日和　上」　大活字　2007.9　259p　21cm（大活字文庫 133）2920円　①978-4-86055-391-3
※底本：「ひとり日和」河出書房新社
「ひとり日和　下」　大活字　2007.9

251p 21cm （大活字文庫 133） 2920円
①978-4-86055-392-0
※底本：「ひとり日和」河出書房新社
「ひとり日和」 河出書房新社 2010.3
205p 15cm （河出文庫 あ17-2） 520円
①978-4-309-41006-7
※並列シリーズ名：Kawade bunko

0080 「窓の灯」
◇文藝賞 （第42回/平成17年度）
「窓の灯」 河出書房新社 2005.11
119p 20cm 1000円 ①4-309-01737-1
「窓の灯」 河出書房新社 2007.10
159p 15cm （河出文庫） 420円
①978-4-309-40866-8
「窓の灯」 大活字 2008.3 359p 21cm
（大活字文庫 141） 2980円 ①978-4-
86055-426-2
※底本：「窓の灯」河出書房新社

青山 文平 あおやま・ぶんぺい

0081 「鬼はもとより」
◇大藪春彦賞 （第17回/平成27年）
「鬼はもとより」 徳間書店 2014.9
325p 20cm 1700円 ①978-4-19-
863850-4

0082 「白樫の樹の下で」
◇松本清張賞 （第18回/平成23年）
「白樫の樹の下で」 文藝春秋 2011.6
254p 20cm 1381円 ①978-4-16-
380720-1
「白樫の樹の下で」 文藝春秋 2013.12
269p 16cm （文春文庫 あ64-1） 560円
①978-4-16-783891-1

青山 美智子 あおやま・みちこ

0083 「ママにハンド・クラップ」
◇パレットノベル大賞 （第28回/平成15
年夏/佳作）

青山 瞳 あおやま・めい

0084 「帰らざる旅」
◇オール讀物推理小説新人賞 （第31回/
平成4年）
「死導者がいっぱい──ミステリー傑作選
31」 日本推理作家協会編 講談社
1996.11 486p 15cm （講談社文庫）
720円 ①4-06-263368-X
「甘美なる復讐──「オール読物」推理小説
新人賞傑作選 4」 文芸春秋編 文藝春
秋 1998.8 428p 15cm （文春文庫）
552円 ①4-16-721768-6

阿嘉 誠一郎 あか・せいいちろう

0085 「世の中（ゆんなか）や」
◇文藝賞 （第12回/昭和50年）
「世の中や」 河出書房新社 1976 220p
20cm 980円
「世の中や」 河出書房新社 1976 220p

赤井 晋一 あかい・しんいち

0086 「光の射す方へ」
◇全作家文学賞 （第10回/平成27年度/
佳作）

赤井 三尋 あかい・みひろ

0087 「翳りゆく夏」
◇江戸川乱歩賞 （第49回/平成15年）
「翳りゆく夏」 講談社 2003.8 338p
20cm 1600円 ①4-06-211989-7

赤江 瀑 あかえ・ばく

0088 「オイディプスの刃」
◇角川小説賞 （第1回/昭和49年）
「オイディプスの刃」 角川書店 1974
256p
「オイディプスの刃」 角川書店 1979.5
316p （角川文庫）
「ミステリ・ベスト201 日本篇」 池上冬
樹編 新書館 1997.12 238p 22×
14cm （MYSTERY HANDBOOK）
1200円 ①4-403-25029-7
「オイディプスの刃」 角川春樹事務所
2000.6 314p 15cm （ハルキ文庫）
760円 ①4-89456-702-4

0089 「海峡」
◇泉鏡花文学賞 （第12回/昭和59年）
「海峡──この水の無明の真秀ろば」 白水
社 1983.8 175p
「海峡──この水の無明の真秀ろば」 角川
書店 1986.10 192p （角川文庫）
「赤江瀑名作選」 赤江瀑著, 東雅夫編
学習研究社 2006.12 735p 15cm
（学研M文庫──幻妖の匣） 1600円 ①4-
05-900452-9

0090 「ニジンスキーの手」
◇小説現代新人賞 （第15回/昭和45年
下）
「獣林寺妖変」 講談社 1982.6 250p （講
談社文庫）
「ニジンスキーの手」 角川春樹事務所
2001.1 300p 16cm （ハルキ文庫）
700円 ①4-89456-815-2
「幸せな哀しみの話──心に残る物語 日本

文学秀作選」 山田詠美編 文藝春秋
2009.4 371p 15cm （文春文庫）629
円 ①978-4-16-755807-9

0091 「八雲が殺した」
◇泉鏡花文学賞 （第12回/昭和59年）
「八雲が殺した」 文芸春秋 1984.6 245p
「八雲が殺した」 文芸春秋 1987.5 284p
（文春文庫）
「虚空のランチ」 講談社 2001.5 634p
18cm （講談社ノベルス）1500円 ①4-
06-182182-2
「赤江瀑名作選」 赤江瀑著, 東雅夫編
学習研究社 2006.12 735p 15cm
（学研M文庫―幻妖の匣）1600円 ①4-
05-900452-9

赤江 行夫 あかえ・ゆきお

0092 「亀とり作一」
◇池内祥三文学奨励賞 （第9回/昭和54
年）

0093 「長官」
◇新鷹会賞 （第5回/昭和31年後）
「長官」 近代生活社 1956 358p

0094 「通訳の勲章」
◇週刊小説創刊記念懸賞小説 （昭48年/
佳作）

0095 「虎が来る」
◇放送文学賞 （第8回/昭和60年/佳作）

0096 「虹を見たか」
◇池内祥三文学奨励賞 （第9回/昭和54
年）

赤川 次郎 あかがわ・じろう

0097 「悪妻に捧げるレクイエム」
◇角川小説賞 （第7回/昭和55年）
「悪妻に捧げるレクイエム」 角川書店
1980.9 266p
「悪妻に捧げるレクイエム」 角川書店
1981.10 294p （角川文庫）
「悪妻に捧げるレクイエム―赤川次郎ベ
ストセレクション 3」 新装版 角川書
店 2007.4 319p 15cm （角川文庫）
514円 ①978-4-04-187992-4

0098 「幽霊列車」
◇オール讀物推理小説新人賞 （第15回/
昭和51年）
「幽霊列車」 文芸春秋 1978.6 325p
「幽霊列車」 文芸春秋 1981.8 334p （文
春文庫）
「ミステリーの愉しみ4」 立風書房 1992

「幽霊列車」 赤川次郎著, 赤木かん子編
ポプラ社 2008.3 220p 18cm （赤川
次郎セレクション 3）1200円 ①978-4-
591-10152-0
「無人踏切―鉄道ミステリー傑作選」 鮎
川哲也編 新装版 光文社 2008.11
676p 15cm （光文社文庫）990円
①978-4-334-74510-3

赤川 武助 あかがわ・ぶすけ

0099 「僕の戦場日記」
◇野間文芸奨励賞 （第1回/昭和16年）
「少年小説大系10」 三一書房 1990

赤木 和雄 あかぎ・かずお

0100 「神キチ」
◇新潮新人賞 （第41回/平成21年）

赤城 享治 あかぎ・きょうじ

0101 「哀れな労働者」
◇「文章世界」特別募集小説 （大7年3
月）

赤木 駿介 あかぎ・しゅんすけ

0102 「蟻と麝香」
◇サンデー毎日新人賞 （第5回/昭和49
年/時代小説）
「失われた犯科帳」 毎日新聞社 1975
253p
「失われた犯科帳」 大陸書房 1989.3
302p （大陸文庫）

赤城 樫生 あかぎ・ていせい

0103 「落日」
◇「文章世界」特別募集小説 （大9年1
月）

赤城 大空 あかぎ・ひろたか

**0104 「下ネタという概念が存在しない
退屈な世界」**
◇小学館ライトノベル大賞〔ガガガ文庫
部門〕 （第6回/平成24年/優秀賞）
「下ネタという概念が存在しない退屈な
世界」 小学館 2012.7 293p 15cm
（ガガガ文庫 ガあ11-1）590円 ①978-
4-09-451352-3
「下ネタという概念が存在しない退屈な
世界 2」 小学館 2012.11 325p
15cm （ガガガ文庫 ガあ11-2）600円
①978-4-09-451376-9
「下ネタという概念が存在しない退屈な
世界 3」 小学館 2013.4 279p

15cm（ガガガ文庫 ガあ11-3）590円
①978-4-09-451407-0
「下ネタという概念が存在しない退屈な
世界 4」 小学館 2013.8 326p
15cm（ガガガ文庫 ガあ11-4）600円
①978-4-09-451432-2
「下ネタという概念が存在しない退屈な
世界 5」 小学館 2014.1 278p
15cm（ガガガ文庫 ガあ11-5）590円
①978-4-09-451463-6
「下ネタという概念が存在しない退屈な
世界 6」 小学館 2014.5 292p
15cm（ガガガ文庫 ガあ11-6）593円
①978-4-09-451485-8

赤木 里絵 あかぎ・りえ

0105 「水色の夏」
◇コバルト・ノベル大賞（第16回/平成
2年下/佳作）
「コバルト・ノベル大賞入選作品集 8」
コバルト編集部編 集英社 1992.10
259p 15cm（コバルト文庫）400円
①4-08-611690-1

赤坂 憲雄 あかさか・のりお

0106 「岡本太郎の見た日本」
◇Bunkamuraドゥマゴ文学賞（第17回/
平成19年度/荒川洋治選）
「岡本太郎の見た日本」 岩波書店 2007.
6 375p 20cm 2300円 ①978-4-00-
022391-1
※文献あり

赤坂 真理 あかさか・まり

0107 「東京プリズン」
◇司馬遼太郎賞（第16回/平成25年）
◇紫式部文学賞（第23回/平成25年）
「東京プリズン」 河出書房新社 2012.7
441p 20cm 1800円 ①978-4-309-
02120-1
「東京プリズン」 河出書房新社 2014.7
533p 15cm（河出文庫 あ9-4）920円
①978-4-309-41299-3
0108 「ミューズ」
◇野間文芸新人賞（第22回/平成12年）
「ミューズ」 文藝春秋 2000.3 147p
20cm 1143円 ①4-16-319040-6
「ミューズ」 講談社 2005.6 185p
15cm（講談社文庫）467円 ①4-06-
275006-6

明石 鉄也 あかし・てつや

0109 「故郷」

◇「改造」懸賞創作（第2回/昭和4年）
「日本プロレタリア文学集17」 新日本出
版社 1984

赤瀬川 隼 あかせがわ・しゅん

0110 「球は転々宇宙間」
◇吉川英治文学新人賞（第4回/昭和58
年度）
「球は転々宇宙間」 文芸春秋 1982.7 241p
「球は転々宇宙間」 文芸春秋 1984.9
381p（文春文庫）
0111 「白球残映」
◇直木三十五賞（第113回/平成7年上
期）
「白球残映」 文藝春秋 1995.5 257p
19cm 1600円 ①4-16-315550-3
「白球残映」 文藝春秋 1998.5 281p
16cm（文春文庫）438円 ①4-16-
735108-0

赤染 晶子 あかぞめ・あきこ

0112 「乙女の密告」
◇芥川龍之介賞（第143回/平成22年上
半期）
「乙女の密告」 新潮社 2010.7 121p
20cm 1200円 ①978-4-10-327661-6
0113 「初子さん」
◇文學界新人賞（第99回/平成16年下
期）

赤月 カケヤ あかつき・かけや

0114 「キミとは致命的なズレがある」
◇小学館ライトノベル大賞〔ガガガ文庫
部門〕（第5回/平成23年/優秀賞）
「キミとは致命的なズレがある」 小学館
2011.5 294p 15cm（ガガガ文庫 ガあ
9-1）590円 ①978-4-09-451269-4

暁 美耶子 あかつき・みやこ

0115 「あやめも知らぬ」
◇ホワイトハート新人賞（平成22年下
期）
「あやめも知らぬ」 講談社 2011.5
251p 15cm（講談社X文庫 あO-01―
White heart）600円 ①978-4-06-
286682-8

赤月 黎 あかつき・れい

0116 「マリオネットラプソディー」
◇スニーカー大賞（第11回/平成18年/
奨励賞）〈受賞時〉赤鴉 黎

「繰り世界のエトランジェ　第1幕　糸仕掛けのプロット」　角川書店, 角川グループパブリッシング（発売）　2007.8　303p　15cm（角川文庫 14786—角川スニーカー文庫）552円　①978-4-04-473101-4

「繰り世界のエトランジェ　第2幕　偽りのガジェット」　角川書店, 角川グループパブリッシング（発売）　2008.2　333p　15cm（角川文庫 15008—角川スニーカー文庫）571円　①978-4-04-473102-1

「繰り世界のエトランジェ　第3幕　女神のエディット」　角川書店, 角川グループパブリッシング（発売）　2008.6　314p　15cm（角川文庫 15164—角川スニーカー文庫）552円　①978-4-04-473103-8

「繰り世界のエトランジェ　第4幕　青のラメント」　角川書店, 角川グループパブリッシング（発売）　2008.12　294p　15cm（角川文庫 15448—角川スニーカー文庫）552円　①978-4-04-473104-5

「繰り世界のエトランジェ　リアクト」　角川書店, 角川グループパブリッシング（発売）　2009.2　293p　15cm（角川文庫 15543—角川スニーカー文庫）552円　①978-4-04-473105-2

「繰り世界のエトランジェ　第5幕　永遠のリザルト」　角川書店, 角川グループパブリッシング（発売）　2009.6　312p　15cm（角川文庫 15735—角川スニーカー文庫）590円　①978-4-04-473106-9

「繰り世界のエトランジェ　第6幕　終演のマリオネット」　角川書店, 角川グループパブリッシング（発売）　2009.9　299p　15cm（角川文庫 15862—角川スニーカー文庫）590円　①978-4-04-473107-6

赤沼 三郎　あかぬま・さぶろう

0117　「地獄絵」
◇「サンデー毎日」大衆文芸（第15回/昭和9年下）

0118　「脱走九年」
◇「サンデー毎日」大衆文芸（第22回/昭和13年上）

茜屋 まつり　あかねや・まつり

0119　「アリス・リローデッド ハロー、ミスター・マグナム」
◇電撃大賞（第19回/平成24年/電撃小説大賞部門/大賞）
「アリス・リローデッド　ハロー、ミスター・マグナム」　アスキー・メディア

ワークス, 角川グループパブリッシング〔発売〕　2013.2　331p　15cm（電撃文庫 2483）590円　①978-4-04-891332-4

「アリス・リローデッド　2　ヘヴィ・ウェイト」　アスキー・メディアワークス, 角川グループホールディングス〔発売〕　2013.5　363p　15cm（電撃文庫 2542）630円　①978-4-04-891598-4

「アリス・リローデッド　3　サクリファイス」　アスキー・メディアワークス, KADOKAWA〔発売〕　2013.8　425p　15cm（電撃文庫 2595）710円　①978-4-04-891819-0

赤羽 建美　あかばね・たつみ

0120　「住宅」
◇文學界新人賞（第57回/昭和58年下）

赤松 中学　あかまつ・ちゅうがく

0121　「アストロノト！」
◇MF文庫Jライトノベル新人賞（第3回/平成19年/優秀賞）
「アストロノト！」　メディアファクトリー　2007.11　277p　15cm（MF文庫J）580円　①978-4-8401-2082-1
「アストロノト！　2」　メディアファクトリー　2008.1　277p　15cm（MF文庫J）580円　①978-4-8401-2130-9
「アストロノト！　3」　メディアファクトリー　2008.4　293p　15cm（MF文庫J）580円　①978-4-8401-2307-5

阿賀利 善三　あがり・ぜんぞう

0122　「水軍大宝丸」
◇「サンデー毎日」大衆文芸（第29回/昭和16年下）

阿川 佐和子　あがわ・さわこ

0123　「ウメ子」
◇坪田譲治文学賞（第15回/平成11年度）
「ウメ子」　小学館　1999.1　252p　20cm　1500円　①4-09-387267-8
「ウメ子」〔点字資料〕　視覚障害者支援総合センター　2000.12　2冊　28cm　全8000円
「ウメ子　1」　オンディマンド版　大活字　2001.7　280p　22cm（大活字文庫 19）3000円　①4-925053-73-6
「ウメ子　2」　オンディマンド版　大活字　2001.7　235p　22cm（大活字文庫 19）3000円　①4-925053-74-4
「ウメ子　3」　オンディマンド版　大活字

2001.7　271p　22cm　（大活字文庫 19）
3000円　Ⓝ4-925053-75-2
「ウメ子」　小学館　2002.4　265p　15cm
（小学館文庫）　533円　Ⓝ4-09-408009-0

0124　「首のたるみが気になるの」
◇フラウ文芸大賞　（第2回/平成26年/海外文学賞）
「首のたるみが気になるの」　ノーラ・エフロン著, 阿川佐和子訳　集英社
2013.9　190p　20cm　1300円　Ⓝ978-4-08-773484-3

0125　「婚約のあとで」
◇島清恋愛文学賞　（第15回/平成20年）
「婚約のあとで」　新潮社　2008.2　325p
20cm　1600円　Ⓝ978-4-10-465503-8

阿川 志津代　あがわ・しずよ

0126　「或る住家」
◇「文藝春秋」懸賞小説　（第1回/大14年）

阿川 せんり　あがわ・せんり

0127　「厭世マニュアル」
◇野性時代フロンティア文学賞　（第6回/平成27年）
「厭世マニュアル」　KADOKAWA
2015.8　284p　19cm　1400円　Ⓝ978-4-04-103384-5

阿川 大樹　あがわ・たいじゅ

0128　「天使の漂流」
◇サントリーミステリー大賞　（第16回/平成11年/優秀作品賞）

0129　「覇権の標的（ターゲット）」
◇ダイヤモンド経済小説大賞　（第2回/平成17年/優秀賞）
「覇権の標的」　ダイヤモンド社　2005.12
410p　20cm　1700円　Ⓝ4-478-93074-0

阿川 弘之　あがわ・ひろゆき

0130　「井上成美」
◇日本文学大賞　（第19回/昭和62年/学芸部門）
「井上成美」　新潮社　1986.9　507p
「井上成美」　新潮社　1992.7　602p
15cm　（新潮文庫）　680円　Ⓝ4-10-111014-X
「阿川弘之全集　第13巻　評伝3」　新潮社　2006.8　563p　19cm　4600円　Ⓝ4-10-643423-7

0131　「春の城」

◇読売文学賞　（第4回/昭和27年/小説賞）
「春の城」　新潮社　1952　252p
「春の城」　新潮社　1955　264p　（新潮文庫）
「春の城」　角川書店　1963　280p　（角川文庫）
「阿川弘之自選作品1」　新潮社　昭和52年
「阿川弘之全集　第1巻　小説1」　新潮社　2005.8　597p　19cm　5000円　Ⓝ4-10-643411-3

0132　「山本五十六」
◇新潮社文学賞　（第13回/昭和41年）
「阿川弘之自選作品5」　新潮社　昭和53年
「山本五十六」　新潮社　1994.8　470p
21cm　3300円　Ⓝ4-10-300415-0
「山本五十六　上巻」　61刷改版　新潮社
2008.8　486p　16cm　（新潮文庫）　667円　Ⓝ978-4-10-111003-5
「山本五十六　下巻」　57刷改版　新潮社
2008.8　428p　16cm　（新潮文庫）　590円　Ⓝ978-4-10-111004-2

あがわ ふみ

0133　「山の彼方（あなた）」
◇「恋愛文学」コンテスト　（第2回/平成16年7月/優秀賞）

阿木 翁助　あぎ・おうすけ

0134　「悪魔の侵略」
◇日本文芸大賞　（第3回/昭和58年）

亜木 冬彦　あぎ・ふゆひこ

0135　「殺人の駒音」
◇横溝正史賞　（第12回/平成4年/特別賞）
「殺人の駒音」　角川書店　1992.5　272p（カドカワノベルズ）
「殺人の駒音」　亜木冬彦〔著〕　角川書店　1998.4　304p　15cm　（角川文庫）　520円　Ⓝ4-04-189402-6
「殺人の駒音」　亜木冬彦著　毎日コミュニケーションズ　2006.2　453p　15cm
（Mycom将棋文庫EX）　950円　Ⓝ4-8399-1981-X

秋 玲瓏　あき・れいろう

0136　「緋帛紗」
◇「文芸倶楽部」懸賞小説　（第7回/明36年9月/第1等）

秋桜　あきお

0137　「BITTER。○」

◇日本ケータイ小説大賞（第2回/平成
　19年/特別賞）
「Bitter」　スターツ出版　2008.5　270p
　19cm　1000円　①978-4-88381-075-8
　※本文は日本語

秋川 陽二　あきかわ・ようじ

0138　「殺人フォーサム」
◇サントリーミステリー大賞（第11回/
　平成4年/読者賞）
「殺人フォーサム」　文藝春秋　1994.3
　292p　19cm　1600円　①4-16-314570-2
「推理日記　PART8」佐野洋著　講談社
　1997.11　265p　19cm　2200円　①4-06-
　208898-3

秋草 露路　あきくさ・つゆじ

0139　「海底の愛人」
◇「サンデー毎日」大衆文芸（第4回/
　昭和4年上/乙）

亜紀坂 圭春　あきさか・よしはる

0140　「思春期ボーイズ×ガールズ戦争」
◇電撃大賞（第20回/平成25年/電撃小
　説大賞部門/銀賞）
「思春期ボーイズ×ガールズ戦争」
　KADOKAWA　2014.2　303p　15cm
　（電撃文庫 2688）　570円　①978-4-04-
　866307-6

秋澤 収一　あきざわ・しゅういち

0141　「優しい贈物」
◇NHK銀の雫文芸賞（第16回/平成15
　年/優秀）

秋月 紅葉　あきづき・くれは

0142　「月と大地の血運」
◇ジャンプ小説新人賞（jump Novel
　Grand Prix）（'13 Winter/平成25
　年冬/小説：フリー部門/特別賞）

秋月 煌　あきづき・こう

0143　「決闘ワルツ」
◇小説新潮長篇新人賞（第2回/平成8
　年）
「決闘ワルツ」　新潮社　1996.9　236p
　19cm　1500円　①4-10-413601-8

秋月 煌介　あきづき・こうすけ

0144　「球形世界の定േ式士」
◇MF文庫Jライトノベル新人賞（第11

回/平成27年/佳作）
「天牢都市"セフィロト"」
　KADOKAWA　2015.11　325p　15cm
　（MF文庫J）　580円　①978-4-04-
　067961-7

秋月 紫　あきづき・ゆかり

0145　「幽霊でSで悪食な彼女が可愛く
　　　て仕方ない」
◇ファンタジア大賞（第25回/平成25年
　/銀賞）

秋田 禎信　あきた・よしのぶ

0146　「鬼の話」
◇ファンタジア長編小説大賞（第3回/
　平成3年/準入選）
「ひとつ火の粉の雪の中」　新潮社　2015.
　1　276p　15cm　（新潮文庫nex）　550円
　①978-4-10-180023-3

秋杜 フユ　あきと・ふゆ

0147　「幻領主の鳥籠」
◇ノベル大賞（平成25年度/大賞）

秋永 芳郎　あきなが・よしろう

0148　「翼の人々」
◇航空文学賞・航空総監賞（第1回/昭
　和17年）
「翼の人々」　博文館 1941 254p（小説選
　集）

秋梨　あきなし

0149　「僕にキが訪れる」
◇日本ケータイ小説大賞（第3回/平成
　20年/ジャンル賞）
「キミが教えてくれたこと」　スターツ出
　版　2009.6　205p　15cm　（ケータイ小
　説文庫 あ1-1―яむいちご）　476円
　①978-4-88381-510-4
　※並列シリーズ名：Keitai shousetsu
　bunko

秋梨 惟喬　あきなし・これたか

0150　「殺三狼（しゃさんろう）」
◇ミステリーズ！新人賞（第3回/平成
　18年度）
「もろこし銀侠伝」　東京創元社　2007.8
　285p　20cm　（ミステリ・フロンティア
　36）　1600円　①978-4-488-01743-9

秋葉 千景　あきば・ちかげ

0151　「蛹の中の十日間」

◇角川学園小説大賞（第4回/平成12年/
奨励賞）〈受賞時〉秦野織部

秋穂 有輝 あきほ・ゆうき

0152 「仙龍演義」
◇ファンタジア長編小説大賞（第15回/
平成15年/佳作）
「開演！仙娘とネコのプレリュード―仙・
龍・演・義」 富士見書房 2003.9
286p 15cm （富士見ファンタジア文
庫） 560円 ④4-8291-1551-3

穂村 正治 あきむら・まさはる

0153 「大砲煎餅」
◇「サンデー毎日」大衆文芸（第33回/
昭和18年下）

秋元 朔 あきもと・さく

0154 「家族ごっこ」
◇やまなし文学賞（第16回/平成19年度
/小説部門）
「家族ごっこ」 やまなし文学賞実行委員
会 2008.6 86p 19cm 857円 ①978-
4-89710-677-9
※発行所：山梨日日新聞社

0155 「紙人形」
◇やまなし文学賞（第11回/平成14年度
/小説部門/佳作）

0156 「父の外套」
◇やまなし文学賞（第12回/平成15年度
/小説部門/佳作）

秋山 楓 あきやま・かえで

0157 「隣のあの子は魔王様？」
◇ジャンプ小説新人賞(jump Novel
Grand Prix) （'10 Summer/平成22
年夏/小説：フリー部門/特別賞）

秋山 寛 あきやま・かん

0158 「ラブ・パレード」
◇ポプラ社小説大賞（第2回/平成19年/
奨励賞）

秋山 恵三 あきやま・けいぞう

0159 「新炭図」
◇「文芸」推薦作品（第4回/昭和16年
下）
「新炭図」 大都書房 1942 299p

秋山 浩司 あきやま・こうじ

0160 「私撰阪大異聞物語」
◇ポプラ社小説新人賞（第1回/平成23
年/奨励賞）
「さがしものが見つかりません！」 ポプ
ラ社 2013.1 334p 19cm 1500円
①978-4-591-13203-6
※受賞作「私撰阪大異聞物語」を改題

秋山 咲絵 あきやま・さきえ

0161 「僕たちのホタル」
◇深大寺短編恋愛小説「深大寺恋物語」
（第7回/平成23年/調布市長賞）

穐山 定文 あきやま・さだふみ

0162 「夢の花」
◇北日本文学賞（第48回/平成26年/選
奨）

秋山 駿 あきやま・しゅん

0163 「信長」
◇野間文芸賞（第49回/平成8年）
◇毎日出版文化賞（第50回/平成8年/第
1部門（文学・芸術））
「信長」 新潮社 1996.3 473p 19cm
2400円 ④4-10-375702-7
「信長」 新潮社 1999.12 567p 15cm
（新潮文庫） 743円 ①4-10-148212-8
「信長」 埼玉福祉会 2001.11 3冊
22cm （大活字本シリーズ） 3600
円;3600円;3400円 ①4-88419-109-9, 4-
88419-110-2, 4-88419-111-0
※原本：新潮文庫, 限定版

秋山 大事 あきやま・だいじ

0164 「ポリティカル・スクール」
◇スニーカー大賞（第16回/平成23年/
優秀賞）〈受賞時〉足尾 毛布
「恋は選挙と学園覇権！」 角川書店, 角
川グループパブリッシング〔発売〕
2012.8 286p 15cm （角川スニーカー
文庫 S244-1） 600円 ①978-4-04-
100399-2
※受賞作「ポリティカル・スクール」を
改題
「恋は選挙と学園覇権！ 2」 角川書店,
角川グループパブリッシング〔発売〕
2013.3 253p 15cm （角川スニーカー
文庫 S244-2） 600円 ①978-4-04-
100545-3

秋山 鉄　あきやま・てつ

0165 「居酒屋野郎ナニワブシ」
◇小説新潮長篇新人賞 （第4回/平成10年）

「居酒屋野郎ナニワブシ」 新潮社　1998.6　265p　19cm　1500円　①4-10-424201-2

秋山 富雄　あきやま・とみお

0166 「ある保安隊員」
◇地上文学賞 （第2回/昭和29年）

明山 聖　あきやま・ひじり

0167 「お望みのままに！ お嬢様姉妹サマ 執事は高貴な姉とマゾな妹に挟まれて」
◇美少女文庫新人賞 （第10回/平成25年）

「お望みのままに！お嬢様姉妹サマ―執事は高貴な姉とマゾな妹に挟まれて」 フランス書院　2013.9　336p　15cm（美少女文庫）667円　①978-4-8296-6263-2

秋山 正香　あきやま・まさか

0168 「道中双六」
◇「朝日新聞」懸賞小説 （大朝短編小説/大15年）

秋吉 敦貴　あきよし・あつき

0169 「明け方の家」
◇女による女のためのR-18文学賞 （第14回/平成27年/大賞, 友近賞）

日日日　あきら

0170 「アンダカの怪造学―フェニックスの研究」
◇角川学園小説大賞 （第8回/平成16年/自由部門/優秀賞）

「アンダカの怪造学　1　ネームレス・フェニックス」 角川書店　2005.6　339p　15cm（角川スニーカー文庫）552円　①4-04-481013-X

0171 「ちーちゃんは悠久の向こう」
◇新風舎文庫大賞 （第4回/平成16年8月/文庫大賞）

「ちーちゃんは悠久の向こう」 新風舎　2005.1　285p　15cm（新風舎文庫）562円　①4-7974-9558-8

0172 「蟲と眼球とテディベア」
◇MF文庫Jライトノベル新人賞 （第1回

/平成17年/編集長特別賞）

「蟲と眼球とテディベア」 メディアファクトリー　2005.6　253p　15cm（MF文庫J）580円　①4-8401-1273-8

安久 昭男　あく・あきお

0173 「悲しいことなどないけれど さもしいことならどっこいあるさ」
◇早稲田文学新人賞 （第1回/昭和59年）

阿久 悠　あく・ゆう

0174 「殺人狂時代ユリエ」
◇横溝正史賞 （第2回/昭和57年）

「殺人狂時代ユリエ」 角川書店　1982.3　236p（カドカワノベルズ）

「殺人狂時代ユリエ」 角川書店　1985.10　331p（角川文庫）

0175 「詩小説」
◇島清恋愛文学賞 （第7回/平成12年）

「詩小説」 中央公論新社　2000.1　337p　20cm　1700円　①4-12-002972-7

「詩小説」 中央公論新社　2004.6　353p　16cm（中公文庫）819円　①4-12-204377-8

あくた ゆい

0176 「BLACK JOKER」
◇富士見ヤングミステリー大賞 （第5回/平成17年/奨励賞）〈受賞時〉芥ひろあき

「BLACK JOKER―少女たちの方程式」 富士見書房　2006.1　334p　15cm（富士見ミステリー文庫）600円　①4-8291-6337-2

阿久根 星斗　あくね・せいと

0177 「永遠に消えず」
◇南日本文学賞 （第15回/昭和62年）

「永遠に消えず」 福岡　葦書房　1987.7　333p

明坂 つづり　あけさか・つづり

0178 「赤鬼はもう泣かない」
◇小学館ライトノベル大賞〔ガガガ文庫部門〕 （第5回/平成23年/審査員特別賞）

「赤鬼はもう泣かない」 小学館　2011.6　294p　15cm（ガガガ文庫 ガあ10-1）590円　①978-4-09-451276-2

明田 鉄男　あけた・てつお

0179　「月明に飛ぶ」
◇オール讀物新人賞　（第24回/昭和39年
上）

明地 祐子　あけち・ゆうこ

0180　「愛・編む・Ami」
◇BE・LOVE原作大賞　（第2回/平成11
年/入選）

朱野 帰子　あけの・かえるこ

0181　「ゴボウ潔子の猫魂」
◇ダ・ヴィンチ文学賞　（第4回/平成21
年/大賞）
「マタタビ潔子の猫魂」　メディアファク
トリー　2010.1　213p　19cm　（ダ・
ヴィンチブックス）　1200円　①978-4-
8401-3169-8

明野 照葉　あけの・てるは

0182　「雨女」
◇オール讀物推理小説新人賞　（第37回/
平成10年）
「澪つくし」　文藝春秋　2006.5　333p
19cm　1905円　①4-16-324880-3
「澪つくし」　文藝春秋　2009.11　395p
15cm　（文春文庫）　581円　①978-4-16-
767502-8

0183　「輪（RINKAI）廻」
◇松本清張賞　（第7回/平成12年）
「輪廻」　文藝春秋　2000.6　236p　20cm
1333円　①4-16-319310-3
「輪廻」　文藝春秋　2003.11　261p
16cm　（文春文庫）　562円　①4-16-
767501-3

揚羽 猛　あげは・たけし

0184　「悪魔の謝肉祭」
◇新風舎文庫大賞　（第3回/平成16年2月
/大賞）
「悪魔の謝肉祭」　新風舎　2004.10
273p　15cm　（新風舎文庫）　753円
①4-7974-9473-5

朝井 果林　あさい・かりん

0185　「かわかぜ」
◇新日本文学賞　（第33回/平成15年/小
説/佳作）

浅井 柑　あさい・かん

0186　「三度目の正直」

0187

浅井 京子　あさい・きょうこ

0187　「ちいさなモスクワ あなたに」
◇潮賞　（第1回/昭和57年/小説）
「ちいさなモスクワ。あなたに」　潮出版
社　1982.11　204p

浅井 春美　あさい・はるみ

0188　「いのち燃える日に」
◇「小説ジュニア」青春小説新人賞　（第
1回/昭和43年）

朝井 まかて　あさい・まかて

0189　「阿蘭陀西鶴」
◇織田作之助賞　（第31回/平成26年）
「阿蘭陀西鶴」　講談社　2014.9　285p
20cm　1600円　①978-4-06-219141-8
※文献あり

0190　「実さえ花さえ」
◇小説現代長編新人賞　（第3回/平成20
年/奨励賞）
「実さえ花さえ」　講談社　2008.10　253p
20cm　1600円　①978-4-06-215042-2

0191　「恋歌」
◇直木三十五賞　（第150回/平成25年下
半期）
「恋歌」　講談社　2013.8　281p　20cm
1600円　①978-4-06-218500-4

浅井 ラボ　あさい・らぼ

0192　「されど咎人は竜と踊る」
◇スニーカー大賞　（第7回/平成14年/奨
励賞）
「されど罪人は竜と踊る」　角川書店
2003.2　359p　15cm　（角川文庫）　619
円　①4-04-428901-8

朝井 リョウ　あさい・りょう

0193　「桐島、部活やめるってよ」
◇小説すばる新人賞　（第22回/平成21
年）
「桐島、部活やめるってよ」　集英社
2010.2　198p　20cm　1200円　①978-4-
08-771335-0

0194　「世界地図の下書き」
◇坪田譲治文学賞　（第29回/平成25年

度）

「世界地図の下書き」 集英社 2013.7
325p 20cm 1400円 ①978-4-08-
771520-0

0195 「何者」
◇直木三十五賞 （第148回/平成24年下
半期）
「何者」 新潮社 2012.11 286p 20cm
1500円 ①978-4-10-333061-5

朝稲 日出夫 あさいね・ひでお

0196 「あしたのジョーは死んだのか」
◇太宰治賞 （第14回/昭和53年/優秀作）
「あしたのジョーは死んだのか」 筑摩書
房 1978.12 191p
「あしたのジョーは死んだのか」 筑摩書
房 1988.1 185p （ちくま文庫）

0197 「彼の町に逃れよ」
◇野性時代新人文学賞 （第5回/昭和53
年）

0198 「シュージの放浪」
◇泉鏡花文学賞 （第15回/昭和62年）
「シュージの放浪」 筑摩書房 1987.1 350p

アサウラ

0199 「黄色い花の紅」
◇スーパーダッシュ小説新人賞 （第5回
/平成18年/大賞）
「黄色い花の紅」 集英社 2006.9 353p
15cm （集英社スーパーダッシュ文庫）
648円 ①4-08-630316-7

浅尾 大輔 あさお・だいすけ

0200 「家畜の朝」
◇新潮新人賞 （第35回/平成15年/小説
部門）

朝尾 直弘 あさお・なおひろ

0201 「日本の近世」
◇毎日出版文化賞 （第48回/平成6年/特
別賞）
「日本の近世 全18巻」 辻達也、朝尾直
弘代表編集 中央公論社 1991～1994
21cm

朝香 式 あさか・しき

0202 「マンガ肉と僕」
◇女による女のためのR-18文学賞 （第
12回/平成25年/大賞）
「マンガ肉と僕」 新潮社 2014.9 p236

19cm 1512円 ①978-4-10-336451-1

浅賀 美奈子 あさが・みなこ

0203 「夢よりももっと現実的なお伽話」
◇すばる文学賞 （第13回/平成1年/佳
作）

朝海 さち子 あさかい・さちこ

0204 「谷間の生霊たち」
◇太宰治賞 （第10回/昭和49年）
「谷間の生霊たち」 筑摩書房 1975 231p

淺川 継太 あさかわ・けいた

0205 「朝が止まる」
◇群像新人文学賞 （第53回/平成22年/
小説当選作）
「ある日の結婚」 講談社 2014.4 221p
19cm 1500円 ①978-4-06-218875-3

浅川 純 あさかわ・じゅん

0206 「世紀末をよろしく」
◇オール讀物推理小説新人賞 （第25回/
昭和61年）
「逆転の瞬間―「オール読物」推理小説新
人賞傑作選 3」 文芸春秋 文藝春秋
1998.6 398p 15cm （文春文庫） 505
円 ①4-16-721767-8

浅黄 斑 あさぎ・まだら

0207 「海豹亭の客」
◇日本文芸家クラブ大賞 （第4回/平成6
年度/短編小説賞）
「雨中の客」 双葉社 1994.10 273p
19cm 1800円 ①4-575-23204-1
「金曜の夜は、ラブ・ミステリー―男の秘
密、女の秘密」 山前譲編 三笠書房
2000.1 378p 15cm （王様文庫） 619
円 ①4-8379-6017-0

0208 「雨中の客」
◇「小説推理」新人賞 （第14回/平成4
年）

0209 「死んだ息子の定期券」
◇日本文芸家クラブ大賞 （第4回/平成6
年度/短編小説賞）

朝倉 勲 あさくら・いさお

0210 「ファーレンハイト9999」
◇スーパーダッシュ小説新人賞 （第13
回/平成26年/大賞）

朝倉 かすみ　あさくら・かすみ

0211　「肝、焼ける」
◇小説現代新人賞　（第72回/平成16年）

0212　「田村はまだか」
◇吉川英治文学新人賞　（第30回/平成21年度）
　「田村はまだか」　光文社　2008.2　240p
　20cm　1500円　①978-4-334-92598-7

浅倉 卓弥　あさくら・たくや

0213　「四日間の奇蹟」
◇『このミステリーがすごい！』大賞
　（第1回/平成14年/大賞（金賞））
　「四日間の奇蹟」　宝島社　2003.1　421p
　20cm　1600円　①4-7966-3059-7
　「四日間の奇蹟」　宝島社　2004.1　508p
　16cm（宝島社文庫）690円　①4-7966-
　3843-1

朝倉 宏景　あさくら・ひろかげ

0214　「白球と爆弾」
◇小説現代長編新人賞　（第7回/平成24年/奨励賞）
　「白球アフロ」　講談社　2013.3　223p
　19cm　1200円　①978-4-06-218252-2
　※受賞作「白球と爆弾」を改題

朝倉 祐弥　あさくら・ゆうや

0215　「白の咆哮」
◇すばる文学賞　（第28回/平成16年）
　「白の咆哮」　集英社　2005.1　157p
　20cm　1400円　①4-08-774744-1

朝倉 由希野　あさくら・ゆきの

0216　「おかっぱちゃん」
◇大阪女性文芸賞　（第29回/平成23年）

浅暮 三文　あさぐれ・みつふみ

0217　「石の中の蜘蛛」
◇日本推理作家協会賞　（第56回/平成15年/長篇及び連作短篇集部門）
　「石の中の蜘蛛」　集英社　2002.6　282p
　20cm　1700円　①4-08-775303-4
　「石の中の蜘蛛」　集英社　2005.3　301p
　16cm（集英社文庫）571円　①4-08-
　747798-3

浅津 慎　あさず・しん

0218　「有限会社もやしや」
◇ジャンプ小説新人賞（jump Novel
　Grand Prix）（'09 Summer（平成
21年夏）/小説：フリー部門/銅賞）

麻田 圭子　あさだ・けいこ

0219　「モーニング・サイレンス」
◇早稲田文学新人賞　（第9回/平成4年）

浅田 耕三　あさだ・こうぞう

0220　「首化粧」
◇歴史文学賞　（第11回/昭和61年度）
　「花ごよみ夢一夜」　日本文藝家協会編纂
　光風社出版　2001.11　444p　16cm（光
　風社文庫―新選代表作時代小説 24（昭
　和63年度））　724円　①4-415-08822-8
　※東京 成美堂出版（発売）

浅田 次郎　あさだ・じろう

0221　「お腹召しませ」
◇中央公論文芸賞　（第1回/平成18年度）
◇司馬遼太郎賞　（第10回/平成19年）
　「お腹召しませ」　中央公論新社　2006.2
　251p　20cm　1500円　①4-12-003700-2
　「お腹召しませ」　中央公論新社　2008.9
　298p　16cm（中公文庫）590円
　①978-4-12-205045-7

0222　「終わらざる夏」
◇毎日出版文化賞　（第64回/平成22年/
　文学・芸術部門）
　「終わらざる夏　上」　集英社　2010.7
　467p　20cm　1700円　①978-4-08-
　771346-6
　「終わらざる夏　下」　集英社　2010.7
　458p　20cm　1700円　①978-4-08-
　771347-3
　「終わらざる夏　上」　集英社　2013.6
　354p　16cm（集英社文庫 あ36-18）
　630円　①978-4-08-745078-1
　「終わらざる夏　中」　集英社　2013.6
　326p　16cm（集英社文庫 あ36-19）
　630円　①978-4-08-745079-8
　「終わらざる夏　下」　集英社　2013.6
　374p　16cm（集英社文庫 あ36-20）
　630円　①978-4-08-745080-4

0223　「中原の虹」
◇吉川英治文学賞　（第42回/平成20年
　度）
　「中原の虹　第1巻」　講談社　2006.9
　313p　20cm　1600円　①4-06-213606-6
　「中原の虹　第2巻」　講談社　2006.11
　371p　20cm　1600円　①4-06-213739-9
　「中原の虹　第3巻」　講談社　2007.5
　376p　20cm　1600円　①978-4-06-
　214071-3

「中原の虹　第4巻」　講談社　2007.11
363p　20cm　1600円　①978-4-06-
214393-6

0224　「鉄道員」
◇直木三十五賞　（第117回/平成9年上
期）
「鉄道員」　集英社　1997.4　284p　19cm
1500円　①4-08-774262-8
「鉄道員 ラブ・レター」　大活字　1998.4
264p　21cm（大活字文庫）2800円
①4-925053-13-2
「鉄道員」　集英社　2000.3　298p　15cm
（集英社文庫）476円　①4-08-747171-3
「鉄道員 ラブ・レター」　オンディマンド
版　大活字　2000.7　264p　22cm（大
活字文庫 9）2800円　①4-925053-47-7
※原本：1998年刊
「鉄道員」　浅田次郎作, 森川泉イラスト
集英社　2013.12　157p　18cm（集英
社みらい文庫）600円　①978-4-08-
321189-8

0225　「壬生義士伝」
◇柴田錬三郎賞　（第13回/平成12年）
「壬生義士伝　上」　文藝春秋　2000.4
390p　20cm　1524円　①4-16-319140-2
「壬生義士伝　下」　文藝春秋　2000.4
373p　20cm　1524円　①4-16-319150-X
「壬生義士伝　上」　文藝春秋　2002.9
463p　16cm（文春文庫）590円　①4-
16-764602-1
「壬生義士伝　下」　文藝春秋　2002.9
454p　16cm（文春文庫）590円　①4-
16-764603-X

0226　「地下鉄にのって」
◇吉川英治文学新人賞　（第16回/平成7
年度）
「地下鉄に乗って」　徳間書店　1994.3
248p　19cm　1500円　①4-19-860081-3
「地下鉄に乗って」　徳間書店　1997.6
285p　15cm（徳間文庫）514円　①4-
19-890698-X
「地下鉄に乗って」　講談社　1999.12
311p　15cm（講談社文庫）552円
①4-06-264597-1
「地下鉄に乗って―特別版」　徳間書店
2006.7　316p　19cm　1600円　①4-19-
862191-8
「冒険の森へ 傑作小説大全　8　歪んだ時
間」　集英社クリエイティブ編　集英社
2015.10　581p　19cm　2800円　①978-
4-08-157038-6

朝田　武史　あさだ・たけし
0227　「祝人伝」
◇やまなし文学賞　（第20回/平成23年度
/小説部門）
「祝人（ほいと）伝」　やまなし文学賞実行
委員会　2012.6　94p　19cm　857円
①978-4-89710-632-8

朝田　雅康　あさだ・まさやす
0228　「二年四組 暴走中！」
◇スーパーダッシュ小説新人賞　（第9回
/平成22年/佳作）〈受賞時〉片山
禾域
「二年四組交換日記―腐ったリンゴはく
さらない」　集英社　2010.10　276p
15cm（集英社スーパーダッシュ文庫 あ
11-1）533円　①978-4-08-630573-0
※受賞作「二年四組 暴走中！」を改題

朝戸　麻央　あさど・まお
0229　「アナベルと魔女の種」
◇角川ビーンズ小説大賞　（第7回/平成
20年/優秀賞＆読者賞）
「つぼみの魔女・アナベル―弟子の種の見
つけ方」　角川書店, 角川グループパブ
リッシング（発売）　2010.2　255p
15cm（角川ビーンズ文庫 BB71-1）
476円　①978-4-04-455003-5
※並列シリーズ名：Beans bunko

浅永　マキ　あさなが・まき
0230　「犬飼い」
◇ムー伝奇ノベル大賞　（第3回/平成15
年/優秀賞）
「犬飼い」　学習研究社　2004.3　213p
20cm　1400円　①4-05-402448-3

0231　「深爪」
◇関西文學新人賞　（第2回/平成14年/佳
作/小説部門）

浅沼　郁男　あさぬま・いくお
0232　「猿尾の記憶」
◇岡山・吉備の国「内田百閒」文学賞
（第10回/平成21・22年度/最優秀
賞）
「内田百閒文学賞受賞作品集　第10回（岡
山県）　猿尾の記憶/くるり用水のかめ
んた/物原を踏みて/震える水」　浅沼郁
男著, 小薗ミサオ著, 吉野栄著, 畔地里美
著　作品社　2011.3　165p　20cm
1000円　①978-4-86182-329-9

あさの あつこ

0233 「たまゆら」
◇島清恋愛文学賞 （第18回/平成23年）
「たまゆら」 新潮社 2011.5 299p
20cm 1500円 ①978-4-10-306332-2
「たまゆら」 新潮社 2013.11 410p
16cm （新潮文庫 あ-65-2) 630円
①978-4-10-134032-6

浅野 幾代　あさの・いくよ

0234 「大連物語」
◇泉鏡花記念金沢市民文学賞 （第13回/
昭和60年）
「大連物語」 金沢 北国出版社 1985.5
202p
「大連物語」 文芸社 2003.4 215p
19cm 1000円 ①4-8355-5449-3

浅野 大志　あさの・たいし

0235 「俺の眼鏡は伊達じゃない」
◇ノベルジャパン大賞 （第5回/平成23
年/奨励賞）
「ヤツの眼鏡は伊達じゃない」 ホビー
ジャパン 2012.2 253p 15cm （HJ文
庫 355) 619円 ①978-4-7986-0347-6
※受賞作「俺の眼鏡は伊達じゃない」を
改題

浅野 笛秘　あさの・てきひ

0236 「燈籠流」
◇「新小説」懸賞小説 （明35年12月）

あさの ハジメ

0237 「まよチキ！〜迷える執事とチキ
ンな俺と〜」
◇MF文庫Jライトノベル新人賞 （第5回
/平成21年/最優秀賞）
「まよチキ！」 メディアファクトリー
2009.11 262p 15cm （MF文庫J あ-
07-01) 580円 ①978-4-8401-3084-4
「まよチキ！ 2」 メディアファクトリー
2010.1 262p 15cm （MF文庫J あ-07-
02) 580円 ①978-4-8401-3155-1

浅ノ宮 遼　あさのみや・りょう

0238 「消えた脳病変」
◇ミステリーズ！新人賞 （第11回/平成
26年度）

浅葉 なつ　あさば・なつ

0239 「空をサカナが泳ぐ頃」
◇電撃大賞 （第17回/平成22年/電撃小
説大賞部門/メディアワークス文庫
賞）
「空をサカナが泳ぐ頃」 アスキー・メ
ディアワークス, 角川グループパブリッ
シング〔発売〕 2011.2 333p 15cm
（メディアワークス文庫 0070) 590円
①978-4-04-870283-6

あさば みゆき

0240 「ミコトバヅカイ、参るでござる
！」
◇角川つばさ文庫小説賞 （第2回/平成
25年/一般部門/金賞）

朝日新聞社　あさひしんぶんしゃ

0241 「悪人」
◇毎日出版文化賞 （第61回/平成19年/
文学・芸術部門）
「悪人」 吉田修一著 朝日新聞社 2007.
4 420p 20cm 1800円 ①978-4-02-
250272-8
「悪人 上」 吉田修一著 朝日新聞出版
2009.11 265p 15cm （朝日文庫 よ16-
1) 540円 ①978-4-02-264523-4
「悪人 下」 吉田修一著 朝日新聞出版
2009.11 275p 15cm （朝日文庫 よ16-
2) 540円 ①978-4-02-264524-1

0242 「シンセミア」
◇毎日出版文化賞 （第58回/平成16年/
第1部門（文学・芸術））
「シンセミア 上」 阿部和重著 朝日新
聞社 2003.10 397p 20cm 1700円
①4-02-257870-X
「シンセミア 下」 阿部和重著 朝日新
聞社 2003.10 411p 20cm 1700円
①4-02-257871-8

朝比奈 愛子　あさひな・あいこ

0243 「赤土の家」
◇女流新人賞 （第31回/昭和63年度）

朝比奈 あすか　あさひな・あすか

0244 「憂鬱なハスビーン」
◇群像新人文学賞 （第49回/平成18年/
小説当選作）
「憂鬱なハスビーン」 講談社 2006.8
150p 20cm 1200円 ①4-06-213520-5

朝吹 真理子　あさぶき・まりこ

0245 「きことわ」
◇芥川龍之介賞 （第144回/平成22年下

半期）
「きことわ」　新潮社　2011.1　141p
20cm　1200円　Ⓘ978-4-10-328462-8
「きことわ」　新潮社　2013.8　134p
16cm　（新潮文庫　あ-76-1）　370円
Ⓘ978-4-10-125181-3

0246　「流跡」
◇Bunkamuraドゥマゴ文学賞　（第20回/
平成22年/堀江敏幸選）
「流跡」　新潮社　2010.10　102p　20cm
1300円　Ⓘ978-4-10-328461-1
「流跡」　新潮社　2014.6　141p　16cm
（新潮文庫　あ-76-2）　400円　Ⓘ978-4-
10-125182-0

A＊sami

0247　「戦国えすぴる」
◇電撃大賞　（第22回/平成27年/銀賞）

アザミ

0248　「ハンヒニー・ポウィータ」
◇角川つばさ文庫小説賞　（第2回/平成
25年/こども部門/準グランプリ）

麻見　和史　あさみ・かずし

0249　「ヴェサリウスの柩」
◇鮎川哲也賞　（第16回/平成18年）
「ヴェサリウスの柩」　東京創元社　2006.
9　318p　20cm　1800円　Ⓘ4-488-
02390-8

浅見　理恵　あさみ・りえ

0250　「サティン・ローブ」
◇ジュニア冒険小説大賞　（第5回/平成
18年/佳作）
「サティン・ローブ」　浅見理恵作，田川
聡一絵　岩崎書店　2007.12　245p
22cm　（新・わくわく読み物コレクショ
ン 9）　1300円　Ⓘ978-4-265-06079-5

浅利　佳一郎　あさり・けいいちろう

0251　「いつの間にか・写し絵」
◇オール讀物推理小説新人賞　（第18回/
昭和54年）
「いつの間にか・写し絵」　勁文社　1989.2
237p　（ケイブンシャ文庫）

味尾　長太　あじお・ちょうた

0252　「ジャパゆき梅子」
◇オール讀物新人賞　（第67回/昭和62
年）

芦崎　笙　あしざき・しょう

0253　「スコールの夜」
◇日経小説大賞　（第5回/平成25年）
「スコールの夜」　日本経済新聞出版社
2014.2　297p　20cm　1500円　Ⓘ978-4-
532-17127-8

芦沢　央　あしざわ・よう

0254　「罪の余白」
◇野性時代フロンティア文学賞　（第3回
/平成24年）
「罪の余白」　角川書店，角川グループパ
ブリッシング〔発売〕　2012.8　255p
20cm　1300円　Ⓘ978-4-04-110275-6

足塚　鰯　あしずか・いわし

0255　「蛇と水と梔子の花」
◇ノベル大賞　（第35回/平成16年/読者
大賞）
「蛇と水と梔子の花」　集英社　2005.6
236p　15cm　（コバルト文庫）　495円
Ⓘ4-08-600607-3

芦田　千恵美　あしだ・ちえみ

0256　「土の声」
◇部落解放文学賞　（第15回/昭和63年/
小説）

芦原　公　あしはら・こう

0257　「関係者以外立入り禁止」
◇小説現代新人賞　（第25回/昭和50年
下）
「小説現代新人賞全作品　4」　講談社
1978.4　285p　20cm　1200円

芦原　瑞祥　あしはら・ずいしょう

0258　「妄想カレシ」
◇大阪女性文芸賞　（第31回/平成25年）

芦原　すなお　あしはら・すなお

0259　「青春デンデケデケデケ」
◇文藝賞　（第27回/平成2年）
◇直木三十五賞　（第105回/平成3年上）
「青春デンデケデケデケ」　河出書房新社
1991.1　241p
「私家版 青春デンデケデケデケ」　角川書
店　1998.7　470p　15cm　（角川文庫）
800円　Ⓘ4-04-344601-2

葦原　青　あしはら・せい

0260　「PONTIFEX」

あしへ   0261〜0271

◇C★NOVELS大賞 （第5回/平成21年/
　　大賞）
　　「遥かなる虹の大地―架橋技師伝」　中央
　　公論新社　2009.7　229p　18cm（C・
　　novels fantasia あ3-1）　900円　①978-4-
　　12-501081-6

芦辺 拓　あしべ・たく
　0261　「殺人喜劇の十三人」
◇鮎川哲也賞 （第1回/平成2年）
　　「殺人喜劇の13人」　東京創元社　1990.11
　　382p

塁城 白人　あじょう・しろひと
　0262　「蒼月宮殺人事件」
◇幻影城新人賞 （第3回/昭和52年/小説
　　部門）
　　「甦る「幻影城」　1　新人賞傑作選」　村
　　岡圭三、泡坂妻夫、滝原満、霜月信二郎、
　　連城三紀彦、塁城白人、田中芳樹、中上正
　　文著　角川書店　1997.8　402p　19cm
　　（カドカワ・エンタテインメント）　1048
　　円　①4-04-788105-8

飛鳥 高　あすか・たかし
　0263　「細い赤い糸」
◇日本推理作家協会賞 （第15回/昭和37
　　年）
　　「細い赤い糸」　光風社　1961　264p
　　「細い赤い糸」　講談社　1977.12　248p（講
　　談社文庫）
　　「細い赤い糸」　双葉社　1995.5　290p
　　15cm（双葉文庫―日本推理作家協会賞
　　受賞作全集 15）　570円　①4-575-65813-
　　8

飛鳥 ゆう　あすか・ゆう
　0264　「ドアの隙間」
◇作家賞 （第22回/昭和61年）

飛鳥井 千砂　あすかい・ちさ
　0265　「はるがいったら」
◇小説すばる新人賞 （第18回/平成17
　　年）
　　「はるがいったら」　集英社　2009.1
　　297p　16cm（集英社文庫 あ59-1）　533
　　円　①978-4-08-746393-4

飛鳥部 勝則　あすかべ・かつのり
　0266　「殉教カテリナ車輪」
◇鮎川哲也賞 （第9回/平成10年）
　　「殉教カテリナ車輪」　東京創元社　1998.

　　9　301p　19cm　1800円　①4-488-
　　02355-X
　　「殉教カテリナ車輪」　東京創元社　2001.
　　7　360p　15cm（創元推理文庫）　740円
　　①4-488-43501-7

梓 林太郎　あずさ・りんたろう
　0267　「九月の渓で」
◇エンタテイメント小説大賞 （第3回/
　　昭和55年）
　　「雪渓下の密室―山岳ミステリー傑作集」
　　光文社　1989.3　270p（光文社文庫）
　　「九月の渓で」　桃園書房　2005.4　310p
　　15cm（桃園文庫）　600円　①4-8078-
　　0518-5
　　「九月の渓で」　光文社　2010.4　299p
　　15cm（光文社文庫）　552円　①978-4-
　　334-74761-9

梓沢 要　あずさわ・かなめ
　0268　「喜娘」
◇歴史文学賞 （第18回/平成5年度）
　　「喜娘」　梓澤要著　新人物往来社　2010.
　　4　431p　15cm（新人物文庫）　714円
　　①978-4-404-03838-8
　　「喜娘（きじょう）　上」　梓澤要著　埼玉
　　福祉会　2011.5　398p　21cm（大活字
　　本シリーズ）　3300円　①978-4-88419-
　　709-4
　　※底本：新人物文庫「喜娘」
　　「喜娘（きじょう）　下」　梓澤要著　埼玉
　　福祉会　2011.5　320p　21cm（大活字
　　本シリーズ）　3100円　①978-4-88419-
　　710-0
　　※底本：新人物文庫「喜娘」

安土 萌　あずち・きざし
　0269　「海」
◇星新一ショートショート・コンテスト
　　（第5回/昭和58年/最優秀作）

あすな ゆう
　0270　「あまえて♡騎士ねえ様」
◇美少女文庫新人賞 （第3回/平成19年）
　　「あまえて♡騎士ねえ様」　フランス書院
　　2008.4　268p　15cm（美少女文庫）
　　648円　①978-4-8296-5844-4

東 佐紀　あずま・さき
　0271　「地下鉄クイーン」
◇スーパーダッシュ小説新人賞 （第2回
　　/平成15年/佳作）
　　「ネザーワールド―カナリア」　集英社

東 朔水 あずま・さくみ

0272 「仁侠ダディ」
◇ポプラ社小説大賞 （第5回／平成22年／奨励賞）

東 しいな あずま・しいな

0273 「春彼岸」
◇ゆきのまち幻想文学賞 （第16回／平成18年／長編賞）
「横着星」 川田裕美子ほか著 企画集団ぷりずむ 2007.1 223p 19cm （ゆきのまち幻想文学賞小品集 16） 1715円 Ⓘ978-4-906691-24-1, 4-906691-24-2
※選：高田宏, 萩尾望都, 乳井昌史

0274 「もうひとつの階段」
◇ゆきのまち幻想文学賞 （第20回／平成22年／大賞）
「ゆきのまち幻想文学賞小品集 20 もうひとつの階段」 ゆきのまち通信編 企画集団ぷりずむ 2011.4 215p 19cm 1715円 Ⓘ978-4-906691-37-1

東 直己 あずま・なおみ

0275 「残光」
◇日本推理作家協会賞 （第54回／平成13年／長篇及び連作短篇集部門）
「残光」 角川春樹事務所 2000.9 364p 20cm 1900円 Ⓘ4-89456-900-0
「残光」 角川春樹事務所 2003.8 461p 16cm （ハルキ文庫） 800円 Ⓘ4-7584-3061-6

東 秀紀 あずま・ひでき

0276 「鹿鳴館の肖像」
◇歴史文学賞 （第19回／平成6年度）
「鹿鳴館の肖像」 新人物往来社 1996.9 264p 19cm 1800円 Ⓘ4-404-02418-5

東 浩紀 あずま・ひろき

0277 「クォンタム・ファミリーズ」
◇三島由紀夫賞 （第23回／平成22年）
「クォンタム・ファミリーズ」 新潮社 2009.12 372p 20cm 2000円 Ⓘ978-4-10-426203-8
「クォンタム・ファミリーズ」 河出書房新社 2013.2 436p 15cm （河出文庫 あ20-4） 760円 Ⓘ978-4-309-41198-9

東 亮太 あずま・りょうた

0278 「君等の記号／私のジケン」
◇スニーカー大賞 （第10回／平成17年／奨励賞） 〈受賞時〉東 小春
「マキゾエホリック case 1 転校生という名の記号」 角川書店 2006.2 301p 15cm （角川文庫） 533円 Ⓘ4-04-472001-0
「マキゾエホリック case 2 大邪神という名の記号」 角川書店 2006.5 334p 15cm （角川文庫） 552円 Ⓘ4-04-472002-9
「マキゾエホリック case 3 魔法少女という名の記号」 角川書店 2006.11 334p 15cm （角川文庫） 552円 Ⓘ4-04-472003-7

アズミ

0279 「給食争奪戦」
◇電撃大賞 （第20回／平成25年／電撃小説大賞部門／電撃文庫MAGAZINE賞）
「給食争奪戦」 KADOKAWA 2014.6 325p 15cm （電撃文庫 2759） 610円 Ⓘ978-4-04-866643-5

阿澄 森羅 あすみ・しんら

0280 「イラナイチカラ」
◇ファンタジア大賞 （第24回後期／平成24年／ラノベ文芸賞）
「諸事万端相談所（よろずや）まるなげ堂の事件簿」 KADOKAWA 2011.12 286p 15cm （富士見L文庫） 1905円 Ⓘ978-4-04-070244-5
※受賞作「イラナイチカラ」を改題

あせごの まん

0281 「余は如何にして服部ヒロシとなりしか」
◇日本ホラー小説大賞 （第12回／平成17年／短編賞）
「余は如何にして服部ヒロシとなりしか」 角川書店 2005.11 196p 15cm （角川ホラー文庫） 476円 Ⓘ4-04-380601-9

畔地 里美 あぜち・さとみ

0282 「硬い水」
◇岡山・吉備の国「内田百閒」文学賞 （第12回／平成25・26年度／優秀賞）
「内田百閒文学賞受賞作品集―岡山県 第12回」 三ツ木茂, 里海瓢一, 畔地里美, 小田由紀子著 作品社 2015.3 169p

20cm 926円 ①978-4-86182-527-9
※主催：岡山県 岡山県郷土文化財団

0283 「空に向かって」
◇日本海文学大賞 （第13回/平成14年/
小説/佳作）

0284 「美白屋のとんがり屋根」
◇日本海文学大賞 （第14回/平成15年/
小説部門/奨励賞）

0285 「震える水」
◇岡山・吉備の国「内田百閒」文学賞
（第10回/平成21・22年度/優秀賞）
「内田百閒文学賞受賞作品集 第10回（岡
山県） 猿尾の記憶/くるり用水のかめ
んた/物原を踏みて/震える水」 浅沼郁
男著, 小薗ミサオ著, 吉野栄著, 畔地里美
著 作品社 2011.3 165p 20cm
1000円 ①978-4-86182-329-9

0286 「やつし屋の明り」
◇堺自由都市文学賞 （第18回/平成18年
度/佳作）

0287 「雪空」
◇日本海文学大賞 （第15回/平成16年/
小説部門/北陸賞）

麻生 俊平 あそう・しゅんぺい

0288 「ポート・タウン・ブルース」
◇ファンタジア長編小説大賞 （第2回/
平成2年/準入選）
「ポート・タウン・ブルース」 富士見書房
1991.3 265p（富士見ファンタジア文庫）

遊部 香 あそべ・かおり

0289 「星々」
◇坊っちゃん文学賞 （第12回/平成23年
/佳作）

能木 昶 あたぎ・あきら

0290 「おむら殉愛記」
◇「サンデー毎日」大衆文芸 （第21回/
昭和12年下）

足立 浩二 あだち・こうじ

0291 「暗い森を抜けるための方法」
◇群像新人文学賞 （第36回/平成5年/小
説/優秀作）

足立 妙子 あだち・たえこ

0292 「風紋」
◇北海道新聞文学賞 （第25回/平成3年/
創作）

安達 千夏 あだち・ちか

0293 「あなたがほしい jete veux」
◇すばる文学賞 （第22回/平成10年）
「あなたがほしい」 集英社 1999.1
180p 19cm 1200円 ①4-08-774380-2
「あなたがほしい」 集英社 2001.9
199p 16cm （集英社文庫） 419円
①4-08-747360-0
※他言語標題：Je te veux

安達 茉莉子 あだち・まりこ

0294 「深大寺ラバーズ」
◇深大寺短編恋愛小説「深大寺恋物語」
（第8回/平成24年/審査員特別賞）

足立 陽 あだち・よう

0295 「島と人類」
◇すばる文学賞 （第38回/平成26年）
「島と人類」 集英社 2015.2 178p
20cm 1300円 ①978-4-08-771596-5

新 光江 あたらし・みつえ

0296 「花いちもんめ」
◇神戸女流文学賞 （第7回/昭和58年）
「雪をみた」 〔鳥取〕 〔新光江〕 1986.3
241p

新 八角 あたらし・やすみ

0297 「背天紅路」
◇電撃大賞 （第22回/平成27年/銀賞）

亜壇 月子 あだん・つきこ

0298 「Laugh、You're Laughing！」
◇パレットノベル大賞 （第28回/平成15
年夏/佳作）

阿智 太郎 あち・たろう

0299 「僕の血を吸わないで」
◇電撃ゲーム小説大賞 （第4回/平成9年
/銀賞）
「僕の血を吸わないで」 メディアワーク
ス, 主婦の友社〔発売〕 1998.2 309p
15cm （電撃文庫） 550円 ①4-07-
308070-9

あちゃみ

0300 「ひまわり」
◇日本ケータイ小説大賞 （第6回/平成
24年/特別賞）

「ひまわり」 スターツ出版 2012.6
301p 15cm（ケータイ小説文庫 Bあ1-
1―野いちご）550円 ①978-4-88381-
665-1

厚木 隼 あつぎ・じゅん

0301 「**Acacia！ ～明るい未来と幸せ
な現在のために～**」
◇富士見ヤングミステリー大賞（第6回
/平成18年/大賞）
「僕たちのパラドクス―acacia 2279」 富
士見書房 2007.1 301p 15cm（富士
見ミステリー文庫）560円 ①978-4-
8291-6381-8

渥美 饒児 あつみ・じょうじ

0302 「ミッドナイト・ホモサピエンス」
◇文藝賞（第21回/昭和59年）
「ミッドナイト・ホモサピエンス」 河出
書房新社 1985.1 155p

阿刀田 高 あとうだ・たかし

0303 「新トロイア物語」
◇吉川英治文学賞（第29回/平成7年度）
「新トロイア物語」 講談社 1994.11
565p 19cm 1900円 ①4-06-207220-3
「新トロイア物語」 講談社 1997.12
697p 15cm（講談社文庫）933円
①4-06-263658-1

0304 「ナポレオン狂」
◇直木三十五賞（第81回/昭和54年上）
「ナポレオン狂」 講談社 1979.4 275p
「ナポレオン狂」 講談社 1982.7 279p
（講談社文庫）
「遠い迷宮―阿刀田高傑作短編集」 集英
社 2007.9 302p 15cm（集英社文
庫）571円 ①978-4-08-746211-1

0305 「来訪者」
◇日本推理作家協会賞（第32回/昭和54
年/短篇部門）
「短篇集 3」 阿刀田高、戸板康二、連城
三紀彦、日下圭介、石沢英太郎、仁木悦子
著 双葉社 1996.5 308p 15cm（双
葉文庫―日本推理作家協会賞受賞作全
集 31）570円 ①4-575-65825-1
「遠い迷宮―阿刀田高傑作短編集」 集英
社 2007.9 302p 15cm（集英社文
庫）571円 ①978-4-08-746211-1

跡部 蛮 あとべ・ばん

0306 「江戸切絵図の記憶」
◇北区内田康夫ミステリー文学賞（第2

回/平成16年/区長賞（特別賞））

阿南 泰 あなん・やすし

0307 「錨のない部屋」
◇文學界新人賞（第58回/昭和59年上）

姉小路 祐 あねこうじ・ゆう

0308 「動く不動産」
◇横溝正史賞（第11回/平成3年）
「動く不動産」 角川書店 1991.5 299p
「動く不動産」 角川書店 1998.4 318p
15cm（角川文庫）520円 ①4-04-
190902-3

亜能 退人 あのう・たいと

0309 「アル・グランデ・カーボ」
◇スニーカー大賞（第16回/平成23年/
ザ・スニーカー賞）

賀名生 岳 あのう・たけし

0310 「風歯（ふうし）」
◇歴史文学賞（第32回/平成19年度）
「風歯」 新人物往来社 2008.5 313p
20cm 1900円 ①978-4-404-03550-9

阿夫利 千恵 あふり・ちえ

0311 「蕎麦の花」
◇自分史文学賞（第7回/平成8年度/大
賞）
「結婚」 学習研究社 1997.6 227p
19cm 1800円 ①4-05-400849-6

阿部 暁子 あべ・あきこ

0312 「いつまでも」
◇ロマン大賞（第17回/平成20年度/入
選）
「屋上ボーイズ」 集英社 2008.11
267p 15cm（コバルト文庫）514円
①978-4-08-601232-4

阿部 昭 あべ・あきら

0313 「子供部屋」
◇文學界新人賞（第15回/昭和37年下）
「未成年」 文芸春秋 1968 334p
「阿部昭全短篇」 上 講談社 1978.4 362p
「子供部屋」 集英社 1978.6 247p
「阿部昭全作品1」 福武書店 昭和59年
「阿部昭全作品 1」 福武書店 1984.1
316p 22cm 3500円 ①4-8288-2094-9,
4-8288-2093-0
※著者の肖像あり

あへ

「阿部昭集1」 岩波書店 1991
「阿部昭集 第1巻」 岩波書店 1991.8
418p 19cm 4500円 ①4-00-091641-6

0314 「人生の一日」
◇芸術選奨 （第27回/昭和51年度/文学部門/新人賞）
「人生の一日」 中央公論社 1976 209p
「阿部昭全短篇」 上 講談社 1978.4 362p
「阿部昭全作品4」 福武書店 昭和59年
「昭和文学全集30」 小学館 1988
「阿部昭集5」 岩波書店 1991
「無縁の生活・人生の一日」 講談社 1992.5 354p 15cm （講談社文芸文庫） 980円 ①4-06-196174-8

0315 「千年」
◇毎日出版文化賞 （第27回/昭和48年）
「千年」 講談社 1977.9 226p （講談社文庫）
「海からの風」 作品社 1980.3 219p
「阿部昭全作品3」 福武書店 昭和59年
「阿部昭集3」 岩波書店 1991

阿部 和重 あべ・かずしげ

0316 「生ける屍の夜」
◇群像新人文学賞 （第37回/平成6年/小説）
「アメリカの夜」 講談社 1994.7 166p 19cm 1400円 ①4-06-207173-8

0317 「キャプテンサンダーボルト」
◇本屋大賞 （第12回/平成27年/8位）
「キャプテンサンダーボルト」 阿部和重, 伊坂幸太郎著 文藝春秋 2014.11 524p 20cm 1800円 ①978-4-16-390194-7
※他言語標題：CAPTAIN THUNDER BOLT

0318 「グランド・フィナーレ」
◇芥川龍之介賞 （第132回/平成16年下半期）
「グランド・フィナーレ」 講談社 2007.7 229p 15cm （講談社文庫） 467円 ①978-4-06-275775-1

0319 「シンセミア」
◇伊藤整文学賞 （第15回/平成16年/小説）
◇毎日出版文化賞 （第58回/平成16年/第1部門（文学・芸術））
「シンセミア 上」 朝日新聞社 2003.10 397p 20cm 1700円 ①4-02-257870-X
「シンセミア 下」 朝日新聞社 2003.10

411p 20cm 1700円 ①4-02-257871-8

0320 「ピストルズ」
◇谷崎潤一郎賞 （第46回/平成22年）
「ピストルズ」 講談社 2010.3 667p 20cm 1900円 ①978-4-06-216116-9
「ピストルズ 上」 講談社 2013.6 361p 15cm （講談社文庫） 648円 ①978-4-06-277562-5
「ピストルズ 下」 講談社 2013.6 458p 15cm （講談社文庫） 762円 ①978-4-06-277563-2

0321 「無情の世界」
◇野間文芸新人賞 （第21回/平成11年）
「無情の世界」 講談社 1999.1 207p 20cm 1400円 ①4-06-209131-3
「文学 1999」 日本文藝家協会編 講談社 1999.4 290p 20cm 3000円 ①4-06-117099-6
「無情の世界」 新潮社 2003.3 221p 16cm （新潮文庫） 400円 ①4-10-137723-5

阿部 幹 あべ・かん

0322 「潜士（かづぎ）の源造」
◇マリン文学賞 （第1回/平成2年/入選）
「北の潮―創作集」 金入 2012.7 329p 21cm 1575円

安部 公房 あべ・こうぼう

0323 「赤い繭」
◇戦後文学賞 （第2回/昭和26年）
「壁」 角川書店 1954 174p （角川文庫）
「安部公房集」 筑摩書房 1960 290p （新鋭文学叢書 第2）
「安部公房全作品2」 新潮社 昭和47年
「昭和文学全集15」 小学館 1987
「方法の実験」 大岡昇平、平野謙、埴谷雄高、花田清輝編、佐藤春夫ほか著、佐々木基一編・解説 新装版 學藝書林 2002.11 553p 19cm （全集 現代文学の発見 第2巻） 4500円 ①4-87517-060-2
「新 現代文学名作選」 中島国彦監修 明治書院 2012.1 256p 21cm 781円 ①978-4-625-65415-2

0324 「壁」
◇芥川龍之介賞 （第25回/昭和26年上）
「壁」 月曜書房 1951 248p
「壁」 角川書店 1954 174p （角川文庫）
「安部公房集」 筑摩書房 1960 290p （新鋭文学叢書 第2）

「安部公房全作品2」 新潮社 昭和47年
「芥川賞全集4」 文芸春秋 1982
「昭和文学全集15」 小学館 1987
「壁」 カミュ, 安部公房, サヴィニオ著
ポプラ社 2011.5 149p 19cm（百年
文庫 76）750円 ①978-4-591-12164-1

0325 「**砂の女**」
◇読売文学賞 （第14回/昭和37年/小説
賞）
「砂の女」 新潮社 1960 218p
「安部公房全作品6」 新潮社 昭和47年
「砂の女」 新潮社 1981.2 237p（新潮文
庫）
「砂の女」 改版 新潮社 2011.6 276p
15cm（新潮文庫）476円 ①978-4-10-
112115-4
※68刷（初版1981年）

0326 「**緑色のストッキング**」
◇読売文学賞 （第26回/昭和49年/戯曲
賞）
「緑色のストッキング」 新潮社 1974
132p（書下ろし新潮劇場）
「昭和文学全集15」 小学館 1987
「緑色のストッキング・未必の故意」 新
潮社 1989.4 476p（新潮文庫）

阿部 智 あべ・さとし
0327 「**消された航跡**」
◇横溝正史賞 （第9回/平成1年）
「消された航跡」 角川書店 1989.5 287p

安倍 村羊 あべ・そんよう
0328 「**画題「統一」**」
◇「文芸倶楽部」懸賞小説 （第23回/明
38年1月/第3等）

阿部 智里 あべ・ちさと
0329 「**烏に単は似合わない**」
◇松本清張賞 （第19回/平成24年）
「烏に単は似合わない」 文藝春秋 2012.
6 356p 20cm 1350円 ①978-4-16-
381610-4
「烏に単は似合わない」 文藝春秋 2014.
6 377p 16cm（文春文庫 あ65-1）
670円 ①978-4-16-790118-9

阿部 知二 あべ・ともじ
0330 「**乾燥する街**」
◇「文藝春秋」懸賞小説 （第1回/大14
年）
0331 「**冬の宿**」

◇文学界賞 （第10回/昭和11年11月）
「冬の宿」 第一書房 1936 277p
「冬の宿」 札幌 青磁社 1947 233p
「冬の宿」 創元社 1947 278p（創元選書）
「冬の宿」 再版 新潮社 1950 235p（新潮
文庫）
「冬の宿」 2版 創元社 1951 278p
「阿部知二作品集」 第1巻 河出書房 1952
「冬の宿」 角川書店 1954 192p（角川文
庫）
「冬の宿―他一篇」 岩波書店 1956 229p
（岩波文庫）
「日本青春文学名作選」 第15 学習研究社
1964（ガッケン・ブックス）
「阿部知二全集2」 河出書房新社 昭和
49年
「昭和文学全集13」 小学館 1989
「昭和文学全集 第13巻」 織田作之助,
武田麟太郎, 阿部知二, 尾崎士郎, 火野葦
平, 中山義秀著 小学館 1989.2
1081p 21cm 4000円 ①4-09-568013-
X
「冬の宿」 講談社 2010.1 247p 15cm
（講談社文芸文庫）1300円 ①978-4-
06-290072-0

阿部 菜月 あべ・なつき
0332 「**スミレ**」
◇12歳の文学賞 （第5回/平成23年/小説
部門/佳作）

阿部 夏丸 あべ・なつまる
0333 「**泣けない魚たち**」
◇坪田譲治文学賞 （第11回/平成7年度）

阿部 牧郎 あべ・まきお
0334 「**それぞれの終楽章**」
◇直木三十五賞 （第98回/昭和62年下）
「それぞれの終楽章」 講談社 1987.11
217p
「それぞれの終楽章」 講談社 1991.1
220p 15cm（講談社文庫）400円
①4-06-184827-5

阿部 光子 あべ・みつこ
0335 「**遅い目覚めながらも**」
◇田村俊子賞 （第5回/昭和39年）
0336 「**神学校一年生**」
◇田村俊子賞 （第5回/昭和39年）
◇女流文学賞 （第8回/昭和44年度）
「遅い目覚めながらも」 新潮社 1969

あへ

240p
「遅い目覚めながらも」 彩古書房 1984.2
240p（発売：太陽出版）

阿部 安治　あべ・やすじ

0337　「俎板橋からずっと」
◇ちよだ文学賞（第9回/平成26年/大
賞）

阿部 陽一　あべ・よういち

0338　「フェニックスの弔鐘」
◇江戸川乱歩賞（第36回/平成2年）
「フェニックスの弔鐘」 講談社 1990.9
325p
「剣の道殺人事件・フェニックスの弔鐘―
江戸川乱歩賞全集　18」 鳥羽亮, 阿部
陽一著, 日本推理作家協会編　講談社
2005.9　823p　15cm（講談社文庫）
1190円　①4-06-275195-X

阿部 藍樹　あべ・らんじゅ

0339　「好敵手『敵の手が好き』」
◇ジャンプ小説新人賞（jump Novel
Grand Prix）（'10 Summer/平成22
年夏/小説：テーマ部門/銅賞）

安部 龍太郎　あべ・りゅうたろう

0340　「天馬、翔ける」
◇中山義秀文学賞（第11回/平成17年）
「天馬、翔ける　上巻」 新潮社　2007.8
622p　16cm（新潮文庫）781円
①978-4-10-130519-6
「天馬、翔ける　下巻」 新潮社　2007.8
653p　16cm（新潮文庫）819円
①978-4-10-130520-2

0341　「等伯」
◇直木三十五賞（第148回/平成24年下
半期）
「等伯　上」 日本経済新聞出版社　2012.
9　350p　20cm　1600円　①978-4-532-
17113-1
「等伯　下」 日本経済新聞出版社　2012.
9　369p　20cm　1600円　①978-4-532-
17114-8

アポロ

0342　「被害妄想彼氏」
◇日本ケータイ小説大賞（第1回/平成
18年/審査員特別賞）
「被害妄想彼氏」 スターツ出版　2007.6
271p　20cm　1000円　①978-4-88381-
056-7

「被害妄想彼氏」 スターツ出版　2009.7
225p　15cm（ケータイ小説文庫 あ2-1
―野いちご）500円　①978-4-88381-
512-8
※並列シリーズ名：Keitai shousetsu
bunko

雨神 音矢　あまがみ・おとや

0343　「浅草人間縦覧所」
◇堺自由都市文学賞（第14回/平成14年
/佳作）

天川 栄人　あまかわ・ひでと

0344　「ノベルダムと本の虫」
◇角川ビーンズ小説大賞（第13回/平成
26年/審査員特別賞）

天城 ケイ　あまぎ・けい

0345　「暗殺教師に純潔を―アサシンズ
プライド―」
◇ファンタジア大賞（第28回/平成27年
/大賞）

雨木 シュウスケ　あまぎ・しゅうすけ

0346　「少女は巨人と踊る」
◇ファンタジア長編小説大賞（第15回/
平成15年/佳作）
「少女は巨人と踊る―マテリアルナイト」
富士見書房　2003.9　318p　15cm（富
士見ファンタジア文庫）580円　①4-
8291-1548-3

天城 れい　あまぎ・れい

0347　「夜猫夜話」
◇ジュニア冒険小説大賞（第7回/平成
20年/佳作）

天沢 夏月　あまさわ・なつき

0348　「サマー・ランサー」
◇電撃大賞（第19回/平成24年/電撃小
説大賞部門/選考委員奨励賞）
「サマー・ランサー」 アスキー・メディ
アワークス, 角川グループホールディン
グス〔発売〕 2013.4　281p　15cm
（メディアワークス文庫 あ9-1）550円
①978-4-04-891654-7

天地 優雅　あまち・ゆうが

0349　「リア充×オタク×不良×中二病
×痴女〜犯人は誰だ!?〜」
◇スニーカー大賞（第19回・秋/平成26
年/特別賞）

あまね 翠　あまね・すい

0350　「金の騎士は銀の姫君をさらう」
◇小学館ライトノベル大賞〔ルルル文庫部門〕（第1回/平成19年/期待賞）〈受賞時〉歌見 朋留
「BURAIなやつら―流浪の王女」 小学館 2007.7 239p 15cm（小学館ルルル文庫）476円　①978-4-09-452015-6
「BURAIなやつら―貴公子の謀略」 小学館 2007.10 233p 15cm（小学館ルルル文庫）476円　①978-4-09-452028-6
「BURAIなやつら―終焉の聖地」 小学館 2008.4 277p 15cm（小学館ルルル文庫）495円　①978-4-09-452059-0

天音 マサキ　あまね・まさき

0351　「三次元への招待状」
◇スニーカー大賞（第17回/平成24年/特別賞）
「僕の欲望（ヒロイン）は手に負えない」 角川書店, 角川グループパブリッシング〔発売〕 2013.2 269p 15cm（角川スニーカー文庫 S251-1）600円　①978-4-04-100667-2
※受賞作「三次元への招待状」を改題
「僕の欲望（ヒロイン）は手に負えない 2」 角川書店, 角川グループホールディングス〔発売〕 2013.5 270p 15cm（角川スニーカー文庫 S251-2）600円　①978-4-04-100803-4
「僕の欲望（ヒロイン）は手に負えない 3」 角川書店, KADOKAWA〔発売〕 2013.9 266p 15cm（角川スニーカー文庫 あ-2-1-3）620円　①978-4-04-100993-2

天野 暁月　あまの・あかつき

0352　「清然和尚と仏の領解」
◇ミステリーズ！新人賞（第9回/平成24年度/佳作）〈受賞時〉天野 泡吟

天野 純希　あまの・すみき

0353　「破天の剣」
◇中山義秀文学賞（第19回/平成25年度）
「破天の剣」 角川春樹事務所 2012.12 419p 20cm 1600円　①978-4-7584-1206-3

0354　「桃山ビート・トライブ」
◇小説すばる新人賞（第20回/平成19年）
「桃山ビート・トライブ」 集英社 2008.

1 312p 20cm 1400円　①978-4-08-771208-7

天埜 冬景　あまの・とうけい

0355　「白銀新生ゼストマーグ」
◇MF文庫Jライトノベル新人賞（第8回/平成24年/最優秀賞）
「白銀の救世機（ゼストマーグ）」 メディアファクトリー 2012.12 291p 15cm（MF文庫J あ-11-01）580円　①978-4-8401-4941-9
※受賞作「白銀新生ゼストマーグ」を改題
「白銀の救世機（ゼストマーグ） 2」 メディアファクトリー 2013.3 261p 15cm（MF文庫J あ-11-02）580円　①978-4-8401-5130-6
「白銀の救世機（ゼストマーグ） 3」 メディアファクトリー 2013.7 262p 15cm（MF文庫J あ-11-03）580円　①978-4-8401-5243-3

天埜 裕文　あまの・ひろふみ

0356　「灰色猫のフィルム」
◇すばる文学賞（第32回/平成20年）
「灰色猫のフィルム」 集英社 2009.2 125p 20cm 1100円　①978-4-08-771275-9

天野 邊　あまの・ほとり

0357　「ブシスファイラ」
◇日本SF新人賞（第10回/平成20年）
「ブシスファイラ」 徳間書店 2009.10 338p 20cm 2000円　①978-4-19-862823-9
※文献あり

天野 ゆいな　あまの・ゆいな

0358　「さながら駆けし破軍の如く」
◇ホワイトハート新人賞（平成20年下期）
「さながら駆けし破軍の如く」 講談社 2009.6 203p 15cm（講談社X文庫 あM-01―White heart）600円　①978-4-06-286597-5

尼野 ゆたか　あまの・ゆたか

0359　「ムーンスペル!!」
◇ファンタジア長編小説大賞（第16回/平成16年/佳作）〈受賞時〉筑後 啓太
「ムーンスペル!!」 富士見書房 2005.1 318p 15cm（富士見ファンタジア文

庫）580円　①4-8291-1680-3

天宮 謙輔　あまみや・けんすけ

0360　「FLEET IN BEING PEARL HERBER」
◇歴史群像大賞　（第13回/平成19年発表/奨励賞）

「憂国の海戦譜―真珠湾炎上」　学習研究社　2007.12　256p　18cm（歴史群像新書）900円　①978-4-05-403629-1

「憂国の海戦譜―ミッドウェイ上陸 fleet in being」　学習研究社　2008.8　264p　18cm（歴史群像新書）900円　①978-4-05-403854-7

「憂国の海戦譜―ガダルカナル最終決戦」学習研究社　2009.8　248p　18cm（歴史群像新書 241-3）943円　①978-4-05-404258-2

※並列シリーズ名：Rekishi gunzo books

雨宮 諒　あまみや・りょう

0361　「シュプルのおはなし Grandpa's Treasure Box」
◇電撃ゲーム小説大賞　（第10回/平成15年/選考委員奨励賞）

「シュプルのおはなし―grandpa's treasure box」　メディアワークス　2004.4　256p　15cm（電撃文庫）550円　①4-8402-2660-1

雨森 零　あまもり・ぜろ

0362　「首飾り」
◇文藝賞　（第31回/平成6年）

「首飾り」　河出書房新社　1995.1　213p　19cm　1300円　①4-309-00957-3

安萬 純一　あまん・じゅんいち

0363　「ボディ・メッセージ」
◇鮎川哲也賞　（第20回/平成22年度）

「ボディ・メッセージ」　東京創元社　2010.10　289p　20cm　1900円　①978-4-488-02464-2

「ボディ・メッセージ―被砥功児の事件簿」　東京創元社　2013.12　310p　15cm（創元推理文庫 Mあ15-1）780円　①978-4-488-42611-8

網野 菊　あみの・きく

0364　「一期一会」
◇読売文学賞　（第19回/昭和42年/小説賞）

「作品集一期一会」　講談社 1967 257p

「網野菊全集2」　講談社 昭和44年

「昭和文学全集7」　小学館 1989

「一期一会・さくらの花」　講談社 1993.7　345p　15cm（講談社文芸文庫）980円　①4-06-196230-2

「網野菊・芝木好子・中里恒子」　網野菊、芝木好子、中里恒子著、河野多恵子、大庭みな子、佐藤愛子、津村節子監修　角川書店　1999.5　477p　19cm（女性作家シリーズ 5）2800円　①4-04-574205-0

0365　「金の棺」
◇女流文学者賞　（第2回/昭和23年）

「網野菊全集2」　講談社 昭和44年

「昭和文学全集7」　小学館 1989

「一期一会・さくらの花」　講談社 1993.7　345p　15cm（講談社文芸文庫）980円　①4-06-196230-2

「網野菊・芝木好子・中里恒子」　網野菊、芝木好子、中里恒子著、河野多恵子、大庭みな子、佐藤愛子、津村節子監修　角川書店　1999.5　477p　19cm（女性作家シリーズ 5）2800円　①4-04-574205-0

0366　「さくらの花」
◇芸術選奨　（第12回/昭和36年度/文学部門/文部大臣賞）

◇女流文学賞　（第1回/昭和37年度）

「さくらの花」　新潮社 1961 235p

「網野菊全集2」　講談社 昭和44年

「昭和文学全集7」　小学館 1989

網野 善彦　あみの・よしひこ

0367　「日本の中世」
◇毎日出版文化賞　（第57回/平成15年/企画部門（全集・講座・事典など））

「中世のかたち」　石井進著　中央公論新社　2002.1　326p　20cm（日本の中世 1）2400円　①4-12-490210-7

「信心の世界、遁世者の心」　大隅和雄著　中央公論新社　2002.3　294p　20cm（日本の中世 2）2400円　①4-12-490211-5

「異郷を結ぶ商人と職人」　笹本正治著　中央公論新社　2002.4　292p　20cm（日本の中世 3）2400円　①4-12-490212-3

「女人、老人、子ども」　田端泰子、細川涼一著　中央公論新社　2002.6　310p　20cm（日本の中世 4）2400円　①4-12-490213-1

「北の平泉、南の琉球」　入間田宣夫、豊見山和行著　中央公論新社　2002.8　334p　20cm（日本の中世 5）2500円

①4-12-490214-X
「戦国乱世を生きる力」 神田千里著 中央公論新社 2002.9 318p 20cm（日本の中世 11）2500円 ①4-12-490220-4
「中世文化の美と力」 五味文彦, 佐野みどり, 松岡心平著 中央公論新社 2002.9 334p 20cm（日本の中世 7）2600円 ①4-12-490216-6
「院政と平氏、鎌倉政権」 上横手雅敬, 元木泰雄, 勝山清次著 中央公論新社 2002.11 414p 20cm（日本の中世 8）2700円 ①4-12-490217-4
「村の戦争と平和」 坂田聡, 榎原雅治, 稲葉継陽著 中央公論新社 2002.12 342p 20cm（日本の中世 12）2600円 ①4-12-490221-2
「モンゴル襲来の衝撃」 佐伯弘次著 中央公論新社 2003.1 270p 20cm（日本の中世 9）2500円 ①4-12-490218-2
「都市と職能民の活動」 網野善彦, 横井清著 中央公論新社 2003.2 358p 20cm（日本の中世 6）2700円 ①4-12-490215-8
「分裂する王権と社会」 村井章介著 中央公論新社 2003.5 306p 20cm（日本の中世 10）2500円 ①4-12-490219-0

阿見本 幹生 あみもと・みきお

0368 「二人の老人」
◇潮賞（第17回/平成10年/小説/優秀作）

雨川 恵 あめかわ・けい

0369 「王国物語」
◇角川ビーンズ小説大賞（第2回/平成15年/読者賞）
「アダルシャンの花嫁」 角川書店 2004.12 218p 15cm（角川ビーンズ文庫）457円 ①4-04-450701-5

雨のち 晴香 あめのち・はるか

0370 「幸せの色」
◇碧天文芸大賞（第6回/平成18年/文芸大賞）

雨宮 清子 あめのみや・せいこ

0371 「病院漂流」
◇新日本文学賞（第34回/平成16年/ルポルタージュ/佳作）

雨宮 町子 あめみや・まちこ

0372 「Kの残り香」
◇新潮ミステリー倶楽部賞（第2回/平成9年）
「骸の誘惑」 新潮社 1998.1 337p 19cm（新潮ミステリー倶楽部）1600円 ①4-10-602753-4
「骸の誘惑」 新潮社 2000.8 421p 15cm（新潮文庫）590円 ①4-10-122831-0

飴村 行 あめむら・こう

0373 「粘膜蜥蜴」
◇日本推理作家協会賞（第63回/平成22年/長編および連作短編集部門）
「粘膜蜥蜴」 角川書店, 角川グループパブリッシング〔発売〕 2009.8 383p 15cm（角川ホラー文庫 Hあ4-2）667円 ①978-4-04-391302-2

0374 「粘膜人間の見る夢」
◇日本ホラー小説大賞（第15回/平成20年/長編賞）
「粘膜人間」 角川書店, 角川グループパブリッシング〔発売〕 2008.10 259p 15cm（角川ホラー文庫）514円 ①978-4-04-391301-5

天羽 伊吹清 あもう・いぶきよ

0375 「シースルー!?」
◇電撃大賞（第17回/平成22年/電撃小説大賞部門/電撃文庫MAGAZINE賞）
「シースルー!?」 アスキー・メディアワークス, 角川グループパブリッシング〔発売〕 2011.9 277p 15cm（電撃文庫 2196）570円 ①978-4-04-870748-0
「シースルー!? 2」 アスキー・メディアワークス, 角川グループパブリッシング〔発売〕 2012.2 305p 15cm（電撃文庫 2288）630円 ①978-4-04-886391-9

天羽 沙夜 あもう・さや

0376 「ダーク・アイズ」
◇電撃ゲーム小説大賞（第3回/平成8年/銀賞）

0377 「RAT SHOTS」
◇ジャンプ小説大賞（第4回/平成6年/佳作）

鴉紋 洋 あもん・ひろし

0378 「柳生斬魔伝」
◇日本文芸家クラブ大賞（第5回/平成7年度/長編小説賞）

Ayaka.

0379 「空色想い」
◇日本ケータイ小説大賞 （第2回/平成19年/優秀賞）
「空色想い」 スターツ出版 2008.8
335p 19cm 1000円 ①978-4-88381-081-9

彩坂 美月　あやさか・みつき

0380 「未成年儀式」
◇富士見ヤングミステリー大賞 （第7回/平成19年/準入選）〈受賞時〉結城 実里
「未成年儀式」 富士見書房 2009.8
350p 19cm （Style-F） 1500円
①978-4-8291-7682-5

綾崎 隼　あやさき・しゅん

0381 「蒼空時雨」
◇電撃大賞 （第16回/平成21年/電撃小説大賞部門/選考委員奨励賞）
「蒼空時雨」 アスキー・メディアワークス, 角川グループパブリッシング（発売） 2010.1 326p 15cm （メディアワークス文庫 0013） 570円 ①978-4-04-868290-9
※イラストレーション：ワカマツカオリ

彩瀬 まる　あやせ・まる

0382 「あのひとは蜘蛛を潰せない」
◇フラウ文芸大賞 （第1回/平成25年/新人賞）
「あのひとは蜘蛛を潰せない」 新潮社 2013.3 222p 20cm 1500円 ①978-4-10-331962-7

0383 「花に眩む」
◇女による女のためのR-18文学賞 （第9回/平成22年/読者賞）

綾辻 行人　あやつじ・ゆきと

0384 「時計館の殺人」
◇日本推理作家協会賞 （第45回/平成4年/長編部門）
「時計館の殺人」 講談社 1991.9 476p（講談社ノベルス）
「時計館の殺人　上」 新装改訂版 講談社 2012.6 365p 15cm （講談社文庫） 676円 ①978-4-06-277294-5
「時計館の殺人　下」 新装改訂版 講談社 2012.6 411p 15cm （講談社文庫） 676円 ①978-4-06-277295-2

彩永 真司　あやなが・しんじ

0385 「車いすの若猛者たち」
◇ジャンプ小説大賞 （第8回/平成10年）

あやめ ゆう

0386 「フェアリーエッジ」
◇C★NOVELS大賞 （第7回/平成23年/特別賞）
「妖精姫と灰色狼—RINGADAWN」 中央公論新社 2011.7 245p 18cm （C・novels fantasia あ4-1） 900円 ①978-4-12-501161-5
※受賞作「フェアリーエッジ」を改題

彩本 和希　あやもと・かずき

0387 「アルカトラズの聖夜」
◇ノベル大賞 （第38回/平成19年度/読者大賞）
「アルカトラズの聖夜—妄想少女と無口な少佐」 集英社 2008.12 268p 15cm （コバルト文庫） 514円 ①978-4-08-601241-6

逢優　あゆ

0388 「てのひらを、ぎゅっと。」
◇日本ケータイ小説大賞 （第8回/平成26年/優秀賞）
「てのひらを、ぎゅっと。」 スターツ出版 2014.5 297p 15cm （ケータイ小説文庫 Bあ5-1—野いちご） 560円 ①978-4-88381-848-8

鮎川 歩　あゆかわ・あゆむ

0389 「クイックセーブ＆ロード」
◇小学館ライトノベル大賞〔ガガガ文庫部門〕 （第3回/平成21年/優秀賞）
「クイックセーブ＆ロード」 小学館 2009.8 349p 15cm （ガガガ文庫 ガあ5-1） 629円 ①978-4-09-451155-0
※イラスト：染谷
「クイックセーブ＆ロード　2」 小学館 2009.10 357p 15cm （ガガガ文庫 ガあ5-2） 629円 ①978-4-09-451164-2
※イラスト：染谷
「クイックセーブ＆ロード　3」 小学館 2010.3 340p 15cm （ガガガ文庫 ガあ5-3） 629円 ①978-4-09-451194-9
※イラスト：染谷

鮎川 哲也　あゆかわ・てつや

0390 「黒い白鳥」
◇日本推理作家協会賞 （第13回/昭和35

年）

「黒い白鳥」 講談社 1960 241p

「黒い白鳥」 講談社 1961 261p（ロマン・ブックス）

「鮎川哲也長編推理小説全集3」 立風書房 1975 405p

0391 「憎悪の化石」

◇日本推理作家協会賞 （第13回/昭和35年）

「憎悪の化石」 講談社 1959 250p（書下し長編推理小説シリーズ第1）

「憎悪の化石」 講談社 1962 208p（ロマン・ブックス）

「鮎川哲也長編推理小説全集2」 立風書房 1975 393p

「黒い白鳥―鬼貫警部事件簿」 光文社 2013.12 465p 15cm（光文社文庫） 860円 ①978-4-334-76670-2

鮎川 はぎの　あゆかわ・はぎの

0392 「横柄巫女と宰相陛下」

◇小学館ライトノベル大賞〔ルルル文庫部門〕 （第2回/平成20年/期待賞）

「横柄巫女と宰相陛下」 小学館 2009.5 281p 15cm（小学館ルルル文庫 ルあ2-1） 495円 ①978-4-09-452106-1

※並列シリーズ名：Shogakukan lululu bunko

「横柄巫女と宰相陛下―ノト、王宮へ行く！」 小学館 2009.9 280p 15cm（小学館ルルル文庫 ルあ2-2） 495円 ①978-4-09-452125-2

※並列シリーズ名：Shogakukan lululu bunko

「横柄巫女と宰相陛下―王宮は秘密だらけ！」 小学館 2009.11 285p 15cm（小学館ルルル文庫 ルあ2-3） 495円 ①978-4-09-452136-8

※並列シリーズ名：Shogakukan lululu bunko

「横柄巫女と宰相陛下―金色の悲喜劇」 小学館 2009.12 284p 15cm（小学館ルルル文庫 ルあ2-4） 514円 ①978-4-09-452140-5

※並列シリーズ名：Shogakukan lululu bunko

「横柄巫女と宰相陛下―届かぬ君へ」 小学館 2010.1 283p 15cm（小学館ルルル文庫 ルあ2-5） 514円 ①978-4-09-452145-0

※並列シリーズ名：Shogakukan lululu bunko

「横柄巫女と宰相陛下―楽園の塔」 小学館 2010.3 281p 15cm（小学館ルルル文庫 ルあ2-6） 514円 ①978-4-09-452150-4

※並列シリーズ名：Shogakukan lululu bunko

新井 円侍　あらい・えんじ

0393 「SUGAR DARK―Digger&Keeper―」

◇スニーカー大賞 （第14回/平成21年/大賞）〈受賞時〉新井 碩野

「シュガーダーク―埋められた闇と少女」 角川書店、角川グループパブリッシング（発売） 2009.12 282p 15cm（角川文庫 16012―角川スニーカー文庫） 552円 ①978-4-04-474804-3

洗 潤　あらい・じゅん

0394 「一向僧兵伝」

◇「サンデー毎日」大衆文芸 （第55回/昭和34年上）

0395 「侍家坊主」

◇「サンデー毎日」大衆文芸 （第50回/昭和31年下）

0396 「ゆらぐ藤浪」

◇「サンデー毎日」大衆文芸 （第49回/昭和31年上）

新井 千裕　あらい・ちひろ

0397 「復活祭のためのレクイエム」

◇群像新人文学賞 （第29回/昭和61年/小説）

「復活祭のためのレクイエム」 講談社 1986.8 212p

「復活祭のためのレクイエム」 講談社 1990.7 204p（講談社文庫）

荒井 登喜子　あらい・ときこ

0398 「ドラマチック」

◇農民文学賞 （第50回/平成19年度）

0399 「裸の女王」

◇全作家文学賞 （第2回/平成19年/佳作）

新井 英生　あらい・ひでお

0400 「北の朝」

◇池内祥三文学奨励賞 （第10回/昭和55年）

新井 政彦　あらい・まさひこ

0401 「CATT―託されたメッセージ」

◇サントリーミステリー大賞　（第16回/
　平成11年/優秀作品賞）

0402　「ネバーランドの柩」
◇サントリーミステリー大賞　（第17回/
　平成12年/優秀作品賞）

0403　「ユグノーの呪い」
◇日本ミステリー文学大賞新人賞　（第8
　回/平成16年）
　「ユグノーの呪い」　光文社　2005.3
　　465p　20cm　1700円　Ⓘ4-334-92454-9

新井 満　あらい・まん

0404　「ヴェクサシオン」
◇野間文芸新人賞　（第9回/昭和62年）
　「ヴェクサシオン」　文芸春秋　1987.9　217p
　「ヴェクサシオン」　新風舎　2003.11
　　225p　15cm　（新風舎文庫）　490円
　　Ⓘ4-7974-9069-1

0405　「尋ね人の時間」
◇芥川龍之介賞　（第99回/昭和63年上）
　「尋ね人の時間」　文芸春秋　1988.8　213p
　「芥川賞全集14」　文芸春秋　1989

新井 素子　あらい・もとこ

0406　「チグリスとユーフラテス」
◇日本SF大賞　（第20回/平成11年）
　「チグリスとユーフラテス」　集英社
　　1999.2　501p　20cm　1800円　Ⓘ4-08-
　　774377-2
　「チグリスとユーフラテス　上」　集英社
　　2002.5　474p　16cm　（集英社文庫）
　　686円　Ⓘ4-08-747440-2
　「チグリスとユーフラテス　下」　集英社
　　2002.5　396p　16cm　（集英社文庫）
　　571円　Ⓘ4-08-747441-0

新井 霊泉　あらい・れいせん

0407　「星の世の恋」
◇「帝国文学」懸賞小説　（明37年/2等）

荒尾 和彦　あらお・かずひこ

0408　「苦い酒」
◇小説現代新人賞　（第63回/平成7年）

荒川 義清　あらかわ・よしきよ

0409　「暗くて長い穴の中」
◇泉鏡花記念金沢市民文学賞　（第4回/
　昭和51年）
　「暗くて長い穴の中―荒川義清小説集」
　　土曜美術社　1976.7　273p　（労働者文学叢
　　書6）

荒川 玲子　あらかわ・れいこ

0410　「鏡餅」
◇やまなし文学賞　（第8回/平成11年度/
　小説部門/佳作）

荒木 左右　あらき・さゆう

0411　「唐島大尉の失踪」
◇「サンデー毎日」大衆文芸　（第2回/
　昭和2年/甲）

荒木 巍　あらき・たかし

0412　「その一つのもの」
◇「改造」懸賞創作　（第6回/昭和8年/2
　等）

荒馬 間　あらば・かん

0413　「新・執行猶予考」
◇オール讀物推理小説新人賞　（第24回/
　昭和60年）
　「逆転の瞬間―「オール読物」推理小説新
　　人賞傑作選　3」　文芸春秋編　文藝春秋
　　1998.6　398p　15cm　（文春文庫）　505
　　円　Ⓘ4-16-721767-8

荒畑 寒村　あらはた・かんそん

0414　「酒場」
◇「万朝報」懸賞小説　（第705回/明43
　年9月）
　「荒畑寒村著作集7」　平凡社　昭和51年

0415　「出獄の翌日」
◇「万朝報」懸賞小説　（第610回/明43
　年7月）
　「荒畑寒村著作集7」　平凡社　昭和51年

0416　「同盟罷工」
◇「万朝報」懸賞小説　（第684回/明43
　年7月）
　「新興文学全集　9（日本篇 9）」　大島英
　　三郎編　黒色戦線社　1993.4　537p
　　19cm
　※東京　地方・小出版流通センター（発
　　売）, 平凡社昭和5年刊の複製, 肖像あり

0417　「夫婦」
◇「万朝報」懸賞小説　（第695回/明43
　年8月）
　「荒畑寒村著作集7」　平凡社　昭和51年

荒俣 宏　あらまた・ひろし

0418　「帝都物語」

◇日本SF大賞 （第8回/昭和62年）
「帝都物語」 1〜10 角川書店 1985〜昭和
62年 10冊 （カドカワノベルズ）
「帝都物語」 1〜12 角川書店 1987〜昭和
64年 12冊 （角川文庫）
「帝都物語」 角川書店 1989.12 6冊 （限
定愛蔵版）

荒山 徹 あらやま・とおる

0419 「柳生大戦争」
◇舟橋聖一文学賞 （第2回/平成20年）
「柳生大戦争」 講談社 2007.10 341p
20cm 1700円 ①978-4-06-214344-8

有明 夏夫 ありあけ・なつお

0420 「FL無宿のテーマ」
◇小説現代新人賞 （第18回/昭和47年
上）
「FL無宿の叛逆」 講談社 1973 269p
「FL無宿の叛逆」 講談社 1980.5 262p
（講談社文庫）

0421 「大浪花諸人往来」
◇直木三十五賞 （第80回/昭和53年下）
「大浪花諸人往来―耳なし源蔵召捕記事」
角川書店 1978.10 301p
「大浪花諸人往来」 角川書店 1980.6
352p （角川文庫）
「大浪花別嬪番付―なにわの源蔵事件帳
1」 有明夏夫著, 細谷正充編 小学館
2008.10 393p 15cm （小学館文庫）
619円 ①978-4-09-408313-2
※『大浪花諸人往来』改題書

有井 聡 ありい・さとし

0422 「女友達」
◇創元SF短編賞 （第5回/平成26年度/
大森望賞）

0423 「蟹の国」
◇『幽』怪談文学賞 （第5回/平成22年/
短編部門）

有川 浩 ありかわ・ひろ

0424 「キケン」
◇本屋大賞 （第8回/平成23年/9位）
「キケン」 新潮社 2010.1 271p 20cm
1400円 ①978-4-10-301872-8
「キケン」 新潮社 2013.7 356p 16cm
（新潮文庫 あ-62-2）550円 ①978-4-
10-127632-8

0425 「塩の街」
◇電撃ゲーム小説大賞 （第10回/平成15
年/大賞）
「塩の街―wish on my precious」 メディ
アワークス 2004.2 305p 15cm （電
撃文庫）550円 ①4-8402-2601-6

0426 「植物図鑑」
◇本屋大賞 （第7回/平成22年/8位）
「植物図鑑」 角川書店, 角川グループパ
ブリッシング〔発売〕 2009.6 359p
20cm 1500円 ①978-4-04-873948-1
「植物図鑑」 幻冬舎 2013.1 425p
16cm （幻冬舎文庫 あ-34-3）686円
①978-4-344-41968-1

0427 「ストーリー・セラー」
◇本屋大賞 （第8回/平成23年/10位）
「ストーリー・セラー」 新潮社 2010.8
205p 20cm 1300円 ①978-4-10-
301873-5

0428 「図書館戦争」
◇本屋大賞 （第4回/平成19年/第5位）
「図書館戦争」 メディアワークス, 角川
書店（発売） 2006.3 345p 20cm
1600円 ①4-8402-3361-6
※東京 角川書店（発売）

有砂 悠子 ありさ・ゆうこ

0429 「定数」
◇女流新人賞 （第36回/平成5年度）

有沢 創司 ありさわ・そうじ

0430 「ソウルに消ゆ」
◇日本推理サスペンス大賞 （第5回/平
成4年）
「ソウルに消ゆ」 新潮社 1992.12 324p

有澤 豊満 ありさわ・とよみつ

0431 「多重世界の幻影ども 魚津庸介と
カオスでマルチなご町内」
◇角川学園小説大賞 （第8回/平成16年/
自由部門/奨励賞）

有沢 まみず ありさわ・まみず

0432 「インフィニティ・ゼロ」
◇電撃ゲーム小説大賞 （第8回/平成13
年/銀賞）
「インフィニティ・ゼロ―冬〜white
snow」 メディアワークス 2002.2
290p 15cm （電撃文庫）550円 ①4-
8402-1775-0

有栖川 有栖 ありすがわ・ありす

0433 「女王国の城」

◇本格ミステリ大賞（第8回/平成20年/小説部門）
「女王国の城」 東京創元社 2007.9 507p 20cm （Crime club） 2200円 ①978-4-488-01227-4

0434 「マレー鉄道の謎」
◇日本推理作家協会賞（第56回/平成15年/長篇及び連作短篇集部門）
「マレー鉄道の謎」 講談社 2002.5 356p 18cm （国名シリーズ 第6弾） 940円 ①4-06-182027-3
「マレー鉄道の謎」 講談社 2005.5 537p 15cm （講談社文庫） 752円 ①4-06-275077-5

有間 カオル ありま・かおる

0435 「太陽のあくび」
◇電撃大賞（第16回/平成21年/電撃小説大賞部門/メディアワークス文庫賞）
「太陽のあくび」 アスキー・メディアワークス, 角川グループパブリッシング（発売） 2009.12 365p 15cm （メディアワークス文庫 0003） 590円 ①978-4-04-868270-1

有馬 太郎 ありま・たろう

0436 「風の柩」
◇二千万円テレビ懸賞小説（第1回/昭和49年/佳作）

有馬 頼義 ありま・よりちか

0437 「終身未決囚」
◇直木三十五賞（第31回/昭和29年上）
「終身未決囚」 作品社 1954 266p
「皇女と乳牛」 河出書房 1955 170p （河出新書）
「終身未決囚」 旺文社 1977.12 278p （旺文社文庫）
「三十六人の乗客―推理小説傑作集」 光文社 1989.2 254p （光文社文庫）

0438 「四万人の目撃者」
◇日本推理作家協会賞（第12回/昭和34年）
「四万人の目撃者」 講談社 1958 277p
「四万人の目撃者」 角川書店 1960 290p （角川文庫）
「四万人の目撃者」 講談社 1960 282p （ロマン・ブックス）
「現代推理小説選集」 第1 秋田書店 1968 284p

「有馬頼義推理小説全集1」 東邦出版社 昭和46年
「四万人の目撃者―長編推理小説」 光文社 1988.3 302p （光文社文庫）
「復刻 四万人の目撃者」 ベースボール・マガジン社 1997.12 359p 19cm 1500円 ①4-583-03487-3
「化学と歴史とミステリー」 山崎昶著 裳華房 1998.11 120p 19cm （ポピュラー・サイエンス） 1400円 ①4-7853-8696-7

有本 隆敏 ありもと・たかとし

0439 「友」
◇堺自由都市文学賞（第19回/平成19年度/堺市長特別賞）

有森 信二 ありもり・しんじ

0440 「地鳴り」
◇全作家文学賞（第7回/平成24年度/佳作）

有矢 聖美 ありや・きよみ

0441 「カントリーロード」
◇部落解放文学賞（第29回/平成14年度/入選/小説部門）

有吉 佐和子 ありよし・さわこ

0442 「出雲の阿国」
◇芸術選奨（第20回/昭和44年度/文学部門/文部大臣賞）
「出雲の阿国」 中央公論社 1974 3冊 （中央文庫）

0443 「海暗」
◇「文藝春秋」読者賞（第29回/昭和42年）
「海暗」 文芸春秋 1968 344p

0444 「和宮様御留」
◇毎日芸術賞（第20回/昭和53年）
「和宮様御留」 講談社 1981 408p （講談社文庫）
「出雲の阿国 上」 改版 中央公論新社 2002.8 501p 15cm （中公文庫） 895円 ①4-12-204080-9
「出雲の阿国 下」 改版 中央公論新社 2002.8 511p 15cm （中公文庫） 895円 ①4-12-204081-7
「出雲の阿国 上」 改版 中央公論新社 2014.6 534p 15cm （中公文庫） 880円 ①978-4-12-205966-5
「出雲の阿国 下」 改版 中央公論新社

2014.6 539p 15cm（中公文庫）880
円 ①978-4-12-205967-2

0445 「香華」
◇小説新潮賞 （第10回/昭和39年）

0446 「華岡青洲の妻」
◇女流文学賞 （第6回/昭和42年度）
「華岡青洲の妻」 新潮社 1967 213p
「有吉佐和子選集11」 新潮社 昭和45年
「日本歴史文学館29」 講談社 1988
「華岡青洲の妻」 新潮社 2004.8 220p
19cm 1500円 ①4-10-301117-3

0447 「連舞」
◇マドモアゼル読者賞 （第1回/昭和39
年）
「連舞」 集英社 1963 262p
「連舞」 集英社 1965 279p（コンパク
ト・ブックス）
「有吉佐和子選集5」 新潮社 昭和46年
「連舞」 集英社 1979.10 314p（集英社文
庫）
「香華」 改版 新潮社 2006.8 680p
15cm （新潮文庫）819円 ①4-10-
113202-X

有賀 喜代子 あるが・きよこ

0448 「子種」
◇女流新人賞 （第1回/昭和33年度）
「子種」 中央公論社 1958 174p
「子種」 甲陽書房 1964.6 192p（農民文
学双書 第4編）

阿波 一郎 あわ・いちろう

0449 「帰還学生」
◇「サンデー毎日」大衆文芸 （第31回/
昭和17年下）
「軍人援護文藝作品集 第3輯」 軍事保
護院編 軍事保護院 1943.7 436p

泡坂 妻夫 あわさか・つまお

0450 「折鶴」
◇泉鏡花文学賞 （第16回/昭和63年）
「折鶴」 文芸春秋 1988.3 260p
「折鶴」 文藝春秋 1991.1 302p 15cm
（文春文庫）420円 ①4-16-737805-1

0451 「蔭桔梗」
◇直木三十五賞 （第103回/平成2年上）
「蔭桔梗」 新潮社 1990.2 234p

0452 「喜劇悲奇劇」
◇角川小説賞 （第9回/昭和57年）

「喜劇悲奇劇」 角川書店 1982.5 275p
（カドカワノベルズ）
「喜劇悲奇劇」 角川書店 1985.10 422p
（角川文庫）
「喜劇悲奇劇」 角川春樹事務所 1999.5
411p 15cm （ハルキ文庫）940円
①4-89456-519-6
「喜劇悲奇劇」 東京創元社 2010.1
408p 15cm （創元推理文庫）960円
①978-4-488-40219-8

0453 「乱れからくり」
◇日本推理作家協会賞 （第31回/昭和53
年/長篇部門）
「乱れからくり―書下し長編探偵小説」
幻影城 1977.12 367p（幻影城ノベルス）
「乱れからくり」 角川書店 1979.4 364p
（角川文庫）
「乱れからくり」 双葉社 1988.2 349p
（双葉文庫）
「乱れからくり」 改版 角川書店 1996.
10 377p 15cm （角川文庫）600円
①4-04-146101-4
「乱れからくり」 双葉社 1997.11
392p 15cm（双葉文庫―日本推理作家
協会賞受賞作全集 33）667円 ①4-575-
65835-9

淡路 一朗 あわじ・いちろう

0454 「赤い大地―満州豊村―」
◇中村星湖文学賞 （第20回/平成18年/
特別賞）
「赤い大地―満州豊村」 山梨ふるさと文
庫 2005.8 398p 20cm 1800円

淡路 帆希 あわみち・ほまれ

0455 「盗賊娘はお国のために」
◇ファンタジア長編小説大賞 （第17回/
平成17年/準入選）
「紅牙のルビーウルフ」 富士見書房
2005.9 328p 15cm （富士見ファンタ
ジア文庫）580円 ①4-8291-1751-6
「紅牙のルビーウルフ 2 面影人魚」 富
士見書房 2006.2 261p 15cm （富士
見ファンタジア文庫）560円 ①4-
8291-1794-X
「紅牙のルビーウルフ 3 西の春嵐」 富
士見書房 2006.5 221p 15cm （富士
見ファンタジア文庫）520円 ①4-
8291-1825-3
「紅牙のルビーウルフ 4 皓白の反旗」
富士見書房 2006.10 237p 15cm
（富士見ファンタジア文庫）560円
①4-8291-1867-9

「紅牙のルビーウルフ　5　宝冠に咲く花」　富士見書房　2006.12　254p　15cm（富士見ファンタジア文庫）560円　Ⓘ4-8291-1886-5
「紅牙のルビーウルフTinytales　1　クローバーに願いを」　富士見書房　2007.5　285p　15cm（富士見ファンタジア文庫）560円　Ⓘ978-4-8291-1929-7
「紅牙のルビーウルフ　6　自由の風が吹く夜明け」　富士見書房　2008.1　307p　15cm（富士見ファンタジア文庫）580円　Ⓘ978-4-8291-3251-7
「紅牙のルビーウルフ　7　君に捧げる永遠の花」　富士見書房　2008.4　299p　15cm（富士見ファンタジア文庫）580円　Ⓘ978-4-8291-3277-7

庵桐 サチ　あんきり・さち

0456　「電池式」
◇ファンタジア大賞（第25回/平成25年/ラノベ文芸賞）〈受賞時〉庵洞サチ
「電池式―君の記憶から僕が消えるまで」KADOKAWA　2014.8　274p　15cm（富士見L文庫）580円　Ⓘ978-4-04-070306-0

安斎 あざみ　あんざい・あざみ

0457　「樹木内侵入臨床士」
◇文學界新人賞（第74回/平成4年上）

安西 篤子　あんざい・あつこ

0458　「黒鳥」
◇女流文学賞（第32回/平成5年度）
「黒鳥」　新潮社　1993.6　190p
「安西篤子 山本道子 岩橋邦枝 木崎さと子」　安西篤子，山本道子，岩橋邦枝，木崎さと子著，河野多恵子，大庭みな子，佐藤愛子，津村節子監修　角川書店　1998.7　463p　19cm（女性作家シリーズ 17）2600円　Ⓘ4-04-574217-4

0459　「張少子の話」
◇直木三十五賞（第52回/昭和39年下）
「張少子の話」　文芸春秋新社　1965　212p
「花あざ伝奇」　講談社　1983.1　221p
「花あざ伝奇」　講談社　2000.9　248p　15cm（講談社文庫）505円　Ⓘ4-06-264967-5
「花あざ伝奇　下」　埼玉福祉会　2006.5　234p　21cm（大活字本シリーズ）2800円　Ⓘ4-88419-378-4
※底本：講談社文庫「花あざ伝奇」

安西 花奈絵　あんざい・かなえ

0460　「氷上のウェイ」
◇パレットノベル大賞（第27回/平成14年冬/佳作）
「デビュタント・オムニバス　v.1」　神谷よしこ，安西花奈絵，廣嶋玲子著　小学館　2003.3　455p　15cm（パレット文庫）552円　Ⓘ4-09-421471-2

安生 正　あんじょう・ただし

0461　「生存者ゼロ」
◇『このミステリーがすごい！』大賞（第11回/平成24年/大賞）
「生存者ゼロ」　宝島社　2013.1　409p　20cm　1400円　Ⓘ978-4-8002-0500-1
「生存者ゼロ」　宝島社　2014.2　491p　16cm（宝島社文庫 Cあ-13-1）750円　Ⓘ978-4-8002-2291-6

安藤 あやか　あんどう・あやか

0462　「プリンセスブーケ」
◇BE・LOVE原作大賞（第3回/平成12年/特別賞）

安藤 鶴夫　あんどう・つるお

0463　「巷談本牧亭」
◇直木三十五賞（第50回/昭和38年下）
「巷談」　本牧亭　桃源社　1963　291p
「安藤鶴夫作品集4」　朝日新聞社　昭和45年
「巷談 本牧亭」　河出書房新社　2008.12　355p　15cm（河出文庫）900円　Ⓘ978-4-309-40938-2

安堂 虎夫　あんどう・とらお

0464　「神隠し 異聞『王子路考（おうじろこう）』」
◇北区内田康夫ミステリー文学賞（第9回/平成23年/大賞）

安東 能明　あんどう・よしあき

0465　「鬼子母神」
◇ホラーサスペンス大賞（第1回/平成12年/特別賞）
「鬼子母神」　幻冬舎　2001.2　441p　20cm　1600円　Ⓘ4-344-00052-8
「鬼子母神」　幻冬舎　2003.10　558p　16cm（幻冬舎文庫）724円　Ⓘ4-344-40438-6

0466　「随監」
◇日本推理作家協会賞（第63回/平成22

年/短編部門）
「撃てない警官」 新潮社　2010.10　247p
20cm　1600円　Ⓘ978-4-10-402704-0
「撃てない警官」 新潮社　2013.6　363p
16cm（新潮文庫　あ-55-2）550円
Ⓘ978-4-10-130152-5

【 い 】

李 起昇　イ・キスン

0467　「ゼロはん」
◇群像新人文学賞（第28回/昭和60年/
小説）
「ゼロはん」 講談社　1985.9　166p

井 賢治　い・けんじ

0468　「息子の時代」
◇地上文学賞（第30回/昭和57年）

李 相琴　イ・サンクム

0469　「半分のふるさと―私が日本にい
たときのこと」
◇坪田譲治文学賞（第9回/平成5年度）

李 恢成　イ・フェソン

0470　「砧をうつ女」
◇芥川龍之介賞（第66回/昭和46年下）
「砧をうつ女」 文芸春秋　1972　214p
「砧をうつ女」 文芸春秋　1977.11　251p
（文春文庫）
「芥川賞全集9」 文芸春秋　1982
「昭和文学全集32」 小学館　1989
「またふたたびの道・砧をうつ女」 講談
社　1991.11　299p　16cm（講談社文
芸文庫）880円　Ⓘ4-06-196153-5
「在日文学全集　第4巻　李恢成」 李恢成
著, 磯貝治良, 黒古一夫編　勉誠出版
2006.6　431p　21cm　5000円　Ⓘ4-585-
01114-5
「コレクション戦争と文学　17」 浅田次
郎, 奥泉光, 川村湊, 高橋敏夫, 成田龍一
編集委員　集英社　2012.9　691p
20cm　3600円　Ⓘ978-4-08-157017-1
※他言語標題：Nova Bibliotheca de
bello litterarum-Saeculi21, 編集協力：
北上次郎, 付属資料：12p：月報 16, 年
表あり

0471　「百年の旅人たち」

◇野間文芸賞（第47回/平成6年）
「百年の旅人たち　上」 新潮社　1994.9
279p　19cm　1500円　Ⓘ4-10-324502-6
「百年の旅人たち　下」 新潮社　1994.9
286p　19cm　1500円　Ⓘ4-10-324503-4
「百年の旅人たち」 新潮社　1997.11
726p　15cm（新潮文庫）781円　Ⓘ4-
10-117202-1

0472　「またふたたびの道」
◇群像新人文学賞（第12回/昭和44年/
小説）
「またふたたびの道」 講談社　1969　181p
「李恢成集」 河出書房新社　1972　219p
（新鋭作家叢書）
「またふたたびの道・砧をうつ女」 講談
社　1991.11　299p　16cm（講談社文
芸文庫）880円　Ⓘ4-06-196153-5

李 良枝　イ・ヤンジ

0473　「由熙（ユヒ）」
◇芥川龍之介賞（第100回/昭和63年下）
「芥川賞全集14」 文芸春秋　1989
「由熙」 講談社　1989.2　305p
「由熙　ナビ・タリョン」 講談社　1997.9
394p　15cm（講談社文芸文庫）1200
円　Ⓘ4-06-197584-6
「在日文学全集　第8巻　李良枝」 李良枝
著, 磯貝治良, 黒古一夫編　勉誠出版
2006.6　458p　21cm　5000円　Ⓘ4-585-
01118-8

李 龍徳　イ・ヨンドク

0474　「死にたくなったら電話して」
◇文藝賞（第51回/平成26年度）
「死にたくなったら電話して」 河出書房
新社　2014.11　249p　20cm　1500円
Ⓘ978-4-309-02336-6

イアム

0475　「放課後図書室」
◇日本ケータイ小説大賞（第5回/平成
23年/特別賞）
「放課後図書室」 スターツ出版　2011.10
267p　19cm　1000円　Ⓘ978-4-88381-
159-5
「放課後図書室」 スターツ出版　2013.4
293p　15cm（ケータイ小説文庫　Bい2-
1―野いちご）560円　Ⓘ978-4-88381-
726-9

伊井 圭　いい・けい

0476　「高塔奇譚」

◇創元推理短編賞 （第3回/平成8年）
「啄木鳥探偵処」 東京創元社 1999.5
274p 19cm （創元クライム・クラブ）
1700円 ⓘ4-488-01281-7
「啄木鳥探偵處」 東京創元社 2008.11
312p 15cm （創元推理文庫）680円
ⓘ978-4-488-48301-2

伊井 直行 いい・なおゆき

0477 「草のかんむり」
◇群像新人文学賞 （第26回/昭和58年/
小説）
「草のかんむり」 講談社 1983.7 178p
「草のかんむり」 講談社 1990.7 164p
（講談社文庫）

0478 「さして重要でない一日」
◇野間文芸新人賞 （第11回/平成1年）
「さして重要でない一日」 講談社 1989.9
230p
「さして重要でない一日」 講談社 2012.
4 269p 15cm （講談社文芸文庫）
1400円 ⓘ978-4-06-290155-0

0479 「進化の時計」
◇平林たい子文学賞 （第22回/平成6年/
小説）
「進化の時計」 講談社 1993.9 564p
19cm 2200円 ⓘ4-06-205697-6

0480 「濁った激流にかかる橋」
◇読売文学賞 （第52回/平成12年度/小
説賞）
「濁った激流にかかる橋」 講談社 2000.
7 345p 20cm 1900円 ⓘ4-06-
210259-5

飯尾 憲士 いいお・けんし

0481 「海の向こうの血」
◇すばる文学賞 （第2回/昭和53年/佳
作）
「ソウルの位牌」 集英社 1980.8 218p
「ソウルの位牌」 集英社 1988.7 244p
（集英社文庫）

飯倉 章 いいくら・あきら

0482 「旅の果て」
◇やまなし文学賞 （第8回/平成11年度/
小説部門）
「旅の果て」 やまなし文学賞実行委員会
2000.6 109p 19cm 857円 ⓘ4-
89710-670-2

飯嶋 和一 いいじま・かずいち

0483 「黄金旅風」
◇本屋大賞 （第2回/平成17年/8位）
「黄金旅風」 小学館 2004.4 485p
20cm 1900円 ⓘ4-09-386132-3
「黄金旅風」 小学館 2008.2 604p
15cm （小学館文庫）752円 ⓘ978-4-
09-403315-1

0484 「狗賓童子の島」
◇司馬遼太郎賞 （第19回/平成28年）
「狗賓童子の島」 小学館 2015.2 555p
20cm 2300円 ⓘ978-4-09-386344-5
※文献あり

0485 「始祖鳥記」
◇中山義秀文学賞 （第6回/平成12年）
「始祖鳥記」 小学館 2000.2 397p
20cm 1700円 ⓘ4-09-386045-9
「始祖鳥記」 小学館 2002.12 509p
15cm （小学館文庫）695円 ⓘ4-09-
403311-4

0486 「出星前夜」
◇大佛次郎賞 （第35回/平成20年）
◇本屋大賞 （第6回/平成21年/7位）
「出星前夜」 小学館 2008.8 541p
20cm 2000円 ⓘ978-4-09-386207-3

0487 「汝ふたたび故郷へ帰れず」
◇文藝賞 （第25回/昭和63年）
「汝ふたたび故郷へ帰れず」 河出書房新
社 1989.1 233p
「冒険の森へ 傑作小説大全 11 復活す
る男」 集英社クリエイティブ編 集英
社 2015.5 610p 19cm 2000円
ⓘ978-4-08-157041-6

0488 「プロミスト・ランド」
◇小説現代新人賞 （第40回/昭和58年
上）

飯島 勝彦 いいじま・かつひこ

0489 「鬼ケ島の姥たち」
◇地上文学賞 （第45回/平成9年度）
「鬼ヶ島の姥たち」 郷土出版社 1999.3
183p 20cm 1600円 ⓘ4-87663-427-0

0490 「銀杏の墓」
◇農民文学賞 （第47回/平成16年）

飯島 耕一 いいじま・こういち

0491 「暗殺百美人」
◇Bunkamuraドゥマゴ文学賞 （第6回/
平成8年）

「暗殺百美人」 学習研究社 1996.10
214p 19cm 1600円 ①4-05-400766-X
「飯島耕一・詩と散文 5 カンシャク玉
と雷鳴・冬の幻・暗殺百美人」 みすず
書房 2001.6 333p 21cm 3500円
①4-622-04735-7

飯塚 朝美 いいずか・あさみ

0492 「クロスフェーダーの曖昧な光」
◇新潮新人賞 （第40回/平成20年）
「地上で最も巨大な死骸」 新潮社 2010.
2 154p 20cm 1400円 ①978-4-10-
322921-6

0493 「ミゼリコート」
◇文學界新人賞 （第91回/平成12年下期
/島田雅彦奨励賞）

飯塚 静治 いいずか・せいじ

0494 「赤い牛乳」
◇農民文学賞 （第25回/昭和56年度）
「蝸牛―飯塚静治創作集」 日本農民文学
会 1987.10 229p〈発売：武蔵野書房（国
分寺）〉

0495 「蝸牛」
◇地上文学賞 （第33回/昭和60年）
「蝸牛―飯塚静治創作集」 日本農民文学
会 1987.10 229p〈発売：武蔵野書房（国
分寺）〉

飯塚 守 いいずか・まもる

0496 「狂骨死語り」
◇ジャンプ小説新人賞（jump Novel
Grand Prix） （'08 Summer（平成
20年夏）/小説：テーマ部門/銅賞）

飯塚 伎 いいずか・わざ

0497 「屠る」
◇小説現代新人賞 （第22回/昭和49年
上）

飯田 章 いいだ・あきら

0498 「迪子とその夫」
◇群像新人文学賞 （第17回/昭和49年/
小説）
「迪子とその夫」 草場書房 2006.4
265p 20cm 2000円 ①4-902616-05-X

飯田 智 いいだ・とも

0499 「駆け足の季節」
◇「小説ジュニア」青春小説新人賞 （第
7回/昭和49年）

「駆け足の季節」 集英社 1977.5 195p
（集英社文庫）

伊々田 桃 いいだ・もも

0500 「夏の遠景」
◇神戸文学賞 （第14回/平成2年）
「夏の遠景」 坂上祐三著 近代文芸社
1994.1 220p 19cm 1300円 ①4-
7733-2230-6

いいだ よしこ

0501 「かがやく山のひみつ」
◇泉鏡花記念金沢市民文学賞 （第16回/
昭和63年）
「かがやく山のひみつ」 いいだよしこ作，
福田岩緒絵 新日本出版社 1988.5
165p 21cm（新日本少年少女の文学 2
‐11） 1200円 ①4-406-01612-0

飯沼 優 いいぬま・ゆう

0502 「寄生人の生活」
◇12歳の文学賞 （第7回/平成25年/小説
部門/審査員特別賞〈樋口裕一賞〉）
「12歳の文学 第7集」 小学館 2013.3
160p 26cm 952円 ①978-4-09-
106804-0

家坂 洋子 いえさか・ようこ

0503 「相模遁走」
◇池内祥三文学奨励賞 （第5回/昭和50
年）

0504 「浜津脇溶鉱炉」
◇池内祥三文学奨励賞 （第5回/昭和50
年）

0505 「幻の壺」
◇集英社創業50周年記念1000万円懸賞
小説 （昭53年/佳作）
「幻の壷」 集英社 1980.10 213p

伊岡 瞬 いおか・しゅん

0506 「約束」
◇横溝正史ミステリ大賞 （第25回/平成
17年/大賞，テレビ東京賞）
「いつか、虹の向こうへ」 角川書店
2005.5 323p 20cm 1500円 ①4-04-
873612-4
「いつか、虹の向こうへ」 角川書店，角
川グループパブリッシング（発売）
2008.5 362p 15cm（角川文庫） 476
円 ①978-4-04-389701-8

井岡 道子　いおか・みちこ

0507　「色挿し」
◇北日本文学賞（第49回/平成27年/選
奨）

0508　「父のグッド・バイ」
◇やまなし文学賞（第15回/平成18年度
/小説部門）
「父のグッド・バイ」　やまなし文学賞実
行委員会　2007.6　99p　19cm　857円
①978-4-89710-676-2
※発行所：山梨日日新聞社

伊兼 源太郎　いがね・げんたろう

0509　「アンフォゲッタブル」
◇横溝正史ミステリ大賞（第33回/平成
25年/大賞）
「見えざる網」　角川書店, KADOKAWA
〔発売〕　2013.9　414p　20cm　1700円
①978-4-04-110551-1
※受賞作「アンフォゲッタブル」を改題

伊神 一稀　いがみ・かずき

0510　「異世界錬金メカニクス」
◇小学館ライトノベル大賞〔ガガガ文庫
部門〕（第9回/平成27年/優秀賞）
「クロスワールド・アルケミカ」　小学館
2015.7　310p　15cm（ガガガ文庫 がい
8-1）611円　①978-4-09-451562-6

伊神 貴世　いかみ・たかよ

0511　「シェイクスピア狂い―十三人目
の幽霊たちへ」
◇創元推理短編賞（第7回/平成12年/佳
作）

伊上 風骨　いがみ・ふうこつ

0512　「金春稲荷」
◇「万朝報」懸賞小説（第290回/明35
年8月）

伊上 円　いがみ・まどか

0513　「吼え起つ龍は高らかに」
◇MF文庫Jライトノベル新人賞（第6回
/平成22年/佳作）〈受賞時〉無一
「ドラゴンブラッド」　メディアファクト
リー　2010.10　293p　15cm（MF文庫
J い-04-01）580円　①978-4-8401-
3548-1
※受賞作「吼え起つ龍は高らかに」を
改題
「ドラゴンブラッド　2」　メディアファ

クトリー　2011.1　230p　15cm（MF
文庫J い-04-02）580円　①978-4-8401-
3803-1
「ドラゴンブラッド　3」　メディアファ
クトリー　2011.5　263p　15cm（MF
文庫J い-04-03）580円　①978-4-8401-
3932-8

五十嵐 邁　いがらし・すぐる

0514　「クルドの花」
◇二千万円テレビ懸賞小説（第1回/昭
和49年/佳作）
「クルドの花」　朝日新聞社 1975 297p

五十嵐 貴久　いがらし・たかひさ

0515　「黒髪の沼」
◇ホラーサスペンス大賞（第2回/平成
13年/大賞）
「リカ」　幻冬舎　2002.2　321p　20cm
1500円　①4-344-00150-8
「リカ」　幻冬舎　2003.10　406p　16cm
（幻冬舎文庫）600円　①4-344-40439-4

0516　「**TVJ**」
◇サントリーミステリー大賞（第18回/
平成13年/優秀作品賞）
「TVJ」　文藝春秋　2005.1　369p　20cm
1800円　①4-16-323650-3

五十嵐 勉　いがらし・つとむ

0517　「鉄の光」
◇健友館文学賞（第7回/平成13年/大
賞）
「鉄の光」　健友館　2002.11　183p
20cm　1700円　①4-7737-0702-X

0518　「流謫の島」
◇群像新人長編小説賞（第2回/昭和54
年）
「流謫の島」　講談社 1980.3 316p

五十嵐 寿恵　いがらし・ひさえ

0519　「託された恋」
◇深大寺短編恋愛小説「深大寺恋物語」
（第4回/平成20年/深大寺そば組合
賞）

五十嵐 均　いがらし・ひとし

0520　「高原のDデイ」
◇横溝正史賞（第14回/平成6年）
「ヴィオロンのため息の一高原のDデイ」
角川書店　1994.5　331p　19cm　1400
円　①4-04-872805-9

「ヴィオロンのため息の―高原のDデイ」
角川書店 1997.8 383p 15cm（角川
文庫）600円 ①4-04-342201-6

五十嵐 裕一郎
いがらし・ゆういちろう

0521 「愚か者の願い」
◇星新一ショートショート・コンテスト
（第3回/昭和56年/最優秀作）

井川 正史 いかわ・まさし

0522 「長い午後」
◇文學界新人賞（第45回/昭和52年下）

イーガン, グレッグ

0523 「暗黒整数」
◇星雲賞（第41回/平成22年/海外短編
部門）
「プランク・ダイヴ」 グレッグ・イーガ
ン著, 山岸真編・訳 早川書房 2011.9
415p 16cm（ハヤカワ文庫 SF1826）
900円 ①978-4-15-011826-6

生島 治郎 いくしま・じろう

0524 「追いつめる」
◇直木三十五賞（第57回/昭和42年上）
「追いつめる」 光文社 1967 241p（カッ
パ・ノベルス）
「追いつめる」 中央公論社 1972 345p
「追いつめる―長編推理小説」 光文社
1988.8 382p（光文社文庫）
「追いつめる」 集英社 1990.3 365p（集
英社文庫）
「追いつめる」 徳間書店 2000.4 418p
15cm（徳間文庫）629円 ①4-19-
891288-2

生田 紗代 いくた・さよ

0525 「オアシス」
◇文藝賞（第40回/平成15年）
「オアシス」 河出書房新社 2003.11
164p 20cm 1200円 ①4-309-01590-5

生田 庄司 いくた・しょうじ

0526 「アレキシシミア」
◇潮賞（第12回/平成5年/小説/優秀作）

生田 花世 いくた・はなよ

0527 「ほそのを」
◇「文章世界」特別募集小説（大7年2
月）
「燃ゆる頭」 中西書房 1929 324p

「燃ゆる頭―小説集」 不二出版 1986.2
334p（叢書『青踏』の女たち 第5巻）
〈中西書房昭和4年刊の複製〉

井口 勢津子 いぐち・せつこ

0528 「遺されたもの」
◇NHK銀の雫文芸賞（第1回/昭和63年
/最優秀）

井口 ひろみ いぐち・ひろみ

0529 「月のころはさらなり」
◇新潮エンターテインメント大賞（第3
回/平成18年度/大賞 宮部みゆき
選）
「月のころはさらなり」 新潮社 2008.1
186p 20cm 1200円 ①978-4-10-
306361-2

井口 泰子 いぐち・やすこ

0530 「東名ハイウエイバス・ドリー
ム号」
◇サンデー毎日新人賞（第1回/昭和45
年/推理小説）

井家 歩美 いけ・あゆみ

0531 「目のくらむ、暑く眩しい日」
◇深大寺短編恋愛小説「深大寺恋物語」
（第4回/平成20年/審査員特別賞）

池井 昌樹 いけい・まさき

0532 「晴夜」
◇芸術選奨（第48回/平成9年度/文学部
門/文部大臣新人賞）
「晴夜」 思潮社 1997.6 110p 22cm
2400円 ①4-7837-0656-5

池井戸 潤 いけいど・じゅん

0533 「下町ロケット」
◇直木三十五賞（第145回/平成23年上
半期）
「下町ロケット」 小学館 2010.11 407p
20cm 1700円 ①978-4-09-386292-9
「下町ロケット 1巻」 大活字文化普及
協会, 大活字〔発売〕 2011.11 206p
26cm（誰でも文庫 2）1800円 ①978-
4-86055-654-9
「下町ロケット 2巻」 大活字文化普及
協会, 大活字〔発売〕 2011.11 211p
26cm（誰でも文庫 2）1800円 ①978-
4-86055-655-6
「下町ロケット 3巻」 大活字文化普及
協会, 大活字〔発売〕 2011.11 196p

いけうち

26cm（誰でも文庫2）1800円　①978-
4-86055-656-3
「下町ロケット」　小学館　2013.12
493p　15cm（小学館文庫 い39-3）720
円　①978-4-09-408896-0

0534　「鉄の骨」
◇吉川英治文学新人賞（第31回/平成22
年度）
「鉄の骨」　講談社　2009.10　537p
20cm　1800円　①978-4-06-215832-9
「鉄の骨」　講談社　2011.11　658p
15cm（講談社文庫 い85-11）838円
①978-4-06-277097-2

0535　「果つる底なき」
◇江戸川乱歩賞（第44回/平成10年）
「果つる底なき」　講談社　1998.9　330p
19cm　1500円　①4-06-209367-7
「果つる底なき」　講談社　2001.6　400p
15cm（講談社文庫）648円　①4-06-
273179-7

池内 紀　いけうち・おさむ

0536　「ファウスト」
◇毎日出版文化賞（第54回/平成12年/
企画部門）
「ファウスト　第1部」　ゲーテ著, 池内紀
訳　集英社　1999.10　255p　22cm
2200円　①4-08-773315-7
「ファウスト　第2部」　ゲーテ著, 池内紀
訳　集英社　2000.1　382p　22cm
2800円　①4-08-773316-5
「ファウスト　第1部」　ヨハーン・ヴォル
フガング・ゲーテ著, 池内紀訳　集英社
2004.5　358p　16cm（集英社文庫ヘリ
テージシリーズ）686円　①4-08-
761008-X
「ファウスト　第2部」　ヨハーン・ヴォル
フガング・ゲーテ著, 池内紀訳　集英社
2004.5　493p　16cm（集英社文庫ヘリ
テージシリーズ）933円　①4-08-
761009-8

池内 広明　いけうち・ひろあき

0537　「ノックする人びと」
◇文藝賞（第32回/平成7年/優秀作）
「ノックする人びと」　河出書房新社
1996.1　173p　19cm　1300円　①4-309-
01033-4

池内 陽　いけうち・よう

0538　「運命の糸」
◇12歳の文学賞（第7回/平成25年/小説

部門/審査員特別賞〈西原理恵子
賞〉）
「12歳の文学　第7集」　小学館　2013.3
160p　26cm　952円　①978-4-09-
106804-0

池上 永一　いけがみ・えいいち

0539　「テンペスト」
◇本屋大賞（第6回/平成21年/4位）
「テンペスト　上　若夏の巻」　角川書店,
角川グループパブリッシング（発売）
2008.8　426p　20cm　1600円　①978-4-
04-873868-2
※他言語標題：The tempest
「テンペスト　下　花風の巻」　角川書店,
角川グループパブリッシング（発売）
2008.8　427p　20cm　1600円　①978-4-
04-873869-9
※他言語標題：The tempest

0540　「バガージマヌパナス」
◇日本ファンタジーノベル大賞（第6回
/平成6年）
「バガージマヌパナス」　新潮社　1994.12
262p　19cm　1400円　①4-10-401901-1
「バガージマヌパナス―わが島のはなし」
文藝春秋　1998.12　317p　15cm（文
春文庫）562円　①4-16-761501-0
「バガージマヌパナス―わが島のはなし」
角川書店, 角川グループパブリッシング
〔発売〕　2010.1　311p　15cm（角川
文庫）552円　①978-4-04-364708-8

池上 信一　いけがみ・しんいち

0541　「柳寿司物語」
◇講談倶楽部賞（第1回/昭和26年）
「池上信一作品集」　端居庵　1970　193p

池澤 夏樹　いけざわ・なつき

0542　「静かな大地」
◇親鸞賞（第3回/平成16年）
「静かな大地」　朝日新聞社　2003.9
629p　20cm　2300円　①4-02-257873-4

0543　「スティル・ライフ」
◇中央公論新人賞（第13回/昭和62年
度）
◇芥川龍之介賞（第98回/昭和62年下）
「スティル・ライフ」　中央公論社　1988.2
187p
「芥川賞全集14」　文芸春秋　1989
「現代小説クロニクル 1985〜1989」　日
本文藝家協会編　講談社　2015.2

288p　15cm　（講談社文芸文庫）1700
円　①978-4-06-290261-8

0544　「すばらしい新世界」
◇芸術選奨　（第51回/平成12年度/文学
　部門/文部大臣賞）
　「すばらしい新世界」　中央公論新社
　2000.9　591p　20cm　2300円　①4-12-
　003053-9
　「すばらしい新世界」　中央公論新社
　2003.10　723p　16cm　（中公文庫）
　1048円　①4-12-204270-4

0545　「花を運ぶ妹」
◇毎日出版文化賞　（第54回/平成12年/
　第1部門（文学・芸術））
　「花を運ぶ妹」　文藝春秋　2000.4　421p
　20cm　1762円　①4-16-318770-7
　「花を運ぶ妹」　文藝春秋　2003.4　459p
　16cm　（文春文庫）724円　①4-16-
　756106-9

0546　「マシアス・ギリの失脚」
◇谷崎潤一郎賞　（第29回/平成5年度）
　「マシアス・ギリの失脚」　新潮社　1993.6
　535p
　「マシアス・ギリの失脚」　新潮社　1996.
　6　632p　15cm　（新潮文庫）720円
　①4-10-131815-8

池田 京二　いけだ・きょうじ

0547　「サンフラワー症候群」
◇全作家文学賞　（復活第5回/平成17年/
　佳作）

池田 錦水　いけだ・きんすい

0548　「大和撫子」
◇「新小説」懸賞小説　（明35年4月）

池田 源尚　いけだ・げんしょう

0549　「運・不運」
◇「文芸」推薦作品　（第2回/昭和15年
　下）
　「死すまじ」　白石書店　1986.6　226p

池田 茂光　いけだ・しげみつ

0550　「山を祭る人々」
◇やまなし文学賞　（第22回/平成25年度
　/小説部門）
　「山を祭る人々」　やまなし文学賞実行委
　員会　2014.6　86p　19cm　857円
　①978-4-89710-634-2

池田 純子　いけだ・じゅんこ

0551　「ヴギウギ・80」
◇全作家文学賞　（第8回/平成25年度/佳
　作）

池田 章一　いけだ・しょういち

0552　「宴会」
◇中央公論新人賞　（第8回/昭和57年度）

池田 藻　いけだ・そう

0553　「この夜にさようなら」
◇小説現代推理新人賞　（第5回/平成10
　年）

池田 直彦　いけだ・なおひこ

0554　「二激港（アルトンカン）」
◇オール讀物新人賞　（第6回/昭和30年
　上）

池田 史　いけだ・ふみ

0555　「はけん小学生」
◇12歳の文学賞　（第4回/平成22年/小説
　部門/優秀賞）
　「12歳の文学　第4集」　小学館　2010.3
　395p　20cm　1200円　①978-4-09-
　289725-0

池田 満寿夫　いけだ・ますお

0556　「エーゲ海に捧ぐ」
◇野性時代新人文学賞　（第3回/昭和51
　年）
◇芥川龍之介賞　（第77回/昭和52年上）
　「エーゲ海に捧ぐ—池田満寿夫第一小説
　集」　角川書店　1977.4　202p
　「エーゲ海に捧ぐ」　角川書店　1979.1
　180p　（角川文庫）
　「芥川賞全集11」　文芸春秋　1982
　「昭和文学全集32」　小学館　1989

池田 みち子　いけだ・みちこ

0557　「無縁仏」
◇平林たい子文学賞　（第9回/昭和56年/
　小説）
　「無縁仏」　作品社　1979.12　217p

池田 雄一　いけだ・ゆういち

0558　「不帰水道」
◇総額2000万円懸賞小説募集　（昭56年/
　入選）
　「不帰水道」　徳間書店　1982.8　332p
　16cm　（徳間文庫）400円　①4-19-

いけなか　　　　　　　　　　　　　　　　　　　　　0559〜0568

567346-1

池永 陽　いけなが・よう

0559「雲を斬る」
◇中山義秀文学賞（第12回/平成18年）
「雲を斬る」　講談社　2006.3　345p
20cm 1800円　Ⓓ4-06-213388-1
「雲を斬る」　講談社　2009.11　461p
15cm（講談社文庫 い109-2）790円
Ⓘ978-4-06-276454-4

0560「走るジイサン」
◇小説すばる新人賞（第11回/平成10年）
「走るジイサン」　集英社　1999.1　188p
19cm 1300円　Ⓓ4-08-774381-0
「走るジイサン」　集英社　2003.1　185p
15cm（集英社文庫）400円　Ⓓ4-08-747531-X

池波 正太郎　いけなみ・しょうたろう

0561「天城峠」
◇新鷹会賞（第4回/昭和31年前）
「天城峠」　集英社　1995.12　250p
15cm（集英社文庫）460円　Ⓓ4-08-748381-9
「完本池波正太郎大成　第28巻　青空の街・原っぱ・現代小説短編」　講談社
2000.10　1208p　21cm 7800円　Ⓓ4-06-268228-1

0562「鬼平犯科帳」
◇吉川英治文学賞（第11回/昭和52年度）
「鬼平犯科帳」　文芸春秋 1968 285p
「池波正太郎作品集1」　朝日新聞社 昭和51年

0563「剣客商売」
◇吉川英治文学賞（第11回/昭和52年度）
「池波正太郎作品集2」　朝日新聞社 昭和51年
「剣客商売」　新潮社 1985.3 332p（新潮文庫）
「剣客商売全集1」　新潮社 1992

0564「殺しの四人」
◇小説現代ゴールデン読者賞（第5回/昭和47年上）
「殺しの四人―仕掛人・藤枝梅安」　講談社 1980.3 249p（講談社文庫）
「殺しの四人―仕掛人・藤枝梅安　1」　新装版　講談社 2001.4 282p 15cm（講談社文庫）495円　Ⓓ4-06-273135-5

0565「錯乱」
◇直木三十五賞（第43回/昭和35年上）
「錯乱」　文芸春秋新社 1960 279p
「錯乱」　春陽堂書店 1968 224p（春陽文庫）
「池波正太郎作品集5」　朝日新聞社 昭和51年
「錯乱・賊将」　東京文芸社 1979.4 323p
「長野県文学全集第Ⅲ期/現代作家編2」　郷土出版社 1990
「池波正太郎短篇コレクション15」　立風書房 1992
「歴史小説名作館6」　講談社 1992
「主命にござる」　縄田一男編　新潮社 2015.4　327p　15cm（新潮文庫）550円　Ⓘ978-4-10-139732-0

0566「仕掛人・藤枝梅安」
◇吉川英治文学賞（第11回/昭和52年度）
「梅安最合傘―仕掛人・藤枝梅安」　講談社 1977.10 319p
「梅安蟻地獄―仕掛人・藤枝梅安」　講談社 1980.12 310p（講談社文庫）
「梅安最合傘―仕掛人・藤枝梅安」　講談社 1982.3 316p（講談社文庫）
「梅安針供養―仕掛人・藤枝梅安」　講談社 1983.12 277p（講談社文庫）
「梅安蟻地獄―仕掛人・藤枝梅安」　講談社 1985.3 286p
「梅安乱れ雲―仕掛人・藤枝梅安」　講談社 1986.11 325p（講談社文庫）
「梅安影法師―仕掛人・藤枝梅安」　講談社 1990.10 247p（講談社文庫）
「梅安冬時雨―仕掛人・藤枝梅安」　講談社 1990.6 251p

0567「春雪仕掛針」
◇小説現代ゴールデン読者賞（第7回/昭和48年上）
「梅安蟻地獄―仕掛人・藤枝梅安」　講談社 1985.3 286p
「梅安蟻地獄―仕掛人・藤枝梅安　2」　新装版　講談社 2001.4 358p 15cm（講談社文庫）590円　Ⓓ4-06-273136-3

0568「太鼓」
◇新鷹会賞（第2回/昭和30年前/奨励賞）
「眼（め）」　東方社　1961　289p　20cm
「天城峠」　集英社　1995.12　250p
15cm（集英社文庫）460円　Ⓓ4-08-748381-9
「完本池波正太郎大成　第28巻　青空の

48　　　　　　　　　　　　　　　　文学賞受賞作品総覧 小説篇

街・原っぱ・現代小説短編」 講談社
2000.10 1208p 21cm 7800円 ⑪4-
06-268228-1

池野 仁美 いけの・ひとみ

0569 「その次」
◇深大寺短編恋愛小説「深大寺恋物語」
（第5回/平成21年/最優秀賞）

池辺 たかね いけべ・たかね

0570 「鳴門崩れ」
◇「サンデー毎日」大衆文芸 （第17回/
昭和10年下）

池宮 彰一郎 いけみや・しょういちろう

0571 「四十七人の刺客」
◇新田次郎文学賞 （第12回/平成5年）
「四十七人の刺客」 新潮社 1992.9 437p
（新潮書下し時代小説）
「四十七人の刺客 上」 角川書店 2004.
4 323p 15cm （角川文庫） 552円
⑪4-04-368703-6
「四十七人の刺客 下」 角川書店 2004.
4 310p 15cm （角川文庫） 552円
⑪4-04-368704-4

0572 「島津奔る」
◇柴田錬三郎賞 （第12回/平成11年）
「島津奔る 上巻」 新潮社 1998.12
365p 20cm 1900円 ⑪4-10-387205-5
「島津奔る 下巻」 新潮社 1998.12
354p 20cm 1900円 ⑪4-10-387206-3
「島津奔る 上巻」 新潮社 2001.6
456p 16cm （新潮文庫） 667円 ⑪4-
10-140816-5
「島津奔る 下巻」 新潮社 2001.6
451p 16cm （新潮文庫） 667円 ⑪4-
10-140817-3

井鯉 こま いこい・こま

0573 「コンとアンジ」
◇太宰治賞 （第30回/平成26年）

伊坂 幸太郎 いさか・こうたろう

0574 「アイネクライネナハトムジーク」
◇本屋大賞 （第12回/平成27年/9位）
「アイネクライネナハトムジーク」 幻冬
舎 2014.9 285p 20cm 1400円
⑪978-4-344-02629-2
※他言語標題：Eine kleine Nachtmusik

0575 「アヒルと鴨のコインロッカー」
◇吉川英治文学新人賞 （第25回/平成16
年）

「アヒルと鴨のコインロッカー」 東京創
元社 2003.11 331p 20cm （ミステ
リ・フロンティア）1500円 ⑪4-488-
01700-2

0576 「オーデュボンの祈り」
◇新潮ミステリー倶楽部賞 （第5回/平
成12年）
「オーデュボンの祈り」 新潮社 2000.12
346p 20cm 1700円 ⑪4-10-602767-4
「オーデュボンの祈り」 新潮社 2003.12
464p 16cm （新潮文庫） 629円 ⑪4-
10-125021-9

0577 「キャプテンサンダーボルト」
◇本屋大賞 （第12回/平成27年/8位）
「キャプテンサンダーボルト」 阿部和重,
伊坂幸太郎著 文藝春秋 2014.11
524p 20cm 1800円 ⑪978-4-16-
390194-7
※他言語標題：CAPTAIN THUNDER
BOLT

0578 「ゴールデンスランバー」
◇本屋大賞 （第5回/平成20年/大賞）
◇山本周五郎賞 （第21回/平成20年）
「ゴールデンスランバー」 新潮社 2007.
11 503p 20cm 1600円 ⑪978-4-10-
459603-4

0579 「死神の精度」
◇日本推理作家協会賞 （第57回/平成16
年/短篇部門）
◇本屋大賞 （第3回/平成18年/3位）
「ザ・ベストミステリーズ—推理小説年鑑
2004」 日本推理作家協会編 講談社
2004.7 627p 20cm 3500円 ⑪4-06-
114905-9
「死神の精度」 文芸春秋 2005.6 275p
19cm 1429円 ⑪4-16-323980-4
「孤独な交響曲」 日本推理作家協会編
講談社 2007.4 569p 15cm （講談社
文庫—ミステリー傑作選）800円
⑪978-4-06-275705-8
「死神の精度」 文藝春秋 2008.2 345p
16cm （文春文庫）524円 ⑪978-4-16-
774501-1

0580 「終末のフール」
◇本屋大賞 （第4回/平成19年/第4位）
「終末のフール」 集英社 2006.3 301p
20cm 1400円 ⑪4-08-774803-0
「終末のフール」 集英社 2009.6 382p
16cm （集英社文庫 い64-1）629円
⑪978-4-08-746443-6

0581 「チルドレン」

◇本屋大賞 （第2回/平成17年/5位）
「ザ・ベストミステリーズ―推理小説年鑑
2003」 日本推理作家協会編 講談社
2003.7 649p 20cm 3800円 Ⓘ4-06-
114904-0
※他言語標題：The best mysteries
「チルドレン」 講談社 2004.5 289p
20cm 1500円 Ⓘ4-06-212442-4
「殺人の教室」 日本推理作家協会編 講
談社 2006.4 649p 15cm （講談社文
庫―ミステリー傑作選） 895円 Ⓘ4-
06-275379-0
「チルドレン」 講談社 2007.5 347p
15cm （講談社文庫） 590円 Ⓘ978-4-
06-275724-9

0582 「魔王」
◇本屋大賞 （第3回/平成18年/11位）
「魔王」 講談社 2005.10 285p 20cm
1238円 Ⓘ4-06-213146-3
「魔王」 講談社 2008.9 369p 15cm
（講談社文庫） 619円 Ⓘ978-4-06-
276142-0

0583 「モダンタイムス」
◇本屋大賞 （第6回/平成21年/10位）
「モダンタイムス」 講談社 2008.10
540p 20cm （Morning novels） 1700円
Ⓘ978-4-06-215073-6
「モダンタイムス」 特別版 講談社
2008.10 616p 20cm （Morning
novels） 2700円 Ⓘ978-4-06-215074-3

伊坂 尚仁　いさか・なおひと

0584 「近すぎた朝」
◇労働者文学賞 （第25回/平成25年/小
説部門/佳作）

0585 「パラノイド」
◇労働者文学賞 （第24回/平成24年/小
説部門/佳作）

0586 「マシーン・マン」
◇労働者文学賞 （第23回/平成23年/小
説部門/佳作）

井坂 浩子　いさか・ひろこ

0587 「ジェリー・フィッシ」
◇関西文学賞 （第21回/昭和61年/小説
（佳作））

0588 「蔓草の院」
◇関西文学賞 （第23回/昭和63年/小説）

0589 「流れ浮く人々」
◇関西文学選奨 （第25回/平成5年度）

射逆 裕二　いさか・ゆうじ

0590 「みんな誰かを殺したい」
◇横溝正史ミステリ大賞 （第24回/平成
16年/優秀賞・テレビ東京賞）
「みんな誰かを殺したい」 角川書店
2004.5 283p 20cm 1500円 Ⓘ4-04-
873539-X

伊崎 喬助　いざき・きょうすけ

0591 「**LC1961**」
◇小学館ライトノベル大賞〔ガガガ文庫
部門〕 （第8回/平成26年/優秀賞）
「スチームヘヴン・フリークス＝
Steamheaven's Freaks」 小学館 2014.
7.23 339p 15cm （ガガガ文庫 がい7-
1） 695円 Ⓘ978-4-09-451498-8
※受賞作「LC1961」を改題

イササ ナナ

0592 「催眠！ おっぱい学園」
◇美少女文庫新人賞 （第9回/平成24年）
「催眠！おっぱい学園」 フランス書院
2012.9 351p 15cm （えすかれ美少女
文庫） 695円 Ⓘ978-4-8296-6229-8

石和 仙衣　いさわ・せんい

0593 「闘婆」
◇ホワイトハート新人賞 （平成21年下
期）

石和 鷹　いさわ・たか

0594 「クルー」
◇芸術選奨 （第45回/平成6年度/文学部
門/文部大臣賞）
「クルー」 福武書店 1994.4 368p
19cm 2000円 Ⓘ4-8288-2472-3

0595 「地獄は一定すみかぞかし」
◇伊藤整文学賞 （第8回/平成9年/小説）
「地獄は一定すみかぞかし―小説 暁烏敏」
新潮社 1997.1 346p 19cm 1957円
Ⓘ4-10-415901-8
「地獄は一定すみかぞかし―小説 暁烏敏」
新潮社 2000.2 468p 15cm （新潮文
庫） 629円 Ⓘ4-10-147521-0

0596 「野分酒場」
◇泉鏡花文学賞 （第17回/平成1年）
「野分酒場」 福武書店 1988.9 236p
「野分酒場」 福武書店 1994.4 257p
15cm （福武文庫） 750円 Ⓘ4-8288-
3285-8

井沢 元彦　いざわ・もとひこ

0597　「猿丸幻視行」
◇江戸川乱歩賞　（第26回/昭和55年）
「猿丸幻視行」　講談社　1980.9　322p
「猿丸幻視行」　講談社　1983.8　389p（講談社文庫）
「猿丸幻視行」　新装版　講談社　2007.12　444p　15cm（講談社文庫）714円　①978-4-06-275935-9

石井 杏奈　いしい・あんな

0598　「とある博士の とんでもない発明品」
◇12歳の文学賞　（第5回/平成23年/小説部門/佳作）

石井 計記　いしい・けいき

0599　「黎明以前―山県大弐」
◇日本文芸大賞　（第4回/昭和59年/歴史文学賞）
「黎明以前―山懸大弐」　下諏訪町（長野県）中部文学社　1977.6　143p〈私家版〉

石井 謙治　いしい・けんじ

0600　「和船」
◇毎日出版文化賞　（第49回/平成7年）
「和船　1」　法政大学出版局　1995.7　413p　19cm（ものと人間の文化史 76-1）2987円　①4-588-20761-X
「和船　2」　法政大学出版局　1995.7　300p　19cm（ものと人間の文化史 76-2）2472円　①4-588-20762-8

いしい しんじ

0601　「ある一日」
◇織田作之助賞　（第29回/平成24年/大賞）
「ある一日」　新潮社　2012.2　136p　20cm　1200円　①978-4-10-436303-2
「ある一日」　新潮社　2014.8　141p　16cm（新潮文庫 い-76-11）400円　①978-4-10-106932-6

0602　「麦ふみクーツェ」
◇坪田譲治文学賞　（第18回/平成14年度）
「麦ふみクーツェ」　理論社　2002.6　441p　19cm　1800円　①4-652-07716-5

石井 龍生　いしい・たつお

0603　「アルハンブラの想い出」
◇オール讀物推理小説新人賞　（第15回/昭和51年）

0604　「見返り美人を消せ」
◇横溝正史賞　（第5回/昭和60年）
「見返り美人を消せ」　石井竜生, 井原まなみ著　角川書店　1985.5　324p
「見返り美人を消せ」　石井竜生, 井原まなみ著　角川書店　1986.4　360p（角川文庫）

石井 哲夫　いしい・てつお

0605　「アクバール・カンの復讐」
◇「サンデー毎日」大衆文芸　（第24回/昭和14年上）

石井 敏弘　いしい・としひろ

0606　「風のターン・ロード」
◇江戸川乱歩賞　（第33回/昭和62年）
「風のターン・ロード」　講談社　1987.9　288p
「風のターン・ロード」　講談社　1990.7　309p（講談社文庫）
「花園の迷宮/風のターン・ロード―江戸川乱歩賞全集　16」　山崎洋子, 石井敏弘著, 日本推理作家協会編　講談社　2003.9　747p　15cm（講談社文庫）1190円　①4-06-273848-1

石井 紀大　いしい・のりひろ

0607　「うらモモ伝説」
◇12歳の文学賞　（第4回/平成22年/小説部門/佳作）

石井 博　いしい・ひろし

0608　「老人と猫」
◇オール讀物新人賞　（第39回/昭和46年下）

石井 藤雄　いしい・ふじお

0609　「公害」
◇農民文学賞　（第40回/平成8年度）
「詩集 公害」　土曜美術社出版販売　2001.10　78p　21cm　2000円　①4-8120-1311-9

石井 桃子　いしい・ももこ

0610　「幻の朱い実」
◇読売文学賞　（第46回/平成6年/小説賞）
「幻の朱い実　上」　岩波書店　1994.2　449p　19cm　2500円　①4-00-002145-1
「幻の朱い実　下」　岩波書店　1994.3　362p　19cm　2500円　①4-00-002146-X

いしおか　　　　　　　　　　　　　　　　　　0611〜0620

「幻の朱い実―石井桃子コレクション」
岩波書店　2015.1　498p　15cm（岩波
現代文庫）1400円　①978-4-00-602252-
5
「幻の朱い実―石井桃子コレクション」
岩波書店　2015.2　406p　15cm（岩波
現代文庫）1220円　①978-4-00-602253-
2

石岡　琉衣　いしおか・るい
0611　「白馬に乗られた王子様」
◇ボイルドエッグズ新人賞（第12回/平
成23年2月）
「白馬に乗られた王子様」産業編集セン
ター　2011.7　287p　19cm　1200円
①978-4-86311-061-8

石垣　由美子　いしがき・ゆみこ
0612　「メイド・イン・ジャパン」
◇部落解放文学賞（第21回/平成6年/小
説）

石上　襄次　いしがみ・じょうじ
0613　「海豚」
◇「サンデー毎日」大衆文芸（第2回/
昭和2年/乙）

石川　あまね　いしかわ・あまね
0614　「シー・マスト・ダイ」
◇小学館ライトノベル大賞〔ガガガ文庫
部門〕（第4回/平成22年/優秀賞）
「シー・マスト・ダイ」小学館　2010.8
263p　15cm（ガガガ文庫　がい4-1）
571円　①978-4-09-451224-3

石川　渓月　いしかわ・けいげつ
0615　「煙が目にしみる」
◇日本ミステリー文学大賞新人賞（第
14回/平成22年度）
「煙が目にしみる」光文社　2011.2
340p　20cm　1700円　①978-4-334-
92745-5
「煙が目にしみる」光文社　2013.3
460p　16cm（光文社文庫　い51-1）724
円　①978-4-334-76550-7

石川　信乃　いしかわ・しの
0616　「基隆港」
◇文學界新人賞（第8回/昭和34年上）

石川　淳　いしかわ・じゅん
0617　「紫苑物語」

◇芸術選奨（第7回/昭和31年度/文学部
門/文部大臣賞）
「紫苑物語」講談社　1956　224p
「紫苑物語」新潮社　1957　208p（新潮文
庫）
「石川淳全集5」筑摩書房　昭和43年
「紫苑物語」槐書房　1974　114p〈特別限
定版〉
「昭和文学全集15」小学館　1987
「紫苑物語」講談社　1989.5　293p（講談
社文芸文庫）
「石川淳全集5」筑摩書房　1989
「小説　5」岩波書店　1993.9　312p
18cm（石川淳選集　第5巻）1600円
①4-00-100545-X
※第4刷（第1刷：80.3.7）
「危険なマッチ箱―心に残る物語　日本文
学秀作選」石田衣良編　文藝春秋
2009.12　405p　15cm（文春文庫）657
円　①978-4-16-717415-6

0618　「普賢」
◇芥川龍之介賞（第4回/昭和11年下）
「普賢」版画荘　1937　309p
「普賢」書物展望社, 新陽社　1938　209p
（芥川賞全集）
「普賢」新潮社　1946　260p（昭和名作選
集）
「普賢―他四編」角川書店　1956　217p
（角川文庫）
「日本の文学（近代編）64」ほるぷ出版
「石川淳全集1」筑摩書房　昭和43年
「普賢」集英社　1977.5　224p（集英社文
庫）
「芥川賞全集1」文芸春秋　1982
「昭和文学全集15」小学館　1987
「石川淳全集1」筑摩書房　1989
「普賢・佳人」講談社　1995.5　290p
15cm（講談社文芸文庫）980円　①4-
06-196320-1

石河　穣治　いしかわ・じょうじ
0619　「蜂窩房」
◇三田文学賞（第5回/昭和14年）
「蜂窩房」春陽堂　1940　264p

石川　真介　いしかわ・しんすけ
0620　「不連続線」
◇鮎川哲也賞（第2回/平成3年）
「不連続線」東京創元社　1991.11　350p
「不連続線」光文社　1999.3　395p
15cm（光文社文庫）590円　①4-334-
72783-2

文学賞受賞作品総覧　小説篇

石川 達三　いしかわ・たつぞう

0621　「幸不幸」
◇「朝日新聞」懸賞小説（大朝短編小説/大15年）

0622　「蒼氓」
◇芥川龍之介賞（第1回/昭和10年上）
「蒼氓」　改造社 1935 286p
「蒼氓」　書物展望社, 新陽社 1938 192p（芥川賞全集）
「蒼氓―三部作」　新潮社 1939 319p（昭和名作選集）
「蒼氓」　20版 新潮社 1948 316p
「蒼氓」　新潮社 1951 252p（新潮文庫）
「蒼氓・生きてゐる兵隊」　筑摩書房 1952 223p（現代日本名作選）
「石川達三作品集1」　新潮社 昭和47年
「蒼氓」　成瀬書房 1974 395p〈限定特装版〉
「芥川賞全集1」　文芸春秋 1982
「昭和文学全集11」　小学館 1988
「蒼氓」　埼玉福祉会 2001.1　2冊　22cm（大活字本シリーズ）3200円;3400円　①4-88419-029-7, 4-88419-030-0
※原本:新潮社文庫, 限定版
「蒼氓」　秋田魁新報社 2014.6　285p　20cm 1500円　①978-4-87020-356-3
※年譜あり

0623　「私ひとりの私」
◇「文藝春秋」読者賞（第26回/昭和39年）
「私ひとりの私」　文芸春秋新社 1965 208p
「石川達三作品集18」　新潮社 昭和48年

石河 内城　いしかわ・ないじょう

0624　「鶴沢清造」
◇「サンデー毎日」大衆文芸（第12回/昭和8年上）

石川 宏宇　いしかわ・ひろお

0625　「サドル」
◇ノベル大賞（第31回/平成12年/佳作）〈受賞時〉石川宏矛

石川 宏千花　いしかわ・ひろちか

0626　「泥濘城のモンスターとひとりぼっちのココ」
◇ジュニア冒険小説大賞（第6回/平成19年/佳作）

石川 緑　いしかわ・みどり

0627　「天竺」
◇『幽』文学賞（第8回/平成25年/長編部門/大賞）
「常夜」　KADOKAWA　2014.5　189p　20cm（幽ブックス）1700円　①978-4-04-066742-3
※受賞作「天竺」を改題

石川 ユウヤ　いしかわ・ゆうや

0628　「ミサキの一発逆転！」
◇MF文庫Jライトノベル新人賞（第4回/平成20年/審査員特別賞）〈受賞時〉悠 レイ
「ミサキの一発逆転！」　メディアファクトリー　2008.10　294p　15cm（MF文庫J）580円　①978-4-8401-2451-5
「ミサキの一発逆転！ 2」　メディアファクトリー　2009.2　262p　15cm（MF文庫J い-02-02）580円　①978-4-8401-2661-8
「ミサキの一発逆転！ 3」　メディアファクトリー　2009.6　258p　15cm（MF文庫J い-02-03）580円　①978-4-8401-2783-7

石川 美子　いしかわ・よしこ

0629　「ボクは風になる」
◇パレットノベル大賞（第29回/平成15年冬/佳作）

石川 利光　いしかわ・りこう

0630　「春の草」
◇芥川龍之介賞（第25回/昭和26年上）
「春の草」　文芸春秋新社 1951 254p
「芥川賞全集4」　文芸春秋 1982

石黒 佐近　いしぐろ・さこん

0631　「山峡」
◇やまなし文学賞（第23回/平成26年度/小説部門）
「山峡」　やまなし文学賞実行委員会　2015.6　94p　19cm 857円　①978-4-89710-635-9
※発行所:山梨日日新聞社

石黒 達昌　いしぐろ・たつまさ

0632　「最終上映」
◇海燕新人文学賞（第8回/平成1年）
「最終上映」　福武書店 1991.3 205p
「冬至草」　早川書房 2006.6　305p　19×12cm（ハヤカワSFシリーズ・Jコレ

文学賞受賞作品総覧 小説篇

クション） 1600円 ①4-15-208735-8

石坂 あゆみ　いしざか・あゆみ

0633　「碧い谷の水面」
◇地上文学賞　（第54回/平成18年）

石坂 洋次郎　いしざか・ようじろう

0634　「若い人」
◇三田文学賞　（第1回/昭和10年）
「若い人」　改造社 1937 2冊
「若い人」　改造社 1946 384p（改造名作
選）
「若い人」　新潮社 1947 2冊
「若い人」　上下巻 改造社 1949 2冊
「若い人」　上下巻 新潮社 1949 372p（新
潮文庫）〈上巻：5版、下巻：3版〉
「若い人」　新潮社 1962 326p（新潮文庫）
「若い人」　集英社 1966 469p（コンパク
ト・ブックス）
「石坂洋次郎文庫2」　新潮社 昭和42年
「若い人」　1～4 講談社 1977.9 4冊（プ
チ・ブックス）
「若い人」　新潮社　2000.7　740p　15cm
（新潮文庫）895円　①4-10-100322-X

石崎 晴央　いしざき・はるお

0635　「焼絵玻璃」
◇同人雑誌賞　（第1回/昭和29年）

石沢 英太郎　いしざわ・えいたろう

0636　「視線」
◇日本推理作家協会賞　（第30回/昭和52
年/短篇部門）
「視線」　文芸春秋 1977.9 260p
「視線」　講談社 1981.11 279p（講談社文
庫）
「短篇集 3」　阿刀田高、戸板康二、連城
三紀彦、日下圭介、石沢英太郎、仁木悦子
著 双葉社 1996.5 308p 15cm（双
葉文庫―日本推理作家協会賞受賞作全
集 31）570円　①4-575-65825-1

0637　「羊歯行」
◇双葉推理賞　（第1回/昭和41年）
「羊歯行・乱蝶ほか」　講談社 1978.8
330p（講談社文庫）

石津 クミン　いしず・くみん

0638　「また、かきます。」
◇NHK銀の雫文芸賞　（第20回/平成19
年度/優秀）

石塚 喜久三　いしずか・きくぞう

0639　「纏足の頃」
◇芥川龍之介賞　（第17回/昭和18年上）
「芥川賞全集3」　文藝春秋 1982

石塚 京助　いしずか・きょうすけ

0640　「気紛れ発一本松行き」
◇小説新潮新人賞　（第4回/昭和61年）

石田 郁男　いしだ・いくお

0641　「アルチュール・エリソンの素描」
◇群像新人文学賞　（第31回/昭和63年/
小説）

石田 衣良　いしだ・いら

0642　「池袋ウエストゲートパーク」
◇オール讀物推理小説新人賞　（第36回/
平成9年）
「池袋ウエストゲートパーク」　文藝春秋
1998.9　329p　19cm 1619円　①4-16-
317990-9
「池袋ウエストゲートパーク」　文藝春秋
2001.7　367p　16cm（文春文庫）514
円　①4-16-717403-0

0643　「眠れぬ真珠」
◇島清恋愛文学賞　（第13回/平成18年）
「眠れぬ真珠」　新潮社　2006.4　285p
20cm 1600円　①4-10-459502-0
※他言語標題：Sleepless pearl
「眠れぬ真珠」　新潮社　2008.12　367p
16cm（新潮文庫）514円　①978-4-10-
125052-6

0644　「4TEEN フォーティーン」
◇直木三十五賞　（第129回/平成15年上
期）
「4teen」　新潮社　2003.5　251p　20cm
1400円　①4-10-459501-2

0645　「北斗 ある殺人者の回心」
◇中央公論文芸賞　（第8回/平成25年）
「北斗―ある殺人者の回心」　集英社
2012.10　499p　20cm 1800円　①978-
4-08-771464-7

石田 きよし　いしだ・きよし

0646　「寒い夏」
◇労働者文学賞　（第7回/平成6年度/小
説）

石田 祥　いしだ・しょう

0647　「トマトのために」

◇日本ラブストーリー大賞（第9回/平成26年/大賞）

石田 瀬々 いしだ・ぜぜ

0648 「ラムネの泡と、溺れた人魚」
◇女による女のためのR-18文学賞（第6回/平成19年/読者賞）

石田 千 いしだ・せん

0649 「大踏切書店のこと」
◇古本小説大賞（第1回/平成13年/大賞）

石田 真理 いしだ・まり

0650 「オオカミくんはピアニスト」
◇新風舎出版賞（第22回/平成16年6月/最優秀賞/ビジュアル部門）

石中 象治 いしなか・しょうじ

0651 「お富は，悦田君の「恋人」」
◇「文章世界」特別募集小説（大9年11月）

石野 晶 いしの・あきら

0652 「月のさなぎ」
◇日本ファンタジーノベル大賞（第22回/平成22年/優秀賞）
「月のさなぎ」 新潮社 2010.11 262p 20cm 1400円 ①978-4-10-328621-9

石野 文香 いしの・ふみか

0653 「パークチルドレン」
◇小学館文庫小説賞（第8回/平成19年）
「パークチルドレン」 小学館 2007.10 239p 20cm 1400円 ①978-4-09-386191-5

石野 緑石 いしの・りょくせき

0654 「「クロ」の生涯」
◇「文章世界」特別募集小説（大8年2月）

0655 「世間」
◇「文章世界」特別募集小説（大7年10月）

0656 「怒鳴る内儀さん」
◇「文章世界」特別募集小説（大9年4月）

0657 「脇差の記憶」
◇「文章世界」特別募集小説（大9年9月）

石橋 徹志 いしばし・てつし

0658 「軍鶏師と女房たち」
◇「サンデー毎日」大衆文芸（第40回/昭和25年下）

0659 「軍鶏流行」
◇「サンデー毎日」大衆文芸（第38回/昭和24年下）

石橋 幸音 いしばし・ゆきね

0660 「幸せバスは異世界行き」
◇12歳の文学賞（第7回/平成25年/小説部門/佳作）

石原 敬三 いしはら・けいぞう

0661 「小猿別の子ザルっこたち」
◇部落解放文学賞（第35回/平成20年/佳作/児童文学部門）

石原 悟 いしはら・さとる

0662 「流れない川」
◇文學界新人賞（第46回/昭和53年上）
「泡沫夢幻」 未知谷 2012.11 255p 19cm 2000円 ①978-4-89642-388-4

石原 慎太郎 いしはら・しんたろう

0663 「弟」
◇毎日出版文化賞（第50回/平成8年/特別賞）
「弟」 幻冬舎 1996.7 388p 19cm 1800円 ①4-87728-119-3
「弟」 幻冬舎 1999.6 430p 16cm （幻冬舎文庫）648円 ①4-87728-736-1
「石原慎太郎の文学 7 生還/弟」 石原慎太郎著 文藝春秋 2007.7 603p 19cm 5700円 ①978-4-16-641640-0

0664 「化石の森」
◇芸術選奨（第21回/昭和45年度/文学部門/文部大臣賞）
「化石の森」 新潮社 1970 2冊
「化石の森」 新潮社 1982.6 594p（新潮文庫）
「石原慎太郎の文学 2 化石の森」 石原慎太郎著 文藝春秋 2007.2 558p 19cm 5700円 ①978-4-16-641590-8

0665 「生還」
◇平林たい子文学賞（第16回/昭和63年/小説）
「生還」 新潮社 1988.9 245p
「石原慎太郎の文学 7 生還/弟」 石原慎太郎著 文藝春秋 2007.7 603p

19cm 5700円 ①978-4-16-641640-0

0666 「太陽の季節」
◇文學界新人賞 （第1回/昭和30年）
◇芥川龍之介賞 （第34回/昭和30年下）
「太陽の季節」 新潮社 1956 275p
「太陽の季節」 新潮社 1957 301p（新潮文庫）
「太陽の季節・若い獣」 角川書店 1958 272p（角川文庫）
「石原慎太郎文庫1」 河出書房新社 昭和39年
「太陽の季節・行為と死」 講談社 1967 190p（ロマン・ブックス）
「石原慎太郎短編全集1」 新潮社 昭和48年
「芥川賞全集5」 文芸春秋 1982
「昭和文学全集29」 小学館 1988
「太陽の季節」 幻冬舎 2002.8 389p 21cm 1000円 ①4-344-00213-X

0667 「わが人生の時の人々」
◇「文藝春秋」読者賞 （第62回/平成12年度）
「わが人生の時の人々」 文藝春秋 2002.1 444p 20cm 1714円 ①4-16-358090-5
「わが人生の時の人々」 文藝春秋 2005.1 477p 16cm（文春文庫）629円 ①4-16-712809-8

石原 節男 いしはら・せつお

0668 「鉄の階段」
◇自分史文学賞 （第13回/平成14年度/北九州市特別賞）

石原 宙 いしはら・そら

0669 「くずばこに箒星」
◇スーパーダッシュ小説新人賞 （第10回/平成23年/大賞）
「くずばこに箒星」 集英社 2011.10 390p 15cm（集英社スーパーダッシュ文庫 い6-1）571円 ①978-4-08-630642-3
「くずばこに箒星 2」 集英社 2012.3 321p 15cm（集英社スーパーダッシュ文庫 い6-2）638円 ①978-4-08-630668-3

石踏 一榮 いしぶみ・いちえい

0670 「電蜂 DENPACHI」
◇ファンタジア長編小説大賞 （第17回/平成17年/特別賞）

「電蜂―DENPACHI」 富士見書房 2006.1 296p 15cm（富士見ファンタジア文庫）580円 ①4-8291-1788-5

伊島 りすと いじま・りすと

0671 「ジュリエット」
◇日本ホラー小説大賞 （第8回/平成13年）
「ジュリエット」 角川書店 2001.7 364p 20cm 1400円 ①4-04-873305-2
「ジュリエット」 角川書店 2003.9 361p 15cm（角川ホラー文庫）667円 ①4-04-370002-4

いしみ ちか

0672 「さざんか」
◇関西文学賞 （第14回/昭和54年/小説（佳作））

石村 和彦 いしむら・かずひこ

0673 「贋物」
◇舟橋聖一顕彰青年文学賞 （第5回/平成5年）

石牟礼 道子 いしむれ・みちこ

0674 「十六夜橋」
◇紫式部文学賞 （第3回/平成5年）
「十六夜橋」 径書房 1992.5 397p
「石牟礼道子全集・不知火 第9巻 十六夜橋ほか」 藤原書店 2006.5 568p 21cm 8500円 ①4-89434-515-3
「ここすぎて水の径」 弦書房 2015.11 313p 21cm 2400円 ①978-4-86329-126-3

石本 紫野 いしもと・しの

0675 「僕と不思議な望遠鏡」
◇12歳の文学賞 （第7回/平成25年/小説部門/審査員特別賞〈石田衣良賞〉）
「12歳の文学 第7集」 小学館 2013.3 160p 26cm 952円 ①978-4-09-106804-0

石谷 洋子 いしや・ようこ

0676 「ラストゴング」
◇NHK銀の雫文芸賞 （第2回/平成1年/最優秀）

維住 玲子 いじゅう・れいこ

0677 「ブリザード」
◇女流新人賞 （第37回/平成6年度）
「ブリザード」 中央公論社 1996.12

0678～0688　　　　　　　　　　　　　　　　　　　　　　　　いすみ

195p　19cm　1300円　①4-12-002648-5

伊集院 静　いじゅういん・しずか

0678　「受け月」
◇直木三十五賞　（第107回/平成4年上）
「受け月」　文芸春秋　1992.5　259p
「受け月」　講談社　2007.3　312p　15cm
（講談社文庫）　552円　①978-4-06-
275665-5

0679　「機関車先生」
◇柴田錬三郎賞　（第7回/平成6年）
「機関車先生」　講談社　1994.6　233p
19cm　1300円　①4-06-206263-1
「機関車先生」　講談社　1997.6　243p
15cm　（講談社文庫）　429円　①4-06-
263537-2
「機関車先生」　集英社　2003.3　286p
15cm　（集英社文庫）　495円　①4-08-
747553-0
「機関車先生　上」　埼玉福祉会　2005.11
207p　21cm　（大活字本シリーズ）
2700円　①4-88419-349-0
※底本：講談社文庫「機関車先生」
「機関車先生　下」　埼玉福祉会　2005.11
216p　21cm　（大活字本シリーズ）
2700円　①4-88419-350-4
※底本：講談社文庫「機関車先生」
「機関車先生」　文藝春秋　2008.5　278p
15cm　（文春文庫）　495円　①978-4-16-
754613-7

0680　「ごろごろ」
◇吉川英治文学賞　（第36回/平成14年）
「ごろごろ」　講談社　2001.3　280p
20cm　1900円　①4-06-210644-2

0681　「乳房」
◇吉川英治文学新人賞　（第12回/平成3
年度）
「乳房」　講談社　1990.10　195p
「乳房」　文藝春秋　2007.9　216p　15cm
（文春文庫）　476円　①978-4-16-
754612-0

0682　「ノボさん　小説　正岡子規と夏目
漱石」
◇司馬遼太郎賞　（第18回/平成27年）
「ノボさん―小説正岡子規と夏目漱石」
講談社　2013.11　404p　20cm　1600円
①978-4-06-218668-1

井尻 千男　いじり・かずお

0683　「劇的なる精神　福田恒存」
◇中村星湖文学賞　（第8回/平成6年）

「劇的なる精神　福田恒存」　日本教文社
1994.6　266p　19cm　（教文選書）　1700
円　①4-531-01517-7
「劇的なる精神―福田恒存」　徳間書店
1998.7　299p　15cm　（徳間文庫―教養
シリーズ）　552円　①4-19-890934-2

石脇 信　いしわき・しん

0684　「イチヤの雪」
◇ゆきのまち幻想文学賞　（第9回/平成
11年/準大賞）
「ゆきのまち幻想文学賞小品集　9」　ゆ
きのまち通信企画・編　企画集団ぷりず
む　2000.4　175p　19cm　1800円　①4-
906691-06-4

衣月 敬真　いずき・けいま

0685　「妹とあまいちゃ！」
◇美少女文庫新人賞　（第1回/平成25年）
「妹とあまいちゃ！」　フランス書院
2014.7　336p　15cm　（美少女文庫）
680円　①978-4-8296-6294-6

和泉 朱希　いずみ・しゅき

0686　「二度目の太陽」
◇角川ビーンズ小説大賞　（第4回/平成
17年/優秀賞）
「少年は、二度太陽を殺す―若き宰相の帝
国」　角川書店, 角川グループパブリッ
シング（発売）　2007.2　231p　15cm
（角川ビーンズ文庫）　476円　①978-4-
04-452801-0
「少年は、二度太陽を殺す―幻惑の国の皇
子」　角川書店, 角川グループパブリッ
シング（発売）　2007.7　235p　15cm
（角川ビーンズ文庫）　476円　①978-4-
04-452802-7
「少年は、二度太陽を殺す―永久を誓う
絆」　角川書店, 角川グループパブリッ
シング（発売）　2008.1　252p　15cm
（角川ビーンズ文庫）　476円　①978-4-
04-452803-4

泉 淳　いずみ・じゅん

0687　「火田の女」
◇歴史文学賞　（第5回/昭和55年度）
「火田の女」　新人物往来社　1981.4　214p
「土佐の竜馬」　勉誠出版　2009.8　255p
19cm　（人間愛叢書）　1800円　①978-4-
585-01235-1

泉 竹男　いずみ・たけお

0688　「平安異聞」

◇歴史浪漫文学賞 （第12回/平成24年/
創作部門優秀賞）

泉 秀樹　いずみ・ひでき

0689　「剝製博物館」
◇新潮新人賞 （第5回/昭和48年）

和泉 ひろみ　いずみ・ひろみ

0690　「あなたへの贈り物」
◇小説新潮長篇新人賞 （第1回/平成7
年）
「あなたへの贈り物」 新潮社 1995.8
204p 19cm 1350円 ①4-10-406501-3

和泉 正幸　いずみ・まさゆき

0691　「博物館の思い出」
◇全作家文学賞 （第9回/平成26年度/佳
作）

伊澄 優希　いずみ・ゆうき

0692　「『ω β』〜ダブリュベータ〜」
◇ファンタジア長編小説大賞 （第12回/
平成12年/努力賞） 〈受賞時〉まき
びしゆーき

出水沢 藍子　いずみさわ・あいこ

0693　「マブリの島」
◇新日本文学賞 （第28回/平成9年/小
説）
「マブリの島」 高城書房 1998.4 252p
20cm 1800円 ①4-924752-74-6

泉田 もと　いずみだ・もと

0694　「オサキ狩り」
◇ジュニア冒険小説大賞 （第11回/平成
24年/佳作）

0695　「野ざらし語り」
◇ジュニア冒険小説大賞 （第14回/平成
27年/大賞）

出雲井 晶　いずもい・あき

0696　「寒昴」
◇池内祥三文学奨励賞 （第22回/平成4
年）
「同居離婚」 中央公論社 1992.4 239p
19cm 1300円 ①4-12-002113-0

0697　「同居離婚」
◇池内祥三文学奨励賞 （第22回/平成4
年）
「同居離婚」 中央公論社 1992.4 239p

0698　「春の皇后」
◇日本文芸大賞 （第6回/昭和61年/女流
文学奨励賞）
「春の皇后—小説・明治天王と昭憲さま」
サンケイ出版 1984.12 454p
「春の皇后—小説・明治天皇と昭憲さま」
中央公論新社 1999.2 552p 15cm
（中公文庫） 1143円 ①4-12-203348-9

石動 香　いするぎ・かおる

0699　**「17歳の日に」**
◇北日本文学賞 （第7回/昭和48年）

伊瀬 ネキセ　いせ・ねきせ

0700　「閉鎖型エデンのノオト」
◇集英社ライトノベル新人賞 （第3回/
平成27年/優秀賞）

イセカタ ワキカツ

0701　「式神宅配便の二宮少年」
◇ファンタジア長編小説大賞 （第11回/
平成11年/特別賞） 〈受賞時〉瀧川
武司
「式神宅配便の二宮少年」 富士見書房
2004.7 286p 15cm （富士見ミステ
リー文庫） 540円 ①4-8291-6264-3

磯 光雄　いそ・みつお

0702　「電脳コイル」
◇日本SF大賞 （第29回/平成20年）

磯﨑 憲一郎　いそざき・けんいちろう

0703　「赤の他人の瓜二つ」
◇Bunkamuraドゥマゴ文学賞 （第21回/
平成23年/辻原登選）
「赤の他人の瓜二つ」 講談社 2011.3
167p 20cm 1400円 ①978-4-06-
216882-3

0704　「往古来今」
◇泉鏡花文学賞 （第41回/平成25年度）
「往古来今」 文藝春秋 2013.5 189p
20cm 1400円 ①978-4-16-382130-6

0705　「肝心の子供」
◇文藝賞 （第44回/平成19年度）
「肝心の子供」 河出書房新社 2007.11
106p 20cm 1000円 ①978-4-309-
01835-5

0706　「終の住処」
◇芥川龍之介賞 （第141回/平成21年上
半期）

「終の住処」 新潮社 2009.7 142p
20cm 1200円 ①978-4-10-317711-1

五十棲 叶子 いそずみ・かなこ

0707 「おれをひろえ」
◇12歳の文学賞 （第4回/平成22年/小説
部門/佳作）

五十月 彩 いそつき・あや

0708 「諒君の三輪車」
◇ゆきのまち幻想文学賞 （第24回/平成
26年/準大賞）

伊園 旬 いぞの・じゅん

0709 「トライアル＆エラー」
◇『このミステリーがすごい！』大賞
（第5回/平成18年/大賞）
「ブレイクスルー・トライアル」 宝島社
2007.1 333p 20cm 1600円 ①978-4-
7966-5673-3
「ブレイクスルー・トライアル」 宝島社
2009.3 415p 16cm （宝島社文庫 C
い-3-1― 〔このミス大賞〕） 562円
①978-4-7966-6827-9

磯部 慧 いそべ・けい

0710 「国王・ルイ十五世」
◇歴史群像大賞 （第7回/平成13年/優秀
賞） 〈受賞時〉磯部立彦
「密謀の王宮」 学習研究社 2002.7
353p 20cm 1700円 ①4-05-401734-7

板垣 真任 いたがき・まさと

0711 「トレイス」
◇文學界新人賞 （第119回/平成26年下）

井谷 舞 いたに・まい

0712 「雫の涙」
◇12歳の文学賞 （第4回/平成22年/小説
部門/佳作）

井谷 昌喜 いたに・まさき

0713 「F」
◇日本ミステリー文学大賞新人賞 （第1
回/平成9年）
「クライシスF」 光文社 1998.3 326p
19cm 1600円 ①4-334-92294-5
「クライシスF」 光文社 1999.8 354p
15cm （光文社文庫） 571円 ①4-334-
72870-7

伊多波 碧 いたば・みどり

0714 「高遠櫻」
◇歴史群像大賞 （第14回/平成20年発表
/奨励賞）

いたみ ありお

0715 「よいこのうた」
◇ノベル大賞 （第25回/平成7年上期/佳
作）

板谷 朔 いたや・さく

0716 「恋敵」
◇深大寺短編恋愛小説「深大寺恋物語」
（第5回/平成21年/調布市長賞）

一井 七菜子 いちい・ななこ

0717 「このくらい、のあなた」
◇ノベル大賞 （第38回/平成19年度/佳
作）

市井 波名 いちい・なみな

0718 「はちみつ」
◇YA文学短編小説賞 （第1回/平成20年
/佳作）

市井 豊 いちい・ゆたか

0719 「聴き屋の芸術学部祭」
◇ミステリーズ！新人賞 （第5回/平成
20年度/佳作）

一石 月下 いちいし・げっか

0720 「女装王子と男装王女のワルツ」
◇ファンタジア大賞 （第26回冬期/平成
26年/銀賞）

市川 雨声 いちかわ・うせい

0721 「意地がらみ」
◇「新小説」懸賞小説 （明33年6月）

市川 拓司 いちかわ・たくじ

0722 「そのときは彼によろしく」
◇本屋大賞 （第2回/平成17年/10位）
「そのときは彼によろしく」 小学館
2004.11 414p 20cm 1500円 ①4-09-
386138-2
「そのときは彼によろしく」 小学館
2007.4 509p 15cm （小学館文庫）
657円 ①978-4-09-408160-2
「そのときは彼によろしく 1」 大活字
2007.6 505p 21cm （大活字文庫
126） 2800円 ①978-4-86055-366-1

※底本：「そのときは彼によろしく」小
学館
「そのときは彼によろしく　2」　大活字
2007.6　517p　21cm（大活字文庫
126）2800円　①978-4-86055-367-8
※底本：「そのときは彼によろしく」小
学館
「そのときは彼によろしく　3」　大活字
2007.6　509p　21cm（大活字文庫
126）2800円　①978-4-86055-368-5
※底本：「そのときは彼によろしく」小
学館

市川 丈夫　いちかわ・たけお

0723　「退魔師鬼十郎」
◇ファンタジア長編小説大賞（第10回/
平成10年/準入選）
「宝珠、紅に染まるとき―退魔師鬼十郎」
富士見書房　1999.1　357p　15cm（富
士見ファンタジア文庫）660円　①4-
8291-2865-8

市川 哲也　いちかわ・てつや

0724　「名探偵の証明」
◇鮎川哲也賞（第23回/平成25年度）
「名探偵の証明」　東京創元社　2013.10
297p　20cm　1700円　①978-4-488-
02545-8

市川 温子　いちかわ・はるこ

0725　「ぐりーん・ふぃっしゅ」
◇フェミナ賞（第3回/平成2年）

市川 靖人　いちかわ・やすと

0726　「悲しき木霊」
◇農民文学賞（第33回/平成1年度）

市川 露葉　いちかわ・ろよう

0727　「羊かひ」
◇「文芸倶楽部」懸賞小説（第6回/明
36年8月/第2等）

市嶋 絢　いちしま・あや

0728　「卯女さんの表彰状」
◇NHK銀の雫文芸賞（第3回/平成2年/
最優秀）

一条 理希　いちじょう・りき

0729　「パラノイア7」
◇ロマン大賞（第3回/平成6年度/選外
佳作）
「パラノイア7」　集英社　1994.10　227p

15cm（スーパーファンタジー文庫）
450円　①4-08-613158-7

壱乗寺 かるた　いちじょうじ・かるた

0730　「さよならトロイメライ」
◇富士見ヤングミステリー大賞（第3回
/平成15年/井上雅彦賞）
「さよならトロイメライ」　富士見書房
2004.1　282p　15cm（富士見ミステ
リー文庫）540円　①4-8291-6241-4

市瀬 まゆ　いちせ・まゆ

0731　「覇王の娘～外つ風は琥珀に染
まる～」
◇小学館ライトノベル大賞〔ルルル文庫
部門〕（第8回/平成26年/優秀賞
＆読者賞）
「覇王の娘」　小学館　2014.5　253p
15cm（小学館ルルル文庫　ルい3-1）
580円　①978-4-09-452281-5

一田 和樹　いちだ・かずき

0732　「檻の中の少女」
◇島田荘司選 ばらのまち福山ミステ
リー文学新人賞（第3回/平成22年）
「檻の中の少女」　原書房　2011.5　293p
20cm（a rose city fukuyama）1700円
①978-4-562-04697-3

壱日 千次　いちにち・せんじ

0733　「ハチカヅキ！」
◇MF文庫Jライトノベル新人賞（第6回
/平成22年/佳作）
「社会的には死んでも君を！」　メディア
ファクトリー　2010.11　263p　15cm
（MF文庫J い-05-01）580円　①978-4-
8401-3583-2
※受賞作「ハチカヅキ！」を改題
「社会的には死んでも君を！　2」　メディ
アファクトリー　2011.3　263p　15cm
（MF文庫J い-05-02）580円　①978-4-
8401-3822-2
「社会的には死んでも君を！　3」　メディ
アファクトリー　2011.9　263p　15cm
（MF文庫J い-05-03）580円　①978-4-
8401-4242-7

一ノ瀬 綾　いちのせ・あや

0734　「黄の花」
◇田村俊子賞（第16回/昭和50年）
「黄の花」　創樹社　1976　199p
「長野県文学全集第Ⅲ期/現代作家編2」

郷土出版社 1990

0735 「春の終り」
◇農民文学賞（第12回/昭和43年度）
「黄の花」 創樹社 1976 199p

一瀬 宏也 いちのせ・ひろや
0736 「石を持つ女」
◇問題小説新人賞（第7回/昭和56年）

一乃勢 まや いちのせ・まや
0737 「-I-S-O-N-」
◇ファンタジア長編小説大賞（第15回/
平成15年/佳作）
「Ison」 富士見書房 2003.9 350p
15cm（富士見ファンタジア文庫） 580
円 ①4-8291-1549-1

一戸 冬彦 いちのへ・ふゆひこ
0738 「黒白の踊り」
◇日本文芸大賞（第7回/昭和62年/現代
文学新人賞）
「黒白の踊り」 青森 北の街社 1986.4
286p

一ノ宮 慧 いちのみや・けい
0739 「つなわたり」
◇ちよだ文学賞（第8回/平成26年/優秀
賞）

市橋 一宏 いちはし・かずひろ
0740 「不良少年とレヴューの踊り子」
◇「サンデー毎日」大衆文芸（第7回/
昭和5年下）

市原 千尋 いちはら・ちひろ
0741 「伝璽郎の鱗」
◇やまなし文学賞（第2回/平成6年/小
説部門/佳作）

一原 みう いちはら・みう
0742 「大帝の恋文」
◇ロマン大賞（平成25年度/大賞）
「大帝の恋文―ロマノフ大公女物語」 集
英社 2014.3 302p 15cm（コバルト
文庫 い6-1） 580円 ①978-4-08-
601794-7

市村 薫 いちむら・かおる
0743 「名前のない表札」
◇文學界新人賞（第73回/平成3年下）

一村 征吾 いちむら・せいご
0744 「マジックランタンサーカス」
◇ランダムハウス講談社新人賞（第2回
/平成20年）
「マジックランタンサーカス」 ランダム
ハウス講談社 2009.1 247p 20cm
1600円 ①978-4-270-00453-1
※他言語標題：Magic lantern circus

一柳 凪 いちやなぎ・なぎ
0745 「虚数の庭」
◇小学館ライトノベル大賞〔ガガガ文庫
部門〕（第1回/平成19年/期待賞）
「みすてぃっく・あい」 小学館 2007.9
233p 15cm（ガガガ文庫） 571円
①978-4-09-451027-0

市山 隆一 いちやま・りゅういち
0746 「紙ヒコーキ・飛んだ」
◇小説現代新人賞（第65回/平成9年）

一路 晃司 いちろ・こうじ
0747 「お初の繭」
◇日本ホラー小説大賞（第17回/平成22
年/大賞）
「お初の繭」 角川書店, 角川グループパ
ブリッシング〔発売〕 2010.10 285p
20cm 1400円 ①978-4-04-874141-5
「お初の繭」 角川書店, 角川グループパ
ブリッシング〔発売〕 2012.9 312p
15cm（角川ホラー文庫 Hい7-1） 590円
①978-4-04-100489-0

五木 寛之 いつき・ひろゆき
0748 「蒼ざめた馬を見よ」
◇直木三十五賞（第56回/昭和41年下）
「蒼ざめた馬を見よ」 文芸春秋 1967
255p
「蒼ざめた馬を見よ」 文芸春秋 1972
352p（五木寛之作品集1）
「蒼ざめた馬を見よ」 改訂版 文芸春秋
1975 261p
「五木寛之小説全集1」 講談社 昭和54年
「昭和文学全集26」 小学館 1988
「物語の森へ―全・中短篇ベストセレク
ション」 東京書籍 1996.7 542p
19cm 1700円 ①4-487-79042-5
「五木寛之クラシック小説集 第5巻 ロ
シア舞曲」 小学館 1996.11 252p
19cm（小学館CDブック） 3200円
①4-09-480085-9

文学賞受賞作品総覧 小説篇

※付属資料：CD1
「蒼ざめた馬を見よ」 新装版 文藝春秋
2006.12 319p 15cm （文春文庫） 562
円 ⓘ4-16-710033-9

0749 「うらやましい死に方」
◇「文藝春秋」読者賞 （第75回/平成25
年）

0750 「さらばモスクワ愚連隊」
◇小説現代新人賞 （第6回/昭和41年上）
「さらばモスクワ愚連隊」 講談社 1967
242p
「さらばモスクワ愚連隊」 角川書店
1979.5 274p （角川文庫）
「五木寛之小説全集1」 講談社 昭和54年
「さらばモスクワ愚連隊」 新潮社 1982.6
265p （新潮文庫）
「昭和文学全集26」 小学館 1988
「物語の森へ─全・中短篇ベストセレク
ション」 東京書籍 1996.7 542p
19cm 1700円 ⓘ4-487-79042-5

0751 「親鸞」
◇毎日出版文化賞 （第64回/平成22年/
特別賞）
「親鸞 上」 講談社 2010.1 310p
19cm 1500円 ⓘ978-4-06-291000-2
「親鸞 下」 講談社 2010.1 318p
19cm 1500円 ⓘ978-4-06-291001-9
「親鸞 上」 講談社 2011.10 365p
15cm （講談社文庫） 562円 ⓘ978-4-
06-277060-6
「親鸞 下」 講談社 2011.10 371p
15cm （講談社文庫） 562円 ⓘ978-4-
06-277061-3
「親鸞 激動篇 上」 講談社 2012.1
298p 19cm 1500円 ⓘ978-4-06-
291006-4
「親鸞 激動篇 下」 講談社 2012.1
326p 19cm 1500円 ⓘ978-4-06-
291007-1
「親鸞 激動篇 上」 講談社 2013.6
340p 15cm （講談社文庫） 562円
ⓘ978-4-06-277571-7
「親鸞 激動篇 下」 講談社 2013.6
375p 15cm （講談社文庫） 562円
ⓘ978-4-06-277572-4

0752 「青春の門 筑豊篇」
◇吉川英治文学賞 （第10回/昭和51年
度）
「青春の門」 筑豊篇 講談社 1970 2冊
「青春の門」 第1部 講談社 1975 2冊
「五木寛之小説全集17」 講談社 昭和55年

「青春の門」 第1部 改訂新版 講談社
1989.12 494p
「青春の門」 筑豊篇 改訂新版 講談社
1989.12 559p （講談社文庫）
「青春の門 筑豊篇 上」 新装決定版 講
談社 2004.9 361p 15cm （講談社文
庫） 552円 ⓘ4-06-274876-2
「青春の門 筑豊篇 下」 新装決定版 講
談社 2004.9 325p 15cm （講談社文
庫） 552円 ⓘ4-06-274877-0
「青春の門 筑豊篇2」 五木寛之原作、い
わしげ孝漫画 講談社 2005.3 204p
19cm （モーニングKC 1421） 514円
ⓘ4-06-372421-2

壱月 龍一 いつき・りゅういち

0753 「Re：ALIVE ～戦争のシカタ
～」
◇小学館ライトノベル大賞〔ガガガ文庫
部門〕 （第1回/平成19年/佳作）
「Re：alive─戦争のシカタ 1」 小学館
2007.6 295p 15cm （ガガガ文庫）
590円 ⓘ978-4-09-451012-6

一色 銀河 いっしき・ぎんが

0754 「若草野球部狂想曲 サブマリン
ガール」
◇電撃ゲーム小説大賞 （第6回/平成11
年/銀賞）
「若草野球部狂想曲─サブマリンガール」
メディアワークス 2000.2 299p
15cm （電撃文庫） 570円 ⓘ4-8402-
1413-1

一色 さゆり いっしき・さゆり

0755 「神の値段」
◇『このミステリーがすごい！』大賞
（第14回/平成27年/大賞）

一色 次郎 いっしき・じろう

0756 「青幻記」
◇太宰治賞 （第3回/昭和42年）
「青幻記」 筑摩書房 1967 199p
「青幻記・海の聖童女」 集団・形星 1970
266p

一色 るい いっしき・るい

0757 「蜩（ひぐらし）」
◇全作家文学賞 （第4回/昭和55年度/小
説）

五谷 翔　いつたに・しょう
0758　「第九の流れる家」
◇「小説推理」新人賞（第3回/昭和56年）
「第九の流れる家」　北海道教育社　1994.1　427p　19cm　1300円

一刀 研二　いっとう・けんじ
0759　「冥府から来た女」
◇「サンデー毎日」大衆文芸（第3回/昭和3年/甲）

一藤木 杏子　いっとうぎ・ようこ
0760　「たとへば, 十九のアルバムに」
◇コバルト・ノベル大賞（第1回/昭和58年上/佳作）

井手 武雄　いで・たけお
0761　「ボタ山は枯れても」
◇NHK銀の雫文芸賞（第6回/平成5年/優秀）

井手 花美　いで・はなみ
0762　「～サカナ帝国～」
◇12歳の文学賞（第6回/平成24年/小説部門/審査員特別賞〈石田衣良賞〉）
「12歳の文学　第6集」　小学館　2012.3　216p　19cm　1200円　①978-4-09-289735-9

0763　「ダイエット」
◇12歳の文学賞（第6回/平成24年/小説部門/審査員特別賞〈事務局顧問・宮川俊彦賞〉）
「12歳の文学　第6集」　小学館　2012.3　216p　19cm　1200円　①978-4-09-289735-9

井手 蕪雨　いで・ぶう
0764　「血薔薇」
◇「文芸倶楽部」懸賞小説（第33回/明38年11月/第1等）

井出 孫六　いで・まごろく
0765　「アトラス伝説」
◇直木三十五賞（第72回/昭和49年下）
「アトラス伝説」　冬樹社　1974　231p
「アトラス伝説」　文芸春秋　1981.1　238p（文春文庫）
「アトラス伝説」　埼玉福祉会　1998.4　2冊　22cm（大活字本シリーズ）3400円;3100円

※原本：文春文庫, 限定版

伊藤 朱里　いとう・あかり
0766　「変わらざる喜び」
◇太宰治賞（第31回/平成27年）

伊藤 岩梅　いとう・いわうめ
0767　「でぶでぶと歩むもの」
◇新風舎文庫大賞（新風舎文庫創刊記念/平成15年2月/創刊記念特別賞）

伊藤 永之介　いとう・えいのすけ
0768　「鶯」
◇新潮社文芸賞（第2回/昭和14年/第1部）
「鶯」　改造社　1938　387p
「鶯」　飛鳥書店　1946　125p
「鶯」　春陽堂　1948　174p（春陽堂文庫）
「伊藤永之介集」　伊藤永之介著, 森山啓編　河出書房　1953　175p（市民文庫）
「鶯」　河出書房　1956　175p（河出文庫）
「伊藤永之介作品集1」　ニトリア書房　昭和46年

伊藤 鏡雨　いとう・きょうう
0769　「磯松風」
◇「文芸倶楽部」懸賞小説（第30回/明38年8月/第2等）

0770　「防寒具」
◇「文芸倶楽部」懸賞小説（第25回/明38年3月/第3等）

伊藤 京治　いとう・きょうじ
0771　「残心」
◇舟橋聖一顕彰青年文学賞（第5回/平成5年/佳作）

伊藤 桂一　いとう・けいいち
0772　「静かなノモンハン」
◇芸術選奨（第34回/昭和58年度/文学部門/文部大臣賞）
◇吉川英治文学賞（第18回/昭和59年度）
「静かなノモンハン」　講談社　1983.2　234p
「静かなノモンハン」　講談社　1986.3　252p（講談社文庫）
「静かなノモンハン」　講談社　2005.7　283p　15cm（講談社文芸文庫）1300円　①4-06-198410-1

0773　「夏の鶯」

◇千葉亀雄賞 （第4回/昭和27年度/短篇）

◇「サンデー毎日」大衆文芸 （第42回/昭和27年下）
「夏の鶯」 東京文芸社 1962 276p 20cm

0774 「螢の河」
◇直木三十五賞 （第46回/昭和36年下）
「蛍の河」 文芸春秋新社 1962 267p
「蛍の河」 講談社 1965 233p （ロマン・ブックス）
「蛍の河」 光人社 1982.8 285p
「蛍の河・源流へ―伊藤桂一作品集」 講談社 2000.7 281p 15cm （講談社文芸文庫） 1200円 ⓘ4-06-198218-4
「蛍の河」 光人社 2003.6 219p 19cm （光人社名作戦記） 1500円 ⓘ4-7698-1109-8

伊藤 計劃 いとう・けいかく

0775 「屍者の帝国」
◇日本SF大賞 （第33回/平成24年/特別賞）
◇星雲賞 （第44回/平成25年/日本長編部門（小説））
◇本屋大賞 （第10回/平成25年/10位）
「屍者の帝国」 伊藤計劃, 円城塔著 河出書房新社 2012.8 459p 20cm 1800円 ⓘ978-4-309-02126-3

0776 「ハーモニー」
◇日本SF大賞 （第30回/平成21年）
「ハーモニー」 早川書房 2008.12 354p 19cm （ハヤカワSFシリーズ―Jコレクション） 1600円 ⓘ978-4-15-208992-2
※並列シリーズ名：Hayakawa SF series 下位シリーズの並列シリーズ名：J-collection

伊藤 孝一 いとう・こういち

0777 「奈落」
◇東北北海道文学賞 （第14回/平成15年度/奨励賞）

伊藤 鴻一 いとう・こういち

0778 「ねこのなくような こえ」
◇新風舎出版賞 （第21回/平成15年11月/大賞）
「ねこのなくようなこえ」 新風舎 2005.1 93p 16cm 1500円 ⓘ4-7974-3611-5

伊藤 幸子 いとう・さちこ

0779 「花の独身」
◇NHK銀の雫文芸賞 （平成22年/最優秀）

伊藤 紫琴 いとう・しきん

0780 「ほと〻ぎす」
◇「文芸倶楽部」懸賞小説 （第12回/明37年2月/第2等）

伊東 静雄 いとう・しずお

0781 「ヘンジン先生奮戦す」
◇せれね大賞 （第7回/平成9年）

伊東 潤 いとう・じゅん

0782 「巨鯨の海」
◇山田風太郎賞 （第4回/平成25年）
「巨鯨の海」 光文社 2013.4 336p 20cm 1600円 ⓘ978-4-334-92878-0

0783 「国を蹴った男」
◇吉川英治文学新人賞 （第34回/平成25年度）
「国を蹴った男」 講談社 2012.10 295p 20cm 1600円 ⓘ978-4-06-217991-1

0784 「峠越え」
◇中山義秀文学賞 （第20回/平成26年度）
「峠越え」 講談社 2014.1 268p 20cm 1600円 ⓘ978-4-06-218763-3
※文献あり

伊藤 小翠 いとう・しょうすい

0785 「葦分船」
◇「文芸倶楽部」懸賞小説 （第9回/明36年11月/第1等）

伊東 信 いとう・しん

0786 「地獄鉤」
◇多喜二・百合子賞 （第1回/昭和44年）
「地獄鉤」 東邦出版社 1969 261p

伊藤 整 いとう・せい

0787 「日本文壇史」
◇菊池寛賞 （第11回/昭和38年）

0788 「変容」
◇日本文学大賞 （第2回/昭和45年）
「変容」 岩波書店 1969 391p
「伊藤整全集10」 新潮社 昭和47年
「変容」 岩波書店 1983.5 430p （岩波文

庫）
「変容」 岩波書店 2005.6 430p 15cm
（岩波文庫） 800円 ①4-00-310962-7
※第6刷

いとう せいこう

0789 「想像ラジオ」
◇野間文芸新人賞 （第35回/平成25年）
◇本屋大賞 （第11回/平成26年/8位）
「想像ラジオ」 河出書房新社 2013.3
193p 20cm 1400円 ①978-4-309-
02172-0

伊藤 たかみ　いとう・たかみ

0790 「ぎぶそん」
◇坪田譲治文学賞 （第21回/平成17年
度）
「ぎぶそん」 ポプラ社 2005.5 260p
20cm （Teens' best selections 7） 1300
円 ①4-591-08663-1

0791 「助手席にて、グルグル・ダンス
を踊って」
◇文藝賞 （第32回/平成7年）
「助手席にて、グルグル・ダンスを踊っ
て」 河出書房新社 1996.1 179p
19cm 1200円 ①4-309-01032-6
「助手席にて、グルグル・ダンスを踊っ
て」 河出書房新社 2006.9 197p
15cm （河出文庫） 520円 ①4-309-
40818-4

0792 「八月の路上に捨てる」
◇芥川龍之介賞 （第135回/平成18年上
半期）
「八月の路上に捨てる」 文藝春秋 2006.
8 122p 20cm 1000円 ①4-16-
325400-5
「八月の路上に捨てる」 文藝春秋 2009.
8 175p 16cm （文春文庫 い55-4）
476円 ①978-4-16-775397-9

伊藤 たつき　いとう・たつき

0793 「アラバーナの海賊達」
◇角川ビーンズ小説大賞 （第4回/平成
17年/奨励賞）
「アラバーナの海賊たち—幕開けは嵐と
ともに」 角川書店, 角川グループパブ
リッシング（発売） 2007.2 222p
15cm （角川ビーンズ文庫） 457円
①978-4-04-452501-9
「アラバーナの海賊たち—出航は波乱の
香り」 角川書店, 角川グループパブ
リッシング（発売） 2007.7 221p

15cm （角川ビーンズ文庫） 457円
①978-4-04-452502-6
「アラバーナの海賊たち—花嫁は竜巻に
奪われる」 角川書店, 角川グループパ
ブリッシング（発売） 2007.12 221p
15cm （角川ビーンズ文庫） 457円
①978-4-04-452503-3
「アラバーナの海賊たち—幽霊船は婚約
者を惑わす」 角川書店, 角川グループ
パブリッシング（発売） 2008.4 254p
15cm （角川ビーンズ文庫） 476円
①978-4-04-452504-0
「アラバーナの海賊たち—結婚式は津波
のごとく」 角川書店, 角川グループパ
ブリッシング（発売） 2008.7 285p
15cm （角川ビーンズ文庫） 514円
①978-4-04-452505-7
「アラバーナの海賊たち—旋風はハーレ
ムに捕われる」 角川書店, 角川グルー
プパブリッシング（発売） 2008.10
222p 15cm （角川ビーンズ文庫） 457
円 ①978-4-04-452506-4
「アラバーナの海賊たち—お見合いは奇
跡をまねく」 角川書店, 角川グループ
パブリッシング（発売） 2009.3 254p
15cm （角川ビーンズ文庫 BB60-7）
476円 ①978-4-04-452507-1
※並列シリーズ名：Beans bunko
「アラバーナの海賊たち—さよならは海
風に乗って」 角川書店, 角川グループ
パブリッシング（発売） 2009.8 251p
15cm （角川ビーンズ文庫 BB60-8）
476円 ①978-4-04-452508-8
※並列シリーズ名：Beans bunko
「アラバーナの海賊たち—バルク号の華
麗なる冒険」 角川書店, 角川グループ
パブリッシング（発売） 2010.1 255p
15cm （角川ビーンズ文庫 BB60-9）
476円 ①978-4-04-452509-5
※並列シリーズ名：Beans bunko
「アラバーナの海賊たち—太陽は夜明け
を祈る」 角川書店, 角川グループパブ
リッシング（発売） 2010.2 287p
15cm （角川ビーンズ文庫 BB60-10）
514円 ①978-4-04-452510-1
※並列シリーズ名：Beans bunko

いとう のぶき

0794 「グランホッパーを倒せ！」
◇スニーカー大賞 （第11回/平成18年/
奨励賞）

伊藤 ひかり　いとう・ひかり

0795 「3days friend」

いとう　　　　　　　　　　　　　　　　　　0796〜0812

◇12歳の文学賞 （第3回/平成21年/佳
　作）

伊藤 沆　いとう・ひろし

0796 「信長の首」
◇「サンデー毎日」大衆文芸 （第28回/
　昭和16年上）

伊藤 浩睦　いとう・ひろのぶ

0797 「雉」
◇歴史群像大賞 （第11回/平成17年発表
　/佳作）

伊藤 比呂美　いとう・ひろみ

0798 「とげ抜き 新巣鴨地蔵縁起」
◇紫式部文学賞 （第18回/平成20年）

0799 「ラニーニャ」
◇野間文芸新人賞 （第21回/平成11年）
　「ラニーニャ」 新潮社 1999.9 184p
　20cm 1300円 ①4-10-432401-9

伊東 昌輝　いとう・まさてる

0800 「南蛮かんぬし航海記」
◇池内祥三文学奨励賞 （第6回/昭和51
　年）

伊藤 正徳　いとう・まさのり

0801 「三笠の偉大と悲惨」
◇「文藝春秋」読者賞 （第13回/昭和32
　年下）

伊東 雅之　いとう・まさゆき

0802 「チェイン」
◇北区内田康夫ミステリー文学賞 （第
　11回/平成25年/審査員特別賞（特別
　賞））

伊藤 光子　いとう・みつこ

0803 「死に待ちの家」
◇女流新人賞 （第22回/昭和54年度）
　「死に待ちの家」 編集工房旅と湯と風
　1997.8 284p 20cm 非売品

0804 「白い部屋」
◇堺自由都市文学賞 （第18回/平成18年
　度/佳作）

伊東 美穂　いとう・みほ

0805 「もう一人」
◇フーコー短編小説コンテスト （第9回
　/平成13年2月/最優秀賞）

「フーコー「短編小説」傑作選 9」 フー
コー編集部編 フーコー 2002.1
335p 19cm 1700円 ①4-434-01386-6

伊藤 幸恵　いとう・ゆきえ

0806 「入り江にて」
◇小説フェミナ賞 （第1回/平成4年/小
　説）

伊藤 之雄　いとう・ゆきお

0807 「昭和天皇伝」
◇司馬遼太郎賞 （第15回/平成24年）
　「昭和天皇伝」 文藝春秋 2011.7 588p
　20cm 2190円 ①978-4-16-374180-2
　「昭和天皇伝」 文藝春秋 2014.3 589p
　16cm （文春文庫 い90-1） 1000円
　①978-4-16-790064-9

伊藤 ユキムネ　いとう・ゆきむね

0808 「かなしい赤色、しあわせな闇色」
◇深大寺短編恋愛小説「深大寺恋物語」
　（第6回/平成22年/最優秀賞）

伊藤 律　いとう・りつ

0809 「『日本のユダ』と呼ばれて」
◇「文藝春秋」読者賞 （第55回/平成5
　年）
　「伊藤律回想録―北京幽閉二七年」 文藝
　春秋 1993.10 349p 20cm 2000円
　①4-16-348030-7

伊藤 良治　いとう・りょうじ

0810 「宮澤賢治と東北砕石工場の人々」
◇岩手日報文学賞 （第20回/平成17年/
　賢治賞）
　「宮澤賢治と東北砕石工場の人々」 国文
　社 2005.3 302p 20cm 2800円 ①4-
　7720-0938-8
　※肖像あり，折り込み1枚，年譜あり，文献
　あり

伊藤 礼子　いとう・れいこ

0811 「赤い夜明け」
◇新日本文学賞 （第31回/平成13年）

絲山 秋子　いとやま・あきこ

0812 「イッツ・オンリー・トーク」
◇文學界新人賞 （第96回/平成15年上
　期）
　「イッツ・オンリー・トーク」 文藝春秋
　2004.2 181p 20cm 1429円 ①4-16-
　322630-3

0813～0825　　　　　　　　　　　　　　　　　　　　　　　　いなは

0813 「海の仙人」
◇芸術選奨 （第55回/平成16年度/文学部門/文部科学大臣新人賞）
「海の仙人」 新潮社 2004.8 154p 20cm 1300円 Ⓘ4-10-466901-6
「海の仙人」 新潮社 2007.1 170p 16cm （新潮文庫） 362円 Ⓘ4-10-130451-3

0814 「沖で待つ」
◇芥川龍之介賞 （第134回/平成17年下半期）
「沖で待つ」 文藝春秋 2006.2 108p 20cm 952円 Ⓘ4-16-324850-1
「沖で待つ」 文藝春秋 2009.2 184p 16cm （文春文庫 い62-2） 457円 Ⓘ978-4-16-771402-4

0815 「袋小路の男」
◇川端康成文学賞 （第30回/平成16年）
◇本屋大賞 （第2回/平成17年/4位）
「文学 2004」 日本文藝家協会編 講談社 2004.4 305p 20cm 3300円 Ⓘ4-06-212302-9
「袋小路の男」 講談社 2004.10 165p 20cm 1300円 Ⓘ4-06-212618-4
「袋小路の男」 講談社 2007.11 179p 15cm （講談社文庫） 400円 Ⓘ978-4-06-275884-0

0816 「離陸」
◇フラウ文芸大賞 （第3回/平成27年/大賞）
「離陸」 文藝春秋 2014.9 411p 20cm 1750円 Ⓘ978-4-16-390122-0
※文献あり

稲泉 連　いないずみ・れん

0817 「僕が学校を辞めると言った日」
◇「文藝春秋」読者賞 （第59回/平成9年）
「僕の高校中退マニュアル」 文藝春秋 1998.11 186p 19cm 1238円 Ⓘ4-16-354570-0

稲垣 史生　いながき・しせい

0818 「京包線にて」
◇「サンデー毎日」大衆文芸 （第30回/昭和17年上）

0819 「花の御所」
◇オール讀物新人賞 （第20回/昭和37年上）
「花の御所」 光風社 1963 243p
「花の御所」 光風社出版 1979.10 244p

「歴史小説名作館3」 講談社 1992

稲垣 足穂　いながき・たるほ

0820 「少年愛の美学」
◇日本文学大賞 （第1回/昭和44年）
「稲垣足穂大全3」 現代思潮社 昭和44年
「稲垣足穂作品集」 新潮社 1970 743p
「稲垣足穂作品集」 沖積舎 1984
「少年愛の美学」 河出書房新社 1986.7 320p （河出文庫）
「稲垣足穂全集 4 少年愛の美学」 筑摩書房 2001.1 458p 21cm 4700円 Ⓘ4-480-70484-1
「少年愛の美学―稲垣足穂コレクション5」 稲垣足穂著, 萩原幸子編 筑摩書房 2005.5 436p 15cm （ちくま文庫） 1050円 Ⓘ4-480-42030-4

稲垣 瑞雄　いながき・みずお

0821 「曇る時」
◇作家賞 （第21回/昭和60年）

稲角 良子　いなかど・よしこ

0822 「終審」
◇問題小説新人賞 （第1回/昭和50年）

稲沢 潤子　いなざわ・じゅんこ

0823 「地熱」
◇多喜二・百合子賞 （第19回/昭和62年）
「地熱」 新日本出版社 1986.7 316p

稲羽 白菟　いなば・はくと

0824 「きつねのよめいり」
◇北区内田康夫ミステリー文学賞 （第13回/平成27年/区長賞（特別賞））

稲葉 洋樹　いなば・ひろき

0825 「スシコン！～Super Sister Complex～」
◇ファンタジア大賞 （第23回/平成23年/銀賞） 〈受賞時〉望月 洋樹
「いもうとコンプレックス！―IC」 富士見書房 2012.1 298p 15cm （富士見ファンタジア文庫 い-6-1-1） 580円 Ⓘ978-4-8291-3721-5
※受賞作「スシコン！～Super Sister Complex～」を改題
「いもうとコンプレックス！―IC 2」 富士見書房 2012.5 270p 15cm （富士見ファンタジア文庫 い-6-1-2） 600円 Ⓘ978-4-8291-3759-8

いなは　　　　　　　　　　　　　　　　　　　　　0826〜0841

「いもうとコンプレックス！―IC　3」
富士見書房　2012.8　247p　15cm（富
士見ファンタジア文庫　い-6-1-3）600円
①978-4-8291-3788-8

稲葉 真弓　　いなば・まゆみ

0826　「蒼い影の傷みを」
◇女流新人賞　（第16回/昭和48年度）

0827　「エンドレス・ワルツ」
◇女流文学賞　（第31回/平成4年度）
「エンドレス・ワルツ」　河出書房新社
1992.3　149p
「エンドレス・ワルツ」　新装版　河出書
房新社　2014.11　161p　19cm　1700円
①978-4-309-02342-7

0828　「声の娼婦」
◇平林たい子文学賞　（第23回/平成7年/
小説）
「声の娼婦」　講談社　1995.1　197p
19cm　1600円　①4-06-207362-5

0829　「半島へ」
◇谷崎潤一郎賞　（第47回/平成23年）
◇親鸞賞　（第7回/平成24年）
「半島へ」　講談社　2011.5　218p　20cm
1600円　①978-4-06-216977-6

0830　「ホテル・ザンビア」
◇作品賞　（第1回/昭和55年）
「ホテル・ザンビア」　作品社　1981.2　236p

0831　「海松」
◇川端康成文学賞　（第34回/平成20年）
◇芸術選奨　（第60回/平成21年度/文学
部門/文部科学大臣賞）
「海松」　新潮社　2009.4　169p　20cm
1600円　①978-4-10-470902-1

稲見 一良　　いなみ・いつら

0832　「ダック・コール」
◇山本周五郎賞　（第4回/平成3年）
「ダック・コール」　早川書房　1991.2　286p
「ダック・コール」　早川書房　1994.2
374p　15cm（ハヤカワ文庫JA）600円
①4-15-030402-5

稲村 格　　いなむら・いたる

0833　「はしか犬」
◇オール讀物新人賞　（第37回/昭和45年
下）

いぬ じゅん

0834　「いつか、眠りにつく日」

◇日本ケータイ小説大賞　（第8回/平成
26年/大賞）
「いつか、眠りにつく日」　スターツ出版
2014.3　241p　19cm　1000円　①978-4-
88381-432-9

戌井 昭人　　いぬい・あきと

0835　「すっぽん心中」
◇川端康成文学賞　（第40回/平成26年）
「すっぽん心中」　新潮社　2013.8　123p
20cm　1400円　①978-4-10-317823-1
「文学　2014」　日本文藝家協会編　講談
社　2014.4　308p　20cm　3300円
①978-4-06-218902-6

いぬゐ じゅん

0836　「泥の谷から」
◇労働者文学賞　（第6回/平成5年度/小
説）

乾 東里子　　いぬい・とりこ

0837　「五月の嵐（メイストーム）」
◇女流新人賞　（第7回/昭和39年度）

乾 浩　　いぬい・ひろし

0838　「北夷の海」
◇歴史文学賞　（第25回/平成12年度）
「北夷の海」　新人物往来社　2002.1
285p　20cm　1900円　①4-404-02955-1

乾 ルカ　　いぬい・るか

0839　「夏光」
◇オール讀物新人賞　（第86回/平成18
年）
「夏光」　文藝春秋　2007.9　285p　20cm
1429円　①978-4-16-326310-6

乾 緑郎　　いぬい・ろくろう

0840　「完全なる首長竜（くびながりゅ
う）の日」
◇『このミステリーがすごい！』大賞
（第9回/平成22年/大賞）
「完全なる首長竜の日」　宝島社　2011.1
305p　20cm　1400円　①978-4-7966-
7990-9
「完全なる首長竜の日」　宝島社　2012.1
313p　16cm（宝島社文庫　Cい-8-1―こ
のミス大賞）562円　①978-4-7966-
8787-4

0841　「忍び外伝」
◇朝日時代小説大賞　（第2回/平成22年）

「忍び外伝」 朝日新聞出版 2010.11
247p 20cm 1500円 ①978-4-02-
250815-7
「忍び外伝」 朝日新聞出版 2013.10
280p 15cm（朝日文庫 い81-1） 660円
①978-4-02-264722-1

犬浦 香魚子 いぬうら・あゆこ

0842 「掃き溜めエデン」
◇織田作之助賞 （第32回/平成27年/青
春賞）

犬飼 和雄 いぬかい・かずお

0843 「緋魚」
◇文學界新人賞 （第26回/昭和43年上）

犬飼 六岐 いぬかい・ろっき

0844 「筋違い半介」
◇小説現代新人賞 （第68回/平成12年）

狗彦 いぬひこ

0845 「五色の魔女」
◇集英社ライトノベル新人賞 （第1回/
平成26年/特別賞）
「五色の魔女」 集英社 2015.3 287p
15cm（ダッシュエックス文庫） 600円
①978-4-08-631034-5

犬山 丈 いぬやま・じょう

0846 「フェイク」
◇新潮新人賞 （第34回/平成14年/小説
部門）

井野 酔雲 いの・すいうん

0847 「時は今…」
◇歴史群像大賞 （第5回/平成10年/奨励
賞）

伊野 隆之 いの・たかゆき

0848 「森の言葉/森への飛翔」
◇日本SF新人賞 （第11回/平成21年）
「SF Japan 2010 SPRING」 SF Japan
編集部編 徳間書店 2010.3 431p
21cm 1700円 ①978-4-19-862918-2

井野 登志子 いの・としこ

0849 「海のかけら」
◇北日本文学賞 （第34回/平成12年）
「北日本文学賞入賞作品集 2」井上靖,
宮本輝選, 北日本新聞社編 北日本新聞
社 2002.8 436p 20cm 2190円 ①4-
906678-67-X

0850 「風の行く先」
◇やまなし文学賞 （第19回/平成22年度
/小説部門/佳作）

稲生 正美 いのう・まさみ

0851 「首曲がり」
◇地上文学賞 （第7回/昭和34年）

井上 荒野 いのうえ・あれの

0852 「切羽（きりは）へ」
◇直木三十五賞 （第139回/平成20年上
半期）
「切羽へ」 新潮社 2008.5 204p 20cm
1500円 ①978-4-10-473102-2

0853 「潤一」
◇島清恋愛文学賞 （第11回/平成16年）
「潤一」 マガジンハウス 2003.11
218p 20cm 1400円 ①4-8387-1472-6

0854 「そこへ行くな」
◇中央公論文芸賞 （第6回/平成23年）
「そこへ行くな」 集英社 2011.6 301p
20cm 1600円 ①978-4-08-771398-5
「そこへ行くな」 集英社 2014.7 346p
16cm（集英社文庫 い59-3） 620円
①978-4-08-745212-9

0855 「わたしのヌレエフ」
◇フェミナ賞 （第1回/昭和63年）
「グラジオラスの耳」 光文社 2003.1
236p 15cm（光文社文庫） 457円
①4-334-73426-X

井上 薫 いのうえ・かおる

0856 「大きい大将と小さい大将」
◇「改造」懸賞創作 （第10回/昭和14年
/2等）

0857 「『明太子王国』と『たらこ王国』」
◇12歳の文学賞 （第1回/平成19年/大
賞）
「12歳の文学」 小学館 2007.4 269p
26cm 1500円 ①978-4-09-289711-3
「12歳の文学」 小学生作家たち著 小学
館 2009.4 313p 15cm（小学館文庫
し7-1） 552円 ①978-4-09-408384-2

井上 淳 いのうえ・きよし

0858 「懐かしき友へ―オールド・フレ
ンズ」
◇サントリーミステリー大賞 （第2回/
昭和58年/読者賞）
「懐かしき友へ―オールド・フレンズ」

文芸春秋 1984.6 380p
「懐かしき友へ―オールド・フレンズ」
新潮社 1988.1 489p（新潮文庫）

井上 武彦　いのうえ・たけひこ

0859 「インド幻想」
◇日本文芸大賞（第8回/昭和63年/現代
文学奨励賞）

井上 立士　いのうえ・たつお

0860 「編隊飛行」
◇航空朝日航空文学賞（第1回/昭和18
年）

井上 朝歌　いのうえ・ちょうか

0861 「江上の客」
◇「文芸倶楽部」懸賞小説（第46回/明
39年12月/第2等）

井上 剛　いのうえ・つよし

0862 「マーブル騒動記」
◇日本SF新人賞（第3回/平成13年）
「マーブル騒動記」 徳間書店 2002.6
380p 20cm 1900円 ①4-19-861527-6

井上 利和　いのうえ・としかず

0863 「盗癖」
◇舟橋聖一顕彰青年文学賞（第8回/平
成8年/佳作）

井上 尚登　いのうえ・なおと

0864 「化（か）して荒波」
◇横溝正史賞（第19回/平成11年）
〈受賞時〉井上もんた
「トライ」 井上尚登著 角川書店 1999.
7 373p 20cm 1500円 ①4-04-
873179-3
「T.R.Y.」 井上尚登著 角川書店
2001.5 446p 15cm（角川文庫）667
円 ①4-04-358201-3

井上 ひさし　いのうえ・ひさし

0865 「いとしのブリジット・バルドー」
◇小説現代ゴールデン読者賞（第6回/
昭和47年下）
「いとしのブリジット・ボルドー」 講談
社 1977.2 305p（講談社文庫）

0866 「吉里吉里人」
◇読売文学賞（第33回/昭和56年/小説
賞）
◇日本SF大賞（第2回/昭和56年）

「吉里吉里人」 新潮社 1981.8 834p
「吉里吉里人」 下 新潮社 1985.9 520p
（新潮文庫）
「吉里吉里人」 上 新潮社 1985.9 501p
（新潮文庫）
「吉里吉里人」 中 新潮社 1985.9 502p
（新潮文庫）

0867 「小林一茶」
◇読売文学賞（第31回/昭和54年/戯曲
賞）
「小林一茶」 中央公論社 1980.2 161p
「井上ひさし全芝居3」 新潮社 昭和59年
「小林一茶」 中央公論社 1990.9 208p
（中公文庫）

0868 「しみじみ日本・乃木大将」
◇読売文学賞（第31回/昭和54年/戯曲
賞）
「しみじみ日本・乃木大将」 新潮社
1979.9 235p
「井上ひさし全芝居3」 新潮社 昭和59年
「しみじみ日本・乃木大将」 新潮社
1989.4 319p（新潮文庫）

0869 「シャンハイムーン」
◇谷崎潤一郎賞（第27回/平成3年度）
「シャンハイムーン」 集英社 1991.3 211p

0870 「手鎖心中」
◇直木三十五賞（第67回/昭和47年上）
「手鎖心中」 文芸春秋 1972 269p
「昭和文学全集26」 小学館 1988
「歴史小説名作館9」 講談社 1992
「手鎖心中」 文藝春秋 2009.5 260p
15cm（文春文庫）533円 ①978-4-16-
711127-4
「井上ひさし短編中編小説集成 第3巻」
岩波書店 2014.12 497p 19cm 4400
円 ①978-4-00-028763-0

0871 「道元の冒険」
◇芸術選奨（第22回/昭和46年/文学部
門/新人賞）

0872 「腹鼓記」
◇吉川英治文学賞（第20回/昭和61年
度）
「腹鼓記」 新潮社 1985.8 431p
「腹鼓記」 新潮社 1988.6 505p（新潮文
庫）

0873 「不忠臣蔵」
◇吉川英治文学賞（第20回/昭和61年
度）
「不忠臣蔵」 集英社 1985.12 379p

「昭和文学全集26」 小学館 1988
「不忠臣蔵」 集英社 1988.10 439p（集英社文庫）
「不忠臣蔵」 集英社 2012.12 445p 15cm（集英社文庫）760円 ①978-4-08-745017-0

井上 秀明　いのうえ・ひであき

0874　「夏ニ至ル」
◇深大寺短編恋愛小説「深大寺恋物語」（第9回/平成25年/深大寺賞）

井上 博　いのうえ・ひろし

0875　「神隠しの町」
◇北区内田康夫ミステリー文学賞（第8回/平成22年/区長賞（特別賞））
「はじめての小説（ミステリー）2　内田康夫＆東京・北区が選んだ珠玉のミステリー」 内田康夫選・編　実業之日本社 2013.3 373p 19cm 1500円 ①978-4-408-53621-7

伊野上 裕伸　いのうえ・ひろのぶ

0876　「赤い血の流れの果て」
◇オール讀物推理小説新人賞（第33回/平成6年）
「甘美なる復讐―「オール読物」推理小説新人賞傑作選 4」 文藝春秋編　文藝春秋 1998.8 428p 15cm（文春文庫）552円 ①4-16-721768-6

0877　「火の壁」
◇サントリーミステリー大賞（第13回/平成8年/読者賞）
「火の壁」 文藝春秋 1996.4 270p 19cm 1500円 ①4-16-316230-5
「火の壁」 文藝春秋 1999.8 333p 15cm（文春文庫）524円 ①4-16-722302-3

井上 靖　いのうえ・やすし

0878　「蒼き狼」
◇「文藝春秋」読者賞（第18回/昭和35年上）
「蒼き狼」 文芸春秋新社 1960 327p
「蒼き狼」 新潮社 1964 342p（新潮文庫）
「井上靖小説全集16」 新潮社 昭和48年
「短篇 5」 新潮社 1995.9 613p 21cm（井上靖全集 第5巻）8000円 ①4-10-640545-8
「歴史への視点」 大岡昇平, 平野謙, 佐々木基一, 埴谷雄高, 花田清輝責任編集, 江馬修ほか著　新装版 學藝書林 2004.8

629p 19cm（全集 現代文学の発見 第12巻）4500円 ①4-87517-070-X

0879　「おろしや国酔夢譚」
◇日本文学大賞（第1回/昭和44年）
「おろしや国酔夢譚」 文芸春秋 1968 335p
「井上靖小説全集28」 新潮社 昭和47年
「長編 9 第16巻」 新潮社 1996.8 732p 21cm（井上靖全集）9000円 ①4-10-640556-3
「おろしや国酔夢譚」 新装版 文藝春秋 2014.10 415p 16cm（文春文庫 い2-31）720円 ①978-4-16-790208-7

0880　「紅荘の悪魔たち」
◇「サンデー毎日」大衆文芸（第17回/昭和10年下）
「井上靖小説全集1」 新潮社 昭和49年

0881　「孔子」
◇野間文芸賞（第42回/平成1年）
「孔子」 新潮社 1989.9 413p
「井上靖全集 第22巻」 新潮社 1997.2 462p 21cm 7500円 ①4-10-640562-8
「孔子」 改版 新潮社 2010.1 510p 15cm（新潮文庫）667円 ①978-4-10-106336-2

0882　「天平の甍」
◇芸術選奨（第8回/昭和32年度/文学部門/文部大臣賞）
「天平の甍」 中央公論社 1957 209p
「天平の甍」 中央公論社 1958 216p（中央公論文庫）
「天平の甍」 新潮社 1964 182p（新潮文庫）
「井上靖小説全集15」 新潮社 昭和47年
「天平の甍」 中央公論社 1977.10 187p
「天平の甍」 中央公論社 1979.10 187p〈新装版〉
「日本の文学（近代編）79」 ほるぷ出版 1984
「天平の甍」 旺文社 1990.3 256p（必読名作シリーズ）
「井上靖全集 第12巻」 新潮社 1996.4 629p 21cm 8000円 ①4-10-640552-0
「天平の甍」 新潮社 2005.8 230p 15cm（新潮文庫）400円 ①4-10-106311-7

0883　「闘牛」
◇芥川龍之介賞（第22回/昭和24年下）
「井上靖小説全集1」 新潮社 昭和49年
「芥川賞全集4」 文芸春秋 1982

「猟銃・闘牛」 新潮社 2004.2 239p
15cm（新潮文庫）400円 ①4-10-
106301-X

0884 「敦煌」
◇毎日芸術賞 （第1回/昭和34年）
「敦煌」 講談社 1959.1
「井上靖全集 第12巻」 新潮社 1996.4
629p 21cm 8000円 ①4-10-640552-0
「敦煌」 改版 新潮社 2009.12 307p
15cm（新潮文庫）476円 ①978-4-10-
106304-1

0885 「初恋物語」
◇「サンデー毎日」大衆文芸 （第14回/
昭和9年上）
「詩・短篇 1」 新潮社 1995.4 619p
21cm（井上靖全集 第1巻）8000円
①4-10-640541-5

0886 「氷壁」
◇日本芸術院賞 （第15回/昭和33年）
「氷壁」 新潮社 1957 325p
「氷壁」 新潮社 1963 547p（新潮文庫）
「井上靖小説全集13」 新潮社 昭和48年
「井上靖全集 第11巻」 新潮社 1996.3
699p 21cm 9000円 ①4-10-640551-2
「氷壁」 新装版 新潮社 2005.12
517p 19cm 2300円 ①4-10-302512-3

0887 「風濤」
◇読売文学賞 （第15回/昭和38年/小説
賞）
「風濤」 講談社 1963 279p
「風濤」 講談社 1965 239p（ロマン・
ブックス）
「風濤」 新潮社 1967 257p（新潮文庫）
「風濤」 講談社 1971 286p（現代文学秀
作シリーズ）
「井上靖小説全集16」 新潮社 昭和48年
「昭和文学全集10」 小学館 1987
「井上靖全集 第15巻」 新潮社 1996.7
729p 21cm 9000円 ①4-10-640555-5
「風濤」 改版 新潮社 2009.1 341p
15cm（新潮文庫）514円 ①978-4-10-
106317-1

0888 「本覚坊遺文」
◇日本文学大賞 （第14回/昭和57年）
「本覚坊遺文」 講談社 1981.11 203p
「本覚坊遺文」 講談社 1984.11 231p（講
談社文庫）
「昭和文学全集10」 小学館 1987
「井上靖全集 第22巻」 新潮社 1997.2
462p 21cm 7500円 ①4-10-640562-8

「本覚坊遺文」 講談社 2009.1 233p
15cm（講談社文芸文庫）1300円
①978-4-06-290036-2

0889 「淀どの日記」
◇野間文芸賞 （第14回/昭和36年）
「淀どの日記」 文芸春秋新社 1961 390p
「淀どの日記」 角川書店 1964 396p（角
川文庫）
「淀どの日記」 講談社 1964 263p（ロマ
ン・ブックス）
「淀どの日記」 文芸春秋 1974 366p
「日本歴史文学館8」 講談社 1986
「井上靖全集 第10巻」 新潮社 1996.2
780p 21cm 9000円 ①4-10-640550-4
「淀どの日記」 新装版 角川書店, 角川
グループパブリッシング〔発売〕
2007.11 494p 15cm（角川文庫）705
円 ①978-4-04-121637-8

0890 「流転」
◇千葉亀雄賞 （第1回/昭和11年/1席）
「流転」 大阪 有文堂 1948 246p
「流転」 河出書房 1956 219p（河出新書）

0891 「楼蘭」
◇毎日芸術賞 （第1回/昭和34年）
「楼蘭」 講談社 1959.5

井上 悠宇 いのうえ・ゆう

0892 「思春期サイコパス」
◇スニーカー大賞 （第16回/平成23年/
優秀賞）

井上 雪 いのうえ・ゆき

0893 「紙の真鯉」
◇泉鏡花記念金沢市民文学賞 （第19回/
平成3年）
「紙の真鯉」 北国新聞社 1991.3 224p
19cm 1500円 ①4-8330-0727-4
※付：参考文献

井上 佳穂 いのうえ・よしほ

0894 「ひなた屋ドーナツ」
◇「きらら」文学賞 （第3回/平成21年/
優秀作）

井上 梨花 いのうえ・りか

0895 「白雨録」
◇「文芸倶楽部」懸賞小説 （第33回/明
38年11月/第2等）

井上 凛 いのうえ・りん

0896 「オルゴールメリーの残像」
◇北区内田康夫ミステリー文学賞（第4
回/平成18年/浅見光彦賞（特別
賞））
「オルゴールメリーの残像」　文藝書房
2007.11　354p　15cm（文藝書房文庫）
667円　①978-4-89477-288-5

井口 厚 いのくち・あつし

0897 「幻のささやき」
◇二千万円テレビ懸賞小説（第1回/昭
和49年）
「幻のささやき」　朝日新聞社 1976 325p

猪ノ鼻 俊三 いのはな・しゅんぞう

0898 「木喰虫愛憎図」
◇「サンデー毎日」大衆文芸（第14回/
昭和9年上）

0899 「柳下亭」
◇「サンデー毎日」大衆文芸（第21回/
昭和12年下）

伊庭 高明 いば・たかあき

0900 「微光」
◇新風舎出版賞（第11回/平成11年11月
/フィクション部門/最優秀賞）
「微光」　フーコー　2000.4　85p　19cm
1000円　①4-434-00149-3

井原 敏 いはら・さとし

0901 「汽車の家」
◇講談倶楽部賞（第2回/昭和27年上）

井原 まなみ いはら・まなみ

0902 「アルハンブラの想い出」
◇オール讀物推理小説新人賞（第15回/
昭和51年）

0903 「見返り美人を消せ」
◇横溝正史賞（第5回/昭和60年）
「見返り美人を消せ」　石井竜生、井原ま
なみ著 角川書店 1985.5 324p
「見返り美人を消せ」　石井竜生、井原まな
み著 角川書店 1986.4 360p（角川文庫）

伊吹 亜門 いぶき・あもん

0904 「監獄舎の殺人」
◇ミステリーズ！新人賞（第12回/平成
27年度）

伊吹 真理子 いぶき・まりこ

0905 「実生乱造症候群」
◇深大寺短編恋愛小説「深大寺恋物語」
（第1回/平成17年/佳作）

伊吹 有喜 いぶき・ゆき

0906 「夏の終わりのトラヴィアータ」
◇ポプラ社小説大賞（第3回/平成20年/
特別賞）〈受賞時〉永島 順子
「風待ちのひと」　ポプラ社　2009.6
351p　20cm　1400円　①978-4-591-
11021-8

井伏 鱒二 いぶせ・ますじ

0907 「黒い雨」
◇野間文芸賞（第19回/昭和41年）
「黒い雨」　新潮社 1966 330p
「井伏鱒二全集13」　筑摩書房 昭和50年
「井伏鱒二自選全集6」　新潮社 1986
「昭和文学全集10」　小学館 1987
「黒い雨」　61刷改版　新潮社　2003.5
403p　16cm（新潮文庫）590円　①4-
10-103406-0

0908 「ジョン万次郎漂流記」
◇直木三十五賞（第6回/昭和12年下）
「ジョン万次郎漂流記」　河出書房 1937
123p（記録文学叢書）
「ジョン万次郎漂流記」　文学界社 1947
228p
「ジョン万次郎漂流記―他四編」　角川書
店 1956 210p（角川文庫）
「井伏鱒二全集2」　筑摩書房 昭和49年
「ジョン万次郎漂流記・本日休診」　角川
書店 1979.5 312p（角川文庫）
「井伏鱒二自選全集2」　新潮社 1985
「ジョン万次郎漂流記」　偕成社　1999.11
219p　19cm（偕成社文庫）700円
①4-03-652390-2

0909 「漂民宇三郎」
◇日本芸術院賞（第12回/昭和30年）
「漂民宇三郎」　大日本雄弁会講談社 1956
261p
「漂民宇三郎」　大日本雄弁会講談社 1957
264p（ミリオン・ブックス）
「井伏鱒二全集6」　筑摩書房 昭和49年
「漂民宇三郎」　講談社 1990.4 314p（講
談社文芸文庫）

0910 「本日休診」
◇読売文学賞（第1回/昭和24年/小説
賞）

「本日休診」 訂 文芸春秋新社 1951 270p
「本日休診・集金旅行」 筑摩書房 1952
　234p（現代日本名作選）
「本日休診・遙拝隊長」 角川書店 1953
　212p（角川文庫）
「井伏鱒二全集4」 筑摩書房 昭和49年
「井伏鱒二自選全集3」 新潮社 1985
「井伏鱒二全集 第13巻 本日休診・を
　んなごころ」 筑摩書房 1998.9 606p
　21cm 6000円 ①4-480-70343-8

伊坊 榮一 いぼう・えいいち

0911 「西海のうねり」
◇歴史浪漫文学賞（第8回/平成20年/創
　作品門優秀賞）
「西海のうねり」 郁朋社 2008.8 269p
　19cm 1500円 ①978-4-87302-417-2

今井 泉 いまい・いずみ

0912 「碇泊なき海図」
◇サントリーミステリー大賞（第9回/
　平成2年/読者賞）
「碇泊なき海図」 文藝春秋 1991.7
　266p 19cm 1300円 ①4-16-312610-4

今井 公雄 いまい・きみお

0913 「序章」
◇群像新人長編小説賞（第3回/昭和55
　年）
「序章」 講談社 1981.4 230p

今井 恭子 いまい・きょうこ

0914 「十二の夏」
◇海洋文学大賞（第10回/平成18年/海
　の子ども文学賞部門）

今井 達夫 いまい・たつお

0915 「青い鳥を探す方法」
◇三田文学賞（第2回/昭和11年）
「青い鳥を探す方法」 学芸社 1940
　315p 四六判 1.80円

今井 敏夫 いまい・としお

0916 「加賀瓜四代記」
◇池内祥三文学奨励賞（第17回/昭和62
　年）

今川 勲 いまがわ・いさお

0917 「さんさ踊り」
◇農民文学賞（第20回/昭和51年度）

今川 真由美 いまがわ・まゆみ

0918 「きみに会えて」
◇パレットノベル大賞（第1回/平成1年
　夏/佳作）

今西 真歩 いまにし・まほ

0919 「朝は来る」
◇BE・LOVE原作大賞（第5回/平成14
　年/特別賞）

今村 葦子 いまむら・あしこ

0920 「ふたつの家のちえ子」
◇芸術選奨（第37回/昭和61年度/文学
　部門/新人賞）
◇坪田譲治文学賞（第2回/昭和61年度）
「ふたつの家のちえ子」 評論社 1986.5
　342p 21cm（児童図書館・文学の部
　屋）1200円 ①4-566-02200-5

今村 恵子 いまむら・けいこ

0921 「髪にふれる」
◇NHK銀の雫文芸賞（第19回/平成18
　年度/最優秀）

今村 友紀 いまむら・ともき

0922 「クリスタル・ヴァリーに降りそ
　そぐ灰」
◇文藝賞（第48回/平成23年度）
「クリスタル・ヴァリーに降りそそぐ灰」
　河出書房新社 2011.11 147p 20cm
　1200円 ①978-4-309-02076-1

今村 夏子 いまむら・なつこ

0923 「あたらしい娘」
◇太宰治賞（第26回/平成22年）
◇三島由紀夫賞（第24回/平成23年）
「こちらあみ子」 筑摩書房 2011.1
　199p 20cm 1400円 ①978-4-480-
　80430-3
　※受賞作「あたらしい娘」を改題
「こちらあみ子」 筑摩書房 2014.6
　237p 15cm（ちくま文庫 い83-1）640
　円 ①978-4-480-43182-0

今村 真珠美 いまむら・ますみ

0924 「Road」
◇12歳の文学賞（第3回/平成21年/小説
　部門/審査員特別賞〈ファミリー・
　トレーナー賞〉）

今村 了介　いまむら・りょうすけ

0925　「蒼天」
◇オール讀物新人賞（第26回/昭和40年
　上）
「曠野」 東大阪 まほろばの会 1970 202p

井村 叡　いむら・えい

0926　「老人の朝」
◇北日本文学賞 （第16回/昭和57年）

井村 恭一　いむら・きょういち

0927　「ベイスボイル・ブック」
◇日本ファンタジーノベル大賞 （第9回
　/平成9年）
「ベイスボイル・ブック」 新潮社 1997.
12 189p 19cm 1200円 ①4-10-
420301-7

伊与原 新　いよはら・しん

0928　「お台場アイランドベイビー」
◇横溝正史ミステリ大賞 （第30回/平成
　22年/大賞）
「お台場アイランドベイビー」 角川書店,
角川グループパブリッシング〔発売〕
2010.9 462p 20cm 1600円 ①978-4-
04-874112-5
「お台場アイランドベイビー」 角川書店,
KADOKAWA〔発売〕 2013.9 549p
15cm （角川文庫 い83-1） 819円
①978-4-04-101003-7

伊良子 序　いらこ・はじめ

0929　「橋/サドンデス」
◇マリン文学賞 （第4回/平成5年）

伊良波 弥　いらは・わたる

0930　「鮫釣り」
◇マリン文学賞 （第3回/平成4年/佳作）

入 皐　いり・さつき

0931　「じゃじゃ馬娘と死神騎士団ッ！」
◇小学館ライトノベル大賞〔ルルル文庫
　部門〕 （第1回/平成19年/佳作）
「蝶の大陸―黄金のエミーリア」 小学館
2007.8 225p 15cm （小学館ルルル文
庫） 476円 ①978-4-09-452019-4

入江 悦子　いりえ・えつこ

0932　「ステップアップスマイル」
◇BE・LOVE原作大賞 （第2回/平成11
　年/準入選）

入江 和生　いりえ・かずお

0933　「冬の動物園」
◇やまなし文学賞 （第2回/平成6年/小
　説部門/佳作）

入江 君人　いりえ・きみひと

0934　「日曜の人達」
◇ファンタジア大賞 （第21回/平成21年
　/大賞）
「神さまのいない日曜日」 富士見書房
2010.1 253p 15cm （富士見ファンタ
ジア文庫 い-5-1-1） 580円 ①978-4-
8291-3477-1

入江 曜子　いりえ・ようこ

0935　「我が名はエリザベス」
◇新田次郎文学賞 （第8回/平成1年）
「我が名はエリザベス―満洲国皇帝の妻
の生涯」 筑摩書房 1988.8 403p
「我が名はエリザベス―満洲国皇帝の妻
の生涯」 筑摩書房 2005.10 478p
15cm （ちくま文庫） 880円 ①4-480-
42152-1

色川 武大　いろかわ・たけひろ

0936　「怪しい来客簿」
◇泉鏡花文学賞 （第5回/昭和52年）
「怪しい来客簿」 話の特集 1977.7 287p
「怪しい来客簿」 角川書店 1979.4 318p
（角川文庫）
「昭和文学全集 31」 小学館 1988
「怪しい来客簿」 文芸春秋 1989.10 310p
（文春文庫）
「ちくま日本文学全集8」 筑摩書房 1991
「色川武大 阿佐田哲也全集1」 福武書店
1991
「色川武大」 筑摩書房 2008.12 476p
15cm （ちくま日本文学 030） 880円
①978-4-480-42530-0

0937　「狂人日記」
◇読売文学賞 （第40回/昭和63年/小説
　賞）
「狂人日記」 福武書店 1988.10 253p
「色川武大 阿佐田哲也全集3」 福武書店
1991
「狂人日記」 講談社 2004.9 311p
15cm （講談社文芸文庫） 1300円 ④4-
06-198381-4

0938　「黒い布」
◇中央公論新人賞 （第6回/昭和36年度）
「色川武大 阿佐田哲也全集1」 福武書店

1991
「生家へ」 講談社 2001.5 297p 15cm
（講談社文芸文庫） 1250円 ⑪4-06-
198257-5

0939 「百」
◇川端康成文学賞 （第9回／昭和57年）
「百」 新潮社 1982.10 219p
「昭和文学全集31」 小学館 1988
「百」 新潮社 1990.1 261p（新潮文庫）
「色川武大 阿佐田哲也全集2」 福武書店
1992

0940 「離婚」
◇直木三十五賞 （第79回／昭和53年上）
「離婚」 文芸春秋 1978.11 202p
「離婚」 文芸春秋 1983.5 210p（文春文
庫）
「ちくま日本文学全集8」 筑摩書房 1991
「色川武大 阿佐田哲也全集4」 福武書店
1992
「色川武大」 筑摩書房 2008.12 476p
15cm（ちくま日本文学 030） 880円
⑪978-4-480-42530-0
「離婚」 新装版 文藝春秋 2011.11
236p 15cm（文春文庫） 562円
⑪978-4-16-729608-7

岩井 恭平 いわい・きょうへい
0941 「消閑の挑戦者〜Perfect King
〜」
◇角川学園小説大賞 （第6回／平成14年／
自由部門／優秀賞）
「消閑の挑戦者―パーフェクト・キング」
角川書店 2002.12 318p 15cm（角
川文庫） 533円 ⑪4-04-428801-1

岩井 啓庫 いわい・けいご
0942 「シャトーからの眺め」
◇舟橋聖一顕彰青年文学賞 （第26回／平
成26年）

岩井 志麻子 いわい・しまこ
0943 「自由戀愛」
◇島清恋愛文学賞 （第9回／平成14年）
「自由戀愛」 中央公論新社 2002.3
235p 20cm 1400円 ⑪4-12-003247-7
「自由戀愛」 中央公論新社 2004.11
217p 16cm（中公文庫） 495円 ⑪4-
12-204442-1

0944 「チャイ・コイ」
◇婦人公論文芸賞 （第2回／平成14年）
「チャイ・コイ」 中央公論新社 2002.5

152p 20cm 1000円 ⑪4-12-003280-9
「チャイ・コイ」 中央公論新社 2005.3
178p 16cm（中公文庫） 476円 ⑪4-
12-204498-7

0945 「ぼっけえ、きょうてえ」
◇日本ホラー小説大賞 （第6回／平成11
年） 〈受賞時〉岡山桃子
◇山本周五郎賞 （第13回／平成12年）
「ぼっけえ、きょうてえ」 角川書店
1999.10 220p 20cm 1400円 ⑪4-04-
873194-7
「ぼっけえ、きょうてえ」 角川書店
2002.7 211p 15cm（角川ホラー文
庫） 457円 ⑪4-04-359601-4

岩井 護 いわい・まもる
0946 「雪の日のおりん」
◇小説現代新人賞 （第10回／昭和43年
上）
「雪の日のおりん」 講談社 1971 229p
「歴史小説名作館9」 講談社 1992
「秘剣闇を斬る―新選代表作時代小説 4」
日本文芸家協会編 光風社出版, 成美堂
出版〔発売〕 1998.6 402p 15cm
（光風社文庫） 629円 ⑪4-415-08737-X

岩井 三四二 いわい・みよじ
0947 「一所懸命」
◇小説現代新人賞 （第64回／平成8年）
「一所懸命」 講談社 2007.1 227p
19cm 1700円 ⑪978-4-06-213821-5
「一所懸命」 講談社 2012.2 308p
15cm（講談社文庫） 648円 ⑪978-4-
06-277189-4

0948 「簒奪者」
◇歴史群像大賞 （第5回／平成10年）
「簒奪者」 学習研究社 1999.4 330p
18cm（歴史群像新書） 850円 ⑪4-05-
401070-9

0949 「清佑、ただいま在庄」
◇中山義秀文学賞 （第14回／平成20年）
「清佑、ただいま在庄」 集英社 2007.8
284p 20cm 1800円 ⑪978-4-08-
774869-7

0950 「月ノ浦惣庄公事置書」
◇松本清張賞 （第10回／平成15年）
「月ノ浦惣庄公事置書」 文藝春秋 2003.
6 297p 20cm 1429円 ⑪4-16-
322040-2

0951 「村を助くは誰ぞ」
◇歴史文学賞 （第28回／平成15年度）

「村を助くは誰ぞ」 新人物往来社 2004.
12 289p 20cm 1900円 ①4-404-
03227-7

岩井川 皓二 いわいかわ・こうじ

0952 「ベゴと老婆」
◇地上文学賞 （第15回/昭和42年）

岩城 けい いわき・けい

0953 「さようなら、オレンジ」
◇太宰治賞 （第29回/平成25年）〈受
賞時〉KSイワキ
◇大江健三郎賞 （第8回/平成26年）
◇本屋大賞 （第11回/平成26年/4位）
「さようなら、オレンジ」 筑摩書房
2013.8 166p 20cm 1300円 ①978-4-
480-80448-8

岩木 章太郎 いわき・しょうたろう

0954 「新古今殺人草子」
◇サントリーミステリー大賞 （第6回/
昭和62年/佳作賞）
「新古今殺人草子」 文芸春秋 1988.11
224p

岩城 武史 いわき・たけし

0955 「それからの二人」
◇小説現代新人賞 （第28回/昭和52年
上）

岩城 裕明 いわき・ひろあき

0956 「牛家」
◇日本ホラー小説大賞 （第21回/平成26
年/佳作）

岩城 広海 いわき・ひろみ

0957 「王子はただ今出稼ぎ中」
◇角川ビーンズ小説大賞 （第7回/平成
20年/優秀賞＆読者賞）
「王子はただいま出稼ぎ中」 角川書店,
角川グループパブリッシング（発売）
2010.3 223p 15cm （角川ビーンズ文
庫 BB72-1） 457円 ①978-4-04-
455008-0
※並列シリーズ名：Beans bunko

岩倉 政治 いわくら・まさじ

0958 「村長日記」
◇農民文学有馬賞 （第3回/昭和15年）
「村長日記」 中央公論社 1941 357p

岩朝 清美 いわさ・きよみ

0959 「平野の鳥」
◇岡山・吉備の国「内田百閒」文学賞
（第11回/平成23・24年度/最優秀
賞）
「内田百閒文学賞受賞作品集―岡山県
第11回」 岩朝清美，木下訓成，三ツ木茂
著 作品社 2013.3 149p 20cm 952
円 ①978-4-86182-430-2

岩佐 なを いわさ・なお

0960 「霊岸」
◇H氏賞 （第45回/平成7年）
「霊岸」 思潮社 1994.9 123p 22cm
2600円 ①4-7837-0532-1

岩佐 まもる いわさ・まもる

0961 「ダンスインザウインド」
◇スニーカー大賞 （第4回/平成11年/優
秀賞）
「ダンスインザウインド―翔竜伝説」 角
川書店 1999.7 307p 15cm （角川文
庫） 560円 ①4-04-422301-7

岩阪 恵子 いわさか・けいこ

0962 「雨のち雨？」
◇川端康成文学賞 （第26回/平成12年）
「雨のち雨？」 新潮社 2000.6 222p
20cm 1600円 ①4-10-384703-4
「川端康成文学賞篇」 野口冨士男ほか著
リブリオ出版 2004.4 259p 21cm
（文学賞受賞・名作集成 大きな活字で
読みやすい本 第4巻） ①4-86057-151-7

0963 「ミモザの林を」
◇野間文芸新人賞 （第8回/昭和61年）
「ミモザの林を」 講談社 1986.8 246p

0964 「淀川にちかい町から」
◇芸術選奨 （第44回/平成5年度/文学部
門/文部大臣賞）
「淀川に近い町から」 講談社 1993.10
261p
「文士の意地―車谷長吉撰短編小説輯」
車谷長吉編 作品社 2005.8 397p
19cm 3600円 ①4-86182-043-X
◇紫式部文学賞 （第4回/平成6年）
「淀川にちかい町から」 講談社 1993.10
261p 19cm 1700円 ①4-06-206390-5
「淀川にちかい町から」 講談社 1996.10
257p 15cm （講談社文芸文庫） 940円
①4-06-196391-0
「淀川にちかい町から」 埼玉福祉会

1999.5　2冊　22cm（大活字本シリーズ）　各3200円
※原本：講談社文芸文庫，限定版
「文士の意地一車谷長吉撰短編小説輯」車谷長吉編　作品社　2005.8　397p　19cm　3600円　①4-86182-043-X

岩崎 悟　いわさき・さとし
0965　「韋駄天じじいの行列」
◇舟橋聖一顕彰青年文学賞　（第10回/平成10年）

岩崎 夏海　いわさき・なつみ
0966　「もし高校野球の女子マネージャーがドラッカーの「マネジメント」を読んだら」
◇新風賞　（第45回/平成22年）
「もし高校野球の女子マネージャーがドラッカーの『マネジメント』を読んだら」　ダイヤモンド社　2009.12　272p　19cm　1600円　①978-4-478-01203-1

岩崎 春子　いわさき・はるこ
0967　「海に与える書」
◇「サンデー毎日」大衆文芸　（第34回/昭和21年）

岩崎 恵　いわさき・めぐみ
0968　「東京スノウ」
◇ゆきのまち幻想文学賞　（第11回/平成13年/準大賞）
「再会」　西山樹一郎ほか著　企画集団ぷりずむ　2002.5　223p　19cm　（ゆきのまち幻想文学賞小品集 11）　1800円　①4-906691-10-2

岩崎 保子　いわさき・やすこ
0969　「世間知らず」
◇すばる文学賞　（第21回/平成9年）
「世間知らず」　集英社　1998.1　163p　19cm　1200円　①4-08-774318-7

岩崎 里香　いわさき・りか
0970　「あかいでんしゃ きいろいなのはな」
◇新風舎出版賞　（第19回/平成14年11月/ビジュアル部門/最優秀賞）
「あかいでんしゃきいろいなのはな」　新風舎　2004.1　1冊（ページ付なし）　27cm　1500円　①4-7974-3156-3

岩猿 孝広　いわさる・たかひろ
0971　「信号機の向こうへ」
◇文學界新人賞　（第46回/昭和53年上）

岩下 啓亮　いわした・けいすけ
0972　「二重奏」
◇坊っちゃん文学賞　（第8回/平成17年/佳作）

岩瀬 達哉　いわせ・たつや
0973　「伏魔殿社会保険庁を解体せよ」
◇「文藝春秋」読者賞　（第66回/平成16年）

岩田 昭三　いわた・しょうぞう
0974　「広瀬餅」
◇日本海文学大賞　（第14回/平成15年/小説部門/佳作）

岩田 園　いわた・その
0975　「痒み」
◇12歳の文学賞　（第2回/平成20年/佳作）

岩田 恒徳　いわた・つねのり
0976　「蟷螂」
◇「サンデー毎日」大衆文芸　（第17回/昭和10年下）

岩田 典子　いわた・みちこ
0977　「時のなかに」
◇日本海文学大賞　（第1回/平成2年/小説/奨励賞）
「時刻（とき）のなかの肖像」　新潮社　1991.5　309p

岩槻 優佑　いわつき・ゆう
0978　「なもなきはなやま」
◇朝日新人文学賞　（第18回/平成19年）
「なもなきはなやま」　朝日新聞出版　2008.9　211p　20cm　1600円　①978-4-02-250480-7

岩長 咲耶　いわなが・さくや
0979　「和神の血族～熱いアタシ×冷たいアイツ～」
◇日本ケータイ小説大賞　（第8回/平成26年/パープルレーベル賞）

いわなぎ 一葉　いわなぎ・かずは
0980　「約束の柱、落日の女王」

岩波 三樹緒　いわなみ・みきお

0981 「お弔い」
◇北日本文学賞 （第33回/平成11年）
「北日本文学賞入賞作品集　2」井上靖,
宮本輝選、北日本新聞社編　北日本新聞
社　2002.8　436p　20cm　2190円　⑪4-
906678-67-X

岩波 零　いわなみ・りょう

0982 「ゴミ箱から失礼いたします」
◇MF文庫Jライトノベル新人賞 （第5回
/平成21年/優秀賞）
「ゴミ箱から失礼いたします」 メディア
ファクトリー　2009.11　260p　15cm
（MF文庫J い-03-01）580円　⑪978-4-
8401-3094-3
「ゴミ箱から失礼いたします　2」 メ
ディアファクトリー　2010.2　259p
15cm（MF文庫J い-03-02）580円
⑪978-4-8401-3188-9

岩橋 邦枝　いわはし・くにえ

0983 「浅い眠り」
◇平林たい子文学賞 （第10回/昭和57年
/小説）
「浅い眠り」　講談社 1981.11 229p
「昭和文学全集32」 小学館 1989

0984 「浮橋」
◇女流文学賞 （第31回/平成4年度）
「浮橋」 講談社 1992.6 216p
「安西篤子 山本道子 岩橋邦枝 木崎さと
子」 安西篤子、山本道子、岩橋邦枝、木
崎さと子著、河野多恵子、大庭みな子、佐
藤愛子、津村節子監修　角川書店
1998.7　463p　19cm（女性作家シリー
ズ 17）2600円　⑪4-04-574217-4

0985 「つちくれ」
◇学生小説コンクール （第2回/昭和29
年下）
「干拓地の春―岩橋邦枝自選短篇集」 学
芸書林 1989.11 305p

0986 「伴侶」
◇芸術選奨 （第36回/昭和60年度/文学
部門/新人賞）

「伴侶」 新潮社 1985.4 188p
「干拓地の春―岩橋邦枝自選短篇集」 学
芸書林 1989.11 305p

0987 「評伝 野上彌生子―迷路を抜けて
森へ」
◇紫式部文学賞 （第22回/平成24年）

0988 「評伝 長谷川時雨」
◇新田次郎文学賞 （第13回/平成6年）
「評伝 長谷川時雨」 筑摩書房 1993.9
300p　19cm　2200円　⑪4-480-82306-9
「評伝 長谷川時雨」 講談社 1999.11
365p　15cm（講談社文芸文庫）1300
円　⑪4-06-197687-7

岩橋 昌美　いわはし・まさみ

0989 「空を失くした日」
◇女流新人賞 （第38回/平成7年度）
「空を失くした日」 中央公論社 1996.8
194p　19cm　1300円　⑪4-12-002606-X

岩間 光介　いわま・こうすけ

0990 「雨降る季節に」
◇北区内田康夫ミステリー文学賞 （第6
回/平成20年/浅見光彦賞（特別
賞））

0991 「幻の愛妻」
◇北区内田康夫ミステリー文学賞 （第7
回/平成21年/大賞）

岩森 道子　いわもり・みちこ

0992 「雪迎え」
◇九州芸術祭文学賞 （第18回/昭和62
年）

巌谷 藍水　いわや・らんすい

0993 「ノスタルジア」
◇坊っちゃん文学賞 （第3回/平成5年）

岩山 六太　いわやま・ろくた

0994 「草死なざりき」
◇千葉亀雄賞 （復活第1回/昭和24年度/
長篇）

0995 「老猫のいる家」
◇「サンデー毎日」大衆文芸 （第43回/
昭和28年上）

印内 美和子　いんない・みわこ

0996 「ガラスペンと白文鳥」
◇作家賞 （第19回/昭和58年）

「遠い六月」 作品社 2004.11 210p
19cm 1600円 ①4-86182-001-4

【う】

ヴァシィ 章絵 ゔぁしい・あきえ

0997 「ワーホリ任侠伝」
◇小説現代長編新人賞 （第1回/平成18
年）
「ワーホリ任侠伝」 講談社 2006.10
221p 20cm 1400円 ①4-06-213682-1

有為 エィンジェル（エンジェル）
うい・えぃんじぇる

0998 「踊ろう，マヤ」
◇泉鏡花文学賞 （第19回/平成3年）
「踊ろう、マヤ」 有為エンジェル著 講談
社 1990.11 156p
「踊ろう、マヤ」 有為エンジェル〔著〕
講談社 1994.1 198p 15cm （講談社
文庫） 380円 ①4-06-185542-5

0999 「前奏曲（プレリュード）」
◇群像新人長編小説賞 （第5回/昭和57
年）
「前奏曲」 有為エィンジェル著 講談社
1983.3 237p

宇井 無愁 うい・むしゅう

1000 「ねずみ娘」
◇「サンデー毎日」大衆文芸 （第22回/
昭和13年上）
「ねずみ娘」 東成社 1940 308p （ユーモ
ア文庫）

ウィアー，アンディ

1001 「火星の人」
◇星雲賞 （第46回/平成27年/海外長編
部門（小説））
「火星の人」 アンディ・ウィアー著，小
野田和子訳 早川書房 2014.8 580p
16cm （ハヤカワ文庫 SF 1971） 1200円
①978-4-15-011971-3

「火星の人 上」 アンディ・ウィアー著，
小野田和子訳 新版 早川書房 2015.
12 319p 15cm （ハヤカワ文庫SF）
640円 ①978-4-15-012043-6
「火星の人 下」 アンディ・ウィアー著，
小野田和子訳 新版 早川書房 2015.
12 312p 15cm （ハヤカワ文庫SF）
640円 ①978-4-15-012044-3

うえお 久光 うえお・ひさみつ

1002 「悪魔のミカタ」
◇電撃ゲーム小説大賞 （第8回/平成13
年/銀賞）
「悪魔のミカタ―魔法カメラ」 メディア
ワークス 2002.2 325p 15cm （電撃
文庫） 570円 ①4-8402-2027-1

宇江佐 真理 うえざ・まり

1003 「深川恋物語」
◇吉川英治文学新人賞 （第21回/平成12
年）
「深川恋物語」 集英社 1999.9 274p
20cm 1600円 ①4-08-774428-0
「深川恋物語」 集英社 2002.7 306p
16cm （集英社文庫） 552円 ①4-08-
747463-1

1004 「幻の声」
◇オール讀物新人賞 （第75回/平成7年）
「幻の声―髪結い伊三次捕物余話」 文藝
春秋 1997.4 253p 19cm 1524円
①4-16-316870-2
「幻の声―髪結い伊三次捕物余話」 文藝
春秋 2000.4 276p 15cm （文春文
庫） 448円 ①4-16-764001-5

1005 「余寒の雪」
◇中山義秀文学賞 （第7回/平成13年）
「余寒の雪」 実業之日本社 2000.9
268p 20cm 1600円 ①4-408-53386-6
「余寒の雪」 文藝春秋 2003.9 318p
16cm （文春文庫） 552円 ①4-16-
764004-X

上坂 高生 うえさか・たかお

1006 「みち潮」
◇小説新潮賞 （第1回/昭和30年）
「聖域の他に求めず」 栄光出版社 1972
282p

上栖 綴人 うえす・てつと

1007 「眼鏡HOLICしんどろ～む」
◇ノベルジャパン大賞 （第2回/平成20
年/優秀賞） 〈受賞時〉上衛栖 鐵人

「彼女は眼鏡HOLIC」 ホビージャパン
2008.7 314p 15cm （HJ文庫 119）
638円 ①978-4-89425-730-6
「彼女は眼鏡HOLIC 2」 ホビージャパ
ン 2008.10 256p 15cm （HJ文庫
135） 638円 ①978-4-89425-769-6
「彼女は眼鏡HOLIC 3」 ホビージャパ
ン 2009.2 267p 15cm （HJ文庫
151） 638円 ①978-4-89425-820-4

上田 早夕里 うえだ・さゆり

1008 「華竜の宮」
◇日本SF大賞 （第32回/平成23年）
「華竜の宮」 早川書房 2010.10 588p
19cm （ハヤカワSFシリーズ―Jコレク
ション） 2000円 ①978-4-15-209163-5
「華竜の宮 上」 早川書房 2012.11
398p 16cm （ハヤカワ文庫 JA 1085）
740円 ①978-4-15-031085-1
「華竜の宮 下」 早川書房 2012.11
458p 16cm （ハヤカワ文庫 JA 1086）
740円 ①978-4-15-031086-8

上田 志岐 うえだ・しき

1009 「ぐるぐる渦巻きの名探偵」
◇富士見ヤングミステリー大賞 （第2回
/平成14年/竹河聖賞）
「ぐるぐる渦巻きの名探偵」 富士見書房
2003.1 276p 15cm （富士見ミステ
リー文庫） 540円 ①4-8291-6192-2

植田 草介 うえだ・そうすけ

1010 「ダイアン」
◇小説新潮新人賞 （第9回/昭和56年）

上田 岳弘 うえだ・たけひろ

1011 「太陽」
◇新潮新人賞 （第45回/平成25年）

1012 「私の恋人」
◇三島由紀夫賞 （第28回/平成27年）
「私の恋人」 新潮社 2015.6 126p
20cm 1200円 ①978-4-10-336732-1

上田 秀人 うえだ・ひでと

1013 「孤闘 立花宗茂」
◇中山義秀文学賞 （第16回/平成22年
度）
「孤闘―立花宗茂」 中央公論新社 2009.
5 356p 20cm 1800円 ①978-4-12-
004018-4
「孤闘―立花宗茂」 中央公論新社 2012.
11 405p 16cm （中公文庫 う28-7）

686円 ①978-4-12-205718-0

上田 風登 うえだ・ふうと

1014 「小っちゃなヒーロー」
◇12歳の文学賞 （第3回/平成21年/小説
部門/優秀賞）
「12歳の文学 第3集 小学生作家が紡ぐ
9つの物語」 小学館 2009.3 299p
20cm 1100円 ①978-4-09-289721-2

植田 文博 うえだ・ふみひろ

1015 「フロンタルロープ」
◇島田荘司選 ばらのまち福山ミステ
リー文学新人賞 （第6回/平成25年）
「経眼窩式」 原書房 2014.5 418p
20cm 1800円 ①978-4-562-05071-0
※受賞作「フロンタルロープ」を改題

上田 三洋子 うえだ・みよこ

1016 「風車の音はいらない」
◇神戸文学賞 （第14回/平成2年）

上田 三四二 うえだ・みよじ

1017 「島木赤彦」
◇野間文芸賞 （第39回/昭和61年）
「島木赤彦」 角川書店 1986 400p

1018 「惜身命」
◇芸術選奨 （第35回/昭和59年度/文学
部門/文部大臣賞）
「惜身命」 文芸春秋 1984.10 218p

1019 「祝婚」
◇川端康成文学賞 （第15回/昭和63年）

上田 理恵 うえだ・りえ

1020 「温かな素足」
◇新潮新人賞 （第20回/昭和63年）

上田 良一 うえだ・りょういち

1021 「肉親」
◇「太陽」懸賞小説及脚本 （第4回/明
44年1月/小説）

1022 「伯楽の子」
◇「太陽」懸賞小説及脚本 （第6回/明
44年3月/小説）

上津 虞生 うえつ・ぐせい

1023 「南郷エロ探偵社長」
◇「サンデー毎日」大衆文芸 （第8回/
昭和6年上）

うえにし

上西 晴治　うえにし・はるじ

1024　「コシャマインの末裔」
◇北海道新聞文学賞（第14回/昭和55年/小説）
「コシャマインの末裔」　筑摩書房 1979. 10 234p

1025　「十勝平野」
◇伊藤整文学賞（第4回/平成5年/小説）
「十勝平野」　下 筑摩書房 1993.2 441p
「十勝平野」　上 筑摩書房 1993.2 374p

上野 歩　うえの・あゆむ

1026　「恋人といっしょになるでしょう」
◇小説すばる新人賞（第7回/平成6年）
「恋人といっしょになるでしょう」　集英社 1995.1 188p 19cm 1200円 ①4-08-774112-5

上野 哲也　うえの・てつや

1027　「海の空 空の舟」
◇小説現代新人賞（第67回/平成11年）
「雨を見たかい」　講談社 2001.5 236p 20cm 1500円 ①4-06-210705-8
「海の空空の舟」　講談社 2004.5 267p 15cm（講談社文庫）571円 ①4-06-274779-0

1028　「ニライカナイの空で」
◇坪田譲治文学賞（第16回/平成12年度）
「ニライカナイの空で」　講談社 2000.6 271p 20cm 1600円 ①4-06-210185-8
「ニライカナイの空で」　講談社 2003.8 324p 15cm（講談社文庫）619円 ①4-06-273810-4

上野 登史郎　うえの・としろう

1029　「海の底のコールタール」
◇講談倶楽部賞（第9回/昭和32年上）
「青春残影」　調布 上野滋子 1985.7 319p

上野 治子　うえの・はるこ

1030　「切腹」
◇池内祥三文学奨励賞（第14回/昭和59年）
「切腹」　金沢 北国出版社 1984.7 190p

上橋 菜穂子　うえはし・なほこ

1031　「鹿の王」
◇日本医療小説大賞（第4回/平成27年）
◇本屋大賞（第12回/平成27年/大賞）
「鹿の王 上 生き残った者」　KADOKAWA 2014.9 565p 20cm 1600円 ①978-4-04-101888-0
「鹿の王 下 還って行く者」　KADOKAWA 2014.9 554p 20cm 1600円 ①978-4-04-101889-7

上原 小夜　うえはら・さよ

1032　「ウォー・クライ」
◇日本ラブストーリー大賞（第4回/平成20年/大賞）
「放課後のウォー・クライ」　宝島社 2009.3 244p 20cm 1143円 ①978-4-7966-6972-6

上原 秀樹　うえはら・ひでき

1033　「走る男」
◇群像新人文学賞（第32回/平成1年/小説（優秀作））

上原 りょう　うえはら・りょう

1034　「あねあねハーレム」
◇美少女文庫新人賞（第2回/平成18年/編集長特別賞）
「あねあねハーレム―お姉ちゃんはふたご先生」　フランス書院 2006.10 290p 15cm（美少女文庫）648円 ①4-8296-5796-0

植松 二郎　うえまつ・じろう

1035　「埋み火」
◇堺自由都市文学賞（第13回/平成13年/佳作）

1036　「春陽のベリーロール」
◇織田作之助賞（第12回/平成7年）
「春陽のベリーロール」　関西書院 1996.6 191p 19cm 1800円 ①4-7613-0198-8

植松 三十里　うえまつ・みどり

1037　「群青―日本海軍の礎を築いた男」
◇新田次郎文学賞（第28回/平成21年）
「群青―日本海軍の礎を築いた男」　文藝春秋 2008.5 362p 20cm 1524円 ①978-4-16-326810-1

1038　「桑港にて」
◇歴史文学賞（第27回/平成14年度）
「桑港にて」　新人物往来社 2004.3 281p 20cm 1900円 ①4-404-03182-3
「代表作時代小説 平成16年度」　日本文藝家協会編纂 光風社出版 2004.4 447p 20cm 2200円 ①4-415-08864-3

1039　「彫残二人」
◇中山義秀文学賞　（第15回/平成21年）
　「彫残二人」　中央公論新社　2008.9
　236p　20cm　1600円　①978-4-12-
　003976-8

上村 佑　うえむら・ゆう

1040　「守護天使」
◇日本ラブストーリー大賞　（第2回/平
　成18年/大賞）
　「守護天使」　宝島社　2007.4　251p
　20cm　1300円　①978-4-7966-5719-8
　※他言語標題：The guardian angel
　「守護天使」　宝島社　2008.10　348p
　16cm　（宝島社文庫）　476円　①978-4-
　7966-6497-4
　※2007年刊の増訂

植村 有　うえむら・ゆう

1041　「醒めない夏」
◇東北北海道文学賞　（第20回/平成21年
　/文学賞）

上村 渉　うえむら・わたる

1042　「射手座」
◇文學界新人賞　（第107回/平成20年下
　期）

魚住 陽子　うおずみ・ようこ

1043　「奇術師の家」
◇朝日新人文学賞　（第1回/平成1年）
　「奇術師の家」　朝日新聞社　1990.3　203p
　「奇術師の家」　朝日新聞社　1996.3
　209p　15cm　（朝日文芸文庫）　570円
　①4-02-264100-2

宇梶 紀夫　うかじ・のりお

1044　「赤いトマト」
◇農民文学賞　（第55回/平成24年度）

1045　「けんちん汁」
◇やまなし文学賞　（第17回/平成20年度
　/小説部門/佳作）

1046　「りんの響き」
◇地上文学賞　（第38回/平成2年）
　「小説 マリリンモンローを抱いて」　富民
　協会　1992.3　269p　19cm　1500円
　①4-8294-0124-9

宇木 聡史　うき・さとし

1047　「Because of you」
◇日本ラブストーリー大賞　（第5回/平

成22年/大賞）　〈受賞時〉サトシ
　「ルームシェア・ストーリー」　宝島社
　2010.3　240p　20cm　1200円　①978-4-
　7966-7669-4
　※受賞作「ビコーズオブユー」を改題
　「ルームシェア」　宝島社　2012.4　252p
　16cm　（宝島社文庫 Cう-6-1）　648円
　①978-4-7966-9655-5
　※「ルームシェア・ストーリー」（2010年
　刊）の改題、加筆・修正
　「ルームシェア―友達以上、恋人未満」
　宝島社　2013.2　254p　16cm　（宝島社
　文庫 Cう-6-2）　648円　①978-4-8002-
　0544-5

浮穴 みみ　うきあな・みみ

1048　「寿限無」
◇「小説推理」新人賞　（第30回/平成20
　年）
　「姫の竹、月の草―吉井堂謎解き暦」　双
　葉社　2009.11　364p　20cm　1600円
　①978-4-575-23678-1
　※文献あり

浮島 吉之　うきしま・よしゆき

1049　「都会の牧歌」
◇「サンデー毎日」大衆文芸　（第9回/
　昭和6年下）

浮世 夢介　うきよ・ゆめすけ

1050　「幇間の退京」
◇「サンデー毎日」大衆文芸　（第16回/
　昭和10年上）

右近 稜　うこん・りょう

1051　「あなたと呼べば」
◇池内祥三文学奨励賞　（第15回/昭和60
　年）

うさぎ鍋 竜之介
うさぎなべ・りゅうのすけ

1052　「いつも心に爆弾を」
◇ジャンプ小説新人賞（jump Novel
　Grand Prix）　（'09 Winter（平成21
　年冬）/小説：フリー部門/特別賞）

宇佐美 浩然　うさみ・こうぜん

1053　「王道三国志1」
◇歴史群像大賞　（第7回/平成13年/佳
　作）
　「中国遊侠伝―三国志異聞　1」　学習研
　究社　2002.10　228p　18cm　（歴史群

像新書）　800円　Ⓤ4-05-401581-6
「中国遊俠伝―三国志異聞　2」　学習研
究社　2003.1　213p　18cm（歴史群像
新書）　800円　Ⓤ4-05-401923-4

宇佐美 まこと　うさみ・まこと

1054　「るんびにの子供」
◇『幽』怪談文学賞（第1回/平成18年/
短編部門/大賞）
「るんびにの子供」　メディアファクト
リー　2007.6　219p　20cm　1200円
Ⓘ978-4-8401-1855-2

宇佐美 みゆき　うさみ・みゆき

1055　「私の彼はジャンボマン」
◇ジャンプ小説新人賞（jump Novel
Grand Prix）（'08 Summer（平成
20年夏）/小説：テーマ部門/銅賞）

宇佐美 游　うさみ・ゆう

1056　「調子のいい女」
◇小説新潮長篇新人賞（第6回/平成12
年）
「調子のいい女」　新潮社　2000.6　237p
20cm　1400円　Ⓘ4-10-437501-2
「調子のいい女」　角川書店　2004.1
293p　15cm（角川文庫）　590円　Ⓘ4-
04-374101-4

氏家 暁子　うじいえ・あきこ

1057　「鈴」
◇講談倶楽部賞（第7回/昭和30年下）

氏家 敏子　うじいえ・としこ

1058　「骨」
◇小谷剛文学賞（第6回/平成9年）

牛尾 八十八　うしお・やそはち

1059　「唐衣の疑問」
◇「サンデー毎日」大衆文芸（第16回/
昭和10年上）

牛久 輝美　うしく・てるみ

1060　「黒髪のアン」
◇BE・LOVE原作大賞（第2回/平成11
年/特別賞）

牛島 敦子　うしじま・あつこ

1061　「紫の木緑の木」
◇新日本文学賞（第29回/平成11年）

牛山 初美　うしやま・はつみ

1062　「水のレクイエム」
◇やまなし文学賞（第3回/平成7年/小
説部門/佳作）

有城 達二　うじょう・たつじ

1063　「殉教秘闘」
◇講談倶楽部賞（第12回/昭和34年上）

薄井 清　うすい・きよし

1064　「権兵衛の生涯」
◇地上文学賞（第28回/昭和55年）

1065　「燃焼」
◇農民文学賞（第1回/昭和31年度）
「燃焼」　筑土書房　1957　245p

臼井 澄江　うすい・すみえ

1066　「茶山の婦」
◇農民文学賞（第54回/平成23年度）

薄井 ゆうじ　うすい・ゆうじ

1067　「樹の上の草魚」
◇吉川英治文学新人賞（第15回/平成6
年度）
「樹の上の草魚」　講談社　1993.8　286p
19cm　1600円　Ⓘ4-06-206580-0
「樹の上の草魚」　講談社　1996.8　344p
15cm（講談社文庫）　560円　Ⓘ4-06-
263319-1

1068　「残像少年」
◇小説現代新人賞（第51回/昭和63年
下）
「透明な方舟」　光文社　2001.9　286p
15cm（光文社文庫）　514円　Ⓘ4-334-
73202-X

卯月 イツカ　うづき・いつか

1069　「名もない花なんてものはない」
◇坊っちゃん文学賞（第14回/平成26年
/大賞）

卯月 金仙　うづき・きんせん

1070　「赤富士」
◇「新小説」懸賞小説（明34年2月）

兎月 竜之介　うづき・りゅうのすけ

1071　「うさパン！私立戦車小隊/首な
しラビッツ」
◇スーパーダッシュ小説新人賞（第9回
/平成22年/大賞）　〈受賞時〉うさ

ぎ鍋 竜之介

「ニーナとうさぎと魔法の戦車」 集英社
2010.9 341p 15cm（集英社スーパー
ダッシュ文庫 う2-1）552円 ⓘ978-4-
08-630567-9
※受賞作「うさパン！私立戦車小隊首な
しラビッツ」を改題

「ニーナとうさぎと魔法の戦車 2」 集
英社 2011.1 309p 15cm（集英社
スーパーダッシュ文庫 う2-2）619円
ⓘ978-4-08-630589-1

「ニーナとうさぎと魔法の戦車 3」 集
英社 2011.6 341p 15cm（集英社
スーパーダッシュ文庫 う2-3）648円
ⓘ978-4-08-630616-4

「ニーナとうさぎと魔法の戦車 4」 集
英社 2011.10 309p 15cm（集英社
スーパーダッシュ文庫 う2-4）619円
ⓘ978-4-08-630644-7

「ニーナとうさぎと魔法の戦車 5」 集
英社 2012.2 309p 15cm（集英社
スーパーダッシュ文庫 う2-5）619円
ⓘ978-4-08-630667-6

「ニーナとうさぎと魔法の戦車 6」 集
英社 2012.6 309p 15cm（集英社
スーパーダッシュ文庫 う2-6）619円
ⓘ978-4-08-630681-2

「ニーナとうさぎと魔法の戦車 7」 集
英社 2013.2 341p 15cm（集英社
スーパーダッシュ文庫 う2-7）648円
ⓘ978-4-08-630726-0

「ニーナとうさぎと魔法の戦車 8」 集
英社 2013.6 355p 15cm（集英社
スーパーダッシュ文庫 う2-8）670円
ⓘ978-4-08-630741-3

宇多 ゆりえ　うだ・ゆりえ

1072 「おいらん六花」

◇ゆきのまち幻想文学賞（第17回/平成
19年/大賞）
「おいらん六花」 宇多ゆりえほか著　企
画集団ぷりずむ 2008.3 215p 19cm
（ゆきのまち幻想文学賞小品集 17）
1715円 ⓘ978-4-906691-28-9
※選：高田宏, 萩尾望都, 乳井昌史

1073 「シズリのひろいもの」

◇ゆきのまち幻想文学賞（第15回/平成
17年/長編賞）
「心音」 中山聖子ほか著　企画集団ぷり
ずむ 2006.1 227p 19cm（ゆきのま
ち幻想文学賞小品集 15）1715円 ⓘ4-
906691-19-6
※選：高田宏, 萩尾望都, 乳井昌史

歌野 晶午　うたの・しょうご

1074 「葉桜の季節に君を想うという
こと」

◇日本推理作家協会賞（第57回/平成16
年/長篇及び連作短篇集部門）
◇本格ミステリ大賞（第4回/平成16年/
小説部門）
「葉桜の季節に君を想うということ」 文
藝春秋 2003.3 444p 20cm
（Honkaku mystery masters）1857円
ⓘ4-16-321720-7

1075 「密室殺人ゲーム2.0」

◇本格ミステリ大賞（第10回/平成22年
/小説部門）
「密室殺人ゲーム2.0」 講談社 2009.8
388p 18cm（講談社ノベルス ウC-09）
1100円 ⓘ978-4-06-182659-5
「密室殺人ゲーム2.0」 講談社 2012.7
618p 15cm（講談社文庫 う23-18）
857円 ⓘ978-4-06-277252-5

打海 文三　うちうみ・ぶんぞう

1076 「灰姫鏡の国のスパイ」

◇横溝正史賞（第13回/平成5年/優秀
作）
「灰姫―鏡の国のスパイ」 角川書店
1993.5 288p

1077 「ハルビン・カフェ」

◇大藪春彦賞（第5回/平成14年度）
「ハルビン・カフェ」 角川書店 2002.4
382p 20cm 1800円 ⓘ4-04-873348-6

打木 村治　うちき・むらじ

1078 「天の園」

◇芸術選奨（第23回/昭和47年度/文学
部門/文部大臣賞）
「天の園 第6部 雲の恩」 偕成社
1977.1 297p 18cm（偕成社文庫）
430円

内田 響子　うちだ・きょうこ

1079 「聖者の異端書」

◇C★NOVELS大賞（第1回/平成17年/
特別賞）
「聖者の異端書」 中央公論新社 2005.7
218p 18cm（C novels fantasia）900
円 ⓘ4-12-500909-0

内田 俊　うちだ・しゅん

1080 「食神」

うちた　　　　　　　　　　　　　　　　　　　　　　1081〜1094

◇MF文庫Jライトノベル新人賞 （第6回
／平成22年／優秀賞） 〈受賞時〉や
すだ 柿
「喰―kuu―」 メディアファクトリー
2010.11　292p　15cm （MF文庫J う-
04-01）580円　①978-4-8401-3586-3
※受賞作「食神」を改題
「喰―kuu― 2」 メディアファクトリー
2011.2　289p　15cm （MF文庫J う-04-
02）580円　①978-4-8401-3819-2
「喰―kuu― 3」 メディアファクトリー
2011.6　259p　15cm （MF文庫J う-04-
03）580円　①978-4-8401-3938-0

内田 春菊　うちだ・しゅんぎく

1081 「ファザーファッカー」

◇Bunkamuraドゥマゴ文学賞 （第4回／
平成6年）
「ファザーファッカー」 文藝春秋　1993.
9　258p　19cm　1600円　①4-16-
314220-7
「ファザーファッカー」 文藝春秋　1996.
10　206p　15cm （文春文庫）380円
①4-16-726704-7

1082 「私たちは繁殖している」

◇Bunkamuraドゥマゴ文学賞 （第4回／
平成6年）
「私たちは繁殖している」 ぶんか社
1994.6　175p　21cm （Bunka comics）
980円　①4-8211-9398-1

内田 聖子　うちだ・せいこ

1083 「駆けろ鉄兵」

◇農民文学賞 （第37回／平成5年度）
「駆けろ鉄兵・田鶴記」 オリジン出版セ
ンター　1993.9　221p　19cm　1900円
①4-7564-0178-3

内田 昌之　うちだ・まさゆき

1084 「アンドロイドの夢の羊」

◇星雲賞 （第44回／平成25年／海外長編
部門（小説））
「アンドロイドの夢の羊」 ジョン・スコ
ルジー著, 内田昌之訳　早川書房　2012.
10　571p　16cm （ハヤカワ文庫 SF
1875）1040円　①978-4-15-011875-4

1085 「最後の星戦 老人と宇宙3」

◇星雲賞 （第41回／平成22年／海外長編
部門）
「最後の星戦―老人と宇宙 3」 ジョン・
スコルジー著, 内田昌之訳　早川書房
2009.6　478p　16cm （ハヤカワ文庫

SF1716）880円　①978-4-15-011716-0

内田 道子　うちだ・みちこ

1086 「ラボルさんの話」

◇自分史文学賞 （第7回／平成8年度／佳
作）

内田 迪子　うちだ・みちこ

1087 「遅れ咲き」

◇日本文芸大賞 （第8回／昭和63年／女流
文学功績賞）

内野 哲郎　うちの・てつろう

1088 「現実的感覚」

◇ブックバード文学大賞 （第5回／平成3
年／優秀賞）

内堀 優一　うちぼり・ゆういち

1089 「オセロー」

◇ノベルジャパン大賞 （第3回／平成21
年／奨励賞） 〈受賞時〉金子 兼子
「笑わない科学者と時詠みの魔法使い」
ホビージャパン　2010.4　254p　15cm
（HJ文庫）619円　①978-4-7986-0033-8

内村 晋　うちむら・すすむ

1090 「死よ何というつらさ」

◇泉鏡花記念金沢市民文学賞 （第14回／
昭和61年）
「死よ何というつらさ―ガン・痛哭のド
キュメント 告知を秘して二年間・妻は
昇天した」 北国出版社　1986.7　235p
19cm　1000円

内村 幹子　うちむら・みきこ

1091 「いちじく」

◇神戸女流文学賞 （第19回／昭和60年）

1092 「今様ごよみ」

◇歴史文学賞 （第10回／昭和60年度）
「富子繚乱」 講談社　1993.11　270p
19cm　1700円　①4-06-206667-X

内山 純　うちやま・じゅん

1093 「Bハナブサへようこそ」

◇鮎川哲也賞 （第24回／平成26年度）

内山 捻華　うちやま・ねんか

1094 「銃音」

◇「文芸倶楽部」懸賞小説 （第31回／明
38年9月／第1等）

内山 靖二郎　うちやま・やすじろう

1095　「神様のおきにいり」

◇MF文庫Jライトノベル新人賞（第2回
／平成18年／佳作）〈受賞時〉岡崎
新之助
「神様のおきにいり」　メディアファクト
リー　2006.7　263p　15cm（MF文庫
J）580円　①4-8401-1573-7
「神様のおきにいり　2　びしゃがつくの
巻」　メディアファクトリー　2006.10
263p　15cm（MF文庫J）580円　①4-
8401-1724-1
「神様のおきにいり　3　ぬれおんなの
巻」　メディアファクトリー　2006.12
263p　15cm（MF文庫J）580円　①4-
8401-1763-2
「神様のおきにいり　4　ねこまたの巻」
メディアファクトリー　2007.3　276p
15cm（MF文庫J）580円　①978-4-
8401-1825-5

空木 春宵　うつぎ・しゅんしょう

1096　「繭の見る夢」

◇創元SF短編賞（第2回／平成23年度／
優秀賞）
「原色の想像力―創元SF短編賞アンソロ
ジー　2」　大森望，日下三蔵，堀晃編
東京創元社　2012.3　444p　15cm（創
元SF文庫 739-02）980円　①978-4-
488-73902-7

烏月 にひる　うつき・にひる

1097　「パチンコ玉はUFO、ブルーの
ビー玉は地球」

◇織田作之助賞（第32回／平成27年／U-
18賞）

宇月原 晴明　うつきばら・はるあき

1098　「安徳天皇漂海記」

◇山本周五郎賞（第19回／平成18年）
「安徳天皇漂海記」　中央公論新社　2009.
1　378p　16cm（中公文庫 う26-3）
686円　①978-4-12-205105-8
※文献あり

1099　「信長 あるいは戴冠せるアンドロ
ギュヌス」

◇日本ファンタジーノベル大賞（第11
回／平成11年）
「信長―あるいは戴冠せるアンドロギュ
ヌス」　新潮社　1999.12　323p　20cm
1600円　①4-10-433601-7
「信長―あるいは戴冠せるアンドロギュ

ヌス」　新潮社　2002.10　432p　16cm
（新潮文庫）590円　①4-10-130931-0

宇津志 勇三　うつし・ゆうぞう

1100　「門間さんの礼状」

◇NHK銀の雫文芸賞（第17回／平成16
年／最優秀）

宇津田 晴　うつた・せい

1101　「珠華繚乱」

◇小学館ライトノベル大賞〔ルルル文庫
部門〕（第1回／平成19年／佳作）
「珠華繚乱」　小学館　2007.9　258p
15cm（小学館ルルル文庫 るう1-1）
476円　①978-4-09-452023-1
「珠華繚乱―天山に咲く華」　小学館
2008.4　241p　15cm（小学館ルルル文
庫 るう1-2）476円　①978-4-09-
452058-3
「珠華繚乱―異国からの使者」　小学館
2008.10　253p　15cm（小学館ルルル
文庫 るう1-3）476円　①978-4-09-
452084-2
「珠華繚乱―帝国を覆う陰」　小学館
2009.4　277p　15cm（小学館ルルル文
庫 るう1-4）495円　①978-4-09-
452109-2
※並列シリーズ名：Shogakukan lululu
bunko
「珠華繚乱―明日に吹く風」　小学館
2009.9　316p　15cm（小学館ルルル文
庫 るう1-5）514円　①978-4-09-
452126-9
※並列シリーズ名：Shogakukan lululu
bunko

内海 隆一郎　うつみ・りゅういちろう

1102　「雪洞にて」

◇文學界新人賞（第28回／昭和44年上）
「蟹の町」　メディアパル 1990.10 235p

右遠 俊郎　うどお・としお

1103　「小説朝日茂」

◇多喜二・百合子賞（第21回／平成1年）
「小説朝日茂」　新日本出版社 1988.12
283p

海原 育人　うなばら・いくと

1104　「ドラゴンキラーあります」

◇C★NOVELS大賞（第3回／平成19年／
特別賞）
「ドラゴンキラーあります」　中央公論新
社　2007.7　214p　18cm（C novels

fantasia） 900円　①978-4-12-500992-6

宇能 鴻一郎　うの・こういちろう

1105　「鯨神」
◇芥川龍之介賞　（第46回/昭和36年下）
「鯨神」　文芸春秋新社 1962 224p
「鯨神」　中央公論社 1981.7 228p（中公文庫）
「芥川賞全集6」　文芸春秋 1982

宇野 浩二　うの・こうじ

1106　「思ひ川」
◇読売文学賞　（第2回/昭和25年/小説賞）
「思ひ川」　中央公論社 1951 364p
「思ひ川」　角川書店 1956 266p（角川文庫）
「宇野浩二全集8」　中央公論社 昭和44年
「昭和文学全集3」　小学館 1989

宇野 千代　うの・ちよ

1107　「或る一人の女の話」
◇日本芸術院賞　（第28回/昭和46年）
「或る一人の女の話」　文芸春秋 1972 231p
「宇野千代全集7」　中央公論社 昭和53年
「或る一人の女の話・雨の音」　文芸春秋 1983.3 237p
「或る一人の女の話・刺す」　講談社 1989.11 281p（講談社文芸文庫）

1108　「宴の前」
◇「万朝報」懸賞小説　（第1579回/大10年1月）

1109　「お染」
◇「万朝報」懸賞小説　（第1570回/大9年11月）

1110　「おはん」
◇野間文芸賞　（第10回/昭和32年）
◇女流文学者賞　（第9回/昭和33年）
「おはん」　宇野千代著, 木村荘八画 中央公論社 1957 194p
「おはん」　中央公論社 1958 198p（中央公論文庫）
「おはん」　新潮社 1965 118p（新潮文庫）
「宇野千代全集5」　中央公論社 昭和52年
「昭和文学全集10」　小学館 1987
「おはん・風の音」　改版 中央公論新社 2008.12　240p　15cm（中公文庫）933円　①978-4-12-205084-6

1111　「幸福」

◇女流文学賞　（第10回/昭和46年度）
「幸福」　文芸春秋 1972 247p
「宇野千代全集1」　中央公論社 昭和52年
「昭和文学全集10」　小学館 1987
「幸福」　ゆまに書房　2000.11　349, 6p　22cm（近代女性作家精選集 31）12000円　①4-8433-0193-0, 4-8433-0186-8
※解説：堀切直人, 金星堂大正13年刊の複製

1112　「脂粉の顔」
◇「時事新報」懸賞短編小説　（大10年/第1席）
「宇野千代全集1」　中央公論社 昭和52年
「脂粉の顔」　ゆまに書房　1999.12　352p　22cm（近代女性作家精選集 10）11200円　①4-89714-851-0, 4-89714-841-3
※解説：岡田孝子, 改造社大正12年刊の複製

冲方 丁　うぶかた・とう

1113　「黒い季節」
◇スニーカー大賞　（第1回/平成8年/金賞）
「黒い季節」　角川書店　1996.6　364p　18cm 1200円　①4-04-787011-0
「黒い季節」　角川書店　2006.12　349p　19cm 1700円　①4-04-873747-3
「黒い季節」　角川書店, 角川グループパブリッシング〔発売〕　2010.8　393p　15cm（角川文庫）667円　①978-4-04-472910-3

1114　「天地明察」
◇舟橋聖一文学賞　（第4回/平成22年）
◇本屋大賞　（第7回/平成22年/大賞）
◇吉川英治文学新人賞　（第31回/平成22年度）
「天地明察」　角川書店, 角川グループパブリッシング〔発売〕　2009.11　475p　19cm 1800円　①978-4-04-874013-5
「天地明察　上」　角川書店, 角川グループパブリッシング〔発売〕　2012.5　282p　15cm（角川文庫）552円　①978-4-04-100318-3
「天地明察　下」　角川書店, 角川グループパブリッシング〔発売〕　2012.5　290p　15cm（角川文庫）552円　①978-4-04-100292-6

1115　「マルドゥック・スクランブル」
◇日本SF大賞　（第24回/平成15年）
「マルドゥック・スクランブル—the first compression−圧縮」　早川書房　2003.5

316p　16cm（ハヤカワ文庫 JA）660
円　①4-15-030721-0
「マルドゥック・スクランブル―the
second combustion－燃焼」　早川書房
2003.6　344p　16cm（ハヤカワ文庫
JA）680円　①4-15-030726-1
「マルドゥック・スクランブル―the
third exhaust－排気」　早川書房　2003.
7　379p　16cm（ハヤカワ文庫 JA）
720円　①4-15-030730-X

1116 「光圀伝」
◇山田風太郎賞　（第3回/平成24年）
◇本屋大賞　（第10回/平成25年/11位）
「光圀伝」　角川書店、角川グループパブ
リッシング〔発売〕　2012.8　751p
19cm　1900円　①978-4-04-110274-9

甘木 つゆこ　うまき・つゆこ

1117 「タロウの鉗子」
◇坊っちゃん文学賞　（第10回/平成19年
/大賞）
「はさんではさんで」　マガジンハウス
2008.9　188p　19cm　1200円　①978-4-
8387-1910-5

馬面 善子　うまずら・よしこ

1118 「坂中井に虹が出て」
◇振媛文学賞　（第2回/平成4年度/2席）

海月 ルイ　うみずき・るい

1119 「子盗り」
◇サントリーミステリー大賞　（第19回/
平成14年/大賞・読者賞）
「子盗り」　文藝春秋　2002.5　289p
20cm　1476円　①4-16-320960-3
「子盗り」　文藝春秋　2005.5　342p
16cm（文春文庫）619円　①4-16-
769901-X

1120 「逃げ水の見える日」
◇オール讀物推理小説新人賞　（第37回/
平成10年）

1121 「尼僧の襟」
◇サントリーミステリー大賞　（第18回/
平成13年/優秀作品賞）

海野 碧　うみの・あお

1122 「水上のパッサカリア」
◇日本ミステリー文学大賞新人賞　（第
10回/平成18年度）〈受賞時〉海野
夕凪
「水上のパッサカリア」　光文社　2007.3

345p　20cm　1400円　①978-4-334-
92541-3
※他言語標題：The passacaglia
「水上のパッサカリア」　光文社　2009.8
381p　16cm（光文社文庫 う19-1）648
円　①978-4-334-74630-8

海辺 鷹彦　うみべ・たかひこ

1123 「端黒豹紋」
◇文學界新人賞　（第58回/昭和59年上）

梅崎 春生　うめざき・はるお

1124 「狂ひ凧」
◇芸術選奨　（第14回/昭和38年度/文学
部門/文部大臣賞）
「狂ひ凧」　講談社　1963　243p
「梅崎春生全集6」　新潮社　昭和42年
「梅崎春生全集6」　沖積舎　1985
「昭和文学全集20」　小学館　1987

1125 「幻化」
◇毎日出版文化賞　（第19回/昭和40年）
「幻化」　新潮社　1965　270p
「梅崎春生全集6」　新潮社　昭和42年
「幻化」　晶文社　1971　270p
「幻化」　福武書店　1983.1　185p（文芸選
書）
「梅崎春生全集6」　沖積舎　1985
「昭和文学全集20」　小学館　1987
「桜島・日の果て・幻化」　講談社　1989.6
397p（講談社文芸文庫）
「日常のなかの危機」　大岡昇平, 平野謙,
佐々木基一, 埴谷雄高, 花田清輝編, 嘉村
礒多ほか著　新装版　學藝書林　2003.5
554p　19cm（全集 現代文学の発見 第5
巻）4500円　①4-87517-063-7

1126 「砂時計」
◇新潮社文学賞　（第2回/昭和30年）
「砂時計」　大日本雄弁会講談社　1955
269p（ミリオン・ブックス）
「梅崎春生全集4」　新潮社　昭和42年
「梅崎春生全集4」　沖積舎
「梅崎春生作品集　1　寝ぐせ・砂時計」
沖積舎　2003.12　324p　19cm　2800円
①4-8060-6601-X

1127 「ボロ家の春秋」
◇直木三十五賞　（第32回/昭和29年下）
「ボロ家の春秋」　新潮社　1955　282p（昭
和名作選）
「ボロ家の春秋―他四編」　角川書店　1957
240p（角川文庫）
「梅崎春生全集3」　新潮社　昭和42年

うめた

「ボロ家の春秋」 旺文社 1979.9 309p
（旺文社文庫）
「梅崎春生全集3」 沖積舎 1984
「昭和文学全集20」 小学館 1987
「ちくま日本文学全集44」 筑摩書房 1992
「ボロ家の春秋」 講談社 2000.1 293p
16cm （講談社文芸文庫） 1200円 ①4-
06-197697-4
「梅崎春生作品集 第2巻」 沖積舎
2004.7 297p 19cm 2800円 ①4-
8060-6602-8

梅田 丘匝 うめだ・きゅうそう

1128 「初音の日」
◇ちよだ文学賞 （第10回/平成27年/大
賞）

梅田 晴夫 うめだ・はるお

1129 「五月の花」
◇水上滝太郎賞 （第2回/昭和24年）
「五月の花」 京橋書院 1950 267p

梅田 昌志郎 うめだ・よしろう

1130 「海と死者」
◇中央公論新人賞 （第5回/昭和35年度）

梅原 克文 うめはら・かつふみ

1131 「ソリトンの悪魔」
◇日本推理作家協会賞 （第49回/平成8
年/長編部門）
「ソリトンの悪魔 上」 朝日ソノラマ
1995.7 465p 18cm （ソノラマノベル
ス） 980円 ①4-257-01050-9
「ソリトンの悪魔 下」 朝日ソノラマ
1995.8 366p 18cm （ソノラマノベル
ス） 950円 ①4-257-01051-7
「ソリトンの悪魔 上」 朝日ソノラマ
1998.12 609p 15cm （ソノラマ文庫
ネクスト） 800円 ①4-257-17333-5
「ソリトンの悪魔 下」 朝日ソノラマ
1998.12 471p 15cm （ソノラマ文庫
ネクスト） 667円 ①4-257-17334-3
「ソリトンの悪魔 上」 双葉社 2010.6
609p 15cm （双葉文庫―日本推理作家
協会賞受賞作全集 84） 952円 ①978-4-
575-65883-5
「ソリトンの悪魔 下」 双葉社 2010.6
477p 15cm （双葉文庫―日本推理作家
協会賞受賞作全集 85） 905円 ①978-4-
575-65884-2

梅原 稜子 うめはら・りょうこ

1132 「海の回廊」

◇芸術選奨 （第47回/平成8年度/文学部
門/文部大臣賞）
「海の回廊」 新潮社 1996.2 288p
19cm 1900円 ①4-10-352602-5

1133 「四国山」
◇平林たい子文学賞 （第12回/昭和59年
/小説）
「双身・四国山」 新潮社 1984.5 243p

浦島 聖哲 うらしま・せいさとし

1134 「海溝のピート」
◇松岡譲文学賞 （第4回/昭和54年）

浦出 卓郎 うらで・たくろう

1135 「懐柔」
◇創元SF短編賞 （第5回/平成26年度/
日下三蔵賞）

漆原 正雄 うるしばら・まさお

1136 「サトル」
◇日本海文学大賞 （第18回/平成19年/
小説部門/佳作）
「日本海文学大賞―入賞作品集 第18回」
日本海文学大賞運営委員会, 中日新聞北
陸本社 2007.11 261p 21cm
※共同刊行：中日新聞北陸本社

1137 「棚子」
◇舟橋聖一顕彰青年文学賞 （第21回/平
成21年/佳作（小説））

嬉野 秋彦 うれしの・あきひこ

1138 「皓月に白き虎の啼く」
◇ロマン大賞 （第3回/平成6年度/大賞）
「皓月に白き虎の啼く」 集英社 1994.8
252p 15cm （集英社スーパーファンタ
ジー文庫）450円 ①4-08-613150-1

うわみくるま

1139 「運命に愛されてごめんなさい。」
◇電撃大賞 （第21回/平成26年/金賞）
「運命に愛されてごめんなさい。」
KADOKAWA 2015.2 300p 15cm
（電撃文庫 2880） 570円 ①978-4-04-
869266-3
※他言語標題：I'm sorry!!! I'm loved by
destiny
「運命に愛されてごめんなさい。 2」
KADOKAWA 2015.5 283p 15cm
（電撃文庫 2930） 610円 ①978-4-04-
865134-9
※他言語標題：I'm sorry!!! I'm loved by

destiny，著作目録あり
「運命に愛されてごめんなさい。　3」
KADOKAWA　2015.8　308p　15cm
（電撃文庫 2975）630円　①978-4-04-
865344-2
※他言語標題：I'm sorry!!! I'm loved by
destiny，著作目録あり

運上 旦子　うんじょう・たんし

1140　「ぼくの出発」
◇新潮新人賞　（第12回/昭和55年）

【え】

映島 巡　えいしま・じゅん

1141　「ZERO」
◇ジャンプ小説大賞　（第4回/平成6年）
「ゼロ」映島巡，かずはじめ著　集英社
1996.7　216p　19cm（ジャンプジェイ
ブックス）760円　①4-08-703050-4

鋭電 力　えいでん・ちから

1142　「空母大戦」
◇歴史群像大賞　（第9回/平成15年/奨励
賞）

栄野 弘　えいの・ひろし

1143　「国際児」
◇部落解放文学賞　（第9回/昭和57年/小
説）

江口 渙　えぐち・かん

1144　「わけしいのちの歌」
◇多喜二・百合子賞　（第2回/昭和45年）
「栃木県近代文学全集5」下野新聞社
1990

江國 香織　えくに・かおり

1145　「犬とハモニカ」
◇川端康成文学賞　（第38回/平成24年）
「犬とハモニカ」新潮社　2012.9　216p
20cm　1400円　①978-4-10-380809-1

1146　「泳ぐのに、安全でも適切でもあ
りません」
◇山本周五郎賞　（第15回/平成14年）
「泳ぐのに、安全でも適切でもありませ
ん」ホーム社　2002.3　207p　20cm
1300円　①4-8342-5061-X

「泳ぐのに、安全でも適切でもありませ
ん」集英社　2005.2　227p　16cm
（集英社文庫）457円　①4-08-747785-1

1147　「がらくた」
◇島清恋愛文学賞　（第14回/平成19年）
「がらくた」新潮社　2007.5　280p
20cm 1500円　①978-4-10-380807-7
「がらくた」新潮社　2010.3　339p
16cm（新潮文庫 え-10-16）514円
①978-4-10-133926-9

1148　「きらきらひかる」
◇紫式部文学賞　（第2回/平成4年）
「きらきらひかる」新潮社 1991.5 221p
「きらきらひかる」江國香織著　改版
新潮社　2014.9　221p　15cm（新潮文
庫）460円　①978-4-10-133911-5
※52刷（1刷1994年）

1149　「号泣する準備はできていた」
◇直木三十五賞　（第130回/平成15年下
期）
「号泣する準備はできていた」新潮社
2003.11　252p　20cm 1400円　①4-10-
380806-3

1150　「こうばしい日々」
◇坪田譲治文学賞　（第7回/平成3年度）
「こうばしい日々」あかね書房 1990.9
149p
「こうばしい日々」新潮社　1995.6
177p　15cm（新潮文庫）360円　①4-
10-133912-0

1151　「真昼なのに昏い部屋」
◇中央公論文芸賞　（第5回/平成22年）
「真昼なのに昏い部屋」講談社　2010.3
205p　19cm 1400円　①978-4-06-
216105-3
「真昼なのに昏い部屋」講談社　2013.2
242p　15cm（講談社文庫）476円
①978-4-06-277472-7

1152　「ヤモリ、カエル、シジミチョウ」
◇谷崎潤一郎賞　（第51回/平成27年）
「ヤモリ、カエル、シジミチョウ」朝日
新聞出版　2014.11　410p　20cm 1700
円　①978-4-02-251229-1

1153　「409ラドクリフ」
◇フェミナ賞　（第1回/昭和63年）
「江國香織とっておき作品集」マガジン
ハウス　2001.8　1冊　21cm 1300円
①4-8387-1308-8

江坂 遊　えさか・ゆう

1154　「花火」
◇星新一ショートショート・コンテスト
（第2回/昭和55年/最優秀作）

江崎 誠致　えざき・まさのり

1155　「ルソンの谷間」
◇直木三十五賞（第37回/昭和32年上）
「ルソンの谷間」　筑摩書房　1957　235p
「ルソンの谷間」　光人社　1977.11　275p
（江崎誠致戦争と青春文学選　第1巻）
「ルソンの谷間―最悪の戦場―兵士の報
告」　光人社　1988.7　275p〈新装版〉
「ルソンの谷間―最悪の戦場　一兵士の報
告」　光人社　2003.3　259p　19cm
（光人社名作戦記 006）　1600円　①4-
7698-1106-3

穎田島 一二郎　えたじま・いちじろう

1156　「踊る幻影」
◇大阪朝日新聞懸賞小説（昭5年）

江藤 由縁　えとう・ゆかり

1157　「家を建てる」
◇BE・LOVE原作大賞（第2回/平成11
年/特別賞）

江戸川 乱歩　えどがわ・らんぽ

1158　「幻影城」
◇日本推理作家協会賞（第5回/昭和27
年）
「江戸川乱歩全集18」　講談社　昭和54年
「江戸川乱歩推理文庫51」　講談社　1987
「探偵小説四十年―江戸川乱歩全集」　光
文社　2006.2　873p　15cm（光文社文
庫）　1200円　①4-334-74023-5
「幻影城―探偵小説評論集」　新装覆刻
沖積舎　2012.10　403, 17p　21cm
3800円　①978-4-8060-4761-2

江夏 美好　えなつ・みよし

1159　「下々の女」
◇田村俊子賞（第11回/昭和45年）
「下々の女」　河出書房新社　1971　480p
「下々の女」　河出書房新社　1981.10　2冊
（河出文庫）

江西 哲嗣　えにし・てつじ

1160　「終末探偵紀行」
◇ジャンプ小説新人賞（jump Novel
Grand Prix）（'15 Spring/平成27

年春/小説：フリー部門/特別賞）

榎木 洋子　えのき・ようこ

1161　「特別の夏休み」
◇コバルト・ノベル大賞（第16回/平成
2年下/読者大賞）
「もうひとつのラブソング―Love Song
for You」　桑原水菜, 小山真弓, 榎木洋
子著　集英社　1993.2　15cm
（コバルト文庫―読者大賞受賞作品傑作
集 1）　400円　①4-08-611728-2

榎木津 無代　えのきず・むだい

1162　「ご主人さん＆メイドさま 父さん
母さん、ウチのメイドは頭が高い
と怒ります」
◇電撃大賞（第16回/平成21年/電撃小
説大賞部門/銀賞）
「ご主人さん＆メイドさま―父さん母さ
ん、ウチのメイドは頭が高いと怒りま
す」　アスキー・メディアワークス, 角
川グループパブリッシング（発売）
2010.2　311p　15cm（電撃文庫 1893）
570円　①978-4-04-868325-8
※イラスト：双龍, 並列シリーズ名：
Dengeki bunko

江場 秀志　えば・ひでし

1163　「午後の祠（まつ）り」
◇すばる文学賞（第9回/昭和60年）
「午後の祠り」　集英社　1987.8　218p
「沖縄文学全集9」　図書刊行会　1990

江原 無窮大　えはら・むきゅうだい

1164　「五ケ月の女」
◇「太陽」懸賞小説及脚本（第8回/明
44年5月/小説）

海老沢 文哉　えびさわ・ふみや

1165　「だれ？」
◇12歳の文学賞（第2回/平成20年/優秀
賞）
「12歳の文学　第2集　小学生作家が紡ぐ
9つの物語」　小学館　2008.3　281p
20cm　1000円　①978-4-09-289712-0
「12歳の文学　第2集」　小学生作家たち
著　小学館　2010.4　277p　15cm（小
学館文庫）　552円　①978-4-09-408497-9

海老沢 泰久　えびさわ・やすひさ

1166　「F1地上の夢」
◇新田次郎文学賞（第7回/昭和63年）

「F1地上の夢」 朝日新聞社 1993.7
528p 15cm（朝日文芸文庫）770円
Ⓘ4-02-264009-X

1167 「帰郷」
◇直木三十五賞（第111回/平成6年上
期）
「帰郷」 文藝春秋 1994.3 253p 19cm
1500円 Ⓘ4-16-314580-X
「帰郷」 文藝春秋 1997.1 278p 15cm
（文春文庫）450円 Ⓘ4-16-741409-0

1168 「乱」
◇小説新潮新人賞（第2回/昭和49年）

恵比須 清司 えびす・せいじ

1169 「女の子に夢を見てはいけません
！」
◇ファンタジア大賞（第26回冬期/平成
26年/金賞）
「女の子に夢を見てはいけません！」
KADOKAWA 2014.7 286p 15cm
（富士見ファンタジア文庫 え-1-1-1）
695円 Ⓘ978-4-04-070283-4

エフロン, ノーラ

1170 「首のたるみが気になるの」
◇フラウ文芸大賞（第2回/平成26年/海
外文学賞）
「首のたるみが気になるの」 ノーラ・エ
フロン著, 阿川佐和子訳 集英社
2013.9 190p 20cm 1300円 Ⓘ978-4-
08-773484-3

江宮 隆之 えみや・たかゆき

1171 「経清記」
◇歴史文学賞（第13回/昭和63年度）
「経清記」 新人物往来社 1993.11
211p 19cm 1500円 Ⓘ4-404-02070-8

1172 「白磁の人」
◇中村星湖文学賞（第8回/平成6年）
「白磁の人」 河出書房新社 1994.5
181p 19cm 1600円 Ⓘ4-309-00908-5

ERINA

1173 「儚い者たち」
◇日本ケータイ小説大賞（第2回/平成
19年/JOYSOUND賞）
「儚い者たち」 スターツ出版 2008.4
361p 20cm 1000円 Ⓘ978-4-88381-
072-7

円 つぶら えん・つぶら

1174 「ノーモア・家族」
◇小説新潮新人賞（第3回/昭和50年）

円乗 淳一 えんじょう・じゅんいち

1175 「鹿の消えた島」
◇放送文学賞（第7回/昭和59年/佳作）

円城 塔 えんじょう・とう

1176 「烏有此譚」
◇野間文芸新人賞（第32回/平成22年）
「烏有此譚」 講談社 2009.12 144p
19cm 1500円 Ⓘ978-4-06-215933-3

1177 「オブ・ザ・ベースボール」
◇文學界新人賞（第104回/平成19年上
期）
「オブ・ザ・ベースボール」 文藝春秋
2008.2 153p 20cm 1143円 Ⓘ978-4-
16-326730-2

1178 「屍者の帝国」
◇日本SF大賞（第33回/平成24年/特別
賞）
◇星雲賞（第44回/平成25年/日本長編
部門（小説））
◇本屋大賞（第10回/平成25年/10位）
「屍者の帝国」 伊藤計劃, 円城塔著 河
出書房新社 2012.8 459p 20cm
1800円 Ⓘ978-4-309-02126-3

1179 「道化師の蝶」
◇芥川龍之介賞（第146回/平成23年下
半期）
「道化師の蝶」 講談社 2012.1 173p
20cm 1300円 Ⓘ978-4-06-217561-6

円地 文子 えんち・ふみこ

1180 「女坂」
◇野間文芸賞（第10回/昭和32年）
「女坂」 角川書店 1957 192p（角川小説
新書）
「女坂」 角川書店 1958 192p（著者署名
本）
「女坂」 角川書店 1958 208p（角川文庫）
「女坂」 新潮社 1961 216p（新潮文庫）
「円地文子全集6」 新潮社 昭和52年
「昭和文学全集12」 小学館 1987

1181 「傷ある翼」
◇谷崎潤一郎賞（第5回/昭和44年度）
「傷ある翼」 中央公論社 1962 268p
「傷ある翼」 新潮社 1964 297p（新潮文

えんとう 1182～1191

庫）
「円地文子全集12」 新潮社 昭和52年
「傷ある翼」 講談社 2011.4 364p
15cm（講談社文芸文庫）1500円
①978-4-06-290121-5

1182 「朱を奪ふもの」
◇谷崎潤一郎賞 （第5回/昭和44年度）
「朱を奪ふもの」 河出書房 1956 178p
（河出新書）
「朱を奪ふもの」 新潮社 1960 199p
「朱を奪ふもの」 新潮社 1963 184p（新
潮文庫）
「朱を奪ふもの―三部作」 新潮社 1970
597p
「円地文子全集12」 新潮社 昭和52年

1183 「なまみこ物語」
◇女流文学賞 （第5回/昭和41年度）
「なまみこ物語」 中央公論社 1965 219p
「円地文子全集13」」 新潮社 昭和53年
「昭和文学全集12」 小学館 1987
「なまみこ物語・源氏物語私見」 講談社
2004.4 394p 15cm（講談社文芸文
庫）1400円 ①4-06-198366-0

1184 「虹と修羅」
◇谷崎潤一郎賞 （第5回/昭和44年度）
「虹と修羅」 文芸春秋 1968 297p
「円地文子全集12」 新潮社 昭和52年
「虹と修羅」 新潮社 1979.9 275p（新潮
文庫）
「虹と修羅」 講談社 2013.5 330p
15cm（講談社文芸文庫）1400円
①978-4-06-290177-2

1185 「ひもじい月日」
◇女流文学者賞 （第6回/昭和29年）
「ひもじい月日」 中央公論社 1954 283p
「ひもじい月日―他八篇」 角川書店 1957
210p（角川文庫）
「円地文子全集2」 新潮社 昭和52年

1186 「遊魂」
◇日本文学大賞 （第4回/昭和47年）
「遊魂」 新潮社 1971 241p
「円地文子全集5」 新潮社 昭和53年

遠藤 明範 えんどう・あきのり

1187 「真牡丹燈籠」
◇歴史群像大賞 （第6回/平成11年/佳
作）
「真牡丹燈籠」 学習研究社 2001.7
247p 15cm（学研M文庫）560円
①4-05-900065-5

遠藤 浅蜊 えんどう・あさり

1188 「美少女を嫌いなこれだけの理由」
◇『このライトノベルがすごい！』大賞
（第2回/平成23年/栗山千明賞）
「美少女を嫌いなこれだけの理由」 宝島
社 2011.9 253p 16cm（このライト
ノベルがすごい！文庫 え-1-1）619円
①978-4-7966-8629-7

遠藤 周作 えんどう・しゅうさく

1189 「海と毒薬」
◇新潮社文学賞 （第5回/昭和33年）
◇毎日出版文化賞 （第12回/昭和33年）
「海と毒薬」 文芸春秋新社 1958
「海と毒薬」 角川書店 1960 164p（角川
文庫）
「海と毒薬」 新潮社 1960 171p
「海と毒薬」 講談社 1963 227p（ロマ
ン・ブックス）
「海と毒薬」 講談社 1971 230p（現代文
学秀作シリーズ）
「遠藤周作文学全集2」 新潮社 昭和50年
「遠藤周作文庫A3」 講談社 昭和51年
「日本の文学（近代編）85」 ほるぷ出版
1984
「海と毒薬」 角川書店 1987.3 165p（角
川文庫）
「海と毒薬」 講談社 1987.4 199p（講談
社文庫）
「海と毒薬」 新装版 講談社 2011.4
228p 15cm（講談社文庫）448円
①978-4-06-276925-9
「戦争の深淵」 大岡昇平, 富士正晴, 有馬
頼義, 古山高麗雄, 田村泰次郎ほか著
集英社 2013.1 729p 19cm（コレク
ション 戦争と文学 12）3600円 ①978-
4-08-157012-6

1190 「侍」
◇野間文芸賞 （第33回/昭和55年）
「侍」 新潮社 1980.4 341p
「侍」 新潮社 1986.6 422p（新潮文庫）
「侍」 新潮社 1987.7 341p
「長篇小説 3」 新潮社 1999.7 447p
21cm（遠藤周作文学全集 3）5600円
①4-10-640723-X

1191 「白い人」
◇芥川龍之介賞 （第33回/昭和30年上）
「白い人・黄色い人」 大日本雄弁会講談
社 1955 207p（ミリオン・ブックス）
「白い人・黄色い人」 新潮社 1960 161p
（新潮文庫）

「遠藤周作文学全集1」　新潮社　昭和50年
「遠藤周作文庫A1」　講談社　昭和51年
「芥川賞全集5」　文芸春秋　1982
「白い人―ほか二編」　講談社　1984.4
　226p（講談社文庫）
「遠藤周作文学全集　6　短篇小説」　新潮
　社　1999.10　372p　21cm　5200円
　①4-10-640726-4

1192　「沈黙」
◇谷崎潤一郎賞　（第2回/昭和41年度）
「沈黙」　新潮社　1966　257p
「遠藤周作文学全集6」　新潮社　昭和50年
「遠藤周作文庫B5」　講談社　昭和52年
「沈黙」　新潮社　1979.4　281p〈限定版〉
「沈黙」　新潮社　1981.10　256p〈新潮文
　庫〉
「昭和文学全集21」　小学館　1987
「沈黙」　新潮社　1988.3　257p
「遠藤周作文学全集　第2巻　長篇小説」
　新潮社　1999.6　343p　21cm　5200円
　①4-10-640722-1
「沈黙」　36刷改版　新潮社　2003.5
　312p　16cm〈新潮文庫〉514円　①4-
　10-112315-2

1193　「深い河」
◇毎日芸術賞　（第35回/平成5年度）
「遠藤周作文学全集　4　長篇小説4」　新
　潮社　1999.8　356p　21cm　5200円
　①4-10-640724-8

遠藤　純子　えんどう・じゅんこ
1194　「クレア、冬の音」
◇新潮新人賞　（第31回/平成11年/小説
　部門）

遠藤　武文　えんどう・たけふみ
1195　「三十九条の過失」
◇江戸川乱歩賞　（第55回/平成21年）
「プリズン・トリック」　講談社　2009.8
　328p　20cm　1600円　①978-4-06-
　215706-3

遠藤　徹　えんどう・とおる
1196　「姉飼」
◇日本ホラー小説大賞　（第10回/平成15
　年）　〈受賞時〉あついすいか
「姉飼」　角川書店　2003.11　181p
　20cm　1200円　①4-04-873499-7

遠藤　まり　えんどう・まり
1197　「超吉ガール～コンと東京十社め

ぐりの巻～」
◇角川つばさ文庫小説賞　（第3回/平成
　26年/一般部門/大賞）
「超吉ガール　1　不思議なおみくじの
　巻」　遠藤まり作, ふじつか雪絵
　KADOKAWA　2015.9　237p　18cm
　（角川つばさ文庫　Aえ1-1）　640円
　①978-4-04-631534-2

遠藤　萌花　えんどう・もえか
1198　「王さま歩きましょう」
◇12歳の文学賞　（第8回/平成26年/小説
　部門/審査員特別賞〈あさのあつこ
　賞〉）
「12歳の文学　第8集」　小学館　2014.3
　137p　26cm　926円　①978-4-09-
　106822-4

【お】

及川　和男　おいかわ・かずお
1199　「深き流れとなりて」
◇多喜二・百合子賞　（第7回/昭和50年）
「深き流れとなりて」　新日本出版社　1974
　328p

及川　早月　おいかわ・さつき
1200　「よすが横丁修理店　―迷子の持ち
　主、お探しします―」
◇C★NOVELS大賞　（第11回/平成27年
　/奨励賞）

種田　千恵　おいだ・ちえ
1201　「月が綺麗ですね」
◇深大寺短編恋愛小説「深大寺恋物語」
　（第7回/平成23年/最優秀賞）

追本　葵　おいもと・あおい
1202　「月のさかな」
◇12歳の文学賞　（第1回/平成19年/大
　賞）
「12歳の文学」　小学館　2007.4　269p
　26cm　1500円　①978-4-09-289711-3
「12歳の文学」　小学生作家たち著　小学
　館　2009.4　313p　15cm（小学館文庫
　し7-1）　552円　①978-4-09-408384-2

文学賞受賞作品総覧　小説篇

王 遍浬　おう・へんり

1203　「人柱」
◇堺自由都市文学賞（第12回/平成12年
/佳作）

扇 友太　おうぎ・ゆうた

1204　「人間と魔物がいる世界」
◇MF文庫Jライトノベル新人賞（第9回
/平成25年/最優秀賞）〈受賞時〉
そぼろそぼろ
「MONSTER DAYS」　KADOKAWA
2013.11　327p　15cm（MF文庫J お-
10-01）580円　①978-4-04-066083-7
※受賞作「人間と魔物がいる世界」を
改題

扇田 征夫　おうぎだ・ゆきお

1205　「香具師仁義」
◇「サンデー毎日」大衆文芸（第13回/
昭和8年下）

逢坂 剛　おうさか・ごう

1206　「暗殺者グラナダに死す」
◇オール讀物推理小説新人賞（第19回/
昭和55年）
「コルドバの女豹」　講談社 86.9 356p
（講談社文庫）

1207　「カディスの赤い星」
◇直木三十五賞（第96回/昭和61年下）
◇日本推理作家協会賞（第40回/昭和62
年/長編部門）
「カディスの赤い星」　講談社 1986.7 429p
「カディスの赤い星」　下 講談社 1989.8
441p（講談社文庫）
「カディスの赤い星」　上 講談社 1989.8
389p（講談社文庫）

1208　「平蔵狩り」
◇吉川英治文学賞（第49回/平成27年
度）
「平蔵狩り」　文藝春秋　2014.8　363p
20cm 1600円　①978-4-16-390103-9

王城 夕紀　おうじょう・ゆうき

1209　「天の眷族」
◇C★NOVELS大賞（第10回/平成26年
/特別賞）〈受賞時〉王城 夕輝
「天盆」　中央公論新社　2014.7　273p
19cm 1300円　①978-4-12-004634-6
※受賞作「天の眷族」を改題

大池 唯雄　おおいけ・ただお

1210　「秋田口の兄弟」
◇直木三十五賞（第8回/昭和13年下）
「歴史小説名作館12」　講談社 1992

1211　「おらんだ楽兵」
◇「サンデー毎日」大衆文芸（第20回/
昭和12年上）

1212　「兜首」
◇直木三十五賞（第8回/昭和13年下）

大石 観一　おおいし・かんいち

1213　「兄の偵察」
◇「文芸倶楽部」懸賞小説（第17回/明
37年7月/第1等）

1214　「一転」
◇「文芸倶楽部」懸賞小説（第11回/明
37年1月/第3等）

大石 圭　おおいし・けい

1215　「履き忘れたもう片方の靴」
◇文藝賞（第30回/平成5年/佳作）
「履き忘れたもう片方の靴」　河出書房新
社　2008.11　183p　15cm（河出文庫）
500円　①978-4-309-40934-4

大石 直紀　おおいし・なおき

1216　「オブリビオン～忘却」
◇横溝正史ミステリ大賞（第26回/平成
18年/テレビ東京賞）〈受賞時〉石
原 ナオ
「オブリビオン―忘却」　角川書店　2006.
5　366p　20cm 1600円　①4-04-
873699-X
※他言語標題：Oblivion

1217　「ジャッカーズ」
◇小学館文庫小説賞（第3回/平成15年）
「テロリストが夢見た桜」　小学館　2003.
11　318p　20cm 1700円　①4-09-
387474-3

1218　「パレスチナから来た少女」
◇日本ミステリー文学大賞新人賞（第2
回/平成10年）
「パレスチナから来た少女」　光文社
1999.3　377p　19cm 1600円　①4-334-
92305-4
「パレスチナから来た少女」　光文社
2001.3　413p　15cm（光文社文庫）
648円　①4-334-73123-6

大石 夢幻庵　おおいし・むげんあん

1219　「へだて」
◇「文芸倶楽部」懸賞小説（第7回/明36年9月/第2等）

大石 霧山　おおいし・むざん

1220　「決死水兵」
◇「文芸倶楽部」懸賞小説（第16回/明37年6月/第2等）

1221　「露」
◇「文芸倶楽部」懸賞小説（第20回/明37年10月/第1等）

1222　「墓上の涙」
◇「文芸倶楽部」懸賞小説（第22回/明37年12月/第1等）

1223　「待つ妻」
◇「文芸倶楽部」懸賞小説（第14回/明37年4月/第2等）

大石 もり子　おおいし・もりこ

1224　「黒いバイオリン」
◇日本文芸大賞（第19回/平成11年/童話努力賞）
「黒いバイオリン」大石もり子著，横溝英一画　けやき書房　1994.11　203p　22cm（けやきの創作童話）1600円　①4-87452-643-8

1225　「マリのさんしん情話」
◇日本文芸大賞（第24回/平成18年/童話優秀賞）
「マリのさんしん情話」大石もり著，三上英夫絵　マリ企画　2003.4　158p　22cm

大泉 貴　おおいずみ・たかし

1226　「ランジーン×コード」
◇『このライトノベルがすごい！』大賞（第1回/平成22年/大賞）
「ランジーン×コード」宝島社　2010.9　406p　16cm（このライトノベルがすごい！文庫 お-1-1）457円　①978-4-7966-7882-7
「ランジーン×コード　tale.2　Dance with The Lang-Breakers」宝島社　2011.1　348p　16cm（このライトノベルがすごい！文庫 お-1-2）457円　①978-4-7966-8029-5
「ランジーン×コード　tale.3　禁じられた記憶（ノート）」宝島社　2011.5　348p　16cm（このライトノベルがすご

い！文庫 お-1-3）590円　①978-4-7966-8330-2
「ランジーン×コード　tale.4　パラダイス・ロスト 1st」宝島社　2012.1　284p　16cm（このライトノベルがすごい！文庫）657円　①978-4-7966-8965-6
「ランジーン×コード　tale.5　パラダイス・ロスト 2nd」宝島社　2012.2　283p　16cm（このライトノベルがすごい！文庫 お-1-6）657円　①978-4-7966-8971-7

大泉 芽衣子　おおいずみ・めいこ

1227　「夜明けの音が聞こえる」
◇すばる文学賞（第25回/平成13年）
「夜明けの音が聞こえる」集英社　2002.1　131p　20cm　1200円　①4-08-774566-X

大岩 尚志　おおいわ・たかし

1228　「ナホトカ号の雪辱」
◇日本海文学大賞（第18回/平成19年/小説部門/北陸賞）
「日本海文学大賞一入賞作品集　第18回」日本海文学大賞運営委員会，中日新聞北陸本社　2007.11　261p　21cm
※共同刊行：中日新聞北陸本社

大内 曜子　おおうち・ようこ

1229　「光の戦士たち」
◇オール讀物新人賞（第71回/平成3年）

大江 いくの　おおえ・いくの

1230　「制服」
◇オール讀物新人賞（第70回/平成2年）

大江 健三郎　おおえ・けんざぶろう

1231　「新しい人よ眼ざめよ」
◇大佛次郎賞（第10回/昭和58年）
「新しい人よ眼ざめよ」講談社　1983.6　292p
「新しい人よ眼ざめよ」講談社　1986.6　324p（講談社文庫）
「昭和文学全集16」小学館　1987
「新しい人よ眼ざめよ」講談社　2007.2　394p　15cm（講談社文芸文庫）1400円　①978-4-06-198467-7
「大江健三郎自選短篇」岩波書店　2014.8　840p　15cm（岩波文庫）1380円　①978-4-00-311971-6

1232　「河馬に噛まれる」
◇川端康成文学賞（第11回/昭和59年）

おおえ　　　　　　　　　　　　　　　　　　　　　　　　　　　　　　　　1233～1243

「河馬に嚙まれる」　文芸春秋 1985.12
315p

「河馬に嚙まれる」　文芸春秋 1989.2
331p（文春文庫）

「河馬に嚙まれる」　講談社　2006.5
321p　15cm（講談社文庫）619円
①4-06-275392-8

「大江健三郎自選短篇」岩波書店 2014.
8　840p　15cm（岩波文庫）1380円
①978-4-00-311971-6

1233　「洪水はわが魂に及び」
◇野間文芸賞　（第26回/昭和48年）

「洪水はわが魂に及び」 新潮社 1973 2冊

「大江健三郎全作品（第2期）4, 5」 新潮
社 昭和53年

「洪水はわが魂に及び」　新潮社 1983.5 2
冊（新潮文庫）

『洪水はわが魂に及び』『ピンチラン
ナー調書』」 新潮社 1996.9　560p
21cm（大江健三郎小説 4）5000円
①4-10-640824-4

1234　「個人的な体験」
◇新潮社文学賞　（第11回/昭和39年）

「個人的な体験」 新潮社 1964 251p

「大江健三郎全作品6」 新潮社 昭和41年

「個人的な体験」 新潮社 1981.2 258p
（新潮文庫）

「個人的な体験」 改版　新潮社　2013.2
322p　15cm（新潮文庫）550円
①978-4-10-112610-4

1235　「飼育」
◇芥川龍之介賞　（第39回/昭和33年上）

「死者の奢り」　文芸春秋新社 1958 303p

「死者の奢り・飼育」 新潮社 1959 248p
（新潮文庫）

「大江健三郎全作品1」 新潮社 昭和41年

「芥川賞全集5」 文芸春秋 1982

「日本の文学（近代編）86」 ほるぷ出版
1985

「昭和文学全集16」 小学館 1987

「死者の奢り・飼育」 改版　新潮社
2013.4　303p　16cm（新潮文庫 お-9-
1）520円　①978-4-10-112601-2

「大江健三郎自選短篇」 岩波書店 2014.
8　840p　15cm（岩波文庫）1380円
①978-4-00-311971-6

1236　「人生の親戚」
◇伊藤整文学賞　（第1回/平成2年/小説）

「人生の親戚」 新潮社 1989.4 248p

「人生の親戚」 新潮社　1994.8　267p
15cm（新潮文庫）400円　①4-10-

112617-8

1237　「万延元年のフットボール」
◇谷崎潤一郎賞　（第3回/昭和42年度）

「万延元年のフットボール」 講談社 1967
393p

「大江健三郎全作品（第2期）1」 新潮社
昭和52年

「万延元年のフットボール」 講談社
1988.4 491p（講談社文芸文庫）

『『万延元年のフットボール』『われらの狂
気を生き延びる道を教えよ』」 新潮社
1996.8　532p　21cm（大江健三郎小説
3）5000円　①4-10-640823-6

1238　「優しい人たち」
◇学生小説コンクール　（第3回/昭和30
年上/佳作）

1239　「『雨の木』（レイン・ツリー）を聴
く女たち」
◇読売文学賞　（第34回/昭和57年/小説
賞）

「雨の木」 を聴く女たち 新潮社 1982.7
288p

「雨の木」 を聴く女たち 新潮社 1986.2
315p（新潮文庫）

「大江健三郎自選短篇」 岩波書店 2014.
8　840p　15cm（岩波文庫）1380円
①978-4-00-311971-6

「現代小説クロニクル 1980～1984」 日
本文藝家協会編　講談社　2014.12
283p　15cm（講談社文芸文庫）1700
円　①978-4-06-290253-3

大江 賢次　おおえ・けんじ

1240　「シベリア」
◇「改造」懸賞創作　（第3回/昭和5年/2
等）

大江 眞輝　おおえ・まき

1241　「雪の降る朝」
◇関西文学選奨　（第28回/平成8年度）

大江 和子　おおえ・わこ

1242　「レクイエム（鎮魂曲）」
◇自分史文学賞　（第12回/平成13年度/
佳作）

「レクイエム（鎮魂曲）」 てらいんく
2003.8　189p　19cm 952円　①4-
925108-61-1

大岡 玲　おおおか・あきら

1243　「黄昏のストーム・シーディング」

◇三島由紀夫賞 （第2回/平成1年）
「黄昏のストーム・シーディング」 文芸
春秋 1989.7 221p

1244 「表層生活」
◇芥川龍之介賞 （第102回/平成1年下）
「表層生活」 文芸春秋 1990.3 227p

大岡 昇平　おおおか・しょうへい

1245 「花影」
◇新潮社文学賞 （第8回/昭和36年）
◇毎日出版文化賞 （第15回/昭和36年）
「大岡昇平全集5」 中央公論社 昭和49年
「昭和文学全集16」 小学館 1987
「小説　6」 筑摩書房 1995.4 764p
21cm （大岡昇平全集 7） 8000円 Ⓘ4-
480-70267-9
「花影」 講談社 2006.5 198p 15cm
（講談社文芸文庫） 1200円 Ⓘ4-06-
198440-3

1246 「事件」
◇日本推理作家協会賞 （第31回/昭和53
年/長篇部門）
「事件」 新潮社 1977.9 304p〈『若草物
語』の題名で「朝日新聞」に1961年5月
から1962年3月まで連載されたもの〉
「事件」 新潮社 1980.8 503p（新潮文庫）
「事件」 27刷改版 新潮社 2003.5
599p 16cm （新潮文庫） 781円 Ⓘ4-
10-106508-X

1247 「中原中也」
◇野間文芸賞 （第27回/昭和49年）
「大岡昇平全集10」 中央公論社 昭和49年
「中原中也」 講談社 1989.2 266p
15cm （講談社文芸文庫） 740円 Ⓘ4-
06-196037-7

1248 「野火」
◇読売文学賞 （第3回/昭和26年/小説
賞）
「野火」 創元社 1952 188p
「野火」 創元社 1953 177p（創元文庫）
「野火」 新潮社 1954 186p（新潮文庫）
「野火」 角川書店 1955 176p（角川文庫）
「野火」 筑摩書房 1956 190p
「野火」 東方社 1956 211p（東方新書）
「大岡昇平全集2」 中央公論社 昭和48年
「野火」 成瀬書房 1975.7 158p〈特装版
限定版〉
「日本の文学（近代編）78」 ほるぷ出版
1984
「昭和文学全集16」 小学館 1987

「野火・ハムレット日記」 岩波書店
1988.5 378p（岩波文庫）
「ちくま日本文学全集34」 筑摩書房 1992
「戦争」 岩波書店 2007.7 249p 15cm
（岩波現代文庫） 1000円 Ⓘ978-4-00-
603155-8
「野火」 改版 新潮社 2014.7 216p
15cm （新潮文庫） 400円 Ⓘ978-4-10-
106503-8
※8刷（1刷1954年）

1249 「俘虜記」
◇横光利一賞 （第1回/昭和24年）
「俘虜記」 創元社 1949 5版 214p
「俘虜記」 新潮社 1951 192p（新潮文庫）
「俘虜記」 創元社 1952 432p
「俘虜記」 角川書店 1966 426p（角川文
庫）
「俘虜記」 潮出版社 1971 462p（潮文
庫）〈豪華特装限定版〉
「大岡昇平全集1」 中央公論社 昭和48年
「俘虜記」 成瀬書房 1978.3 120p〈限定
版〉
「日本の文学（近代編）78」 ほるぷ出版
1984
「昭和文学全集16」 小学館 1987
「高校生におくる近代名作集　3　小説1
を読んでみませんか」 桑名靖治編 新
装版 文英堂 1998.9 285p 21cm
1200円 Ⓘ4-578-12945-4
「証言としての文学」 大岡昇平, 平野謙,
佐々木基一, 埴谷雄高, 花田清輝責任編
集, 竹内泰宏解説 新装版 學藝書林
2004.4 621p 19cm （全集 現代文学の
発見 第10巻） 4500円 Ⓘ4-87517-068-8

1250 「レイテ戦記」
◇毎日芸術賞 （第13回/昭和46年度）
「大岡昇平集10」 岩波書店 1983.9 648p
「大岡昇平集9」 岩波書店 1983.8 625p
「ちくま日本文学全集34」 筑摩書房 1992
「レイテ戦記」 〔復刻版〕 中央公論社
1995.9 695p 21cm 9800円 Ⓘ4-12-
002487-3
※別冊付き

大鋸 一正　おおが・かずまさ

1251 「フレア」
◇文藝賞 （第33回/平成8年/優秀作）
「フレア」 河出書房新社 1996.12
130p 19cm 1200円 Ⓘ4-309-01110-1

大懸 朋雪　おおがけ・ともゆき

1252 「幸せ色の空」

おおかわ 1253～1271

◇星新一ショートショート・コンテスト
（第3回/昭和56年/最優秀作）

大川 龍次 おおかわ・りゅうじ

1253 「暗い森」
◇全作家文学賞（復活第3回/平成15年）

大木 智洋 おおき・ともひろ

1254 「ランニング・オブ」
◇ジャンプ小説大賞（第9回/平成11年/
入選）
「ランニング・オブ」 大木智洋、森田信
吾著 集英社 1999.11 218p 19cm
（Jump j books） 762円 Ⓘ4-08-
703090-3

大久保 悟朗 おおくぼ・ごろう

1255 「雪果幻語」
◇ゆきのまち幻想文学賞（第12回/平成
14年/長編賞）
「遠い記憶」 冬川文子ほか著 企画集団
ぷりずむ 2003.4 191p 19cm（ゆき
のまち幻想文学賞小品集 12） 1800円
Ⓘ4-906691-11-0

大久保 咲希 おおくぼ・さき

1256 「大親友」
◇12歳の文学賞（第4回/平成22年/小説
部門/ベッキー賞）
「12歳の文学 第4集」 小学館 2010.3
395p 20cm 1200円 Ⓘ978-4-09-
289725-0

大凹 友数 おおくぼ・ともかず

1257 「ゴーレム×ガールズ」
◇MF文庫Jライトノベル新人賞（第1回
/平成17年/佳作）
「ゴーレム×ガールズ」 メディアファク
トリー 2005.10 263p 15cm（MF文
庫J） 580円 Ⓘ4-8401-1427-7

大久保 智弘 おおくぼ・ともひろ

1258 「わが胸は蒼茫たり」
◇時代小説大賞（第5回/平成6年）
「水の砦―福島正則最後の闘い」 講談社
1998.9 377p 15cm（講談社文庫）
705円 Ⓘ4-06-263865-7

大久保 智曠 おおくぼ・ともひろ

1259 「百合野通りから」
◇オール讀物新人賞（第56回/昭和55年
上）

大久保 房男 おおくぼ・ふさお

1260 「海のまつりごと」
◇芸術選奨（第42回/平成3年度/文学部
門/新人賞）
「海のまつりごと」 紅書房 1991.8 357p

大久保 操 おおくぼ・みさお

1261 「昨夜は鮮か」
◇文學界新人賞（第33回/昭和46年下）

大倉 桃郎 おおくら・とうろう

1262 「女渡守」
◇「新小説」懸賞小説（明33年8月）

1263 「後妻」
◇「万朝報」懸賞小説（第176回/明33
年6月）

1264 「五月雨」
◇「万朝報」懸賞小説（第174回/明33
年5月）

1265 「折薔曲」
◇「新小説」懸賞小説（明33年11月）

1266 「鉄石心」
◇「万朝報」懸賞小説（第194回/明33
年10月）

1267 「橋茶屋」
◇「万朝報」懸賞小説（第360回/明36
年12月）

1268 「琵琶歌」
◇「朝日新聞」懸賞小説（大朝創刊25周
年記念懸賞長編小説/明37年/一位）
「部落問題文芸・作品選集」 第23―24巻
世界文庫 1975 2冊

1269 「よそながら」
◇「万朝報」懸賞小説（第112回/明32
年3月）

1270 「渡守」
◇「万朝報」懸賞小説（第152回/明32
年12月）

大桑 八代 おおくわ・やしろ

1271 「カクリヨの短い歌」
◇小学館ライトノベル大賞〔ガガガ文庫
部門〕（第7回/平成25年/ガガガ大
賞）
「カクリヨの短い歌」 小学館 2013.5
321p 15cm（ガガガ文庫 がお4-1）
600円 Ⓘ978-4-09-451410-0

文学賞受賞作品総覧 小説篇

「カクリヨの短い歌 2」 小学館 2013.
10 293p 15cm（ガガガ文庫 ガお4-
2） 590円 ①978-4-09-451443-8
「カクリヨの短い歌 3」 小学館 2014.3
262p 15cm（ガガガ文庫 ガお4-3）
571円 ①978-4-09-451470-4

大桑 康博　おおくわ・やすひろ

1272　「呪術法律家ミカヤ」
◇集英社ライトノベル新人賞 （第2回/
平成27年/特別賞）

大河内 昭爾　おおこうち・しょうじ

1273　「文壇人國記」
◇日本文芸大賞 （第23回/平成17年/大
賞）
「文壇人國記 明治大正昭和―県別日本文
學の旅 東日本」 おうふう 2005.3
606p 22cm 6800円 ①4-273-03366-6
※付属資料：索引1冊
「文壇人國記 明治大正昭和―県別日本文
學の旅 西日本」 おうふう 2005.3
770p 22cm 8400円 ①4-273-03367-4
※付属資料：索引1冊

大越 台麓　おおこし・だいろく

1274　「紅雪」
◇「文芸倶楽部」懸賞小説 （第24回/明
38年2月/第2等）

1275　「白菊」
◇「文芸倶楽部」懸賞小説 （第32回/明
38年10月/第3等）

1276　「夜の梅」
◇「文芸倶楽部」懸賞小説 （第27回/明
38年5月/第2等）

大崎 梢　おおさき・こずえ

1277　「龍神像は金にかがやく」
◇ジュニア冒険小説大賞 （第3回/平成
16年/佳作）

大崎 善生　おおさき・よしお

1278　「パイロットフィッシュ」
◇吉川英治文学新人賞 （第23回/平成14
年）
「パイロットフィッシュ」 角川書店
2001.10 245p 20cm 1400円 ①4-04-
873328-1
「パイロットフィッシュ」 角川書店
2004.3 247p 15cm （角川文庫）476
円 ①4-04-374001-8

大迫 智志郎　おおさこ・としろう

1279　「星の光 月の位置」
◇神戸文学賞 （第15回/平成3年）

大笹 吉雄　おおざさ・よしお

1280　「花顔の人―花柳章太郎伝」
◇大佛次郎賞 （第18回/平成3年）
「花顔の人―花柳章太郎伝」 講談社
1991.3 469p
「花顔の人―花柳章太郎伝」 講談社
1994.8 481p 15cm （講談社文庫）
880円 ①4-06-185735-5

大沢 在昌　おおさわ・ありまさ

1281　「海と月の迷路」
◇吉川英治文学賞 （第48回/平成26年
度）
「海と月の迷路」 毎日新聞社 2013.9
561p 20cm 1800円 ①978-4-620-
10796-7

1282　「感傷の街角」
◇「小説推理」新人賞 （第1回/昭和54
年）
「感傷の街角―失踪人デテクティブ・佐久
間公シリーズ！」 双葉社 1982.2 249p
（Futaba novels）
「感傷の街角」 双葉社 1987.11 324p（双
葉文庫）
「感傷の街角」 角川書店 1994.9 372p
15cm （角川文庫）600円 ①4-04-
167107-8

1283　「新宿鮫」
◇日本推理作家協会賞 （第44回/平成3
年/長編部門）
◇吉川英治文学新人賞 （第12回/平成3
年度）
「新宿鮫―長編ハード刑事小説」 光文社
1990.9 278p （カッパ・ノベルス）
「新宿鮫―新宿鮫 1」 新装版 光文社
2014.2 412p 15cm （光文社文庫）
720円 ①978-4-334-76698-6

1284　「新宿鮫 無間人形」
◇直木三十五賞 （第110回/平成5年下）
「新宿鮫―無間人形」 読売新聞社 1993.
10 485p
「無間人形―新宿鮫 4」 新装版 光文社
2014.5 673p 15cm （光文社文庫）
920円 ①978-4-334-76748-8

1285　「新宿鮫 無間人形」
◇直木三十五賞 （第110回/平成5年下

期）

「新宿鮫―無間人形」 読売新聞社 1993.
10 485p 19cm 1500円 Ⓘ4-643-
93069-1

「新宿鮫 4 無間人形」 光文社 1994.7
444p 18cm （カッパ・ノベルス） 840
円 Ⓘ4-334-07098-1

「無間人形―新宿鮫 4」 光文社 2000.5
587p 15cm （光文社文庫） 724円
Ⓘ4-334-72998-3

「無間人形―新宿鮫 4」 新装版 光文社
2014.5 673p 15cm （光文社文庫）
920円 Ⓘ978-4-334-76748-8

1286 「深夜曲馬団」

◇日本冒険小説協会最優秀短篇賞 （第4
回/昭和61年）

「深夜曲馬団（ミッドナイト・サーカス）」
光風社出版 1985.7 283p

「深夜曲馬団（ミッドナイト・サーカス）」
徳間書店 1990.4 315p （徳間文庫）

「深夜曲馬団」 勁文社 1998.2 283p
15cm （ケイブンシャ文庫） 533円
Ⓘ4-7669-2907-1

1287 「パンドラ・アイランド」

◇柴田錬三郎賞 （第17回/平成16年）

「パンドラ・アイランド」 徳間書店
2004.6 530p 20cm 1900円 Ⓘ4-19-
861868-2

オオサワ チカ

1288 「ペンペンのなやみごと」

◇新風舎出版賞 （第10回/平成11年6月/
大賞）

「ペンペンのなやみごと」 フーコー
1999.11 40p 26cm 1800円 Ⓘ4-
7952-9429-1

大澤 誠 おおさわ・まこと

1289 「サカサマホウショウジョ」

◇スーパーダッシュ小説新人賞 （第10
回/平成23年/優秀賞）

「サカサマホウショウジョ」 集英社
2011.11 339p 15cm （集英社スー
パーダッシュ文庫 お5-1） 571円
Ⓘ978-4-08-630649-2

「サカサマホウショウジョ 2」 集英社
2012.7 337p 15cm （集英社スーパー
ダッシュ文庫 お5-2） 667円 Ⓘ978-4-
08-630691-1

大鹿 卓 おおしか・たく

1290 「渡良瀬川」

◇新潮社文芸賞 （第5回/昭和17年/第1
部）

「渡良瀬川」 中央公論社 1941 480p （新
作長篇叢書）

「渡良瀬川」 講談社 1948 322p

「渡良瀬川」 講談社 1970 446p

「渡良瀬川」 新泉社 1972 342p

「渡良瀬川―田中正造と直訴事件」 河出
書房新社 2013.3 471p 15cm （河出
文庫） 950円 Ⓘ978-4-309-41204-7

大下 宇陀児 おおした・うだる

1291 「石の下の記録」

◇日本推理作家協会賞 （第4回/昭和26
年/長篇賞）

「石の下の記録」 岩谷書店 1951 364p

「石の下の記録」 春陽堂書店 1953 322p
（日本探偵小説全集）

「石の下の記録」 双葉社 1995.5 418p
15cm （双葉文庫―日本推理作家協会賞
受賞作全集 5） 760円 Ⓘ4-575-65804-9

大下 英治 おおした・えいじ

1292 「修羅の群れ」

◇日本文芸大賞 （第5回/昭和60年/現代
文学賞）

「修羅の群れ―長篇ドキュメンタリー・ノ
ベル」 首領篇 徳間書店 1984.10 221p
（Tokuma novels）

「修羅の群れ―長篇ドキュメンタリー・ノ
ベル」 怒濤篇 徳間書店 1984.7 236p
（Tokuma novels）

「修羅の群れ」 下 徳間書店 1986.1 365p
（徳間文庫）

「修羅の群れ」 上 徳間書店 1986.1 381p
（徳間文庫）

「修羅の群れ 上」 桃園書房 2002.3
366p 15cm （桃園文庫） 619円 Ⓘ4-
8078-0446-4

「修羅の群れ 下」 桃園書房 2002.3
364p 15cm （桃園文庫） 619円 Ⓘ4-
8078-0447-2

大島 孝雄 おおしま・たかお

1293 「ガジュマルの家」

◇朝日新人文学賞 （第19回/平成20年）

「ガジュマルの家」 朝日新聞出版 2008.
10 181p 20cm 1500円 Ⓘ978-4-02-
250481-4

大島 直次 おおしま・なおじ

1294 「崖」

◇日本海文学大賞 （第18回／平成19年／
　小説部門／大賞）
　「日本海文学大賞一大賞作品集　3」　日
　本海文学大賞運営委員会、中日新聞北陸
　本社　2007.11　471p　15cm
　※共同刊行：中日新聞北陸本社
　「日本海文学大賞一入賞作品集　第18回」
　日本海文学大賞運営委員会、中日新聞北
　陸本社　2007.11　261p　21cm
　※共同刊行：中日新聞北陸本社

大島　昌宏　おおしま・まさひろ

1295　「九頭竜川」
◇新田次郎文学賞 （第11回／平成4年）
　「九頭龍川」　新人物往来社　1991.8　329p

1296　「罪なくして斬らる─小栗上野介」
◇中山義秀文学賞 （第3回／平成7年）
　「罪なくして斬らる─小栗上野介」　新潮
　社　1994.10　317p　19cm （新潮書下ろ
　し時代小説）1700円　①4-10-400301-8
　「罪なくして斬らる─小栗上野介」　学陽
　書房　1998.9　414p　15cm （人物文
　庫）700円　①4-313-75057-6

大島　真寿美　おおしま・ますみ

1297　「春の手品師」
◇文學界新人賞 （第74回／平成4年上）
　「ふじこさん」　講談社　2012.2　254p
　15cm （講談社文庫）600円　①978-4-
　06-277161-0

1298　「ピエタ」
◇本屋大賞 （第9回／平成24年／3位）
　「ピエタ」　ポプラ社　2011.2　337p
　20cm　1500円　①978-4-591-12267-9
　「ピエタ」　ポプラ社　2014.2　385p
　16cm （ポプラ文庫 お4-3）680円
　①978-4-591-13771-0

大城　貞俊　おおしろ・さだとし

1299　「アトムたちの空」
◇文の京文芸賞 （第2回／平成18年）
　「アトムたちの空」　講談社　2005.10
　176p　20cm　1500円　①4-06-213204-4

1300　「椎の川」
◇具志川市文学賞 （第1回／平成4年）
　「椎の川」　朝日新聞社　1993.6　221p
　「椎の川」　朝日新聞社　1996.8　233p
　15cm （朝日文芸文庫）540円　①4-02-
　264126-6

1301　「別れてぃどぃちゅる」

◇やまなし文学賞 （第21回／平成24年度
　／小説部門／佳作）
　「大城貞俊作品集　下　樹響─でいご村
　から」　人文書館　2014.4　283p　20cm
　2650円　①978-4-903174-29-7
　※「鎮魂　別れてぃどぃちゅる」に改題

大城　立裕　おおしろ・たつひろ

1302　「カクテル・パーティー」
◇芥川龍之介賞 （第57回／昭和42年上）
　「カクテル・パーティー」　文芸春秋 1967
　329p
　「カクテル・パーティー」　理論社 1982.
　11 334p
　「芥川賞全集7」　文芸春秋 1982
　「沖縄文学全集7」　国書刊行会 1990
　「カクテル・パーティー」　岩波書店
　2011.9　317p　15cm （岩波現代文庫）
　1040円　①978-4-00-602189-4

1303　「日の果てから」
◇平林たい子文学賞 （第21回／平成5年／
　小説）
　「日の果てから」　新潮社 1993.3 249p
　「日の果てから」　講談社　2000.6　342p
　15cm （講談社文芸文庫）1300円　①4-
　06-198214-1

1304　「レールの向こう」
◇川端康成文学賞 （第41回／平成27年）
　「レールの向こう」　新潮社　2015.8
　234p　20cm　1600円　①978-4-10-
　374006-3

太田　晶　おおた・あきら

1305　「大連海員倶楽部　餐庁 (れすとら
ん)」
◇マリン文学賞 （第4回／平成5年／佳作）

大田　君恵　おおた・きみえ

1306　「分校の春」
◇中村星湖文学賞 （第9回／平成7年）
　「分校の春」　花神社　1994.7　129p
　22cm　2000円　①4-7602-1315-5

太田　健一　おおた・けんいち

1307　「人生は疑似体験ゲーム」
◇海燕新人文学賞 （第7回／昭和63年）

太田　光一　おおた・こういち

1308　「世阿弥」
◇歴史浪漫文学賞 （第5回／平成17年／歴
　史浪漫文学賞特別賞）

文学賞受賞作品総覧 小説篇

おおた　　　　　　　　　　　　　　　　　　　　　　　　　1309〜1325

「世阿弥―ヒューマニズムの開眼から断
絶まで」　郁朋社　2005.8　278p　20cm
1800円　Ⓘ4-87302-319-X
※文献あり

大田 倭子　おおた・しずこ

1309　「東寺の霧」
◇小谷剛文学賞　（第3回/平成6年）

1310　「私の中の百年の断層」
◇自分史文学賞　（第13回/平成14年度/
佳作）

太田 貴子　おおた・たかこ

1311　「雨あがりの奇跡」
◇木山捷平短編小説賞　（第8回/平成24
年度）

太田 正　おおた・ただし

1312　「北回帰線」
◇「サンデー毎日」大衆文芸　（第29回/
昭和16年下）

1313　「町人」
◇「サンデー毎日」大衆文芸　（第30回/
昭和17年上）

太田 忠久　おおた・ただひさ

1314　「おれんの死」
◇農民文学賞　（第11回/昭和42年度）
「土塊」　三一書房　1977.10　257p

太田 千鶴夫　おおた・ちずお

1315　「墜落の歌」
◇「改造」懸賞創作　（第4回/昭和6年）

大田 十折　おおた・とおる

1316　「草葉の陰で見つけたもの」
◇小説宝石新人賞　（第1回/平成19年）
「草葉の陰で見つけたもの」　光文社
2008.6　215p　20cm　1500円　Ⓘ978-4-
334-92616-8

太田 治子　おおた・はるこ

1317　「心映えの記」
◇坪田譲治文学賞　（第1回/昭和60年度）
「心映えの記」　中央公論社　1985.2　269p
「心映えの記」　中央公論社　1987.6　287p
（中公文庫）
「心映えの記」　中央公論新社　2005.8
283p　15cm　（中公文庫）　743円　Ⓘ4-
12-204571-1

太田 博子　おおた・ひろこ

1318　「激しい夏」
◇二千万円テレビ懸賞小説　（第1回/昭
和49年/佳作）
「激しい夏」　朝日新聞社　1975　307p

太田 道子　おおた・みちこ

1319　「流密のとき」
◇新潮新人賞　（第5回/昭和48年）

太田 満明　おおた・みつあき

1320　「天正十年五月 明智光秀 羽柴秀
吉 謀叛の競演」
◇歴史群像大賞　（第15回/平成21年発表
/奨励賞）

太田 靖久　おおた・やすひさ

1321　「ののの」
◇新潮新人賞　（第42回/平成22年）

大田 洋子　おおた・ようこ

1322　「桜の国」
◇「朝日新聞」懸賞小説　（朝日新聞創刊
50周年記念懸賞小説/昭和13年）
「桜の国」　朝日新聞社　1940　410p
「桜の国」　ゆまに書房　2000.11　410,5p
22cm　（近代女性作家精選集 42）　14000
円　Ⓘ4-8433-0206-6, 4-8433-0186-8
※解説：江刺昭子, 朝日新聞社昭和15年
刊の複製

1323　「人間襤褸」
◇女流文学者賞　（第4回/昭和27年）
「人間襤褸」　河出書房　1951　328p
「人間襤褸」　青木書店　1952　252p（青木
文庫）
「人間襤褸」　新潮社　1955　272p（新潮文
庫）
「大田洋子集2」　三一書房　昭和57年
「人間襤褸」　復刻版　日本図書センター
2001.11　357p　22cm　（大田洋子集 第
2巻）　5000円　Ⓘ4-8205-7924-X, 4-
8205-7922-3
※シリーズ責任表示：大田洋子著, 原本：
三一書房1982年刊, 肖像あり

大高 綾子　おおたか・あやこ

1324　「犯さぬ罪」
◇「文芸倶楽部」懸賞小説　（第27回/明
38年5月/第1等）

1325　「千寿庵」

◇「文芸倶楽部」懸賞小説（第30回/明38年8月/第3等）

大鷹 不二雄　おおたか・ふじお

1326　「鏡花恋唄」
◇泉鏡花文学賞（第35回/平成19年度/特別賞）
「鏡花恋唄」　新人物往来社　2006.11　176p　20cm　1600円　①4-404-03407-5

1327　「般若陰」
◇野性時代新人文学賞（第9回/昭和57年/佳作）
「般若陰」　沖積舎　1991.7　153p　19cm　1600円　①4-8060-2065-6

大高 雅博　おおたか・まさひろ

1328　「旅する前に」
◇群像新人長編小説賞（第3回/昭和55年）
「旅する前に」　講談社　1981.4　249p

大高 ミナ　おおたか・みな

1329　「花びら、ひらひらと」
◇北日本文学賞（第44回/平成22年/選奨）

大滝 重直　おおたき・しげなお

1330　「解氷期」
◇大陸開拓文学賞（第1回/昭和19年）
「解氷期」　海南書房　1943　325p
「解氷期—菊池正短篇小説集」　菊池正著　蒼玄社　1976　120p　18cm（蒼玄選書1）　450円

太田黒 克彦　おおたぐろ・かつひこ

1331　「小ぶなものがたり」
◇野間文芸奨励賞（第5回/昭和20年）
「小ぶなものがたり」　太田黒克彦著，〔寺田政明〕〔絵〕　大日本雄弁会講談社　1947.9　148p　21cm

大舘 欣一　おおだち・きんいち

1332　「一札の事」
◇農民文学賞（第32回/昭和63年度）
「遠くの行列」　武蔵野書房　1997.8　270p　19cm　1905円

大谷 綾子　おおたに・あやこ

1333　「寂しさの音」
◇YA文学短編小説賞（第1回/平成20年/佳作）

大谷 重司　おおたに・しげじ

1334　「お竹さんはいるかえ」
◇深大寺短編恋愛小説「深大寺恋物語」（第6回/平成22年/調布市長賞）

大谷 春介　おおたに・しゅんすけ

1335　「真田剣忍帖」
◇歴史群像大賞（第19回/平成25年発表/佳作）

大谷 民郎　おおたに・たみろう

1336　「黒門町界隈」
◇関西文学選奨（第25回/平成5年度/特別賞）

大谷 久　おおたに・ひさ

1337　「いばらの呪い師 病葉兄妹 対 怪人三日月卿」
◇小学館ライトノベル大賞〔ガガガ文庫部門〕（第4回/平成22年/審査員特別賞）
「いばらの呪い師　病葉兄妹対怪人三日月卿」　小学館　2010.6　311p　15cm（ガガガ文庫 ガお3-1）　600円　①978-4-09-451214-4
「いばらの呪い師　2　病葉兄妹対墓場博士」　小学館　2010.11　295p　15cm（ガガガ文庫）　590円　①978-4-09-451239-7
「いばらの呪い師　3　侵略、少年結社ウサギ団」　小学館　2011.3　295p　15cm（ガガガ文庫 ガお3-3）　590円　①978-4-09-451259-5

大谷 藤子　おおたに・ふじこ

1338　「再会」
◇女流文学賞（第9回/昭和45年度）
「再会」　中央公論社　1970　217p
「大谷藤子作品集」　東松山　まつやま書房　1985.6　262p

1339　「釣瓶の音」
◇女流文学者賞（第5回/昭和28年）
「大谷藤子作品集」　東松山　まつやま書房　1985.6　262p

1340　「半生」
◇「改造」懸賞創作（第7回/昭和9年/2等）

大谷 裕三　おおたに・ゆうぞう

1341　「告白の連鎖」

◇オール讀物推理小説新人賞 （第39回/
平成12年）

大谷 羊太郎　おおたに・ようたろう

1342 「殺意の演奏」
◇江戸川乱歩賞 （第16回/昭和45年）
「殺意の演奏」 講談社 1970 288p
「殺意の演奏・仮面法廷―江戸川乱歩賞全
集 8」 大谷羊太郎, 和久峻三著, 日本
推理作家協会編 講談社 1999.9
822p 15cm （講談社文庫） 1190円
①4-06-264675-7

大津 光央　おおつ・みつお

1343 「たまらなくグッドバイ」
◇『このミステリーがすごい！』大賞
（第14回/平成27年/優秀賞）

大塚 将司　おおつか・しょうじ

1344 「謀略銀行」
◇ダイヤモンド経済小説大賞 （第1回/
平成16年/優秀賞）
「謀略銀行」 ダイヤモンド社 2004.7
293p 20cm 1500円 ①4-478-93051-1

大塚 卓嗣　おおつか・たくじ

1345 「アエティウス 最後のローマ人」
◇歴史群像大賞 （第18回/平成24年発表
/佳作）

大槻 一翔　おおつき・いっと

1346 「事実より奇なる解を」
◇富士見ラノベ文芸賞 （第2回/平成26
年/金賞）
「薫子さんには奇なる解を」
KADOKAWA 2015.5 350p 15cm
（富士見L文庫） 660円 ①978-4-04-
070592-7

大坪 砂男　おおつぼ・すなお

1347 「私刑」
◇日本推理作家協会賞 （第3回/昭和25
年/短篇賞）
「大坪砂男全集2」 薔薇十字社 昭和57年
「私刑―大坪砂男全集 3」 大坪砂男著,
日下三蔵編 東京創元社 2013.5
589p 15cm （創元推理文庫） 1500円
①978-4-488-42513-5

大鶴 義丹　おおつる・ぎたん

1348 「スプラッシュ」
◇すばる文学賞 （第14回/平成2年）
「スプラッシュ」 集英社 1991.1 157p
「スプラッシュ」 集英社 1994.3 167p
15cm （集英社文庫） 320円 ①4-08-
748140-9

大戸 宏　おおと・こう

1349 「長町ひるさがり」
◇泉鏡花記念金沢市民文学賞 （第6回/
昭和53年）

鴻 みのる　おおとり・みのる

1350 「奇妙な雪」
◇同人雑誌賞 （第10回/昭和38年）

大西 功　おおにし・いさお

1351 「ストルイピン特急―越境者杉本
良吉の旅路」
◇織田作之助賞 （第10回/平成5年）
「ストルイピン特急―越境者杉本良吉の
旅路」 関西書院 1995.11 198p
19cm 1800円 ①4-7613-0190-2

大西 智子　おおにし・さとこ

1352 「カプセルフィッシュ」
◇小説宝石新人賞 （第8回/平成26年/優
秀作）

大西 幸　おおにし・ゆき

1353 「相思花」
◇オール讀物新人賞 （第80回/平成12
年）

大貫 進　おおぬき・すすむ

1354 「死の配達夫」
◇双葉推理賞 （第2回/昭和42年）
「博多ミステリー傑作選」 石沢英太郎ほ
か著 河出書房新社 1986.12 310p
15cm （河出文庫） 480円 ①4-309-
40173-2

1355 「枕頭の青春」
◇宝石賞 （第5回/昭和39年）

大沼 珠生　おおぬま・たまき

1356 「きつね与次郎」
◇ゆきのまち幻想文学賞 （第17回/平成
19年/長編賞）
「おいらん六花」 宇多ゆりえほか著 企
画集団ぷりずむ 2008.3 215p 19cm
（ゆきのまち幻想文学賞小品集 17）
1715円 ①978-4-906691-28-9
※選：高田宏, 萩尾望都, 乳井昌史

大沼 菜摘　おおぬま・なつみ

1358　「紅い夏みかん」
◇ちよだ文学賞　（第9回/平成26年/千代田賞）

大沼 紀子　おおぬま・のりこ

1359　「ゆくとし くるとし」
◇坊っちゃん文学賞　（第9回/平成18年/大賞）
「ゆくとしくるとし」　マガジンハウス　2006.11　204p　19cm　1200円　Ⓘ4-8387-1692-3

大野 滋　おおの・しげる

1360　「腑分けの巧者──蘭学事始異聞」
◇部落解放文学賞　（第37回/平成22年/小説部門/佳作）
「腑分けの巧者──『蘭学事始』異聞」　林田印刷　2012　170p　19cm　952円

大野 俊郎　おおの・としろう

1361　「たびんちゅ」
◇やまなし文学賞　（第7回/平成10年度/小説部門）
「たびんちゅ」　やまなし文学賞実行委員会　1999.6　120p　19cm　857円　Ⓘ4-89710-669-9

1362　「チヨ丸」
◇木山捷平短編小説賞　（第5回/平成21年度）

1363　「てぃんさぐぬ花」
◇やまなし文学賞　（第6回/平成9年/小説部門/佳作）

大野 優凛子　おおの・ゆりこ

1364　「ラストシーン」
◇BE・LOVE原作大賞　（第5回/平成14年/佳作）

大庭 さち子　おおば・さちこ

1365　「妻と戦争」
◇「サンデー毎日」大衆文芸　（第25回/昭和14年下）
「妻の戦争」　岡倉書房　1940　300p

大庭 芙蓉子　おおば・ふよこ

1366　「野天風呂」
◇地上文学賞　（第5回/昭和32年）

大庭 みな子　おおば・みなこ

1367　「赤い満月」
◇川端康成文学賞　（第23回/平成8年）
「もってのほか」　中央公論社　1995.3　249p　19cm　1600円　Ⓘ4-12-002414-8
「川端康成文学賞全作品　2」　古井由吉,阪田寛夫,上田三四二,丸谷才一,大庭みな子ほか著　新潮社　1999.6　430p　19cm　2800円　Ⓘ4-10-305822-6

1368　「海にゆらぐ糸」
◇川端康成文学賞　（第16回/平成1年）
「海にゆらぐ糸」　講談社　1989.10　241p
「大庭みな子全集9」　講談社　1991
「大庭みな子全集　第12巻　生きもののはなし・虹の橋づめ・魔法の玉・海にゆらぐ糸」　日本経済新聞出版社　2010.4　505p　19cm　5500円　Ⓘ978-4-532-17512-2

1369　「浦安うた日記」
◇紫式部文学賞　（第13回/平成15年）
「浦安うた日記」　作品社　2002.12　125p　20cm　1800円　Ⓘ4-87893-526-X

1370　「寂兮寥兮（かたちもなく）」
◇谷崎潤一郎賞　（第18回/昭和57年度）
「寂兮寥兮」　河出書房新社　1982.6　197p
「昭和文学全集19」　小学館　1987
「寂兮寥兮（かたちもなく）」　河出書房新社　1989.3　212p（河出文庫）
「大庭みな子全集7」　講談社　1991
「寂兮寥兮」　講談社　2004.10　189p　15cm（講談社文芸文庫）　1100円　Ⓘ4-06-198383-0

1371　「がらくた博物館」
◇女流文学賞　（第14回/昭和50年度）
「がらくた博物館」　文芸春秋　1975　222p
「がらくた博物館」　文芸春秋　1988.2　233p（文春文庫）
「大庭みな子全集4」　講談社　1991
「大庭みな子全集　第3巻　胡弓を弾く鳥・野草の夢・がらくた博物館」　日本経済新聞出版社　2009.7　582p　19cm　5500円　Ⓘ978-4-532-17503-0

1372　「三匹の蟹」
◇群像新人文学賞　（第11回/昭和43年/小説）

おおはし   1373〜1385

◇芥川龍之介賞 （第59回/昭和43年上）
　「三匹の蟹」　講談社 1968 314p
　「芥川賞全集8」　文芸春秋 1982
　「三匹の蟹」　成瀬書房 1982.1 140p〈限
　　定版〉
　「昭和文学全集19」　小学館 1987
　「大庭みな子全集1」　講談社 1990
　「三匹の蟹」　講談社 1992.5 320p
　　15cm（講談社文芸文庫）980円 ①4-
　　06-196175-6
　1373 「啼く鳥の」
◇野間文芸賞 （第39回/昭和61年）
　「啼く鳥の」　講談社 1985.10 312p
　「啼く鳥の」　講談社 1988.7 421p（講談
　　社学芸文庫）
　「大庭みな子全集9」　講談社 1991

大橋 慶三　おおはし・けいぞう
　1374 「じらしたお詫びはこのバス
　　　　　ジャックで」
◇ボイルドエッグズ新人賞 （第14回/平
　　成24年6月）
　「じらしたお詫びはこのバスジャックで」
　　産業編集センター　2012.11 212p
　　20cm 1400円 ①978-4-86311-078-6

大橋 紘子　おおはし・ひろこ
　1375 「恩寵」
◇やまなし文学賞 （第18回/平成21年度
　　/小説部門）

大浜 則子　おおはま・のりこ
　1376 「あぜ道」
◇東北北海道文学賞 （第7回/平成8年）
　「あぜ道」　鳥影社 1999.9 210p 19cm
　　1400円 ①4-88629-425-1

大林 清　おおばやし・きよし
　1377 「華僑伝」
◇野間文芸奨励賞 （第3回/昭和18年）
　1378 「庄内士族」
◇野間文芸奨励賞 （第3回/昭和18年）
　「庄内士族」　輝文堂書房 1944 288p
　「庄内士族」　同人社 1955 221p（昭和名
　　作選書）
　1379 「松ケ岡開懇」
◇野間文芸奨励賞 （第3回/昭和18年）

大林 憲司　おおばやし・けんじ
　1380 「東北呪禁道士」

◇ファンタジア長編小説大賞 （第3回/
　　平成3年/準入選）
　「東北呪禁道士」　富士見書房 1993.4
　　305p（富士見ファンタジア文庫）

大林 太良　おおばやし・たりょう
　1381 「銀河の道 虹の架け橋」
◇毎日出版文化賞 （第53回/平成11年/
　　第2部門（人文・社会））
　「銀河の道虹の架け橋」　小学館 1999.7
　　813p 22cm 7600円 ①4-09-626199-8

大林 宣彦　おおばやし・のぶひこ
　1382 「日日世は好日」
◇日本文芸大賞 （第21回/平成15年/特
　　別賞）
　「日日世は好日―五風十雨日記 巻の1
　　（2001）　同時多発テロと《なごり雪》」
　　たちばな出版　2002.4 327p 20cm
　　1429円 ①4-8133-1526-7

大原 富枝　おおはら・とみえ
　1383 「婉という女」
◇野間文芸賞 （第13回/昭和35年）
◇毎日出版文化賞 （第14回/昭和35年）
　「婉という女」　講談社 1960 234p
　「婉という女」　講談社 1961 234p（ミリ
　　オン・ブックス）
　「婉という女」　新潮社 1963 211p（新潮
　　文庫）
　「婉という女―他一篇」　角川書店 1964
　　178p（角川文庫）
　「婉という女」　講談社 1971 205p（現代
　　文学秀作シリーズ）
　「昭和文学全集19」　小学館 1987
　「佐多稲子 大原富枝」　佐多稲子, 大原富
　　枝著, 河野多恵子, 大庭みな子, 佐藤愛
　　子, 津村節子監修　角川書店 1999.1
　　487p 19cm（女性作家シリーズ 3）
　　2600円 ①4-04-574203-4
　「婉という女・正妻」　講談社 2005.4
　　383p 15cm（講談社文芸文庫）1600
　　円 ①4-06-198401-2
　1384 「於雪―土佐一条家の崩壊」
◇女流文学賞 （第9回/昭和45年度）
　「於雪―土佐一条家と崩壊」　中央公論社
　　1970 238p
　「昭和文学全集19」　小学館 1987
　「長編小説 1」　小沢書店 1995.2 488p
　　21cm（大原富枝全集 第1巻）7210円
　1385 「ストマイつんぼ」

108   文学賞受賞作品総覧 小説篇

◇女流文学者賞 （第8回/昭和32年）
「ストマイつんぼ」 角川書店 1957 175p
（角川小説新書）
「佐多稲子 大原富枝子」 佐多稲子, 大原富
枝子著, 河野多恵子, 大庭みな子, 佐藤愛
子, 津村節子監修 角川書店 1999.1
487p 19cm （女性作家シリーズ 3）
2600円 ①4-04-574203-4

1386 「若い渓間」
◇文学報国新人小説 （昭18年/佳作）

大原 まり子　おおはら・まりこ

1387 「戦争を演じた神々たち」
◇日本SF大賞 （第15回/平成6年）
「戦争を演じた神々たち」 アスペクト
1994.7 238p 19cm 1900円 ①4-
89366-255-4
「戦争を演じた神々たち」 アスキー, ア
スペクト〔発売〕 1997.7 253p
18cm （ASPECT NOVELS） 850円
①4-89366-750-5
「戦争を演じた神々たち」 早川書房
2000.2 444p 15cm （ハヤカワ文庫
JA） 700円 ①4-15-030632-X

大原 由記子　おおはら・ゆきこ

1388 「夢の消滅」
◇神戸女流文学賞 （第3回/昭和54年）

大久 秀憲　おおひさ・ひでのり

1389 「ロマンティック」
◇すばる文学賞 （第24回/平成12年）
「ロマンティック」 集英社 2001.1
186p 20cm 1300円 ①4-08-774504-X

大日向 葵　おおひなた・あおい

1390 「ゲーテル物語」
◇「サンデー毎日」大衆文芸 （第44回/
昭和28年下）

大洞 醇　おおぼら・じゅん

1391 「虫のいどころ」
◇新日本文学賞 （第23回/平成4年/小
説）

大間 九郎　おおま・くろう

1392 「ファンダ・メンダ・マウス」
◇『このライトノベルがすごい！』大賞
（第1回/平成22年/栗山千明賞）
「ファンダ・メンダ・マウス」 宝島社
2010.9 262p 16cm （このライトノベル
がすごい！文庫 お-2-1）457円

①978-4-7966-7886-5
「ファンダ・メンダ・マウス 2 トラ
ディショナルガール・トラディショナル
ナイト」 宝島社 2011.3 285p 16cm
（このライトノベルがすごい！文庫 お-
2-2）590円 ①978-4-7966-8033-2

大巻 裕子　おおまき・ゆうこ

1393 「音を聞く」
◇深大寺短編恋愛小説「深大寺恋物語」
（第4回/平成20年/調布市長賞）

大道 二郎　おおみち・じろう

1394 「河岸八町」
◇「サンデー毎日」大衆文芸 （第53回/
昭和33年上）

大村 彦次郎　おおむら・ひこじろう

1395 「文壇栄華物語」
◇新田次郎文学賞 （第18回/平成11年）
「文壇栄華物語」 筑摩書房 1998.12
415, 12p 20cm 2900円 ①4-480-
82339-5

大村 麻梨子　おおむら・まりこ

1396 「ギルド」
◇文學界新人賞 （第83回/平成8年下期）

大村 友貴美　おおむら・ゆきみ

1397 「血ヌル里、首挽村」
◇横溝正史ミステリ大賞 （第27回/平成
19年/大賞）
「首挽村の殺人」 角川書店, 角川グループ
パブリッシング（発売） 2007.6 420p
20cm 1300円 ①978-4-04-873784-5
「首挽村の殺人」 角川書店, 角川グルー
プパブリッシング（発売） 2009.9
500p 15cm （角川文庫 15882）743円
①978-4-04-394306-7

大森 望　おおもり・のぞみ

1398 「ソフトウェア・オブジェクトの
ライフサイクル」
◇星雲賞 （第43回/平成24年/海外短編
部門（小説））
◇日本SF大賞 （第34回/平成25年/特別
賞）
◇星雲賞 （第45回/平成26年/自由部門）
「NOVA――書き下ろし日本SFコレクショ
ン 1」 河出書房新社 2009.12 446p
15cm （河出文庫 お20-1）950円
①978-4-309-40994-8

「NOVA—書き下ろし日本SFコレクショ
ン　2」河出書房新社　2010.7　446p
15cm（河出文庫 お20-2）950円
Ⓘ978-4-309-41027-2
「NOVA—書き下ろし日本SFコレクショ
ン　3」河出書房新社　2010.12　454p
15cm（河出文庫 お20-3）950円
Ⓘ978-4-309-41055-5
「NOVA—書き下ろし日本SFコレクショ
ン　4」河出書房新社　2011.5　459p
15cm（河出文庫 お20-4）950円
Ⓘ978-4-309-41077-7
「NOVA—書き下ろし日本SFコレクショ
ン　5」河出書房新社　2011.8　442p
15cm（河出文庫 お20-5）950円
Ⓘ978-4-309-41098-2
「NOVA—書き下ろし日本SFコレクショ
ン　6」河出書房新社　2011.11　454p
15cm（河出文庫 お20-6）950円
Ⓘ978-4-309-41113-2
「NOVA—書き下ろし日本SFコレクショ
ン　7」河出書房新社　2012.3　445p
15cm（河出文庫 お20-7）950円
Ⓘ978-4-309-41136-1
「NOVA—書き下ろし日本SFコレクショ
ン　8」河出書房新社　2012.7　429p
15cm（河出文庫 お20-8）950円
Ⓘ978-4-309-41162-0
「NOVA—書き下ろし日本SFコレクショ
ン　9」河出書房新社　2013.1　443p
15cm（河出文庫 お20-9）950円
Ⓘ978-4-309-41190-3
「NOVA—書き下ろし日本SFコレクショ
ン　10」河出書房新社　2013.7　642p
15cm（河出文庫 お20-10）1200円
Ⓘ978-4-309-41230-6

大森 実　おおもり・みのる

1399　「終油の遺物」
◇「サンデー毎日」懸賞小説（創刊30
年記念100万円懸賞小説/昭和26年/
諷刺（2席））

大森兄弟　おおもりきょうだい

1400　「犬はいつも足元にいて」
◇文藝賞（第46回/平成21年度）
「犬はいつも足元にいて」河出書房新社
2009.11　146p　20cm　1200円　Ⓘ978-
4-309-01946-8

大矢 風子　おおや・ふうこ

1401　「花びら餅」
◇ゆきのまち幻想文学賞（第10回/平成
12年）

「ゆきのまち幻想文学賞小品集　10」ゆ
きのまち通信企画・編　企画集団ぷりず
む　2001.3　223p　19cm　1800円　Ⓘ4-
906691-08-0

1402　「わかれみち」
◇ゆきのまち幻想文学賞（第11回/平成
13年/長編賞）
「再会」西山樹一郎ほか著　企画集団ぷ
りずむ　2002.5　223p　19cm（ゆきの
まち幻想文学賞小品集 11）1800円
Ⓘ4-906691-10-2

大山 誠一郎　おおやま・せいいちろう

1403　「密室蒐集家」
◇本格ミステリ大賞（第13回/平成25年
/小説部門）
「密室蒐集家」原書房　2012.10　268p
20cm（ミステリー・リーグ）1600円
Ⓘ978-4-562-04868-7

大山 尚利　おおやま・なおとし

1404　「チューイングボーン」
◇日本ホラー小説大賞（第12回/平成17
年/長編賞）
「チューイングボーン」角川書店　2005.
11　324p　15cm（角川ホラー文庫）
590円　Ⓘ4-04-380501-2

おおるり 万葉　おおるり・まよ

1405　「目覚めれば森の中」
◇パレットノベル大賞（第6回/平成3年
冬/佳作）

大和田 光也　おおわだ・みつや

1406　「ある殺人者の告白」
◇問題小説新人賞（第6回/昭和55年）

岡 英里奈　おか・えりな

1407　「第十三場 神代植物公園（夕方、
雨）」
◇深大寺短編恋愛小説「深大寺恋物語」
（第11回/平成27年/深大寺賞）

丘 修三　おか・しゅうぞう

1408　「ぼくのお姉さん」
◇坪田譲治文学賞（第3回/昭和62年度）
「ぼくのお姉さん」丘修三作, かみやし
ん絵　偕成社　2002.9　186p　19cm
（偕成社文庫）700円　Ⓘ4-03-652410-0

小粥 かおり　おがい・かおり

1409　「つたのとりで」
◇ジャンプ小説大賞（第10回/平成12年/佳作）

岡江 多紀　おかえ・たき

1410　「夜更けにスローダンス」
◇小説現代新人賞（第33回/昭和54年下）

おかざき 登　おかざき・のぼる

1411　「二人で始める世界征服」
◇MF文庫Jライトノベル新人賞（第4回/平成20年/審査員特別賞）〈受賞時〉岡崎 登
「二人で始める世界征服」メディアファクトリー　2008.11　263p　15cm（MF文庫J）　580円　①978-4-8401-2479-9
「二人で始める世界征服　2」メディアファクトリー　2009.2　263p　15cm（MF文庫J お-08-02）　580円　①978-4-8401-2663-2
「二人で始める世界征服　3」メディアファクトリー　2009.5　263p　15cm（MF文庫J お-08-03）　580円　①978-4-8401-2786-8
「二人で始める世界征服　4」メディアファクトリー　2009.8　263p　15cm（MF文庫J お-08-04）　580円　①978-4-8401-2872-8
「二人で始める世界征服　5」メディアファクトリー　2009.11　261p　15cm（MF文庫J お-08-05）　580円　①978-4-8401-3087-5

岡崎 弘明　おかざき・ひろあき

1412　「英雄ラファシ伝」
◇日本ファンタジーノベル大賞（第2回/平成2年/優秀賞）
「英雄ラファシ伝」　新潮社　1990.12　275p

岡崎 裕信　おかざき・ひろのぶ

1413　「その仮面をはずして」
◇スーパーダッシュ小説新人賞（第4回/平成17年/大賞）
「滅びのマヤウェル―その仮面をはずして」　集英社　2005.9　271p　15cm（集英社スーパーダッシュ文庫）　552円　①4-08-630258-6

岡崎 祥久　おかざき・よしひさ

1414　「秒速10センチの越冬」
◇群像新人文学賞（第40回/平成9年/小説）
「秒速10センチの越冬」　講談社　1997.11　164p　19cm　1400円　①4-06-208967-X

1415　「楽天屋」
◇野間文芸新人賞（第22回/平成12年）
「楽天屋」　講談社　2000.7　265p　20cm　1600円　①4-06-210214-5

岡崎 竜一　おかざき・りゅういち

1416　「シャンペイン・キャデラック」
◇三田文学新人賞（第11回/平成16年/小説部門）

小笠原 慧　おがさわら・けい

1417　「ヴィクティム」
◇横溝正史賞（第19回/平成11年/奨励賞）〈受賞時〉小笠原あむ

1418　「ホモ・スーペレンス」
◇横溝正史賞（第20回/平成12年）〈受賞時〉小笠原あむ
「DZ」　角川書店　2000.5　404p　20cm　1500円　①4-04-873227-7
「DZ」　角川書店　2003.5　467p　15cm（角川文庫）　667円　①4-04-370501-8

小笠原 由記　おがさわら・よしき

1419　「Innocent Summer」
◇織田作之助賞（第25回/平成20年/青春賞）

岡篠 名桜　おかしの・なお

1420　「空の巣」
◇ノベル大賞（第36回/平成17年度/読者大賞）

岡島 伸吾　おかじま・しんご

1421　「さざんか」
◇松本清張賞（第2回/平成7年/佳作）

岡嶋 二人　おかじま・ふたり

1422　「99%の誘拐」
◇吉川英治文学新人賞（第10回/平成1年度）
「99%の誘拐」　徳間書店　1988.10　338p
「99%の誘拐」　徳間書店　1990.8　405p（徳間文庫）
「99%の誘拐」　講談社　2004.6　444p　15cm（講談社文庫）　695円　①4-06-274787-1

おかた

1423 「焦茶色のパステル」
◇江戸川乱歩賞　（第28回/昭和57年）
「焦茶色のパステル」　講談社 1982.9 320p
「焦茶色のパステル」　講談社 1984.8
384p（講談社文庫）
「焦茶色のパステル」　新装版　講談社
2012.8　443p　15cm（講談社文庫）
724円　①978-4-06-277316-4

1424 「チョコレートゲーム」
◇日本推理作家協会賞　（第39回/昭和61
年/長編部門）
「チョコレートゲーム―心理サスペンス」
講談社 1985.3 201p（講談社ノベルス）
「チョコレートゲーム」　講談社 1988.7
279p（講談社文庫）
「チョコレートゲーム」　新装版　講談社
2013.1　317p　15cm（講談社文庫）
629円　①978-4-06-277317-1

岡田 京子　おかだ・きょうこ

1425 「ゆれる甲板」
◇坊っちゃん文学賞　（第6回/平成11年/
佳作）

岡田 孝進　おかだ・こうしん

1426 「レヴォリューションNO.3」
◇小説現代新人賞　（第66回/平成10年）

岡田 成司　おかだ・せいじ

1427 「加賀谷智明の軌跡」
◇ジャンプ小説大賞　（第13回/平成15年
/入選）
「復活のマウンド―加賀谷智明の軌跡」
岡田成司, 村中孝著　集英社 2004.10
222p　19cm（Jump j books）762円
①4-08-703148-9

岡田 誠三　おかだ・せいぞう

1428 「ニューギニア山岳戦」
◇直木三十五賞　（第19回/昭和19年上）
「消えた受賞作 直木賞編」　川口則弘編
メディアファクトリー　2004.7　331p
19cm（ダ・ヴィンチ特別編集 7）1500
円　①4-8401-1110-3

岡田 利規　おかだ・としき

1429 「わたしたちに許された特別な時
間の終わり」
◇大江健三郎賞　（第2回/平成20年）
「わたしたちに許された特別な時間の終
わり」　新潮社 2007.2　151p　20cm

1300円　①978-4-10-304051-4
「わたしたちに許された特別な時間の終
わり」　新潮社　2010.1　184p　16cm
（新潮文庫 お-76-1）362円　①978-4-
10-129671-5

岡田 智彦　おかだ・ともひこ

1430 「キッズ アー オールライト」
◇文藝賞　（第39回/平成14年）
「キッズアーオールライト」　河出書房新
社　2002.12　201p　20cm 1300円
①4-309-01516-6

岡田 信子　おかだ・のぶこ

1431 「ニューオーリンズ・ブルース」
◇オール讀物新人賞　（第54回/昭和54年
上）
「ワシントンの女」　中央公論社 1980.11
225p

岡田 秀文　おかだ・ひでふみ

1432 「太閤暗殺」
◇日本ミステリー文学大賞新人賞　（第5
回/平成13年）
「太閤暗殺」　光文社　2002.3　349p
20cm 1500円　①4-334-92355-0
「太閤暗殺―長編時代ミステリー」　光文
社　2004.3　391p　16cm（光文社文
庫）619円　①4-334-73652-1

1433 「見知らぬ侍」
◇小説推理新人賞　（第21回/平成11年）
「小説推理新人賞受賞作アンソロジー
2」　大倉崇裕ほか著　双葉社 2000.11
281p　15cm（双葉文庫）552円　①4-
575-50755-5
「見知らぬ侍」　双葉社　2004.1　272p
20cm 1700円　①4-575-23489-3

岡田 斎志　おかだ・ひとし

1434 「枯れてたまるか探偵団」
◇小学館文庫小説賞　（第1回/平成14年2
月/佳作）
「枯れてたまるか探偵団」　小学館　2002.
6　314p　15cm（小学館文庫）619円
①4-09-410011-3

緒方 雅彦　おがた・まさひこ

1435 「ジャパニーズ・カウボーイ」
◇地上文学賞　（第44回/平成8年度）

岡田 美津穂　おかだ・みずほ

1436 「橋の下と僕のナイフ」

◇織田作之助賞　（第30回/平成25年/佳作）

岡田 美知代　おかだ・みちよ

1437　「姑ごゝろ」
◇「文芸倶楽部」懸賞小説　（第46回/明39年12月/第3等）

1438　「森の黄昏」
◇「文芸倶楽部」懸賞小説　（第44回/明39年10月/第3等）

岡田 義之　おかだ・よしゆき

1439　「四万二千メートルの果てには」
◇オール讀物推理小説新人賞　（第15回/昭和51年）

岡野 弘樹　おかの・ひろき

1440　「叫ぶ人」
◇全作家文学賞　（第2回/平成19年/佳作）

岡野 めぐみ　おかの・めぐみ

1441　「私は歌い、亡き王は踊る」
◇C★NOVELS大賞　（第8回/平成24年/佳作）
「私は歌い、亡き王は踊る」　中央公論新社　2012.7　237p　18cm　（C・novels fantasia　お4-1）　900円　①978-4-12-501209-4

岡部 えつ　おかべ・えつ

1442　「枯骨の恋」
◇『幽』怪談文学賞　（第3回/平成20年/短編部門/大賞）
「枯骨の恋」　メディアファクトリー　2009.6　249p　20cm　〔幽ブックス〕　1300円　①978-4-8401-2797-4

岡松 和夫　おかまつ・かずお

1443　「異郷の歌」
◇新田次郎文学賞　（第5回/昭和61年）
「異郷の歌」　文芸春秋　1985.6　202p

1444　「壁」
◇文學界新人賞　（第9回/昭和34年下）
「熊野」　文芸春秋　1976　265p

1445　「志賀島」
◇芥川龍之介賞　（第74回/昭和50年下）
「志賀島」　文芸春秋　1976　250p
「芥川賞全集10」　文芸春秋　1982
「志賀島」　文芸春秋　1986.7　254p　（文春文庫）

1446　「峠の棲家」
◇木山捷平文学賞　（第2回/平成10年）
「峠の棲家」　新潮社　1997.5　195p　19cm　1700円　①4-10-334604-3

岡村 流生　おかむら・るい

1447　「黒と白のデュエット」
◇富士見ヤングミステリー大賞　（第3回/平成15年/佳作）
「黒と白のデュエット」　富士見書房　2004.1　243p　15cm　（富士見ミステリー文庫）　540円　①4-8291-6237-6

岡本 蒼　おかもと・あおい

1448　「FISH IN THE SKY」
◇ダ・ヴィンチ文学賞　（第2回/平成19年/編集長特別賞）
「FISH IN THE SKY」　メディアファクトリー　2008.2　138p　20cm　1100円　①978-4-8401-2158-3

岡本 かの子　おかもと・かのこ

1449　「鶴は病みき」
◇文学界賞　（第6回/昭和11年7月）
「鶴は病みき」　新潮社　1939　317p　（昭和名作選集）
「鶴は病みき―他二編」　角川書店　1957　92p　（角川書店）
「岡本かの子全集2」　冬樹社　昭和49年
「昭和文学全集5」　小学館　1986
「岡本かの子全集　2」　筑摩書房　1994.2　482p　15cm　（ちくま文庫）　1200円　①4-480-02822-6

岡本 賢一　おかもと・けんいち

1450　「父の背中」
◇パスカル短編文学新人賞　（第3回/平成8年）

岡本 祥子　おかもと・しょうこ

1451　「片道200円の恋」
◇深大寺短編恋愛小説「深大寺恋物語」　（第2回/平成18年/深大寺特別賞）

岡本 澄子　おかもと・すみこ

1452　「澪れた言葉」
◇文藝賞　（第23回/昭和61年）
「澪れた言葉」　河出書房新社　1986.12　176p

おかもと

岡本 達也　おかもと・たつや
1453　「鳥を売る」
◇作家賞　（第9回/昭和48年）

岡本 真　おかもと・まこと
1454　「警鈴」
◇オール讀物推理小説新人賞　（第40回/平成13年）

岡本 学　おかもと・まなぶ
1455　「架空列車」
◇群像新人文学賞　（第55回/平成24年/小説当選作）
「架空列車」　講談社　2012.7　130p
20cm　1300円　①978-4-06-217770-2

岡本 雅歩美　おかもと・まほみ
1456　「午前二時の勇気」
◇関西文学賞　（第16回/昭和56年/小説）

岡本 好古　おかもと・よしふる
1457　「空母プロメテウス」
◇小説現代新人賞　（第17回/昭和46年下）
「空母プロメテウス」　講談社 1972 227p
「空母プロメテウス」　講談社 1976 224p
（Roman books）
「空母プロメテウス」　講談社 1982.7
239p（講談社文庫）

おかもと（仮）　おかもとかっこかり
1458　「伝説兄妹！」
◇『このライトノベルがすごい！』大賞
（第1回/平成22年/特別賞）
「伝説兄妹！」　宝島社　2010.9　338p
16cm（このライトノベルがすごい！文
庫 お-3-1）457円　①978-4-7966-7888-9
「伝説兄妹！ 2（小樽恋情編）」　宝島社
2010.12　268p　16cm（このライトノ
ベルがすごい！文庫 お-3-2）457円
①978-4-7966-8027-1
「伝説兄妹！ 3（妹湯けむり編）」　宝島
社　2011.3　248p　16cm（このライト
ノベルがすごい！文庫 お-3-3）590円
①978-4-7966-8234-3

小川 一水　おがわ・いっすい
1459　「アリスマ王の愛した魔物」
◇星雲賞　（第42回/平成23年/日本短編
部門）
「結晶銀河―年刊日本SF傑作選」　大森

望, 日下三蔵編　東京創元社　2011.7
555p　15cm（創元SF文庫 734-04）
1100円　①978-4-488-73404-6

1460　「コロロギ岳から木星トロヤへ」
◇星雲賞　（第45回/平成26年/日本長編
部門（小説））
「コロロギ岳から木星トロヤへ」　早川書
房　2013.3　242p　16cm（ハヤカワ文
庫 JA 1104）600円　①978-4-15-
031104-9

小川 薫　おがわ・かおる
1461　「遠い山なみをもとめて」
◇自分史文学賞　（第6回/平成7年度/大
賞）
「母」　学習研究社　1996.7　224p 19cm
1600円　①4-05-400713-9

小川 勝己　おがわ・かつみ
1462　「葬列」
◇横溝正史賞　（第20回/平成12年）
「葬列」　角川書店　2000.5　420p 20cm
1500円　①4-04-873225-0
「葬列」　角川書店　2003.5　519p 15cm
（角川文庫）667円　①4-04-370601-4

小川 喜一郎　おがわ・きいちろう
1463　「狗人」
◇「サンデー毎日」大衆文芸　（第51回/
昭和32年上）

小川 国夫　おがわ・くにお
1464　「逸民」
◇川端康成文学賞　（第13回/昭和61年）
「逸民」　新潮社 1986.10 235p
「小川国夫全集6」　小沢書店 1991
「あじさしの洲・骨王―小川国夫自選短篇
集」　講談社　2004.6　269p　15cm
（講談社文芸文庫）1250円　①4-06-
198373-3
1465　「悲しみの港」
◇伊藤整文学賞　（第5回/平成6年/小説）
「悲しみの港」　朝日新聞社　1994.1
566p　19cm 2200円　①4-02-256696-5
「悲しみの港」　朝日新聞社　1997.1
526p　15cm（朝日文芸文庫）1100円
①4-02-264135-5
1466　「ハシッシ・ギャング」
◇読売文学賞　（第50回/平成10年度/小
説賞）
「ハシッシ・ギャング」　文藝春秋　1998.8

250p　20cm　1619円　Ⓘ4-16-317880-5
「あじさしの洲・骨王―小川国夫自選短篇
集」　講談社　2004.6　269p　16cm
（講談社文芸文庫）　1250円　Ⓘ4-06-
198373-3

小川　顕太　おがわ・けんた

1467　「プラスチック高速桜（スピード
チェリー）」
◇小説現代新人賞　（第55回/平成2年下）

小川　栄　おがわ・さかえ

1468　「新たなる出発」
◇NHK銀の雫文芸賞　（第17回/平成16
年/優秀）

1469　「聞きます屋・聡介」
◇堺自由都市文学賞　（第21回/平成21年
度/入賞）

1470　「晩年の弟子」
◇NHK銀の雫文芸賞　（第20回/平成19
年度/最優秀）

1471　「密かな名人戦」
◇やまなし文学賞　（第17回/平成20年度
/小説部門/佳作）

緒川　怜　おがわ・さとし

1472　「滑走路34」
◇日本ミステリー文学大賞新人賞　（第
11回/平成19年度）
「霧のソレア」　光文社　2008.3　356p
20cm　1600円　Ⓘ978-4-334-92599-4
※他言語標題：Solea in the fog
「霧のソレア」　光文社　2010.3　431p
16cm　（光文社文庫　お45-1）　705円
Ⓘ978-4-334-74743-5
※文献あり

小川　哲　おがわ・さとし

1473　「ユートロニカのこちら側」
◇ハヤカワSFコンテスト　（第3回/平成
27年/大賞）
「ユートロニカのこちら側」　早川書房
2015.11　326p　19cm　（ハヤカワSFシ
リーズJコレクション）　1600円　Ⓘ978-
4-15-209577-0

小川　大夢　おがわ・たいむ

1474　「啐啄の嘴」
◇「サンデー毎日」大衆文芸　（第28回/
昭和16年上）

小川　兎馬子　おがわ・とまこ

1475　「こぼれ梅」
◇「文芸倶楽部」懸賞小説　（第26回/明
38年4月/第3等）

1476　「蔦紅葉」
◇「文芸倶楽部」懸賞小説　（第22回/明
37年12月/第2等）

小川　晴央　おがわ・はるお

1477　「僕が七不思議になったわけ」
◇電撃大賞　（第20回/平成25年/電撃小
説大賞部門/金賞）
「僕が七不思議になったわけ」
KADOKAWA　2014.2　262p　15cm
（メディアワークス文庫　お5-1）　550円
Ⓘ978-4-04-866322-9

小川　博史　おがわ・ひろし

1478　「箱部～東高引きこもり同好会～」
◇スニーカー大賞　（第16回/平成23年/
優秀賞）

小川　文夫　おがわ・ふみお

1479　「漁遊」
◇地上文学賞　（第6回/昭和33年）

小河　正岳　おがわ・まさたけ

1480　「お留守バンシー」
◇電撃大賞　（第12回/平成17年/電撃小
説大賞部門/大賞）
「お留守バンシー」　メディアワークス,
角川書店（発売）　2006.2　252p　15cm
（電撃文庫　1213）　510円　Ⓘ4-8402-
3300-4
※東京　角川書店（発売）
「お留守バンシー　2」　メディアワーク
ス, 角川書店（発売）　2006.5　265p
15cm　（電撃文庫　1263）　530円　Ⓘ4-
8402-3434-5
「お留守バンシー　3」　メディアワーク
ス, 角川書店（発売）　2006.9　231p
15cm　（電撃文庫　1317）　550円　Ⓘ4-
8402-3553-8
「お留守バンシー　4」　メディアワーク
ス, 角川グループパブリッシング（発
売）　2007.2　215p　15cm　（電撃文庫
1392）　550円　Ⓘ978-4-8402-3725-3

小川　真由子　おがわ・まゆこ

1481　「トマトの木」
◇舟橋聖一顕彰青年文学賞　（第18回/平

小川 美那子　おがわ・みなこ

1482 「殺人交差」
◇日本文芸家クラブ大賞（第6回/平成8年度/短編小説賞）
「イリュージョン」出版芸術社　2000.8
254p　19cm　1500円　①4-88293-191-5

尾川 裕子　おがわ・ゆうこ

1483 「積もる雪」
◇自由都市文学賞（第2回/平成2年/佳作）

小川 洋子　おがわ・ようこ

1484 「揚羽蝶が壊れる時」
◇海燕新人文学賞（第7回/昭和63年）
「完璧な病室」福武書店　1989.9　187p
「完璧な病室」中央公論新社　2004.11
243p　15cm（中公文庫）590円　①4-12-204443-X

1485 「ことり」
◇芸術選奨（第63回/平成24年度/文学部門/文部科学大臣賞）
「ことり」朝日新聞出版　2012.11　249p
20cm　1500円　①978-4-02-251022-8

1486 「妊娠カレンダー」
◇芥川龍之介賞（第104回/平成2年下）
「妊娠カレンダー」文芸春秋　1991.2　189p
「芥川賞全集　第15巻」瀧沢美恵子, 大岡玲, 辻原登, 小川洋子, 辺見庸, 荻野アンナ著　文藝春秋　2002.4　445p
19cm　3238円　①4-16-507250-8

1487 「猫を抱いて象と泳ぐ」
◇本屋大賞（第7回/平成22年/5位）
「猫を抱いて象と泳ぐ」文藝春秋　2009.1　359p　20cm　1695円　①978-4-16-327750-9
「猫を抱いて象と泳ぐ」文藝春秋　2011.7　373p　16cm（文春文庫）590円　①978-4-16-755703-4

1488 「博士の愛した数式」
◇読売文学賞（第55回/平成15年度/小説賞）
◇本屋大賞（第1回/平成16年）
「博士の愛した数式」新潮社　2003.8
253p　20cm　1500円　①4-10-401303-X

1489 「人質の朗読会」
◇本屋大賞（第9回/平成24年/5位）
「人質の朗読会」中央公論新社　2011.2
247p　20cm　1400円　①978-4-12-004195-2
「人質の朗読会」中央公論新社　2014.2
246p　16cm（中公文庫 お51-6）552円
①978-4-12-205912-2

1490 「ブラフマンの埋葬」
◇泉鏡花文学賞（第32回/平成16年）
「ブラフマンの埋葬」講談社　2004.4
146p　20cm　1300円　①4-06-212342-8

1491 「ミーナの行進」
◇谷崎潤一郎賞（第42回/平成18年度）
◇本屋大賞（第4回/平成19年/第7位）
「ミーナの行進」中央公論新社　2006.4
330p　20cm　1600円　①4-12-003721-5
「ミーナの行進」中央公論新社　2009.6
348p　16cm（中公文庫 お51-5）686円
①978-4-12-205158-4

緒川 莉々子　おがわ・りりこ

1492 「甘味中毒」
◇オール讀物新人賞（第89回/平成21年）

小川 練　おがわ・れん

1493 「song for you」
◇舟橋聖一顕彰青年文学賞（第23回/平成23年/最優秀賞）

小川内 初枝　おがわうち・はつえ

1494 「緊縛」
◇太宰治賞（第18回/平成14年）
「太宰治賞　2002」筑摩書房編集部編
筑摩書房　2002.5　201p　21cm　900円
①4-480-80366-1
「緊縛」筑摩書房　2002.10　168p
20cm　1200円　①4-480-80368-8

尾木 直子　おぎ・なおこ

1495 「宇宙ステーション」
◇やまなし文学賞（第23回/平成26年度/小説部門/佳作）

沖 百百枝　おき・ももえ

1496 「水子地蔵」
◇南日本文学賞（第9回/昭和56年）

尾木沢 響子　おぎさわ・きょうこ

1497 「海辺の町」
◇日本海文学大賞（第14回/平成15年/小説部門/佳作）

1498 「ミクゥさん」
◇やまなし文学賞（第12回/平成15年度
/小説部門）
「ミクゥさん」 やまなし文学賞実行委員
会 2004.5 100p 19cm 857円 ①4-
89710-673-7

オキシ タケヒコ
1499 「プロメテウスの晩餐」
◇創元SF短編賞（第3回/平成24年度/
優秀賞）

小木曽 左今次　おぎそ・さこんじ
1500 「老いつつ」
◇関西文学賞（第26回/平成3年/小説）
1501 「心を解く」
◇自由都市文学賞（第3回/平成3年）

小木曽 新　おぎそ・しん
1502 「金色の大きい魚」
◇作家賞（第6回/昭和45年）
「金色の大きい魚」 名古屋 作家社 1973
291p

沖田 一　おきた・はじめ
1503 「酔蟹」
◇千葉亀雄賞（第2回/昭和25年度/短
篇）
◇「サンデー毎日」大衆文芸（第39回/
昭和25年上）

沖田 雅　おきた・まさし
1504 「先輩とぼく」
◇電撃ゲーム小説大賞（第10回/平成15
年/銀賞）
「先輩とぼく」 メディアワークス 2004.
2 287p 15cm （電撃文庫）550円
①4-8402-2612-1

興津 聡史　おきつ・さとし
1505 「美少女ロボットコンテスト」
◇ポプラ社小説新人賞（第1回/平成23
年/新人賞）

息長 大次郎　おきなが・だいじろう
1506 「越の老函人」
◇北日本文学賞（第8回/昭和49年）

沖永 融明　おきなが・とおるあき
1507 「生神モラトリアム」
◇富士見ヤングミステリー大賞（第6回

/平成18年/奨励賞） 〈受賞時〉沖
永 徹明
「イキガミステイエス―魂は命を尽くさ
ず、神は生を尽くさず。」 富士見書房
2008.4 318p 15cm （富士見ミステ
リー文庫）600円 ①978-4-8291-6399-3

荻野 アンナ　おぎの・あんな
1508 「蟹と彼と私」
◇伊藤整文学賞（第19回/平成20年/小
説部門）
「蟹と彼と私」 集英社 2007.8 253p
20cm 1800円 ①978-4-08-774872-7
1509 「背負い水」
◇芥川龍之介賞（第105回/平成3年上）
「背負い水」 文芸春秋 1991.8 229p
「芥川賞全集 第15巻」 瀧沢美恵子、大
岡玲、辻原登、小川洋子、辺見庸、荻野ア
ンナ著 文藝春秋 2002.4 445p
19cm 3238円 ①4-16-507250-8
1510 「ホラ吹きアンリの冒険」
◇読売文学賞（第53回/平成13年度/小
説賞）
「ホラ吹きアンリの冒険」 文藝春秋
2001.1 317p 20cm 1762円 ①4-16-
319820-2

沖野 岩三郎　おきの・いわさぶろう
1511 「宿命」
◇「朝日新聞」懸賞小説（大朝懸賞文芸
/大5年/二等）

荻野目 悠樹　おぎのめ・ゆうき
1512 「シインの毒」
◇ロマン大賞（第5回/平成8年度/入選）
「シインの毒」 集英社 1996.10 300p
15cm （スーパーファンタジー文庫）
520円 ①4-08-613236-2

沖原 朋美　おきはら・ともみ
1513 「桜の下の人魚姫」
◇ノベル大賞（第34回/平成15年/読者
大賞）
「桜の下の人魚姫」 集英社 2004.11
205p 15cm （コバルト文庫）457円
①4-08-600502-6

荻世 いをら　おぎよ・いおら
1514 「公園」
◇文藝賞（第43回/平成18年度）
「公園」 河出書房新社 2006.11 144p

20cm 1000円　①4-309-01789-4

荻原 浩　おぎわら・ひろし

1515　「明日の記憶」
◇本屋大賞　（第2回/平成17年/2位）
◇山本周五郎賞　（第18回/平成17年）
　「明日の記憶」　光文社　2004.10　327p
　20cm 1500円　①4-334-92446-8
　「明日の記憶」　光文社　2007.11　387p
　16cm（光文社文庫）619円　①978-4-
　334-74331-4

1516　「オロロ畑でつかまえて」
◇小説すばる新人賞　（第10回/平成9年）
　「オロロ畑でつかまえて」　集英社　1998.
　1　225p　19cm 1400円　①4-08-
　774316-0
　「オロロ畑でつかまえて」　集英社　2001.
　10　231p　15cm（集英社文庫）457円
　①4-08-747373-2

1517　「二千七百の夏と冬」
◇山田風太郎賞　（第5回/平成26年）
　「二千七百の夏と冬　上」　双葉社　2014.
　6　282p　20cm 1300円　①978-4-575-
　23863-1
　「二千七百の夏と冬　下」　双葉社　2014.
　6　306p　20cm 1300円　①978-4-575-
　23864-8
　※文献あり

奥泉 光　おくいずみ・ひかる

1518　「石の来歴」
◇芥川龍之介賞　（第110回/平成5年下
　期）
　「石の来歴」　文藝春秋　1994.3　203p
　19cm 1200円　①4-16-314620-2
　「石の来歴」　文藝春秋　1997.2　222p
　15cm（文春文庫）400円　①4-16-
　758001-2
　「芥川賞全集　第16巻」　松村栄子, 藤原
　智美, 多和田葉子, 吉目木晴彦, 奥泉光著
　文藝春秋　2002.6　388p　19cm 3238
　円　①4-16-507260-5
　「石の来歴」　埼玉福祉会　2006.5　414p
　21cm（大活字本シリーズ）3300円
　①4-88419-389-X
　※底本：文春文庫「石の来歴」
　「石の来歴・浪漫的な行軍の記録」　講談
　社　2009.12　364p　15cm（講談社文
　芸文庫）1600円　①978-4-06-290070-6

1519　「シューマンの指」
◇本屋大賞　（第8回/平成23年/5位）
　「シューマンの指」　講談社　2010.7

314p　20cm 1600円　①978-4-06-
216344-6
「シューマンの指」　講談社　2012.10
365p　15cm（講談社文庫　お102-2）
648円　①978-4-06-277385-0

1520　「神器 軍艦「橿原」殺人事件」
◇野間文芸賞　（第62回/平成21年）
　「神器―軍艦「橿原」殺人事件　上」　新
　潮社　2009.1　412p　20cm 1800円
　①978-4-10-391202-6
　※他言語標題：Shinki
　「神器―軍艦「橿原」殺人事件　下」　新
　潮社　2009.1　412p　20cm 1800円
　①978-4-10-391203-3
　※他言語標題：Shinki

1521　「東京自叙伝」
◇谷崎潤一郎賞　（第50回/平成26年）
　「東京自叙伝」　集英社　2014.5　423p
　20cm 1800円　①978-4-08-771559-0

1522　「ノヴァーリスの引用」
◇瞳目反・文学賞　（第1回/平成5年）
◇野間文芸新人賞　（第15回/平成5年）
　「ノヴァーリスの引用」　新潮社　1993.3
　164p
　「ノヴァーリスの引用/滝」　東京創元社
　2015.4　273p　15cm（創元推理文庫）
　780円　①978-4-488-44411-2

奥田 亜希子　おくだ・あきこ

1523　「アナザープラネット」
◇すばる文学賞　（第37回/平成25年）
　「左目に映る星」　集英社　2014.2　168p
　20cm 1200円　①978-4-08-771549-1
　※受賞作「アナザープラネット」を改題

奥田 久司　おくだ・ひさし

1524　「漂民」
◇「サンデー毎日」大衆文芸　（第19回/
　昭和11年下）

奥田 英朗　おくだ・ひでお

1525　「家日和」
◇柴田錬三郎賞　（第20回/平成19年）
　「家日和」　集英社　2007.4　235p　19cm
　1400円　①978-4-08-774852-9

1526　「オリンピックの身代金」
◇吉川英治文学賞　（第43回/平成21年
　度）
　「オリンピックの身代金」　角川書店, 角
　川グループパブリッシング（発売）
　2008.11　524p　20cm 1800円　①978-

4-04-873899-6

1527 「空中ブランコ」
◇直木三十五賞（第131回/平成16年上期）
「空中ブランコ」 文藝春秋 2004.4
265p 20cm 1238円 ①4-16-322870-5

1528 「サウスバウンド」
◇本屋大賞（第3回/平成18年/2位）
「サウスバウンド」 角川書店 2005.6
535p 20cm 1700円 ①4-04-873611-6
※他言語標題：Southbound
「サウスバウンド 上」 角川書店, 角川グループパブリッシング（発売） 2007.8 356p 15cm（角川文庫）552円 ①978-4-04-386001-2
「サウスバウンド 下」 角川書店, 角川グループパブリッシング（発売） 2007.8 274p 15cm（角川文庫）514円 ①978-4-04-386002-9

1529 「邪魔」
◇大藪春彦賞（第4回/平成13年度）
「邪魔」 講談社 2001.4 454p 20cm 1900円 ①4-06-209796-6
「邪魔 上」 講談社 2004.3 414p 15cm（講談社文庫）629円 ①4-06-273967-4
「邪魔 下」 講談社 2004.3 390p 15cm（講談社文庫）629円 ①4-06-273968-2

奥田 瓶人 おくだ・へいじん
1530 「天使の旗の下に」
◇放送文学賞（第5回/昭和57年/佳作）

奥田 真理子 おくだ・まりこ
1531 「ディヴィジョン」
◇文學界新人賞（第109回/平成21年下期）

小口 正明 おぐち・まさあき
1532 「十二階」
◇新潮新人賞（第23回/平成3年）

奥出 清典 おくで・きよのり
1533 「アレックスの暑い夏」
◇労働者文学賞（第12回/平成12年/小説）

奥野 忠昭 おくの・ただあき
1534 「姥捨て」
◇神戸文学賞（第2回/昭和53年）

小熊 文彦 おぐま・ふみひこ
1535 「天国は待つことができる」
◇ハヤカワ・ミステリ・コンテスト（第1回/平成2年）
「天国は待つことができる」 早川書房 1992.11 222p（ハヤカワ・ミステリワールド）

奥宮 和典 おくみや・かずのり
1536 「おじいさんの内緒」
◇創元推理短編賞（第6回/平成11年/佳作）
「ザ・ベストミステリーズ―推理小説年鑑2000」 日本推理作家協会編 講談社 2000.6 558p 20cm 2800円 ①4-06-114901-6
「罪深き者に罰を」 日本推理作家協会編 講談社 2002.11 459p 15cm（講談社文庫―ミステリー傑作選 42）667円 ①4-06-273582-2

奥村 理英 おくむら・りえ
1537 「からみつく指」
◇池内祥三文学奨励賞（第35回/平成17年）
1538 「川に抱かれて」
◇堺自由都市文学賞（第11回/平成11年/佳作）
1539 「コンパニオン・プランツ」
◇池内祥三文学奨励賞（第35回/平成17年）

奥山 英一 おくやま・えいいち
1540 「戊辰牛方参陣記」
◇地上文学賞（第37回/平成1年）

奥山 景布子 おくやま・きょうこ
1541 「平家蟹異聞」
◇オール讀物新人賞（第87回/平成19年）
「源平六花撰」 文藝春秋 2009.1 266p 19cm 1714円 ①978-4-16-327780-6
※文献あり

小倉 綺乃 おぐら・きの
1542 「懐中時計」
◇12歳の文学賞（第8回/平成26年/小説部門/佳作）

文学賞受賞作品総覧 小説篇

119

おくら　　　　　　　　　　　　　　　　　　　　　　　　1543〜1554

小倉 龍男　おぐら・たつお
　1543「**新兵群像**」
　◇「改造」懸賞創作（第10回/昭和14年
　　/2等）

小倉 千恵　おぐら・ちえ
　1544「**ア・フール**」
　◇小説現代新人賞（第56回/平成3年上）

小倉 弘子　おぐら・ひろこ
　1545「**ペットの背景**」
　◇神戸女流文学賞（第1回/昭和52年）

小栗 虫太郎　おぐり・むしたろう
　1546「**大暗黒**」
　◇新青年賞（第2回/昭和14年下）
　　「探険小説名作集」博文館 1940 316p

小郷 穆子　おごう・しずこ
　1547「**遠い日の墓標**」
　◇九州芸術祭文学賞（第4回/昭和48年）

小酒部 沙織　おさかべ・さおり
　1548「**へびいちごの森**」
　◇12歳の文学賞（第3回/平成21年/佳
　　作）

尾﨑 英子　おざき・えいこ
　1549「**あしみじおじさん**」
　◇ボイルドエッグズ新人賞（第15回/平
　　成25年2月）
　　「小さいおじさん」文藝春秋 2013.10
　　251p 19cm 1600円 ①978-4-16-
　　382620-2
　　※受賞作「あしみじおじさん」を改題

尾崎 一雄　おざき・かずお
　1550「**あの日この日**」
　◇野間文芸賞（第28回/昭和50年）
　1551「**暢気眼鏡**」
　◇芥川龍之介賞（第5回/昭和12年上）
　　「暢気眼鏡」砂子屋書房 1937 260p
　　「のんきめがね」実業之日本社 1948
　　268p
　　「暢気眼鏡」新潮社 1950 234p（新潮文
　　庫）
　　「暢気眼鏡」角川書店 1955 210p（角川
　　文庫）
　　「芥川賞全集1」文芸春秋 1982
　　「尾崎一雄全集1」筑摩書房 昭和57年

　　「日本の文学（近代編）61」ほるぷ出版
　　1985
　　「昭和文学全集11」小学館 1988
　　「文士の意地―車谷長吉撰短編小説輯」
　　車谷長吉編 作品社 2005.8 417p
　　19cm 3600円 ①4-86182-042-1
　　「百年小説」森鷗外ほか著 ポプラ社
　　2009.3 1331p 23cm 6600円 ①978-
　　4-591-10497-2
　　「コレクション私小説の冒険　1　貧者の
　　誇り」秋山駿、勝又浩監修、私小説研究
　　会編 勉誠出版 2013.10 292p 19cm
　　1800円 ①978-4-585-29560-0
　1552「**まぼろしの記**」
　◇野間文芸賞（第15回/昭和37年）
　　「まぼろしの記」講談社 1962 181p
　　「尾崎一雄全集7」筑摩書房 昭和58年
　　「日本の文学（近代編）61」ほるぷ出版
　　1985
　　「昭和文学全集11」小学館 1988

尾崎 士郎　おざき・しろう
　1553「**獄中より**」
　◇「時事新報」懸賞短編小説（大10年/
　　第2席）
　　「没落時代」烏有書林 2013.7 325p
　　19cm （シリーズ日本語の醍醐味 5）
　　2600円 ①978-4-904596-07-4
　1554「**人生劇場**」
　◇文芸懇話会賞（第3回/昭和12年）
　　「人生劇場」竹村書房 1935 532p
　　「人生劇場―風雲篇」新潮社 1940 419p
　　「人生劇場―青春篇」酩灯社 1946 517p
　　「人生劇場―愛欲篇」高島屋出版部 1947
　　316p
　　「人生劇場―残侠篇」上下 コバルト社
　　1947 2冊
　　「人生劇場―青春篇」新潮社 1947 2冊
　　「人生劇場―風雲篇」大阪 高島屋出版部
　　1947 331p
　　「人生劇場―夢現篇」高島屋出版部 1949
　　316p
　　「人生劇場」縮刷決定版 六興出版社
　　1951 799p
　　「人生劇場」春歩堂 1951〜昭和27年 3冊
　　「人生劇場」新潮社 1952〜昭和29年 7冊
　　（新潮文庫）
　　「人生劇場」文芸春秋新社 1952〜昭和28
　　年 5冊
　　「人生劇場」角川書店 1955 4冊（角川文
　　庫）

「人生劇場―蕩子篇」 新潮社 1960 286p
「尾崎士郎全集1」 筑摩書房 昭和57年

1555 「天皇機関説」
◇「文藝春秋」読者賞 （第3回/昭和26年）
「天皇機関説」 文芸春秋新社 1951 237p
「天皇機関説」 角川書店 1955 178p （角川文庫）

尾崎 竹一
おざき・たけいち

1556 「命の「呼子笛」（ホイッスル）」
◇海洋文学大賞 （第10回/平成18年/海洋文学賞部門/大賞（小説））

尾崎 昌躬 おざき・まさみ

1557 「東明の浜」
◇文學界新人賞 （第64回/昭和62年上）

長田 敦司 おさだ・あつし

1558 「水のはじまり」
◇群像新人文学賞 （第41回/平成10年/小説/優秀賞）

長部 日出雄 おさべ・ひでお

1559 「鬼が来た」
◇芸術選奨 （第30回/昭和54年度/文学部門/文部大臣賞）
「鬼が来た―棟方志功伝」 下 文芸春秋 1979.11 289p
「鬼が来た―棟方志功伝」 上 文芸春秋 1979.11 302p
「鬼が来た―棟方志功伝」 文芸春秋 1984.9 2冊 （文春文庫）
「鬼が来た―棟方志功伝 上」 学陽書房 1999.12 512p 15cm （人物文庫） 800円 ①4-313-75093-2
「鬼が来た―棟方志功伝 下」 学陽書房 1999.12 492p 15cm （人物文庫） 800円 ①4-313-75094-0

1560 「津軽じょんから節」
◇直木三十五賞 （第69回/昭和48年上）
「津軽世去れ節―小説集」 弘前 津軽書房 1972 263p
「津軽世去れ節」 弘前 津軽書房 1987.8 249p （長部日出雄・津軽の本1）
「津軽世去れ節」 文芸春秋 1989.5 263p （文春文庫）

1561 「津軽世去れ節」
◇直木三十五賞 （第69回/昭和48年上）
「津軽世去れ節―小説集」 弘前 津軽書房 1972 263p
「津軽世去れ節」 弘前 津軽書房 1987.8 249p （長部日出雄・津軽の本1）
「昭和文学全集32」 小学館 1989
「津軽世去れ節」 文芸春秋 1989.5 263p （文春文庫）

1562 「見知らぬ戦場」
◇新田次郎文学賞 （第6回/昭和62年）
「見知らぬ戦場」 文芸春秋 1986.8 251p

大佛 次郎 おさらぎ・じろう

1563 「帰郷」
◇日本芸術院賞 （第6回/昭和24年）
「帰郷」 苦楽社 1949 469p
「帰郷」 再版 角川書店 1952 336p （角川文庫）
「帰郷」 新潮社 1952 362p （新潮文庫）
「大仏次郎自選集 現代小説4」 朝日新聞社 昭和47年
「昭和文学全集18」 小学館 1987
「帰郷」 毎日新聞社 1999.3 366p 19cm （毎日メモリアル図書館） 1700円 ①4-620-51032-7

1564 「三姉妹」
◇菊池寛賞 （第17回/昭和44年）
「大仏次郎時代小説自選集 第15巻 戯曲・三姉妹 ほか」 読売新聞社 1971 323p 22cm 800円

小澤 姿子 おざわ・しなこ

1565 「百獣の母」
◇関西文學新人賞 （第5回/平成17年/新人賞 小説部門）

小沢 久雄 おざわ・ひさお

1566 「医師の子」
◇「太陽」懸賞小説及脚本 （第1回/明43年10～11月/小説）

小沢 冬雄 おざわ・ふゆお

1567 「鬼のいる社で」
◇文藝賞 （第11回/昭和49年）
「鬼のいる杜で」 河出書房新社 1975 213p

押井 岩雄 おしい・いわお

1568 「季節風」
◇地上文学賞 （第20回/昭和47年）

押井 守　おしい・まもる
1569「イノセンス」
◇日本SF大賞（第25回/平成16年）

小鹿 進　おじか・すすむ
1570「双龍」
◇「サンデー毎日」大衆文芸（第1回/
昭和1年/乙）

押川 國秋　おしかわ・くにあき
1571「八丁堀慕情・流刑の女」
◇時代小説大賞（第10回/平成11年）
「十手人」講談社　2000.3　269p　20cm
1500円　①4-06-210051-7
「十手人」講談社　2003.3　288p　15cm
（講談社文庫）619円　①4-06-273681-0

忍澤 勉　おしざわ・つとむ
1572「ものみな憩える」
◇創元SF短編賞（第2回/平成23年度/
堀晃賞）
「原色の想像力―創元SF短編賞アンソロ
ジー 2」大森望, 日下三蔵, 堀晃編
東京創元社　2012.3　444p　15cm（創
元SF文庫 739-02）980円　①978-4-
488-73902-7

小島 てるみ　おじま・てるみ
1573「ヘルマフロディテの体温」
◇ランダムハウス講談社新人賞（第1回
/平成19年/優秀作）
「ヘルマフロディテの体温」ランダムハ
ウス講談社　2008.4　215p　20cm
1500円　①978-4-270-00318-3

尾白 未果　おじろ・みか
1574「雷獅子昇伝」
◇C★NOVELS大賞（第7回/平成23年/
特別賞）
「雷獅子の守り―災獣たちの楽土 1」中
央公論新社　2011.7　244p　18cm
（C・novels fantasia お3-1）900円
①978-4-12-501162-2
※受賞作「雷獅子昇伝」を改題

尾関 修一　おぜき・しゅういち
1575「ヴァーテックテイルズ あるいは
M婦人の犯罪」
◇富士見ヤングミステリー大賞（第6回
/平成18年/佳作）
「麗しのシャーロットに捧ぐ―ヴァー

テックテイルズ」富士見書房　2007.1
325p　15cm（富士見ミステリー文庫）
600円　①978-4-8291-6382-5

小薗 ミサオ　おぞの・みさお
1576「くるり用水のかめんた」
◇岡山・吉備の国「内田百閒」文学賞
（第10回/平成21・22年度/優秀賞）
「内田百閒文学賞受賞作品集　第10回（岡
山県）　猿尾の記憶/くるり用水のかめ
んた/物ароを踏みて/震える水」浅沼郁
男著, 小薗ミサオ著, 吉野栄著, 畔地里美
著　作品社　2011.3　165p　20cm
1000円　①978-4-86182-329-9

小田 銀兵衛　おだ・ぎんべい
1577「愛の焔」
◇「文芸倶楽部」懸賞小説（第41回/明
39年7月/第2等）

織田 作之助　おだ・さくのすけ
1578「夫婦善哉」
◇「文芸」推薦作品（第1回/昭和15年
上）
「夫婦善哉」大地書房 1947.3 194p
「夫婦善哉―他1編」角川書店 1954 96p
（角川文庫）
「夫婦善哉」現代社 1955 247p（現代新
書）
「織田作之助全集1」講談社 昭和45年
「昭和文学全集13」小学館 1989
「夫婦善哉」改版　新潮社　2013.1
264p　15cm（新潮文庫）430円
①978-4-10-103701-1
「夫婦善哉 正続 他十二篇」岩波書店
2013.7　402p　15cm（岩波文庫）800
円　①978-4-00-311852-8
「夫婦善哉・怖るべき女―無頼派作家の
夜」織田作之助著, 七北数人編　実業
之日本社　2013.12　380p　15cm（実
業之日本社文庫）600円　①978-4-408-
55154-8

織田 貞之　おだ・さだゆき
1579「残照」
◇北日本文学賞（第25回/平成3年）
「北日本文学賞入賞作品集　2」井上靖,
宮本輝選, 北日本新聞社編　北日本新聞
社　2002.8　436p　19cm 2190円　①4-
906678-67-X

織田 正吾　おだ・しょうご
1580「雨の自転車」

◇「サンデー毎日」大衆文芸（第50回/
昭和31年下）

織田 卓之　おだ・たくし

1581　「夢見草」
◇日本海文学大賞（第1回/平成2年/小
説/奨励賞）

小田 岳夫　おだ・たけお

1582　「郁達夫伝」
◇平林たい子文学賞（第3回/昭和50年/
小説）
「郁達夫伝―その詩と愛と日本」 中央公
論社 1975 220p 20cm 880円

1583　「城外」
◇芥川龍之介賞（第3回/昭和11年上）
「城外」 竹村書房 1936 321p
「城外」 書物展望社, 新陽社 1938 185p
（芥川賞全集）
「城外・紫禁城の人―他二編」 角川書店
1957 136p （角川文庫）
「城外・夜ざくらと雪―小田岳夫作品集」
青英舎 1980.6 291p 〈発売：星雲社〉
「芥川賞全集1」 文芸春秋 1982

小田 武雄　おだ・たけお

1584　「うぐいす」
◇「サンデー毎日」大衆文芸（第47回/
昭和30年上）

1585　「絵はがき」
◇千葉亀雄賞（第6回/昭和29年度/短
篇）

1586　「絵葉書」
◇「サンデー毎日」大衆文芸（第46回/
昭和29年下）

1587　「紙漉風土記」
◇オール讀物新人賞（第11回/昭和32年
下）

1588　「舟形光背」
◇小説新潮賞（第4回/昭和33年）

1589　「北冥日記」
◇「サンデー毎日」大衆文芸（第49回/
昭和31年上）

1590　「窯談」
◇「サンデー毎日」大衆文芸（第52回/
昭和32年下）

小田 真紀恵　おだ・まきえ

1591　「明治犬鑑」
◇ジャンプ小説大賞（第12回/平成14年
/佳作）

小田 実　おだ・まこと

1592　「『アボジ』を踏む」
◇川端康成文学賞（第24回/平成9年）
「文学 1997」 日本文芸家協会編　講談
社 1997.4 294p 19cm 2800円 ①4-
06-117097-X
「『アボジ』を踏む―小田実短篇集」 講談
社 1998.3 292p 19cm 2200円 ①4-
06-209130-5
「戦後短篇小説再発見 7 故郷と異郷の
幻影」 講談社文芸文庫編　講談社文芸文
庫 2001.12 320p 15cm
950円 ①4-06-198267-2
「『アボジ』を踏む―小田実短篇集」 講談
社 2008.8 305p 15cm （講談社文芸
文庫） 1400円 ①978-4-06-290021-8
「小田実全集 小説―小田実短篇集 「ア
ボジ」を踏む」 講談社, 復刊ドットコ
ム 〔発売〕 2013.3 213p 21cm 2700
円 ①978-4-8354-4520-5

小田 雅久仁　おだ・まさくに

1593　「増大派に告ぐ」
◇日本ファンタジーノベル大賞（第21
回/平成21年/大賞）
「増大派に告ぐ」 新潮社 2009.11 268p
20cm 1400円 ①978-4-10-319721-8

織田 みずほ　おだ・みずほ

1594　「スチール」
◇すばる文学賞（第26回/平成14年）
「スチール」 集英社 2003.1 149p
20cm 1300円 ①4-08-774628-3

小田 泰正　おだ・やすまさ

1595　「幻の川」
◇新潮新人賞（第13回/昭和56年）

小田 由紀子　おだ・ゆきこ

1596　「字隠し」
◇岡山・吉備の国「内田百閒」文学賞
（第12回/平成25・26年度/優秀賞）
「内田百閒文学賞受賞作品集―岡山県　第
12回」 三ツ木茂, 里海瓢一, 畔地里美,
小田由紀子著 作品社 2015.3 169p
20cm 926円 ①978-4-86182-527-9
※主催：岡山県 岡山県郷土文化財団

文学賞受賞作品総覧 小説篇

織田 百合子　おだ・ゆりこ

1597　「まほし，まほろば」
◇早稲田文学新人賞（第3回/昭和61年/小説）
「潮香」阿部出版　1991.9　125p　19cm
1600円　①4-87242-022-5

尾高 修也　おだか・しゅうや

1598　「危うい歳月」
◇文藝賞（第9回/昭和47年）

小高 宏子　おだか・ひろこ

1599　「ぼくと桜のアブナイ関係」
◇パレットノベル大賞（第8回/平成4年冬）
「ぼくと桜のアブナイ関係」小学館
1993.8　199p（パレット文庫）

小田切 健自　おだぎり・けんじ

1600　「高梨大乱－上杉家を狂わせた親子の物語－」
◇歴史浪漫文学賞（第15回/平成27年/創作部門/優秀賞）

小田切 芳郎　おだぎり・よしろう

1601　「秋風」
◇農民文学賞（第35回/平成3年度）
「秋風」近代文芸社　1993.11　156p

小田原 直知　おだわら・なおとも

1602　「ヤンのいた場所」
◇海燕新人文学賞（第2回/昭和58年）
「ヤンのいた場所」福武書店　1984.10
215p

越智 絢子　おち・あやこ

1603　「ガーデン」
◇北日本文学賞（第45回/平成23年/選奨）

尾地 雫　おち・しずく

1604　「フルホシュタットの魔術士」
◇小学館ライトノベル大賞〔ガガガ文庫部門〕（第9回/平成27年/ガガガ賞）
「撃戦魔法士」小学館　2015.6　323p
15cm（ガガガ文庫　ガお7-1）611円
①978-4-09-451554-1
※他言語標題：High-speed wizards' war
in Fluchstadt Magic and Gunfire

「撃戦魔法士　2」小学館　2015.9
308p　15cm（ガガガ文庫　ガお7-2）
611円　①978-4-09-451571-8
※他言語標題：High-speed wizards' war
in Fluchstadt Magic and Gunfire

越智 宏倫　おち・ひろとも

1605　「若さを長持ちさせる法」
◇日本文芸大賞（第12回/平成4年/特別賞）

越智 文比古　おち・ふみひこ

1606　「Ｙの紋章師」
◇MF文庫Jライトノベル新人賞（第10回/平成26年/最優秀賞）

落合 祐輔　おちあい・ゆうすけ

1607　「『レストラン・フォリオーズ』の歪な業務記録」
◇MF文庫Jライトノベル新人賞（第11回/平成27年/審査員特別賞）

乙一　おついち

1608　「GOTH リストカット事件」
◇本格ミステリ大賞（第3回/平成15年/小説部門）
「Goth―リストカット事件」角川書店
2002.7　332p　20cm　1500円　①4-04-
873390-7
「GOTH―僕の章」角川書店　2005.6
253p　15cm（角川文庫）476円　①4-
04-425305-6

1609　「夏と花火と私の死体」
◇ジャンプ小説大賞（第6回/平成8年）
「夏と花火と私の死体」乙一著,幡地英
明画　集英社　1996.10　223p　19cm
（ジャンプジェイブックス）760円
①4-08-703052-0
「夏と花火と私の死体」集英社　2000.5
223p　15cm（集英社文庫）419円
①4-08-747198-5
「謎のギャラリー――こわい部屋」北村薫
編　新潮社　2002.3　470p　15cm（新
潮文庫）629円　①4-10-137325-6
「こわい部屋―謎のギャラリー」北村薫
編　筑摩書房　2012.8　483p　15cm
（ちくま文庫）950円　①978-4-480-
42962-9

尾辻 克彦　おつじ・かつひこ

1610　「父が消えた」
◇芥川龍之介賞（第84回/昭和55年下）

「父が消えた―五つの短篇小説」 文芸春
秋 1981.3 270p
「芥川賞全集12」 文芸春秋 1982
「父が消えた」 文芸春秋 1986.8 266p
（文春文庫）
「父が消えた」 河出書房新社 2005.6
304p 15cm（河出文庫）880円 ①4-
309-40745-5

1611 「肌ざわり」
◇中央公論新人賞 （第5回/昭和54年度）
「肌ざわり」 中央公論社 1980.6 309p
「肌ざわり」 中央公論社 1983.5 298p
（中公文庫）
「昭和文学全集32」 小学館 1989
「肌ざわり」 河出書房新社 2005.5
328p 15cm（河出文庫）880円 ①4-
309-40744-7

1612 「雪野」
◇野間文芸新人賞 （第5回/昭和58年）
「雪野」 文芸春秋 1983.6 236p

小寺 和平 おでら・わへい

1613 「蜂起前夜」
◇新日本文学賞 （第5回/昭和40年/短
編）

御堂 彰彦 おどう・あきひこ

1614 「王道楽土」
◇電撃ゲーム小説大賞 （第7回/平成12
年/選考委員奨励賞）

乙川 優三郎 おとかわ・ゆうざぶろう

1615 「生きる」
◇直木三十五賞 （第127回/平成14年上
期）
「生きる」 文藝春秋 2002.1 234p
20cm 1286円 ①4-16-320680-9
「生きる」 文藝春秋 2005.1 261p
16cm（文春文庫）467円 ①4-16-
714164-7

1616 「霧の橋」
◇時代小説大賞 （第7回/平成8年）
「霧の橋」 講談社 1997.3 281p 19cm
1545円 ①4-06-208549-6
「霧の橋」 講談社 2000.3 330p 15cm
（講談社文庫）552円 ①4-06-264820-2
「霧の橋」 埼玉福祉会 2002.5 2冊
22cm（大活字本シリーズ）3500
円;3300円 ①4-88419-130-7, 4-88419-
131-5
※原本：講談社文庫, 限定版

1617 「五年の梅」
◇山本周五郎賞 （第14回/平成13年）
「五年の梅」 新潮社 2000.8 249p
20cm 1500円 ①4-10-439301-0
「五年の梅」 新潮社 2003.10 305p
16cm（新潮文庫）476円 ①4-10-
119221-9

1618 「脊梁山脈」
◇大佛次郎賞 （第40回/平成25年）
「脊梁山脈」 新潮社 2013.4 353p
20cm 1700円 ①978-4-10-439305-3

1619 「武家用心集」
◇中山義秀文学賞 （第10回/平成16年）
「武家用心集」 集英社 2003.8 283p
20cm 1500円 ①4-08-774663-1

1620 「藪燕」
◇オール讀物新人賞 （第76回/平成8年）

御伽枕 おとぎまくら

1621 「超告白」
◇電撃大賞 （第12回/平成17年/電撃小
説大賞部門/選考委員奨励賞）
「天使のレシピ」 メディアワークス, 角川
書店（発売）2006.4 307p 15cm（電
撃文庫 1244）570円 ①4-8402-3386-1

音七 畔 おとなな・ななお

1622 「5ミニッツ4エバー」
◇ジャンプ小説新人賞 （jump Novel
Grand Prix）（'13 Winter/平成25
年冬/小説：フリー部門/銀賞）
「5ミニッツ4エバー」 集英社 2014.8
239p 19cm（JUMP j BOOKS）1000
円 ①978-4-08-703329-8

乙野 四方字 おとの・よもじ

1623 「ミニッツ――分間の絶対時間」
◇電撃大賞 （第18回/平成23年/電撃小
説大賞部門/選考委員奨励賞）
「ミニッツ――分間の絶対時間」 アス
キー・メディアワークス, 角川グループ
パブリッシング〔発売〕 2012.4 321p
15cm（電撃文庫 2309）590円 ①978-
4-04-886523-4

鬼火 あられ おにび・あられ

1624 「佐通太郎と帰宅戦争」
◇ファンタジア大賞 （第28回/平成27年
/銀賞）

鬼丸 智彦　おにまる・ともひこ

1625　「桑の村」
◇やまなし文学賞（第9回/平成12年度/
小説部門）
「桑の村」　やまなし文学賞実行委員会
2001.6　103p　19cm　857円　①4-
89710-671-0

1626　「富士川」
◇坊っちゃん文学賞（第7回/平成13年/
大賞）

小沼 丹　おぬま・たん

1627　「懐中時計」
◇読売文学賞（第21回/昭和44年/小説
賞）
「懐中時計」　講談社 1969 302p
「小沼丹作品集3」　小沢書店 昭和55年
「緑色のバス―短篇名作選」　構想社
1984.11 246p
「昭和文学全集32」　小学館 1989

1628　「椋鳥日記」
◇平林たい子文学賞（第3回/昭和50年/
小説）
「小沼丹作品集4」　小沢書店 昭和55年
「椋鳥日記」　講談社 2000.9　233p
15cm（講談社文芸文庫）1200円　①4-
06-198227-3
「小沼丹全集　第2巻」　小沼丹著, 庄野潤
三, 三浦哲郎, 吉岡達夫監修　未知谷
2004.7　743p　21cm 12000円　①4-
89642-102-7

小野 紀美子　おの・きみこ

1629　「喪服のノンナ」
◇オール讀物新人賞（第48回/昭和51年
上）
「十三歳の出発」　毎日新聞社 1979.5 261p

小野 孝二　おの・こうじ

1630　「太平洋 おんな戦史」シリーズ
◇池内祥三文学奨励賞（第4回/昭和49
年）

小野 早那恵　おの・さなえ

1631　「哀しみ色は似合わない」
◇パレットノベル大賞（第1回/平成1年
夏/佳作）

小野 はるか　おの・はるか

1632　「ようこそ仙界！ 鳥界山白絵巻」
◇角川ビーンズ小説大賞（第13回/平成
26年/読者賞）

小野 博通　おの・ひろみち

1633　「キメラ暗殺計画」
◇横溝正史賞（第13回/平成5年/優秀
作）
「キメラ暗殺計画」　角川書店 1993.5 245p

斧 冬二　おの・ふゆじ

1634　「架線」
◇「サンデー毎日」大衆文芸（第53回/
昭和33年上）

小野 不由美　おの・ふゆみ

1635　「残穢」
◇山本周五郎賞（第26回/平成25年）
「残穢」　新潮社　2012.7　335p　20cm
1600円　①978-4-10-397004-0

小野 正嗣　おの・まさつぐ

1636　「九年前の祈り」
◇芥川龍之介賞（第152回/平成26年下
半期）
「九年前の祈り」　講談社　2014.12　221p
20cm 1600円　①978-4-06-219292-7

1637　「にぎやかな湾に背負われた船」
◇三島由紀夫賞（第15回/平成14年）
「にぎやかな湾に背負われた船」　朝日新
聞社　2002.7　196p　19cm 1200円
①4-02-257770-3

1638　「水に埋もれる墓」
◇朝日新人文学賞（第12回/平成13年）
「水に埋もれる墓」　朝日新聞社　2001.10
198p　19cm 1500円　①4-02-257666-9

緒野 雅裕　おの・まさひろ

1639　「天梯」
◇織田作之助賞（第24回/平成19年/青
春賞）

小野 みずほ　おの・みずほ

1640　「C＋P」
◇小学館ライトノベル大賞〔ルルル文庫
部門〕（第1回/平成19年/佳作）
「CP―しんどうくんの憂鬱」　小学館
2008.3　215p　15cm（小学館ルルル文
庫）476円　①978-4-09-452054-5

小野 美和子 おの・みわこ ⇒印内 美和子（いんない・みわこ）

小野木 朝子 おのぎ・あさこ

1641 「クリスマスの旅」
◇文藝賞 （第7回/昭和45年）
「クリスマスの旅」 河出書房新社 1972
269p

斧田 のびる おのだ・のびる

1642 「ヒデブー」
◇「きらら」文学賞 （第2回/平成20年）
「ヒデブー」 小学館 2008.2 255p
20cm 1300円 ①978-4-09-386202-8

小野田 遙 おのだ・はるか

1643 「蛇街」
◇関西文学賞 （第24回/平成1年/小説）

小野寺 史宜 おのでら・ふみのり

1644 「裏へ走り蹴り込め」
◇オール讀物新人賞 （第86回/平成18年）

1645 「ロッカー」
◇ポプラ社小説大賞 （第3回/平成20年/優秀賞）
「ROCKER」 ポプラ社 2008.11 309p
20cm 1600円 ①978-4-591-10616-7
※本文は日本語

小幡 佑貴 おばた・ゆうき

1646 「暗君～大友皇子物語」
◇歴史群像大賞 （第18回/平成24年発表/奨励賞）

小幡 亮介 おばた・りょうすけ

1647 「永遠に一日」
◇群像新人文学賞 （第21回/昭和53年/小説）

小原 かずを おはら・かずお

1648 「その声」
◇「文芸倶楽部」懸賞小説 （第21回/明37年11月/第2等）

小原 美治 おはら・よしはる

1649 「微熱」
◇潮賞 （第10回/平成3年/小説/優秀作）
「微熱」 河出書房新社 1995.7 192p
19cm 1500円 ①4-309-00998-0

小尾 十三 おび・じゅうぞう

1650 「登攀」
◇芥川龍之介賞 （第19回/昭和19年上）
「芥川賞全集3」 文芸春秋 1982

帯 正子 おび・まさこ

1651 「背広を買う」
◇女流新人賞 （第8回/昭和40年度）
「離婚」 講談社 1971 266p

小山 歩 おやま・あゆみ

1652 「戒」
◇日本ファンタジーノベル大賞 （第14回/平成14年/優秀賞）
「戒」 新潮社 2002.12 321p 20cm
1600円 ①4-10-457301-9

尾山 晴繁 おやま・はるしげ

1653 「覇道の城」
◇歴史群像大賞 （第10回/平成16年/奨励賞）

小山田 浩子 おやまだ・ひろこ

1654 「穴」
◇芥川龍之介賞 （第150回/平成25年下半期）
「穴」 新潮社 2014.1 157p 20cm
1200円 ①978-4-10-333642-6

1655 「工場」
◇新潮新人賞 （第42回/平成22年）
◇織田作之助賞 （第30回/平成25年/大賞）
「工場」 新潮社 2013.3 245p 20cm
1800円 ①978-4-10-333641-9

小里 直哉 おり・なおや

1656 「呑川煩悩流し」
◇舟橋聖一顕彰青年文学賞 （第13回/平成13年）

檻 春根 おり・はるね

1657 「足下の殺意」
◇ブックバード文学大賞 （第2回/昭和63年）

織江 大輔 おりえ・だいすけ

1658 「ふるさとに、待つ」
◇NHK銀の雫文芸賞 （平成24年/最優秀）

織江 邑　おりえ・ゆう

1659　「地蔵の背」
◇『幽』文学賞　（第7回/平成24年/短編部門/準大賞）
「地蔵の背/埃家」　織江邑著, 剣先あおり著　メディアファクトリー　2013.5　235p　19cm　（幽BOOKS）　1300円　Ⓣ978-4-8401-5193-1

織笠 白梅　おりかさ・しらうめ

1660　「薄命記」
◇「文芸倶楽部」懸賞小説　（第19回/明37年9月/第2等）

織守 きょうや　おりがみ・きょうや

1661　「記憶屋」
◇日本ホラー小説大賞　（第22回/平成27年/読者賞）
「記憶屋」　KADOKAWA　2015.10　302p　15cm　（角川ホラー文庫 Hお7-1）　600円　Ⓣ978-4-04-103554-2

折口 真喜子　おりくち・まきこ

1662　「梅と鶯」
◇小説宝石新人賞　（第3回/平成21年）

織越 遥　おりこし・はるか

1663　「止まらない記憶」
◇フーコー短編小説コンテスト　（第6回/平成12年6月/ショートショート・ミステリー部門/最優秀賞）
「フーコー「短編小説」傑作選 6」　フーコー編集部編　フーコー　2001.3　413p　19cm　1700円　Ⓣ4-434-00869-2

折原 一　おりはら・いち

1664　「沈黙の教室」
◇日本推理作家協会賞　（第48回/平成7年/長編部門）
「沈黙の教室」　早川書房　1994.4　442p　19cm　（ハヤカワ・ミステリワールド）　1800円　Ⓣ4-15-207844-8
「沈黙の教室」　早川書房　1997.5　697p　15cm　（ハヤカワ文庫JA）　880円　Ⓣ4-15-030579-X
「沈黙の教室」　双葉社　2009.6　700p　15cm　（双葉文庫―日本推理作家協会賞受賞作全集 80）　943円　Ⓣ978-4-575-65879-8

織部 圭子　おりべ・けいこ

1665　「蓮氷」
◇大阪女性文芸賞　（第8回/平成2年）

織部 紅　おりべ・こう

1666　「しづのと私と…」
◇部落解放文学賞　（第40回/平成25年/小説部門/佳作）

尾張 はじめ　おわり・はじめ

1667　「通勤電車ブルース」
◇新風舎文庫大賞　（新風舎文庫創刊記念/平成15年2月/創刊記念特別賞）
「通勤電車ブルース」　新風舎　2003.12　103p　15cm　（新風舎文庫）　600円　Ⓣ4-7974-9006-3

温 又柔　おん・ゆうじゅう

1668　「好去好来歌」
◇すばる文学賞　（第33回/平成21年/佳作）

恩田 雅和　おんだ・まさかず

1669　「来訪者の足あと」
◇古本小説大賞　（第1回/平成13年/特別奨励作品）

恩田 侑布子　おんだ・ゆうこ

1670　「余白の祭」
◇Bunkamuraドゥマゴ文学賞　（第23回/平成25年/松本健一選）
「余白の祭」　深夜叢書社　2013.3　413p　20cm　3400円　Ⓣ978-4-88032-407-4

御田 祐美子　おんだ・ゆみこ

1671　「なめくじ共和国」
◇舟橋聖一顕彰青年文学賞　（第16回/平成16年）

恩田 陸　おんだ・りく

1672　「中庭の出来事」
◇山本周五郎賞　（第20回/平成19年）
「中庭の出来事」　新潮社　2006.11　382p　20cm　1700円　Ⓣ4-10-397107-X
「中庭の出来事」　新潮社　2009.8　522p　16cm　（新潮文庫 お-48-8）　667円　Ⓣ978-4-10-123419-9

1673　「ユージニア」
◇日本推理作家協会賞　（第59回/平成18年/長編及び連作短編集部門）
「ユージニア」　角川書店　2005.2　444p　20cm　1700円　Ⓣ4-04-873573-X
※他言語標題：Eugenia

「ユージニア」 角川書店, 角川グループ
パブリッシング（発売） 2008.8 420p
15cm （角川文庫） 629円 ⑪978-4-04-
371002-7

1674 「夜のピクニック」
◇本屋大賞 （第2回/平成17年/大賞）
◇吉川英治文学新人賞 （第26回/平成17
年度）
「夜のピクニック」 新潮社 2004.7
342p 20cm 1600円 ⑪4-10-397105-3
「夜のピクニック」 新潮社 2006.9
455p 16cm （新潮文庫） 629円 ⑪4-
10-123417-5

【 か 】

甲斐 英輔　かい・えいすけ
1675 「ゆれる風景」
◇朝日新人文学賞 （第3回/平成3年）
「ゆれる風景」 朝日新聞社 1992.7 192p

甲斐 ゆみ代　かい・ゆみよ
1676 「背中あわせ」
◇北海道新聞文学賞 （第24回/平成2年/
創作）

灰音 ケンジ　かいおん・けんじ
1677 「ニンゲンバスター九里航平」
◇富士見ラノベ文芸賞 （第2回/平成26
年/審査員特別賞）

海音寺 潮五郎
かいおんじ・ちょうごろう
1678 「うたかた草紙」
◇「サンデー毎日」 大衆文芸 （第5回/
昭和4年下/甲）
1679 「天正女合戦」
◇直木三十五賞 （第3回/昭和11年上）
「天正女合戦」 春秋社 1936 461p
「天正女合戦」 春陽堂 1940 162p （春陽
堂文庫）
「天正女合戦」 同光社 1951 296p
「天正女合戦」 春陽堂書店 1954 160p
（春陽文庫）
「海音寺潮五郎全集8」 朝日新聞社 昭和
45年
「天と地と」 上下 角川書店 1990.1 2冊

「消えた受賞作 直木賞編」 川口則弘編
メディアファクトリー 2004.7 331p
19cm ⑪（ダ・ヴィンチ特別編集 7） 1500
円 ⑪4-8401-1110-3

1680 「風雲」
◇「サンデー毎日」懸賞小説 （創刊10
年記念長編大衆文芸/昭和7年/時代
物）
「風雲」 春陽堂 1938 2冊 （日本小説文
庫）
「風雲」 アトリエ社 1941 530p
「風雲」 毎日新聞社 1988.10 268p

海賀 変哲　かいが・へんてつ
1681 「いのち毛」
◇「文芸倶楽部」懸賞小説 （第18回/明
37年8月/第1等）
1682 「心づくし」
◇「帝国文学」懸賞小説 （明37年/1等）
1683 「まぼろし日記」
◇「新小説」懸賞小説 （明34年5月）
1684 「継子殺」
◇「新小説」懸賞小説 （明35年3月）
1685 「道寥寥」
◇「新小説」懸賞小説 （明34年1月）
1686 「渡守」
◇「文芸倶楽部」懸賞小説 （第2回/明
36年4月/第2等）

開高 健　かいこう・たけし
1687 「アメリカ縦断記」
◇菊池寛賞 （第29回/昭和56年）
1688 「輝ける闇」
◇毎日出版文化賞 （第22回/昭和43年）
「輝ける闇」 新潮社 1968 257p
「開高健全作品〔8〕」 新潮社 昭和49年
「輝ける闇」 新潮社 1982.10 294p （新潮
文庫）
「輝ける闇」 新潮社 1987.7 257p （新装
版）
「昭和文学全集22」 小学館 1988
「開高健全集6」 新潮社 1992
1689 「玉，砕ける」
◇川端康成文学賞 （第6回/昭和54年）
「ロマネ・コンティ・一九三五年」 文
芸春秋 1981.7 197p （文春文庫）
「昭和文学全集22」 小学館 1988
「開高健全集9」 新潮社 1992

「戦場の博物誌—開高健短篇集」　講談社
2009.6　265p　15cm（講談社文芸文
庫）1400円　①978-4-06-290051-5
「現代小説クロニクル 1975〜1979」　日
本文藝家協会編　講談社　2014.10
347p　15cm（講談社文芸文庫）1700
円　①978-4-06-290245-8

1690　「**裸の王様**」
◇芥川龍之介賞（第38回/昭和32年下）
「裸の王様」　文芸春秋新社 1958 309p
「裸の王様・流亡記—他二篇」　角川書店
1960 258p（角川文庫）
「裸の王様」　講談社 1971 254p（現代文
学秀作シリーズ）
「開高健全作品〔2〕」　新潮社 昭和48年
「芥川賞全集5」　文芸春秋 1982
「裸の王様」　角川書店 1987.12 258p（角
川文庫）
「開高健全集2」　新潮社 1992
「裸の王様・流亡記」　改版　角川書店,
角川グループパブリッシング〔発売〕
2009.2　286p　15cm（角川文庫）552
円　①978-4-04-124222-3
「雪三景・裸の王様」　水上勉, 曽野綾子,
辻邦生, 竹西寛子, 開高健著　講談社
2009.4　266p　19cm（21世紀版少年少
女日本文学館 19）1400円　①978-4-06-
282669-3

1691　「**ベトナム戦記**」
◇菊池寛賞（第29回/昭和56年）
「ちくま日本文学全集10」　筑摩書房'91
「開高健全集11」　新潮社 1992

1692　「**破れた繭 耳の物語1**」
◇日本文学大賞（第19回/昭和62年/文
芸部門）
「開高健全集8」　新潮社 1992
「耳の物語」　イースト・プレス　2010.6
485p　15cm（文庫ぎんが堂）952円
①978-4-7816-7023-2

1693　「**夜と陽炎 耳の物語2**」
◇日本文学大賞（第19回/昭和62年/文
芸部門）
「開高健全集8」　新潮社 1992
「耳の物語」　イースト・プレス　2010.6
485p　15cm（文庫ぎんが堂）952円
①978-4-7816-7023-2

海渡 英祐　かいと・えいすけ
1694　「**伯林—1888年**」
◇江戸川乱歩賞（第13回/昭和42年）
「伯林——八八八年」　講談社 1967 306p

「伯林・1888年・高層の死角—江戸川乱
歩賞全集 7」　海渡英祐, 森村誠一著,
日本推理作家協会編　講談社　1999.9
760p　15cm（講談社文庫）1190円
①4-06-264676-5

海堂 尊　かいどう・たける
1695　「**チーム・バチスタの崩壊**」
◇『このミステリーがすごい！』大賞
（第4回/平成17年/大賞）
「チーム・バチスタの栄光」　宝島社
2006.2　375p　20cm 1600円　①4-
7966-5079-2
「チーム・バチスタの栄光　上」　宝島社
2007.11　237p　16cm（宝島社文庫）
476円　①978-4-7966-6161-4
「チーム・バチスタの栄光　下」　宝島社
2007.11　269p　16cm（宝島社文庫）
476円　①978-4-7966-6163-8

海堂 昌之　かいどう・まさゆき
1696　「**拘禁**」
◇文學界新人賞（第26回/昭和43年上）
「背後の時間」　筑摩書房 1971 257p

1697　「**背後の時間**」
◇太宰治賞（第6回/昭和45年）
「背後の時間」　筑摩書房 1971 257p

海冬 レイジ　かいとう・れいじ
1698　「**バクト！**」
◇富士見ヤングミステリー大賞（第4回
/平成16年/大賞）
「バクト！」　富士見書房　2005.1　302p
15cm（富士見ミステリー文庫）560円
①4-8291-6286-4

戒能 靖十郎　かいのう・せいじゅうろう
1699　「**英雄〈竜殺し〉の終焉**」
◇C★NOVELS大賞（第9回/平成25年/
特別賞）〈受賞時〉卵薙 靖十郎
「英雄《竜殺し》の終焉」　中央公論新社
2013.7　229p　18cm（C・NOVELS
Fantasia か7-1）900円　①978-4-12-
501256-8

海庭 良和　かいば・よしかず
1700　「**ハーレムのサムライ**」
◇オール讀物新人賞（第59回/昭和56年
下）

甲斐原 康　かいはら・やすし
1701　「**戦塵、北に果つ**」

◇歴史群像大賞（第15回／平成21年発表
／優秀賞）

海原 零　かいばら・れい

1702　「銀盤カレイドスコープ」
◇スーパーダッシュ小説新人賞（第2回
／平成15年／大賞）
「銀盤カレイドスコープ　v.1」集英社
2003.6　283p　15cm（集英社スーパー
ダッシュ文庫）571円　①4-08-630132-6

花凰 神也　かおう・じんや

1703　「死神とチョコレート・パフェ」
◇ファンタジア長編小説大賞（第18回／
平成18年／準入選）
「死神とチョコレート・パフェ」富士見
書房　2006.9　302p　15cm（富士見
ファンタジア文庫）580円　①4-8291-
1856-3
「死神とチョコレート・パフェ　2」富士
見書房　2006.11　286p　15cm（富士
見ファンタジア文庫）580円　①4-
8291-1878-4
「死神とチョコレート・パフェ　3」富士
見書房　2007.1　298p　15cm（富士見
ファンタジア文庫）580円　①978-4-
8291-1891-7

加賀 乙彦　かが・おとひこ

1704　「永遠の都」
◇芸術選奨（第48回／平成9年度／文学部
門／文部大臣賞）
「岐路　上巻」新潮社　1988.6　329p
19cm　1500円　①4-10-330803-6
「岐路　下巻」新潮社　1988.6　282p
19cm　1400円　①4-10-330804-4
「小暗い森　上巻」新潮社　1991.9
325p　19cm　1800円　①4-10-330805-2
「小暗い森　下巻」新潮社　1991.9
322p　19cm　1800円　①4-10-330806-0
「炎都　上巻」新潮社　1996.5　578p
19cm　2800円　①4-10-330808-7
「炎都　下巻」新潮社　1996.5　539p
19cm　2700円　①4-10-330809-5
「永遠の都　全7巻」新潮社　1997.5〜
1997.8　15cm（新潮文庫）
「永遠の都」新潮社　2015.3　7冊（セッ
ト）19cm　27000円　①978-4-10-
330815-7

1705　「帰らざる夏」
◇谷崎潤一郎賞（第9回／昭和48年度）
「帰らざる夏」講談社　1973　483p

「帰らざる夏」講談社　1977.6　2冊（講談
社文庫）
「帰らざる夏」講談社　1993.8　637p
15cm（講談社文芸文庫）1500円　①4-
06-196235-3

1706　「雲の都」
◇毎日出版文化賞（第66回／平成24／特
別賞）
「雲の都　第1部　広場」新潮社　2002.
10　459p　19cm　2000円　①4-10-
330810-9
「雲の都　第2部　時計台」新潮社
2005.9　562p　19cm　2400円　①4-10-
330811-7
「雲の都　第3部　城砦」新潮社　2008.3
478p　19cm　2300円　①978-4-10-
330812-6
「雲の都　第4部　幸福の森」新潮社
2012.7　409p　19cm　2300円　①978-4-
10-330813-3
「雲の都　第5部　鎮魂の海」新潮社
2012.7　424p　19cm　2300円　①978-4-
10-330814-0

1707　「湿原」
◇大佛次郎賞（第13回／昭和61年）
「湿原」朝日新聞社　1985.10〜12　2冊
「湿原」新潮社　1988.10　2冊（新潮文庫）
「湿原　上」岩波書店　2010.6　630p
15cm（岩波現代文庫）1300円　①978-
4-00-602166-5
「湿原　下」岩波書店　2010.6　569p
15cm（岩波現代文庫）1300円　①978-
4-00-602167-2

1708　「宣告」
◇日本文学大賞（第11回／昭和54年）
「宣告」新潮社　1979.2　2冊
「宣告」新潮社　1982.10　2冊（新潮文庫）
「宣告　上巻」新潮社　2003.3　494p
16cm（新潮文庫）667円　①4-10-
106714-7
「宣告　中巻」新潮社　2003.3　492p
16cm（新潮文庫）667円　①4-10-
106715-5
「宣告　下巻」新潮社　2003.3　486p
16cm（新潮文庫）667円　①4-10-
106716-3

1709　「フランドルの冬」
◇芸術選奨（第18回／昭和42年度／文学
部門／新人賞）
「フランドルの冬」筑摩書房　1967　291p

かがみ

鏡 銀鉢　かがみ・ぎんばち

1710　「地球唯一の男」
◇MF文庫Jライトノベル新人賞（第8回
／平成24年／佳作）〈受賞時〉ノベ
ロイド二等兵
「忘却の軍神（かみ）と装甲戦姫（ブリュ
ンヒルデ）」　メディアファクトリー
2012.12　261p　15cm（MF文庫J か-
13-01）580円　①978-4-8401-4945-7
※受賞作「地球唯一の男」を改題
「忘却の軍神（かみ）と装甲戦姫（ブリュ
ンヒルデ）2」　メディアファクトリー
2013.3　262p　15cm（MF文庫J か-13-
02）580円　①978-4-8401-5137-5
「忘却の軍神（かみ）と装甲戦姫（ブリュ
ンヒルデ）3」　メディアファクトリー
2013.7　259p　15cm（MF文庫J か-13-
03）580円　①978-4-8401-5248-8
「忘却の軍神（かみ）と装甲戦姫（ブリュ
ンヒルデ）4」　KADOKAWA　2013.
11　261p　15cm（MF文庫J か-13-04）
580円　①978-4-04-066079-0

鏡 貴也　かがみ・たかや

1711　「武官弁護士エル・ウィン」
◇ファンタジア長編小説大賞（第12回／
平成12年／準入選）
「武官弁護士エル・ウィン」　富士見書房
2001.1　310p　15cm（富士見ファンタ
ジア文庫）580円　①4-8291-1317-0

加賀美 桃志郎　かがみ・とうしろう

1712　「ロスト・チルドレン」
◇北区内田康夫ミステリー文学賞（第
12回／平成26年／区長賞（特別賞））

賀川 敦夫　かがわ・あつお

1713　「紅蓮の闇」
◇日本海文学大賞（第13回／平成14年／
小説）

香川 みわ　かがわ・みわ

1714　「おっさん」
◇織田作之助賞（第27回／平成22年／青
春賞）

垣根 涼介　かきね・りょうすけ

1715　「君たちに明日はない」
◇山本周五郎賞（第18回／平成17年）
「君たちに明日はない」　新潮社　2005.3
317p　20cm　1500円　①4-10-475001-8

「君たちに明日はない」　新潮社　2007.10
436p　16cm（新潮文庫）590円
①978-4-10-132971-0
「借金取りの王子―君たちに明日はない
2」　新潮社　2009.11　436p　16cm
（新潮文庫 か-47-2）590円　①978-4-
10-132972-7
「張り込み姫―君たちに明日はない 3」
新潮社　2010.1　297p　20cm　1500円
①978-4-10-475003-0

1716　「午前三時のルースター」
◇サントリーミステリー大賞（第17回／
平成12年／大賞・読者賞）
「午前三時のルースター」　文藝春秋
2000.4　319p　20cm　1524円　①4-16-
319250-6
「午前三時のルースター」　文藝春秋
2003.6　360p　16cm（文春文庫）590
円　①4-16-765668-X

1717　「ワイルド・ソウル」
◇大藪春彦賞（第6回／平成15年度）
◇日本推理作家協会賞（第57回／平成16
年／長篇及び連作短篇集部門）
◇吉川英治文学新人賞（第25回／平成16
年）
「ワイルド・ソウル」　幻冬舎　2003.8
525p　20cm　1900円　①4-344-00373-X

垣谷 美雨　かきや・みう

1718　「竜巻ガール」
◇「小説推理」新人賞（第27回／平成17
年）
「竜巻ガール」　双葉社　2006.10　223p
20cm　1600円　①4-575-23562-8
「竜巻ガール」　双葉社　2009.6　253p
15cm（双葉文庫 か-36-01）562円
①978-4-575-51284-7

角田 光代　かくた・みつよ

1719　「かなたの子」
◇泉鏡花文学賞（第40回／平成24年度）
「かなたの子」　文藝春秋　2011.12　229p
20cm　1200円　①978-4-16-381100-0
「かなたの子」　文藝春秋　2013.11
247p　16cm（文春文庫 か32-10）480
円　①978-4-16-767210-2

1720　「紙の月」
◇柴田錬三郎賞（第25回／平成24年）
「紙の月」　角川春樹事務所　2012.3
313p　20cm　1500円　①978-4-7584-
1190-5

1721 「空中庭園」
◇婦人公論文芸賞 （第3回/平成15年）
「明治天皇 下巻」 ドナルド・キーン著,
角地幸男訳 新潮社 2001.10 582p
23cm 3200円 Ⓘ4-10-331705-1
「空中庭園」 文藝春秋 2002.11 298p
20cm 1600円 Ⓘ4-16-321450-X

1722 「幸福な遊戯」
◇海燕新人文学賞 （第9回/平成2年）
「幸福な遊戯」 福武書店 1991.9 219p
「幸福な遊戯」 角川書店 2003.11
221p 15cm （角川文庫） 476円 Ⓘ4-
04-372601-5

1723 「対岸の彼女」
◇直木三十五賞 （第132回/平成16年下
半期）
◇本屋大賞 （第2回/平成17年/6位）
「対岸の彼女」 文藝春秋 2004.11
288p 20cm 1600円 Ⓘ4-16-323510-8
「対岸の彼女 1」 大活字 2006.4
375p 21cm （大活字文庫 106） 3010円
Ⓘ4-86055-292-X
※底本：「対岸の彼女」文藝春秋
「対岸の彼女 2」 大活字 2006.4
381p 21cm （大活字文庫 106） 3010円
Ⓘ4-86055-293-8
※底本：「対岸の彼女」文藝春秋
「対岸の彼女 3」 大活字 2006.4
369p 21cm （大活字文庫 106） 3010円
Ⓘ4-86055-294-6
※底本：「対岸の彼女」文藝春秋
「対岸の彼女」 文藝春秋 2007.10
334p 16cm （文春文庫） 514円
Ⓘ978-4-16-767205-8

1724 「ツリーハウス」
◇伊藤整文学賞 （第22回/平成23年/小
説）
「ツリーハウス」 文藝春秋 2010.10
469p 20cm 1619円 Ⓘ978-4-16-
328950-2
「ツリーハウス」 文藝春秋 2013.4
483p 16cm （文春文庫 か32-9） 667円
Ⓘ978-4-16-767209-6

1725 「ぼくはきみのおにいさん」
◇坪田譲治文学賞 （第13回/平成9年度）
「ぼくはきみのおにいさん」 河出書房新
社 1996.10 99p 19cm （ものがたり
うむ―河出物語館） 980円 Ⓘ4-309-
73117-1

1726 「まどろむ夜のUFO」
◇野間文芸新人賞 （第18回/平成8年）

「まどろむ夜のUFO」 ベネッセコーポ
レーション 1996.1 211p 19cm
1200円 Ⓘ4-8288-2517-7
「まどろむ夜のUFO」 幻冬舎 1998.6
233p 15cm （幻冬舎文庫） 495円
Ⓘ4-87728-600-4
「まどろむ夜のUFO」 講談社 2004.1
266p 15cm （講談社文庫） 552円
Ⓘ4-06-273928-3

1727 「八日目の蟬」
◇中央公論文芸賞 （第2回/平成19年度）
◇本屋大賞 （第5回/平成20年/6位）
「八日目の蟬」 中央公論新社 2007.3
346p 20cm 1600円 Ⓘ978-4-12-
003816-7

1728 「ロック母」
◇川端康成文学賞 （第32回/平成18年）
「ロック母」 講談社 2007.6 262p
20cm 1300円 Ⓘ978-4-06-214033-1

1729 「私のなかの彼女」
◇河合隼雄物語賞 （第2回/平成26年度）
「私のなかの彼女」 新潮社 2013.11
294p 20cm 1500円 Ⓘ978-4-10-
434605-9

角幡 唯介 かくはた・ゆうすけ
1730 「雪男は向こうからやって来た」
◇新田次郎文学賞 （第31回/平成24年）
「雪男は向こうからやって来た」 集英社
2011.8 338p 20cm 1600円 Ⓘ978-4-
08-781476-7
「雪男は向こうからやって来た」 集英社
2013.11 358p 16cm （集英社文庫 か
60-2） 620円 Ⓘ978-4-08-745140-5

筧 ミツル かけい・みつる
1731 「双界のアトモスフィア」
◇ファンタジア大賞 （第23回/平成23年
/銀賞） 〈受賞時〉後藤 祥斗
「双界のアトモスフィア」 富士見書房
2012.3 357p 15cm （富士見ファンタ
ジア文庫 か-12-1-1） 580円 Ⓘ978-4-
8291-3722-2
「双界のアトモスフィア 2」 富士見書
房 2012.8 301p 15cm （富士見ファ
ンタジア文庫 か-12-1-2） 580円
Ⓘ978-4-8291-3791-8
「双界のアトモスフィア 3」 富士見書
房 2012.12 278p 15cm （富士見
ファンタジア文庫 か-12-1-3） 620円
Ⓘ978-4-8291-3830-4

かけかわ

掛川 直賢 かけがわ・なおかた

1732「**COME ON MY DEAR**」
◇学生小説コンクール（第2回/昭和29年下）

香月 夕花 かげつ・ゆうか

1733「水に立つ人」
◇オール讀物新人賞（第93回/平成25年）

影名 浅海 かげな・あさみ

1734「**Shadow & Light**」
◇スーパーダッシュ小説新人賞（第4回/平成17年/佳作）
「影≒光」 集英社 2005.9 326p 15cm（集英社スーパーダッシュ文庫）638円 ①4-08-630259-4

景山 民夫 かげやま・たみお

1735「虎口からの脱出」
◇吉川英治文学新人賞（第8回/昭和62年度）
「虎口からの脱出」 新潮社 1986.12 251p
「虎口からの脱出」 新潮社 1990.1 388p（新潮文庫）

1736「遠い海から来たCOO」
◇直木三十五賞（第99回/昭和63年上）
「ワン・ファイン・メス」 新潮社 1988 307p（新潮文庫）
「遠い海から来たCoo」 角川書店 1988.3 301p

影山 雄作 かげやま・ゆうさく

1737「俺たちの水晶宮」
◇中央公論新人賞（第18回/平成4年度）
「俺たちの水晶宮」 中央公論社 1994.8 225p 19cm 1600円 ①4-12-002346-X

可瑚 真弓 かご・まゆみ

1738「猫なで風がふくから」
◇海洋文学大賞（第6回/平成14年/海の子ども文学賞部門）

囲 恭之介 かこい・きょうのすけ

1739「バリアクラッカー」
◇電撃大賞（第21回/平成26年/電撃文庫MAGAZINE賞）
「バリアクラッカー―神の盾の光と影」 KADOKAWA 2015.8 314p 15cm（電撃文庫 2978）610円 ①978-4-04-

865341-1
※他言語標題：Barrier Cracker
「バリアクラッカー 2 火刑台上のリベリオン」 KADOKAWA 2015.10 324p 15cm（電撃文庫 3011）710円 ①978-4-04-865451-7
※他言語標題：Barrier Cracker, 著作目録あり

伽古屋 圭市 かこや・けいいち

1740「パチプロ・コード」
◇『このミステリーがすごい！』大賞（第8回/平成21年/優秀賞）
「パチプロ・コード」 宝島社 2010.2 377p 20cm 1400円 ①978-4-7966-7532-1

河西 和代 かさい・かずよ

1741「腹の底から力が」
◇NHK銀の雫文芸賞（第15回/平成14年/優秀）

笠井 潔 かさい・きよし

1742「オイディプス症候群」
◇本格ミステリ大賞（第3回/平成15年/小説部門）
「オイディプス症候群」 光文社 2002.3 865p 20cm 3200円 ①4-334-92357-7

1743「バイバイ，エンジェル」
◇角川小説賞（第6回/昭和54年）
「バイバイ、エンジェル―ラルース家殺人事件」 角川書店 1979.7 312p
「バイバイ、エンジェル―ラルース家殺人事件」 角川書店 1984.3 403p（角川文庫）
「天使/黙示/薔薇―笠井潔探偵小説集」 作品社 1990.12 795p
「バイバイ、エンジェル」 東京創元社 1995.5 395p 15cm（創元推理文庫）650円 ①4-488-41501-6

可西 氷穏 かさい・ひおん

1744「龍の赤ん坊にフカシギの花を」
◇ジュニア冒険小説大賞（第9回/平成22年/佳作）

香西 美保 かさい・みほ

1745「ぼくらの妖怪封じ」
◇ジュニア冒険小説大賞（第5回/平成18年/大賞）
「ぼくらの妖怪封じ」 岩崎書店 2007.4 205p 22cm 1300円 ①978-4-265-

82005-4
※絵：佐藤やゑ子

笠置 勝一　かさぎ・かついち

1746　「愛の渡し込み」
◇「サンデー毎日」大衆文芸（第37回/昭和24年上）

風花 千里　かざはな・せんり

1747　「五月は薄闇の内に―耕書堂奇談」
◇『幽』文学賞（第9回/平成26年/佳作/長篇部門）

笠原 淳　かさはら・じゅん

1748　「ウォークライ」
◇新潮新人賞（第8回/昭和51年）
「ウォークライ」　新潮社 1984.5 234p

1749　「漂泊の門出」
◇小説現代新人賞（第12回/昭和44年上）

1750　「杢二の世界」
◇芥川龍之介賞（第90回/昭和58年下）
「杢二の世界」　福武書店 1984.2 263p
「杢二の世界」　福武書店 1987.3 252p（福武文庫）
「芥川賞全集13」　文芸春秋 1989

笠原 なおみ　かさはら・なおみ

1751　「わが町サンチャゴ, 恋の町」
◇せれね大賞（第6回/平成8年）

笠原 藤代　かさはら・ふじよ

1752　「色のない街」
◇作家賞（第18回/昭和57年）

笠原 靖　かさはら・やすし

1753　「夏の終り」
◇織田作之助賞（第7回/平成2年）
「ウルフ街道」　関西書院 1992.4 243p
19cm 1500円　①4-7613-0144-9

風間 透　かざま・とおる

1754　「遠い農協」
◇農民文学賞（第39回/平成7年度）

風見 治　かざみ・おさむ

1755　「スフィンクスに」
◇南日本文学賞（第7回/昭和54年）
「鼻の周辺」　海鳥社　1996.4　266p
19cm 1800円　①4-87415-155-8

1756　「鼻の周辺」
◇九州芸術祭文学賞（第17回/昭和61年）
「鼻の周辺」　海鳥社　1996.4　266p
19cm 1800円　①4-87415-155-8

風見 周　かざみ・めぐる

1757　「ラッシュ・くらっしゅ・トレスパス―鋼鉄の吸血鬼―」
◇ファンタジア長編小説大賞（第13回/平成13年/佳作）〈受賞時〉松川周作
「ラッシュ・くらっしゅ・トレスパス！」富士見書房　2002.5　382p 15cm（富士見ファンタジア文庫）620円　①4-8291-1429-0

加地 慶子　かじ・けいこ

1758　「天の音」
◇北日本文学賞（第24回/平成2年/選奨）

梶 龍雄　かじ・たつお

1759　「透明な季節」
◇江戸川乱歩賞（第23回/昭和52年）
「透明な季節」　講談社 1977.9 297p
「透明な季節」　講談社 1980.2 293p（Roman books）
「透明の季節」　講談社 1980.9 317p（講談社文庫）
「透明な季節・時をきざむ潮―江戸川乱歩賞全集　11」梶龍雄、藤本泉著、日本推理作家協会編　講談社　2001.9　788p 15cm（講談社文庫）1190円　①4-06-273267-X

梶 よう子　かじ・ようこ

1760　「一朝の夢」
◇松本清張賞（第15回/平成20年）
「一朝の夢」　文藝春秋　2008.6　298p
20cm 1524円　①978-4-16-327250-4

梶井 俊介　かじい・しゅんすけ

1761　「僕であるための旅」
◇文學界新人賞（第67回/昭和63年下）

かじい たかし

1762　「妹は漢字が読める」
◇ノベルジャパン大賞（第5回/平成23年/銀賞）
「僕の妹は漢字が読める」　ホビージャパン　2011.7　294p　15cm（HJ文庫

316）619円　①978-4-7986-0250-9
※受賞作「妹は漢字が読める」を改題
「僕の妹は漢字が読める　2」　ホビー
ジャパン　2011.11　262p　15cm（HJ
文庫 338）619円　①978-4-7986-0309-4
「僕の妹は漢字が読める　3」　ホビー
ジャパン　2012.2　270p　15cm（HJ文
庫 352）619円　①978-4-7986-0344-5
「僕の妹は漢字が読める　4」　ホビー
ジャパン　2012.5　281p　15cm（HJ文
庫 か06-01-04）619円　①978-4-7986-
0396-4
「僕の妹は漢字が読める　5」　ホビー
ジャパン　2012.8　285p　15cm（HJ文
庫 か06-01-05）619円　①978-4-7986-
0437-4

梶尾 真治　かじお・しんじ

1763　「サラマンダー殲滅」
◇日本SF大賞　（第12回/平成3年）
「サラマンダー殲滅」　朝日ソノラマ
1990.10　525p
「サラマンダー殲滅　上」　光文社　2006.
9　456p　15cm（光文社文庫）705円
①4-334-74122-3
「サラマンダー殲滅　下」　光文社　2006.
9　455p　15cm（光文社文庫）705円
①4-334-74123-1

梶永 正史　かじなが・まさし

1764　「警視庁捜査二課・郷間彩香 特命
指揮官」
◇『このミステリーがすごい！』大賞
（第12回/平成25年/大賞）
「警視庁捜査二課・郷間彩香 特命指揮官」
宝島社　2014.1　343p　20cm　1400円
①978-4-8002-2031-8

梶野 悳三　かじの・とくぞう

1765　「鰊漁場」
◇大衆雑誌懇話会賞　（第2回/昭和23年）

鹿島 建曜　かしま・たてあき

1766　「The Unknown Hero：
Secret Origin」
◇創元SF短編賞　（第4回/平成25年度/
大森望賞）

鹿島 春光　かしま・はるみつ

1767　「ぼくと相棒」
◇朝日新人文学賞　（第2回/平成2年）
「ぼくと相棒」　朝日新聞社　1991.6　203p

鹿島田 真希　かしまだ・まき

1768　「二匹」
◇文藝賞　（第35回/平成10年）
「二匹」　河出書房新社　1999.1　144p
19cm　1200円　①4-309-01260-4
「二匹」　河出書房新社　2005.12　155p
15cm（河出文庫）520円　①4-309-
40774-9
1769　「ピカルディーの三度」
◇野間文芸新人賞　（第29回/平成19年）
「ピカルディーの三度」　講談社　2007.8
213p　20cm　1500円　①978-4-06-
214275-5
1770　「冥土めぐり」
◇芥川龍之介賞　（第147回/平成24年上
半期）
「冥土めぐり」　河出書房新社　2012.7
156p　20cm　1400円　①978-4-309-
02122-5
1771　「六〇〇〇度の愛」
◇三島由紀夫賞　（第18回/平成17年）
「六〇〇〇度の愛」　新潮社　2005.6
173p　20cm　1400円　①4-10-469502-5
「六〇〇〇度の愛」　新潮社　2009.9
198p　16cm（新潮文庫 か-53-1）362
円　①978-4-10-127971-8

梶村 啓二　かじむら・けいじ

1772　「野いばら」
◇日経小説大賞　（第3回/平成23年）
「野いばら」　日本経済新聞出版社　2011.
12　284p　20cm　1500円　①978-4-532-
17112-4
「野いばら」　日本経済新聞出版社　2013.
10　283p　15cm（日経文芸文庫 か1-
1）600円　①978-4-532-28008-6

梶山 季之　かじやま・としゆき

1773　「見切り千両」
◇小説現代ゴールデン読者賞　（第2回/
昭和45年下）
「見切り千両」　集英社　1984.6　279p（集
英社文庫）
「見切り千両」　パンローリング　2005.2
292p　19cm（ウィザードノベルズ 4）
1000円　①4-7759-2004-9

カシュウ タツミ

1774　「HYBRID」
◇日本ホラー小説大賞　（第1回/平成6年
/佳作）

「混成種―HYBRID」 角川書店 1994.4
293p 15cm（角川ホラー文庫）520円
Ⓘ4-04-193101-0

柏木 抄蘭 かしわぎ・しょうらん

1775 「ブッタの垣根」
◇女流新人賞 （第34回/平成3年度）

柏木 武彦 かしわぎ・たけひこ

1776 「鯨のいる地図」
◇海燕新人文学賞 （第4回/昭和60年）

柏木 智二 かしわぎ・ともじ

1777 「サイレンの鳴る村」
◇農民文学賞 （第33回/平成1年度/特別
賞）
「サイレンの鳴る村―柏木智二作品集」
日本農民文学会 1993.10 293p 19cm
2800円 Ⓘ4-7564-0177-5
※発売：オリジン出版センター

柏木 春彦 かしわぎ・はるひこ

1778 「切腹」
◇織田作之助賞 （第9回/平成4年）
「異色時代短篇傑作大全 2」 筒井康隆
ほか著 講談社 1994.2 485p 19cm
2000円 Ⓘ4-06-206708-0

柏木 露月 かしわぎ・ろげつ

1779 「祝捷の宴」
◇「文芸倶楽部」懸賞小説 （第24回/明
38年2月/第3等）

柏崎 恵理 かしわざき・えり

1780 「ネージュ・パルファム」
◇ゆきのまち幻想文学賞 （第10回/平成
12年/準大賞）
「ゆきのまち幻想文学賞小品集 10」 ゆ
きのまち通信企画・編 企画集団ぶりず
む 2001.3 223p 19cm 1800円 Ⓘ4-
906691-08-0

柏田 道夫 かしわだ・みちお

1781 「桃鬼城伝奇」
◇歴史群像大賞 （第2回/平成7年）
「桃鬼城伝奇」 学習研究社 1995.9
302p 18cm（歴史群像新書）880円
Ⓘ4-05-400585-3
1782 「二万三千日の幽霊」
◇オール讀物推理小説新人賞 （第34回/
平成7年）

「甘美なる復讐―「オール読物」推理小説
新人賞傑作選 4」 文藝春秋 編 文藝春
秋 1998.8 428p 15cm（文春文庫）
552円 Ⓘ4-16-721768-6

柏原 兵三 かしわばら・ひょうぞう

1783 「徳山道助の帰郷」
◇芥川龍之介賞 （第58回/昭和42年下）
「徳山道助の帰郷」 新潮社 1968 256p
「芥川賞全集7」 文芸春秋 1982
「徳山道助の帰郷・殉愛」 講談社 2003.
10 252p 15cm（講談社文芸文庫）
1200円 Ⓘ4-06-198348-2

梶原 珠子 かじわら・たまこ

1784 「鎌倉物語」
◇「サンデー毎日」大衆文芸 （第6回/
昭和5年上）

春日 秋人 かすが・あきと

1785 「彼女は魔眼をつかわない」
◇ファンタジア大賞 （第23回/平成23年
/銀賞）
「絶対服従カノジョ。 1 いいか、魔眼
はつかうなよ？」 富士見書房 2012.1
284p 15cm（富士見ファンタジア文庫
か-10-1-1）580円 Ⓘ978-4-8291-3723-
9
※受賞作「彼女は魔眼をつかわない」を
改題
「絶対服従カノジョ。 2 いいか、俺の
布団には入ってくるなよ？」 富士見書
房 2012.5 284p 15cm（富士見ファ
ンタジア文庫 か-10-1-2）600円
Ⓘ978-4-8291-3760-4
「絶対服従カノジョ。 3 いいか、俺に
服従してくれ！」 富士見書房 2012.9
283p 15cm（富士見ファンタジア文庫
か-10-1-3）600円 Ⓘ978-4-8291-3800-
7

春日部 タケル かすかべ・たける

1786 「バトルカーニバル・オブ・猿」
◇スニーカー大賞 （第15回/平成22年/
ザ・スニーカー賞）〈受賞時〉春日
部 武
「ヒマツリ―ガール・ミーツ・火猿」 角
川書店, 角川グループパブリッシング
〔発売〕 2010.12 301p 15cm（角川
スニーカー文庫）590円 Ⓘ978-4-04-
474829-6
※受賞作「バトルカーニバル・オブ・猿」
を改題

文学賞受賞作品総覧 小説篇

香月 紗江子　かづき・さえこ

1787　「緑の闇」
◇小学館ライトノベル大賞〔ガガガ文庫部門〕（第1回/平成19年/期待賞）
「カラブルワールド―緑の闇」　小学館　2007.9　257p　15cm（ガガガ文庫）571円　①978-4-09-451029-4

香月 せりか　かづき・せりか

1788　「我が家の神様セクハラニート」
◇ノベル大賞（第39回/平成20年度/佳作）

上総 朋大　かずさ・ともひろ

1789　「アレンシアの魔女」
◇ファンタジア大賞（第22回/平成22年/金賞）
「カナクのキセキ―Innocent Journey 1」　富士見書房　2011.1　302p　15cm（富士見ファンタジア文庫 か-9-1-1）580円　①978-4-8291-3604-1
※受賞作「アレンシアの魔女」を改題
「カナクのキセキ―Innocent Journey 2」　富士見書房　2011.5　338p　15cm（富士見ファンタジア文庫 か-9-1-2）620円　①978-4-8291-3639-3
「カナクのキセキ―Innocent Journey 3」　富士見書房　2011.10　283p　15cm（富士見ファンタジア文庫 か-9-1-3）600円　①978-4-8291-3691-1
「カナクのキセキ―Innocent Journey 4」　富士見書房　2012.4　316p　15cm（富士見ファンタジア文庫 か-9-1-4）620円　①978-4-8291-3751-2
「カナクのキセキ―Innocent Journey 5」　富士見書房　2012.8　317p　15cm（富士見ファンタジア文庫 か-9-1-5）620円　①978-4-8291-3790-1

数野 和夫　かずの・かずお

1790　「舞扇」
◇中村星湖文学賞（第13回/平成11年）
「舞扇」　甲陽書房　1998.9　296p　20cm　2000円　①4-87531-548-1

和見 俊樹　かずみ・としき

1791　「うーちゃんの小箱」
◇スニーカー大賞（第20回・秋/平成27年/優秀賞）

香住 泰　かすみ・やすし

1792　「退屈解消アイテム」
◇「小説推理」新人賞（第19回/平成9年）
「小説推理新人賞受賞作アンソロジー2」　大倉崇裕, 岡田秀文, 香住泰, 翔田寛, 永井するみ著　双葉社　2000.11　281p　15cm（双葉文庫）552円　①4-575-50755-5
「錯覚都市」　双葉社　2001.12　293p　19cm　1800円　①4-575-23428-1

粕谷 知世　かすや・ちせ

1793　「太陽と死者の記録」
◇日本ファンタジーノベル大賞（第13回/平成13年）
「クロニカ―太陽と死者の記録」　新潮社　2001.12　365p　20cm　1700円　①4-10-450601-X

粕谷 日出美　かすや・ひでみ

1794　「無力の王」
◇ニッポン放送青春文芸賞（第1回/昭和55年）
「無力の王」　ニッポン放送編 サンケイ出版　1980.6　214p

風 カオル　かぜ・かおる

1795　「ハガキ職人カタギ！」
◇小学館文庫小説賞（第15回/平成26年）

加瀬 政広　かせ・まさひろ

1796　「慕情二つ井戸」
◇「小説推理」新人賞（第34回/平成24年）

風野 真知雄　かぜの・まちお

1797　「黒牛と妖怪」
◇歴史文学賞（第17回/平成4年度）
「黒牛と妖怪」　新人物往来社　2009.5　287p　15cm（新人物文庫）667円　①978-4-404-03702-2

1798　「沙羅沙羅越え」
◇中山義秀文学賞（第21回/平成27年度）
「沙羅沙羅越え」　KADOKAWA　2014.6　314p　20cm　1400円　①978-4-04-600475-8

綯の会　かせのかい

1799　「日本文化の源流をたずねて」
◇日本文芸大賞（第20回/平成12年/民俗文化賞）

1800～1816

「日本文化の源流をたずねて」 綛野和子
著 慶應義塾大学出版会 2000.4 396,
11p 20cm 3000円 ①4-7664-0777-6

風森 さわ　かぜもり・さわ

1800 「切岸まで」
◇文の京文芸賞 （第1回/平成17年）
「切岸まで」 講談社 2003.7 185p
20cm 1500円 ①4-06-211921-8

片岡 正　かたおか・ただし

1801 「船はどこへ行く」
◇日本海文学大賞 （第3回/平成4年/小
説/奨励賞）

片岡 稔恵　かたおか・としえ

1802 「チャージ」
◇女流新人賞 （第4回/昭和36年度）

片岡 直子　かたおか・なおこ

1803 「産後思春期症候群」
◇H氏賞 （第46回/平成8年）
「産後思春期症候群」 書肆山田 1995.6
161p 19cm 1400円 ①4-87995-355-5

片岡 伸行　かたおか・のぶゆき

1804 「馬船楽浪航」
◇歴史浪漫文学賞 （第10回/平成22年/
創作部門優秀賞）

片岡 真　かたおか・まこと

1805 「桜咲荘」
◇堺自由都市文学賞 （第22回/平成22年
度/佳作）

1806 「ゆらぎ」
◇大阪女性文芸賞 （第28回/平成22年）

片岡 義男　かたおか・よしお

1807 「スローなブギにしてくれ」
◇野性時代新人文学賞 （第2回/昭和50
年）
「スローなブギにしてくれ」 角川書店
1976 248p
「スローなブギにしてくれ」 角川書店
1979.6 286p （角川文庫）
「スローなブギにしてくれ」 角川書店
2001.7 270p 15cm （角川文庫） 476
円 ①4-04-137191-0

片上 伸　かたがみ・のぶる

1808 「落栗」

◇「新小説」懸賞小説 （明34年9月）

1809 「軍艦高砂」
◇「万朝報」懸賞小説 （第77回/明31年
7月）

1810 「姿見物語」
◇「万朝報」懸賞小説 （第82回/明31年
8月）

1811 「ちりざくら」
◇「万朝報」懸賞小説 （第170回/明33
年5月）

片桐 樹童　かたぎり・きどう

1812 「皇女夢幻変」
◇歴史群像大賞 （第6回/平成11年/大
賞） 〈受賞時〉樹童片
「古事記呪殺変―本格派古代伝奇ロマン」
学習研究社 2000.4 302p 18cm 890
円 ①4-05-401230-2

片桐 里香　かたぎり・りか

1813 「いつも通り」
◇コバルト・ノベル大賞 （第7回/昭和
61年上/佳作）
「コバルト・ノベル大賞入選作品集 3」
コバルト編集部編 集英社 1987.3
263p 15cm （集英社文庫―コバルトシ
リーズ） 340円 ①4-08-611032-6

片倉 一　かたくら・いち

1814 「翼の末裔」
◇C★NOVELS大賞 （第6回/平成22年/
特別賞） 〈受賞時〉片倉 弓弦
「風の島の竜使い」 中央公論新社 2010.
7 229p 18cm （C・novels fantasia か
5-1) 900円 ①978-4-12-501118-9
※受賞作「翼の末裔」を改題

片島 麦子　かたしま・むぎこ

1815 「ウツボの森の少女」
◇パピルス新人賞 （第4回/平成22年/特
別賞）

片瀬 チヲル　かたせ・ちおる

1816 「泡をたたき割る人魚は」
◇群像新人文学賞 （第55回/平成24年/
小説優秀作）
「泡をたたき割る人魚は」 講談社 2012.
7 128p 20cm 1300円 ①978-4-06-
217771-9

片瀬 二郎　かたせ・にろう

1817 「花と少年」
◇創元SF短編賞（第2回/平成23年度/大森望賞）
「原色の想像力―創元SF短編賞アンソロジー 2」大森望、日下三蔵、堀晃編 東京創元社　2012.3　444p　15cm（創元SF文庫 739-02）980円　①978-4-488-73902-7

片瀬 由良　かたせ・ゆら

1818 「愛玩王子」
◇小学館ライトノベル大賞〔ルルル文庫部門〕（第1回/平成19年/ルルル賞）
「愛玩王子」小学館　2007.7　257p　15cm（小学館ルルル文庫）
「愛玩王子―瑠璃色の卵」小学館　2007.11　252p　15cm（小学館ルルル文庫）476円　①978-4-09-452032-3
「愛玩王子―白の怪盗」小学館　2007.12　252p　15cm（小学館ルルル文庫）476円　①978-4-09-452044-6
「愛玩王子―琥珀色の風」小学館　2008.8　255p　15cm（小学館ルルル文庫）476円　①978-4-09-452077-4
「愛玩王子―虹色の欠片」小学館　2008.12　220p　15cm（小学館ルルル文庫）848円　①978-4-09-452093-4
「愛玩王子―漆黒の契約」小学館　2009.8　322p　15cm（小学館ルルル文庫 ルか1-7）514円　①978-4-09-452123-8
※並列シリーズ名：Shogakukan lululu bunko
「愛玩王子―古都の恋詠（こいうた）」小学館　2009.12　245p　15cm（小学館ルルル文庫 ルか1-8）495円　①978-4-09-452138-2
※並列シリーズ名：Shogakukan lululu bunko

片野 朗延　かたの・あきのぶ

1819 「仮病」
◇三田文学新人賞（第10回/平成15年/小説部門）

片野 善章　かたの・よしあき

1820 「寛政見立番付」
◇オール讀物新人賞（第74回/平成6年）

方波 見咲　かたば・みさく

1821 「白盾騎士団・営業部」

◇MF文庫Jライトノベル新人賞（第11回/平成27年/最優秀賞）
「ギルド"白き盾"の夜明譚」KADOKAWA　2015.11　326p　15cm（MF文庫J）580円　①978-4-04-067960-0

方波見 大志　かたばみ・だいし

1822 「3分26秒の削除ボーイズ―ぼくと春とコウモリと―」
◇ポプラ社小説大賞（第1回/平成18年/大賞）
「削除ボーイズ0326」ポプラ社　2006.10　342p　20cm　1400円　①4-591-09472-3
「削除ボーイズ0326」ポプラ社　2009.10　355p　16cm（ポプラ文庫 か6-1）600円　①978-4-591-11193-2
※2006年刊の加筆修正

片山 恭一　かたやま・きょういち

1823 「気配」
◇文學界新人賞（第63回/昭和61年下）

片山 憲太郎　かたやま・けんたろう

1824 「電波日和」
◇スーパーダッシュ小説新人賞（第3回/平成16年/佳作）
「電波的な彼女」集英社　2004.9　323p　15cm（集英社スーパーダッシュ文庫）629円　①4-08-630206-3
「電波的な彼女―愚か者の選択」集英社　2005.3　287p　15cm（集英社スーパーダッシュ文庫）571円　①4-08-630230-6
「電波的な彼女―幸福ゲーム」集英社　2005.7　320p　15cm（集英社スーパーダッシュ文庫）619円　①4-08-630247-0

片山 奈保子　かたやま・なほこ

1825 「ペンギンの前で会いましょう」
◇ノベル大賞（第29回/平成10年度/佳作, 読者大賞）

片山 満久　かたやま・みつひさ

1826 「聖野菜祭（セントベジタブルデイ）」
◇コバルト・ノベル大賞（第1回/昭和58年上/佳作）

片山 杜秀　かたやま・もりひで

1827 「未完のファシズム―『持たざる国』日本の運命」

片山 ゆかり　かたやま・ゆかり

1828　「春子のバラード」
◇女流新人賞　（第33回/平成2年度）
「春子のバラード」　銀河書房　1992.4
265p　19cm　1300円

片山 洋一　かたやま・よういち

1829　「大坂誕生」
◇朝日時代小説大賞　（第6回/平成26年/
優秀作）
「大坂誕生」　朝日新聞出版　2015.3
277p　19cm　1500円　①978-4-02-
251269-7

1830　「雲ゆく人」
◇歴史群像大賞　（第5回/平成10年/奨励
賞）

かたやま 和華　かたやま・わか

1831　「楓が通る！」
◇富士見ヤングミステリー大賞　（第5回
/平成17年/佳作）　〈受賞時〉睦
月 朔
「楓の剣！」　富士見書房　2006.1　270p
15cm　（富士見ミステリー文庫）　560円
①4-8291-6334-8
「楓の剣！ 2 ぬえの鳴く夜」　富士見書
房　2006.4　302p　15cm　（富士見ミス
テリー文庫）　560円　①4-8291-6348-8
「楓の剣！ 3 かげろふ人形」　富士見書
房　2006.8　300p　15cm　（富士見ミス
テリー文庫）　600円　①4-8291-6364-X

勝浦 雄　かつうら・ゆう

1832　「ビハインド・ザ・マスク」
◇朝日新人文学賞　（第10回/平成11年）
「サンタクロース撲滅団」　朝日新聞社
1999.10　233p　20cm　1600円　①4-02-
257438-0

勝木 康介　かつき・こうすけ

1833　「出発の周辺」
◇群像新人文学賞　（第13回/昭和45年/
小説）
「出発の周辺」　講談社　1971　253p
「出発の周辺―勝木康介作品選集」　文藝
春秋企画出版部, 文藝春秋〔発売〕

2012.6　901p　21cm　3500円　①978-4-
16-008750-7

河童 三郎　かっぱ・ざぶろう

1834　「棘の忠臣」
◇集英社ライトノベル新人賞　（第3回/
平成27年/特別賞）

勝目 梓　かつめ・あずさ

1835　「寝台の方舟」
◇小説現代新人賞　（第22回/昭和49年
上）
「寝台の方舟」　講談社　1983.10　225p

勝山 海百合　かつやま・うみゆり

1836　「さざなみの国」
◇日本ファンタジーノベル大賞　（第23
回/平成23年/大賞）
「さざなみの国」　新潮社　2011.11　222p
20cm　1300円　①978-4-10-331441-7

1837　「竜岩石」
◇『幽』怪談文学賞　（第2回/平成19年/
短編部門/優秀賞）
「竜岩石とただならぬ娘」　メディアファ
クトリー　2008.8　259p　15cm　（MF
文庫ダ・ヴィンチ）　590円　①978-4-
8401-2414-0

桂 修司　かつら・しゅうじ

1838　「明治二十四年のオウガア」
◇『このミステリーがすごい！』大賞
（第6回/平成19年/優秀賞）
「呪眼連鎖」　宝島社　2008.12　375p
20cm　1400円　①978-4-7966-6683-1
「パンデミック・アイ呪眼連鎖 上」　宝
島社　2009.11　282p　16cm　（宝島社
文庫）　476円　①978-4-7966-7385-3
※「呪眼連鎖」(2008年刊)の改題
「パンデミック・アイ呪眼連鎖 下」　宝
島社　2009.11　254p　16cm　（宝島社
文庫）　476円　①978-4-7966-7387-7
※「呪眼連鎖」(2008年刊)の改題

桂 環　かつら・たまき

1839　「チルカの海」
◇ノベル大賞　（第36回/平成17年度/大
賞）

桂 望実　かつら・のぞみ

1840　「県庁の星」
◇本屋大賞　（第3回/平成18年/9位）

かつら

「県庁の星」 小学館 2005.9 255p
20cm 1300円 Ⓝ4-09-386150-1
「県庁の星」 幻冬舎 2008.10 324p
16cm （幻冬舎文庫） 600円 Ⓝ978-4-
344-41202-6

桂 美人 かつら・びじん

1841 「LOST CHILD」
◇横溝正史ミステリ大賞 （第27回/平成
19年/大賞）
「ロスト・チャイルド」 角川書店, 角川
グループパブリッシング（発売） 2007.
6 396p 20cm 1300円 Ⓝ978-4-04-
873783-8
※他言語標題：Lost child
「ロスト・チャイルド」 角川書店, 角川
グループパブリッシング（発売） 2009.
9 456p 15cm （角川文庫 15883） 743
円 Ⓝ978-4-04-394310-4
※2007年刊の加筆訂正

桂 和歌 かつら・わか

1842 「一姫二太郎ゼロ博士」
◇パレットノベル大賞 （第31回/平成16
年冬/佳作）

桂川 秋香 かつらがわ・しゅうこう

1843 「親ごゝろ」
◇「文芸倶楽部」懸賞小説 （第43回/明
39年9月/第2等）

桂城 和子 かつらぎ・かずこ

1844 「風に棲む」
◇北日本文学賞 （第19回/昭和60年）
「北日本文学賞入賞作品集 2」 井上靖,
宮本輝編, 北日本新聞社編 北日本新聞
社 2002.8 436p 19cm 2190円 Ⓝ4-
906678-67-X

桂木 和子 かつらぎ・かずこ

1845 「春の川」
◇東北北海道文学賞 （第4回/平成5年）

桂木 希 かつらぎ・のぞむ

1846 「世界樹の枝で」
◇横溝正史ミステリ大賞 （第26回/平成
18年/大賞） 〈受賞時〉橋本 希蘭
「ユグドラジルの覇者」 角川書店 2006.
5 395p 20cm 1500円 Ⓝ4-04-
873698-1
※他言語標題：The conqueror of
yggdrasill

「支配せよ、と世界樹は言った」 角川書
店, 角川グループパブリッシング（発
売） 2009.9 471p 15cm （角川文庫
15884） 781円 Ⓝ978-4-04-394313-5
※『ユグドラジルの覇者』（2006年刊）の
改題

葛城 範子 かつらぎ・のりこ

1847 「暗い珊瑚礁」
◇池内祥三文学奨励賞 （第16回/昭和61
年）

1848 「スペアキー」
◇池内祥三文学奨励賞 （第16回/昭和61
年）

1849 「福の神」
◇池内祥三文学奨励賞 （第16回/昭和61
年）

かつらこ

1850 「かっぱたろうとさかなぶえ」
◇新風舎出版賞 （第21回/平成15年11月
/ハミングバード賞/ビジュアル部
門）
「かっぱたろうとさかなぶえ」 新風舎
2004.7 1冊（ページ付なし） 19×
27cm 1500円 Ⓝ4-7974-4439-8

門井 慶喜 かどい・よしのぶ

1851 「キッドナッパーズ」
◇オール讀物推理小説新人賞 （第42回/
平成15年）

加藤 栄次 かとう・えいじ

1852 「真作譚」
◇小説現代新人賞 （第48回/昭和62年
上）

加藤 薫 かとう・かおる

1853 「アルプスに死す」
◇オール讀物推理小説新人賞 （第8回/
昭和44年）

加藤 清子 かとう・きよこ

1854 「猫のスノウ」
◇ゆきのまち幻想文学賞 （第20回/平成
22年/準長編賞）
「ゆきのまち幻想文学賞小品集 20 も
うひとつの階段」 ゆきのまち通信編
企画集団ぷりずむ 2011.4 215p
19cm 1715円 Ⓝ978-4-906691-37-1

1855 「春を待つクジラ」

文学賞受賞作品総覧 小説篇

◇ゆきのまち幻想文学賞（第21回/平成23年/長編賞）
「ゆきのまち幻想文学賞小品集　21　風花―雪の物語二十七編」　ゆきのまち通信主宰・編　高田宏, 萩尾望都, 乳井昌史選　企画集団ぷりずむ　2012.3　207p　19cm　1715円　①978-4-906691-42-5

加藤 元　かとう・げん

1856　「山姫抄」
◇小説現代長編新人賞（第4回/平成21年）
「山姫抄」　講談社　2009.10　206p　20cm　1500円　①978-4-06-215833-6

加藤 幸一　かとう・こういち

1857　「十一月の晴れ間」
◇全作家文学賞（第8回/平成25年度/佳作）

加堂 秀三　かどう・しゅうぞう

1858　「涸滝」
◇吉川英治文学新人賞（第1回/昭和55年度）
「涸滝」　文芸春秋　1979.9　237p
「涸滝」　徳間書店　1997.12　213p　15cm（徳間文庫）495円　①4-19-890797-8

1859　「町の底」
◇小説現代新人賞（第14回/昭和45年上）

加藤 真司　かとう・しんじ

1860　「徐福」
◇古代ロマン文学大賞（第3回/平成14年/創作部門優秀賞）

1861　「邪馬台国の謎」
◇歴史群像大賞（第1回/平成6年）
「古事記が明かす邪馬台国の謎」　学習研究社　1994.5　223p　18cm（歴史群像新書）780円　①4-05-400361-3

加藤 善也　かとう・ぜんや

1862　「ヘンな椅子」
◇作家賞（第1回/昭和40年）

加藤 武雄　かとう・たけお

1863　「崩壊」
◇「万朝報」懸賞小説（第578回/明41年12月）

加藤 徹　かとう・とおる

1864　「シアワセデアリタイトソノヒトハネガッタ」
◇新風舎出版賞（第15回/平成13年3月/出版大賞）
「幸せだってことにしといて」　かとうとおる著　新風舎　2004.8　222p　19cm　1700円　①4-7974-2435-4

加藤 富夫　かとう・とみお

1865　「神の女」
◇文學界新人賞（第27回/昭和43年下）
「口髭と虱」　文芸春秋　1973　265p
「神の女―加藤富夫作品集1」　二ツ井町（秋田県）秋田書房　1983.5　253p
「神の女―加藤富夫作品集1」　秋田書房　1983.5　253p　20cm　1800円

加藤 敬尚　かとう・のりひさ

1866　「藥箱」
◇舟橋聖一顕彰青年文学賞（第17回/平成17年/佳作（小説））

加藤 日出太　かとう・ひでた

1867　「変な仇討」
◇「サンデー毎日」大衆文芸（第1回/昭和1年/乙）

加藤 秀行　かとう・ひでゆき

1868　「サバイブ」
◇文學界新人賞（第120回/平成27年上）

加藤 博子　かとう・ひろこ

1869　「ヒロコ」
◇フェミナ賞（第2回/平成1年）
「ヒロコ」　学習研究社　1992.9　213p　19cm　1400円　①4-05-106087-X

加藤 牧星　かとう・ぼくせい

1870　「海岸の丘」
◇「文章世界」特別募集小説（大9年6月）

1871　「南瓜盗人」
◇「文章世界」特別募集小説（大7年8月）

1872　「富良野川辺の或村」
◇「文章世界」特別募集小説（大6年12月）

文学賞受賞作品総覧 小説篇

加藤 正明　かとう・まさあき

1873　「闘茶―私本 珠光記―」
◇中村星湖文学賞　（第28回/平成26年）
「闘茶―私本珠光記」　山梨ふるさと文庫
2013.12　313p　19cm　1500円　Ⓘ978-
4-903680-43-9

加藤 雅利　かとう・まさとし

1874　「勇者は口数がそんなに多くない
傾向にあるのか」
◇『このライトノベルがすごい！』大賞
（第5回/平成26年/栗山千明賞）
「〈急募〉賢者一名〈勤務時間は応相談〉―
勇者を送り迎えするだけのカンタンな
お仕事です」　宝島社　2014.12　284p
16cm　（このライトノベルがすごい！文
庫 かー2-1）　650円　Ⓘ978-4-8002-
3488-9
※他言語標題：RECRUIT A SAGE
HURRIEDLY

加藤 政義　かとう・まさよし

1875　「鬼哭山恋奇譚」
◇ジャンプ小説大賞　（第10回/平成12年
/佳作）

加藤 実秋　かとう・みあき

1876　「インディゴの夜」
◇創元推理短編賞　（第10回/平成15年）
「インディゴの夜」　東京創元社　2005.2
275p　20cm　（ミステリ・フロンティ
ア）　1500円　Ⓘ4-488-01712-6

加藤 幹也　かとう・みきや

1877　「少女のための蠱殺作法」
◇幻想文学新人賞　（第1回/昭和60年）

加藤 由　かとう・ゆう

1878　「なわとび」
◇新風舎出版賞　（第21回/平成15年11月
/最優秀賞/ビジュアル部門）

加藤 幸子　かとう・ゆきこ

1879　「野餓鬼のいた村」
◇新潮新人賞　（第14回/昭和57年）
「夢の壁」　新潮社 1983.2 232p
「加藤幸子自選作品集　4」　未知谷
2013.2　309p　19cm　3500円　Ⓘ978-4-
89642-398-3
1880　「夢の壁」
◇芥川龍之介賞　（第88回/昭和57年下）

「夢の壁」　新潮社 1983.2 232p
「芥川賞全集13」　文芸春秋 1989
「吉田知子 森万紀子 吉行理恵 加藤幸子」
吉田知子，森万紀子，吉行理恵，加藤幸子
著，河野多恵子，大庭みな子，佐藤愛子，
津村節子監修　角川書店　1998.10
455p　19cm　（女性作家シリーズ 16）
2600円　Ⓘ4-04-574216-6
「加藤幸子自選作品集　1」　未知谷
2013.8　326p　19cm　3600円　Ⓘ978-4-
89642-395-2

加藤 霖雨　かとう・りんう

1881　「壁」
◇東北北海道文学賞　（第7回/平成8年）

門倉 暁　かどくら・さとる

1882　「サークル」
◇北区内田康夫ミステリー文学賞　（第
12回/平成26年/審査員特別賞（特別
賞））
1883　「話、聞きます」
◇北区内田康夫ミステリー文学賞　（第9
回/平成23年/浅見光彦賞（特別
賞））

門倉 ミミ　かどくら・みみ

1884　「あの日、あの時」
◇三田文学新人賞　（第21回/平成27年/
小説部門/佳作）
1885　「通夜ごっこ」
◇大阪女性文芸賞　（第27回/平成21年）

門田 露　かどた・つゆ

1886　「お夏」
◇神戸文学賞　（第13回/平成1年）

上遠野 浩平　かどの・こうへい

1887　「ブギーポップは笑わない」
◇電撃ゲーム小説大賞　（第4回/平成9年
/大賞）
「ブギーポップは笑わない」　メディア
ワークス，主婦の友社〔発売〕　1998.2
283p　15cm　（電撃文庫）550円　Ⓘ4-
07-308040-7

角埜 杞真　かどの・こま

1888　「トーキョー下町ゴールドクラッ
シュ！」
◇電撃大賞　（第22回/平成27年/大賞）

門脇 大祐　かどわき・だいすけ

1889　「黙って喰え」
◇新潮新人賞　（第44回/平成24年）

かな

1890　「ラスト・ゲーム」
◇日本ケータイ小説大賞　（第2回/平成
19年/TSUTAYA賞）
「ラスト・ゲーム」　スターツ出版　2008.
2　262p　20cm　1000円　①978-4-
88381-070-3
※他言語標題：Last game

夏那 靈ヰチ　かな・れいいち

1891　「ぼっくり屋」
◇フーコー短編小説コンテスト　（第14
回/平成15年3月/最優秀賞）
「フーコー「短編小説」傑作選　14」
フーコー編集部編　フーコー　2004.1
679p　19cm　2400円　①4-434-03830-3

金井 美恵子　かない・みえこ

1892　「タマや」
◇女流文学賞　（第27回/昭和63年度）
「タマや」　講談社　1987.11　189p
「タマや」　河出書房新社　1999.6　202p
15cm　（河出文庫）　640円　①4-309-
40581-9

1893　「プラトン的恋愛」
◇泉鏡花文学賞　（第7回/昭和54年）
「プラトン的恋愛」　講談社　1979.7　237p
「プラトン的恋愛」　講談社　1982.4　212p
（講談社文庫）
「金井美恵子全短篇2」　日本文芸社　1992
「愛の生活 森のメリュジーヌ」　講談社
1997.8　289p　15cm　（講談社文芸文
庫）　950円　①4-06-197578-1

金川 太郎　かながわ・たろう

1894　「交流」
◇「サンデー毎日」大衆文芸　（第33回/
昭和18年下）

金久保 光央　かなくぼ・みつお

1895　「自己紹介不能者たちの夕べ」
◇ブックバード文学大賞　（第4回/平成2
年/優秀賞）

金澤 マリコ　かなざわ・まりこ

1896　「ベンヤミン院長の古文書」
◇島田荘司選 ばらのまち福山ミステ

リー文学新人賞　（第7回/平成26年/
優秀作）
「ベンヤミン院長の古文書」　原書房
2015.11　370p　19cm　2000円　①978-
4-562-05261-5

かなまる よしあき

1897　「証人台」
◇北海道新聞文学賞　（第13回/昭和54年
/小説）
「証人台」　かなまるよしあき著 室蘭 噴
火湾社　1979.5　2冊

加奈山 径　かなやま・けい

1898　「兎の復習」
◇日本文芸大賞　（第13回/平成5年/現代
小説賞）
「兎の復讐」　甲陽書房　1992.4　268p

1899　「上顎下顎観血手術」
◇全作家文学賞　（第10回/昭和61年度/
小説）
「上顎下顎観血手術」　甲陽書房　1987.11
214p

蟹谷 勉　かにや・つとむ

1900　「死に至るノーサイド」
◇具志川市文学賞　（第1回/平成4年）
「死に至るノーサイド」　朝日新聞社
1993.6　277p
「死に至るノーサイド」　朝日新聞社
1996.6　281p　15cm　（朝日文芸文庫）
690円　①4-02-264110-X

金木 静　かねき・しずか

1901　「鎮魂夏」
◇小説現代新人賞　（第27回/昭和51年
下）

かねくら 万千花　かねくら・まちか

1902　「それは魔法とアートの因果律」
◇小学館ライトノベル大賞〔ルルル文庫
部門〕　（第5回/平成23年/奨励賞）

金子 朱里　かねこ・あかり

1903　「わたくしはねこですわ」
◇12歳の文学賞　（第3回/平成21年/小説
部門/中川翔子賞）
「12歳の文学　第3集　小学生作家が紡ぐ
9つの物語」　小学館　2009.3　299p
20cm　1100円　①978-4-09-289721-2

金子 薫　かねこ・かおる

1904　「アルタッドに捧ぐ」
◇文藝賞（第51回/平成26年度）
「アルタッドに捧ぐ」　河出書房新社
2014.11　130p　20cm　1300円　①978-
4-309-02337-3

金子 カズミ　かねこ・かずみ

1905　「深海の尖兵〜戦略潜水艦「海王」
奮闘記〜」
◇歴史群像大賞（第19回/平成25年発表
/奨励賞）
「深海の尖兵―新型戦略潜水艦「海王」出
撃！」　学研パブリッシング, 学研マー
ケティング〔発売〕　2014.1　212p
18cm　（歴史群像新書 384）　943円
①978-4-05-405891-0
※受賞作「深海の尖兵〜戦略潜水艦「海
王」奮闘記〜」を改題

金子 きみ　かねこ・きみ

1906　「東京のロビンソン」
◇平林たい子文学賞（第11回/昭和58年
/小説）
「東京のロビンソン」　有朋舎 1982.7 195p

金子 浩　かねこ・ひろし

1907　「ねじまき少女」
◇星雲賞（第43回/平成24年/海外長編
部門（小説））
「ねじまき少女　上」　パオロ・バチガル
ピ著, 田中一江, 金子浩訳　早川書房
2011.5　391p　16cm　（ハヤカワ文庫
SF1809）　840円　①978-4-15-011809-9
「ねじまき少女　下」　パオロ・バチガル
ピ著, 田中一江, 金子浩訳　早川書房
2011.5　382p　16cm　（ハヤカワ文庫
SF1810）　840円　①978-4-15-011810-5

1908　「ポケットの中の法」
◇星雲賞（第44回/平成25年/海外短編
部門（小説））
「第六ポンプ」　パオロ・バチガルピ著,
中原尚哉, 金子浩訳　早川書房　2012.2
392p　19cm　（新☆ハヤカワ・SF・シ
リーズ no.5002）　1600円　①978-4-15-
335002-1
「第六ポンプ」　パオロ・バチガルピ著,
中原尚哉, 金子浩訳　早川書房　2013.
12　510p　16cm　（ハヤカワ文庫 SF
1934）　980円　①978-4-15-011934-8

金子 みづは　かねこ・みづは

1909　「葦の原―ありふれた死の舞踏―」
◇『幽』怪談文学賞（第4回/平成21年/
短編部門/佳作）

金子 光晴　かねこ・みつはる

1910　「風流尸解記」
◇芸術選奨（第22回/昭和46年度/文学
部門/文部大臣賞）
「風流尸解記」　青娥書房 1971 184p
「金子光晴全集9」　中央公論社 昭和51年
「風流尸解記」　講談社 1990.9 343p（講
談社文芸文庫）

金子 めぐみ　かねこ・めぐみ

1911　「たまご戦争 上中下」
◇新風舎出版賞（第19回/平成14年11月
/出版大賞）
「たまご王国」　新風舎　2004.2　1冊
（ページ付なし）　19×19cm　1400円
①4-7974-3155-5

兼島 優　かねしま・ゆう

1912　「オニヒトデ」
◇大阪女性文芸賞（第32回/平成26年）

金城 一紀　かねしろ・かずき

1913　「映画篇」
◇本屋大賞（第5回/平成20年/5位）
「映画篇」　集英社　2007.7　363p　20cm
1400円　①978-4-08-775380-6

1914　「GO」
◇直木三十五賞（第123回/平成12年上
期）
「Go」　講談社　2000.3　241p　20cm
1400円　①4-06-210054-1
「Go」　講談社　2003.3　252p　15cm
（講談社文庫）　448円　①4-06-273683-7

金城 孝祐　かねしろ・こうすけ

1915　「完全な銀」
◇すばる文学賞（第37回/平成25年）
「教授と少女と錬金術師」　集英社　2014.
2　180p　20cm　1200円　①978-4-08-
771550-7
※受賞作「完全な銀」を改題

金田 勲衛　かねだ・くんえい

1916　「恋と拳闘」
◇「サンデー毎日」大衆文芸（第12回/
昭和8年上）

金原 ひとみ　かねはら・ひとみ

1917 「**TRIP TRAP** トリップ・トラップ」
◇織田作之助賞（第27回/平成22年/大賞）
「TRIP TRAP―トリップ・トラップ」角川書店, 角川グループパブリッシング〔発売〕 2009.12 259p 19cm 1400円 ①978-4-04-874012-8
「TRIP TRAP―トリップ・トラップ」角川書店, 角川グループパブリッシング〔発売〕 2013.1 285p 15cm（角川文庫） 552円 ①978-4-04-100661-0

1918 「蛇にピアス」
◇芥川龍之介賞（第130回/平成15年下期）
◇すばる文学賞（第27回/平成15年）
「蛇にピアス」 集英社 2004.1 124p 20cm 1200円 ①4-08-774683-6

1919 「マザーズ」
◇Bunkamuraドゥマゴ文学賞（第22回/平成24年/髙樹のぶ子選）
「マザーズ」 新潮社 2011.7 457p 20cm 1900円 ①978-4-10-304532-8
「マザーズ」 新潮社 2014.1 615p 16cm（新潮文庫 か-54-2）790円 ①978-4-10-131332-0

加野 厚　かの・あつし

1920 「天国の番人」
◇オール讀物新人賞（第47回/昭和50年下）

嘉野 さつき　かの・さつき

1921 「望郷」
◇マリン文学賞（第1回/平成2年）

狩野 あざみ　かのう・あざみ

1922 「博浪沙異聞」
◇歴史文学賞（第15回/平成2年度）
「博浪沙異聞」 新人物往来社 1992.12 264p
「博浪沙異聞」 新潮社 1996.1 294p 15cm（新潮文庫）440円 ①4-10-143711-4

叶 泉　かのう・いずみ

1923 「お稲荷さんが通る」
◇ボイルドエッグズ新人賞（第9回/平成21年1月）
「お稲荷さんが通る」 産業編集センター 2009.11 221p 19cm 1200円 ①978-4-86311-034-2

加納 一朗　かのう・いちろう

1924 「ホック氏の異郷の冒険」
◇日本推理作家協会賞（第37回/昭和59年/長篇部門）
「ホック氏の異郷の冒険」 角川書店 1983.8 320p（角川文庫）
「ホック氏の異郷の冒険」 天山出版 1989.3 299p（天山文庫）〈発売：大陸書房〉
「ホック氏の異郷の冒険―日本推理作家協会賞受賞作全集 44」 双葉社 1998.11 328p 15cm（双葉文庫）581円 ①4-575-65841-3

叶 紙器　かのう・しき

1925 「伽羅の橋」
◇島田荘司選 ばらのまち福山ミステリー文学新人賞（第2回/平成21年）〈受賞時〉糸 冬了
「伽羅の橋」 光文社 2010.3 464p 19cm 1800円 ①978-4-334-92703-5

加納 朋子　かのう・ともこ

1926 「ガラスの麒麟」
◇日本推理作家協会賞（第48回/平成7年/短編および連作短編集部門）
「推理小説代表作選集―推理小説年鑑 1995」 日本推理作家協会編 講談社 1995.6 417p 19cm 2000円 ①4-06-114537-1
「ガラスの麒麟」 講談社 1997.8 318p 19cm 1600円 ①4-06-208757-X
「犯行現場にもう一度―ミステリー傑作選 33」 講談社 1997.10 457p 15cm（講談社文庫）657円 ①4-06-263615-8
「ガラスの麒麟」 講談社 2000.6 365p 15cm（講談社文庫）590円 ①4-06-264886-5
「ガラスの麒麟 上」 埼玉福祉会 2006.11 305p 21cm（大活字本シリーズ）3000円 ①4-88419-405-5
※底本：講談社文庫「ガラスの麒麟」
「ガラスの麒麟 下」 埼玉福祉会 2006.11 355p 21cm（大活字本シリーズ）3200円 ①4-88419-406-3
※底本：講談社文庫「ガラスの麒麟」

1927 「ななつのこ」
◇鮎川哲也賞（第3回/平成4年）
「ななつのこ」 東京創元社 1992.9 254p
「ななつのこ」 東京創元社 1999.8

310p 15cm （創元推理文庫） 520円
①4-488-42601-8

狩野 昌人　かのう・まさと

1928　「スリーピーホロウの座敷童子」
◇小説現代新人賞　（第73回/平成17年）

香納 諒一　かのう・りょういち

1929　「ハミングで二番まで」
◇「小説推理」新人賞　（第13回/平成3
年）
「ハミングで二番まで」 双葉社　2008.5
277p 15cm （双葉文庫） 590円
①978-4-575-51204-5
※『宴の夏 鏡の冬』改題書

1930　「幻の女」
◇日本推理作家協会賞　（第52回/平成11
年/長篇部門）
「幻の女」 角川書店　1998.6 445p
20cm 2000円　①4-04-873117-3
「幻の女」 角川書店　2003.12 718p
15cm （角川文庫） 895円　①4-04-
191104-4

樺山 三英　かばやま・みつひで

1931　「ジャン＝ジャックの自意識の
場合」
◇日本SF新人賞　（第8回/平成18年）
「ジャン＝ジャックの自意識の場合」 徳
間書店　2007.5 249p 20cm 1900円
①978-4-19-862330-2

鏑木 蓮　かぶらぎ・れん

1932　「東京ダモイ」
◇江戸川乱歩賞　（第52回/平成18年）
「東京ダモイ」 講談社　2006.8 333p
20cm 1600円　①4-06-213560-4
※肖像あり
「東京ダモイ」 講談社　2009.8 440p
15cm （講談社文庫 か111-1） 695円
①978-4-06-276440-7
※文献あり

加部 鈴子　かべ・りんこ

1933　「転校生は忍びのつかい」
◇ジュニア冒険小説大賞　（第10回/平成
23年/大賞）
「転校生は忍びのつかい」 加部鈴子作,
平澤朋子絵　岩崎書店　2012.3 159p
22cm 1300円　①978-4-265-84002-1

壁井 ユカコ　かべい・ゆかこ

1934　「キーリ 死者たちは荒野に眠る」
◇電撃ゲーム小説大賞　（第9回/平成14
年/大賞）
「キーリ―死者たちは荒野に眠る」 メ
ディアワークス　2003.2 281p 15cm
（電撃文庫） 550円　①4-8402-2277-0

鎌倉 となり　かまくら・となり

1935　「底辺かける高嶺の花」
◇MF文庫Jライトノベル新人賞　（第10
回/平成26年/佳作）

釜谷 かおる　かまたに・かおる

1936　「夢食い魚のブルーグッドバイ」
◇神戸文学賞　（第12回/昭和63年）
「夢食い魚のブルー・グッドバイ」 玉岡
かおる著　新潮社　1992.5 268p
15cm （新潮文庫） 360円　①4-10-
129611-1

蒲池 香里　かまち・かおり

1937　「釘師」
◇講談倶楽部賞　（第16回/昭和36年上）

神秋 昌史　かみあき・まさふみ

1938　「オワ・ランデ～夢魔の貴族は焦
らし好き～」
◇スーパーダッシュ小説新人賞　（第9回
/平成22年/大賞）
「オワ・ランデ！ ヤレない貴族のオトシ
方」 集英社　2010.9 375p 15cm
（集英社スーパーダッシュ文庫 か14-1）
552円　①978-4-08-630568-6
※受賞作「オワ・ランデ～夢魔の貴族は
焦らし好き～」を改題
「オワ・ランデ！ 2 とろけるモノの愛
し方」 集英社　2011.1 293p 15cm
（集英社スーパーダッシュ文庫 か14-2）
590円　①978-4-08-630590-7
「オワ・ランデ！ 3 デキないキモチの
伝え方」 集英社　2011.4 294p 15cm
（集英社スーパーダッシュ文庫 か14-3）
590円　①978-4-08-630610-2
「オワ・ランデ！ 4 はるかなエンのム
スビ方」 集英社　2011.10 305p
15cm （集英社スーパーダッシュ文庫 か
14-4） 600円　①978-4-08-630646-1

紙上 ユキ　かみうえ・ゆき

1939　「背徳ソナタ」
◇ノベル大賞　（平成26年度/佳作）

神尾 秀　かみお・しゅう

1940　「真田弾正忠幸隆」
◇歴史群像大賞（第9回/平成15年/佳作）

上川 龍次　かみかわ・りゅうじ

1941　「ネームレス・デイズ」
◇織田作之助賞（第15回/平成10年）

神狛 しず　かみこま・しず

1942　「おじゃみ」
◇『幽』怪談文学賞（第4回/平成21年/短編部門/大賞）
「京都怪談 おじゃみ」メディアファクトリー　2010.5　253p　19cm（幽BOOKS）1365円

1943　「金鶏郷に死出虫は嗤う」
◇北区内田康夫ミステリー文学賞（第6回/平成20年/大賞）〈受賞時〉やまき 美里

上正路 理砂　かみしょうじ・りさ

1944　「やがて伝説がうまれる」
◇フェミナ賞（第3回/平成2年）

神代 明　かみしろ・あきら

1945　「世界征服物語─ユマの大冒険」
◇スーパーダッシュ小説新人賞（第1回/平成14年/大賞）
「世界征服物語─ユマの大冒険」集英社　2002.9　349p　15cm（集英社スーパーダッシュ文庫）648円　①4-08-630097-4

紙城 境介　かみしろ・きょうすけ

1946　「ウィッチハント・カーテンコール 超歴史的殺人事件」
◇集英社ライトノベル新人賞（第1回/平成26年/優秀賞）
「ウィッチハント・カーテンコール─超歴史的殺人事件」集英社　2015.4　341p　15cm（ダッシュエックス文庫）630円　①978-4-08-631044-4

神津 慶次朗　かみず・けいじろう

1947　「月夜が丘」
◇鮎川哲也賞（第14回/平成16年）
「鬼に捧げる夜想曲」東京創元社　2004.10　297p　20cm　1900円　①4-488-02380-0

神園 麟　かみぞの・りん

1948　「ボルバの行方」
◇新日本文学賞（第28回/平成9年/小説）

神高 槍矢　かみたか・そうや

1949　「代償のギルタオン」
◇スーパーダッシュ小説新人賞（第12回/平成25年/優秀賞）
「代償のギルタオン」集英社　2013.10　357p　15cm（集英社スーパーダッシュ文庫 か19-1）600円　①978-4-08-630758-1
「代償のギルタオン　2」集英社　2014.2　293p　15cm（集英社スーパーダッシュ文庫 か19-2）600円　①978-4-08-630774-1
「代償のギルタオン　3」集英社　2014.7　321p　15cm（集英社スーパーダッシュ文庫 か19-3）620円　①978-4-08-630794-9

神近 市子　かみちか・いちこ

1950　「平戸島」
◇「万朝報」懸賞小説（第686回/明43年8月）

上司 小剣　かみつかさ・しょうけん

1951　「伴林光平」
◇菊池寛賞（第5回/昭和17年）
「伴林光平」厚生閣　1942　302p

カミツキレイニー

1952　「こうして彼は屋上を燃やすことにした」
◇小学館ライトノベル大賞〔ガガガ文庫部門〕（第5回/平成23年/ガガガ大賞）
「こうして彼は屋上を燃やすことにした」小学館　2011.5　277p　15cm（ガガガ文庫 か8-1）590円　①978-4-09-451270-0

上坪 裕介　かみつほ・ゆうすけ

1953　「コンタクト」
◇舟橋聖一顕彰青年文学賞（第14回/平成14年/佳作）

1954　「路地の灯」
◇舟橋聖一顕彰青年文学賞（第15回/平成15年/佳作）

神野 淳一　かみの・じゅんいち

1955　「シルフィ・ナイト」

◇電撃ゲーム小説大賞（第9回/平成14年/選考委員奨励賞）

「シルフィ・ナイト」メディアワークス　2003.4　291p　15cm（電撃文庫）570円　①4-8402-2327-0

上村 亮平　かみむら・りょうへい

1956　「その静かな、小さな声」

◇すばる文学賞（第38回/平成26年）

「みずうみのほうへ」集英社　2015.2　136p　20cm　1200円　①978-4-08-771598-9

神谷 一心　かみや・いっしん

1957　「たとえ世界に背いても」

◇島田荘司選 ばらのまち福山ミステリー文学新人賞（第7回/平成26年）

「たとえ、世界に背いても」講談社　2015.5　372p　19cm　1700円　①978-4-06-219495-2

※他言語標題：EVEN IF YOU BETRAY THE WORLD

神谷 鶴伴　かみや・かくはん

1958　「見越の松」

◇「新小説」懸賞小説（第3回/明33年）

神家 正成　かみや・まさなり

1959　「深山の桜」

◇『このミステリーがすごい！』大賞（第13回/平成26年/優秀賞）

「深山の桜」宝島社　2015.3　391p　20cm　1500円　①978-4-8002-3742-2

神谷 よしこ　かみや・よしこ

1960　「約束の宝石」

◇パレットノベル大賞（第27回/平成14年冬/大賞）

「デビュタント・オムニバス　v.1」神谷よしこ, 安西花奈絵, 廣嶋玲子著　小学館　2003.3　455p　15cm（パレット文庫）552円　①4-09-421471-2

神谷 隆一　かみや・りゅういち

1961　「ドイツ機動艦隊」

◇歴史群像大賞（第4回/平成9年/奨励賞）

「ドイツ機動艦隊　Volume 1」学習研究社　1998.5　199p　17cm（歴史群像新書）760円　①4-05-400952-2

守山 忍　かみやま・しのぶ

1962　「隙間」

◇文學界新人賞（第115回/平成24年下）

神山 裕右　かみやま・ゆうすけ

1963　「カタコンベ」

◇江戸川乱歩賞（第50回/平成16年）

「カタコンベ」講談社　2004.8　335p　20cm　1600円　①4-06-212535-8

神室 磐司　かむろ・ばんじ

1964　「仇討ち異聞」

◇歴史群像大賞（第15回/平成21年発表/最優秀賞）

「斬恨の剣―仇討ち異聞」学研パブリッシング, 学研マーケティング（発売）2010.3　279p　19cm　1400円　①978-4-05-404467-8

1965　「漂流者」

◇東北北海道文学賞（第15回/平成16年/奨励賞）

亀井 宏　かめい・ひろし

1966　「故里」

◇関西文学賞（第1回/昭和41年/小説）

1967　「弱き者は死ね」

◇小説現代新人賞（第14回/昭和45年上）

「弱き者は死ね」廣済堂出版　1998.10　299p　19cm　1700円　①4-331-05786-0

仮名堂 アレ　かめいどう・あれ

1968　「コピーフェイスとカウンターガール」

◇小学館ライトノベル大賞〔ガガガ文庫部門〕（第2回/平成20年/佳作）〈受賞時〉アレ

「コピーフェイスとカウンターガール」小学館　2008.8　246p　15cm（ガガガ文庫）571円　①978-4-09-451086-7

「コピーフェイスとカウンターガール 2」小学館　2009.3　294p　15cm（ガガガ文庫 ガか4-2）590円　①978-4-09-451125-3

※イラスト：博

「コピーフェイスとカウンターガール 3」小学館　2009.9　255p　15cm（ガガガ文庫 ガか4-3）571円　①978-4-09-451158-1

※イラスト：博

亀山 郁夫　かめやま・いくお

1969　「カラマーゾフの兄弟」

◇毎日出版文化賞（第61回/平成19年/特別賞）

「カラマーゾフの兄弟　1」　ドストエフスキー著, 亀山郁夫訳　光文社　2006.9　443p　16cm（光文社古典新訳文庫）724円　①4-334-75106-7

「カラマーゾフの兄弟　2」　ドストエフスキー著, 亀山郁夫訳　光文社　2006.11　501p　16cm（光文社古典新訳文庫）781円　①4-334-75117-2

「カラマーゾフの兄弟　3」　ドストエフスキー著, 亀山郁夫訳　光文社　2007.2　541p　16cm（光文社古典新訳文庫）838円　①978-4-334-75123-4

「カラマーゾフの兄弟　4」　ドストエフスキー著, 亀山郁夫訳　光文社　2007.7　700p　16cm（光文社古典新訳文庫）1029円　①978-4-334-75132-6

「カラマーゾフの兄弟　5（エピローグ別巻）」　ドストエフスキー著, 亀山郁夫訳　光文社　2007.7　365p　16cm（光文社古典新訳文庫）629円　①978-4-334-75133-3

※年譜あり

華屋 初音　かや・はつね

1970　「やだぜ！」

◇パレットノベル大賞（第26回/平成14年夏/佳作）

「やだぜ！」　小学館　2002.9　155p　15cm（パレット文庫）400円　①4-09-421421-6

萱野 葵　かやの・あおい

1971　「叶えられた祈り」

◇新潮新人賞（第29回/平成9年）

茅野 裕城子　かやの・ゆきこ

1972　「韓素音の月」

◇すばる文学賞（第19回/平成7年）

「韓素音の月」　集英社　1996.1　180p　20cm　1300円　①4-08-774179-6

「韓素音の月」　集英社　2001.11　213p　15cm（集英社文庫）429円　①4-08-747383-X

香山 暁子　かやま・あきこ

1973　「リンゴ畑の樹の下で」

◇ノベル大賞（第25回/平成7年上期/入選）

「りんご畑の樹の下で」　集英社　1996.9　316p　15cm（コバルト文庫）550円　①4-08-614235-X

香山 滋　かやま・しげる

1974　「海鰻荘綺談」

◇日本推理作家協会賞（第1回/昭和23年/新人賞）

「海鰻荘奇談」　桃源社　1969　336p

「妖蝶記」　社会思想社　1977.11　315p（現代教養文庫）

香山 純　かやま・じゅん

1975　「どらきゅら綺談」

◇中央公論新人賞（第13回/昭和62年度）

「どらきゅら綺談」　中央公論社　1989.9　190p

茅本 有里　かやもと・ゆり

1976　「戸籍係の憂鬱」

◇電撃ゲーム小説大賞（第2回/平成7年/銀賞）

唐 十郎　から・じゅうろう

1977　「海星・河童」

◇泉鏡花文学賞（第6回/昭和53年）

「海星・河童―少年小説」　大和書房　1978.6　219p

「唐十郎全作品集6」　冬樹社　昭和54年

1978　「佐川君からの手紙」

◇芥川龍之介賞（第88回/昭和57年下）

「佐川君からの手紙―舞踏会の手帖」　河出書房新社　1983.1　173p

「佐川君からの手紙―舞踏会の手帖」　河出書房新社　1986.8　176p（河出文庫）

「芥川賞全集13」　文芸春秋　1989

「完全版 佐川君からの手紙」　河出書房新社　2009.5　326p　15cm（河出文庫）880円　①978-4-309-40957-3

1979　「泥人魚」

◇読売文学賞（第55回/平成15年度/戯曲・シナリオ賞）

「泥人魚」　新潮社　2004.4　153p　20cm　1600円　①4-10-305503-0

唐瓜 直　からうり・なお

1980　「美しい果実」

◇『幽』文学賞（第9回/平成26年/大賞/短篇部門）

「美しい果実」　KADOKAWA　2015.5

262p 19cm （[幽BOOKS]） 1400円 ①978-4-04-103036-3
※他言語標題：Les fruits dé fendus sont les meilleurs, 文献あり

唐草 燕 からくさ・つばめ

1981 「鞘火」
◇富士見ヤングミステリー大賞（第8回/平成20年/井上雅彦・竹河聖賞）

柄澤 昌幸 からさわ・まさゆき

1982 「だむかん」
◇太宰治賞（第25回/平成21年）
「太宰治賞 2009」 筑摩書房編集部編 筑摩書房 2009.6 335p 21cm 1000円 ①978-4-480-80422-8
「だむかん」 筑摩書房 2009.12 200p 20cm 1400円 ①978-4-480-80424-2

刈野 ミカタ かりの・みかた

1983 「プシュケープリンセス」
◇MF文庫Jライトノベル新人賞（第5回/平成21年/佳作）
「プシュケープリンセス」 メディアファクトリー 2009.10 262p 15cm （MF文庫J か-07-01） 580円 ①978-4-8401-3052-3
「プシュケープリンセス 2」 メディアファクトリー 2010.2 262p 15cm （MF文庫J か-07-02） 580円 ①978-4-8401-3180-3

苅谷 崇之 かりや・たかゆき

1984 「山田と田中と」
◇舟橋聖一顕彰青年文学賞（第25回/平成25年/最優秀賞）

川 ゆたか かわ・ゆたか

1985 「小説・エネルギー試論」
◇問題小説新人賞（第3回/昭和52年）

河合 莞爾 かわい・かんじ

1986 「デッドマン」
◇横溝正史ミステリ大賞（第32回/平成24年/大賞）
「デッドマン」 角川書店, 角川グループパブリッシング〔発売〕 2012.9 316p 20cm 1400円 ①978-4-04-110291-6
「デッドマン」 KADOKAWA 2014.8 331p 15cm （角川文庫 か69-1） 560円 ①978-4-04-101765-4

河井 大輔 かわい・だいすけ

1987 「サハリンの鯱」
◇朝日新人文学賞（第15回/平成16年）

河合 ゆうみ かわい・ゆうみ

1988 「花は桜よりも華のごとく」
◇角川ビーンズ小説大賞（第8回/平成21年/読者賞） 〈受賞時〉河合 あげは

川内 有緒 かわうち・ありお

1989 「バウルを探して―地球の片隅に伝わる秘密の歌―」
◇新田次郎文学賞（第33回/平成26年）
「バウルを探して―地球の片隅に伝わる秘密の歌」 幻冬舎 2013.2 294p 19cm 1500円 ①978-4-344-02330-7

川内 侑子 かわうち・ゆうこ

1990 「ふしぎうさぎの大ぼうけん」
◇新風舎出版賞（第20回/平成15年6月/ハミングバード賞/ビジュアル部門）
「ふしぎうさぎの大ぼうけん」 かわうちゆうこさく・え 新風舎 2004.10 1冊（ページ付なし） 20cm 1500円 ①4-7974-4328-6

川勝 篤 かわかつ・あつし

1991 「橋の上から」
◇新潮新人賞（第13回/昭和56年）

川上 喜久子 かわかみ・きくこ

1992 「或る醜き美顔術師」
◇「朝日新聞」懸賞小説（大朝短編小説/大15年）

1993 「滅亡の門」
◇文学界賞（第11回/昭和11年12月）
「滅亡の門」 第一書房 1939 499p
「滅亡の門」 光文社 1947 118p

川上 健一 かわかみ・けんいち

1994 「翼はいつまでも」
◇坪田譲治文学賞（第17回/平成13年度）
「翼はいつまでも―書き下ろし文芸作品」 集英社 2001.7 301p 20cm 1600円 ①4-08-775291-7
「翼はいつまでも」 集英社 2004.5 347p 16cm （集英社文庫） 619円 ①4-08-747699-5

1995 「跳べ，ジョー！B.Bの魂が見て
るぞ」
◇小説現代新人賞 （第28回/昭和52年
上）
「跳べ、ジョー！B・Bの魂が見てるぞ」
講談社 1978.11 266p
「跳べ、ジョー！B・Bの魂が見てるぞ」
講談社 1984.7 281p（講談社文庫）
「跳べ、ジョー！B・Bの魂が見てるぞ」
集英社 2002.6 283p 15cm（集英社
文庫）552円 ①4-08-747458-5

川上 澄生　かわかみ・すみお

1996 「アラスカH—湾の追想」
◇「文章世界」特別募集小説 （大9年9
月）

1997 「看板屋さん」
◇「万朝報」懸賞小説 （第1218回/大8
年7月）

1998 「空腹」
◇「万朝報」懸賞小説 （第1231回/大8
年11月）

1999 「第一日」
◇「文章世界」特別募集小説 （大8年10
月）

川上 千尋　かわかみ・ちひろ

2000 「夢羊」
◇12歳の文学賞 （第2回/平成20年/堀北
真希賞）
「12歳の文学 第2集 小学生作家が紡ぐ
9つの物語」 小学館 2008.3 281p
20cm 1000円 ①978-4-09-289712-0
「12歳の文学 第2集」 小学生作家たち
著 小学館 2010.4 277p 15cm（小
学館文庫）552円 ①978-4-09-408497-9

川上 直志　かわかみ・なおし

2001 「氷雪の花」
◇歴史文学賞 （第6回/昭和56年度）
「氷雪の花」 新人物往来社 1982.3 218p

川上 弘美　かわかみ・ひろみ

2002 「溺レる」
◇伊藤整文学賞 （第11回/平成12年/小
説）
◇女流文学賞 （第39回/平成12年）
「溺レる」 文藝春秋 1999.8 181p
20cm 1238円 ①4-16-318580-1
「溺レる」 文藝春秋 2002.9 204p

16cm（文春文庫）400円 ①4-16-
763102-4

2003 「神様」
◇パスカル短編文学新人賞 （第1回/平
成6年）
◇Bunkamuraドゥマゴ文学賞 （第9回/
平成11年）
◇紫式部文学賞 （第9回/平成11年）
「パスカルへの道—第1回パスカル短篇文
学新人賞」 ASAHIネット編 中央公論
社 1994.10 377p 16cm（中公文庫）
740円 ①4-12-202161-8
「神様」 中央公論社 1998.9 194p
19cm 1300円 ①4-12-002836-4
「神様」 中央公論新社 2001.10 203p
15cm（中公文庫）457円 ①4-12-
203905-3
「はじめての文学 川上弘美」 文藝春秋
2007.5 259p 19cm 1238円 ①978-4-
16-359870-3
「神様」 埼玉福祉会 2014.12 286p
21cm（大活字本シリーズ）2900円
①978-4-88419-979-1
※底本：中公文庫「神様」

2004 「水声」
◇読売文学賞 （第66回/平成26年/小説
賞）
「水声」 文藝春秋 2014.9 222p 20cm
1400円 ①978-4-16-390131-2

2005 「センセイの鞄」
◇谷崎潤一郎賞 （第37回/平成13年）
「センセイの鞄」 平凡社 2001.6 277p
20cm 1400円 ①4-582-82961-9
「センセイの鞄」 文藝春秋 2004.9
278p 16cm（文春文庫）533円 ①4-
16-763103-2

2006 「蛇を踏む」
◇芥川龍之介賞 （第115回/平成8年上
期）
「蛇を踏む」 文藝春秋 1996.9 169p
19cm 1000円 ①4-16-316550-9
「文学 1997」 日本文芸家協会編 講談
社 1997.4 294p 19cm 2800円 ①4-
06-117097-X
「蛇を踏む」 文藝春秋 1999.8 183p
15cm（文春文庫）390円 ①4-16-
763101-6
「芥川賞全集 第17巻」 笙野頼子, 室井
光広, 保坂和志, 又吉栄喜, 川上弘美, 柳
美里, 辻仁成著 文藝春秋 2002.8
500p 19cm 3238円 ①4-16-507270-2
「現代小説クロニクル 1995～1999」 日

かわかみ   2007～2019

本文藝家協会編　講談社　2015.6
279p　15cm（講談社文芸文庫）1700
円　①978-4-06-290273-1
2007　「真鶴」
◇芸術選奨（第57回/平成18年度/文学
　部門/文部科学大臣賞）
　「真鶴」　文藝春秋　2006.10　266p
　19cm　1429円　①4-16-324860-9
　「真鶴」　文藝春秋　2009.10　271p
　16cm（文春文庫 か21-6）514円
　①978-4-16-763106-2
　※文献あり

川上 未映子　かわかみ・みえこ
2008　「愛の夢とか」
◇谷崎潤一郎賞（第49回/平成25年）
　「愛の夢とか」　講談社　2013.3　185p
　20cm　1400円　①978-4-06-217799-3
2009　「乳と卵」
◇芥川龍之介賞（第138回/平成18年下
　半期）
　「乳と卵」　文藝春秋　2008.2　138p
　20cm　1143円　①978-4-16-327010-4
2010　「ヘヴン」
◇芸術選奨（第60回/平成21年度/文学
　部門/文部科学大臣新人賞）
◇本屋大賞（第7回/平成22年/6位）
◇紫式部文学賞（第20回/平成22年）
　「ヘヴン」　講談社　2009.9　248p　20cm
　1400円　①978-4-06-215772-8
　「ヘヴン」　講談社　2012.5　311p　15cm
　（講談社文庫 か112-3）552円　①978-4-
　06-277246-4

川上 稔　かわかみ・みのる
2011　「パンツァーポリス1935」
◇電撃ゲーム小説大賞（第3回/平成8年
　/金賞）
　「パンツァーポリス1935」　メディアワー
　クス, 主婦の友社〔発売〕　1997.1
　299p　15cm（電撃文庫）560円　①4-
　07-305573-9

川上 亮　かわかみ・りょう
2012　「並列バイオ」
◇ファンタジア長編小説大賞（第10回/
　平成10年/審査員特別賞）
2013　「ラヴ☆アタック！」
◇カドカワエンタテインメントNext賞
　（平成14年）

「ラヴ・アタック！」　角川書店　2002.12
361p　19cm　950円　①4-04-873432-6

川岸 殴魚　かわぎし・おうぎょ
2014　「邪神大沼」
◇小学館ライトノベル大賞〔ガガガ文庫
　部門〕（第3回/平成21年/審査員特
　別賞）〈受賞時〉相内 佑
　「やむなく覚醒!!邪神大沼」　小学館
　2009.6　263p　15cm（ガガガ文庫 ガか
　5-1）571円　①978-4-09-451144-4
　※イラスト：Ixy
　「うかつに復活!!邪神大沼　2」　小学館
　2009.10　243p　15cm（ガガガ文庫 ガ
　か5-2）571円　①978-4-09-451163-5
　※イラスト：Ixy, 正編のタイトル：やむ
　なく覚醒!!邪神大沼
　「ながれで侵攻!!邪神大沼　3」　小学館
　2010.2　246p　15cm（ガガガ文庫 ガか
　5-3）571円　①978-4-09-451188-8
　※イラスト：Ixy, 2のタイトル：うかつに
　復活!!邪神大沼

川岸 裕美子　かわぎし・ゆみこ
2015　「黙禱」
◇せれね大賞（第8回/平成10年）

川口 明子　かわぐち・あきこ
2016　「祈る時まで」
◇東北北海道文学賞（第9回/平成10年
　度/大河内昭爾賞）
2017　「港湾都市」
◇自由都市文学賞（第4回/平成4年）

川口 大介　かわぐち・だいすけ
2018　「そんな血を引く戦士たち」
◇ファンタジア長編小説大賞（第6回/
　平成6年/審査員特別賞）
　「そんな血を引く戦士たち」　富士見書房
　1995.5　269p　15cm　560円　①4-8291-
　2625-6

川口 士　かわぐち・つかさ
2019　「鬼子草子（きしぞうし）～人と神
　と妖と～」
◇ファンタジア長編小説大賞（第18回/
　平成18年/大賞）
　「戦鬼」　富士見書房　2006.9　311p
　15cm（富士見ファンタジア文庫）580
　円　①4-8291-1865-2

154   文学賞受賞作品総覧 小説篇

川口 松太郎 かわぐち・まつたろう

2020 「しぐれ茶屋おりく」
◇吉川英治文学賞 （第3回/昭和44年度）
「しぐれ茶屋おりく」 講談社 1969 380p
「しぐれ茶屋おりく」 中央公論社 1980.2
（中公文庫）
「しぐれ茶屋おりく」 講談社 1997.11
409p 15cm（講談社大衆文学館―文庫
コレクション） 1100円 Ⓝ4-06-
262099-5

2021 「鶴八鶴次郎」
◇直木三十五賞 （第1回/昭和10年上）
「鶴八鶴次郎」 新英社 1936 361p
「鶴八鶴次郎」 新潮社 1938 248p（新潮
文庫）
「鶴八鶴次郎」 新紀元社 1946 172p
「鶴八鶴次郎・明治一代女―他風流深川唄
一篇」 新潮社 1962 242p（新潮文庫）
「川口松太郎全集14」 講談社 昭和43年
「鶴八鶴次郎」 中央公論社 1979.8 252p
（中公文庫）

川久保 流木 かわくぼ・りゅうもく

2022 「屠殺」
◇部落解放文学賞 （第7回/昭和55年/小
説）

川越 義之 かわごえ・よしゆき

2023 「風のナル」
◇ジャンプ小説新人賞（jump Novel
Grand Prix） （'15 Spring/平成27
年春/小説：テーマ部門/銅賞）

川崎 中 かわさき・あたり

2024 「裏ギリ少女」
◇スニーカー大賞 （第17回/平成24年/
優秀賞）〈受賞時〉榎本 中
「裏ギリ少女」 角川書店, 角川グループ
パブリッシング〔発売〕 2013.2 277p
15cm（角川スニーカー文庫 S252-1）
600円 Ⓝ978-4-04-100672-6
「裏ギリ少女 2」 角川書店, 角川グルー
プパブリッシング〔発売〕 2013.6
254p 15cm（角川スニーカー文庫
S252-2） 619円 Ⓝ978-4-04-100808-9

川崎 敬一 かわさき・けいいち

2025 「麦の虫」
◇オール讀物新人賞 （第33回/昭和43年
下）

川崎 草志 かわさき・そうし

2026 「長い腕」
◇横溝正史ミステリ大賞 （第21回/平成
13年）
「長い腕」 角川書店 2001.5 291p
20cm 1500円 Ⓝ4-04-873298-6
「長い腕」 角川書店 2004.5 324p
15cm（角川文庫） 590円 Ⓝ4-04-
374601-6

川崎 長太郎 かわさき・ちょうたろう

2027 「川崎長太郎自選全集」
◇芸術選奨 （第31回/昭和55年度/文学
部門/文部大臣賞）
「川崎長太郎自選全集」 河出書房新社
1980 全5巻

川崎 真希子 かわさき・まきこ

2028 「黒い蜻蛉」
◇舟橋聖一顕彰青年文学賞 （第11回/平
成11年/佳作）

河崎 愛美 かわさき・まなみ

2029 「あなたへ」
◇小学館文庫小説賞 （第6回/平成17年）
「あなたへ」 小学館 2005.5 204p
20cm 1300円 Ⓝ4-09-386151-X
「あなたへ 上」 大活字 2005.11
293p 21cm（大活字文庫 102） 2980円
Ⓝ4-86055-258-X
※底本：「あなたへ」小学館
「あなたへ 下」 大活字 2005.11
286p 21cm（大活字文庫 102） 2980円
Ⓝ4-86055-259-8
※底本：「あなたへ」小学館
「あなたへ」 小学館 2007.5 205p
15cm（小学館文庫） 457円 Ⓝ978-4-
09-408168-8

川崎 康宏 かわさき・やすひろ

2030 「銃と魔法」
◇ファンタジア長編小説大賞 （第5回/
平成5年/準入選）
「銃と魔法」 富士見書房 1994.1 314p
15cm（富士見ファンタジア文庫） 560
円 Ⓝ4-8291-2541-1

河治 和香 かわじ・わか

2031 「秋の金魚」
◇小学館文庫小説賞 （第2回/平成14年8
月）
「秋の金魚」 小学館 2003.11 272p

20cm 1600円 ①4-09-387471-9

川重 茂子 かわしげ・しげこ

2032 「おどる牛」
◇坪田譲治文学賞 （第6回/平成2年度）
「おどる牛」 川重茂子作, 菊池日出夫絵
文研出版 1989.9 207p 21cm（文研
じゅべにーる）1200円 ①4-580-
80473-2

河島 光 かわしま・あきら

2033 「僕らの諸事情と、生理的な問題」
◇舟橋聖一顕彰青年文学賞 （第20回/平
成20年/最優秀賞（小説））

川島 義高 かわしま・ぎこう

2034 「白い虹」
◇自分史文学賞 （第5回/平成6年度/大
賞）
「白い虹」 学習研究社 1995.7 243p
19cm 1500円 ①4-05-400509-8

河島 忠 かわしま・ただし

2035 「てんくらげ」
◇日本海文学大賞 （第4回/平成5年/小
説）

川島 徹 かわしま・てつ

2036 「土用の海」
◇全作家文学賞 （第4回/平成21年/佳
作）

川瀬 七緒 かわせ・ななお

2037 「よろずのことに気をつけよ」
◇江戸川乱歩賞 （第57回/平成23年）
「よろずのことに気をつけよ」 講談社
2011.8 347p 20cm 1500円 ①978-4-
06-217143-4
「よろずのことに気をつけよ」 講談社
2013.8 449p 15cm（講談社文庫 か
132-1）762円 ①978-4-06-277624-0

かわせ ひろし

2038 「宇宙犬ハッチー」
◇ジュニア冒険小説大賞 （第11回/平成
24年/大賞）
「宇宙犬ハッチー——銀河から来た友だち」
かわせひろし作, 杉地比呂美絵 岩崎書
店 2013.3 173p 22cm 1300円
①978-4-265-84003-8

河田 鳥城 かわだ・ちょうじょう

2039 「小説家」
◇「文芸倶楽部」懸賞小説 （第12回/明
37年2月/第3等）

2040 「戦死の花」
◇「文芸倶楽部」懸賞小説 （第15回/明
37年5月/第2等）

川田 みちこ かわだ・みちこ

2041 「水になる」
◇コバルト・ノベル大賞 （第15回/平成
2年上）
「コバルト・ノベル大賞入選作品集 7」
コバルト編集部編 集英社 1991.12
259p 15cm（コバルト文庫）400円
①4-08-611597-2

川田 弥一郎 かわだ・やいちろう

2042 「白く長い廊下」
◇江戸川乱歩賞 （第38回/平成4年）
「白く長い廊下」 講談社 1992.9 320p
「白く長い廊下」 講談社 1995.7 370p
15cm（講談社文庫）580円 ①4-06-
263008-7

川田 裕美子 かわだ・ゆみこ

2043 「横着星」
◇ゆきのまち幻想文学賞 （第16回/平成
18年/大賞）
「横着星」 川田裕美子ほか著 企画集団
ぷりずむ 2007.1 223p 19cm（ゆき
のまち幻想文学賞小品集 16）1715円
①978-4-906691-24-1, 4-906691-24-2
※選：高田宏, 萩尾望都, 乳井昌史

河内 幸一郎 かわち・こういちろう

2044 「嫁よこせ村長様」
◇農民文学賞 （第13回/昭和44年度）
「嫁よこせ村長様」 たいまつ社 1972
238p
「越後〈庶民派〉小説集」 越書房 1979.5
350p

河内 仙介 かわち・せんすけ

2045 「軍事郵便」
◇直木三十五賞 （第11回/昭和15年上）
「軍事郵便」 新潮社 1940 285p

河出 智紀 かわで・とものり

2046 「まずは一報ポプラパレスより」

◇ジャンプ小説大賞 （第6回/平成8年）
「まずは一報 ポプラパレスより」 河出智
紀著, 鷹城冴貴画 集英社 1996.10
216p 19cm （ジャンプジェイブック
ス） 760円 ①4-08-703053-9

川奈 寛 かわな・ひろし ⇒高円寺 文
雄（こうえんじ・ふみお）

川中 大樹 かわなか・ひろき
2047 「茉莉花（サンパギータ）」
◇日本ミステリー文学大賞新人賞 （第
15回/平成23年度）
「茉莉花（サンパギータ）」 光文社
2012.2 306p 20cm 1600円 ①978-4-
334-92809-4

川浪 樗弓 かわなみ・ちょきゅう
2048 「白泡の記」
◇「文芸倶楽部」懸賞小説 （第3回/明
36年5月/第1等）

河西 美穂 かわにし・みほ
2049 「ミネさん」
◇文學界新人賞 （第95回/平成14年下期
/佳作）

川端 克二 かわばた・かつじ
2050 「海の花婿」
◇「サンデー毎日」大衆文芸 （第22回/
昭和13年上）
「海の花婿」 近代小説社 1942 318p

2051 「鳴動」
◇「サンデー毎日」大衆文芸 （第24回/
昭和14年上）

川端 康成 かわばた・やすなり
2052 「故園」
◇菊池寛賞 （第6回/昭和18年）
「天授の子」 新潮社 1975 282p
「川端康成全集23」 新潮社 昭和56年
「天授の子」 新潮社 1999.6 374p
15cm （新潮文庫） 552円 ①4-10-
100125-1

2053 「千羽鶴」
◇日本芸術院賞 （第8回/昭和26年）
「千羽鶴」 再版 筑摩書房 1952 273p
「千羽鶴」 筑摩書房 1952 322p
「千羽鶴・山の音」 筑摩書房 1952 199p
（現代日本名作選）
「千羽鶴」 新潮社 1955 172p （新潮文庫）

「千羽鶴」 角川書店 1956 174p （角川文
庫）
「千羽鶴」 講談社 1964 169p （ロマン・
ブックス）
「川端康成全集12」 新潮社 昭和55年

2054 「山の音」
◇野間文芸賞 （第7回/昭和29年）
「千羽鶴」 筑摩書房 1952 322p
「千羽鶴・山の音」 筑摩書房 1952 199p
（現代日本名作選）
「山の音」 筑摩書房 1954 390p
「山の音」 筑摩書房 1955 232p
「山の音」 大日本雄弁会講談社 1956
208p （ミリオン・ブックス）
「山の音」 角川書店 1957 314p （角川文
庫）
「山の音」 岩波書店 1957 328p （岩波文
庫）
「山の音」 新潮社 1957 343p （新潮文庫）
「山の音」 旺文社 1967 391p （旺文社文
庫）
「川端康成全集12」 新潮社 昭和55年
「日本の文学（近代編）76」 ほるぷ出版
1985
「昭和文学全集5」 小学館 1986
「山の音」 岩波書店 1988.10 339p （岩波
文庫）〈第16刷改版（第1刷：1957年）〉

2055 「夕日」
◇菊池寛賞 （第6回/昭和18年）
「川端康成全集25」 新潮社 昭和56年

2056 「雪国」
◇文芸懇話会賞 （第3回/昭和12年）
「雪国」 創元社 1937 355p
「雪国」 鎌倉文庫 1946 310p （現代文学
選）
「雪国」 新潮社 1947 150p （新潮文庫）
「雪国」 創元社 1948 221p
「雪国」 新潮社 1950 170p （新潮文庫）
「雪国」 岩波書店 1952 181p （岩波文庫）
「雪国・伊豆の踊子」 新潮社 1952 208p
「雪国」 三笠書房 1953 149p （三笠文庫）
「雪国」 河出書房 1955 157p （河出文庫）
「雪国・千羽鶴」 角川書店 1955 319p
「雪国」 角川書店 1956 170p （角川文庫）
「雪国」 筑摩書房 1956 186p
「雪国」 講談社 1964 172p （ロマン・
ブックス）
「雪国」 旺文社 1966 236p （旺文社文庫）
「雪国」 改訂版 角川書店 1968 188p （角
川文庫）

「雪国」 改版 20刷 岩波書店 1968 181p
（岩波文庫）
「川端康成作品選」 中央公論社 1968
563p
「雪国―定本」 牧羊社 1971 162p〈限定
版〉
「川端康成全集10」 新潮社 昭和55年
「日本の文学（近代編）66」 ほるぷ出版
1984
「昭和文学全集5」 小学館 1986
「雪国」 改版 角川書店, 角川グループ
ホールディングス〔発売〕 2013.6
208p 15cm（角川文庫） 362円
Ⓘ978-4-04-100846-1

川端 要壽 かわばた・ようじゅ
2057 「立合川」
◇全作家文学奨励賞（第2回/平成8年/
小説部門）

河林 満 かわばやし・みつる
2058 「渇水」
◇文學界新人賞（第70回/平成2年上）
「渇水」 文芸春秋 1990.8 222p

河原 明 かわはら・あきら
2059 「両手を広げて」
◇ノベル大賞（第28回/平成9年度/佳
作）

河原 晋也 かわはら・しんや
2060 「出張神易」
◇エンタテイメント小説大賞（第9回/
昭和61年）

河原 千恵子 かわはら・ちえこ
2061 「白い花と鳥たちの祈り」
◇小説すばる新人賞（第22回/平成21
年）
「白い花と鳥たちの祈り」 集英社 2010.
2 357p 20cm 1500円 Ⓘ978-4-08-
771336-7
※文献あり

川原 礫 かわはら・れき
2062 「アクセル・ワールド」
◇電撃大賞（第15回/平成20年/電撃小
説大賞部門/大賞）
「アクセル・ワールド 1 黒雪姫の帰還」
アスキー・メディアワークス, 角川グ
ループパブリッシング（発売） 2009.2
296p 15cm（電撃文庫 1716） 570円

Ⓘ978-4-04-867517-8
「アクセル・ワールド 2 紅の暴風姫」
アスキー・メディアワークス, 角川グ
ループパブリッシング（発売） 2009.6
347p 15cm（電撃文庫 1775） 590円
Ⓘ978-4-04-867843-8
※イラスト：Hima, 並列シリーズ名：
Dengeki bunko
「アクセル・ワールド 3 夕闇の略奪者」
アスキー・メディアワークス, 角川グ
ループパブリッシング（発売） 2009.10
343p 15cm（電撃文庫 1834） 590円
Ⓘ978-4-04-868070-7
※イラスト：Hima, 並列シリーズ名：
Dengeki bunko, 著作目録あり
「アクセル・ワールド 4 蒼空への飛翔」
アスキー・メディアワークス, 角川グ
ループパブリッシング（発売） 2010.2
363p 15cm（電撃文庫 1899） 590円
Ⓘ978-4-04-868327-2
※イラスト：Hima, 並列シリーズ名：
Dengeki bunko, 著作目録あり

川辺 純可 かわべ・すみか
2063 「麝香草荘のユディト」
◇島田荘司選 ばらのまち福山ミステ
リー文学新人賞（第6回/平成25年/
優秀作）

川辺 為三 かわべ・ためぞう
2064 「岬から翔べ」
◇北海道新聞文学賞（第18回/昭和59年
/小説）
「岬から翔べ」 構想社 1984.4 225p

川辺 豊三 かわべ・とよぞう
2065 「蟻塚」
◇宝石賞（第2回/昭和36年）

川又 千秋 かわまた・ちあき
2066 「幻詩狩り」
◇日本SF大賞（第5回/昭和59年）
「幻詩狩り」 中央公論社 1984.2 252p（C
novels）
「幻詩狩り」 中央公論社 1985.11 392p
（中公文庫）
「幻詩狩り」 東京創元社 2007.5 365p
15cm（創元SF文庫） 820円 Ⓘ978-4-
488-72601-0

河丸 裕次郎 かわまる・ゆうじろう
2067 「御坊丸と弥九郎」
◇歴史群像大賞（第12回/平成18年発表

/奨励賞）

川村 晃　かわむら・あきら

2068　「美談の出発」
◇芥川龍之介賞　（第47回/昭和37年上）
「美談の出発」　文芸春秋新社　1962　244p
「芥川賞全集6」　文芸春秋　1982

川村 元気　かわむら・げんき

2069　「億男」
◇本屋大賞　（第12回/平成27年/10位）
「億男」　マガジンハウス　2014.10　243p
20cm　1400円　①978-4-8387-2714-8
※他言語標題：Million Dollar Man

2070　「世界から猫が消えたなら」
◇本屋大賞　（第10回/平成25年/8位）
「世界から猫が消えたなら」　マガジンハ
ウス　2012.10　221p　20cm　1400円
①978-4-8387-2502-1

川村 久志　かわむら・ひさし

2071　「土曜の夜の狼たち」
◇オール讀物新人賞　（第41回/昭和47年
下）

川村 蘭世　かわむら・らんぜ

2072　「月を描く少女と太陽を描いた吸
血鬼」
◇ノベル大賞　（第27回/平成8年度/佳
作）
「吸血鬼の綺想曲」　集英社　1997.9
279p　15cm　（コバルト文庫）　476円
①4-08-614370-4

川本 晶子　かわもと・あきこ

2073　「刺繡」
◇太宰治賞　（第21回/平成17年）
「太宰治賞　2005」　筑摩書房編集部編
筑摩書房　2005.6　385p　21cm　1000
円　①4-480-80388-2
「刺繡」　筑摩書房　2005.11　172p
20cm　1300円　①4-480-80393-9

川本 俊二　かわもと・しゅんじ

2074　「rose」
◇文藝賞　（第28回/平成3年）
「rose（ローズ）」　河出書房新社　1992.1
188p

河屋 一　かわや・はじめ

2075　「輝石の花」

◇ファンタジア長編小説大賞　（第18回/
平成18年/努力賞）
「輝石の花」　富士見書房　2006.9　334p
15cm　（富士見ファンタジア文庫）　580
円　①4-8291-1857-1

磧 朝次　かわら・あさじ

2076　「冷たい部屋」
◇部落解放文学賞　（第10回/昭和58年/
小説）

河原谷 創次郎　かわらや・そうじろう

2077　「落城魏将・郝昭伝」
◇歴史群像大賞　（第13回/平成19年発表
/最優秀賞）
「ぼっちゃん─魏将・郝昭の戦い」　学習
研究社　2008.5　251p　19cm　1400円
①978-4-05-403642-0

神吉 拓郎　かんき・たくろう

2078　「私生活」
◇直木三十五賞　（第90回/昭和58年下）
「私生活」　文芸春秋　1983.11　252p
「私生活」　文芸春秋　1986.12　282p　（文春
文庫）

2079　「たべもの芳名録」
◇グルメ文学賞　（第1回/昭和60年）
「たべもの芳名録」　文芸春秋　1992　256p
（文春文庫）

柑橘 ゆすら　かんきつ・ゆすら

2080　「俺と彼女のラブコメが全力で黒
歴史」
◇HJ文庫大賞　（第6回/平成24年/奨励
賞）　〈受賞時〉柑橘 ペンギン
「俺と彼女のラブコメが全力で黒歴史」
ホビージャパン　2013.6　257p　15cm
（HJ文庫 か07-02-01）　619円　①978-4-
7986-0603-3

2081　「迷える魔物使い」
◇HJ文庫大賞　（第6回/平成24年/大賞）
〈受賞時〉柑橘 ペンギン
「魔王なオレと不死姫（グール）の指輪」
ホビージャパン　2012.7　253p　15cm
（HJ文庫 か07-01-01）　619円　①978-4-
7986-0426-8
※受賞作「迷える魔物使い」を改題
「魔王なオレと不死姫（グール）の指輪
2」　ホビージャパン　2012.11　230p
15cm　（HJ文庫 か07-01-02）　619円
①978-4-7986-0471-8

かんくと

「魔王なオレと不死姫（グール）の指輪
3」 ホビージャパン 2013.2 238p
15cm（HJ文庫 か07-01-03）619円
①978-4-7986-0541-8
「魔王なオレと不死姫（グール）の指輪
4」 ホビージャパン 2013.6 261p
15cm（HJ文庫 か07-01-04）619円
①978-4-7986-0613-2
「魔王なオレと不死姫（グール）の指輪
5」 ホビージャパン 2013.10 236p
15cm（HJ文庫 か07-01-05）619円
①978-4-7986-0691-0

玩具堂 がんぐどう
2082 「なるたま～あるいは学園パズル」
◇スニーカー大賞 （第15回/平成22年/
大賞）
「子ひつじは迷わない―走るひつじが1ぴ
き」 角川書店, 角川グループパブリッ
シング〔発売〕 2010.11 273p 15cm
（角川文庫 16525―角川スニーカー文
庫）552円 ①978-4-04-474825-8
※受賞作「なるたま～あるいは学園パズ
ル」を改題

神坂 一 かんざか・はじめ
2083 「スレイヤーズ！」
◇ファンタジア長編小説大賞 （第1回/
平成1年/準入選）
「スレイヤーズ！」 富士見書房 1990.1
259p（富士見ファンタジア文庫）
「スレイヤーズ 1」 富士見書房 2008.5
256p 15cm（富士見ファンタジア文
庫）560円 ①978-4-8291-3288-3

神崎 紫電 かんざき・しでん
2084 「愛と殺意と境界人間」
◇小学館ライトノベル大賞〔ガガガ文庫
部門〕 （第1回/平成19年/大賞）
「マージナル」 小学館 2007.5 262p
15cm（ガガガ文庫）571円 ①978-4-
09-451003-4
「マージナル 2」 小学館 2008.2
275p 15cm（ガガガ文庫）590円
①978-4-09-451053-9
「マージナル 3」 小学館 2008.4
210p 15cm（ガガガ文庫）571円
①978-4-09-451062-1
「マージナル 4」 小学館 2008.8
337p 15cm（ガガガ文庫）629円
①978-4-09-451085-0
「マージナル 5」 小学館 2009.3
307p 15cm（ガガガ文庫 ガか1-5）

600円 ①978-4-09-451123-9
※他言語標題：Marginal
「マージナル 6」 小学館 2009.7
255p 15cm（ガガガ文庫 ガか1-6）
571円 ①978-4-09-451150-5
※他言語標題：Marginal

神崎 信一 かんざき・しんいち
2085 「大宮踊り」
◇同人雑誌賞 （第5回/昭和33年）

神崎 武雄 かんざき・たけお
2086 「寛容」
◇直木三十五賞 （第16回/昭和17年下）
「寛容」 大川屋書店 1944 288p

神崎 照子 かんざき・てるこ
2087 「スパゲッティー・スノウクリー
ムワールド」
◇ゆきのまち幻想文学賞 （第13回/平成
15年/長編賞）
「赤い女」 国吉史郎ほか著 企画集団ぷ
りずむ 2004.1 207p 19cm（ゆきの
まち幻想文学賞小品集）1800円 ①4-
906691-13-7

神崎 リン かんざき・りん
2088 「イチゴミルクキャンディーな、
ひと夏の恋」
◇スニーカー大賞 （第10回/平成17年/
奨励賞）〈受賞時〉リン
「イチゴ色禁区 1 夏の鳥居のむこうが
わ」 角川書店 2006.9 315p 15cm
（角川文庫）552円 ①4-04-472501-2
「イチゴ色禁区 2 秋の神具の奪いか
た」 角川書店 2006.12 276p 15cm
（角川文庫）533円 ①4-04-472502-0
「イチゴ色禁区 3 春の禁区のその果て
に」 角川書店, 角川グループパブリッ
シング（発売）2007.7 308p 15cm（角
川文庫）552円 ①978-4-04-472503-7

神田 茜 かんだ・あかね
2089 「花園のサル」
◇新潮エンターテインメント大賞 （第6
回/平成22年/大賞 三浦しをん選）
「女子芸人」 新潮社 2011.1 251p
20cm 1400円 ①978-4-10-328981-4
※受賞作「花園のサル」を改題

神田 意智楼 かんだ・いちろう
2090 「柳月夜」

160　　　　　　　　　　　文学賞受賞作品総覧 小説篇

◇「文芸倶楽部」懸賞小説（第43回/明39年9月/第3等）

神田 順　かんだ・じゅん
2091　「新創世記」
◇小説新潮新人賞（第3回/昭和60年）

神田 メトロ　かんだ・めとろ
2092　「GEAR BLUE—UNDER WATER WORLD—」
◇スニーカー大賞（第15回/平成22年/ザ・スニーカー賞）

神藤 まさ子　かんどう・まさこ
2093　「ヒョタの存在」
◇「サンデー毎日」大衆文芸（第39回/昭和25年上）

神無月 セツナ　かんなずき・せつな
2094　「Magicians Mysterion—血みどろ帽子は傀儡と踊る—」
◇小学館ライトノベル大賞〔ガガガ文庫部門〕（第8回/平成26年/優秀賞）〈受賞時〉夜森 キコリ
「クレイジーハットは盗まない」　小学館　2014.7　325p　15cm（ガガガ文庫 がか10-1）611円　①978-4-09-451496-4
※受賞作「Magicians Mysterion—血みどろ帽子は傀儡と踊る—」を改題

菅野 宗　かんの・そう
2095　「シネマ・ロマン」
◇三田文学新人賞（第18回/平成23年/小説部門/佳作）

菅野 隆宏　かんの・たかひろ
2096　「流浪刑の物語」
◇ジャンプ小説新人賞(jump Novel Grand Prix)（'12 Winter/平成24年冬/小説：フリー部門/金賞）〈受賞時〉スガノ
「流浪刑のクロニコ」　集英社　2013.7　240p　19cm（JUMP j BOOKS）950円　①978-4-08-703293-2
※受賞作「流浪刑の物語」を改題

菅野 正男　かんの・まさお
2097　「土と戦ふ」
◇農民文学有馬賞（第2回/昭和14年）
「土と戦ふ」　満洲移住協会 1939 162p

管乃 了　かんの・りょう
2098　「ハイキング」
◇女による女のためのR-18文学賞（第3回/平成16年/優秀賞）

樺 鼎太　かんば・ていた
2099　「ウルトラ高空路」
◇「サンデー毎日」大衆文芸（第9回/昭和6年下）

神庭 与作　かんば・よさく
2100　「三代の分割」
◇「文学評論」懸賞創作（第2回/昭和10年）

上林 暁　かんばやし・あかつき
2101　「白い屋形船」
◇読売文学賞（第16回/昭和39年/小説賞）
「白い屋形船」　講談社 1964 234p
「上林暁全集12」　筑摩書房 昭和53年
「昭和文学全集14」　小学館 1988
「白い屋形船・ブロンズの首」　講談社 1990.8 312p（講談社文芸文庫）
「上林暁全集　第12巻　小説」　増補決定版　筑摩書房　2001.5　460p　19cm　6400円　①4-480-70462-0
「聖ヨハネ病院にて・大懺悔」　講談社 2010.11　285p　15cm（講談社文芸文庫）1500円　①978-4-06-290104-8

2102　「春の坂」
◇芸術選奨（第9回/昭和33年度/文学部門/文部大臣賞）
「春の坂」　筑摩書房 1958 317p
「上林暁全集11」　筑摩書房 昭和53年
「昭和文学全集14」　小学館 1988
「上林暁全集　第11巻　小説」　増補決定版　筑摩書房　2001.5　454p　21cm　6400円　①4-480-70461-2

2103　「ブロンズの首」
◇川端康成文学賞（第1回/昭和49年）
「ばあやん」　講談社 1973 224p
「上林暁全集13」　筑摩書房 昭和53年
「昭和文学全集14」　小学館 1988
「白い屋形船・ブロンズの首」　講談社 1990.8 312p（講談社文芸文庫）
「上林暁全集　第13巻　小説（13）」　増補決定版　筑摩書房　2001.6　592p　21cm　7200円　①4-480-70463-9
「聖ヨハネ病院にて・大懺悔」　講談社

2010.11 285p 15cm（講談社文芸文庫）1500円 ①978-4-06-290104-8
「私小説名作選 上」 中村光夫編, 日本ペンクラブ編 講談社 2012.5 279p 15cm（講談社文芸文庫）1400円 ①978-4-06-290158-1

神林 長平 かんばやし・ちょうへい

2104 「いま集合的無意識を、」
◇星雲賞 （第44回/平成25年/日本短編部門（小説））
「いま集合的無意識を、」 早川書房 2012.3 242p 16cm（ハヤカワ文庫 JA1061）620円 ①978-4-15-031061-5
「拡張幻想」 大森望, 日下三蔵編 東京創元社 2012.6 645p 15cm（創元SF文庫 SFん1-5――年刊日本SF傑作選）1300円 ①978-4-488-73405-3

2105 「言壺」
◇日本SF大賞 （第16回/平成7年）
「言壺」 中央公論社 1994.11 277p 19cm 1750円 ①4-12-002380-X
「言壺」 中央公論新社 2000.2 299p 15cm（中公文庫）933円 ①4-12-203594-5

蒲原 二郎 かんばら・じろう

2106 「オカルトゼネコン富田林組」
◇ボイルドエッグズ新人賞 （第10回/平成21年10月）
「オカルトゼネコン富田林組」 産業編集センター 2010.3 277p 19cm 1200円 ①978-4-86311-038-0

蒲原 文郎 かんばら・ふみお

2107 「祐花とじゃじゃまるの夏」
◇北区内田康夫ミステリー文学賞 （第3回/平成17年/区長賞）

かんべ むさし

2108 「笑い宇宙の旅芸人」
◇日本SF大賞 （第7回/昭和61年）
「笑い宇宙の旅芸人」 徳間書店 1986.9 667p
「笑い宇宙の旅芸人」 徳間書店 1990.8 3冊（徳間文庫）

神部 龍平 かんべ・りゅうへい

2109 「闘鶏」
◇北日本文学賞 （第5回/昭和46年）

【 き 】

紀伊 楓庵 きい・ふうあん

2110 「いつかこの手に、こぼれ雪を」
◇ジャンプ小説新人賞（jump Novel Grand Prix）（'11 Summer/平成23年夏/小説：テーマ部門/銅賞）

木内 昇 きうち・のぼり

2111 「櫛挽道守」
◇柴田錬三郎賞 （第27回/平成26年）
◇親鸞賞 （第8回/平成26年）
◇中央公論文芸賞 （第9回/平成26年）
「櫛挽道守」 集英社 2013.12 367p 20cm 1600円 ①978-4-08-771544-6

2112 「漂砂（ひょうさ）のうたう」
◇直木三十五賞 （第144回/平成22年下半期）
「漂砂のうたう」 集英社 2010.9 297p 20cm 1700円 ①978-4-08-771373-2

木内 陽 きうち・よう

2113 「コーリ駄菓子店のむこうがわ」
◇富士見ラノベ文芸賞 （第2回/平成26年/審査員特別賞）

岐川 新 きがわ・あらた

2114 「赤き月の廻るころ」
◇角川ビーンズ小説大賞 （第6回/平成19年/奨励賞）
「赤き月の廻るころ――紅蓮の王子と囚われの花嫁」 角川書店, 角川グループパブリッシング（発売） 2009.4 223p 15cm（角川ビーンズ文庫 BB70-1）457円 ①978-4-04-454701-1
※並列シリーズ名：Beans bunko
「赤き月の廻るころ――二人の求婚者」 角川書店, 角川グループパブリッシング（発売） 2009.8 252p 15cm（角川ビーンズ文庫 BB70-2）476円 ①978-4-04-454702-8
※並列シリーズ名：Beans bunko
「赤き月の廻るころ――異国の騎士は姫君を奪う」 角川書店, 角川グループパブリッシング（発売） 2009.12 220p 15cm（角川ビーンズ文庫 BB70-3）457円 ①978-4-04-454703-5

※並列シリーズ名：Beans bunko
「赤き月の廻るころ―なくした記憶のか
けら」 角川書店, 角川グループパブ
リッシング（発売） 2010.3 253p
15cm （角川ビーンズ文庫 BB70-4）
476円 ①978-4-04-454704-2
※並列シリーズ名：Beans bunko

kiki

2115 「あたし彼女」
◇日本ケータイ小説大賞 （第3回/平成
20年/大賞, JOYSOUND賞,
TSUTAYA賞）
「あたし彼女」 スターツ出版 2009.2
608p 19cm 1200円 ①978-4-88381-
093-2

木々 高太郎 きぎ・たかたろう

2116 「新月」
◇日本推理作家協会賞 （第1回/昭和23
年/短篇賞）
「新月―心理探偵小説集」 新太陽社 1946
382p （木々高太郎短篇集）
「木々高太郎全集4」 朝日新聞社 昭和
46年
「日本探偵小説全集7」 東京創元社 1985
「湖」 フィッツジェラルド, 木々高太郎,
小沼丹著, 佐伯泰樹訳 ポプラ社
2010.10 203p 19cm （百年文庫 29）
750円 ①978-4-591-11911-2

2117 「人生の阿呆」
◇直木三十五賞 （第4回/昭和11年下）
「人生の阿呆」 大日本雄弁会講談社 1950
246p
「人生の阿呆」 春陽堂書店 1954 198p
（春陽文庫）
「人生の阿呆」 河出書房 1955 162p （河
出新書）
「木々高太郎全集1」 朝日新聞社 昭和
45年
「人生の阿呆」 東京創元社 1988.7 254p
（創元推理文庫）
「人生の阿呆」 覆刻版 沖積舎 2002.11
336p 21cm 9800円 ①4-8060-2128-8

木々 康子 きぎ・やすこ

2118 「蒼龍の系譜」
◇田村俊子賞 （第17回/昭和51年）
「蒼竜の系譜」 筑摩書房 1976 334p

木々乃 すい きぎの・すい

2119 「おねえさんの呪文」

◇さくらんぼ文学新人賞 （第1回/平成
20年/奨励賞）

菊池 寛 きくち・かん

2120 「禁断の木の実」
◇「万朝報」懸賞小説 （第949回/大2年
11月）

菊池 佐紀 きくち・さき

2121 「薔薇の跫音」
◇神戸女流文学賞 （第8回/昭和59年）
「薔薇の跫音―菊池佐紀作品集」 北条 菊
池佐紀 1988.9 261p

菊池 瞳 きくち・ひとみ

2122 「トライアル」
◇ノベル大賞 （第34回/平成15年/佳作）

菊地 政男 きくち・まさお

2123 「白い肌と黄色い隊長」
◇「文藝春秋」読者賞 （第17回/昭和34
年下）
「白い肌と黄色い隊長」 文芸春秋新社
1960 243p 図版 20cm

菊地 真千子 きくち・まちこ

2124 「明治の女」
◇労働者文学賞 （第25回/平成25年/小
説部門/佳作）

菊村 到 きくむら・いたる

2125 「硫黄島」
◇芥川龍之介賞 （第37回/昭和32年上）
「硫黄島」 角川書店 1959 260p （角川文
庫）
「菊村到集」 筑摩書房 1961 257p （新鋭
文学叢書 第10）
「硫黄島・ああ江田島」 新潮社 1966
254p （新潮文庫）
「硫黄島」 成瀬書房 1973 192p 〈限定特
装版〉
「芥川賞全集5」 文芸春秋 1982

2126 「不法所持」
◇文學界新人賞 （第3回/昭和32年上）
「菊村到集」 筑摩書房 1961 257p （新鋭
文学叢書 第10）
「硫黄島」 成瀬書房 1973 192p 〈限定特
装版〉
「硫黄島」 角川書店 2005.9 316p
15cm （角川文庫）590円 ①4-04-
380001-0

木倉屋 銈造　きくらや・けいぞう

2127 「七百二十日のひぐらし」
◇泉鏡花記念金沢市民文学賞（第19回/平成3年）
「七百二十日のひぐらし」　北国新聞社　1991.7　176p　22cm　1800円　①4-8330-0732-0
※著者の肖像あり

騎西 一夫　きさい・かずお

2128 「天理教本部」
◇「改造」懸賞創作　（第4回/昭和6年）

木坂 涼　きさか・りょう

2129 「金色の網」
◇芸術選奨　（第47回/平成8年度/文学部門/文部大臣新人賞）
「金色の網」　思潮社　1996.6　93p　21cm　2000円　①4-7837-0616-6

希崎 火夜　きざき・かや

2130 「時限爆呪」
◇ジャンプ小説大賞　（第9回/平成11年/入選）
「時限爆呪」　希崎火夜、矢吹健太朗著　集英社　1999.12　198p　19cm　（Jump j books）　762円　①4-08-703093-8

木崎 さと子　きざき・さとこ

2131 「青桐」
◇芥川龍之介賞　（第92回/昭和59年下）
「青桐」　文芸春秋　1985.3　229p
「青桐」　文芸春秋　1988.2　235p　（文春文庫）
「芥川賞全集13」　文芸春秋　1989
「安西篤子 山本道子 岩橋邦枝 木崎さと子」　安西篤子, 山本道子, 岩橋邦枝, 木崎さと子著, 河野多恵子, 大庭みな子, 佐藤愛子, 津村節子監修　角川書店　1998.7　463p　19cm　（女性作家シリーズ 17）　2600円　①4-04-574217-4

2132 「沈める寺」
◇芸術選奨　（第38回/昭和62年度/文学部門/新人賞）
「沈める寺」　新潮社　1987.6　247p

2133 「裸足」
◇文學界新人賞　（第51回/昭和55年下）
「裸足」　文芸春秋　1982.11　253p

木崎 ちあき　きさき・ちあき

2134 「博多豚骨ラーメンズ」
◇電撃大賞　（第20回/平成25年/電撃小説大賞部門/大賞）
「博多豚骨ラーメンズ」　KADOKAWA　2014.2　297p　15cm　（メディアワークス文庫 き4-1）　550円　①978-4-04-866316-8

木崎 巴　きざき・ともえ

2135 「マイナス因子」
◇文學界新人賞　（第79回/平成6年下期）

木崎 菜菜恵　きざき・ななえ

2136 「十色トリック」
◇ノベル大賞　（第37回/平成18年度/佳作）

木皿 泉　きざら・いずみ

2137 「昨夜のカレー、明日のパン」
◇本屋大賞　（第11回/平成26年/2位）
「昨夜のカレー、明日のパン」　河出書房新社　2013.4　237p　20cm　1400円　①978-4-309-02176-8

如月 天音　きさらぎ・あまね

2138 「鬼を見た童子」
◇歴史群像大賞　（第6回/平成11年/奨励賞）

如月 かずさ　きさらぎ・かずさ

2139 「ミステリアス・セブンス―封印の七不思議」
◇ジュニア冒険小説大賞　（第7回/平成20年/大賞）
「ミステリアス・セブンス―封印の七不思議」　如月かずさ作, 佐竹美保絵　岩崎書店　2009.3　167p　22cm　1300円　①978-4-265-82021-4

木更木 ハル　きさらぎ・はる

2140 「モノ好きな彼女と恋に落ちる99の方法」
◇角川ビーンズ小説大賞　（第10回/平成23年/奨励賞）　〈受賞時〉木更木春秋
「モノ好きな彼女と恋に落ちる99の方法」　角川書店, 角川グループパブリッシング〔発売〕　2013.4　238p　15cm　（角川ビーンズ文庫 BB89-1）　533円　①978-4-04-100814-0

木地 雅映子　きじ・かえこ

2141　「氷の海のガレオン」
◇群像新人文学賞　（第36回/平成5年/小
　説/優秀作）
　「氷の海のガレオン/オルタ」　ジャイブ
　2006.11　217p　15cm　（ピュアフル文
　庫）　540円　①4-86176-355-X
　「氷の海のガレオン/オルタ」　新装版
　ポプラ社　2010.2　217p　15cm　（ポプ
　ラ文庫ピュアフル）　540円　①978-4-
　591-11383-7

貴志 祐介　きし・ゆうすけ

2142　「悪の教典」
◇山田風太郎賞　（第1回/平成22年）
◇本屋大賞　（第8回/平成23年/7位）
　「悪の教典　上」　文藝春秋　2010.7
　434p　20cm　1714円　①978-4-16-
　329380-6
　「悪の教典　下」　文藝春秋　2010.7
　411p　20cm　1714円　①978-4-16-
　329520-6
　「悪の教典」　文藝春秋　2011.11　669p
　18cm　1700円　①978-4-16-380980-9
　「悪の教典　上」　文藝春秋　2012.8
　467p　16cm　（文春文庫　き35-1）　695円
　①978-4-16-783901-7
　「悪の教典　下」　文藝春秋　2012.8
　459p　16cm　（文春文庫　き35-2）　695円
　①978-4-16-783902-4

2143　「ISOLA」
◇日本ホラー小説大賞　（第3回/平成8年
　/長編賞/佳作）
　「十三番目の人格―ISOLA」　角川書店
　1996.4　401p　15cm　（角川ホラー文
　庫）　640円　①4-04-197901-3
　「ISOLA―十三番目の人格」　角川書店
　1999.12　320p　19cm　1500円　①4-04-
　873205-6
　※『十三番目の人格―ISOLA』加筆・改
　　題書

2144　「硝子のハンマー」
◇日本推理作家協会賞　（第58回/平成17
　年/長編及び連作短編集部門）
　「硝子のハンマー」　角川書店　2004.4
　493p　20cm　1600円　①4-04-873529-2
　「硝子のハンマー」　角川書店, 角川グ
　ループパブリッシング（発売）　2007.10
　604p　15cm　（角川文庫）　743円
　①978-4-04-197907-5
　「硝子のハンマー　上」　埼玉福祉会
　2009.11　407p　21cm　（大活字本シ

リーズ）　3300円　①978-4-88419-606-6
　※底本：角川文庫「硝子のハンマー」
　「硝子のハンマー　中」　埼玉福祉会
　2009.11　372p　21cm　（大活字本シ
　リーズ）　3200円　①978-4-88419-607-3
　※底本：角川文庫「硝子のハンマー」
　「硝子のハンマー　下」　埼玉福祉会
　2009.11　400p　21cm　（大活字本シ
　リーズ）　3300円　①978-4-88419-608-0
　※底本：角川文庫「硝子のハンマー」

2145　「黒い家」
◇日本ホラー小説大賞　（第4回/平成9
　年）
　「黒い家」　角川書店　1997.6　365p
　19cm　1500円　①4-04-873056-8
　「黒い家」　角川書店　1998.12　392p
　19cm　（角川ホラー文庫）　680円　①4-
　04-197902-1

2146　「新世界より」
◇日本SF大賞　（第29回/平成20年）
◇本屋大賞　（第6回/平成21年/6位）
　「新世界より　上」　講談社　2008.1
　498p　20cm　1900円　①978-4-06-
　214323-3
　「新世界より　下」　講談社　2008.1
　573p　20cm　1900円　①978-4-06-
　214324-0
　「新世界より」　講談社　2009.8　953p
　18cm　（講談社ノベルス キJ-01）　1900
　円　①978-4-06-182660-1
　※並列シリーズ名：Kodansha novels

岸田 るり子　きしだ・るりこ

2147　「屍の足りない密室」
◇鮎川哲也賞　（第14回/平成16年）
　「密室の鎮魂歌」　東京創元社　2004.10
　274p　20cm　1700円　①4-488-02379-7

岸根 誠司　きしね・せいじ

2148　「蟻」
◇パスカル短編文学新人賞　（第3回/平
　成8年/優秀賞）

来住野 彰作　きしの・しょうさく

2149　「蕗のとう」
◇NHK銀の雫文芸賞　（第14回/平成13
　年/優秀賞）

貴嶋 啓　きじま・けい

2150　「かたりべものがたり～ウードの
　調べは政変の幕開け～」

◇ホワイトハート新人賞（平成24年上期）〈受賞時〉望月 朔
「囚われの歌姫―政変はウードの調べ」講談社 2012.10 237p 15cm（講談社X文庫 きE-01―white heart）600円
①978-4-06-286742-9
※受賞作「かたりべものがたり～ウードの調べは政変の幕開け～」を改題

木島 次郎　きじま・じろう

2151 「桜の花をたてまつれ」
◇日本海文学大賞（第17回/平成18年/小説部門/大賞）
「日本海文学大賞―入賞作品集　第17回」日本海文学大賞運営委員会, 中日新聞北陸本社 2006.11 249p 21cm
※共同刊行：中日新聞北陸本社

2152 「湯ノ川」
◇日本海文学大賞（第15回/平成16年/小説部門/佳作）

木島 たまら　きじま・たまら

2153 「パンのなる海、緋の舞う空」
◇小説すばる新人賞（第11回/平成10年）

岸間 信明　きしま・のぶあき

2154 「ファナイル・ゲーム」
◇小説現代新人賞（第46回/昭和61年上）

岸山 真理子　きしやま・まりこ

2155 「桂とライラとカガンダンハン」
◇早稲田文学新人賞（第1回/昭和59年）

喜尚 晃子　きしょう・あきこ

2156 「みちづれ」
◇日本文芸家クラブ大賞（第8回/平成11年/短編小説部門/佳作）

木塚 昌宏　きずか・まさひろ

2157 「人参ごんぼ、豆腐にこんにゃく」
◇地上文学賞（第52回/平成16年）

木杉 教　きすぎ・きょう

2158 「ある夕べ」
◇北日本文学賞（第41回/平成19年/選奨）

来生 直紀　きすぎ・なおき

2159 「"異"能者たちは青春を謳歌する」
◇ファンタジア大賞（第24回後期/平成24年/銀賞）
「新世の学園戦区（ネクスト・ヘイヴン）」富士見書房 2013.9 313p 15cm（富士見ファンタジア文庫 き-4-1-1）580円
①978-4-8291-3934-9
※受賞作「"異"能者たちは青春を謳歌する」を改題
「新世の学園戦区（ネクスト・ヘイヴン）2」KADOKAWA 2014.1 313p 15cm（富士見ファンタジア文庫 き-4-1-2）620円 ①978-4-04-070005-2

北 重人　きた・しげと

2160 「蒼火」
◇大藪春彦賞（第9回/平成19年）
「蒼火」文藝春秋 2005.11 298p 20cm 1524円 ①4-16-324460-3
「蒼火」文藝春秋 2008.11 397p 16cm（文春文庫）695円 ①978-4-16-774402-1

2161 「超高層に懸かる月と、骨と」
◇オール讀物推理小説新人賞（第38回/平成11年）

木田 孝夫　きだ・たかお

2162 「ねぶたが笑った」
◇東北北海道文学賞（第9回/平成10年度/伊藤桂一賞）

きだ たかし

2163 「黎明の河口」
◇九州芸術祭文学賞（第5回/昭和49年）
「黎明の河口」熊本日日新聞文化情報センター（製作）1991.9 279p 19cm 1800円

木田 拓雄　きだ・たくお

2164 「二十歳の朝に」
◇新潮新人賞（第12回/昭和55年）

喜多 唯志　きた・ただし

2165 「星空のマリオネット」
◇問題小説新人賞（第2回/昭和51年）

木田 肇　きだ・はじめ

2166 「換気扇」
◇織田作之助賞（第26回/平成21年/青春賞/佳作）

喜多 ふあり　きた・ふあり

2167　「けちゃっぷ」
◇文藝賞（第45回/平成20年度）
「けちゃっぷ」 河出書房新社 2008.11
150p 20cm 1100円 ①978-4-309-
01885-0

希多 美咲　きた・みさき

2168　「月下浮世奇談」
◇ロマン大賞（平成24年度/大賞）
「写楽あやかし草紙　月下のファントム」
集英社 2012.12 267p 15cm（コバ
ルト文庫 き9-1）540円 ①978-4-08-
601690-2
※受賞作「月下浮世奇談」を改題
「写楽あやかし草紙　2 花霞のディー
バ」 集英社 2013.3 221p 15cm
（コバルト文庫 き9-2）520円 ①978-4-
08-601709-1

喜多 みどり　きた・みどり

2169　「呪われた七つの町のある祝福さ
れた一つの国の物語」
◇角川ビーンズ小説大賞（第1回/平成
14年/奨励賞）

喜多 南　きた・みなみ

2170　「僕と姉妹と幽霊（カノジョ）の約
束（ルール）」
◇『このライトノベルがすごい！』大賞
（第2回/平成23年/優秀賞）
「僕と姉妹と幽霊（カノジョ）の約束（ルー
ル）」 宝島社 2011.9 284p 16cm
（このライトノベルがすごい！文庫 き-
2-1）648円 ①978-4-7966-8631-0

北 杜夫　きた・もりお

2171　「輝ける碧き空の下で」
◇日本文学大賞（第18回/昭和61年/文
芸部門）
「輝ける碧き空の下で」 新潮社 1982.1
465p
「輝ける碧き空の下で」 第2部 新潮社
1986.1 411p
「輝ける碧き空の下で」 第1部 新潮社
1988.12 2冊（新潮文庫）
「輝ける碧き空の下で」 第2部 新潮社
1989.1 2冊（新潮文庫）

2172　「楡家の人びと」
◇毎日出版文化賞（第18回/昭和35年
上）

「楡家の人びと」 新潮社 1964 554p
「北杜夫全集4」 新潮社 昭和52年

2173　「夜と霧の隅で」
◇芥川龍之介賞（第43回/昭和35年上）
「夜と霧の隅で」 新潮社 1960 266p
「夜と霧の隅で」 新潮社 1963 257p（新
潮文庫）
「北杜夫全集2」 新潮社 昭和52年
「夜と霧の隅で・遙かな国遠い国」 新潮
社 1977.5 314p（北杜夫全集 2）
「芥川賞全集6」 文芸春秋 1982
「昭和文学全集22」 小学館 1988
「夜と霧の隅で」 改版 新潮社 2013.8
299p 16cm（新潮文庫 きー4-1）520
円 ①978-4-10-113101-6

喜多 喜久　きた・よしひさ

2174　「ラブ・ケミストリー」
◇『このミステリーがすごい！』大賞
（第9回/平成22年/優秀賞）
「ラブ・ケミストリー」 宝島社 2011.3
305p 20cm 1400円 ①978-4-7966-
8001-1
「ラブ・ケミストリー」 宝島社 2012.3
317p 16cm（宝島社文庫 Cき-2-1――こ
のミス大賞）571円 ①978-4-7966-
8857-4

喜多 リリコ　きた・りりこ

2175　「黎明の国の姉妹」
◇富士見ラノベ文芸賞（第3回/平成27
年/審査員特別賞）

北岡 耕二　きたおか・こうじ

2176　「わたしの好きなハンバーガー」
◇文學界新人賞（第94回/平成14年上
期）

北影 雄幸　きたかげ・ゆうこう

2177　「実録 風林火山―「甲陽軍鑑」の
正しい読み方」
◇日本文芸大賞（第25回/平成19年/歴
史文芸賞）
「実録・風林火山―「甲陽軍鑑」の正しい
読み方」 光人社 2007.3 333p 19cm
1900円 ①978-4-7698-1332-3

北方 謙三　きたかた・けんぞう

2178　「明日なき街角」
◇日本文芸大賞（第5回/昭和60年）
「明日なき街角」 新潮社 1985.2 253p

きたかわ 2179～2187

「明日なき街角」 新潮社 1987.11 299p
（新潮文庫）
「明日なき街角」 徳間書店 2006.2
347p 15cm（徳間文庫）590円 ⓘ4-
19-892376-0

2179 「渇きの街」
◇日本推理作家協会賞（第38回/昭和60
年/長篇部門）
「渇きの街」 集英社 1984.3 278p
「渇きの街」 集英社 1988.10 310p（集英
社文庫）
「渇きの街」 双葉社 1999.11 336p
15cm（双葉文庫―日本推理作家協会賞
受賞作全集 48）600円 ⓘ4-575-65847-
2

2180 「水滸伝」
◇司馬遼太郎賞（第9回/平成18年）
「水滸伝 1（曙光の章）～19（旌旗の章）」
集英社 2000.10～2005.10 20cm
「水滸伝 1（曙光の章）～19（旌旗の章）」
集英社 2006.10～2008.4 16cm（集英
社文庫）

2181 「眠りなき夜」
◇吉川英治文学新人賞（第4回/昭和58
年度）
「眠りなき夜」 集英社 1982.10 275p
「眠りなき夜」 集英社 1986.4 332p（集
英社文庫）

2182 「破軍の星」
◇柴田錬三郎賞（第4回/平成3年）
「破軍の星」 集英社 1990.11 392p

2183 「独り群せず」
◇舟橋聖一文学賞（第1回/平成19年）
「独り群せず」 文藝春秋 2007.6 421p
20cm 1762円 ⓘ978-4-16-326080-8

2184 「楊家将」
◇吉川英治文学賞（第38回/平成16年）
「楊家将 上」 PHP研究所 2003.12
357p 20cm 1600円 ⓘ4-569-63290-4
「楊家将 下」 PHP研究所 2003.12
284p 20cm 1500円 ⓘ4-569-63291-2

2185 「楊令伝」
◇毎日出版文化賞（第65回/平成23年/
特別賞）
「楊令伝 1 玄旗の章」 集英社 2011.6
390p 15cm（集英社文庫）600円
ⓘ978-4-08-746705-5
「楊令伝 2 辺烽の章」 集英社 2011.7
395p 15cm（集英社文庫）600円

ⓘ978-4-08-746715-4
「楊令伝 3 盤紆の章」 集英社 2011.8
395p 15cm（集英社文庫）600円
ⓘ978-4-08-746727-7
「楊令伝 4 雷霆の章」 集英社 2011.9
397p 15cm（集英社文庫）600円
ⓘ978-4-08-746737-6
「楊令伝 5 猩紅の章」 集英社 2011.
10 397p 15cm（集英社文庫）600円
ⓘ978-4-08-746747-5
「楊令伝 6 徂征の章」 集英社 2011.
11 398p 15cm（集英社文庫）600円
ⓘ978-4-08-746759-8
「楊令伝 7 驍騰の章」 集英社 2011.
12 396p 15cm（集英社文庫）600円
ⓘ978-4-08-746770-3
「楊令伝 8 箭激の章」 集英社 2012.1
398p 15cm（集英社文庫）600円
ⓘ978-4-08-746782-6
「楊令伝 9 遥光の章」 集英社 2012.2
398p 15cm（集英社文庫）600円
ⓘ978-4-08-746791-8
「楊令伝 10 坡陀の章」 集英社 2012.
3 396p 15cm（集英社文庫）600円
ⓘ978-4-08-746802-1
「楊令伝 11 傾暉の章」 集英社 2012.
4 390p 15cm（集英社文庫）600円
ⓘ978-4-08-746815-1
「楊令伝 12 九天の章」 集英社 2012.
5 390p 15cm（集英社文庫）600円
ⓘ978-4-08-746828-1
「楊令伝 13 青冥の章」 集英社 2012.
6 390p 15cm（集英社文庫）600円
ⓘ978-4-08-746840-3
「楊令伝 14 星歳の章」 集英社 2012.
7 390p 15cm（集英社文庫）600円
ⓘ978-4-08-746852-6
「楊令伝 15 天穹の章」 集英社 2012.
8 388p 15cm（集英社文庫）600円
ⓘ978-4-08-746865-6

2186 「過去（リメンバー）」
◇角川小説賞（第11回/昭和59年）
「過去」 角川書店 1984.7 259p
「過去」 角川書店 1985.10 305p（角川文
庫）

北川 恵海 きたがわ・えみ
2187 「ちょっと今から仕事やめてくる」
◇電撃大賞（第21回/平成26年/メディ
アワークス文庫賞）
「ちょっと今から仕事やめてくる」
KADOKAWA 2015.2 235p 15cm
（メディアワークス文庫 き5-1）530円

168 文学賞受賞作品総覧 小説篇

①978-4-04-869271-7

北川 修　きたがわ・おさむ

2188　「幻花」
◇小説現代新人賞　（第16回/昭和46年
　　上）

北川 功三　きたがわ・こうぞう

2189　「空の歩行」
◇ブックバード文学大賞　（第4回/平成2
　　年/優秀賞）

北川 真一郎　きたがわ・しんいちろう

2190　「小説「敦盛」」
◇歴史群像大賞　（第18回/平成24年発表
　　/佳作）

北川 拓磨　きたがわ・たくま

2191　「A&A アンドロイド・アンド・
　　エイリアン」
◇スニーカー大賞　（第14回/平成21年/
　　奨励賞）
「A（エー）&A（エー）―アンドロイド・
　　アンド・エイリアン　未知との遭遇まさ
　　かの境遇」　角川書店, 角川グループパ
　　ブリッシング（発売）　2010.3　297p
　　15cm（角川文庫 16162―角川スニー
　　カー文庫）　590円　①978-4-04-474809-8

北川 悠　きたがわ・ゆう

2192　「鶴亀堂の冬」
◇労働者文学賞　（第17回/平成17年/小
　　説部門/佳作）

北國 浩二　きたくに・こうじ

2193　「ルドルフ・カイヨワの事情」
◇日本SF新人賞　（第5回/平成15年/佳
　　作）
「ルドルフ・カイヨワの憂鬱」　徳間書店
　　2005.5　308p　19cm　1900円　①4-19-
　　862008-3

北國 ばらっど　きたぐに・ばらっど

2194　「アプリコット・レッド」
◇スーパーダッシュ小説新人賞　（第13
　　回/平成26年/優秀賞）

2195　「強欲な僕とグリモワール」
◇HJ文庫大賞　（第8回/平成26年/銀賞）
「強欲な僕とグリモワール」　ホビージャ
　　パン　2015.1　244p　15cm（HJ文庫
　　き02-01-01）　619円　①978-4-7986-

0947-8

北沢　きたざわ

2196　「ナナツノノロイ」
◇日本ケータイ小説大賞　（第8回/平成
　　26年/ブラックレーベル賞）
「ナナツノノロイ」　スターツ出版　2014.
　　6　211p　15cm（ケータイ小説文庫 H
　　き1-1―野いちご）　510円　①978-4-
　　88381-857-0

北沢 美勇　きたざわ・みゆう

2197　「神と人との門」
◇「サンデー毎日」大衆文芸　（第25回/
　　昭和14年下）

北澤 佑紀　きたざわ・ゆうき

2198　「いただきさん」
◇NHK銀の雫文芸賞　（平成21年/優秀）

北島 春石　きたじま・しゅんせき

2199　「袖枕」
◇「文芸倶楽部」懸賞小説　（第5回/明
　　36年7月/第3等）

喜多嶋 隆　きたじま・たかし

2200　「マルガリータを飲むには早す
　　ぎる」
◇小説現代新人賞　（第36回/昭和56年
　　上）

北城 恵　きたしろ・けい

2201　「ゲートボールのルーツ」
◇日本文芸大賞　（第6回/昭和61年/女流
　　文学新人賞）

北園 孝吉　きたぞの・こうきち

2202　「明日はお天気」
◇「サンデー毎日」大衆文芸　（第21回/
　　昭和12年下）

北野 華岳　きたの・かがく

2203　「篝火」
◇「文芸倶楽部」懸賞小説　（第4回/明
　　36年6月/第2等）

北野 道夫　きたの・みちお

2204　「逃げ道」
◇文學界新人賞　（第106回/平成20年上
　　期）

北野 勇作　きたの・ゆうさく

2205　「かめくん」
◇日本SF大賞（第22回/平成13年）
「かめくん」徳間書店　2001.1　300p
16cm（徳間デュアル文庫）648円
①4-19-905030-2

2206　「昔，火星のあった場所」
◇日本ファンタジーノベル大賞（第4回
/平成4年/優秀賞）
「昔、火星のあった場所」新潮社 1992.
12 234p
「昔、火星のあった場所」徳間書店
2001.5　298p　15cm（徳間デュアル文
庫）619円　①4-19-905052-3

北乃坂 柾雪　きたのざか・まさゆき

2207　「悪夢から悪夢へ」
◇角川学園小説大賞（第5回/平成13年/
ヤングミステリー＆ホラー部門/奨
励賞）

北林 耕生　きたばやし・こうせい

2208　「女狂い日記」
◇問題小説新人賞（第9回/昭和58年/佳
作）

北林 透馬　きたばやし・とうま

2209　「街の国際娘」
◇文壇アンデパンダン（第1回/昭和5
年）
「街の国際娘」春陽堂 1934 254p（日本
小説文庫）

北原 亞以子　きたはら・あいこ

2210　「江戸風狂伝」
◇女流文学賞（第36回/平成9年度）
「江戸風狂伝」中央公論社　1997.6
235p　19cm　1400円　①4-12-002709-0
「江戸風狂伝」北原亜以子著　中央公論
新社　2000.8　263p　15cm（中公文
庫）514円　①4-12-203693-3
「江戸風狂伝　上」埼玉福祉会 2004.11
230p　21cm（大活字本シリーズ）
2800円　①4-88419-292-3
※原本：中公文庫
「江戸風狂伝　下」埼玉福祉会 2004.11
235p　21cm（大活字本シリーズ）
2800円　①4-88419-293-1
※原本：中公文庫
「江戸風狂伝」講談社　2013.5　285p
15cm（講談社文庫）552円　①978-4-

06-276579-4

2211　「恋忘れ草」
◇直木三十五賞（第109回/平成5年上）
「恋忘れ草」文芸春秋 1993.5 245p
「げんだい時代小説」縄田一男監修、津
本陽、南原幹雄、童門冬二、北原亜以子、
戸部新十郎、泡坂妻夫、古川薫、宮部みゆ
き、新宮正春、小松重男、中村彰彦、佐藤
雅美、佐江衆一、高橋義男、沢田ふじ子著
リブリオ出版　2000.12　15冊（セット）
21cm 54000円　①4-89784-822-9

2212　「深川澪通り木戸番小屋」
◇泉鏡花文学賞（第17回/平成1年）
「深川澪通り木戸番小屋」講談社 1989.4
260p
「歴史小説名作館9」講談社 1992
「夜の明けるまで―深川澪通り木戸番小
屋」北原亞以子著　講談社　2007.6
275p　15cm（講談社文庫）514円
①978-4-06-275770-6
「澪つくし―深川澪通り木戸番小屋」北
原亞以子著　講談社　2013.9　301p
15cm（講談社文庫）610円　①978-4-
06-277647-9
「たからもの―深川澪通り木戸番小屋」
北原亞以子著　講談社　2015.10　285p
15cm（講談社文庫）620円　①978-4-
06-293237-0

2213　「ママは知らなかったのよ」
◇新潮新人賞（第1回/昭和44年）

2214　「夜の明けるまで」
◇吉川英治文学賞（第39回/平成17年
度）
「夜の明けるまで―深川澪通り木戸番小
屋」講談社　2004.1　241p　20cm
1600円　①4-06-212197-2
「夜の明けるまで―深川澪通り木戸番小
屋」講談社　2007.6　275p　15cm（講
談社文庫）514円　①978-4-06-275770-6
※2004年刊の増訂

北原 双治　きたはら・そうじ

2215　「真夏のスクリーン」
◇日本文芸家クラブ大賞（第1回/平成3
年度/短編小説部門）

北原 なお　きたはら・なお

2216　「Identity Lullaby」
◇ゆきのまち幻想文学賞（第14回/平成
16年/長編賞）
「雪見酒」七森はなほか著　企画集団ぷ

りずむ　2005.1　195p　19cm（ゆきの
まち幻想文学賞小品集 14）1715円
①4-906691-17-X

2217　「ノアの住む国」
◇ゆきのまち幻想文学賞（第9回/平成
11年/長編賞）
「ゆきのまち幻想文学賞小品集　9」ゆ
きのまち通信企画・編　企画集団ぷりず
む　2000.4　175p　19cm　1800円　①4-
906691-06-4

北原 文雄　きたはら・ふみお

2218　「田植え舞」
◇農民文学賞（第38回/平成6年度）

北原 リエ　きたはら・りえ

2219　「青い傷」
◇女流新人賞（第30回/昭和62年度）
「青い傷」　中央公論社　1989.10　199p

北町 一郎　きたまち・いちろう

2220　「賞与日前後」
◇「サンデー毎日」大衆文芸（第16回/
昭和10年上）

喜多見 かなた　きたみ・かなた

2221　「押忍!!かたれ部」
◇スニーカー大賞（第18回・秋/平成24
年/特別賞）
「俺と彼女の青春論争（ノイジー・ゲー
ム）」　KADOKAWA　2014.3　287p
15cm（角川スニーカー文庫 き-2-1-1）
600円　①978-4-04-101243-7
※受賞作「押忍!!かたれ部」を改題

北村 薫　きたむら・かおる

2222　「鷺と雪」
◇直木三十五賞（第141回/平成21年上
半期）
「鷺と雪」　文藝春秋　2009.4　261p
20cm　1400円　①978-4-16-328080-6
※文献あり

2223　「夜の蟬」
◇日本推理作家協会賞（第44回/平成3
年/短編部門）
「夜の蟬」　東京創元社　1990.1　247p（創
元ミステリ'90）
「夜の蟬」　双葉社　2005.6　290p　15cm
（双葉文庫―日本推理作家協会賞受賞作
全集 65）552円　①4-575-65864-2

北村 謙次郎　きたむら・けんじろう

2224　「ある環境」
◇満洲文話会賞（第2回/昭和16年/作品
賞）

北村 周一　きたむら・しゅういち

2225　「一滴の藍」
◇自由都市文学賞（第3回/平成3年/佳
作）
「蛇の棲む街」　鳥影社、星雲社〔発売〕
1996.6　239p　19cm　1300円　①4-
7952-6357-4

2226　「犬の気焔」
◇自由都市文学賞（第4回/平成4年/佳
作）
「蛇の棲む街」　鳥影社、星雲社〔発売〕
1996.6　239p　19cm　1300円　①4-
7952-6357-4

2227　「凪のあとさき」
◇マリン文学賞（第2回/平成3年/佳作）

2228　「ユーモレスク」
◇北日本文学賞（第22回/昭和63年）
「ユーモレスク」　文藝書房　1995.11
290p　19cm　1500円　①4-938791-27-7
「北日本文学賞入賞作品集　2」井上靖、
宮本輝選、北日本新聞社編　北日本新聞
社　2002.8　436p　19cm　2190円　①4-
906678-67-X

北村 染衣　きたむら・そめい

2229　「ぐみの木の下には」
◇コバルト・ノベル大賞（第18回/平成
3年下/佳作）

北村 夏海　きたむら・なつみ

2230　「ジャンの冒険」
◇12歳の文学賞（第1回/平成19年/佳
作）
「12歳の文学」　小学館　2007.4　269p
26cm　1500円　①978-4-09-289711-3
「12歳の文学」　小学生作家たち著　小学
館　2009.4　313p　15cm（小学館文庫
し7-1）552円　①978-4-09-408384-2

北村 英明　きたむら・ひであき

2231　「青春の譜」
◇中村星湖文学賞（第16回/平成14年/
努力賞）
「青春の譜」　ケイ・エム・ピー　2002.6
238p　20cm　1200円　①4-7732-1209-8

文学賞受賞作品総覧 小説篇

北村 洪史　きたむら・ひろし

2232　「ファミリー」
◇北方文芸賞　（第3回/平成5年）
「ファミリー」　講談社　1993.11　207p

北村 満緒　きたむら・みつお

2233　「五月の気流」
◇女流新人賞　（第29回/昭和61年度）

北元 あきの　きたもと・あきの

2234　「One-seventh Dragon Princess」
◇MF文庫Jライトノベル新人賞　（第5回/平成21年/佳作）
「竜王女は天に舞う─One-seventh Dragon Princess」　メディアファクトリー　2009.11　260p　15cm（MF文庫J き-03-01）580円　①978-4-8401-3088-2

北森 鴻　きたもり・こう

2235　「狂乱二十四孝」
◇鮎川哲也賞　（第6回/平成7年）
「狂乱廿四考」　東京創元社　1995.9　292p　19cm　1600円　①4-488-02345-2

2236　「花の下にて春死なむ」
◇日本推理作家協会賞　（第52回/平成11年/短篇及び連作短篇集部門）
「推理小説代表作選集─推理小説年鑑1996年版」　日本推理作家協会編　講談社　1996.6　419p　20cm　2100円　①4-06-114538-X
「花の下にて春死なむ」　講談社　1998.11　239p　20cm　1600円　①4-06-209402-9
「どたん場で大逆転」　日本推理作家協会編　講談社　1999.4　431p　15cm（講談社文庫─ミステリー傑選 35）667円　①4-06-264556-4
「花の下にて春死なむ」　講談社　2001.12　280p　15cm（講談社文庫）533円　①4-06-273327-7

北柳 あぶみ　きたやなぎ・あぶみ

2237　「鞍骨坂」
◇北日本文学賞　（第42回/平成20年/選奨）

北山 大詩　きたやま・だいし

2238　「エクスプローラー」
◇富士見ヤングミステリー大賞　（第5回/平成17年/奨励賞）

「覚醒少年─エクスプローラー」　富士見書房　2006.1　302p　15cm（富士見ミステリー文庫）600円　①4-8291-6336-4

北山 幸太郎　きたやま・ゆきたろう

2239　「ロバ君の問題点」
◇東北北海道文学賞　（第5回/平成6年）
「ロバ君の問題点」　清水書院　1996.2　283p　19cm　1480円　①4-389-50016-3

橘川 有弥　きっかわ・ゆうや

2240　「くろい、こうえんの」
◇文學界新人賞　（第85回/平成9年下期）

木次 園子　きつぎ・そのこ

2241　「アレスケのふとん」
◇ゆきのまち幻想文学賞　（第24回/平成26年/準大賞）

吉小坂 かをり　きっこさか・かおり

2242　「願望百景」
◇新風舎出版賞　（第22回/平成16年6月/大賞）

木戸 織男　きど・おりお

2243　「夜は明けない」
◇サンデー毎日小説賞　（第1回/昭和35年上/第2席）

城戸 朱理　きど・しゅり

2244　「幻の母」
◇芸術選奨　（第61回/平成22年/文学部門/新人賞）
「幻の母」　思潮社　2010.9　103p　24cm　2400円　①978-4-7837-3212-9

樹戸 英斗　きど・ひでと

2245　「ケツバット女、笑う夏希。」
◇電撃大賞　（第13回/平成18年/電撃小説大賞部門/銀賞）
「なつき・フルスイング！─ケツバット女、笑う夏希。」　メディアワークス, 角川グループパブリッシング（発売）2007.2　352p　15cm（電撃文庫 1385）610円　①978-4-8402-3718-5

城戸 光子　きど・みつこ

2246　「青猫屋」
◇日本ファンタジーノベル大賞　（第8回/平成8年/優秀賞）
「青猫屋」　新潮社　1996.12　225p

鬼頭 恭二　きとう・きょうじ

2247　「純情綺談」
◇「サンデー毎日」大衆文芸（第12回/
　昭和8年上）

きとう ひろえ

2248　「ははうえのひみつ」
◇新風舎出版賞（第18回/平成14年6月/
　ビジュアル部門/最優秀賞）
　「ははうえのひみつ」　新風舎　2003.11
　1冊（ページ付なし）　16×22cm　1300円
　①4-7974-2918-6

木爾 チレン　きな・ちれん

2249　「溶けたらしぼんだ。」
◇女による女のためのR-18文学賞（第9
　回/平成22年/大賞）

聴猫 芝居　きねこ・しばい

2250　「あなたの街の都市伝鬼！」
◇電撃大賞（第18回/平成23年/電撃小
　説大賞部門/金賞）
　「あなたの街の都市伝鬼！」　アスキー・
　メディアワークス, 角川グループパブ
　リッシング〔発売〕　2012.2　319p
　15cm（電撃文庫 2273）590円　①978-
　4-04-886275-2
　「あなたの街の都市伝鬼！ 2」　アス
　キー・メディアワークス, 角川グループ
　パブリッシング〔発売〕　2012.6　333p
　15cm（電撃文庫 2354）590円　①978-
　4-04-886628-6
　「あなたの街の都市伝鬼！ 3」　アス
　キー・メディアワークス, 角川グループ
　パブリッシング〔発売〕　2012.10
　303p　15cm（電撃文庫 2430）630円
　①978-4-04-886999-7

キノ

2251　「**PASSION**」
◇碧天文芸大賞（第1回/平成15年/特別
　賞）〈受賞時〉大草ひろこ
　「Lな気分」　碧天舎　2004.9　155p
　20cm　1300円　①4-88346-565-9

木野 工　きの・たくみ

2252　「襤褸」
◇北海道新聞文学賞（第5回/昭和46年/
　小説）
　「襤褸」　新潮社　1972　249p

木野 裕喜　きの・ゆうき

2253　「暴走少女と妄想少年」
◇『このライトノベルがすごい！』大賞
　（第1回/平成22年/優秀賞）
　「暴走少女と妄想少年」　宝島社　2010.9
　314p　16cm（このライトノベルがすご
　い！文庫 き-1-1）457円　①978-4-
　7966-7890-2
　「暴走少女と妄想少年 2」　宝島社
　2010.12　316p　16cm（このライトノ
　ベルがすごい！文庫 き-1-2）457円
　①978-4-7966-8025-7
　「暴走少女と妄想少年 3　変態転校生現
　る！」　宝島社　2011.5　252p　16cm
　（このライトノベルがすごい！文庫 き-
　1-3）590円　①978-4-7966-8319-7
　「暴走少女と妄想少年 4　海だ！水着だ
　！夏休みだ！」　宝島社　2011.8　252p
　16cm（このライトノベルがすごい！文
　庫 き-1-4）619円　①978-4-7966-8501-6
　「暴走少女と妄想少年 5　決戦は文化祭
　！」　宝島社　2011.11　234p　16cm
　（このライトノベルがすごい！文庫 き-
　1-5）648円　①978-4-7966-8793-5
　「暴走少女と妄想少年 6　毎日が大騒ぎ
　！」　宝島社　2012.3　253p　16cm
　（このライトノベルがすごい！文庫 き-
　1-6）648円　①978-4-7966-9712-5
　「暴走少女と妄想少年 7　恋する暴走少
　女」　宝島社　2012.7　282p　16cm
　（このライトノベルがすごい！文庫 き-
　1-7）657円　①978-4-7966-9714-9

木下 訓成　きのした・くにしげ

2254　「じっちゃんの養豚場」
◇日本海文学大賞（第14回/平成15年/
　小説部門/大賞）

2255　「セピア色のインク」
◇岡山・吉備の国「内田百間」文学賞
　（第11回/平成23・24年度/優秀賞）
　「内田百間文学賞受賞作品集―岡山県
　第11回」　岩朝清美, 木下訓成, 三ツ木茂
　著　作品社　2013.3　149p　20cm　952
　円　①978-4-86182-430-2

2256　「友待つ雪」
◇日本海文学大賞（第13回/平成14年/
　小説/佳作）

2257　「春一番」
◇農民文学賞（第48回/平成17年度）

2258　「マルジャーナの知恵」
◇木山捷平短編小説賞（第2回/平成18

年度)

木下 祥 きのした・しょう

2259 「マルゴの調停人」
◇C★NOVELS大賞 （第4回/平成20年/特別賞）
「マルゴの調停人」 中央公論新社 2008.7 242p 18cm （C novels fantasia）900円 ①978-4-12-501041-0

樹下 昌史 きのした・しょうじ

2260 「享保猪垣始末記」
◇地上文学賞 （第17回/昭和44年）
「享保猪垣始末記」 家の光協会 1983.8 254p

木下 真一 きのした・しんいち

2261 「八十四円のライター」
◇12歳の文学賞 （第2回/平成20年/審査員特別賞【応援隊長・よゐこ賞】）
「12歳の文学 第2集 小学生作家が紡ぐ9つの物語」 小学館 2008.3 281p 20cm 1000円 ①978-4-09-289712-0
「12歳の文学 第2集」 小学生作家たち著 小学館 2010.4 277p 15cm （小学館文庫） 552円 ①978-4-09-408497-9

木之下 白蘭 きのした・はくらん

2262 「撤兵」
◇「サンデー毎日」大衆文芸 （第18回/昭和11年上）

木下 富砂子 きのした・ふさこ

2263 「この流れの中に」
◇自分史文学賞 （第5回/平成6年度/佳作）
「この流れの中に―激動の昭和を生き抜いた一少女の物語」 沖積舎 1995.10 215p 19cm 2000円 ①4-8060-2102-4

木下 文緒 きのした・ふみお

2264 「レプリカント・パレード」
◇海燕新人文学賞 （第8回/平成1年）

木下 古栗 きのした・ふるくり

2265 「無限のしもべ」
◇群像新人文学賞 （第49回/平成18年/小説当選作）

木下 昌輝 きのした・まさてる

2266 「宇喜多の捨て嫁」
◇オール讀物新人賞 （第92回/平成24

年）

木股 知史 きまた・さとし

2267 「和歌文学大系77 一握の砂」
◇岩手日報文学賞 （第20回/平成17年/啄木賞）
「一握の砂/黄昏に/収穫」 石川啄木著, 木股知史校注土岐善麿著, 藤澤全校注前田夕暮著, 山田吉郎校注久保田淳監修 明治書院 2004.4 518p 22cm （和歌文学大系 77） 7500円 ①4-625-41319-2
※付属資料：8p：月報 22

金 啓子 キム・ケジャ

2268 「むらさめ」
◇部落解放文学賞 （第28回/平成13年度/入選/小説部門）

金 重明 キム・ジュンミョン

2269 「三別抄耽羅戦記」
◇歴史文学賞 （第30回/平成17年度）
「抗蒙の丘―三別抄耽羅戦記」 新人物往来社 2006.6 232p 20cm 1800円 ①4-404-03408-3

2270 「鳳積術」
◇朝日新人文学賞 （第8回/平成8年）
「算学武芸帳」 朝日新聞社 1997.10 224p 19cm 1500円 ①4-02-257186-1

金 石範 キム・ソクポム

2271 「火山島」
◇大佛次郎賞 （第11回/昭和59年）
「火山島」 1 文芸春秋 1983.6 390p
「火山島」 2 文芸春秋 1983.7 414p
「火山島」 3 文芸春秋 1983.9 566p
「金石範作品集 1」 平凡社 2005.9 572p 21cm 7600円 ①4-582-83286-5

金 鶴泳 キム・ハギョン

2272 「凍える口」
◇文藝賞 （第4回/昭和41年）
「凍える口」 河出書房新社 1970 302p
「金鶴泳集」 河出書房新社 1972 213p （新鋭作家叢書）
「金鶴泳作品集成」 作品社 1986.1 478p
「凍える口―金鶴泳作品集」 クレイン 2004.7 717p 20cm 3300円 ①4-906681-22-0
※付属資料：20p：月報, 年譜あり, 著作目録あり
「在日文学全集 第6巻 金鶴泳」 金鶴泳

著, 磯貝治良, 黒古一夫編　勉誠出版
2006.6　443p　21cm　5000円　①4-585-
01116-1

木村 一郎　きむら・いちろう

2273　「郊外の家」
◇「文章世界」特別募集小説（大7年11月）

木村 和彦　きむら・かずひこ

2274　「新地海岸（第一部）」
◇部落解放文学賞（第3回/昭和51年/小説）

木村 清　きむら・きよし

2275　「黒鳥共和国」
◇「サンデー毎日」大衆文芸（第5回/昭和4年下/甲）

木村 紅美　きむら・くみ

2276　「風化する女」
◇文學界新人賞（第102回/平成18年上期）
「風化する女」　文藝春秋　2007.4　156p
20cm　1143円　①978-4-16-325800-3

木村 春作　きむら・しゅんさく

2277　「さらば国境よ」
◇集英社創業50周年記念1000万円懸賞小説（昭53年/佳作）
「さらば国境よ」　集英社　1979.3　240p

木村 心一　きむら・しんいち

2278　「これはゾンビですか？　はい。魔法少女です」
◇ファンタジア長編小説大賞（第20回/平成20年/佳作）
「これはゾンビですか？　1　はい、魔装少女です」　富士見書房　2009.1　282p
15cm　（富士見ファンタジア文庫　き-3-1-1）580円　①978-4-8291-3370-5

木村 清治　きむら・せいじ

2279　「毒」
◇「文学評論」懸賞創作（第1回/昭和9年）

木村 荘十　きむら・そうじゅう

2280　「雲南守備兵」
◇直木三十五賞（第13回/昭和16年上）
「雲南守備兵」　博文館　1941　299p（国民

文芸叢書）
「消えた受賞作 直木賞編」　川口則弘編
メディアファクトリー　2004.7　331p
19cm（ダ・ヴィンチ特別編集 7）1500
円　①4-8401-1110-3

2281　「血緑」
◇「サンデー毎日」大衆文芸（第11回/昭和7年下）

木村 恒　きむら・つね

2282　「春を待ちつゝ」
◇透谷賞（入選）

木村 とし子　きむら・としこ

2283　「幻住庵」
◇「サンデー毎日」懸賞小説（創刊30年記念100万円懸賞小説/昭和26年/諷刺（1席））

木村 英代　きむら・ひでよ

2284　「オーフロイデ」
◇フェミナ賞（第1回/昭和63年）

木村 政子　きむら・まさこ

2285　「爛壊」
◇北海道新聞文学賞（第25回/平成3年/創作）

木村 政巳　きむら・まさみ

2286　「守札の中身」
◇「サンデー毎日」大衆文芸（第4回/昭和4年上/甲）

木邑 昌保　きむら・まさやす

2287　「品川沖脱走」
◇歴史浪漫文学賞（第6回/平成18年/創作部門優秀賞）

木村 みどり　きむら・みどり

2288　「国際会議はたはむれる」
◇「サンデー毎日」大衆文芸（第20回/昭和12年上）

木村 幸　きむら・みゆき

2289　「遊びのエピローグ」
◇新日本文学賞（第34回/平成16年/小説/佳作）

木村 百草　きむら・もぐさ

2290　「恋に変する魔改上書」
◇小学館ライトノベル大賞〔ガガガ文庫

文学賞受賞作品総覧 小説篇

部門〕 （第7回/平成25年/優秀賞）
「恋に変する魔改上書（オーバーライト）」
小学館 2013.6 295p 15cm（ガガガ
文庫 がき1-1）590円 ①978-4-09-
451419-3

木村 友祐　きむら・ゆうすけ

2291　「海猫ツリーハウス」
◇すばる文学賞 （第33回/平成21年）
「海猫ツリーハウス」 集英社 2010.2
133p 20cm 952円 ①978-4-08-
771333-6

木村 芳夫　きむら・よしお

2292　「かぶら川」
◇農民文学賞 （第39回/平成7年度）

木村 嘉孝　きむら・よしたか

2293　「密告者」
◇オール讀物推理小説新人賞 （第11回/
昭和47年）

木村 玲吾　きむら・れいご

2294　「山道」
◇「文章世界」特別募集小説 （大8年8
月）

喜安 幸夫　きやす・ゆきお

2295　「はだしの小源太」
◇池内祥三文学奨励賞 （第30回/平成12
年）
「遠き雷鳴」 江戸次郎他著 桃園書房
2001.5 342p 15cm（桃園文庫―特選
時代小説アンソロジー 2）600円 ①4-
8078-0427-8
2296　「身代わり忠義」
◇池内祥三文学奨励賞 （第30回/平成12
年）

キャディガン, パット

2297　「スシになろうとした女」
◇星雲賞 （第46回/平成27年/海外短編
部門（小説））

木山 捷平　きやま・しょうへい

2298　「大陸の細道」
◇芸術選奨 （第13回/昭和37年度/文学
部門/文部大臣賞）
「大陸の細道」 旺文社 1977.12 256p（旺
文社文庫）
「木山捷平全集4」 講談社 昭和54年

「昭和文学全集14」 小学館 1988
「大陸の細道」 講談社 1990.8 293p（講
談社文芸文庫）
「大陸の細道」 講談社 2011.3 285p
15cm（講談社文芸文庫スタンダード）
1400円 ①978-4-06-290118-5
「大陸の細道」 19新潮社 62 251p

木山 大作　きやま・だいさく

2299　「過剰兵」
◇「サンデー毎日」大衆文芸 （第48回/
昭和30年下）

邱 永漢　きゅう・えいかん

2300　「香港」
◇新鷹会賞 （第3回/昭和30年後）
◇直木三十五賞 （第34回/昭和30年下）
「香港」 近代生活社 1956 302p
「邱永漢自選集」 第2巻 徳間書店 1971
402p
「香港・濁水渓」 中央公論社 1980.5
302p（中公文庫）
「消えた直木賞―男たちの足音編」 邱永
漢、南条範夫、戸板康二、三好徹、有明夏
夫著 メディアファクトリー 2005.7
487p 19cm 1900円 ①4-8401-1292-4

牛 次郎　ぎゅう・じろう

2301　「リリーちゃんとお幸せに」
◇野性時代新人文学賞 （第8回/昭和56
年）
「リリーちゃんとお幸せに―外道名人伝」
角川書店 1982.2 236p

九江桜　きゅうこうさくら

2302　「灰被り異聞」
◇角川ビーンズ小説大賞 （第14回/平成
27年/奨励賞）

久麻 當郎　きゅうま・とうろう

2303　「イモムシランデブー」
◇ジャンプ小説新人賞（jump Novel
Grand Prix） （'09 Summer（平成
21年夏）/小説：フリー部門/銀賞）

狂　きょう

2304　「見てはいけない」
◇ジャンプ小説新人賞（jump Novel
Grand Prix） （'08 Summer（平成
20年夏）/小説：フリー部門/特別
賞）

京極 夏彦　きょうごく・なつひこ

2305　「西巷説百物語」
◇柴田錬三郎賞（第24回/平成23年）
「西巷説百物語」　角川書店，角川グルー
プパブリッシング〔発売〕　2010.7
611p　20cm（怪books）1900円
Ⓘ978-4-04-874054-8
「西巷説百物語」　中央公論新社　2012.8
613p　18cm（C・NOVELS 73-7―
BIBLIOTHEQUE）1200円　Ⓘ978-4-
12-501213-1
「西巷説百物語」　角川書店，角川グルー
プパブリッシング〔発売〕　2013.3
616p　15cm（角川文庫　き26-6）819円
Ⓘ978-4-04-100749-5

2306　「覘き小平次」
◇山本周五郎賞（第16回/平成15年）
「覘き小平次」　中央公論新社　2002.9
413p　20cm　1900円　Ⓘ4-12-003308-2
「覘き小平次」　中央公論新社　2005.2
428p　18cm（C novels bibliotheque）
1000円　Ⓘ4-12-500889-2

2307　「後巷説百物語」
◇直木三十五賞（第130回/平成15年下
期）
「後巷説百物語」　角川書店　2003.11
779p　20cm　2000円　Ⓘ4-04-873501-2

2308　「魍魎の匣」
◇日本推理作家協会賞（第49回/平成8
年/長編部門）
「魍魎の匣」　講談社　1995.1　684p
18cm（講談社ノベルス）1200円　Ⓘ4-
06-181812-0
「魍魎の匣」　講談社　2004.1　1049p
19cm　3200円　Ⓘ4-06-212254-5
「分冊文庫版 魍魎の匣　上」　講談社
2005.6　370p　15cm（講談社文庫）
629円　Ⓘ4-06-275111-9
「分冊文庫版 魍魎の匣　中」　講談社
2005.6　385p　15cm（講談社文庫）
629円　Ⓘ4-06-275112-7
「分冊文庫版 魍魎の匣　下」　講談社
2005.6　315p　15cm（講談社文庫）
571円　Ⓘ4-06-275113-5
「魍魎の匣　上」　双葉社　2010.6　551p
15cm（双葉文庫―日本推理作家協会賞
受賞作全集 82）952円　Ⓘ978-4-575-
65881-1
「魍魎の匣　下」　双葉社　2010.6　515p
15cm（双葉文庫―日本推理作家協会賞
受賞作全集 83）952円　Ⓘ978-4-575-
65882-8

2309　「嗤う伊右衛門」
◇泉鏡花文学賞（第25回/平成9年）
「嗤う伊右衛門」　中央公論社　1997.6
385p　19cm　1900円　Ⓘ4-12-002689-2
「嗤う伊右衛門」　中央公論新社　1999.8
386p　18cm（C・NOVELS
BIBLIOTHEQUE）1000円　Ⓘ4-12-
500603-2
「嗤う伊右衛門」　角川書店　2001.11
374p　15cm（角川文庫）552円　Ⓘ4-
04-362001-2
「嗤う伊右衛門」　中央公論新社　2004.6
381p　15cm（中公文庫）552円　Ⓘ4-
12-204376-X

響咲 いつき　きょうざき・いつき

2310　「宮廷恋語り―お妃修業も楽じゃ
ない―」
◇角川ビーンズ小説大賞（第12回/平成
25年/優秀賞）

京本 蝶　きょうもと・ちょう

2311　「琴葉のキソク！」
◇ジャンプ小説新人賞（jump Novel
Grand Prix）（'10 Summer/平成22
年夏/小説：フリー部門/特別賞）

清岡 卓行　きよおか・たかゆき

2312　「アカシヤの大連」
◇芥川龍之介賞（第62回/昭和44年下）
「アカシヤの大連」　講談社　1970　224p
「アカシヤの大連四部作」　講談社　1971
421p
「芥川賞全集8」　文芸春秋　1982
「アカシアの大連」　講談社　1988.2　388p
（講談社文芸文庫）
「昭和文学全集30」　小学館　1988
「清岡卓行大連小説全集上」　日本文芸社
1992

2313　「マロニエの花が言った」
◇野間文芸賞（第52回/平成11年）
「マロニエの花が言った　上巻」　新潮社
1999.8　600p　22cm　3500円　Ⓘ4-10-
343102-4
「マロニエの花が言った　下巻」　新潮社
1999.8　594p　22cm　3500円　Ⓘ4-10-
343103-2

玉岬 無能　ぎょくみさき・むのう

2314　「厄神」
◇歴史群像大賞（第17回/平成23年発表
/奨励賞）

きよさわ

清沢 晃 きよさわ・あきら

2315 「刈谷得三郎の私事」
◇オール讀物推理小説新人賞（第20回/昭和56年）

清瀬 マオ きよせ・まお

2316 「なくこころとさびしさを」
◇女による女のためのR-18文学賞（第5回/平成18年/優秀賞）

清谷 閑子 きよたに・しずこ

2317 「不死鳥」
◇「サンデー毎日」懸賞小説（創刊10年記念長編大衆文芸/昭和7年/現代物）
「不死鳥」 春秋社 1933 475p

清津 郷子 きよつ・きょうこ

2318 「ガーデナーの家族」
◇やまなし文学賞（第6回/平成10年/小説部門/佳作）

清野 かほり きよの・かおり

2319 「ピンクゴム・ブラザーズ」
◇小説新潮長篇新人賞（第9回/平成15年）
「石鹸オペラ」 新潮社 2004.2 252p 20cm 1400円 ①4-10-466401-4

清松 吾郎 きよまつ・ごろう

2320 「夏の鶯」
◇日本文芸大賞（第24回/平成18年/小説努力賞）
「夏の鶯」 かりばね書房 2006.6 174p 19cm 1500円 ①4-938404-16-8

吉来 駿作 きら・しゅんさく

2321 「キタイ」
◇ホラーサスペンス大賞（第6回/平成17年/大賞）
「キタイ」 幻冬舎 2006.1 317p 20cm 1600円 ①4-344-01100-7

2322 「火男」
◇朝日時代小説大賞（第5回/平成25年）
「火男」 朝日新聞出版 2013.12 256p 20cm 1600円 ①978-4-02-251134-8

桐 りんご きり・りんご

2323 「キラキラハシル」
◇坊っちゃん文学賞（第13回/平成25年/大賞）

桐衣 朝子 きりえ・あさこ

2324 「ガラシャ夫人のお手玉」
◇小学館文庫小説賞（第13回/平成24年）
「薔薇とビスケット」 小学館 2013.5 221p 20cm 1400円 ①978-4-09-386352-0
※受賞作「ガラシャ夫人のお手玉」を改題

霧崎 雀 きりさき・すずめ

2325 「血潮の色に咲く花は」
◇小学館ライトノベル大賞〔ガガガ文庫部門〕（第8回/平成26年/審査員特別賞）
「血潮の色に咲く花は」 小学館 2014.5 326p 15cm （ガガガ文庫 がき2-1） 611円 ①978-4-09-451487-2

きりしま 志帆 きりしま・しほ

2326 「砂漠の千一昼夜物語─幻の王子と悩殺王女─」
◇ノベル大賞（平成24年度/佳作）
「砂漠の国の悩殺王女」 集英社 2013.9 281p 15cm （コバルト文庫 き10-1） 560円 ①978-4-08-601752-7
※受賞作「砂漠の千一昼夜物語─幻の王子と悩殺王女─」を改題
「砂漠の国の悩殺王女 2 それは甘くて苦い、蜜の味」 集英社 2013.12 268p 15cm （コバルト文庫 き10-2） 560円 ①978-4-08-601773-2

霧島 兵庫 きりしま・ひょうご

2327 「英雄伝フリードリヒ」
◇歴史群像大賞（第20回/平成26年発表/優秀賞）

桐谷 正 きりたに・ただし

2328 「高瀬離と筑」
◇歴史文学賞（第14回/平成1年度/佳作）
「驪山の夢」 新人物往来社 1996.2 234p 19cm 1800円 ①4-404-02354-5

霧友 正規 きりとも・まさき

2329 「僕には彼女が見えない」
◇ファンタジア大賞（第25回/平成25年/ラノベ文芸賞）〈受賞時〉霧友 諒
「見えない彼女の探しもの」

KADOKAWA　2014.7.20　298p
15cm（富士見L文庫）600円　①978-4-
04-070223-0
※受賞作「僕には彼女が見えない」を
改題

霧流 涼　きりながれ・りょう

2330　「白き闇の中で」
◇新風舎出版賞（第22回/平成16年6月/
最優秀賞/フィクション部門）

桐野 夏生　きりの・なつお

2331　「OUT」
◇日本推理作家協会賞（第51回/平成10
年/長編部門）
「OUT」　講談社　1997.7　447p　19cm
2000円　①4-06-208552-6
「OUT　上」　講談社　2002.6　446p
15cm（講談社文庫）667円　①4-06-
273447-8
「OUT　下」　講談社　2002.6　340p
15cm（講談社文庫）619円　①4-06-
273448-6
「OUT　上」　双葉社　2014.6　450p
15cm（双葉文庫―日本推理作家協会賞
受賞作全集 89）694円　①978-4-575-
65888-0
「OUT　下」双葉社　2014.6　345p
15cm（双葉文庫―日本推理作家協会賞
受賞作全集 90）648円　①978-4-575-
65889-7

2332　「顔に降りかかる雨」
◇江戸川乱歩賞（第39回/平成5年）
「顔に降りかかる雨」　講談社 1993.9 346p
「顔に降りかかる雨」　講談社　1996.7
404p　15cm（講談社文庫）629円
①4-06-263291-8

2333　「グロテスク」
◇泉鏡花文学賞（第31回/平成15年）
「グロテスク」　文藝春秋　2003.6　536p
20cm　1905円　①4-16-321950-1

2334　「残虐記」
◇柴田錬三郎賞（第17回/平成16年）
「残虐記」　新潮社　2004.2　221p　20cm
1400円　①4-10-466701-3

2335　「魂萌え！」
◇婦人公論文芸賞（第5回/平成17年）
「魂萌え！」　毎日新聞社　2005.4　477p
20cm　1700円　①4-620-10690-9
「魂萌え！ 上巻」　新潮社　2006.12
335p　16cm（新潮文庫）552円　①4-

10-130633-8
「魂萌え！ 下巻」　新潮社　2006.12
292p　16cm（新潮文庫）514円　①4-
10-130634-6

2336　「東京島」
◇谷崎潤一郎賞（第44回/平成20年度）
「東京島」　新潮社　2008.5　281p　20cm
1400円　①978-4-10-466702-4

2337　「ナニカアル」
◇島清恋愛文学賞（第17回/平成22年）
◇読売文学賞（第62回/平成22年度/小
説賞）
「ナニカアル」　新潮社　2010.2　416p
19cm　1700円　①978-4-10-466703-1
「ナニカアル」　新潮社　2012.11　589p
15cm（新潮文庫）750円　①978-4-10-
130637-7

2338　「女神記」
◇紫式部文学賞（第19回/平成21年）
「女神記」　角川書店, 角川グループパブ
リッシング（発売）　2008.11　251p
20cm（新・世界の神話）1400円
①978-4-04-873896-5

2339　「柔らかな頬」
◇直木三十五賞（第121回/平成11年上
期）
「柔らかな頬」　講談社　1999.4　365p
20cm　1800円　①4-06-207919-4
「柔らかな頬　上」　文藝春秋　2004.12
358p　16cm（文春文庫）590円　①4-
16-760206-7
「柔らかな頬　下」　文藝春秋　2004.12
291p　16cm（文春文庫）562円　①4-
16-760207-5

霧山 よん　きりやま・よん

2340　「姫騎士オークはつかまりま
した。」
◇ファンタジア大賞（第28回/平成27年
/審査員特別賞）

桐生 悠三　きりゅう・ゆうぞう

2341　「チェストかわら版」
◇オール讀物新人賞（第65回/昭和60
年）
「雪月花・江戸景色―新鷹会・傑作時代小
説選」 平岩弓枝監修　光文社　2013.6
423p　15cm（光文社時代小説文庫）
686円　①978-4-334-76588-0

2342　「似顔絵」
◇池内祥三文学奨励賞（第11回/昭和56

年）

2343 「母への皆勤賞」
◇池内祥三文学奨励賞（第11回/昭和56年）

桐生 祐狩　きりゅう・ゆかり

2344 「妙薬」
◇日本ホラー小説大賞（第8回/平成13年/長編賞）
「夏の滴」 角川書店 2001.6 356p 20cm 1500円 ①4-04-873309-5
「夏の滴」 角川書店 2003.9 389p 15cm（角川ホラー文庫）743円 ①4-04-370302-3

金 鶴泳　きん・かくえい　⇒金 鶴泳（キム・ハギョン）

金 聖珉　きん・せいみん

2345 「半島の芸術家たち」
◇千葉亀雄賞（第1回/昭和11年/1席）

金 真須美　きん・ますみ

2346 「メソッド」
◇文藝賞（第32回/平成7年/優秀作）
「メソッド」 河出書房新社 1996.1 174p 19cm 1300円 ①4-309-01034-2
「在日文学全集 第14巻 深沢夏衣・金真須美・鷺沢萠」 深沢夏衣, 金真須美, 鷺沢萠著, 磯貝治良, 黒古一夫編 勉誠出版 2006.6 407p 21cm 5000円 ①4-585-01124-2

金 蓮花　きん・れんか

2347 「銀葉亭茶話」
◇ノベル大賞（第23回/平成6年上期/入選）
「蝶々姫綺譚―銀葉亭茶話」 集英社 1995.6 252p 15cm（コバルト文庫）420円 ①4-08-614081-0

金閣寺ドストエフスキー
きんかくじどすとえふすきー

2348 「ア・サウザンド・ベイビーズ」
◇ジャンプ小説新人賞（jump Novel Grand Prix）（'11 Spring/平成23年春/小説：テーマ部門/銅賞）

銀林 みのる　ぎんばやし・みのる

2349 「鉄塔 武蔵野線」
◇日本ファンタジーノベル大賞（第6回/平成6年）

「鉄塔 武蔵野線」 新潮社 1994.12 246p 19cm 1450円 ①4-10-402001-X
「鉄塔 武蔵野線」 新潮社 1997.6 306p 15cm（新潮文庫）476円 ①4-10-138321-9
「鉄塔 武蔵野線」 ソフトバンククリエイティブ 2007.9 491p 15cm（ソフトバンク文庫）830円 ①978-4-7973-4264-2
※付属資料：地図1

【く】

九岡 望　くおか・のぞむ

2350 「エスケヱプ・スピヰド」
◇電撃大賞（第18回/平成23年/電撃小説大賞部門/大賞）〈受賞時〉九丘 望
「エスケヱプ・スピヰド」 アスキー・メディアワークス, 角川グループパブリッシング〔発売〕 2012.2 341p 15cm（電撃文庫 2272）570円 ①978-4-04-886343-8
「エスケヱプ・スピヰド 2」 アスキー・メディアワークス, 角川グループパブリッシング〔発売〕 2012.6 369p 15cm（電撃文庫 2349）590円 ①978-4-04-886655-2
「エスケヱプ・スピヰド 3」 アスキー・メディアワークス, 角川グループパブリッシング〔発売〕 2012.12 363p 15cm（電撃文庫 2453）610円 ①978-4-04-891208-2

久遠 恵　くおん・めぐみ

2351 「ボディ・ダブル」
◇「小説推理」新人賞（第17回/平成7年）
「小説推理新人賞受賞作アンソロジー 1」 浅黄斑, 香納諒一, 久遠恵, 本多孝好, 村雨貞郎著 双葉社 2000.10 314p 15cm（双葉文庫）571円 ①4-575-50751-2

陸 凡鳥　くが・ぼんちょう

2352 「七歳美郁と虚構の王」
◇小学館ライトノベル大賞〔ガガガ文庫部門〕（第2回/平成20年/佳作）
「七歳美郁と虚構の王」 小学館 2008.9 277p 15cm（ガガガ文庫 がく1-1）

590円　①978-4-09-451089-8
「七歳美郁と虚構の王　2」　小学館
2009.2　291p　15cm（ガガガ文庫　がく
1-3）　590円　①978-4-09-451117-8
「七歳美郁と虚構の王　3」　小学館
2009.5　311p　15cm（ガガガ文庫　がく
1-4）　600円　①978-4-09-451135-2
「七歳美郁と虚構の王　1999」　小学館
2009.9　321p　15cm（ガガガ文庫　がく
1-5）　600円　①978-4-09-451161-1

久賀 理世　くが・りよ

2353　「始まりの日は空へ落ちる」
◇ノベル大賞　（第40回/平成21年度/大
賞）

九鬼 蛍　くき・けい

2354　「二剣用心棒」
◇スニーカー大賞　（第3回/平成10年/奨
励賞）

十八鳴浜 鷗　くぐなりはま・かもめ

2355　「猫か花火のような人」
◇北日本文学賞　（第42回/平成20年/選
奨）

日下 圭介　くさか・けいすけ

2356　「鶯を呼ぶ少年」
◇日本推理作家協会賞　（第35回/昭和57
年/短篇部門）
「鶯を呼ぶ少年」　講談社 1982.7 255p
「鶯を呼ぶ少年」　講談社 1984.8 292p
（講談社文庫）
「短篇集　3」　阿刀田高、戸板康二、連城
三紀彦、日下圭介、石沢英太郎、仁木悦子
著　双葉社　1996.5　308p　15cm（双
葉文庫―日本推理作家協会賞受賞作全
集 31）　570円　①4-575-65825-1

2357　「木に登る犬」
◇日本推理作家協会賞　（第35回/昭和57
年/短篇部門）
「木に登る犬―傑作サスペンス・ミステ
リー」　徳間書店 1982.4 256p（Tokuma
novels）
「木に登る犬」　徳間書店 1988.7 412p
（徳間文庫）
「短篇集　3」　阿刀田高、戸板康二、連城
三紀彦、日下圭介、石沢英太郎、仁木悦子
著　双葉社　1996.5　308p　15cm（双
葉文庫―日本推理作家協会賞受賞作全
集 31）　570円　①4-575-65825-1
「バラの中の死」　光文社　2015.3　360p

15cm（光文社文庫）　780円　①978-4-
334-76886-7

2358　「蝶たちは今…」
◇江戸川乱歩賞　（第21回/昭和50年）
「蝶たちは今…」　講談社 1975 353p
「蝶たちは今…」　講談社 1977.6 230p
（Roman books）
「蝶たちは今…」　講談社 1978.7 378p
（講談社文庫）
「蝶たちは今… 五十万年の死角―江戸川
乱歩賞全集 10」　日下圭介、伴野朗著、
日本推理作家協会編　講談社　2000.9
803p　15cm（講談社文庫）　1190円
①4-06-264978-0

草鹿 外吉　くさか・そときち

2359　「灰色の海」
◇多喜二・百合子賞　（第15回/昭和58
年）
「灰色の海」　新日本出版社 1982.7 378p

草部 貴史　くさかべ・たかし

2360　「戦場のバニーボーイズ」
◇ジャンプ小説新人賞（jump Novel
Grand Prix）　（'12 Winter/平成24
年冬/小説：テーマ部門/金賞）

久坂部 羊　くさかべ・よう

2361　「悪医」
◇日本医療小説大賞　（第3回/平成26年）
「悪医」　朝日新聞出版　2013.11　293p
20cm　1700円　①978-4-02-251125-6

草木野 鎖　くさきの・くさり

2362　「サイコロの裏」
◇MF文庫Jライトノベル新人賞　（第9回
/平成25年/佳作）
「ダイス・マカブル―definitional random
field 01 否運の少年」　KADOKAWA
2013.12　293p　15cm（MF文庫J く-
04-01）　580円　①978-4-04-066163-6
「ダイス・マカブル―definitional random
field 02 表裏の接断」　KADOKAWA
2014.6　293p　15cm（MF文庫J く-04-
02）　580円　①978-4-04-066786-7

草薙 アキ　くさなぎ・あき

2363　「仇喰の真機鎧霊装」
◇ファンタジア大賞　（第24回後期/平成
24年/読者賞&銀賞）
「神喰のエクスマキナ」　富士見書房
2013.8　286p　15cm（富士見ファンタ

ジア文庫　く-3-1-1）580円　①978-4-
8291-3923-3
※受賞作「仇喰の真機鎧霊装」を改題
「神喰のエクスマキナ　2」
KADOKAWA　2013.12　254p　15cm
（富士見ファンタジア文庫　く-3-1-2）
640円　①978-4-04-712971-9

2364　「まみぃぽこ！―ある日突然モン
　　　ゴリアン・デス・ワームになりま
　　　した」
◇HJ文庫大賞（第6回/平成24年/銀賞）
「アヌヴィス！―こうして俺は最強のデ
スワームになりました」ホビージャパ
ン　2012.8　259p　15cm（HJ文庫　く
03-01-01）619円　①978-4-7986-0442-8
※受賞作「まみぃぽこ！―ある日突然モ
ンゴリアン・デス・ワームになりまし
た」を改題

草薙 一雄　くさなぎ・かずお

2365　「足柄峠」
◇「サンデー毎日」大衆文芸（第26回/
昭和15年上）

草彅 紘一　くさなぎ・こういち

2366　「旅芸人翔んだ！」
◇放送文学賞（第1回/昭和53年/佳作）

草薙 秀一　くさなぎ・しゅういち

2367　「フィリピンからの手紙」
◇「文化評論」文学賞（第5回/平成2年
/小説）

草薙 渉　くさなぎ・わたる

2368　「草小路鷹麿の東方見聞録」
◇小説すばる新人賞（第2回/平成1年）
「草小路鷹麿の東方見聞録」集英社
1990.2 196p

草部 和子　くさべ・かずこ

2369　「硝子の広場」
◇近代文学賞（第2回/昭和35年）
「硝子の広場」東都書房 1961 197p

2370　「DJヌバ」
◇放送文学賞（第6回/昭和58年/佳作）

草間 茶子　くさま・ちゃこ

2371　「おんぼろ鏡とプリンセス」
◇パレットノベル大賞（第5回/平成3年
夏/佳作）

草間 弥生　くさま・やよい

2372　「クリストファー男娼窟」
◇野性時代新人文学賞（第10回/昭和58
年）
「クリストファー男娼窟」角川書店
1984.5 227p
「クリストファー男娼窟」而立書房
1989.3 227p
「幸せな哀しみの話―心に残る物語 日本
文学秀作選」山田詠美編　文藝春秋
2009.4　371p　15cm（文春文庫）629
円　①978-4-16-755807-9
「クリストファー男娼窟」草間彌生著
角川書店, 角川グループパブリッシング
〔発売〕　2012.10　206p　15cm（角川
文庫）514円　①978-4-04-100516-3

国梓 としひで　ぐし・としひで

2373　「とらばらーま哀歌」
◇農民文学賞（第53回/平成22年度）
「とぅばらーま哀歌―農業小説短編集」
ボーダーインク　2013.8　173p　20cm
1300円　①978-4-89982-242-4

久慈 マサムネ　くじ・まさむね

2374　「ソウルシンクロマシン」
◇スニーカー大賞（第18回・秋/平成24
年/優秀賞）〈受賞時〉十蔵
「魔装学園H×H（ハイブリッド・ハー
ト）」KADOKAWA　2014.2　284p
15cm（角川スニーカー文庫　く-1-1-1）
600円　①978-4-04-101200-0
※受賞作「ソウルシンクロマシン」を
改題
「魔装学園H×H（ハイブリッド・ハート）
2」KADOKAWA　2014.6　285p
15cm（角川スニーカー文庫　く-1-1-2）
600円　①978-4-04-101526-1

久志 もと代　くし・もとよ

2375　「刺」
◇「サンデー毎日」大衆文芸（第45回/
昭和29年上）

櫛木 理宇　くしき・りう

2376　「赤と白」
◇小説すばる新人賞（第25回/平成24
年）
「赤と白」集英社　2013.3　270p　20cm
1300円　①978-4-08-771501-9

2377　「ホーンテッド・キャンパス」

◇日本ホラー小説大賞　（第19回/平成24
　年/読者賞）
　「ホーンテッド・キャンパス」　角川書店,
　角川グループパブリッシング〔発売〕
　2012.10　285p　15cm　（角川ホラー文
　庫　Hく5-1）　552円　①978-4-04-100538-
　5
　「ホーンテッド・キャンパス　2　幽霊た
　ちとチョコレート」　角川書店, 角川グ
　ループパブリッシング〔発売〕　2013.1
　310p　15cm　（角川ホラー文庫　Hく5-2）
　590円　①978-4-04-100663-4
　「ホーンテッド・キャンパス　3　桜の宵
　の満開の下」　角川書店, 角川グループ
　パブリッシング〔発売〕　2013.4　344p
　15cm　（角川ホラー文庫　Hく5-3）　590円
　①978-4-04-100802-7
　「ホーンテッド・キャンパス　4　死者の
　花嫁」　KADOKAWA　2013.10　347p
　15cm　（角川ホラー文庫　Hく5-4）　600円
　①978-4-04-101051-8
　「ホーンテッド・キャンパス　5　恋する
　終末論者」　KADOKAWA　2014.2
　346p　15cm　（角川ホラー文庫　Hく5-5）
　600円　①978-4-04-101237-6
　「ホーンテッド・キャンパス　6　雨のち
　雪月夜」　KADOKAWA　2014.7　342p
　15cm　（角川ホラー文庫　Hく5-6）　600円
　①978-4-04-101394-6

久嶋 薫　くしま・かおる

2378　「夜風の通りすぎるまま」
◇コバルト・ノベル大賞　（第17回/平成
　3年上/佳作）

九條 斥　くじょう・せき

2379　「ディヴァースワールズ・クライ
　　シス」
◇MF文庫Jライトノベル新人賞　（第8回
　/平成24年/審査員特別賞）　〈受賞
　時〉方玖 舞文
　「ディバースワールズ・クライシス」　メ
　ディアファクトリー　2012.12　263p
　15cm　（MF文庫J　く-03-01）　580円
　①978-4-8401-4882-5
　「ディバースワールズ・クライシス　2」
　メディアファクトリー　2013.5　221p
　15cm　（MF文庫J　く-03-02）　580円
　①978-4-8401-4993-8

九条 菜月　くじょう・なつき

2380　「ヴェアヴォルフ オルデンベルク
　　探偵事務所録」

◇C★NOVELS大賞　（第2回/平成18年/
　特別賞）
　「ヴェアヴォルフ―オルデンベルク探偵
　事務所録」　中央公論新社　2006.7
　226p　18cm　（C novels fantasia）　900
　円　①4-12-500949-X
　※折り込1枚

楠木 誠一郎　くすのき・せいいちろう

2381　「夏目漱石の事件簿」
◇日本文芸家クラブ大賞　（第8回/平成
　11年/長編小説部門）
　「名探偵夏目漱石の事件簿」　廣済堂出版
　1999.2　233p　18cm　（Kosaido blue
　books）　762円　①4-331-05801-8

楠瀬 蘭　くすのせ・らん

2382　「翡翠の旋律」
◇ホワイトハート新人賞　（平成25年上
　期/受賞作）
　「翡翠の旋律」　講談社　2014.4　229p
　15cm　（講談社X文庫　〈D-01―white
　heart）　600円　①978-4-06-286810-5
　「翡翠の旋律　2　初恋をわが君に捧ぐ」
　講談社　2014.7　221p　15cm　（講談社
　X文庫　〈D-02―white heart）　580円
　①978-4-06-286826-6

葛葉 康司　くずは・こうじ

2383　「辻打ち」
◇歴史群像大賞　（第16回/平成22年発表
　/奨励賞）　〈受賞時〉首藤 康司
　「辻打ち―傘張り剣人情控」　学研パブ
　リッシング, 学研マーケティング〔発売〕
　2011.1　284p　15cm　（学研M文庫　く-
　10-1）　629円　①978-4-05-900674-9

久住 隈苅　くすみ・いかり

2384　「桶狭間合戦録」
◇歴史群像大賞　（第8回/平成14年/佳
　作）

楠見 千鶴子　くすみ・ちずこ

2385　「無花果よ私を貫け」
◇作家賞　（第10回/昭和49年）

楠見 朋彦　くすみ・ともひこ

2386　「零歳の詩人」
◇すばる文学賞　（第23回/平成11年）
　「零歳の詩人」　集英社　2000.1　156p
　20cm　1200円　①4-08-774448-5

楠本 幸子　くすもと・さちこ

2387　「越の麗媛（くわしめ）」
◇振媛文学賞（第1回/平成3年度/1席）

楠本 洋子　くすもと・ようこ

2388　「小春日和」
◇やまなし文学賞（第7回/平成10年度/
　小説部門/佳作）

久世 光彦　くぜ・てるひこ

2389　「蕭々館日録」
◇泉鏡花文学賞（第29回/平成13年）
　「蕭々館日録」　中央公論新社　2001.5
　379p　22cm　2200円　①4-12-003144-6
　「蕭々館日録」　中央公論新社　2004.6
　457p　16cm　（中公文庫）　781円　①4-
　12-204375-1

2390　「聖なる春」
◇芸術選奨（第47回/平成8年度/文学部
　門/文部大臣賞）
　「聖なる春」　新潮社　1996.10　168p
　21cm　2300円　①4-10-410102-8
　「聖なる春」　新潮社　2000.1　177p
　15cm　（新潮文庫）　362円　①4-10-
　145625-9

2391　「**1934年冬—乱歩**」
◇山本周五郎賞（第7回/平成6年）
　「一九三四年冬—乱歩」　集英社　1993.12
　269p　21cm　1800円　①4-08-774045-5
　「一九三四年冬—乱歩」　新潮社　1997.3
　336p　15cm　（新潮文庫）　480円　①4-
　10-145621-6
　「一九三四年冬—乱歩」　東京創元社
　2013.1　336p　15cm　（創元推理文庫）
　800円　①978-4-488-42711-5

2392　「蝶とヒットラー」
◇Bunkamuraドゥマゴ文学賞（第3回/
　平成5年度）
　「蝶とヒットラー」　日本文芸社　1993.4
　202p
　「蝶とヒットラー」　角川春樹事務所
　1997.12　204p　16cm　（ハルキ文庫）
　560円　①4-89456-368-1

久世 禄太　くぜ・ろくた

2393　「この地図を消去せよ」
◇12歳の文学賞（第6回/平成24年/小説
　部門/優秀賞）
　「12歳の文学　第6集」　小学館　2012.3
　216p　19cm　1200円　①978-4-09-

289735-9

2394　「フタのマネーゲーム」
◇角川つばさ文庫小説賞（第3回/平成
　26年/一般部門/グランプリ）

九谷 桑樹　くたに・そうじゅ

2395　「男衆藤太郎」
◇「サンデー毎日」大衆文芸（第26回/
　昭和15年上）

朽葉屋 周太郎
　くちばや・しゅうたろう

2396　「おちゃらけ王」
◇電撃大賞（第17回/平成22年/電撃小
　説大賞部門/メディアワークス文庫
　賞）
　「おちゃらけ王」　アスキー・メディア
　ワークス, 角川グループパブリッシング
　〔発売〕　2011.2　332p　15cm　（メ
　ディアワークス文庫　0071）　590円
　①978-4-04-870282-9

九月 文　くつき・あや

2397　「佐和山異聞」
◇角川ビーンズ小説大賞（第6回/平成
　19年/優秀賞＆読者賞）
　「佐和山物語—あやかし屋敷で婚礼を」
　角川書店, 角川グループパブリッシング
　（発売）　2009.2　222p　15cm　（角川
　ビーンズ文庫　BB68-1）　457円　①978-
　4-04-454501-7
　※並列シリーズ名：Beans bunko, 文献
　あり
　「佐和山物語—あやしの文と恋嵐」　角川
　書店, 角川グループパブリッシング（発
　売）　2009.6　222p　15cm　（角川ビー
　ンズ文庫　BB68-2）　457円　①978-4-04-
　454502-4
　※並列シリーズ名：Beans bunko, 文献
　あり
　「佐和山物語—結びの水と誓いの儀式」
　角川書店, 角川グループパブリッシング
　（発売）　2009.10　222p　15cm　（角川
　ビーンズ文庫　BB68-3）　457円　①978-
　4-04-454503-1
　※並列シリーズ名：Beans bunko, 文献
　あり
　「佐和山物語—君と別れのくちづけを」
　角川書店, 角川グループパブリッシング
　（発売）　2010.3　254p　15cm　（角川
　ビーンズ文庫　BB68-4）　476円　①978-
　4-04-454504-8
　※並列シリーズ名：Beans bunko, 文献

あり

久綱 さざれ　くつな・さざれ

2398　「ダブル」
◇ムー伝奇ノベル大賞　（第1回/平成13
　年/最優秀賞）
　「ダブル」　学習研究社　2002.1　327p
　20cm 1700円　①4-05-401573-5
　「ダブル―なりあがる虚像」　学習研究社
　2003.6　358p　15cm　（学研M文庫）
　650円　①4-05-900241-0

工藤 亜希子　くどう・あきこ

2399　「6000日後の一瞬」
◇潮賞　（第4回/昭和60年/小説）

宮藤 官九郎　くどう・かんくろう

2400　「GO」
◇読売文学賞　（第53回/平成13年度/戯
　曲・シナリオ賞）
　「Go」　宮藤官九郎著, 金城一紀原作　角
　川書店　2003.5　150p　19cm　（宮藤官
　九郎脚本）　1200円　①4-04-873455-5

工藤 健策　くどう・けんさく

2401　「神田伯山」
◇ちよだ文学賞　（第7回/平成25年/大
　賞）

工藤 直子　くどう・なおこ

2402　「ともだちは緑のにおい」
◇芸術選奨　（第40回/平成1年度/文学部
　門/新人賞）
　「ともだちは緑のにおい」　工藤直子作,
　長新太絵　理論社　2008.5　229p
　19cm　（名作の森）　1500円　①978-4-
　652-00533-0

久藤 冬貴　くとう・ふゆたか

2403　「パーティーのその前に」
◇ロマン大賞　（第11回/平成14年/佳作）
　「パーティーのその前に」　集英社　2002.
　11　217p　15cm　（コバルト文庫）　438
　円　①4-08-600188-8

工藤 誉　くどう・ほまれ

2404　「上海脱出指令」
◇歴史群像大賞　（第16回/平成22年発表
　/佳作）
　「上海脱出指令　上　租界封鎖」　学研パ
　ブリッシング, 学研マーケティング〔発
　売〕　2011.2　235p　18cm　（歴史群像

新書 320-1）　933円　①978-4-05-
404844-7
　「上海脱出指令　下　租界疾走」　学研パ
　ブリッシング, 学研マーケティング〔発
　売〕　2011.3　235p　18cm　（歴史群像
　新書 320-2）　943円　①978-4-05-
　404859-1

工藤 水生　くどう・みずお

2405　「笑えよ」
◇ダ・ヴィンチ文学賞　（第6回/平成23
　年/大賞）
　「笑えよ」　メディアファクトリー　2012.
　3　123p　20cm　（ダ・ヴィンチブック
　ス）　1000円　①978-4-8401-4536-7

工藤 みのり　くどう・みのり

2406　「ミレ」
◇12歳の文学賞　（第5回/平成23年/小説
　部門/審査員特別賞〈樋口裕一賞〉）
　「12歳の文学　第5集」　小学館　2011.3
　256p　19cm　1200円　①978-4-09-
　289731-1

2407　「レンタルキャット 小六」
◇12歳の文学賞　（第6回/平成24年/小説
　部門/大賞）
　「12歳の文学　第6集」　小学館　2012.3
　216p　19cm　1200円　①978-4-09-
　289735-9

久遠 くおん　くどお・くおん

2408　「桜の下で会いましょう」
◇ノベルジャパン大賞　（第3回/平成21
　年/優秀賞）　〈受賞時〉久遠 九音
　「桜の下で会いましょう」　ホビージャパ
　ン　2009.8　253p　15cm　（HJ文庫
　184）　619円　①978-4-89425-913-3
　「桜の下で会いましょう　2」　ホビー
　ジャパン　2009.11　249p　15cm　（HJ
　文庫 206）　638円　①978-4-89425-958-4

国木田 独歩　くにきだ・どっぽ

2409　「無窮」
◇「万朝報」懸賞小説　（第138回/明32
　年9月）
　「国木田独歩全集2」　学習研究社 昭和
　53年

2410　「驟雨（ゆふだち）」
◇「万朝報」懸賞小説　（第160回/明33
　年2月）
　「国木田独歩全集2」　学習研究社 昭和
　53年

文学賞受賞作品総覧 小説篇

国広 正人　くにひろ・まさと

2411　「穴らしきものに入る」
◇日本ホラー小説大賞（第18回/平成23年/短編賞）
「穴らしきものに入る」角川書店, 角川グループパブリッシング〔発売〕　2011.10　248p　15cm（角川ホラー文庫 H く3-1）552円　①978-4-04-394494-1

国本 衛　くにもと・まもる

2412　「再びの青春」
◇新日本文学賞（第32回/平成14年）

國本 まゆみ　くにもと・まゆみ

2413　「眠れる聖母～絵画探偵の事件簿～」
◇パレットノベル大賞（第26回/平成14年夏/佳作）

国吉 史郎　くによし・しろう

2414　「赤い女」
◇ゆきのまち幻想文学賞（第13回/平成15年）
「赤い女」国吉史郎ほか著　企画集団ぷりずむ　2004.1　207p　19cm（ゆきのまち幻想文学賞小品集）1800円　①4-906691-13-7

久保 栄　くぼ・さかえ

2415　「悪魔と若き人麿」
◇透谷賞（〔大正年間〕/入選）

2416　「三人の木樵の話」
◇透谷賞（〔大正年間〕/入選）

久保 綱　くぼ・つな

2417　「太厄記」
◇二千万円テレビ懸賞小説（第1回/昭和49年/佳作）
「大厄記」朝日新聞社　1975　344p

くぼ ひでき

2418　「航海日誌―un journal de bord」
◇部落解放文学賞（第36回/平成21年/児童文学部門/佳作）

久保 真実　くぼ・まみ

2419　「妖怪ポストのラブレター」
◇深大寺短編恋愛小説「深大寺恋物語」（第5回/平成21年/審査員特別賞）

窪 美澄　くぼ・みすみ

2420　「晴天の迷いクジラ」
◇山田風太郎賞（第3回/平成24年）
◇本屋大賞（第10回/平成25年/6位）
「晴天の迷いクジラ」新潮社　2012.2　295p　20cm　1500円　①978-4-10-325922-0
「晴天の迷いクジラ」新潮社　2014.7　430p　16cm（新潮文庫 く-44-2）670円　①978-4-10-139142-7

2421　「ふがいない僕は空を見た」
◇本屋大賞（第8回/平成23年/2位）
◇山本周五郎賞（第24回/平成23年）
「ふがいない僕は空を見た」新潮社　2010.7　232p　20cm　1400円　①978-4-10-325921-3
「ふがいない僕は空を見た」新潮社　2012.10　318p　16cm（新潮文庫 く-44-1）520円　①978-4-10-139141-0

2422　「ミクマリ」
◇女による女のためのR-18文学賞（第8回/平成21年/大賞）

窪川 鶴次郎　くぼかわ・つるじろう

2423　「妹夫婦を迎えて」
◇「文藝春秋」懸賞小説（第2回/大15年）

窪川 稔　くぼかわ・みのる

2424　「南十字星の女」
◇「サンデー毎日」大衆文芸（第23回/昭和13年下）

くぼ田 あずさ　くぼた・あずさ

2425　「ふざけろ」
◇小説宝石新人賞（第9回/平成27年）

久保田 香里　くぼた・かおり

2426　「青き竜の伝説」
◇ジュニア冒険小説大賞（第3回/平成16年/大賞）
「青き竜の伝説」久保田香里作, 戸部淑絵　岩崎書店　2005.4　206p　22cm　1300円　①4-265-82001-8

2427　「水神の舟」
◇ジュニア冒険小説大賞（第2回/平成15年/佳作）

久保田 匡子　くぼた・きょうこ

2428　「裏の海」

◇大阪女性文芸賞 （第3回/昭和60年）

2429 「痕跡」
◇神戸女流文学賞 （第5回/昭和56年）

窪田 精 くぼた・せい

2430 「海霧のある原野」
◇多喜二・百合子賞 （第10回/昭和53年）
「海霧のある原野」 下 新日本出版社 1978.5 269p
「海霧のある原野」 上 新日本出版社 1978.4 262p

2431 「鉄格子の彼方で」
◇多喜二・百合子賞 （第24回/平成4年）
「鉄格子の彼方で」 新日本出版社 1989.8 315p

2432 「夜明けの時」
◇多喜二・百合子賞 （第24回/平成4年）
「夜明けの風」 新日本出版社 1970 360p
「夜明けの時」 新日本出版社 1987.12 430p

2433 「流人島にて」
◇多喜二・百合子賞 （第24回/平成4年）
「流人島にて」 新日本出版社 1992.5 429p

久保田 大樹 くぼた・だいき

2434 「真夜中のホウコウ」
◇舟橋聖一顕彰青年文学賞 （第19回/平成19年/佳作（小説））

久保田 万太郎 くぼた・まんたろう

2435 「三の酉」
◇読売文学賞 （第8回/昭和31年/小説賞）
「三の酉」 中央公論社 1956 275p
「久保田万太郎全集4」 中央公論社 昭和42年
「春泥・三の酉」 講談社 2002.8 254p 15cm （講談社文芸文庫） 1200円 ①4-06-198304-0

2436 「**Prologue**」
◇「太陽」懸賞小説及脚本 （第10回/明44年7月/佳作）
「久保田万太郎全集5」 中央公論社 昭和42年

久保田 弥代 くぼた・やしろ

2437 「アーバン・ヘラクレス」
◇ソノラマ文庫大賞 （第3回/平成11年/佳作）
「アーバン・ヘラクレス」 朝日ソノラマ 2000.6 319p 15cm （ソノラマ文庫） 533円 ①4-257-76905-X

久保寺 健彦 くぼでら・たけひこ

2438 「ブラック・ジャック・キッド」
◇日本ファンタジーノベル大賞 （第19回/平成19年/優秀賞）
「ブラック・ジャック・キッド」 新潮社 2007.11 228p 20cm 1300円 ①978-4-10-305971-4

2439 「みなさん、さようなら」
◇パピルス新人賞 （第1回/平成19年）
「みなさん、さようなら」 幻冬舎 2007.11 332p 20cm 1500円 ①978-4-344-01415-2

熊谷 敬太郎 くまがい・けいたろう

2440 「ピコラエヴィッチ紙幣—日本人が発行したルーブル札の謎」
◇城山三郎経済小説大賞 （第2回/平成21年/大賞）
「ピコラエヴィッチ紙幣—日本人が発行したルーブル札の謎」 ダイヤモンド社 2009.10 334p 20cm 1600円 ①978-4-478-01127-0
※文献あり

熊谷 秀介 くまがい・しゅうすけ

2441 「キュウビ」
◇ジャンプ小説新人賞（jump Novel Grand Prix） （'10 Spring/平成22年春/小説：フリー部門/特別賞）

熊谷 宗秀 くまがい・そうしゅう

2442 「尾てい骨」
◇泉鏡花記念金沢市民文学賞 （第10回/昭和57年）
「尾てい骨」 金沢 北国出版社 1982.2 245p

熊谷 達也 くまがい・たつや

2443 「ウエンカムイの爪」
◇小説すばる新人賞 （第10回/平成9年）
「ウエンカムイの爪」 集英社 1998.1 185p 19cm 1400円 ①4-08-774319-5
「ウエンカムイの爪」 集英社 2000.8 210p 15cm （集英社文庫） 400円 ①4-08-747230-2

2444 「邂逅の森」

◇直木三十五賞（第131回/平成16年上
期）
「邂逅の森」文藝春秋 2004.1 456p
20cm 2000円 Ⓘ4-16-322570-6
◇山本周五郎賞（第17回/平成16年）

2445「漂泊の牙」
◇新田次郎文学賞（第19回/平成12年）
「漂泊の牙」集英社 1999.10 338p
20cm 1700円 Ⓘ4-08-775253-4
「漂泊の牙」集英社 2002.11 406p
16cm（集英社文庫）724円 Ⓘ4-08-
747513-1

熊谷 独 くまがい・ひとり

2446「最後の逃亡者」
◇サントリーミステリー大賞（第11回/
平成4年）
「最後の逃亡者」文芸春秋 1993.11 381p
「最後の逃亡者」文藝春秋 1997.1
428p 15cm（文春文庫）520円 Ⓘ4-
16-730303-5

熊谷 雅人 くまがい・まさと

2447「ネクラ少女は黒魔法で恋をする」
◇MF文庫Jライトノベル新人賞（第1回
/平成17年/佳作）
「ネクラ少女は黒魔法で恋をする」メ
ディアファクトリー 2006.1 257p
15cm（MF文庫J）580円 Ⓘ4-8401-
1489-7
「ネクラ少女は黒魔法で恋をする 2」
メディアファクトリー 2006.7 243p
15cm（MF文庫J）580円 Ⓘ4-8401-
1576-1
「ネクラ少女は黒魔法で恋をする 3」
メディアファクトリー 2006.11 263p
15cm（MF文庫J）580円 Ⓘ4-8401-
1748-9
「ネクラ少女は黒魔法で恋をする 4」
メディアファクトリー 2007.3 231p
15cm（MF文庫J）580円 Ⓘ978-4-
8401-1824-8
「ネクラ少女は黒魔法で恋をする 5」
メディアファクトリー 2007.8 243p
15cm（MF文庫J）580円 Ⓘ978-4-
8401-2000-5

熊田 のぶ子 くまた・のぶこ

2448「おじいちゃん こっちむいて」
◇新風舎出版賞（第19回/平成14年11月
/フィクション部門/最優秀賞）
「おじいちゃんこっちむいて」熊田のぶ
子文,佐野華子絵 新風舎 2004.9

143p 22cm（ことりのほんばこ）
1400円 Ⓘ4-7974-4332-4

熊田 保市 くまだ・やすいち

2449「苗字買い」
◇地上文学賞（第35回/昭和62年）

玖村 まゆみ くむら・まゆみ

2450「完盗オンサイト」
◇江戸川乱歩賞（第57回/平成23年）
「完盗オンサイト」講談社 2011.8
319p 20cm 1500円 Ⓘ978-4-06-
217132-8
「完盗オンサイト」講談社 2013.8
402p 15cm（講談社文庫 く69-1）724
円 Ⓘ978-4-06-277615-8

久米 天琴 くめ・てんきん

2451「あらし」
◇「新小説」懸賞小説（明35年2月）

久米 徹 くめ・とおる

2452「K医学士の場合」
◇「サンデー毎日」大衆文芸（第11回/
昭和7年下）

雲藤 みやび くもふじ・みやび

2453「春夏秋冬春」
◇深大寺短編恋愛小説「深大寺恋物語」
（第10回/平成26年/深大寺そば組合
賞）

雲村 俊慥 くもむら・しゅんぞう

2454「仙寿院裕子」
◇日本文芸家クラブ大賞（第6回/平成8
年度/長編小説賞）
「小説仙寿院裕子――越後村松藩の維新」
新潟日報事業社 1996.5 289p 22cm
1800円 Ⓘ4-88862-609-X

クライン, クリスティナ・ベイカー

2455「孤児列車」
◇フラウ文芸大賞（第3回/平成27年/準
大賞）
「孤児列車」クリスティナ・ベイカー・
クライン著,田栗美奈子訳 作品社
2015.3 361p 19cm 2400円 Ⓘ978-4-
86182-520-0

蔵方 杏奈 くらかた・あんな

2456「けやきの木の枝」
◇12歳の文学賞（第1回/平成19年/佳

作）
「12歳の文学」　小学館　2007.4　269p
26cm　1500円　①978-4-09-289711-3
「12歳の文学」　小学生作家たち著　小学
館　2009.4　313p　15cm（小学館文庫
し7-1）　552円　①978-4-09-408384-2

倉狩 聡　くらがり・そう

2457 「かにみそ」
◇日本ホラー小説大賞（第20回/平成25
年/優秀賞）
「かにみそ」　KADOKAWA　2013.10
250p　20cm　1400円　①978-4-04-
110574-0

倉島 斉　くらしま・ひとし

2458 「老父」
◇新潮新人賞（第2回/昭和45年）

倉世 春　くらせ・はる

2459 「祈りの日」
◇ロマン大賞（第11回/平成14年/佳作）
「祈りの日」　集英社　2002.11　244p
15cm（コバルト文庫）476円　①4-08-
600189-6

倉田 樹　くらた・いつき

2460 「甘い過日」
◇ファンタジア長編小説大賞（第20回/
平成20年/佳作）

倉知 淳　くらち・じゅん

2461 「壺中の天国」
◇本格ミステリ大賞（第1回/平成13年/
小説部門）
「壺中の天国」　角川書店　2000.9　437p
20cm　1900円　①4-04-873248-X
「壺中の天国」　角川書店　2003.5　631p
15cm（角川文庫）819円　①4-04-
370901-3

倉橋 健一　くらはし・けんいち

2462 「化身」
◇地球賞（第31回/平成18年度）
「化身」　思潮社　2006.7　111p　24cm
2400円　①4-7837-2147-5

倉橋 寛　くらはし・ひろし

2463 「飛鳥残照」
◇古代ロマン文学大賞（第1回/平成12
年/飛鳥ロマン文学賞）

倉橋 由美子　くらはし・ゆみこ

2464 「アマノン国往還記」
◇泉鏡花文学賞（第15回/昭和62年）
「アマノン国往還記」　新潮社 1986.8 476p
「アマノン国往還記」　新潮社　1989.12
549p（新潮文庫）

2465 「パルタイ」
◇女流文学者賞（第12回/昭和36年）
「パルタイ・紅葉狩り―倉橋由美子短篇小
説集」　講談社　2002.11　247p　15cm
（講談社文芸文庫）1200円　①4-06-
198313-X
「教養として読む現代文学」　石原千秋著
朝日新聞出版　2013.10　293p　19cm
（朝日選書）1500円　①978-4-02-
263009-4

倉林 洋子　くらばやし・ようこ

2466 「鳥の悲鳴」
◇小説新潮新人賞（第8回/昭和55年）

蔵原 惟和　くらはら・これかず

2467 「黄色いハイビスカス」
◇九州芸術祭文学賞（第12回/昭和56
年）

倉吹 ともえ　くらふき・ともえ

2468 「楽園の種子」
◇小学館ライトノベル大賞〔ルルル文庫
部門〕（第1回/平成19年/大賞）
「沙漠の国の物語―楽園の種子」　小学館
2007.5　286p　15cm（小学館ルルル文
庫）495円　①978-4-09-452011-8

倉光 俊夫　くらみつ・としお

2469 「連絡員」
◇芥川龍之介賞（第16回/昭和17年下）
「芥川賞全集3」　文芸春秋 1982

倉持 れい子　くらもち・れいこ

2470 「梅雨明け」
◇池内祥三文学奨励賞（第37回/平成19
年）

2471 「西日」
◇池内祥三文学奨励賞（第37回/平成19
年）

2472 「もしや」
◇池内祥三文学奨励賞（第37回/平成19
年）

倉本 由布　くらもと・ゆう

2473「サマーグリーン」
◇コバルト・ノベル大賞（第3回/昭和
59年上/佳作）

栗 進介　くり・しんすけ

2474「幻のリニア燃えたカー」
◇労働者文学賞（第24回/平成24年/小
説部門/佳作）

栗栖 喬平　くりす・きょうへい

2475「秋の鈴虫」
◇問題小説新人賞（第1回/昭和50年）

栗田 教行　くりた・きょうこう

2476「白の家族」
◇野性時代新人文学賞（第13回/昭和61
年）
「白の家族」　角川書店　1992.3　275p
19cm 1500円　Ⓘ4-04-872691-9

栗田 有起　くりた・ゆき

2477「ハミザベス」
◇すばる文学賞（第26回/平成14年）
「ハミザベス」　集英社　2003.1　172p
20cm 1400円　Ⓘ4-08-774629-1

栗林 佐知　くりばやし・さち

2478「峠の春は」
◇太宰治賞（第22回/平成18年）
「太宰治賞　2006」　筑摩書房編集部編
筑摩書房　2006.6　229p　21cm 900円
Ⓘ4-480-80396-3
「ぴんはらり」　筑摩書房　2007.1　188p
20cm 1400円　Ⓘ978-4-480-80405-1

2479「私の券売機」
◇小説現代新人賞（第70回/平成14年）

栗原 ちひろ　くりはら・ちひろ

2480「即興オペラ・世界旅行者」
◇角川ビーンズ小説大賞（第3回/平成
16年/優秀賞）

栗府 二郎　くりふ・じろう

2481「NANIWA捜神記」
◇電撃ゲーム小説大賞（第3回/平成8年
/金賞）
「NANIWA捜神記」　メディアワークス,
主婦の友社〔発売〕　1997.3　329p
15cm（電撃文庫）587円　Ⓘ4-07-
305917-3

栗本 薫　くりもと・かおる

2482「グイン・サーガ」
◇日本SF大賞（第30回/平成21年/特別
賞）
「グイン・サーガ　1〜130」　早川書房
1979.9〜2009.12　16cm（ハヤカワ文庫
JA）
「グイン・サーガ外伝　1〜21」　早川書房
1981.2〜2007.7　16cm（ハヤカワ文庫
JA）
「グイン・サーガ　1〜4」　愛蔵版　早川
書房　1989.9〜1993.2　22cm
「グイン・サーガ　1〜8」　新装版　早川
書房　2009.3〜2009.6　18cm

2483「〈グイン・サーガ〉シリーズ」
◇星雲賞（第41回/平成22年/日本長編
部門）
「グイン・サーガ」　早川書房　1979.9〜
2009.12　16cm（ハヤカワ文庫）
「グイン・サーガ外伝　1〜21」　早川書房
1981.2〜2007.7　16cm（ハヤカワ文庫
JA）
「グイン・サーガ　1〜4」　愛蔵版　早川
書房　1989.10〜1993.2　22cm
「グイン・サーガ　1〜8」　新装版　早川
書房　2009.3〜2009.6　18cm

2484「絃の聖域」
◇吉川英治文学新人賞（第2回/昭和56
年度）
「絃の聖域」　講談社 1980.8 321p
「絃の聖域」　講談社 1982.12 2冊（講談
社文庫）
「絃の聖域　上」　栗本薫著　角川書店
1997.4　305p　15cm（角川文庫）520
円　Ⓘ4-04-150048-6
「絃の聖域　下」　栗本薫著　角川書店
1997.4　343p　15cm（角川文庫）560
円　Ⓘ4-04-150049-4
「絃の聖域」　栗本薫著　新装版　講談社
2012.5　666p　15cm（講談社文庫）
905円　Ⓘ978-4-06-277262-4

2485「ぼくらの時代」
◇江戸川乱歩賞（第24回/昭和53年）
「ぼくらの時代」　講談社 1978.9 291p
「ぼくらの時代」　講談社 1980.9 330p
（講談社文庫）
「ぼくらの時代」　栗本薫著　新風舎
2005.4　405p　15cm（新風舎文庫）
848円　Ⓘ4-7974-9602-9
「ぼくらの時代」　栗本薫著　新装版　講
談社　2007.12　430p　15cm（講談社

文庫）714円　①978-4-06-275933-5

栗谷川 虹　くりやがわ・こう

2486　「茅原の瓜―小説 関藤藤陰伝・青年時代―」
◇岡山・吉備の国「内田百閒」文学賞（第7回/平成14・15年度/長編小説部門/最優秀賞）
「茅原の瓜―小説関藤藤陰伝・青年時代」作品社　2004.4　205p　20cm　1600円　①4-87893-640-1

栗山 富明　くりやま・とみあき

2487　「机上の人」
◇パスカル短編文学新人賞（第1回/平成6年/People賞）
「パスカルへの道―第1回パスカル短篇文学新人賞」ASAHIネット編　中央公論社　1994.10　377p　16cm（中公文庫）740円　①4-12-202161-8

2488　「小研察」
◇パスカル短編文学新人賞（第2回/平成7年/優秀賞）

九瑠 久流　くる・くる

2489　「東京かくれんぼ」
◇ジャンプ小説新人賞（jump Novel Grand Prix）（'09 Spring（平成21年春）/小説：フリー部門/特別賞）

来島 潤子　くるしま・じゅんこ

2490　「眩暈」
◇女流新人賞（第14回/昭和46年度）

久留寿 シュウ　くるす・しゅう

2491　「パラダイス・スネーク」
◇関西文学賞（第20回/昭和60年/小説（佳作））

来栖 颯太郎　くるす・ふうたろう

2492　「月が飛ぶ」
◇「きらら」文学賞（第7回/平成25年発表/優秀作）

車谷 長吉　くるまたに・ちょうきつ

2493　「赤目四十八滝心中未遂」
◇直木三十五賞（第119回/平成10年上期）
「赤目四十八瀧心中未遂」文藝春秋　1998.7　272p　19cm　1619円　①4-16-317420-6

「赤目四十八滝心中未遂」文藝春秋　2001.2　280p　15cm（文春文庫）448円　①4-16-765401-6
「車谷長吉全集　第2巻」新書館　2010.7　755p　21cm　7800円　①978-4-403-15012-8

2494　「塩壺の匙」
◇芸術選奨（第43回/平成4年度/文学部門/新人賞）
◇三島由紀夫賞（第6回/平成5年）
「塩壺の匙」新潮社　1992.10　267p
「塩壷の匙」新潮社　1995.11　310p　15cm（新潮文庫）480円　①4-10-138511-4

2495　「漂流物」
◇平林たい子文学賞（第25回/平成9年/小説）
「文学　1996」日本文芸家協会編　講談社　1996.4　287p　21cm　2800円　①4-06-117096-1
「漂流物」新潮社　1996.12　206p　19cm　1600円　①4-10-388402-9
「漂流物」新潮社　1999.11　235p　15cm（新潮文庫）400円　①4-10-138512-2
「車谷長吉全集　第1巻　小説」新書館　2010.6　788p　21cm　7800円　①978-4-403-15011-1

2496　「武蔵丸」
◇川端康成文学賞（第27回/平成13年）
「白痴群」新潮社　2000.11　252p　20cm　1700円　①4-10-388404-5
「武蔵丸」新潮社　2004.5　268p　16cm（新潮文庫）438円　①4-10-138514-9
「感じて。息づかいを。―恋愛小説アンソロジー」川上弘美選, 日本ペンクラブ編　光文社　2005.1　271p　16cm（光文社文庫）495円　①4-334-73811-7

胡桃沢 耕史　くるみざわ・こうし

2497　「黒パン俘虜記」
◇直木三十五賞（第89回/昭和58年上）
「黒パン俘虜記」文芸春秋　1983.5　292p
「黒パン俘虜記」文芸春秋　1986.1　307p（文春文庫）

2498　「壮士再び帰らず」
◇オール讀物新人賞（第7回/昭和30年下）
「危険な旅」光風社出版　1981.10　245p
「危険な旅」徳間書店　1986.5　285p（徳間文庫）

「危険な旅は死の誘惑―痛快冒険ノベル」
広済堂出版 1990.9 293p（広済堂文庫）
〈『危険な旅』（光風社出版昭和56年刊）
の改題〉

2499 「天山を越えて」
◇日本推理作家協会賞 （第36回/昭和58
年/長篇部門）
「天山を越えて」 徳間書店 1982.9 283p
「天山を越えて―長篇パッション・ロマ
ン」 徳間書店 1985.7 237p（Tokuma
novels）
「天山を越えて」 徳間書店 1989.10 349p
（徳間文庫）
「天山を越えて」 胡桃沢耕史著 双葉社
1997.11 380p 15cm（双葉文庫―日
本推理作家協会賞受賞作全集 43）667
円 ①4-575-65840-5

くるみざわ しん

2500 「しまいちゃび」
◇部落解放文学賞 （第34回/平成19年/
佳作/戯曲部門）

2501 「瞑りの森」
◇部落解放文学賞 （第35回/平成20年/
佳作/戯曲部門）

くれや 一空 くれや・いっくう

2502 「黄金の蛇と古の兄弟」
◇C★NOVELS大賞 （第11回/平成27年
/奨励賞）

暮安 翠 くれやす・みどり

2503 「河童群像を求めて」
◇自分史文学賞 （第14回/平成15年度/
北九州市特別賞）
「河童群像を求めて―火野葦平とその時
代」 葦平と河伯洞の会 2005.3 236p
19cm

黒 史郎 くろ・しろう

2504 「夜は一緒に散歩しよ」
◇『幽』怪談文学賞 （第1回/平成18年/
長編部門/大賞）
「夜は一緒に散歩しよ」 メディアファク
トリー 2007.5 271p 20cm 1200円
①978-4-8401-1853-8

黒井 千次 くろい・せんじ

2505 「一日 夢の柵」
◇野間文芸賞 （第59回/平成18年）
「一日/夢の柵」 講談社 2006.1 269p

22cm 1900円 ①4-06-213116-1

2506 「カーテンコール」
◇読売文学賞 （第46回/平成6年/小説
賞）
「カーテンコール」 講談社 1994.9
442p 19cm 1900円 ①4-06-207197-5
「カーテンコール」 講談社 2007.4
476p 15cm （講談社文庫） 762円
①978-4-06-275716-4

2507 「群棲」
◇谷崎潤一郎賞 （第20回/昭和59年度）
「群棲」 講談社 1984.4 298p
「群棲」 講談社 1988.2 380p（講談社文
芸文庫）

2508 「時間」
◇芸術選奨 （第20回/昭和44年度/文学
部門/新人賞）
「時間」 河出書房新社 1969 287p
「黒井千次集」 河出書房新社 1972 233p
（新鋭作家叢書）
「時間」 河出書房新社 1976 287p（河出
文芸選書）
「昭和文学全集24」 小学館 1988
「時間」 講談社 1990.1 373p（講談社文
芸文庫）

黒岩 重吾 くろいわ・じゅうご

2509 「天の川の太陽」
◇吉川英治文学賞 （第14回/昭和55年
度）
「天の川の太陽」 中央公論社 1979.10 2冊
「天の川の太陽」 中央公論社 1982.9 2冊
（中公文庫）
「日本歴史文学館1」 講談社 1987
「天の川の太陽 上」 改版 中央公論社
1996.4 604p 15cm（中公文庫）1100
円 ①4-12-202577-X
「天の川の太陽 下」 改版 中央公論社
1996.4 650p 15cm （中公文庫）1100
円 ①4-12-202578-8

2510 「小学生浪人」
◇小説現代ゴールデン読者賞 （第9回/
昭和49年上）
「ビハインド・ハードロック」 角川書店
1992.8 250p 15cm （角川文庫） 430
円 ①4-04-126853-2

2511 「ネオンと三角帽子」
◇「サンデー毎日」大衆文芸 （第54回/
昭和33年下）

2512 「背徳のメス」

◇直木三十五賞　（第44回/昭和35年下）
「背徳のメス」　中央公論社　1960　241p
「背徳のメス」　普及版　中央公論社　1962
208p（中央公論文庫）
「背徳のメス」　東方社　1965　224p
「背徳のメス」　講談社　1966　213p（ロマ
ン・ブックス）
「黒岩重吾長編小説全集1」　光文社　1976
330p
「背徳のメス」　中央公論社　1978.10　280p
（中公文庫）
「黒岩重吾全集1」　中央公論社　昭和58年
「背徳のメス」　改版　角川書店　1997.1
281p　15cm（角川文庫―リバイバルコ
レクションエンタテインメントベスト
20）　494円　①4-04-126801-X

黒岩　真央　くろいわ・まお

2513　「ぼくのしっぽ」
◇12歳の文学賞　（第5回/平成23年/小説
部門/優秀賞）
「12歳の文学　第5集」　小学館　2011.3
256p　19cm　1200円　①978-4-09-
289731-1

黒岩　龍太　くろいわ・りゅうた

2514　「裏通りの炎」
◇オール讀物新人賞　（第34回/昭和44年
上）

黒川　創　くろかわ・そう

2515　「かもめの日」
◇読売文学賞　（第60回/平成20年度/小
説賞）
「かもめの日」　新潮社　2008.3　219p
20cm　1600円　①978-4-10-444403-8

2516　「京都」
◇毎日出版文化賞　（第69回/平成27年/
文学・芸術部門）
「京都」　新潮社　2014.10　251p　20cm
1800円　①978-4-10-444407-6

黒川　博行　くろかわ・ひろゆき

2517　「カウント・プラン」
◇日本推理作家協会賞　（第49回/平成8
年/短編及び連作短編集部門）
「推理小説代表作選集―推理小説年鑑
1996年版」　日本推理作家協会　編　講談
社　1996.6　419p　19cm　2100円　①4-
06-114538-X
「カウント・プラン」　文藝春秋　1996.11
254p　19cm　1500円　①4-16-316580-0

「ほっとミステリーワールド―大きな活
字で読みやすい本　黒川博行集」　リブ
リオ出版　2000.4　231p　22cm　2800
円　①4-89784-795-8
「カウント・プラン」　文藝春秋　2000.4
290p　15cm（文春文庫）457円　①4-
16-744705-3
「カウント・プラン　上」　埼玉福祉会
2013.6　226p　21cm（大活字本シリー
ズ）2800円　①978-4-88419-871-8
※底本：文春文庫『カウント・プラン』

2518　「キャッツアイころがった」
◇サントリーミステリー大賞　（第4回/
昭和60年）
「キャッツアイころがった」　文芸春秋
1986.8　245p
「キャッツアイころがった」　文芸春秋
1989.9　268p（文春文庫）
「キャッツアイころがった」　東京創元社
2005.6　285p　15cm（創元推理文庫）
619円　①4-488-44211-0

2519　「二度のお別れ」
◇サントリーミステリー大賞　（第1回/
昭和57年/佳作賞）
「二度のお別れ」　文芸春秋　1984.9　211p
「二度のお別れ」　文芸春秋　1987.6　219p
（文春文庫）
「二度のお別れ」　東京創元社　2003.9
233p　15cm（創元推理文庫）540円
①4-488-44201-3

2520　「破門」
◇直木三十五賞　（第151回/平成26年上
半期）
「破門」　KADOKAWA　2014.1　469p
20cm　1700円　①978-4-04-110684-6

黒川　裕子　くろかわ・ゆうこ

2521　「吟遊翅ファティオータ」
◇C★NOVELS大賞　（第6回/平成22年/
大賞）　〈受賞時〉吾火　裕子
「金翅のファティオータ」　中央公論新社
2010.7　253p　18cm（C・novels
fantasia〈3-1―四界物語　1）900円
①978-4-12-501117-2
※受賞作「吟遊翅ファティオータ」を
改題

黒木　サトキ　くろき・さとき

2522　「凡人コンプレックス」
◇HJ文庫大賞　（第9回/平成27年/大賞）

黒河内 桂林　くろこうち・けいりん

2523　「握手」
◇「文芸倶楽部」懸賞小説　（第30回/明38年8月/第1等）

2524　「白百合」
◇「文芸倶楽部」懸賞小説　（第35回/明39年1月/第1等）

2525　「転地」
◇「文芸倶楽部」懸賞小説　（第34回/明38年12月/第1等）

黒郷里 鏡太郎
くろごうり・きょうたろう

2526　「紐付きの恩賞」
◇オール讀物新人賞　（第22回/昭和38年上）

黒崎 緑　くろさき・みどり

2527　「ワイングラスは殺意に満ちて」
◇サントリーミステリー大賞　（第7回/昭和63年/読者賞）
「ワイングラスは殺意に満ちて」　文芸春秋　1989.7　303p
「ワイングラスは殺意に満ちて」　文藝春秋　1995.11　350p　15cm　（文春文庫）460円　①4-16-729302-1

黒崎 裕一郎　くろさき・ゆういちろう
⇒中村 勝行（なかむら・かつゆき）

黒崎 良乃　くろさき・よしの

2528　「もう一度の青い空」
◇堺自由都市文学賞　（第20回/平成20年度/入賞）

黒沢 いづ子　くろさわ・いずこ

2529　「かべちょろ」
◇オール讀物新人賞　（第52回/昭和53年上）

黒澤 珠々　くろさわ・しゅしゅ

2530　「楽園に間借り」
◇野性時代青春文学大賞　（第3回/平成19年）
「楽園に間借り」　角川書店, 角川グループパブリッシング（発売）　2007.8　207p　20cm　1300円　①978-4-04-873797-5

黒澤 成美　くろさわ・なるみ

2531　「夏虫色の少女」

◇深大寺短編恋愛小説「深大寺恋物語」（第3回/平成19年/最優秀賞）

黒島 大助　くろしま・だいすけ

2532　「七不思議デビュー」
◇ジュニア冒険小説大賞　（第4回/平成17年/佳作）

黒田 晶　くろだ・あきら

2533　「メイド・イン・ジャパン」
◇文藝賞　（第37回/平成12年）
「メイドインジャパン」　河出書房新社　2001.1　137p　20cm　1200円　①4-309-01393-7

黒田 馬造　くろだ・うまぞう

2534　「ふるさと抄」
◇地上文学賞　（第23回/昭和50年）

黒田 宏治郎　くろだ・こうじろう

2535　「鳥たちの闇のみち」
◇文藝賞　（第15回/昭和53年）
「鳥たちの闇のみち」　河出書房新社　1979.5　151p

黒田 桜の園　くろだ・さくらのその

2536　「三面鏡」
◇泉鏡花記念金沢市民文学賞　（第8回/昭和55年）

黒田 夏子　くろだ・なつこ

2537　「abさんご」
◇芥川龍之介賞　（第148回/平成24年下半期）
◇早稲田文学新人賞　（第24回/平成24年）
「abさんご」　文藝春秋　2013.1　81, 47p　20cm　1200円　①978-4-16-382000-2

黒田 孝高　くろだ・よしたか

2538　「くびきの夏」
◇部落解放文学賞　（第25回/平成10年度/入選/小説部門）

黒武 洋　くろたけ・よう

2539　「ヘリウム24」
◇ホラーサスペンス大賞　（第1回/平成12年/大賞）
「そして粛清の扉を」　新潮社　2001.1　279p　20cm　1500円　①4-10-443101-X
「そして粛清の扉を」　新潮社　2005.2

385p　16cm　（新潮文庫）　552円　①4-
10-116561-0

クローデル, ポール
2540　「繻子の靴」
◇毎日出版文化賞　（第60回/平成18年/
　文学・芸術部門）
「繻子の靴　上」　ポール・クローデル作,
渡辺守章訳　岩波書店　2005.10　525p
15cm　（岩波文庫）　940円　①4-00-
375041-1
※年譜あり
「繻子の靴　下」　ポール・クローデル作,
渡辺守章訳　岩波書店　2005.12　524p
15cm　（岩波文庫）　940円　①4-00-
375042-X

黒名 ひろみ　くろな・ひろみ
2541　「温泉妖精」
◇すばる文学賞　（第39回/平成27年）

黒沼 彰　くろぬま・あきら
2542　「左遷の理由」
◇ダイヤモンド経済小説大賞　（第4回/
　平成19年/佳作）

黒猫 ありす　くろねこ・ありす
2543　「シュアン」
◇ホワイトハート新人賞　（平成22年上
　期）
「シュアンと二人の騎士」　講談社　2010.
12　251p　15cm　（講談社X文庫　くC-
01―White heart）　600円　①978-4-06-
286665-1
※受賞作「シュアン」を改題

黒野 アギト　くろの・あぎと
2544　「ハワイ？　how was it？　Vol.
1」
◇学園小説大賞　（第13回/平成21年/U-
20賞）

黒野 伸一　くろの・しんいち
2545　「ア・ハッピーファミリー」
◇「きらら」文学賞　（第1回/平成17年）
「ア・ハッピーファミリー」　小学館
2006.6　236p　20cm　1300円　①4-09-
386160-9
「坂本ミキ、14歳。」　小学館　2008.10
270p　15cm　（小学館文庫）　533円
①978-4-09-408315-6
※「ア・ハッピーファミリー」（2006年

刊）の改題

黒羽 英二　くろは・えいじ
2546　「目的補語」
◇文藝賞　（第7回/昭和45年）
「目的補語」　河出書房新社　1971　230p

黒葉 雅人　くろば・まさと
2547　「宇宙細胞」
◇日本SF新人賞　（第9回/平成19年）
「宇宙細胞」　徳間書店　2008.9　332p
20cm　2000円　①978-4-19-862598-6

黒部 順拙　くろべ・じゅんせつ
2548　「悪戯」
◇北日本文学賞　（第39回/平成17年/選
　奨）

黒部 亨　くろべ・とおる
2549　「片思慕の竹」
◇サンデー毎日新人賞　（第2回/昭和46
　年/時代小説）
2550　「砂の関係」
◇群像新人文学賞　（第8回/昭和40年/小
　説）

黒薮 次男　くろやぶ・つぎお
2551　「墳墓」
◇岡山・吉備の国「内田百閒」文学賞
　（第6回/平成12・13年度/長編小説
　部門/最優秀賞）
「墳墓」　作品社　2002.4　179p　20cm
1600円　①4-87893-469-7

久和 まり　くわ・まり
2552　「冬の日の幻想」
◇ロマン大賞　（第7回/平成10年度/入
　選）
「冬の日の幻想」　集英社　1998.10
234p　15cm　（コバルト文庫）　457円
①4-08-614515-4

桑井 朋子　くわい・ともこ
2553　「ストラルプラグ」
◇神戸女流文学賞　（第9回/昭和60年）
2554　「退行する日々」
◇文學界新人賞　（第101回/平成17年下
　期/辻原登奨励 参考作）

久和崎 康　くわさき・こう
2555　「ライン・アップ」
◇小説現代新人賞　（第34回/昭和55年
上）

桑田 忠親　くわた・ただちか
2556　「弟を看る」
◇「文藝春秋」懸賞小説　（第2回/大15
年）

桑田 淳　くわた・ひろし
2557　「すべては勅命のままに」
◇ファンタジア長編小説大賞　（第14回/
平成14年/佳作）
「すべては勅命のままに―ラキスにおま
かせ」富士見書房　2003.1　329p
15cm（富士見ファンタジア文庫）580
円　①4-8291-1488-6

桑高 喜秋　くわたか・よしあき
2558　「他人の椅子」
◇部落解放文学賞　（第2回/昭和50年/小
説）

桑原 一世　くわばら・いちよ
2559　「クロス・ロード」
◇すばる文学賞　（第11回/昭和62年）
「クロス・ロード」集英社 1988.1 159p

桑原 恭子　くわはら・きょうこ
2560　「風のある日に」
◇作家賞　（第4回/昭和43年）

桑原 幹夫　くわばら・みきお
2561　「雨舌」
◇文學界新人賞　（第24回/昭和42年上）
「死の翼の下に」ノーベル書房 1970
252p

桑原 水菜　くわばら・みずな
2562　「風駆ける日」
◇コバルト・ノベル大賞　（第14回/平成
1年下/読者大賞）
「もうひとつのラブソング―Love Song
for You」桑原水菜, 小山真弓, 榎木洋
子著　集英社　1993.2　253p　15cm
（コバルト文庫―読者大賞受賞作品傑作
集 1）400円　①4-08-611728-2

郡司 道子　ぐんじ・みちこ
2563　「雨季」

◇全作家文学賞　（第4回/平成21年/佳
作）

【け】

邢 彦　けい・えん
2564　「熊猫（ぱんだ）の囁き」
◇さくらんぼ文学新人賞　（第2回/平成
21年/大賞）

慶野 由志　けいの・ゆうじ
2565　「つくも神は青春をもてなさんと
欲す」
◇スーパーダッシュ小説新人賞　（第12
回/平成25年/優秀賞）
「つくも神は青春をもてなさんと欲す」
集英社　2013.11　327p　15cm（集英
社スーパーダッシュ文庫 け1-1）600円
①978-4-08-630761-1
「つくも神は青春をもてなさんと欲す
2」集英社　2014.3　294p　15cm（集
英社スーパーダッシュ文庫 け1-2）610
円　①978-4-08-630776-5
「つくも神は青春をもてなさんと欲す
3」集英社　2014.7　310p　15cm（集
英社スーパーダッシュ文庫 け1-3）620
円　①978-4-08-630792-5

劇団ひとり　げきだんひとり
2566　「陰日向に咲く」
◇本屋大賞　（第4回/平成19年/第8位）
「陰日向に咲く」幻冬舎　2006.1　220p
20cm 1400円　①4-344-01102-3
「陰日向に咲く」幻冬舎　2008.8　221p
16cm（幻冬舎文庫）495円　①978-4-
344-41168-5

謙 東弥　けん・はるや
2567　「トンニャット・ホテルの客」
◇潮賞　（第14回/平成7年/小説/優秀作）

ケン リュウ
2568　「紙の動物園」
◇星雲賞　（第45回/平成26年/海外短編
部門（小説））

玄川 舟人　げんかわ・しゅうじん
2569　「此の子」

◇「文芸倶楽部」懸賞小説（第7回/明36年9月/第3等）

玄月　げんげつ

2570　「蔭の棲みか」
◇芥川龍之介賞（第122回/平成11年下期）
「蔭の棲みか」　文藝春秋　2000.3　253p　20cm　1238円　①4-16-319020-1
「文学　2000」　日本文藝家協会編　講談社　2000.4　304p　20cm　3000円　①4-06-117100-3
「芥川賞全集　第18巻」　文藝春秋　2002.10　434p　20cm　3238円　①4-16-507280-X
「蔭の棲みか」　文藝春秋　2003.1　234p　16cm（文春文庫）505円　①4-16-765649-3

2571　「舞台役者の孤独」
◇小谷剛文学賞（第8回/平成11年）
「蔭の棲みか」　文藝春秋　2000.3　253p　20cm　1238円　①4-16-319020-1
「蔭の棲みか」　文藝春秋　2003.1　234p　16cm（文春文庫）505円　①4-16-765649-3

剣先　あおり　けんさき・あおり

2572　「埃家」
◇『幽』文学賞（第7回/平成24年/短編部門/準大賞）
「地蔵の背/埃家」　織江邑著, 剣先あおり著　メディアファクトリー　2013.5　235p　19cm（幽BOOKS）1300円　①978-4-8401-5193-1

源氏　鶏太　げんじ・けいた

2573　「英語屋さん」
◇直木三十五賞（第25回/昭和26年上）
「英語屋さん」　東方社　1954　349p
「直木賞作品集」　第2　大日本雄弁会講談社　1956—'57（ロマン・ブックス）
「源氏鶏太作品集　第9」　新潮社　1957
「源氏鶏太自選作品集4」　講談社　昭和48年
「英語屋さん」　集英社　1983.9　312p（集英社文庫）

2574　「口紅と鏡」
◇吉川英治文学賞（第5回/昭和46年度）
「口紅と鏡」　新潮社　1970　305p
「源氏鶏太自選作品集6」　講談社　昭和49年

2575　「幽霊になった男」
◇吉川英治文学賞（第5回/昭和46年度）
「幽霊になった男」　講談社　1970　328p
「源氏鶏太自選作品集18」　講談社　昭和49年
「幽霊になった男」　講談社　1978.9　327p（Roman books）
「ふるえて眠れない―ホラーミステリー傑作選 名作で読む推理小説史」　ミステリー文学資料館編　光文社　2006.9　454p　15cm（光文社文庫）705円　①4-334-74127-4

軒上　泊　けんじょう・はく

2576　「九月の町」
◇オール讀物新人賞（第50回/昭和52年上）
「九月の町」　みみずくぷれす　1983.11　243p

兼多　遙　けんだ・よう

2577　「母ちゃんが流れた川」
◇自分史文学賞（第11回/平成12年度/大賞）〈受賞時〉金田憲二
「母ちゃんが流れた川」　学習研究社　2001.5　176p　19cm　1400円　①4-05-401472-0

幻冬舎　げんとうしゃ

2578　「歓喜の仔」
◇毎日出版文化賞（第67回/平成25年/文学・芸術部門）
「歓喜の仔　上」　天童荒太著　幻冬舎　2012.11　268p　20cm　1500円　①978-4-344-02287-4
「歓喜の仔　下」　天童荒太著　幻冬舎　2012.11　299p　20cm　1500円　①978-4-344-02288-1

2579　「大河の一滴」
◇新風賞（第33回/平成10年）
「大河の一滴」　五木寛之著　幻冬舎　1998.4　267p　19cm　1429円　①4-87728-224-6
「大河の一滴」　五木寛之著　幻冬舎　1999.3　328p　15cm（幻冬舎文庫）476円　①4-87728-704-3
「大河の一滴」　五木寛之著　新版　幻冬舎　2009.9　294p　18cm（幻冬舎新書ゴールド）840円　①978-4-344-98140-9

2580　「半島を出よ」
◇毎日出版文化賞（第59回/平成17年/文学・芸術部門）

「半島を出よ　上」　村上龍著　幻冬舎
2005.3　430p　20cm　1800円　①4-344-
00759-X
「半島を出よ　下」　村上龍著　幻冬舎
2005.3　496p　20cm　1900円　①4-344-
00760-3
「半島を出よ　上」　村上龍著　幻冬舎
2007.8　509p　16cm　（幻冬舎文庫）
724円　①978-4-344-41000-8
「半島を出よ　下」　村上龍著　幻冬舎
2007.8　591p　16cm　（幻冬舎文庫）
762円　①978-4-344-41001-5

見矢 百代　けんみ・ももよ

2581　「サント・ジュヌビエーブの丘で」
◇小説現代新人賞　（第11回/昭和43年
下）

剣持 鷹士　けんもち・たかし

2582　「あきらめのよい相談者」
◇創元推理短編賞　（第1回/平成6年）
「あきらめのよい相談者―剣持弁護士の
多忙な日常」　東京創元社　1995.10
242p　19cm　（創元クライム・クラブ）
1500円　①4-488-01275-2
「あきらめのよい相談者」　東京創元社
2005.8　283p　15cm　（創元推理文庫）
640円　①4-488-45401-1

玄侑 宗久　げんゆう・そうきゅう

2583　「中陰の花」
◇芥川龍之介賞　（第125回/平成13年上
期）
「中陰の花」　文藝春秋　2001.8　173p
20cm　1238円　①4-16-320500-4
「芥川賞全集　第19巻」　文藝春秋　2002.
12　399p　20cm　3238円　①4-16-
507290-7
「中陰の花」　文藝春秋　2005.1　170p
16cm　（文春文庫）381円　①4-16-
769201-5

2584　「般若心経 いのちの対話」
◇「文藝春秋」読者賞　（第68回/平成18
年）

2585　「光の山」
◇芸術選奨　（第64回/平成25年度/文学
部門/文部科学大臣賞）
「光の山」　新潮社　2013.4　169p　20cm
1400円　①978-4-10-445609-3

【こ】

呉 勝浩　ご・かつひろ

2586　「道徳の時間」
◇江戸川乱歩賞　（第61回/平成27年）
「道徳の時間」　講談社　2015.8　366p
20cm　1600円　①978-4-06-219667-3
※他言語標題：Lessons of Morality

小嵐 九八郎　こあらし・くはちろう

2587　「刑務所ものがたり」
◇吉川英治文学新人賞　（第16回/平成7
年度）
「刑務所ものがたり」　文藝春秋　1994.10
328p　19cm　1800円　①4-16-315160-5

小池 昌代　こいけ・まさよ

2588　「タダト」
◇川端康成文学賞　（第33回/平成19年）
「タダト」　新潮社　2007.7　158p　20cm
1400円　①978-4-10-450902-7
「タダト」　新潮社　2010.2　185p　16cm
（新潮文庫 こ-48-1）362円　①978-4-
10-130781-7

2589　「たまもの」
◇泉鏡花文学賞　（第42回/平成26年）
「たまもの」　講談社　2014.6　188p
20cm　1700円　①978-4-06-218969-9

小池 真理子　こいけ・まりこ

2590　「無花果の森」
◇芸術選奨　（第62回/平成23年度/文学
部門/文部科学大臣賞）
「無花果の森」　日本経済新聞出版社
2011.6　485p　20cm　1800円　①978-4-
532-17105-6
「無花果の森」　新潮社　2014.5　575p
16cm　（新潮文庫 こ-25-16）790円
①978-4-10-144027-9

2591　「恋」
◇直木三十五賞　（第114回/平成7年下
期）
「恋」　早川書房　1995.10　355p　19cm
（ハヤカワ・ミステリワールド）1700円
①4-15-207963-0
「恋」　新潮社　2003.1　517p　15cm

（新潮文庫）705円　①4-10-144016-6

2592　「沈黙のひと」
◇吉川英治文学賞　（第47回/平成25年度）
「沈黙のひと」　文藝春秋　2012.11　373p　20cm　1700円　①978-4-16-375840-4

2593　「妻の女友達」
◇日本推理作家協会賞　（第42回/平成1年/短編部門）
「あなたに捧げる犯罪」　双葉社　1989.2　267p
「小池真理子のミスティ―小池真理子短篇ミステリ傑作集　1」　小池真理子著,結城信孝編　早川書房　2002.12　321p　15cm　（ハヤカワ文庫JA）571円　①4-15-030707-5
「短篇集　4」　小池真理子,鈴木輝一郎,斎藤純著　双葉社　2008.6　233p　15cm（双葉文庫―日本推理作家協会賞受賞作全集76）552円　①978-4-575-65875-0

2594　「虹の彼方」
◇柴田錬三郎賞　（第19回/平成18年）
「虹の彼方」　集英社　2008.7　676p　16cm　（集英社文庫）857円　①978-4-08-746314-9

2595　「欲望」
◇島清恋愛文学賞　（第5回/平成10年）
「欲望」　新潮社　1997.7　384p　19cm　1800円　①4-10-409802-7
「欲望」　新潮社　2000.4　493p　15cm　（新潮文庫）667円　①4-10-144014-X

小池 雪　こいけ・ゆき
2596　「夢で遭いましょう」
◇ノベル大賞　（第34回/平成15年/入選）

小泉 八束　こいずみ・やつか
2597　「トウヤのホムラ」
◇ファンタジア長編小説大賞　（第16回/平成16年/準入選）
「トウヤのホムラ」　富士見書房　2005.1　313p　15cm（富士見ファンタジア文庫）580円　①4-8291-1679-X

小磯 良子　こいそ・よしこ
2598　「カメ男」
◇新潮新人賞　（第14回/昭和57年）

小出 まゆみ　こいで・まゆみ
2599　「冬がはじまる」
◇舟橋聖一顕彰青年文学賞　（第20回/平成20年/佳作（小説））

小出 美樹　こいで・みき
2600　「ガラスの森の子供達」
◇ブックバード文学大賞　（第2回/昭和63年）

小井戸 早葉　こいど・さよ
2601　「実存主義のネコ」
◇舟橋聖一顕彰青年文学賞　（第19回/平成19年/最優秀賞（小説））

小糸 なな　こいと・なな
2602　「ゴシック・ローズ」
◇ノベル大賞　（平成23年度/読者大賞）
「ゴシック・ローズ　悪魔の求婚」　集英社　2012.9　253p　15cm　（コバルト文庫 こ16-1）520円　①978-4-08-601667-4
「ゴシック・ローズ　2　魔女の代償」　集英社　2013.1　236p　15cm　（コバルト文庫 こ16-2）520円　①978-4-08-601695-7

小祝 百々子　こいわい・ももこ
2603　「こどもの指につつかれる」
◇文學界新人賞　（第114回/平成24年上）

小岩井 蓮二　こいわい・れんじ
2604　「キミはぼっちじゃない！」
◇MF文庫Jライトノベル新人賞　（第7回/平成23年/佳作）　〈受賞時〉こいわい ハム
「キミはぼっちじゃない！」　メディアファクトリー　2011.11　263p　15cm（MF文庫J こ-04-01）580円　①978-4-8401-4297-7
「キミはぼっちじゃない！　2」　メディアファクトリー　2012.2　263p　15cm（MF文庫J こ-04-02）580円　①978-4-8401-4393-6
「キミはぼっちじゃない！　3」　メディアファクトリー　2012.6　263p　15cm（MF文庫J こ-04-03）580円　①978-4-8401-4576-3

紅　こう
2605　「ワナビーズ」
◇10分で読める小説大賞　（第3回/平成20年/佳作）

郷 静子　ごう・しずこ
2606　「れくいえむ」

◇芥川龍之介賞（第68回/昭和47年下）
「れくいえむ」文芸春秋 1973 189p
「芥川賞全集9」文芸春秋 1982

康 伸吉 こう・しんきち
2607 「いつも夜」
◇オール讀物推理小説新人賞（第12回/昭和48年）

甲 紀枝 こう・のりえ
2608 「十六歳，夏のカルテ」
◇コバルト・ノベル大賞（第20回/平成4年下/佳作）

耕 治人 こう・はると
2609 「一条の光」
◇読売文学賞（第21回/昭和44年/小説賞）
「一条の光」芳賀書店 1969 234p〈限定版〉
「耕治人自選作品集」小平 武蔵野書房 1983.10 468p
「耕治人全集3」晶文社 1989
「昭和文学全集32」小学館 1989
2610 「この世に招かれて来た客」
◇平林たい子文学賞（第1回/昭和48年/小説）
「うずまき」河出書房新社 1975 231p
「耕治人全集3」晶文社 1989

高円寺 文雄 こうえんじ・ふみお
2611 「聖ゲオルギー勲章」
◇「サンデー毎日」大衆文芸（第17回/昭和10年下）
2612 「野獣の乾杯」
◇千葉亀雄賞（第1回/昭和11年/2席）

鴻上 尚史 こうかみ・しょうじ
2613 「グローブ・ジャングル「虚構の劇団」旗揚げ3部作」
◇読売文学賞（第61回/平成21年度/戯曲・シナリオ賞）
「グローブ・ジャングル—「虚構の劇団」旗揚げ3部作 戯曲集」小学館 2009.8 287p 19cm 1600円 ①978-4-09-387860-9

幸川 牧生 こうかわ・まきお
2614 「懸命の地」
◇オール讀物新人賞（第16回/昭和35年上）

紅玉 いづき こうぎょく・いづき
2615 「ミミズクと夜の王」
◇電撃大賞（第13回/平成18年/電撃小説大賞部門/大賞）
「ミミズクと夜の王」メディアワークス，角川グループパブリッシング（発売） 2007.2 269p 15cm（電撃文庫 1382） 530円 ①978-4-8402-3715-4

香里 了子 こうさと・りょうこ
2616 「アスガルド」
◇小説現代新人賞（第52回/平成1年上）
2617 「熱病夢」
◇歴史文学賞（第14回/平成1年度/佳作）

浩祥 まきこ こうじょう・まきこ
2618 「ごむにんげん」
◇ノベル大賞（第26回/平成7年下期/読者大賞）

上月 文青 こうずき・ふみお
2619 「偶然の息子」
◇女による女のためのR-18文学賞（第10回/平成23年/読者賞）

神月 柚子 こうずき・ゆずこ
2620 「星宿り」
◇深大寺短編恋愛小説「深大寺恋物語」（第10回/平成26年/調布市長賞）

高妻 秀樹 こうずま・ひでき
2621 「胡蝶の剣」
◇歴史群像大賞（第11回/平成17年発表/歴史群像大賞）
「胡蝶の剣」学習研究社 2005.12 454p 15cm（学研M文庫）686円 ①4-05-900389-1

幸田 文 こうだ・あや
2622 「黒い裾」
◇読売文学賞（第7回/昭和30年/小説賞）
「黒い裾」中央公論社 1955 204p
「幸田文全集7」中央公論社 昭和33年
「黒い裾」普及版 中央公論社 1959 207p（中央公論文庫）
「黒い裾」新潮社 1968 181p（新潮文庫）
「昭和文学全集8」小学館 1988

「黒い裾」　講談社　2007.12　220p
15cm　（講談社文芸文庫）1200円
①978-4-06-198497-4
「日本近代短篇小説選 昭和篇 3」　紅野
敏郎, 紅野謙介, 千葉俊二, 宗像和重, 山
田俊治編　岩波書店　2012.10　393p
15cm　（岩波文庫）800円　①978-4-00-
311916-7

2623　「闘」
◇女流文学賞　（第12回/昭和48年度）
「闘―とう」　新潮社　1973　285p
「闘」　新潮社　1984.4　313p（新潮文庫）
「幸田文全集　第16巻　闘・しのばず」
岩波書店　2002.10　445p　19cm　3800
円　①4-00-091916-4

2624　「流れる」
◇新潮社文学賞　（第3回/昭和31年）
◇日本芸術院賞　（第13回/昭和31年）
「流れる」　新潮社　1956　252p（小説文庫）
「流れる」　新潮社　1956　262p
「流れる」　新潮社　1957　252p（新潮文庫）
「昭和文学全集8」　小学館　1988
「幸田文全集　第5巻　流れる・蜜柑の花
まで」　岩波書店　2001.11　437p
19cm　3800円　①4-00-091905-9
「流れる」　改版　新潮社　2011.12
299p　15cm　（新潮文庫）520円
①978-4-10-111602-0

合田 圭希　ごうだ・けいき
2625　「にわとり翔んだ」
◇織田作之助賞　（第6回/平成1年）
「にわとり翔んだ」　京都 かもがわ出版
1990.10　233p
「小匣―短編小説集」　吉保知佐著　近代
文藝社　2010.2　237p　19cm　2000円
①978-4-7733-7687-6

幸田 シャーミン　こうだ・しゃーみん
2626　「二十代は個性の冒険」
◇日本文芸大賞　（第7回/昭和62年/特別
賞）

幸田 真音　こうだ・まいん
2627　「天佑なり―高橋是清・百年前の
日本国債―」
◇新田次郎文学賞　（第33回/平成26年）
「天佑なり―高橋是清・百年前の日本国債
上」　角川書店, 角川グループホール
ディングス〔発売〕　2013.6　313p
20cm　1600円　①978-4-04-110474-3

「天佑なり―高橋是清・百年前の日本国債
下」　角川書店, 角川グループホール
ディングス〔発売〕　2013.6　317p
20cm　1600円　①978-4-04-110475-0

講談社　こうだんしゃ
2628　「失楽園」
◇新風賞　（第32回/平成9年）
「失楽園　上」　渡辺淳一著　講談社
1997.2　306p　19cm　1442円
「失楽園　下」　渡辺淳一著　講談社
1997.2　282p　19cm　1442円　①4-06-
208574-7
「失楽園」　渡辺淳一著　愛蔵版　講談社
1997.11　582p　19cm　5700円　①4-06-
209008-2
「失楽園　上」　渡辺淳一著　講談社
2000.3　344p　15cm　（講談社文庫）
571円　①4-06-264779-6
「失楽園　下」　渡辺淳一著　講談社
2000.3　333p　15cm　（講談社文庫）
571円　①4-06-264780-X
「失楽園　上」　渡辺淳一著　角川書店
2004.1　323p　15cm　（角川文庫）552
円　①4-04-130737-6
「失楽園　下」　渡辺淳一著　角川書店
2004.1　308p　15cm　（角川文庫）552
円　①4-04-130738-4

2629　「親鸞」
◇毎日出版文化賞　（第64回/平成22年/
特別賞）
「親鸞　上」　五木寛之著　講談社　2010.
1　310p　19cm　1500円　①978-4-06-
291000-2
「親鸞　下」　五木寛之著　講談社　2010.
1　318p　19cm　1500円　①978-4-06-
291001-9
「親鸞　上」　五木寛之著　講談社　2011.
10　365p　15cm　（講談社文庫）562円
①978-4-06-277060-6
「親鸞　下」　五木寛之著　講談社　2011.
10　371p　15cm　（講談社文庫）562円
①978-4-06-277061-3
「親鸞 激動篇　上」　五木寛之著　講談社
2012.1　298p　19cm　1500円　①978-4-
06-291006-4
「親鸞 激動篇　下」　五木寛之著　講談社
2012.1　326p　19cm　1500円　①978-4-
06-291007-1
「親鸞 激動篇　上」　五木寛之著　講談社
2013.6　340p　15cm　（講談社文庫）
562円　①978-4-06-277571-7
「親鸞 激動篇　下」　五木寛之著　講談社
2013.6　375p　15cm　（講談社文庫）

562円　①978-4-06-277572-4

2630 「ドストエフスキー」
◇毎日出版文化賞　（第65回／平成23年／
　文学・芸術部門）
　「ドストエフスキー」　山城むつみ著　講
　談社　2010.11　549p　20cm　3600円
　①978-4-06-216650-8

河内 一郎　こうち・いちろう

2631 「漱石のマドンナ」
◇中村星湖文学賞　（第23回／平成21年）
　「漱石のマドンナ」　朝日新聞出版　2009.
　2　206p　20cm　1800円　①978-4-02-
　250506-4
　※文献あり

合戸 周左衛門
　ごうど・しゅうざえもん

2632 「剣はデジャ・ブ」
◇創元SF短編賞　（第5回／平成26年度／
　瀬名秀明賞）

金南 一夫　こうなみ・かずお

2633 「風のゆくへ」
◇潮賞　（第9回／平成2年／小説）
　「風のゆくえ」　潮出版社　1990.9　214p

河野 修一郎　こうの・しゅういちろう

2634 「石を背負う父」
◇南日本文学賞　（第2回／昭和49年）
　「石切りの歌」　学芸書林　1987.11　295p

2635 「探照燈」
◇文學界新人賞　（第32回／昭和46年上）

河野 多恵子　こうの・たえこ

2636 「一年の牧歌」
◇谷崎潤一郎賞　（第16回／昭和55年度）
　「一年の牧歌」　新潮社　1980.3　208p
　「一年の牧歌・みいら採り猟奇譚」　新潮
　社　1995.6　373p　21cm（河野多恵子
　全集 第8巻）　7000円　①4-10-645808-X

2637 「蟹」
◇芥川龍之介賞　（第49回／昭和38年上）
　「美少女・蟹」　新潮社　1963　269p
　「芥川賞全集6」　文芸春秋　1982
　「昭和文学全集19」　小学館　1987
　「鳥にさされた女―河野多恵子自選短篇
　集」　学芸書林　1989.6　287p
　「河野多恵子全集　第1巻」　新潮社
　1994.11　313p　21cm　7000円　①4-10-

645801-2

2638 「後日の話」
◇伊藤整文学賞　（第10回／平成11年／小
　説）
　「後日の話」　文藝春秋　1999.2　280p
　20cm　1905円　①4-16-318290-X
　「後日の話」　文藝春秋　2002.2　300p
　16cm（文春文庫）　552円　①4-16-
　714402-6

2639 「最後の時」
◇女流文学賞　（第6回／昭和42年度）
　「鳥にさされた女―河野多恵子自選短篇
　集」　学芸書林　1989.6　287p

2640 「半所有者」
◇川端康成文学賞　（第28回／平成14年）
　「半所有者」　新潮社　2001.11　44p
　20cm　1000円　①4-10-307807-3
　「文学　2002」　日本文藝家協会編　講談
　社　2002.4　328p　20cm　3000円　①4-
　06-117102-X
　「秘事・半所有者」　新潮社　2003.3
　375p　16cm（新潮文庫）　552円　①4-
　10-116104-6

2641 「不意の声」
◇読売文学賞　（第20回／昭和43年／小説
　賞）
　「不意の声」　講談社　1968　189p
　「不意の声」　講談社　1971　200p（現代文
　学秀作シリーズ）
　「河野多恵子全集　第5巻」　新潮社
　1995.3　413p　21cm　7000円　①4-10-
　645805-5

2642 「みいら採り猟奇譚」
◇野間文芸賞　（第44回／平成3年）
　「みいら採り猟奇譚」　新潮社　1990.11
　341p
　「一年の牧歌・みいら採り猟奇譚」　新潮
　社　1995.6　373p　21cm（河野多恵子
　全集 第8巻）　7000円　①4-10-645808-X
　「みいら採り猟奇譚」　新潮社　1995.11
　413p　15cm（新潮文庫）　560円　①4-
　10-116102-X

2643 「幼児狩り」
◇同人雑誌賞　（第8回／昭和36年）
　「幼児狩り」　新潮社　1962　264p
　「幼児狩り」　成瀬書房　1978.11　141p〈特
　装版〉
　「昭和文学全集19」　小学館　1987
　「日本文学100年の名作―百万円煎餅
　1954・1963」　池内紀, 川本三郎, 松田哲
　夫編　新潮社　2015.1　555p　15cm

（新潮文庫）790円　①978-4-10-127436-2

河野 典生　こうの・てんせい

2644　「明日こそ鳥は羽ばたく」

◇角川小説賞　（第2回/昭和50年）

「明日こそ鳥は羽ばたく」　角川書店 1975　340p

「明日こそ鳥は羽ばたく」　集英社 1981.12 413p　（集英社文庫）

2645　「殺意という名の家畜」

◇日本推理作家協会賞　（第17回/昭和39年）

「殺意という名の家畜」　宝石社 1963　258p

「殺意という名の家畜」　角川書店 1975　251p

「殺意という名の家畜」　角川書店 1979.5　272p　（角川文庫）

「殺意という名の家畜」　双葉社 1995.11　289p　15cm（双葉文庫—日本推理作家協会賞受賞作全集 18）540円　①4-575-65817-0

高野 冬子　こうの・とうこ

2646　「楽園幻想」

◇ノベル大賞　（第27回/平成8年度/読者大賞）

郷原 建樹　ごうはら・たてき

2647　「幕末薩摩」

◇日本文芸家クラブ大賞　（第2回/平成4年度/長編小説部門）

光文社　こうぶんしゃ

2648　「カラマーゾフの兄弟」

◇毎日出版文化賞　（第61回/平成19年/特別賞）

「カラマーゾフの兄弟　1」　ドストエフスキー著, 亀山郁夫訳　光文社 2006.9　443p　16cm（光文社古典新訳文庫）724円　①4-334-75106-7

「カラマーゾフの兄弟　2」　ドストエフスキー著, 亀山郁夫訳　光文社 2006.11　501p　16cm（光文社古典新訳文庫）781円　①4-334-75117-2

「カラマーゾフの兄弟　3」　ドストエフスキー著, 亀山郁夫訳　光文社 2007.2　541p　16cm（光文社古典新訳文庫）838円　①978-4-334-75123-4

「カラマーゾフの兄弟　4」　ドストエフスキー著, 亀山郁夫訳　光文社 2007.7　700p　16cm（光文社古典新訳文庫）1029円　①978-4-334-75132-6

「カラマーゾフの兄弟　5（エピローグ別巻）」　ドストエフスキー著, 亀山郁夫訳　光文社 2007.7　365p　16cm（光文社古典新訳文庫）629円　①978-4-334-75133-3

※年譜あり

郡 虎彦　こおり・とらひこ

2649　「松山一家」

◇「太陽」懸賞小説及脚本　（第2回/明43年11月/小説）

「郡虎彦全集1」　創元社 昭和11年

古賀 けいと　こが・けいと

2650　「夏時計」

◇12歳の文学賞　（第1回/平成19年/上戸彩賞）

「12歳の文学」　小学館 2007.4　269p　26cm　1500円　①978-4-09-289711-3

「12歳の文学」　小学生作家たち著　小学館 2009.4　313p　15cm（小学館文庫 し7-1）552円　①978-4-09-408384-2

古賀 珠子　こが・たまこ

2651　「魔笛」

◇群像新人文学賞　（第3回/昭和35年/小説）

「魔笛」　講談社 1961 216p

古賀 千冬　こが・ちふゆ

2652　「時計塔のある町」

◇小学館文庫小説賞　（第12回/平成23年/優秀賞）

古賀 剛　こが・つよし

2653　「漂流物」

◇河出長編小説賞　（第1回/昭和40年）

「漂着物」　河出書房 1968 419p（河出・書き下ろし長篇小説叢書 別巻）

古賀 宣子　こが・のぶこ

2654　「厳命」

◇池内祥三文学奨励賞　（第36回/平成18年）

2655　「遭難前夜」

◇池内祥三文学奨励賞　（第36回/平成18年）

こき　　　　　　　　　　　　　　　　　　　　　　　2656～2670

小木 君人　こぎ・きみと

2656　「その日彼は死なずにすむか？」

◇小学館ライトノベル大賞〔ガガガ文庫部門〕（第3回/平成21年/ガガガ賞）

「その日彼は死なずにすむか？」　小学館　2009.6　365p　15cm（ガガガ文庫 ガこ1-1）648円　①978-4-09-451142-0

※イラスト：植田亮

鵠東 きみ　こくとう・きみ

2657　「彼女と地獄のはなし」

◇『幽』文学賞（第9回/平成26年/奨励賞/長篇部門）

小久保 純子　こくぼ・じゅんこ

2658　「人生なんて！」

◇パレットノベル大賞（第5回/平成3年夏/佳作）

九重 一木　ここのえ・いちき

2659　「無限舞台のエキストラ―『流転骨牌（メタフエシス）』の傾向と対策―」

◇スニーカー大賞（第13回/平成20年/優秀賞）

「ガジェット　無限舞台black & white」角川書店、角川グループパブリッシング（発売）　2009.7　332p　15cm（角川文庫 15774―角川スニーカー文庫）600円　①978-4-04-474601-8

「ガジェット　2　終末時間platinum girl」角川書店、角川グループパブリッシング（発売）　2009.11　319p　15cm（角川文庫 15965―角川スニーカー文庫）600円　①978-4-04-474602-5

「ガジェット　3　闇色輪廻world is red」角川書店、角川グループパブリッシング（発売）　2010.3　334p　15cm（角川文庫 16159―角川スニーカー文庫）600円　①978-4-04-474603-2

九重 遙　ここのえ・はるか

2660　「青の悪魔」

◇エンタテイメント小説大賞（第5回/昭和57年）

ココロ 直　こころ・なお

2661　「夕焼け好きのポエトリー」

◇ノベル大賞（第33回/平成14年/読者大賞）

小佐 一成　こさ・かずなり

2662　「戦略遊撃艦隊出撃ス」

◇歴史群像大賞（第19回/平成25年発表/奨励賞）

「戦略遊撃艦隊出撃ス！―激闘!!ミッドウェー海戦」　学研パブリッシング, 学研マーケティング〔発売〕　2013.9　229p　18cm（歴史群像新書 382）943円　①978-4-05-405800-2

小坂 泰介　こさか・たいすけ

2663　「大人と子どもの二つの物語」

◇深大寺短編恋愛小説「深大寺恋物語」（第10回/平成26年/深大寺賞）

小堺 麻里　こさかい・まり

2664　「いろはもみじ」

◇深大寺短編恋愛小説「深大寺恋物語」（第2回/平成18年/調布市長賞）

こざわ たまこ

2665　「ハロー、厄災」

◇女による女のためのR-18文学賞（第11回/平成24年/読者賞）

越谷 オサム　こしがや・おさむ

2666　「ボーナス・トラック」

◇日本ファンタジーノベル大賞（第16回/平成16年/優秀賞）

「ボーナス・トラック」　新潮社　2004.12　315p　20cm　1500円　①4-10-472301-0

越沼 初美　こしぬま・はつみ

2667　「テイク・マイ・ピクチャー」

◇小説現代新人賞（第39回/昭和57年下）

小島 小陸　こじま・こりく

2668　「一滴の嵐」

◇太宰治賞（第17回/平成13年）

「太宰治賞　2001」　筑摩書房編集部編　筑摩書房　2001.5　279p　21cm　1000円　①4-480-80359-9

「一滴の嵐」　筑摩書房　2002.5　355p　20cm　1900円　①4-480-80365-3

児島 晴浜　こじま・せいひん

2669　「朝露」

◇「文芸倶楽部」懸賞小説（第25回/明38年3月/第1等）

2670　「明日」

204　　　　　　　　　　　　　　　　　　　　文学賞受賞作品総覧 小説篇

◇「文芸倶楽部」懸賞小説 （第29回/明
38年7月/第2等）

2671 「首途」
◇「文芸倶楽部」懸賞小説 （第18回/明
37年8月/第3等）

2672 「職工長」
◇「文芸倶楽部」懸賞小説 （第43回/明
39年9月/第2等）

2673 「涙多摩川」
◇「文芸倶楽部」懸賞小説 （第39回/明
39年5月/第1等）

2674 「二度の恋」
◇「文芸倶楽部」懸賞小説 （第45回/明
39年11月/第3等）

2675 「雪物語」
◇「文芸倶楽部」懸賞小説 （第28回/明
38年6月/第2等）

小島 泰介 こじま・たいすけ

2676 「逃亡」
◇「サンデー毎日」大衆文芸 （第8回/
昭和6年上）

小島 達矢 こじま・たつや

2677 「ベンハムの独楽」
◇新潮エンターテインメント大賞 （第5
回/平成20年度/大賞 荻原浩選）
「ベンハムの独楽」 新潮社 2010.1
247p 20cm 1300円 ①978-4-10-
321621-6

小島 環 こじま・たまき

2678 「三皇の琴 天地を鳴動さす」
◇小説現代長編新人賞 （第9回/平成26
年）

小島 信夫 こじま・のぶお

2679 「アメリカン・スクール」
◇芥川龍之介賞 （第32回/昭和29年下）
「アメリカン・スクール」 みすず書房
1954 256p
「アメリカン・スクール」 みすず書房
1955 256p
「アメリカンスクール・殉教」 新潮社
1955 275p （昭和名作選）
「小説微笑」 河出書房 1955 208p （河出
新書）
「アメリカン・スクール」 新潮社 1967
306p （新潮文庫）

「小島信夫全集4」 講談社 昭和46年
「小銃」 集英社 1977.12 256p （集英社文
庫）
「芥川賞全集5」 文芸春秋 1982
「昭和文学全集21」 小学館 1987
「第三の新人名作選」 講談社文芸文庫編
講談社 2011.8 363p 15cm （講談社
文芸文庫）1500円 ①978-4-06-290131-
4
「小島信夫短篇集成 2 アメリカン・ス
クール/無限後退」 水声社 2014.12
604p 21cm 8000円 ①978-4-8010-
0062-9

2680 「うるわしき日々」
◇読売文学賞 （第49回/平成9年/小説
賞）
「うるわしき日々」 読売新聞社 1997.10
330p 21cm 1900円 ①4-643-97098-7
「うるわしき日々」 講談社 2001.2
409p 15cm （講談社文芸文庫）1500
円 ①4-06-198246-X

2681 「抱擁家族」
◇谷崎潤一郎賞 （第1回/昭和40年度）
「抱擁家族」 講談社 1965 256p
「小島信夫全集3」 講談社 昭和46年
「昭和文学全集21」 小学館 1987
「抱擁家族」 講談社 1988.2 295p （講談
社文芸文庫）

2682 「別れる理由」
◇野間文芸賞 （第35回/昭和57年）
「別れる理由」 1 講談社 1982.7 468p
「別れる理由」 2 講談社 1982.8 465p
「別れる理由」 3 講談社 1982.9 477p
「小島信夫長篇集成 第4巻 1 別れる
理由」 水声社 2015.7 678p 21cm
9000円 ①978-4-8010-0114-5
「小島信夫長篇集成 第5巻 2 別れる
理由」 水声社 2015.8 681p 21cm
9000円 ①978-4-8010-0115-2
「小島信夫長篇集成 6 3 別れる理由」
水声社 2015.9 643p 21cm 9000円
①978-4-8010-0116-9

小島 久枝 こじま・ひさえ

2683 「軍医大尉」
◇北日本文学賞 （第9回/昭和50年）

小島 水青 こじま・みずお

2684 「鳥のうた、魚のうた」
◇『幽』文学賞 （第6回/平成23年/短編
部門/大賞）

「鳥のうた、魚のうた」 メディアファク
トリー 2012.6 234p 19cm (幽ブッ
クス) 1300円 ①978-4-8401-4587-9

小嶋 陽太郎 こじま・ようたろう

2685 「気障でけっこうです」
◇ボイルドエッグズ新人賞 (第16回/平
成26年1月)

越水 利江子 こしみず・りえこ

2686 「風のラヴソング」
◇芸術選奨 (第45回/平成6年度/文学部
門/文部大臣新人賞)
「風のラヴソング」 越水利江子作, 今井
弓子絵 岩崎書店 1993.12 165p
21cm (新創作児童文学 20) 1300円
①4-265-05120-0
「風のラヴソング 完全版」 越水利江子
作, 中村悦子絵 講談社 2008.5 189p
18cm (講談社青い鳥文庫) 580円
①978-4-06-285026-1

五條 瑛 ごじょう・あきら

2687 「スリー・アゲーツ」
◇大藪春彦賞 (第3回/平成12年度)
「スリー・アゲーツ―三つの瑪瑙」 集英
社 1999.12 402p 20cm 1800円
①4-08-775257-7
「スリー・アゲーツ―三つの瑪瑙」 集英
社 2002.11 737p 16cm (集英社文
庫) 952円 ①4-08-747514-X

後白河 安寿 ごしらかわ・あんじゅ

2688 「キョンシー・プリンセス～乙女
は糖蜜色の恋を知る～」
◇ノベル大賞 (平成24年度/読者大賞)
「キョンシー・プリンセス―乙女は糖蜜色
の恋を知る」 集英社 2013.10 222p
15cm (コバルト文庫 こ17-1) 530円
①978-4-08-601759-6

小杉 英了 こすぎ・えいりょう

2689 「先導者」
◇日本ホラー小説大賞 (第19回/平成24
年/大賞)
「先導者」 角川書店, 角川グループパブ
リッシング〔発売〕 2012.10 248p
20cm 1400円 ①978-4-04-110317-3

小杉 謙后 こすぎ・けんこう

2690 「桃太郎の流産」
◇「サンデー毎日」大衆文芸 (第13回/

昭和8年下)

小杉 健治 こすぎ・けんじ

2691 「絆」
◇日本推理作家協会賞 (第41回/昭和63
年/長編部門)
「絆」 集英社 1987.6 273p
「絆」 集英社 1990.6 322p (集英社文庫)
「絆」 双葉社 2003.6 355p 15cm
(双葉文庫―日本推理作家協会賞受賞作
全集 57) 648円 ①4-575-65858-8
「曳かれ者」 竹書房 2013.4 486p
15cm (竹書房文庫) 838円 ①978-4-
8124-9386-1

2692 「土俵を走る殺意」
◇吉川英治文学新人賞 (第11回/平成2
年度)
「土俵を走る殺意」 新潮社 1989.5 319p
(新潮ミステリー倶楽部)
「土俵を走る殺意」 光文社 2007.3
390p 15cm (光文社文庫) 648円
①978-4-334-74217-1

2693 「原島弁護士の処理」
◇オール讀物推理小説新人賞 (第22回/
昭和58年)

戸切 冬樹 こせつ・ふゆき

2694 「六〇〇日」
◇「文化評論」文学賞 (第5回/平成2年
/小説)

五代 剛 ごだい・ごう

2695 「Seele(ゼーレ)」
◇コバルト・ノベル大賞 (第10回/昭和
62年下)
「コバルト・ノベル大賞入選作品集 5」
コバルト編集部編 集英社 1990.2
260p 15cm (集英社文庫―コバルトシ
リーズ) 350円 ①4-08-611387-2

五代 夏夫 ごだい・なつお

2696 「那覇の木馬」
◇文學界新人賞 (第18回/昭和39年上)

五代 ゆう ごだい・ゆう

2697 「はじまりの骨の物語」
◇ファンタジア長編小説大賞 (第4回/
平成4年)
「はじまりの骨の物語」 富士見書房
1993.3 341p (富士見ファンタジア文庫)
「はじまりの骨の物語」 ホビージャパン

2006.9 344p 15cm （HJ文庫）638円
①4-89425-472-7

小滝 ダイゴロウ　こたき・だいごろう

2698　「シュネームジーク」
◇ゆきのまち幻想文学賞 （第18回/平成
20年/長編賞）
「ゆきのまち幻想文学賞小品集　18　河
童と見た空」 ゆきのまち通信編　企画
集団ぷりずむ　2009.3　223p　19cm
1715円　①978-4-906691-30-2
※選：高田宏，萩尾望都，乳井昌史

小竹 陽一朗　こたけ・よういちろう

2699　「DMAC」
◇文藝賞 （第30回/平成5年/佳作）
「DMAC」 河出書房新社　1994.1　175p
19cm 1200円　①4-309-00885-2

木立 嶺　こだち・りょう

2700　「戦域軍ケージュン部隊」
◇日本SF新人賞 （第8回/平成18年/佳
作）

小谷 剛　こたに・つよし

2701　「確証」
◇芥川龍之介賞 （第21回/昭和24年上）
「確証」 改造社 1949 238p
「芥川賞全集4」 文芸春秋 1982

小谷 真理　こたに・まり

2702　「女性状無意識」
◇日本SF大賞 （第15回/平成6年）
「女性状無意識—女性SF論序説」 勁草書
房　1994.1　283, 11p　19cm 2987円
①4-326-15289-3

児玉 恭二　こだま・きょうじ

2703　「ちゃぶ台」
◇BE・LOVE原作大賞 （第4回/平成13
年/佳作）

谺 健二　こだま・けんじ

2704　「未明の悪夢」
◇鮎川哲也賞 （第8回/平成9年）
「未明の悪夢」 東京創元社　1997.10
366p　19cm 2000円　①4-488-02353-3
「未明の悪夢」 光文社　2003.6　447p
15cm （光文社文庫）667円　①4-334-
73505-3

児玉 サチ子　こだま・さちこ

2705　「少年」
◇部落解放文学賞 （第12回/昭和60年/
小説）

古知屋 恵子　こちや・けいこ

2706　「ぎゅうぎゅうごとごと」
◇新風舎出版賞 （第1回/平成8年2月/ビ
ジュアル部門/最優秀賞）
「ぎゅうぎゅうごとごと」 新風舎　1996.
11　1冊　33×22cm 1500円　①4-7974-
0007-2

小手鞠 るい　こでまり・るい

2707　「おとぎ話」
◇海燕新人文学賞 （第12回/平成5年）
「玉手箱」 河出書房新社　2007.7　258p
15cm （河出文庫）650円　①978-4-
309-40855-2

2708　「欲しいのは、あなただけ」
◇島清恋愛文学賞 （第12回/平成17年）
「欲しいのは、あなただけ—the passion
diaries」 新潮社　2004.9　174p　20cm
1400円　①4-10-437102-5
「欲しいのは、あなただけ」 新潮社
2007.3　206p　16cm （新潮文庫）362
円　①978-4-10-130971-2

小寺 秋雨　こでら・しゅうう

2709　「義姉妹」
◇「文芸倶楽部」懸賞小説 （第17回/明
37年7月/第2等）

後藤 彩　ごとう・あや

2710　「チョコ。」
◇碧天文芸大賞 （第3回/平成16年6月/
最優秀賞/フィクション部門）
「チョコ。」 碧天舎　2005.2　127p
20cm 1200円　①4-88346-879-8

後藤 功　ごとう・いさお

2711　「郊外の基督」
◇三田文学新人賞 （第1回/昭和39年）

伍東 和郎　ごとう・かずお

2712　「地虫」
◇オール讀物推理小説新人賞 （第7回/
昭和43年）

後藤 紀一　ごとう・きいち

2713　「少年の橋」

◇芥川龍之介賞 （第49回/昭和38年上）
「少年の橋」 文芸春秋新社 1963 209p
「芥川賞全集6」 文芸春秋 1982

後藤 幸次郎 ごとう・こうじろう

2714 「三号室の男」
◇幻想文学新人賞 （第2回/昭和61年）

木堂 椎 こどう・しい

2715 「りはめより100倍恐ろしい」
◇野性時代青春文学大賞 （第1回/平成17年）
「りはめより100倍恐ろしい」 角川書店 2006.2 199p 20cm 1200円 ①4-04-873679-5
「りはめより100倍恐ろしい」 角川書店, 角川グループパブリッシング（発売）2007.8 219p 15cm （角川文庫）438円 ①978-4-04-386301-3
※平成18年刊の増補

後藤 翔如 ごとう・しょうじょ

2716 「名残七寸五分」
◇小説現代新人賞 （第32回/昭和54年上）

後藤 杉彦 ごとう・すぎひこ

2717 「犬神」
◇「サンデー毎日」大衆文芸 （第51回/昭和32年上）

後藤 均 ごとう・ひとし

2718 「スクリプトリウムの迷宮」
◇鮎川哲也賞 （第12回/平成14年）〈受賞時〉冨井多恵夫
「写本室の迷宮」 東京創元社 2002.10 278p 20cm 1700円 ①4-488-02374-6
「写本室の迷宮」 東京創元社 2005.2 305p 15cm （創元推理文庫）660円 ①4-488-45001-6

後藤 みな子 ごとう・みなこ

2719 「刻を曳く」
◇文藝賞 （第8回/昭和46年）
「刻を曳く」 河出書房新社 1972 223p

後藤 明生 ごとう・めいせい

2720 「赤と黒の記憶」
◇学生小説コンクール （第4回/昭和30年下/佳作）
「関係」 皆美社 1971 221p

2721 「首塚の上のアドバルーン」
◇芸術選奨 （第40回/平成1年度/文学部門/文部大臣賞）
「首塚の上のアドバルーン」 講談社 1989.2 219p
「首塚の上のアドバルーン」 講談社 1999.10 247p 15cm （講談社文芸文庫）1100円 ①4-06-197683-4

2722 「夢かたり」
◇平林たい子文学賞 （第5回/昭和52年/小説）
「夢かたり」 中央公論社 1976 373p
「夢かたり」 中央公論社 1978.7 379p （中公文庫）

2723 「吉野大夫」
◇谷崎潤一郎賞 （第17回/昭和56年度）
「吉野大夫」 平凡社 1981.2 218p
「吉野大夫」 中央公論社 1983.10 229p （中公文庫）
「昭和文学全集30」 小学館 1988
「吉野大夫」 中央公論新社 2001.9 236p 21cm （Chuko on demand books）2400円 ①4-12-550180-7

後藤 祐迅 ごとう・ゆうじん

2724 「憑いている！」
◇MF文庫Jライトノベル新人賞 （第6回/平成22年/佳作）

後藤 義隆 ごとう・よしたか

2725 「富士北麓・忍野の民話と民謡」
◇中村星湖文学賞 （第9回/平成7年/特別賞）
「富士北麓・忍野の民話と民謡」 郷土出版社 1995.2 274p 20cm 1600円 ①4-87663-273-1

琴平 稜 ことひら・りょう

2726 「勇者と過ごす夏休み」
◇ファンタジア大賞 （第23回/平成23年/金賞）〈受賞時〉琴平 ゆき
「勇者リンの伝説 Lv.1 この夏休みの宿題が終わったら、俺も、勇者になるんだ。」 富士見書房 2013.1 298p 15cm （富士見ファンタジア文庫 こ-3-1-1）580円 ①978-4-8291-3847-2
※受賞作「勇者と過ごす夏休み」を改題
「勇者リンの伝説 Lv.2 勇者二人に挟まれて体育祭という名のクエストに挑むわけだが。」 富士見書房 2013.5 297p 15cm （富士見ファンタジア文庫

「勇者リンの伝説 Lv.3 七つの球を探し求めて俺たちの学園祭がカオス。」富士見書房 2013.9 279p 15cm（富士見ファンタジア文庫 こ-3-1-3）580円 ①978-4-8291-3936-3
「勇者リンの伝説 Lv.4 ニーナが王女で王女がニーナで、風雲急を告げる舞踏会。」KADOKAWA 2014.1 278p 15cm（富士見ファンタジア文庫 こ-3-1-4）580円 ①978-4-04-070006-9
「勇者リンの伝説 Lv.5 赤点回避と失われた絆を取り戻すために、時をかける俺。」KADOKAWA 2014.5 283p 15cm（富士見ファンタジア文庫 こ-3-1-5）580円 ①978-4-04-070113-4

小泊 フユキ　こどまり・ふゆき
2727　「魔法学園（マギスシューレ）の天匙使い」
◇『このライトノベルがすごい！』大賞（第4回/平成25年/金賞＆栗山千明賞）
「魔法学園（マギスシューレ）の天匙使い」宝島社 2013.10 298p 16cm（このライトノベルがすごい！文庫 こ-1-1）562円 ①978-4-8002-1696-0

小中 陽太郎　こなか・ようたろう
2728　「翔べよ源内」
◇野村胡堂文学賞（第1回/平成25年度）
「翔べよ源内」平原社 2012.6 317p 20cm 2400円 ①978-4-938391-50-8

小流 智尼　こながれ・ともじ
2729　「そばかす三次」
◇「サンデー毎日」大衆文芸（第1回/昭和1年/乙）

児波 いさき　こなみ・いさき
2730　「つまずきゃ，青春」
◇コバルト・ノベル大賞（第14回/平成1年下/佳作）
「コバルト・ノベル大賞入選作品集 7」コバルト編集部編 集英社 1991.12 259p 15cm（コバルト文庫）400円 ①4-08-611597-2

小西 久也　こにし・ひさや
2731　「水曜日の客」
◇深大寺短編恋愛小説「深大寺恋物語」（第7回/平成23年/深大寺そば組合賞）

小西 保明　こにし・やすあき
2732　「山の宿にて」
◇NHK銀の雫文芸賞（第19回/平成18年度/優秀）

小沼 燦　こぬま・あきら
2733　「雀」
◇作家賞（第11回/昭和50年）
「金魚」福武書店 1983.1 218p

小沼 水明　こぬま・すいめい
2734　「老校長の死」
◇「文章世界」特別募集小説（大8年1月）

小沼 まり子　こぬま・まりこ
2735　「一人暮らしアパート発・Wao・ブランド」
◇ノベル大賞（第31回/平成12年/入選）
「Rude girl」集英社 2001.7 268p 15cm（コバルト文庫）495円 ①4-08-614883-8

木ノ歌 詠　このうた・えい
2736　「カラっぽの僕に、君はうたう。」
◇富士見ヤングミステリー大賞（第4回/平成16年/佳作）
「カラっぽの僕に、君はうたう。―フォルマント・ブルー」富士見書房 2005.1 286p 15cm（富士見ミステリー文庫）560円 ①4-8291-6287-2

近村 英一　このむら・えいいち
2737　「ノノメメ、ハートブレイク」
◇小学館ライトノベル大賞〔ガガガ文庫部門〕（第7回/平成25年/審査員特別賞）
「ノノメメ、ハートブレイク」小学館 2013.5 294p 15cm（ガガガ文庫 ガこ2-1）590円 ①978-4-09-451415-5
「ノノメメ、ハートブレイク 2」小学館 2013.10 261p 15cm（ガガガ文庫 ガこ2-2）571円 ①978-4-09-451446-9
「ノノメメ、ハートブレイク 3」小学館 2014.3 259p 15cm（ガガガ文庫 ガこ2-3）571円 ①978-4-09-451474-2

小橋 博　こばし・ひろし
2738　「金と銀の暦」
◇新鷹会賞（第6回/昭和32年前/努力特

賞）

2739 「俘虜の花道」
◇講談倶楽部賞 （第4回/昭和28年）

2740 「落首」
◇新鷹会賞 （第4回/昭和31年前/努力賞）

虎走 かける　こばしり・かける

2741 「ゼロから始める魔法の書」
◇電撃大賞 （第20回/平成25年/電撃小説大賞部門/大賞）
「ゼロから始める魔法の書」
KADOKAWA 2014.2 339p 15cm
（電撃文庫 2686） 590円 ①978-4-04-866312-0

小端 安我流　こばた・あんがりゅう

2742 「ジャスティン！」
◇ファンタジア大賞 （第22回/平成22年/特別賞）

小浜 清志　こはま・きよし

2743 「風の河」
◇文學界新人賞 （第66回/昭和63年上）

小浜 ユリ　こはま・ゆり

2744 「まぼろしの王国物語」
◇ジュニア冒険小説大賞 （第3回/平成16年/佳作）

小林 勝美　こばやし・かつみ

2745 「中位の苦痛」
◇労働者文学賞 （第9回/平成8年度/小説）

小林 久三　こばやし・きゅうぞう

2746 「暗黒告知」
◇江戸川乱歩賞 （第20回/昭和49年）
「暗黒告知」 講談社 1974 323p
「暗黒告知」 講談社 1977.9 361p （講談社文庫）
「アルキメデスは手を汚さない 暗黒告知―江戸川乱歩賞全集 9」 小峰元, 小林久三著, 日本推理作家協会編　講談社 2000.9 810p 15cm （講談社文庫） 1190円 ①4-06-264962-4

2747 「父と子の炎」
◇角川小説賞 （第8回/昭和56年）
「父と子の炎」 角川書店 1981.4 323p
「父と子の炎」 角川書店 1985.9 399p

（角川文庫）

小林 卿　こばやし・きょう

2748 「天佑」
◇歴史群像大賞 （第14回/平成20年発表/奨励賞）

小林 恭二　こばやし・きょうじ

2749 「カブキの日」
◇三島由紀夫賞 （第11回/平成10年）
「カブキの日」 講談社 1998.6 321p 19cm 1600円 ①4-06-209289-1
「カブキの日」 新潮社 2002.7 385p 15cm （新潮文庫）552円 ①4-10-147812-0

2750 「電話男」
◇海燕新人文学賞 （第3回/昭和59年）
「電話男」 福武書店 1985.5 216p
「電話男」 〔岡山〕 福武書店 1987.7 253p（福武文庫）
「電話男」 角川春樹事務所 2000.6 230p 15cm （ハルキ文庫） 620円 ①4-89456-705-9

小林 霧野　こばやし・きりの

2751 「シャジャラ＝ドゥル」
◇歴史群像大賞 （第2回/平成7年）
「シャジャラ＝ドゥル―真珠の樹という名のスルタン」 学習研究社 1995.9 243p 18cm （歴史群像新書）780円 ①4-05-400586-1

小林 ぎん子　こばやし・ぎんこ

2752 「心ささくれて」
◇農民文学賞 （第50回/平成19年度）

小林 栗奈　こばやし・くりな

2753 「海のアリーズ」
◇ロマン大賞 （第4回/平成7年度/選外佳作）
「海のアリーズ」 集英社 1995.8 214p 15cm （集英社スーパーファンタジー文庫）450円 ①4-08-613186-2

2754 「春夏秋冬」
◇ゆきのまち幻想文学賞 （第25回/平成27年/長編賞）

2755 「春の伝言板」
◇ゆきのまち幻想文学賞 （第23回/平成25年/準長編賞）

小林 早代子　こばやし・さよこ

2756　「くたばれ地下アイドル」
◇女による女のためのR-18文学賞　（第14回/平成27年/読者賞受賞）

小林 長太郎　こばやし・ちょうたろう

2757　「夢の乳房」
◇織田作之助賞　（第14回/平成9年）

小林 天眠　こばやし・てんみん

2758　「宮島曲」
◇「新小説」懸賞小説　（明33年9月）

小林 時子　こばやし・ときこ

2759　「こわれたガラス箱」
◇新風舎出版賞　（第13回/平成12年8月/ビジュアル部門/最優秀賞）
「こわれたガラス箱」　小林時子絵と文，松井智原案　新風舎　2001.4　27p　27cm　1470円　①4-7974-1479-0

小林 友　こばやし・とも

2760　「別れの風」
◇「文芸倶楽部」懸賞小説　（第19回/明37年9月/第1等）

小林 成美　こばやし・なるみ

2761　「強欲なパズル」
◇さくらんぼ文学新人賞　（第1回/平成20年/奨励賞）

小林 春郎　こばやし・はるお

2762　「死に急ぐ者」
◇「文章世界」特別募集小説　（大8年4月）

小林 英文　こばやし・ひでふみ

2763　「別れ作」
◇農民文学賞　（第19回/昭和50年度）
「コスモスの村」　松本 郷土出版社　1989.4　306p
「長野県文学全集第Ⅲ期/現代作家編1」郷土出版社　1990

小林 仁美　こばやし・ひとみ

2764　「ひっそりとして，残酷な死」
◇オール讀物推理小説新人賞　（第30回/平成3年）
「甘美なる復讐―「オール読物」推理小説新人賞傑作選　4」　文芸春秋編　文藝春秋　1998.8　428p　15cm　（文春文庫）

552円　①4-16-721768-6

小林 宏暢　こばやし・ひろのぶ

2765　「恵比寿様から届いた手紙」
◇12歳の文学賞　（第3回/平成21年/小説部門/優秀賞）
「12歳の文学　第3集　小学生作家が紡ぐ9つの物語」　小学館　2009.3　299p　20cm　1100円　①978-4-09-289721-2

小林 フユヒ　こばやし・ふゆひ

2766　「ラベル」
◇ロマン大賞　（第13回/平成16年/佳作）
「ラベル―すべては月曜日に始まった」集英社　2004.11　206p　15cm　（コバルト文庫）　438円　①4-08-600510-7

小林 実　こばやし・みのる

2767　「天使誕生」
◇講談倶楽部賞　（第13回/昭和34年下）

小林 美代子　こばやし・みよこ

2768　「髪の花」
◇群像新人文学賞　（第14回/昭和46年/小説）
「髪の花」　講談社　1971　229p
「福島の文学2」　福島民報社　1985

小林 めぐみ　こばやし・めぐみ

2769　「ねこたま」
◇ファンタジア長編小説大賞　（第2回/平成2年/準入選）
「ねこたま」　富士見書房　1990.12　318p（富士見ファンタジア文庫）

小林 泰三　こばやし・やすみ

2770　「玩具修理者」
◇日本ホラー小説大賞　（第2回/平成7年/短編賞）
「玩具修理者」　角川書店　1996.4　224p　19cm　1300円　①4-04-872952-7
「玩具修理者」　角川書店　1999.4　221p　15cm　（角川ホラー文庫）　480円　①4-04-347001-0

2771　「天獄と地国」
◇星雲賞　（第43回/平成24年/日本長編部門（小説））
「天獄と地国」　早川書房　2011.4　436p　16cm　（ハヤカワ文庫 JA1030）　840円　①978-4-15-031030-1

こばやし ゆうき

2772 「地球防衛部！」
◇角川学園小説大賞 （第9回/平成17年/自由部門/奨励賞）
「純情感情エイリアン　1　地球防衛部と僕と桃先輩」　角川書店　2006.8　284p　15cm （角川文庫） 533円　①4-04-472301-X

小林 由香　こばやし・ゆか

2773 「ジャッジメント」
◇「小説推理」新人賞 （第33回/平成23年）

小林 ゆり　こばやし・ゆり

2774 「たゆたふ蠟燭」
◇太宰治賞 （第19回/平成15年）
「太宰治賞　2003」 筑摩書房編集部編　筑摩書房　2003.6　229p　21cm　476円　①4-480-80370-X
「真夜中のサクラ」 筑摩書房　2004.2　199p　20cm　1300円　①4-480-80378-5

小林 義彦　こばやし・よしひこ

2775 「日月山水図屏風異聞」
◇堺自由都市文学賞 （第12回/平成12年）

小林 陸　こばやし・りく

2776 「じいちゃんが…」
◇12歳の文学賞 （第6回/平成24年/小説部門/審査員特別賞〈樋口裕一賞〉）
「12歳の文学　第6集」　小学館　2012.3　216p　19cm　1200円　①978-4-09-289735-9

小林 林之助　こばやし・りんのすけ

2777 「落武者」
◇「サンデー毎日」大衆文芸 （第3回/昭和3年/乙）

小針 鯛一　こばり・たいいち

2778 「褐色のメロン」
◇小説新潮新人賞 （第6回/昭和53年）

小檜山 博　こひやま・はく

2779 「出刃」
◇北方文芸賞 （第1回/昭和51年）
「出刃」 構想社 1976 223p
「出刃」 小桧山博著　構想社　2003.9　223p　19cm　1300円　①4-87574-068-9

2780 「光る女」
◇泉鏡花文学賞 （第11回/昭和58年）
◇北海道新聞文学賞 （第17回/昭和58年/小説）
「光る女」 集英社 1983.7 228p
「光る女」 集英社 1987.7 236p （集英社文庫）

2781 「光る大雪」
◇木山捷平文学賞 （第7回/平成14年度）
「光る大雪」 講談社 2002.6 251p　20cm 1600円 ①4-06-211329-5

小堀 新吉　こほり・しんきち

2782 「兄ちゃんを見た」
◇オール讀物新人賞 （第52回/昭和53年上）

駒井 れん　こまい・れん

2783 「パスカルの恋」
◇朝日新人文学賞 （第14回/平成15年）
「パスカルの恋」 朝日新聞社 2003.8　206p 20cm 1300円 ①4-02-257865-3

駒田 信二　こまだ・しんじ

2784 「脱出」
◇人間新人小説 （第2回/昭和23年）
「脱出」 鎌倉文庫 1949 270p
「脱出」 彩古書房 1986.10 259p
「日中戦争」 胡桃沢耕史ほか著　集英社　2011.12　743p　19cm （コレクション戦争と文学 7） 3800円　①978-4-08-157007-2

小松 左京　こまつ・さきょう

2785 「お茶漬の味」
◇ハヤカワSFコンテスト （第2回/昭和37年/佳作第3席）
「蟻の園」 角川書店 1980.5 216p （角川文庫）
「お茶漬の味 地には平和を―短編小説集」 城西国際大学出版会　2007.3　395p　22cm （小松左京全集 完全版 11） 4572円　①978-4-903624-11-2

2786 「首都消失」
◇日本SF大賞 （第6回/昭和60年）
「首都消失―近未来サスペンス巨篇」 徳間書店 1985.3 2冊 （Tokuma novels）
「首都消失」 徳間書店 1986.11 2冊 （徳間文庫）
「首都消失―シナリオ版」 小松左京原作, 山浦弘靖, 舛田利雄脚本 徳間書店 1986.

12 193p（徳間文庫）
「首都消失　上」角川春樹事務所　1998.
5　372p　16cm（ハルキ文庫）743円
Ⓘ4-89456-402-5
「首都消失　下」角川春樹事務所　1998.
5　412p　16cm（ハルキ文庫）781円
Ⓘ4-89456-403-3

2787　「地には平和を」
◇ハヤカワSFコンテスト（第1回/昭和
36年/努力賞）
「地には平和を」早川書房 1963 311p
（ハヤカワ・SF・シリーズ）
「地には平和を」角川書店 1980.5 276p
（角川文庫）
「小松左京セレクション　1　日本」小松
左京著, 東浩紀編　河出書房新社
2011.11　509p　15cm（河出文庫）950
円　Ⓘ978-4-309-41114-9

2788　「日本沈没」
◇日本推理作家協会賞（第27回/昭和49
年）
「日本売ります」早川書房 1965 309p
（ハヤカワ・SF・シリーズ）
「日本沈没一定本」光文社 1975 423p
「日本沈没」文芸春秋 1978.9 2冊（文春
文庫）
「日本沈没」徳間書店 1983.12 2冊（徳
間文庫）
「日本沈没 第二部　上」小松左京, 谷甲
州著　小学館　2008.6　381p　15cm
（小学館文庫）600円　Ⓘ978-4-09-
408274-6
「日本沈没 第二部　下」小松左京, 谷甲
州著　小学館　2008.6　397p　15cm
（小学館文庫）600円　Ⓘ978-4-09-
408275-3
「小松左京セレクション　1　日本」小松
左京著, 東浩紀編　河出書房新社
2011.11　509p　15cm（河出文庫）950
円　Ⓘ978-4-309-41114-9

小松　重男　こまつ・しげお
2789　「年季奉公」
◇オール讀物新人賞（第51回/昭和52年
下）
「蚤とり侍」新潮社 1987.4 255p
「げんだい時代小説」縄田一男監修, 津
本陽, 南原幹雄, 童門冬二, 北原亜以子,
戸部新十郎, 泡坂妻夫, 古川薫, 宮部みゆ
き, 新宮正春, 小松重男, 中村彰彦, 佐藤
雅美, 佐江衆一, 高橋義男, 沢田ふじ子著
リブリオ出版　2000.12　15冊（セット）

21cm 54000円　Ⓘ4-89784-822-9
「蚤とり侍」光文社　2002.5　319p
15cm（光文社時代小説文庫）533円
Ⓘ4-334-73321-2

小松　滋　こまつ・しげる
2790　「H丸伝奇」
◇「サンデー毎日」大衆文芸（第17回/
昭和10年下）
「H丸伝奇」山形謄写印刷資料館　2011.
10　70p　19cm 952円

小松　多聞　こまつ・たもん
2791　「神異帝記」
◇古代ロマン文学大賞（第2回/平成13
年/創作部門優秀賞）〈受賞時〉小
松弘明
「神異帝記」郁朋社　2002.7　327p
19cm 1500円　Ⓘ4-87302-186-3

小松　光宏　こまつ・みつひろ
2792　「すべて売り物」
◇オール讀物推理小説新人賞（第32回/
平成5年）
「甘美なる復讐―「オール読物」推理小説
新人賞傑作選　4」文芸春秋編　文藝春
秋　1998.8　428p　15cm（文春文庫）
552円　Ⓘ4-16-721768-6

小松　由加子　こまつ・ゆかこ
2793　「機械の耳」
◇ノベル大賞（第28回/平成9年度/入
選, 読者大賞）
「機械の耳」集英社　1998.5　199p
15cm（コバルト文庫）400円　Ⓘ4-08-
614460-3

小鞠　小雪　こまり・しょうせつ
2794　「久遠の紲」
◇ジャンプ小説新人賞（jump Novel
Grand Prix）（'13 Spring/平成25
年春/キャラクター小説部門/特別
賞）

小見　さゆり　こみ・さゆり
2795　「悪い病気」
◇中央公論新人賞（第17回/平成3年度）

五味　康祐　ごみ・やすすけ
2796　「喪神」
◇芥川龍之介賞（第28回/昭和27年下）
「芥川賞作品集」第2巻 修道社 1956

「五味康祐代表作集1」 新潮社 昭和56年
「芥川賞全集5」 文芸春秋 1982
「昭和文学全集32」 小学館 1989
「歴史小説名作館5」 講談社 1992
「怪」 五味康祐, 岡本綺堂, 泉鏡花著 ポ
プラ社 2011.8 157p 19cm（百年文
庫 90） 750円 ①978-4-591-12178-8
「日本文学100年の名作―木の都 1944 -
1953」 池内紀, 川本三郎, 松田哲夫編
新潮社 2014.12 502p 15cm（新潮
文庫） 750円 ①978-4-10-127435-5

こみこ みこ

2797 「君が咲く場所」
◇坊っちゃん文学賞 （第10回/平成19年
/佳作）

小湊 悠貴 こみなと・ゆうき

2798 「スカーレット・バード―天空に
咲く薔薇―」
◇ロマン大賞 （平成25年度/佳作）
「スカーレット・バード―天空に咲く薔
薇」 集英社 2014.4 284p 15cm
（コバルト文庫 こ18-1） 570円 ①978-
4-08-601800-5

小峰 元 こみね・はじめ

2799 「アルキメデスは手を汚さない」
◇江戸川乱歩賞 （第19回/昭和48年）
「アルキメデスは手を汚さない」 講談社
1973 285p
「アルキメデスは手を汚さない」 講談社
2006.9 385p 15cm（講談社文庫）
590円 ①4-06-275503-3

小室 千鶴子 こむろ・ちずこ

2800 「真葛と馬琴」
◇歴史浪漫文学賞 （第11回/平成23年/
創作部門優秀賞）

米谷 ふみ子 こめたに・ふみこ

2801 「遠来の客」
◇文學界新人賞 （第60回/昭和60年上）
「過越しの祭」 新潮社 1985.10 170p

2802 「過越しの祭」
◇新潮新人賞 （第17回/昭和60年）
◇芥川龍之介賞 （第94回/昭和60年下）
「過越しの祭」 新潮社 1985.10 170p
「芥川賞全集14」 文芸春秋 1989
「過越しの祭」 岩波書店 2002.8 190p
15cm（岩波現代文庫 文芸） 800円

①4-00-602055-4
2803 「ファミリー・ビジネス」
◇女流文学賞 （第37回/平成10年度）
「ファミリー・ビジネス」 新潮社 1998.5
209p 19cm 1500円 ①4-10-359704-6

小森 喜四朗 こもり・きしお

2804 「奮戦陸上自衛隊イラク派遣部隊」
◇歴史群像大賞 （第13回/平成19年発表
/奨励賞）

小森 淳一郎 こもり・じゅんいちろう

2805 「ひめきぬげ」
◇ジャンプ小説新人賞（jump Novel
Grand Prix） （'13 Spring/平成25
年春/小説：フリー部門/特別賞）

小森 隆司 こもり・たかし

2806 「押し入れ」
◇織田作之助賞 （第18回/平成13年）

小森 好彦 こもり・よしひこ

2807 「泥と飛天」
◇小谷剛文学賞 （第9回/平成12年）
「月の鵜舟」 文芸社 2004.2 150p
20cm 1200円 ①4-8355-6992-X

古谷田 奈月 こやた・なつき

2808 「今年の贈り物」
◇日本ファンタジーノベル大賞 （第25
回/平成25年/大賞）
「星の民のクリスマス」 新潮社 2013.11
248p 20cm 1500円 ①978-4-10-
334911-2
※受賞作「今年の贈り物」を改題

小栁 義則 こやなぎ・よしのり

2809 「ハングリー・ブルー」
◇堺自由都市文学賞 （第15回/平成15年
/佳作）

小山 幾 こやま・いく

2810 「あんずの向こう」
◇部落解放文学賞 （第32回/平成17年/
佳作/小説部門）

2811 「手ぬぐい」
◇部落解放文学賞 （第33回/平成18年/
佳作/小説部門）

小山 いと子 こやま・いとこ

2812 「執行猶予」

◇直木三十五賞 （第23回/昭和25年上）
「執行猶予」 早川書房 1951 224p
「執行猶予―他二篇」 角川書店 1956
188p（角川文庫）
「執行猶予」 春陽堂 1963 164p
「消えた受賞作 直木賞編」 川口則弘編
メディアファクトリー 2004.7 331p
19cm（ダ・ヴィンチ特別編集 7）1500
円 ①4-8401-1110-3

小山 花礁 こやま・かしょう

2813 「鴫のうらみ」
◇「文芸倶楽部」懸賞小説 （第10回/明
36年12月/第3等）

小山 恭平 こやま・きょうへい

2814 「秘蹟商会」
◇小学館ライトノベル大賞〔ガガガ文庫
部門〕 （第9回/平成27年/審査員特
別賞）
「飽くなき欲の秘蹟（サクラメント） 2」
小学館 2015.11 285p 15cm（ガガ
ガ文庫 がお8-2）593円 ①978-4-09-
451579-4

小山 薫堂 こやま・くんどう

2815 「おくりびと」
◇読売文学賞 （第60回/平成20年度/戯
曲・シナリオ賞）
「おくりびとオリジナルシナリオ」 小学
館 2009.5 200p 15cm（小学館文庫
こ15-1）438円 ①978-4-09-408388-0

小山 啓子 こやま・けいこ

2816 「赦免船―新選組最後の隊長相馬
主計の妻」
◇池内祥三文学奨励賞 （第32回/平成14
年）
「赦免船―新選組最後の隊長相馬主計の
妻」 松風書房 2005.1 227p 19cm

小山 甲三 こやま・こうぞう

2817 「アメリカ三度笠」
◇「サンデー毎日」大衆文芸 （第14回/
昭和9年上）

湖山 真 こやま・しん

2818 「ウォーターズ・ウィスパー」
◇角川学園小説大賞 （第11回/平成19年
/奨励賞） 〈受賞時〉眞木 空人
「手のひらに物の怪―耳鳴坂妖異日誌」

角川書店, 角川グループパブリッシング
（発売） 2009.5 319p 15cm（角川文
庫 15680―角川スニーカー文庫）552円
①978-4-04-474401-4

小山 タケル こやま・たける

2819 「脱がせません」
◇MF文庫Jライトノベル新人賞 （第8回
/平成24年/佳作） 〈受賞時〉肉Q
「風に舞う鎧姫（ブリガンディ）」 メディ
アファクトリー 2012.12 262p 15cm
（MF文庫J こ-05-01）580円 ①978-4-
8401-4942-6
※受賞作「脱がせません」を改題
「風に舞う鎧姫（ブリガンディ） 2」 メ
ディアファクトリー 2013.4 263p
15cm（MF文庫J こ-05-02）580円
①978-4-8401-5156-6
「風に舞う鎧姫（ブリガンディ） 3」 メ
ディアファクトリー 2013.9 263p
15cm（MF文庫J こ-05-03）580円
①978-4-8401-5413-0
「風に舞う鎧姫（ブリガンディ） 4」
KADOKAWA 2014.4 263p 15cm
（MF文庫J こ-05-05）580円 ①978-4-
0406-6712-6

2820 「森の樵は陽気に歌う」
◇ファンタジア大賞 （第23回/平成23年
/銀賞） 〈受賞時〉肉Q
「緋剣のバリアント」 富士見書房 2012.
11 284p 15cm（富士見ファンタジア
文庫 こ-2-1-1）580円 ①978-4-8291-
3821-2
※受賞作「森の樵は陽気に歌う」を改題
「緋剣のバリアント 2」 富士見書房
2013.3 299p 15cm（富士見ファンタ
ジア文庫 こ-2-1-2）620円 ①978-4-
8291-3869-4

小山 牧子 こやま・まきこ

2821 「瘋癲」
◇作家賞 （第3回/昭和42年）

小山 真弓 こやま・まゆみ

2822 「ケイゾウ・アサキのデーモン・
バスターズ 血ぬられた貴婦人」
◇コバルト・ノベル大賞 （第15回/平成
2年上/読者大賞）

小山 有人 こやま・ゆうじん

2823 「マンモスの牙」
◇新潮新人賞 （第28回/平成8年）

小山 弓　こやま・ゆみ

2824　「海の向日葵」
◇池内祥三文学奨励賞　（第19回/平成1年）

是方 直子　これかた・なおこ

2825　「夜の魚・一週間の嘘」
◇パレットノベル大賞　（第2回/平成1年冬/佳作）

ころみごや

2826　「時の悪魔と三つの物語」
◇HJ文庫大賞　（第7回/平成25年/大賞）
「時の悪魔と三つの物語」　ホビージャパン　2013.7　275p　15cm（HJ文庫 こ03-01-01）619円　①978-4-7986-0630-9

コン

2827　「有明先生と瑞穂さん」
◇日本ケータイ小説大賞　（第5回/平成23年/優秀賞）
「有明先生と瑞穂さん　1」　スターツ出版　2011.5　309p　19cm　790円　①978-4-88381-144-1
「有明先生と瑞穂さん　2」　スターツ出版　2011.6　306p　19cm　790円　①978-4-88381-145-8
「有明先生と瑞穂さん　3」　スターツ出版　2011.7　325p　19cm　790円　①978-4-88381-150-2

今 官一　こん・かんいち

2828　「壁の花」
◇直木三十五賞　（第35回/昭和31年上）
「直木賞作品集」　第6 大日本雄弁会講談社 1956（ロマン・ブックス）
「壁の花」　芸術社 1956 255p
「今官一作品下」　津迎書房 昭和55年

今 東光　こん・とうこう

2829　「お吟さま」
◇直木三十五賞　（第36回/昭和31年下）
「お吟さま」　4版 京都 淡交社 1957 191p
「お吟さま」　大日本雄弁会講談社 1957 200p
「お吟さま」　講談社 1958 200p（ロマン・ブックス）
「お吟さま」　角川書店 1960 158p（角川文庫）
「お吟さま」　講談社 1968 206p
「今東光代表作選集5」　読売新聞社 昭和48年
「お吟さま」　講談社　1996.1　330p　15cm（大衆文学館）780円　①4-06-262029-4

昆 飛雄　こん・とびお

2830　「杖術師夢幻帳」
◇ファンタジア長編小説大賞　（第8回/平成8年/準入選）
「杖術師夢幻帳」　富士見書房　1997.1　407p　15cm（富士見ファンタジア文庫）700円　①4-8291-2728-7

今 日出海　こん・ひでみ

2831　「天皇の帽子」
◇直木三十五賞　（第23回/昭和25年上）
「天皇の帽子」　ジープ社 1950 252p
「天皇の帽子・いろは紅葉・激流の女」　小説朝日社 1953 265p（現代文学叢書）
「天皇の帽子」　春陽堂書店 1967 279p（春陽文庫）
「天皇の帽子」　中央公論社 1981.9 216p（中公文庫）
「昭和文学全集32」　小学館 1989
「戦後占領期短篇小説コレクション　5 1950年」　紅野謙介ほか編　藤原書店 2007.7　291p　19cm　2500円　①978-4-89434-579-9

ごんだ 淳平　ごんだ・じゅんぺい

2832　「十五mの通学路」
◇自分史文学賞　（第14回/平成15年度/佳作）

近藤 啓太郎　こんどう・けいたろう

2833　「海人舟」
◇芥川龍之介賞　（第35回/昭和31年上）
「海人舟」　文芸春秋新社 1956 242p
「海人舟」　旺文社 1977.4 264p（旺文社文庫）
「芥川賞全集5」　文芸春秋 1982
「第三の新人名作選」　講談社文芸文庫編　講談社　2011.8　363p　15cm（講談社文芸文庫）1500円　①978-4-06-290131-4

近藤 紘一　こんどう・こういち

2834　「仏陀を買う」
◇中央公論新人賞　（第10回/昭和59年度）
「仏陀を買う」　中央公論社 1986.8 150p

近藤 五郎　こんどう・ごろう
2835　「黒落語」
◇『幽』文学賞（第9回/平成26年/佳作/長篇部門）

近藤 沙紀　こんどう・さき
2836　「走れ！僕らの明日へ」
◇12歳の文学賞（第7回/平成25年/小説部門/佳作）

近藤 左弦　こんどう・さげん
2837　「お隣さんと世界破壊爆弾と」
◇スニーカー大賞（第14回/平成21年/奨励賞）

近藤 勲公　こんどう・のりひろ
2838　「老木」
◇地上文学賞（第56回/平成20年）

近藤 弘子　こんどう・ひろこ
2839　「うすべにの街」
◇大阪女性文芸賞（第10回/平成4年）
2840　「遊食の家（や）」
◇海燕新人文学賞（第12回/平成5年）

近藤 弘俊　こんどう・ひろとし
2841　「骨」
◇群像新人文学賞（第10回/昭和42年/小説）

近藤 史恵　こんどう・ふみえ
2842　「凍える島」
◇鮎川哲也賞（第4回/平成5年）
「凍える島」　東京創元社　1993.9　247p
「凍える島」　東京創元社　1999.9　277p　15cm（創元推理文庫）480円　①4-488-42701-4
2843　「サクリファイス」
◇大藪春彦賞（第10回/平成20年）
◇本屋大賞（第5回/平成20年/2位）
「サクリファイス」　新潮社　2007.8　245p　20cm　1500円　①978-4-10-305251-7
※他言語標題：Sacrifice
「サクリファイス」　新潮社　2010.2　290p　16cm（新潮文庫 こ-49-1）438円　①978-4-10-131261-3

権藤 実　ごんどう・みのる
2844　「兵営の記録」
◇野間文芸奨励賞（第4回/昭和19年）
「兵営の記録」　講談社　昭和19　274p　19cm

近藤 里莉　こんどう・りな
2845　「"思い"の国のセイナ」
◇12歳の文学賞（第5回/平成23年/小説部門/佳作）

今野 東　こんの・あずま
2846　「相沢村レンゲ条例」
◇日本文芸大賞（第12回/平成4年/新人賞）
「相沢村れんげ条例」　西宮 エスエル出版会　1992.6　101p〈発売：鹿砦社〉

今野 緒雪　こんの・おゆき
2847　「夢の宮～竜のみた夢」
◇コバルト・ノベル大賞（第21回/平成5年上）
◇コバルト・ノベル大賞（第21回/平成5年上/読者大賞）
「夢の宮―竜のみた夢」　新装版　集英社　2012.1　243p　15cm（コバルト文庫）514円　①978-4-08-601603-2

紺野 仲右エ門　こんの・なかえもん
2848　「女たちの審判」
◇日経小説大賞（第6回/平成26年）
「女たちの審判」　日本経済新聞出版社　2015.2　269p　20cm　1600円　①978-4-532-17132-2
2849　「まんずまんず」
◇ゆきのまち幻想文学賞（第22回/平成24年/準大賞）
「ゆきのまち幻想文学賞小品集　22　大きな木」　ゆきのまち通信主宰・編　高田宏, 萩尾望都, 乳井昌史選　企画集団ぷりずむ　2013.3　207p　19cm　1715円　①978-4-906691-45-6

今野 敏　こんの・びん
2850　「隠蔽捜査」
◇吉川英治文学新人賞（第27回/平成18年度）
「隠蔽捜査」　新潮社　2005.9　317p　20cm　1600円　①4-10-300251-4
「隠蔽捜査」　新潮社　2008.2　409p　16cm（新潮文庫）590円　①978-4-10-132153-0
2851　「怪物が街にやってくる」

こんの　　　　　　　　　　　　　　　　　　　　2852～2862

◇問題小説新人賞（第4回/昭和53年）
「怪物が街にやってくる」 泰流社 1985.7
233p
「怪物が街にやってくる」 大陸書房
1988.7 215p（Tairiku novels）
「怪物が街にやってくる」 朝日新聞出版
2009.6 289p 15cm（朝日文庫）640
円 ①978-4-02-264505-0

2852「果断 隠蔽捜査2」
◇日本推理作家協会賞（第61回/平成20
年/長編および連作短編集部門）
◇山本周五郎賞（第21回/平成20年）
「果断―隠蔽捜査2」 新潮社 2007.4
317p 20cm 1500円 ①978-4-10-
300252-9
「果断―隠蔽捜査2」 新潮社 2010.2
405p 16cm（新潮文庫 こ-42-6）590
円 ①978-4-10-132156-1

紺野 真美子 こんの・まみこ

2853「背中の傷」
◇木山捷平短編小説賞（第3回/平成19
年度）

【 さ 】

沙絢 さあや

2854「君を、何度でも愛そう。」
◇日本ケータイ小説大賞（第4回/平成
22年/優秀賞）
「君を、何度でも愛そう。 上」 スター
ツ出版 2010.2 329p 19cm 1000円
①978-4-88381-112-0
「君を、何度でも愛そう。 下」 スター
ツ出版 2010.2 351p 19cm 1000円
①978-4-88381-113-7
「君を、何度でも愛そう。 上」 スター
ツ出版 2013.12 324p 15cm（ケー
タイ小説文庫 Bさ3-2―野いちご）570
円 ①978-4-88381-799-3
「君を、何度でも愛そう。 下」 スター
ツ出版 2014.1 373p 15cm（ケー
タイ小説文庫 Bさ3-3―野いちご）580円
①978-4-88381-809-9

雑賀 壱 さいが・いち

2855「深大寺そば部」
◇深大寺短編恋愛小説「深大寺恋物語」

（第6回/平成22年/深大寺そば組合
賞）

雑賀 俊一郎 さいが・しゅんいちろう

2856「黒ん棒はんべえ 鄭芝龍救出行」
◇歴史群像大賞（第5回/平成10年/優秀
賞）

彩河 杏 さいかわ・あんず

2857「お子様ランチ・ロックソース」
◇コバルト・ノベル大賞（第11回/昭和
63年上）
「コバルト・ノベル大賞入選作品集 5」
コバルト編集部編 集英社 1990.2
260p 15cm（集英社文庫―コバルトシ
リーズ）350円 ①4-08-611387-2

斉木 香津 さいき・かず

2858「千の花も、万の死も」
◇小学館文庫小説賞（第9回/平成20年）
「千の花になって」 小学館 2008.9
271p 20cm 1600円 ①978-4-09-
386227-1

斎樹 真琴 さいき・まこと

2859「地獄番 鬼蜘蛛日誌」
◇小説現代長編新人賞（第3回/平成20
年）
「地獄番 鬼蜘蛛日誌」 講談社 2008.10
213p 20cm 1500円 ①978-4-06-
215071-2

税所 隆介 さいしょ・りゅうすけ

2860「かえるの子」
◇オール讀物推理小説新人賞（第35回/
平成8年）
「甘美なる復讐―「オール読物」推理小説
新人賞傑作選 4」 文藝春秋編 文藝春
秋 1998.8 428p 15cm（文春文庫）
552円 ①4-16-721768-6

西条 倶吉 さいじょう・ぐただす

2861「カナダ館一九四一年」
◇中央公論新人賞（第7回/昭和37年度）

西條 奈加 さいじょう・なか

2862「金春屋ゴメス」
◇日本ファンタジーノベル大賞（第17
回/平成17年/大賞）
「金春屋ゴメス」 新潮社 2005.11
268p 20cm 1400円 ①4-10-300311-1
「金春屋ゴメス」 新潮社 2008.10

367p　16cm（新潮文庫）514円
①978-4-10-135771-3

2863　「涅槃の雪」
◇中山義秀文学賞（第18回/平成24年度）
「涅槃の雪」　光文社　2011.9　316p
19cm　1400円　①978-4-334-92778-3
「涅槃の雪」　光文社　2014.8　367p
16cm（光文社文庫 さ27-3）660円
①978-4-334-76787-7

2864　「まるまるの毬」
◇吉川英治文学新人賞（第36回/平成27年度）
「まるまるの毬」　講談社　2014.6　308p
19cm　1450円　①978-4-06-218990-3

斉藤 朱美　さいとう・あけみ
2865　「売る女, 脱ぐ女」
◇小説現代新人賞（第59回/平成4年下）

齋藤 恵美子　さいとう・えみこ
2866　「ラジオと背中」
◇芸術選奨（第58回/平成19年度/文学部門/文部科学大臣新人賞）
◇地球賞（第32回/平成19年度）
「ラジオと背中」　潮出版社　2007.5　143p
22cm　2400円　①978-4-7837-2193-2

斎藤 渓舟　さいとう・けいしゅう
2867　「松前追分」
◇「新小説」懸賞小説（第3回/明33年）

斎藤 栄　さいとう・さかえ
2868　「機密」
◇宝石中篇賞（第2回/昭和38年）
「機密」　徳間書店　1981.10　316p（徳間文庫）
「垂直の殺意」　中央公論社　1996.9
451p　15cm（中公文庫）800円　①4-12-202697-0
※『機密』改題書

2869　「殺人の棋譜」
◇江戸川乱歩賞（第12回/昭和41年）
「殺人の棋譜」　講談社 1966 258p
「殺人の棋譜」　講談社 1967 210p（ロマン・ブックス）
「斎藤栄長篇選集第Ⅰ期1」　徳間書店 1988
「天使の傷痕・殺人の棋譜―江戸川乱歩賞全集　6」　西村京太郎, 斎藤栄著, 日本推理作家協会編　講談社　1999.3

641p　15cm（講談社文庫）1190円
①4-06-264526-2

斉藤 紫軒　さいとう・しけん
2870　「紙漉小屋」
◇「新小説」懸賞小説（明34年7月）

2871　「新知己」
◇「文芸倶楽部」懸賞小説（第23回/明38年1月/第1等）

2872　「星の夜」
◇「新小説」懸賞小説（明35年5月）

斎藤 純　さいとう・じゅん
2873　「ル・ジタン」
◇日本推理作家協会賞（第47回/平成6年/短編及び連作短編集部門）
「ル・ジタン」　双葉社　1994.7　280p
19cm　1600円　①4-575-23198-3
「殺人前線北上中―ミステリー傑作選32」　日本推理作家協会編　講談社
1997.4　451p　15cm（講談社文庫）638円　①4-06-263492-9
「ル・ジタン」　双葉社　1997.7　293p
15cm（双葉文庫）495円　①4-575-50615-X
「短篇集　4」　小池真理子, 鈴木輝一郎, 斎藤純著　双葉社　2008.6　233p　15cm
（双葉文庫―日本推理作家協会賞受賞作全集 76）552円　①978-4-575-65875-0

斎藤 昌三　さいとう・しょうぞう　⇒海堂 昌之（かいどう・まさゆき）

斉藤 真也　さいとう・しんや
2874　「リトルリトル☆トライアングル」
◇MF文庫Jライトノベル新人賞（第5回/平成21年/佳作）
「オトコを見せてよ倉田くん！」　メディアファクトリー　2009.10　259p　15cm
（MF文庫J さ-06-01）580円　①978-4-8401-3057-8
「オトコを見せてよ倉田くん！　2」　メディアファクトリー　2010.2　259p
15cm（MF文庫J さ-06-02）580円
①978-4-8401-3185-8

斉藤 せつ子　さいとう・せつこ
2875　「健やかな日常」
◇同人雑誌賞（第13回/昭和41年）

齋藤 たかえ　さいとう・たかえ
2876　「嵐がやってくる」

◇ジュニア冒険小説大賞（第2回/平成
15年/佳作）

齊藤 朋　さいとう・とも

2877　「狐提灯」
◇やまなし文学賞（第20回/平成23年度
/小説部門/佳作）

齋藤 智裕　さいとう・ともひろ

2878　「KAGEROU」
◇ポプラ社小説大賞（第5回/平成22年/
大賞）
　「KAGEROU」　ポプラ社　2010.12
　236p　20cm　1400円　①978-4-591-
　12245-7

斉藤 直子　さいとう・なおこ

2879　「仮想の騎士」
◇日本ファンタジーノベル大賞（第12
回/平成12年）
　「仮想の騎士」　新潮社　2000.12　223p
　20cm　1400円　①4-10-442401-3

西東 登　さいとう・のぼる

2880　「蟻の木の下で」
◇江戸川乱歩賞（第10回/昭和39年）
　「蟻の木の下で」　講談社　1964　280p
　「孤独なアスファルト・蟻の木の下で―江
　戸川乱歩賞全集　5」　藤村正太、西東登
　著、日本推理作家協会編　講談社
　1999.3　723p　15cm（講談社文庫）
　1190円　①4-06-264525-4

齋藤 拓樹　さいとう・ひろき

2881　「大空母時代」
◇歴史群像大賞（第16回/平成22年発表
/奨励賞）
　「大空母時代―回天のミッドウェー」　学
　研パブリッシング, 学研マーケティング
　〔発売〕　2011.9　265p　18cm（歴史
　群像新書）　933円　①978-4-05-405063-1

斎藤 史子　さいとう・ふみこ

2882　「落日」
◇大阪女性文芸賞（第7回/平成1年）

斎藤 澪　さいとう・みお

2883　「この子の七つのお祝いに」
◇横溝正史賞（第1回/昭和56年）
　「この子の七つのお祝いに」　角川書店
　1981.5　274p
　「この子の七つのお祝いに」　角川書店

1982.7　230p（カドカワノベルズ）
「この子の七つのお祝いに」　角川書店
1984.10　304p（角川文庫）

斎藤 光顕　さいとう・みつあき

2884　「新陰流 活人剣」
◇歴史浪漫文学賞（第7回/平成19年/創
作部門優秀賞）
　「新陰流 活人剣」　郁朋社　2007.12
　446p　19cm　1800円　①978-4-87302-
　401-1

斉藤 百伽　さいとう・ももか

2885　「押しかけ絵術師と公爵家の秘密」
◇小学館ライトノベル大賞〔ルルル文庫
部門〕（第5回/平成23年/奨励賞）
　「押しかけ絵術師と公爵家の秘密」　小学
　館　2011.10　244p　15cm（小学館ル
　ルル文庫 ルさ1-1）　533円　①978-4-09-
　452204-4

齊藤 洋大　さいとう・ようだい

2886　「家に帰ろう」
◇やまなし文学賞（第16回/平成19年度
/小説部門/佳作）

2887　「天使の取り分」
◇堺自由都市文学賞（第19回/平成19年
度/佳作）

2888　「彼岸へ」
◇北日本文学賞（第43回/平成21年）

2889　「水底の家」
◇潮賞（第8回/平成1年/小説）

賽目 和七　さいめ・わしち

2890　「人形遣い」
◇小学館ライトノベル大賞〔ガガガ文庫
部門〕（第7回/平成25年/ガガガ
賞）
　「人形遣い」　小学館　2013.7　293p
　15cm（ガガガ文庫 ガさ5-1）　590円
　①978-4-09-451429-2

佐浦 文香　さうら・あやか

2891　「手紙―The Song is Over」
◇小説新潮長篇新人賞（第3回/平成9
年）
　「手紙―The Song is Over」　新潮社
　1997.6　232p　19cm　1400円　①4-10-
　418301-6

佐江 衆一　さえ・しゅういち

2892　「江戸職人綺譚」
◇中山義秀文学賞　（第4回/平成8年）
「江戸職人綺譚」　新潮社　1995.9　268p
19cm　1500円　①4-10-309009-X
「江戸職人綺譚」　新潮社　1998.9　324p
15cm　（新潮文庫）　476円　①4-10-
146605-X
「江戸職人綺譚」　埼玉福祉会　2001.11
2冊　22cm　（大活字本シリーズ）　3300
円;3500円　①4-88419-089-0、4-88419-
090-4
※原本:新潮文庫、限定版

2893　「北の海明け」
◇新田次郎文学賞　（第9回/平成2年）
「北の海明け」　新潮社　1989.5　330p
「北の海明け」　新潮社　1996.9　406p
15cm　（新潮文庫）　560円　①4-10-
146604-1

2894　「黄落」
◇Bunkamuraドゥマゴ文学賞　（第5回/
平成7年）
「黄落」　新潮社　1995.5　283p　19cm
1500円　①4-10-309008-1
「黄落」　新潮社　1999.10　378p　15cm
（新潮文庫）　552円　①4-10-146607-6

2895　「背」
◇同人雑誌賞　（第7回/昭和35年）
「すばらしい空」　新潮社　1969　253p
「風―短篇集」　相模原　初谷行雄　1975
153p　（韻文叢書 2）　〈限定版〉
「すばらしい空」　角川書店　1979.2　272p
（角川文庫）

佐伯 一麦　さえき・かずみ

2896　「ア・ルース・ボーイ」
◇三島由紀夫賞　（第4回/平成3年）
「ア・ルース・ボーイ」　新潮社　1991.6
181p
「ア・ルース・ボーイ」　新潮社　1994.6
188p　15cm　（新潮文庫）　320円　①4-
10-134211-3

2897　「木を接ぐ」
◇海燕新人文学賞　（第3回/昭和59年）
「雛の棲家」　福武書店　1987.10　259p
「ショート・サーキット―佐伯一麦初期作
品集」　講談社　2005.10　324p　15cm
（講談社文芸文庫）　1300円　①4-06-
198419-5

2898　「ショート・サーキット」

◇野間文芸新人賞　（第12回/平成2年）
「ショート・サーキット」　福武書店
1990.8　210p
「ショート・サーキット―佐伯一麦初期作
品集」　講談社　2005.10　324p　15cm
（講談社文芸文庫）　1300円　①4-06-
198419-5

2899　「鉄塔家族」
◇大佛次郎賞　（第31回/平成16年）
「鉄塔家族」　日本経済新聞社　2004.6
548p　22cm　2500円　①4-532-17065-6

2900　「遠き山に日は落ちて」
◇木山捷平文学賞　（第1回/平成9年）
「遠き山に日は落ちて」　集英社　1996.8
227p　19cm　1500円　①4-08-774212-1
「遠き山に日は落ちて」　集英社　2004.10
239p　15cm　（集英社文庫）　457円
①4-08-747750-9

2901　「ノルゲ Norge」
◇野間文芸賞　（第60回/平成19年）
「ノルゲ Norge」　講談社　2007.6　488p
21cm　2100円　①978-4-06-213958-8
※他言語標題:Norge

2902　「渡良瀬」
◇伊藤整文学賞　（第25回/平成26年/小
説）
「渡良瀬」　岩波書店　2013.12　377p
20cm　2200円　①978-4-00-025940-8

佐伯 二郎　さえき・じろう

2903　「良心」
◇「文学評論」懸賞創作　（第2回/昭和
10年）

佐伯 ツカサ　さえき・つかさ

2904　「オッドアイズドール」
◇あさよむ携帯文学賞　（第2回/平成16
年/大賞・読者賞）

佐伯 葉子　さえき・ようこ

2905　「ガランドウ」
◇北日本文学賞　（第6回/昭和47年）

冴桐 由　さえぎり・ゆう

2906　「最後の歌を越えて」
◇太宰治賞　（第15回/平成11年）
「太宰治賞　1999」　筑摩書房編集部編
筑摩書房　1999.6　320p　21cm　1000
円　①4-480-80348-3
「最後の歌」　筑摩書房　2000.5　201p

20cm 1300円 Ⓘ4-480-80354-8

三枝 和子　さえぐさ・かずこ

2907　「鬼どもの夜は深い」
◇泉鏡花文学賞　（第11回/昭和58年）
　「鬼どもの夜は深い」　新潮社　1983.6
　223p　20cm　1200円　Ⓘ4-10-325304-5

2908　「薬子の京」
◇紫式部文学賞　（第10回/平成12年）
　「薬子の京　上」　講談社　1999.1　378p
　20cm　1900円　Ⓘ4-06-209502-5
　「薬子の京　下」　講談社　1999.1　344p
　20cm　1900円　Ⓘ4-06-209503-3

2909　「処刑は行われている」
◇田村俊子賞　（第10回/昭和44年）

三枝 零一　さえぐさ・れいいち

2910　「ウィザーズ・ブレイン」
◇電撃ゲーム小説大賞　（第7回/平成12
　年/銀賞）
　「ウィザーズ・ブレイン」　メディアワー
　クス　2001.2　368p　15cm　（電撃文
　庫）　610円　Ⓘ4-8402-1741-6

冴崎 伸　さえざき・しん

2911　「きのこ村の女英雄」
◇日本ファンタジーノベル大賞　（第25
　回/平成25年/優秀賞）
　「忘れ村のイェンと深海の犬」　新潮社
　2013.11　247p　20cm　1500円　Ⓘ978-
　4-10-334931-0
　※受賞作「きのこ村の女英雄」を改題

早乙女 秀　さおとめ・しゅう

2912　「色彩のある海図」
◇「サンデー毎日」大衆文芸　（第24回/
　昭和14年上）

2913　「筑紫の歌」
◇「サンデー毎日」懸賞小説　（創刊15
　周年記念長編/昭和12年/現代物）

早乙女 朋子　さおとめ・ともこ

2914　「バーバーの肖像」
◇小説すばる新人賞　（第8回/平成7年）
　「バーバーの肖像」　集英社　1996.1
　153p　20cm　1200円　Ⓘ4-08-774177-X

早乙女 貢　さおとめ・みつぐ

2915　「会津士魂」
◇吉川英治文学賞　（第23回/平成1年度）

「会津士魂1〜13」　新人物往来社　1985〜
昭和63年　13冊
「会津士魂　1　会津藩　京へ」　集英社
　1998.8　343p　15cm　（集英社文庫）
　686円　Ⓘ4-08-748816-0

2916　「僑人の檻」
◇直木三十五賞　（第60回/昭和43年下）
　「僑人の檻」　講談社　1968　226p

佐賀 純一　さが・じゅんいち

2917　「元年者達」
◇放送文学賞　（第3回/昭和55年/佳作）
　「元年者たち」　山手書房　1982.3　301p

佐賀 潜　さが・せん

2918　「華やかな死体」
◇江戸川乱歩賞　（第8回/昭和37年）
　「華やかな死体」　講談社　1962　249p
　「華やかな死体」　講談社　1964　203p（ロ
　マン・ブックス）
　「華やかな死体」　東京文芸社　1967　271p
　（Tokyo books）
　「華やかな死体」　講談社　1978.10　277p
　（講談社文庫）
　「大いなる幻影・華やかな死体—江戸川乱
　歩賞全集　4」　戸川昌子, 佐賀潜著, 日
　本推理作家協会編　講談社　1998.9
　557p　15cm　（講談社文庫）　1190円
　Ⓘ4-06-263878-9

坂井 希久子　さかい・きくこ

2919　「虫のいどころ」
◇オール讀物新人賞　（第88回/平成20
　年）
　「恋活—Love hunting」　文藝春秋　2009.
　7　220p　20cm　1286円　Ⓘ978-4-16-
　328270-1

坂井 京子　さかい・きょうこ

2920　「インバネス」
◇NHK銀の雫文芸賞　（第5回/平成4年/
　最優秀）

境 京亮　さかい・きょうすけ

2921　「お願いだからあと五分！」
◇MF文庫Jライトノベル新人賞　（第8回
　/平成24年/佳作）
　「お願いだから、あと五分！」　メディア
　ファクトリー　2012.12　293p　15cm
　（MF文庫J　さ-09-01）　580円　Ⓘ978-4-
　8401-4940-2
　「お願いだから、あと五分！　2」　メディ

アファクトリー　2013.3　261p　15cm
（MF文庫J　さ-09-02）　580円　①978-4-
8401-5131-3
「お願いだから、あと五分！　3」
KADOKAWA　2013.12　259p　15cm
（MF文庫J　さ-09-03）　580円　①978-4-
04-066162-9

酒井 健亀　さかい・けんき

2922　「窮鼠の眼」
◇オール讀物新人賞　（第13回/昭和33年
下）

坂井 テルオ　さかい・てるお

2923　「ないものツクール！―小森のぞ
みの大盛り化計画―」
◇ノベルジャパン大賞　（第5回/平成23
年/奨励賞）
「私のために創りなさい！」　ホビージャ
パン　2012.3　253p　15cm（HJ文庫
364）　619円　①978-4-7986-0361-2
※受賞作「ないものツクール！―小森の
ぞみの大盛り化計画―」を改題

坂井 ひろ子　さかい・ひろこ

2924　「闇の中の記憶 むくげの花は咲い
ていますか」
◇部落解放文学賞　（第24回/平成9年/児
童文学）
「むくげの花は咲いていますか」　坂井ひ
ろ子作, 太田大八絵　解放出版社
1999.5　184p　21cm　1600円　①4-
7592-5027-1

酒井 牧子　さかい・まきこ

2925　「色彩のない風景」
◇女流新人賞　（第34回/平成3年度）

坂井 むさし　さかい・むさし

2926　「カルトブランシェ」
◇深大寺短編恋愛小説「深大寺恋物語」
（第3回/平成19年/深大寺そば組合
賞）

酒井 龍輔　さかい・りゅうすけ

2927　「油麻藤の花」
◇「改造」懸賞創作　（第7回/昭和9年/2
等）

境田 吉孝　さかいだ・よしたか

2928　「行き着く場所」
◇小学館ライトノベル大賞〔ガガガ文庫

部門〕　（第8回/平成26年/優秀賞）
「夏の終わりとリセット彼女」　小学館
2014.5　262p　15cm（ガガガ文庫 ガさ
7-1）　574円　①978-4-09-451488-9
※受賞作「行き着く場所」を改題

坂入 慎一　さかいり・しんいち

2929　「シャープ・エッジ」
◇電撃ゲーム小説大賞　（第9回/平成14
年/選考委員奨励賞）
「シャープ・エッジ―stand on the edge」
メディアワークス　2003.4　242p
15cm（電撃文庫）　530円　①4-8402-
2326-2

坂上 天陽　さかうえ・てんよう

2930　「天翔の謀」
◇歴史群像大賞　（第6回/平成11年/優秀
賞）
「翔竜政宗戦記　1　天翔の謀」　学習研究
社　2000.5　272p　18cm（歴史群像新
書）　800円　①4-05-401231-0

坂上 琴　さかがみ・こと

2931　「ヒモの穴」
◇小説現代長編新人賞　（第10回/平成27
年）

坂上 弘　さかがみ・ひろし

2932　「ある秋の出来事」
◇中央公論新人賞　（第4回/昭和34年度）
「ある秋の出来事」　中央公論社　1960
218p
「坂上弘集」　河出書房新社　1972　271p
（新鋭作家叢書）
「ある秋の出来事」　中央公論社　1978.7
204p（中公文庫）

2933　「台所」
◇川端康成文学賞　（第24回/平成9年）
「台所」　新潮社　1997.7　203p　19cm
1600円　①4-10-418601-5
「川端康成文学賞全作品　2」　古井由吉,
阪田寛夫, 上田三四二, 丸谷才一, 大庭み
な子ほか著　新潮社　1999.6　430p
19cm　2800円　①4-10-305822-6

2934　「田園風景」
◇野間文芸賞　（第45回/平成4年）
「田園風景」　講談社　1992.9　275p
「田園風景」　講談社　2008.4　339p
15cm（講談社文芸文庫）　1600円
①978-4-06-290010-2

2935　「初めの愛」
◇芸術選奨（第31回/昭和55年度/文学
部門/新人賞）
「初めの愛」　講談社　1980.11　329p
「初めの愛」　講談社　1984.5　385p（講談
社文庫）

2936　「優しい碇泊地」
◇読売文学賞（第43回/平成3年/小説
賞）
◇芸術選奨（第42回/平成3年度/文学部
門/文部大臣賞）
「優しい碇泊地」　福武書店　1991.7　245p

榊　邦彦　さかき・くにひこ
2937　「ミサキへ」
◇新潮エンターテインメント新人賞
（第2回/平成17年度/大賞　浅田次郎
選）
「100万分の1の恋人」　新潮社　2007.1
253p　20cm　1300円　①978-4-10-
303571-8

榊　初　さかき・はつ
2938　「佇立する影」
◇やまなし文学賞（第18回/平成21年度
/小説部門/佳作）

榊林　銘　さかきばやし・めい
2939　「十五秒」
◇ミステリーズ！新人賞（第12回/平成
27年度）

榊原　直人　さかきばら・なおと
2940　「鳴海五郎供述書」
◇放送文学賞（第2回/昭和54年/佳作）
2941　「仏の城」
◇オール讀物新人賞（第44回/昭和49年
上）

榊原　隆介　さかきばら・りゅうすけ
2942　「おおづちメモリアル」
◇岡山・吉備の国「内田百閒」文学賞
（第9回/平成18・19年度/長編小説
部門/最優秀賞）
「おおづちメモリアル」　作品社　2008.3
150p　20cm　1400円　①978-4-86182-
184-4

榊山　潤　さかきやま・じゅん
2943　「歴史」

◇新潮社文芸賞（第3回/昭和15年/第1
部）
「長篇小説歴史」　砂子屋書房　1939　210p
「長篇小説歴史」　第二部　砂子屋書房
1940　247p
「歴史」　新潮社　1941　307p
「歴史」　春歩堂　1951　475p
「歴史」　続　富士見書房　1990.5　288p（時
代小説文庫　204）〈「続」の副書名：福島
事件の悲劇〉

坂口　安吾　さかぐち・あんご
2944　「巷談」
◇「文藝春秋」読者賞（第2回/昭和25
年）
2945　「不連続殺人事件」
◇日本推理作家協会賞（第2回/昭和24
年/長篇賞）
「不連続殺人事件」　イヴニングスター社
1948　321p
「不連続殺人事件」　春陽堂書店　1954
284p（日本探偵小説全集）
「不連続殺人事件」　春陽堂書店　1955
284p（探偵双書）
「不連続殺人事件」　春陽堂書店　1956
278p（春陽文庫）
「坂口安吾全集10」　冬樹社　昭和45年
「日本探偵小説全集10」　東京創元社　1985
「不連続殺人事件」　角川書店　1986.7
304p（角川文庫）
「坂口安吾全集11」　筑摩書房　1990
「坂口安吾全集　06」　筑摩書房　1998.7
596p　21cm　6800円　①4-480-71036-1
「不連続殺人事件」　改版　角川書店
2006.10　329p　15cm　（角川文庫）514
円　①4-04-110019-4

坂口　香野　さかぐち・こうや
2946　「草上の食卓」
◇深大寺短編恋愛小説「深大寺恋物語」
（第7回/平成23年/審査員特別賞）

坂口　雅美　さかぐち・まさみ
2947　「好きな人」
◇神戸文学賞（第17回/平成5年）

坂口　雄城　さかぐち・ゆうき
2948　「記憶の一行」
◇労働者文学賞（第27回/平成27年/小
説部門/入選）

坂口 襖子　さかぐち・れいこ

2949「蕃地」
◇新潮社文学賞（第3回/昭和28年）
「蕃地」　新潮社 1954 270p
「蕃婦ロボウの話」　大和出版 1961 286p

坂崎 美代子　さかざき・みよこ

2950「チャームアングル」
◇新風舎出版賞（第9回/平成11年1月/
フィクション部門/最優秀賞）
「チャームアングル」　フーコー　1999.11
102p　19cm 1200円　①4-7952-4446-4

坂田 太郎　さかた・たろう

2951「狐狸物語」
◇「サンデー毎日」大衆文芸（第26回/
昭和15年上）

阪田 寛夫　さかた・ひろお

2952「海道東征」
◇川端康成文学賞（第14回/昭和62年）
「うるわしきあさも―阪田寛夫短篇集」
講談社 2007.3 324p 15cm（講談社
文芸文庫）1400円　①978-4-06-198471-
4

2953「土の器」
◇芥川龍之介賞（第72回/昭和49年下）
「土の器」　文芸春秋 1975 238p
「芥川賞全集10」　文芸春秋 1982
「土の器」　文芸春秋 1984.1 238p（文春
文庫）

佐方 瑞歩　さかた・みずほ

2954「魔術師の小指」
◇ジャンプ小説新人賞（jump Novel
Grand Prix）（'09 Spring（平成21
年春）/小説：テーマ部門/銅賞）

坂谷 照美　さかたに・てるみ

2955「四日間」
◇文學界新人賞（第66回/昭和63年上）

酒津 はる　さかつ・はる

2956「縁/EN」
◇深大寺短編恋愛小説「深大寺恋物語」
（第2回/平成18年/深大寺そば組合
賞）

さかて しゅうぞう

2957「サンタクロースな女の子」

◇新風舎出版賞（第22回/平成16年6月/
ハミングバード賞/ビジュアル部
門）
「サンタクロースな女の子」　さかてしん
こ絵・文, さかてしゅうぞう監修　新風
舎　2004.11　1冊（ページ付なし）　27
×27cm 2000円　①4-7974-6026-1

さかて しんこ

2958「サンタクロースな女の子」
◇新風舎出版賞（第22回/平成16年6月/
ハミングバード賞/ビジュアル部
門）
「サンタクロースな女の子」　さかてしん
こ絵・文, さかてしゅうぞう監修　新風
舎　2004.11　1冊（ページ付なし）　27
×27cm 2000円　①4-7974-6026-1

坂手 洋二　さかて・ようじ

2959「屋根裏」
◇読売文学賞（第54回/平成14年度/戯
曲・シナリオ賞）

阪中 正夫　さかなか・まさお

2960「馬」
◇「改造」懸賞創作（第5回/昭和7年/2
等）
「馬」　改造社 1934 309p（文芸復興叢書）
「未来劇場」　第2 未来社 1953 19cm

坂永 雄一　さかなが・ゆういち

2961「さえずりの宇宙」
◇創元SF短編賞（第1回/平成22年度/
大森望賞）
「原色の想像力―創元SF短編賞アンソロ
ジー」　大森望, 日下三蔵, 山田正紀編
東京創元社　2010.12　506p　15cm
（創元SF文庫 739-01）1100円　①978-
4-488-73901-0

阪西 夫次郎　さかにし・ふじろう

2962「その後のお滝」
◇「サンデー毎日」大衆文芸（第23回/
昭和13年下）

阪野 陽花　さかの・はるか

2963「嵐の前に」
◇やまなし文学賞（第20回/平成23年度
/小説部門/佳作）

2964「催花雨」
◇北日本文学賞（第41回/平成19年）

坂野 雄一　さかの・ゆういち

2965　「花落ちて未だ掃かず」
◇泉鏡花記念金沢市民文学賞（第18回/平成2年）

坂原 瑞穂　さかはら・みずほ

2966　「こうもりかるてっと」
◇部落解放文学賞（第38回/平成23年/小説部門/佳作）

坂本 昭和　さかもと・あきかず

2967　「おやじの就職」
◇地上文学賞（第31回/昭和58年）
「変わりゆく村からの伝言—坂本昭和短編小説集」　富民協会　1990.7　198p

坂本 光一　さかもと・こういち

2968　「白色の残像」
◇江戸川乱歩賞（第34回/昭和63年）
「白色の残像」　講談社　1988.9　326p
「白色の残像・浅草エノケン一座の嵐—江戸川乱歩賞全集　17」坂本光一、長坂秀佳著、日本推理作家協会編　講談社　2004.9　944p　15cm（講談社文庫）1190円　①4-06-274854-1

阪本 佐多生　さかもと・さたお

2969　「海士」
◇講談倶楽部賞（第15回/昭和35年下）

坂本 憲良　さかもと・のりよし

2970　「紫金色」
◇舟橋聖一顕彰青年文学賞（第10回/平成10年/佳作）

坂本 美智子　さかもと・みちこ

2971　「およぐひと」
◇ゆきのまち幻想文学賞（第24回/平成26年/長編賞）

2972　「海（かい）と帆（はん）」
◇ゆきのまち幻想文学賞（第14回/平成16年/準大賞）
「雪見酒」　七森はなほか著　企画集団ぷりずむ　2005.1　195p　19cm（ゆきのまち幻想文学賞小品集 14）1715円　①4-906691-17-X

2973　「風花」
◇ゆきのまち幻想文学賞（第21回/平成23年/大賞）
「ゆきのまち幻想文学賞小品集　21　風花

—雪の物語二十七編」　ゆきのまち通信主宰・編　高田宏、萩尾望都、乳井昌史選　企画集団ぷりずむ　2012.3　207p　19cm　1715円　①978-4-906691-42-5

坂本 康宏　さかもと・やすひろ

2974　「○○式歩兵型戦闘車両」
◇日本SF新人賞（第3回/平成13年/佳作）
「歩兵型戦闘車両ダブルオー」　徳間書店　2002.6　331p　20cm　1800円　①4-19-861528-4

さがら 総　さがら・そう

2975　「変態王子と笑わない猫」
◇MF文庫Jライトノベル新人賞（第6回/平成22年/最優秀賞）〈受賞時〉天出 だめ
「変態王子と笑わない猫。」　メディアファクトリー　2010.10　294p　15cm（MF文庫J さ-08-01）580円　①978-4-8401-3555-9
「変態王子と笑わない猫。　3」　メディアファクトリー　2011.5　292p　15cm（MF文庫J さ-08-03）580円　①978-4-8401-3893-2
「変態王子と笑わない猫。　4」　メディアファクトリー　2011.9　258p　15cm（MF文庫J さ-08-04）580円　①978-4-8401-4207-6
「変態王子と笑わない猫。　2」　メディアファクトリー　2011.11　280p　15cm（MF文庫J さ-08-02）580円　①978-4-8401-3800-0
「変態王子と笑わない猫。　5」　メディアファクトリー　2012.3　294p　15cm（MF文庫J さ-08-05）580円　①978-4-8401-4528-2
「変態王子と笑わない猫。　6」　メディアファクトリー　2013.3　294p　15cm（MF文庫J さ-08-06）580円　①978-4-8401-4686-9
「変態王子と笑わない猫。　7」　KADOKAWA　2013.10　262p　15cm（MF文庫J さ-08-07）580円　①978-4-0406-6028-8
「変態王子と笑わない猫。　8」　KADOKAWA　2014.4　262p　15cm（MF文庫J さ-08-08）580円　①978-4-0406-6389-0

佐川 光晴　さがわ・みつはる

2976　「おれのおばさん」
◇坪田譲治文学賞（第26回/平成22年

度）

「おれのおばさん」　集英社　2010.6
187p　20cm　1200円　①978-4-08-
771348-0

「おれのおばさん」　集英社　2013.3
216p　16cm　（集英社文庫　さ52-1）　450
円　①978-4-08-745050-7

2977　「生活の設計」
◇新潮新人賞　（第32回／平成12年／小説
部門）

「生活の設計」　新潮社　2001.2　174p
20cm　1400円　①4-10-444101-5

2978　「縮んだ愛」
◇野間文芸新人賞　（第24回／平成14年）

「縮んだ愛」　講談社　2002.7　180p
20cm　1500円　①4-06-211331-7

沙木 とも子　さき・ともこ

2979　「壷中遊魚」
◇『幽』文学賞　（第6回／平成23年／長編
部門／佳作）

2980　「そこはかさん」
◇『幽』文学賞　（第8回／平成25年／短編
部門／大賞）

「そこはかさん」　KADOKAWA　2014.5
237p　19cm　（幽BOOKS）1300円
①978-4-04-066741-6

沙木 実里　さき・みのり

2981　「軒の雫」
◇北日本文学賞　（第40回／平成18年／選
奨）

佐木 隆三　さき・りゅうぞう

2982　「ジャンケンポン協定」
◇新日本文学賞　（第3回／昭和38年／短編
小説）

「ジャンケンポン協定」　晶文社　1965
277p

「佐木隆三集」　河出書房新社　1972　237p
（新鋭作家叢書）

「供述調書―佐木隆三作品集」　講談社
2001.4　318p　15cm　（講談社文芸文
庫）1300円　①4-06-198254-0

「黒いユーモア」　大岡昇平, 平野謙, 佐々
木基一, 埴谷雄高, 花田清輝責任編集
新装版　學藝書林　2003.7　617p　20
×14cm　（全集 現代文学の発見 第6巻）
4500円　①4-87517-064-5

2983　「復讐するは我にあり」
◇直木三十五賞　（第74回／昭和50年下）

「復讐するは我にあり」　講談社　1975　2冊

「復讐するは我にあり」　講談社　1978.12
2冊　（講談社文庫）

「復讐するは我にあり」　改訂新版　弦書
房　2007.4　414p　19cm　2400円
①978-4-902116-80-9

「復讐するは我にあり」　改訂新版　文藝
春秋　2009.11　494p　15cm　（文春文
庫）819円　①978-4-16-721517-0

2984　「身分帳」
◇伊藤整文学賞　（第2回／平成3年／小説）

「身分帳」　講談社　1990.6　359p

鷺沢 萠　さぎさわ・めぐむ

2985　「駆ける少年」
◇泉鏡花文学賞　（第20回／平成4年）

「駆ける少年」　文芸春秋　1992.4　233p

「駆ける少年」　文藝春秋　1995.5　219p
15cm　（文春文庫）400円　①4-16-
726603-2

2986　「川べりの道」
◇文學界新人賞　（第64回／昭和62年上）

「帰れぬ人びと」　文芸春秋　1989.11　229p

咲田 哲宏　さきた・てつひろ

2987　「ドラゴン・デイズ」
◇角川学園小説大賞　（第4回／平成12年／
優秀賞）

「竜が飛ばない日曜日」　角川書店　2000.
10　269p　15cm　（角川文庫）514円
①4-04-424501-0

埼田 要介　さきた・ようすけ

2988　「クリミナルハイスクール」
◇ジャンプ小説新人賞（jump Novel
Grand Prix）　（'15 Spring／平成27
年春／小説：フリー部門／金賞）

咲村 まひる　さきむら・まひる

2989　「山姫と黒の皇子さま～遠まわり
な非政略結婚～」
◇小学館ライトノベル大賞〔ルルル文庫
部門〕　（第7回／平成25年／奨励賞）
〈受賞時〉河市 晧

「山姫と黒の皇子さま―遠まわりな非政
略結婚」　小学館　2013.7　245p　15cm
（小学館ルルル文庫　ルさ2-1）552円
①978-4-09-452260-0

崎村 裕　さきむら・ゆたか

2990　「煩悩」

◇日本文芸大賞　（第21回/平成15年/自
伝小説賞）
「煩悩」邑書林　2001.3　226p　20cm
2000円　Ⓘ4-89709-353-8

崎村 亮介　さきむら・りょうすけ

2991　「軟弱なからし明太子」
◇オール讀物新人賞　（第68回/昭和63
年）

崎谷 真琴　さきや・まこと

2992　「イクライナの鬼」
◇ロマン大賞　（第16回/平成19年度/佳
作）
「イクライナの鬼」集英社　2007.8
237p　15cm（コバルト文庫）476円
Ⓘ978-4-08-601063-4

崎山 多美　さきやま・たみ

2993　「水上往還」
◇九州芸術祭文学賞　（第19回/昭和63
年）
「くりかえしがえし」砂子屋書房　1994.
5　250p　19cm　2000円　Ⓘ4-7904-
0415-3

左京 潤　さきょう・じゅん

2994　「勇者になれなかった俺はしぶし
ぶ就職を決意しました。」
◇ファンタジア大賞　（第23回/平成23年
/金賞）〈受賞時〉風見MAKA
「勇者になれなかった俺はしぶしぶ就職
を決意しました。」富士見書房　2012.1
285p　15cm（富士見ファンタジア文庫
さ-4-1-1）580円　Ⓘ978-4-8291-3724-6
「勇者になれなかった俺はしぶしぶ就職
を決意しました。　2」富士見書房
2012.4　285p　15cm（富士見ファンタ
ジア文庫　さ-4-1-2）580円　Ⓘ978-4-
8291-3752-9
「勇者になれなかった俺はしぶしぶ就職
を決意しました。　3」富士見書房
2012.7　254p　15cm（富士見ファンタ
ジア文庫　さ-4-1-3）580円　Ⓘ978-4-
8291-3782-6
「勇者になれなかった俺はしぶしぶ就職
を決意しました。　4」富士見書房
2012.10　286p　15cm（富士見ファン
タジア文庫　さ-4-1-4）580円　Ⓘ978-4-
8291-3812-0
「勇者になれなかった俺はしぶしぶ就職
を決意しました。　5」富士見書房
2013.1　286p　15cm（富士見ファンタ

ジア文庫　さ-4-1-5）580円　Ⓘ978-4-
8291-3849-6
「勇者になれなかった俺はしぶしぶ就職
を決意しました。　6」富士見書房
2013.5　285p　15cm（富士見ファンタ
ジア文庫　さ-4-1-6）580円　Ⓘ978-4-
8291-3890-8
「勇者になれなかった俺はしぶしぶ就職
を決意しました。　7」富士見書房
2013.9　284p　15cm（富士見ファンタ
ジア文庫　さ-4-1-7）580円　Ⓘ978-4-
8291-3937-0
「勇者になれなかった俺はしぶしぶ就職
を決意しました。　8」KADOKAWA
2013.11　317p　15cm（富士見ファン
タジア文庫　さ-4-1-8）580円　Ⓘ978-4-
04-712953-5
「勇者になれなかった俺はしぶしぶ就職
を決意しました。　9」KADOKAWA
2014.3　317p　15cm　600円　Ⓘ978-4-
04-070065-6

咲木 ようこ　さくき・ようこ

2995　「山川さんは鳥を見た」
◇ちよだ文学賞　（第2回/平成20年/優秀
賞）

さくしゃ

2996　「ラブ・ラブ・レラ」
◇ジャンプ小説新人賞（jump Novel
Grand Prix）（'08 Winter（平成20
年冬）/小説：テーマ部門/銅賞）

咲乃 月音　さくの・つきね

2997　「オカンの嫁入り」
◇日本ラブストーリー大賞　（第3回/平
成19年/ニフティ/ココログ賞）
「オカンの嫁入り」宝島社　2008.6
216p　20cm　952円　Ⓘ978-4-7966-
6333-5

佐久間 直樹　さくま・なおき

2998　「じゅうごの夜」
◇小説宝石新人賞　（第5回/平成23年）

さくま ゆうこ

2999　「1st・フレンド」
◇ロマン大賞　（第8回/平成11年/佳作）
「水空の「青」―1st・フレンド」集英社
1999.12　253p　15cm（コバルト文庫）
476円　Ⓘ4-08-614668-1

佐久吉 忠夫　さくよし・ただお

3000　「末黒野」
◇文學界新人賞（第100回/平成17年上期/辻原登・松浦寿輝奨励賞）

佐倉 唄　さくら・うた

3001　「ノーパンツ・チラリズム」
◇ファンタジア大賞（第27回/平成26年/銀賞）

桜 こう　さくら・こう

3002　「僕がなめたいのは君っ！」
◇小学館ライトノベル大賞〔ガガガ文庫部門〕（第2回/平成20年/ガガガ賞）
「僕がなめたいのは、君っ！」小学館　2008.5　254p　15cm（ガガガ文庫 ガさ2-1）571円　①978-4-09-451070-6
「僕がなめたいのは、君っ！ No 2」小学館　2008.10　289p　15cm（ガガガ文庫 ガさ2-2）590円　①978-4-09-451098-0
「僕がなめたいのは、君っ！ No 3」小学館　2009.4　278p　15cm（ガガガ文庫 ガさ2-3）590円　①978-4-09-451130-7
※イラスト：西邑
「僕がなめたいのは、君っ！ No 4」小学館　2009.9　290p　15cm（ガガガ文庫 ガさ2-4）590円　①978-4-09-451157-4
※イラスト：西邑
「僕がなめたいのは、君っ！ No 5」小学館　2010.1　277p　15cm（ガガガ文庫 ガさ2-5）590円　①978-4-09-451186-4
※イラスト：西邑

佐倉 淳一　さくら・じゅんいち

3003　「ボクら星屑のダンス」
◇横溝正史ミステリ大賞（第30回/平成22年/テレビ東京賞）
「ボクら星屑のダンス」角川書店, 角川グループパブリッシング〔発売〕　2011.7　489p　15cm（角川文庫 16929）743円　①978-4-04-394459-0

桜井 こゆび　さくらい・こゆび

3004　「無明の果て」
◇C★NOVELS大賞（第8回/平成24年/佳作）

桜井 鈴茂　さくらい・すずも

3005　「アレルヤ」
◇朝日新人文学賞（第13回/平成14年）

「アレルヤ」朝日新聞社　2002.10　184p　20cm　1300円　①4-02-257787-8

櫻井 千姫　さくらい・ちひめ

3006　「天国までの49日間」
◇日本ケータイ小説大賞（第5回/平成23年/大賞・TSUTAYA賞）
「天国までの49日間」スターツ出版　2011.2　335p　19cm　1000円　①978-4-88381-135-9

桜井 利枝　さくらい・としえ

3007　「もずの庭」
◇農民文学賞（第18回/昭和49年度）

桜井 晴也　さくらい・はるや

3008　「世界泥棒」
◇文藝賞（第50回/平成25年度）
「世界泥棒」河出書房新社　2013.11　239p　20cm　1400円　①978-4-309-02236-9

桜井 ひかり　さくらい・ひかり

3009　「ゆうぐれ」
◇坊っちゃん文学賞（第6回/平成11年/佳作）

櫻井 牧　さくらい・まき

3010　「月王」
◇ファンタジア長編小説大賞（第7回/平成7年/佳作）
「月王」富士見書房　1996.2　318p　15cm（富士見ファンタジア文庫）600円　①4-8291-2669-8

桜井 美奈　さくらい・みな

3011　「きじかくしの庭」
◇電撃大賞（第19回/平成24年/電撃小説大賞部門/大賞）
「きじかくしの庭」アスキー・メディアワークス, 角川グループパブリッシング〔発売〕　2013.2　323p　15cm（メディアワークス文庫 さ1-1）570円　①978-4-04-891415-4

桜井 木綿　さくらい・ゆう

3012　「一方通行のバイパス」
◇10分で読める小説大賞（第2回/平成19年/佳作）

桜木 紫築　さくらぎ・しちく

3013　「Electro Fairy」

◇富士見ラノベ文芸賞 （第1回/平成25
年/審査員特別賞）

桜木 紫乃　さくらぎ・しの

3014　「ホテルローヤル」
◇直木三十五賞 （第149回/平成25年上
半期）
「ホテルローヤル」 集英社　2013.1
192p　20cm　1400円　①978-4-08-
771492-0

3015　「雪虫」
◇オール讀物新人賞 （第82回/平成14
年）

3016　「ラブレス」
◇島清恋愛文学賞 （第19回/平成24年）
「ラブレス」 新潮社　2011.8　280p
20cm　1600円　①978-4-10-327722-4
「ラブレス」 新潮社　2013.12　413p
16cm （新潮文庫 さ-82-1）　630円
①978-4-10-125481-4

桜木 はな　さくらぎ・はな

3017　「プリンセスの系譜」
◇ホワイトハート新人賞 （平成22年上
期）
「プリンセスの系譜」 講談社　2010.12
253p　15cm （講談社X文庫 さN-01―
White heart）　600円　①978-4-06-
286663-7

桜木 ゆう　さくらぎ・ゆう

3018　「魔術師キリエの始め方」
◇角川ビーンズ小説大賞 （第13回/平成
26年/奨励賞）

桜糀 瑚子　さくらこうじ・ここ

3019　「おばあちゃんと梅の木」
◇12歳の文学賞 （第8回/平成26年/小説
部門/佳作）

3020　「グランドピアノと校長先生の動
かない右手」
◇12歳の文学賞 （第7回/平成25年/小説
部門/佳作）

桜糀 乃々子　さくらこうじ・ののこ

3021　「鼻毛と小人と女の子」
◇12歳の文学賞 （第6回/平成24年/小説
部門/審査員特別賞〈西原理恵子
賞〉）
「12歳の文学　第6集」 小学館　2012.3

216p　19cm　1200円　①978-4-09-
289735-9

桜崎 あきと　さくらざき・あきと

3022　「光刃の魔王と月影の少女軍師」
◇HJ文庫大賞 （第8回/平成26年/大賞）
「光刃の魔王と月影の少女軍師」 ホビー
ジャパン　2014.12　318p　15cm （HJ
文庫 さ04-01-01）　638円　①978-4-
7986-0928-7
「光刃の魔王と月影の少女軍師　2」 ホ
ビージャパン　2015.4　264p　15cm
（HJ文庫 さ04-01-02）　619円　①978-4-
7986-0998-0

櫻沢 順　さくらざわ・じゅん

3023　「ブルキナ、ファソの夜」
◇日本ホラー小説大賞 （第3回/平成8年
/短編賞/佳作）
「ブルキナ・ファソの夜」 櫻沢順〔著〕
角川書店　2002.1　211p　15cm （角川
ホラー文庫）　495円　①4-04-362201-5

桜月 あきら　さくらずき・あきら

3024　「あやかし不動産 取引台帳」
◇富士見ラノベ文芸賞 （第2回/平成26
年/審査員特別賞）

桜田 忍　さくらだ・しのぶ

3025　「艶やかな死神」
◇オール讀物推理小説新人賞 （第13回/
昭和49年）

櫻田 しのぶ　さくらだ・しのぶ

3026　「あるアーティストの死」
◇北区内田康夫ミステリー文学賞 （第5
回/平成19年/区長賞（特別賞））

桜田 常久　さくらだ・つねひさ

3027　「従軍タイピスト」
◇野間文芸奨励賞 （第1回/昭和16年）
「従軍タイピスト」 春陽堂　1944　215p
（春陽堂文庫）

3028　「平賀源内」
◇芥川龍之介賞 （第12回/昭和15年下）
「小説平賀源内」 文芸春秋社　1941　313p
「芥川賞全集3」 文芸春秋　1982

櫻田 智也　さくらだ・ともや

3029　「サーチライトと誘蛾灯」
◇ミステリーズ！新人賞 （第10回/平成

25年度）

桜庭 一樹　さくらば・かずき

3030　「赤朽葉家の伝説」
◇日本推理作家協会賞　（第60回/平成19
年/長編及び連作短編集部門）
◇本屋大賞　（第5回/平成20年/7位）
「赤朽葉家の伝説」　東京創元社　2006.12
309p　20cm　1700円　①4-488-02393-2

3031　「私の男」
◇直木三十五賞　（第138回/平成19年下
半期）
◇本屋大賞　（第5回/平成20年/9位）
「私の男」　文藝春秋　2007.10　381p
20cm　1476円　①978-4-16-326430-1

酒見 賢一　さけみ・けんいち

3032　「後宮小説」
◇日本ファンタジーノベル大賞　（第1回
/平成1年/大賞）
「後宮小説」　新潮社 1989.12 252p

3033　「周公旦」
◇新田次郎文学賞　（第19回/平成12年）
「周公旦」　文藝春秋　1999.11　200p
20cm 1333円　①4-16-318780-4
「周公旦」　文藝春秋　2003.4　234p
16cm　（文春文庫）533円　①4-16-
765656-6

3034　「ピュタゴラスの旅」
◇歿後五十年中島敦記念賞　（平4年）
「ピュタゴラスの旅」　講談社 1991.1 195p
「ピュタゴラスの旅」　集英社　2001.6
220p　15cm　（集英社文庫）419円
①4-08-747337-6
「分解」　筑摩書房　2010.2　333p　15cm
（ちくま文庫）760円　①978-4-480-
42678-9

3035　「墨攻」
◇歿後五十年中島敦記念賞　（平4年）
「墨攻1～4」　小学館 1992 4冊
「墨攻」　文藝春秋　2014.4　180p　15cm
（文春文庫）540円　①978-4-16-
790071-7

3036　「陋巷（ろうこう）に在り」
◇歿後五十年中島敦記念賞　（平4年）
「陋巷に在り」　1 儒の巻 新潮社 1992.11
282p
「陋巷に在り　1　儒の巻」　新潮社
1996.4　350p　21cm　（新潮文庫）520
円　①4-10-128113-0

左近 育子　さこん・いくこ

3037　「雫の日」
◇日本文芸家クラブ大賞　（第7回/平成
10年/短編小説部門）

佐々木 基一　ささき・きいち

3038　「私のチェーホフ」
◇野間文芸賞　（第43回/平成2年）
「私のチェーホフ」　講談社 1990.8 247p

佐々木 邦子　ささき・くにこ

3039　「卵」
◇中央公論新人賞　（第11回/昭和60年
度）

佐々木 国広　ささき・くにひろ

3040　「乳母車の記憶」
◇北日本文学賞　（第10回/昭和51年）

佐々木 譲　ささき・じょう

3041　「エトロフ発緊急電」
◇日本推理作家協会賞　（第43回/平成2
年/長編部門）
◇山本周五郎賞　（第3回/平成2年）
「エトロフ発緊急電」　新潮社 1989.10
394p（新潮ミステリー倶楽部）
「エトロフ発緊急電」　双葉社　2004.6
653p　15cm　（双葉文庫―日本推理作家
協会賞受賞作全集 62）1048円　①4-
575-65861-8

3042　「鉄騎兵、跳んだ」
◇オール讀物新人賞　（第55回/昭和54年
下）
「鉄騎兵、跳んだ」　文芸春秋 1980.8 238p
「鉄騎兵、跳んだ」　徳間書店 1986.5
281p（徳間文庫）
「鉄騎兵、跳んだ」　文藝春秋　2010.5
253p　15cm　（文春文庫）514円
①978-4-16-777382-3
「冒険の森へ 傑作小説大全　20　疾走す
る刻」　宮部みゆき、福井晴敏、海音寺潮
五郎、佐々木譲、船戸与一、景山民夫、眉
村卓、中島らも、北方謙三著　集英社
2015.9　604p　19cm　2800円　①978-4-
08-157050-8

3043　「廃墟に乞う」
◇直木三十五賞　（第142回/平成21年下
半期）
「廃墟に乞う」　文藝春秋　2009.47　218p
20cm 1600円　①978-4-16-328330-2

3044 「武揚伝」
◇新田次郎文学賞 （第21回/平成14年）
「武揚伝 上」 中央公論新社 2001.7
555p 20cm 2200円 Ⓘ4-12-003169-1
「武揚伝 下」 中央公論新社 2001.7
601p 20cm 2200円 Ⓘ4-12-003170-5
「武揚伝 1」 中央公論新社 2003.9
397p 16cm （中公文庫） 686円 Ⓘ4-12-204254-2
「武揚伝 2」 中央公論新社 2003.10
393p 16cm （中公文庫） 686円 Ⓘ4-12-204274-7
「武揚伝 3」 中央公論新社 2003.11
378p 16cm （中公文庫） 686円 Ⓘ4-12-204285-2
「武揚伝 4」 中央公論新社 2003.12
471p 16cm （中公文庫） 800円 Ⓘ4-12-204300-X

佐々木 二郎 ささき・じろう

3045 「巨大な祭典」
◇小説現代新人賞 （第8回/昭和42年上）

佐々木 信子 ささき・のぶこ

3046 「エデンの卵」
◇地上文学賞 （第51回/平成15年）

3047 「ルリトカゲの庭」
◇北日本文学賞 （第35回/平成13年）
「北日本文学賞入賞作品集 2」 井上靖,
宮本輝選, 北日本新聞社編 北日本新聞
社 2002.8 436p 20cm 2190円 Ⓘ4-906678-67-X

ささき まさき

3048 「妄想彼氏、妄想彼女」
◇ジャンプ小説新人賞（jump Novel
Grand Prix） （'10 Spring/平成22
年春/小説：テーマ部門/銀賞）

佐々木 丸美 ささき・まるみ

3049 「雪の断章」
◇二千万円テレビ懸賞小説 （第1回/昭
和49年/佳作）
「雪の断章」 講談社 1975 228p
「雪の断章」 講談社 1983.12 422p （講談
社文庫）
「雪の断章」 ブッキング 2006.12
355p 19cm （佐々木丸美コレクション
1） 1600円 Ⓘ4-8354-4269-5
「雪の断章」 東京創元社 2008.12
429p 15cm （創元推理文庫） 880円
Ⓘ978-4-488-46704-3

佐々木 みほ ささき・みほ

3050 「彼女の背中を追いかけて」
◇YA文学短編小説賞 （第1回/平成20年
/佳作）

佐佐木 幸綱 ささき・ゆきつな

3051 「アニマ」
◇芸術選奨 （第50回/平成11年度/文学
部門/文部大臣賞）
「佐佐木幸綱の世界 9 歌集篇 〔3〕」
佐佐木幸綱著, 『佐佐木幸綱の世界』刊
行委員会編 河出書房新社 1999.6
307p 20cm 3400円 Ⓘ4-309-70379-8

佐々木 義登 ささき・よしと

3052 「青空クライシス」
◇三田文学新人賞 （第14回/平成19年）

笹倉 明 ささくら・あきら

3053 「海を越えた者たち」
◇すばる文学賞 （第4回/昭和55年/佳
作）
「海を越えた者たち」 集英社 1981.1 178p
「海を越えた者たち」 集英社 1989.2
254p （集英社文庫）

3054 「遠い国からの殺人者」
◇直木三十五賞 （第101回/平成1年上）
「遠い国からの殺人者」 文芸春秋 1989.4
300p

3055 「漂流裁判」
◇サントリーミステリー大賞 （第6回/
昭和62年）
「別離の条件」 文芸春秋 1990.8 212p

笹沢 左保 ささざわ・さほ

3056 「人喰い」
◇日本推理作家協会賞 （第14回/昭和36
年）
「人喰い」 講談社 1983.8 291p （講談社
文庫）
「人喰い」 双葉社 1995.5 329p 15cm
（双葉文庫―日本推理作家協会賞受賞作
全集 14） 630円 Ⓘ4-575-65812-X

3057 「見かえり峠の落日」
◇小説現代ゴールデン読者賞 （第1回/
昭和45年上）
「時代小説の楽しみ3」 新潮社 1990
「見かえり峠の落日」 講談社 1996.9
294p 15cm （文庫コレクション 大衆
文学館） 780円 Ⓘ4-06-262058-8

「御白洲裁き―時代推理傑作選」 日本推理作家協会編 徳間書店 2009.12 477p 15cm （徳間文庫） 686円 ①978-4-19-893086-8

細音 啓 さざね・けい

3058 「黄昏色の詠使い―イヴは夜明けに微笑んで―」
◇ファンタジア長編小説大賞 （第18回/平成18年/佳作）
「黄昏色の詠使い―イヴは夜明けに微笑んで」 富士見書房 2007.1 316p 15cm （富士見ファンタジア文庫） 580円 ①978-4-8291-1880-1

佐々之 青々 ささの・あおあお

3059 「ライトノベルの神さま」
◇スーパーダッシュ小説新人賞 （第9回/平成22年/佳作） 〈受賞時〉青々
「ライトノベルの神さま」 集英社 2010.10 281p 15cm （集英社スーパーダッシュ文庫 さ7-1） 533円 ①978-4-08-630572-3
「ライトノベルの神さま 2」 集英社 2012.2 297p 15cm （集英社スーパーダッシュ文庫 さ7-3） 619円 ①978-4-08-630666-9

細雪 ささめゆき

3060 「柳暗花明」
◇小学館ライトノベル大賞〔ルルル文庫部門〕 （第5回/平成23年/奨励賞）

笹本 定 ささもと・さだむ

3061 「網」
◇平林たい子文学賞 （第14回/昭和61年/小説）

3062 「すなぞこの鳥」
◇放送文学賞 （第5回/昭和57年/佳作）

笹本 寅 ささもと・とら

3063 「会津士魂」
◇野間文芸奨励賞 （第1回/昭和16年）
「会津士魂」 博文館 1941 296p
「会津士魂」 春陽堂 1944 288p （春陽堂文庫）
「会津士魂」 彩光社 1953 226p
「小説会津士魂」 河出書房 1955 196p （河出新書）

笹本 稜平 ささもと・りょうへい

3064 「太平洋の薔薇」

◇大藪春彦賞 （第6回/平成15年度）
「太平洋の薔薇 上」 中央公論新社 2003.8 309p 20cm 1700円 ①4-12-003424-0
「太平洋の薔薇 下」 中央公論新社 2003.8 318p 20cm 1700円 ①4-12-003425-9

3065 「時の渚」
◇サントリーミステリー大賞 （第18回/平成13年/大賞・読者賞）
「時の渚」 文藝春秋 2001.5 311p 20cm 1524円 ①4-16-320070-3
「時の渚」 文藝春秋 2004.4 350p 16cm （文春文庫） 619円 ①4-16-768401-2

笹山 久三 ささやま・きゅうぞう

3066 「四万十川―あつよしの夏―」
◇文藝賞 （第24回/昭和62年）
◇坪田譲治文学賞 （第4回/昭和63年度）
「四万十川―あつよしの夏」 河出書房新社 1988.1 177p

指方 恭一郎 さしかた・きょういちろう

3067 「銭の弾もて秀吉を撃て 海商 島井宗室」
◇城山三郎経済小説大賞 （第3回/平成23年）
「銭の弾もて秀吉を撃て 海商 島井宗室」 ダイヤモンド社 2011.7 373p 20cm 1600円 ①978-4-478-01640-4
「銭の弾もて秀吉を撃て 海商 島井宗室」 日本経済新聞出版社 2014.3 390p 15cm （日経文芸文庫 さ2-1） 720円 ①978-4-532-28030-7

佐島 沙織 さじま・さおり

3068 「幻惑」
◇大阪女性文芸賞 （第33回/平成27年）

佐島 佑 さじま・ゆう

3069 「ウラミズ」
◇日本ホラー小説大賞 （第20回/平成25年/読者賞）
「ウラミズ」 角川書店，KADOKAWA〔発売〕 2013.9 306p 15cm （角川ホラー文庫 Hさ2-1） 590円 ①978-4-04-101018-1

佐宗 湖心 さそう・こしん

3070 「わくら葉」
◇「新小説」懸賞小説 （明34年8月）

佐多 稲子 さた・いねこ

3071 「女の宿」
◇女流文学賞 （第2回/昭和38年度）
「女の宿」 講談社 1963 235p
「佐多稲子全集12」 講談社 昭和53年
「女の宿」 講談社 1990.7 261p（講談社文芸文庫）
「佐多稲子 大原富枝」 佐多稲子, 大原富枝著, 河野多恵子, 大庭みな子, 佐藤愛子, 津村節子監修 角川書店 1999.1 487p 19cm（女性作家シリーズ 3） 2600円 ①4-04-574203-4

3072 「樹影」
◇野間文芸賞 （第25回/昭和47年）
「樹影」 講談社 1972 319p
「佐多稲子全集15」 講談社 昭和54年
「樹影」 講談社 1981.9 338p（講談社文庫）
「日本の原爆文学4」 ほるぷ出版 1983
「樹影」 講談社 1988.2 398p（講談社文芸文庫）

3073 「時に佇つ」
◇川端康成文学賞 （第3回/昭和51年）
「時に佇つ」 河出書房新社 1976 193p
「佐多稲子全集15」 講談社 昭和54年
「時に佇つ」 河出書房新社 1982.6 206p（河出文庫）
「昭和文学全集6」 小学館 1988
「佐多稲子 大原富枝」 佐多稲子, 大原富枝著, 河野多恵子, 大庭みな子, 佐藤愛子, 津村節子監修 角川書店 1999.1 487p 19cm（女性作家シリーズ 3） 2600円 ①4-04-574203-4
「川端康成文学賞全作品 1」 上林暁, 永井龍男, 佐多稲子, 水上勉, 富岡多恵子ほか著 新潮社 1999.6 452p 19cm 2800円 ①4-10-305821-8

3074 「夏の栞」
◇毎日芸術賞 （第24回/昭和57年度）
「夏の栞」 新潮社 1989 200p（新潮文庫）
「夏の栞―中野重治をおくる」 講談社 2010.7 220p 15cm（講談社文芸文庫） 1200円 ①978-4-06-290091-1

定岡 章司 さだおか・しょうじ

3075 「或る夜の出来事」
◇星新一ショートショート・コンテスト （第1回/昭和54年/最優秀作）

佐竹 一彦 さたけ・かずひこ

3076 「わが羊に草を与えよ」
◇オール讀物推理小説新人賞 （第29回/平成2年）
「逆転の瞬間―「オール読物」推理小説新人賞傑作選 3」 文芸春秋編 文藝春秋 1998.6 398p 15cm（文春文庫） 505円 ①4-16-721767-8

貞次 シュウ さだつぐ・しゅう

3077 「地球最後の24時間」
◇日本ケータイ小説大賞 （第1回/平成18年/優秀賞）
「地球最後の24時間」 スターツ出版 2007.7 227p 20cm 1000円 ①978-4-88381-057-4

左館 秀之助 さだて・ひでのすけ

3078 「鳥ぐるい抄」
◇講談倶楽部賞 （第11回/昭和33年）
「修羅―小説集」 弘前 津軽書房 1974 269p

貞久 秀紀 さだひさ・ひでみち

3079 「空気集め」
◇H氏賞 （第48回/平成10年）
「空気集め」 思潮社 1997.8 75p 21cm 2200円 ①4-7837-0669-7

幸 さち

3080 「天国への切符」
◇日本ケータイ小説大賞 （第9回/平成27年/優秀賞）
「天国への切符」 スターツ出版 2015.5 283p 19cm 1100円 ①978-4-88381-441-1

佐々 智佳子 さっさ・ちかこ

3081 「ヒタキの愛」
◇深大寺短編恋愛小説「深大寺恋物語」 （第3回/平成19年/深大寺特別賞）

佐藤 愛子 さとう・あいこ

3082 「幸福の絵」
◇女流文学賞 （第18回/昭和54年度）
「幸福の絵」 新潮社 1979.3 246p
「幸福の絵」 集英社 1983.4 283p（集英社文庫）
「幸福の絵」 集英社 2011.2 303p 15cm（集英社文庫） 571円 ①978-4-08-746668-3

3083 「こんなふうに死にたい」
◇日本文芸大賞（第8回/昭和63年）
「こんなふうに死にたい」 新潮社 1987
146p

3084 「戦いすんで日が暮れて」
◇直木三十五賞（第61回/昭和44年上）
「戦いすんで日が暮れて」 講談社 1969
271p

3085 「晩鐘」
◇紫式部文学賞（第25回/平成27年）
「晩鐘」 文藝春秋 2014.12 475p
20cm 1850円 ①978-4-16-390178-7

佐藤 亜紀 さとう・あき

3086 「天使」
◇芸術選奨（第53回/平成14年度/文学
部門/文部大臣新人賞）
「天使」 文藝春秋 2002.11 274p
20cm 1714円 ①4-16-321410-0
「天使」 文藝春秋 2005.1 301p 16cm
（文春文庫） 590円 ①4-16-764703-6

3087 「バルタザールの遍歴」
◇日本ファンタジーノベル大賞（第3回
/平成3年）
「バルタザールの遍歴」 新潮社 1991.12
264p
「バルタザールの遍歴」 文藝春秋 2001.
6 346p 15cm（文春文庫） 600円
①4-16-764702-8

3088 「ミノタウロス」
◇吉川英治文学新人賞（第29回/平成20
年度）
「ミノタウロス」 講談社 2007.5 277p
20cm 1700円 ①978-4-06-214058-4
※他言語標題：Минотавр

佐藤 明子 さとう・あきこ

3089 「寵臣」
◇オール讀物新人賞（第10回/昭和32年
上）

佐藤 あつこ さとう・あつこ

3090 「てびらこみたいな嫁」
◇地上文学賞（第57回/平成21年/地上
文学賞）

佐藤 あつ子 さとう・あつこ

3091 「田中角栄の恋文」
◇「文藝春秋」読者賞（第73回/平成23
年）

さとう あつし

3092 「だれもしらないどうぶつえん」
◇新風舎出版賞（第6回/平成10年1月/
ビジュアル部門/最優秀賞）
「だれもしらないどうぶつえん」 新風舎
1998.12 1冊 21cm 1500円 ①4-
7974-0789-1

佐藤 亜有子 さとう・あゆこ

3093 「ボディ・レンタル」
◇文藝賞（第33回/平成8年/優秀作）
「ボディ・レンタル」 河出書房新社
1996.12 181p 19cm 1200円 ①4-
309-01109-8
「ボディ・レンタル」 河出書房新社
1999.5 189p 15cm（河出文庫―文芸
コレクション） 500円 ①4-309-40576-2

佐藤 いずみ さとう・いずみ

3094 「公園のベンチで」
◇NHK銀の雫文芸賞（第16回/平成15
年/最優秀）

佐藤 巌太郎 さとう・いわたろう

3095 「夢幻の扉」
◇オール讀物新人賞（第91回/平成23
年）

沙藤 一樹 さとう・かずき

3096 「D－ブリッジ・テープ」
◇日本ホラー小説大賞（第4回/平成9年
/短編賞）
「D‐ブリッジ・テープ」 角川書店
1997.6 161p 19cm 1000円 ①4-04-
873055-X
「D‐ブリッジ・テープ」 角川書店
1998.12 167p 15cm（角川ホラー文
庫） 420円 ①4-04-346301-4

佐藤 夏蔦 さとう・かちょう

3097 「山水楼悲話」
◇「サンデー毎日」大衆文芸（第9回/
昭和6年下）

佐藤 貴美子 さとう・きみこ

3098 「母さんの樹」
◇多喜二・百合子賞（第17回/昭和60
年）
「母さんの樹」 新日本出版社 1984.6 292p

佐藤 ケイ　さとう・けい

3099　「天国に涙はいらない」
◇電撃ゲーム小説大賞（第7回/平成12年/金賞）
「天国に涙はいらない」　メディアワークス　2001.2　251p　15cm（電撃文庫）510円　①4-8402-1737-8

佐藤 賢一　さとう・けんいち

3100　「王妃の離婚」
◇直木三十五賞（第121回/平成11年上期）
「王妃の離婚」　集英社　1999.2　381p　20cm　1900円　①4-08-775248-8
「王妃の離婚」　集英社　2002.5　429p　16cm（集英社文庫）686円　①4-08-747443-7

3101　「ジャガーになった男」
◇小説すばる新人賞（第6回/平成5年）
「ジャガーになった男」　集英社　1997.11　358p　15cm（集英社文庫）648円　①4-08-748712-1

さとう さくら

3102　「SWITCH スイッチ」
◇日本ラブストーリー大賞（第1回/平成17年/審査員絶賛賞）
「スイッチ」　宝島社　2006.5　307p　20cm　1400円　①4-7966-5247-7
※他言語標題：Switch

佐藤 茂　さとう・しげる

3103　「競漕海域」
◇日本ファンタジーノベル大賞（第9回/平成9年/優秀賞）
「競漕海域」　新潮社　1997.12　246p　19cm　1400円　①4-10-420401-3

佐藤 正午　さとう・しょうご

3104　「永遠の1/2」
◇すばる文学賞（第7回/昭和58年）
「永遠の1/2」　集英社　1984.1　385p
「永遠の1/2」　集英社　1986.4　455p（集英社文庫）

3105　「鳩の撃退法」
◇山田風太郎賞（第6回/平成27年）
「鳩の撃退法　上」　小学館　2014.11　476p　20cm　1850円　①978-4-09-386388-9
「鳩の撃退法　下」　小学館　2014.11　477p　20cm　1850円　①978-4-09-386389-6

沙藤 董　さとう・すみれ

3106　「貴方の首にくちづけを」
◇C★NOVELS大賞（第9回/平成25年/特別賞）〈受賞時〉鈴樹 すみれ
「彷徨う勇者魔王に花」　中央公論新社　2013.7　244p　18cm（C・NOVELS Fantasia さ6-1）900円　①978-4-12-501257-5
※受賞作「貴方の首にくちづけを」を改題

佐藤 青南　さとう・せいなん

3107　「ある少女にまつわる殺人の告白」
◇『このミステリーがすごい！』大賞（第9回/平成22年/優秀賞）
「ある少女にまつわる殺人の告白」　宝島社　2011.5　319p　20cm　1400円　①978-4-7966-8005-9
「ある少女にまつわる殺人の告白」　宝島社　2012.5　351p　16cm（宝島社文庫）600円　①978-4-7966-8898-7

佐藤 そのみ　さとう・そのみ

3108　「キノコの呪い」
◇12歳の文学賞（第3回/平成21年/小説部門/審査員特別賞〈事務局顧問・宮川俊彦賞〉）
「12歳の文学　第3集　小学生作家が紡ぐ9つの物語」　小学館　2009.3　299p　20cm　1100円　①978-4-09-289721-2

佐藤 多佳子　さとう・たかこ

3109　「一瞬の風になれ」
◇本屋大賞（第4回/平成19年/大賞）
◇吉川英治文学新人賞（第28回/平成19年度）
「一瞬の風になれ　第1部　イチニツイテ」　講談社　2006.8　228p　20cm　1400円　①4-06-213562-0
「一瞬の風になれ　第2部　ヨウイ」　講談社　2006.9　273p　20cm　1400円　①4-06-213605-8
「一瞬の風になれ　第3部　ドン」　講談社　2006.10　383p　20cm　1500円　①4-06-213681-3
「一瞬の風になれ　第1部　イチニツイテ」　講談社　2009.7　254p　15cm（講談社文庫 さ97-1）495円　①978-4-06-276406-3
「一瞬の風になれ　第2部　ヨウイ」　講談社　2009.7　301p　15cm（講談社文庫

さ97-2）552円　①978-4-06-276407-0
「一瞬の風になれ　第3部　ドン」　講談社
2009.7　456p　15cm（講談社文庫　さ
97-3）743円　①978-4-06-276408-7

佐藤 ちあき　さとう・ちあき

3110　「花雪小雪」
◇ロマン大賞（第10回/平成13年/佳作）
「花雪小雪―裸足の舞姫」　集英社　2002.
2　315p　15cm（コバルト文庫）533円
①4-08-600072-5

佐藤 哲也　さとう・てつや

3111　「イラハイ」
◇日本ファンタジーノベル大賞（第5回
/平成5年）
「イラハイ」　新潮社　1993.12　272p
「イラハイ」　新潮社　1996.10　317p
15cm（新潮文庫）480円　①4-10-
140321-X

佐藤 得二　さとう・とくじ

3112　「女のいくさ」
◇直木三十五賞（第49回/昭和38年上）
「女のいくさ」　二見書房　1963　350p
「女のいくさ」　下巻　二見書房　1964　256p
「女のいくさ」　上巻　二見書房　1964　242p
「女のいくさ」　二見書房　1965　353p
「女のいくさ」　二見書房　1976　493p（サ
ラ・ブックス）

佐藤 利夫　さとう・としお

3113　「公園のフィクサー」
◇NHK銀の雫文芸賞（平成23年/優秀）

佐藤 智加　さとう・ともか

3114　「肉触」
◇文藝賞（第37回/平成12年/優秀作）
「肉触」　河出書房新社　2001.1　118p
20cm　1200円　①4-309-01395-3

さとう のぶひと

3115　「出家者たち」
◇全作家文学賞（第4回/平成21年/佳
作）

佐藤 憲胤　さとう・のりかず

3116　「サージウスの死神」
◇群像新人文学賞（第47回/平成16年/
小説/優秀作）
「サージウスの死神」　講談社　2005.5

202p　20cm　1400円　①4-06-212905-1

佐藤 春夫　さとう・はるお

3117　「晶子曼陀羅」
◇読売文学賞（第6回/昭和29年/小説
賞）
「佐藤春夫全集4」　講談社　昭和42年
「昭和文学全集1」　小学館　1987
「定本 佐藤春夫全集　第13巻　創作」　臨
川書店　2000.1　465p　23×17cm
8800円　①4-653-03323-4

3118　「芬夷行」
◇菊池寛賞（第5回/昭和17年）

佐藤 春子　さとう・はるこ

3119　「弱音を吐こう！」
◇ジャンプ小説新人賞（jump Novel
Grand Prix）（'12 Winter/平成24
年冬/特別賞）

佐藤 弘夫　さとう・ひろお

3120　「比叡炎上」
◇中・近世文学大賞（第1回/平成12年/
創作部門優秀賞）

佐藤 弘　さとう・ひろし

3121　「真空が流れる」
◇新潮新人賞（第36回/平成16年/小説
部門）

佐藤 弘志　さとう・ひろし

3122　「鉄竜戦記」
◇歴史群像大賞（第17回/平成23年発表
/優秀賞）

佐藤 比呂美　さとう・ひろみ

3123　「門出」
◇NHK銀の雫文芸賞（第5回/平成4年/
優秀）

佐藤 雅美　さとう・まさよし

3124　「恵比寿屋喜兵衛手控え」
◇直木三十五賞（第110回/平成5年下
期）
「恵比寿屋喜兵衛手控え」　講談社　1993.
10　328p　19cm　1700円　①4-06-
206729-3
「恵比寿屋喜兵衛手控え」　講談社　1996.
9　407p　15cm（講談社文庫）620円
①4-06-263340-X
「恵比寿屋喜兵衛手控え」　埼玉福祉会

1999.5　2冊　22cm（大活字本シリー
ズ）3500円;3600円
※原本：講談社文庫, 限定版

3125　「大君の通貨―幕末「円ドル戦争」」
◇新田次郎文学賞　（第4回/昭和60年）
「大君の通貨―幕末「円ドル」戦争」　講
談社　1984.9　276p
「大君（タイクーン）の通貨―幕末「円ド
ル」戦争」　講談社　1987.9　323p（講談
社文庫）
「大君の通貨―幕末「円ドル」戦争」　改
訂版　文藝春秋　2000.4　269p　19cm
1524円　Ⓘ4-16-319120-8
「大君の通貨―幕末「円ドル」戦争」　文
藝春秋　2003.3　307p　15cm（文春文
庫）514円　Ⓘ4-16-762707-8

佐藤　光子　さとう・みつこ
3126　「賄賂」
◇九州芸術祭文学賞　（第9回/昭和53年）

佐藤　泰志　さとう・やすし
3127　「もう一つの朝」
◇作家賞　（第16回/昭和55年）

佐藤　保志　さとう・やすし
3128　「雪冤の日」
◇関西文學新人賞　（第7回/平成19年/奨
励賞　小説部門）

佐藤　友哉　さとう・ゆうや
3129　「1000の小説とバックベアード」
◇三島由紀夫賞　（第20回/平成19年）
「1000の小説とバックベアード」　新潮社
2007.3　254p　20cm　1500円　Ⓘ978-4-
10-452502-7
「1000の小説とバックベアード」　新潮社
2010.1　299p　16cm（新潮文庫　さ-63-
2）438円　Ⓘ978-4-10-134552-9

佐藤　洋二郎　さとう・ようじろう
3130　「イギリス山」
◇木山捷平文学賞　（第5回/平成12年度）
「イギリス山」　集英社　2000.4　197p
20cm　1700円　Ⓘ4-08-774459-0
3131　「夏至祭」
◇野間文芸新人賞　（第17回/平成7年）
「夏至祭」　講談社　1995.3　220p　19cm
1600円　Ⓘ4-06-207564-4
「夏至祭」　講談社　1999.6　214p　15cm

（講談社文庫）590円　Ⓘ4-06-263967-X
3132　「岬の蛍」
◇芸術選奨　（第49回/平成10年度/文学
部門/文部大臣新人賞）
「岬の蛍」　集英社　1998.7　210p　20cm
1800円　Ⓘ4-08-774336-5

佐藤　ラギ　さとう・らぎ
3133　「人形（ギニョル）」
◇ホラーサスペンス大賞　（第3回/平成
14年/大賞）〈受賞時〉ネコ・ヤマモ
ト
「人形」　新潮社　2003.1　247p　20cm
1500円　Ⓘ4-10-457701-4

佐藤　龍一郎　さとう・りゅういちろう
3134　「A・B・C…」
◇文學界新人賞　（第54回/昭和57年上/
佳作）

佐藤　れい子　さとう・れいこ
3135　「おくつき」
◇農民文学賞　（第46回/平成15年）
「おくつき―佐藤れい子作品集」　現代図
書　2004.11　251p　19cm　1905円
Ⓘ4-434-05232-2

里生　香志　さとお・こうし
3136　「草芽枯る」
◇サンデー毎日新人賞　（第4回/昭和48
年/時代小説）

里田　和登　さとだ・かずと
3137　「僕たちは、監視されている」
◇『このライトノベルがすごい！』大賞
（第1回/平成22年/金賞）
「僕たちは監視されている」　宝島社
2010.9　285p　16cm（このライトノベ
ルがすごい！文庫　さ-1-1）457円
Ⓘ978-4-7966-7884-1
「僕たちは監視されている　ch.2」　宝島
社　2011.1　282p　16cm（このライト
ノベルがすごい！文庫　さ-1-2）457円
Ⓘ978-4-7966-8031-8

里中　智矩　さとなか・とものり
3138　「結婚せえ」
◇ダ・ヴィンチ文学賞　（第5回/平成22
年/読者賞）

里見 弴　さとみ・とん

3139　「恋ごころ」
◇読売文学賞（第7回/昭和30年/小説
　　賞）
「恋ごころ」文芸春秋新社 1955 302p
「里見弴全集9」筑摩書房 昭和53年
「昭和文学全集3」小学館 1989
「恋ごころ―里見弴短篇集」講談社
　2009.8 284p 15cm（講談社文芸文
　庫）1400円 ①978-4-06-290057-7

里海 瓢一　さとみ・ひょういち

3140　「夕凪から」
◇岡山・吉備の国「内田百閒」文学賞
　　（第12回/平成25・26年度/優秀賞）
「内田百閒文学賞受賞作品集―岡山県　第
　12回」三ツ木茂, 里海瓢一, 畔地里美,
　小田由紀子著 作品社 2015.3 169p
　20cm 926円 ①978-4-86182-527-9
　※主催：岡山県 岡山県郷土文化財団

里見 蘭　さとみ・らん

3141　「彼女の知らない彼女」
◇日本ファンタジーノベル大賞（第20
　　回/平成20年/優秀賞）
「彼女の知らない彼女」新潮社 2008.11
　218p 20cm 1200円 ①978-4-10-
　313011-6

里村 洋子　さとむら・ようこ

3142　「福耳を持った男の話」
◇農民文学賞（第34回/平成2年度）

里利 健子　さとり・けんし

3143　「牝鶏となった帖佐久・倫氏」
◇「サンデー毎日」大衆文芸（第4回/
　　昭和4年上/乙）

早苗Nene　さなえねね

3144　「熟女少女」
◇自分史文学賞（第11回/平成12年度/
　　佳作）〈受賞時〉オクランド早苗
「熟女少女」学習研究社 2002.3 214p
　20cm 1400円 ①4-05-401593-X

真田 和　さなだ・かず

3145　「ポリエステル系十八号」
◇小説現代推理新人賞（第3回/平成8
　　年）

真田 コジマ　さなだ・こじま

3146　「鉄塔の上から、さようなら」
◇ポプラ社小説大賞（第1回/平成18年/
　　優秀賞）
「アンクレット・タワー」ポプラ社
　2006.10 227p 20cm 1200円 ①4-
　591-09474-X

真田 左近　さなだ・さこん

3147　「蒼空の零」
◇歴史群像大賞（第13回/平成19年発表
　　/佳作）
「蒼空の零―zero fighter ソロモン征空
　戦」学習研究社 2008.4 228p 18cm
　（歴史群像新書）900円 ①978-4-05-
　403740-3

真田 文香　さなだ・ふみか

3148　「哀色のデッサン」
◇部落解放文学賞（第19回/平成4年/小
　　説）

佐野 あげは　さの・あげは

3149　「キスまでの距離」
◇日本ケータイ小説大賞（第2回/平成
　　19年/セブン－イレブン賞）
「キスまでの距離」スターツ出版 2008.
　2 181p 20cm 1000円 ①978-4-
　88381-069-7

佐野 順一郎　さの・じゅんいちろう

3150　「敗北者の群」
◇「文芸」懸賞創作（第3回/昭和10年）

佐野 透　さの・とおる

3151　「墓じまい」
◇NHK銀の雫文芸賞（平成27年/優秀）

佐野 寿人　さの・ひさと

3152　「タイアップ屋さん」
◇オール讀物新人賞（第60回/昭和57年
　　上）

左能 典代　さの・ふみよ

3153　「ハイデラバシャの魔法」
◇新潮新人賞（第15回/昭和58年）
「ハイデラバシャの魔法」新潮社 1984.7
　193p

佐野 文哉　さの・ぶんさい

3154　「北斎の弟子」

文学賞受賞作品総覧 小説篇　　　**239**

◇オール讀物新人賞　（第56回/昭和55年
　　上）

佐野　正芳　さの・まさよし

3155　「葉照りの中で」
◇NHK銀の雫文芸賞　（第18回/平成17
　　年度/優秀）

佐野　洋　さの・よう

3156　「華麗なる醜聞」
◇日本推理作家協会賞　（第18回/昭和40
　　年）
　「華麗なる醜聞」　講談社　1964　300p
　　（カッパ・ノベルス）
　「華麗なる醜聞」　豊田行二著　日本文芸
　　社　1997.4　303p　15cm　（日文文庫）
　　524円　①4-537-08010-8

佐野　嘉昭　さの・よしあき

3157　「渡座」
◇松岡譲文学賞　（第4回/昭和54年）

佐野　良二　さの・りょうじ

3158　「闇の力」
◇北海道新聞文学賞　（第27回/平成5年/
　　小説）
　「闇の力」　構想社　1996.6　204p　19cm
　　1500円　①4-87574-062-X

サブ

3159　「ヒャクヤッコの百夜行」
◇『このライトノベルがすごい！』大賞
　　（第4回/平成25年/優秀賞）
　「ヒャクヤッコの百夜行」　宝島社　2013.
　　10　280p　16cm　（このライトノベルが
　　すごい！文庫　さ-2-1）　562円　①978-4-
　　8002-1688-5

寒川　光太郎　さむかわ・こうたろう

3160　「密猟者」
◇芥川龍之介賞　（第10回/昭和14年下）
　「密猟者」　小山書店　1940　291p
　「密猟者」　開明社　1947　257p
　「密猟者」　春陽堂書店　1954　117p　（春陽
　　文庫）
　「密猟者―小説集」　札幌　みやま書房
　　1977.4　291p　〈小山書店昭和15年刊の複
　　製〉
　「芥川賞全集2」　文芸春秋　1982

サム横内　さむよこうち

3161　「コヨーテの町」

◇問題小説新人賞　（第8回/昭和57年/佳
　　作）

鮫島　くらげ　さめじま・くらげ

3162　「ななかさんは現実」
◇小学館ライトノベル大賞〔ガガガ文庫
　　部門〕　（第4回/平成22年/ガガガ
　　賞）
　「ななかさんは現実」　小学館　2010.7
　　275p　15cm　（ガガガ文庫　ガさ4-1）
　　590円　①978-4-09-451217-5

鮫島　秀夫　さめじま・ひでお

3163　「ソロモンの夏」
◇堺自由都市文学賞　（第15回/平成15
　　年）

鮫島　麟太郎　さめじま・りんたろう

3164　「砂丘」
◇「文章世界」特別募集小説　（大6年11
　　月）

佐文字　雄策（勇策）
　さもんじ・ゆうさく

3165　「明治の青雲」
◇池内祥三文学奨励賞　（第5回/昭和50
　　年）

3166　「浪人弥一郎」
◇「サンデー毎日」大衆文芸　（第10回/
　　昭和7年上）

沙山　茜　さやま・かい

3167　「第一のGymnopedie」
◇コバルト・ノベル大賞　（第19回/平成
　　4年上/佳作）

狭山　京輔　さやま・きょうすけ

3168　「D.I.Speed!!（ダイヴ・イン
　　トゥ・スピード）」
◇スーパーダッシュ小説新人賞　（第1回
　　/平成14年/佳作）　〈受賞時〉井筒
　　ようへい
　「D.I.speed!!」　集英社　2002.10　235p
　　15cm　（集英社スーパーダッシュ文庫）
　　514円　①4-08-630099-0

Salala

3169　「今までの自分にサヨナラを」
◇日本ケータイ小説大賞　（第7回/平成
　　25年/優秀賞）
　「今までの自分にサヨナラを」　スターツ

出版 2013.5 287p 19cm 1000円
①978-4-88381-418-3

沢 享二 さわ・きょうじ

3170 「秋」
◇「サンデー毎日」大衆文芸 （第11回/
昭和7年下）

澤 好摩 さわ・こうま

3171 「光源」
◇芸術選奨 （第64回/平成25年度/文学
部門/文部科学大臣賞）
「句集光源」 書肆麒麟 2013.7 131p
20cm 1200円

沢 小民 さわ・しょうみん

3172 「4年ぶり」
◇「文芸倶楽部」懸賞小説 （第5回/明
36年7月/第2等）

沙和 宋一 さわ・そういち

3173 「民謡ごよみ」
◇農民文学有馬賞 （第5回/昭和17年）
「民謡ごよみ」 沙和宗一著 六芸社
1943 261p B6 1.60円

沢 哲也 さわ・てつや

3174 「船霊」
◇オール讀物新人賞 （第54回/昭和54年
上）

沢 縫之助 さわ・ぬいのすけ

3175 「前線部隊」
◇「サンデー毎日」大衆文芸 （第14回/
昭和9年上）

沢 良太 さわ・りょうた

3176 「黄金火」
◇「サンデー毎日」懸賞小説 （創刊15
周年記念長編/昭和12年/時代物）

3177 「わかさぎ武士」
◇「サンデー毎日」大衆文芸 （第19回/
昭和11年下）

沢井 繁男 さわい・しげお

3178 「雪道」
◇北方文芸賞 （第2回/昭和59年）

沢木 耕太郎 さわき・こうたろう

3179 「キャパの十字架」
◇司馬遼太郎賞 （第17回/平成26年）

「キャパの十字架」 文藝春秋 2013.2
335p 20cm 1500円 ①978-4-16-
376070-4

沢木 まひろ さわき・まひろ

3180 「But Beautiful」
◇ダ・ヴィンチ文学賞 （第1回/平成18
年/優秀賞）
「きみの背中で、僕は溺れる」 メディア
ファクトリー 2008.10 205p 15cm
（MF文庫ダ・ヴィンチ） 524円 ①978-
4-8401-2459-1

3181 「ワリナキナカ」
◇日本ラブストーリー大賞 （第7回/平
成24年/大賞）
「最後の恋をあなたと」 宝島社 2012.3
268p 20cm 1429円 ①978-4-7966-
9707-1
※受賞作「ワリナキナカ」を改題
「ビター・スウィート・ビター」 宝島社
2013.3 252p 16cm （宝島社文庫 C
さ-6-2） 648円 ①978-4-8002-0828-6
※「最後の恋をあなたと」（2012年刊）の
改題、加筆・修正

沢城 友理 さわき・ゆり

3182 「オレンジブロッサム」
◇あさよむ携帯文学賞 （第3回/平成17
年/佳作）

沢田 黒蔵 さわだ・くろぞう

3183 「黄金寺院浮上」
◇ムー伝奇ノベル大賞 （第2回/平成14
年/優秀賞）
「不問ノ速太、疾る―黄金寺院轟現」 学
習研究社 2003.11 381p 15cm （学
研M文庫） 667円 ①4-05-900249-6

沢田 誠一 さわだ・せいいち

3184 「斧と楡のひつぎ」
◇北海道新聞文学賞 （第2回/昭和43年/
小説）
「斧と楡のひつぎ」 青娥書房 1973 225p

澤田 瞳子 さわだ・とうこ

3185 「孤鷹の天」
◇中山義秀文学賞 （第17回/平成23年
度）
「孤鷹の天」 徳間書店 2010.9 633p
19cm 2000円 ①978-4-19-863019-5
「孤鷹の天 上」 徳間書店 2013.9
470p 15cm （徳間文庫 さ31-5） 686円

①978-4-19-893741-6
「孤鷹の天　下」　徳間書店　2013.9
364p　15cm（徳間文庫 さ31-6）638円
①978-4-19-893742-3

3186　「満つる月の如し 仏師・定朝」
◇新田次郎文学賞　（第32回/平成25年）
「満つる月の如し—仏師・定朝」　徳間書
店　2012.3　382p　20cm　1900円
①978-4-19-863362-2

沢田 東水　さわだ・とうすい

3187　「行く水」
◇「新小説」懸賞小説　（明34年4月）

沢田 直大　さわだ・なおひろ

3188　「服部半蔵の陰謀」
◇歴史群像大賞　（第7回/平成13年/優秀
賞）

沢田 ふじ子　さわだ・ふじこ

3189　「石女」
◇小説現代新人賞　（第24回/昭和50年
上）
「寂野」　講談社 1981.4 257p
「寂野」　講談社 1987.3 274p（講談社文
庫）

3190　「寂野」
◇吉川英治文学新人賞　（第3回/昭和57
年度）
「寂野」　講談社 1981.4 257p
「寂野」　講談社 1987.3 274p（講談社文
庫）
「寂野」　徳間書店　1999.12　333p
15cm（徳間文庫）552円　①4-19-
891226-2
「げんだい時代小説」　縄田一男監修, 津
本陽, 南原幹雄, 童門冬二, 北原亜以子,
戸部新十郎, 泡坂妻夫, 古川薫, 宮部みゆ
き, 新宮正春, 小松重男, 中村彰彦, 佐藤
雅美, 佐江衆一, 高橋義男, 沢田ふじ子著
リブリオ出版　2000.12　15冊（セット）
21cm 54000円　①4-89784-822-9

3191　「陸奥甲冑記」
◇吉川英治文学新人賞　（第3回/昭和57
年度）
「陸奥甲冑記」　講談社 1981.1 255p
「陸奥甲冑記」　講談社 1985.5 424p（講
談社文庫）

沢田 玄夫　さわだ・もとお

3192　「ダニ」

◇関西文學新人賞　（第3回/平成15年/佳
作/小説部門）

澤田石 円　さわだいし・つぶら

3193　「まばたき」
◇舟橋聖一顕彰青年文学賞　（第25回/平
成25年/佳作）

澤西 祐典　さわにし・ゆうてん

3194　「フラミンゴの村」
◇すばる文学賞　（第35回/平成23年）
「フラミンゴの村」　集英社　2012.2
132p　20cm　1100円　①978-4-08-
771440-1

沢辺 のら　さわべ・のら

3195　「あの夏に生まれたこと」
◇北日本文学賞　（第45回/平成23年）

澤村 伊智　さわむら・いち

3196　「ぼぎわん」
◇日本ホラー小説大賞　（第22回/平成27
年/大賞）
「ぼぎわんが、来る」　KADOKAWA
2015.10　347p　20cm　1600円　①978-
4-04-103556-6
※文献あり

沢村 浩輔　さわむら・こうすけ

3197　「夜の床屋」
◇ミステリーズ！新人賞　（第4回/平成
19年度）

沢村 ふう子　さわむら・ふうこ

3198　「時給八百円」
◇労働者文学賞　（第22回/平成22年/小
説部門/佳作）

3199　「周縁の女たち」
◇部落解放文学賞　（第36回/平成21年/
小説部門/佳作）

3200　「ともに在る、ともに生きる」
◇労働者文学賞　（第24回/平成24年/小
説部門/入選）

沢村 凛　さわむら・りん

3201　「ヤンのいた島」
◇日本ファンタジーノベル大賞　（第10
回/平成10年/優秀賞）
「ヤンのいた島」　新潮社　1998.12
254p　19cm　1500円　①4-10-384103-6

「ヤンのいた島」 角川書店, 角川グルー
プパブリッシング〔発売〕 2013.2
358p 15cm （角川文庫） 667円
①978-4-04-100520-0

沢良木 和生　さわらぎ・かずお

3202　「幕末京都大火余話 町人剣 高富
屋晃造」
◇歴史群像大賞 （第7回/平成13年/佳
作）
「町人剣―たかとみ屋晃造 幕末京都大火
秘聞」 学習研究社 2001.12 269p
20cm 1500円 ①4-05-401594-8

桟思 嬰　さんし・えい

3203　「モバイルサイト・H/A」
◇新風舎文庫大賞 （第2回/平成15年8月
/準大賞）

山東 厭花　さんとう・えんか

3204　「行春の曲」
◇「文芸倶楽部」懸賞小説 （第29回/明
38年7月/第1等）

3205　「不断煩悩」
◇「文芸倶楽部」懸賞小説 （第32回/明
38年10月/第2等）

【し】

椎田 十三　しいだ・じゅうぞう

3206　「イデオローグ」
◇電撃大賞 （第21回/平成26年/銀賞）
「いでおろーぐ！」 KADOKAWA
2015.3 293p 15cm （電撃文庫 2896）
570円 ①978-4-04-869270-0
※他言語標題：ideologue！, 著作目録
あり
「いでおろーぐ！ 2」 KADOKAWA
2015.7 299p 15cm （電撃文庫 2960）
610円 ①978-4-04-865240-7
※他言語標題：ideologue！, 著作目録
あり
「いでおろーぐ！ 3」 KADOKAWA
2015.11 265p 15cm （電撃文庫
3025） 610円 ①978-4-04-865500-2
※他言語標題：ideologue！, 著作目録
あり

椎名 恵　しいな・けい

3207　「√セッテン」
◇日本ケータイ小説大賞 （第2回/平成
19年/優秀賞） 〈受賞時〉＊R＊
「√セッテン」 スターツ出版 2008.7
527p 19cm 1200円 ①978-4-88381-
079-6

椎名 鳴葉　しいな・なるは

3208　「薄青の風景画」
◇ノベル大賞 （第39回/平成20年度/読
者大賞）

椎名 誠　しいな・まこと

3209　「アド・バード」
◇日本SF大賞 （第11回/平成2年）
「アド・バード」 集英社 1990.3 393p
「アド・バード」 集英社 1997.3 574p
16cm （集英社文庫） 720円 ①4-08-
748592-7

3210　「犬の系譜」
◇吉川英治文学新人賞 （第10回/平成1
年度）
「犬の系譜」 講談社 1988.1 279p

椎名 麟三　しいな・りんぞう

3211　「美しい女」
◇芸術選奨 （第6回/昭和30年度/文学部
門/文部大臣賞）
「美しい女」 中央公論社 1955 279p
「美しい女」 4版 中央公論社 58 205p
「美しい女」 角川書店 1965 236p （角川
文庫）
「椎名麟三全集6」 冬樹社 昭和46年
「昭和文学全集17」 小学館 1989
「深夜の酒宴・美しい女」 講談社 2010.
7 360p 15cm （講談社文芸文庫）
1600円 ①978-4-06-290092-8

椎野 美由貴　しいの・みゆき

3212　「光の魔法使い」
◇角川学園小説大賞 （第6回/平成14年/
自由部門/大賞）
「バイトでウィザード―流れよ光, と魔女
は言った」 角川書店 2002.12 280p
15cm （角川文庫） 514円 ①4-04-
428701-5

椎ノ川 成三　しいのかわ・せいぞう

3213　「戦いの時代」
◇サンデー毎日小説賞 （第3回/昭和36

しいは

椎葉 周　しいば・しゅう

3214　「撃たれなきゃわからない」
◇スニーカー大賞（第5回/平成12年/優
　秀賞）
「ゼロから始めよ―閃光のガンブレイヴ」
　角川書店　2000.11　301p　15cm（角
　川文庫）　571円　①4-04-424701-3

思惟入　しいらむだ

3215　「ディアヴロの茶飯事」
◇HJ文庫大賞（第7回/平成25年/銀賞）

塩崎 豪士　しおざき・たけし

3216　「目印はコンビニエンス」
◇文學界新人賞（第81回/平成7年下期）

塩塚 夢　しおずか・ゆめ

3217　「母の肉」
◇フーコー短編小説コンテスト（第17
　回/平成16年9月/最優秀賞）

塩田 武士　しおた・たけし

3218　「盤上のアルファ」
◇小説現代長編新人賞（第5回/平成22
　年）
「盤上のアルファ」　講談社　2011.1
　268p　20cm　1500円　①978-4-06-
　216597-6
「盤上のアルファ」　講談社　2014.2
　324p　15cm（講談社文庫 し104-1）
　640円　①978-4-06-277706-3

塩月 剛　しおつき・つよし

3219　「I MISS YOU」
◇コバルト・ノベル大賞（第2回/昭和
　58年下/佳作）

汐月 遥　しおつき・はるか

3220　「やがて霧が晴れる時」
◇ノベル大賞（第39回/平成20年度/佳
　作）

塩野 七生　しおの・ななみ

3221　「海の都の物語」
◇菊池寛賞（第30回/昭和57年）

3222　「チェーザレ・ボルジアあるいは
　　　　優雅なる冷酷」
◇毎日出版文化賞（第24回/昭和45年）
「チェーザレ・ボルジアあるいは優雅なる
　冷酷」　新潮社　1982　336p（新潮文庫）
「チェーザレ・ボルジアあるいは優雅なる
　冷酷」　改版　新潮社　2013.2　413, 7p
　15cm（新潮文庫）　550円　①978-4-10-
　118102-8

3223　「ローマ人の物語」
◇新風賞（第41回/平成18年）
「ローマ人の物語　1　ローマは一日にし
　て成らず」　新潮社　1992.7　271, 5p
　21cm　2200円　①4-10-309610-1
※付：年表 巻末：参考文献
「ローマ人の物語　2　ハンニバル戦記」
　新潮社　1993.8　385, 5p　21cm　2600
　円　①4-10-309611-X
「ローマ人の物語　3　勝者の混迷」　新潮
　社　1994.8　263, 9p　21cm　2200円
　①4-10-309612-8
「ローマ人の物語　4　ユリウス・カエサ
　ル　ルビコン以前」　新潮社　1995.9
　456p　21cm　2900円　①4-10-309613-6
※付(1枚)：ローマ世界略図
「ローマ人の物語　5　ユリウス・カエサ
　ル　ルビコン以後」　新潮社　1996.3
　484, 8p　21cm　3000円　①4-10-
　309614-4
※付：年表
「ローマ人の物語　6　パクス・ロマーナ」
　新潮社　1997.7　338, 7p　21cm　2500
　円　①4-10-309615-2
※付属資料：1枚, 年表あり, 文献あり
「ローマ人の物語　7　悪名高き皇帝た
　ち」　新潮社　1998.9　500, 7p　21cm
　3400円　①4-10-309616-0
※付属資料：1枚, 年表あり, 文献あり
「ローマ人の物語　8　危機と克服」　新潮
　社　1999.9　373, 6p　21cm　2800円
　①4-10-309617-9
※付属資料：1枚, 年表あり, 文献あり
「ローマ人の物語　9　賢帝の世紀」　新潮
　社　2000.9　390, 10p　21cm　3000円
　①4-10-309618-7
※年表あり, 文献あり
「ローマ人の物語　10　すべての道は
　ローマに通ず」　新潮社　2001.12　296,
　10p　21cm　3000円　①4-10-309619-5
※付属資料：1枚, 文献あり
「ローマ人の物語　11　終わりの始まり」
　新潮社　2002.12　343, 8p　21cm　2800
　円　①4-10-309620-9
※年表あり, 文献あり
「ローマ人の物語　12　迷走する帝国」
　新潮社　2003.12　351, 15p　21cm
　2800円　①4-10-309621-7

※年表あり，文献あり
「ローマ人の物語　13　最後の努力」　新
潮社　2004.12　296, 5p　21cm　2600円
①4-10-309622-5
※年表あり，文献あり
「ローマ人の物語　14　キリストの勝利」
新潮社　2005.12　306, 7p　21cm　2600
円　①4-10-309623-3
※年表あり，文献あり
「ローマ人の物語　15　ローマ世界の終
焉」　新潮社　2006.12　405, 18p
21cm　3000円　①4-10-309624-1
※他言語標題：Res gestae populi
Romani, 年表あり，文献あり

3224　「わが友マキアヴェッリ」
◇女流文学賞（第27回/昭和63年度）
「わが友マキアヴェッリ―フィレンツェ
存亡」　中央公論社　1987.9　479p
「わが友マキアヴェッリ―フィレンツェ
存亡　1」　新潮社　2010.5　234p
15cm（新潮文庫）　400円　①978-4-10-
118138-7
「わが友マキアヴェッリ―フィレンツェ
存亡　2」　新潮社　2010.5　302p
15cm（新潮文庫）　438円　①978-4-10-
118139-4
「わが友マキアヴェッリ―フィレンツェ
存亡　3」　新潮社　2010.5　269p
15cm（新潮文庫）　438円　①978-4-10-
118140-0

汐原　由里子　しおばら・ゆりこ
3225　「コンシェルジュの煌めく星」
◇ノベル大賞（平成24年度/佳作）

汐見　薫　しおみ・かおる
3226　「黒い服の未亡人」
◇北区内田康夫ミステリー文学賞（第1
回/平成15年/大賞）
3227　「白い手の残像」
◇ダイヤモンド経済小説大賞（第1回/
平成16年/優秀賞）
「白い手の残像」　ダイヤモンド社　2004.
7　333p　20cm　1500円　①4-478-
93054-6

汐見　舜一　しおみ・しゅんいち
3228　「トリプルエース」
◇富士見ラノベ文芸賞（第3回/平成27
年/審査員特別賞）

志賀　泉　しが・いずみ
3229　「指の音楽」
◇太宰治賞（第20回/平成16年）
「太宰治賞　2004」　筑摩書房編集部編
筑摩書房　2004.6　277p　21cm　700円
①4-480-80380-7
「指の音楽」　筑摩書房　2004.10　205p
20cm　1300円　①4-480-80386-6

志賀　葉子　しが・ようこ
3230　「つらつら椿」
◇日本文芸大賞（第18回/平成10年/女
流文学賞）
「つらつら椿―小説小泉千樫」　甲陽書房
1997　284p　19cm　1942円　①4-
87531-141-9
「つらつら椿　補遺」　志賀葉子　2000.5
119p　26cm

志川　節子　しがわ・せつこ
3231　「七転び」
◇オール讀物新人賞（第83回/平成15
年）

志木　謙介　しき・けんすけ
3232　「水上のヴェリアル」
◇HJ文庫大賞（第8回/平成26年/金賞）
「搭乗者（リベラ）科の最下生」　ホビー
ジャパン　2014.10　266p　15cm（HJ
文庫　し05-01-01）　619円　①978-4-
7986-0896-9

志貴　宏　しき・ひろし
3233　「祝祭のための特別興行」
◇中央公論新人賞（再開第1回/昭和50
年度）

志木沢　郁　しぎさわ・かおる
3234　「左近戦記 大和篇」
◇ムー伝奇ノベル大賞（第2回/平成14
年/優秀賞）
「信貴山妖変―嶋左近戦記」　学習研究社
2003.5　406p　20cm　1700円　①4-05-
401990-0

式田　ティエン　しきた・ていえん
3235　「沈むさかな」
◇『このミステリーがすごい！』大賞
（第1回/平成14年/優秀賞）　〈受賞
時〉ティ・エン
「沈むさかな」　宝島社　2003.3　421p
20cm　1600円　①4-7966-3185-2

しきはら

「沈むさかな」 宝島社 2004.6 510p
16cm（宝島社文庫）733円 Ⓘ4-7966-
4150-5

鴫原 慎一 しぎはら・しんいち

3236 「あなた」
◇NHK銀の雫文芸賞 （平成27年/最優
秀）

直原 冬明 じきはら・ふゆあき

3237 「一二月八日の奇術師」
◇日本ミステリー文学大賞新人賞 （第
18回/平成26年度）
「十二月八日の幻影」 光文社 2015.2
307p 20cm 1600円 Ⓘ978-4-334-
92994-7
※他言語標題：The Phantom on
December 8, 文献あり

しきや

3238 「きずな†ほろこーすと」
◇HJ文庫大賞 （第8回/平成26年/銀賞）
「クロス†ウィザード―魔術都市と偽りの
仮面」 ホビージャパン 2014.12
254p 15cm（HJ文庫 し07-01-01）619
円 Ⓘ978-4-7986-0927-0

49

3239 「思い出読みの憶絵さん」
◇富士見ラノベ文芸賞 （第3回/平成27
年/審査員特別賞）

志ぐれ庵 しぐれあん

3240 「ふりわけ髪」
◇「新小説」懸賞小説 （明33年10月）

重兼 芳子 しげかね・よしこ

3241 「やまあいの煙」
◇芥川龍之介賞 （第81回/昭和54年上）
「やまあいの煙」 文芸春秋 1979.9 268p
「やまあいの煙」 文芸春秋 1982.11 279p
（文春文庫）
「芥川賞全集12」 文芸春秋 1982

重松 清 しげまつ・きよし

3242 「エイジ」
◇山本周五郎賞 （第12回/平成11年）
「エイジ」 朝日新聞社 1999.2 346p
20cm 1600円 Ⓘ4-02-257352-X
「エイジ」 朝日新聞社 2001.8 409p
15cm（朝日文庫）660円 Ⓘ4-02-
264274-2

「エイジ」 新潮社 2004.7 463p 16cm
（新潮文庫）667円 Ⓘ4-10-134916-9

3243 「カシオペアの丘で」
◇本屋大賞 （第5回/平成20年/10位）
「カシオペアの丘で 上」 講談社 2007.
5 352p 20cm 1500円 Ⓘ978-4-06-
214002-7
「カシオペアの丘で 下」 講談社 2007.
5 341p 20cm 1500円 Ⓘ978-4-06-
214003-4

3244 「十字架」
◇吉川英治文学賞 （第44回/平成22年
度）
「十字架」 講談社 2009.12 317p
20cm 1600円 Ⓘ978-4-06-215939-5
「十字架」 講談社 2012.12 395p
15cm（講談社文庫 し61-16）648円
Ⓘ978-4-06-277441-3

3245 「ゼツメツ少年」
◇毎日出版文化賞 （第68回/平成26年/
文学・芸術部門）
「ゼツメツ少年」 新潮社 2013.9 397p
20cm 1600円 Ⓘ978-4-10-407512-6

3246 「その日のまえに」
◇本屋大賞 （第3回/平成18年/5位）
「その日のまえに」 文藝春秋 2005.8
292p 20cm 1429円 Ⓘ4-16-324210-4
「その日のまえに 1」 大活字 2005.12
387p 21cm（大活字文庫 103）3030円
Ⓘ4-86055-260-1
※底本：「その日のまえに」文藝春秋
「その日のまえに 2」 大活字 2005.12
371p 21cm（大活字文庫 103）3030円
Ⓘ4-86055-261-X
※底本：「その日のまえに」文藝春秋
「その日のまえに 3」 大活字 2005.12
393p 21cm（大活字文庫 103）3030円
Ⓘ4-86055-262-8
※底本：「その日のまえに」文藝春秋
「その日のまえに」 文藝春秋 2008.9
365p 16cm（文春文庫）581円
Ⓘ978-4-16-766907-2

3247 「ナイフ」
◇坪田譲治文学賞 （第14回/平成10年
度）
「ナイフ」 新潮社 1997.11 307p
20cm 1700円 Ⓘ4-10-407502-7
「ナイフ」 新潮社 2000.7 403p 16cm
（新潮文庫）590円 Ⓘ4-10-134913-4

3248 「ビタミンF」

重見 利秋　しげみ・としあき

3249　「憐れまれた晋作」
◇「サンデー毎日」大衆文芸（第9回/昭和6年下）

梓崎 優　しざき・ゆう

3250　「叫びと祈り」
◇本屋大賞（第8回/平成23年/6位）
「叫びと祈り」　東京創元社　2010.2　284p　20cm（東京創元社・ミステリ・フロンティア 60）1600円　①978-4-488-01759-0
「叫びと祈り」　東京創元社　2013.11　334p　15cm（創元推理文庫 Mし7-1）720円　①978-4-488-43211-9

3251　「砂漠を走る船の道」
◇ミステリーズ！新人賞（第5回/平成20年度）
「叫びと祈り」　東京創元社　2010.2　284p　20cm（東京創元社・ミステリ・フロンティア 60）1600円　①978-4-488-01759-0
※並列シリーズ名：Tokyo Sogensha mystery frontier

3252　「リバーサイド・チルドレン」
◇大藪春彦賞（第16回/平成26年）
「リバーサイド・チルドレン」　東京創元社　2013.9　328p　20cm（ミステリ・フロンティア 75）1600円　①978-4-488-01777-4

獅子 文六　しし・ぶんろく

3253　「茶ばなし」
◇「万朝報」懸賞小説（第889回/大1年9月）
「獅子文六全集1」　朝日新聞社 昭和44年

3254　「初雪」
◇「万朝報」懸賞小説（第899回/大1年11月）
「獅子文六全集1」　朝日新聞社 昭和44年

獅子宮 敏彦　ししぐう・としひこ

3255　「神国崩壊」
◇創元推理短編賞（第10回/平成15年）
「ザ・ベストミステリーズ—推理小説年鑑2004」　日本推理作家協会編　講談社　2004.7　627p　20cm　3500円　①4-06-114905-9

四十雀 亮　しじゅうから・りょう

3256　「鳥人の儀礼」
◇坊っちゃん文学賞（第2回/平成3年/佳作）

志図川 倫　しずかわ・りん

3257　「流氷の祖国」
◇サンデー毎日小説賞（第4回/昭和37年）
「流氷の祖国」　中央公論事業出版 1972　214p

閑月 じゃく　しずき・じゃく

3258　「夏影」
◇ノベル大賞（第37回/平成18年度/佳作）

静月 遠火　しずき・とおか

3259　「パララバ —Parallel lovers—」
◇電撃大賞（第15回/平成20年/電撃小説大賞部門/金賞）〈受賞時〉四月十日
「パララバ—Parallel lovers」　アスキー・メディアワークス,角川グループパブリッシング（発売）　2009.2　282p　15cm（電撃文庫 1717）550円　①978-4-04-867518-5

志筑 祥光　しずき・よしみつ

3260　「刑罰の真意義」
◇「文章世界」特別募集小説（大9年2月）

雫井 脩介　しずくい・しゅうすけ

3261　「栄光一途」
◇新潮ミステリー倶楽部賞（第4回/平成11年）〈受賞時〉内流悠人
「栄光一途」　新潮社　2000.1　374p　20cm　1700円　①4-10-602764-X
「栄光一途」　幻冬舎　2002.4　494p　16cm（幻冬舎文庫）686円　①4-344-40221-9

3262　「犯人に告ぐ」
◇大藪春彦賞（第7回/平成17年）
◇本屋大賞（第2回/平成17年/7位）

冒頭
◇直木三十五賞（第124回/平成12年下期）
「ビタミンF」　新潮社　2000.8　293p　20cm　1500円　①4-10-407503-5
「ビタミンF」　新潮社　2003.7　362p　16cm（新潮文庫）514円　①4-10-134915-0

「犯人に告ぐ」　双葉社　2004.7　367p
20cm　1600円　①4-575-23499-0
「犯人に告ぐ　上」　双葉社　2007.9
326p　15cm　（双葉文庫）　600円
①978-4-575-51155-0
「犯人に告ぐ　下」　双葉社　2007.9
344p　15cm　（双葉文庫）　619円
①978-4-575-51156-7

時乃 真帆　じだい・まほ

3263　「日照雨～そばえ～」
◇深大寺短編恋愛小説「深大寺恋物語」
（第6回/平成22年/審査員特別賞）

志智 双六　しち・そうろく

3264　「告解」
◇新鷹会賞　（第7回/昭和32年後）

七菜 なな　しちさい・なな

3265　「Ａ×Ｍ―ジェリー・フィッシュ
と五つのイニシャル―」
◇富士見ラノベ文芸賞　（第1回/平成25
年/審査員特別賞）

七条 勉　しちじょう・つとむ

3266　「遠雷」
◇「サンデー毎日」大衆文芸　（第36回/
昭和23年）

漆土 龍平　しつつち・りゅうへい

3267　「引き籠り迷路少女」
◇ジャンプ小説新人賞（jump Novel
Grand Prix）　（'11 Spring/平成23
年春/小説：テーマ部門）

紫藤 ケイ　しどう・けい

3268　「ロッド・オブ・デュラハン」
◇『このライトノベルがすごい！』大賞
（第3回/平成24年/大賞）
「ロッド・オブ・デュラハン」　宝島社
2012.10　282p　16cm　（このライト
ノベルがすごい！文庫 し-1-1）　629円
①978-4-8002-0268-0
「ロッド・オブ・デュラハン　2　不死の
都と守護精霊」　宝島社　2013.2　269p
16cm　（このライトノベルがすごい！文
庫 し-1-4）　657円　①978-4-8002-0791-3

志堂 日咲　しどう・ひさき

3269　「舞王―プリンシパル―」
◇ジャンプ小説大賞　（第14回/平成17年
/大賞）

「舞王―プリンシパル」　集英社　2005.10
222p　18cm　（Jump j books）　714円
①4-08-703161-6
※画：六道神士

しなな 泰之　しなな・やすゆき

3270　「スイーツ！」
◇スーパーダッシュ小説新人賞　（第7回
/平成20年/佳作）
「スイーツ！」　集英社　2008.9　307p
15cm　（集英社スーパーダッシュ文庫）
619円　①978-4-08-630445-0

篠 綾子　しの・あやこ

3271　「春の夜の夢のごとく 新平家公達
草子」
◇健友館文学賞　（第4回/平成12年/大
賞）
「春の夜の夢のごとく―新平家公達草子」
健友館　2001.5　245p　19cm　1300円
①4-7737-0542-6

篠 貴一郎　しの・きいちろう

3272　「一夜」
◇コスモス文学新人賞　（第28回/平成1
年）
「篠貴一郎集―夜の果ての駅」　諏訪 檸檬
社　1990.5　113p　（日本短編小説叢書 第7
集）　〈発売：近代文芸社（東京）〉

3273　「風―勝負の日々」
◇自由都市文学賞　（第5回/平成5年）
「飛車を追う」　篠鷹之著　健友館　2001.
11　265p　19cm　1700円　①4-7737-
0584-1

3274　「淋しい香車」
◇日本文芸家クラブ大賞　（第2回/平成4
年度/短編小説部門）
「飛車を追う」　篠鷹之著　健友館　2001.
11　265p　19cm　1700円　①4-7737-
0584-1

紫野 貴李　しの・きり

3275　「櫻観音」
◇ちよだ文学賞　（第1回/平成19年/大
賞）

3276　「前夜の航跡」
◇日本ファンタジーノベル大賞　（第22
回/平成22年/大賞）
「前夜の航跡」　新潮社　2010.11　294p
20cm　1400円　①978-4-10-328561-8

篠 鷹之　しの・たかゆき

3277　「飛車を追う」
◇健友館文学賞（第5回/平成13年/大賞）
「飛車を追う」　健友館　2001.11　265p
20cm　1700円　Ⓘ4-7737-0584-1

3278　「落款を割る絵師」
◇碧天文芸大賞（第1回/平成15年/文芸大賞）
「落款を割る絵師」　碧天舎　2004.7
117p　20cm　1400円　Ⓘ4-88346-718-X

篠 たまき　しの・たまき

3279　「やみ窓」
◇『幽』文学賞（第10回/平成27年/大賞/短篇部門）

志野 靖史　しの・やすし

3280　「信長のおもかげ」
◇朝日時代小説大賞（第7回/平成27年/大賞）

志野 亮一郎　しの・りょういちろう

3281　「拾った剣豪」
◇小説現代新人賞（第19回/昭和47年下）

篠崎 紘一　しのざき・こういち

3282　「日輪の神女」
◇古代ロマン文学大賞（第1回/平成12年/大賞）
「日輪の神女」　郁朋社　2000.11　383p
20cm　1800円　Ⓘ4-87302-096-4
「日輪の神女―紅蓮の剣」　新人物往来社
2003.10　495p　20cm　1900円　Ⓘ4-404-03159-9

篠島 周　しのじま・しゅう

3283　「海鳥の翔ぶ日」
◇マリン文学賞（第2回/平成3年/佳作）

篠田 節子　しのだ・せつこ

3284　「インドクリスタル」
◇中央公論文芸賞（第10回/平成27年）
「インドクリスタル」　KADOKAWA
2014.12　541p　20cm　1900円　Ⓘ978-4-04-101352-6

3285　「女たちのジハード」
◇直木三十五賞（第117回/平成9年上期）

「女たちのジハード」　集英社　1997.1
469p　19cm　2050円　Ⓘ4-08-774239-3
「女たちのジハード」　集英社　2000.1
522p　15cm（集英社文庫）705円
Ⓘ4-08-747148-9

3286　「仮想儀礼」
◇柴田錬三郎賞（第22回/平成21年）
「仮想儀礼　上」　新潮社　2008.12　469p
20cm　1800円　Ⓘ978-4-10-313361-2
「仮想儀礼　下」　新潮社　2008.12　445p
20cm　1800円　Ⓘ978-4-10-313362-9
※文献あり

3287　「絹の変容」
◇小説すばる新人賞（第3回/平成2年）
「絹の変容」　集英社　1991.1　187p

3288　「ゴサインタン―神の座」
◇山本周五郎賞（第10回/平成9年）
「ゴサインタン―神の座」　双葉社　1996.9　405p　19cm　1800円　Ⓘ4-575-23266-1
「ゴサインタン―神の座」　双葉社　2000.6　606p　15cm（双葉文庫）857円　Ⓘ4-575-50732-6
「ゴサインタン―神の座」　文藝春秋　2002.10　655p　15cm（文春文庫）800円　Ⓘ4-16-760506-6

3289　「スターバト・マーテル」
◇芸術選奨（第61回/平成22年/文学部門/文部科学大臣賞）
「スターバト・マーテル」　光文社　2010.2　298p　20cm　1600円　Ⓘ978-4-334-92697-7
「スターバト・マーテル」　光文社　2013.1　339p　16cm（光文社文庫 し20-3）619円　Ⓘ978-4-334-76517-0

篠田 達明　しのだ・たつあき

3290　「にわか産婆・漱石」
◇歴史文学賞（第8回/昭和58年度）
「にわか産婆・漱石」　新人物往来社　1984.5　248p
「にわか産婆・漱石」　文芸春秋　1989.10　267p（文春文庫）
「にわか産婆・漱石」　新人物往来社　2009.11　343p　15cm（新人物文庫）667円　Ⓘ978-4-404-03772-5

篠田 正浩　しのだ・まさひろ

3291　「河原者ノススメ 死穢と修羅の記憶」
◇泉鏡花文学賞（第38回/平成22年度）

「河原者ノススメ―死穢と修羅の記憶」
幻戯書房　2009.11　385p　20cm　3600
円　Ⓘ978-4-901998-50-5

篠月 美弥　しのつき・みや

3292　「契火の末裔」
◇C★NOVELS大賞　（第3回/平成19年/
　特別賞）
「契火の末裔」　中央公論新社　2007.7
241p　18cm　（C novels fantasia）　900
円　Ⓘ978-4-12-500993-3

篠藤 由里　しのとう・ゆり

3293　「ガンジーの空」
◇海燕新人文学賞　（第10回/平成3年）

篠原 一郎　しのはら・いちろう

3294　「永青」
◇ちよだ文学賞　（第3回/平成21年/優秀
　賞）

篠原 正　しのはら・ただし

3295　「氷壁のシュプール」
◇ファンタジア長編小説大賞　（第8回/
　平成8年/佳作）

篠原 一　しのはら・はじめ

3296　「壊音 KAI―ON」
◇文學界新人賞　（第77回/平成5年下）
「壊音 KAI‐ON」　文藝春秋　1998.1
164p　15cm　（文春文庫）　381円　Ⓘ4-
16-758901-X

篠原 悠希　しのはら・ゆうき

3297　「天涯の果て 波濤の彼方をゆ
　　　　く翼」
◇野性時代フロンティア文学賞　（第4回
　/平成25年）
「天涯の楽土」　角川書店, KADOKAWA
〔発売〕　2013.8　279p　20cm　1600円
Ⓘ978-4-04-110534-4
※受賞作「天涯の果て 波濤の彼方をゆく
　翼」を改題

篠原 陽一　しのはら・よういち

3298　「実験―ガリヴァ」
◇学生小説コンクール　（復活第2回/昭
　和42年）

斯波 四郎　しば・しろう

3299　「山塔」
◇芥川龍之介賞　（第41回/昭和34年上）

「山塔」　文芸春秋新社　1959　301p
「芥川賞全集6」　文芸春秋　1982

柴 理恵　しば・りえ

3300　「全力少女」
◇深大寺短編恋愛小説「深大寺恋物語」
　（第2回/平成18年/最優秀賞）

司馬 遼太郎　しば・りょうたろう

3301　「国盗り物語」
◇菊池寛賞　（第14回/昭和41年）
「国盗り物語1〜4」　新潮社　1965　4冊
「国盗り物語」　後編 新潮社　1967
「国盗り物語」　前編 新潮社　1967
「司馬遼太郎全集10, 11」　文芸春秋 昭和
46年
「国盗り物語　1　前編　斎藤道三」　改版
新潮社　2004.1　534p　15cm　（新潮文
庫）　705円　Ⓘ4-10-115204-7
「国盗り物語　2　後編　斎藤道三」　改版
新潮社　2004.1　517p　15cm　（新潮文
庫）　705円　Ⓘ4-10-115205-5
「国盗り物語　第3巻　前編　織田信長」
改版　新潮社　2004.2　534p　15cm
（新潮文庫）　705円　Ⓘ4-10-115206-3
「国盗り物語　第4巻　前編　織田信長」
改版　新潮社　2004.2　718p　15cm
（新潮文庫）　857円　Ⓘ4-10-115207-1

3302　「殉死」
◇毎日芸術賞　（第9回/昭和42年度）
「殉死」　文芸春秋　1967 206p
「司馬遼太郎全集23」　文芸春秋 昭和47年
「殉死」　文芸春秋　1978.9 174p　（文春文
庫）
「昭和文学全集18」　小学館　1987
「殉死」　新装版　文藝春秋　2009.8
220p　15cm　（文春文庫）　495円
Ⓘ978-4-16-766334-6

3303　「韃靼疾風録（だったんしっぷう
　　　　ろく）」
◇大佛次郎賞　（第15回/昭和63年）
「韃靼疾風録」　上巻 中央公論社　1987.10
518p
「韃靼疾風録」　下巻 中央公論社　1987.11
523p
「司馬遼太郎全集　52　韃靼疾風録」　文
藝春秋　1998.11　597p　19cm　3429円
Ⓘ4-16-510520-1

3304　「ひとびとの跫音」
◇読売文学賞　（第33回/昭和56年/小説
　賞）

「ひとびとの跫音」　中央公論社 1981.7
2冊

「ひとびとの跫音」　下 中央公論社 1983.
10 275p（中公文庫）

「ひとびとの跫音」　上 中央公論社 1983.
9 276p（中公文庫）

「司馬遼太郎全集50」　文芸春秋 昭和59年

「ひとびとの跫音　上」　改版 中央公論
社 1995.2 282p 15cm（中公文庫）
560円　①4-12-202242-8

「ひとびとの跫音　下」　改版 中央公論
社 1995.2 281p 15cm（中公文庫）
560円　①4-12-202243-6

「ひとびとの跫音」　新装改版 中央公論
新社 2009.8 523p 19cm 2200円
①978-4-12-004050-4

3305 「梟の城」
◇直木三十五賞（第42回/昭和34年下）

「梟の城」　講談社 1959 299p

「梟の城」　講談社 1961 337p（ロマン・
ブックス）

「梟の城」　新潮社 1965 532p（新潮文庫）

「梟の城」　春陽堂書店 1967 424p（春陽
文庫）

「梟の城」　東北社 1968 279p

「司馬遼太郎全集1」　文芸春秋 昭和48年

「梟の城」　講談社 1974 298p〈新装版〉

「梟の城」　春陽堂書店 1996.3 424p
16cm（春陽文庫）600円　①4-394-
11802-6

※新装版

「梟の城」　95刷改版 新潮社 2002.11
659p 16cm（新潮文庫）819円　①4-
10-115201-2

3306 「ペルシャの幻術師」
◇講談倶楽部賞（第8回/昭和31年）

「司馬遼太郎短篇全集　1 1950〜57」
文藝春秋 2005.4 461p 18cm 1714
円　①4-16-641460-7

3307 「世に棲む日日」
◇吉川英治文学賞（第6回/昭和47年度）

「世に棲む日日」　文芸春秋 1971 3冊

「司馬遼太郎全集27」　文芸春秋 昭和48年

「世に棲む日日　1」　新装版 文藝春秋
2003.3 313p 15cm（文春文庫）552
円　①4-16-766306-6

「世に棲む日日　2」　新装版 文藝春秋
2003.3 311p 15cm（文春文庫）552
円　①4-16-766307-4

「世に棲む日日　3」　新装版 文藝春秋
2003.4 311p 15cm（文春文庫）552

円　①4-16-766308-2

「世に棲む日日　4」　新装版 文藝春秋
2003.4 324p 15cm（文春文庫）552
円　①4-16-766309-0

3308 「竜馬がゆく」
◇菊池寛賞（第14回/昭和41年）

「竜馬がゆく―立志篇」　文藝春秋新社
1963 384p

「竜馬がゆく―狂瀾篇」　文藝春秋新社
1964 349p

「竜馬がゆく―風雲篇」　文藝春秋新社
1964 331p

「竜馬がゆく―怒濤篇」　文藝春秋新社
1965 373p

「竜馬がゆく―回天篇」　文藝春秋 1966
477p

「司馬遼太郎全集3〜5」　文芸春秋 昭和
47年

「竜馬がゆく」　文芸春秋 1981〜昭和57年
8冊〈愛蔵版〉

「竜馬がゆく」　文芸春秋 1988.10 5冊
〈新装版〉

「竜馬がゆく　1」　新装版 文藝春秋
1998.9 446p 15cm（文春文庫）552
円　①4-16-710567-5

「竜馬がゆく　2」　新装版 文藝春秋
1998.9 441p 15cm（文春文庫）552
円　①4-16-710568-3

「竜馬がゆく　3」　文藝春秋 1998.9
430p 15cm（文春文庫）552円　①4-
16-710569-1

「竜馬がゆく　4」　文藝春秋 1998.9
425p 15cm（文春文庫）552円　①4-
16-710570-5

「竜馬がゆく　5」　新装版 文藝春秋
1998.10 430p 15cm（文春文庫）552
円　①4-16-710571-3

「竜馬がゆく　6」　新装版 文藝春秋
1998.10 437p 15cm（文春文庫）552
円　①4-16-710572-1

「竜馬がゆく　7」　新装版 文藝春秋
1998.10 426p 15cm（文春文庫）552
円　①4-16-710573-X

「竜馬がゆく　8」　新装版 文藝春秋
1998.10 441p 15cm（文春文庫）552
円　①4-16-710574-8

「週刊司馬遼太郎　7 坂の上の雲 第3・4
部§竜馬がゆく 第2部」　朝日新聞出版
2010.11 298p 21cm（週刊朝日
mook）857円　①978-4-02-274560-6

3309 「歴史を紀行する」
◇「文藝春秋」読者賞（第30回/昭和43

年）
「司馬遼太郎全集32」 文芸春秋 昭和49年
「歴史を紀行する」 新装版 文藝春秋
2010.2 294p 15cm（文春文庫）581
円 ①978-4-16-766335-3

柴上 悠 しばがみ・ゆう

3310 「千両乞食虱井月記」
◇松岡譲文学賞 （第1回/昭和51年）

芝木 好子 しばき・よしこ

3311 「隅田川暮色」
◇日本文学大賞 （第16回/昭和59年/文
芸部門）
「隅田川暮色」 文芸春秋 1984.3 248p
「隅田川暮色」 文芸春秋 1987.5 260p
（文春文庫）
「昭和文学全集19」 小学館 1987
「雪舞い」 新潮社 1991 506p（新潮文庫）

3312 「青果の市」
◇芥川龍之介賞 （第14回/昭和16年下）
「青果の市」 文芸春秋社 1942 309p
「芝木好子作品集1」 読売新聞社 昭和
50年
「芥川賞全集3」 文芸春秋 1982
「昭和文学全集19」 小学館 1987
「網野菊・芝木好子・中里恒子」 網野菊、
芝木好子、中里恒子著、河野多恵子、大庭
みな子、佐藤愛子、津村節子監修 角川
書店 1999.5 477p 19cm（女性作家
シリーズ 5） 2800円 ①4-04-574205-0

3313 「青磁砧」
◇女流文学賞 （第11回/昭和47年度）
「青磁砧」 講談社 1972 234p
「青磁砧」 集英社 1982.8 212p（集英社
文庫）
「昭和文学全集19」 小学館 1987
「芝木好子名作選 上」 新潮社 1997.10
2冊（セット） 21cm 7600円 ①4-10-
309807-4
「網野菊・芝木好子・中里恒子」 網野菊、
芝木好子、中里恒子著、河野多恵子、大庭
みな子、佐藤愛子、津村節子監修 角川
書店 1999.5 477p 19cm（女性作家
シリーズ 5） 2800円 ①4-04-574205-0
「湯葉・青磁砧」 講談社 2000.10 290p
15cm（講談社文芸文庫）1200円 ①4-
06-198232-X

3314 「雪舞い」
◇毎日芸術賞 （第29回/昭和62年度）
「芝木好子名作選 上」 新潮社 1997.10

2冊（セット） 21cm 7600円 ①4-10-
309807-4

3315 「湯葉」
◇女流文学者賞 （第12回/昭和36年）
「湯葉・隅田川」 講談社 1961 239p
「湯葉・隅田川」 新潮社 1965 221p（新
潮文庫）
「湯葉」 講談社 1967 300p
「湯葉」 講談社 1967 300p（ロマン・
ブックス）
「芝木好子作品集1」 読売新聞社 昭和
50年
「湯葉・隅田川」 講談社 86.3 203p〈新
装版〉
「昭和文学全集19」 小学館 1987
「湯葉・隅田川・丸の内八号館」 講談社
1987.5 318p（講談社文庫）
「湯葉・青磁砧」 講談社 2000.10 290p
15cm（講談社文芸文庫）1200円 ①4-
06-198232-X

3316 「夜の鶴」
◇小説新潮賞 （第12回/昭和41年）
「夜の鶴」 河出書房新社 1964 193p
「夜の鶴」 角川書店 1967 170p（角川文
庫）
「芝木好子作品集2」 読売新聞社 昭和
50年
「夜の鶴」 集英社 1988.9 199p（集英社
文庫）

柴崎 友香 しばさき・ともか

3317 「その街の今は」
◇織田作之助賞 （第23回/平成18年/大
賞）
◇芸術選奨 （第57回/平成18年度/文学
部門/文部科学大臣新人賞）
「その街の今は」 新潮社 2006.9 141p
20cm 1200円 ①4-10-301831-3
「その街の今は」 新潮社 2009.5 158p
16cm（新潮文庫 し-64-1） 324円
①978-4-10-137641-7

3318 「寝ても覚めても」
◇野間文芸新人賞 （第32回/平成22年）
「寝ても覚めても」 河出書房新社 2010.
9 269p 20cm 1500円 ①978-4-309-
02005-1
「寝ても覚めても」 河出書房新社 2014.
5 320p 15cm（河出文庫 し6-7） 740
円 ①978-4-309-41293-1

3319 「春の庭」
◇芥川龍之介賞 （第151回/平成26年上

半期）
「春の庭」　文藝春秋　2014.7　141p
20cm　1300円　①978-4-16-390101-5

柴崎 日砂子　しばざき・ひさこ

3320　「飴玉の味」
◇北日本文学賞　（第47回/平成25年/選
奨）

柴田 明美　しばた・あけみ

3321　「聚まるは永遠の大地」
◇ロマン大賞　（第4回/平成7年度/選外
佳作）
「聚まるは永遠の大地」　集英社　1997.2
204p　15cm　（集英社スーパーファンタ
ジー文庫）　450円　①4-08-613251-6

柴田 勝家　しばた・かついえ

3322　「ニルヤの島」
◇ハヤカワSFコンテスト　（第2回/平成
26年/大賞）
「ニルヤの島」　早川書房　2014.11　338p
19cm　（ハヤカワSFシリーズJコレク
ション）　1600円　①978-4-15-209504-6
※表紙のタイトル：The Island of
NIRUYA

柴田 こずえ　しばた・こずえ

3323　「潮彩」
◇フーコー短編小説コンテスト　（第10
回/平成13年/最優秀賞）　〈受賞
時〉丹藤夢子
「フーコー「短編小説」傑作選　10」
フーコー編集部編　フーコー　2002.11
527p　19cm　1700円　①4-434-02355-1

柴田 三吉　しばた・さんきち

3324　「わたしを調律する」
◇地球賞　（第23回/平成10年）

柴田 翔　しばた・しょう

3325　「されどわれらが日々―」
◇芥川龍之介賞　（第51回/昭和39年上）
「されどわれらが日々」　文芸春秋新社
1964　258p
「されどわれらが日々―」　文芸春秋
1977.11　296p　〈限定版〉
「芥川賞全集7」　文芸春秋　1982
「されどわれらが日々―」　新装版　文藝
春秋　2007.11　269p　15cm　（文春文
庫）　533円　①978-4-16-710205-0

柴田 哲孝　しばた・てつたか

3326　「TENGU」
◇大藪春彦賞　（第9回/平成19年）
「TENGU」　祥伝社　2006.7　341p
20cm　1800円　①4-396-63268-1
※本文は日本語
「TENGU―長編推理小説」　祥伝社
2008.3　380p　16cm　（祥伝社文庫）
648円　①978-4-396-33413-0
※他言語標題：Tengu

柴田 トヨ　しばた・とよ

3327　「百歳」
◇新風賞　（第46回/平成23年/特別賞）
「百歳」　飛鳥新社　2011.9　108p　19cm
952円　①978-4-86410-104-2

柴田 眉軒　しばた・びけん

3328　「へび苺」
◇「新小説」懸賞小説　（明35年8月）

柴田 宗徳　しばた・むねのり

3329　「薩摩風雲録」
◇中・近世文学大賞　（第2回/平成13年/
大賞）
「薩摩風雲録」　郁朋社　2002.7　291p
20cm　1600円　①4-87302-175-8

柴田 康志　しばた・やすし

3330　「みかんちゃんとりんごちゃん」
◇新風舎出版賞　（第8回/平成10年9月/
出版大賞）
「みかんちゃんとりんごちゃん」　しばた
こうじ作・絵　フーコー、星雲社〔発
売〕　2000.5　44p　22×22cm　1800円
①4-434-00136-1

柴田 よしき　しばた・よしき

3331　「女神の永遠」
◇横溝正史賞　（第15回/平成7年）
「RIKO―女神の永遠」　角川書店　1995.5
354p　19cm　1400円　①4-04-872864-4
「のさりの山河」　熊本日日新聞社　1996.
7　159p　19cm　（シリーズ・私を語る）
1165円　①4-905884-76-4
「RIKO―女神の永遠」　角川書店　1997.
10　396p　15cm　（角川文庫）　600円
①4-04-342801-4

柴田 錬三郎　しばた・れんざぶろう

3332　「イエスの裔」

文学賞受賞作品総覧　小説篇
253

◇直木三十五賞 （第26回/昭和26年下）
「イエスの裔」 文芸春秋新社 1952 291p
「イエスの裔」 冬樹社 1980.4 236p
「柴田錬三郎選集15」 集英社 1990
「文豪のミステリー小説」 山前譲編 集英社 2008.2 333p 15cm （集英社文庫） 619円 ①978-4-08-746271-5

3333 「三国志 英雄ここにあり」
◇吉川英治文学賞 （第4回/昭和45年度）
「三国志」 英雄ここにあり 講談社 1968 2冊
「柴田錬三郎自選時代小説全集21, 22」 集英社 昭和49年
「柴田錬三郎選 第10巻」 集英社 1989. 5 516p
「柴田錬三郎選集 第11巻」 集英社 1989. 6 565p
「三国志 英雄ここにあり 1」 柴田錬三郎著, 正子公也画 ランダムハウス講談社 2008.9 347p 19cm 1900円 ①978-4-270-00405-0
「三国志 英雄ここにあり 2」 柴田錬三郎著, 正子公也画 ランダムハウス講談社 2008.9 360p 19cm 1900円 ①978-4-270-00406-7
「三国志 英雄ここにあり 3」 柴田錬三郎著, 正子公也画 ランダムハウス講談社 2008.10 359p 1900円 ①978-4-270-00423-4
「三国志 英雄ここにあり 4」 柴田錬三郎著, 正子公也画 ランダムハウス講談社 2008.10 371p 19cm 1900円 ①978-4-270-00424-1
「三国志 英雄ここにあり 5」 ランダムハウス講談社 2008.11 316p 19cm 1900円 ①978-4-270-00446-3
「三国志 英雄ここにあり 6」 ランダムハウス講談社 2008.11 339p 19cm 1900円 ①978-4-270-00447-0

柴野 和子 しばの・かずこ
3334 「風船」
◇NHK銀の雫文芸賞 （第1回/昭和63年/優秀）

芝野 武男 しばの・たけお
3335 「名人」
◇「サンデー毎日」大衆文芸 （第18回/昭和11年上）

芝原 歌織 しばはら・かおり
3336 「柳に咲く花」

◇ホワイトハート新人賞 （平成23年下期）
「大柳国華伝—紅牡丹は後宮に咲く」 講談社 2012.9 269p 15cm （講談社X文庫 K-01—white heart） 630円 ①978-4-06-286734-4
※受賞作「柳に咲く花」を改題

柴村 仁 しばむら・じん
3337 「我が家のお稲荷さま。」
◇電撃ゲーム小説大賞 （第10回/平成15年/金賞）
「我が家のお稲荷さま。」 メディアワークス 2004.2 300p 15cm （電撃文庫） 550円 ①4-8402-2611-3

渋井 真帆 しぶい・まほ
3338 「ザ・ロスチャイルド」
◇城山三郎経済小説大賞 （第4回/平成24年）
「ザ・ロスチャイルド」 ダイヤモンド社 2013.6 363p 20cm 1600円 ①978-4-478-02474-4

渋川 驍 しぶかわ・ぎょう
3339 「出港」
◇平林たい子文学賞 （第11回/昭和58年/小説）
「出港」 青桐書房 1982.6 349p 〈発売：星雲社〉

渋沢 龍彦 しぶさわ・たつひこ
3340 「唐草物語」
◇泉鏡花文学賞 （第9回/昭和56年）
「唐草物語」 白水社 1987.7 240p （新編ビブリオテカ渋沢竜彦）
「昭和文学全集31」 小学館 1988
「唐草物語」 河出書房新社 1996.2 250p 15cm （河出文庫—渋沢龍彦コレクション） 600円 ①4-309-40473-1

3341 「高丘親王航海記」
◇読売文学賞 （第39回/昭和62年/小説賞）
「高丘親王航海記」 文芸春秋 1987.10 234p
「高丘親王航海記」 文芸春秋 1990.10 253p （文春文庫）
「ちくま日本文学全集14」 筑摩書房 1991
「渋沢龍彦綺譚集2」 日本文芸社 1991
「澁澤龍彦」 澁澤龍彦著 筑摩書房 2008.6 473p 15cm （ちくま日本文学 018） 880円 ①978-4-480-42518-8

渋谷 江津子　しぶや・えつこ

3342　「蜜ビスケット工場」
◇労働者文学賞（第27回/平成27年/小説部門/入選）

渋谷 貴志　しぶや・たかし

3343　「千里がいる」
◇ジャンプ小説新人賞（jump Novel Grand Prix）（'09 Summer（平成21年夏）/小説：フリー部門/銅賞）

渋谷 悠蔵　しぶや・ゆうぞう

3344　「親の無い姉弟」
◇「文章世界」特別募集小説（大9年3月）

澁谷 ヨシユキ　しぶや・よしゆき

3345　「バードメン」
◇文學界新人賞（第102回/平成18年上期/島田雅彦奨励賞）

志保 龍彦　しほ・たつひこ

3346　「Kudanの瞳」
◇創元SF短編賞（第2回/平成23年度/日下三蔵賞）
「原色の想像力―創元SF短編賞アンソロジー　2」大森望, 日下三蔵, 堀晃編　東京創元社　2012.3　444p　15cm（創元SF文庫 739-02）980円　①978-4-488-73902-7

史間 あかし　しま・あかし

3347　「大江戸医譚―PRACTICE―」
◇富士見ラノベ文芸賞（第1回/平成25年/金賞）

島 一春　しま・かずはる

3348　「無常米」
◇農民文学賞（第3回/昭和33年度）
「無常米」五月書房 1959 237p

3349　「老農夫」
◇地上文学賞（第4回/昭和31年）

志摩 佐木男　しま・さきお

3350　「冬を待つ季節」
◇放送文学賞（第4回/昭和56年/佳作）

島 さち子　しま・さちこ

3351　「存在のエコー」
◇女流新人賞（第12回/昭和44年度）

志摩 峻　しま・たかし

3352　「ザ・リコール」
◇ダイヤモンド経済小説大賞（第3回/平成18年/大賞）
「ザ・リコール」ダイヤモンド社　2006.9　332p　20cm 1600円　①4-478-93079-1
※他言語標題：The recall

島 比呂志　しま・ひろし

3353　「海の沙」
◇南日本文学賞（第14回/昭和61年）
「生存宣言」社会評論社　1996.3　327p　19cm　2678円　①4-7845-0143-6
「ハンセン病文学全集　第3巻　小説3」加賀乙彦編　皓星社　2002.11　444p　21cm 4800円　①4-7744-0392-X

嶋 龍三郎　しま・りゅうざぶろう

3354　「徹甲―アーマーピアシング」
◇歴史文学賞（第24回/平成11年度/佳作）

島尾 敏雄　しまお・としお

3355　「硝子障子のシルエット」
◇毎日出版文化賞（第26回/昭和47年）
「硝子障子のシルエット―葉篇小説集」創樹社 1972 214p
「島尾敏雄全集7」晶文社 昭和56年
「硝子障子のシルエット―葉篇小説集」講談社 1989.10 220p（講談社文芸文庫）

3356　「魚雷艇学生」
◇野間文芸賞（第38回/昭和60年）
「魚雷艇学生」新潮社 1985.8 184p
「魚雷艇学生」新潮社 1989.7 205p（新潮文庫）

3357　「死の棘」
◇芸術選奨（第11回/昭和35年度/文学部門/文部大臣賞）
◇日本文学大賞（第10回/昭和53年）
「死の棘」講談社 1960 232p
「死の棘」角川書店 1963 296p（角川文庫）
「死の棘」新潮社 1977.9 347p
「死の棘」新潮社 1981.1 514p（新潮文庫）
「日本の文学（近代編）81」ほるぷ出版 1985
「昭和文学全集20」小学館 1987
「死の棘」新潮社　2003.2　620p　15cm（新潮文庫）781円　①4-10-116403-7

「日常のなかの危機」 大岡昇平, 平野謙,
佐々木基一, 埴谷雄高, 花田清輝編, 嘉村
礒多ほか著 新装版 學藝書林 2003.5
554p 19cm （全集 現代文学の発見 第5
巻） 4500円 Ⓘ4-87517-063-7

3358 「出孤島記」
◇戦後文学賞 （第1回/昭和25年）
「出孤島記―島尾敏雄戦争小説集」 冬樹
社 1974 501p
「島尾敏雄全集6」 晶文社 昭和56年
「昭和文学全集20」 小学館 1987
「その夏の今は・夢の中での日常」 講談
社 1988.8 311p （講談社文芸文庫）
「ちくま日本文学全集32」 筑摩書房'92
「永遠の夏―戦争小説集」 末國善己編
実業之日本社 2015.2 614p 15cm
（実業之日本社文庫） 880円 Ⓘ978-4-
408-55214-9

3359 「日の移ろい」
◇谷崎潤一郎賞 （第13回/昭和52年度）
「島尾敏雄全集10」 晶文社 昭和56年
「日の移ろい」 埼玉福祉会 2002.5 2冊
22cm （大活字本シリーズ） 3500
円;3600円 Ⓘ4-88419-134-X, 4-88419-
135-8
※原本：中公文庫, 限定版

3360 「湾内の入江で」
◇川端康成文学賞 （第10回/昭和58年）
「昭和文学全集20」 小学館 1987
「第三の新人名作選」 講談社文芸文庫編
講談社 2011.8 363p 15cm （講談社
文芸文庫） 1500円 Ⓘ978-4-06-290131-
4
「現代小説クロニクル 1980～1984」 日
本文藝家協会編 講談社 2014.12
283p 15cm （講談社文芸文庫） 1700
円 Ⓘ978-4-06-290253-3

島尾 ミホ しまお・みほ

3361 「海辺の生と死」
◇田村俊子賞 （第15回/昭和49年）
◇南日本文学賞 （第3回/昭和50年）
「沖縄文学全集8」 国書刊行会 1990
「戦後短篇小説再発見 5 生と死の光
景」 講談社文芸文庫編 講談社 2001.
10 272p 15cm （講談社文芸文庫）
950円 Ⓘ4-06-198265-6
「海辺の生と死」 改版 中央公論新社
2013.7 239p 15cm （中公文庫） 648
円 Ⓘ978-4-12-205816-3

島木 健作 しまき・けんさく

3362 「終章」
◇文学界賞 （第9回/昭和11年10月）
「島木健作全集3」 国書刊行会 昭和53年
「島木健作全集 第3巻」 新装版 国書刊
行会 2003.12 478p 21cm 5000円
Ⓘ4-336-04587-9

3363 「章三の叔父」
◇「万朝報」懸賞小説 （第1571回/大9
年12月）
「島木健作全集14」 国書刊行会 昭和55年

3364 「生活の探求」
◇透谷文学賞 （第2回/昭和13年/賞牌の
み）
「書きおろし長篇小説叢書」 2 河出書房
1937
「生活の探求」 角川書店 1950 249p （角
川文庫）
「生活の探求」 第1―2部 新潮社 1950 2
冊 （新潮文庫）
「生活の探求・赤蛙」 筑摩書房 1952
229p （現代日本名作集）
「島木健作全集5」 国書刊行会 昭和51年
「島木健作全集 第6巻」 新装版 国書刊
行会 2003.12 416p 21cm 5000円
Ⓘ4-336-04590-9

島木 葉子 しまき・ようこ

3365 「朽ちた裏階段の挿話」
◇マドモアゼル女流短篇新人賞 （第2回
/昭和41年）

島崎 ひろ しまざき・ひろ

3366 「飛べないシーソー」
◇オール讀物新人賞 （第87回/平成19
年）

嶋崎 宏樹 しまざき・ひろき

3367 「朱美くんがいっぱい。」
◇角川学園小説大賞 （第3回/平成11年/
奨励賞）

島津 緒繰 しまず・おぐり

3368 「擬態少女は夢を見る」
◇『このライトノベルがすごい！』大賞
（第3回/平成24年/栗山千明賞）
「薄氷（うすらい）あられ、今日からアニ
メ部はじめました。」 宝島社 2012.10
252p 16cm （このライトノベルがすご
い！文庫 し-2-1） 648円 Ⓘ978-4-
8002-0278-9

※受賞作「擬態少女は夢を見る」を改題

島田 一砂　しまだ・いっさ

3369　「狂城」
◇歴史群像大賞（第9回/平成15年/佳作）

島田 一男　しまだ・かずお

3370　「社会部記者」
◇日本推理作家協会賞（第4回/昭和26年/短篇賞）
「社会部記者」桃源社　1967　244p（ポピュラー・ブックス）
「社会部記者」双葉社　1995.5　239p　15cm（双葉文庫―日本推理作家協会賞受賞作全集 6）480円　①4-575-65805-7

島田 雅彦　しまだ・まさひこ

3371　「カオスの娘」
◇芸術選奨（第58回/平成19年度/文学部門/文部科学大臣賞）
「カオスの娘―シャーマン探偵ナルコ」集英社　2007.6　345p　20cm　1600円　①978-4-08-774862-8

3372　「退廃姉妹」
◇伊藤整文学賞（第17回/平成18年/小説部門）
「退廃姉妹」文藝春秋　2005.8　294p　20cm　1381円　①4-16-324170-1
「退廃姉妹」文藝春秋　2008.8　358p　16cm（文春文庫）657円　①978-4-16-746203-1

3373　「彼岸先生」
◇泉鏡花文学賞（第20回/平成4年）
「彼岸先生」福武書店　1992　364p
「彼岸先生」新潮社　1995.6　418p　15cm（新潮文庫）600円　①4-10-118704-5

3374　「夢遊王国のための音楽」
◇野間文芸新人賞（第6回/昭和59年）
「夢遊王国のための音楽」福武書店　1987.9　239p（福武文庫）
「島田雅彦芥川賞落選作全集　上」河出書房新社　2013.6　337p　15cm（河出文庫）1000円　①978-4-309-41222-1

島田 悠　しまだ・ゆう

3375　「ロイヤル・クレセント」
◇歴史文学賞（第14回/平成1年度/佳作）

嶋田 洋一　しまだ・よういち

3376　「異星人の郷」
◇星雲賞（第42回/平成23年/海外長編部門）
「異星人の郷（さと）　上」マイクル・フリン著, 嶋田洋一訳　東京創元社　2010.10　349p　15cm（創元SF文庫 699-01）940円　①978-4-488-69901-7
「異星人の郷（さと）　下」マイクル・フリン著, 嶋田洋一訳　東京創元社　2010.10　366p　15cm（創元SF文庫 699-02）940円　①978-4-488-69902-4

3377　「ブラインドサイト」
◇星雲賞（第45回/平成26年/海外長編部門（小説））
「ブラインドサイト　上」ピーター・ワッツ著, 嶋田洋一訳　東京創元社　2013.10　275p　15cm（創元SF文庫 SFワ3-1）840円　①978-4-488-74601-8
「ブラインドサイト　下」ピーター・ワッツ著, 嶋田洋一訳　東京創元社　2013.10　301p　15cm（創元SF文庫 SFワ3-2）840円　①978-4-488-74602-5

嶋田 洋一　しまだ・よういち

3378　「スシになろうとした女」
◇星雲賞（第46回/平成27年/海外短編部門（小説））

島田 理聡　しまだ・りさ

3379　「パラダイスファミリー」
◇コバルト・ノベル大賞（第17回/平成3年上/佳作）
「パラダイス・ファミリー　1」風間宏子著　講談社　1997.6　196p　18cm（講談社コミックスビーラブ 810巻）390円　①4-06-317810-2
「パラダイス・ファミリー　2」風間宏子著　講談社　1998.2　179p　18cm（講談社コミックスビーラブ 844巻）429円　①4-06-317844-7

島谷 明　しまたに・あきら

3380　「マニシェの林檎」
◇織田作之助賞（第26回/平成21年/青春賞）

嶋戸 悠祐　しまと・ゆうすけ

3381　「キョウダイ」
◇島田荘司選 ばらのまち福山ミステリー文学新人賞（第3回/平成22年/

優秀作）
「キョウダイ」 講談社 2011.8 204p
18cm（講談社ノベルス シR-01） 800円
Ⓘ978-4-06-182801-8

嶋中 潤 しまなか・じゅん

3382 「代理処罰」
◇日本ミステリー文学大賞新人賞 （第
17回/平成25年度）
「代理処罰」 光文社 2014.2 335p
20cm 1500円 Ⓘ978-4-334-92930-5

島貫 尚美 しまぬき・なおみ

3383 「退屈な植物の赫い溜息」
◇マリン文学賞 （第2回/平成3年）

島野 一 しまの・はじめ

3384 「朱円姉妹」
◇問題小説新人賞 （第3回/昭和52年）

3385 「仁王立ち」
◇オール讀物推理小説新人賞 （第16回/
昭和52年）

島村 潤一郎 しまむら・じゅんいちろう

3386 「誕生」
◇北区内田康夫ミステリー文学賞 （第9
回/平成23年/特別賞）

島村 匠 しまむら・しょう

3387 「芳年冥府彷徨」
◇松本清張賞 （第6回/平成11年）
「芳年冥府彷徨」 文藝春秋 1999.6
237p 20cm 1333円 Ⓘ4-16-317690-X

島村 利正 しまむら・としまさ

3388 「青い沼」
◇平林たい子文学賞 （第4回/昭和51年/
小説）
「青い沼」 新潮社 1975 222p

3389 「妙高の秋」
◇読売文学賞 （第31回/昭和54年/小説
賞）
「妙高の秋」 中央公論社 1979.6 202p
「妙高の秋」 中央公論社 1982.9 211p
（中公文庫）
「奈良登大路町・妙高の秋」 講談社
2004.1 235p 15cm（講談社文芸文
庫） 1200円 Ⓘ4-06-198357-1

島村 洋子 しまむら・ようこ

3390 「独楽（ひとりたのしみ）」

◇コバルト・ノベル大賞 （第6回/昭和
60年下）

嶋本 達嗣 しまもと・たつし

3391 「バスストップの消息」
◇日本ファンタジーノベル大賞 （第7回
/平成7年/優秀賞）
「バスストップの消息」 新潮社 1995.12
203p 19cm 1300円 Ⓘ4-10-409101-4

島本 理生 しまもと・りお

3392 「シルエット」
◇群像新人文学賞 （第44回/平成13年/
小説/優秀作）
「シルエット」 講談社 2001.10 159p
20cm 1300円 Ⓘ4-06-210904-2
「シルエット」 講談社 2004.11 185p
15cm（講談社文庫） 419円 Ⓘ4-06-
274926-2

3393 「ナラタージュ」
◇本屋大賞 （第3回/平成18年/6位）
「ナラタージュ」 角川書店 2005.2
373p 20cm 1400円 Ⓘ4-04-873590-X
「ナラタージュ」 角川書店, 角川グルー
プパブリッシング（発売） 2008.2
411p 15cm（角川文庫） 590円
Ⓘ978-4-04-388501-5

3394 「リトル・バイ・リトル」
◇野間文芸新人賞 （第25回/平成15年）
「リトル・バイ・リトル」 講談社 2003.1
155p 20cm 1300円 Ⓘ4-06-211669-3

3395 「**Red**」
◇島清恋愛文学賞 （第21回/平成26年）
「Red」 中央公論新社 2014.9 415p
20cm 1700円 Ⓘ978-4-12-004654-4
※本文は日本語

清水 アリカ しみず・ありか

3396 「革命のためのサウンドトラック」
◇すばる文学賞 （第14回/平成2年）
「革命のためのサウンドトラック」 集英
社 1991.1 172p

清水 一行 しみず・いっこう

3397 「動脈列島」
◇日本推理作家協会賞 （第28回/昭和50
年）
「動脈列島─長編推理小説」 双葉社
1977.2 283p（清水一行選集）
「動脈列島」 角川書店 1979.5 448p（角

川文庫）
「動脈列島」 集英社 1979.12 422p（集英社文庫）
「動脈列島─長編推理小説」 光文社 1988.11 453p（光文社文庫）
「動脈列島」 徳間書店 2005.11 490p 15cm（徳間文庫）800円 ①4-19-892336-1

清水 佐知子 しみず・さちこ
3398 「早春賦」
◇NHK銀の雫文芸賞 （平成22年/優秀）

清水 正二郎 しみず・しょうじろう
⇒胡桃沢 耕史（くるみざわ・こうし）

清水 政二 しみず・せいじ
3399 「沼地の虎」
◇「サンデー毎日」大衆文芸 （第27回/昭和15年下）

志水 辰夫 しみず・たつお
3400 「きのうの空」
◇柴田錬三郎賞 （第14回/平成13年）
「きのうの空」 新潮社 2001.4 340p 20cm 1700円 ①4-10-398603-4
「きのうの空」 新潮社 2003.6 443p 16cm（新潮文庫）590円 ①4-10-134516-3
3401 「背いて故郷」
◇日本推理作家協会賞 （第39回/昭和61年/長編部門）
「背いて故郷」 講談社 1985.10 237p
「背いて故郷」 講談社 1988.8 433p（講談社文庫）
「背いて故郷」 双葉社 2000.11 456p 15cm（双葉文庫 51─日本推理作家協会賞受賞作全集）781円 ①4-575-65850-2
「背いて故郷」 新潮社 2005.2 518p 15cm（新潮文庫）667円 ①4-10-134519-8

清水 てつき しみず・てつき
3402 「ベイスボール★キッズ」
◇ジャンプ小説大賞 （第7回/平成9年/入選）
「ベイスボール・キッズ」 集英社 1999.4 220p 19cm（ジャンプ・ジェイ・ブックス）762円 ①4-08-703083-0

清水 杜氏彦 しみず・としひこ
3403 「うそつき、うそつき」

◇アガサ・クリスティー賞 （第5回/平成27年）
「うそつき、うそつき」 早川書房 2015.11 387p 20cm 1700円 ①978-4-15-209576-3
3404 「電話で、その日の服装等を言い当てる女について」
◇「小説推理」新人賞 （第37回/平成27年）

清水 朔 しみず・はじめ
3405 「神遊び」
◇ノベル大賞 （第32回/平成13年/入選・読者大賞）
「神遊び」 集英社 2003.3 231p 15cm（コバルト文庫）495円 ①4-08-600239-6

清水 博子 しみず・ひろこ
3406 「処方箋」
◇野間文芸新人賞 （第23回/平成13年）
「処方箋」 集英社 2001.8 130p 20cm 1400円 ①4-08-774552-X
「処方箋」 集英社 2005.2 158p 16cm（集英社文庫）476円 ①4-08-747791-6
3407 「街の座標」
◇すばる文学賞 （第21回/平成9年）
「街の座標」 集英社 1998.1 132p 19cm 1200円 ①4-08-774317-9
「街の座標」 集英社 2001.9 161p 15cm（集英社文庫）400円 ①4-08-747359-7

清水 文化 しみず・ふみか
3408 「気象精霊記 正しい台風の起こし方」
◇ファンタジア長編小説大賞 （第8回/平成8年/審査員特別賞）
「正しい台風の起こし方─気象精霊記」 富士見書房 1997.7 307p 15cm（富士見ファンタジア文庫）580円 ①4-8291-2757-0

清水 雅世 しみず・まさよ
3409 「夢見の噺」
◇北区内田康夫ミステリー文学賞 （第2回/平成16年/大賞）

清水 芽美子 しみず・めみこ
3410 「ステージ」
◇オール讀物推理小説新人賞 （第39回/

平成12年)

清水 基吉　しみず・もとよし

3411　「雁立」
◇芥川龍之介賞　（第20回／昭和19年下）
「雁立ち」　鎌倉文庫　1946　211p
「雁立」　永田書房　1976　260p
「芥川賞全集3」　文芸春秋　1982

清水 保野　しみず・やすの

3412　「死の日付」
◇中村星湖文学賞　（第21回／平成19年）
「死の日付」　山梨日日新聞社　2007.3
227p　20cm　2000円　①978-4-89710-
615-1

志瑞 祐　しみず・ゆう

3413　「やってきたよ，ドルイドさん！」
◇MF文庫Jライトノベル新人賞　（第4回
／平成20年／佳作）〈受賞時〉志瑞
祐麒
「やってきたよ、ドルイドさん！」メ
ディアファクトリー　2008.10　259p
15cm　（MF文庫J）　580円　①978-4-
8401-2455-3
「やってきたよ、ドルイドさん！ 2」メ
ディアファクトリー　2009.2　257p
15cm　（MF文庫J　し-04-02）　580円
①978-4-8401-2666-3
「やってきたよ、ドルイドさん！ 3」メ
ディアファクトリー　2009.6　257p
15cm　（MF文庫J　し-04-03）　580円
①978-4-8401-2805-6

清水 義範　しみず・よしのり

3414　「国語入試問題必勝法」
◇吉川英治文学新人賞　（第9回／昭和63
年度）
「国語入試問題必勝法」　講談社　1987.10
219p
「国語入試問題必勝法」　講談社　1990.10
250p　（講談社文庫）
「インパクトの瞬間―清水義範パス
ティーシュ100　二の巻」　筑摩書房
2009.1　412p　15cm　（ちくま文庫）
950円　①978-4-480-42552-2

清水 良英　しみず・よしひで

3415　「激突カンフーファイター」
◇ファンタジア長編小説大賞　（第12回／
平成12年／準入選）
「激突カンフーファイター」　富士見書房

2001.1　300p　15cm　（富士見ファンタ
ジア文庫）　580円　①4-8291-1322-7

志村 一矢　しむら・かずや

3416　「月と貴女に花束を」
◇電撃ゲーム小説大賞　（第5回／平成10
年／選考委員特別賞）
「月と貴女に花束を」　メディアワークス，
角川書店〔発売〕　1999.6　288p　15cm
（電撃文庫）　570円　①4-8402-1214-7

志村 雄　しむら・たけし

3417　「春とボロ自転車」
◇「サンデー毎日」大衆文芸　（第10回／
昭和7年上）

志村 白汀　しむら・はくてい

3418　「派手浴衣」
◇「文芸倶楽部」懸賞小説　（第31回／明
38年9月／第2等）

志村 ふくみ　しむら・ふくみ

3419　「一色一生」
◇大佛次郎賞　（第10回／昭和58年）
「一色一生」　求龍堂　1982　261p
「一色一生」　求龍堂　2005.1　286p
21cm　2200円　①4-7630-0444-1

下井 葉子　しもい・ようこ

3420　「あなたについて　わたしにつ
いて」
◇群像新人文学賞　（第30回／昭和62年／
小説）

霜川 遠志　しもかわ・えんじ

3421　「八代目団十郎の死」
◇歴史文学賞　（第4回／昭和54年度）
「八代目団十郎の死」　新人物往来社
1980.5　219p

3422　「藤野先生」
◇芸術祭奨励賞　（昭56年）

下川 博　しもかわ・ひろし

3423　「閉店まで」
◇堺自由都市文学賞　（第18回／平成18年
度／入賞）

耳目　じもく

3424　「通信制警察」
◇「小説推理」新人賞　（第31回／平成21
年）

霜越 かほる　しもごえ・かほる

3425　「高天原なリアル」
◇ロマン大賞　（第8回/平成11年）
　「高天原なリアル」　集英社　1999.10
　　285p　15cm（集英社スーパーファンタ
　　ジー文庫）533円　①4-08-613367-9
　「高天原なリアル」　集英社　2002.7
　　288p　15cm（集英社スーパーダッシュ
　　文庫）590円　①4-08-630090-7

下澤 勝井　しもざわ・かつい

3426　「がまの子蛙」
◇新日本文学賞　（第22回/平成2年/小
　説）

3427　「天の罠」
◇農民文学賞　（第47回/平成16年）

志茂田 景樹　しもだ・かげき

3428　「黄色い牙」
◇直木三十五賞　（第83回/昭和55年上）
　「黄色い牙」　講談社　1980.4　225p
　「黄色い牙」　講談社　1982.10　388p（講談
　　社文庫）
　「黄色い牙」　KIBA BOOK　2002.11
　　370p　19cm　1600円　①4-916158-74-1

3429　「気笛一声」
◇日本文芸大賞　（第4回/昭和59年）
　「汽笛一声」　プレジデント社　1983.12
　　365p

3430　「やっとこ探偵」
◇小説現代新人賞　（第27回/昭和51年
　下）
　「やっとこ探偵」　講談社　1980.9　229p

霜多 正次　しもた・せいじ

3431　「明けもどろ」
◇多喜二・百合子賞　（第3回/昭和46年）
　「明けもどろ」　新日本出版社　1971　394p

3432　「沖縄島」
◇毎日出版文化賞　（第11回/昭和32年）
　「沖縄島」　筑摩書房　1957　239p
　「沖縄島」　東風社　1966　309p（東風双書）
　「沖縄島」　東邦出版社　1972　309p
　「沖縄島」　新日本出版社　1977.10　2冊
　　（新日本文庫）
　「霜多正次全集　1」　霜多正次全集刊行
　　委員会、沖積舎〔発売〕　1997.6　922p
　　21cm　10000円　①4-8060-9507-9

下鳥 潤子　しもとり・じゅんこ

3433　「わすれないよ 波の音」
◇文の京文芸賞　（第3回/平成19年）

霜鳥 つらら　しもとり・つらら

3434　「糸偏となぞなぞ」
◇深大寺短編恋愛小説「深大寺恋物語」
　（第5回/平成21年/審査員特別賞）

下村 敦史　しもむら・あつし

3435　「無縁の常闇に嘘は香る」
◇江戸川乱歩賞　（第60回/平成26年）
　「闇に香る嘘」　講談社　2014.8　334p
　　20cm　1550円　①978-4-06-219094-7
　※受賞作「無縁の常闇に嘘は香る」を
　　改題

下村 智恵理　しもむら・ちえり

3436　「Draglight/5つ星と7つ星」
◇スーパーダッシュ小説新人賞　（第11
　回/平成24年/優秀賞）〈受賞時〉
　篠宜 曜
　「エンド・アステリズム―なぜその機械と
　　少年は彼女が不動で宇宙の中心である
　　と考えたか」　集英社　2012.11　375p
　　15cm（集英社スーパーダッシュ文庫　し
　　9-1）640円　①978-4-08-630708-6
　※受賞作「Draglight5つ星と7つ星」を
　　改題

下元 年世　しももと・としよ

3437　「家族の絆 キヨ子の青春」
◇部落解放文学賞　（第27回/平成12年度
　/入選/戯曲部門）

下山 俊三　しもやま・しゅんぞう

3438　「雪崩と熊の物語」
◇「サンデー毎日」大衆文芸　（第45回/
　昭和29年上）

釈永 君子　しゃくえい・きみこ

3439　「甚平」
◇マドモアゼル女流短篇新人賞　（第4回
　/昭和43年）

しやけ 遊魚　しやけ・ゆうな

3440　「こもれびノート」
◇ノベルジャパン大賞　（第3回/平成21
　年/奨励賞）〈受賞時〉初宿 遊魚
　「こもれびノート」　ホビージャパン
　　2009.12　283p　15cm（HJ文庫 211）

619円 ①978-4-89425-970-6

鯱 城一郎 しゃち・じょういちろう

3441 「お椅子さん」

◇「サンデー毎日」大衆文芸（第21回/昭和12年下）

集英社 しゅうえいしゃ

3442 「終わらざる夏」

◇毎日出版文化賞（第64回/平成22年/文学・芸術部門）

「終わらざる夏　上」浅田次郎著　集英社　2010.7　467p　20cm　1700円　①978-4-08-771346-6

「終わらざる夏　下」浅田次郎著　集英社　2010.7　458p　20cm　1700円　①978-4-08-771347-3

「終わらざる夏　上」浅田次郎著　集英社　2013.6　354p　16cm（集英社文庫　あ36-18）630円　①978-4-08-745078-1

「終わらざる夏　中」浅田次郎著　集英社　2013.6　326p　16cm（集英社文庫　あ36-19）630円　①978-4-08-745079-8

「終わらざる夏　下」浅田次郎著　集英社　2013.6　374p　16cm（集英社文庫　あ36-20）630円　①978-4-08-745080-4

3443 「ファウスト」

◇毎日出版文化賞（第54回/平成12年/企画部門）

「ファウスト　第1部」ゲーテ著, 池内紀訳　集英社　1999.10　255p　22cm　2200円　④4-08-773315-7

「ファウスト　第2部」ゲーテ著, 池内紀訳　集英社　2000.1　382p　22cm　2800円　④4-08-773316-5

「ファウスト　第1部」ヨハーン・ヴォルフガング・ゲーテ著, 池内紀訳　集英社　2004.5　358p　16cm（集英社文庫ヘリテージシリーズ）686円　④4-08-761008-X

「ファウスト　第2部」ヨハーン・ヴォルフガング・ゲーテ著, 池内紀訳　集英社　2004.5　493p　16cm（集英社文庫ヘリテージシリーズ）933円　④4-08-761009-8

3444 「楊令伝」

◇毎日出版文化賞（第65回/平成23年/特別賞）

「楊令伝　1　玄旗の章」北方謙三著　集英社　2011.6　390p　15cm（集英社文庫）600円　①978-4-08-746705-5

「楊令伝　2　辺烽の章」北方謙三著　集英社　2011.7　395p　15cm（集英社文庫）600円　①978-4-08-746715-4

「楊令伝　3　盤紆の章」北方謙三著　集英社　2011.8　395p　15cm（集英社文庫）600円　①978-4-08-746727-7

「楊令伝　4　雷霆の章」北方謙三著　集英社　2011.9　397p　15cm（集英社文庫）600円　①978-4-08-746737-6

「楊令伝　5　猩紅の章」北方謙三著　集英社　2011.10　397p　15cm（集英社文庫）600円　①978-4-08-746747-5

「楊令伝　6　俎征の章」北方謙三著　集英社　2011.11　398p　15cm（集英社文庫）600円　①978-4-08-746759-8

「楊令伝　7　驍騰の章」北方謙三著　集英社　2011.12　396p　15cm（集英社文庫）600円　①978-4-08-746770-3

「楊令伝　8　箭激の章」北方謙三著　集英社　2012.1　398p　15cm（集英社文庫）600円　①978-4-08-746782-6

「楊令伝　9　遥光の章」北方謙三著　集英社　2012.2　398p　15cm（集英社文庫）600円　①978-4-08-746791-8

「楊令伝　10　坡陀の章」北方謙三著　集英社　2012.3　396p　15cm（集英社文庫）600円　①978-4-08-746802-1

「楊令伝　11　傾暉の章」北方謙三著　集英社　2012.4　390p　15cm（集英社文庫）600円　①978-4-08-746815-1

「楊令伝　12　九天の章」北方謙三著　集英社　2012.5　390p　15cm（集英社文庫）600円　①978-4-08-746828-1

「楊令伝　13　青冥の章」北方謙三著　集英社　2012.6　390p　15cm（集英社文庫）600円　①978-4-08-746840-3

「楊令伝　14　星歳の章」北方謙三著　集英社　2012.7　390p　15cm（集英社文庫）600円　①978-4-08-746852-6

「楊令伝　15　天穹の章」北方謙三著　集英社　2012.8　388p　15cm（集英社文庫）600円　①978-4-08-746865-6

十文字 青 じゅうもんじ・あお

3445 「純潔ブルースプリング」

◇角川学園小説大賞（第7回/平成15年/自由部門/特別賞）〈受賞時〉十神霙

十文字 実香 じゅうもんじ・みか

3446 「狐寝入夢虜」

◇群像新人文学賞（第47回/平成16年/小説）

「狐寝入夢虜」講談社　2005.5　140p

20cm 1200円 ①4-06-212824-1

樹香梨　じゅかり

3447　「初恋タイムスリップ」
◇日本ケータイ小説大賞（第6回/平成
　24年/優秀賞）
「初恋タイムスリップ」　スターツ出版
2012.5　245p　19cm　1000円　①978-4-
88381-180-9

朱川 湊人　しゅかわ・みなと

3448　「白い部屋で月の歌を」
◇日本ホラー小説大賞（第10回/平成15
　年/短編賞）
「白い部屋で月の歌を」　角川書店　2003.
11　301p　15cm　（角川ホラー文庫）
552円　①4-04-373501-4

3449　「花まんま」
◇直木三十五賞（第133回/平成17年上
　半期）
「花まんま」　文藝春秋　2005.4　264p
20cm　1571円　①4-16-323840-9
「花まんま」　文藝春秋　2008.4　317p
16cm　（文春文庫）514円　①978-4-16-
771202-0

3450　「フクロウ男」
◇オール讀物推理小説新人賞（第41回/
　平成14年）
「都市伝説セピア」　文藝春秋　2003.9
256p　20cm　1571円　①4-16-322210-3

首藤 瓜於　しゅどう・うりお

3451　「脳男」
◇江戸川乱歩賞（第46回/平成12年）
「脳男」　講談社　2000.9　323p　20cm
1600円　①4-06-210389-3
「脳男」　講談社　2003.9　366p　15cm
（講談社文庫）590円　①4-06-273837-6

シュリンク, ベルンハルト

3452　「朗読者」
◇毎日出版文化賞（第54回/平成12年/
　特別賞）
「朗読者」　ベルンハルト・シュリンク著,
松永美穂訳　新潮社　2000.4　213p
20cm　（Crest books）1800円　①4-10-
590018-8
「朗読者」　ベルンハルト・シュリンク著,
松永美穂訳　新潮社　2003.6　258p
16cm　（新潮文庫）514円　①4-10-
200711-3

城 光貴　じょう・こうき

3453　「嗚呼 二本松少年隊」
◇歴史群像大賞（第10回/平成16年/奨
　励賞）

常夏　じょうか

3454　「親子」
◇「太陽」懸賞小説及脚本（第9回/明
　44年6月/佳作）

3455　「二人づれ」
◇「太陽」懸賞小説及脚本（第3回/明
　43年12月/小説）

小学館　しょうがくかん

3456　「銀河の道 虹の架け橋」
◇毎日出版文化賞（第53回/平成11年/
　第2部門（人文・社会））
「銀河の道虹の架け橋」　大林太良著　小
　学館　1999.7　813p　22cm　7600円
①4-09-626199-8

3457　「模倣犯」
◇毎日出版文化賞（第55回/平成13年/
　特別賞）
「模倣犯　上」　宮部みゆき著　小学館
2001.4　721p　20cm　1900円　①4-09-
379264-X
「模倣犯　下」　宮部みゆき著　小学館
2001.4　701p　20cm　1900円　①4-09-
379265-8

将吉　しょうきち

3458　「コスチューム！」
◇ボイルドエッグズ新人賞（第3回/平
　成17年3月）
「コスチューム！」　産業編集センター
2005.7　231p　19cm　1100円　①4-
916199-75-8
※他言語標題：Costume！

上甲 彰　じょうこう・あきら

3459　「独行船（どっこうせん）」
◇マリン文学賞（第3回/平成4年）

上甲 宣之　じょうこう・のぶゆき

3460　「そのケータイはXXで」
◇『このミステリーがすごい！』大賞
　（第1回/平成14年/隠し玉）
「そのケータイはXXで」　宝島社　2003.5
445p　20cm　1600円　①4-7966-3302-2
「そのケータイはXXで」　宝島社　2004.5
550p　16cm　（宝島社文庫）790円

しょうし   3461～3470

　　①4-7966-4096-7

庄司 薫　しょうじ・かおる

　3461　「赤頭巾ちゃん気をつけて」
　◇芥川龍之介賞　（第61回/昭和44年上）
　　「赤頭巾ちゃん気をつけて」　中央公論社
　　1969　188p
　　「芥川賞全集8」　文芸春秋　1982
　　「赤頭巾ちゃん気をつけて」　庄司薫著
　　新潮社　2012.3　198p　15cm（新潮文
　　庫）　460円　①978-4-10-138531-0

　3462　「喪失」
　◇中央公論新人賞　（第3回/昭和33年度）
　　「喪失」　福田章二著　中央公論社　1959
　　255p
　　「喪失」　福田章二著　中央公論社　1970
　　259p

荘司 重夫　しょうじ・しげお

　3463　「第三新生丸後日譚」
　◇「文学評論」懸賞創作　（第1回/昭和9
　　年）

城島 明彦　じょうじま・あきひこ

　3464　「けさらんぱさらん」
　◇オール讀物新人賞　（第62回/昭和58年
　　上）

翔田 寛　しょうだ・かん

　3465　「影踏み鬼」
　◇小説推理新人賞　（第22回/平成12年）
　　「小説推理新人賞受賞作アンソロジー
　　2」　大倉崇裕ほか著　双葉社　2000.11
　　281p　15cm（双葉文庫）　552円　①4-
　　575-50755-5
　　「影踏み鬼」　双葉社　2001.12　237p
　　20cm　1700円　①4-575-23426-5
　　「影踏み鬼」　双葉社　2004.3　261p
　　15cm（双葉文庫）　533円　①4-575-
　　66167-8

　3466　「誘拐児」
　◇江戸川乱歩賞　（第54回/平成20年）
　　「誘拐児」　講談社　2008.8　360p　20cm
　　1600円　①978-4-06-214918-1
　　※肖像あり

上段 十三　じょうだん・じゅうぞう

　3467　「TOKYOアナザー鎮魂曲」
　◇小説現代新人賞　（第19回/昭和47年
　　下）

上智 一麻　じょうち・かずま

　3468　「シンクロ・インフィニティ―
　　　　Synchro∞」
　◇MF文庫Jライトノベル新人賞　（第9回
　　/平成25年/佳作）
　　「仮想領域のエリュシオン　001　シンク
　　ロ・インフィニティ」　KADOKAWA
　　2013.12　293p　15cm（MF文庫J L-
　　06-01）　580円　①978-4-04-066165-0
　　※受賞作「シンクロ・インフィニティ―
　　Synchro∞」を改題

祥伝社　しょうでんしゃ

　3469　「謹訳 源氏物語」
　◇毎日出版文化賞　（第67回/平成25年/
　　特別賞）
　　「謹訳源氏物語　1」　紫式部原著，林望著
　　祥伝社　2010.3　341p　19cm　1429円
　　①978-4-396-61358-7
　　「謹訳源氏物語　2」　紫式部原著，林望著
　　祥伝社　2010.5　337p　19cm　1700円
　　①978-4-396-61361-7
　　「謹訳源氏物語　3」　紫式部原著，林望著
　　祥伝社　2010.6　369p　19cm　1700円
　　①978-4-396-61366-2
　　「謹訳源氏物語　4」　紫式部原著，林望著
　　祥伝社　2010.11　368p　19cm　1700円
　　①978-4-396-61378-5
　　「謹訳源氏物語　5」　紫式部原著，林望著
　　祥伝社　2011.2　379p　19cm　1800円
　　①978-4-396-61385-3
　　「謹訳源氏物語　6」　紫式部原著，林望著
　　祥伝社　2011.6　349p　19cm　1700円
　　①978-4-396-61395-2
　　「謹訳源氏物語　7」　紫式部原著，林望著
　　祥伝社　2011.12　370p　19cm　1700円
　　①978-4-396-61411-9
　　「謹訳源氏物語　8」　紫式部原著，林望著
　　祥伝社　2012.7　447p　19cm　1900円
　　①978-4-396-61422-5
　　「謹訳源氏物語　9」　紫式部原著，林望著
　　祥伝社　2013.2　328p　19cm　1700円
　　①978-4-396-61442-3
　　「謹訳源氏物語　10」　紫式部原著，林望
　　著　祥伝社　2013.6　398p　19cm
　　1800円　①978-4-396-61457-7

城道 コスケ　じょうどう・こすけ

　3470　「あの神父は、やっぱりクズ
　　　　だった」
　◇HJ文庫大賞　（第9回/平成27年/銀賞）

264　　　　　　　　　　　　　文学賞受賞作品総覧 小説篇

庄内 美代子　しょうない・みよこ

3471　「出稼ぎ」
◇NHK銀の雫文芸賞（第6回/平成5年/優秀）

庄野 至　しょうの・いたる

3472　「足立さんの古い革鞄」
◇織田作之助賞（第23回/平成18年/大賞）
「足立さんの古い革鞄」　編集工房ノア　2006.7　247p　19cm　1900円　①4-89271-150-0

庄野 潤三　しょうの・じゅんぞう

3473　「明夫と良二」
◇毎日出版文化賞（第26回/昭和47年）
「庄野潤三全集9」　講談社　昭和49年

3474　「絵合せ」
◇野間文芸賞（第24回/昭和46年）
「絵合せ」　講談社　1971　271p
「庄野潤三全集8」　講談社　昭和49年
「絵合せ」　講談社　1977.1　293p（講談社文庫）
「昭和文学全集21」　小学館　1987
「絵合せ」　講談社　1989.6　350p（講談社文芸文庫）
「絵合せ」　埼玉福祉会　2002.10　2冊　22cm（大活字本シリーズ）3400円；3400円　①4-88419-148-X, 4-88419-149-8
※原本：講談社文芸文庫

3475　「紺野機業場」
◇芸術選奨（第20回/昭和44年度/文学部門/文部大臣賞）
「紺野機業場」　講談社　1969　275p
「庄野潤三全集7」　講談社　昭和49年

3476　「静物」
◇新潮社文学賞（第7回/昭和35年）
「静物」　講談社　1960
「プールサイド小景・静物」　新潮社　1965　271p（新潮文庫）
「庄野潤三全集3」　講談社　昭和48年
「昭和文学全集21」　小学館　1987
「プールサイド小景　静物」　新潮社　2002.12　318p　16cm（新潮文庫）476円　①4-10-113901-6
「愛撫・静物─庄野潤三初期作品集」　講談社　2007.7　271p　15cm（講談社文芸文庫）1300円　①978-4-06-198483-7

3477　「プールサイド小景」
◇芥川龍之介賞（第32回/昭和29年下）
「プールサイド小景」　みすず書房　1955　242p
「プールサイド小景─他八篇」　角川書店　1956　210p（角川文庫）
「プールサイド小景・静物」　新潮社　1965　271p（新潮文庫）
「プールサイド小景」　牧羊社　1973　34p〈限定版〉
「庄野潤三全集1」　講談社　昭和48年
「芥川賞全集5」　文芸春秋　1982
「昭和文学全集21」　小学館'87
「右か、左か─心に残る物語　日本文学秀作選」　沢木耕太郎著　文藝春秋　2010.1　429p　15cm（文春文庫）648円　①978-4-16-720916-2
「第三の新人名作選」　講談社文芸文庫編　講談社　2011.8　363p　15cm（講談社文芸文庫）1500円　①978-4-06-290131-4

3478　「夕べの雲」
◇読売文学賞（第17回/昭和40年/小説賞）
「夕べの雲」　講談社　1965　281p
「庄野潤三全集5」　講談社　昭和48年
「夕べの雲」　講談社　1988.4　325p（講談社文芸文庫）

城野 隆　じょうの・たかし

3479　「一枚摺屋」
◇松本清張賞（第12回/平成17年）
「一枚摺屋」　文藝春秋　2005.6　310p　20cm　1600円　①4-16-324250-3
「一枚摺屋」　文藝春秋　2008.6　327p　16cm（文春文庫）619円　①978-4-16-771784-1

3480　「妖怪の図」
◇歴史文学賞（第24回/平成11年度）
「妖怪の図」　新人物往来社　2001.5　341p　20cm　1900円　①4-404-02924-1

笙野 頼子　しょうの・よりこ

3481　「極楽」
◇群像新人文学賞（第24回/昭和56年/小説）
「極楽・大祭・皇帝─笙野頼子初期作品集」　講談社　2001.3　289p　15cm（講談社文芸文庫）1300円　①4-06-198252-4

3482　「金毘羅」
◇伊藤整文学賞（第16回/平成17年/小

しよしつ

説部門)
「金毘羅」 集英社 2004.10 296p
20cm 2000円 Ⓘ4-08-774720-4

3483 「タイムスリップ・コンビナート」
◇芥川龍之介賞 （第111回/平成6年上
期）
「タイムスリップ・コンビナート」 文藝
春秋 1994.9 157p 19cm 1100円
Ⓘ4-16-315120-6
「タイムスリップ・コンビナート」 文藝
春秋 1998.2 178p 15cm （文春文
庫） 419円 Ⓘ4-16-759201-0
「芥川賞全集 第17巻」 笙野頼子, 室井
光広, 保坂和志, 又吉栄喜, 川上弘美, 柳
美里, 辻仁成著 文藝春秋 2002.8
500p 19cm 3238円 Ⓘ4-16-507270-2
「笙野頼子三冠小説集」 河出書房新社
2007.1 258p 15cm （河出文庫） 680
円 Ⓘ978-4-309-40829-3
「現代小説クロニクル1990～1994」 日本
文藝家協会編 講談社 2015.4 281p
15cm （講談社文芸文庫） 1700円
Ⓘ978-4-06-290266-3

3484 「なにもしてない」
◇野間文芸新人賞 （第13回/平成3年）
「なにもしていない」 講談社 1991.9 215p
「笙野頼子三冠小説集」 河出書房新社
2007.1 258p 15cm （河出文庫） 680
円 Ⓘ978-4-309-40829-3

3485 「二百回忌」
◇三島由紀夫賞 （第7回/平成6年）
「二百回忌」 新潮社 1994.5 161p
19cm 1350円 Ⓘ4-10-397601-2
「二百回忌」 新潮社 1997.8 185p
15cm （新潮文庫） 362円 Ⓘ4-10-
142321-0
「笙野頼子三冠小説集」 河出書房新社
2007.1 258p 15cm （河出文庫） 680
円 Ⓘ978-4-309-40829-3

3486 「幽界森娘異聞」
◇泉鏡花文学賞 （第29回/平成13年）
「幽界森娘異聞」 講談社 2001.7 267p
20cm 1500円 Ⓘ4-06-210727-9

緒昵 吉乃 しょじつ・よしの
3487 「ペペ＆ケルル どろぼう大作戦
！」
◇ジュニア冒険小説大賞 （第10回/平成
23年/佳作）

ジョニー音田 じょにーおんだ
3488 「Rolling Combat」
◇ジャンプ小説新人賞（jump Novel
Grand Prix） （'14 Winter/平成26
年冬/キャラクター小説部門/銀賞）
「落ちこぼれ自衛官、異世界の中心で不純
な愛を叫ぶ―ローリング・コンバット
！」 集英社 2015.10 237p 19cm
（JUMP j BOOKS） 1200円 Ⓘ978-4-
08-703383-0
※他言語標題：The Dropout Self
Defense Official that Shouted
Inappropriate Love at the Heart of
Another World

白井 和子 しらい・かずこ
3489 「夫婦」
◇地上文学賞 （第13回/昭和40年）

白井 信隆 しらい・のぶたか
3490 「月に笑く」
◇電撃ゲーム小説大賞 （第5回/平成10
年/金賞）
「学園武芸帳「月に笑く」」 メディアワー
クス, 主婦の友社〔発売〕 1999.2
280p 15cm （電撃文庫） 550円 Ⓘ4-
07-310918-9

白井 靖之 しらい・やすゆき
3491 「律子の簪」
◇堺自由都市文学賞 （第21回/平成21年
度/佳作）

白石 一郎 しらいし・いちろう
3492 「海狼伝」
◇直木三十五賞 （第97回/昭和62年上）
「海狼伝」 文芸春秋 1987.2 280p
「海狼伝」 文芸春秋 1990.4 478p （文春
文庫）
「海狼伝」 新装版 文藝春秋 2015.12
558p 15cm （文春文庫） 940円
Ⓘ978-4-16-790514-9

3493 「戦鬼たちの海―織田水軍の将・
九鬼嘉隆」
◇柴田錬三郎賞 （第5回/平成4年）
「戦鬼たちの海―織田水軍の将・九鬼嘉
隆」 毎日新聞社 1992.3 243p
「戦鬼たちの海―織田水軍の将・九鬼嘉
隆」 文藝春秋 1995.3 516p 15cm
（文春文庫） 620円 Ⓘ4-16-737013-1

3494 「雑兵」

◇講談倶楽部賞 （第10回/昭和32年下）

3495 「怒濤のごとく」
◇吉川英治文学賞 （第33回/平成11年）
「怒濤のごとく 上」 毎日新聞社 1998.
12 340p 20cm 1500円 ⓘ4-620-
10595-3
「怒濤のごとく 下」 毎日新聞社 1998.
12 319p 20cm 1500円 ⓘ4-620-
10596-1
「怒濤のごとく 上」 文藝春秋 2001.12
357p 16cm （文春文庫）552円 ⓘ4-
16-737021-2
「怒濤のごとく 下」 文藝春秋 2001.12
342p 16cm （文春文庫）552円 ⓘ4-
16-737022-0

白石 かおる しらいし・かおる

3496 「スズ！」
◇スニーカー大賞 （第5回/平成12年/奨
励賞）〈受賞時〉白石英樹
「上を向こうよ―格闘少女スズ」 角川書
店 2000.10 285p 15cm （角川文庫）
571円 ⓘ4-04-424401-4

3497 「僕と『彼女』の首なし死体」
◇横溝正史ミステリ大賞 （第29回/平成
21年/優秀賞）〈受賞時〉福田 政雄
「僕と『彼女』の首なし死体」 角川書店,
角川グループパブリッシング （発売）
2009.5 348p 20cm 1500円 ⓘ978-4-
04-873957-3

白石 一文 しらいし・かずふみ

**3498 「この胸に深々と突き刺さる矢を
抜け」**
◇山本周五郎賞 （第22回/平成21年）
「この胸に深々と突き刺さる矢を抜け
上」 講談社 2009.1 316p 20cm
1600円 ⓘ978-4-06-215242-6
「この胸に深々と突き刺さる矢を抜け
下」 講談社 2009.1 315p 20cm
1600円 ⓘ978-4-06-215243-3
※文献あり

3499 「ほかならぬ人へ」
◇直木三十五賞 （第142回/平成21年下
半期）
「ほかならぬ人へ」 祥伝社 2009.11
295p 20cm 1600円 ⓘ978-4-396-
63328-8

白石 すみほ しらいし・すみほ

3500 「きつね峠」
◇日本文芸大賞 （第23回/平成17年/小

説賞）
「きつね峠」 新風舎 2004.2 108p
15cm （新風舎文庫）600円 ⓘ4-7974-
9138-8

白石 美保子 しらいし・みほこ

3501 「香水はミス・ディオール」
◇神戸文学賞 （第16回/平成4年）

白石 義夫 しらいし・よしお

3502 「或戦線の風景」
◇「サンデー毎日」大衆文芸 （第6回/
昭和5年上）

3503 「再会」
◇「サンデー毎日」大衆文芸 （第44回/
昭和28年下）

白岩 玄 しらいわ・げん

3504 「野ブタ。をプロデュース」
◇文藝賞 （第41回/平成16年）
「野ブタ。をプロデュース」 河出書房新
社 2004.11 186p 20cm 1000円
ⓘ4-309-01683-9

白川 紺子 しらかわ・こうこ

3505 「嘘つきな五月女王」
◇ロマン大賞 （平成24年度/大賞）
「嘘つきなレディー五月祭の求婚」 集英
社 2013.1 286p 15cm （コバルト文
庫 し17-1）540円 ⓘ978-4-08-601697-
1
※受賞作「嘘つきな五月女王」を改題

白川 敏行 しらかわ・としゆき

3506 「シリアスレイジ」
◇電撃小説大賞 （第11回/平成16年/選
考委員奨励賞）
「シリアスレイジ」 メディアワークス
2005.4 328p 15cm （電撃文庫 1076）
590円 ⓘ4-8402-3019-6

白河 暢子 しらかわ・のぶこ

3507 「ウイニング・ボール」
◇小説現代新人賞 （第32回/昭和54年
上）

白木 秋 しらき・あき

3508 「英雄失格！」
◇ジャンプ小説新人賞 (jump Novel
Grand Prix) （'08 Spring （平成20
年春）/小説：フリー部門/銅賞）

しらき

3509 「ガールズロボティクス」
◇ジャンプ小説新人賞（jump Novel Grand Prix）（'14 Summer/平成26年夏/小説：フリー部門/銀賞）

白木 陸郎　しらき・りくろう

3510 「いろいろな日」
◇「文章世界」特別募集小説　（大7年1月）

白坂 愛　しらさか・あい

3511 「珈琲牛乳」
◇やまなし文学賞　（第15回/平成18年度/小説部門/佳作）
「珈琲牛乳」金の星社　2008.9　159p　20cm　1300円　①978-4-323-07125-1

白崎 由宇　しらさき・ゆう

3512 「チチノチ」
◇坊っちゃん文学賞　（第12回/平成23年/佳作）

白洲 梓　しらす・あずさ

3513 「最後の王妃」
◇ノベル大賞　（第1回/平成27年/大賞）

不知火 京介　しらぬい・きょうすけ

3514 「マッチメイク」
◇江戸川乱歩賞　（第49回/平成15年）
「マッチメイク」講談社　2003.8　385p　20cm　1600円　①4-06-212001-1

白藤 こなつ　しらふじ・こなつ

3515 「連想ゲーム～ツムギビト～」
◇12歳の文学賞　（第5回/平成23年/小説部門/審査員特別賞〈石田衣良賞〉）
「12歳の文学　第5集」小学館　2011.3　256p　19cm　1200円　①978-4-09-289731-1

白藤 茂　しらふじ・しげる

3516 「亡命記」
◇オール讀物新人賞　（第3回/昭和28年下）

白星 敦士　しらほし・あつし

3517 「ザ ブルー クロニクル」
◇ファンタジア大賞　（第25回/平成25年/銀賞＆読者賞）
「ブルークロニクル」KADOKAWA　2014.1　285p　15cm（富士見ファンタ

ジア文庫 し-4-1-1）580円　①978-4-04-070008-3
※受賞作「ザ ブルー クロニクル」を改題
「ブルークロニクル　2」KADOKAWA　2014.4　284p　15cm（富士見ファンタジア文庫 し-4-1-2）640円　①978-4-04-070093-9

子竜 螢　しりゅう・けい

3518 「不沈戦艦 紀伊」
◇歴史群像大賞　（第2回/平成7年/奨励賞）
「不沈戦艦紀伊　1」学習研究社　1996.2　236p　18cm（歴史群像新書）780円　①4-05-400588-8
「不沈戦艦「紀伊」1　初陣」コスミック出版　2013.7　589p　15cm（コスミック文庫）933円　①978-4-7747-2643-4

城内 嶺　しろうち・みね

3519 「草原の風」
◇12歳の文学賞　（第5回/平成23年/小説部門/佳作）

3520 「デジタル時計」
◇12歳の文学賞　（第5回/平成23年/小説部門/佳作）

城平 京　しろだいら・きょう

3521 「虚構推理 鋼人七瀬」
◇本格ミステリ大賞　（第12回/平成24年/小説部門）
「虚構推理―鋼人七瀬」講談社　2011.5　284p　18cm（講談社ノベルス シP-01）900円　①978-4-06-182768-4

城山 三郎　しろやま・さぶろう

3522 「硫黄島に死す」
◇「文藝春秋」読者賞　（第25回/昭和38年下）
「硫黄島に死す」光文社　1968　269p（カッパ・ノベルス）
「城山三郎全集14」新潮社　昭和56年
「硫黄島に死す」新潮社　1984.7　322p（新潮文庫）
「硫黄島に死す」角川書店　2005.7　353p　19cm（城山三郎昭和の戦争文学第1巻）1800円　①4-04-574530-0
「永遠の夏―戦争小説集」末國善己編　実業之日本社　2015.2　614p　15cm（実業之日本社文庫）880円　①978-4-408-55214-9

3523 「総会屋錦城」

◇直木三十五賞　（第40回/昭和33年下）
　「総会屋錦城」　文芸春秋新社　1959　298p
　「総会屋錦城」　新潮社　1963　360p（新潮
　文庫）
　「総会屋錦城」　東都書房　1967　258p（企
　業小説シリーズ）
　「城山三郎全集6」　新潮社　昭和55年
　「昭和文学全集29」　小学館　1988
　「総会屋錦城」　新潮社　2009.3　432p
　15cm（新潮文庫）590円　①978-4-10-
　113301-0

3524　「本田宗一郎は泣いている」
◇「文藝春秋」読者賞　（第53回/平成3
　年）

3525　「輸出」
◇文學界新人賞　（第4回/昭和32年中）
　「総会屋錦城」　文芸春秋新社　1959　298p
　「黄金峡・輸出」　東都書房　1967　226p
　（企業小説シリーズ）
　「城山三郎全集3」　新潮社　昭和55年
　「昭和文学全集29」　小学館　1988
　「経済小説名作選」　城山三郎選、日本ペ
　ンクラブ編　筑摩書房　2014.5　506p
　15cm（ちくま文庫）1200円　①978-4-
　480-43180-6

3526　「落日燃ゆ」
◇毎日出版文化賞　（第28回/昭和49年）
◇吉川英治文学賞　（第9回/昭和50年度）
　「落日燃ゆ」　新潮社　1974　310p
　「城山三郎全集2」　新潮社　昭和55年
　「落日燃ゆ」　新潮社　1986.11　392p（新潮
　文庫）
　「落日燃ゆ」　角川書店　2005.10　445p
　19cm（城山三郎昭和の戦争文学　第5
　巻）1900円　①4-04-574534-3
　「落日燃ゆ」　改版　新潮社　2009.10
　462p　15cm（新潮文庫）629円
　①978-4-10-113318-8

城山 真一　しろやま・しんいち
3527　「ザ・ブラック・ヴィーナス」
◇『このミステリーがすごい！』大賞
　（第14回/平成27年/大賞）

師走 トオル　しわす・とおる
3528　「タクティカル ジャッジメント」
◇富士見ヤングミステリー大賞　（第2回
　/平成14年/準入選）
　「タクティカル・ジャッジメント―逆転の
　トリック・スター！」　富士見書房
　2003.1　332p　15cm（富士見ミステ

リー文庫）560円　①4-8291-6193-0

神 雄一郎　じん・ゆういちろう
3529　「燧火」
◇潮賞　（第17回/平成10年/小説/優秀
　作）

仁賀 克雄　じんか・かつお
3530　「スフィンクス作戦」
◇総額2000万円懸賞小説募集　（昭56年/
　佳作）

新宮 正春　しんぐう・まさはる
3531　「安南の六連銭」
◇小説現代新人賞　（第15回/昭和45年
　下）
　「時代小説の楽しみ12」　新潮社　1991
　「げんだい時代小説」　縄田一男監修、津
　本陽、南原幹雄、童門冬二、北原亜以子、
　戸部新十郎、泡坂妻夫、古川薫、宮部みゆ
　き、新宮正春、小松重男、中村彰彦、佐藤
　雅美、佐江衆一、高橋義男、沢田ふじ子著
　リブリオ出版　2000.12　15冊（セット）
　21cm　54000円　①4-89784-822-9
　「機略縦横！真田戦記―傑作時代小説」
　細谷正充編　PHP研究所　2008.7
　237p　15cm（PHP文庫）552円
　①978-4-569-67065-2

新庄 耕　しんじょう・こう
3532　「狭小邸宅」
◇すばる文学賞　（第36回/平成24年）
　「狭小邸宅」　集英社　2013.2　170p
　20cm　1200円　①978-4-08-771494-4

新章 文子　しんしょう・ふみこ
3533　「危険な関係」
◇江戸川乱歩賞　（第5回/昭和34年）
　「危険な関係」　講談社　1959　280p
　「危険な関係」　講談社　1961　224p（ロマ
　ン・ブックス）
　「危険な関係」　講談社　1978.9　301p（講
　談社文庫）
　「危険な関係・枯草の根―江戸川乱歩賞全
　集　3」　新章文子、陳舜臣著、日本推理
　作家協会編　講談社　1998.9　737p
　15cm（講談社文庫）1190円　①4-06-
　263877-0

ジンスキー, 京子　じんすきー, きょうこ
3534　「バーガンディ色の扉」
◇新風舎出版賞　（第3回/平成9年1月/

フィクション部門/最優秀賞）

新谷 清子　しんたに・きよこ

3535　「光る入江」
◇関西文學新人賞（第1回/平成13年/
〔新人賞〕/中短編小説部門）

新谷 識　しんたに・しき

3536　「死は誰のもの」
◇オール讀物推理小説新人賞（第14回/
昭和50年）
「殺人願望症候群」　中央公論社　1989.3
289p

新潮社　しんちょうしゃ

3537　「1Q84」
◇毎日出版文化賞（第63回/平成21年/
文学・芸術部門）
「1Q84（イチ・キュウ・ハチ・ヨン）
BOOK 1（4月—6月）」　村上春樹著　新
潮社　2009.5　554p　20cm　1800円
①978-4-10-353422-8
「1Q84（イチ・キュウ・ハチ・ヨン）
BOOK 2（7月—9月）」　村上春樹著　新
潮社　2009.5　501p　20cm　1800円
①978-4-10-353423-5

3538　「雲の都」
◇毎日出版文化賞（第66回/平成24/特
別賞）
「雲の都　第1部　広場」　加賀乙彦著　新
潮社　2002.10　459p　19cm　2000円
①4-10-330810-9
「雲の都　第2部　時計台」　加賀乙彦著
新潮社　2005.9　562p　19cm　2400円
①4-10-330811-7
「雲の都　第3部　城砦」　加賀乙彦著　新
潮社　2008.3　478p　19cm　2300円
①978-4-10-330812-6
「雲の都　第4部　幸福の森」　加賀乙彦著
新潮社　2012.7　409p　19cm　2300円
①978-4-10-330813-3
「雲の都　第5部　鎮魂の海」　加賀乙彦著
新潮社　2012.7　424p　19cm　2300円
①978-4-10-330814-0

3539　「朗読者」
◇毎日出版文化賞（第54回/平成12年/
特別賞）
「朗読者」　ベルンハルト・シュリンク著,
松永美穂訳　新潮社　2000.4　213p
20cm　（Crest books）　1800円　①4-10-
590018-8
「朗読者」　ベルンハルト・シュリンク著,

松永美穂訳　新潮社　2003.6　258p
16cm　（新潮文庫）　514円　①4-10-
200711-3

陣出 達朗　じんで・たつろう

3540　「さいころの政」
◇「サンデー毎日」大衆文芸（第12回/
昭和8年上）
「東海の顔役」　東方社　1952　333p

進藤 晃子　しんどう・あきこ

3541　「お試しの男」
◇深大寺短編恋愛小説「深大寺恋物語」
（第11回/平成27年/調布市長賞）

真藤 順丈　しんどう・じゅんじょう

3542　「庵堂三兄弟の聖職」
◇日本ホラー小説大賞（第15回/平成20
年/大賞）
「庵堂三兄弟の聖職」　角川書店, 角川グ
ループパブリッシング（発売）　2008.10
319p　20cm　1500円　①978-4-04-
873893-4

3543　「地図男」
◇ダ・ヴィンチ文学賞（第3回/平成20
年/大賞）
「地図男」　メディアファクトリー　2008.
9　138p　20cm　1200円　①978-4-8401-
2416-4

3544　「東京ヴァンパイア・ファイナ
ンス」
◇電撃大賞（第15回/平成20年/電撃小
説大賞部門/銀賞）
「東京ヴァンパイア・ファイナンス」　ア
スキー・メディアワークス, 角川グルー
プパブリッシング（発売）　2009.2
307p　15cm　（電撃文庫　1718）　550円
①978-4-04-867519-2

3545　「RANK」
◇ポプラ社小説大賞（第3回/平成20年/
特別賞）
「RANK」　ポプラ社　2009.5　481p
20cm　1700円　①978-4-591-10711-9
※本文は日本語

新藤 卓広　しんどう・たかひろ

3546　「秘密結社にご注意を」
◇『このミステリーがすごい！』大賞
（第11回/平成24年/優秀賞）
「秘密結社にご注意を」　宝島社　2013.2
349p　20cm　1429円　①978-4-8002-

0553-7
「秘密結社にご注意を」 宝島社 2014.4
398p 16cm（宝島社文庫 Cし-5-1）
680円 ①978-4-8002-2494-1

真堂 樹 しんどう・たつき

3547 「春王冥府」
◇ノベル大賞（第24回/平成6年下期/入
選）
「春王冥府」 集英社 1997.1 220p
15cm（コバルト文庫）420円 ①4-08-
614277-5

進藤 典尚 しんどう・のりひさ

3548 「俺の妹を世界一の魔法使いにする方法」
◇ファンタジア大賞（第27回/平成26年
/銀賞）

新堂 令子 しんどう・れいこ

3549 「サイレントパニック」
◇文學界新人賞（第82回/平成8年上期/
島田雅彦・辻原登奨励賞）

陣内 よしゆき じんない・よしゆき

3550 「月鏡の海」
◇パレットノベル大賞（第22回/平成12
年夏/佳作）

神埜 明美 しんの・あけみ

3551 「呪殺屋本舗」
◇ロマン大賞（第15回/平成18年度/佳
作）
「ジュリエットと紅茶を—ようこそ、呪殺
屋本舗へ」 集英社 2006.9 253p
15cm（コバルト文庫）476円 ①4-08-
600821-1

新野 剛志 しんの・たけし

3552 「八月のマルクス」
◇江戸川乱歩賞（第45回/平成11年）
「八月のマルクス」 講談社 1999.9
325p 20cm 1600円 ①4-06-209857-1
「八月のマルクス」 講談社 2002.6
394p 15cm（講談社文庫）648円
①4-06-273461-3

榛葉 英治 しんば・えいじ

3553 「赤い雪」
◇直木三十五賞（第39回/昭和33年上）
「赤い雪」 和同出版社 1958 274p
「赤い雪」 東洋文化協会 1960 257p

「赤い雪」 昭和書館 1961 274p

榛葉 苺子 しんば・しょうこ

3554 「月からの贈り物」
◇新風舎出版賞（第8回/平成10年9月/
ビジュアル部門/最優秀賞）

新橋 遊吉 しんばし・ゆうきち

3555 「八百長」
◇直木三十五賞（第54回/昭和40年下）
「八百長」 文芸春秋 1966 229p
「八百長」 双葉社 1986.9 324p（双葉文
庫）

新保 哲 しんぼ・さとる

3556 「仏教福祉のこころ—仏教の先達に学ぶ」
◇日本文芸大賞（第25回/平成19年/学
術文芸賞）
「仏教福祉のこころ—仏教の先達に学ぶ」
法藏館 2005.6 270p 19cm 2400円
①4-8318-2407-0

新保 静波 しんぼ・せいは

3557 「暗号少女が解読できない」
◇スーパーダッシュ小説新人賞（第11
回/平成24年/大賞）
「暗号少女が解読できない」 集英社
2012.10 337p 15cm（集英社スー
パーダッシュ文庫 し8-1）650円
①978-4-08-630701-7

真保 裕一 しんぽ・ゆういち

3558 「奪取」
◇日本推理作家協会賞（第50回/平成9
年/長編部門）
◇山本周五郎賞（第10回/平成9年）
「奪取」 講談社 1996.8 524p 19cm
2000円 ①4-06-208282-9
「奪取 上」 講談社 1999.5 495p
15cm（講談社文庫）714円 ①4-06-
264566-1
「奪取 下」 講談社 1999.5 479p
15cm（講談社文庫）714円 ①4-06-
264631-5
「奪取 上」 双葉社 2012.6 465p
15cm（双葉文庫—日本推理作家協会賞
受賞作全集 86）714円 ①978-4-575-
65885-9
「奪取 下」 双葉社 2012.6 449p
15cm（双葉文庫—日本推理作家協会賞
受賞作全集 87）714円 ①978-4-575-

65886-6

3559 「灰色の北壁」
◇新田次郎文学賞 （第25回／平成18年）
「灰色の北壁」 講談社 2005.3 240p
20cm 1500円 ⓘ4-06-212802-0
「灰色の北壁」 講談社 2008.1 296p
15cm （講談社文庫） 571円 ⓘ978-4-
06-275955-7

3560 「ホワイトアウト」
◇吉川英治文学新人賞（第17回／平成8
年度）
「ホワイトアウト」 新潮社 1995.9
360p 19cm （新潮ミステリー倶楽部）
1800円 ⓘ4-10-602741-0
「ホワイトアウト」 新潮社 1998.9
637p 15cm （新潮文庫）781円 ⓘ4-
10-127021-X
「冒険の森へ 傑作小説大全 19 孤絶せ
し者」 集英社クリエイティブ編 集英
社 2015.12 581p 19cm 2800円
ⓘ978-4-08-157049-2

3561 「連鎖」
◇江戸川乱歩賞 （第37回／平成3年）
「連鎖」 講談社 1991.9 361p
「連鎖」 講談社 1994.7 407p 15cm
（講談社文庫） 620円 ⓘ4-06-185719-3

【 す 】

水晶 文子 すいしょう・ふみこ

3562 「盆地の女」
◇地上文学賞 （第63回／平成27年）

末浦 広海 すえうら・ひろみ

3563 「訣別の森」
◇江戸川乱歩賞 （第54回／平成20年）
「訣別の森」 講談社 2008.8 325p
20cm 1600円 ⓘ978-4-06-214907-5
※肖像あり

すえばし けん

3564 「Wizard's Fugue」
◇ノベルジャパン大賞 （第2回／平成20
年／大賞）
「スクランブル・ウィザード」 ホビー
ジャパン 2008.7 290p 15cm （HJ文
庫 118） 619円 ⓘ978-4-89425-729-0

「スクランブル・ウィザード 2」 ホビー
ジャパン 2008.11 254p 15cm （HJ
文庫 137） 619円 ⓘ978-4-89425-768-9
「スクランブル・ウィザード 3」 ホビー
ジャパン 2009.3 257p 15cm （HJ文
庫 153） 619円 ⓘ978-4-89425-829-7
「スクランブル・ウィザード 4」 ホビー
ジャパン 2009.7 253p 15cm （HJ文
庫 179） 619円 ⓘ978-4-89425-899-0
「スクランブル・ウィザード 5」 ホビー
ジャパン 2009.11 262p 15cm （HJ
文庫 203） 619円 ⓘ978-4-89425-955-3

末弘 喜久 すえひろ・よしひさ

3565 「塔」
◇すばる文学賞 （第24回／平成12年）
「塔」 集英社 2001.1 168p 20cm
1300円 ⓘ4-08-774505-8

周防 柳 すおう・やなぎ

3566 「翅と虫ピン」
◇小説すばる新人賞 （第26回／平成25
年）
「八月の青い蝶」 集英社 2014.2 275p
20cm 1400円 ⓘ978-4-08-771547-7
※受賞作「翅と虫ピン」を改題

須賀 章雅 すが・あきまさ

**3567 「ああ 狂おしの鳩ポッポ 一月
某日」**
◇古本小説大賞 （第4回／平成16年／大
賞）

須賀 敦子 すが・あつこ

3568 「ミラノ 霧の風景」
◇女流文学賞 （第30回／平成3年度）
「ミラノ 霧の風景」 白水社 1990.12 216p
「須賀敦子全集 第1巻 ミラノ 霧の風
景、コルシア書店の仲間たち、旅のあい
まに」 河出書房新社 2006.10 453p
15cm （河出文庫） 950円 ⓘ4-309-
42051-6

須賀 しのぶ すが・しのぶ

3569 「惑星童話」
◇ノベル大賞 （第23回／平成6年上期／読
者大賞）
「惑星童話」 集英社 1995.2 198p
15cm （コバルト文庫） 390円 ⓘ4-08-
614039-X

菅 浩江　すが・ひろえ

3570　「永遠の森」
◇日本推理作家協会賞（第54回/平成13年/長篇及び連作短篇集部門）
「永遠の森―博物館惑星」早川書房 2000.7　329p　20cm　1900円　Ⓘ4-15-208291-7
「永遠の森―博物館惑星」早川書房 2004.3　453p　16cm（ハヤカワ文庫 JA）760円　Ⓘ4-15-030753-9

菅 靖匡　すが・やすまさ

3571　「ある一領具足の一生」
◇歴史群像大賞（第10回/平成16年/優秀賞）

須海 尋子　すがい・ひろこ

3572　「見えない町」
◇部落解放文学賞（第13回/昭和61年/小説）

菅野 照代　すがの・てるよ

3573　「ふくさ」
◇オール讀物新人賞（第28回/昭和41年上）

菅野 雪虫　すがの・ゆきむし

3574　「橋の上の少年」
◇北日本文学賞（第36回/平成14年）
「北日本文学賞入賞作品集　2」井上靖,宮本輝選,北日本新聞社編　北日本新聞社　2002.8　436p　20cm　2190円　Ⓘ4-906678-67-X

菅原 和也　すがはら・かずや

3575　「さあ、地獄へ堕ちよう」
◇横溝正史ミステリ大賞（第32回/平成24年/大賞）〈受賞時〉菅原 蛹
「さあ、地獄へ堕ちよう」角川書店,角川グループパブリッシング〔発売〕2012.9　334p　20cm　1500円　Ⓘ978-4-04-110292-3
「さあ、地獄へ堕ちよう」KADOKAWA 2014.8　378p　15cm（角川文庫 す21-1）640円　Ⓘ978-4-04-101936-8

須川 邦彦　すがわ・くにひこ

3576　「無人島に生きる十六人」
◇野間文芸奨励賞（第3回/昭和18年）
「無人島に生きる十六人」新潮社　2003.7　258p　15cm（新潮文庫）400円　Ⓘ4-10-110321-6

「無人島に生きる十六人」フロンティアニセン　2005.4（第2刷）211p　15cm（フロンティア文庫 79―風呂で読める文庫100選 78）1000円　Ⓘ4-86197-078-4
※ルーズリーフ

菅原 康　すがわら・やすし

3577　「津波」
◇潮賞（第5回/昭和61年/小説）
「津波」潮出版社 1986.9　194p

3578　「焼き子の唄」
◇農民文学賞（第8回/昭和38年度）

菅原 裕紀　すがわら・ゆき

3579　「海ん婆」
◇海洋文学大賞（第8回/平成16年/海の子ども文学賞部門）

菅原 りであ　すがわら・りであ

3580　「悪役令嬢ヴィクトリア〜花洗う雨の紅茶屋〜」
◇小学館ライトノベル大賞〔ルルル文庫部門〕（第3回/平成21年/優秀賞）
「悪役令嬢ヴィクトリア」小学館　2009.10　286p　15cm（小学館ルルル文庫 ルす1-1）495円　Ⓘ978-4-09-452129-0
※並列シリーズ名：Shogakukan lululu bunko

杉 啓吉　すぎ・けいきち

3581　「梅の花」
◇地上文学賞（第8回/昭和35年）

杉 昌乃　すぎ・まさの

3582　「佐恵」
◇北日本文学賞（第2回/昭和43年）

杉井 光　すぎい・ひかる

3583　「火目の巫女」
◇電撃大賞（第12回/平成17年/電撃小説大賞部門/銀賞）
「火目の巫女」メディアワークス,角川書店（発売）2006.2　325p　15cm（電撃文庫 1216）590円　Ⓘ4-8402-3303-9
※東京 角川書店（発売）
「火目の巫女　巻ノ2」メディアワークス,角川書店（発売）2006.5　295p　15cm（電撃文庫 1266）570円　Ⓘ4-8402-3436-1
「火目の巫女　巻ノ3」メディアワークス,角川書店（発売）2006.8　331p　15cm（電撃文庫 1307）650円　Ⓘ4-

すきうら　　　　　　　　　　　　　　　　　　　　　　　　3584〜3600

8402-3522-8

杉浦 愛　すぎうら・あい

3584 「郵便屋」
◇日本ホラー小説大賞（第1回/平成6年
/佳作）

杉江 久美子　すぎえ・くみこ

3585 「グリーン・イリュージョン」
◇ロマン大賞（第12回/平成15年/佳作）
「グリーン・イリュージョン」 集英社
2003.9 269p 15cm（コバルト文庫）
514円 ①4-08-600320-1

杉賢 要　すぎさか・かなめ

3586 「イクシードサーキット」
◇ジャンプ小説大賞（第16回/平成19年
/奨励賞）

杉田 幸三　すぎた・こうぞう

3587 「生籠り」
◇池内祥三文学奨励賞（第8回/昭和53
年）

杉田 純一　すぎた・じゅんいち

3588 「蒼き人竜─偽りの神」
◇スニーカー大賞（第1回/平成8年/奨
励賞）

杉原 悠　すぎはら・ゆう

3589 「からの鳥かご」
◇東北北海道文学賞（第8回/平成9年）

杉元 晶子　すぎもと・あきこ

3590 「はなもよう」
◇ノベル大賞（平成26年度/大賞）

杉本 章子　すぎもと・あきこ

3591 「おすず─信太郎人情始末帖」
◇中山義秀文学賞（第8回/平成14年）
「代表作時代小説　平成12年度」 日本文
藝家協会編纂 光風社出版 2000.5
437p 20cm 2200円 ①4-415-08792-2
「おすず─信太郎人情始末帖」 文藝春秋
2001.9 269p 20cm 1381円 ①4-16-
320330-3
「おすず─信太郎人情始末帖」 文藝春秋
2003.9 284p 16cm（文春文庫）571
円 ①4-16-749707-7

3592 「東京新大橋雨中図」
◇直木三十五賞（第100回/昭和63年下）

「東京新大橋雨中図」 新人物往来社
1988.11 314p

杉本 絵理　すぎもと・えり

3593 「あなたの隣で」
◇深大寺短編恋愛小説「深大寺恋物語」
（第8回/平成24年/深大寺そば組合
賞）

杉本 要　すぎもと・かなめ

3594 「潮風の情炎」
◇地上文学賞（第16回/昭和43年）

杉本 浩平　すぎもと・こうへい

3595 「前奏曲」
◇関西文学賞（第18回/昭和58年/小説）

杉本 苑子　すぎもと・そのこ

3596 「穢土荘厳」
◇女流文学賞（第25回/昭和61年度）
「穢土荘厳」 文芸春秋 1986.5 2冊
「穢土荘厳」 文芸春秋 1989.5 2冊（文春
文庫）

3597 「孤愁の岸」
◇直木三十五賞（第48回/昭和37年下）
「孤愁の岸」 講談社 1962 282p
「孤愁の岸」 講談社 1965 317p（ロマ
ン・ブックス）
「孤愁の岸」 講談社 1982.2 2冊（講談社
文庫）
「日本歴史文学館19」 講談社 1988

3598 「滝沢馬琴」
◇吉川英治文学賞（第12回/昭和53年
度）
「滝沢馬琴」 文芸春秋 1977.7 2冊
「滝沢馬琴」 文芸春秋 1983.6 2冊（文春
文庫）
「滝沢馬琴」 下 講談社 1989.11 332p
（講談社文庫）
「滝沢馬琴」 上 講談社 1989.11 315p
（講談社文庫）
「滝沢馬琴」 中央公論社 1998.1 423p
19cm（杉本苑子全集 8）4000円 ①4-
12-403451-2

3599 「燐の譜」
◇「サンデー毎日」大衆文芸（第42回/
昭和27年下）

杉本 晴子　すぎもと・はるこ

3600 「ビスクドール」

274　　　　　　　　　　　　　　　　文学賞受賞作品総覧 小説篇

◇女流新人賞 （第32回／平成1年度）
「穴」 読売新聞社 1996.8 202p 19cm
1500円 ⓘ4-643-96080-9

杉本 裕孝 すぎもと・ひろたか

3601 「ヴェジトピア」
◇文學界新人賞 （第120回／平成27年上）

杉本 りえ すぎもと・りえ

3602 「未熟なナルシスト達」
◇コバルト・ノベル大賞 （第2回／昭和
58年下）

杉元 伶一 すぎもと・れいいち

3603 「ようこそ『東京』へ」
◇小説現代新人賞 （第49回／昭和62年
下）

杉本 蓮 すぎもと・れん

3604 「KI.DO.U」
◇日本SF新人賞 （第1回／平成11年／佳
作）
「Ki.Do.U」 徳間書店 2000.9 383p
16cm （徳間デュアル文庫） 762円
ⓘ4-19-905009-4

杉森 久英 すぎもり・ひさひで

3605 「昭和の謎辻政信伝」
◇「文藝春秋」読者賞 （第24回／昭和38
年上）

3606 「天才と狂人の間」
◇直木三十五賞 （第47回／昭和37年上）
「天才と狂人の間―島田清次郎の生涯」
河出書房新社 1994.2 232p 15cm
（河出文庫） 580円 ⓘ4-309-40409-X

3607 「能登」
◇平林たい子文学賞 （第13回／昭和60年
／小説）
「能登」 集英社 1984.9 374p

杉山 恵治 すぎやま・けいじ

3608 「縄文流」
◇新潮新人賞 （第21回／平成1年）
「縄文流」 新潮社 1992.3 166p

杉山 俊彦 すぎやま・としひこ

3609 「競馬の終わり」
◇日本SF新人賞 （第10回／平成20年）
「競馬の終わり」 徳間書店 2009.10
253p 20cm 2000円 ⓘ978-4-19-

862840-6

杉山 宇宙美 すぎやま・ひろみ

3610 「疑惑の背景」
◇講談倶楽部賞 （第19回／昭和37年下）

杉山 正樹 すぎやま・まさき

3611 「寺山修司・遊戯の人」
◇新田次郎文学賞 （第20回／平成13年）
「寺山修司・遊戯の人」 新潮社 2000.11
302p 20cm 1600円 ⓘ4-10-441401-8

助供 珠樹 すけとも・たまき

3612 「あの夏、最後に見た打ち上げ花
火は」
◇小学館ライトノベル大賞〔ガガガ文庫
部門〕 （第9回／平成27年／優秀賞）
「あの夏、最後に見た打ち上げ花火は」
小学館 2015.5 289p 15cm （ガガガ
文庫 ガす5-1） 593円 ⓘ978-4-09-
451549-7

祐光 正 すけみつ・ただし

3613 「幻景浅草色付不良少年團（あさ
くさカラー・ギャング）」
◇オール讀物推理小説新人賞 （第44回／
平成17年）
「浅草色つき不良少年団」 文藝春秋
2007.5 309p 20cm 1476円 ⓘ978-4-
16-325940-6
※他言語標題：Asakusa color-gang

スコルジー, ジョン

3614 「アンドロイドの夢の羊」
◇星雲賞 （第44回／平成25年／海外長編
部門（小説））
「アンドロイドの夢の羊」 ジョン・スコ
ルジー著、内田昌之訳 早川書房 2012.
10 571p 16cm （ハヤカワ文庫 SF
1875） 1040円 ⓘ978-4-15-011875-4

3615 「最後の星戦 老人と宇宙3」
◇星雲賞 （第41回／平成22年／海外長編
部門）
「最後の星戦―老人と宇宙3」 ジョン・
スコルジー著、内田昌之訳 早川書房
2009.6 478p 16cm （ハヤカワ文庫
SF1716） 880円 ⓘ978-4-15-011716-0

朱雀門 出 すざくもん・いずる

3616 「寅淡語怪録」
◇日本ホラー小説大賞 （第16回／平成21
年／短編賞）

「今昔奇怪録」 角川書店, 角川グループ
パブリッシング（発売） 2009.10 221p
15cm （角川ホラー文庫 Hす3-1） 514円
①978-4-04-409409-6
※並列シリーズ名：Kadokawa horror
bunko

図子 慧　ずし・けい

3617 「クルト・フォルケンの神話」
◇コバルト・ノベル大賞 （第8回/昭和
61年下）

図子 英雄　ずし・ひでお

3618 「カワセミ」
◇新潮新人賞 （第19回/昭和62年）
「カワセミ」 新潮社 1989.8 210p

鈴木 旭　すずき・あきら

3619 「うつけ信長」
◇歴史群像大賞 （第1回/平成6年）
「うつけ信長」 学習研究社 1994.5
216p 18cm （歴史群像新書）780円
①4-05-400312-5

鈴木 篤夫　すずき・あつお

3620 「ビリーブ」
◇北日本文学賞 （第48回/平成26年）

鈴木 郁子　すずき・いくこ

3621 「糸でんわ」
◇部落解放文学賞 （第14回/昭和62年/
小説）

鈴木 和子　すずき・かずこ

3622 「オニオンスキン・テイルズ」
◇三田文学新人賞 （第7回/平成12年/小
説部門/佳作）

鈴木 克己　すずき・かつみ

3623 「ジグソーパズル」
◇労働者文学賞 （第10回/平成9年度/小
説）

鈴木 輝一郎　すずき・きいちろう

3624 「めんどうみてあげるね」
◇日本推理作家協会賞 （第47回/平成6
年/短編及び連作短編集部門）
「殺人前線北上中―ミステリー傑作選
32」 日本推理作家協会編 講談社
1997.4 451p 15cm （講談社文庫）
638円 ①4-06-263492-9
「めんどうみてあげるね―新宿職安前託

老所」 新潮社 1998.2 267p 15cm
（新潮文庫）438円 ①4-10-145312-8
「短篇集 4」 小池真理子, 鈴木輝一郎, 斎
藤純著 双葉社 2008.6 233p 15cm
（双葉文庫―日本推理作家協会賞受賞作
全集 76）552円 ①978-4-575-65875-0
「謎―伊坂幸太郎選 スペシャル・ブレン
ド・ミステリー」 日本推理作家協会編
講談社 2010.9 414p 15cm （講談社
文庫）695円 ①978-4-06-276761-3

鈴木 狭花　すずき・きょうか

3625 「ゆく雲」
◇「文芸倶楽部」懸賞小説 （第1回/明
36年3月/第1等）

鈴木 けいこ　すずき・けいこ

3626 「やさしい光」
◇群像新人文学賞 （第39回/平成8年/小
説）

涼木 行　すずき・こう

3627 「豚は飛んでもただの豚？」
◇MF文庫Jライトノベル新人賞 （第7回
/平成23年/最優秀賞） 〈受賞時〉
猫飯 美味し
「豚は飛んでもただの豚？」 メディア
ファクトリー 2011.12 262p 15cm
（MF文庫J す-06-01）580円 ①978-4-
8401-4333-2
「豚は飛んでもただの豚？ 2」 メディ
アファクトリー 2012.3 261p 15cm
（MF文庫J す-06-02）580円 ①978-4-
8401-4532-9
「豚は飛んでもただの豚？ 3」
KADOKAWA 2014.1 261p 15cm
（MF文庫J す-06-03）580円 ①978-4-
0406-6177-3

鈴木 光司　すずき・こうじ

3628 「楽園」
◇日本ファンタジーノベル大賞 （第2回
/平成2年/優秀賞）
「楽園」 新潮社 1990.12 281p
「楽園」 角川書店, 角川グループパブ
リッシング〔発売〕 2010.2 350p
15cm （角川文庫）514円 ①978-4-04-
188013-5

3629 「らせん」
◇吉川英治文学新人賞 （第17回/平成8
年度）
「らせん」 角川書店 1995.7 375p

19cm 1500円 ①4-04-872871-7
「らせん」 角川書店 1997.12 422p
15cm（角川ホラー文庫）648円 ①4-
04-188003-3

鈴木 小太郎 すずき・こたろう

3630 「**とても小さな世界**」
◇12歳の文学賞（第6回/平成24年/小説
部門/審査員特別賞〈あさのあつこ
賞〉）
「12歳の文学 第6集」 小学館 2012.3
216p 19cm 1200円 ①978-4-09-
289735-9

鈴木 佐代子 すずき・さよこ

3631 「**証文**」
◇女流新人賞（第9回/昭和41年度）

鈴木 重雄 すずき・しげお

3632 「**黒い小屋**」
◇水上滝太郎賞（第1回/昭和23年）

鈴木 重作 すずき・じゅうさく

3633 「**父親**」
◇地上文学賞（第19回/昭和46年）

鈴木 信一 すずき・しんいち

3634 「**賀状**」
◇東北北海道文学賞（第18回/平成19年
/文学賞）

鈴木 新吾 すずき・しんご

3635 「**川よ奔れ**」
◇放送文学賞（第2回/昭和54年/佳作）

3636 「**女人浄土**」
◇サンデー毎日新人賞（第3回/昭和47
年/時代小説）

3637 「**虫けらたちの夏**」
◇放送文学賞（第4回/昭和56年/佳作）

鈴木 鈴 すずき・すず

3638 「**吸血鬼のおしごと**」
◇電撃ゲーム小説大賞（第8回/平成13
年/選考委員奨励賞）
「吸血鬼のおしごと」 メディアワークス
2002.4 311p 15cm（電撃文庫）570
円 ①4-8402-2072-7
「吸血鬼のおしごと 7 The Style of
Mortals」 メディアワークス, 角川書店
〔発売〕 2004.9 333p 15cm（電撃
文庫）570円 ①4-8402-2780-2

鈴木 清剛 すずき・せいごう

3639 「**ラジオ ディズ**」
◇文藝賞（第34回/平成9年）
「ラジオデイズ」 河出書房新社 1998.1
159p 19cm 1200円 ①4-309-01195-0
「ラジオデイズ」 河出書房新社 2000.10
175p 19cm（河出文庫—文芸コレク
ション）500円 ①4-309-40617-3

3640 「**ロックンロールミシン**」
◇三島由紀夫賞（第12回/平成11年）
「ロックンロールミシン」 河出書房新社
1998.6 149p 20cm 1200円 ①4-309-
01220-5
「ロックンロールミシン」 新潮社 2002.
6 164p 16cm（新潮文庫）362円
①4-10-126431-7

鈴木 誠司 すずき・せいし

3641 「**常ならぬ者の棲む**」
◇織田作之助賞（第8回/平成3年）
「常ならぬ者の棲む」 大阪 関西書店
1992.6 247p

鈴木 大輔 すずき・だいすけ

3642 「**ご愁傷さま二ノ宮くん**」
◇ファンタジア長編小説大賞（第16回/
平成16年/佳作）
「ご愁傷さま二ノ宮くん」 富士見書房
2004.9 334p 15cm（富士見ファンタ
ジア文庫）580円 ①4-8291-1644-7

鈴木 隆之 すずき・たかゆき

3643 「**ポートレート・イン・ナンバー**」
◇群像新人文学賞（第30回/昭和62年/
小説）
「ポートレイト・イン・ナンバー」 現代
企画室 1988.8 195p
「ポートレイト・イン・ナンバー」 現代
企画室 1988.11 195p

鈴木 多郎 すずき・たろう

3644 「**バージン・ロードをまっしぐら**」
◇ボイルドエッグズ新人賞（第15回/平
成25年2月）

鈴木 千久馬 すずき・ちくま

3645 「**画家と野良犬**」
◇「文章世界」特別募集小説（大6年10
月）

鈴木 智之　すずき・ともゆき
3646 「オッフェルトリウム」
◇ちよだ文学賞 （第6回/平成24年/大賞）

鈴木 能理子　すずき・のりこ
3647 「主婦＋動詞」
◇パスカル短編文学新人賞 （第2回/平成7年/優秀賞）

鈴木 弘樹　すずき・ひろき
3648 「グラウンド」
◇新潮新人賞 （第33回/平成13年/小説部門）

鈴木 萌　すずき・もえ
3649 「伝えたいこと」
◇角川つばさ文庫小説賞 （第1回/平成24年/こども部門/準グランプリ）

鈴木 有美子　すずき・ゆみこ
3650 「水の地図」
◇地球賞 （第28回/平成15年）
「水の地図」 思潮社　2003.4　95p　22cm　2200円　①4-7837-1353-7

鈴木 善徳　すずき・よしのり
3651 「髪魚」
◇文學界新人賞 （第113回/平成23年下）

鈴木 好狼　すずき・よしろう
3652 「村の名物」
◇「文芸倶楽部」懸賞小説 （第17回/明37年7月/第3等）

鈴木 依古　すずき・よりこ
3653 「桜」
◇深大寺短編恋愛小説「深大寺恋物語」 （第6回/平成22年/深大寺賞）

鈴木 凛太朗　すずき・りんたろう
3654 「視えない大きな鳥」
◇サントリーミステリー大賞 （第20回/平成15年/読者賞）

鈴木 るりか　すずき・るりか
3655 「Dランドは遠い」
◇12歳の文学賞 （第8回/平成26年/小説部門/大賞）
「12歳の文学　第8集」 小学館　2014.3

137p　26cm　926円　①978-4-09-106822-4
3656 「マイワールド」
◇12歳の文学賞 （第9回/平成27年/大賞）

鈴木 若葉　すずき・わかば
3657 「「親友」と「恋人」の間」
◇12歳の文学賞 （第9回/平成27年/審査員特別賞【石田衣良賞】）

すずの・とし
3658 「乾いた石」
◇健友館文学賞 （第8回/平成14年/大賞）
「乾いた石――一人が走りだした」 健友館　2003.2　283p　20cm　1900円　①4-7737-0717-8

涼野 遊平　すずの・ゆうへい
3659 「終わる世界の物語」
◇スーパーダッシュ小説新人賞 （第11回/平成24年/特別賞） 〈受賞時〉 宇野 涼平
「伊月の戦争――終わる世界の物語」 集英社　2012.11　358p　15cm （集英社スーパーダッシュ文庫 り1-1）640円　①978-4-08-630709-3
※受賞作「終わる世界の物語」を改題

鈴原 まき　すずはら・まき
3660 「キリングドール」
◇角川学園小説大賞 （第8回/平成16年/ヤングミステリー＆ホラー部門/奨励賞）

涼原 みなと　すずはら・みなと
3661 「《赤色棚》考」
◇C★NOVELS大賞 （第5回/平成21年/特別賞）
「赤の円環（トーラス）」 中央公論新社　2009.7　235p　18cm （C・novels fantasia す1-1）900円　①978-4-12-501082-3

鈴原 レイ　すずはら・れい
3662 「ドキュメンタリーはお好き？」
◇BE・LOVE原作大賞 （第3回/平成12年/特別賞）

涼宮 リン　すずみや・りん
3663 「俺様王子と秘密の時間」

3664〜3674

◇日本ケータイ小説大賞 （第4回/平成
22年/特別賞）
「俺様王子と秘密の時間　1」 スターツ
出版　2010.4　247p　15cm （ケータイ
小説文庫　す1-1-一野いちご）500円
Ⓘ978-4-88381-544-9

雀野　日名子 すずめの・ひなこ
3664 「あちん」
◇『幽』怪談文学賞 （第2回/平成19年/
短編部門/大賞）
「あちん」 メディアファクトリー　2008.
5　179p　20cm　1300円　Ⓘ978-4-8401-
2322-8

3665 「トンコ」
◇日本ホラー小説大賞 （第15回/平成20
年/短編賞）
「トンコ」 角川書店, 角川グループパブ
リッシング（発売）　2008.10　253p
15cm （角川ホラー文庫）514円
Ⓘ978-4-04-392401-1

涼元　悠一 すずもと・ゆういち
3666 「青猫の街」
◇日本ファンタジーノベル大賞 （第10
回/平成10年/優秀賞）
「青猫の街」 新潮社　1998.12　248p
19cm　1500円　Ⓘ4-10-427101-2

3667 「我が青春の北西壁」
◇コバルト・ノベル大賞 （第16回/平成
2年下）

須知　徳平 すち・とくへい
3668 「春来る鬼」
◇吉川英治賞 （第1回/昭和38年）
「春来る鬼」 毎日新聞社 1963 204p
「春来る鬼」 講談社 1978.7 219p （講談
社文庫）
「春来る鬼」 講談社 1989.1 216p （講談
社文庫）

須藤　あき すどう・あき
3669 「ヴァニラテイル」
◇フーコー短編小説コンテスト （第7回
/平成12年2月/最優秀賞）
「フーコー「短編小説」傑作選　7」 フー
コー編集部編　フーコー　2001.4
511p　19cm　1700円　Ⓘ4-434-00915-X

須堂　項 すどう・こう
3670 「どっちがネットアイドル？」

◇MF文庫Jライトノベル新人賞 （第1回
/平成17年/審査員特別賞）〈受賞
時〉周藤 氷努
「彼女はミサイル」 メディアファクト
リー　2005.6　261p　15cm （MF文庫
J）580円　Ⓘ4-8401-1275-4
「彼女はミサイル　2　そらからきたアリ
ス」 メディアファクトリー　2005.9
259p　15cm （MF文庫J）580円　Ⓘ4-
8401-1417-X
「彼女はミサイル　3　間違いだらけの恋
愛講座」 メディアファクトリー　2005.
12　261p　15cm （MF文庫J）580円
Ⓘ4-8401-1471-4

須藤　万尋 すどう・まひろ
3671 「ヘルジャンバー」
◇ジャンプ小説大賞 （第14回/平成17年
/佳作）

須藤　靖貴 すどう・やすたか
3672 「俺はどしゃぶり」
◇小説新潮長篇新人賞 （第5回/平成11
年）
「俺はどしゃぶり―American football
team Bears」 新潮社　1999.6　317p
20cm　1400円　Ⓘ4-10-430301-1
「俺はどしゃぶり―傑作青春小説」 光文
社　2005.4　397p　16cm （光文社文
庫）629円　Ⓘ4-334-73863-X

須藤　隆二 すどう・りゅうじ
3673 「封魔組血風録〜〈DON〉と呼ば
れたくない男」
◇スニーカー大賞 （第7回/平成14年/奨
励賞）

砂義　出雲 すなぎ・いずも
3674 「寄生彼女サナ」
◇小学館ライトノベル大賞〔ガガガ文庫
部門〕 （第5回/平成23年/優秀賞）
「寄生彼女サナ」 小学館　2011.7　310p
15cm （ガガガ文庫　がす4-1）600円
Ⓘ978-4-09-451281-6
「寄生彼女サナ　2」 小学館　2012.2
295p　15cm （ガガガ文庫　がす4-2）
590円　Ⓘ978-4-09-451323-3
「寄生彼女サナ　3」 小学館　2012.8
262p　15cm （ガガガ文庫　がす4-3）
571円　Ⓘ978-4-09-451357-8
「寄生彼女サナ　4」 小学館　2013.1
262p　15cm （ガガガ文庫　がす4-4）

すなた

571円　①978-4-09-451387-5
「寄生彼女サナ　5」　小学館　2013.6
244p　15cm　（ガガガ文庫　ガす4-5）
571円　①978-4-09-451417-9

砂田 弘　すなだ・ひろし

3675　「二つのボール」
◇「サンデー毎日」大衆文芸　（第55回/
昭和34年上）

住 太陽　すみ・もとはる

3676　「他人の垢」
◇堺自由都市文学賞　（第19回/平成19年
度/入賞）

炭釜 宗充　すみがま・むねみつ

3677　「冬子の場合」
◇新風舎出版賞　（第4回/平成9年5月/出
版大賞）
「冬子の場合」　新風舎　1998.8　127p
19cm　1200円　①4-7974-0699-2

澄川 笑子　すみかわ・えみこ

3678　「小春日和」
◇NHK銀の雫文芸賞　（平成20年/優秀）

スミス, エドワード

3679　「侵略教師星人ユーマ」
◇電撃大賞　（第18回/平成23年/電撃小
説大賞部門/メディアワークス文庫
賞）
「侵略教師星人ユーマ」　エドワード・ス
ミス著　アスキー・メディアワークス,
角川グループパブリッシング〔発売〕
2012.2　280p　15cm　（メディアワーク
ス文庫 0125）　550円　①978-4-04-
886541-8
「侵略教師星人ユーマ　2」　エドワード・
スミス著　アスキー・メディアワーク
ス, 角川グループパブリッシング〔発
売〕　2012.7　354p　15cm　（メディア
ワークス文庫 す2-2）　670円　①978-4-
04-886803-7

墨谷 渉　すみたに・わたる

3680　「パワー系 181」
◇すばる文学賞　（第31回/平成19年）
「パワー系181」　集英社　2008.1　129p
20cm　1300円　①978-4-08-771206-3

すみやき

3681　「シーナくんのつくりかた！」

◇ジャンプ小説新人賞（jump Novel
Grand Prix）　（'09 Summer（平成
21年夏）/小説：フリー部門/特別
賞）

須山 静夫　すやま・しずお

3682　「しかして塵は─」
◇新潮新人賞　（第3回/昭和46年）
「腰に帯して、男らしくせよ」　東峰書房
1986.11　308p

巣山 ひろみ　すやま・ひろみ

3683　「雪の翼」
◇ゆきのまち幻想文学賞　（第20回/平成
22年/長編賞）
「ゆきのまち幻想文学賞小品集　20　も
うひとつの階段」　ゆきのまち通信編
企画集団ぷりずむ　2011.4　215p
19cm　1715円　①978-4-906691-37-1

須山 ユキヱ　すやま・ゆきえ

3684　「延段」
◇女流新人賞　（第24回/昭和56年度）
「延段」　菁柿堂　1984.11　252p〈発売：星
雲社〉

駿河台人　するがだいじん

3685　「幻物語」
◇「新小説」懸賞小説　（明35年9月）

諏訪 月江　すわ・げっこう

3686　「闘牛士の夜」
◇小説新潮新人賞　（第10回/昭和57年）

諏訪 哲史　すわ・てつし

3687　「アサッテの人」
◇芥川龍之介賞　（第137回/平成19年上
半期）
◇群像新人文学賞　（第50回/平成19年/
小説当選作）
「アサッテの人」　講談社　2007.7　189p
20cm　1500円　①978-4-06-214214-4

諏訪山 みどり　すわやま・みどり

3688　「神戸で出会った中国人」
◇自分史文学賞　（第6回/平成7年度/佳
作）

【せ】

勢 九二五　せい・くにご
3689　「天なお寒し」
◇放送文学賞（第1回/昭和53年/佳作）
「天なお寒し」鳥影社　2001.12　270p
19cm 1500円　①4-88629-625-4

清 繭子　せい・まゆこ
3690　「象のささくれ」
◇深大寺短編恋愛小説「深大寺恋物語」
（第6回/平成22年/審査員特別賞）

清家 未森　せいけ・みもり
3691　「身代わり伯爵の冒険」
◇角川ビーンズ小説大賞（第4回/平成
17年/読者賞）
「身代わり伯爵の冒険」角川書店, 角川
グループパブリッシング（発売）　2007.
3　255p　15cm（角川ビーンズ文庫）
476円　①978-4-04-452401-2

静山社　せいざんしゃ
3692　「ハリー・ポッター」シリーズ
◇新風賞（第35回/平成12年）
「ハリー・ポッターと賢者の石」J.K.
ローリング作, 松岡佑子訳　静山社
1999.12　462p　22cm 1900円　①4-
915512-37-1
「ハリー・ポッターと秘密の部屋」J.K.
ローリング作, 松岡佑子訳　静山社
2000.9　509p　22cm 1900円　①4-
915512-39-8
「ハリー・ポッターとアズカバンの囚人」
J.K.ローリング作, 松岡佑子訳　静山社
2001.7　574p　22cm 1900円　①4-
915512-40-1
「ハリー・ポッターと炎のゴブレット　上
巻」J.K.ローリング作, 松岡佑子訳
静山社　2002.11　557p　22cm　①4-
915512-46-0, 4-915512-45-2
「ハリー・ポッターと炎のゴブレット　下
巻」J.K.ローリング作, 松岡佑子訳
静山社　2002.11　582p　22cm　①4-
915512-47-9, 4-915512-45-2
「ハリー・ポッターと賢者の石」J.K.
ローリング作, 松岡佑子訳　静山社
2003.11　467p　18cm 950円　①4-
915512-49-5
「ハリー・ポッターと不死鳥の騎士団　上
巻」J.K.ローリング作, 松岡佑子訳
静山社　2004.9　661p　22cm　①4-
915512-52-5, 4-915512-51-7
「ハリー・ポッターと不死鳥の騎士団　下
巻」J.K.ローリング作, 松岡佑子訳
静山社　2004.9　701p　22cm　①4-
915512-53-3, 4-915512-51-7
「ハリー・ポッターと秘密の部屋」J.K.
ローリング作, 松岡佑子訳, ダン・シュ
レシンジャー画　携帯版　静山社
2004.10　513p　18cm 950円　①4-
915512-54-1
「ハリー・ポッターとアズカバンの囚人」
J.K.ローリング作, 松岡佑子訳, ダン・
シュレシンジャー画　携帯版　静山社
2004.11　649p　18cm 1000円　①4-
915512-55-X

井水 伶　せいすい・れい
3693　「師団坂・六〇」
◇北区内田康夫ミステリー文学賞（第4
回/平成18年/大賞）
「はじめての小説—内田康夫&東京・北区
が選んだ気鋭のミステリー」内田康夫
選・編　実業之日本社　2008.1　361p
20cm 1500円　①978-4-408-53518-0
※折り込1枚

星奏 なつめ　せいそう・なつめ
3694　「チョコレート・コンフュー
ジョン」
◇電撃大賞（第22回/平成27年/メディ
アワークス文庫賞）

清野 栄一　せいの・えいいち
3695　「デッドエンド・スカイ」
◇文學界新人賞（第81回/平成7年下期）
「デッドエンド・スカイ」河出書房新社
2001.6　278p　19cm 2000円　①4-309-
01410-0

清野 静　せいの・せい
3696　「時載りリンネの冒険—イクリー
ジアスティアーズ—」
◇スニーカー大賞（第11回/平成18年/
奨励賞）〈受賞時〉清野 勝彦
「時載りリンネ！ 1　はじまりの本」角
川書店, 角川グループパブリッシング
（発売）　2007.8　332p　15cm（角川文
庫—角川スニーカー文庫）552円
①978-4-04-473201-1

「時載りリンネ！ 2 時のゆりかご」 角川書店, 角川グループパブリッシング（発売） 2007.12 315p 15cm （角川文庫―角川スニーカー文庫） 552円 ①978-4-04-473202-8

「時載りリンネ！ 3 ささやきのクローゼット」 角川書店, 角川グループパブリッシング（発売） 2008.7 363p 15cm （角川文庫―角川スニーカー文庫） 590円 ①978-4-04-473203-5

「時載りリンネ！ 4 とっておきの日々」 角川書店, 角川グループパブリッシング（発売） 2008.10 250p 15cm （角川文庫―角川スニーカー文庫） 533円 ①978-4-04-473204-2

「時載りリンネ！ 5 明日（あした）のスケッチ」 角川書店, 角川グループパブリッシング（発売） 2009.7 364p 15cm （角川文庫―角川スニーカー文庫） 619円 ①978-4-04-473205-9
※角川文庫15772

清野 春樹　せいの・はるき

3697　「川に沿う邑」
◇歴史浪漫文学賞 （第7回/平成19年/大賞）
「川に沿う邑―優嶂曇風土記」 郁朋社 2007.7 213p 20cm 1500円 ①978-4-87302-391-5

青来 有一　せいらい・ゆういち

3698　「ジェロニモの十字架」
◇文學界新人賞 （第80回/平成7年上期）
「聖水」 文藝春秋 2001.2 315p 19cm 1333円 ①4-16-319890-3
「聖水」 文藝春秋 2004.6 373p 15cm （文春文庫） 629円 ①4-16-768501-9

3699　「聖水」
◇芥川龍之介賞 （第124回/平成12年下期）
「聖水」 文藝春秋 2001.2 315p 20cm 1333円 ①4-16-319890-3
「芥川賞全集 第19巻」 文藝春秋 2002.12 399p 20cm 3238円 ①4-16-507290-7
「聖水」 文藝春秋 2004.6 373p 16cm （文春文庫） 629円 ①4-16-768501-9

3700　「爆心」
◇伊藤整文学賞 （第18回/平成19年/小説部門）
◇谷崎潤一郎賞 （第43回/平成19年度）
「爆心」 文藝春秋 2006.11 284p

20cm 1762円 ①4-16-325470-6

瀬尾 こると　せお・こると

3701　「地獄―私の愛したピアニスト」
◇小説現代推理新人賞 （第4回/平成9年）

瀬緒 瀧世　せお・たきよ

3702　「浅沙の影」
◇北日本文学賞 （第46回/平成24年）

瀬尾 つかさ　せお・つかさ

3703　「琥珀の心臓」
◇ファンタジア長編小説大賞 （第17回/平成17年/審査委員賞）
「琥珀の心臓」 富士見書房 2005.9 363p 15cm （富士見ファンタジア文庫） 620円 ①4-8291-1754-0

瀬尾 まいこ　せお・まいこ

3704　「幸福な食卓」
◇吉川英治文学新人賞 （第26回/平成17年度）
「幸福な食卓」 講談社 2004.11 231p 20cm 1400円 ①4-06-212673-7
「幸福な食卓」 講談社 2007.6 280p 15cm （講談社文庫） 495円 ①978-4-06-275650-1

3705　「卵の緒」
◇坊っちゃん文学賞 （第7回/平成13年/大賞）
「卵の緒」 マガジンハウス 2002.11 193p 20cm 1400円 ①4-8387-1388-6

3706　「戸村飯店 青春100連発」
◇坪田譲治文学賞 （第24回/平成20年度）
「戸村飯店青春100連発」 理論社 2008.3 321p 19cm 1500円 ①978-4-652-07924-9

瀬垣 維　せかき・ただし

3707　「くじらになりたい」
◇自由都市文学賞 （第4回/平成4年/佳作）

瀬川 深　せがわ・しん

3708　「mit Tuba（ミット・チューバ）」
◇太宰治賞 （第23回/平成19年）
「太宰治賞 2007」 筑摩書房編集部編 筑摩書房 2007.6 341p 21cm 1000円 ①978-4-480-80408-2

「チューバはうたう mit Tuba」 筑摩書
房 2008.3 204p 20cm 1400円
①978-4-480-80411-2
※他言語標題：Mit tuba

瀬川 隆文 せがわ・たかふみ

3709 「思い出さないで」
◇ゆきのまち幻想文学賞 （第16回/平成
18年/準大賞）
「横着星」 川田裕美子ほか著 企画集団
ぷりずむ 2007.1 223p 19cm （ゆき
のまち幻想文学賞小品集 16） 1715円
①978-4-906691-24-1, 4-906691-24-2
※選：高田宏, 萩尾望都, 乳井昌史

瀬川 まり せがわ・まり

3710 「極彩色の夢」
◇海燕新人文学賞 （第2回/昭和58年）
「極彩色の夢」 福武書店 1984.10 197p

瀬川 由利 せがわ・ゆり

3711 「伏竜伝―始皇帝の封印」
◇歴史群像大賞 （第3回/平成8年）
「伏竜伝―始皇帝の封印」 学習研究社
1996.11 365p 18cm （歴史群像新書）
780円 ①4-05-400770-8

関 俊介 せき・しゅんすけ

3712 「ワーカー」
◇日本ファンタジーノベル大賞 （第24
回/平成24年/優秀賞）
「絶対服従者（ワーカー）」 新潮社
2012.11 284p 20cm 1500円 ①978-
4-10-333111-7
※受賞作「ワーカー」を改題

関川 周 せきかわ・しゅう

3713 「安南人の眼」
◇「サンデー毎日」大衆文芸 （第31回/
昭和17年下）

3714 「怒濤の唄」
◇「サンデー毎日」大衆文芸 （第30回/
昭和17年上）

3715 「晩年の抒情」
◇「サンデー毎日」大衆文芸 （第26回/
昭和15年上）

関口 としわ せきぐち・としわ

3716 「首なし騎士は月夜に嘲笑う」
◇スニーカー大賞 （第6回/平成13年/奨
励賞）

関口 莫哀 せきぐち・ばくあい

3717 「禁煙」
◇「文芸倶楽部」懸賞小説 （第27回/明
38年5月/第3等）

関口 尚 せきぐち・ひさし

3718 「空をつかむまで」
◇坪田譲治文学賞 （第22回/平成18年
度）
「空をつかむまで」 集英社 2006.4
294p 20cm 1800円 ①4-08-775359-X
「空をつかむまで」 集英社 2009.6
373p 16cm （集英社文庫 せ4-3） 600
円 ①978-4-08-746445-0

3719 「プリズムの夏」
◇小説すばる新人賞 （第15回/平成14
年）
「プリズムの夏」 集英社 2003.1 181p
20cm 1400円 ①4-08-774627-5

関口 ふさえ せきぐち・ふさえ

3720 「蜂の殺意」
◇サントリーミステリー大賞 （第8回/
平成1年/読者賞）
「蜂の殺意」 文芸春秋 1990.7 296p

関口 安義 せきぐち・やすよし

3721 「芥川龍之介の復活」
◇中村星湖文学賞 （第13回/平成11年/
特別賞）
「芥川龍之介の復活」 洋々社 1998.11
286p 20cm 2400円 ①4-89674-911-1

赤目 什吉 せきめ・じゅうきち

3722 「一番星」
◇労働者文学賞 （第26回/平成26年/小
説部門/佳作）

瀬古 恵子 せこ・けいこ

3723 「コーヒー・ルンバ」
◇深大寺短編恋愛小説「深大寺恋物語」
（第3回/平成19年/調布市長賞）

勢田 春介 せた・しゅんすけ

3724 「紀分の料理番」
◇歴史群像大賞 （第19回/平成25年発表
/優秀賞）

摂津 茂和 せっつ・もわ

3725 「愚園路秘帖」

せと　　　　　　　　　　　　　　　　　　　　　　　　3726～3737

◇新青年賞（第3回/昭和15年上）

3726 「三代目」
◇新潮社文芸賞（第5回/昭和17年/第2
部）
「三代目」　東成社　1941　304p（ユーモア
文庫）

瀬戸 新声　せと・しんせい

3727 「思ひざめ」
◇「文芸倶楽部」懸賞小説（第45回/明
39年11月/第2等）

3728 「くもり日」
◇「文芸倶楽部」懸賞小説（第43回/明
39年9月/第3等）

3729 「姉さん」
◇「文芸倶楽部」懸賞小説（第28回/明
38年6月/第1等）

瀬戸 良枝　せと・よしえ

3730 「幻をなぐる」
◇すばる文学賞（第30回/平成18年）
「幻をなぐる」　集英社　2007.1　145p
20cm　1300円　①978-4-08-774843-7

瀬戸井 誠　せとい・まこと

3731 「遺品」
◇「文化評論」文学賞（第3回/昭和61
年/小説）
「遺品」　日本民主主義文学同盟, 東銀座
出版社〔発売〕　2002.6　263p　19cm
（民主文学自選叢書）1524円　①4-
89469-050-0

瀬戸内 寂聴　せとうち・じゃくちょう

3732 「源氏物語」
◇日本文芸大賞（第20回/平成12年/日
本文芸大賞）
「源氏物語　巻1～巻10」　紫式部著, 瀬戸
内寂聴訳　講談社　1996.12～1998.4
10冊　23cm
「源氏物語　巻1～巻10」　紫式部著, 瀬戸
内寂聴訳　〔点字資料〕　視覚障害者支
援総合センター　1999.3～1999.7　30冊
28cm
「源氏物語　巻1～巻10」　紫式部著, 瀬戸
内寂聴訳　新装版　講談社　2001.9～
2002.6　10冊　20cm

3733 「女子大生・曲愛玲」
◇同人雑誌賞（第3回/昭和31年）
「瀬戸内晴美作品集5」　筑摩書房　昭和

47年
「白い手袋の記憶」　中央公論社　1984.12
297p（中公文庫）
「瀬戸内寂聴全集　1　短篇」　瀬戸内寂聴
著　新潮社　2001.1　596p　19cm
6500円　①4-10-646401-2
「花芯」　瀬戸内寂聴著　講談社　2005.2
258p　15cm（講談社文庫）467円
①4-06-275008-2

3734 「田村俊子」
◇田村俊子賞（第1回/昭和35年）
「田村俊子」　文芸春秋　1983.2　342p〈新
装版〉
「瀬戸内寂聴伝記小説集成1」　文芸春秋
1989
「瀬戸内寂聴全集　2　長篇」　瀬戸内寂聴
著　新潮社　2001.3　842p　19cm
7700円　①4-10-646402-0

3735 「夏の終り」
◇女流文学賞（第2回/昭和38年度）
「夏の終り」　新潮社　1963　217p
「夏の終り」　新潮社　1966　194p（新潮文
庫）
「瀬戸内晴美作品集1」　筑摩書房　昭和
47年
「昭和文学全集25」　小学館　1988
「夏の終り」　瀬戸内寂聴著　79刷改版
新潮社　2005.8　232p　16cm（新潮文
庫）　400円　①4-10-114401-X
「10ラブ・ストーリーズ」　林真理子編
朝日新聞出版　2011.11　465p　15cm
（朝日文庫）　760円　①978-4-02-
264634-7

3736 「場所」
◇野間文芸賞（第54回/平成13年）
「場所」　新潮社　2001.5　269p　20cm
1700円　①4-10-311216-6
「瀬戸内寂聴全集　第18巻」　新潮社
2002.9　492p　20cm　6000円　①4-10-
646418-7
「場所」　新潮社　2004.8　341p　16cm
（新潮文庫）　514円　①4-10-114436-2

3737 「花に問え」
◇谷崎潤一郎賞（第28回/平成4年度）
「花に問え」　中央公論社　1992.6　243p
「花に問え」　瀬戸内寂聴著　中央公論社
1994.10　265p　15cm（中公文庫）500
円　①4-12-202153-7
「瀬戸内寂聴全集　第17巻　長篇」　瀬戸
内寂聴著　新潮社　2002.6　709p
19cm　7000円　①4-10-646417-9

3738 「白道」
◇芸術選奨（第46回/平成7年度/文学部門/文部大臣賞）
「白道」 講談社 1995.9 374p 19cm 2000円 Ⓘ4-06-205620-8
「白道」 講談社 1998.9 387p 15cm （講談社文庫） 619円 Ⓘ4-06-263881-9
「瀬戸内寂聴全集 第17巻 長篇」 新潮社 2002.6 709p 19cm 7000円 Ⓘ4-10-646417-9

3739 「風景」
◇泉鏡花文学賞（第39回/平成23年度）
「風景」 角川学芸出版, 角川グループパブリッシング〔発売〕 2011.1 197p 20cm 1600円 Ⓘ978-4-04-653225-1

瀬戸内 晴美 せとうち・はるみ ⇒瀬戸内 寂聴（せとうち・じゃくちょう）

瀬那 和章 せな・かずあき

3740 「異界ノスタルジア」
◇電撃大賞（第14回/平成19年/電撃小説大賞部門/銀賞）
「Under—異界ノスタルジア」 メディアワークス, 角川グループパブリッシング〔発売〕 2008.2 305p 15cm （電撃文庫 1548） 570円 Ⓘ978-4-8402-4163-2

瀬名 秀明 せな・ひであき

3741 「パラサイト・イヴ」
◇日本ホラー小説大賞（第2回/平成7年）
「パラサイト・イヴ」 角川書店 1995.4 394p 19cm 1400円 Ⓘ4-04-872862-8
「パラサイト・イヴ」 新潮社 2007.2 560p 15cm （新潮文庫） 743円 Ⓘ978-4-10-121434-4

3742 「BLAIN VALLEY」
◇日本SF大賞（第19回/平成10年）
「BRAIN VALLEY 上」 角川書店 1997.12 441p 19cm 1400円 Ⓘ4-04-873060-6
「BRAIN VALLEY 下」 角川書店 1997.12 403, 32p 19cm 1400円 Ⓘ4-04-873079-7
「BRAIN VALLEY 上」 角川書店 2000.12 486p 15cm （角川文庫） 619円 Ⓘ4-04-340502-2
「BRAIN VALLEY 下」 角川書店 2000.12 439p 15cm （角川文庫） 619円 Ⓘ4-04-340503-0
「BRAIN VALLEY 上」 新潮社 2005.10 528p 15cm （新潮文庫） 743円 Ⓘ4-10-121431-X
「BRAIN VALLEY 下」 新潮社 2005.10 488, 28p 15cm （新潮文庫） 705円 Ⓘ4-10-121432-8

妹尾 河童 せのお・かっぱ

3743 「少年H」
◇毎日出版文化賞（第51回/平成9年/特別賞）
「少年H 上」 講談社 1996 358p 19cm 1500円 Ⓘ4-06-208199-7
「少年H 下」 講談社 1996 358p 19cm 1500円 Ⓘ4-06-208496-1
「少年H 上巻」 講談社 1999.6 477p 15cm （講談社文庫） 600円 Ⓘ4-06-264590-4
「少年H 下巻」 講談社 1999.6 501p 15cm （講談社文庫） 600円 Ⓘ4-06-264591-2
「少年H 上巻」 新潮社 2000.12 479p 15cm （新潮文庫） 629円 Ⓘ4-10-131106-4
「少年H 下巻」 新潮社 2000.12 494p 15cm （新潮文庫） 629円 Ⓘ4-10-131107-2
「少年H 上」 講談社 2002.6 442p 18cm （講談社青い鳥文庫） 720円 Ⓘ4-06-148590-3
「少年H 下」 講談社 2002.6 461p 18cm （講談社青い鳥文庫） 720円 Ⓘ4-06-148591-1

せひら あやみ

3744 「異形の姫と妙薬の王子」
◇ノベル大賞（平成23年度/佳作）

蟬川 タカマル せみかわ・たかまる

3745 「青春ラリアット!!」
◇電撃大賞（第17回/平成22年/電撃小説大賞部門/金賞）
「青春ラリアット!!」 アスキー・メディアワークス, 角川グループパブリッシング〔発売〕 2011.2 277p 15cm （電撃文庫 2077） 530円 Ⓘ978-4-04-870238-6
「青春ラリアット!! 2」 アスキー・メディアワークス, 角川グループパブリッシング〔発売〕 2011.7 360p 15cm （電撃文庫 2165） 610円 Ⓘ978-4-04-870553-0
「青春ラリアット!! 3」 アスキー・メディアワークス, 角川グループパブリッシング〔発売〕 2011.12 325p 15cm （電撃文庫 2247） 610円 Ⓘ978-4-04-

870882-1
「青春ラリアット!! 4」 アスキー・メ
ディアワークス, 角川グループパブリッ
シング〔発売〕 2012.8 348p 15cm
（電撃文庫 2389） 630円 ⓘ978-4-04-
886799-3
「青春ラリアット!! 5」 アスキー・メ
ディアワークス, 角川グループパブリッ
シング〔発売〕 2013.2 274p 15cm
（電撃文庫 2493） 570円 ⓘ978-4-04-
891341-6

瀬山 寛二　せやま・かんじ

3746 「青い航跡」
◇オール讀物新人賞 （第48回/昭和51年
上）

瀬良 けい　せら・けい

3747 「帰郷」
◇地上文学賞 （第61回/平成25年）

芹川 兵衛　せりかわ・ひょうえ

3748 「埋められた傷痕」
◇「小説推理」新人賞 （第5回/昭和58
年/佳作）

芹澤 桂　せりざわ・かつら

3749 「ファディダディ・ストーカーズ」
◇パピルス新人賞 （第2回/平成20年/特
別賞）

芹沢 光治良　せりざわ・こうじろう

3750 「人間の運命」
◇芸術選奨 （第15回/昭和39年度/文学
部門/文部大臣賞）
◇日本芸術院賞 （第25回/昭和43年）
「人間の運命」 1〜6 新潮社 1962 6冊
「人間の運命第2部」 1〜6 新潮社 1965
6冊
「人間の運命第3部」 1〜2 新潮社 1968
2冊
「芹沢光治良作品集10〜15」 新潮社 昭和
49〜50年
「完全版 人間の運命 1 次郎の生いた
ち」 勉誠出版 2013.1 348p 19cm
1800円 ⓘ978-4-585-29530-3

3751 「ブルジョア」
◇「改造」懸賞創作 （第3回/昭和5年/1
等）
「ブルヂョア」 改造社 1930 269p （新鋭
文学叢書）
「ブルジョア・落葉の声」 新潮社 1974

310p （芹沢光治良作品集 第8巻）
「芹沢光治良作品集8」 新潮社 昭和49年
「ブルジョア」 成瀬書房 1979.12 133p
〈限定版〉
「短篇集 明日を逐うて」 新潮社 1997.2
584p 19cm （芹沢光治良文学館 9）
4000円 ⓘ4-10-641429-5

仙川 環　せんかわ・たまき

3752 「感染―infection」
◇小学館文庫小説賞 （第1回/平成14年2
月）
「感染―Infection」 小学館 2002.8
248p 20cm 1400円 ⓘ4-09-387388-7

千家 紀彦　せんげ・のりひこ

3753 「睡蓮と小鮒」
◇関西文学賞 （第10回/昭和50年/小説）

千月 さかき　せんげつ・さかき

3754 「絶滅危惧種の左眼竜王」
◇HJ文庫大賞 （第8回/平成26年/銀賞）
「絶滅危惧種の左眼竜王（レッドデータ・
ドラゴンロード）」 ホビージャパン
2014.10 311p 15cm （HJ文庫 せ01-
01-01） 638円 ⓘ978-4-7986-0897-6
「絶滅危惧種の左眼竜王（レッドデータ・
ドラゴンロード） 2 神殺しの獣」 ホ
ビージャパン 2015.2 301p 15cm
（HJ文庫 せ01-01-02） 638円 ⓘ978-4-
7986-0960-7

仙田 学　せんだ・まなぶ

3755 「中国の拷問」
◇早稲田文学新人賞 （第19回/平成14
年）

千羽 カモメ　せんば・かもめ

3756 「正捕手の篠原さん」
◇MF文庫Jライトノベル新人賞 （第7回
/平成23年/審査員特別賞）
「正捕手の篠原さん」 メディアファクト
リー 2011.10 263p 15cm （MF文庫
J せ-01-01） 580円 ⓘ978-4-8401-
4263-2
「正捕手の篠原さん 2」 メディアファ
クトリー 2012.1 258p 15cm （MF
文庫J せ-01-02） 580円 ⓘ978-4-8401-
4372-1
「正捕手の篠原さん 3」 メディアファ
クトリー 2012.5 259p 15cm （MF
文庫J せ-01-03） 580円 ⓘ978-4-8401-
4574-9

仙波 千広 せんば・ちひろ

3757 「**DT覇王ドマイナー**」
◇ジャンプ小説新人賞（jump Novel Grand Prix）（'13 Summer/平成25年夏/キャラクター小説部門/金賞）
「DT覇王ドマイナー」 集英社 2014.7 223p 19cm （JUMP j BOOKS） 1000円 ①978-4-08-703324-3

【 そ 】

SOW

3758 「私立エルニーニョ学園伝説 立志編」
◇ジャンプ小説新人賞（jump Novel Grand Prix）（'08 Spring（平成20年春）/小説：フリー部門/銀賞）
「私立エルニーニョ学園伝説 立志篇」 SOW, 河下水希著 集英社 2008.12 222p 18cm （Jump j books） 743円 ①978-4-08-703199-7

宗 久之助 そう・きゅうのすけ

3759 「男性審議会」
◇「サンデー毎日」大衆文芸 （第19回/昭和11年下）

蒼 龍一 そう・りゅういち

3760 「自由と正義の水たまり」
◇神戸文学賞 （第3回/昭和54年）

相加 八重 そうか・やえ

3761 「神の石」
◇全作家文学賞 （第2回/平成19年/佳作）

蒼社 廉三 そうじゃ・れんぞう

3762 「屍衛兵」
◇宝石賞 （第2回/昭和36年）

左右田 謙 そうだ・けん

3763 「若い歩み」
◇「文学評論」懸賞創作 （第2回/昭和10年）

宗滴 そうてき

3764 「恩屋の流儀」

◇富士見ラノベ文芸賞 （第1回/平成25年/審査員特別賞）

草野 唯雄 そうの・ただお

3765 「交叉する線」
◇宝石中篇賞 （第1回/昭和37年）
「交叉する線」 角川書店 1984.9 319p （角川文庫）

相馬 里美 そうま・さとみ

3766 「風の馬」
◇池内祥三文学奨励賞 （第24回/平成6年）

3767 「ひまわりの夏服」
◇池内祥三文学奨励賞 （第24回/平成6年）

相馬 隆 そうま・たかし

3768 「グラン・マーの犯罪」
◇「小説推理」新人賞 （第10回/昭和63年）
「今宵は死体と――ミステリー傑作選」 双葉社 1990.2 245p （Futaba novels）

宗宮 みちよ そうみや・みちよ

3769 「奈美子の冬」
◇関西文学賞 （第1回/昭和41年/小説）

倉村 実水 そうむら・みすい

3770 「黒鳩団がやってくる」
◇パレットノベル大賞 （第26回/平成14年夏/佳作）

宗谷 真爾 そうや・しんじ

3771 「なっこぶし」
◇農民文学賞 （第7回/昭和37年度）
「なっこぶし」 河出書房新社 1964 220p

3772 「鼠浄土」
◇中央公論新人賞 （第8回/昭和38年度）
「鼠浄土」 中央公論社 1979.3 228p （中公文庫）

添田 小萩 そえだ・こはぎ

3773 「この世の富」
◇『幽』文学賞 （第8回/平成25年/長編部門/特別賞）
「きんきら屋敷の花嫁」 KADOKAWA 2014.4 199p 15cm （角川ホラー文庫 Hそ2-1） 480円 ①978-4-04-102600-7
※受賞作「この世の富」を改題

添田 知道　そえだ・ともみち

3774　「演歌の明治大正史」
◇毎日出版文化賞　（第18回/昭和39年）
「演歌の明治大正史」　刀水書房 1982
333p

3775　「教育者」
◇新潮社文芸賞　（第6回/昭和18年/第2
部）

副田 義也　そえだ・よしや

3776　「闘牛」
◇同人雑誌賞　（第4回/昭和32年）

曽我 得二　そが・とくじ

3777　「なるとの中将」
◇千葉亀雄賞　（復活第1回/昭和24年度/
短篇）
◇「サンデー毎日」大衆文芸　（第37回/
昭和24年上）

曽我部 敦史　そがべ・あつし

3778　「山下バッティングセンター」
◇ダ・ヴィンチ文学賞　（第2回/平成19
年/優秀賞）
「山下バッティングセンター」　メディア
ファクトリー　2007.9　183p　19cm
1000円　①978-4-8401-2037-1

外岡 秀俊　そとおか・ひでとし

3779　「北帰行」
◇文藝賞　（第13回/昭和51年）
「北帰行」　新装版　河出書房新社　2014.
5　249p　19cm　2000円　①978-4-309-
02294-9

外本 次男　そともと・つぎお

3780　「旅をする蝶のように」
◇日本海文学大賞　（第2回/平成3年/小
説/奨励賞）

曽根 圭介　そね・けいすけ

3781　「沈底魚」
◇江戸川乱歩賞　（第53回/平成19年）
「沈底魚」　講談社　2007.8　309p　20cm
1600円　①978-4-06-214234-2

3782　「熱帯夜」
◇日本推理作家協会賞　（第62回/平成21
年/短篇部門）
「あげくの果て」　角川書店, 角川グループ
パブリッシング（発売）　2008.10　254p

20cm　1500円　①978-4-04-873907-8
「ザ・ベストミステリーズ―推理小説年鑑
2009」　日本推理作家協会編　講談社
2009.7　479p　20cm　3500円　①978-4-
06-114910-6
※他言語標題：The best mysteries

3783　「鼻」
◇日本ホラー小説大賞　（第14回/平成19
年/短編賞）　〈受賞時〉曾根 狷介
「鼻」　角川書店, 角川グループパブリッ
シング（発売）　2007.11　278p　15cm
（角川ホラー文庫）　590円　①978-4-04-
387301-2

曽野 綾子　その・あやこ

3784　「遠来の客たち」
◇日本芸術院賞　（第49回/平成4年度/第
2部/恩賜賞）
「遠来の客たち」　筑摩書房 1955 246p
「曽野綾子選集2」　読売新聞社 昭和46年
「曽野綾子作品選集1」　桃源社 昭和50年
「遠来の客たち」　成瀬書房 1982.7 137p
〈限定版〉
「曽野綾子作品選集1」　光風社出版 1985
「遠来の客たち―傑作小説」　祥伝社
1988.6 306p（ノン・ポシェット）
「雪あかり―曽野綾子初期作品集」　講談
社　2005.5　311p　15cm（講談社文芸
文庫）　1300円　①4-06-198406-3

3785　「ほくそ笑む人々」
◇日本文芸大賞　（第18回/平成10年）
「ほくそ笑む人々」　小学館　1998.7
249p　19cm（昼寝するお化け 第3集）
1300円　①4-09-379443-X

蘇之 一行　その・かずき

3786　「マンガの神様」
◇電撃大賞　（第21回/平成26年/銀賞）
「マンガの神様」　KADOKAWA　2015.3
318p　15cm（電撃文庫 2895）　590円
①978-4-04-869258-8
※他言語標題：GOD OF MANGA
「マンガの神様　2」　KADOKAWA
2015.7　307p　15cm（電撃文庫 2957）
610円　①978-4-04-865250-6
※他言語標題：GOD OF MANGA, 著作
目録あり
「マンガの神様　3」　KADOKAWA
2015.11　308p　15cm（電撃文庫
3026）　690円　①978-4-04-865547-7
※他言語標題：GOD OF MANGA, 著作
目録あり

園部 晃三　そのべ・こうぞう

3787　「ロデオ・カウボーイ」
◇小説現代新人賞　（第54回/平成2年上）

園部 舞雨　そのべ・まいう

3788　「青春譜」
◇「文芸倶楽部」懸賞小説　（第14回/明37年4月/第1等）

園山 創介　そのやま・そうすけ

3789　「サザエ計画」
◇ボイルドエッグズ新人賞　（第13回/平成23年10月）
「サザエ計画」　産業編集センター　2012.3　245p　20cm　1400円　①978-4-86311-071-7

蕎麦田　そばた

3790　「目出し帽の女」
◇『幽』文学賞　（第10回/平成27年/佳作/短篇部門）

ゾペティ, デビット

3791　「いちげんさん」
◇すばる文学賞　（第20回/平成8年）
「いちげんさん」　集英社　1997.1　190p　20cm　1200円　①4-08-774243-1
「いちげんさん」　デビット・ゾペティ著　集英社　1999.11　215p　15cm（集英社文庫）　400円　①4-08-747145-4

空猫軒　そらねこけん

3792　「あくび猫」
◇新風舎出版賞　（第18回/平成14年6月/出版大賞）
「あくび猫」　新風舎　2004.4　1冊（ページ付なし）　14×18cm　1000円　①4-7974-3158-X

空埜 一樹　そらの・かずき

3793　「死なない男に恋した少女」
◇ノベルジャパン大賞　（第1回/平成19年/奨励賞）
「死なない男に恋した少女」　ホビージャパン　2008.6　327p　15cm（HJ文庫117）　638円　①978-4-89425-718-4
「死なない男に恋した少女　2　日常のカケラ」　ホビージャパン　2008.11　283p　15cm（HJ文庫141）　638円　①978-4-89425-785-6
「死なない男に恋した少女　3　命のカタチ」　ホビージャパン　2009.4　293p　15cm（HJ文庫159）　638円　①978-4-89425-847-1
「死なない男に恋した少女　4　刹那のキズナ」　ホビージャパン　2009.8　285p　15cm（HJ文庫187）　638円　①978-4-89425-916-4
「死なない男に恋した少女　5　斗いのサダメ」　ホビージャパン　2009.12　279p　15cm（HJ文庫208）　638円　①978-4-89425-967-6

孫 美幸　ソン・ミヘン

3794　「境界に生きる」
◇部落解放文学賞　（第40回/平成25年/記録表現部門/入選）

ぞんちょ

3795　「Rain of Filth」
◇ジャンプ小説新人賞（jump Novel Grand Prix）　（'14 Summer/平成26年夏/キャラクター小説部門/金賞）
「丸ノ内OF THE DEAD」　集英社　2015.3　257p　19cm（JUMP j BOOKS）　1000円　①978-4-08-703352-6

【 た 】

醍醐 麻沙夫　だいご・まさお

3796　「ヴィナスの濡れ衣」
◇サントリーミステリー大賞　（第9回/平成2年/佳作賞）
「ヴィナスの濡れ衣―南紀殺人事件」　文芸春秋　1991.10　265p

3797　「『銀座』と南十字星」
◇オール讀物新人賞　（第45回/昭和49年下）
「銀座」　と南十字星　秋田 無明舎出版　1985.9　292p

大正 十三造　たいしょう・とみぞう

3798　「槍」
◇講談倶楽部賞　（第14回/昭和35年上）

大藤 治郎　だいとう・じろう

3799　「脱出」
◇「女性」懸賞小説　（大13年）

大道 珠貴　だいどう・たまき

3800　「傷口にはウオッカ」
◇Bunkamuraドゥマゴ文学賞（第15回/
平成17年度/富岡多惠子選）
「傷口にはウオッカ」　講談社　2005.1
213p　20cm　1500円　Ⓘ4-06-212738-5
「傷口にはウオッカ」　講談社　2008.2
223p　15cm（講談社文庫）　476円
Ⓘ978-4-06-275965-6

3801　「しょっぱいドライブ」
◇芥川龍之介賞（第128回/平成14年下
期）
「しょっぱいドライブ」　文藝春秋　2003.
3　193p　20cm　1238円　Ⓘ4-16-
321760-6

大門 剛明　だいもん・たけあき

3802　「ディオニス死すべし」
◇横溝正史ミステリ大賞（第29回/平成
21年/大賞, テレビ東京賞）
「雪冤」　角川書店, 角川グループパブ
リッシング（発売）　2009.5　396p
20cm　1500円　Ⓘ978-4-04-873959-7
※文献あり

平 安寿子　たいら・あずこ

3803　「素晴らしい一日」
◇オール讀物新人賞（第79回/平成11
年）
「素晴らしい一日」　文藝春秋　2001.4
269p　19cm　1333円　Ⓘ4-16-319960-8
「素晴らしい一日」　文藝春秋　2005.2
263p　16cm（文春文庫）　562円　Ⓘ4-
16-767931-0

平 金魚　たいら・きんぎょ

3804　「不幸大王がやってくる」
◇『幽』怪談文学賞（第5回/平成22年/
短編部門/大賞）
「黒い団欒」　メディアファクトリー
2011.5　253p　19cm（幽ブックス）
1300円　Ⓘ978-4-8401-3913-7

平 龍生　たいら・りゅうせい

3805　「脱獄情死行」
◇横溝正史賞（第3回/昭和58年）
「脱獄情死行」　角川書店　1983.5　235p
（カドカワノベルズ）

3806　「真夜中の少年」
◇オール讀物新人賞（第40回/昭和47年
上）

大楽 絢太　だいらく・けんた

3807　「七人の武器屋 新装開店・エク
ス・ガリバー」
◇ファンタジア長編小説大賞（第17回/
平成17年/佳作）
「七人の武器屋—レジェンド・オブ・ビギ
ナーズ！」　富士見書房　2005.9　365p
15cm（富士見ファンタジア文庫）　620
円　Ⓘ4-8291-1753-2
「七人の武器屋—結婚式をプロデュース
！」　富士見書房　2006.2　298p　15cm
（富士見ファンタジア文庫）　580円
Ⓘ4-8291-1802-4
「七人の武器屋—天下一武器屋祭からの
招待状！」　富士見書房　2006.5　268p
15cm（富士見ファンタジア文庫）　560
円　Ⓘ4-8291-1826-1
「七人の武器屋—激突！武器屋vs武器
屋!!」　富士見書房　2006.8　333p
15cm（富士見ファンタジア文庫）　580
円　Ⓘ4-8291-1855-5
「七人の武器屋—戸惑いのリニューアル・
デイズ！」　富士見書房　2006.12
315p　15cm（富士見ファンタジア文
庫）　580円　Ⓘ4-8291-1887-3
「七人の武器屋—ラストスパート・ビギ
ナーズ！」　富士見書房　2007.9　317p
15cm（富士見ファンタジア文庫）　580
円　Ⓘ978-4-8291-1958-7
「七人の武器屋—ノース・エンデ・クライ
シス！」　富士見書房　2007.12　390p
15cm（富士見ファンタジア文庫）　660
円　Ⓘ978-4-8291-1992-1
「七人の武器屋—飛べ！エクス・ガリ
バーズ!!」　富士見書房　2008.3　298p
15cm（富士見ファンタジア文庫）　580
円　Ⓘ978-4-8291-3273-9
「七人の武器屋—エクス・ガリバー・エ
ヴォリューション！」　富士見書房
2008.7　296p　15cm（富士見ファンタ
ジア文庫）　580円　Ⓘ978-4-8291-3302-6
※折り込み1枚

田内 初義　たうち・はつよし

3808　「永遠に放つ」
◇学生小説コンクール（第4回/昭和30
年下/佳作）
「杉若の下の蟻」　二見書房　1972　228p

多宇部 貞人　たうべ・さだと

3809　「シロクロネクロ」
◇電撃大賞（第17回/平成22年/電撃小

説大賞部門/大賞）

「シロクロネクロ」 アスキー・メディア
ワークス、角川グループパブリッシング
〔発売〕 2011.2 280p 15cm（電撃文
庫 2075） 550円 ⑪978-4-04-870268-3

「シロクロネクロ 2」 アスキー・メディ
アワークス、角川グループパブリッシン
グ〔発売〕 2011.5 294p 15cm（電
撃文庫 2132） 570円 ⑪978-4-04-
870490-8

「シロクロネクロ 3」 アスキー・メディ
アワークス、角川グループパブリッシン
グ〔発売〕 2012.2 290p 15cm（電
撃文庫 2286） 630円 ⑪978-4-04-
870817-3

「シロクロネクロ 4」 アスキー・メディ
アワークス、角川グループパブリッシン
グ〔発売〕 2013.2 350p 15cm（電
撃文庫 2497） 670円 ⑪978-4-04-
891403-1

田岡 典夫 たおか・のりお

3810 「強情いちご」
◇直木三十五賞 （第16回/昭和17年下）
「侍たちの歳月」 平岩弓枝監修 光文社
2002.6 496p 15cm（光文社時代小説
文庫） 724円 ⑪4-334-73338-7

3811 「小説野中兼山」
◇毎日出版文化賞 （第33回/昭和54年）
「小説野中兼山」 上巻 平凡社 1978.3
333p
「小説野中兼山」 中巻 平凡社 1978.5
320p
「小説野中兼山」 下巻 平凡社 1979.5
462p

多賀 多津子 たが・たづこ

3812 「頭状花」
◇自分史文学賞 （第5回/平成6年度/佳
作）

高井 忍 たかい・しのぶ

3813 「漂流巌流島」
◇ミステリーズ！新人賞 （第2回/平成
17年度）
「漂流巌流島」 東京創元社 2008.7
315p 20cm（ミステリ・フロンティア
46） 1700円 ⑪978-4-488-01732-3

高井 有一 たかい・ゆういち

3814 「北の河」
◇芥川龍之介賞 （第54回/昭和40年下）

「北の河」 文芸春秋 1966 230p
「高井有一集」 河出書房新社 1972 237p
（新鋭作家叢書）
「芥川賞全集7」 文芸春秋 1982
「昭和文学全集30」 小学館 1988
「半日の放浪―高井有一自選短篇集」 講
談社 2003.7 266p 15cm（講談社文
芸文庫） 1200円 ⑪4-06-198338-5

3815 「この国の空」
◇谷崎潤一郎賞 （第20回/昭和59年度）
「この国の空」 新潮社 1984.10 244p
「この国の空」 新潮社 2015.5 335p
15cm（新潮文庫） 550円 ⑪978-4-10-
137413-0

3816 「高らかな挽歌」
◇大佛次郎賞 （第26回/平成11年）
「高らかな挽歌―純文学書下ろし特別作
品」 新潮社 1999.1 387p 20cm
2500円 ⑪4-10-600663-4
「高らかな挽歌」 新潮社 2002.11
494p 16cm（新潮文庫） 629円 ⑪4-
10-137412-0

3817 「立原正秋」
◇毎日芸術賞 （第33回/平成3年度）
「立原正秋」 新潮社 1991 290p
「立原正秋」 新潮社 1994.12 344p
15cm（新潮文庫） 480円 ⑪4-10-
137411-2

3818 「時の潮」
◇野間文芸賞 （第55回/平成14年）
「時の潮」 講談社 2002.8 325p 20cm
2000円 ⑪4-06-211328-7

3819 「夢の碑」
◇芸術選奨 （第27回/昭和51年度/文学
部門/文部大臣賞）
「夢の碑」 新潮社 1976 254p

3820 「夜の蟻」
◇読売文学賞 （第41回/平成1年/小説
賞）
「夜の蟻」 筑摩書房 1989.5 269p

高石 次郎 たかいし・じろう

3821 「川の掟」
◇「サンデー毎日」大衆文芸 （第55回/
昭和34年上）

高市 俊次 たかいち・しゅんじ

3822 「花評者石山」
◇歴史文学賞 （第9回/昭和59年度）

たかお　　　　　　　　　　　　　　　　　　　　　　　3823～3838

高尾 佐介　たかお・さすけ

3823 「アンデスの十字架」
◇サントリーミステリー大賞（第14回/
平成9年/読者賞）
「アンデスの十字架」　文藝春秋　1997.4
258p　19cm　1333円　①4-16-316920-2

鷹尾 東雨　たかお・とうう

3824 「因業羅漢谷」
◇『幽』文学賞（第9回/平成26年/佳作
/長篇部門）

高尾 長良　たかお・ながら

3825 「肉骨茶」
◇新潮新人賞（第44回/平成24年）
「肉骨茶」　新潮社　2013.2　123p　20cm
1400円　①978-4-10-333521-4

高尾 光　たかお・ひかる

3826 「テント」
◇小説現代新人賞（第69回/平成13年）

高岡 杉成　たかおか・すぎなり

3827 「こわれた人々」
◇小学館ライトノベル大賞〔ガガガ文庫
部門〕（第6回/平成24年/優秀賞）
「こわれた人々」　小学館　2012.5　277p
15cm（ガガガ文庫）590円　①978-4-
09-451342-4

高岡 水平　たかおか・みずへい

3828 「突き進む鼻先の群れ」
◇中央公論新人賞（第16回/平成2年度）

高貝 弘也　たかがい・こうや

3829 「半世記」
◇地球賞（第29回/平成16年）
「半世記」　書肆山田　2004.7　1冊（ペー
ジ付なし）　22cm　2600円　①4-87995-
611-2

高川 ひびき　たかがわ・ひびき

3830 「冬のねじ鳥」
◇ノベル大賞（第35回/平成16年/佳作）

高木 彬光　たかぎ・あきみつ

3831 「能面殺人事件」
◇日本推理作家協会賞（第3回/昭和25
年/長篇賞）
「能面殺人事件」　岩谷書店　1951　284p
「能面殺人事件」　春陽堂書店　1952　224p

（春陽文庫）
「能面殺人事件」　東方社　1955　326p
「能面殺人事件」　和同出版社　1958　274p
「能面殺人事件」　春陽堂文庫出版　1959
224p（春陽文庫）
「能面殺人事件」　雄山閣出版　1962　274p
「能面殺人事件」　桃源社　1963　247p（ポ
ピュラーブックス）
「高木彬光長編推理小説全集5」　光文社
1972　370p
「能面殺人事件」　東京文芸社　1977.7　246p
「能面殺人事件」　角川書店　1979.2　286p
（角川文庫）
「能面殺人事件―高木彬光コレクション」
新装版　光文社　2006.2　415p　15cm
（光文社文庫）648円　①4-334-74022-7

高木 敦　たかぎ・あつし

3832 「なしのすべて」
◇学園小説大賞（第13回/平成21年/優
秀賞）

3833 「夏の魔球」
◇YA文学短編小説賞（第2回/平成21年
/佳作）

高木 功　たかぎ・いさお

3834 「6000フィートの夏」
◇オール讀物新人賞（第73回/平成5年）

高木 恭造　たかぎ・きょうぞう

3835 「鴉の裔」
◇満洲文話会賞（第1回/昭和15年/作品
賞）

喬木 言吉　たかぎ・げんきち

3836 「慶安余聞「中山文四郎」」
◇「サンデー毎日」大衆文芸（第11回/
昭和7年下）

高木 敏克　たかぎ・としかつ

3837 「溶ける闇」
◇神戸文学賞（第4回/昭和55年）
「暗箱の中のなめらかな回転」　大阪 編集
工房ノア　1986.7　227p

髙木 敏次　たかき・としじ

3838 「傍らの男」
◇H氏賞（第61回/平成23年）
「傍らの男」　思潮社　2010.7　87p
20cm　2200円　①978-4-7837-3188-7

高木 俊朗　たかぎ・としろう

3839　「陸軍特別攻撃隊」
◇菊池寛賞　（第23回/昭和50年）

高木 智視　たかぎ・ともみ

3840　「KASAGAMI」
◇三田文学新人賞　（第12回/平成17年）

高樹 のぶ子　たかぎ・のぶこ

3841　「水脈」
◇女流文学賞　（第34回/平成7年度）
　「水脈」　文藝春秋　1995.5　237p　19cm
　1400円　①4-16-315540-6
　「水脈」　文藝春秋　1998.5　233p　16cm
　（文春文庫）　419円　①4-16-737309-2

3842　「蔦燃」
◇島清恋愛文学賞　（第1回/平成6年）
　「蔦燃」　講談社　1994.9　212p　19cm
　1400円　①4-06-206712-9
　「蔦燃」　講談社　1997.10　210p　15cm
　（講談社文庫）　390円　①4-06-263611-5

3843　「透光の樹」
◇谷崎潤一郎賞　（第35回/平成11年）
　「透光の樹」　文藝春秋　1999.1　237p
　20cm　1238円　①4-16-318270-5
　「透光の樹」　文藝春秋　2002.5　251p
　16cm　（文春文庫）　448円　①4-16-
　737313-0

3844　「トモスイ」
◇川端康成文学賞　（第36回/平成22年）
　「トモスイ」　新潮社　2011.1　188p
　20cm　1400円　①978-4-10-351608-8

3845　「光抱く友よ」
◇芥川龍之介賞　（第90回/昭和58年下）
　「光抱く友よ」　新潮社　1984.2　194p
　「光抱く友よ」　新潮社　1987.5　205p　（新
　潮文庫）
　「芥川賞全集13」　文芸春秋　1989

3846　「HOKKAI」
◇芸術選奨　（第56回/平成17年度/文学
　部門/文部科学大臣賞）
　「HOKKAI」　新潮社　2005.10　301p
　20cm　1600円　①4-10-351607-0
　※本文は日本語

高木 白葉　たかぎ・はくよう

3847　「焼けた弟の屍体」
◇「文章世界」特別募集小説　（大9年8
　月）

高木 光　たかぎ・ひかる

3848　「血」
◇「文学評論」懸賞創作　（第2回/昭和
　10年）

高城 廣子　たかぎ・ひろこ

3849　「いとしきもの すこやかに生まれ
　よ―ケイゼルレイケスネーデ
　物語―」
◇歴史浪漫文学賞　（第9回/平成21年/創
　作部門優秀賞）

高樹 凛　たかぎ・りん

3850　「明日から俺らがやってきた」
◇電撃大賞　（第18回/平成23年/電撃小
　説大賞部門/電撃文庫MAGAZINE
　賞）
　「明日から俺らがやってきた」　アス
　キー・メディアワークス，角川グループ
　パブリッシング〔発売〕　2012.2　302p
　15cm　（電撃文庫 2277）　570円　①978-
　4-04-886272-1
　「明日から俺らがやってきた 2」　アス
　キー・メディアワークス，角川グループ
　パブリッシング〔発売〕　2012.7　298p
　15cm　（電撃文庫 2371）　630円　①978-
　4-04-886710-8

高嶋 哲夫　たかしま・てつお

3851　「イントゥルーダー」
◇サントリーミステリー大賞　（第16回/
　平成11年/大賞・読者賞）
　「イントゥルーダー」　文藝春秋　1999.4
　322p　20cm　1429円　①4-16-318510-0
　「イントゥルーダー」　文藝春秋　2002.3
　377p　16cm　（文春文庫）　514円　①4-
　16-765627-2

3852　「帰国」
◇北日本文学賞　（第24回/平成2年）
　「いじめへの反旗」　集英社　2012.11
　381p　15cm　（集英社文庫）　670円
　①978-4-08-745011-8

3853　「メルト・ダウン」
◇小説現代推理新人賞　（第1回/平成6
　年）

高島 雄哉　たかしま・ゆうや

3854　「ランドスケープの知性定理」
◇創元SF短編賞　（第5回/平成26年度）

文学賞受賞作品総覧　小説篇

高瀬 千図　たかせ・ちず

3855　「夏の淵」
◇新潮新人賞　（第16回/昭和59年）

高瀬 ちひろ　たかせ・ちひろ

3856　「踊るナマズ」
◇すばる文学賞　（第29回/平成17年）
「踊るナマズ」　集英社　2006.1　141p
19cm　1300円　①4-08-774793-X

高瀬 紀子　たかせ・のりこ

3857　「旅の足跡」
◇北日本文学賞　（第47回/平成25年/選奨）

高瀬 ユウヤ　たかせ・ゆうや

3858　「攻撃天使スーサイドホワイト」
◇ファンタジア長編小説大賞　（第14回/平成14年/準入選）
「攻撃天使　1」　富士見書房　2003.1
332p　15cm　（富士見ファンタジア文庫）　580円　①4-8291-1485-1

高田 英太郎　たかだ・えいたろう

3859　「黒い原点」
◇新日本文学賞　（第3回/昭和38年/長編小説）

高田 郁　たかだ・かおる

3860　「志乃の桜」
◇北区内田康夫ミステリー文学賞　（第4回/平成18年/区長賞（特別賞））

高田 喜佐　たかだ・きさ

3861　「靴を探しに」
◇日本文芸大賞　（第19回/平成11年/自伝優秀賞）
「靴を探しに」　筑摩書房　1999.7　199p
20cm　1500円　①4-480-87719-3

高田 慧　たかだ・さとし

3862　「ツユクサ」
◇NHK銀の雫文芸賞　（第14回/平成13年/最優秀賞）

高田 宏　たかだ・ひろし

3863　「言葉の海へ」
◇大佛次郎賞　（第5回/昭和53年）
「言葉の海へ」　新潮社　1992　237p
「言葉の海へ」　洋泉社　2007.10　317p
18cm　（洋泉社MC新書）　1700円

①978-4-86248-166-5

高田 侑　たかだ・ゆう

3864　「奇蹟の夜」
◇ホラーサスペンス大賞　（第4回/平成15年/大賞）
「裂けた瞳」　幻冬舎　2004.1　342p
20cm　1600円　①4-344-00454-X

高槻 燦人　たかつき・さんど

3865　「ナインレリック・リベリオン」
◇スニーカー大賞　（第19回・秋/平成26年/特別賞）

高槻 真樹　たかつき・まき

3866　「狂恋の女師匠」
◇創元SF短編賞　（第4回/平成25年度/日下三蔵賞）

高辻 楓　たかつじ・かえで

3867　「下克上ジーニアス」
◇ジャンプ小説新人賞（jump Novel Grand Prix）　（'08 Winter（平成20年冬）/小説：フリー部門/銅賞）

高頭 聡明　たかとう・そうめい

3868　「宗谷丸の難航」
◇海洋文学大賞　（第8回/平成16年/海洋文学賞部門）

高遠 砂夜　たかとお・さや

3869　「はるか海の彼方に」
◇コバルト・ノベル大賞　（第20回/平成4年下/佳作）

高遠 豹介　たかとお・ひょうすけ

3870　「押しかけラグナロク」
◇電撃大賞　（第14回/平成19年/電撃小説大賞部門/銀賞）
「藤堂家はカミガカリ」　メディアワークス，角川グループパブリッシング（発売）　2008.2　296p　15cm　（電撃文庫1549）　570円　①978-4-8402-4164-9
「藤堂家はカミガカリ　2」　アスキー・メディアワークス，角川グループパブリッシング（発売）　2008.5　285p　15cm　（電撃文庫1593）　590円　①978-4-04-867064-7
「藤堂家はカミガカリ　3」　アスキー・メディアワークス，角川グループパブリッシング（発売）　2008.9　277p　15cm　（電撃文庫1649）　630円　①978-4-04-

867215-3

高殿 円　たかどの・まどか

3871　「協奏曲 "群青"」
◇角川学園小説大賞（第4回/平成12年/
　奨励賞）

髙梨 ぽこ　たかなし・ぽこ

3872　「ふわっとした穴」
◇やまなし文学賞（第22回/平成25年度
　/小説部門/佳作）

貴子 潤一郎　たかね・じゅんいちろう

3873　「12月のベロニカ」
◇ファンタジア長編小説大賞（第14回/
　平成14年/大賞）
　「12月のベロニカ」富士見書房 2003.1
　292p 15cm（富士見ファンタジア文
　庫）560円 Ⓘ4-8291-1486-X

高野 和明　たかの・かずあき

3874　「ジェノサイド」
◇山田風太郎賞（第2回/平成23年）
◇日本推理作家協会賞（第65回/平成24
　年/長編および連作短編集部門）
◇本屋大賞（第9回/平成24年/2位）
　「ジェノサイド」角川書店, 角川グループ
　パブリッシング〔発売〕 2011.3 590p
　20cm 1800円 Ⓘ978-4-04-874183-5
　「ジェノサイド　上」KADOKAWA
　2013.12 391p 15cm（角川文庫 た63-
　3）600円 Ⓘ978-4-04-101126-3
　「ジェノサイド　下」KADOKAWA
　2013.12 422p 15cm（角川文庫 た63-
　4）640円 Ⓘ978-4-04-101127-0
3875　「13階段」
◇江戸川乱歩賞（第47回/平成13年）
　「13階段」講談社 2001.8 351p 20cm
　1600円 Ⓘ4-06-210856-9
　「13階段」講談社 2004.8 383p 15cm
　（講談社文庫）648円 Ⓘ4-06-274838-X

高野 小鹿　たかの・ころく

3876　「彼女たちのメシがマズい100の
　　　　理由」
◇スニーカー大賞（第17回/平成24年/
　優秀賞）〈受賞時〉高野 文具
　「彼女たちのメシがマズい100の理由」
　角川書店, 角川グループパブリッシング
　〔発売〕 2012.9 269p 15cm（角川
　スニーカー文庫 S245-1）571円
　Ⓘ978-4-04-100497-5

「彼女たちのメシがマズい100の理由　3」
　角川書店, 角川グループホールディング
　ス〔発売〕 2013.5 299p 15cm（角
　川スニーカー文庫 S245-3）590円
　Ⓘ978-4-04-100806-5
「彼女たちのメシがマズい100の理由　4」
　角川書店, KADOKAWA〔発売〕
　2013.9 268p 15cm（角川スニーカー
　文庫 た-5-1-4）600円 Ⓘ978-4-04-
　100995-6
「彼女たちのメシがマズい100の理由　5」
　KADOKAWA 2014.4 252p 15cm
　（角川スニーカー文庫 た-5-1-5）600円
　Ⓘ978-4-04-101296-3

高野 紀子　たかの・のりこ

3877　「ふたり」
◇ゆきのまち幻想文学賞（第10回/平成
　12年/長編賞）
　「ゆきのまち幻想文学賞小品集　10」ゆ
　きのまち通信企画・編　企画集団ぷりず
　む 2001.3 223p 19cm 1800円 Ⓘ4-
　906691-08-0

高野 史緒　たかの・ふみお

3878　「カラマーゾフの妹」
◇江戸川乱歩賞（第58回/平成24年）
　「カラマーゾフの妹」講談社 2012.8
　312p 20cm 1500円 Ⓘ978-4-06-
　217850-1
　「カラマーゾフの妹」講談社 2014.8
　401p 15cm（講談社文庫 た123-2）
　730円 Ⓘ978-4-06-277885-5

高野 道夫　たかの・みちお

3879　「キリハラキリコ」
◇小学館文庫小説賞（第4回/平成15年/
　佳作）

高野 裕美子　たかの・ゆみこ

3880　「サイレント・ナイト」
◇日本ミステリー文学大賞新人賞（第3
　回/平成11年）
　「サイレント・ナイト」光文社 2000.3
　288p 20cm 1500円 Ⓘ4-334-92316-X
　「サイレント・ナイト―長編推理小説」
　光文社 2002.6 322p 16cm（光文社
　文庫）533円 Ⓘ4-334-73330-1

鷹野 良仁　たかの・よしひと

3881　「幻想婚」
◇角川学園小説大賞（第3回/平成11年/
　大賞）〈受賞時〉笹峰良仁

たかの

「新任艦長はいつも大変―フィールド・オ
ブ・スターライト」　角川書店　1999.7
282p　15cm　（角川文庫）540円　①4-
04-443401-8

高野 涼　たかの・りょう

3882　「蚊の手術」
◇12歳の文学賞　（第9回/平成27年/審査
員特別賞【あさのあつこ賞】）

高野 和　たかの・わたる

3883　「七姫物語」
◇電撃ゲーム小説大賞　（第9回/平成14
年/金賞）
「七姫物語」　メディアワークス　2003.2
285p　15cm　（電撃文庫）550円　①4-
8402-2265-7

高野 亘　たかの・わたる

3884　「コンビニエンスロゴス」
◇群像新人文学賞　（第33回/平成2年/小
説）
「コンビニエンスロゴス」　講談社 1990.7
191p

高信 狂酔　たかのぶ・きょうすい

3885　「女ご＞ろ」
◇「文芸倶楽部」懸賞小説　（第14回/明
37年4月/第3等）

鷹羽 シン　たかは・しん

3886　「妹ChuChu♡」
◇美少女文庫新人賞　（第4回/平成20年）
「妹ChuChu♡」　フランス書院　2009.1
288p　15cm　（美少女文庫）648円
①978-4-8296-5871-0

鷹羽 十九哉　たかは・とくや

3887　「虹へ, アヴァンチュール」
◇サントリーミステリー大賞　（第1回/
昭和57年）
「虹へ、アヴァンチュール」　文芸春秋
1983.6 310p
「虹へ、アバンチュール」　文芸春秋
1986.5 362p（文春文庫）

鷹羽 知　たかは・とも

3888　「眼球奇譚」
◇電撃大賞　（第15回/平成20年/電撃小
説大賞部門/電撃文庫MAGAZINE
賞）

高橋 あい　たかはし・あい

3889　「星をひろいに」
◇日本海文学大賞　（第11回/平成12年/
小説）

高橋 亮光　たかはし・あきみつ

3890　「坂の下の蜘蛛」
◇坊っちゃん文学賞　（第9回/平成18年/
佳作）

高橋 あこ　たかはし・あこ

3891　「太陽が見てるから」
◇日本ケータイ小説大賞　（第5回/平成
23年/優秀賞）
「太陽が見てるから―補欠の一球にかける
夏 上」　スターツ出版 2011.5　286p
19cm　1000円　①978-4-88381-141-0
「太陽が見てるから―補欠の一球にかける
夏 下」　スターツ出版 2011.5　252p
19cm　1000円　①978-4-88381-142-7
「太陽が見てるから―補欠の一球にかける
夏 上」　スターツ出版 2013.5　331p
15cm　（ケータイ小説文庫 Bた1-3―野
いちご）570円　①978-4-88381-732-0
「太陽が見てるから―補欠の一球にかける
夏 下」　スターツ出版 2013.6　285p
15cm　（ケータイ小説文庫 Bた1-4―野
いちご）550円　①978-4-88381-740-5

高橋 一起　たかはし・いっき

3892　「犬のように死にましょう」
◇文學界新人賞　（第56回/昭和58年上）

高橋 瑛理　たかはし・えり

3893　「イライラ小学生」
◇12歳の文学賞　（第2回/平成20年/佳
作）

3894　「マグロてんごく」
◇12歳の文学賞　（第3回/平成21年/佳
作）

高橋 嚶々軒　たかはし・おうおうけん

3895　「騎兵」
◇「文芸倶楽部」懸賞小説　（第45回/明
39年11月/第3等）

3896　「津軽富士」
◇「文芸倶楽部」懸賞小説　（第46回/明
39年12月/第3等）

3897　「ふりわけ髪」
◇「文芸倶楽部」懸賞小説　（第44回/明

296　　　　　　　　　　　　　　　　　文学賞受賞作品総覧 小説篇

39年10月/第3等）

高橋 治　たかはし・おさむ

3898　「名もなき道を」
◇柴田錬三郎賞　（第1回/昭和63年）
　「名もなき道を」　講談社　1988.5　351p

3899　「派兵」（第3部・第4部）
◇泉鏡花記念金沢市民文学賞　（第5回/
　昭和52年）
　「派兵」　第1部　朝日新聞社　1973　437p
　「派兵」　第2部　朝日新聞社　1973　439p
　「派兵」　第3部　朝日新聞社　1976　408p
　「派兵」　第4部　朝日新聞社　1977.3　397p

3900　「秘伝」
◇直木三十五賞　（第90回/昭和58年下）
　「秘伝」　講談社　1984.2　222p
　「秘伝」　講談社　1987.2　240p（講談社文
　庫）

3901　「星の衣」
◇吉川英治文学賞　（第30回/平成8年度）
　「星の衣」　講談社　1995.11　593p
　19cm　2000円　①4-06-207842-2
　「星の衣」　講談社　1998.11　725p
　15cm（講談社文庫）　952円　①4-06-
　263928-9

3902　「別れてのちの恋歌」
◇柴田錬三郎賞　（第1回/昭和63年）
　「別れてのちの恋歌」　新潮社　1988.7　237p

高橋 一夫　たかはし・かずお

3903　「出立の前」
◇地上文学賞　（第18回/昭和45年）

高橋 和巳　たかはし・かずみ

3904　「悲の器」
◇文藝賞　（第1回/昭和37年）
　「悲の器」　河出書房新社　1962　315p
　（Kawade Paper backs）
　「悲の器」　河出書房新社　1962　315p〈特
　製限定本〉
　「悲の器」　新潮社　1967　527p（新潮文庫）
　「悲の器」　新装版　河出書房　1968　315p
　「高橋和巳作品集」　第2　河出書房新社
　1971　317p
　「高橋和巳全集2」　河出書房新社　昭和
　52年
　「昭和文学全集24」　小学館　1988
　「悲の器―高橋和巳コレクション　1」
　河出書房新社　1996.5　549p　15cm

　（河出文庫）　1200円　①4-309-42001-X
　「悲の器」　43刷改版　新潮社　2006.10
　633p　16cm（新潮文庫）　781円　①4-
　10-112401-9

高橋 克彦　たかはし・かつひこ

3905　「緋い記憶」
◇直木三十五賞　（第106回/平成3年下）
　「緋（あか）い記憶」　文芸春秋　1991.10
　301p
　「ふるえて眠れない―ホラーミステリー
　傑作選 名作で読む推理小説史」　ミステ
　リー文学資料館編　光文社　2006.9
　454p　15cm（光文社文庫）　705円
　①4-334-74127-4

3906　「火怨」
◇吉川英治文学賞　（第34回/平成12年）
　「火怨―北の燿星アテルイ　上」　講談社
　1999.10　440p　20cm　1800円　①4-06-
　209848-2
　「火怨―北の燿星アテルイ　下」　講談社
　1999.10　486p　20cm　1900円　①4-06-
　209849-0
　「火怨―北の燿星アテルイ　上」　講談社
　2002.10　494p　15cm（講談社文庫）
　762円　①4-06-273528-8
　「火怨―北の燿星アテルイ　下」　講談社
　2002.10　555p　15cm（講談社文庫）
　781円　①4-06-273529-6

3907　「写楽殺人事件」
◇江戸川乱歩賞　（第29回/昭和58年）
　「写楽殺人事件」　講談社　1983.9　332p
　「写楽殺人事件」　講談社　1986.7　367p
　（講談社文庫）
　「原子炉の蟹・写楽殺人事件―江戸川乱歩
　賞全集　13」　長井彬,高橋克彦著,日本
　推理作家協会編　講談社　2002.9
　865p　15cm（講談社文庫）　1190円
　①4-06-273530-X

3908　「総門谷」
◇吉川英治文学新人賞　（第7回/昭和61
　年度）
　「総門谷」　講談社　1985.10　2冊
　「総門谷」　講談社　1987.9　518p（講談社
　ノベルス）
　「総門谷」　講談社　1989.8　784p（講談社
　文庫）

3909　「北斎殺人事件」
◇日本推理作家協会賞　（第40回/昭和62
　年/長編部門）
　「北斎殺人事件」　講談社　1986.12　387p

たかはし　　　　　　　　　　　　　　　　　　　　　　　　　3910〜3923

「北斎殺人事件」　講談社 1990.7 446p
（講談社文庫）
「北斎殺人事件」　双葉社　2002.2　474p
15cm（双葉文庫―日本推理作家協会賞
受賞作全集 55）886円　①4-575-65854-
5

高橋　揆一郎　　たかはし・きいちろう

3910　「観音力疾走」
◇北海道新聞文学賞（第11回/昭和52年
/小説）
「観音力疾走・木偶おがみ」　東京新聞出
版局 1978.11 277p
「観音力疾走・木偶おがみ」　文芸春秋
1985.7 286p（文春文庫）
「観音力疾走―坑夫傳吉」　歌志内市郷土
館支援組織「ゆめつむぎ通信員」 2013.
1　156p　15cm
※第五回高橋揆一郎文学忌「氷柱忌」開
催記念，平成24年度財団法人北門信用
金庫まちづくり基金助成事業

3911　「友子」
◇新田次郎文学賞（第11回/平成4年）
「友子」　河出書房新社 1991.3 198p

3912　「伸予」
◇芥川龍之介賞（第79回/昭和53年上）
「伸予」　文芸春秋 1978.8 217p
「芥川賞全集12」　文芸春秋 1982
「伸予」　文芸春秋 1983.6 234p（文春文
庫）

3913　「ぽぷらと軍神」
◇文學界新人賞（第37回/昭和48年下）
「伸予」　文芸春秋 1978.8 217p
「伸予」　文芸春秋 1983.6 234p（文春文
庫）

高橋　憲一　　たかはし・けんいち

3914　「ガリレオの迷宮」
◇毎日出版文化賞（第60回/平成18年/
自然科学部門）
「ガリレオの迷宮―自然は数学の言語で
書かれているか？」共立出版　2006.5
542p　22cm 9000円　①4-320-00569-4
※文献あり

高橋　源一郎　　たかはし・げんいちろう

3915　「さようなら，ギャングたち」
◇群像新人長編小説賞（第4回/昭和56
年/優秀作）
「さようなら，ギャングたち」　講談社

1982.10 285p
「さようなら，ギャングたち」　講談社
1985.3 313p（講談社文庫）
「さようなら，ギャングたち」　講談社
1997.4　381p　15cm（講談社文芸文
庫）1060円　①4-06-197562-5

3916　「さよならクリストファー・ロ
ビン」
◇谷崎潤一郎賞（第48回/平成24年）
「さよならクリストファー・ロビン」　新
潮社　2012.4　220p　20cm 1400円
①978-4-10-450802-0

3917　「優雅で感傷的な日本野球」
◇三島由紀夫賞（第1回/昭和63年）
「優雅で感傷的な日本野球」　河出書房新
社 1988.3 264p
「優雅で感傷的な日本野球」　新装新版
河出書房新社　2006.6　299p　15cm
（河出文庫）700円　①4-309-40802-8

高橋　堅悦　　たかはし・けんえつ

3918　「積み木の日々」
◇地上文学賞（第32回/昭和59年）

高橋　惟文　　たかはし・これぶみ

3919　「晩霜の朝」
◇地上文学賞（第55回/平成19年）

高橋　しげる　　たかはし・しげる

3920　「スターマイン」
◇小谷剛文学賞（第1回/平成4年）

高橋　新吉　　たかはし・しんきち

3921　「焰をかゝぐ」
◇「万朝報」懸賞小説（第1262回/大9
年8月）
「高橋新吉全集2」　青土社 昭和57年

高橋　たか子　　たかはし・たかこ

3922　「怒りの子」
◇読売文学賞（第37回/昭和60年/小説
賞）
「怒りの子」　講談社 1985.9 254p
「怒りの子」　講談社　2004.7　299p
15cm（講談社文芸文庫）1300円　①4-
06-198374-1

3923　「恋う」
◇川端康成文学賞（第12回/昭和60年）
「高橋たか子自選小説集　3」　講談社
1994.9　584p　21cm 5800円　①4-06-
250453-7

「川端康成文学賞全作品　1」　上林暁, 永井龍男, 佐多稲子, 水上勉, 富岡多恵子ほか著　新潮社　1999.6　452p　19cm　2800円　①4-10-305821-8

3924　「空の果てまで」
◇田村俊子賞　（第13回/昭和47年）
「空の果てまで」　新潮社　1973　253p
「空の果てまで」　新潮社　1983.2　306p（新潮文庫）

3925　「誘惑者」
◇泉鏡花文学賞　（第4回/昭和51年）
「誘惑者」　講談社　1976　304p
「誘惑者」　講談社　1983.3　337p（講談社文庫）
「誘惑者」　講談社　1995.11　375p　15cm（講談社文芸文庫）　1100円　①4-06-196344-9

3926　「ロンリー・ウーマン」
◇女流文学賞　（第16回/昭和52年度）
「ロンリー・ウーマン」　集英社　1977.6　211p
「ロンリー・ウーマン」　集英社　1982.11　217p（集英社文庫）
「高橋たか子自選小説集　1」　講談社　1994.5　543p　19cm　5800円　①4-06-250451-0

高橋 丈雄　たかはし・たけお

3927　「死なす」
◇「改造」懸賞創作　（第2回/昭和4年）
「死なす」　昭和書房　1934　286p
「高橋丈雄著作集　第3巻」　〔松山〕　虹出版　1987　241p

3928　「明治零年」
◇文部大臣賞　（昭28年）
「高橋丈雄著作集　第3巻」　〔松山〕　虹出版　1987　241p

高橋 武彦　たかはし・たけひこ

3929　「田植唄は心唄」
◇NHK銀の雫文芸賞　（第4回/平成3年/優秀）

高橋 達三　たかはし・たつぞう

3930　「匙（ローシカ）」
◇オール讀物新人賞　（第14回/昭和34年上）

高橋 直樹　たかはし・なおき

3931　「尼子悲話」

◇オール讀物新人賞　（第72回/平成4年）
「闇の松明」　文藝春秋　2002.6　286p　15cm（文春文庫）　524円　①4-16-762903-8

3932　「鎌倉擾乱」
◇中山義秀文学賞　（第5回/平成9年）
「鎌倉擾乱」　文藝春秋　1996.7　277p　20cm　1700円　①4-16-316370-0
「鎌倉擾乱」　文藝春秋　1999.7　301p　16cm（文春文庫）　533円　①4-16-762901-1

高橋 ななを　たかはし・ななお

3933　「毎日大好き！」
◇パレットノベル大賞　（第5回/平成3年夏/佳作）

高橋 南浦　たかはし・なんぽ

3934　「写生難」
◇「文芸倶楽部」懸賞小説　（第10回/明36年12月/第1等）

高橋 白鹿　たかはし・はくしか

3935　「木琴のトランク」
◇「恋愛文学」コンテスト　（第1回/平成16年1月/大賞）
「愛ノカタチ」　恋愛文学編集室編　新風舎　2005.1　420p　20cm（私の恋愛短編集　1）　2000円　①4-7974-5271-4

高橋 秀行　たかはし・ひでゆき

3936　「影の眼差し」
◇早稲田文学新人賞　（第16回/平成11年）

高橋 弘希　たかはし・ひろき

3937　「指の骨」
◇新潮新人賞　（第46回/平成26年）
「指の骨」　新潮社　2015.1　122p　20cm　1400円　①978-4-10-337071-0
※文献あり

高橋 宏　たかはし・ひろし

3938　「ひげ」
◇小説現代新人賞　（第9回/昭和42年下）

高橋 文樹　たかはし・ふみき

3939　「アウレリャーノがやってくる」
◇新潮新人賞　（第39回/平成19年/小説部門）

3940　「途中下車」

たかはし　　　　　　　　　　　　　　　　　　　　　　　3941〜3955

◇幻冬舎NET学生文学大賞（第1回/平
成13年度）
「途中下車」　幻冬舎　2001.10　170p
20cm　1200円　①4-344-00119-2

高橋 正枝　たかはし・まさえ

3941 「7月4日」
◇愛のサン・ジョルディ賞（第2回/平
成2年/グランプリ）

高橋 正樹　たかはし・まさき

3942 「最後のヘルパー」
◇北区内田康夫ミステリー文学賞（第
11回/平成25年/大賞）

高橋 三千綱　たかはし・みちつな

3943 「九月の空」
◇芥川龍之介賞（第79回/昭和53年上）
「九月の空」　河出書房新社　1978.8　246p
「九月の空」　角川書店　1979.5　262p（角
川文庫）
「芥川賞全集12」　文芸春秋　1982
「恋愛小説・名作集成—大きな活字で読み
やすい本　純愛の行方」　清原康正監修、
高橋三千綱、柴田翔著　リブリオ出版
2004.2　251p　21cm　3000円　①4-
86057-125-8
3944 「退屈しのぎ」
◇群像新人文学賞（第17回/昭和49年/
小説）
「退屈しのぎ」　講談社　1975　257p
「退屈しのぎ」　講談社　1978.12　235p（講
談社文庫）

高橋 光子　たかはし・みつこ

3945 「蝶の季節」
◇文學界新人賞（第20回/昭和40年上）
「蝶の季節」　鳥影社　2001.7　272p
19cm　1500円　①4-88629-577-0

高橋 八重彦　たかはし・やえひこ

3946 「雲は還らず」
◇「サンデー毎日」大衆文芸（第36回/
昭和23年）

高橋 弥七郎　たかはし・やしちろう

3947 「A/Bエクストリーム」
◇電撃ゲーム小説大賞（第8回/平成13
年/選考委員奨励賞）
「A/Bエクストリーム—Case-314「エン
ペラー」」　メディアワークス　2002.4

324p　15cm（電撃文庫）570円　①4-
8402-2071-9

高橋 やまね　たかはし・やまね

3948 「パンパスの祝福」
◇深大寺短編恋愛小説「深大寺恋物語」
（第8回/平成24年/深大寺特別賞）

高橋 結愛　たかはし・ゆあ

3949 「プレゼント」
◇12歳の文学賞（第5回/平成23年/小説
部門/佳作）

高橋 祐一　たかはし・ゆういち

3950 「星降る夜は社畜を殴れ」
◇スニーカー大賞（第19回・春/平成25
年/特別賞）
「星降る夜は社畜を殴れ」　KADOKAWA
2014.8　286p　15cm（角川スニーカー
文庫　た-7-1-1）600円　①978-4-04-
102091-3

高橋 有機子　たかはし・ゆきこ

3951 「恐竜たちは夏に祈る」
◇新潮新人賞（第47回/平成27年）

高橋 由太　たかはし・ゆた

3952 「鬼とオサキとムカデ女と（仮）」
◇『このミステリーがすごい！』大賞
（第8回/平成21年/隠し玉）
「もののけ本所深川事件帖 オサキ江戸へ」
宝島社　2010.5　283p　15cm（宝島社
文庫）476円　①978-4-7966-7684-7

高橋 陽子　たかはし・ようこ

3953 「黄金の星の庭」
◇すばる文学賞（第36回/平成24年）
「黄金の庭」　集英社　2013.2　162p
20cm　1200円　①978-4-08-771495-1
※受賞作「黄金の星の庭」を改題

高橋 洋子　たかはし・ようこ

3954 「雨が好き」
◇中央公論新人賞（第7回/昭和56年度）
「雨が好き」　中央公論社　1981.12　164p
「雨が好き」　中央公論社　1983.7　166p
（中公文庫）

高橋 義夫　たかはし・よしお

3955 「狼奉行」
◇直木三十五賞（第106回/平成3年下）
「狼奉行」　文芸春秋　1992.3　238p

「げんだい時代小説」 縄田一男監修, 津
本陽, 南原幹雄, 童門冬二, 北原亜以子,
戸部新十郎, 泡坂妻夫, 古川薫, 宮部みゆ
き, 新宮正春, 小松重男, 中村彰彦, 佐藤
雅美, 佐江衆一, 高橋義男, 沢田ふじ子著
リブリオ出版 2000.12 15冊（セット）
21cm 54000円 ①4-89784-822-9

高梁 るいひ　たかはし・るいひ

3956 「セブンティーンズ・コネク
　　　　ション」
◇パレットノベル大賞 （第22回/平成12
年夏/佳作）

高橋 和島　たかはし・わとう

3957 「十三姫子（じゅうさんひめこ）が
　　　　菅を刈る」
◇オール讀物新人賞 （第69回/平成1年）

高畑 京一郎　たかはた・きょういちろう

3958 「クリス・クロス―混沌の魔王」
◇電撃ゲーム小説大賞 （第1回/平成6年
/金賞）
「クリス・クロス―混沌の魔王」 メディ
アワークス, 主婦の友社〔発売〕 1994.
11 265p 19cm 1400円 ④4-07-
302221-0
「クリス・クロス―混沌の魔王」 メディ
アワークス, 主婦の友社〔発売〕 1997.
2 248p 15cm （電撃文庫） 520円
①4-07-305662-X

高林 さわ　たかばやし・さわ

3959 「バイリンガル」
◇島田荘司選 ばらのまち福山ミステ
リー文学新人賞 （第5回/平成24年）
「バイリンガル」 光文社 2013.5 357p
20cm 1700円 ①978-4-334-92884-1

高林 左和　たかばやし・さわ

3960 「ワバッシュ河の朝」
◇小説現代新人賞 （第37回/昭和56年
下）

高林 杳子　たかばやし・ようこ

3961 「無人車」
◇文學界新人賞 （第76回/平成5年上）

高原 弘吉　たかはら・こうきち

3962 「あるスカウトの死」
◇オール讀物推理小説新人賞 （第1回/
昭和37年）

高原 深雪　たかはら・みゆき

3963 「おうばがふところ」
◇ジュニア冒険小説大賞 （第1回/平成
14年/優秀賞）

鷹見 一幸　たかみ・かずゆき

3964 「大日本帝国海軍第七艦隊始末記」
◇歴史群像大賞 （第7回/平成13年/奨励
賞） 〈受賞時〉柊野英彦
「大日本帝国第七艦隊 1」 学習研究社
2001.11 231p 18cm （歴史群像新書）
800円 ①4-05-401558-1

高見 順　たかみ・じゅん

3965 「いやな感じ」
◇新潮社文学賞 （第10回/昭和38年）
「いやな感じ」 文芸春秋新社 1963 373p
「高見順文学全集 第4巻」 講談社 1964
434p
「高見順全集6」 勁草書房 昭和47年
「いやな感じ」 文芸春秋 1984.6 578p
（文春文庫）

3966 「死の淵より」
◇野間文芸賞 （第17回/昭和39年）
「高見順全集20」 勁草書房 昭和49年
「昭和文学全集12」 小学館 1987

3967 「時評日誌」
◇文学界賞 （第3回/昭和11年4月）
「高見順全集14」 勁草書房 昭和47年

高見 雛　たかみ・ひな

3968 「ショコラの錬金術師」
◇ノベル大賞 （平成22年度/読者大賞）
「ショコラの錬金術師」 集英社 2011.7
234p 15cm （コバルト文庫 た21-1）
514円 ①978-4-08-601544-8
「ショコラの錬金術師 2 ミルク色の秘
薬」 集英社 2011.12 220p 15cm
（コバルト文庫 た21-2） 533円 ①978-
40-8601592-9

高村 薫　たかむら・かおる

3969 「黄金を抱いて翔べ」
◇日本推理サスペンス大賞 （第3回/平
成2年）
「黄金を抱いて翔べ」 新潮社 1990.12
312p
「黄金を抱いて翔べ」 新潮社 1994.1
358p 15cm （新潮文庫） 480円 ①4-
10-134711-5

3970 「新リア王」
◇親鸞賞 （第4回/平成18年度）
「新リア王　上」　新潮社　2005.10
475p　20cm　1900円　①4-10-378404-0
「新リア王　下」　新潮社　2005.10
396p　20cm　1900円　①4-10-378405-9

3971 「太陽を曳く馬」
◇読売文学賞 （第61回/平成21年度/小
説賞）
「太陽を曳く馬　上」　新潮社　2009.7
403p　20cm　1800円　①978-4-10-
378406-7
「太陽を曳く馬　下」　新潮社　2009.7
384p　20cm　1800円　①978-4-10-
378407-4

3972 「マークスの山」
◇直木三十五賞 （第109回/平成5年上）
「マークスの山」　早川書房　1993.3　441p
（ハヤカワ・ミステリワールド）
「マークスの山　上」　講談社　2003.1
374p　15cm　（講談社文庫）　648円
①4-06-273491-5
「マークスの山　下」　講談社　2003.1
356p　15cm　（講談社文庫）　648円
①4-06-273492-3
「マークスの山　上」　新潮社　2011.8
418p　15cm　（新潮文庫）　590円
①978-4-10-134719-6
「マークスの山　下」　新潮社　2011.8
392p　15cm　（新潮文庫）　552円
①978-4-10-134720-2

3973 「リヴィエラを撃て」
◇日本推理作家協会賞 （第46回/平成5
年/長編部門）
「リヴィエラを撃て」　新潮社　1992.10
547p（新潮ミステリー倶楽部）
「リヴィエラを撃て　上」　双葉社　2007.
6　486p　15cm　（双葉文庫―日本推理
作家協会賞受賞作全集〈70〉70）819円
①978-4-575-65869-9
「リヴィエラを撃て　下」　双葉社　2007.
6　425p　15cm　（双葉文庫―日本推理
作家協会賞受賞作全集〈71〉71）781円
①978-4-575-65870-5

3974 「レディ・ジョーカー」
◇毎日出版文化賞 （第52回/平成10年/
第1部門（文学・芸術））
「レディ・ジョーカー　上」　毎日新聞社
1997.12　426p　19cm　1700円　①4-
620-10579-1
「レディ・ジョーカー　下」　毎日新聞社

1997.12　443p　19cm　1700円　①4-
620-10580-5
「レディ・ジョーカー　上」　新潮社
2010.4　512p　15cm　（新潮文庫）　705
円　①978-4-10-134716-5
「レディ・ジョーカー　中」　新潮社
2010.4　574p　15cm　（新潮文庫）　743
円　①978-4-10-134717-2
「レディ・ジョーカー　下」　新潮社
2010.4　449p　15cm　（新潮文庫）　629
円　①978-4-10-134718-9

高村　圭子　たかむら・けいこ

3975 「遠見と海の物語」
◇歴史浪漫文学賞 （第5回/平成16年/創
作部門優秀賞）

高森　一栄子　たかもり・かずえこ

3976 「土踏まずの日記」
◇エンタテイメント小説大賞 （第8回/
昭和60年）

高森　和子　たかもり・かずこ

3977 「連れ合い」
◇NHK銀の雫文芸賞 （第5回/平成4年/
優秀）

高森　真士　たかもり・しんじ

3978 「兇器」
◇オール讀物新人賞 （第33回/昭和43年
下）

3979 「奔馬」
◇総額2000万円懸賞小説募集 （昭56年/
佳作）

高森　美由紀　たかもり・みゆき

3980 「妖気な五レンジャーと夏休み！」
◇ジュニア冒険小説大賞 （第8回/平成
21年/佳作）

高柳　亜論　たかやなぎ・あろん

3981 「少女が星々を砕いた理由」
◇ジャンプ小説新人賞（jump Novel
Grand Prix） （'15 Spring/平成27
年春/小説：テーマ部門/銅賞）

高柳　芳夫　たかやなぎ・よしお

3982 「黒い森の宿」
◇オール讀物推理小説新人賞 （第10回/
昭和46年）

3983 「プラハからの道化たち」

◇江戸川乱歩賞（第25回/昭和54年）
「プラハからの道化たち」 講談社 1979.9
289p
「プラハからの道化たち」 講談社 1983.7
331p（講談社文庫）
「栃木県近代文学全集3」 下野新聞社
1990

高山 あつひこ　たかやま・あつひこ

3984　「羽ばたきの中で」
◇深大寺短編恋愛小説「深大寺恋物語」
（第9回/平成25年/審査員特別賞）

高山 聖史　たかやま・きよし

3985　「暗闘士」
◇『このミステリーがすごい！』大賞
（第5回/平成18年/優秀賞）
「当確への布石」 宝島社 2007.6 345p
20cm 1600円 ①978-4-7966-5835-5
「当確への布石 上」 宝島社 2009.5
219p 16cm（宝島社文庫）476円
①978-4-7966-6982-5
「当確への布石 下」 宝島社 2009.5
217p 16cm（宝島社文庫）476円
①978-4-7966-6984-9

鷹山 誠一　たかやま・せいいち

3986　「ナイトメアオブラプラス」
◇ノベルジャパン大賞（第5回/平成23
年/大賞）
「オレと彼女の絶対領域（パンドラボック
ス）1」 ホビージャパン 2011.7
251p 15cm（HJ文庫 315）619円
①978-4-79-860248-6
※受賞作「ナイトメアオブラプラス」を
改題
「オレと彼女の絶対領域（パンドラボック
ス）2」 ホビージャパン 2011.11
259p 15cm（HJ文庫 329）619円
①978-4-79-860295-0
「オレと彼女の絶対領域（パンドラボック
ス）3」 ホビージャパン 2012.2
262p 15cm（HJ文庫 351）619円
①978-4-79-860343-8
「オレと彼女の絶対領域（パンドラボック
ス）4」 ホビージャパン 2012.5
270p 15cm（HJ文庫 た05-01-04）619
円 ①978-4-7-9860394-0
「オレと彼女の絶対領域（パンドラボック
ス）5」 ホビージャパン 2012.8
238p 15cm（HJ文庫 た05-01-05）619
円 ①978-4-79-860438-1
「オレと彼女の絶対領域（パンドラボック

ス）6」 ホビージャパン 2012.11
254p 15cm（HJ文庫 329）619円
①978-4-79-860495-4
「オレと彼女の絶対領域（パンドラボック
ス）7」 ホビージャパン 2013.2
257p 15cm（HJ文庫 た05-01-07）619
円 ①978-4-79-860539-5

高山 ちあき　たかやま・ちあき

3987　「橘屋本店閻魔帳～跡を継ぐまで
待って～」
◇ノベル大賞（第40回/平成21年度/読
者大賞）

高山 羽根子　たかやま・はねこ

3988　「うどん キツネつきの」
◇創元SF短編賞（第1回/平成22年度/
優秀賞）
「原色の想像力―創元SF短編賞アンソロ
ジー」 大森望, 日下三蔵, 山田正紀編
東京創元社 2010.12 506p 15cm
（創元SF文庫 739-01）1100円 ①978-
4-488-73901-0

多岐 一雄　たき・かずお

3989　「光芒」
◇同人雑誌賞（第9回/昭和37年）

滝 閑邨　たき・かんそん

3990　「白壁」
◇「文芸倶楽部」懸賞小説（第35回/明
39年1月/第2等）

3991　「つきせぬ恨」
◇「文芸倶楽部」懸賞小説（第4回/明
36年6月/第1等）

3992　「北征の人」
◇「文芸倶楽部」懸賞小説（第9回/明
36年11月/第2等）

滝 洸一郎　たき・こういちろう

3993　「ケニア夜間鉄道」
◇ちよだ文学賞（第4回/平成22年/大
賞）

高城 修三　たき・しゅうぞう

3994　「榧の木祭り」
◇新潮新人賞（第9回/昭和52年）
◇芥川龍之介賞（第78回/昭和52年下）
「榧の木祭り」 新潮社 1978.1 193p
「芥川賞全集11」 文芸春秋 1982

田木　敏智　たき・としとも

3995　「残された夫」
◇同人雑誌賞　（第6回/昭和34年）

滝　夜半　たき・やはん

3996　「江戸娘」
◇「文芸倶楽部」懸賞小説　（第1回/明36年3月/第3等）

滝井　孝作　たきい・こうさく

3997　「俳人仲間」
◇日本文学大賞　（第6回/昭和49年）
　「滝井孝作全集5」　中央公論社　昭和54年
　「昭和文学全集7」　小学館　1989

3998　「野趣」
◇読売文学賞　（第20回/昭和43年/小説賞）
　「野趣」　大和書房　1968　297p
　「滝井孝作全集5」　中央公論社　昭和54年
　「昭和文学全集7」　小学館　1989

瀧井　耕平　たきい・こうへい

3999　「コンディション・ブルー」
◇「きらら」文学賞　（第3回/平成21年）

滝井　修志　たきい・しゅうし　⇒小木曽左今次（おぎそ・さこんじ）

多岐川　恭　たきがわ・きょう

4000　「落ちる」
◇直木三十五賞　（第40回/昭和33年下）
　「落ちる」　河出書房新社　1958　264p
　「落ちる」　春陽堂書店　1962　235p（春陽文庫）
　「落ちる」　多岐川恭著　東京　徳間書店　1985.11　284p（徳間文庫）
　「落ちる」　東京創元社　2001.6　384p　15cm（創元推理文庫）760円　①4-488-42905-X
　「もだんミステリーワールド―大きな活字で読みやすい本　多岐川恭集」　リブリオ出版　2004.7　229p　22cm　3600円　①4-89784-676-5
　※第7刷

4001　「濡れた心」
◇江戸川乱歩賞　（第4回/昭和33年）
　「濡れた心」　講談社　1958　216p
　「濡れた心」　講談社　1959　189p（ロマン・ブックス）
　「濡れた心」　講談社　1977.3　249p（講談社文庫）

　「濡れた心・異郷の帆」　講談社　1997.11　503p　15cm（講談社大衆文学館―文庫コレクション）1300円　①4-06-262100-2
　「猫は知っていた・濡れた心―江戸川乱歩賞全集　2」　仁木悦子, 多岐川恭著, 日本推理作家協会編　講談社　1998.9　580p　15cm（講談社文庫）1190円　①4-06-263876-2

滝川　虔　たきがわ・けん

4002　「鈴木春信」
◇「サンデー毎日」大衆文芸　（第15回/昭和9年下）

滝川　野枝　たきがわ・のえ

4003　「とうとうたらり たらりら たらり」
◇北区内田康夫ミステリー文学賞　（第10回/平成24年/審査員特別賞（特別賞））

滝川　羊　たきがわ・ひつじ

4004　「風の白猿神」
◇ファンタジア長編小説大賞　（第6回/平成6年）
　「風の白猿神―神々の砂漠」　富士見書房　1995.1　315p　15cm（富士見ファンタジア文庫）530円　①4-8291-2607-8

滝川　廉治　たきがわ・れんじ

4005　「超人間・岩村」
◇スーパーダッシュ小説新人賞　（第7回/平成20年/佳作）
　「超人間・岩村」　集英社　2008.9　279p　15cm（集英社スーパーダッシュ文庫）571円　①978-4-08-630446-7

滝口　明　たきぐち・あきら

4006　「惑う朝」
◇すばる文学賞　（第16回/平成4年/佳作）

滝沢　浩平　たきぐち・こうへい

4007　「ふたりだけの記憶」
◇織田作之助賞　（第29回/平成24年/青春賞）

滝口　康彦　たきぐち・やすひこ

4008　「綾尾内記覚書」
◇オール讀物新人賞　（第15回/昭和34年下）

「異聞浪人記」　光風社出版 1979.10 271p
「滝口康彦傑作集1」　立風書房 1982.9
269p
「拝領妻始末」　講談社 1982.9 306p（講
談社文庫）
「滝口康彦士道小説傑作選集上」　立風書
房 1991
「上意討ち心得」　新潮社　1995.9　323p
15cm（新潮文庫）　480円　①4-10-
124313-1
「非運の果て」　文藝春秋　2011.12
275p　15cm（文春文庫）　562円
①978-4-16-737103-6

4009　「異聞浪人記」
◇「サンデー毎日」大衆文芸　（第54回/
昭和33年下）
「異聞浪人記」　光風社 1963 237p
「異聞浪人記」　光風社出版 1979.10 271p
「滝口康彦傑作集1」　立風書房 1982.9
269p
「拝領妻始末」　講談社 1982.9 306p（講
談社文庫）
「滝口康彦士道小説傑作選集上」　立風書
房 1991
「一命」　講談社 2011.6 240p 15cm
（講談社文庫）　476円　①978-4-06-
277009-5
「衝撃を受けた時代小説傑作選」　杉本章
子, 宇江佐真理, あさのあつこ著　文藝
春秋　2011.9　277p　15cm（文春文
庫）　571円　①978-4-16-780138-0

滝口 悠生　たきぐち・ゆうしょう
4010　「愛と人生」
◇野間文芸新人賞　（第37回/平成27年）
「愛と人生」　講談社　2015.1　238p
20cm　1700円　①978-4-06-219335-1
※文献あり

4011　「楽器」
◇新潮新人賞　（第43回/平成23年）
「寝相」　新潮社　2014.3　251p　20cm
1800円　①978-4-10-335311-9

滝沢 慧　たきざわ・けい
4012　「非オタの彼女が俺の持ってるエ
ロゲに興味津々なんだが」
◇ファンタジア大賞　（第28回/平成27年
/金賞）

滝沢 美恵子　たきざわ・みえこ
4013　「ネコババのいる町で」

◇文學界新人賞　（第69回/平成1年下）
◇芥川龍之介賞　（第102回/平成1年下）
「ネコババのいる町で」　文芸春秋 1990.3
246p
「芥川賞全集　第15巻」　瀧沢美恵子, 大
岡玲, 辻原登, 小川洋子, 辺見庸, 荻野ア
ンナ著　文藝春秋　2002.4　445p
19cm 3238円　①4-16-507250-8

滝沢 隆一郎　たきざわ・りゅういちろう
4014　「内部告発者」
◇ダイヤモンド経済小説大賞　（第1回/
平成16年/大賞）
「内部告発者」　ダイヤモンド社　2004.7
252p　20cm 1400円　①4-478-93053-8

滝田 愛美　たきた・えみ
4015　「ただしくないひと、桜井さん」
◇女による女のためのR-18文学賞　（第
13回/平成26年/読者賞）

滝田 務雄　たきた・みちお
4016　「田舎の刑事の趣味とお仕事」
◇ミステリーズ！新人賞　（第3回/平成
18年度）
「田舎の刑事の趣味とお仕事」　東京創元
社　2007.8　236p　20cm（ミステリ・
フロンティア 37）　1500円　①978-4-
488-01741-5
「田舎の刑事の趣味とお仕事」　東京創元
社　2009.9　270p　15cm（創元推理文
庫 499-01）　640円　①978-4-488-49901-
3

滝本 竜彦　たきもと・たつひこ
4017　「ネガティブハッピー・チェーン
ソーエッヂ」
◇角川学園小説大賞　（第5回/平成13年/
自由部門/特別賞）
「ネガティブハッピー・チェーンソーエッ
ヂ」　角川書店 2001.12　237p　19cm
1500円　①4-04-873338-9
「ネガティブハッピー・チェーンソーエッ
ヂ」　角川書店 2004.6　301p　15cm
（角川文庫）　514円　①4-04-374701-2

滝本 正和　たきもと・まさかず
4018　「寝台特急事件」
◇ちよだ文学賞　（第5回/平成23年/優秀
賞）

滝本 陽一郎　たきもと・よういちろう

4019 「逃げ口上」
◇横溝正史ミステリ大賞（第22回/平成
14年/テレビ東京賞）

瀧羽 麻子　たきわ・あさこ

4020 「うさぎパン」
◇ダ・ヴィンチ文学賞（第2回/平成19
年/大賞）
「うさぎパン」 メディアファクトリー
2007.8 157p 20cm 1000円 ①978-4-
8401-1897-2

たくき よしみつ

4021 「マリアの父親」
◇小説すばる新人賞（第4回/平成3年）
「マリアの父親」 集英社 1992.1 214p

田口 かおり　たぐち・かおり

4022 「月齢0831」
◇あさよむ携帯文学賞（第1回/平成15
年/佳作）

田口 掬汀　たぐち・きくてい

4023 「袖時雨」
◇「万朝報」懸賞小説（第126回/明32
年6月）

田口 潔　たぐち・きよし

4024 「あの町」
◇自分史文学賞（第14回/平成15年度/
大賞）
「製鉄所のある町―高度成長を支えた八
幡の青春群像」 学習研究社 2004.6
189p 19cm 1400円 ①4-05-402506-4

田口 佳子　たぐち・けいこ

4025 「影と棲む」
◇神戸女流文学賞（第4回/昭和55年）
4026 「靴」
◇北日本文学賞（第14回/昭和55年）
4027 「箱のうちそと」
◇女流新人賞（第25回/昭和57年度）

田口 賢司　たぐち・けんじ

4028 「メロウ1983」
◇Bunkamuraドゥマゴ文学賞（第14回/
平成16年）
「メロウ」 新潮社 2004.10 170p
20cm 1500円 ①4-10-396902-4

田口 大貴　たぐち・だいき

4029 「MONOKOとボク 渡邊道輝」
◇12歳の文学賞（第4回/平成22年/小説
部門/優秀賞）
「12歳の文学 第4集」 小学館 2010.3
395p 20cm 1200円 ①978-4-09-
289725-0

田口 達大　たぐち・たつひろ

4030 「守護神の品格」
◇12歳の文学賞（第3回/平成21年/小説
部門/審査員特別賞〈あさのあつこ
賞〉）
「12歳の文学 第3集 小学生作家が紡ぐ
9つの物語」 小学館 2009.3 299p
20cm 1100円 ①978-4-09-289721-2

田口 一　たぐち・はじめ

4031 「魔女ルミカの赤い糸」
◇MF文庫Jライトノベル新人賞（第3回
/平成19年/佳作）
「魔女ルミカの赤い糸」 メディアファク
トリー 2007.10 261p 15cm （MF文
庫J） 580円 ①978-4-8401-2060-9
「魔女ルミカの赤い糸 2 緋色の花嫁」
メディアファクトリー 2008.1 261p
15cm （MF文庫J） 580円 ①978-4-
8401-2127-9
「魔女ルミカの赤い糸 3 錆びついた時
計台」 メディアファクトリー 2008.4
261p 15cm （MF文庫J） 580円
①978-4-8401-2304-4
「魔女ルミカの赤い糸 4 白き雪の愛」
メディアファクトリー 2008.7 261p
15cm （MF文庫J） 580円 ①978-4-
8401-2369-3

田口 ランディ　たぐち・らんでぃ

4032 「できればムカつかずに生きたい」
◇婦人公論文芸賞（第1回/平成13年）
「できればムカつかずに生きたい」 晶文
社 2000.10 284p 19cm 1400円
①4-7949-6456-0
「できればムカつかずに生きたい」 新潮
社 2004.3 318p 16cm （新潮文庫）
514円 ①4-10-141231-6

田久保 英夫　たくぼ・ひでお

4033 「海図」
◇読売文学賞（第37回/昭和60年/小説
賞）
「海図」 講談社 1985.6 210p

「海図」 講談社 1988.9 249p（講談社文
芸文庫）
「昭和文学全集24」 小学館 1988

4034 「髪の環」
◇毎日出版文化賞 （第30回/昭和51年）
「髪の環」 講談社 1976 263p
「髪の環」 講談社 1979.2 223p（講談社
文庫）
「昭和文学全集24」 小学館 1988
「深い河・辻火―田久保英夫作品集」 講
談社 2004.8 287p 15cm（講談社文
芸文庫） 1300円 Ⓘ4-06-198379-2
「現代小説クロニクル 1975～1979」 日
本文藝家協会編 講談社 2014.10
347p 15cm（講談社文芸文庫） 1700
円 Ⓘ978-4-06-290245-8

4035 「木霊集」
◇野間文芸賞 （第50回/平成9年）
「木霊集」 新潮社 1997.7 218p 19cm
1800円 Ⓘ4-10-312607-8

4036 「触媒」
◇芸術選奨 （第29回/昭和53年度/文学
部門/文部大臣賞）
「触媒」 文芸春秋 1978.6 469p

4037 「辻火」
◇川端康成文学賞 （第12回/昭和60年）
「辻火」 講談社 1986.3 228p
「昭和文学全集24」 小学館 1988
「川端康成文学賞全作品 1」 上林暁、永
井龍男、佐多稲子、水上勉、富岡多恵子ほ
か著 新潮社 1999.6 452p 19cm
2800円 Ⓘ4-10-305821-8
「深い河・辻火―田久保英夫作品集」 講
談社 2004.8 287p 15cm（講談社文
芸文庫） 1300円 Ⓘ4-06-198379-2

4038 「深い河」
◇芥川龍之介賞 （第61回/昭和44年上）
「深い河」 新潮社 1969 222p
「芥川賞全集8」 文芸春秋 1982
「昭和文学全集24」 小学館 1988
「深い河・辻火―田久保英夫作品集」 講
談社 2004.8 287p 15cm（講談社文
芸文庫） 1300円 Ⓘ4-06-198379-2

拓未 司 たくみ・つかさ

4039 「禁断のパンダ」
◇『このミステリーがすごい！』大賞
（第6回/平成19年/大賞）
「禁断のパンダ」 宝島社 2008.1 343p
20cm 1300円 Ⓘ978-4-7966-6194-2

「禁断のパンダ 上」 宝島社 2009.10
220p 16cm（宝島社文庫） 476円
Ⓘ978-4-7966-7390-7
「禁断のパンダ 下」 宝島社 2009.10
221p 16cm（宝島社文庫） 476円
Ⓘ978-4-7966-7392-1

田栗 美奈子 たぐり・みなこ

4040 「孤児列車」
◇フラウ文芸大賞 （第3回/平成27年/準
大賞）
「孤児列車」 クリスティナ・ベイカー・
クライン著, 田栗美奈子訳 作品社
2015.3 361p 19cm 2400円 Ⓘ978-4-
86182-520-0

宅和 俊平 たくわ・しゅんぺい

4041 「越境者」
◇農民文学賞 （第44回/平成13年/小説
部門）

竹内 進 たけうち・すすむ

4042 「白い虫」
◇NHK銀の雫文芸賞 （第12回/平成11
年/最優秀賞）

竹内 大 たけうち・だい

4043 「神隠し」
◇小学館文庫小説賞 （第1回/平成14年2
月/佳作）
「神隠し」 小学館 2002.6 285p 15cm
（小学館文庫） 552円 Ⓘ4-09-410012-1

竹内 賢寿 たけうち・たかとし

4044 「ちびひれギン」
◇海洋文学大賞 （第3回/平成11年/童話
部門）

竹内 紘子 たけうち・ひろこ

4045 「おいべっさん」
◇部落解放文学賞 （第38回/平成23年/
児童文学部門/入選）
「おいべっさん」 竹内紘子作, 中川洋典
絵 解放出版社 2012.12 143p 21cm
1400円 Ⓘ978-4-7592-5034-3

竹内 真 たけうち・まこと

4046 「神楽坂ファミリー」
◇小説現代新人賞 （第66回/平成10年）
「じーさん武勇伝」 講談社 2002.8
242p 19cm 1700円 Ⓘ4-06-211422-4
「じーさん武勇伝」 講談社 2006.8

309p　15cm　（講談社文庫）552円
①4-06-275485-1

4047　「粗忽拳銃」
◇小説すばる新人賞　（第12回/平成11年）
「粗忽拳銃」　集英社　2000.1　325p
20cm　1700円　①4-08-774449-3
「粗忽拳銃」　集英社　2003.10　353p
16cm　（集英社文庫）667円　①4-08-
747630-8

4048　「ポケット」
◇舟橋聖一顕彰青年文学賞　（第6回/平成6年/佳作）

竹内　松太郎　たけうち・まつたろう

4049　「地の炎」
◇小説現代新人賞　（第4回/昭和40年上）

竹内　泰宏　たけうち・やすひろ

4050　「希望の砦」
◇河出長編小説賞　（第1回/昭和40年）
「希望の砦」　河出書房新社　1968　515p
（河出・書き下ろし長篇小説叢書　別巻）

竹岡　葉月　たけおか・はづき

4051　「僕らに降る雨」
◇ノベル大賞　（第30回/平成11年/佳作）
「ウォーターソング」　集英社　2000.7
248p　15cm　（コバルト文庫）476円
①4-08-614740-8

武川　哲郎　たけかわ・てつろう

4052　「偽帝誅戮」
◇「サンデー毎日」大衆文芸　（第20回/
昭和12年上）

竹沢　紫帆　たけざわ・しほ

4053　「斑」
◇12歳の文学賞　（第2回/平成20年/審査員特別賞【事務局顧問・宮川俊彦賞】）
「12歳の文学　第2集　小学生作家が紡ぐ9つの物語」　小学館　2008.3　281p
20cm　1000円　①978-4-09-289712-0
「12歳の文学　第2集」　小学生作家たち著　小学館　2010.4　277p　15cm　（小学館文庫）552円　①978-4-09-408497-9

武重　謙　たけしげ・けん

4054　「一通の手紙」
◇池内祥三文学奨励賞　（第42回/平成25年）

4055　「事故からの生還」
◇池内祥三文学奨励賞　（第42回/平成25年）

4056　「秋明菊の花びら」
◇池内祥三文学奨励賞　（第42回/平成25年）

4057　「父の筆跡」
◇池内祥三文学奨励賞　（第42回/平成25年）

4058　「右の祠」
◇池内祥三文学奨励賞　（第42回/平成25年）

武田　志麻　たけだ・しま

4059　「ソフィア・ブランカ」
◇舟橋聖一顕彰青年文学賞　（第12回/平成12年/佳作）

武田　泰淳　たけだ・たいじゅん

4060　「快楽」
◇日本文学大賞　（第5回/昭和48年）
「快楽―けらく」　第1巻　新潮社　1972
317p
「快楽―けらく」　第2巻　新潮社　1972
327p
「快楽」　新潮社　1978.3　2冊　（新潮文庫）

4061　「目まいのする散歩」
◇野間文芸賞　（第29回/昭和51年）
「武田泰淳全集18」　筑摩書房　昭和54年
「昭和文学全集15」　小学館　1987

竹田　真砂子　たけだ・まさこ

4062　「あとより恋の責めくれば　御家人南畝先生」
◇新田次郎文学賞　（第30回/平成23年）
「あとより恋の責めくれば―御家人南畝先生」　集英社　2010.2　225p　20cm
1700円　①978-4-08-775392-9
「あとより恋の責めくれば―御家人大田南畝」　集英社　2013.2　276p　16cm
（集英社文庫　た38-3）540円　①978-4-08-745039-2

4063　「十六夜に」
◇オール讀物新人賞　（第61回/昭和57年下）

4064　「白春」
◇中山義秀文学賞　（第9回/平成15年）
「白春」　集英社　2002.12　272p　20cm

1900円　①4-08-775316-6

武田 美智子　たけだ・みちこ

4065　「赤つめ草の冠」
◇南日本文学賞　（第11回/昭和58年）

武田 八洲満　たけだ・やすみ

4066　「紀伊国屋文左衛門」
◇池内祥三文学奨励賞　（第1回/昭和46年）
「紀伊国屋文左衛門―長編歴史小説」　光文社　1988.3　396p（光文社文庫）

4067　「大事」
◇オール讀物新人賞　（第22回/昭和38年上）

武田 雄一郎　たけだ・ゆういちろう

4068　「陸の孤島」
◇農民文学賞　（第25回/昭和56年度）
「陸の孤島」　銀河書房　1988.9　295p

武田 ユウナ　たけだ・ゆうな

4069　「月と風と大地とケンジ」
◇「恋愛文学」コンテスト　（第1回/平成16年1月/優秀賞）　〈受賞時〉荒佳清
「恋ノカタチ」　恋愛文学編集室編　新風舎　2005.1　420p　20cm（私の恋愛短編集 2）　2000円　①4-7974-5272-2

竹中 正　たけなか・ただし

4070　「日暮れての道」
◇関西文學新人賞　（第1回/平成13年/佳作/掌編小説部門）

竹中 八重子　たけなか・やえこ

4071　「投げし水音」
◇「文章世界」特別募集小説　（大9年5月）

竹中 亮　たけなか・りょう

4072　「清正の後悔」
◇歴史群像大賞　（第5回/平成10年/奨励賞）

竹西 寛子　たけにし・ひろこ

4073　「往還の記」
◇田村俊子賞　（第4回/昭和38年）
「往還の記」　中央公論社　1980　196p（中公文庫）
「往還の記―日本の古典に思う」　岩波書店　1997.9　185p　16cm（同時代ライ

ブラリー）　1000円　①4-00-260320-2
「竹西寛子 倉橋由美子 高橋たか子」　竹西寛子, 倉橋由美子, 高橋たか子著, 河野多恵子, 大庭みな子, 佐藤愛子, 津村節子監修　角川書店　1998.1　463p　19cm（女性作家シリーズ 14）　2600円　①4-04-574214-X
「往還の記―大西百三遺文」　大西百三著, 大西隼人監修　弦書房（製作）　2006.9　182p　20cm
※年譜あり

4074　「管絃祭」
◇女流文学賞　（第17回/昭和53年度）
「管絃祭」　新潮社　1978.7　197p
「日本の原爆文学4」　ほるぷ出版　1983
「管絃祭」　中央公論社　1985.7　217p（中公文庫）
「管絃祭」　講談社　1997.3　250p　15cm（講談社文芸文庫）　948円　①4-06-197559-5

4075　「贈答のうた」
◇野間文芸賞　（第56回/平成15年）
「贈答のうた」　講談社　2002.11　310p　22cm　2800円　①4-06-211521-2

4076　「鶴」
◇芸術選奨（第26回/昭和50年度/文学部門/新人賞）
「鶴」　新潮社　1975　196p
「鶴」　中央公論社　1983.1　205p（中公文庫）
「湖―竹西寛子自選短篇集」　学芸書林　1989.5　287p
「戦後短篇小説再発見　14　自然と人間」　講談社文芸文庫編　講談社　2003.9　248p　15cm（講談社文芸文庫）　950円　①4-06-198344-X

4077　「兵隊宿」
◇川端康成文学賞　（第8回/昭和56年）
「兵隊宿」　講談社　1982.6　195p
「昭和文学全集30」　小学館　1988
「湖―竹西寛子自選短篇集」　学芸書林　1989.5　287p
「蘭―竹西寛子自選短篇集」　集英社　2005.5　242p　15cm（集英社文庫）　514円　①4-08-747822-X

4078　「山川登美子―明星の歌人」
◇毎日芸術賞　（第27回/昭和60年度）
「山川登美子「明星」の歌人」　講談社　1992　256p（講談社文芸文庫）

文学賞受賞作品総覧 小説篇　　309

竹野 雅人　たけの・まさと

4079　「正方形の食卓」
◇海燕新人文学賞（第5回/昭和61年）
「純愛映画・山田さん日記」福武書店
1989.1　249p

4080　「私の自叙伝」
◇野間文芸新人賞（第16回/平成6年）
「私の自叙伝前篇」講談社　1994.6
205p　19cm　1400円　①4-06-206995-4

竹野 昌代　たけの・まさよ

4081　「狂いバチ，迷いバチ」
◇文學界新人賞（第71回/平成2年下）

武葉 コウ　たけば・こう

4082　「再生のパラダイムシフト」
◇ファンタジア大賞（第24回前期/平成
24年/大賞＆読者賞）〈受賞時〉武
葉 紅
「再生のパラダイムシフト　リ・ユニオ
ン」富士見書房　2013.1　317p　15cm
（富士見ファンタジア文庫 た-10-1-1）
580円　①978-4-8291-3851-9
「再生のパラダイムシフト　2　ダブル・
トリガー」富士見書房　2013.4　331p
15cm（富士見ファンタジア文庫 た-10-
1-2）580円　①978-4-8291-3881-6
「再生のパラダイムシフト　3　ゴースト・
エッジ」富士見書房　2013.8　315p
15cm（富士見ファンタジア文庫 た-10-
1-3）580円　①978-4-8291-3926-4
「再生のパラダイムシフト　4　ナイト・
オブ・アイリス」KADOKAWA
2013.12　316p　15cm（富士見ファン
タジア文庫 た-10-1-4）580円　①978-
4-04-712975-7
「再生のパラダイムシフト　5　スクラン
ブル・フェスタ」KADOKAWA
2014.3　316p　15cm（富士見ファンタ
ジア文庫 た-10-1-5）600円　①978-4-
04-070068-7

竹林 七草　たけばやし・ななくさ

4083　「猫にはなれないご職業」
◇小学館ライトノベル大賞〔ガガガ文庫
部門〕（第6回/平成24年/優秀賞）
「猫にはなれないご職業」小学館　2012.
5　305p　15cm（ガガガ文庫）600円
①978-4-09-451344-8
「猫にはなれないご職業　2」小学館
2012.11　294p　15cm（ガガガ文庫）
571円　①978-4-09-451379-0

竹林 美佳　たけばやし・みか

4084　「地に満ちる」
◇すばる文学賞（第39回/平成27年/佳
作）

竹原 漢字　たけはら・かんじ

4085　「甘口廿日は空を飛ぶ」
◇ファンタジア大賞（第28回/平成27年
/審査員特別賞）

武部 悦子　たけべ・えつこ

4086　「明希子」
◇文學界新人賞（第60回/昭和60年上）

武宮 閣之　たけみや・かくゆき

4087　「月光見返り美人」
◇ハヤカワ・ミステリ・コンテスト
（第1回/平成2年/佳作）

4088　「ホモ・ピカレンス創世記」
◇自由都市文学賞（第1回/平成1年/佳
作）

竹邑 祥太　たけむら・しょうた

4089　「プラスティック・サマー」
◇すばる文学賞（第26回/平成14年）

竹村 肇　たけむら・はじめ

4090　「ゴーストライフ」
◇小説現代新人賞（第71回/平成15年）

4091　「パパの分量」
◇オール讀物新人賞（第83回/平成15
年）

竹本 喜美子　たけもと・きみこ

4092　「似たものにあらず」
◇文の京文芸賞（第4回/平成20年/最優
秀賞）〈受賞時〉牛山 喜美子
「甕の鈴虫」講談社　2010.1　163p
20cm　1500円　①978-4-06-215923-4

4093　「甕の鈴虫」
◇文の京文芸賞（第4回/平成22年）
「甕の鈴虫」講談社　2010.1　163p
20cm　1500円　①978-4-06-215923-4

4094　「最終バス」
◇木山捷平短編小説賞（第1回/平成17
年度）〈受賞時〉牛山 喜美子

竹本 賢三　たけもと・けんぞう

4095　「蝦夷松を焚く」

◇「改造」懸賞創作　（第10回/昭和14年
/2等）

竹森　一男　たけもり・かずお

4096　「少年の果実」
◇「文芸」懸賞創作　（第1回/昭和8年）
「少年の果実」　穂高書房　1958　266p

竹森　茂裕　たけもり・しげひろ

4097　「ある登校拒否児の午後」
◇坊っちゃん文学賞　（第2回/平成3年/
佳作）

竹森　千珂　たけもり・ちか

4098　「金色の魚」
◇朝日新人文学賞　（第7回/平成7年）
「金色の魚」　朝日新聞社　1996.10
189p　19cm　1500円　①4-02-256995-6

武谷　牧子　たけや・まきこ

4099　「英文科AトゥZ」
◇小説すばる新人賞　（第8回/平成7年）
「英文科AトゥZ」　集英社　1996.1　213p
20cm　1400円　①4-08-774178-8

4100　「テムズのあぶく」
◇日経小説大賞　（第1回/平成18年/大
賞）
「テムズのあぶく」　日本経済新聞出版社
2007.2　315p　20cm　1500円　①978-4-
532-17074-5

竹山　道雄　たけやま・みちお

4101　「ビルマの竪琴」
◇毎日出版文化賞　（第2回/昭和23年）
◇芸術選奨　（第1回/昭和25年度/文学部
門/文部大臣賞）
「ビルマの竪琴」　新潮社　1955　192p（小
説文庫）
「ビルマの竪琴」　新潮社　1959　197p（新
潮文庫）
「竹山道雄著作集7」　福武書店　昭和58年
「ビルマの竪琴」　フジテレビ出版　1985.6
199p
「昭和文学全集28」　小学館　1989
「ビルマの竪琴」　改訂版　偕成社　2008.
6　261p　19cm（偕成社文庫）700円
①978-4-03-650210-3
※第18刷
「ビルマの竪琴」　講談社　2009.3　253p
19cm（21世紀版少年少女日本文学館
14）1400円　①978-4-06-282664-8

4102　「妄想とその犠牲」
◇「文藝春秋」読者賞　（第14回/昭和33
年上）
「竹山道雄著作集1」　福武書店　昭和58年

竹吉　優輔　たけよし・ゆうすけ

4103　「襲名犯」
◇江戸川乱歩賞　（第59回/平成25年）
「襲名犯」　講談社　2013.8　329p　20cm
1500円　①978-4-06-218509-7

田郷　虎雄　たごう・とらお

4104　「印度」
◇「改造」懸賞創作　（第4回/昭和6年）

太宰　治　だざい・おさむ

4105　「女生徒」
◇透谷文学賞　（第4回/昭和15年/賞牌の
み）
「女生徒」　鎌倉文庫　1948　212p（青春の
書）
「女生徒―他十三編」　角川書店　1954
208p（角川文庫）
「女生徒」　改訂版　角川書店　1968　234p
（角川文庫）
「太宰治全集2」　筑摩書房　昭和53年
「女生徒」　改版　角川書店　1987.7　234p
（角川文庫）
「太宰治全集2」　筑摩書房　1988
「太宰治全集2」　筑摩書房　1989（ちくま
文庫）
「走れメロス」　旺文社　1990.3　280p（必
読名作シリーズ）
「ちくま日本文学全集4」　筑摩書房　1991
「女生徒」　改版　角川書店、角川グルー
プパブリッシング〔発売〕　2009.5
279p　15cm（角川文庫）438円
①978-4-04-109915-5
「憧」　太宰治, ラディゲ, 久坂葉子著　ポ
プラ社　2010.10　199p　19cm（百年
文庫1）750円　①978-4-591-11883-2
「女性作家が選ぶ太宰治」　講談社　2015.
2　241p　15cm（講談社文芸文庫）
1350円　①978-4-06-290259-5

多崎　礼　たさき・れい

4106　「煌夜祭」
◇C★NOVELS大賞　（第2回/平成18年/
大賞）
「煌夜祭」　中央公論新社　2006.7　219p
18cm（C novels fantasia）900円　①4-
12-500948-1

※折り込1枚

田島 啓二郎 たじま・けいじろう

4107 「汽笛は響く」
◇「サンデー毎日」大衆文芸 （第48回/
昭和30年下）

田島 準子 たじま・じゅんこ

4108 「密輸入」
◇「文藝春秋」懸賞小説 （第1回/大14
年）

多島 斗志之 たじま・としゆき

4109 「あなたは不屈のハンコ・ハ
ンター」
◇小説現代新人賞 （第39回/昭和57年
下）

田島 一 たじま・はじめ

4110 「蟻の群れ」
◇「文化評論」文学賞 （第1回/昭和59
年/小説）

4111 「遠景の森」
◇多喜二・百合子賞 （第26回/平成6年/
小説）
「遠景の森」 新日本出版社 1994.3
260p 19cm 2800円 ①4-406-02240-6

田代 裕彦 たしろ・ひろひこ

4112 「平井骸惚此中ニ有リ」
◇富士見ヤングミステリー大賞 （第3回
/平成15年/大賞）
「平井骸惚此中ニ有リ」 富士見書房
2004.1 237p 15cm （富士見ミステ
リー文庫） 540円 ①4-8291-6234-1

多田 愛理 ただ・あいり

4113 「空模様の翼」
◇角川つばさ文庫小説賞 （第1回/平成
24年/こども部門/準グランプリ）

多田 真梨子 ただ・まりこ

4114 「にずわい」
◇三田文学新人賞 （第15回/平成20年）

多田 裕計 ただ・ゆうけい

4115 「長江デルタ」
◇芥川龍之介賞 （第13回/昭和16年上）
「長江デルタ」 文芸春秋社 1942 318p
「芥川賞全集3」 文芸春秋 1982

4116 「蛇師」
◇大衆文芸懇話会賞 （昭24年度）

タタツ シンイチ

4117 「マーダー・アイアン─万聖節前
夜祭─」
◇日本SF新人賞 （第7回/平成17年）
「マーダー・アイアン─絶対鋼鉄」 徳間
書店 2006.6 285p 20cm 1900円
①4-19-862182-9

多々羅 四郎 たたら・しろう

4118 「口火は燃える」
◇「サンデー毎日」大衆文芸 （第6回/
昭和5年上）

多々良 安朗 たたら・やすろう

4119 「遠くへ行く船」
◇「文章世界」特別募集小説 （大7年4
月）

4120 「妖魔の道行き」
◇「文章世界」特別募集小説 （大8年5
月）

達 忠 たち・ただし

4121 「横須賀ドブ板通り」
◇小説現代新人賞 （第30回/昭和53年
上）

立木 十八 たちぎ・じゅうはち

4122 「友情が見つからない」
◇北区内田康夫ミステリー文学賞 （第
12回/平成26年/大賞）

橘 雨璃 たちばな・うり

4123 「魔女になりたかった」
◇ジャンプ小説新人賞（jump Novel
Grand Prix） （'14 Spring/平成26
年春/キャラクター小説部門/銀賞）

橘 かがり たちばな・かがり

4124 「月のない晩に」
◇小説現代新人賞 （第71回/平成15年）

橘 夏水 たちばな・かすい

4125 「Go, HOME」
◇ダ・ヴィンチ文学賞 （第1回/平成18
年/優秀賞）

橘 恭介　たちばな・きょうすけ

4126　「DARK DAYS」
◇スニーカー大賞（第3回/平成10年/金賞）
「ダーク・デイズ」　角川書店　1998.8
323p　19cm　1600円　Ⓘ4-04-873125-4

橘 公司　たちばな・こうし

4127　「全ては授業参観のために」
◇ファンタジア長編小説大賞（第20回/平成20年/準入選）
「蒼穹のカルマ　1」　富士見書房　2009.1
286p　15cm（富士見ファンタジア文庫
た-4-1-1）580円　Ⓘ978-4-8291-3372-9
「蒼穹のカルマ　2」　富士見書房　2009.4
316p　15cm（富士見ファンタジア文庫
た-4-1-2）600円　Ⓘ978-4-8291-3397-2
「蒼穹のカルマ　3」　富士見書房　2009.
10　302p　15cm（富士見ファンタジア
文庫 た-4-1-3）600円　Ⓘ978-4-8291-
3447-4
「蒼穹のカルマ　4」　富士見書房　2010.2
297p　15cm（富士見ファンタジア文庫
た-4-1-4）600円　Ⓘ978-4-8291-3494-8

立花 椎夜　たちばな・しいや

4128　「次元管理人―The Inn of the
Sixth Happiness―」
◇ジャンプ小説新人賞（jump Novel
Grand Prix）（'10 Summer/平成22
年夏/小説：フリー部門/特別賞）

橘 外男　たちばな・そとお

4129　「ナリン殿下への回想」
◇直木三十五賞（第7回/昭和13年上）
「ナリン殿下への回想」　春秋社　1938
352p
「ナリン殿下への回想」　社会思想社
1977.9 303p（現代教養文庫）
「橘外男ワンダーランド―幻想・伝奇小説
篇」　中央書院　1995.4 349p　19cm
2300円　Ⓘ4-88732-006-X

立花 水馬　たちばな・みずま

4130　「虫封じマス」
◇オール讀物新人賞（第90回/平成22
年）

橘 有未　たちばな・ゆうみ

4131　「SILENT VOICE」
◇ノベル大賞（第27回/平成8年度/入
選）

橘 涼香　たちばな・りょうか

4132　「俺達のストライクゾーン」
◇パレットノベル大賞（第25回/平成13
年冬/佳作）
「俺達のストライクゾーン」　小学館
2003.4　167p　15cm（パレット文庫）
429円　Ⓘ4-09-421431-3

立原 とうや　たちはら・とうや

4133　「夢売りのたまご」
◇コバルト・ノベル大賞（第18回/平成
3年下/読者大賞）

立原 正秋　たちはら・まさあき

4134　「白い罌粟」
◇直木三十五賞（第55回/昭和41年上）
「立原正秋全集3」　角川書店　昭和58年
「白い罌粟」　角川書店　1987.3 312p（角
川文庫）
「剣ヶ崎・白い罌粟」　小学館　2015.5
413p　19cm（P+D BOOKS）650円
Ⓘ978-4-09-352207-6

4135　「八月の午後」
◇近代文学賞（第2回/昭和35年）
「立原正秋の本」　ベストセラーズ 1971
309p
「立原正秋選集」　第1巻 新潮社 1975
328p
「立原正秋全集1」　角川書店　昭和57年
「昭和文学全集26」　小学館 1988
「立原正秋 珠玉短篇集　1　渚通り」　メ
ディア総合研究所　1998.2　252p
19cm　1500円　Ⓘ4-944124-04-X
「メドゥーサの血―幻想短篇小説集」　ホ
セ・エミリオ・パチェコ著, 安藤哲行訳
まろうど社　1998.7　276p　19cm
2500円　Ⓘ4-89612-020-5

龍田 健一　たつた・けんいち

4136　「疎開無情―父母の死」
◇労働者文学賞（第12回/平成12年/記
録）

龍野 咲人　たつの・さきと

4137　「火山灰の道」
◇近代文学賞（第5回/昭和38年）

竜口 亘　たつのくち・わたる

4138　「ぼくと相棒」

たつのこ　　　　　　　　　　　　　　　4139～4151

◇朝日新人文学賞（第2回/平成2年）
「ぼくと相棒」朝日新聞社 1991.6 203p

竜ノ湖 太郎　たつのこ・たろう

4139　「EQUATION─イクヴェイ
ジョン─」
◇スニーカー大賞（第14回/平成21年/
奨励賞）

伊達 一行　だて・いっこう

4140　「沙耶のいる透視図」
◇すばる文学賞（第6回/昭和57年）
「沙耶のいる透視図」集英社 1983.1 204p

伊達 虔　だて・けん

4141　「滄海の海人」
◇潮賞（第15回/平成8年/小説）
「海人」潮出版社 1996.11 200p
19cm 1400円 ①4-267-01433-7

4142　「鑚（たがね）」
◇歴史群像大賞（第8回/平成14年/最優
秀賞）
「逃亡者市九郎─異聞「青の洞門」」学習
研究社 2003.5 518p 20cm 1700円
①4-05-402056-9

伊達 康　だて・やすし

4143　「オカッパ二カッパ」
◇MF文庫Jライトノベル新人賞（第8回
/平成24年/佳作）

舘 有紀　たて・ゆき

4144　「赦しの庭」
◇日本海文学大賞（第10回/平成11年/
小説）

立石 富男　たていし・とみお

4145　「うしろ姿」
◇南日本文学賞（第12回/昭和59年）

館内 勇生　たてうち・いさお

4146　「月の出の頃」
◇「文章世界」特別募集小説（大7年9
月）

立飛 ゆき　たてとび・ゆき

4147　「えもんかのみち」
◇ブックバード文学大賞（第5回/平成3
年/優秀賞）

立野 信之　たての・のぶゆき

4148　「叛乱」
◇直木三十五賞（第28回/昭和27年下）
「叛乱」六興出版社 1952 377p
「叛乱」上下巻 角川書店 1956 2冊（角
川文庫）
「叛乱」講談社 1964 435p（ロマン・
ブックス）
「叛乱」春陽堂書店 1967 517p（春陽文
庫）
「叛乱」下 ぺりかん社 1970 360p〈決定
版〉
「叛乱」上 ぺりかん社 1970 417p〈決定
版〉
「叛乱」ぺりかん社 1975 2冊〈新装版〉
「叛乱─二・二六事件のドキュメンタリ小
説」第3版 ぺりかん社 1980.2 2冊〈決
定版 新装版〉
「叛乱」学習研究社 2004.2 685p
15cm（学研M文庫）1400円 ①4-05-
900275-5

立松 和平　たてまつ・わへい

4149　「遠雷」
◇野間文芸新人賞（第2回/昭和55年）
「遠雷」河出書房新社 1980.6 271p
「遠雷」河出書房新社 1983.6 281p（河
出文庫）
「栃木県近代文学全集2」下野新聞社
1990
「遠雷 四部作」河出書房新社 2000.12
4冊 21cm 9800円 ①4-309-01389-9

4150　「卵洗い」
◇坪田譲治文学賞（第8回/平成4年度）
「卵洗い」講談社 1992.5 259p
「卵洗い」講談社 2000.1 267p 16cm
（講談社文芸文庫）1000円 ①4-06-
197694-X
※年譜あり，著作目録あり
「母への憧憬」勉誠出版 2012.7 335p
21cm（立松和平全小説 第17巻）4500
円 ①978-4-585-01285-6

4151　「道元禅師」
◇泉鏡花文学賞（第35回/平成19年度）
◇親鸞賞（第5回/平成20年度）
「道元禅師 上 大宋国の空」東京書籍
2007.7 516p 20cm 2100円 ①978-4-
487-80212-8
※「道元」(小学館刊)の増訂
「道元禅師 下 永平寺への道」東京書
籍 2007.7 604p 20cm 2200円

4152～4164　　　　　　　　　　　　　　　　　　　　　　　　　たなか

①978-4-487-80213-5

4152　「毒一風聞・田中正造」
◇毎日出版文化賞（第51回/平成9年/第1部門（文学・芸術））
「毒一風聞・田中正造」　東京書籍　1997.5　313p　19cm　1600円　①4-487-75432-1
「毒一風聞・田中正造」　河出書房新社　2001.3　349p　15cm（河出文庫―文芸コレクション）　840円　①4-309-40622-X
「反権力という生き方」　勉誠出版　2013.9　399p　21cm（立松和平全小説　第22巻）　4500円　①978-4-585-01290-0

帯刀 収　　たてわき・おさむ

4153　「信玄の遁げた島」
◇「サンデー毎日」大衆文芸（第21回/昭和12年下）

田中 昭雄　　たなか・あきお

4154　「星降夜」
◇北区内田康夫ミステリー文学賞（第1回/平成15年/佳作（特別賞））

田中 明子　　たなか・あきこ

4155　「銀化猫―ギンカネコ―」
◇ゆきのまち幻想文学賞（第18回/平成20年/準長編賞）
「ゆきのまち幻想文学賞小品集　18　河童と見た空」　ゆきのまち通信編　企画集団ぷりずむ　2009.3　223p　19cm　1715円　①978-4-906691-30-2
※選：高田宏、萩尾望都、乳井昌史

4156　「惑星のキオク」
◇ゆきのまち幻想文学賞（第19回/平成21年/準大賞）
「ゆきのまち幻想文学賞小品集　19」　ゆきのまち通信編　企画集団ぷりずむ　2010.3　207p　19cm　1715円　①978-4-906691-32-6

田中 阿里子　　たなか・ありこ

4157　「鱶」
◇女流新人賞（第3回/昭和35年度）
「魂のゆりかご」　人文書院　1986.6　260p

田中 一江　　たなか・かずえ

4158　「ねじまき少女」
◇星雲賞（第43回/平成24年/海外長編部門（小説））
「ねじまき少女　上」　パオロ・バチガル

ピ著, 田中一江, 金子浩訳　早川書房　2011.5　391p　16cm（ハヤカワ文庫SF1809）　840円　①978-4-15-011809-9
「ねじまき少女　下」　パオロ・バチガルピ著, 田中一江, 金子浩訳　早川書房　2011.5　382p　16cm（ハヤカワ文庫SF1810）　840円　①978-4-15-011810-5

田中 和夫　　たなか・かずお

4159　「残響」
◇北海道新聞文学賞（第16回/昭和57年/小説）
「残響」　札幌 田中和夫 1982.6 323p
「残響」　札幌 北海道新聞社 1983.3 321p
「残響」　サッポロビール，(鹿児島)文化ジャーナル鹿児島社〔発売〕　1998.7　319p　19cm（サッポロ叢書）　1500円　①4-938922-03-7

田中 香津子　　たなか・かずこ

4160　「気流」
◇織田作之助賞（第5回/昭和63年）

田中 健三　　たなか・けんぞう

4161　「あなしの吹く頃」
◇文學界新人賞（第54回/昭和57年上）

田中 耕作　　たなか・こうさく

4162　「ブバリヤの花」
◇作家賞（第18回/昭和57年）
「ブバリヤの花」　名古屋 作家社 1981.11　365p〈限定版〉

田中 光二　　たなか・こうじ

4163　「黄金の罠」
◇吉川英治文学新人賞（第1回/昭和55年度）
「黄金の罠―長編冒険小説」　祥伝社　1979.9 223p（ノン・ノベル）〈発売：小学館〉
「黄金の罠」　集英社 1983.6 297p（集英社文庫）
「黄金の罠」　日本文芸社　2000.1　334p　15cm（日文庫）　552円　①4-537-08085-X

4164　「血と黄金」
◇角川小説賞（第6回/昭和54年）
「血と黄金」　角川書店 1979.8 223p
「血と黄金」　角川書店 1980.5 393p（角川文庫）
「血と黄金」　徳間書店 1989.1 414p（徳間文庫）

文学賞受賞作品総覧　小説篇　　　　　　　315

田中 小実昌　たなか・こみまさ

4165　「ポロポロ」
◇谷崎潤一郎賞　（第15回/昭和54年度）
「ポロポロ」　中央公論社　1979.5　217p
「ポロポロ」　中央公論社　1982.7　222p
（中公文庫）
「昭和文学全集31」　小学館　1988
「現代小説クロニクル 1975〜1979」　日
本文藝家協会編　講談社　2014.10
347p　15cm（講談社文芸文庫）1700
円　①978-4-06-290245-8
「日本文学100年の名作　第7巻　1974 -
1983 公然の秘密」　池内紀, 川本三郎,
松田哲夫編　新潮社　2015.3　555p
15cm（新潮文庫）790円　①978-4-10-
127438-6

4166　「ミミのこと」
◇直木三十五賞　（第81回/昭和54年上）
「香具師の旅」　泰流社　1979.2　243p
「昭和文学全集31」　小学館　1988
「オキュパイド ジャパン」　志賀直哉ほか
著　集英社　2012.8　697p　19cm（コ
レクション 戦争と文学 10）3600円
①978-4-08-157010-2

4167　「浪曲師朝日丸の話」
◇直木三十五賞　（第81回/昭和54年上）
「香具師の旅」　泰流社　1979.2　243p

田中 修理　たなか・しゅうり

4168　「アイロンのはなし」
◇「恋愛文学」コンテスト　（第1回/平成
16年1月/優秀賞）〈受賞時〉田中修
「愛ノカタチ」　恋愛文学編集室編　新風
舎　2005.1　420p　20cm（私の恋愛短
編集 1）2000円　①4-7974-5271-4

田中 昭一　たなか・しょういち

4169　「あとつぎエレジー」
◇地上文学賞　（第22回/昭和49年）

田中 慎弥　たなか・しんや

4170　「切れた鎖」
◇三島由紀夫賞　（第21回/平成20年）
「切れた鎖」　新潮社　2008.2　146p
20cm　1400円　①978-4-10-304132-0

4171　「蛹」
◇川端康成文学賞　（第34回/平成20年）
「切れた鎖」　新潮社　2008.2　146p
20cm　1400円　①978-4-10-304132-0
「文学　2008」　日本文藝家協会編　講談

社　2008.4　307p　20cm　3300円
①978-4-06-214662-3

4172　「冷たい水の羊」
◇新潮新人賞　（第37回/平成17年/小説
部門）
「図書準備室」　新潮社　2007.1　184p
20cm　1400円　①978-4-10-304131-3

4173　「共喰い」
◇芥川龍之介賞　（第146回/平成23年下
半期）
「共喰い」　集英社　2012.1　140p　20cm
1000円　①978-4-08-771447-0
「共喰い」　集英社　2013.1　205p　16cm
（集英社文庫 た82-1）420円　①978-4-
08-745023-1

田中 澄江　たなか・すみえ

4174　「夫の始末」
◇紫式部文学賞　（第6回/平成8年）
◇女流文学賞　（第35回/平成8年度）
「夫の始末」　講談社　1995.10　215p
19cm　1700円　①4-06-207567-9
「夫の始末」　講談社　1998.10　274p
15cm（講談社文庫）467円　①4-06-
263901-7
「夫の始末」　埼玉福祉会　2003.11
412p　21cm（大活字本シリーズ）
3300円　①4-88419-214-1
※原本：講談社文庫

4175　「カキツバタ群落」
◇芸術選奨　（第24回/昭和48年度/文学
部門/文部大臣賞）
「カキツバタ群落」　講談社　1973　228p

田中 せり　たなか・せり

4176　「ドン・ビセンテ」
◇日本海文学大賞　（第15回/平成16年/
小説部門/佳作）

田中 崇博　たなか・たかひろ

4177　「太平洋の嵐」
◇歴史群像大賞　（第2回/平成7年/佳作）
「太平洋の嵐　1」　学習研究社　1997.11
203p　18cm（歴史群像新書）760円
①4-05-400916-6

田中 千佳　たなか・ちか

4178　「マイブルー・ヘブン」
◇女流新人賞　（第28回/昭和60年度）
「やみなべの陰謀」　田中哲弥著　早川書
房　2006.4　275p　15cm（ハヤカワ文

庫JA）620円　①4-15-030845-4

田中 兆子　たなか・ちょうこ

4179　「甘いお菓子は食べません」
◇フラウ文芸大賞（第2回/平成26年/新人賞）
「甘いお菓子は食べません」　新潮社 2014.3　254p　20cm　1400円　①978-4-10-335351-5
※文献あり

4180　「べしみ」
◇女による女のためのR-18文学賞（第10回/平成23年/大賞）
「甘いお菓子は食べません」　新潮社 2014.3　254p　20cm　1400円　①978-4-10-335351-5

田中 敏夫　たなか・としお

4181　「初夏」
◇地上文学賞（第57回/平成21年/佳作）

田中 敏樹　たなか・としき

4182　「切腹九人目」
◇オール讀物新人賞（第12回/昭和33年上）

田中 虎市　たなか・とらいち

4183　「土のともしび」
◇農民文学賞（第46回/平成15年）

田中 創　たなか・はじめ

4184　「龍ヶ崎のメイドさんには秘密がいっぱい」
◇ジャンプ小説新人賞（jump Novel Grand Prix）（'10 Winter/平成22年冬/小説：テーマ部門/銅賞）

田中 礼　たなか・ひろし

4185　「啄木とその系譜」
◇岩手日報文学賞（第17回/平成14年/啄木賞）
「啄木とその系譜」　洋々社　2002.2 296p　20cm　2400円　①4-89674-313-X

田中 啓文　たなか・ひろふみ

4186　「凶の剣士」
◇ファンタジーロマン大賞（第2回/平成5年/佳作）

4187　「渋い夢」
◇日本推理作家協会賞（第62回/平成21年/短篇部門）

「辛い飴―永見緋太郎の事件簿」　東京創元社　2008.8　349p　20cm（創元クライム・クラブ）1900円　①978-4-488-02530-4
「ザ・ベストミステリーズ―推理小説年鑑2009」　日本推理作家協会編　講談社 2009.7　479p　20cm　3500円　①978-4-06-114910-6
※他言語標題：The best mysteries

田中 文子　たなか・ふみこ

4188　「マサヒロ」
◇部落解放文学賞（第20回/平成5年/児童文学）

田中 平六　たなか・へいろく

4189　「天鼓」
◇千葉亀雄賞（第1回/昭和11年/2席）

田中 雅美　たなか・まさみ

4190　「いのちに満ちる日」
◇小説新潮新人賞（第7回/昭和54年）

田中 万三記　たなか・まんぞうしるす

4191　「死にゆくものへの釘」
◇宝石賞（第3回/昭和37年）

田中 康夫　たなか・やすお

4192　「なんとなく，クリスタル」
◇文藝賞（第17回/昭和55年）
「なんとなく、クリスタル」　河出書房新社　1981.1　191p
「なんとなく、クリスタル」　河出書房新社　1983.4　233p（河出文庫）
「なんとなく、クリスタル」　新潮社 1985.12　225p（新潮文庫）
「なんとなく、クリスタル」　新装版　河出書房新社　2013.11　241p　15cm（河出文庫）760円　①978-4-309-41259-7

田中 泰高　たなか・やすたか

4193　「鯉の病院」
◇文學界新人賞（第31回/昭和45年下）
「釣魚の迷宮―怪異幻魚譚～ファンに贈る傑作集」　北宋社　1994.8　216p 19cm　1500円　①4-938620-69-3
「幻想小説大全―鳥獣虫魚」　北宋社 2002.1　651p　19cm　4200円　①4-89463-051-6

田中 由起　たなか・ゆき

4194　「発酵部屋」

たなか　　　　　　　　　　　　　　　　　　　　　　　　　　　　4195〜4204

◇小谷剛文学賞 （第10回/平成13年）

田中 幸夫　たなか・ゆきお
4195 「梨畑の向こう側」
◇地上文学賞 （第39回/平成3年）

田中 芳樹　たなか・よしき
4196 「緑の草原に……」
◇幻影城新人賞 （第3回/昭和52年/小説
部門）
「流星航路」 徳間書店 1987.12 381p （徳
間文庫）
「緑の草原に……―田中芳樹初期短篇集」
田中芳樹著 中央公論新社 2001.10
282p 15cm （中公文庫） 648円 ①4-
12-203908-8

田中 里佳　たなか・りか
4197 「ジェームスの日記」
◇舟橋聖一顕彰青年文学賞 （第11回/平
成11年）

田中 律子　たなか・りつこ
4198 「裏街」
◇堺自由都市文学賞 （第20回/平成20年
度/堺市長特別賞）

田靡 新　たなびき・あらた
4199 「島之内ブルース」
◇神戸文学賞 （第1回/昭和52年）

田辺 青蛙　たなべ・せいあ
4200 「生き屏風」
◇日本ホラー小説大賞 （第15回/平成20
年/短編賞）
「生き屏風」 角川書店, 角川グループパ
ブリッシング（発売） 2008.10 182p
15cm （角川ホラー文庫） 476円
①978-4-04-392301-4

田辺 聖子　たなべ・せいこ
4201 「感傷旅行（センチメンタル・
ジャーニイ）」
◇芥川龍之介賞 （第50回/昭和38年下）
「感傷旅行（センチメンタル・ジャー
ニィ）」 文芸春秋新社 1964 204p
「感傷旅行（センチメンタル・ジャー
ニィ）」 春陽堂書店 1968 179p （春陽
文庫）
「感傷旅行」 文芸春秋 1975 201p
「田辺聖子長篇全集1」 文芸春秋 昭和
56年

「芥川賞全集6」 文芸春秋 1982
「感傷旅行（センチメンタル・ジャー
ニィ）」 角川書店 1985.8 352p （角川文
庫）
「田辺聖子全集 5 感傷旅行センチメン
タル・ジャーニイ、短編2」 集英社
2004.5 548p 21cm 3800円 ①4-08-
155005-0
「感傷旅行―Tanabe Seiko Collection 3」
ポプラ社 2009.2 217p 15cm （ポプ
ラ文庫） 520円 ①978-4-591-10835-2

4202 「道頓堀の雨に別れて以来なり」
◇泉鏡花文学賞 （第26回/平成10年）
「道頓堀の雨に別れて以来なり―川柳作
家・岸本水府とその時代 上」 中央公
論社 1998.3 601p 19cm 2400円
①4-12-002765-1
「道頓堀の雨に別れて以来なり―川柳作
家・岸本水府とその時代 下」 中央公
論社 1998.3 709p 19cm 2700円
①4-12-002766-X
「道頓堀の雨に別れて以来なり―川柳作
家・岸本水府とその時代 上」 中央公
論新社 2000.9 575p 15cm （中公文
庫） 800円 ①4-12-203709-3
「道頓堀の雨に別れて以来なり―川柳作
家・岸本水府とその時代 中」 中央公
論新社 2000.10 602p 15cm （中公
文庫） 819円 ①4-12-203727-1
「道頓堀の雨に別れて以来なり―川柳作
家・岸本水府とその時代 下」 中央公
論新社 2000.11 465p 15cm （中公
文庫） 781円 ①4-12-203741-7
「田辺聖子全集 20 下 道頓堀の雨に別
れて以来なり」 集英社 2006.4 573,
35p 21cm 4300円 ①4-08-155020-4

4203 「花衣ぬぐやまつわる…」
◇女流文学賞 （第26回/昭和62年度）
「花衣ぬぐやまつわる…―わが愛の杉田
久女」 集英社 1987.2 514p
「花衣ぬぐやまつわる…―わが愛の杉田久
女」 集英社 1990.6 2冊 （集英社文庫）
「田辺聖子全集 13 千すじの黒髪・花
衣ぬぐやまつわる…」 集英社 2005.4
739p 21cm 4700円 ①4-08-155013-1

4204 「ひねくれ一茶」
◇吉川英治文学賞 （第27回/平成5年度）
「ひねくれ一茶」 講談社 1992.9 548p
「ひねくれ一茶」 講談社 1995.9 651p
15cm （講談社文庫） 780円 ①4-06-
263056-7
「田辺聖子全集 18 ひねくれ一茶・古

川柳おちほひろい、武玉川・とくとく清水」 集英社 2005.10 772p 21cm 4700円 Ⓘ4-08-155018-2

田名部 宗司　たなべ・そうじ

4205　「幕末魔法士―Mage Revolution―」
◇電撃大賞 （第16回/平成21年/電撃小説大賞部門/大賞）
「幕末魔法士―Mage Revolution」 アスキー・メディアワークス, 角川グループパブリッシング（発売） 2010.2 305p 15cm （電撃文庫 1891） 550円 Ⓘ978-4-04-868323-4
※イラスト：椋本夏夜, 並列シリーズ名：Dengeki bunko

田辺 武光　たなべ・たけみつ

4206　「二月・断片」
◇学生小説コンクール （復活第2回/昭和42年）

田辺 闘青火　たなべ・とうせいか

4207　「償勤兵行状記」
◇「サンデー毎日」大衆文芸 （第10回/昭和7年上）

田邊 奈津子　たなべ・なつこ

4208　「こぎん幻想」
◇地上文学賞 （第57回/平成21年/佳作）

谷 一生　たに・かずお

4209　「住処」
◇『幽』怪談文学賞 （第4回/平成21年/短編部門/大賞）
「富士子―島の怪談」 メディアファクトリー 2010.5 237p 19cm （幽BOOKS） 1365円 Ⓘ978-4840134071

谷 克二　たに・かつじ

4210　「追うもの」
◇野性時代新人文学賞 （第1回/昭和49年）
「サバンナ」 角川書店 1976 227p
「追うもの」 角川書店 1979.6 249p （角川文庫）

4211　「狙撃者」
◇角川小説賞 （第5回/昭和53年）
「狙撃者」 角川書店 1978.8 263p
「狙撃者」 角川書店 1980.6 302p （角川文庫）

谷 甲州　たに・こうしゅう

4212　「加賀開港始末」
◇舟橋聖一文学賞 （第8回/平成26年）
「加賀開港始末」 中央公論新社 2014.3 349p 20cm 1900円 Ⓘ978-4-12-004597-4

4213　「白き嶺の男」
◇新田次郎文学賞 （第15回/平成8年）
「白き嶺の男」 集英社 1995.4 235p 19cm 1400円 Ⓘ4-08-774134-6
「白き嶺の男」 集英社 1998.11 279p 15cm （集英社文庫） 476円 Ⓘ4-08-748876-4

4214　「星を創る者たち」
◇星雲賞 （第45回/平成26年/日本短編部門（小説））
「星を創る者たち」 河出書房新社 2013.9 365p 20cm （NOVAコレクション） 1700円 Ⓘ978-4-309-62222-4

谷 恒生　たに・こうせい

4215　「フンボルト海流」
◇角川小説賞 （第8回/昭和56年）
「フンボルト海流」 角川書店 1981.12 242p （カドカワノベルズ）
「フンボルト海流」 角川書店 1985.3 264p （角川文庫）

谷 俊彦　たに・としひこ

4216　「木村家の人びと」
◇小説新潮新人賞 （第4回/昭和61年）
「木村家の人びと」 新潮社 1995.3 259p 19cm 1500円 Ⓘ4-10-403701-X
「東京都大学の人びと」 新潮社 1996.8 279p 15cm （新潮文庫） 440円 Ⓘ4-10-149211-5
※『木村家の人びと』改題書

谷 春慶　たに・はるよし

4217　「モテモテな僕は世界まで救っちゃうんだぜ（泣）」
◇『このライトノベルがすごい！』大賞 （第2回/平成23年/大賞）
「モテモテな僕は世界まで救っちゃうんだぜ（泣）」 宝島社 2011.9 284p 16cm （このライトノベルがすごい！文庫 た-1-1） 600円 Ⓘ978-4-7966-8627-3
「モテモテな僕は世界まで救っちゃうんだぜ（泣） 2」 宝島社 2011.12 272p 16cm （このライトノベルがすごい！文庫 た-1-2） 600円 Ⓘ978-4-7966-8863-5

たに　　　　　　　　　　　　　　　　　　　　　　4218〜4230

「モテモテな僕は世界まで救っちゃうん
だぜ（泣）　3」　宝島社　2012.4　284p
16cm　（このライトノベルがすごい！文
庫 た-1-3）　600円　①978-4-7966-9772-9
「モテモテな僕は世界まで救っちゃうん
だぜ（泣）　4」　宝島社　2012.7　287p
16cm　（このライトノベルがすごい！文
庫 た-1-4）　600円　①978-4-7966-9776-7
「モテモテな僕は世界まで救っちゃうん
だぜ（泣）　5」　宝島社　2012.11　282p
16cm　（このライトノベルがすごい！文
庫 た-1-5）　600円　①978-4-7966-9778-1
「モテモテな僕は世界まで救っちゃうん
だぜ（泣）　6」　宝島社　2013.8　284p
16cm　（このライトノベルがすごい！文
庫 た-1-8）　600円　①978-4-8002-0339-7
「モテモテな僕は世界まで救っちゃうん
だぜ（泣）　7」　宝島社　2013.9　316p
16cm　（このライトノベルがすごい！文
庫 た-1-9）　600円　①978-4-8002-0341-0

谷 瑞恵　　たに・みずえ

4218　「パラダイス ルネッサンス」
◇ロマン大賞　（第6回/平成9年度/佳作）
「パラダイスルネッサンス―楽園再生」
集英社　1997.10　286p　15cm　（集英
社スーパーファンタジー文庫）　514円
①4-08-613283-4

谷 ユリ子　　たに・ゆりこ

4219　「雲の翼」
◇北日本文学賞　（第39回/平成17年/選
奨）

谷川 哀　　たにがわ・あい

4220　「リベンジ・ゲーム」
◇カドカワエンタテインメントNext賞
（平成14年）
「リベンジ・ゲーム」　角川書店　2002.12
374p　19cm　950円　①4-04-873436-9

谷川 直子　　たにがわ・なおこ

4221　「おしかくさま」
◇文藝賞　（第49回/平成24年度）
「おしかくさま」　河出書房新社　2012.11
163p　20cm　1200円　①978-4-309-
02141-6

谷川 流　　たにがわ・ながる

4222　「涼宮ハルヒの憂鬱」
◇スニーカー大賞　（第8回/平成15年/大
賞）
「涼宮ハルヒの憂鬱」　角川書店　2003.6

307p　15cm　（角川文庫）　514円　①4-
04-429201-9

谷川 みのる　　たにがわ・みのる

4223　「真夜中のニワトリ」
◇自由都市文学賞　（第1回/平成1年）

谷口 順一郎　　たにぐち・じゅんいちろう

4224　「お兼の児」
◇「女性」懸賞小説　（大13年）

谷口 シュンスケ

たにぐち・しゅんすけ

4225　「新感覚バナナ系ファンタジーバ
ナデレ！〜剣と魔法と基本はバ
ナナと」
◇ノベルジャパン大賞　（第4回/平成22
年/金賞）
「バナデレ！―新感覚バナナ系ファンタ
ジー」　ホビージャパン　2010.8　253p
15cm　（HJ文庫 254）　619円　①978-4-
7986-0105-2
「バナデレ！―新感覚バナナ系ファンタ
ジー 2」　ホビージャパン　2010.10
254p　15cm　（HJ文庫 267）　638円
①978-4-7986-0127-4

谷口 哲秋　　たにぐち・てつあき

4226　「遠方より」
◇文學界新人賞　（第65回/昭和62年下）

谷口 裕貴　　たにぐち・ひろき

4227　「ドッグファイト」
◇日本SF新人賞　（第2回/平成12年）
「ドッグファイト」　徳間書店　2001.5
355p　20cm　1600円　①4-19-861350-8

谷口 葉子　　たにぐち・ようこ

4228　「失語」
◇作家賞　（第17回/昭和56年）
「いよよ華やぐ」　有朋舎　1982.11　243p

谷崎 精二　　たにざき・せいじ

4229　「十二歳の時の記憶」
◇「万朝報」懸賞小説　（第685回/明43
年7月）

谷崎 由依　　たにざき・ゆい

4230　「舞い落ちる村」
◇文學界新人賞　（第104回/平成19年上
期）

「舞い落ちる村」 文藝春秋 2009.2
163p 20cm 1333円 ①978-4-16-
327870-4

谷村 志穂 たにむら・しほ

4231 「海猫」
◇島清恋愛文学賞 （第10回／平成15年）
「海猫」 新潮社 2002.9 541p 20cm
2000円 ①4-10-425602-1
「海猫 上巻」 新潮社 2004.9 351p
16cm （新潮文庫） 514円 ①4-10-
113251-8
「海猫 下巻」 新潮社 2004.9 391p
16cm （新潮文庫） 552円 ①4-10-
113252-6

谷本 州子 たにもと・しゅうこ

4232 「ソシオグラム」
◇農民文学賞 （第54回／平成23年度）
「ソシオグラム─詩集」 土曜美術社出版
販売 2010.5 93p 22cm 2000円
①978-4-8120-1805-7

谷本 美彌子 たにもと・みやこ

4233 「小春日和」
◇やまなし文学賞 （第8回／平成11年度／
小説部門／佳作）
「小春日和」 文芸社 2003.11 144p
19cm 1200円 ①4-8355-6509-6

狸 たぬき

4234 「パンパスグラスの森で」
◇深大寺短編恋愛小説「深大寺恋物語」
（第8回／平成24年／審査員特別賞）

種村 季弘 たねむら・すえひろ

4235 「幻想のエロス」
◇泉鏡花文学賞 （第27回／平成11年）
「幻想のエロス」 河出書房新社 1998.11
387p 20cm （種村季弘のネオ・ラビリ
ントス 4) 4200円 ①4-309-62004-3

田野 武裕 たの・たけひろ

4236 「浮上」
◇文學界新人賞 （第55回／昭和57年下）

田能 千世子 たのう・ちよこ

4237 「瞑父記」
◇神戸文学賞 （第11回／昭和62年）

田場 美津子 たば・みつこ

4238 「仮眠室」

◇海燕新人文学賞 （第4回／昭和60年）
「仮眠室」 福武書店 1988.11 258p
「沖縄文学全集9」 国書刊行会 1990

田畑 茂 たばた・しげる

4239 「凍蛍」
◇堺自由都市文学賞 （第11回／平成11年
／佳作）

4240 「マイ・ハウス」
◇堺自由都市文学賞 （第13回／平成13
年）

田端 展 たばた・ひろし

4241 「歩数計」
◇新日本文学賞 （第30回／平成12年）

田畑 麦彦 たばた・むぎひこ

4242 「嬰へ短調」
◇文藝賞 （第1回／昭和37年）

田端 六六 たばた・ろくろく

4243 「天狗のいたずら」
◇北区内田康夫ミステリー文学賞 （第5
回／平成19年／大賞）
「はじめての小説─内田康夫＆東京・北区
が選んだ気鋭のミステリー」 内田康夫
選・編 実業之日本社 2008.1 361p
20cm 1500円 ①978-4-408-53518-0
※折り込1枚

田原 夏彦 たはら・なつひこ

4244 「風に添へた手紙」
◇「サンデー毎日」大衆文芸 （第25回／
昭和14年下）

田原 弘毅 たはら・ひろたか

4245 「洗うひと」
◇小説現代新人賞 （第67回／平成11年）

玉井 史太郎 たまい・ふみたろう

4246 「河伯洞余滴」
◇自分史文学賞 （第10回／平成11年度／
大賞）
「河伯洞余滴─我が父、火野葦平その語ら
れざる波瀾万丈の人生」 学習研究社
2000.5 201p 20cm 1400円 ①4-05-
401240-X

玉岡 かおる たまおか・かおる

4247 「お家さん」
◇織田作之助賞 （第25回／平成20年／大

賞）
「お家さん　上巻」　新潮社　2007.11
318p　20cm　1600円　①978-4-10-
373709-4
「お家さん　下巻」　新潮社　2007.11
332p　20cm　1600円　①978-4-10-
373710-0

珠城　みう　たまき・みう

4248　「人魚姫」
◇小学館ライトノベル大賞〔ルルル文庫
部門〕（第6回/平成24年/奨励賞）

田牧　大和　たまき・やまと

4249　「花合せ―濱次お役者双六―」
◇小説現代長編新人賞（第2回/平成19
年）
「花合せ―濱次お役者双六」　講談社
2007.10　258p　20cm　1600円　①978-
4-06-214343-1

玉田　崇二　たまだ・しゅうじ

4250　「街煙」
◇部落解放文学賞（第35回/平成20年/
佳作/小説部門）

4251　「街煙」
◇部落解放文学賞（第37回/平成22年/
小説部門/入選）

4252　「二つの宣言」
◇部落解放文学賞（第36回/平成21年/
小説部門/佳作）

田丸　久深　たまる・くみ

4253　「奇跡33756」
◇日本ラブストーリー＆エンターテイン
メント大賞（第10回/平成27年/最
優秀賞）
「僕は奇跡しか起こせない」　宝島社
2015.7　280p　16cm（宝島社文庫　C
た―9-1）　600円　①978-4-8002-4380-5

田宮　釼　たみや・たまき

4254　「左側を歩め」
◇文壇アンデパンダン（第1回/昭和5
年）
「文壇アンデパンダン」　第一輯　北林透
馬, 野口活, 田宮釼共著　中央公論社
1930　580p

田村　加寿子　たむら・かずこ

4255　「わたしの牧歌」

4255　◇やまなし文学賞（第6回/平成10年/小
説部門）
「わたしの牧歌」　やまなし文学賞実行委
員会　1998.6　124p　19cm　857円
①4-89710-668-0

田村　松魚　たむら・しょうぎょ

4256　「五月闇」
◇「新小説」懸賞小説（第2回/明32年）

田村　登正　たむら・とうせい

4257　「大唐風雲記」
◇電撃ゲーム小説大賞（第8回/平成13
年/大賞）
「大唐風雲記―洛陽の少女」　メディア
ワークス　2002.2　261p　15cm（電撃
文庫）　510円　①4-8402-2029-8

田村　俊子　たむら・としこ

4258　「あきらめ」
◇「朝日新聞」懸賞小説（大朝1万号記
念文芸/明43年）
「あきらめ・木乃伊の口紅―他四編」　岩
波書店　1952　348p（岩波文庫）
「田村俊子作品集1」　オリジン出版セン
ター　1987

田村　西男　たむら・にしお

4259　「電報」
◇「文芸倶楽部」懸賞小説（第11回/明
37年1月/第2等）

4260　「白芙蓉」
◇「文芸倶楽部」懸賞小説（第8回/明
36年10月/第3等）

4261　「未亡人」
◇「文芸倶楽部」懸賞小説（第18回/明
37年8月/第2等）

4262　「勇士の妹」
◇「文芸倶楽部」懸賞小説（第15回/明
37年5月/第3等）

田村　初美　たむら・はつみ

4263　「打ち上げ花火」
◇部落解放文学賞（第32回/平成17年/
入選作/小説部門）

4264　「幻影の蛍」
◇部落解放文学賞（第30回/平成15年度
/入選/小説部門）

4265　「賞味期限」

◇部落解放文学賞 （第33回/平成18年/
　入選作/小説部門）

4266　「日照り雨」
◇部落解放文学賞 （第35回/平成20年/
　入選作/小説部門）

4267　「プリザーブドフラワー」
◇部落解放文学賞 （第34回/平成19年/
　入選作/小説部門）

田村 大　たむら・ひろし

4268　「呪剣」
◇ジャンプ小説大賞 （第4回/平成6年/
　奨励賞）

田村 総　たむら・ふさ

4269　「いきいき老青春」
◇フェミナ賞 （第2回/平成1年）

為三　ためぞう

4270　「パンツ・ミーツ・ガール」
◇MF文庫Jライトノベル新人賞 （第9回
　/平成25年/優秀賞）
　「ストライプ・ザ・パンツァー」
　KADOKAWA　2013.11　289p　15cm
　（MF文庫J た-09-01）　580円　①978-4-
　04-066084-4
　※受賞作「パンツ・ミーツ・ガール」を
　改題
　「ストライプ・ザ・パンツァー　2」
　KADOKAWA　2014.1　263p　15cm
　（MF文庫J た-09-02）　580円　①978-4-
　04-066210-7

田山 朔美　たやま・さくみ

4271　「裏庭の穴」
◇文學界新人賞 （第103回/平成18年下
　期）
　「霊降ろし」　文藝春秋　2009.4　190p
　20cm　1333円　①978-4-16-328070-7

田吉 義明　たよし・よしあき

4272　「南蛮寺門前町別れ坂」
◇神戸文学賞 （第16回/平成4年/佳作）

太朗 想史郎　たろう・そうしろう

4273　「トギオ」
◇『このミステリーがすごい！』大賞
　（第8回/平成21年/大賞）
　「トギオ」　宝島社　2010.1　309p　20cm
　1400円　①978-4-7966-7528-4
　※他言語標belt：Togio

多和田 葉子　たわだ・ようこ

4274　「犬婿入り」
◇芥川龍之介賞 （第108回/平成4年下）
　「犬婿入り」　講談社　1993.2　153p
　「犬婿入り」　講談社　1998.10　147p
　15cm （講談社文庫）　390円　①4-06-
　263910-6
　「芥川賞全集　第16巻」　松村栄子、藤原
　智美、多和田葉子、吉目木晴彦、奥泉光著
　文藝春秋　2002.6　388p　19cm　3238
　円　①4-16-507260-5

4275　「かかとを失くして」
◇群像新人文学賞 （第34回/平成3年/小
　説）
　「かかとを失くして 三人関係 文字移植」
　講談社　2014.4　253p　15cm （講談社
　文芸文庫）　1500円　①978-4-06-290227-
　4

4276　「球形時間」
◇Bunkamuraドゥマゴ文学賞 （第12回/
　平成14年）
　「球形時間」　新潮社　2002.6　171p
　20cm　1500円　①4-10-436102-X

4277　「雲をつかむ話」
◇芸術選奨 （第63回/平成24年度/文学
　部門/文部科学大臣賞）
◇読売文学賞 （第64回/平成24年度/小
　説賞）
　「雲をつかむ話」　講談社　2012.4　255p
　20cm　1600円　①978-4-06-217630-9

4278　「尼僧とキューピッドの弓」
◇紫式部文学賞 （第21回/平成23年）
　「尼僧とキューピッドの弓」　講談社
　2010.7　237p　20cm　1600円　①978-4-
　06-216328-6
　「尼僧とキューピッドの弓」　講談社
　2013.7　250p　15cm （講談社文庫 た
　74-3）　581円　①978-4-06-277601-1

4279　「ヒナギクのお茶の場合」
◇泉鏡花文学賞 （第28回/平成12年）
　「ヒナギクのお茶の場合」　新潮社　2000.
　3　182p　20cm　1500円　①4-10-
　436101-1

4280　「雪の練習生」
◇野間文芸賞 （第64回/平成23年）
　「雪の練習生」　新潮社　2011.1　253p
　20cm　1700円　①978-4-10-436104-5
　「雪の練習生」　新潮社　2013.12　328p
　16cm （新潮文庫 た-106-1）　520円
　①978-4-10-125581-1

たわら

4281 「容疑者の夜行列車」
◇伊藤整文学賞 （第14回/平成15年/小説）
◇谷崎潤一郎賞 （第39回/平成15年）
「容疑者の夜行列車」 青土社　2002.7　163p　20cm　1600円　①4-7917-5973-7

俵 万智 たわら・まち
4282 「愛する源氏物語」
◇紫式部文学賞 （第14回/平成16年）
「愛する源氏物語」 文藝春秋　2003.7　285p　20cm　1476円　①4-16-365100-4

俵 元昭 たわら・もとあき
4283 「京から来た運孤」
◇講談倶楽部賞 （第18回/昭和37年上）

檀 一雄 だん・かずお
4284 「火宅の人」
◇読売文学賞 （第27回/昭和50年/小説賞）
◇日本文学大賞 （第8回/昭和51年）
「火宅の人」 新潮社 1975 458p
「檀一雄全集6」 新潮社 昭和52年
「火宅の人」 新潮社 1981.7 2冊（新潮文庫）
「檀一雄全集6」 沖積舎 1992
「火宅の人　上巻」 45刷改版　新潮社　2003.3　478p　16cm（新潮文庫）629円　①4-10-106403-2
「火宅の人　下巻」 37刷改版　新潮社　2003.3　476p　16cm（新潮文庫）629円　①4-10-106404-0

4285 「真説石川五右衛門」
◇直木三十五賞 （第24回/昭和25年下）
「真説石川五右衛門」 新潮社 1951 290p
「真説石川五右衛門」 六興出版部 1959 575p（新・時代小説特選集）
「檀一雄全集3」 新潮社 昭和52年
「真説石川五右衛門」 六興出版 1982.10 3冊
「真説石川五右衛門」 徳間書店 1989.4 2冊（徳間文庫）
「檀一雄全集3」 沖積舎 1991

4286 「長恨歌」
◇直木三十五賞 （第24回/昭和25年下）
「長恨歌」 文芸春秋新社 1951 277p
「檀一雄全集7」 新潮社 昭和52年
「檀一雄全集7」 沖積舎 1992

4287 「天明」

◇野間文芸奨励賞 （第4回/昭和19年）

暖 聖 だん・せい
4288 「片ひげのデコ」
◇愛のサン・ジョルディ賞 （第3回/平成3年/グランプリ）

丹下 健太 たんげ・けんた
4289 「青色讃歌」
◇文藝賞 （第44回/平成19年度）
「青色讃歌」 河出書房新社　2007.11　157p　20cm　1000円　①978-4-309-01836-2

単三Mg たんさんえむじー
4290 「耳を澄ますと声が聞こえた」
◇NHK銀の雫文芸賞 （平成24年/優秀）

団野 文丈 だんの・ふみたけ
4291 「離人たち」
◇群像新人文学賞 （第38回/平成7年/小説/優秀作）

【ち】

cheeery
4292 「キミのイタズラに涙する。」
◇日本ケータイ小説大賞 （第9回/平成27年/優秀賞, TSUTAYA賞）
「キミのイタズラに涙する。」 スターツ出版　2015.4　293p　15cm（ケータイ小説文庫 Bち2-2-野いちご）560円　①978-4-88381-963-8

近田 鳶迩 ちかだ・えんじ
4293 「かんがえるひとになりかけ」
◇ミステリーズ！新人賞 （第9回/平成24年度）

千頭 ひなた ちかみ・ひなた
4294 「ダンボールボートで海岸」
◇すばる文学賞 （第27回/平成15年）
「ダンボールボートで海岸」 集英社　2004.1　148p　20cm　1300円　①4-08-774682-8

竹生 修平 ちくぶ・しゅうへい
4295 「夕日の丘に」

◇12歳の文学賞 （第1回/平成19年/佳作）
「12歳の文学」 小学館 2007.4 269p 26cm 1500円 ①978-4-09-289711-3
「12歳の文学」 小学生作家たち著 小学館 2009.4 313p 15cm （小学館文庫 し7-1） 552円 ①978-4-09-408384-2

ちせ.

4296 「あと、11分」
◇日本ケータイ小説大賞 （第9回/平成27年/ケータイ小説文庫賞・ブルーレーベル）
「あと、11分」 スターツ出版 2015.6 285p 15cm （ケータイ小説文庫 Bち3-1─野いちご） 550円 ①978-4-88381-980-5

千世 明 ちせ・あきら

4297 「ディーナザード」
◇角川ビーンズ小説大賞 （第5回/平成18年/優秀賞＆読者賞）

千梨 らく ちなし・らく

4298 「愛（かな）し」
◇日本ラブストーリー大賞 （第4回/平成20年/エンタテインメント特別賞）
「惚れ草」 宝島社 2009.4 244p 20cm 1143円 ①978-4-7966-6989-4

知念 実希人 ちねん・みきと

4299 「レゾン・デートル」
◇島田荘司選 ばらのまち福山ミステリー文学新人賞 （第4回/平成23年）
「誰がための刃─レゾンデートル」 講談社 2012.4 600p 20cm 1900円 ①978-4-06-217602-6
※受賞作「レゾン・デートル」を改題

知念 里佳 ちねん・りか

4300 「if」
◇小学館文庫小説賞 （第2回/平成14年8月/佳作）

千野 隆司 ちの・たかし

4301 「夜の道行」
◇「小説推理」新人賞 （第12回/平成2年）
「浜町河岸夕暮れ」 双葉社 1994.10 275p 15cm （双葉文庫）500円 ①4-575-66089-2

千葉 治平 ちば・じへい

4302 「馬市果てて」
◇地上文学賞 （第1回/昭和28年）

4303 「虜愁記」
◇直木三十五賞 （第54回/昭和40年下）
「虜愁記」 文芸春秋 1966 211p

千葉 淳平 ちば・じゅんぺい

4304 「或る老後 ユタの窓はどれだ」
◇宝石賞 （第4回/昭和38年）
「ミステリーの愉しみ4」 立風書房 1992

千葉 亜夫 ちば・つぐお

4305 「不幸な家族」
◇「文章世界」特別募集小説 （大8年12月）

千葉 不忘庵 ちば・ふぼうあん

4306 「柴栗」
◇「文芸倶楽部」懸賞小説 （第10回/明36年12月/第2等）

千葉 亮 ちば・りょう

4307 「白の聖都 ─小説 白山平泉寺─」
◇歴史浪漫文学賞 （第15回/平成27年/創作部門/優秀賞）
「白の聖都─小説白山平泉寺」 郁朋社 2015.7 304p 19cm 1500円 ①978-4-87302-599-5
※文献あり 年表あり

千早 茜 ちはや・あかね

4308 「あとかた」
◇島清恋愛文学賞 （第20回/平成25年）
「あとかた」 新潮社 2013.6 186p 20cm 1400円 ①978-4-10-334191-8

4309 「魚」
◇小説すばる新人賞 （第21回/平成20年）
◇泉鏡花文学賞 （第37回/平成21年度）
「魚神（いおがみ）」 集英社 2009.1 259p 20cm 1400円 ①978-4-08-771276-6

千早 霞城 ちはや・かじょう

4310 「狂蝶」
◇「文芸倶楽部」懸賞小説 （第2回/明36年4月/選外）

千尋　ちひろ

4311　「BOCCHES」
◇角川つばさ文庫小説賞（第2回/平成25年/こども部門/準グランプリ）

智本 光隆　ちもと・みつたか

4312　「風花」
◇歴史群像大賞（第14回/平成20年発表/優秀賞）

チャン, テッド

4313　「ソフトウェア・オブジェクトのライフサイクル」
◇星雲賞（第43回/平成24年/海外短編部門（小説））

中条 厚　ちゅうじょう・あつし

4314　「杭」
◇愛のサン・ジョルディ賞（第1回/平成1年/グランプリ）

ちゅーばちばちこ

4315　「金属バットの女」
◇HJ文庫大賞（第9回/平成27年/特別賞）

張 赫宙　ちょう・かくちゅう　⇒野口赫宙（のぐち・かくちゅう）

千桂 賢丈　ちよし・たかひろ

4316　「ドナーカード～その他〈全てを〉」
◇健友館文学賞（第1回/平成11年/大賞）
「ドナーカード―その他（全てを）長編ミステリー」　健友館　2000.9　189p　19cm　1500円　①4-7737-0493-4

陳 舜臣　ちん・しゅんしん

4317　「枯草の根」
◇江戸川乱歩賞（第7回/昭和36年）
「枯草の根」　講談社 1961 278p
「枯草の根」　講談社 1963 226p（ロマン・ブックス）
「陳舜臣全集21」　講談社 1988
「枯草の根―陳舜臣推理小説ベストセレクション」　集英社　2009.1　468p　15cm（集英社文庫）838円　①978-4-08-746397-2

4318　「玉嶺よふたたび」
◇日本推理作家協会賞（第23回/昭和45年）
「玉嶺よふたたび」　徳間書店 1969 245p
「玉嶺よふたたび」　角川書店 1977.4　228p（角川文庫）
「玉嶺よふたたび」　徳間書店 1986.10　221p（徳間文庫）
「陳舜臣全集19」　講談社 1987
「玉嶺よふたたび」　廣済堂出版　2001.10　263p　15cm（広済堂文庫）600円　①4-331-60894-8
「玉嶺よ ふたたび―陳舜臣推理小説ベストセレクション」　集英社　2009.4　461p　15cm（集英社文庫）857円　①978-4-08-746427-6

4319　「孔雀の道」
◇日本推理作家協会賞（第23回/昭和45年）
「孔雀の道」　講談社 1969 236p
「孔雀の道」　講談社 1977.7 236p（Roman books）
「孔雀の道」　講談社 1979.12 413p（講談社文庫）
「陳舜臣全集22」　講談社 1988
「孔雀の道」　双葉社　1996.5　454p　15cm（双葉文庫―日本推理作家協会賞受賞作全集 24）840円　①4-575-65822-7

4320　「実録アヘン戦争」
◇毎日出版文化賞（第25回/昭和46年）
「実録アヘン戦争」　中央公論社 1985　286p（中公文庫）

4321　「諸葛孔明」
◇吉川英治文学賞（第26回/平成4年度）
「諸葛孔明」　下 中央公論社 1991.3 353p
「諸葛孔明」　上 中央公論社 1991.3 365p
「諸葛孔明・英雄ありて」　集英社 1999.7　550p　21cm（陳舜臣中国ライブラリー 15）2800円　①4-08-154015-2

4322　「青玉獅子香炉」
◇直木三十五賞（第60回/昭和43年下）
「青玉獅子香炉」　文芸春秋 1969 263p
「青玉獅子香炉」　文芸春秋 1977.11 245p（文春文庫）
「陳舜臣全集23」　講談社 1988
「中国任侠伝」　集英社　1999.10　568p　21cm（陳舜臣中国ライブラリー 29）3200円　①4-08-154029-2
「炎に絵を―陳舜臣推理小説ベストセレクション」　集英社　2008.10　478p　15cm（集英社文庫）838円　①978-4-08-746363-7

4323　「敦煌の旅」
◇大佛次郎賞　（第3回/昭和51年）
「茶事遍歴」　朝日新聞社　1988　240p
「陳舜臣全集24」　講談社　1988
「敦煌の旅」　読売新聞社　1995.11
300p　19cm（西域シルクロード全紀行
1）1600円　Ⓘ4-643-95101-X
「敦煌の旅─新篇シルクロード物語　紀行
集」　たちばな出版　2003.12　350p
19cm　1600円　Ⓘ4-8133-1757-X

【つ】

ついへいじ　りう

4324　「機械仕掛けのブラッドハウンド」
◇小学館ライトノベル大賞〔ガガガ文庫
部門〕（第8回/平成26年/大賞）
〈受賞時〉岩辻　流
「奇械仕掛けのブラッドハウンド」　小学
館　2014.5　310p　15cm（ガガガ文庫
ガつ3-1）611円　Ⓘ978-4-09-451483-4
※受賞作「機械仕掛けのブラッドハウン
ド」を改題

つか　こうへい

4325　「蒲田行進曲」
◇直木三十五賞　（第86回/昭和56年下）
「蒲田行進曲」　角川書店　1981.11　210p
「蒲田行進曲」　角川書店　1982.8　220p
（角川文庫）
「蒲田行進曲─戯曲」　つかこうへい新作
集　角川書店　1982.4　232p
「つかこうへい傑作選　1」　メディア
ファクトリー　1994.11　390p　19cm
2900円　Ⓘ4-88991-327-0
「蒲田行進曲─つかこうへい演劇館」　光
文社　1999.2　480p　15cm（光文社文
庫）705円　Ⓘ4-334-72765-4

つかい　まこと

4326　「世界の涯ての夏」
◇ハヤカワSFコンテスト　（第3回/平成
27年/佳作）
「世界の涯ての夏」　早川書房　2015.11
241p　16cm（ハヤカワ文庫 JA 1212）
660円　Ⓘ978-4-15-031212-1

塚越　淑行　つかごし・としゆき

4327　「理髪店の女」
◇堺自由都市文学賞　（第20回/平成20年
度/佳作）

ツカサ

4328　「**RIGHT×LIGHT**」
◇小学館ライトノベル大賞〔ガガガ文庫
部門〕（第1回/平成19年/期待賞）
「RIGHT×LIGHT─空っぽの手品師と
半透明な飛行少女」　小学館　2007.10
310p　15cm（ガガガ文庫 がつ2-1）
600円　Ⓘ978-4-09-451031-7
「RIGHT×LIGHT　2　ちいさな占い師
と白い部屋で眠る彼女」　小学館　2008.
3　278p　15cm（ガガガ文庫 がつ2-2）
590円　Ⓘ978-4-09-451059-1
「RIGHT×LIGHT　3　カケラの天使と
囁く虚像」　小学館　2008.6　246p
15cm（ガガガ文庫 がつ2-3）571円
Ⓘ978-4-09-451074-4
「RIGHT×LIGHT　4　嘆きの魔女と始
まりの鐘を鳴らす獣」　小学館　2008.9
285p　15cm（ガガガ文庫 がつ2-4）
590円　Ⓘ978-4-09-451091-1
「RIGHT×LIGHT　5　求めし愚者と天
喰らう魔狼」　小学館　2009.1　372p
15cm（ガガガ文庫 がつ2-5）648円
Ⓘ978-4-09-451110-9
「RIGHT×LIGHT　6　揺れる未来と空
渡る風歌」　小学館　2009.4　324p
15cm（ガガガ文庫 がつ2-6）600円
Ⓘ978-4-09-451129-1
※イラスト：近衛乙嗣
「RIGHT×LIGHT　7　飢えし血鬼と夏
夜の炎花」　小学館　2009.9　341p
15cm（ガガガ文庫 がつ2-7）629円
Ⓘ978-4-09-451159-8
※イラスト：近衛乙嗣
「RIGHT×LIGHT　8　散りゆく雪華と
赤い月を仰ぐ夜鳥」　小学館　2010.2
283p　15cm（ガガガ文庫 がつ2-8）
590円　Ⓘ978-4-09-451191-8
※イラスト：近衛乙嗣

司　修　つかさ・おさむ

4329　「犬（影について・その一）」
◇川端康成文学賞　（第20回/平成5年）
4330　「本の魔法」
◇大佛次郎賞　（第38回/平成23年）
「本の魔法」　白水社　2011.6　264p
20cm　2000円　Ⓘ978-4-560-08143-3

「本の魔法」 朝日新聞出版 2014.2
318p 15cm（朝日文庫 つ16-1） 800円
Ⓘ978-4-02-264732-0

司城 志朗 つかさき・しろう

4331 「暗闇にノーサイドI・II」
◇角川小説賞 （第10回/昭和58年）
「暗闇にノーサイド」 矢作俊彦著, 司城
志朗著 角川書店 1983.8 2冊（カドカワ
ノベルズ）
「暗闇にノーサイド」 1 矢作俊彦著, 司城
志朗著 角川書店 1986.3 319p （角川文
庫）
「暗闇にノーサイド」 2 矢作俊彦, 司城志
朗著 角川書店 1986.3 469p （角川文庫）

4332 「スリーパー・ゲノム」
◇サントリーミステリー大賞 （第15回/
平成10年/読者賞）
「ゲノム・ハザード」 文藝春秋 1998.4
295p 19cm 1333円 Ⓘ4-16-317660-8
「ゲノムハザード」 小学館 2011.1
413p 15cm （小学館文庫） 657円
Ⓘ978-4-09-408585-3

塚田 照夫 つかだ・てるお

4333 「おどんナ海賊」
◇神戸文学賞 （第10回/昭和61年）

塚原 幸 つかはら・こう

4334 「ガード」
◇新風舎出版賞 （第17回/平成13年11月
/フィクション部門/最優秀賞）
「ガード」 新風舎 2003.4 254p 19cm
1300円 Ⓘ4-7974-2199-1

塚本 靑史 つかもと・せいし

4335 「サテライト三国志・上下巻」
◇野村胡堂文学賞 （第2回/平成26年度）
「サテライト三国志 上」 日経BP社;日
経BPマーケティング〔発売〕 2014.1
445p 19cm 1800円 Ⓘ978-4-8222-
4996-0
「サテライト三国志 下」 日経BP社;日
経BPマーケティング〔発売〕 2014.1
454p 19cm 1, 800円 Ⓘ978-4-8222-
4997-7

ツガワ トモタカ

4336 「魔術師は竜を抱きしめる」
◇ノベルジャパン大賞 （第5回/平成23
年/銀賞）
「白銀竜王のクレイドル」 ホビージャパ

ン 2011.8 250p 15cm （HJ文庫
318） Ⓘ978-4-7986-0262-2
※受賞作「魔術師は竜を抱きしめる」を
改題
「白銀竜王のクレイドル 2」 ホビー
ジャパン 2011.10 260p 15cm （HJ
文庫 331） 619円 Ⓘ978-4-7986-0297-4
「白銀竜王のクレイドル 3」 ホビー
ジャパン 2011.12 252p 15cm （HJ
文庫 346） 619円 Ⓘ978-4-7986-0325-4

津川 有香子 つがわ・ゆかこ

4337 「雛を弔う」
◇大阪女性文芸賞 （第30回/平成24年）

4338 「ほな、またね、メール、するか
らね」
◇堺自由都市文学賞 （第20回/平成20年
度/佳作）

月 ゆき つき・ゆき

4339 「名推理はミモザにおまかせ！」
◇角川つばさ文庫小説賞 （第3回/平成
26年/一般部門/金賞）
「名探偵ミモザにおまかせ！ 1 とびっ
きりの謎にご招待」 月ゆき作, linaria
絵 KADOKAWA 2015.10 235p
18cm （角川つばさ文庫 Aつ1-1） 640円
Ⓘ978-4-04-631554-0

月嶋 楡 つきしま・にれ

4340 「あすは、満月だと約束して」
◇部落解放文学賞 （第39回/平成24年/
小説部門/入選）

月足 亮 つきたり・りょう

4341 「北風のランナー」
◇オール讀物新人賞 （第72回/平成4年）

月乃 御伽 つきの・おとぎ

4342 「は〜れ部創立！ 新入部員（嫁）
募集」
◇美少女文庫新人賞 （第6回/平成21年/
編集長特別賞）
「は〜れ部創立！一新入部員（嫁）募集」
フランス書院 2010.8 349p 15cm
（美少女文庫） 695円 Ⓘ978-4-8296-
5939-7

月野 美夜子 つきの・みやこ

4343 「セルゲイ王国の影使い」
◇小学館ライトノベル大賞〔ルルル文庫

部門〕（第2回/平成20年/佳作）
「夕映えの丘のリーザ―双剣の影使い」
小学館 2009.9 271p 15cm（小学館
ルルル文庫 ルつ1-1）495円 ①978-4-
09-452128-3
※並列シリーズ名：Shogakukan lululu
bunko

月原 渉 つきはら・わたる

4344 「太陽が死んだ夜」
◇鮎川哲也賞（第20回/平成22年度）
「太陽が死んだ夜」東京創元社 2010.10
313p 20cm 1900円 ①978-4-488-
02463-5
「太陽が死んだ夜」東京創元社 2014.6
285p 15cm（創元推理文庫 Mつ6-1）
800円 ①978-4-488-43611-7

月見 草平 つきみ・そうへい

4345 「ロックスミス！ カルナの冒険」
◇MF文庫Jライトノベル新人賞（第1回
/平成17年/審査員特別賞）
「魔法鍵師カルナの冒険」 メディアファ
クトリー 2005.6 263p 15cm（MF
文庫J）580円 ①4-8401-1274-6
「魔法鍵師カルナの冒険 2 銀髪の少年
鍵師」 メディアファクトリー 2005.9
261p 15cm（MF文庫J）580円 ①4-
8401-1416-1
「魔法鍵師カルナの冒険 3 流転の粉」
メディアファクトリー 2005.12 263p
15cm（MF文庫J）580円 ①4-8401-
1472-2
「魔法鍵師カルナの冒険 4 世界で一番
好きなあなたへ」 メディアファクト
リー 2006.2 263p 15cm（MF文庫
J）580円 ①4-8401-1504-4

槻宮 和祈 つきみや・かずき

4346 「太陽と月の邂逅 ハプスブルク
夢譚」
◇ホワイトハート新人賞（平成22年下
期）
「太陽と月の邂逅―ハプスブルク夢譚」
講談社 2011.9 261p 15cm（講談社
X文庫 つC-01―White heart）630円
①978-4-06-286695-8

月村 葵 つきむら・あおい

4347 「ドマーニ（明日）」
◇日本海文学大賞（第13回/平成14年/
小説/奨励賞）

月村 了衛 つきむら・りょうえ

4348 「機龍警察 暗黒市場」
◇吉川英治文学新人賞（第34回/平成25
年度）
「機龍警察 暗黒市場」 早川書房 2012.9
412p 20cm（ハヤカワ・ミステリワー
ルド）1900円 ①978-4-15-209321-9

4349 「機龍警察 自爆条項」
◇日本SF大賞（第33回/平成24年）
「機龍警察 自爆条項」 早川書房 2011.9
462p 20cm（ハヤカワ・ミステリワ
ールド）1900円 ①978-4-15-209241-0
「機龍警察 自爆条項 上」 早川書房
2012.8 373p 16cm（ハヤカワ文庫
JA 1075）700円 ①978-4-15-031075-2
「機龍警察 自爆条項 下」 早川書房
2012.8 297p 16cm（ハヤカワ文庫
JA 1076）680円 ①978-4-15-031076-9

4350 「コルトM1851残月」
◇大藪春彦賞（第17回/平成27年）
「コルトM1851残月」 講談社 2013.11
315p 20cm 1600円 ①978-4-06-
218667-4

4351 「土漠の花」
◇日本推理作家協会賞（第68回/平成27
年/長編及び連作短編集部門）
◇本屋大賞（第12回/平成27年/5位）
「土漠の花」 幻冬舎 2014.9 349p
20cm 1600円 ①978-4-344-02630-8
※表紙のタイトル：Flower of the
Desert, 文献あり

月本 ナシオ つきもと・なしお

4352 「花に降る千の翼」
◇角川ビーンズ小説大賞（第3回/平成
16年/優秀賞）
「花に降る千の翼」 角川書店 2005.8
15cm（角川ビーンズ文庫）480円
①4-04-451101-2

月本 裕 つきもと・ゆたか

4353 「今日もクジラは元気だよ」
◇坊っちゃん文学賞（第1回/平成1年）

月森 みるく つきもり・みるく

4354 「15歳のラビリンス」
◇日本ケータイ小説大賞（第7回/平成
25年/特別賞）
「15歳のラビリンス―キミに続く夢」 ス
ターツ出版 2013.7 297p 15cm

つくし

（ケータイ小説文庫　Bつ1-2─野いちご）
560円　①978-4-88381-750-4

筑紫 聡　つくし・さとし

4355　「炭田の人々」
◇「サンデー毎日」大衆文芸　（第28回/昭和16年上）
「炭田の人々」　科学通信社出版部 1942
357p

柘植 文雄　つげ・ふみお

4356　「石の叫び」
◇吉川英治賞　（第3回/昭和40年）
「石の叫び」　毎日新聞社 1965 202p

辻 章　つじ・あきら

4357　「夢の方位」
◇泉鏡花文学賞　（第23回/平成7年）
「夢の方位」　河出書房新社 1995.1
214p　19cm　1800円　①4-309-00958-1

辻 邦生　つじ・くにお

4358　「安土往還記」
◇芸術選奨　（第19回/昭和43年度/文学部門/新人賞）
「安土往還記」　筑摩書房 1968 257p
「辻邦生作品4」　河出書房 昭和48年
「昭和文学全集24」　小学館 1988
「辻邦生全集　1」　新潮社　2004.6
468p　21cm　7000円　①4-10-646901-4
「安土往還記」　28刷改版　新潮社　2005.
11　257p　16cm〈新潮文庫〉438円
①4-10-106801-1

4359　「廻廊にて」
◇近代文学賞　（第4回/昭和37年）
「廻廊にて」　新潮社 1963 208p
「辻邦生作品1」　河出書房新社 昭和47年
「辻邦生全集　1」　新潮社　2004.6
468p　21cm　7000円　①4-10-646901-4
「廻廊にて」　小学館　2015.7　237p
19cm（P+D BOOKS）500円　①978-
4-09-352225-0

4360　「西行花伝」
◇谷崎潤一郎賞　（第31回/平成7年度）
「西行花伝」　新潮社　1995.4　525p
21cm　3500円　①4-10-314216-2
「西行花伝」　新潮社　1999.7　718p
15cm（新潮文庫）857円　①4-10-
106810-0
「辻邦生全集─西行花伝　小説14」　新潮
社　2005.7　387p　23×16cm　7000円

①4-10-646914-6

4361　「背教者ユリアヌス」
◇毎日芸術賞　（第14回/昭和47年度）
「背教者ユリアヌス」　中央公論社 1972
720p
「背教者ユリアヌス」　中央公論社 1975
720p〈特装版〉
「辻邦生歴史小説集成4, 5」　岩波書店
1992

辻 仁成　つじ・ひとなり

4362　「海峡の光」
◇芥川龍之介賞　（第116回/平成8年下期）
「海峡の光」　新潮社　1997.2　159p
19cm　1185円　①4-10-397703-5
「海峡の光」　新潮社　2000.3　167p
15cm（新潮文庫）362円　①4-10-
136127-4
「芥川賞全集　第17巻」　笙野頼子, 室井
光広, 保坂和志, 又吉栄喜, 川上弘美, 柳
美里, 辻仁成著　文藝春秋　2002.8
500p　19cm　3238円　①4-16-507270-2

4363　「ピアニシモ」
◇すばる文学賞　（第13回/平成1年）
「ピアニシモ」　集英社 1990.1 158p

辻 真先　つじ・まさき

4364　「アリスの国の殺人」
◇日本推理作家協会賞　（第35回/昭和57年/長篇部門）
「アリスの国の殺人」　大和書房 1981.4
224p
「アリスの国の殺人」　双葉社　1997.11
311p　15cm（双葉文庫─日本推理作家
協会賞受賞作全集 42）581円　①4-575-
65839-1

6103　「完全恋愛」
◇本格ミステリ大賞　（第9回/平成21年/小説部門）
「完全恋愛」　マガジンハウス　2008.1
441p　19cm　1800円　①978-4-8387-
1767-5

4365　「孤独の人」
◇池内祥三文学奨励賞　（第13回/昭和58年）

4366　「ユーカリさん」シリーズ
◇池内祥三文学奨励賞　（第13回/昭和58年）
「げんだいミステリーワールド─大きな

活字で読みやすい本」 中島河太郎監修,
北方謙三, 大谷羊太郎, 栗本薫, 生島治
郎, 日下圭介, 綾辻行人, 小池真理子, 梓
林太郎, 小杉健治, 宮部みゆき, 辻真先,
和久峻三, 高橋克彦, 乃南アサ, 大沢在昌
著 リブリオ出版 1999.4 15冊（セッ
ト） 21cm 54000円 ⓘ4-89784-719-2

4367 「吝嗇の人」
◇池内祥三文学奨励賞 （第13回/昭和58
年）

辻 昌利 つじ・まさとし

4368 「ひらめきの風」
◇角川春樹小説賞 （第1回/平成11年）
「ひらめきの風 黎明篇」 角川春樹事務
所 2000.3 365p 20cm 1700円 ⓘ4-
89456-177-8

辻 亮一 つじ・りょういち

4369 「異邦人」
◇芥川龍之介賞 （第23回/昭和25年上）
「異邦人」 文芸春秋新社 1950 286p
「異邦人」 あすなろ社 1972 295p〈限定
版〉
「芥川賞全集4」 文芸春秋 1982

辻井 喬 つじい・たかし

4370 「いつもと同じ春」
◇平林たい子文学賞 （第12回/昭和59年
/小説）
「いつもと同じ春」 河出書房新社 1983.5
258p
「いつもと同じ春」 新潮社 1988.4 281p
（新潮文庫）
「いつもと同じ春」 中央公論新社 2009.
10 306p 15cm （中公文庫） 743円
ⓘ978-4-12-205216-1

4371 「風の生涯」
◇芸術選奨 （第51回/平成12年度/文学
部門/文部大臣賞）
「風の生涯 上巻」 新潮社 2000.10
382p 20cm 1800円 ⓘ4-10-340709-3
「風の生涯 下巻」 新潮社 2000.10
325p 20cm 1800円 ⓘ4-10-340710-7
「風の生涯 上巻」 新潮社 2003.12
456p 16cm （新潮文庫） 629円 ⓘ4-
10-102527-4
「風の生涯 下巻」 新潮社 2003.12
398p 16cm （新潮文庫） 552円 ⓘ4-
10-102528-2

4372 「沈める城」

◇親鸞賞 （第1回/平成12年）
「沈める城」 文藝春秋 1998.10 804p
20cm 2571円 ⓘ4-16-318010-9
「辻井喬コレクション 6」 辻井喬著,
『辻井喬コレクション』刊行委員会編
河出書房新社 2004.5 970p 20cm
8400円 ⓘ4-309-62146-5

4373 「父の肖像」
◇野間文芸賞 （第57回/平成16年）
「父の肖像」 新潮社 2004.9 645p
20cm 2600円 ⓘ4-10-340712-3

4374 「虹の岬」
◇谷崎潤一郎賞 （第30回/平成6年度）
「虹の岬」 中央公論社 1994.7 266p
19cm 1450円 ⓘ4-12-002340-0
「虹の岬」 中央公論社 1998.2 329p
15cm （中公文庫） 629円 ⓘ4-12-
203056-0
「辻井喬コレクション 4 虹の岬・終り
なき祝祭」 辻井喬著, 『辻井喬コレク
ション』刊行委員会編 河出書房新社
2003.1 662p 19cm 5400円 ⓘ4-309-
62144-9

辻井 南青紀 つじい・なおき

4375 「無頭人」
◇朝日新人文学賞 （第11回/平成12年）
「無頭人」 朝日新聞社 2000.10 178p
20cm 1500円 ⓘ4-02-257535-2

辻井 良 つじい・りょう

4376 「海からの光」
◇マリン文学賞 （第4回/平成5年/入選）

4377 「河のにおい」
◇潮賞 （第3回/昭和59年/小説）
「河のにおい」 辻井良著 東京 潮出版社
1984.9 201p

辻内 智貴 つじうち・ともき

4378 「多輝子ちゃん」
◇太宰治賞 （第16回/平成12年）
「太宰治賞 2000」 筑摩書房編集部編
筑摩書房 2000.5 293p 21cm 1000
円 ⓘ4-480-80353-X
「青空のルーレット」 筑摩書房 2001.5
214p 20cm 1400円 ⓘ4-480-80360-2
「青空のルーレット」 光文社 2004.1
262p 16cm （光文社文庫） 476円
ⓘ4-334-73617-3

文学賞受賞作品総覧 小説篇

つしとう

辻堂 ゆめ　つじどう・ゆめ

4379　「夢のトビラは泉の中に」
◇『このミステリーがすごい！』大賞
（第13回/平成26年/優秀賞）

辻原 登　つじはら・のぼる

4380　「枯葉の中の青い炎」
◇川端康成文学賞　（第31回/平成17年）
「枯葉の中の青い炎」　新潮社　2005.1
205p　20cm　1400円　①4-10-456302-1
「枯葉の中の青い炎」　新潮社　2007.7
242p　15cm（新潮文庫）400円
①978-4-10-132171-4

4381　「韃靼の馬」
◇司馬遼太郎賞　（第15回/平成24年）
「韃靼の馬」　日本経済新聞出版社　2011.
7　639p　20cm　2400円　①978-4-532-
17108-7
「韃靼の馬　上」　集英社　2014.7　445p
16cm（集英社文庫　つ18-4）800円
①978-4-08-745209-9
「韃靼の馬　下」　集英社　2014.7　323p
16cm（集英社文庫　つ18-5）660円
①978-4-08-745210-5

4382　「翔べ麒麟」
◇読売文学賞　（第50回/平成10年度/小
説賞）
「翔べ麒麟」　読売新聞社　1998.10
645p　20cm　1905円　①4-643-98095-8
「翔べ麒麟　上」　文藝春秋　2001.10
401p　16cm（文春文庫）638円　①4-
16-731605-6
「翔べ麒麟　下」　文藝春秋　2001.10
379p　16cm（文春文庫）600円　①4-
16-731606-4
「翔べ麒麟　1」　埼玉福祉会　2003.11
291p　21cm（大活字本シリーズ）
3000円　①4-88419-224-9
「翔べ麒麟　2」　埼玉福祉会　2003.11
331p　21cm（大活字本シリーズ）
3100円　①4-88419-225-7
「翔べ麒麟　3」　埼玉福祉会　2003.11
339p　21cm（大活字本シリーズ）
3100円　①4-88419-226-5
「翔べ麒麟　4」　埼玉福祉会　2003.11
286p　21cm（大活字本シリーズ）
2900円　①4-88419-227-3
「翔べ麒麟　5」　埼玉福祉会　2003.11
297p　21cm（大活字本シリーズ）
3000円　①4-88419-228-1

4383　「花はさくら木」

◇大佛次郎賞　（第33回/平成18年）
「花はさくら木」　朝日新聞社　2006.4
367p　20cm　1700円　①4-02-250179-0
「花はさくら木」　朝日新聞出版　2009.9
462p　15cm（朝日文庫　じ9-1）800円
①978-4-02-264503-6

4384　「冬の旅」
◇伊藤整文学賞　（第24回/平成25年/小
説）
「冬の旅」　集英社　2013.1　357p　20cm
1600円　①978-4-08-771482-1

4385　「村の名前」
◇芥川龍之介賞　（第103回/平成2年上）
「村の名前」　文芸春秋　1990.8　218p
「芥川賞全集　第15巻」　瀧沢美恵子, 大
岡玲, 辻原登, 小川洋子, 辺見庸, 荻野ア
ンナ著　文藝春秋　2002.4　445p
19cm　3238円　①4-16-507250-8

4386　「闇の奥」
◇芸術選奨　（第61回/平成22年/文学部
門/文部科学大臣賞）
「闇の奥」　文藝春秋　2010.4　283p
20cm　1500円　①978-4-16-328880-2
「闇の奥」　文藝春秋　2013.2　336p
16cm（文春文庫　つ8-8）629円　①978-
4-16-731611-2

4387　「遊動亭円木」
◇谷崎潤一郎賞　（第36回/平成12年）
「遊動亭円木」　文藝春秋　1999.10
292p　20cm　1714円　①4-16-318730-8
「遊動亭円木」　文藝春秋　2004.3　317p
16cm（文春文庫）562円　①4-16-
731607-2

都島 純　つしま・じゅん

4388　「上州巷説ちりめん供養」
◇「サンデー毎日」大衆文芸　（第13回/
昭和8年下）

対馬 正治　つしま・まさはる

4389　「異相界の凶獣」
◇ファンタジア長編小説大賞　（第7回/
平成7年/佳作）

津島 佑子　つしま・ゆうこ

4390　「風よ、空駆ける風よ」
◇伊藤整文学賞　（第6回/平成7年/小説）
「風よ、空駆ける風よ」　文藝春秋　1995.2
493p　19cm　2500円　①4-16-315320-9

4391　「草の臥所」

◇泉鏡花文学賞 （第5回/昭和52年）
「草の臥所」 講談社 1977.7 233p
「草の臥所」 講談社 1981.9 215p （講談社文庫）
「津島佑子 金井美恵子 村田喜代子」 津島佑子, 金井美恵子, 村田喜代子著, 河野多恵子, 大庭みな子, 佐藤愛子, 津村節子監修　角川書店 1998.5 463p 19cm （女性作家シリーズ 19）2600円　Ⓘ4-04-574219-0

4392 「黙市」
◇川端康成文学賞 （第10回/昭和58年）
「黙市」 新潮社 1984.1 220p
「昭和文学全集29」 小学館 1988
「黙市」 新潮社 1990.4 224p （新潮文庫）
「津島佑子 金井美恵子 村田喜代子」 津島佑子, 金井美恵子, 村田喜代子著, 河野多恵子, 大庭みな子, 佐藤愛子, 津村節子監修　角川書店 1998.5 463p 19cm （女性作家シリーズ 19）2600円　Ⓘ4-04-574219-0
「川端康成文学賞全作品　1」 上林暁, 永井龍男, 佐多稲子, 水上勉, 富岡多恵子ほか著　新潮社 1999.6 452p 19cm 2800円　Ⓘ4-10-305821-8
「戦後短篇小説再発見　4　漂流する家族」 講談社文芸文庫編　講談社 2001.9 270p （講談社文芸文庫）950円　Ⓘ4-06-198264-8

4393 「寵児」
◇女流文学賞 （第17回/昭和53年度）
「寵児」 河出書房新社 1978.6 241p
「寵児」 河出書房新社 1980.8 254p （河出文庫）
「寵児」 講談社 2000.2 288p 15cm （講談社文芸文庫）1300円　Ⓘ4-06-197698-2

4394 「ナラ・レポート」
◇芸術選奨 （第55回/平成16年度/文学部門/文部科学大臣賞）
◇紫式部文学賞 （第15回/平成17年）
「ナラ・レポート」 文藝春秋 2004.9 366p 20cm 1900円　Ⓘ4-16-323280-X
「ナラ・レポート」 文藝春秋 2007.9 427p 16cm （文春文庫）705円　Ⓘ978-4-16-771741-4

4395 「光の領分」
◇野間文芸新人賞 （第1回/昭和54年）
「光の領分」 講談社 1979.9 229p
「光の領分」 講談社 1984.3 228p （講談社文庫）

「昭和文学全集29」 小学館 1988

4396 「火の山―山猿記」
◇谷崎潤一郎賞 （第34回/平成10年度）
◇野間文芸賞 （第51回/平成10年）
「火の山―山猿記　上」 講談社 1998.6 480p 19cm 2200円　Ⓘ4-06-209090-2
「火の山―山猿記　下」 講談社 1998.6 429p 19cm 2200円　Ⓘ4-06-209091-0
「火の山―山猿記　上」 講談社 2006.1 653p 15cm （講談社文庫）857円　Ⓘ4-06-275296-4
「火の山―山猿記　下」 講談社 2006.1 608p 15cm （講談社文庫）800円　Ⓘ4-06-275297-2

4397 「真昼へ」
◇平林たい子文学賞 （第17回/平成1年/小説）
「真昼へ」 新潮社 1988.4 207p
「真昼へ」 新潮社 1997.1 225p 15cm （新潮文庫）400円　Ⓘ4-10-120112-9

4398 「葎の母」
◇田村俊子賞 （第16回/昭和50年）
「葎（むぐら）の母」 河出書房新社 1975 213p
「葎の母」 河出書房新社 1982.12 217p （河出文庫）

4399 「夜の光に追われて」
◇読売文学賞 （第38回/昭和61年/小説賞）
「夜の光に追われて」 講談社 1986.10 338p
「夜の光に追われて」 講談社 1989.9 446p （講談社文芸文庫）

4400 「笑いオオカミ」
◇大佛次郎賞 （第28回/平成13年）
「笑いオオカミ」 新潮社 2000.11 388p 20cm 1900円　Ⓘ4-10-351006-4

辻村 七子　つじむら・ななこ

4401 「時泥棒と椿姫の夢」
◇ロマン大賞 （平成26年度/大賞）

辻村 深月　つじむら・みづき

4402 「鍵のない夢を見る」
◇直木三十五賞 （第147回/平成24年上半期）
「鍵のない夢を見る」 文藝春秋 2012.5 231p 20cm 1400円　Ⓘ978-4-16-381350-9

つしむら

4403 「島はぼくらと」
◇本屋大賞（第11回/平成26年/3位）
「島はぼくらと」 講談社 2013.6 329p
20cm 1500円 ①978-4-06-218365-9

4404 「ツナグ」
◇吉川英治文学新人賞（第32回/平成23年度）
「ツナグ」 新潮社 2010.10 316p
20cm 1500円 ①978-4-10-328321-8
「ツナグ」 新潮社 2012.9 441p 16cm
（新潮文庫 つ-29-1）630円 ①978-4-10-138881-6

4405 「ハケンアニメ！」
◇本屋大賞（第12回/平成27年/3位）
「ハケンアニメ！」 マガジンハウス
2014.8 441p 20cm 1600円 ①978-4-8387-2690-5

辻村 もと子 つじむら・もとこ

4406 「馬追原野」
◇一葉賞（第1回/昭和19年）
「馬追原野」 風土社 1942 334p（書下し長篇小説新文芸叢書）
「馬追原野」 札幌 北書房 1972 285p

辻本 浩太郎 つじもと・こうたろう

4407 「茂六先生」
◇「文藝春秋」懸賞小説（第2回/大15年）

都築 隆広 つづき・たかひろ

4408 「看板屋の恋」
◇文學界新人賞（第91回/平成12年下期）

都築 直子 つづき・なおこ

4409 「エル・キャプ」
◇小説現代新人賞（第53回/平成1年下）

廿楽 順治 つづら・じゅんじ

4410 「化車」
◇H氏賞（第62回/平成24年）
「化車」 思潮社 2011.4 152p 19cm
2400円 ①978-4-7837-3233-4

津田 伸一郎 つだ・しんいちろう

4411 「むかしがたり」
◇「サンデー毎日」大衆文芸（第42回/昭和27年下）

津田 伸二郎 つだ・しんじろう

4412 「英雄になりたい男」
◇「サンデー毎日」大衆文芸（第38回/昭和24年下）

4413 「羅生門の鬼」
◇「サンデー毎日」大衆文芸（第36回/昭和23年）

津田 美幸 つだ・みゆき

4414 「お猿のおばちゃま」
◇せれね大賞（第4回/平成6年）

4415 「喪失への徘徊」
◇全作家文学賞（第16回/平成4年度/小説）

津田 耀子 つだ・ようこ

4416 「少年の休日」
◇「小説ジュニア」青春小説新人賞（第7回/昭和49年）
「少年の休日」 集英社 1978.8 229p（集英社文庫）

蔦月 重治 つたづき・しげはる

4417 「反逆者たちに祝福を～置き去りの搭の三奇竜～」
◇ジャンプ小説新人賞（jump Novel Grand Prix）（'14 Spring/平成26年春/小説：フリー部門/特別賞）

つちせ 八十五 つちせ・やそはち

4418 「ざるそば（かわいい）」
◇MF文庫Jライトノベル新人賞（第11回/平成27年/優秀賞）

土屋 隆夫 つちや・たかお

4419 「影の告発」
◇日本推理作家協会賞（第16回/昭和38年）
「影の告発―推理長篇」 文芸春秋新社 1963 279p（ポケット文春）
「影の告発」 角川書店 1977.2 362p（角川文庫）
「影の告発―長編推理小説」 光文社 1986.4 371p（光文社文庫）
「危険な童話・影の告発―土屋隆夫推理小説集成 2」 東京創元社 2000.9 654p 15cm（創元推理文庫）1100円 ④488-42802-9
「影の告発―千草検事シリーズ 土屋隆夫コレクション」 新装版 光文社 2002.

3 474p 15cm （光文社文庫） 686円
①4-334-73297-6

土屋 つかさ　つちや・つかさ

4420　「3H2A 論理魔術師は深夜の廊下で議論する」

◇スニーカー大賞 （第12回/平成19年/奨励賞）　〈受賞時〉土屋 浅就
「放課後の魔術師（メイガス）　1　オーバーライト・ラヴ」　角川書店，角川グループパブリッシング（発売）　2008.9　313p　15cm（角川文庫 15305―角川スニーカー文庫）552円　①978-4-04-474001-6
「放課後の魔術師（メイガス）　2　シャットダウン・クライシス」　角川書店，角川グループパブリッシング（発売）　2008.12　233p　15cm（角川文庫 15449―角川スニーカー文庫）514円　①978-4-04-474002-3
「放課後の魔術師（メイガス）　3　マスカレード・ラヴァーズ」　角川書店，角川グループパブリッシング（発売）　2009.4　269p　15cm（角川文庫 15645―角川スニーカー文庫）533円　①978-4-04-474003-0
「放課後の魔術師（メイガス）　4　ワンサイド・サマーゲーム」　角川書店，角川グループパブリッシング（発売）　2009.8　317p　15cm（角川文庫 15814―角川スニーカー文庫）571円　①978-4-04-474004-7
「放課後の魔術師（メイガス）　5　スパイラル・メッセージ」　角川書店，角川グループパブリッシング（発売）　2009.10　298p　15cm（角川文庫 15917―角川スニーカー文庫）571円　①978-4-04-474005-4
「放課後の魔術師（メイガス）　6　ミスティック・トリップ」　角川書店，角川グループパブリッシング（発売）　2010.1　293p　15cm（角川文庫 16066―角川スニーカー文庫）571円　①978-4-04-474006-1

土谷 三奈　つちや・みな

4421　「リフレインリフレイン」

◇織田作之助賞 （第23回/平成18年/青春賞/佳作）

筒井 康隆　つつい・やすたか

4422　「朝のガスパール」

◇日本SF大賞 （第13回/平成4年）
「朝のガスパール」　朝日新聞社 1992.8　327p
「朝のガスパール」　新潮社　1995.8　331p　15cm（新潮文庫）520円　①4-10-117134-3

4423　「虚人たち」

◇泉鏡花文学賞 （第9回/昭和56年）
「虚人たち」　中央公論社 1981.4 246p
「虚人たち」　中央公論社 1984.3 262p（中公文庫）
「虚人たち」　改版　中央公論社　1998.2　293p　15cm（中公文庫）590円　①4-12-203059-5

4424　「無機世界へ」

◇ハヤカワSFコンテスト （第2回/昭和37年/佳作）

4425　「夢の木坂分岐点」

◇谷崎潤一郎賞 （第23回/昭和62年度）
「夢の木坂分岐点」　新潮社 1987.1 237p
「夢の木坂分岐点」　新潮社 1990.4 309p（新潮文庫）

4426　「ヨッパ谷への降下」

◇川端康成文学賞 （第16回/平成1年）
「薬喰飯店」　新潮社 1988.6 228p
「川端康成文学賞全作品　2」　古井由吉，阪田寛夫，上田三四二，丸谷才一，大庭みな子ほか著　新潮社　1999.6　430p　19cm　2800円　①4-10-305822-6
「ヨッパ谷への降下―自選ファンタジー傑作集」　新潮社　2006.1　298p　15cm（新潮文庫）476円　①4-10-117148-3

4427　「わたしのグランパ」

◇読売文学賞 （第51回/平成11年度/小説賞）
「わたしのグランパ」　文藝春秋 1999.8　142p　20cm　952円　①4-16-318610-7
「わたしのグランパ」　文藝春秋　2002.6　152p　16cm（文春文庫）419円　①4-16-718111-8

堤 千代　つつみ・ちよ

4428　「小指」

◇直木三十五賞 （第11回/昭和15年上）
「小指」　新潮社 1940 273p
「小指」　日本社 1947 208p
「小指」　日本社 1948 197p （代表名作読物選）
「小指」　ゆまに書房　2000.11　273, 4p　22cm（近代女性作家精選集 43）10000円　①4-8433-0208-2, 4-8433-0186-8
※解説：東郷克美, 新潮社昭和15年刊の

つなふち

複製

綱淵 謙錠 つなぶち・けんじょう

4429 「斬」
◇直木三十五賞 （第67回/昭和47年上）
「斬一ざん」 河出書房新社 1972 330p
「斬」 新装版 文藝春秋 2011.12
445p 15cm （文春文庫） 752円
ⓘ978-4-16-715719-7

恒川 光太郎 つねかわ・こうたろう

4430 「金色機械」
◇日本推理作家協会賞 （第67回/平成26
年/長編及び連作短編集部門）
「金色機械」 文藝春秋 2013.10 445p
20cm 1600円 ⓘ978-4-16-382560-1

4431 「夜市」
◇日本ホラー小説大賞 （第12回/平成17
年/大賞）
「夜市」 角川書店 2005.10 179p
20cm 1200円 ⓘ4-04-873651-5
「夜市」 角川書店, 角川グループパブ
リッシング（発売） 2008.5 218p
15cm （角川ホラー文庫） 514円
ⓘ978-4-04-389201-3

津野 海太郎 つの・かいたろう

4432 「滑稽な巨人 坪内逍遙の夢」
◇新田次郎文学賞 （第22回/平成15年）
「滑稽な巨人―坪内逍遙の夢」 平凡社
2002.12 315p 20cm 2400円 ⓘ4-
582-83137-0

津野 創一 つの・そういち

4433 「手遅れの死」
◇「小説推理」新人賞 （第7回/昭和60
年）
「群れ星なみだ色」 双葉社 1987.5 242p
（Futaba novels）

つの みつき

4434 「死体と花嫁」
◇ノベル大賞 （平成25年度/佳作）

角田 明 つのだ・あきら

4435 「女碑銘」
◇「改造」懸賞創作 （第6回/昭和8年/2
等）

角田 喜久雄 つのだ・きくお

4436 「発狂」
◇「サンデー毎日」大衆文芸 （第1回/
昭和1年/甲）
「角田喜久雄全集13」 講談社 昭和46年
「日本探偵小説全集3」 東京創元社 1984
「下水道」 春陽堂書店 1996.8 390, 6p
15cm （春陽文庫―名作再刊シリーズ）
680円 ⓘ4-394-38701-9
「角田喜久雄探偵小説選」 角田喜久雄著,
横井司叢書監修 論創社 2009.9
453p 20×16cm （論創ミステリ叢書
41） 3000円 ⓘ978-4-8460-0905-2

4437 「笛吹けば人が死ぬ」
◇日本推理作家協会賞 （第11回/昭和33
年）
「角田喜久雄全集13」 講談社 昭和46年
「笛吹けば人が死ぬ」 春陽堂書店 1980.7
304p （春陽文庫）
「日本探偵小説全集3」 東京創元社 1984
「底無沼」 出版芸術社 2000.5 252p
19cm （ふしぎ文学館） 1500円 ⓘ4-
88293-186-9
「くらしっくミステリーワールド―大き
な活字で読みやすい本 オールルビ版
角田喜久雄集」 リブリオ出版 2005.6
277p 22cm 3800円 ⓘ4-89784-506-8
※第6刷

角田 房子 つのだ・ふさこ

4438 「責任―ラバウルの将軍 今村均」
◇新田次郎文学賞 （第4回/昭和60年）
「責任ラバウルの将軍今村均」 新潮社
1984.5 413p
「責任ラバウルの将軍今村均」 新潮社
1987.7 533p （新潮文庫）
「責任 ラバウルの将軍今村均」 筑摩書房
2006.2 552p 15cm （ちくま文庫）
950円 ⓘ4-480-42151-3

4439 「東独のヒルダ」
◇「文藝春秋」読者賞 （第21回/昭和36
年下）

椿 径子 つばき・みちこ

4440 「早春」
◇「サンデー毎日」大衆文芸 （第28回/
昭和16年上）

津林 邦英 つばやし・くにひで

4441 「誰もがなびく」
◇深大寺短編恋愛小説「深大寺恋物語」
（第2回/平成18年/佳作）

文学賞受賞作品総覧 小説篇

円谷 夏樹　つぶらや・なつき

4442　「ツール＆ストール」
◇「小説推理」新人賞　（第20回/平成10年）
「小説推理新人賞受賞作アンソロジー2」　大倉崇裕, 岡田秀文, 香住泰, 翔田寛, 永井するみ著　双葉社　2000.11　281p　15cm（双葉文庫）552円　Ⓓ4-575-50755-5
「ツール＆ストール」　大倉崇裕著　双葉社　2002.8　301p　19cm　1800円　Ⓓ4-575-23446-X
「白戸修の事件簿」　大倉崇裕著　双葉社　2005.6　341p　15cm（双葉文庫）648円　Ⓓ4-575-51015-7
　※『ツール＆ストール』改題書

壺井 栄　つぼい・さかえ

4443　「風」
◇女流文学者賞　（第7回/昭和30年）
「壺井栄全集9」　筑摩書房　昭和44年
「壺井栄全集　6」　文泉堂出版　1998.4　522p　21cm　9524円　Ⓓ4-8310-0052-3

4444　「暦」
◇新潮社文芸賞　（第4回/昭和16年/第1部）
「暦」　新潮社　1940　322p
「暦・妻の座」　筑摩書房　1953　209p（現代日本名作選）
「暦」　新潮社　1954　111p（新潮文庫）
「壺井栄全集7」　筑摩書房　昭和43年

4445　「坂道」
◇芸術選奨　（第2回/昭和26年度/文学部門/文部大臣賞）
「日本の童話名作選―昭和篇」　講談社文芸文庫編　2005.7　328p　15cm（講談社文芸文庫）1300円　Ⓓ4-06-198411-X

4446　「母のない子と子のない母と」
◇芸術選奨　（第2回/昭和26年度/文学部門/文部大臣賞）
「母のない子と子のない母と」　新潮社　1958　263p（新潮文庫）
「母のない子と子のない母と」　春陽堂書店　1967　219p（春陽文庫）
「母のない子と子のない母と―他」　坂道旺文社　1967　310p（旺文社文庫）
「壺井栄全集6」　筑摩書房　昭和43年
「母のない子と子のない母と」　小学館　2004.10　311p　15cm（小学館文庫―新撰クラシックス）600円　Ⓓ4-09-

404213-X
「母のない子と子のない母と。」　光文社　2005.12　256p　19cm　1500円　Ⓓ4-334-95016-7

坪田 譲治　つぼた・じょうじ

4447　「子供の四季」
◇新潮社文芸賞　（第2回/昭和14年/第2部）
「子供の四季」　新潮社　1938　523p
「子供の四季」　上下巻　再版　新潮社　1949　2冊（新潮文庫）
「坪田譲治全集4」　新潮社　昭和52年

4448　「坪田譲治全集」
◇日本芸術院賞　（第11回/昭和29年）
「坪田譲治全集」　新潮社　1954　全8巻

坪田 亮介　つぼた・りょうすけ

4449　「雲ゆきあやし, 雨にならんや」
◇電撃ゲーム小説大賞　（第1回/平成6年/銀賞）
「臥竜覚醒―電撃ゲーム小説大賞短編小説傑作選」　電撃文庫編集部編　メディアワークス, 主婦の友社〔発売〕　1994.10　237p　15cm（電撃文庫）520円　Ⓓ4-07-302110-9

妻屋 大助　つまや・だいすけ

4450　「焼残反故」
◇小説新潮賞　（第5回/昭和34年）

津村 記久子　つむら・きくこ

4451　「給水塔と亀」
◇川端康成文学賞　（第39回/平成25年）

4452　「ポトスライムの舟」
◇芥川龍之介賞　（第140回/平成20年上半期）
「ポトスライムの舟」　講談社　2009.2　186p　20cm　1300円　Ⓓ978-4-06-215287-7

4453　「マンイーター」
◇太宰治賞　（第21回/平成17年）　〈受賞時〉津村 記久生
「太宰治賞　2005」　筑摩書房編集部編　筑摩書房　2005.6　385p　21cm　1000円　Ⓓ4-480-80388-2
「君は永遠にそいつらより若い」　筑摩書房　2005.11　220p　20cm　1400円　Ⓓ4-480-80394-7
「君は永遠にそいつらより若い」　筑摩書房　2009.5　254p　15cm（ちくま文庫

つ16-1）580円　①978-4-480-42612-3

4454 「ミュージック・ブレス・ユー!!」
◇野間文芸新人賞（第30回/平成20年）
「ミュージック・ブレス・ユー!!」角川書店、角川グループパブリッシング（発売）　2008.6　218p　20cm　1500円　①978-4-04-873842-2
※他言語標題：Music bless you!!

4455 「ワーカーズ・ダイジェスト」
◇織田作之助賞（第28回/平成23年/大賞）
「ワーカーズ・ダイジェスト」集英社　2011.3　194p　20cm　1200円　①978-4-08-771395-4
「ワーカーズ・ダイジェスト」集英社　2014.6　217p　16cm（集英社文庫　つ20-1）420円　①978-4-08-745200-6

津村 節子　つむら・せつこ

4456 「合わせ鏡」
◇日本文芸大賞（第19回/平成11年/日本文芸大賞）
「合わせ鏡」朝日新聞社　1999.5　146p　20cm　1400円　①4-02-257333-3

4457 「異郷」
◇川端康成文学賞（第37回/平成23年）
「遍路みち」講談社　2010.4　199p　20cm　1600円　①978-4-06-216098-8
「遍路みち」講談社　2013.1　210p　15cm（講談社文庫　つ7-10）476円　①978-4-06-277438-3

4458 「玩具」
◇芥川龍之介賞（第53回/昭和40年上）
「玩具」文芸春秋新社　1965　247p
「玩具」集英社　1978.11　250p（集英社文庫）
「芥川賞全集7」文芸春秋　1982
「津村節子自選作品集　1」岩波書店　2005.1　492p　19cm　4000円　①4-00-027121-0

4459 「さい果て」
◇同人雑誌賞（第11回/昭和39年）
「さい果て」筑摩書房　1972　236p
「さい果て」講談社　1979.4　227p（講談社文庫）
「さい果て」筑摩書房　1986.10　233p（ちくま文庫）
「津村節子自選作品集　1」岩波書店　2005.1　492p　19cm　4000円　①4-00-027121-0

4460 「智恵子飛ぶ」
◇芸術選奨（第48回/平成9年度/文学部門/文部大臣賞）
「智恵子飛ぶ」講談社　1997.9　301p　19cm　1700円　①4-06-208780-4
「智恵子飛ぶ」講談社　2000.9　356p　15cm（講談社文庫）590円　①4-06-264965-9
「津村節子自選作品集　2」岩波書店　2005.2　379p　19cm　3600円　①4-00-027122-9
「智恵子飛ぶ　上」埼玉福祉会　2007.11　333p　21cm（大活字本シリーズ）3100円　①978-4-88419-466-6
※底本：講談社文庫「智恵子飛ぶ」
「智恵子飛ぶ　下」埼玉福祉会　2007.11　318p　21cm（大活字本シリーズ）3000円　①978-4-88419-467-3
※底本：講談社文庫「智恵子飛ぶ」

4461 「流星雨」
◇女流文学賞（第29回/平成2年度）
「流星雨」岩波書店　1990.4　359p
「津村節子自選作品集　4」岩波書店　2005.2　375p　19cm　3800円　①4-00-027124-5

津村 敏行　つむら・としゆき

4462 「南海封鎖」
◇くろがね賞（第1回/昭和16年）
「戦記」南海封鎖　海洋文化社　1941　267p

津本 陽　つもと・よう

4463 「深重の海」
◇直木三十五賞（第79回/昭和53年上）
「深重の海」新潮社　1978.8　222p
「深重の海」新潮社　1982.12　387p（新潮文庫）
「深重の海」改版　新潮社　2006.2　470p　15cm（新潮文庫）629円　①4-10-128001-0
「深重の海」集英社　2012.11　469p　15cm（集英社文庫）800円　①978-4-08-745006-4

4464 「夢のまた夢」
◇吉川英治文学賞（第29回/平成7年度）
「夢のまた夢　全5巻」文藝春秋　1993〜1994　20cm
「夢のまた夢　全5巻」文藝春秋　1996　16cm（文春文庫）
「津本陽歴史長篇全集　第24巻　夢のまた夢　上」角川書店　1999.6　357p　22cm　5500円　①4-04-574524-6

「津本陽歴史長篇全集　第25巻　夢のま
た夢　中」　角川書店　1999.7　354p
22cm　5800円　①4-04-574525-4
「津本陽歴史長篇全集　第26巻　夢のま
た夢　下」　角川書店　1999.8　349p
22cm　5800円　①4-04-574526-2
「夢のまた夢　1」　幻冬舎　2012.6
478p　15cm　（幻冬舎時代小説文庫）
762円　①978-4-344-41877-6
「夢のまた夢　2」　幻冬舎　2012.8
486p　15cm　（幻冬舎時代小説文庫）
762円　①978-4-344-41912-4
「夢のまた夢　3」　幻冬舎　2012.10
485p　15cm　（幻冬舎時代小説文庫）
762円　①978-4-344-41941-4
「夢のまた夢　4」　幻冬舎　2012.12
501p　15cm　（幻冬舎時代小説文庫）
762円　①978-4-344-41956-8
「夢のまた夢　5」　幻冬舎　2013.2
534p　15cm　（幻冬舎時代小説文庫）
800円　①978-4-344-41989-6

津山 紘一　つやま・こういち

4465　「13」
◇問題小説新人賞　（第2回/昭和51年）
「プルシャンブルーの奇妙な黄昏—津山紘
一第一創作集」　徳間書店　1979.2　223p

津留 六平　つる・ろっぺい

4466　「再建工作」
◇日経懸賞経済小説　（第1回/昭和54年）
「再建工作」　日本経済新聞社　1979.3　250p

霤井 通眞　つるい・みちまさ

4467　「だいこくのねじ」
◇『幽』怪談文学賞　（第5回/平成22年/
長編部門/佳作）

鶴岡 一生　つるおか・いっせい

4468　「サイヨーG・ノート」
◇早稲田文学新人賞　（第17回/平成12年
/佳作）

4469　「曼珠沙華」
◇農民文学賞　（第53回/平成22年度）
「曼珠沙華」　ほおずき書籍、星雲社〔発
売〕　2011.7　250p　20cm　1300円
①978-4-434-15593-2

鶴ケ野 勉　つるがの・つとむ

4470　「神楽舞いの後で」
◇九州芸術祭文学賞　（第23回/平成4年）
「神楽舞いの後で—鶴ケ野勉作品集」　本

多企画　1995.8　241p　19cm　2000円
4471　「ばあちゃんのBSE」
◇地上文学賞　（第50回/平成14年）

鶴川 健吉　つるかわ・けんきち

4472　「乾燥腕」
◇文學界新人賞　（第110回/平成22年上）
「すなまわり」　文藝春秋　2013.8　125p
20cm　1250円　①978-4-16-382540-3

鶴木 不二夫　つるき・ふじお

4473　「女患部屋」
◇「サンデー毎日」大衆文芸　（第41回/
昭和27年上）

剣 眞　つるぎ・まこと

4474　「四月七日金曜日」
◇労働者文学賞　（第20回/平成20年/小
説部門/入選）

鶴田 知也　つるた・ともや

4475　「コシャマイン記」
◇芥川龍之介賞　（第3回/昭和11年上）
「コシャマイン記」　改造社　1936　303p
「コシャマイン記」　書物展望社、新陽社
1938　194p　（芥川賞全集）
「蒼氓・城外・コシャマイン記」　石川達
三、小田岳夫、鶴田知也共著　朱雀書林
1940　267p　（芥川賞全集）
「鶴田知也作品集」　新時代社　1970　702p
「コシャマイン記」　札幌　みやま書房
1976.5　303p〈改造社昭和11年刊の複
製〉
「芥川賞全集1」　文芸春秋　1982
「コシャマイン記・ベロニカ物語—鶴田知
也作品集」　講談社　2009.4　256p
15cm　（講談社文芸文庫）　1400円
①978-4-06-290044-7

釣巻 礼公　つるまき・れいこう

4476　「沈黙の輪」
◇小説現代推理新人賞　（第2回/平成7
年）

【て】

鄭 遇尚　てい・ぐうしょう

4477　「声」
◇「文学評論」懸賞創作（第2回/昭和10年）

鄭 承博　てい・しょうはく

4478　「裸の捕虜」
◇農民文学賞（第15回/昭和46年度）

田 原　ティアン・ユアン

4479　「石の記憶」
◇H氏賞（第60回/平成22年）
「石の記憶」　思潮社　2009.10　112p
24cm　2000円　①978-4-7837-3161-0
「田原詩集」　思潮社　2014.3　160p
19cm　（現代詩文庫 205）1300円
①978-4-7837-0984-8

ディセーン留根千代
でぃせーんるねちよ

4480　「駆除屋とブタ」
◇12歳の文学賞（第1回/平成19年/優秀賞）
「12歳の文学」　小学館　2007.4　269p
26cm　1500円　①978-4-09-289711-3
「12歳の文学」　小学生作家たち著　小学館　2009.4　313p　15cm　（小学館文庫 し7-1）552円　①978-4-09-408384-2

T.比嘉　てぃーひが

4481　「そらにうかぶ止まった脳みそ」
◇新風舎出版賞（第23回/平成16年11月/最優秀賞/ポエトリー部門）

出川 沙美雄　でがわ・さみお

4482　「死なんようにせいよ」
◇自分史文学賞（第7回/平成8年度/佳作）

出口 正二　でぐち・しょうじ

4483　「恙虫」
◇堺自由都市文学賞（第17回/平成17年度/入賞）

出久根 達郎　でくね・たつろう

4484　「短篇集 半分コ」
◇芸術選奨（第65回/平成26年度/文学部門/文部科学大臣賞）
「半分コ―短篇集」　三月書房　2014.7
331p　15cm　2300円　①978-4-7826-0221-8
※布装

4485　「佃島ふたり書房」
◇直木三十五賞（第108回/平成4年下）
「佃島ふたり書房」　講談社 1992.10 292p
「佃島ふたり書房」　埼玉福祉会　1999.10
2冊　22cm　（大活字本シリーズ）3500円;3400円
※原本：講談社文庫, 限定版

手島 史詞　てじま・ふみのり

4486　「砂のレクイエム」
◇ファンタジア長編小説大賞（第19回/平成19年/佳作）
「沙の園に唄って」　富士見書房　2007.9
334p　15cm　（富士見ファンタジア文庫）580円　①978-4-8291-1960-0

手代木 正太郎
てしろぎ・しょうたろう

4487　「王子降臨」
◇小学館ライトノベル大賞〔ガガガ文庫部門〕（第7回/平成25年/優秀賞）
「王子降臨」　小学館　2013.7　307p
15cm　（ガガガ文庫 がて2-1）600円
①978-4-09-451423-0
「王子降臨 2 王子再臨」　小学館
2013.10　294p　15cm　（ガガガ文庫 がて2-2）590円　①978-4-09-451442-0

手塚 和美　てづか・かずみ

4488　「代書屋」
◇やまなし文学賞（第12回/平成15年度/小説部門/佳作）

手塚 英孝　てづか・ひでたか

4489　「落葉をまく庭」
◇多喜二・百合子賞（第5回/昭和48年）
「落葉をまく庭・父の上京」　新日本出版社　1975　223p　（新日本文庫）
「手塚英孝著作集 第1巻」　新日本出版社　1983.2　369p

出谷 ユキ子　でたに・ゆきこ

4490　「実録・「S」の田所さんとの恋愛」

◇新風舎出版賞（第7回/平成10年5月/
出版大賞）
「実録・「S」の田所さんとの恋愛」 新風
舎 1999.7 268p 19cm 2500円 ①4-
7974-0856-1

寺内 大吉 てらうち・だいきち

4491 「黒い旅路」
◇オール讀物新人賞（第8回/昭和31年
上）

4492 「はぐれ念仏」
◇直木三十五賞（第44回/昭和35年下）
「はぐれ念仏」 文芸春秋新社 1961 281p
「はぐれ念仏」 学習研究社 2004.11
308p 15cm （学研M文庫）850円
①4-05-900323-9

4493 「逢春門」
◇「サンデー毎日」大衆文芸（第47回/
昭和30年上）

寺門 秀雄 てらかど・ひでお

4494 「里恋ひ記」
◇新潮社文芸賞（第7回/昭和19年/第1
部）
「里恋い記」 創思社 1967 271p

寺久保 友哉 てらくぼ・ともや

4495 「停留所前の家」
◇北海道新聞文学賞（第8回/昭和49年/
小説）
「停留所前の家」 講談社 1978.11 279p

寺坂 小迪 てらさか・こみち

4496 「ヒヤシンス」
◇文學界新人賞（第99回/平成16年下期
/島田雅彦奨励賞）

寺島 英輔 てらしま・えいすけ

4497 「家と幼稚園」
◇「文章世界」特別募集小説（大9年10
月）

寺田 七海 てらだ・ななみ

4498 「ノエル・マジック」
◇12歳の文学賞（第9回/平成27年/審査
員特別賞【読売新聞社賞】）

寺田 文恵 てらだ・ふみえ

4499 「オート・リバース」
◇小谷剛文学賞（第1回/平成4年）

寺田 麗花 てらだ・れいか

4500 「比翼くづし」
◇「文芸倶楽部」懸賞小説（第44回/明
39年10月/第3等）

寺林 峻 てらばやし・しゅん

4501 「幕切れ」
◇オール讀物新人賞（第57回/昭和55年
下）

寺林 智栄 てらばやし・ともえ

4502 「カーテンコール」
◇東北北海道文学賞（第11回/平成12年
度/奨励賞）

寺村 朋輝 てらむら・ともき

4503 「死せる魂の幻想」
◇群像新人文学賞（第45回/平成14年/
小説）
「死せる魂の幻想」 講談社 2002.12
151p 20cm 1500円 ①4-06-211605-7

田 律子 でん・りつこ

4504 「藤村の礼状」
◇NHK銀の雫文芸賞（第2回/平成1年/
優秀）

典厩 五郎 てんきゅう・ごろう

4505 「真相里見八犬伝」
◇日本文芸大賞（第21回/平成15年/歴
史文芸賞）
「真相里見八犬伝 上」 新人物往来社
2000.3 279p 20cm 1800円 ①4-404-
02849-0
「真相里見八犬伝 下」 新人物往来社
2000.3 307p 20cm 1800円 ①4-404-
02850-4

4506 「土壇場でハリー・ライム」
◇サントリーミステリー大賞（第5回/
昭和61年/大賞・読者賞）
「土壇場でハリー・ライム」 文芸春秋
1987.8 308p
「土壇場でハリー・ライム」 文芸春秋
1990.8 313p （文春文庫）

4507 「NAGASAKI 夢の王国」
◇舟橋聖一文学賞（第7回/平成25年）
「NAGASAKI 夢の王国」 典厩五郎著
毎日新聞社 2013.2 355p 20cm
1900円 ①978-4-620-10792-9

文学賞受賞作品総覧 小説篇

てんしよ   4508～4517

天正 紗夜　てんしょう・さよ

4508　「お針子人魚メロウ～吸血鬼の花嫁衣裳～」
◇小学館ライトノベル大賞〔ルルル文庫部門〕（第6回/平成24年/優秀賞）
「夢見る人魚と契約のキス」　小学館　2012.10　241p　15cm（小学館ルルル文庫 ルて1-1）552円　①978-4-09-452234-1
※受賞作「お針子人魚メロウ～吸血鬼の花嫁衣裳～」を改題

天童 荒太　てんどう・あらた

4509　「悼む人」
◇直木三十五賞（第140回/平成20年下半期）
◇本屋大賞（第6回/平成21年/8位）
「悼む人」　文藝春秋　2008.11　450p　20cm　1619円　①978-4-16-327640-3

4510　「永遠の仔」
◇日本推理作家協会賞（第53回/平成12年/長篇及び連作短篇集部門）
「永遠の仔　上」　幻冬舎　1999.3　422p　20cm　1800円　①4-87728-285-8
「永遠の仔　下」　幻冬舎　1999.3　493p　20cm　1900円　①4-87728-286-6
「永遠の仔　1　再会」　幻冬舎　2004.10　396p　15cm（幻冬舎文庫）571円　①4-344-40571-4
「永遠の仔　2　秘密」　幻冬舎　2004.10　385p　15cm（幻冬舎文庫）571円　①4-344-40572-2
「永遠の仔　3　告白」　幻冬舎　2004.10　278p　15cm（幻冬舎文庫）495円　①4-344-40573-0
「永遠の仔　4　抱擁」　幻冬舎　2004.11　345p　15cm（幻冬舎文庫）533円　①4-344-40583-8
「永遠の仔　5　言葉」　幻冬舎　2004.11　345p　15cm（幻冬舎文庫）533円　①4-344-40584-6

4511　「家族狩り」
◇山本周五郎賞（第9回/平成8年）
「家族狩り」　新潮社　1995.11　562p　19cm（新潮ミステリー倶楽部）2200円　①4-10-602742-9
「家族狩り オリジナル版」　新潮社　2007.10　562p　19cm　2300円　①978-4-10-395702-7

4512　「歓喜の仔」
◇毎日出版文化賞（第67回/平成25年/文学・芸術部門）
「歓喜の仔　上」　幻冬舎　2012.11　268p　20cm　1500円　①978-4-344-02287-4
「歓喜の仔　下」　幻冬舎　2012.11　299p　20cm　1500円　①978-4-344-02288-1

4513　「孤独の歌声」
◇日本推理サスペンス大賞（第6回/平成5年/優秀作）

天藤 真　てんどう・しん

4514　「大誘拐」
◇日本推理作家協会賞（第32回/昭和54年/長篇部門）
「大誘拐」　吹田 カイガイ出版部　1978.11　271p
「大誘拐―長篇本格推理」　徳間書店　1979.5　289p（Tokuma novels）
「大誘拐」　角川書店　1980.1　434p（角川文庫）
「大誘拐―長篇本格推理」　徳間書店　1990.11　290p（Tokuma novels）〈新装版〉
「大誘拐」　双葉社　1996.5　477p　15cm（双葉文庫―日本推理作家協会賞受賞作全集 37）880円　①4-575-65827-8
「大誘拐―天藤真推理小説全集　9」　東京創元社　2000.7　456p　15cm（創元推理文庫）840円　①4-488-40809-5

天堂 里砂　てんどう・りさ

4515　「紺碧のサリフィーラ」
◇C★NOVELS大賞（第4回/平成20年/特別賞）
「紺碧のサリフィーラ」　中央公論新社　2008.7　219p　18cm（C novels fantasia）900円　①978-4-12-501042-7

天楓 一日　てんぷう・いちじつ

4516　「ココロのうた」
◇堺自由都市文学賞（第17回/平成17年度/堺市長特別賞）

【と】

都井 邦彦　とい・くにひこ

4517　「遊びの時間は終らない」
◇小説新潮新人賞（第2回/昭和59年）
「謎のギャラリー―謎の部屋」　北村薫編　新潮社　2002.2　470p　15cm（新潮文

342　　　　　　　　　　　　　　　文学賞受賞作品総覧 小説篇

庫）629円 ①4-10-137324-8
「謎の部屋―謎のギャラリー」 北村薫編
筑摩書房 2012.7 479p 15cm（ちく
ま文庫）950円 ①978-4-480-42961-2

土井 建太 どい・けんた

4518 「魔王を孕んだ子宮」
◇小学館ライトノベル大賞〔ガガガ文庫
部門〕（第2回/平成20年/期待賞）

土居 洸太 どい・こうた

4519 「ゴーストタワー」
◇12歳の文学賞（第2回/平成20年/審査
員特別賞【樋口裕一賞】）
「12歳の文学　第2集　小学生作家が紡ぐ
9つの物語」 小学館 2008.3 281p
20cm 1000円 ①978-4-09-289712-0
「12歳の文学　第2集　小学生作家たち
著 小学館 2010.4 277p 15cm（小
学館文庫）552円 ①978-4-09-408497-9

土井 大助 どい・だいすけ

4520 「朝のひかりが」
◇多喜二・百合子賞（第23回/平成3年）
「朝のひかりが」 新日本出版社 1990
128p

土井 稔 どい・みのる

4521 「隣家の律義者」
◇オール讀物新人賞（第30回/昭和42年
上）

土井 行夫 どい・ゆきお

4522 「名なし鳥飛んだ」
◇サントリーミステリー大賞（第3回/
昭和59年）
「名なし鳥飛んだ」 文芸春秋 1985.6 260p
「名なし鳥飛んだ」 文芸春秋 1988.5
285p（文春文庫）

土居 良一 どい・りょういち

4523 「カリフォルニア」
◇群像新人長編小説賞（第1回/昭和53
年）
「カリフォルニア」 講談社 1979.2 219p
「カリフォルニア」 講談社 1984.4 215p
（講談社文庫）

4524 「夜界」
◇北海道新聞文学賞（第19回/昭和60年
/小説）
「夜界」 河出書房新社 1984.12 229p

戸板 康二 といた・やすじ

4525 「グリーン車の子供」
◇日本推理作家協会賞（第29回/昭和51
年/短篇賞）
「グリーン車の子供」 講談社 1982.8
303p（講談社文庫）
「短篇集　3」 阿刀田高、戸板康二、連城
三紀彦、日下圭介、石沢英太郎、仁木悦子
著 双葉社 1996.5 308p 15cm（双
葉文庫―日本推理作家協会賞受賞作全
集 31）570円 ①4-575-65825-1
「グリーン車の子供―中村雅楽探偵全集
2」 戸板康二著、日下三蔵編 東京創元
社 2007.4 698p 15cm（創元推理文
庫）1500円 ①978-4-488-45802-7
「駅」 ヨーゼフ・ロート、戸板康二、プー
シキン著 ポプラ社 2010.10 149p
19cm（百年文庫 37）750円 ①978-4-
591-11919-8
「謎―桜庭一樹選 スペシャル・ブレン
ド・ミステリー」 日本推理作家協会編
講談社 2012.10 392p 15cm（講談
社文庫）695円 ①978-4-06-277368-3

4526 「団十郎切腹事件」
◇直木三十五賞（第42回/昭和34年下）
「団十郎切腹事件」 河出書房新社 1960
216p
「団十郎切腹事件」 講談社 1981.10 296p
（講談社文庫）
「消えた直木賞―男たちの足音編」 邱永
漢、南条範夫、戸板康二、三好徹、有明夏
夫著 メディアファクトリー 2005.7
487p 19cm 1900円 ①4-8401-1292-4
「團十郎切腹事件―中村雅楽探偵全集
1」 東京創元社 2007.2 663p 15cm
（創元推理文庫）1200円 ①978-4-488-
45801-0
「THE 名探偵」 江戸川乱歩、角田喜久
雄、高木彬光、福永武彦、仁木悦子、戸板
康二著 有楽出版社、実業之日本社〔発
売〕 2014.9 243p 17cm（ジョイ・
ノベルス）950円 ①978-4-408-60687-3

十市 梨夫 といち・なしお

4527 「先祖祭りの夜」
◇農民文学賞（第26回/昭和57年度）

十色 といろ

4528 「フロムヘル～悪魔の子～」
◇角川ビーンズ小説大賞（第10回/平成
23年/奨励賞）

堂垣 園江　どうがき・そのえ

4529　「足下の土」
◇群像新人文学賞　（第39回/平成8年/小説/優秀作）

4530　「ベラクルス」
◇野間文芸新人賞　（第23回/平成13年）
「ベラクルス」　講談社　2001.9　202p
19cm　1800円　①4-06-210729-5

道具小路　どうぐこみち

4531　「石蕗春菊ひとめぐり」
◇富士見ラノベ文芸賞　（第1回/平成25年/大賞）

東郷 十三　とうごう・じゅうぞう

4532　「軍用犬」
◇「サンデー毎日」大衆文芸　（第32回/昭和18年上）

東郷 隆　とうごう・りゅう

4533　「大砲松」
◇吉川英治文学新人賞　（第15回/平成6年度）
「大砲松」　講談社　1993.12　280p
「大砲松」　講談社　1996.9　341p　15cm
（講談社文庫）　600円　①4-06-263335-3

4534　「狙うて候」
◇新田次郎文学賞　（第23回/平成16年）
「狙うて候―銃豪村田経芳の生涯」　実業之日本社　2003.9　627p　20cm　2200円　①4-408-53443-9

4535　「本朝甲冑奇談」
◇舟橋聖一文学賞　（第6回/平成24年）
「本朝甲冑奇談」　文藝春秋　2012.7
277p　19cm　1600円　①978-4-16-381530-5

堂迫 充　どうさこ・みつる

4536　「新しい風を」
◇地上文学賞　（第43回/平成7年度）

4537　「遠き今」
◇農民文学賞　（第41回/平成9年度）

東条 元　とうじょう・はじめ

4538　「幻塔譜」
◇「サンデー毎日」大衆文芸　（第24回/昭和14年上）

4539　「船若寺穴蔵覚書」
◇「サンデー毎日」大衆文芸　（第22回/昭和13年上）

東織 白鷺　とうしょく・しらさぎ

4540　「月白風清」
◇深大寺短編恋愛小説「深大寺恋物語」
（第11回/平成27年/審査員特別賞）

東堂 燦　とうどう・さん

4541　「薔薇に雨」
◇ノベル大賞　（平成25年度/佳作）

藤堂 志津子　とうどう・しずこ

4542　「秋の猫」
◇柴田錬三郎賞　（第16回/平成15年）
「秋の猫」　集英社　2002.11　238p
20cm　1500円　①4-08-774621-6

4543　「熟れてゆく夏」
◇直木三十五賞　（第100回/昭和63年下）
「熟れてゆく夏」　文芸春秋　1988.11　189p

4544　「ソング・オブ・サンデー」
◇島清恋愛文学賞　（第8回/平成13年）
「ソング・オブ・サンデー」　文藝春秋
2000.11　212p　20cm　1333円　①4-16-319650-1
「ソング・オブ・サンデー」　文藝春秋
2003.12　244p　16cm　（文春文庫）　448円　①4-16-754413-X

4545　「マドンナのごとく」
◇北海道新聞文学賞　（第21回/昭和62年度）
「マドンナのごとく」　講談社　1988.5　231p
「マドンナのごとく」　新風舎　2003.11
193p　15cm　（新風舎文庫）　490円
①4-7974-9102-7

東野 光生　とうの・こうせい

4546　「似顔絵」
◇芸術選奨　（第51回/平成12年度/文学部門/文部大臣新人賞）
「似顔絵」　河出書房新社　2000.7　214p
20cm　1500円　①4-309-90392-4

東野 治之　とうの・はるゆき

4547　「遣唐使」
◇毎日出版文化賞　（第62回/平成20年/人文・社会部門）
「遣唐使」　岩波書店　2007.11　205, 5p
18cm　（岩波新書）　700円　①978-4-00-431104-1
※年表あり

東野辺 薫　とうのべ・かおる

4548 「和紙」
◇芥川龍之介賞（第18回/昭和18年下）
「和紙」 築地書店 1946 90p
「和紙―東野辺薫作品集」 五月書房 1971 317p
「芥川賞全集3」 文芸春秋 1982
「福島の文学1」 福島民報社 1985
「福島の文学―11人の作家」 講談社文芸文庫編, 宍戸芳夫選 講談社 2014.3 359p 15cm（講談社文芸文庫）1700円 ①978-4-06-290224-3

堂場 瞬一　どうば・しゅんいち

4549 「Bridge」
◇小説すばる新人賞（第13回/平成12年）
「8年」 集英社 2001.1 301p 20cm 1600円 ①4-08-774506-6
「8年」 集英社 2004.1 349p 16cm（集英社文庫）648円 ①4-08-747658-8

当真 伊純　とうま・いずみ

4550 「八百万戀歌」
◇小学館ライトノベル大賞〔ルルル文庫部門〕（第8回/平成26年/優秀賞）
「八百万戀歌―やまといつくし、こひせよをとめ」 小学館 2014.7 253p 15cm（小学館ルルル文庫 ルと2-1）580円 ①978-4-09-452284-6

百目鬼 涼一郎　どうめき・りょういちろう

4551 「鉄甲船異聞木津川口の波涛」
◇ジャンプ小説大賞（第6回/平成8年/奨励賞）

4552 「南朝の暁星、楠木正儀」
◇歴史群像大賞（第11回/平成17年発表/佳作）

桐部 次郎　とうもと・じろう

4553 「横須賀線にて」
◇オール讀物新人賞（第49回/昭和51年下）

とうや あや

4554 「ウミガメのくる浜辺」
◇海洋文学大賞（第9回/平成17年/海の子ども文学賞部門）

塔山 郁　とうやま・かおる

4555 「毒殺魔の教室」
◇『このミステリーがすごい！』大賞（第7回/平成20年/優秀賞）
「毒殺魔の教室」 宝島社 2009.2 365p 20cm 1400円 ①978-4-7966-6790-6

とうやま りょうこ

4556 「多生」
◇全作家文学賞（第9回/平成26年度/佳作）

遠沢 志希　とおさわ・しき

4557 「封印の女王」
◇角川ビーンズ小説大賞（第6回/平成19年/優秀賞）
「封印の女王（じょうおう）―忠誠は恋の魔法」 角川書店, 角川グループパブリッシング（発売）2009.3 254p 15cm（角川ビーンズ文庫 BB69-1）476円 ①978-4-04-454601-4
※並列シリーズ名：Beans bunko
「封印の女王（じょうおう）―恋の翼は白銀のきらめき」 角川書店, 角川グループパブリッシング（発売）2009.7 253p 15cm（角川ビーンズ文庫 BB69-2）476円 ①978-4-04-454602-1
※並列シリーズ名：Beans bunko
「封印の女王（じょうおう）―永遠（とわ）の翼は約束の空へ」 角川書店, 角川グループパブリッシング（発売）2009.11 254p 15cm（角川ビーンズ文庫 BB69-3）476円 ①978-4-04-454603-8
※並列シリーズ名：Beans bunko

遠田 緩　とおだ・かん

4558 「美歩！」
◇ノベル大賞（第26回/平成7年下期/入選）

遠田 潤子　とおだ・じゅんこ

4559 「月桃夜」
◇日本ファンタジーノベル大賞（第21回/平成21年/大賞）
「月桃夜」 新潮社 2009.11 280p 20cm 1400円 ①978-4-10-319831-4
※文献あり

遠野 渚　とおの・なぎさ

4560 「ウチの妹がここまでMなわけがない」

◇美少女文庫新人賞 （第5回/平成21年）
「ウチの妹がここまでMなわけがない」
フランス書院　2009.11　304p　15cm
（えすかれ美少女文庫）　667円　①978-
4-8296-5904-5

遠野 りりこ　とおの・りりこ

4561　「朝顔の朝」
◇ダ・ヴィンチ文学賞 （第3回/平成20
年/読者賞）
「朝に咲くまでそこにいて」 メディア
ファクトリー　2008.8　252p　15cm
（MF文庫ダ・ヴィンチ）　552円　①978-
4-8401-2415-7

4562　「マンゴスチンの恋人」
◇小学館文庫小説賞 （第12回/平成23
年）
「マンゴスチンの恋人」 小学館　2011.9
253p　20cm　1500円　①978-4-09-
386308-7

遠山 あき　とおやま・あき

4563　「鷺谷」
◇農民文学賞 （第23回/昭和54年度）
「鷺谷」 元就出版社　1986.3　237p〈発売：
三樹書房〉

4564　「雪あかり」
◇千葉文学賞 （第21回/昭和52年）
「鷺谷」 元就出版社　1986.3　237p〈発売：
三樹書房〉

戸梶 圭太　とかじ・けいた

4565　「ぶつかる夢ふたつ」
◇新潮ミステリー倶楽部賞 （第3回/平
成10年）

富樫 孝康　とがし・たかやす

4566　「ナマハゲ」
◇愛のサン・ジョルディ賞 （第4回/平
成4年/グランプリ）

富樫 倫太郎　とがし・りんたろう

4567　「修羅の蝶」
◇歴史群像大賞 （第4回/平成9年）
「修羅の蝶」 学習研究社　1998.5　480p
17cm （歴史群像新書）　980円　①4-05-
400935-2

戸川 猪佐武　とがわ・いさむ

4568　「小説吉田学校」
◇日本文芸大賞 （第3回/昭和58年/現代

文学賞）
「小説吉田学校」 東京流動 1974〜昭和55
年 7冊〈改装版〉
「小説吉田学校」 角川書店 1980〜昭和56
年 8冊 （角川文庫）
「小説吉田学校 第1部 保守本流」 学陽
書房　2000.10　379p　15cm （人物文
庫）　700円　①4-313-75121-1
「小説吉田学校 第2部 党人山脈」 学陽
書房　2000.10　386p　15cm （人物文
庫）　700円　①4-313-75122-X
「小説吉田学校 第3部 角福火山」 学陽
書房　2000.11　426p　15cm （人物文
庫）　720円　①4-313-75123-8
「小説吉田学校 第4部 金脈政変」 学陽
書房　2000.12　349p　15cm （人物文
庫）　700円　①4-313-75124-6
「小説吉田学校 第5部」 学陽書房
2001.1　337p　15cm （人物文庫）　700
円　①4-313-75125-4
「小説吉田学校 第6部 田中軍団」 学陽
書房　2001.2　288p　15cm （人物文
庫）　700円　①4-313-75126-2
「小説吉田学校 第7部 四十日戦争」 学
陽書房　2001.3　331p　15cm （人物文
庫）　700円　①4-313-75127-0
「小説吉田学校 第8部 保守回生」 学陽
書房　2001.4　404p　15cm （人物文
庫）　760円　①4-313-75128-9

戸川 昌子　とがわ・まさこ

4569　「大いなる幻影」
◇江戸川乱歩賞 （第8回/昭和37年）
「大いなる幻影」 講談社 1962 209p
「大いなる幻影」 講談社 1964 207p （ロ
マン・ブックス）
「大いなる幻影」 講談社 1978.8 195p
（講談社文庫）
「大いなる幻影・華やかな死体—江戸川乱
歩賞全集　4」 戸川昌子, 佐賀潜著, 日
本推理作家協会編　講談社　1998.9
557p　15cm （講談社文庫）　1190円
①4-06-263878-9

戸川 幸夫　とがわ・ゆきお

4570　「高安犬物語」
◇新鷹会賞 （第1回/昭和29年後）
◇直木三十五賞 （第32回/昭和29年下）
「高安犬物語」 新潮社 1956 224p （小説
文庫）
「高安犬物語」 新潮社 1959 215p （新潮
文庫）
「戸川幸夫動物文学選集4」 主婦と生活

社 1971 455p
「昭和文学全集32」 小学館 1989
「高安犬物語―戸川幸夫動物文学セレクション 1」 戸川幸夫著、小林照幸監修 ランダムハウス講談社 2008.4 524p 15cm（ランダムハウス講談社文庫） 950円 ①978-4-270-10177-3
「高安犬物語」 国土社 2008.12 206p 19×14cm（戸川幸夫動物物語 1） 1300円 ①978-4-337-12231-4

4571 「戸川幸夫動物文学全集」
◇芸術選奨 （第28回/昭和52年度/文学部門/文部大臣賞）
「戸川幸夫動物文学全集」 講談社 昭和51～56年 全15巻

時海 結以 ときうみ・ゆい
4572 「業多姫」
◇富士見ヤングミステリー大賞 （第2回/平成14年/準入選）
「業多姫 1之帖」 富士見書房 2003.1 325p 15cm（富士見ミステリー文庫） 560円 ①4-8291-6194-9

時里 キサト ときさと・きさと
4573 「彼女には自身がない」
◇ボイルドエッグズ新人賞 （第2回/平成16年9月/奨励賞）

時沢 京子 ときざわ・きょうこ
4574 「オニヤンマ」
◇ジャンプ小説新人賞（jump Novel Grand Prix） （'08 Winter（平成20年冬）/小説：フリー部門/特別賞）

時田 慎也 ときた・しんや
4575 「激痛ロード・グラフィティー」
◇坊っちゃん文学賞 （第8回/平成15年/佳作）

時無 ゆたか ときなし・ゆたか
4576 「明日の夜明け」
◇スニーカー大賞 （第6回/平成13年/優秀賞）〈受賞時〉時無穣
「明日の夜明け」 角川書店 2001.12 303p 15cm（角川文庫） 533円 ①4-04-427401-0

常盤 新平 ときわ・しんぺい
4577 「遠いアメリカ」
◇直木三十五賞 （第96回/昭和61年下）

「遠いアメリカ」 講談社 1986.8 226p
「遠いアメリカ」 講談社 1989.8 225p（講談社文庫）

徳田 秋声 とくだ・しゅうせい
4578 「仮装人物」
◇菊池寛賞 （第1回/昭和13年）
「仮装人物」 中央公論社 1938 453p
「仮装人物」 丹波市町（奈良県） 養徳社 1948 376p（養徳叢書 日本篇）
「仮装人物」 再版 丹波市長（奈良県） 養徳社 1949 376p（養徳叢書）
「仮装人物」 新潮社 1952 343p（新潮文庫）
「徳田秋声選集 第4巻」 乾元社 1952
「仮装人物」 岩波書店 1956 333p（岩波文庫）
「秋声全集17」 臨川書店 昭和49年
「昭和文学全集2」 小学館 1988
「仮装人物」 岩波書店 1989.3 333p（岩波文庫） 第2刷（第1刷：1956年）
「徳田秋声全集 第17巻 町の踊り場・仮装人物」 八木書店 1999.1 376, 43p 21cm 9800円 ①4-8406-9717-5
※付属資料：月報2
「仮装人物」 徳田秋聲著 徳田秋聲記念館 2012.12 373p 15cm（徳田秋聲記念館文庫） 800円

4579 「勲章」
◇文芸懇話会賞 （第2回/昭和11年）
「勲章」 中央公論社 1936 508p
「秋声全集8」 臨川書店 昭和49年
「徳田秋声全集 第18巻 光を追うて・縮図」 八木書店 2000.9 391, 50p 21cm 9800円 ①4-8406-9718-3

徳留 節 とくどめ・せつ
4580 「凶鳥の群」
◇神戸文学賞 （第7回/昭和58年）

徳永 一末 とくなが・かずすえ
4581 「残照の譜」
◇NHK銀の雫文芸賞 （第6回/平成5年/最優秀）
4582 「喪服」
◇NHK銀の雫文芸賞 （第13回/平成12年/優秀賞）

徳永 圭 とくなが・けい
4583 「をとめ模様、スパイ日和」
◇ボイルドエッグズ新人賞 （第12回/平

成23年2月）
「をとめ模様、スパイ日和」 産業編集セ
ンター 2011.7 255p 19cm 1200円
①978-4-86311-062-5

徳永 博之　とくなが・ひろゆき

4584 「ぬんない」
◇堺自由都市文学賞 （第19回/平成19年
度/佳作）

徳見 葩子　とくみ・はこ

4585 「波紋」
◇「サンデー毎日」大衆文芸 （第8回/
昭和6年上）

床丸 迷人　とこまる・まよと

4586 「四年霊組こわいもの係」
◇角川つばさ文庫小説大賞 （第1回/平成
24年/一般部門/大賞）
「四年霊組こわいもの係」 床丸迷人作,
浜弓場双絵 角川書店, KADOKAWA
〔発売〕 2013.9 254p 18cm （角川
つばさ文庫 Aと2-1） 640円 ①978-4-
04-631343-0
「おもしろい話、集めました。 1」 宗田
理, こぐれ京, 川崎美羽, 飯田雪子, 床丸
迷人作 KADOKAWA 2013.11
230p 18cm （角川つばさ文庫 Aん3-1）
640円 ①978-4-04-631354-6

十三 湊　とさ・みなと

4587 「C.S.T. 情報通信保安庁警備部」
◇電撃大賞 （第20回/平成25年/電撃小
説大賞部門/メディアワークス文庫
賞）
「C.S.T.—情報通信保安庁警備部」
KADOKAWA 2014.2 307p 15cm
（メディアワークス文庫 と2-1） 570円
①978-4-04-866329-8

豊島 ミホ　としま・みほ

4588 「青空チェリー」
◇女による女のためのR-18文学賞 （第1
回/平成14年/読者賞）
「青空チェリー」 新潮社 2002.9 199p
20cm 1000円 ①4-10-456001-4

年見 悟　としみ・さとる

4589 「アンジュ・ガルディアン」
◇ファンタジア長編小説大賞 （第12回/
平成12年/佳作）
「アンジュ・ガルディアン—復讐のパリ」

富士見書房 2001.5 278p 15cm （富
士見ファンタジア文庫） 560円 ①4-
8291-1350-2

ドストエフスキー

4590 「カラマーゾフの兄弟」
◇毎日出版文化賞 （第61回/平成19年/
特別賞）
「カラマーゾフの兄弟 1」 ドストエフ
スキー著, 亀山郁夫訳 光文社 2006.9
443p 16cm （光文社古典新訳文庫）
724円 ①4-334-75106-7
「カラマーゾフの兄弟 2」 ドストエフ
スキー著, 亀山郁夫訳 光文社 2006.
11 501p 16cm （光文社古典新訳文
庫） 781円 ①4-334-75117-2
「カラマーゾフの兄弟 3」 ドストエフ
スキー著, 亀山郁夫訳 光文社 2007.2
541p 16cm （光文社古典新訳文庫）
838円 ①978-4-334-75123-4
「カラマーゾフの兄弟 4」 ドストエフ
スキー著, 亀山郁夫訳 光文社 2007.7
700p 16cm （光文社古典新訳文庫）
1029円 ①978-4-334-75132-6
「カラマーゾフの兄弟 5 （エピローグ別
巻）」 ドストエフスキー著, 亀山郁夫訳
光文社 2007.7 365p 16cm （光文社
古典新訳文庫） 629円 ①978-4-334-
75133-3
※年譜あり

とだ あきこ

4591 「枯葉の微笑」
◇「小説ジュニア」青春小説新人賞 （第
2回/昭和44年）

戸田 鎮子　とだ・しずこ

4592 「旅のウィーク」
◇作家賞 （第26回/平成2年）

戸田 房子　とだ・ふさこ

4593 「詩人の妻 生田花世」
◇平林たい子文学賞 （第15回/昭和62年
/小説）
「詩人の妻生田花世」 新潮社 1986.11
207p

戸塚 洋二　とつか・ようじ

4594 「あと三ヵ月 死への準備日記」
◇「文藝春秋」読者賞 （第70回/平成20
年）

兎月 山羊　とつき・やぎ

4595　「アンチリテラルの数秘術師」
◇電撃大賞（第17回/平成22年/電撃小説大賞部門/銀賞）
「アンチリテラルの数秘術師（アルケニスト）」　アスキー・メディアワークス，角川グループパブリッシング〔発売〕2011.2　291p　15cm（電撃文庫 2079）570円　①978-4-04-870316-1
「アンチリテラルの数秘術師（アルケニスト）　2」　アスキー・メディアワークス，角川グループパブリッシング〔発売〕2011.6　321p　15cm（電撃文庫 2144）590円　①978-4-04-870590-5
「アンチリテラルの数秘術師（アルケニスト）　3」　アスキー・メディアワークス，角川グループパブリッシング〔発売〕2011.9　315p　15cm（電撃文庫 2195）610円　①978-4-04-870747-3
「アンチリテラルの数秘術師（アルケニスト）　4」　アスキー・メディアワークス，角川グループパブリッシング〔発売〕2011.12　307p　15cm（電撃文庫 2248）630円　①978-4-04-886245-5
「アンチリテラルの数秘術師（アルケニスト）　5」　アスキー・メディアワークス，角川グループパブリッシング〔発売〕2012.3　315p　15cm（電撃文庫 2301）650円　①978-4-04-886445-9

ととり 礼治　ととり・れいじ

4596　「夢、はじけても」
◇歴史文学賞（第23回/平成10年度/佳作）
「夢、はじけても」　新人物往来社　2004.3　246p　19cm　1900円　①4-404-03186-6

刀祢 喜美子　とね・きみこ

4597　「乾き」
◇神戸文学賞（第15回/平成3年）

外村 繁　とのむら・しげる

4598　「筏」
◇野間文芸賞（第9回/昭和31年）
「筏」　大日本雄弁会講談社　1957 265p（ミリオン・ブックス）
「筏」　新潮社 1961 263p（新潮文庫）
「外村繁全集1」　講談社　昭和37年
「昭和文学全集14」　小学館 1988
「筏」　新装版　サンライズ出版　2000.8　326p　19cm　2000円　①4-88325-077-6
※肖像あり

4599　「澪標」
◇読売文学賞（第12回/昭和35年/小説賞）
「澪標―みをつくし」　講談社 1960 216p
「澪標（みをつくし）」　講談社 1961 222p（ミリオン・ブックス）
「外村繁全集4」　講談社　昭和37年
「澪標・落日の光景」　新潮社 1962 229p（新潮文庫）

どば

4600　「あなたとの縁」
◇角川学園小説大賞（第7回/平成15年/自由部門/奨励賞）〈受賞時〉鷲馬十駕
「E×N　巻之1　きみとの縁てやつ」　角川書店　2004.7　318p　15cm（角川文庫）552円　①4-04-470501-1

鳥羽 耕二　とば・こうじ

4601　「テクノデリック・ブルー」
◇坊っちゃん文学賞（第1回/平成1年）

鳥羽 亮　とば・りょう

4602　「剣の道殺人事件」
◇江戸川乱歩賞（第36回/平成2年）
「剣の道殺人事件」　講談社 1990.9 328p
「剣の道殺人事件・フェニックスの弔鐘―江戸川乱歩賞全集　18」　鳥羽亮, 阿部陽一著, 日本推理作家協会編　講談社 2005.9　823p　15cm（講談社文庫）1190円　①4-06-275195-X

トバシ サイコ

4603　「一週間」
◇ジャンプ小説大賞（第11回/平成13年/佳作）

土橋 真二郎　どばし・しんじろう

4604　「もしも人工知能が世界を支配していた場合のシミュレーションケース1」
◇電撃大賞（第13回/平成18年/電撃小説大賞部門/金賞）
「扉の外」　メディアワークス, 角川グループパブリッシング〔発売〕2007.2　267p　15cm（電撃文庫 1384）530円　①978-4-8402-3717-8
「扉の外　2」　メディアワークス, 角川グループパブリッシング〔発売〕2007.5　334p　15cm（電撃文庫 1433）570円　①978-4-8402-3849-6

「扉の外 3」 メディアワークス，角川グループパブリッシング（発売） 2007.9 324p 15cm（電撃文庫 1488） 590円 ①978-4-8402-3980-6

飛 浩隆 とび・ひろたか

4605 「海の指」
◇星雲賞（第46回/平成27年/日本短編部門（小説））

4606 「象られた力」
◇日本SF大賞（第26回/平成17年）
「象られた力」 早川書房 2004.9 423p 16cm（ハヤカワ文庫 JA） 740円 ①4-15-030768-7

4607 「自生の夢」
◇星雲賞（第41回/平成22年/日本短編部門）
「NOVA―書き下ろし日本SFコレクション 1」 大森望責任編集 河出書房新社 2009.12 446p 15cm（河出文庫 お20-1） 950円 ①978-4-309-40994-8
「THE FUTURE IS JAPANESE」 伊藤計劃，円城塔，小川一水他著 早川書房 2012.7 398p 19cm（ハヤカワSFシリーズJコレクション） 1700円 ①978-4-15-209310-3
「日本SF短篇50―日本SF作家クラブ創立50周年記念アンソロジー 5」 日本SF作家クラブ編 早川書房 2013.10 539p 16cm（ハヤカワ文庫 JA 1131） 1020円 ①978-4-15-031131-5

飛山 裕一 とびやま・ゆういち

4608 「はんぶんのイチ」
◇『このライトノベルがすごい！』大賞（第3回/平成24年/優秀賞）
「ファウストなう」 宝島社 2012.10 284p 16cm（このライトノベルがすごい！文庫 と-1-1） 648円 ①978-4-8002-0270-3
※受賞作「はんぶんのイチ」を改題

トビーン, コルム

4609 「ブルックリン」
◇フラウ文芸大賞（第1回/平成25年/海外文学賞）
「ブルックリン」 コルム・トビーン著，栩木伸明訳 白水社 2012.6 340p 20cm（エクス・リブリス） 2500円 ①978-4-560-09022-0

都藤 周幸 とふじ・ちかゆき

4610 「Star Ride Seeker エヴィ・ソルト」
◇ジャンプ小説新人賞（jump Novel Grand Prix）（'13 Summer/平成25年夏/キャラクター小説部門/銅賞）

戸松 淳矩 とまつ・あつのり

4611 「剣と薔薇の夏」
◇日本推理作家協会賞（第58回/平成17年/長編及び連作短編集部門）
「剣と薔薇の夏」 東京創元社 2004.5 471p 20cm（創元クライム・クラブ） 2800円 ①4-488-01297-3
「剣と薔薇の夏 上」 東京創元社 2005.9 410p 15cm（創元推理文庫） 860円 ①4-488-44604-3
「剣と薔薇の夏 下」 東京創元社 2005.9 381p 15cm（創元推理文庫） 860円 ①4-488-44605-1

富岡 多恵子 とみおか・たえこ

4612 「植物祭」
◇田村俊子賞（第14回/昭和48年）
「植物祭」 中央公論社 1973 262p
「富岡多恵子集 5 小説」 筑摩書房 1998.11 460p 21cm 6500円 ①4-480-71075-2

4613 「立切れ」
◇川端康成文学賞（第4回/昭和52年）
「昭和文学全集29」 小学館 1988
「川端康成文学賞全作品 1」 上林暁，永井龍男，佐多稲子，水上勉，富岡多恵子ほか著 新潮社 1999.6 452p 19cm 2800円 ①4-10-305821-8
「動物の葬禮・はつむかし―富岡多恵子自選短篇集」 富岡多恵子著 講談社 2006.2 281p 15cm（講談社文芸文庫） 1300円 ①4-06-198432-2

4614 「返礼」
◇H氏賞（第8回/昭和33年）

4615 「冥土の家族」
◇女流文学賞（第13回/昭和49年度）
「冥途の家族」 講談社 1974 243p
「昭和文学全集29」 小学館 1988

富川 典康 とみかわ・のりやす

4616 「天馬往くところ」
◇ムー伝奇ノベル大賞（第3回/平成15年/佳作）

富崎 喜代美　とみさき・きよみ

4617　「カラス」
◇地上文学賞 （第53回/平成17年）

4618　「桜の忌」
◇全作家文学賞 （第6回/平成23年度）

富沢 有為男　とみざわ・ういお

4619　「地中海」
◇芥川龍之介賞 （第4回/昭和11年下）
「地中海・法廷」 新潮社 1937 294p（新選純文学叢書）
「地中海」 書物展望社, 新陽社 1938 189p（芥川賞全集）
「小説集地中海」 再版 時代社 1948 254p
「地中海」 大阪 教育社 1948 236p
「富沢有為男選集」 集団形星 1970 481p
「芥川賞全集1」 文芸春秋 1982
「福島の文学1」 福島民報社 1985

富田 常雄　とみた・つねお

4620　「刺青」
◇直木三十五賞 （第21回/昭和24年上）
「富田常雄作品集」 湊書房 1953 240p
「刺青―耽美傑作短篇集 1」 結城信孝編 三天書房 2000.9 413p 19cm（傑作短篇シリーズ）1600円 ①4-88346-072-X
「消えた受賞作 直木賞編」 川口則弘編 メディアファクトリー 2004.7 331p 19cm（ダ・ヴィンチ特別編集 7）1500円 ①4-8401-1110-3

4621　「面」
◇直木三十五賞 （第21回/昭和24年上）
「直木賞作品集」 第1 大日本雄弁会講談社 1956（ロマン・ブックス）
「消えた受賞作 直木賞編」 川口則弘編 メディアファクトリー 2004.7 331p 19cm（ダ・ヴィンチ特別編集 7）1500円 ①4-8401-1110-3

富永 滋人　とみなが・しげと

4622　「ぼてこ陣屋」
◇オール讀物新人賞 （第27回/昭和40年下）

富永 敏治　とみなが・としはる

4623　「地の底にいななく」
◇部落解放文学賞 （第21回/平成6年/児童文学）
「地の底にいななく」 富永敏治作, 中谷

省三絵 解放出版社 1997.3 165p 21cm 1648円 ①4-7592-5023-9

冨成 東志　とみなり・もとゆき

4624　「ツール・ド・フランス」
◇舟橋聖一顕彰青年文学賞 （第22回/平成22年/最優秀賞）

富谷 千夏　とみや・ちなつ

4625　「極北ツアー御一行様」
◇小説新潮長篇新人賞 （第9回/平成15年）
「マイ・スウィート・ホーム」 新潮社 2004.2 220p 20cm 1300円 ①4-10-466301-8

友井 羊　ともい・ひつじ

4626　「僕はお父さんを訴えます」
◇『このミステリーがすごい！』大賞 （第10回/平成23年/優秀賞）
「僕はお父さんを訴えます」 宝島社 2012.3 308p 20cm 1429円 ①978-4-7966-8823-9
「僕はお父さんを訴えます」 宝島社 2013.3 297p 16cm（宝島社文庫 C と-2-1）648円 ①978-4-8002-0811-8

友桐 夏　ともぎり・なつ

4627　「ガールズレビューステイ」
◇ロマン大賞 （第14回/平成17年度/佳作）
「白い花の舞い散る時間―ガールズレビュー リリカル・ミステリー」 集英社 2005.9 302p 15cm（コバルト文庫）552円 ①4-08-600647-2

友坂 幸詠　ともさか・ゆきえ

4628　「その闇、いただきます。」
◇12歳の文学賞 （第4回/平成22年/小説部門/審査員特別賞〈西原理恵子賞〉）
「12歳の文学 第4集」 小学館 2010.3 395p 20cm 1200円 ①978-4-09-289725-0

友谷 蒼　ともたに・あおい

4629　「花の碑」
◇スニーカー大賞 （第2回/平成9年/奨励賞）

智凪 桜　ともなぎ・さくら

4630　「桐一葉～大阪城妖綺譚～」

◇小学館ライトノベル大賞〔ルルル文庫
部門〕（第4回/平成22年/奨励賞）
「大坂城恋奇譚―桜想う姫」　小学館
2010.9　280p　15cm（小学館ルルル文
庫 ルと1-1）533円　①978-4-09-
452173-3
※受賞作「桐一葉～大阪城妖綺譚～」を
改題

伴野 朗　ともの・ろう

4631 「傷ついた野獣」
◇日本推理作家協会賞（第37回/昭和59
年/短篇部門）
「傷ついた野獣」　角川書店 1983.1 265p
「傷ついた野獣」　角川書店 1986.5 297p
（角川文庫）
「傷ついた野獣―日本推理作家協会受
賞作全集　45」双葉社 1998.11
326p　15cm（双葉文庫）581円　①4-
575-65842-1

4632 「五十万年の死角」
◇江戸川乱歩賞（第22回/昭和51年）
「五十万年の死角」　講談社 1976 277p
「五十万年の死角」　講談社 1978.8 274p
（ロマン・ブックス）
「五十万年の死角」　講談社 1979.10 288p
（講談社文庫）
「蝶たちは今… 五十万年の死角―江戸川
乱歩賞全集　10」日下圭介, 伴野朗著,
日本推理作家協会編　講談社 2000.9
803p　15cm（講談社文庫）1190円
①4-06-264978-0

tomo4

4633 「友達の彼氏をスキになった。」
◇日本ケータイ小説大賞（第6回/平成
24年/TSUTAYA賞）
「友達の彼氏をスキになった。」スターツ
出版　2012.4　221p　19cm 1000円
①978-4-88381-174-8
「心友。―友達の彼氏をスキになった。」
スターツ出版　2014.3　217p　15cm
（ケータイ小説文庫 Bと2-2―野いちご）
510円　①978-4-88381-828-0
※「友達の彼氏をスキになった。」（2012
年刊）の改題

土門 冽　どもん・きよし

4634 「東京のカナダっぺ」
◇問題小説新人賞（第2回/昭和51年）

土門 周平　どもん・しゅうへい

4635 「第三次世界大戦」
◇「文藝春秋」読者賞（第40回/昭和53
年）

土門 弘幸　どもん・ひろゆき

4636 「五霊闘士オーキ伝―五霊闘士現
臨！」
◇電撃ゲーム小説大賞（第1回/平成6年
/大賞）
「五霊闘士オーキ伝―五霊闘士現臨！」
メディアワークス, 主婦の友社〔発売〕
1994.10　265p　15cm（電撃文庫）540
円　①4-07-302126-5

豊田 行二　とよだ・こうじ

4637 「作家前後」
◇日本文芸大賞（第4回/昭和59年/現代
文学賞）

4638 「示談書」
◇オール讀物新人賞（第32回/昭和43年
上）

豊田 三郎　とよだ・さぶろう

4639 「行軍」
◇文学報国賞（第1回/昭和19年）
「行軍」　金星社 1944 256p
「豊田三郎作品集」　同人誌「埼東文化」
会編〔草加〕草加市教育委員会 1984.3
328p
「豊田三郎小説選集」　さきたま出版会
1995.4　329p　21cm 2500円　①4-
87891-332-0

豊田 穣　とよだ・みのる

4640 「長良川」
◇直木三十五賞（第64回/昭和45年下）
「長良川」　名古屋 作家社 1970 382p
「長良川」　続 文芸春秋 1971 297p
「長良川」　文芸春秋 1971 317p
「長良川」　光人社 1980.11 365p
「長良川　第1部」　光人社　2003.11
285p　19cm（光人社名作戦記）1600
円　①4-7698-1114-4
「長良川　第2部」　光人社　2003.12
265p　19cm（光人社名作戦記）1600
円　①4-7698-1115-2

豊田 宜子　とよだ・よしこ

4641 「俺のある寒い日」
◇フーコー短編小説コンテスト（第4回

/平成11年6月/純文学・娯楽部門/
最優秀賞）〈受賞時〉西方野々子
「フーコー「短編小説」傑作選 4 上」
フーコー編集部編 フーコー 2000.7
425p 19cm 1700円 ①4-434-00246-5

豊永 寿人 とよなが・ひさと
4642 「遠い翼」
◇小説新潮賞 （第3回/昭和32年）

豊野谷 はじめ とよのや・はじめ
4643 「いちごのケーキ」
◇「恋愛文学」コンテスト （第2回/平
成16年7月/大賞）

鳥井 綾子 とりい・あやこ
4644 「坂の向うに」
◇農民文学賞 （第31回/昭和62年度）

鳥井 加南子 とりい・かなこ
4645 「天女の末裔」
◇江戸川乱歩賞 （第30回/昭和59年）
「天女の末裔」 講談社 1984.9 274p
「天女の末裔」 講談社 1987.7 285p（講
談社文庫）
「天女の末裔・放課後―江戸川乱歩賞全集
15」 鳥井架南子, 東野圭吾著, 日本推理
作家協会編 講談社 2003.9 733p
15cm（講談社文庫）1190円 ①4-06-
273847-3

鳥居 羊 とりい・ひつじ
4646 「スペシャル・アナスタシア・
サービス」
◇ノベルジャパン大賞 （第1回/平成19
年/優秀賞）
「SAS―スペシャル・アナスタシア・サー
ビス」 ホビージャパン 2007.7 297p
15cm（HJ文庫 65）619円 ①978-4-
89425-571-5

鳥海 孝 とりうみ・たかし
4647 「日出る処の天子の願い」
◇歴史群像大賞 （第8回/平成14年/佳
作）

鳥海 文子 とりうみ・ふみこ
4648 「化粧男」
◇大阪女性文芸賞 （第9回/平成3年）

鳥海 帆乃花 とりうみ・ほのか
4649 「ヒーロー」

◇12歳の文学賞 （第9回/平成27年/審査
員特別賞【西原理恵子賞】）

鳥飼 否宇 とりかい・ひう
4650 「中空」
◇横溝正史ミステリ大賞 （第21回/平成
13年/優秀賞）〈受賞時〉鳥飼久裕
「中空」 角川書店 2001.5 336p 20cm
1300円 ①4-04-873299-4
「中空」 角川書店 2004.5 350p 15cm
（角川文庫）629円 ①4-04-373102-7

鳥越 碧 とりごえ・みどり
4651 「雁金屋草紙」
◇時代小説大賞 （第1回/平成2年）
「雁金屋草紙」 講談社 1991.1 257p

酉島 伝法 とりしま・でんぽう
4652 「皆勤の徒」
◇創元SF短編賞 （第2回/平成23年度）
◇日本SF大賞 （第34回/平成25年）
「原色の想像力―創元SF短編賞アンソロ
ジー 2」 大森望, 日下三蔵, 堀晃編
東京創元社 2012.3 444p 15cm（創
元SF文庫 739-02）980円 ①978-4-
488-73902-7

鳥山 浪之介 とりやま・なみのすけ
4653 「自分の室へ」
◇「文章世界」特別募集小説 （大7年12
月）

十和 とわ
4654 「クリアネス」
◇日本ケータイ小説大賞 （第1回/平成
18年/大賞）
「クリアネス―限りなく透明な恋の物語」
スターツ出版 2007.2 281p 20cm
1000円 ①978-4-88381-050-5
※他言語標題：Clearness
「クリアネス―限りなく透明な恋の物語」
スターツ出版 2009.4 317p 15cm
（ケータイ小説文庫 と1-1―野いちご）
500円 ①978-4-88381-500-5
※2007年刊の加筆, 並列シリーズ名：
Keitai shousetsu bunko

永遠月 心悟 とわずき・しんご
4655 「怪談撲滅委員会」
◇ジャンプ小説新人賞（jump Novel
Grand Prix） （'13 Spring/平成25
年春/小説：フリー部門/金賞）

「怪談彼女―てけてけ」 集英社 2014.6
215p 19cm（JUMP j BOOKS）1000
円 ①978-4-08-703317-5
※受賞作「怪談撲滅委員会」を改題

【 な 】

なぁな

4656 「純恋―スミレ―」
◇日本ケータイ小説大賞 （第6回/平成
24年/優秀賞）
「純恋―スミレ―」 スターツ出版 2012.
4 275p 19cm 1000円 ①978-4-
88381-175-5

那木 葉二　ないき・ようじ

4657 「安政写真記」
◇「サンデー毎日」大衆文芸 （第7回/
昭和5年下）

内藤 明　ないとう・あきら

4658 「斧と勾玉」
◇芸術選奨 （第54回/平成15年度/文学
部門/文部大臣新人賞）
「斧と勾玉―歌集」 砂子屋書房 2003.8
228p 22cm（音叢書）3000円 ①4-
7904-0721-7

内藤 みどり　ないとう・みどり

4659 「いふや坂」
◇潮賞 （第15回/平成8年/小説/優秀作）
「いふや坂」 潮出版社 1996.12 199p
19cm 1500円 ①4-267-01434-5

内藤 了　ないとう・りょう

4660 「ON」
◇日本ホラー小説大賞 （第21回/平成26
年/読者賞）

4661 「顔剝ぎ観音」
◇『幽』文学賞 （第8回/平成25年/長編
部門/奨励賞）

4662 「奇譚百話綴り」
◇『幽』文学賞 （第6回/平成23年/長編
部門/佳作）

4663 「霜月の花」
◇『幽』文学賞 （第7回/平成24年/長編
部門/奨励賞）

直井 潔　なおい・きよし

4664 「一縷の川」
◇平林たい子文学賞 （第5回/昭和52年/
小説）
「一縷の川」 新潮社 1977.1 237p

直江 謙継　なおえ・けんけい

4665 「暗闇の光」
◇自由都市文学賞 （第2回/平成2年）

直江 総一　なおえ・そういち

4666 「白い犬と黒い犬」
◇あさよむ携帯文学賞 （第2回/平成16
年/佳作）

直江 ヒロト　なおえ・ひろと

4667 「夏海紗音と不思議な航海」
◇ファンタジア大賞 （第21回/平成21年
/読者賞）
「夏海紗音と不思議な世界　1」 富士見
書房 2010.1 283p 15cm（富士見
ファンタジア文庫 な-1-1-1）580円
①978-4-8291-3483-2

泣洟 漁郎　なが・ぎょろう

4668 「夜嵐」
◇「文芸倶楽部」懸賞小説 （第9回/明
36年11月/第3等）

永井 愛　ながい・あい

4669 「萩家の三姉妹」
◇読売文学賞 （第52回/平成12年度/戯
曲・シナリオ賞）
「萩家の三姉妹」 白水社 2000.11
162p 20cm 1900円 ①4-560-03529-6

長井 彬　ながい・あきら

4670 「原子炉の蟹」
◇江戸川乱歩賞 （第27回/昭和56年）
「原子炉の蟹」 講談社 1981.9 314p
「原子炉の蟹」 講談社 1984.8 375p（講
談社文庫）
「原子炉の蟹・写楽殺人事件―江戸川乱歩
賞全集　13」 長井彬, 高橋克彦著, 日本
推理作家協会編　講談社　2002.9
865p 15cm（講談社文庫）1190円
①4-06-273530-X
「原子炉の蟹」 新装版　講談社　2011.11
457p 15cm（講談社文庫）743円
①978-4-06-277111-5

永井 荷風　ながい・かふう

4671 「かたわれ月」
◇「万朝報」懸賞小説（第131回/明32年8月）
「荷風全集1」 岩波書店 昭和38年
「〔永井〕荷風全集1」 岩波書店 1992
「荷風全集　第1巻　初期作品集」 岩波書店 2009.7　442p　21cm　5000円
①978-4-00-091721-6

4672 「花籠」
◇「万朝報」懸賞小説（第124回/明32年6月）
「荷風全集1」 岩波書店 昭和38年
「〔永井〕荷風全集1」 岩波書店 1992
「荷風全集　第1巻　初期作品集」 岩波書店 2009.7　442p　21cm　5000円
①978-4-00-091721-6

4673 「闇の夜」
◇「新小説」懸賞小説（明33年4月）
「荷風全集1」 岩波書店 昭和38年
「〔永井〕荷風全集1」 岩波書店 1992

永井 清子　ながい・きよこ

4674 「月の汀」
◇関西文學新人賞（第3回/平成15年/佳作/小説部門）

永井 紗耶子　ながい・さやこ

4675 「絡繰り心中」
◇小学館文庫小説賞（第11回/平成22年）
「恋の手本となりにけり」 小学館 2010.10　206p　20cm　619円　①978-4-09-386287-5
※受賞作「絡繰り心中」の改題
「絡繰り心中―部屋住み遠山金四郎」 小学館 2014.3　314p　15cm（小学館文庫な23-1）　619円　①978-4-09-406033-1
※「恋の手本となりにけり」（2010年刊）の改題、加筆改稿

永井 するみ　ながい・するみ

4676 「枯れ蔵」
◇新潮ミステリー倶楽部賞（第1回/平成8年）
「枯れ蔵」 新潮社 1997.1　307p　19cm（新潮ミステリー倶楽部）　1648円　①4-10-602748-8
「枯れ蔵」 新潮社 2000.2　523p　15cm（新潮文庫）　667円　①4-10-148821-5

「枯れ蔵」 東京創元社 2008.7　444p　15cm（創元推理文庫）　920円　①978-4-488-45502-6

4677 「隣人」
◇「小説推理」新人賞（第18回/平成8年）
「隣人」 双葉社 2001.7　314p　19cm　1800円　①4-575-23420-6
「隣人」 双葉社 2004.7　344p　15cm（双葉文庫）　600円　①4-575-50954-X
「隣人」 新装版 双葉社 2013.8　384p　15cm（双葉文庫）　667円　①978-4-575-51604-3

中井 拓志　なかい・たくし

4678 「レフトハンド」
◇日本ホラー小説大賞（第4回/平成9年/長編賞）
「レフトハンド」 角川書店 1997.6　325p　19cm　1500円　①4-04-873057-6
「レフトハンド」 角川書店 1998.12　486p　15cm（角川ホラー文庫）　760円　①4-04-346401-0

永井 龍男　ながい・たつお

4679 「秋」
◇川端康成文学賞（第2回/昭和50年）
「秋―その他」 講談社 1980.11　237p
「永井龍男全集4」 講談社 昭和56年
「秋―その他」 講談社 1981.1　237p〈限定版〉
「昭和文学全集10」 小学館 1987
「川端康成文学賞全作品　1」 上林暁, 永井龍男, 佐多稲子, 水上勉, 富岡多恵子ほか著 新潮社 1999.6　452p　19cm　2800円　①4-10-305821-8

4680 「朝霧」
◇横光利一賞（第2回/昭和25年）
「朝霧」 新潮社 1951　212p（新潮文庫）
「永井龍男全集1」 講談社 昭和56年
「昭和文学全集10」 小学館 1987
「いのちのかたち」 鶴見俊輔, 安野光雅, 森毅, 井上ひさし, 池内紀編 筑摩書房 1995.2　412p　19cm（新・ちくま文学の森 6）　1800円　①4-480-10126-8
「日本文学100年の名作―木の都　1944-1953」 池内紀, 川本三郎, 松田哲夫編 新潮社 2014.12　502p　15cm（新潮文庫）　750円　①978-4-10-127435-5

4681 「一個その他」
◇日本芸術院賞（第22回/昭和40年）

◇野間文芸賞 （第18回/昭和40年）
「一個その他」 文芸春秋新社 1965 269p
「昭和文学全集10」 小学館 1987

4682 「コチャバンバ行き」
◇読売文学賞 （第24回/昭和47年/小説賞）
「コチャバンバ行き」 講談社 1972 196p
「コチャバンバ行き」 講談社 1977.5 196p （講談社文庫）
「永井龍男全集8」 講談社 昭和56年
「昭和文学全集10」 小学館 1987

中井 英夫 なかい・ひでお

4683 「悪夢の骨牌」
◇泉鏡花文学賞 （第2回/昭和49年）
「悪夢の骨牌」 平凡社 1973 198p
「悪夢の骨牌」 講談社 1981.12 205p （講談社文庫）
「中井英夫作品集4」 三一書房 1988

中居 真麻 なかい・まあさ

4684 「星屑ビーナス！」
◇日本ラブストーリー大賞 （第6回/平成23年/大賞）
「恋なんて贅沢が私に落ちてくるのだろうか？」 宝島社 2011.3 343p 20cm 1200円 ①978-4-7966-8192-6
※受賞作「星屑ビーナス！」を改題
「恋なんて贅沢が私に落ちてくるのだろうか？」 宝島社 2012.2 346p 16cm （宝島社文庫 Cな-7-1―Japan love story award） 571円 ①978-4-7966-8896-3

永井 美智子 ながい・みちこ

4685 「ぼんやり姫と黒いマントの老婆」
◇全作家文学賞 （第1回/平成18年/佳作）

永井 路子 ながい・みちこ

4686 「炎環」
◇直木三十五賞 （第52回/昭和39年下）
「炎環」 光風社 1964 279p
「炎環」 講談社 1965 209p （ロマン・ブックス）
「炎環」 光風社書店 1966 280p
「炎環―連作小説」 光風社書店 1975 280p
「日本歴史文学館6」 講談社 1987
「炎環」 文藝春秋 2012.6 348p 15cm （文春文庫） 629円 ①978-4-16-720050-3

4687 「雲と風と」
◇吉川英治文学賞 （第22回/昭和63年度）
「雲と風と」 中央公論社 1987.5 341p
「雲と風と―伝教大師最澄の生涯」 中央公論社 1990.6 410p （中公文庫）
「雲と風と―伝教大師最澄の生涯 他四篇」 中央公論社 1994.12 431p 19cm （永井路子歴史小説全集 3） 3400円 ①4-12-403263-3

4688 「三条院記」
◇「サンデー毎日」懸賞小説 （創刊30年記念100万円懸賞小説/昭和26年/歴史小説（2席））

4689 「氷輪」
◇女流文学賞 （第21回/昭和57年度）
「氷輪」 中央公論社 1981.11 2冊
「氷輪」 中央公論社 1984.10 2冊 （中公文庫）
「氷輪」 中央公論社 1994.10 493p 19cm （永井路子歴史小説全集 1） 3800円 ①4-12-403261-7

中井 祐治 なかい・ゆうじ

4690 「フリースタイルのいろんな話」
◇群像新人文学賞 （第43回/平成12年/小説/優秀作）

中井 由希恵 なかい・ゆきえ

4691 「ミューズに抱かれて」
◇ロマン大賞 （第9回/平成12年/佳作）
「ミューズに抱かれて」 集英社 2000.10 263p 15cm （コバルト文庫） 495円 ①4-08-614775-0

中石 海 なかいし・うみ

4692 「陽射し」
◇12歳の文学賞 （第3回/平成21年/小説部門/大賞）
「12歳の文学 第3集 小学生作家が紡ぐ9つの物語」 小学館 2009.3 299p 20cm 1100円 ①978-4-09-289721-2

永石 拓 ながいし・たく

4693 「ふざけんな，ミーノ」
◇小説現代新人賞 （第61回/平成5年下）

中内 蝶二 なかうち・ちょうじ

4694 「孤屋」
◇「万朝報」懸賞小説 （第4回/明30年2月）

長浦 京　ながうら・きょう

4695「赤刃」
◇小説現代長編新人賞（第6回/平成23年）〈受賞時〉長浦 縁真
「赤刃」講談社 2012.1 275p 19cm 1400円 ①978-4-06-217318-6

長尾 彩子　ながお・あやこ

4696「にわか姫の懸想」
◇ノベル大賞（平成22年度/大賞）

長尾 宇迦　ながお・うか

4697「山風記」
◇小説現代新人賞（第2回/昭和39年上）
「山風記」講談社 1971 242p

長尾 健一　ながお・けんいち

4698「カウンターブロウ」
◇「小説推理」新人賞（第7回/昭和60年）

長尾 紫孤庵　ながお・しこあん

4699「しら浪」
◇「文芸倶楽部」懸賞小説（第44回/明39年10月/第1等）

中尾 昇　なかお・のぼる

4700「集会参加」
◇部落解放文学賞（第8回/昭和56年/小説）

長尾 誠夫　ながお・まさお

4701「源氏物語人殺し絵巻」
◇サントリーミステリー大賞（第4回/昭和60年/読者賞）

長尾 由多加　ながお・ゆたか

4702「夜の薔薇の紅い花びらの下」
◇オール讀物推理小説新人賞（第26回/昭和62年）

長岡 弘樹　ながおか・ひろき

4703「傍聞き」
◇日本推理作家協会賞（第61回/平成20年/短篇部門）
「ザ・ベストミステリーズ―推理小説年鑑2008」日本推理作家協会編 講談社 2008.7 439p 20cm 3500円 ①978-4-06-114909-0
※他言語標題：The best mysteries
「傍聞き」双葉社 2008.10 213p

20cm 1400円 ①978-4-575-23636-1

4704「教場」
◇本屋大賞（第11回/平成26年/6位）
「教場」小学館 2013.6 294p 20cm 1500円 ①978-4-09-386355-1

4705「真夏の車輪」
◇小説推理新人賞（第25回/平成15年）

長岡 マキ子　ながおか・まきこ

4706「中の下と言われたオレ～聖☆イチロー高校をつぶせ！～」
◇ファンタジア大賞（第21回/平成21年/金賞）〈受賞時〉長岡 真規子
「中（チュー）の下！ ランク1. 中の下と言われたオレ」富士見書房 2010.2 292p 15cm（富士見ファンタジア文庫 な-2-1-1）580円 ①978-4-8291-3495-5

中岡 正代　なかおか・まさよ

4707「愛犬ムクと幸せ半分こ」
◇わんマン賞（第3回/平成11年/長編部門）
「愛犬ムクと幸せ半分こ―犬と人はここまで仲良くなれる」ハート出版 2000.2 219p 19cm（犬と人シリーズ）1300円 ①4-89295-154-4

中上 健次　なかがみ・けんじ

4708「枯木灘」
◇毎日出版文化賞（第31回/昭和52年）
◇芸術選奨（第28回/昭和52年度/文学部門/新人賞）
「枯木灘」河出書房新社 1977.5 296p
「枯木灘」河出書房新社 1980.6 312p（河出文庫）
「枯木灘・覇王の七日―中上健次選集1」小学館 1998.9 387p 15cm（小学館文庫）790円 ①4-09-402611-8
「枯木灘」新装版 河出書房新社 2015.1 437p 15cm（河出文庫）740円 ①978-4-309-41339-6
「中上健次集 5 枯木灘、覇王の七日」インスクリプト 2015.6 373p 19cm 3500円 ①978-4-900997-55-4

4709「岬」
◇芥川龍之介賞（第74回/昭和50年下）
「岬」文芸春秋 1976 253p
「岬」文芸春秋 1978.12 267p（文春文庫）
「芥川賞全集10」文芸春秋 1982
「岬」成瀬書房 1984.4 152p〈限定版〉

なかがみ　　　　　　　　　　　　　　　　　　　　　　　　　　　　　　4710〜4723

「昭和文学全集29」　小学館 1988
「岬・化粧他―中上健次選集　12」　小学館　2000.7　285p　15cm　（小学館文庫）638円　①4-09-404392-6
「中上健次集　1　岬、十九歳の地図、他十三篇」　インスクリプト　2014.4　627p　19cm　3900円　①978-4-900997-41-7
「現代小説クロニクル 1975〜1979」　日本文藝家協会編　講談社　2014.10　347p　15cm　（講談社文芸文庫）1700円　①978-4-06-290245-8

中紙 輝一　なかがみ・てるかず

4710　「北海道牛飼い抄」
◇農民文学賞（第15回/昭和46年度）

中上 紀　なかがみ・のり

4711　「彼女のプレンカ」
◇すばる文学賞（第23回/平成11年）
「彼女のプレンカ」　集英社　2000.1　202p　20cm　1300円　①4-08-774447-7

中川 一政　なかがわ・かずまさ

4712　「螻蛄の歌」
◇「万朝報」懸賞小説（第885回/明45年7月）

中川 圭士　なかがわ・けいじ

4713　「セレスティアル・フォース」
◇スニーカー大賞（第4回/平成11年/奨励賞・読者賞）
「セレスティアルフォース―天国から来た特殊部隊」　角川書店　1999.7　318p　15cm　（角川文庫）600円　①4-04-422401-3

ナカガワ コウ

4714　「もういちど」
◇新風舎出版賞（第16回/平成13年8月/ビジュアル部門/最優秀賞）
「もういちど」　新風舎　2003.2　1冊（ページ付なし）　10×20cm　1200円　①4-7974-2483-4

中川 静子　なかがわ・しずこ

4715　「幽囚転転」
◇オール讀物新人賞（第25回/昭和39年下）

中川 童二　なかがわ・どうじ

4716　「鮭と狐の村」

◇「サンデー毎日」大衆文芸（第53回/昭和33年上）

4717　「ど腐れ炎上記」
◇「サンデー毎日」大衆文芸（第48回/昭和30年下）

仲川 晴斐　なかがわ・はるひ

4718　「くもの糸その後」
◇12歳の文学賞（第7回/平成25年/小説部門/優秀賞）
「12歳の文学　第7集」　小学館　2013.3　160p　26cm　952円　①978-4-09-106804-0

中川 裕之　なかがわ・ひろゆき

4719　「満ちない月」
◇関西文學新人賞（第4回/平成16年/佳作/小説部門）

中川 勝文　なかがわ・まさふみ

4720　「ひきこもり卒業マニュアル」
◇新風舎文庫大賞（新風舎文庫創刊記念/平成15年2月/創刊記念特別賞）
「ひきこもり卒業マニュアル」　新風舎　2004.1　175p　15cm　（新風舎文庫）700円　①4-7974-9005-5

中川 充　なかがわ・みつる

4721　「**POKKA POKKA**」
◇ダ・ヴィンチ文学賞（第1回/平成18年/編集長特別賞）
「Pokka pokka」　メディアファクトリー　2008.6　227p　15cm　（MF文庫ダ・ヴィンチ）524円　①978-4-8401-2346-4
※本文は日本語

中川 裕朗　なかがわ・ゆうろう

4722　「猟人の眠り」
◇サントリーミステリー大賞（第7回/昭和63年/佳作賞）
「猟人の眠り」　文芸春秋　1989.9　260p

中河 与一　なかがわ・よいち

4723　「愛恋無限」
◇透谷文学賞（第1回/昭和12年）
「愛恋無限」　第一書房 1936 489p
「愛恋無限」　上 前田出版社 1946 400p
「愛恋無限」　下 前田出版社 1947 400p
「愛恋無限」　上下巻 三笠書房 1953 2冊（三笠文庫）
「愛恋無限」　上下巻 角川書店 1954 2冊

（角川文庫）
「中河与一全集5」 角川書店 昭和42年
「愛恋無限」 日本ソノサービスセンター
1968 230p
「愛恋無限―瀬戸大橋完成記念」 古川書
房 1988.3 237p

長坂 秀佳 ながさか・ひでか

4724 「浅草エノケン一座の嵐」
◇江戸川乱歩賞 （第35回/平成1年）
「浅草エノケン一座の嵐」 講談社 1989.9
368p
「浅草エノケン一座の嵐」 角川書店
2001.7 431p 15cm （角川文庫） 724
円 Ⓘ4-04-347504-7
「白色の残像・浅草エノケン一座の嵐―江
戸川乱歩賞全集 17」 坂本光一, 長坂
秀佳著, 日本推理作家協会編 講談社
2004.9 944p 15cm （講談社文庫）
1190円 Ⓘ4-06-274854-1

中崎 久二男 なかざき・くにお

4725 「闇の中から」
◇部落解放文学賞 （第6回/昭和54年/小
説）

長崎 夏海 ながさき・なつみ

4726 「クリオネのしっぽ」
◇坪田譲治文学賞 （第30回/平成26年
度）
「クリオネのしっぽ」 長崎夏海著, 佐藤
真紀子絵 講談社 2014.4 187p
20cm 1300円 Ⓘ978-4-06-218848-7

中里 喜昭 なかざと・きしょう

4727 「仮のねむり」
◇多喜二・百合子賞 （第2回/昭和45年）
「仮のねむり」 下 新日本出版社 1969
318p
「仮のねむり」 上 新日本出版社 1969
241p
「仮のねむり」 新日本出版社 1974 557p

中里 恒子 なかざと・つねこ

4728 「歌枕」
◇読売文学賞 （第25回/昭和48年/小説
賞）
「歌枕」 新潮社 1973 245p
「中里恒子全集11」 中央公論社 昭和54年
「歌枕」 中央公論社 1981.10 188p
「昭和文学全集19」 小学館 1987
「網野菊・芝木好子・中里恒子」 網野菊,

芝木好子, 中里恒子著, 河野多恵子, 大庭
みな子, 佐藤愛子, 津村節子監修 角川
書店 1999.5 477p 19cm （女性作家
シリーズ 5） 2800円 Ⓘ4-04-574205-0
「歌枕」 講談社 2000.6 271p 15cm
（講談社文芸文庫） 1200円 Ⓘ4-06-
198215-X

4729 「誰袖草」
◇女流文学賞 （第18回/昭和54年度）
「誰袖草」 文芸春秋 1978.12 249p
「中里恒子全集14」 中央公論社 昭和55年
「昭和文学全集19」 小学館 1987

4730 「乗合馬車」
◇芥川龍之介賞 （第8回/昭和13年下）
「乗合馬車」 小山書店 1939 287p
「現代日本文学選集 第4巻」 日本ペン
クラブ編 細川書店 1948 1冊
「わが庵」 文芸春秋 1974 301p
「中里恒子全集1」 中央公論社 昭和54年
「芥川賞全集2」 文芸春秋 1982
「昭和文学全集19」 小学館 1987
「網野菊・芝木好子・中里恒子」 網野菊,
芝木好子, 中里恒子著, 河野多恵子, 大庭
みな子, 佐藤愛子, 津村節子監修 角川
書店 1999.5 477p 19cm （女性作家
シリーズ 5） 2800円 Ⓘ4-04-574205-0

中里 十 なかざと・みつる

4731 「どろぼうの名人」
◇小学館ライトノベル大賞〔ガガガ文庫
部門〕 （第2回/平成20年/佳作）
「どろぼうの名人」 小学館 2008.10
286p 15cm （ガガガ文庫） 590円
Ⓘ978-4-09-451097-3

中里 融司 なかざと・ゆうじ

4732 「板東武神侠」
◇歴史群像大賞 （第1回/平成6年/優秀
賞）
「坂東武陣侠―信長を討て！」 学習研究
社 1994.9 260p 18cm （歴史群像新
書） 780円 Ⓘ4-05-400390-7

4733 「冒険商人アムラフィ―海神ドラ
ムの秘宝」
◇電撃ゲーム小説大賞 （第1回/平成6年
/銀賞）
「冒険商人アムラフィ―海神ドラムの秘
宝」 メディアワークス, 主婦の友社
〔発売〕 1994.10 284p 15cm （電撃
文庫） 560円 Ⓘ4-07-302132-X

中里 友香　なかざと・ゆか

4734 「カンパニュラの銀翼」
◇アガサ・クリスティー賞（第2回/平成24年）
「カンパニュラの銀翼」早川書房 2012.10 465p 20cm 1800円 ①978-4-15-209327-1

4735 「黒十字サナトリウム」
◇日本SF新人賞（第9回/平成19年）
「黒十字サナトリウム」徳間書店 2008.9 364p 20cm 2000円 ①978-4-19-862597-9

長沢 樹　ながさわ・いつき

4736 「リストカット/グラデーション」
◇横溝正史ミステリ大賞（第31回/平成23年/大賞）〈受賞時〉眼鏡 もじゅ
「消失グラデーション」角川書店, 角川グループパブリッシング〔発売〕2011.9 365p 20cm 1500円 ①978-4-04-874256-6
※受賞作「リストカットグラデーション」を改題
「消失グラデーション」KADOKAWA 2014.2 437p 15cm（角川文庫 な54-1 —樋口真由“消失”シリーズ）680円 ①978-4-04-101228-4

中沢 けい　なかざわ・けい

4737 「海を感じる時」
◇群像新人文学賞（第21回/昭和53年/小説）
「海を感じる時」講談社 1984.6 169p（講談社文庫）

4738 「水平線上にて」
◇野間文芸新人賞（第7回/昭和60年）
「水平線上にて」講談社 1985.4 223p
「海を感じる時 水平線上にて」講談社 1995.3 390p 15cm（講談社文芸文庫）1200円 ①4-06-196315-5

中沢 紅鯉　なかざわ・こうり

4739 「言葉の帰る日」
◇パレットノベル大賞（第3回/平成2年夏/佳作）

中沢 茂　なかざわ・しげる

4740 「紙飛行機」
◇北海道新聞文学賞（第12回/昭和53年/小説）
「紙飛行機」諏訪 檸檬社 1982.2 351p

〈発売：近代文芸社〉

永沢 透　ながさわ・とおる

4741 「朝の幽霊」
◇北区内田康夫ミステリー文学賞（第2回/平成16年/区民賞（特別賞））

中澤 日菜子　なかざわ・ひなこ

4742 「柿の木、枇杷も木」
◇小説現代長編新人賞（第8回/平成25年）
「お父さんと伊藤さん」講談社 2014.1 279p 20cm 1400円 ①978-4-06-218758-9
※受賞作「柿の木、枇杷も木」を改題

中沢 正弘　なかざわ・まさひろ

4743 「風に訊く日日」
◇農民文学賞（第32回/昭和63年度）

中沢 ゆかり　なかざわ・ゆかり

4744 「夏の花」
◇北日本文学賞（第26回/平成4年）
「北日本文学賞入賞作品集 2」井上靖, 宮本輝選, 北日本新聞社編 北日本新聞社 2002.8 436p 19cm 2190円 ①4-906678-67-X

中路 啓太　なかじ・けいた

4745 「火ノ児の剣」
◇小説現代長編新人賞（第1回/平成18年/奨励賞）
「火ノ児の剣」講談社 2006.10 236p 20cm 1500円 ①4-06-213641-4
「火ノ児の剣」講談社 2009.12 291p 15cm（講談社文庫 な82-1）581円 ①978-4-06-276574-9

仲路 さとる　なかじ・さとる

4746 「異 戦国志」
◇歴史群像大賞（第1回/平成6年）
「異戦国志 1 信長死せず」学習研究社 1994.10 248p 18cm（歴史群像新書）780円 ①4-05-400360-5
「信長死せず—異戦国志 1」学習研究社 2000.9 342p 15cm（学研M文庫）520円 ①4-05-900001-9

中島 梓　なかじま・あずさ　⇒栗本 薫（くりもと・かおる）

中島 あや　なかじま・あや

4747 「コイバナ」

◇「恋愛文学」コンテスト（第2回/平成16年7月/優秀賞）

中島 安祥　なかしま・あんしょう

4748　「証言」
◇自分史文学賞（第13回/平成14年度/佳作）

中島 悦子　なかしま・えつこ

4749　「マッチ売りの偽書」
◇H氏賞（第59回/平成21年）
「マッチ売りの偽書」思潮社　2008.9
95p　22cm　2400円　①978-4-7837-3075-0

中島 要　なかじま・かなめ

4750　「素見（ひやかし）」
◇小説宝石新人賞（第2回/平成20年）

中島 京子　なかじま・きょうこ

4751　「かたづの！」
◇フラウ文芸大賞（第3回/平成27年/準大賞）
◇河合隼雄物語賞（第3回/平成27年度）
◇柴田錬三郎賞（第28回/平成27年）
「かたづの！」集英社　2014.8　383p
20cm　1800円　①978-4-08-771570-5
※文献あり

4752　「小さいおうち」
◇直木三十五賞（第143回/平成22年上半期）
「小さいおうち」文藝春秋　2010.5
319p　20cm　1581円　①978-4-16-329230-4
「小さいおうち」文藝春秋　2012.12
348p　16cm（文春文庫 な68-1）543円
①978-4-16-784901-6

4753　「妻が椎茸だったころ」
◇泉鏡花文学賞（第42回/平成26年）
「妻が椎茸だったころ」講談社　2013.11
172p　19cm　1300円　①978-4-06-218513-4

4754　「長いお別れ」
◇中央公論文芸賞（第10回/平成27年）
「長いお別れ」文藝春秋　2015.5　263p
20cm　1550円　①978-4-16-390265-4

永嶋 公栄　ながしま・こうえい

4755　「幻のイセザキストリート」
◇新日本文学賞（第33回/平成15年/小説/佳作）

中島 俊輔　なかじま・しゅんすけ

4756　「夏の賑わい」
◇文學界新人賞（第61回/昭和60年下）

中島 晶子　なかじま・しょうこ

4757　「牧場犬になったマヤ」
◇わんマン賞（第10回/平成19年/グランプリ）

中島 たい子　なかじま・たいこ

4758　「漢方小説」
◇すばる文学賞（第28回/平成16年）
「漢方小説」集英社　2005.1　138p
20cm　1200円　①4-08-774743-3

中嶋 隆　なかじま・たかし

4759　「廓の与右衛門 恋の顛末」
◇小学館文庫小説賞（第8回/平成19年）
「廓の与右衛門控え帳」小学館　2007.10
254p　20cm　1400円　①978-4-09-386194-6

4760　「武士道哀話」
◇歴史群像大賞（第16回/平成22年発表/佳作）

中島 久枝　なかしま・ひさえ

4761　「日乃出が走る―浜風屋菓子話」
◇ポプラ社小説新人賞（第3回/平成25年/特別賞）
「日乃出が走る―浜風屋菓子話」ポプラ社　2014.6　335p　16cm（ポプラ文庫 な11-1）640円　①978-4-591-14034-5

中嶋 博行　なかじま・ひろゆき

4762　「検察官の証言」
◇江戸川乱歩賞（第40回/平成6年）
「検察捜査」講談社　1997.7　373p
15cm（講談社文庫）562円　①4-06-263546-1

長島 槙子　ながしま・まきこ

4763　「遊郭の怪談（さとのはなし）」
◇『幽』怪談文学賞（第2回/平成19年/長編部門/特別賞）
「遊郭のはなし」メディアファクトリー
2008.5　253p　20cm（幽books）1350円　①978-4-8401-2318-1

4764　「旅芝居怪談双六 屋台崩骨寄敦盛」
◇ムー伝奇ノベル大賞（第3回/平成15

年/優秀賞）
「旅芝居怪談双六」 学習研究社 2004.3
364p 20cm 1700円 Ⓘ4-05-402420-3

なかじま みさを
4765 「孵化界」
◇ノベル大賞 （第32回/平成13年/佳作）

中島 桃果子　なかじま・もかこ
4766 「蝶番」
◇新潮エンターテインメント大賞 （第4
回/平成19年度/大賞 江國香織選）
「蝶番」 新潮社 2009.1 186p 20cm
1200円 Ⓘ978-4-10-313531-9

長嶋 有　ながしま・ゆう
4767 「サイドカーに犬」
◇文學界新人賞 （第92回/平成13年上
期）
「猛スピードで母は」 文藝春秋 2002.1
160p 20cm 1238円 Ⓘ4-16-320650-7
「猛スピードで母は」 文藝春秋 2005.2
168p 16cm （文春文庫） 381円 Ⓘ4-
16-769301-1
4768 「猛スピードで母は」
◇芥川龍之介賞 （第126回/平成13年下
期）
「猛スピードで母は」 文藝春秋 2002.1
160p 20cm 1238円 Ⓘ4-16-320650-7
「猛スピードで母は」 文藝春秋 2005.2
168p 16cm （文春文庫） 381円 Ⓘ4-
16-769301-1
4769 「夕子ちゃんの近道」
◇大江健三郎賞 （第1回/平成19年）
「夕子ちゃんの近道」 新潮社 2006.4
229p 20cm 1500円 Ⓘ4-10-302251-5
「夕子ちゃんの近道」 講談社 2009.4
280p 15cm （講談社文庫 な77-1） 524
円 Ⓘ978-4-06-276334-9

中島 ゆうり　なかじま・ゆうり
4770 「エンパシー」
◇東北北海道文学賞 （第11回/平成12年
度/奨励賞）

中島 らも　なかじま・らも
4771 「ガダラの豚」
◇日本推理作家協会賞 （第47回/平成6
年/長編部門）
「ガダラの豚」 実業之日本社 1993.3
598p 19cm 2000円 Ⓘ4-408-53191-X

「ガダラの豚　1」 集英社 1996.5
292p 15cm （集英社文庫） 500円
Ⓘ4-08-748480-7
「ガダラの豚　2」 集英社 1996.5
351p 15cm （集英社文庫） 580円
Ⓘ4-08-748481-5
「ガダラの豚　3」 集英社 1996.5
297p 15cm （集英社文庫） 520円
Ⓘ4-08-748482-3
「ガダラの豚　上」 双葉社 2008.6
466p 15cm （双葉文庫―日本推理作家
協会賞受賞作全集 74） 857円 Ⓘ978-4-
575-65873-6
「ガダラの豚　下」 双葉社 2008.6
469p 15cm （双葉文庫―日本推理作家
協会賞受賞作全集 74） 857円 Ⓘ978-4-
575-65874-3
4772 「今夜, すべてのバーで」
◇吉川英治文学新人賞 （第13回/平成4
年度）
「今夜、すべてのバーで」 講談社 1991.3
269p
「今夜、すべてのバーで」 講談社 1994.
3 312p 15cm （講談社文庫） 500円
Ⓘ4-06-185627-8

中条 孝子　なかじょう・たかこ
4773 「どれあい」
◇織田作之助賞 （第2回/昭和60年）

中条 佑弥　なかじょう・ゆうや
4774 「誘蛾灯」
◇日本海文学大賞 （第15回/平成16年/
小説部門/大賞）

永瀬 さらさ　ながせ・さらさ
4775 「夢見る野菜の精霊歌～My
Grandfathers'Clock～」
◇角川ビーンズ小説大賞 （第11回/平成
24年/奨励賞＆読者賞）
「精霊歌士と夢見る野菜」 KADOKAWA
2013.11 220p 15cm （角川ビーンズ
文庫 BB90-1） 540円 Ⓘ978-4-04-
101068-6
※受賞作「夢見る野菜の精霊歌～My
Grandfathers'Clock～」を改題
「精霊歌士と夢見る野菜　2　紅色の祝
祭」 KADOKAWA 2014.3 252p
15cm （角川ビーンズ文庫 BB90-2）
560円 Ⓘ978-4-04-101255-0
「精霊歌士と夢見る野菜　3　金色の約
束」 KADOKAWA 2014.8 253p
15cm （角川ビーンズ文庫 BB90-1）

580円 ①978-4-04-101666-4

永瀬 三吾　ながせ・さんご

4776　「売国奴」
◇日本推理作家協会賞　（第8回/昭和30年）
「売国奴」　春陽堂書店　1957　225p（春陽文庫）

永瀬 直矢　ながせ・なおや

4777　「ロミオとインディアナ」
◇太宰治賞　（第24回/平成20年）
「太宰治賞　2008」　筑摩書房編集部編　筑摩書房　2008.6　275p　21cm　1000円　①978-4-480-80412-9
「ロミオとインディアナ」　筑摩書房　2009.3　253p　20cm　1500円　①978-4-480-80419-8
※他言語標題：Romeo and Indiana, 文献あり

長瀬 ひろこ　ながせ・ひろこ

4778　「熱風」
◇地上文学賞　（第34回/昭和61年）

中薗 英助　なかぞの・えいすけ

4779　「北京飯店旧館にて」
◇読売文学賞　（第44回/平成4年/小説賞）
「北京飯店旧館にて」　筑摩書房　1992.10　247p
「北京飯店旧館にて」　講談社　2007.1　321p　16cm（講談社文芸文庫）1400円　①978-4-06-198466-0
※年譜あり，著作目録あり

中田 永一　なかた・えいいち

4780　「くちびるに歌を」
◇本屋大賞　（第9回/平成24年/4位）
「くちびるに歌を」　小学館　2011.11　285p　20cm　1500円　①978-4-09-386317-9
「くちびるに歌を」　小学館　2013.12　316p　15cm（小学館文庫　な20-1）619円　①978-4-09-408881-6

中田 かなた　なかた・かなた

4781　「命がけのゲームに巻き込まれたので嫌いな奴をノリノリで片っ端から殺してやることにした」
◇HJ文庫大賞　（第9回/平成27年/大賞）

中田 耕治　なかだ・こうじ

4782　「ボルジア家の人々」
◇近代文学賞　（第5回/昭和38年）

中田 龍雄　なかた・たつお

4783　「鮭姫」
◇「サンデー毎日」大衆文芸　（第34回/昭和21年）

永田 俊也　ながた・としや

4784　「ええから加減」
◇オール讀物新人賞　（第84回/平成16年）

永田 萬里子　ながた・まりこ

4785　「赤いベスト」
◇NHK銀の雫文芸賞　（第16回/平成15年/優秀）

永田 もくもく　ながた・もくもく

4786　「ジンジャー・マンを探して」
◇YA文学短編小説賞　（第2回/平成21年/佳作）

中谷 孝雄　なかたに・たかお

4787　「招魂の賦」
◇芸術選奨　（第19回/昭和43年度/文学部門/文部大臣賞）
「招魂の賦」　東京　講談社　1969　215p
「中谷孝雄全集4」　講談社　昭和50年
「招魂の賦」　講談社　1998.4　230p　16cm（講談社文芸文庫）940円　①4-06-197613-3
※年譜あり，著作目録あり

中津 文彦　なかつ・ふみひこ

4788　「黄金流砂」
◇江戸川乱歩賞　（第28回/昭和57年）
「黄金流砂」　講談社　1982.9　298p
「黄金流砂」　講談社　1984.8　350p（講談社文庫）
「黄金流砂・焦茶色のパステル―江戸川乱歩賞全集　14」　中津文彦，岡嶋二人著，日本推理作家協会編　講談社　2002.9　820p　15cm（講談社文庫）1190円　①4-06-273531-8

4789　「七人の共犯者」
◇角川小説賞　（第12回/昭和60年）
「七人の共犯者―北斗警察物語」　角川書店　1985.6　223p（カドカワノベルズ）

文学賞受賞作品総覧　小説篇　　363

なかと

「七人の共犯者―北斗警察物語」　角川書店　1987.3　308p（角川文庫）

ながと　帰葉　ながと・きは

4790　「諏訪に落ちる夕陽～落日の姫～」
◇ノベル大賞（第37回/平成18年度/読者大賞）
「諏訪に落ちる夕陽」　集英社　2007.10　216p　15cm（コバルト文庫）457円　Ⓝ978-4-08-601085-6

中戸　真吾　なかと・しんご

4791　「海へのチチェローネ」
◇小説現代新人賞（第22回/昭和49年上）

長堂　英吉　ながどう・えいきち

4792　「黄色軍艦」
◇芸術選奨（第50回/平成11年度/文学部門/文部大臣新人賞）
「黄色軍艦」　新潮社　1999.3　156p　20cm　Ⓝ4-10-379603-0

4793　「ランタナの花の咲く頃に」
◇新潮新人賞（第22回/平成2年）
「ランタナの花の咲く頃に」　新潮社　1991.2　211p
「街娼―パンパン＆オンリー」　マイク・モラスキー編　皓星社　2015.11　291p　19cm（シリーズ紙礫 2）1700円　Ⓝ978-4-7744-0606-0

中堂　利夫　なかどう・としお

4794　「異形の神」
◇サンデー毎日新人賞（第7回/昭和51年/推理小説）
「異形の神」　泰流社　1980.9　277p（泰流ノベルス）

中西　美智子　なかにし・みちこ

4795　「流れない歳月」
◇北日本文学賞（第15回/昭和56年）

なかにし　礼　なかにし・れい

4796　「長崎ぶらぶら節」
◇直木三十五賞（第122回/平成11年下期）
「長崎ぶらぶら節」　文藝春秋　1999.11　291p　20cm　1524円　Ⓝ4-16-318820-7
「長崎ぶらぶら節」　文藝春秋　2002.10　337p　16cm（文春文庫）476円　Ⓝ4-16-715207-X

「長崎ぶらぶら節」　新潮社　2003.10　343p　16cm（新潮文庫）514円　Ⓝ4-10-115424-4
「長崎ぶらぶら節　上」　埼玉福祉会　2004.5　288p　21cm（大活字本シリーズ）3000円　Ⓝ4-88419-247-8
「長崎ぶらぶら節　下」　埼玉福祉会　2004.5　269p　21cm（大活字本シリーズ）2900円　Ⓝ4-88419-248-6

中野　天音　なかの・あまね

4797　「ナナとリンリン草～ひみつのカギ～」
◇12歳の文学賞（第3回/平成21年/佳作）

中野　衣恵　なかの・いけい

4798　「海辺の村から」
◇部落解放文学賞（第20回/平成5年/小説）

長野　慶太　ながの・けいた

4799　「神様と取り引き」
◇日経小説大賞（第4回/平成24年）
「KAMIKAKUSHI 神隠し」　日本経済新聞出版社　2013.2　317p　20cm　1500円　Ⓝ978-4-532-17121-6
※受賞作「神様と取り引き」を改題

4800　「女子行員・滝野」
◇三田文学新人賞（第18回/平成23年/小説部門/当選作）

中野　孝次　なかの・こうじ

4801　「暗殺者」
◇芸術選奨（第50回/平成11年度/文学部門/文部大臣賞）
「暗殺者　上」　岩波書店　1999.10　229p　20cm　1700円　Ⓝ4-00-002482-5
「暗殺者　下」　岩波書店　1999.10　240p　20cm　1700円　Ⓝ4-00-002483-3

4802　「ハラスのいた日々」
◇新田次郎文学賞（第7回/昭和63年）
「ハラスのいた日々」　文芸春秋　1990　256p（文春文庫）
「中野孝次作品　06　山に遊ぶ心・花下遊楽・ハラスのいた日々」　全面改訂決定版　作品社　2001.9　477p　21×16cm　4800円　Ⓝ4-87893-743-2

4803　「麦熟るる日に」
◇平林たい子文学賞（第7回/昭和54年/小説）

364　　文学賞受賞作品総覧 小説篇

「麦熟るる日に」 河出書房新社 1978.9
241p
「麦熟るる日に」 河出書房新社 1982.4
263p（河出文庫）
「昭和文学全集31」 小学館 1988
「中野孝次作品 02 麦熟るる日に・苦
い夏」 作品社 2001.5 464p 19cm
4800円 ⓝ4-87893-739-4

中野 沙羅 なかの・さら

4804 「フリーク」
◇織田作之助賞（第28回/平成23年/佳
作）

中野 重治 なかの・しげはる

4805 「甲乙丙丁」
◇野間文芸賞（第22回/昭和44年）
「甲乙丙丁」 下 講談社 1969 641p
「甲乙丙丁」 上 講談社 1969 603p
「中野重治全集7, 8」 筑摩書房 昭和52年
「甲乙丙丁 上」 筑摩書房 1996.10
501p 21cm（中野重治全集 第7巻）
8652円 ⓝ4-480-72027-8
「甲乙丙丁 下」 筑摩書房 1996.11
486, 8p 21cm（中野重治全集 第8巻）
8652円 ⓝ4-480-72028-6

4806 「梨の花」
◇読売文学賞（第11回/昭和34年/小説
賞）
「梨の花」 新潮社 1959 313p
「梨の花」 角川書店 1962 450p（角川文
庫）
「梨の花」 新潮社 1965 462p（新潮文庫）
「中野重治全集6」 筑摩書房 昭和52年
「梨の花」 岩波書店 1985.4 479p（岩波
文庫）
「ちくま日本文学全集39」 筑摩書房 1992
「梨の花」 岩波書店 2011.9 479p
15cm（岩波文庫）900円 ⓝ4-00-
310833-7
※第7刷（第一刷1985年）

4807 「むらぎも」
◇毎日出版文化賞（第9回/昭和30年）
「むらぎも」 大日本雄弁会講談社 1954
310p
「むらぎも」 大日本雄弁会講談社 1955
272p（ミリオン・ブックス）
「むらぎも」 角川書店 1960 340p（角川
文庫）
「むらぎも」 新潮社 1960 361p（新潮文
庫）

「むらぎも」 角川書店 1966 340p（角川
文庫）
「むらぎも」 講談社 1971 339p（現代文
学秀作シリーズ）
「中野重治全集5」 筑摩書房 昭和51年
「昭和文学全集6」 小学館 1988
「むらぎも」 講談社 1989.5 446p（講談
社文芸文庫）
「石川近代文学全集8」 石川近代文学館
1989
「歌のわかれ・むらぎも」 定本版 筑摩
書房 1996.8 410p 21cm（中野重治
全集 第5巻）8446円 ⓝ4-480-72025-1

中野 順一 なかの・じゅんいち

4808 「セカンド・サイト」
◇サントリーミステリー大賞（第20回/
平成15年/大賞）
「セカンド・サイト」 文藝春秋 2003.5
315p 20cm 1429円 ⓝ4-16-321880-7

永野 新弥 ながの・しんや

4809 「ルッキング・フォー・フェア
リーズ」
◇三田文学新人賞（第10回/平成15年/
小説部門）

中野 青史 なかの・せいし

4810 「祭りに咲いた波の花」
◇サンデー毎日新人賞（第8回/昭和52
年/時代小説）

中野 拓馬 なかの・たくま

4811 「夜露に濡れて蜘蛛」
◇10分で読める小説大賞（第2回/平成
19年/大賞）

中野 千鶴 なかの・ちづる

4812 「悲しみの竜」
◇12歳の文学賞（第8回/平成26年/小説
部門/優秀賞）
「12歳の文学 第8集」 小学館 2014.3
137p 26cm 926円 ⓝ978-4-09-
106822-4

中納 直子 なかの・なおこ

4813 「美しい私の顔」
◇群像新人文学賞（第54回/平成23年/
小説当選作）

中野 英明 なかの・ひであき

4814 「ごみを拾う犬もも子のねがい」

なかの　　　　　　　　　　　　　　　　　　　　　　　　　　4815〜4831

◇わんマン賞　（第9回/平成18年/グラン
　プリ）
「ごみを拾う犬もも子のねがい―みんな
の心の中に生き続ける」　ハート出版
2008.11　127p　22cm　1200円　Ⓘ978-
4-89295-598-3

中野　文明　　なかの・ふみあき
4815　「鏡色の瞳」
◇ジャンプ小説大賞　（第15回/平成18年
/佳作）

中野　まさ子　　なかの・まさこ
4816　「夏の果て」
◇深大寺短編恋愛小説「深大寺恋物語」
　（第1回/平成17年/最優秀賞）

中野　勝　　なかの・まさる
4817　「鳩を食べる」
◇群像新人文学賞　（第35回/平成4年/小
　説/優秀作）

長野　まゆみ　　ながの・まゆみ
4818　「少年アリス」
◇文藝賞　（第25回/昭和63年）
「少年アリス」　河出書房新社　1989.1　156p
「改造版　少年アリス」　河出書房新社
2008.11　173p　19cm　1200円　Ⓘ978-
4-309-01884-3
4819　「冥途あり」
◇野間文芸賞　（第68回/平成27年）
「冥途あり」　講談社　2015.7　189p
20cm　1500円　Ⓘ978-4-06-219572-0

中野　睦夫　　なかの・むつお
4820　「贄のとき」
◇早稲田文学新人賞　（第25回/平成27
　年）

中野　良浩　　なかの・よしひろ
4821　「小田原の織社」
◇オール讀物推理小説新人賞　（第29回/
　平成2年）
「逆転の瞬間―「オール読物」推理小説新
人賞傑作選　3」　文芸春秋編　文藝春秋
1998.6　398p　15cm　（文春文庫）　505
円　Ⓘ4-16-721767-8

中野　隆介　　なかの・りゅうすけ
4822　「手術綺談」
◇「サンデー毎日」大衆文芸　（第6回/

昭和5年上）

中野　玲子　　なかの・れいこ
4823　「放浪の血脈」
◇池内祥三文学奨励賞　（第33回/平成15
　年）

中野之　三雪　　なかのの・みゆき
4824　「陰冥道士〜福山宮のカンフー少
　　　　女とオネエ道士」
◇角川ビーンズ小説大賞　（第12回/平成
　25年/奨励賞）

中浜　照子　　なかはま・てるこ
4825　「鰐を見た川」
◇北日本文学賞　（第26回/平成4年/選
　奨）

中濱　ひびき　　なかはま・ひびき
4826　「ジョージとジョセフィーンと
　　　　フィービィースペンサースミス
　　　　そして彼らの庭と冒険」
◇12歳の文学賞　（第8回/平成26年/小説
　部門/大賞）
「12歳の文学　第8集」　小学館　2014.3
137p　26cm　926円　Ⓘ978-4-09-
106822-4
4827　「うさぎの瞳」
◇12歳の文学賞　（第9回/平成27年/優秀
　賞）
4828　「ベッティさんは何を見たのか？
　　　　愛　運命、信頼と裏切り、そして
　　　　強くなること、死ぬほど辛い事が
　　　　人を強くする。」
◇12歳の文学賞　（第9回/平成27年/優秀
　賞）

中林　明正　　なかばやし・あきまさ
4829　「荒野を見よ」
◇地上文学賞　（第24回/昭和51年）

中林　亮介　　なかばやし・りょうすけ
4830　「梔子の草湯」
◇オール讀物新人賞　（第43回/昭和48年
　下）

中原　吾郎　　なかはら・ごろう
4831　「紫陽花」
◇「サンデー毎日」大衆文芸　（第54回/
　昭和33年下）

永原 十茂 ながはら・とも

4832 「君の勇者に俺はなる！」

◇スーパーダッシュ小説新人賞（第11回/平成24年/特別賞）

「God Bravers—君の勇者に俺はなる！」集英社 2012.10 290p 15cm（集英社スーパーダッシュ文庫 な6-1）620円 ①978-4-08-630703-1

※受賞作「君の勇者に俺はなる！」を改題

中原 昌也 なかはら・まさや

4833 「あらゆる場所に花束が…」

◇三島由紀夫賞（第14回/平成13年）

「あらゆる場所に花束が…」新潮社 2001.6 152p 20cm 1300円 ①4-10-447201-8

「あらゆる場所に花束が…」新潮社 2005.5 185p 16cm（新潮文庫）362円 ①4-10-118441-0

4834 「中原昌也 作業日誌 2004→2007」

◇Bunkamuraドゥマゴ文学賞（第18回/平成20年度/高橋源一郎選）

「中原昌也作業日誌2004→2007」boid 2008.3 414p 19cm 2500円 ①978-4-9904049-0-1

4835 「名もなき孤児たちの墓」

◇野間文芸新人賞（第28回/平成18年）

「名もなき孤児たちの墓」新潮社 2006.2 243p 20cm 1500円 ①4-10-447202-6

中原 洋一 なかはら・よういち

4836 「福寿草」

◇池内祥三文学奨励賞（第23回/平成5年）

中原 らいひ なかはら・らいひ

4837 「池から帰るふたり」

◇織田作之助賞（第31回/平成26年/U-18賞）

中平 まみ なかひら・まみ

4838 「ストレイ・シープ」

◇文藝賞（第17回/昭和55年）

「ストレイ・シープ」河出書房新社 1981.1 151p

「ストレイ・シープ」河出書房新社 1984.6 223p（河出文庫）

「ストレイ・シープ 映画座」新装版 河出書房新社 1997.9 223p 15cm（河出文庫）450円 ①4-309-40516-9

仲町 六絵 なかまち・ろくえ

4839 「おいでるかん」

◇『幽』怪談文学賞（第5回/平成22年/短編部門/佳作）

4840 「典医の女房」

◇電撃大賞（第17回/平成22年/電撃小説大賞部門/メディアワークス文庫賞）

「霧こそ闇の」アスキー・メディアワークス、角川グループパブリッシング〔発売〕 2011.5 303p 15cm（メディアワークス文庫）570円 ①978-4-04-870495-3

※受賞作「典医の女房」を改題

永松 久義 ながまつ・ひさよし

4841 「戦国の零」

◇歴史群像大賞（第12回/平成18年発表/奨励賞）

中丸 美繪 なかまる・よしえ

4842 「オーケストラ、それは我なり」

◇織田作之助賞（第26回/平成21年/大賞）

「オーケストラ、それは我なり—朝比奈隆四つの試練」文藝春秋 2008.9 325p 20cm 1714円 ①978-4-16-370580-4

中村 彰彦 なかむら・あきひこ

4843 「五左衛門坂の敵討」

◇中山義秀文学賞（第1回/平成5年）

「五左衛門坂の敵討」新人物往来社 1992.4 253p

「五左衛門坂の敵討」角川書店 1996.4 273p 15cm（角川文庫）520円 ①4-04-190603-2

「げんだい時代小説」縄田一男監修、津本陽、南原幹雄、童門冬二、北原亜以子、戸部新十郎、泡坂妻夫、古川薫、宮部みゆき、新宮正春、小松重男、中村彰彦、佐藤雅美、佐江衆一、高橋義男、沢田ふじ子著 リブリオ出版 2000.12 15冊（セット）21cm 54000円 ①4-89784-822-9

4844 「二つの山河」

◇直木三十五賞（第111回/平成6年上期）

「二つの山河」文藝春秋 1994.9 212p 19cm 1300円 ①4-16-315110-9

「二つの山河」文藝春秋 1997.9 238p

なかむら　　　　　　　　　　　　　　　　　　　　　　　　　　　　4845～4858

15cm（文春文庫）419円　①4-16-
756703-2
4845　「**明治新選組**」
◇エンタテイメント小説大賞（第10回/
昭和62年）
「明治新選組」新人物往来社　1989.5　250p

4846　「**落花は枝に還らずとも**」
◇新田次郎文学賞（第24回/平成17年）
「落花は枝に還らずとも―会津藩士・秋月
悌次郎　上」中央公論新社　2004.12
342p　20cm　1700円　①4-12-003592-1
「落花は枝に還らずとも―会津藩士・秋月
悌次郎　下」中央公論新社　2004.12
336p　20cm　1700円　①4-12-003600-6
「落花は枝に還らずとも―会津藩士・秋月
悌次郎　上」中央公論新社　2008.1
430p　16cm（中公文庫）762円
①978-4-12-204960-4
「落花は枝に還らずとも―会津藩士・秋月
悌次郎　下」中央公論新社　2008.1
436p　16cm（中公文庫）762円
①978-4-12-204959-8

中村　幌　なかむら・あきら
4847　「**クラウディア**」
◇ロマン大賞（第13回/平成16年/佳作）
「クラウディア」集英社　2004.11
253p　15cm（コバルト文庫）495円
①4-08-600509-3

中村　恵里加　なかむら・えりか
4848　「**ダブルブリッド**」
◇電撃ゲーム小説大賞（第6回/平成11
年/金賞）
「ダブルブリッド」メディアワークス
2000.2　288p　15cm（電撃文庫）550
円　①4-8402-1417-4

仲村　かずき　なかむら・かずき
4849　「**とべない蝶々**」
◇女による女のためのR-18文学賞（第
13回/平成26年/大賞）

中村　勝行　なかむら・かつゆき
4850　「**蘭と狗**」
◇時代小説大賞（第6回/平成7年）
「蘭と狗」講談社　1996.3　335p　19cm
1600円　①4-06-208036-2
「蘭と狗―長英破牢」中村勝行著　講談
社　1999.9　389p　15cm（講談社文
庫）733円　①4-06-264674-9

「蘭と狗―長英破牢」黒崎裕一郎著　徳
間書店　2004.12　381p　15cm（徳間
文庫）629円　①4-19-892165-2

中村　きい子　なかむら・きいこ
4851　「**女と刀**」
◇田村俊子賞（第7回/昭和41年）
「女と刀」光文社　1966　338p（カッパ・
ノベルス ジャイアント・エディション）
「女と刀」思想の科学社　1988.6　334p

中村　公子　なかむら・きみこ
4852　「**藁焼きのころ**」
◇北日本文学賞（第47回/平成25年）

中村　喬次　なかむら・きょうじ
4853　「**スク鳴り**」
◇九州芸術祭文学賞（第22回/平成3年）

中村　邦生　なかむら・くにお
4854　「**冗談関係のメモリアル**」
◇文學界新人賞（第77回/平成5年下）
「チェーホフの夜」水声社　2009.11
182p　19cm　1800円　①978-4-89176-
749-5

中村　ケージ　なかむら・けーじ
4855　「**防衛庁特殊偵察救難隊**」
◇歴史群像大賞（第5回/平成10年/奨励
賞）
「有事―防衛庁特殊偵察救難隊」中村ケ
イジ著　学習研究社　2000.4　289p
18cm（歴史群像新書）800円　①4-05-
401116-0

中村　弦　なかむら・げん
4856　「**天使の歩廊 ある建築家をめぐる
物語**」
◇日本ファンタジーノベル大賞（第20
回/平成20年/大賞）
「天使の歩廊―ある建築家をめぐる物語」
新潮社　2008.11　312p　20cm　1500円
①978-4-10-312081-0

中村　航　なかむら・こう
4857　「**ぐるぐるまわるすべり台**」
◇野間文芸新人賞（第26回/平成16年）
「ぐるぐるまわるすべり台」文藝春秋
2004.6　185p　20cm　1238円　①4-16-
323000-9
4858　「**リレキショ**」
◇文藝賞（第39回/平成14年）

368　　　　　　　　　　　　　　　　文学賞受賞作品総覧 小説篇

「リレキショ」 河出書房新社 2002.12
204p 20cm 1300円 ①4-309-01515-8

中村 光至 なかむら・こうじ

4859 「白い紐」
◇オール讀物新人賞 （第17回/昭和35年
下）

中村 佐喜子 なかむら・さきこ

4860 「雪の林檎畑」
◇「文芸」推薦作品 （第4回/昭和16年
下）

中村 茂樹 なかむら・しげき

4861 「エレナ，目を閉じるとき」
◇舟橋聖一顕彰青年文学賞 （第8回/平
成8年）
「エレナ，目を閉じるとき」 中村しげき
作, 池田八惠子画 ホノカ社 2005.7
93p 19cm 1200円 ①4-9901899-4-9

中村 淳 なかむら・じゅん

4862 「風の詩（うた）」
◇野性時代新人文学賞 （第12回/昭和60
年）
「風の詩」 朱鳥社, 星雲社〔発売〕
1999.11 178p 19cm 1400円 ①4-
434-00013-6

中村 真一郎 なかむら・しんいちろう

4863 「夏」
◇谷崎潤一郎賞 （第14回/昭和53年度）
「夏」 新潮社 1978.4 412p
「夏」 新潮社 1983.10 615p （新潮文庫）
「中村真一郎小説集成9」 新潮社 1992

4864 「冬」
◇日本文学大賞 （第17回/昭和60年/文
芸部門）
「冬」 新潮社 1984.12 401p

4865 「頼山陽とその時代」
◇芸術選奨 （第22回/昭和46年）
「昭和文学全集22」 小学館 1988

中村 星湖 なかむら・せいこ

4866 「下駄物語」
◇「万朝報」懸賞小説 （第431回/明38
年6月）

4867 「御料林」
◇「万朝報」懸賞小説 （第417回/明38
年2月）

4868 「水曜日」
◇「万朝報」懸賞小説 （第445回/明38
年11月）

4869 「三崎がよひ」
◇「万朝報」懸賞小説 （第462回/明39
年5月）

4870 「わかれ」
◇「万朝報」懸賞小説 （第424回/明38
年4月）

中村 稲海 なかむら・とうかい

4871 「俤」
◇「文芸倶楽部」懸賞小説 （第26回/明
38年4月/第1等）

4872 「五百円」
◇「文芸倶楽部」懸賞小説 （第8回/明
36年10月/第2等）

中村 融 なかむら・とおる

4873 「月をぼくのポケットに」
◇星雲賞 （第42回/平成23年/海外短編
部門）
「ワイオミング生まれの宇宙飛行士―宇
宙開発SF傑作選 SFマガジン創刊50周
年記念アンソロジー」 早川書房 2010.
7 479p 16cm （ハヤカワ文庫
SF1769） 940円 ①978-4-15-011769-6

中村 朋臣 なかむら・ともおみ

4874 「北天双星」
◇歴史群像大賞 （第12回/平成18年発表
/優秀賞）

中村 智紀 なかむら・とものり

4875 「埼玉県神統系譜」
◇小学館ライトノベル大賞〔ガガガ文庫
部門〕 （第9回/平成27年/ガガガ
賞）
「埼玉県神統系譜」 小学館 2015.5
278p 15cm （ガガガ文庫 ガな8-1）
593円 ①978-4-09-451550-3

中村 豊秀 なかむら・とよひで

4876 「小島に祈る」
◇部落解放文学賞 （第26回/平成11年度
/入選/小説部門）
「小島に祈る」 講談社出版サービスセン
ター（製作） 2001.8 222p 19cm

なかむら

中村 獏　なかむら・ばく
4877　「ブロオニングの照準」
◇「サンデー毎日」大衆文芸　（第25回/昭和14年下）

中村 春雨　なかむら・はるさめ
4878　「菖蒲人形」
◇「新小説」懸賞小説　（第3回/明33年）
4879　「白妙塚」
◇「万朝報」懸賞小説　（第8回/明30年3月）

中村 啓　なかむら・ひらく
4880　「霊眼」
◇『このミステリーがすごい！』大賞　（第7回/平成20年/優秀賞）
「霊眼」宝島社　2009.3　415p　20cm　1400円　①978-4-7966-6792-0

中村 文則　なかむら・ふみのり
4881　「去年の冬、きみと別れ」
◇本屋大賞　（第11回/平成26年/10位）
「去年の冬、きみと別れ」幻冬舎　2013.9　192p　20cm　1300円　①978-4-344-02457-1
4882　「遮光」
◇野間文芸新人賞　（第26回/平成16年）
「遮光」新潮社　2004.6　157p　20cm　1400円　①4-10-458802-4
4883　「銃」
◇新潮新人賞　（第34回/平成14年/小説部門）
「銃」新潮社　2003.3　187p　20cm　1400円　①4-10-458801-6
4884　「掏摸」
◇大江健三郎賞　（第4回/平成22年）
「掏摸」河出書房新社　2009.10　175p　20cm　1300円　①978-4-309-01941-3
「掏摸」河出書房新社　2013.4　187p　15cm　（河出文庫 な29-2）470円　①978-4-309-41210-8
4885　「土の中の子供」
◇芥川龍之介賞　（第133回/平成17年上半期）
「土の中の子供」新潮社　2005.7　140p　20cm　1200円　①4-10-458804-0
「土の中の子供」新潮社　2008.1　160p　16cm　（新潮文庫）362円　①978-4-10-128952-6

中村 正常　なかむら・まさつね
4886　「マカロニ」
◇「改造」懸賞創作　（第2回/昭和4年）

中村 正軌　なかむら・まさのり
4887　「元首の謀叛」
◇直木三十五賞　（第84回/昭和55年下）
「元首の謀叛」文芸春秋　1980.7　331p
「元首の謀叛」文芸春秋　1983.7　2冊（文春文庫）

中村 正徳　なかむら・まさのり
4888　「七月十八日」
◇「文芸」推薦作品　（第4回/昭和16年下）

仲村 雅彦　なかむら・まさひこ
4889　「健次郎、十九歳」
◇問題小説新人賞　（第10回/昭和59年）

中村 昌義　なかむら・まさよし
4890　「陸橋からの眺め」
◇芸術選奨　（第30回/昭和54年度/文学部門/新人賞）
「陸橋からの眺め」河出書房新社　1979.7　240p

中村 みしん　なかむら・みしん
4891　「○の一途な追いかけかた」
◇ミステリーズ！新人賞　（第9回/平成24年度/佳作）　〈受賞時〉からくりみしん

中村 路子　なかむら・みちこ
4892　「山姥騒動」
◇大阪女性文芸賞　（第6回/昭和63年）

中村 光夫　なかむら・みつお
4893　「汽笛一声」
◇読売文学賞　（第16回/昭和39年/戯曲賞）
「汽笛一声」筑摩書房　1965　213p
「中村光夫全集15」筑摩書房　昭和47年
「中村光夫全戯曲」筑摩書房　1992
4894　「贋の偶像」
◇野間文芸賞　（第20回/昭和42年）
「贋の偶像」筑摩書房　1967　392p
「中村光夫全集16」筑摩書房　昭和48年

中村 みなみ　なかむら・みなみ

4895　「神様のしっぽ」
◇BE・LOVE原作大賞（第1回/平成10年/入選）

なかむら みのる

4896　「山峡の町で」
◇多喜二・百合子賞（第29回/平成9年/小説）
「山峡の町で」　新日本出版社　1997.2　235p　19cm　2400円　Ⓘ4-406-02498-0

仲村 萌々子　なかむら・ももこ

4897　「赤いろ黄信号」
◇坊っちゃん文学賞（第13回/平成25年/佳作）

中村 豊　なかむら・ゆたか

4898　「桜散る」
◇ちよだ文学賞（第1回/平成19年/優秀賞）

4899　「吹雪の系譜」
◇部落解放文学賞（第23回/平成8年/小説）

中村 芳満　なかむら・よしみつ

4900　「黎明の農夫たち～甲州大小切騒動～」
◇歴史浪漫文学賞（第11回/平成23年/大賞）
◇中村星湖文学賞（第26回/平成24年）
「黎明の農夫たち～甲州大小切騒動～」　郁朋社　2011.8　299p　19cm　1600円　Ⓘ978-4-87302-496-7

中村 理聖　なかむら・りさと

4901　「砂漠の青がとける夜」
◇小説すばる新人賞（第27回/平成26年）
「砂漠の青がとける夜」　集英社　2015.2　185p　20cm　1200円　Ⓘ978-4-08-771597-2

中村 隆資　なかむら・りゅうすけ

4902　「流離譚」
◇文學界新人賞（第69回/平成1年下）

中村 涼子　なかむら・りょうこ

4903　「七番目の世界」
◇小学館ライトノベル大賞〔ルルル文庫部門〕（第3回/平成21年/ルルル賞）
「七番目の世界」　小学館　2009.11　315p　15cm（小学館ルルル文庫 ルな-3-1）533円　Ⓘ978-4-09-452133-7
※並列シリーズ名：Shogakukan lululu bunko

中村 玲子　なかむら・れいこ

4904　「記憶」
◇さくらんぼ文学新人賞（第3回/平成22年）

中元 大介　なかもと・だいすけ

4905　「煤煙の街から」
◇自分史文学賞（第8回/平成9年度/佳作、北九州市特別賞）
「煤煙の街から」　向陽舎, 星雲社〔発売〕　1998.7　222p　19cm　1429円　Ⓘ4-7952-9328-7

長森 浩平　ながもり・こうへい

4906　「タイピングハイ！」
◇スニーカー大賞（第9回/平成16年/優秀賞）
「タイピングハイ！―さみしがりやのイロハ」　角川書店　2004.11　271p　15cm（角川文庫）533円　Ⓘ4-04-470901-7

永森 悠哉　ながもり・ゆうや

4907　「多重人格者世界ポリフォニア」
◇スニーカー大賞（第10回/平成17年/奨励賞）
「多重心世界シンフォニックハーツ　上　独声者の少年」　角川書店　2006.9　317p　15cm（角川文庫―角川スニーカー文庫）552円　Ⓘ4-04-472601-9
※折り込1枚
「多重心世界シンフォニックハーツ　下　多声者の終焉」　角川書店, 角川グループパブリッシング（発売）　2007.3　429p　15cm（角川文庫―角川スニーカー文庫）667円　Ⓘ978-4-04-472602-7

長屋 潤　ながや・じゅん

4908　「マジックドラゴン」
◇坊っちゃん文学賞（第6回/平成11年/大賞）
「マジックドラゴン」　マガジンハウス　2000.7　237p　20cm　1600円　Ⓘ4-8387-1234-0

なかやま

中山 あい子 なかやま・あいこ

4909 「優しい女」
◇小説現代新人賞 （第1回/昭和38年下）

永山 天乃 ながやま・あまの

4910 「夏のオーバーライト」
◇深大寺短編恋愛小説「深大寺恋物語」
（第11回/平成27年/最優秀賞）

中山 可穂 なかやま・かほ

4911 「白い薔薇の淵まで」
◇山本周五郎賞 （第14回/平成13年）
「白い薔薇の淵まで」 集英社 2001.2
200p 20cm 1400円 ①4-08-775281-X
「白い薔薇の淵まで」 集英社 2003.10
237p 16cm （集英社文庫） 438円
①4-08-747626-X

4912 「天使の骨」
◇朝日新人文学賞 （第6回/平成6年）
「天使の骨」 朝日新聞社 1995.10
195p 19cm 1300円 ①4-02-256888-7
「天使の骨」 集英社 2001.8 218p
15cm （集英社文庫） 476円 ①4-08-
747353-8

中山 義秀 なかやま・ぎしゅう

4913 「厚物咲」
◇芥川龍之介賞 （第7回/昭和13年上）
「厚物咲」 小山書店 1938 353p
「厚物咲」 鎌倉文庫 1947 304p （現代文
学選）
「厚物咲」 新潮社 1948 260p （新潮文庫）
「厚物咲・碑」 光文社 1948 157p （日本
文学選）
「厚物咲・碑」 春陽堂 1949 186p （春陽
堂文庫）
「厚物咲・テニヤンの末日」 筑摩書房
1952 198p （現代日本名作選）
「中山義秀集」 中山義秀著, 大岡昇平編
河出書房 1953 196p （市民文庫）
「厚物咲」 河出書房 1955 196p （河出文
庫）
「厚物咲・碑—他6編」 角川書店 1956
190p （角川文庫）
「中山義秀全集1」 新潮社 昭和46年
「芥川賞全集2」 文芸春秋 1982
「福島の文学1」 福島民報社 1985
「昭和文学全集13」 小学館 1989
「土佐兵の勇敢な話」 講談社 1999.7
329p 15cm （講談社文芸文庫） 1200
円 ①4-06-197673-7

「日本文学100年の名作 第3巻 1934 -
1943三月の第四日曜」 池内紀, 川本三
郎, 松田哲夫編 新潮社 2014.11
514p 15cm （新潮文庫） 750円
①978-4-10-127434-8

4914 「咲庵」
◇野間文芸賞 （第17回/昭和39年）
◇日本芸術院賞 （第22回/昭和40年）
「咲庵」 講談社 1964 226p
「中山義秀全集7」 新潮社 昭和47年
「昭和文学全集13」 小学館 1989
「咲庵」 中央公論新社 2012.3 220p
15cm （中公文庫） 857円 ①978-4-12-
205608-4

中山 幸太 なかやま・こうた

4915 「カワサキタン」
◇新潮新人賞 （第24回/平成4年）

中山 咲 なかやま・さき

4916 「ヘンリエッタ」
◇文藝賞 （第43回/平成18年度）
「ヘンリエッタ」 河出書房新社 2006.11
189p 20cm 1000円 ①4-309-01790-8
※他言語標題：Henrietta

中山 七里 なかやま・しちり

4917 「さよならドビュッシー」
◇『このミステリーがすごい！』大賞
（第8回/平成21年/大賞）
「さよならドビュッシー」 宝島社 2010.
1 367p 20cm 1400円 ①978-4-7966-
7530-7
※文献あり

中山 聖子 なかやま・せいこ

4918 「潮の流れは」
◇ゆきのまち幻想文学賞 （第19回/平成
21年/長編賞）
「ゆきのまち幻想文学賞小品集 19」 ゆ
きのまち通信編 企画集団ぷりずむ
2010.3 207p 19cm 1715円 ①978-4-
906691-32-6

4919 「心音」
◇ゆきのまち幻想文学賞 （第15回/平成
17年）
「心音」 中山聖子ほか著 企画集団ぷり
ずむ 2006.1 227p 19cm （ゆきのま
ち幻想文学賞小品集 15） 1715円 ①4-
906691-19-6
※選：高田宏, 萩尾望都, 乳井昌史

中山 堅恵　なかやま・たけしげ

4920　「ガダルカナル島戦線」
◇中村星湖文学賞（第6回/平成4年）

中山 ちゑ　なかやま・ちえ

4921　「薫れ茉莉花」
◇千葉亀雄賞（第2回/昭和14年/2席）

中山 登紀子　なかやま・ときこ

4922　「舫いあう男たち」
◇女流新人賞（第20回/昭和52年度）

中山 智幸　なかやま・ともゆき

4923　「さりぎわの歩き方」
◇文學界新人賞（第101回/平成17年下期）
「さりぎわの歩き方」文藝春秋　2007.6
181p　20cm 1333円　①978-4-16-
326110-2

永山 則夫　ながやま・のりお

4924　「木橋」
◇新日本文学賞（第19回/昭和57年/小説・戯曲）
「木橋」立風書房 1984.7 275p
「木橋」河出書房新社 1990.7 210p（河出文庫）
「木橋」新装版　河出書房新社 2010.9
210p　15cm（河出文庫）650円
①978-4-309-41045-6

中山 茅集　なかやま・ぼうしゅう

4925　「蛇の卵」
◇女流新人賞（第19回/昭和51年度）
「魚の時間」中山茅集子著　影書房
2010.8　342p　19cm 2000円　①978-4-
87714-408-1

中山 佳子　なかやま・よしこ

4926　「雪の反転鏡」
◇ゆきのまち幻想文学賞（第19回/平成
21年/大賞）
「ゆきのまち幻想文学賞小品集　19」ゆ
きのまち通信編　企画集団ぶりずむ
2010.3 207p　19cm 1715円　①978-4-
906691-32-6

中山 良太　なかやま・りょうた

4927　「龍へ向かう」
◇ポプラ社小説大賞（第5回/平成22年/
奨励賞）

半井 肇　なからい・はじめ

4928　「雄略の青たける島」
◇歴史浪漫文学賞（第14回/平成26年/
創作部門優秀賞）
「雄略の青たける島」郁朋社　2014.7
370p　19cm 1800円　①978-4-87302-
584-1

仲若 直子　なかわか・なおこ

4929　「犬盗人」
◇九州芸術祭文学賞（第20回/平成1年）

中脇 初枝　なかわき・はつえ

4930　「きみはいい子」
◇坪田譲治文学賞（第28回/平成24年度）
◇本屋大賞（第10回/平成25年/4位）
「きみはいい子」ポプラ社　2012.5
318p　20cm 1400円　①978-4-591-
12938-8
「きみはいい子」ポプラ社　2014.4
329p　16cm（ポプラ文庫 な9-1）660
円　①978-4-591-13975-2

4931　「魚のように」
◇坊っちゃん文学賞（第2回/平成3年）
「魚のように」新潮 1993.3 109p
「魚のように」河出書房新社　1997.10
176p　15cm（河出文庫）450円　①4-
309-40513-4
「魚のように」新潮社　2015.8 161p
15cm（新潮文庫）430円　①978-4-10-
126041-9

中渡瀬 正晃　なかわたせ・まさあき

4932　「冷える」
◇南日本文学賞（第1回/昭和48年）
「陽射しの横」三元社　2003.9 271p
19cm 2000円　①4-88303-124-1

名木 朗人　なぎ・あきと

4933　「蜀竜本紀」
◇歴史群像大賞（第6回/平成11年/奨励賞）

南木 佳士　なぎ・けいし

4934　「草すべり その他の短編」
◇泉鏡花文学賞（第36回/平成20年度）
◇芸術選奨（第59回/平成20年度/文学
部門/文部科学大臣賞）
「草すべり─その他の短篇」文藝春秋
2008.7 216p　20cm 1500円　①978-4-

なきの　　　　　　　　　　　　　　　　　　　　4935〜4947

16-327180-4

4935　「ダイヤモンドダスト」
◇芥川龍之介賞　（第100回/昭和63年下）
「ダイヤモンドダスト」　文芸春秋　1989.2
203p
「芥川賞全集14」　文芸春秋　1989

4936　「破水」
◇文學界新人賞　（第53回/昭和56年下）
「エチオピアからの手紙」　文藝春秋
2000.3　315p　15cm（文春文庫）552
円　①4-16-754505-5

薙野 ゆいら　なぎの・ゆいら

4937　「神語りの茶会」
◇角川ビーンズ小説大賞　（第4回/平成
17年/奨励賞）
「神語りの玉座—星は導の剣をかかげ」
角川書店, 角川グループパブリッシング
（発売）　2007.3　253p　15cm（角川
ビーンズ文庫）476円　①978-4-04-
452701-3
「神語りの玉座—月はさだめの矢をつが
え」　角川書店, 角川グループパブリッ
シング（発売）　2007.8　249p　15cm
（角川ビーンズ文庫）476円　①978-4-
04-452702-0
「神語りの玉座—夜明けを告げる火がと
もる」　角川書店, 角川グループパブ
リッシング（発売）　2008.3　283p
15cm（角川ビーンズ文庫）514円
①978-4-04-452703-7

名草 良作　なぐさ・りょうさく

4938　「省令第105号室」
◇サンデー毎日小説賞　（第1回/昭和35
年上/第2席）

名倉 吉郎　なぐら・よしろう

4939　「白い唐辛子」
◇新日本文学賞　（第34回/平成16年/小
説/入賞）

梨木 香歩　なしき・かほ

4940　「西の魔女が死んだ」
◇小学館文学賞　（第44回/平成7年）

4941　「沼地のある森を抜けて」
◇紫式部文学賞　（第16回/平成18年）
「沼地のある森を抜けて」　新潮社　2005.
8　406p　20cm　1800円　①4-10-
429905-7
「沼地のある森を抜けて」　新潮社　2008.
12　523p　16cm（新潮文庫）667円

①978-4-10-125339-8

4942　「家守綺譚」
◇本屋大賞　（第2回/平成17年/3位）
「家守綺譚」　新潮社　2004.1　155p
20cm　1400円　①4-10-429903-0
「家守綺譚」　新潮社　2006.10　205p
16cm（新潮文庫）362円　①4-10-
125337-4

無嶋 樹了　なじま・たつのり

4943　「ハガネノツルギ〜死でも二人を
別てない〜」
◇ノベルジャパン大賞　（第4回/平成22
年/銀賞）
「ハガネノツルギ—Close Encounter with
the Dragon Killer　2」　ホビージャパ
ン　201.2　260p　15cm（HJ文庫 266）
619円　①978-4-7986-0126-7
「ハガネノツルギ—Close Encounter with
the Ragnarek」　ホビージャパン
2010.7　279p　15cm（HJ文庫 250）
619円　①978-4-7986-0084-0
※受賞作「ハガネノツルギ〜死でも二人
を別てない〜」を改題
「ハガネノツルギ—Close Encounter with
the ALL ENEMY　3」　ホビージャパ
ン　2011.4　249p　15cm（HJ文庫
299）619円　①978-4-7986-0216-5

名島 ちはや　なじま・ちはや

4944　「仮面は夜に踊る」
◇富士見ヤングミステリー大賞　（第3回
/平成15年/佳作）
「仮面は夜に踊る」　富士見書房　2004.1
234p　15cm（富士見ミステリー文庫）
540円　①4-8291-6239-2

なつ みどり

4945　「海賊船ガルフストリーム」
◇ファンタジア長編小説大賞　（第6回/
平成6年/佳作）
「海賊船ガルフストリーム」　富士見書房
1995.6　268p　15cm（富士見ファンタ
ジア文庫）530円　①4-8291-2624-8

夏川 黎人　なつかわ・あきと

4946　「解剖台を繞る人々」
◇「サンデー毎日」大衆文芸　（第18回/
昭和11年上）

夏川 草介　なつかわ・そうすけ

4947　「神様のカルテ」

374　　　　　　　　　　　　　　　文学賞受賞作品総覧　小説篇

◇小学館文庫小説賞　（第10回/平成21
年）
◇本屋大賞　（第7回/平成22年/2位）
「神様のカルテ」　小学館　2009.9　205p
20cm　1200円　①978-4-09-386259-2
「神様のカルテ」　小学館　2011.6　252p
15cm　（小学館文庫　な13-1）　552円
①978-4-09-408618-8
「神様のカルテ　1巻」　大活字文化普及
協会, 大活字〔発売〕　2013.1　182p
26cm　（誰でも文庫　5）　1800円　①978-
4-86055-666-2

4948　「神様のカルテ　2」
◇本屋大賞　（第8回/平成23年/8位）
「神様のカルテ　2」　小学館　2010.10
317p　20cm　1400円　①978-4-09-
386286-8
「神様のカルテ　2」　小学館　2013.1
380p　16cm　（小学館文庫　な13-2）　657
円　①978-4-09-408786-4
「神様のカルテ　2-1」　大活字文化普及協
会, 大活字〔発売〕　2013.8　223p
26cm　（誰でも文庫　8）　1800円　①978-
4-86055-674-7
「神様のカルテ　2-2」　大活字文化普及協
会, 大活字〔発売〕　2013.8　223p
26cm　（誰でも文庫　8）　1800円　①978-
4-86055-675-4
「神様のカルテ　2-3」　大活字文化普及協
会, 大活字〔発売〕　2013.8　221p
26cm　（誰でも文庫　8）　1800円　①978-
4-86055-676-1

なつかわ　めりお
4949　「家族の肖像」
◇潮賞　（第10回/平成3年/小説/優秀作）

夏川　裕樹　なつかわ・ゆうき
4950　「祭りの時」
◇コバルト・ノベル大賞　（第9回/昭和
62年上/佳作）

夏木　エル　なつき・える
4951　「告白～synchronize love～」
◇日本ケータイ小説大賞　（第3回/平成
20年/優秀賞）
「告白―synchronized love　stage 1」　ス
ターツ出版　2009.6　271p　19cm　952
円　①978-4-88381-098-7
「告白―synchronized love　stage 2」　ス
ターツ出版　2009.6　299p　19cm　952
円　①978-4-88381-099-4

夏樹　静子　なつき・しずこ
4952　「蒸発」
◇日本推理作家協会賞　（第26回/昭和48
年）
「蒸発―ある愛の終わり」　角川書店
1977.11　420p　（角川文庫）
「夏樹静子作品集2」　講談社　昭和57年
「蒸発―ある愛の終わり」　双葉社　1996.
11　434p　15cm　（双葉文庫―日本推理
作家協会賞受賞作全集　25）　800円
①4-575-65828-6
「蒸発―ある愛の終わり」　新装版　光文
社　2007.3　513p　15cm　（光文社文
庫）　762円　①978-4-334-74219-5

夏埜　イズミ　なつの・いずみ
4953　「眠れる島の王子様」
◇ロマン大賞　（第16回/平成19年度/入
選）
「眠れる島の王子様」　集英社　2007.8
251p　15cm　（コバルト文庫）　476円
①978-4-08-601061-0

夏橋　渡　なつはし・わたる
**4954　「絵画魔術師トルフカ・ミットの
旅路」**
◇C★NOVELS大賞　（第11回/平成27年
/特別賞）
「絵画魔術師トルフカ・ミットの旅路」
中央公論新社　2015.7　211p　18cm
（C・NOVELS Fantasia　な2-1）　900円
①978-4-12-501347-3

夏海　あおい　なつみ・あおい
4955　「夏は着ぬ！　Ⅰ・Ⅱ」
◇新風舎出版賞　（第20回/平成15年6月/
大賞）
「夏は着ぬ！―赤裸々ナチュリズム宣言」
新風舎　2004.10　206p　21cm　1700円
①4-7974-4322-7

夏海　公司　なつみ・こうじ
4956　「葉桜が来た夏」
◇電撃大賞　（第14回/平成19年/電撃小
説大賞部門/選考委員奨励賞）
「葉桜が来た夏」　アスキー・メディア
ワークス, 角川グループパブリッシング
（発売）　2008.4　277p　15cm　（電撃文
庫　1573）　550円　①978-4-04-867021-0
「葉桜が来た夏　2　星祭のロンド」　アス
キー・メディアワークス, 角川グループ
パブリッシング（発売）　2008.9　339p

15cm（電撃文庫 1655）590円　①978-4-04-867221-4

「葉桜が来た夏　3　白夜のオーバード」アスキー・メディアワークス, 角川グループパブリッシング（発売）　2009.2　337p　15cm（電撃文庫 1727）610円　①978-4-04-867528-4

「葉桜が来た夏　4　ノクターン」アスキー・メディアワークス, 角川グループパブリッシング（発売）　2009.5　291p　15cm（電撃文庫 1765）610円　①978-4-04-867816-2
　※イラスト：森井しづき, 並列シリーズ名：Dengeki bunko, 著作目録あり

「葉桜が来た夏　5　オラトリオ」アスキー・メディアワークス, 角川グループパブリッシング（発売）　2009.10　339p　15cm（電撃文庫 1844）650円　①978-4-04-868079-0
　※イラスト：森井しづき, 並列シリーズ名：Dengeki bunko, 著作目録あり

夏実 桃子　なつみ・ももこ

4957　「銀の明星」
◇小学館ライトノベル大賞〔ルルル文庫部門〕（第1回/平成19年/期待賞）

夏村 めめめ　なつむら・めめめ

4958　「暴走社会魔法学」
◇学園小説大賞（第13回/平成21年/優秀賞）

夏目 翠　なつめ・すい

4959　「翡翠の封印」
◇C★NOVELS大賞（第4回/平成20年/大賞）
「翡翠の封印」中央公論新社　2008.7　229p　18cm（C novels fantasia）900円　①978-4-12-501040-3

夏目 千代　なつめ・ちよ

4960　「パントマイム」
◇北日本文学賞（第12回/昭和53年）

夏芽 涼子　なつめ・りょうこ

4961　「花畳」
◇北日本文学賞（第38回/平成16年）

七井 春之　なない・はるゆき

4962　「体温の灰」
◇10分で読める小説大賞（第1回/平成18年/大賞）

七位 連一　なない・れんいち

4963　「地を駆ける虹」
◇MF文庫Jライトノベル新人賞（第3回/平成19年/佳作）
「地を駆ける虹」メディアファクトリー　2007.9　293p　15cm（MF文庫J）580円　①978-4-8401-2049-4
「地を駆ける虹　2」メディアファクトリー　2007.12　273p　15cm（MF文庫J）580円　①978-4-8401-2113-2
「地を駆ける虹　3」メディアファクトリー　2008.4　263p　15cm（MF文庫J）580円　①978-4-8401-2306-8

七飯 宏隆　ななえ・ひろたか

4964　「ルカ―楽園の囚われ人たち」
◇電撃小説大賞（第11回/平成16年/大賞）
「ルカ―楽園の囚われ人たち」メディアワークス　2005.2　247p　15cm（電撃文庫）510円　①4-8402-2917-1

七緒 ななお

4965　「**Whaling Myth―捕鯨神話あるいは鯨捕りの乱痴気―**」
◇ジャンプ小説新人賞（jump Novel Grand Prix）（'12 Spring/平成24年春/小説：フリー部門/特別賞）

七尾 あきら　ななお・あきら

4966　「ゴッド・クライシス―天来鬼神伝」
◇スニーカー大賞（第1回/平成8年/金賞）
「ゴッド・クライシス―天来鬼神伝」角川書店　1996.6　297p　18cm　1100円　①4-04-787012-9

七河 迦南　ななかわ・かなん

4967　「七つの海を照らす星」
◇鮎川哲也賞（第18回/平成20年）
「七つの海を照らす星」東京創元社　2008.10　308p　20cm　1800円　①978-4-488-02437-6

奈々愁 仁子　ななしゅう・にこ

4968　「精恋三国志」
◇電撃大賞（第16回/平成21年/電撃小説大賞部門/電撃文庫MAGAZINE賞）

七瀬 那由　ななせ・なゆう

4969　「雪渓のリネット」
◇小学館ライトノベル大賞〔ルルル文庫部門〕（第4回/平成22年/奨励賞）

七瀬川 夏吉　ななせがわ・なつよし

4970　「相克のファトゥム」
◇スニーカー大賞（第11回/平成18年/奨励賞）

七海 純　ななみ・じゅん

4971　「ギミック・ハート」
◇電撃ゲーム小説大賞（第5回/平成10年/選考委員特別賞）

七森 はな　ななもり・はな

4972　「雪見酒」
◇ゆきのまち幻想文学賞（第14回/平成16年）
「雪見酒」七森はなほか著　企画集団ぷりずむ　2005.1　195p　19cm（ゆきのまち幻想文学賞小品集 14）1715円　①4-906691-17-X

名梁 和泉　なばり・いずみ

4973　「二階の王」
◇日本ホラー小説大賞（第22回/平成27年/優秀賞）
「二階の王」KADOKAWA　2015.10　365p　19cm　1500円　①978-4-04-103557-3
※他言語標題：BA'ALU IN THE UPSTAIRS

鍋島 幹夫　なべしま・みきお

4974　「七月の鏡」
◇H氏賞（第49回/平成11年）
「七月の鏡」思潮社　1998.10　99p　22cm　2400円　①4-7837-1092-9

並木 将介　なみき・しょうすけ

4975　「須賀幌の市」
◇『幽』文学賞（第9回/平成26年/奨励賞/短篇部門）

波平 由紀靖　なみのひら・ゆきやす

4976　「薩摩刀匂えり」
◇中・近世文学大賞（第4回/平成15年/創作部門優秀賞）〈受賞時〉末吉和弘
「薩摩刀匂えり」郁朋社　2004.8　295p

20cm　1800円　①4-87302-281-9

楢 八郎　なら・はちろう

4977　「犬侍」
◇「サンデー毎日」大衆文芸（第43回/昭和28年上）

4978　「右京の恋」
◇千葉亀雄賞（第5回/昭和28年度/短篇）
◇「サンデー毎日」大衆文芸（第44回/昭和28年下）

4979　「蔵の中」
◇「サンデー毎日」大衆文芸（第42回/昭和27年下）

4980　「乱世」
◇「サンデー毎日」大衆文芸（第46回/昭和29年下）

奈良 裕明　なら・ひろあき

4981　「チン・ドン・ジャン」
◇すばる文学賞（第13回/平成1年）
「チン・ドン・ジャン」集英社　1990.1　200p

奈良 美那　なら・みな

4982　「埋もれる」
◇日本ラブストーリー大賞（第3回/平成19年/大賞）
「埋もれる」宝島社　2008.3　298p　20cm　952円　①978-4-7966-6284-0
「埋もれる」宝島社　2009.7　316p　16cm（宝島社文庫）476円　①978-4-7966-7092-0

奈良井 一　ならい・はじめ

4983　「明るい墓地」
◇「サンデー毎日」大衆文芸（第23回/昭和13年下）

4984　「異国の髭」
◇「サンデー毎日」大衆文芸（第37回/昭和24年上）

奈良迫 ミチ　ならさこ・みち

4985　「パリの朝」
◇南日本文学賞（第13回/昭和60年）
「パリの朝」八重岳書房　1987.6　206p

平城山 工　ならやま・こう

4986　「×（ペケ）計画予備軍婦人部」
◇角川学園小説大賞（第11回/平成19年

なりしけ 4987～5000

/奨励賞） 〈受賞時〉平城山 工学
「ヒミツのテックガール―ぺけ計画と転
校生」 角川書店, 角川グループパブ
リッシング（発売） 2009.5 367p
15cm（角川文庫 15681―角川スニー
カー文庫） 590円 ①978-4-04-474501-1

成重 尚弘 なりしげ・なおひろ
4987 「やまいはちから―スペシャル
マン」
◇電撃ゲーム小説大賞 （第2回/平成7年
/銀賞）

成田 名璃子 なりた・なりこ
4988 「月だけが、私のしていることを
見おろしていた。」
◇電撃大賞 （第18回/平成23年/電撃小
説大賞部門/メディアワークス文庫
賞）
「月だけが、私のしていることを見おろし
ていた。」 アスキー・メディアワーク
ス, 角川グループパブリッシング〔発
売〕 2012.2 325p 15cm（メディア
ワークス文庫 0126） 590円 ①978-4-
04-886474-9

成田 昌代 なりた・まさよ
4989 「空」
◇12歳の文学賞 （第3回/平成21年/小説
部門/審査員特別賞〈ビー・スタイ
ル賞〉）
「12歳の文学 第3集 小学生作家が紡ぐ
9つの物語」 小学館 2009.3 299p
20cm 1100円 ①978-4-09-289721-2

成田 良悟 なりた・りょうご
4990 「バッカーノ！」
◇電撃ゲーム小説大賞 （第9回/平成14
年/金賞）
「バッカーノ！―the rolling bootlegs」
メディアワークス 2003.2 315p
15cm（電撃文庫） 570円 ①4-8402-
2278-9

成上 真 なるかみ・まこと
4991 「戦うヒロインに必要なものは、
この世でただ愛だけだよね、っ
たら」
◇ジャンプ小説新人賞 (jump Novel
Grand Prix) （'12 Winter/平成24
年冬/小説：テーマ部門/銅賞）

成島 俊司 なるしま・しゅんじ
4992 「楢山の里へ」
◇中村星湖文学賞 （第14回/平成12年）
「楢山の里へ」 山梨日日新聞社出版局
1999.11 229p 2520円 ①4-8971-0684-
2

成瀬 正祐 なるせ・まさすけ
4993 「愛書喪失三代記」
◇古本小説大賞 （第3回/平成15年/大
賞）

鳴海 エノト なるみ・えのと
4994 「アルジェントの輝き」
◇ジャンプ小説新人賞 (jump Novel
Grand Prix) （'14 Spring/平成26
年春/小説：フリー部門/特別賞）

鳴海 風 なるみ・かぜ
4995 「円周率を計算した男」
◇歴史文学賞 （第16回/平成3年度）
「円周率を計算した男」 新人物往来社
2009.5 381p 15cm（新人物文庫）
714円 ①978-4-404-03703-9

鳴海 章 なるみ・しょう
4996 「ナイトダンサー」
◇江戸川乱歩賞 （第37回/平成3年）
「ナイト・ダンサー」 講談社 1991.9 293p
「ナイト・ダンサー」 講談社 1994.7
340p 15cm（講談社文庫） 560円
①4-06-185723-1

鳴見 風 なるみ・ふう
4997 「秘めた想い」
◇池内祥三文学奨励賞 （第20回/平成2
年）

名和 一男 なわ・かずお
4998 「自爆」
◇小説新潮賞 （第7回/昭和36年）

縄手 秀幸 なわて・ひでゆき
4999 「リュカオーン」
◇ファンタジア長編小説大賞 （第1回/
平成1年/準入選）
「リュカオーン」 富士見書房 1990.7
298p（富士見ファンタジア文庫）

畷 文兵 なわて・ぶんぺい
5000 「恩愛遮断機」

◇文部大臣賞（昭14年）

5001 「遠火の馬子唄」
◇講談倶楽部賞（第8回/昭和31年）
「越のむらさき─暖文兵小説選集」 富山
北日本新聞社出版部 1987.7 428p

南海 日出子 なんかい・ひでこ

5002 「女工失業時代」
◇「サンデー毎日」大衆文芸（第7回/
昭和5年下）

南海 良治 なんかい・りょうじ

5003 「戻り梅雨」
◇南日本文学賞（第21回/平成5年）

南家 礼子 なんけ・れいこ

5004 「センチメンタル・ファンキー・
ホラー」
◇ムー伝奇ノベル大賞（第1回/平成13
年/佳作）
「センチメンタル・ゴースト・ペイン」
学習研究社 2002.2 193p 20cm
1300円 ①4-05-401595-6

南郷 二郎 なんごう・じろう

5005 「りく平紛失」
◇「サンデー毎日」大衆文芸（第1回/
昭和1年/乙）

南条 三郎 なんじょう・さぶろう

5006 「浮名長者」
◇「サンデー毎日」大衆文芸（第23回/
昭和13年下）

5007 「艶影」
◇「サンデー毎日」大衆文芸（第34回/
昭和21年）

5008 「断雲」
◇千葉亀雄賞（第2回/昭和14年/1席）

5009 「明暗二人影」
◇「サンデー毎日」大衆文芸（第20回/
昭和12年上）

南条 竹則 なんじょう・たけのり

5010 「酒仙」
◇日本ファンタジーノベル大賞（第5回
/平成5年/優秀賞）
「酒仙」 新潮社 1993.12 216p
「酒仙」 新潮社 1996.10 264p 15cm
（新潮文庫）440円 ①4-10-141621-4

南条 範夫 なんじょう・のりお

5011 「あやつり組由来記」
◇「サンデー毎日」懸賞小説（大衆文芸
30周年記念100万円懸賞/昭和30年）
「灯台鬼」 河出書房 1956 206p
「あやつり組由来記」 角川書店 1978.12
252p（角川文庫）
「灯台鬼」 文芸春秋 1983.6 222p（文春
文庫）
「時代小説傑作選 江戸の商人力」 細谷正
充編 集英社 2006.12 403p 15cm
（集英社文庫）648円 ①4-08-746110-6

5012 「子守りの殿」
◇オール讀物新人賞（第1回/昭和27年
下）

5013 「細香日記」
◇吉川英治文学賞（第16回/昭和57年
度）
「細香日記」 講談社 1981.9 246p
「細香日記」 講談社 1986.11 241p（講談
社文庫）

5014 「燈台鬼」
◇直木三十五賞（第35回/昭和31年上）
「灯台鬼」 河出書房 1956 206p
「南条範夫残酷全集 第9」 東京文芸社
1965 276p
「灯台鬼」 文芸春秋 1983.6 222p（文春
文庫）
「消えた直木賞─男たちの足音編」 邱永
漢, 南条範夫, 戸板康二, 三好徹, 有明夏
夫著 メディアファクトリー 2005.7
487p 19cm 1900円 ①4-8401-1292-4

5015 「マルフーシャ」
◇「サンデー毎日」懸賞小説（創刊30
年記念100万円懸賞小説/昭和26年/
現代小説（2席））

南禅 満作 なんぜん・まんさく

5016 「ガチャマン」
◇神戸文学賞（第6回/昭和57年）
「路面電車」 近代文芸社 1983.4 224p

難波 利三 なんば・としぞう

5017 「地虫」
◇オール讀物新人賞（第40回/昭和47年
上）
「大阪希望館」 光風社書店 1978.9 258p
「大阪希望館」 光風社出版 1984.9 256p

5018 「てんのじ村」

文学賞受賞作品総覧 小説篇

◇直木三十五賞　（第91回/昭和59年上）
「てんのじ村―長編小説」　実業之日本社
1984.4　246p
「てんのじ村」　文芸春秋　1987.7　268p
（文春文庫）

難波田 節子　なんばた・せつこ

5019　「居酒屋『やなぎ』」
◇やまなし文学賞　（第4回/平成8年/小
説部門/佳作）
「再会」　木精書房, 星雲社〔発売〕
1997.4　241p　19cm　1400円　①4-
7952-4743-9

5020　「坂の町の家族」
◇全作家文学賞　（第4回/平成21年/佳
作）

5021　「晩秋の客」
◇日本文芸大賞　（第25回/平成19年/小
説功労賞）
「晩秋の客」　鳥影社　2006.11　303p
20cm　（季刊文科コレクション）　1800円
①4-86265-040-6

5022　「乱反射」
◇全作家文学賞　（第1回/平成18年/佳
作）

南原 幹雄　なんばら・みきお

5023　「女絵地獄」
◇小説現代新人賞　（第21回/昭和48年
下）
「大江戸職人異聞」　南原幹雄著, 菊池仁
編　勁文社　1996.9　295p　19cm
1700円　①4-7669-2548-3

5024　「闇と影の百年戦争」
◇吉川英治文学新人賞　（第2回/昭和56
年度）
「闇と影の百年戦争」　集英社　1980.10
254p
「闇と影の百年戦争」　集英社　1985.12
383p　（集英社文庫）
「闇と影の百年戦争」　徳間書店　1997.6
381p　15cm　（徳間文庫）　571円　①4-
19-890708-0

南部 きみ子　なんぶ・きみこ

5025　「流氷の街」
◇女流新人賞　（第2回/昭和34年度）
「流氷の街」　中央公論社　1960　163p

南里 征典　なんり・せいてん

5026　「紅の翼」
◇日本文芸家クラブ大賞　（第1回/平成3
年度/特別賞）
「紅（くれない）の翼」　徳間書店　1991.4
243p（トクマ・ノベルズ）

【 に 】

新延 拳　にいのべ・けん

5027　「わが祝日に」
◇地球賞　（第27回/平成14年）
「わが祝日に」　書肆山田　2001.12
123p　21cm　2500円　①4-87995-534-5

新見 聖　にいみ・ひじり

5028　「穢れ聖者のエク・セ・レスタ」
◇MF文庫Jライトノベル新人賞　（第9回
/平成25年/審査員特別賞）
「穢れ聖者のエク・セ・レスタ」
KADOKAWA　2013.12　262p　15cm
（MF文庫J に-03-01）　580円　①978-4-
04-066164-3
「穢れ聖者のエク・セ・レスタ　2」
KADOKAWA　2014.4　261p　15cm
（MF文庫J に-03-02）　580円　①978-4-
04-066380-7
「穢れ聖者のエク・セ・レスタ　3」
KADOKAWA　2014.8　263p　15cm
（MF文庫J に-03-03）　580円　①978-4-
04-066955-7

二階堂 紘嗣　にかいどう・ひろし

5029　「不機嫌な悪魔とおしゃべりなカ
ラスと」
◇MF文庫Jライトノベル新人賞　（第4回
/平成20年/佳作）　〈受賞時〉二階
堂 紘史
「ナインの契約書―Public enemy
number 91」　メディアファクトリー
2008.11　263p　15cm　（MF文庫J に-
02-01）　580円　①978-4-8401-2478-2
「ナインの契約書　2　The first day of
last days」　メディアファクトリー
2009.2　259p　15cm　（MF文庫J に-02-
02）　580円　①978-4-8401-2660-1
※文献あり
「ナインの契約書　3　Sympathy for the

devil」 メディアファクトリー 2009.5
259p 15cm（MF文庫J に-02-03）580
円 ①978-4-8401-2782-0

二階堂 黎人　にかいどう・れいと

5030 「吸血の家」
◇鮎川哲也賞（第1回/平成2年/佳作）
「吸血の家」 立風書房 1992.10 411p
「吸血の家」 講談社 1999.7 599p
15cm（講談社文庫）819円 ①4-06-
264626-9
「亡霊館の殺人」 南雲堂 2015.9 346p
19cm 1600円 ①978-4-523-26533-7

仁川 高丸　にがわ・たかまる

5031 「微熱狼少女」
◇すばる文学賞（第15回/平成3年/佳
作）
「微熱狼少女」 集英社 1992.2 205p
「微熱狼少女」 集英社 1995.2 212p
15cm（集英社文庫）400円 ①4-08-
748282-0

仁木 悦子　にき・えつこ

5032 「赤い猫」
◇日本推理作家協会賞（第34回/昭和56
年/短篇部門）
「赤い猫」 立風書房 1981.6 267p
「赤い猫」 講談社 1984.4 294p（講談社
文庫）
「赤い猫」 立風書房 1984.11 267p〈新装
版〉
「短篇集 3」 阿刀田高, 戸板康二, 連城
三紀彦, 日下圭介, 石沢英太郎, 仁木悦子
著 双葉社 1996.5 308p 15cm（双
葉文庫—日本推理作家協会賞受賞作全
集 31）570円 ①4-575-65825-1

5033 「猫は知っていた」
◇江戸川乱歩賞（第3回/昭和32年）
「猫は知つていた」 大日本雄弁会講談社
1957 231p
「猫は知つていた」 講談社 1959 194p
（ロマン・ブックス）
「仁木悦子長編推理小説全集1」 立風書
房 1976 321p
「猫は知っていた」 講談社 1996.10
299p 15cm（文庫コレクション—大衆
文学館）780円 ①4-06-262061-8
「猫は知っていた・濡れた心—江戸川乱歩
賞全集 2」 仁木悦子, 多岐川恭著, 日
本推理作家協会編 講談社 1998.9
580p 15cm（講談社文庫）1190円

①4-06-263876-2

二鬼 薫子　にき・かおるこ

5034 「一桁の前線」
◇自由都市文学賞（第3回/平成3年）

仁木 健　にき・たけし

5035 「魔術都市に吹く赤い風」
◇スニーカー大賞（第7回/平成14年/奨
励賞）
「マテリアル・クライシス—missionしっ
ぽとテロリスト」 角川書店 2003.6
302p 15cm（角川文庫）533円 ①4-
04-429501-8

仁木 英之　にき・ひでゆき

5036 「砺山の梨」
◇歴史群像大賞（第12回/平成18年発表
/最優秀賞）
「夕陽の梨—五代英雄伝」 学習研究社
2008.5 288p 19cm 1400円 ①978-4-
05-403631-4

5037 「僕僕先生」
◇日本ファンタジーノベル大賞（第18
回/平成18年/大賞）
「僕僕先生」 新潮社 2006.11 266p
20cm 1400円 ①4-10-303051-8
「僕僕先生」 新潮社 2009.4 348p
16cm（新潮文庫 に-22-1）514円
①978-4-10-137431-4
※文献あり

二牛 迂人　にぎゅう・うじん

5038 「新島守」
◇「文芸倶楽部」懸賞小説（第20回/明
37年10月/第2等）

西 加奈子　にし・かなこ

5039 「さくら」
◇本屋大賞（第3回/平成18年/10位）
「さくら」 小学館 2005.3 380p 19cm
1400円 ①4-09-386147-1
「さくら 1」 大活字 2005.10 252p
21cm（大活字文庫 99）2950円 ①4-
86055-245-8
※底本：「さくら」 小学館
「さくら 2」 大活字 2005.10 332p
21cm（大活字文庫 99）2980円 ①4-
86055-246-6
※底本：「さくら」 小学館
「さくら 3」 大活字 2005.10 371p
21cm（大活字文庫 99）3010円 ①4-

にし　　　　　　　　　　　　　　　　　　　　　　5040〜5052

86055-247-4
※底本：「さくら」小学館
「さくら　4」大活字　2005.10　357p
21cm（大活字文庫 99）3010円　Ⓘ4-
86055-248-2
※底本：「さくら」小学館
「さくら」小学館　2007.12　413p
15cm（小学館文庫）600円　Ⓘ978-4-
09-408227-2

5040「サラバ！」
◇直木三十五賞（第152回/平成26年下
半期）
◇本屋大賞（第12回/平成27年/2位）
「サラバ！　上」小学館　2014.11　375p
20cm 1600円　Ⓘ978-4-09-386392-6
「サラバ！　下」小学館　2014.11　358p
20cm 1600円　Ⓘ978-4-09-386393-3

5041「通天閣」
◇織田作之助賞（第24回/平成19年/大
賞）
「通天閣」筑摩書房　2006.11　203p
20cm 1300円　Ⓘ4-480-80399-8
「通天閣」筑摩書房　2009.12　270p
15cm（ちくま文庫 に9-1）580円
Ⓘ978-4-480-42669-7

5042「ふくわらい」
◇河合隼雄物語賞（第1回/平成25年度）
◇本屋大賞（第10回/平成25年/5位）
「ふくわらい」朝日新聞出版　2012.8
260p 20cm 1500円　Ⓘ978-4-02-
250998-7

仁志 耕一郎　にし・こういちろう

5043「指月の筒」
◇小説現代長編新人賞（第7回/平成24
年）
「玉兎の望」講談社　2012.11　284p
20cm 1500円　Ⓘ978-4-06-218102-0
※受賞作「指月の筒」を改題

5044「無名の虎」
◇朝日時代小説大賞（第4回/平成24年）
「無名の虎」朝日新聞出版　2012.11
236p 19cm 1300円　Ⓘ978-4-02-
251025-9

西 敏明　にし・としあき

5045「城下」
◇泉鏡花記念金沢市民文学賞（第2回/
昭和49年）
「城下―安政飢民抄」名古屋 風媒社
1975 239p

西内 駿　にしうち・しゅん

5046「『キョウドウゲンソウ論』異聞」
◇新日本文学賞（第26回/平成7年/小
説）

西川 満　にしかわ・みつる

5047「会真記」
◇夏目漱石賞（第1回/昭和21年/佳作）
「会真記」人間の星社　1976　83p〈限定
版〉

西川 美和　にしかわ・みわ

5048「ゆれる」
◇読売文学賞（第58回/平成18年度/戯
曲・シナリオ賞）
「ゆれる」ポプラ社　2006.6　220p
20cm 1200円　Ⓘ4-591-09303-4
「ゆれる」ポプラ社　2008.8　233p
16cm（ポプラ文庫）520円　Ⓘ978-4-
591-10434-7

西木 正明　にしき・まさあき

5049「凍れる瞳」
◇直木三十五賞（第99回/昭和63年上）
「凍れる瞳」文芸春秋　1988.5　302p

5050「端島の女」
◇直木三十五賞（第99回/昭和63年上）
「凍れる瞳」文芸春秋　1988.5　302p

5051「夢幻の山旅」
◇新田次郎文学賞（第14回/平成7年）
「夢幻の山旅」中央公論社　1994.9
333p　20×14cm 1800円　Ⓘ4-12-
002357-5
「夢幻の山旅」中央公論新社　1999.6
451p 15cm（中公文庫）952円　Ⓘ4-
12-203438-8

5052「夢顔さんによろしく」
◇柴田錬三郎賞（第13回/平成12年）
「夢顔さんによろしく」文藝春秋　1999.
7　540p 20cm 2095円　Ⓘ4-16-
317910-0
「夢顔さんによろしく―最後の貴公子・近
衛文隆の生涯　上」文藝春秋　2002.10
408p 16cm（文春文庫）629円　Ⓘ4-
16-753404-5
「夢顔さんによろしく―最後の貴公子・近
衛文隆の生涯　下」文藝春秋　2002.10
409p 16cm（文春文庫）629円　Ⓘ4-
16-753405-3

西口 典江　にしぐち・のりえ

5053　「凍結幻想」
◇大阪女性文芸賞（第4回/昭和61年）

西久保 隆　にしくぼ・たかし

5054　「癌」
◇マリン文学賞（第4回/平成5年/入選）

西崎 いつき　にしざき・いつき

5055　「憧憬の翼 透明の枠」
◇ホワイトハート新人賞（平成26年下
　期/佳作）

西崎 憲　にしざき・けん

5056　「ショート・ストーリーズ」
◇日本ファンタジーノベル大賞（第14
　回/平成14年）
　「世界の果ての庭─ショート・ストーリー
　ズ」 新潮社 2002.12 197p 20cm
　1300円 ①4-10-457201-2

西島 恭子　にしじま・きょうこ

5057　「高那ケ辻」
◇木山捷平短編小説賞（第9回/平成25
　年度）

西田 喜代志　にしだ・きよし

5058　「海辺の物語」
◇文藝賞（第1回/昭和37年）

西田 咲　にしだ・さき

5059　「とある梅干、エリザベスの物語」
◇12歳の文学賞（第7回/平成25年/小説
　部門/審査員特別賞〈あさのあつこ
　賞〉）
　「12歳の文学 第7集」 小学館 2013.3
　160p 26cm 952円 ①978-4-09-
　106804-0

西田 俊也　にしだ・としや

5060　「恋はセサミ」
◇コバルト・ノベル大賞（第12回/昭和
　63年下）

西谷 洋　にしたに・ひろし

5061　「茜とんぼ」
◇地上文学賞（第29回/昭和56年）

5062　「秋蟬の村」
◇九州芸術祭文学賞（第11回/昭和55
　年）

仁科 愛村　にしな・あいそん

5063　「林戦条件のなった日から」
◇「文章世界」特別募集小説（大8年3
　月）

仁科 友里　にしな・ゆり

5064　「桜を愛でる」
◇ちよだ文学賞（第1回/平成19年/逢坂
　特別賞）

西野 かつみ　にしの・かつみ

5065　「彼女はこん，とかわいく咳を
　　　して」
◇MF文庫Jライトノベル新人賞（第1回
　/平成17年/佳作）〈受賞時〉名波
　薫2号
　「かのこん　1〜14」 メディアファクト
　リー 2005.10〜2010.1 15cm（MF文
　庫J）

西野 喬　にしの・たかし

5066　「防鴨河使異聞」
◇歴史浪漫文学賞（第13回/平成25年/
　創作部門優秀賞）
　「防鴨河使異聞」 郁朋社 2013.9 310p
　20cm 1600円 ①978-4-87302-568-1

西原 啓　にしはら・けい

5067　「日蝕」
◇群像新人文学賞（第5回/昭和37年/小
　説）

西原 健次　にしはら・けんじ

5068　「千年杉」
◇地上文学賞（第42回/平成6年度）

5069　「獄の海」
◇堺自由都市文学賞（第13回/平成13年
　/佳作）

西堀 凜華　にしぼり・りんか

5070　「人形」
◇12歳の文学賞（第7回/平成25年/小説
　部門/大賞）
　「12歳の文学 第7集」 小学館 2013.3
　160p 26cm 952円 ①978-4-09-
　106804-0

西巻 秀夫　にしまき・ひでお

5071　「グランプリ」
◇健友館文学賞（第6回/平成13年/大

にしむら

賞）
「グランプリ」 健友館 2002.6 282p
20cm 1900円 ①4-7737-0647-3

西村 京太郎 にしむら・きょうたろう

5072 「終着駅殺人事件」
◇日本推理作家協会賞 （第34回/昭和56
年/長篇部門）
「終着駅殺人事件」 光文社 1980.7 263p
（カッパ・ノベルス）
「終着駅殺人事件―長編推理小説」 光文
社 1984.11 390p （光文社文庫）
「西村京太郎長編推理選集 第11巻」 講談
社 1986.11 405p
「終着駅殺人事件」 双葉社 1997.11
430p 15cm （双葉文庫―日本推理作家
協会賞受賞作全集 40） 686円 ①4-575-
65837-5
「終着駅殺人事件」 新装版 光文社
2009.10 449p 15cm （光文社文庫）
705円 ①978-4-334-74675-9

5073 「天使の傷痕」
◇江戸川乱歩賞 （第11回/昭和40年）
「天使の傷痕」 講談社 1965 262p
「西村京太郎長編推理選集1」 講談社
1987
「天使の傷痕・殺人の棋譜―江戸川乱歩賞
全集 6」 西村京太郎, 斎藤栄著, 日本
推理作家協会編 講談社 1999.3
641p 15cm （講談社文庫） 1190円
①4-06-264526-2
「天使の傷痕」 新装版 講談社 2015.2
356p 15cm （講談社文庫） 660円
①978-4-06-293020-8

5074 「歪んだ朝」
◇オール讀物推理小説新人賞 （第2回/
昭和38年）
「目撃者を消せ」 角川書店 1987.5 240p
（角川文庫）
「目撃者を消せ―傑作サスペンス」 広済
堂出版 1988.8 246p （広済堂文庫）
「歪んだ朝」 角川書店 2001.5 253p
15cm （角川文庫） 457円 ①4-04-
152761-9
「華やかな殺意―西村京太郎自選集 1」
徳間書店 2004.4 297, 45p 15cm
（徳間文庫） 571円 ①4-19-892047-8

西村 健 にしむら・けん

5075 「地の底のヤマ」
◇吉川英治文学新人賞 （第33回/平成24
年度）

「地の底のヤマ」 講談社 2011.12 863p
20cm 2500円 ①978-4-06-217344-5

5076 「ヤマの疾風」
◇大藪春彦賞 （第16回/平成26年）
「ヤマの疾風（かぜ）」 徳間書店 2013.9
358p 20cm 1600円 ①978-4-19-
863663-0

西村 賢太 にしむら・けんた

5077 「暗渠の宿」
◇野間文芸新人賞 （第29回/平成19年）
「暗渠の宿」 新潮社 2006.12 158p
20cm 1400円 ①4-10-303231-6
「暗渠の宿」 新潮社 2010.2 196p
16cm （新潮文庫 に-23-1） 362円
①978-4-10-131281-1

5078 「苦役列車」
◇芥川龍之介賞 （第144回/平成22年下
半期）
「苦役列車」 新潮社 2011.1 147p
20cm 1200円 ①978-4-10-303232-8
「苦役列車」 新潮社 2012.4 170p
16cm （新潮文庫 に-23-4） 400円
①978-4-10-131284-2

西村 真次 にしむら・しんじ

5079 「髑髏庵」
◇「万朝報」懸賞小説 （第153回/明33
年1月）

西村 琢 にしむら・たく

5080 「オートバイと茂平」
◇地上文学賞 （第9回/昭和36年）

西村 文宏 にしむら・ふみひろ

5081 「ナノの星、しましまの王女、宮
殿の秘密」
◇ノベルジャパン大賞 （第2回/平成20
年/奨励賞）

西村 友里 にしむら・ゆり

5082 「飛翔の村」
◇ジュニア冒険小説大賞 （第9回/平成
22年/佳作）

西本 秋 にしもと・あき

5083 「過去のはじまり未来のおわり」
◇小説推理新人賞 （第24回/平成14年）

西本 綾花 にしもと・あやか

5084 「過酸化水素水 $2H_2O_2 \rightarrow$

$2H_2O+O_2\uparrow$」
◇三田文学新人賞　（第16回/平成21年）

西本　紘奈　にしもと・ひろな
5085　「蒼闇深くして金暁を招ぶ」
◇角川ビーンズ小説大賞　（第5回/平成18年/優秀賞）　〈受賞時〉青月 晶華
「紅玉の契約―宗主さまの華麗な戴冠」角川書店, 角川グループパブリッシング（発売）　2008.3　222p　15cm（角川ビーンズ文庫）　457円　①978-4-04-453801-9
「紅玉の契約―姫君の無謀な婚約」　角川書店, 角川グループパブリッシング（発売）　2008.7　223p　15cm（角川ビーンズ文庫）　457円　①978-4-04-453802-6
「紅玉の契約―クールな従者のお家事情」角川書店, 角川グループパブリッシング（発売）　2008.12　223p　15cm（角川ビーンズ文庫）　457円　①978-4-04-453803-3
「紅玉の契約―宗主さまの最後の約束」角川書店, 角川グループパブリッシング（発売）　2009.5　255p　15cm（角川ビーンズ文庫）　476円　①978-4-04-453804-0
※並列シリーズ名：Beans bunko

西本　陽子　にしもと・ようこ
5086　「ひとすじの髪」
◇女流新人賞　（第28回/昭和60年度）

西山　梅生　にしやま・うめお
5087　「写真」
◇関西文学賞　（第15回/昭和55年/小説）

5088　「飯盒」
◇関西文学賞　（第13回/昭和53年/小説（佳作））

西山　樹一郎　にしやま・きいちろう
5089　「再会」
◇ゆきのまち幻想文学賞　（第11回/平成13年）
「再会」　西山樹一郎ほか著　企画集団ぷりずむ　2002.5　223p　19cm（ゆきのまち幻想文学賞小品集 11）　1800円　①4-906691-10-2

西山　浩一　にしやま・こういち
5090　「最高の喜び」
◇星新一ショートショート・コンテスト（第1回/昭和54年/最優秀作）

西山　隆幸　にしやま・たかゆき
5091　「あめふれば」
◇新風舎出版賞　（第23回/平成16年11月/井狩春男賞/ビジュアル部門）

西羽咲　花月　にしわざき・かつき
5092　「彼氏人形」
◇日本ケータイ小説大賞　（第9回/平成27年/ケータイ小説文庫賞・ブラックレーベル）
「彼氏人形」　スターツ出版　2015.5　285p　15cm（ケータイ小説文庫 Hに1-2―野いちご）　550円　①978-4-88381-968-3

仁田　恵　にた・めぐ
5093　「あゆみ」
◇深大寺短編恋愛小説「深大寺恋物語」（第8回/平成24年/最優秀賞）

新田　周右　にった・しゅうすけ
5094　「φの方石」
◇電撃大賞　（第21回/平成26年/大賞）
「φの方石―白幽堂魔石奇譚」KADOKAWA　2015.2　329p　15cm（メディアワークス文庫 に4-1）　570円　①978-4-04-869244-1
「φの方石　2　あかつき講堂魔石奇譚」KADOKAWA　2015.11　326p　15cm（メディアワークス文庫 に4-2）　590円　①978-4-04-865572-9
※著作目録あり

新田　純子　にった・じゅんこ
5095　「飛蝶」
◇女流新人賞　（第26回/昭和58年度）
「飛蝶」　青弓社　1990.9　178p

新田　次郎　にった・じろう
5096　「強力伝」
◇「サンデー毎日」懸賞小説　（創刊30年記念100万円懸賞小説/昭和26年/現代小説（1席））
◇直木三十五賞　（第34回/昭和30年下）
「強力伝」　朋文堂　1955　168p（旅窓新書）
「直木賞作品集」　第5　大日本雄弁会講談社　1956（ロマン・ブックス）
「強力伝・孤島」　新潮社　1965　259p（新潮文庫）
「蒼氷・強力伝」　新潮社　1967　280p（新田次郎山岳小説シリーズ 1）

にった

「新田次郎全集1」 新潮社 昭和49年
「長野県文学全集第Ⅰ期/小説編8」 郷土
出版社 1988
「強力伝—二十世紀最後の職人の魂」 小
学館 1995.3 283p 19cm（地球人ラ
イブラリー）1500円 ①4-09-251012-8

5097 「孤島」
◇「サンデー毎日」懸賞小説（大衆文芸
30周年記念100万円懸賞/昭和30年）
「孤島他四編」 光和堂 1956 182p
「強力伝・孤島」 新潮社 1965 259p（新
潮文庫）
「新田次郎全集10」 新潮社 昭和49年

5098 「武田信玄」
◇吉川英治文学賞（第8回/昭和49年度）
「武田信玄」 文芸春秋 1969〜昭和48年 4
冊
「新田次郎全集15〜17」 新潮社 昭和49年
「武田信玄」 文芸春秋 1987.8 4冊〈上装
版〉
「武田信玄 風の巻」 新装版 文藝春秋
2005.4 546p 15cm（文春文庫）714
円 ①4-16-711230-2
「武田信玄 林の巻」 新装版 文藝春秋
2005.4 463p 15cm（文春文庫）638
円 ①4-16-711231-0
「武田信玄 火の巻」 新装版 文藝春秋
2005.5 426p 15cm（文春文庫）638
円 ①4-16-711232-9
「武田信玄 山の巻」 新装版 文藝春秋
2005.5 543p 15cm（文春文庫）714
円 ①4-16-711233-7

5099 「春紫苑物語」
◇小説現代ゴールデン読者賞（第8回/
昭和48年下）
「新田次郎全集12」 新潮社 昭和50年
「氷原・非情のブリザード」 新潮社
1980.4 418p（新潮文庫）

5100 「山犬物語」
◇「サンデー毎日」大衆文芸（第47回/
昭和30年上）
「直木賞作品集」 第5 大日本雄弁会講談
社 1956（ロマン・ブックス）
「新田次郎全集18」 新潮社 昭和50年
「長野県文学全集第Ⅰ期/小説編9」 郷土
出版社 1988

仁田 義男 にった・よしお
5101 「墓場の野師」
◇文學界新人賞（第6回/昭和33年上）

二取 由子 にとり・ゆうこ
5102 「眠りの前に」
◇オール讀物新人賞（第62回/昭和58年
上）

にのまえ あゆむ
5103 「萬屋探偵事務所事件簿」
◇ノベルジャパン大賞（第3回/平成21
年/佳作）〈受賞時〉にのまえ は
じめ
「デウス・レプリカ」 ホビージャパン
2009.9 270p 15cm（HJ文庫 190）
619円 ①978-4-89425-927-0
「デウス・レプリカ 2」 ホビージャパン
2009.12 248p 15cm（HJ文庫 209）
619円 ①978-4-89425-968-3

二宮 桂子 にのみや・けいこ
5104 「小さなねずみ」
◇関西文学賞（第19回/昭和59年/小説
（佳作））

二宮 隆雄 にのみや・たかお
5105 「疾風伝」
◇小説現代新人賞（第55回/平成2年下）

弐宮 環 にのみや・たまき
5106 「エレメンツ・マスター」
◇ファンタジア長編小説大賞（第14回/
平成14年/佳作）
「セルフィス様は馬耳東風！—エレメン
ト・マスター」 富士見書房 2003.5
302p 15cm（富士見ファンタジア文
庫）580円 ①4-8291-1517-3

二宮 英温 にのみや・ひではる
5107 「ワルツとヘリコプター」
◇NHK銀の雫文芸賞（平成23年/優秀）

二瓶 哲也 にへい・てつや
5108 「最後のうるう年」
◇文學界新人賞（第115回/平成24年下）

日本放送出版協会
にほんほうそうしゅっぱんきょうかい
5109 「ソフィーの世界」
◇新風賞（第30回/平成7年）
「ソフィーの世界—哲学者からの不思議な
手紙」 ヨースタイン・ゴルデル著, 池
田香代子訳 日本放送出版協会 1995.8
667p 21cm 2500円 ①4-14-080223-5

「ソフィーの世界―哲学者からの不思議な手紙　上」ヨースタイン・ゴルデル著, 須田朗監修, 池田香代子訳　〔普及版〕　日本放送出版協会　1997.10　362p　19cm　1000円　①4-14-080331-2

「ソフィーの世界―哲学者からの不思議な手紙　下」ヨースタイン・ゴルデル著, 須田朗監修, 池田香代子訳　〔普及版〕　日本放送出版協会　1997.10　317p　19cm　1000円　①4-14-080332-0

「ソフィーの世界―哲学者からの不思議な手紙」ヨースタイン・ゴルデル著, 須田朗監修, 池田香代子訳　新装版　NHK出版　2011.5　362p　19cm　1000円　①978-4-14-081478-9

「ソフィーの世界―哲学者からの不思議な手紙」ヨースタイン・ゴルデル著, 須田朗監修, 池田香代子訳　新装版　NHK出版　2011.5　317p　19cm　1000円　①978-4-14-081479-6

耳目口 司　にめぐち・つかさ

5110 「風景男のカンタータ」
◇スニーカー大賞（第15回/平成22年/優秀賞）〈受賞時〉秋野 裕樹
「丘ルトロジック―沈丁花桜のカンタータ」角川書店, 角川グループパブリッシング〔発売〕2010.11　313p　15cm（角川文庫 16524―角川スニーカー文庫）571円　①978-4-04-474824-1
※受賞作「風景男のカンタータ」を改題

にゃお

5111 「じっと見つめる君は堕天使」
◇スニーカー大賞（第20回・秋/平成27年/特別賞）

5112 「ドルグオン・サーガ」
◇HJ文庫大賞（第9回/平成27年/銀賞）

韮山 圭介　にらやま・けいすけ

5113 「山影」
◇農民文学賞（第5回/昭和35年度）

楡井 亜木子　にれい・あきこ

5114 「チューリップの誕生日」
◇すばる文学賞（第16回/平成4年）
「チューリップの誕生日」集英社 1993.1　205p
「チューリップの誕生日」ジャイブ　2007.9　237p　15cm（ピュアフル文庫）540円　①978-4-86176-427-1

丹羽 昌一　にわ・しょういち

5115 「天皇の密使」
◇サントリーミステリー大賞（第12回/平成7年/大賞, 読者賞）
「天皇の密使」文藝春秋 1995.10　369p　19cm　1500円　①4-16-315870-7
「天皇の密使」文藝春秋 1998.10　426p　15cm　600円　①4-16-761001-9

丹羽 春信　にわ・はるのぶ

5116 「あれは超高率のモチャ子だよ」
◇スニーカー大賞（第20回・春/平成26年/特別賞）
「あれは超高率のモチャ子だよ！」KADOKAWA　2015.8　286p　15cm（角川スニーカー文庫 にー2-1-1）600円　①978-4-04-103415-6
※文献あり

丹羽 文雄　にわ・ふみお

5117 「一路」
◇読売文学賞（第18回/昭和41年/小説賞）
「一路」講談社 1966　636p
「一路」改訂版 講談社 1967　492p
「一路」講談社 1973　492p〈新装版〉
「丹羽文雄文学全集14Z」講談社 昭和51年

5118 「海戦」
◇中央公論社文芸賞（第2回/昭和18年）
「海戦」中央公論社 1943　296p
「丹羽文雄文庫」第7 東方社 1953
「丹羽文雄作品集 第3巻」角川書店 1957
「海戦」東方社 1959　331p
「丹羽文雄文学全集25」講談社 昭和50年
「昭和文学全集11」小学館 1988
「海戦」中央公論新社 2000.8　215p　15cm（中公文庫）552円　①4-12-203698-4

5119 「顔」
◇毎日芸術賞（第2回/昭和35年）
「顔」毎日新聞社 1960.5

5120 「蛇と鳩」
◇野間文芸賞（第6回/昭和28年）
「蛇と鳩」朝日新聞社 1953　339p
「蛇と鳩」大日本雄弁会講談社 1955　288p（ミリオン・ブックス）
「蛇と鳩」角川書店 1957　388p（角川文庫）

「丹羽文雄作品集 第5巻」 角川書店 1957
「蛇と鳩」 新潮社 1960 404p （新潮文庫）
「丹羽文雄文学全集24」 講談社 昭和50年

5121 「蓮如」
◇野間文芸賞 （第36回/昭和58年）
「蓮如」 1〜8 中央公論社 1982〜昭和58年 8冊
「蓮如」 1〜8 中央公論社 1985 8冊 （中公文庫）
「蓮如 1 覚信尼の巻」 改版 中央公論社 1997.12 345p 15cm （中公文庫） 743円 ①4-12-203009-9
「蓮如 2 覚如と存覚の巻」 改版 中央公論社 1998.1 374p 15cm （中公文庫） 743円 ①4-12-203033-1
「蓮如 3 本願寺衰退の巻」 改版 中央公論社 1998.2 410p 15cm （中公文庫） 743円 ①4-12-203073-0
「蓮如 4 蓮如誕生の巻」 改版 中央公論社 1998.3 355p 15cm （中公文庫） 743円 ①4-12-203100-1
「蓮如 5 蓮如妻帯の巻」 改版 中央公論社 1998.4 375p 16cm （中公文庫） 743円 ①4-12-203123-0
「蓮如 6 最初の一向一揆の巻」 改版 中央公論社 1998.5 381p 15cm （中公文庫） 743円 ①4-12-203149-4
「蓮如 7 山科御坊の巻」 改版 中央公論社 1998.6 375p 15cm （中公文庫） 743円 ①4-12-203174-5
「蓮如 8 蓮如遷化の巻」 改版 中央公論社 1998.7 419p 15cm （中公文庫） 838円 ①4-12-203199-0

【ぬ】

額賀 澪 ぬかが・みお

5122 「屋上のウインドノーツ」
◇松本清張賞 （第22回/平成27年）
「屋上のウインドノーツ」 文藝春秋 2015.6 304p 19cm 1200円 ①978-4-16-390286-9

5123 「俺とマッ缶の行方」
◇舟橋聖一顕彰青年文学賞 （第24回/平成24年/最優秀賞）

5124 「ヒトリコ」
◇小学館文庫小説賞 （第16回/平成27年）

「ヒトリコ」 小学館 2015.6 277p 19cm 1200円 ①978-4-09-386417-6

額田 六福 ぬかだ・ろっぷく

5125 「天理教」
◇「万朝報」懸賞小説 （第1049回/大4年10月）

貫井 徳郎 ぬくい・とくろう

5126 「後悔と真実の色」
◇山本周五郎賞 （第23回/平成22年）
「後悔と真実の色」 幻冬舎 2009.10 509p 20cm 1800円 ①978-4-344-01738-2
「後悔と真実の色」 幻冬舎 2012.10 689p 16cm （幻冬舎文庫 ぬ-1-4） 876円 ①978-4-344-41933-9

5127 「乱反射」
◇日本推理作家協会賞 （第63回/平成22年/長編および連作短編集部門）
「乱反射」 朝日新聞出版 2009.2 516p 20cm 1800円 ①978-4-02-250541-5
「乱反射」 朝日新聞出版 2011.11 599p 15cm （朝日文庫 ぬ1-1） 820円 ①978-4-02-264638-5

ぬこ

5128 「ID01」
◇日本ケータイ小説大賞 （第2回/平成19年/こども賞）

沼田 茂 ぬまた・しげる

5129 「或る遺書」
◇文學界新人賞 （第5回/昭和32年下）

沼田 まほかる ぬまた・まほかる

5130 「9月が永遠に続けば」
◇ホラーサスペンス大賞 （第5回/平成16年/大賞）
「九月が永遠に続けば」 新潮社 2005.1 344p 20cm 1600円 ①4-10-473401-2

5131 「ユリゴコロ」
◇大藪春彦賞 （第14回/平成24年）
◇本屋大賞 （第9回/平成24年/6位）
「ユリゴコロ」 双葉社 2011.3 288p 20cm 1400円 ①978-4-575-23719-1
「ユリゴコロ」 双葉社 2014.1 330p 15cm （双葉文庫 ぬ-03-02） 638円 ①978-4-575-51642-5

【ね】

猫砂 一平　ねこすな・いっぺい

5132　「末代まで！」
◇角川学園小説大賞（第12回/平成20年/大賞）
「末代まで！ lap 1 うらめしやガールズ」角川書店, 角川グループパブリッシング（発売）2009.11 285p 15cm（角川文庫 15966—角川スニーカー文庫）590円　①978-4-04-474801-2

ネザマフィ, シリン

5133　「白い紙」
◇文學界新人賞（第108回/平成21年上期）
「白い紙/サラム」シリン・ネザマフィ著　文藝春秋 2009.8 150p 20cm 1238円　①978-4-16-328410-1

ねじめ 正一　ねじめ・しょういち

5134　「商人」
◇舟橋聖一文学賞（第3回/平成21年）
「商人」集英社 2009.3 317p 20cm 1800円　①978-4-08-771283-4

5135　「荒地の恋」
◇中央公論文芸賞（第3回/平成20年度）
「荒地の恋」文藝春秋 2007.9 312p 20cm 1800円　①978-4-16-326350-2

5136　「高円寺純情商店街」
◇直木三十五賞（第101回/平成1年上）
「高円寺純情商店街」新潮社 1989.2 205p

5137　「ふ」
◇H氏賞（第31回/昭和56年）

ねずみ 正午　ねずみ・しょうご

5138　「若火之燎于原」
◇ジャンプ小説新人賞（jump Novel Grand Prix）（'09 Summer（平成21年夏）/小説：フリー部門/銀賞）

ネム はじめ

5139　「タビネコ」
◇新風舎出版賞（第9回/平成11年1月/出版大賞）

「タビネコ」フーコー 1999.9 30p 25cm 1900円　①4-7952-4443-X

根本 大輝　ねもと・だいき

5140　「春の訪れ」
◇12歳の文学賞（第4回/平成22年/小説部門/審査員特別賞〈石田衣良賞〉）
「12歳の文学 第4集」小学館 2010.3 395p 20cm 1200円　①978-4-09-289725-0

根本 幸江　ねもと・ゆきえ

5141　「抜け道」
◇やまなし文学賞（第10回/平成13年度/小説部門/佳作）

【の】

濃野 初美　のうの・はつみ

5142　「踊り猫—異本 甲斐のおとぎ話」
◇中村星湖文学賞（第27回/平成25年）
「踊り猫—異本 甲斐のおとぎ話」音盤生活社 2013.8 242p 19cm 1000円

能面 次郎　のうめん・じろう

5143　「キャンディ・ボーイ」
◇問題小説新人賞（第9回/昭和58年/佳作）

野上 弥生子　のがみ・やえこ

5144　「秀吉と利休」
◇女流文学賞（第3回/昭和39年度）
「秀吉と利休」中央公論社 1964 402p
「秀吉と利休」中央公論社 1968 402p〈限定版〉
「野上弥生子全集13」岩波書店 昭和57年
「昭和文学全集8」小学館 1988
「秀吉と利休」改版 中央公論社 1996.1 608p 15cm（中公文庫）1300円　①4-12-202511-7
「野上彌生子全小説 13 秀吉と利休」野上彌生子著 岩波書店 1998.5 475p 20cm 3400円　①4-00-092113-4

5145　「迷路」
◇読売文学賞（第9回/昭和32年/小説賞）
「迷路」第1—2部 岩波書店 1948 2冊

「迷路」 第1―6部 岩波書店 1952〜昭和
31年 5冊
「迷路」 第1―4 岩波書店 1958 4冊（岩
波文庫）
「迷路」 角川書店 1960 3冊（角川文庫）
「野上弥生子全集9〜11」 岩波書店 昭和
56年
「迷路」 改版 岩波書店 1984.5 2冊（岩波
文庫）
「迷路」 岩波書店 1984.4 3冊
「長野県文学全集第Ⅰ期/小説編8」 郷土
出版社 1988
「迷路」 改版 岩波書店 1988 2冊（岩波
文庫）
「迷路 上」 岩波書店 2006.11 649p
19cm （ワイド版岩波文庫） 1800円
Ⓘ4-00-007276-5
「迷路 下」 岩波書店 2006.11 650p
19cm （ワイド版岩波文庫） 1800円
Ⓘ4-00-007277-3

5146 「森」
◇日本文学大賞 （第18回/昭和61年/文
芸部門）
「森」 新潮社 1985.11 513p
「野上弥生子全集 第Ⅱ期28」 岩波書店
1991
「森」 新潮社 1996.9 593p 15cm
（新潮文庫） 680円 Ⓘ4-10-104404-X

野上 寧彦 のがみ・やすひこ

5147 「あなたの涙よ 私の頬につた
われ」
◇ムー伝奇ノベル大賞 （第1回/平成13
年/佳作）

野上 龍 のがみ・りゅう

5148 「凶徒」
◇オール讀物推理小説新人賞 （第2回/
昭和38年）

野川 義秋 のがわ・よしあき

5149 「官山」
◇農民文学賞 （第57回/平成26年度）

野木 京子 のぎ・きょうこ

5150 「ヒムル、割れた野原」
◇H氏賞 （第57回/平成19年）
「ヒムル、割れた野原」 思潮社 2006.9
93p 22cm 2200円 Ⓘ4-7837-2162-9
※他言語標題：heaven

野口 赫宙 のぐち・かくちゅう

5151 「餓鬼道」
◇「改造」懸賞創作 （第5回/昭和7年/2
等）
「張赫宙 日本語作品選」 張赫宙, 南富鎮,
白川豊編 勉誠出版 2003.10 344p
19cm 3500円 Ⓘ4-585-05093-0
「在日文学全集 第11巻 金史良・張赫
宙・高史明」 金史良, 張赫宙, 高史明著,
磯貝治良, 黒古一夫編 勉誠出版
2006.6 460p 21cm 5000円 Ⓘ4-585-
01121-8

野口 活 のぐち・かつ

5152 「偶像南京に君臨す」
◇文壇アンデパンダン （第1回/昭和5
年）
「文壇アンデパンダン」 第一輯 北林透
馬, 野口活, 田宮釧共著 中央公論社
1930 580p

野口 健二 のぐち・けんじ

5153 「村正と正宗」
◇「サンデー毎日」大衆文芸 （第8回/
昭和6年上）

野口 卓也 のぐち・たくや

5154 「日常転換期」
◇ジャンプ小説大賞 （第14回/平成17年
/佳作）

野口 冨士男 のぐち・ふじお

5155 「かくてありけり」
◇読売文学賞 （第30回/昭和53年/小説
賞）
「かくてありけり」 講談社 1978.2 230p

5156 「感触的昭和文壇史」
◇菊池寛賞 （第34回/昭和61年）
「感触的昭和文壇史」 文芸春秋 1986
432p

5157 「なぎの葉考」
◇川端康成文学賞 （第7回/昭和55年）
「なぎの葉考」 文芸春秋 1980.9 224p
「なぎの葉考」 〔田辺〕 吉田弥左衛門
1988.2 2冊（続田奈部豆本 第5集）〈限
定版〉
「昭和文学全集14」 小学館 1988
「野口冨士男自選小説全集上」 河出書房
新社 1991
「戦後短篇小説再発見―結婚・エロス 男

と女」 講談社文芸文庫編 講談社
2003.8 251p 15cm （講談社文芸文
庫） 950円 ①4-06-198341-5
「なぎの葉考・少女―野口冨士男短篇集」
講談社 2009.5 331p 15cm （講談社
文芸文庫） 1500円 ①978-4-06-290050-
8

野坂 昭如　のさか・あきゆき

5158 「アメリカひじき」
◇直木三十五賞 （第58回/昭和42年下）
「アメリカひじき」 火垂るの墓 文芸春秋
1968 230p
「野坂昭如自選作品」 角川書店 1972
317p〈限定特製本〉
「アメリカひじき・火垂るの墓」 新潮社
2003.7 272p 15cm （新潮文庫） 438
円 ①4-10-111203-7

5159 「砂絵呪縛後日怪談」
◇小説現代ゴールデン読者賞 （第4回/
昭和46年下）
「野坂昭如コレクション　3　エストリー
ルの夏」 国書刊行会 2001.1 639p
21cm 3000円 ①4-336-04263-2

5160 「同心円」
◇吉川英治文学賞 （第31回/平成9年度）
「同心円」 講談社 1996.6 410p 19cm
2300円 ①4-06-207446-X

5161 「文壇」
◇泉鏡花文学賞 （第30回/平成14年）
「文壇」 文藝春秋 2002.4 185p 20cm
1476円 ①4-16-358420-X
「文壇」 文藝春秋 2005.4 285p 16cm
（文春文庫） 524円 ①4-16-711913-7

5162 「火垂るの墓」
◇直木三十五賞 （第58回/昭和42年下）
「野坂昭如自選作品」 角川書店 1972
317p〈限定特製本〉
「火垂るの墓」 成瀬書房 1978.6 145p
〈限定版〉
「アメリカひじき・火垂るの墓」 新潮社
2003.7 272p 15cm （新潮文庫） 438
円 ①4-10-111203-7
「火垂るの墓」 ポプラ社 2006.7 160p
18cm （ポプラポケット文庫） 570円
①4-591-09343-3
「戦時下の青春」 中井英夫ほか著 集英
社 2012.3 727p 19cm （コレクショ
ン 戦争と文学 15）3600円 ①978-4-
08-157015-7

野坂 喜美　のさか・きみ

5163 「いねの花」
◇地上文学賞 （第3回/昭和30年）

野崎 雅人　のざき・まさと

5164 「ティールーム」
◇関西文學新人賞 （第5回/平成17年/新
人賞 小説部門）

5165 「フロンティア、ナウ」
◇日経中編小説賞 （第1回/平成20年）
「フロンティア、ナウ」 日本経済新聞出
版社 2008.11 197p 20cm 1300円
①978-4-532-17090-5

野崎 まど　のざき・まど

5166 「〔映〕アムリタ」
◇電撃大賞 （第16回/平成21年/電撃小
説大賞部門/メディアワークス文庫
賞）
「〔映〕アムリタ」 アスキー・メディア
ワークス，角川グループパブリッシング
（発売） 2009.12 233p 15cm （メ
ディアワークス文庫 0002） 530円
①978-4-04-868269-5

野里 征彦　のざと・いくひこ

5167 「西明り」
◇新風舎文庫大賞 （第2回/平成15年8月
/準大賞）

野沢 尚　のざわ・ひさし

5168 「深紅」
◇吉川英治文学新人賞 （第22回/平成13
年）
「深紅」 講談社 2000.12 388p 20cm
1700円 ①4-06-210285-4
「深紅」 講談社 2003.12 454p 15cm
（講談社文庫） 695円 ①4-06-273917-8

5169 「破線のマリス」
◇江戸川乱歩賞 （第43回/平成9年）
「破線のマリス」 講談社 1997.9 315p
20×14cm 1500円 ①4-06-208863-0
「破線のマリス」 講談社 2000.7 391p
15cm （講談社文庫） 619円 ①4-06-
264907-1

5170 「恋愛時代」
◇島清恋愛文学賞 （第4回/平成9年）
「恋愛時代」 幻冬舎 1996.12 507p
19cm 1854円 ①4-87728-140-1
「恋愛時代 上」 幻冬舎 1998.8 321p

のしま

15cm（幻冬舎文庫）571円 ①4-87728-626-8

「恋愛時代　下」幻冬舎　1998.8　336p　15cm（幻冬舎文庫）571円 ①4-87728-627-6

野島 勝彦　のじま・かつひこ

5171「胎」
◇文學界新人賞（第22回/昭和41年上）

野島 けんじ　のじま・けんじ

5172「ネクスト・エイジ」
◇角川学園小説大賞（第5回/平成13年/自由部門/優秀賞）
「ネクストエイジ」角川書店　2001.11　301p　15cm（角川文庫）533円 ①4-04-427201-8

野島 千恵子　のじま・ちえこ

5173「氷の橋」
◇北日本文学賞（第13回/昭和54年）

5174「日暮れの前に」
◇女流新人賞（第22回/昭和54年度）

野島 誠　のじま・まこと

5175「斜坑」
◇九州芸術祭文学賞（第21回/平成2年）

野尻 抱介　のじり・ほうすけ

5176「歌う潜水艦とピアピア動画」
◇星雲賞（第43回/平成24年/日本短編部門（小説））
「南極点のピアピア動画」早川書房　2012.2　311p　16cm（ハヤカワ文庫JA1058）620円 ①978-4-15-031058-5

能勢 健生　のせ・たけお

5177「おばあちゃん 1200キロの旅」
◇NHK銀の雫文芸賞（第18回/平成17年度/優秀）

望 公太　のぞみ・こうた

5178「僕はやっぱり気付かない」
◇ノベルジャパン大賞（第5回/平成23年/金賞）
「僕はやっぱり気づかない」ホビージャパン　2011.8　261p　15cm（HJ文庫317）619円 ①978-4-7986-0261-5
「僕はやっぱり気づかない　2」ホビージャパン　2011.10　271p　15cm（HJ文庫330）619円 ①978-4-7986-0296-7
「僕はやっぱり気づかない　3」ホビー

ジャパン　2011.12　263p　15cm（HJ文庫 345）619円 ①978-4-7986-0324-7
「僕はやっぱり気づかない　4」ホビージャパン　2012.3　287p　15cm（HJ文庫 359）619円 ①978-4-7986-0356-8
「僕はやっぱり気づかない　5」ホビージャパン　2012.6　303p　15cm（HJ文庫 の02-01-05）638円 ①978-4-7986-0410-7
「僕はやっぱり気づかない　6」ホビージャパン　2012.9　279p　15cm（HJ文庫 の02-01-06）638円 ①978-4-7986-0456-5

野田 栄二　のだ・えいじ

5179「黄砂吹く」
◇オール讀物新人賞（第85回/平成17年）

埜田 杏　のだ・はるか

5180「些末なおもいで」
◇野性時代青春文学大賞（第2回/平成18年）
「些末なおもいで」角川書店　2006.11　144p　20cm　1100円 ①4-04-873746-5

野田 秀樹　のだ・ひでき

5181「ロープ」
◇読売文学賞（第58回/平成18年度/戯曲・シナリオ賞）
「21世紀を憂える戯曲集」新潮社　2007.11　301p　19cm　1600円 ①978-4-10-340514-6

野田 昌宏　のだ・まさひろ

5182「『科学小説』神髄 アメリカSFの源流」
◇日本SF大賞（第16回/平成7年/特別賞）
「『科学小説』神髄―アメリカSFの源流」東京創元社　1995.8　297, 12p　20cm（Key library）3000円 ①4-488-01513-1

野田 真理子　のだ・まりこ

5183「孤軍の城」
◇歴史文学賞（第31回/平成18年度）
「代表作時代小説　平成20年度（54）　町屋の情け、宿場のえにし」日本文藝家協会編　光文社　2008.6　449p　20cm　2300円 ①978-4-334-92615-1

野中 柊　のなか・ひいらぎ

5184　「ヨモギ・アイス」
◇海燕新人文学賞　（第10回/平成3年）
　「ヨモギ・アイス」　集英社　2007.4
　258p　15cm（集英社文庫）476円
　①978-4-08-746150-3

乃南 アサ　のなみ・あさ

5185　「幸福な朝食」
◇日本推理サスペンス大賞　（第1回/昭
　和63年/優秀作）
　「幸福な朝食」　新潮社 1988.11 254p
　「幸福な朝食」　新潮社　1996.10　307p
　15cm（新潮文庫）480円　①4-10-
　142511-6

5186　「凍える牙」
◇直木三十五賞　（第115回/平成8年上
　期）
　「凍える牙」　新潮社　1996.4　380p
　19cm（新潮ミステリー倶楽部）1800円
　①4-10-602745-3
　「凍える牙」　新潮社　2000.2　520p
　15cm（新潮文庫）705円　①4-10-
　142520-5
　「凍える牙」　新装版　新潮社　2007.11
　401p　19cm　1900円　①978-4-10-
　371009-7

5187　「地のはてから」
◇中央公論文芸賞　（第6回/平成23年）
　「地のはてから　上」　講談社　2010.11
　304p　20cm　1600円　①978-4-06-
　216593-8
　「地のはてから　下」　講談社　2010.11
　312p　20cm　1600円　①978-4-06-
　216594-5
　「地のはてから　上」　講談社　2013.3
　354p　15cm（講談社文庫 の9-9）600
　円　①978-4-06-277495-6
　「地のはてから　下」　講談社　2013.3
　372p　15cm（講談社文庫 の9-10）629
　円　①978-4-06-277496-3

野火 鳥夫　のび・とりお

5188　「灌木の唄」
◇オール讀物新人賞　（第19回/昭和36年
　下）

延江 浩　のぶえ・ひろし

5189　「カスピ海の宝石」
◇小説現代新人賞　（第60回/平成5年上）

野辺 慎一　のべ・しんいち

5190　「夏よ, 光り輝いて流れよ」
◇全作家文学賞　（第10回/昭和61年度/
　小説）

延野 正行　のべの・まさゆき

5191　「カオスガーデン～プロジェクト
　　　　ブライダル～」
◇スーパーダッシュ小説新人賞　（第13
　回/平成26年/特別賞）

登坂 北嶺　のぼりざか・ほくれい

5192　「幽韻」
◇「新小説」懸賞小説　（明34年12月）

野間 宏　のま・ひろし

5193　「真空地帯」
◇毎日出版文化賞（第6回/昭和27年）
　「真空地帯」　上下巻 河出書房 1952 2冊
　（市民文庫）
　「小説真空地帯」　河出書房 1955 340p
　（河出新書）
　「真空地帯」　岩波書店 1956 2冊（岩波文
　庫）
　「真空地帯」　新潮社 1956 2冊（新潮文
　庫）
　「真空地帯」　上下巻 角川書店 1957 2冊
　（角川文庫）
　「戦争の文学 第4」　東都書房 1965 381p
　「野間宏全集4」　筑摩書房 昭和45年
　「昭和文学全集16」　小学館 1987
　「野間宏作品集2」　岩波書店 1988

5194　「青年の環」
◇谷崎潤一郎賞　（第7回/昭和46年度）
◇ロータス賞　（昭48年）

野間 ゆかり　のま・ゆかり

5195　「「ふることぶみ」によせて」
◇コバルト・ノベル大賞　（第20回/平成
　4年下/佳作）

野間井 淳　のまい・じゅん

5196　「骸骨山脈」
◇新潮新人賞　（第25回/平成5年）

野水 陽介　のみず・ようすけ

5197　「後悔さきにたたず」
◇群像新人文学賞　（第53回/平成22年/
　小説当選作）

文学賞受賞作品総覧 小説篇

野村 愛正 のむら・あいせい

5198 「明ゆく路」
◇「朝日新聞」懸賞小説 （大朝懸賞文芸／大5年／一等）

野村 かほり のむら・かほり

5199 「雪の扇」
◇潮賞 （第19回／平成12年／小説）
「潮賞―On Demand Magazine Ushio （2000)」 潮出版社 2000.7 265p 21cm 1800円 ①4-267-01529-5

野村 菫雨 のむら・きんう

5200 「かつり人」
◇「文芸倶楽部」懸賞小説 （第36回／明39年2月／第2等）

5201 「湖畔の家」
◇「文芸倶楽部」懸賞小説 （第16回／明37年6月／第1等）

野村 佳 のむら・けい

5202 「骨王（ボーンキング）」
◇角川学園小説大賞 （第9回／平成17年／自由部門／優秀賞）
「骨王 1 アンダーテイカーズ」 角川書店 2006.8 381p 15cm （角川文庫） 600円 ①4-04-472101-7

野村 胡堂 のむら・こどう

5203 「銭形平次」
◇菊池寛賞 （第6回／昭和33年）
「銭形平次」 博文館 1938 238p （博文館文庫）
「銭形平次捕物全集」 同光社 1952～昭和30年 51冊 〈発行所：1～20 同光社磯部書房〉
「銭形平次捕物控」 角川書店 1957～昭和33年 10冊 （角川文庫）
「銭形平次捕物控」 1～10 富士見書房 1981 10冊 （時代小説文庫）
「銭形平次捕物控傑作選 1 金色の処女」 文藝春秋 2014.5 314p 15cm （文春文庫） 490円 ①978-4-16-790100-4
「銭形平次捕物控傑作選 2 花見の仇討」 文藝春秋 2014.6 308p 15cm （文春文庫） 490円 ①978-4-16-790123-3
「銭形平次捕物控傑作選 3 八五郎子守唄」 文藝春秋 2014.7 292p 15cm （文春文庫） 490円 ①978-4-16-790143-1

野村 尚吾 のむら・しょうご

5204 「戦雲の座」
◇小説新潮賞 （第11回／昭和40年）
「戦雲の座」 河出書房新社 1963 289p

5205 「伝記谷崎潤一郎」
◇毎日出版文化賞 （第26回／昭和47年）
「伝記谷崎潤一郎」 六興出版 1972 550p

5206 「岬の気」
◇「文芸」推薦作品 （第5回／昭和17年上）

野村 敏雄 のむら・としお

5207 「渭田開城記」
◇新鷹会賞 （第6回／昭和32年前／努力特賞）

5208 「梟将記」
◇池内祥三文学奨励賞 （第3回／昭和48年）
「六文銭梟将記」 日本文華社 1977.6 270p （文華新書・小説選集）

野村 正樹 のむら・まさき

5209 「シンデレラの朝」
◇日本文芸大賞 （第11回／平成3年／現代文学賞）
「シンデレラの朝―Tokuma冒険＆推理」 徳間書店 1990.9 289p

のむら 真郷 のむら・まさと

5210 「海の娘」
◇北日本文学賞 （第44回／平成22年）

野村 幽篁 のむら・ゆうこう

5211 「長男」
◇「文章世界」特別募集小説 （大7年5月）

野村 行央 のむら・ゆきお

5212 「青色ジグゾー」
◇ノベル大賞 （平成23年度／大賞）

野村 落椎 のむら・らくつい

5213 「柿盗人」
◇「文芸倶楽部」懸賞小説 （第13回／明37年3月／第3等）

野本 隆 のもと・たかし

5214 「いじめられっ子ゲーム」
◇池内祥三文学奨励賞 （第25回／平成7

年）
「バーチャルチルドレン」 出版芸術社
1996.4 265p 19cm （ふしぎ文学館）
1500円 ①4-88293-116-8

野元 正 のもと・ただし
5215 「幻の池」
◇小谷剛文学賞 （第4回/平成7年/佳作）

のらね
5216 「ブラウン管の中の彼女」
◇日本ケータイ小説大賞 （第2回/平成
19年/特別賞）
「ブラウン管の中の彼女」 スターツ出版
2008.7 255p 19cm 1000円 ①978-4-
88381-080-2

乗代 雄介 のりしろ・ゆうすけ
5217 「十七八より」
◇群像新人文学賞 （第58回/平成27年/
小説当選作）
「十七八より」 講談社 2015.8 173p
20cm 1500円 ①978-4-06-219664-2

法月 綸太郎 のりずき・りんたろう
5218 「都市伝説パズル」
◇日本推理作家協会賞 （第55回/平成14
年/短篇部門）
「ザ・ベストミステリーズ―推理小説年鑑
2002」 日本推理作家協会編 講談社
2002.7 622p 20cm 3200円 ①4-06-
114903-2
「零時の犯罪予報」 日本推理作家協会編
講談社 2005.4 554p 15cm （講談社
文庫―ミステリー傑作選 46） 762円
①4-06-275053-8
5219 「生首に聞いてみろ」
◇本格ミステリ大賞 （第5回/平成17年/
小説部門）
「生首に聞いてみろ―the Gorgon's look」
角川書店 2004.9 492p 20cm 1800
円 ①4-04-873474-1
「生首に聞いてみろ」 角川書店, 角川グ
ループパブリッシング（発売） 2007.10
551p 15cm （角川文庫） 743円
①978-4-04-380302-6

乗峯 栄一 のりみね・えいいち
5220 「天神斎一門の反撃」
◇朝日新人文学賞 （第9回/平成9年）
「なにわ忠臣蔵伝説」 朝日新聞社 1998.
9 203p 19cm 1500円 ①4-02-

257290-6

野呂 邦暢 のろ・くにのぶ
5221 「草のつるぎ」
◇芥川龍之介賞 （第70回/昭和48年下）
「草のつるぎ」 文芸春秋 1974 225p
「草のつるぎ」 文芸春秋 1978.2 236p
（文春文庫）
「芥川賞全集10」 文芸春秋 1982
「草のつるぎ・一滴の夏―野呂邦暢作品
集」 講談社 2002.7 307p 15cm
（講談社文芸文庫）1300円 ①4-06-
198301-6
「野呂邦暢小説集成 3 草のつるぎ」 文
遊社 2014.5 595p 19cm 3000円
①978-4-89257-093-3

野呂 翔太 のろ・しょうた
5222 「キュウリが好きなカッパの話」
◇12歳の文学賞 （第8回/平成26年/小説
部門/審査員特別賞〈事務局顧問・
宮川俊彦賞〉）
「12歳の文学 第8集」 小学館 2014.3
137p 26cm 926円 ①978-4-09-
106822-4

【は】

貝永 漁史 ばいえい・ぎょし
5223 「女夫船」
◇「文芸倶楽部」懸賞小説 （第4回/明
36年6月/第3等）

灰崎 抗 はいさき・こう
5224 「想師」
◇ムー伝奇ノベル大賞 （第1回/平成13
年/優秀賞） 〈受賞時〉狂崎魔人
「想師」 学習研究社 2002.1 375p
20cm 1700円 ①4-05-401574-3

灰野 庄平 はいの・しょうへい
5225 「覚醒時代」
◇「太陽」懸賞小説及脚本 （第10回/明
44年7月/佳作）

葉狩 哲 はかり・さとし
5226 「俺達のさよなら」
◇オール讀物新人賞 （第43回/昭和48年

はき

下）

萩 耿介　はぎ・こうすけ

5227　「松林図屏風」
◇日経小説大賞　（第2回/平成20年/大賞）
「松林図屏風」　日本経済新聞出版社
2008.11　295p　20cm　1500円　①978-4-532-17089-9

萩岩 祥子　はぎいわ・しょうこ

5228　「チキン・ノート」
◇新風舎出版賞　（第1回/平成8年2月/フィクション部門/最優秀賞）
「チキン・ノート」　新風舎　1996.11
109p　19cm　2300円　①4-88306-990-7

萩尾 望都　はぎお・もと

5229　「バルバラ異界」
◇日本SF大賞　（第27回/平成18年）
「バルバラ異界　1〜4」　小学館　2003.7
〜2005.10　18cm　（Flowers comics）

ハギギ 志雅子　はぎぎ・しがこ

5230　「そこは、イラン」
◇碧天文芸大賞　（第2回/平成15年/文芸大賞）
「そこは、イラン―私が愛してやまない国」　碧天舎　2004.8　231p　20cm
1700円　①4-88346-723-6

萩沢 馨　はぎさわ・かおる

5231　「8/13」
◇新風舎出版賞　（第21回/平成15年11月/最優秀賞/フィクション部門）
「8/13」　新風舎　2004.9　206p　20cm
1800円　①4-7974-3628-X

萩田 洋文　はぎた・ひろふみ

5232　「ロマン戦」
◇早稲田文学新人賞　（第20回/平成15年）

萩野 千影　はぎの・ちかげ

5233　「飛行機レトロ」
◇ジャンプ小説新人賞（jump Novel Grand Prix）　（'08 Summer（平成20年夏）/小説：テーマ部門/銅賞）

萩野 てまり　はぎの・てまり

5234　「スノードロップ―セリアと恋の

調薬師―」
◇角川ビーンズ小説大賞　（第13回/平成26年/優秀賞）

萩山 綾音　はぎやま・あやね

5235　「影をめぐるとき」
◇群像新人文学賞　（第38回/平成7年/小説/優秀作）

萩原 亨　はぎわら・とおる

5236　「蚤の心臓ファンクラブ」
◇群像新人文学賞　（第44回/平成13年/小説）
「蚤の心臓ファンクラブ」　講談社　2001.
8　175p　20cm　1700円　①4-06-210878-X

萩原 葉子　はぎわら・ようこ

5237　「蕁麻の家」
◇女流文学賞　（第15回/昭和51年度）
「蕁麻の家」　新潮社　1976　187p
「蕁麻の家」　新潮社　1979.9　221p　（新潮文庫）
「蕁麻の家」　講談社　1997.1　233p
15cm　（講談社文芸文庫）　880円　①4-06-197553-6
「蕁麻の家 三部作」　新潮社　1998.10
507p　21cm　3200円　①4-10-316806-4

5238　「天上の花」
◇田村俊子賞　（第6回/昭和40年）
◇新潮社文学賞　（第13回/昭和41年）
「天上の花―三好達治抄」　新潮社　1966
188p
「花笑み・天上の花」　新潮社　1980.10
341p　（新潮文庫）
「天上の花―三好達治抄」　講談社　1996.
7　211p　15cm　（講談社文芸文庫）　880
円　①4-06-196378-3

朴 重鎬　パク・チュンホ

5239　「回帰」
◇北海道新聞文学賞　（第22回/昭和63年/小説）
「在日文学全集　第12巻　李起昇・朴重鎬・元秀一」　李起昇, 朴重鎬, 元秀一著,
磯貝治良, 黒古一夫編　勉誠出版
2006.6　423p　21cm　5000円　①4-585-01122-6

5240　「埒外」
◇小谷剛文学賞　（第4回/平成7年/佳作）

伯井 重行　はくい・しげゆき

5241　「投降のあとさき」
◇部落解放文学賞（第31回/平成16年/
入選作/小説部門）

葉越 晶　はごし・あきら

5242　「逢魔の都市」
◇ムー伝奇ノベル大賞（第3回/平成15
年/最優秀賞）
「逢魔の都市」　学習研究社　2003.12
375p　20cm　1700円　①4-05-402281-2

間 万里子　はざま・まりこ

5243　「天保の雪」
◇歴史文学賞（第22回/平成9年度）
「天保の雪」　市原麻里子著　新人物往来
社　2000.6　216p　19cm　1800円　①4-
404-02871-7

間 ミツル　はざま・みつる

5244　「紫陽花」
◇三田文学新人賞（第19回/平成25年/
小説部門/佳作・田中和生奨励賞）

間 紋太郎　はざま・もんたろう

5245　「疼痛の履歴」
◇国鉄文学賞（昭48年）

波佐間 義之　はざま・よしゆき

5246　「水上街の美学」
◇新日本文学賞（第12回/昭和48年/小
説）
「貌のない街の碑」　栄光出版社　1977.4
270p

葉治 英哉　はじ・えいさい

5247　「犾物見隊顛末」
◇松本清張賞（第1回/平成6年）
「犾物見隊顛末」　文藝春秋　1994.8
230p　19cm　1100円　①4-16-314970-8
「マタギ物見隊顛末」　新人物往来社
2010.9　303p　15cm（新人物文庫）
667円　①978-4-404-03906-4

橋 てつと　はし・てつと

5248　「犬よ笑うな『そんなもの』を」
◇全作家文学賞（第3回/平成20年/佳
作）

橋爪 勝　はしづめ・まさる

5249　「復讐」

◇「サンデー毎日」大衆文芸（第10回/
昭和7年上）

橋富 光雄　はしとみ・みつお

5250　「河傍の家」
◇「文章世界」特別募集小説（大8年7
月）

橋場 忠三郎　はしば・ちゅうざぶろう

5251　「残された重吉」
◇「文章世界」特別募集小説（大9年7
月）

羽島 トオル　はじま・とおる

5252　「銀の雨」
◇小説現代新人賞（第57回/平成3年下）

橋本 英吉　はしもと・えいきち

5253　「欅の芽立」
◇文学界賞（第5回/昭和11年6月）
「欅の芽立」　三和書房　1939　279p
「棺と赤旗・欅の芽立」　新日本出版社
1977.6　197p（新日本文庫）
「日本プロレタリア文学集32」　新日本出
版社　1988

橋本 治　はしもと・おさむ

5254　「双調 平家物語」
◇毎日出版文化賞（第62回/平成20年/
文学・芸術部門）
「双調平家物語　1　序の巻 栄花の巻1」
中央公論社　1998.10　285p　21cm
1600円　①4-12-490121-6
※付属資料：1枚
「双調平家物語　2　栄花の巻1（承前）」
中央公論社　1999.1　304p　21cm
1700円　①4-12-490122-4
「双調平家物語　3　栄花の巻2」　中央公
論新社　1999.3　301p　21cm　1700円
①4-12-490123-2
※2までの出版者：中央公論社, 付属資
料：1枚
「双調平家物語　4　栄花の巻3」　中央公
論新社　1999.6　293p　21cm　1600円
①4-12-490124-0
※付属資料：1枚
「双調平家物語　5　父子の巻 保元の巻」
中央公論新社　1999.10　309p　21cm
1700円　①4-12-490125-9
「双調平家物語　6　保元の巻（承前）」
中央公論新社　2000.6　296p　21cm
1800円　①4-12-490126-7

「双調平家物語 7 乱の巻」 中央公論新
社 2000.12 307p 21cm 1800円
Ⓘ4-12-490127-5
「双調平家物語 8 乱の巻（承前）平治
の巻」 中央公論新社 2001.9 332p
21cm 1800円 Ⓘ4-12-490128-3
「双調平家物語 9 平治の巻（承前）」
中央公論新社 2002.8 314p 21cm
1950円 Ⓘ4-12-490129-1
「双調平家物語 10 平治の巻（承前）平
家の巻」 中央公論新社 2003.3 345p
21cm 2100円 Ⓘ4-12-490130-5
「双調平家物語 11 平家の巻（承前）」
中央公論新社 2003.12 337p 21cm
2200円 Ⓘ4-12-490131-3
「双調平家物語 12 治承の巻」 中央公
論新社 2004.10 339p 21cm 2200円
Ⓘ4-12-490132-1
「双調平家物語 13 治承の巻2」 中央
公論新社 2006.1 354p 21cm 2300
円 Ⓘ4-12-490133-X
「双調平家物語 14 治承の巻2（承前）
源氏の巻」 中央公論新社 2006.12
366p 21cm 2300円 Ⓘ4-12-490134-8
「双調平家物語 15 源氏の巻（承前）落
日の巻 灌頂の巻」 中央公論新社
2007.10 532p 21cm 3200円 Ⓘ978-
4-12-490140-5
「双調平家物語 1〜14」 中央公論新社
2009.4〜2010.5 16cm （中公文庫）
※中央公論社1998年刊の加筆・訂正

5255 「蝶のゆくえ」
◇柴田錬三郎賞 （第18回/平成17年）
「蝶のゆくえ」 集英社 2004.11 251p
20cm 1600円 Ⓘ4-08-774717-4
「蝶のゆくえ」 集英社 2008.2 314p
16cm （集英社文庫） 571円 Ⓘ978-4-
08-746262-3

橋本 和也 はしもと・かずや

5256 「世界平和は一家団欒のあとに」
◇電撃大賞 （第13回/平成18年/電撃小
説大賞部門/金賞）
「世界平和は一家団欒のあとに」 メディ
アワークス, 角川グループパブリッシン
グ（発売） 2007.2 272p 15cm （電撃
文庫 1383） 530円 Ⓘ978-4-8402-3716-
1
「世界平和は一家団欒のあとに 2 拝
啓、悪の大首領さま」 メディアワーク
ス, 角川グループパブリッシング（発
売） 2007.6 339p 15cm （電撃文庫
1447） 590円 Ⓘ978-4-8402-3887-8

「世界平和は一家団欒のあとに 3 父、
帰る」 メディアワークス, 角川グルー
プパブリッシング（発売） 2007.9
323p 15cm （電撃文庫 1485） 630円
Ⓘ978-4-8402-3977-6
「世界平和は一家団欒のあとに 4 ディ
ア・マイ・リトルリトル・シスター」
アスキー・メディアワークス, 角川グ
ループパブリッシング（発売） 2008.4
304p 15cm （電撃文庫 1572） 590円
Ⓘ978-4-04-867022-7
「世界平和は一家団欒のあとに 5 追い
かけてマイダーリン」 アスキー・メ
ディアワークス, 角川グループパブリッ
シング（発売） 2008.7 243p 15cm
（電撃文庫 1624） 550円 Ⓘ978-4-04-
867137-8
「世界平和は一家団欒のあとに 6 星弓
さんちの非日常」 アスキー・メディア
ワークス, 角川グループパブリッシング
（発売） 2008.12 284p 15cm （電撃
文庫 1698） 590円 Ⓘ978-4-04-867428-
7
「世界平和は一家団欒のあとに 7 ラナ
ウェイキャット」 アスキー・メディア
ワークス, 角川グループパブリッシング
（発売） 2009.4 331p 15cm （電撃文
庫 1754） 610円 Ⓘ978-4-04-867768-4
※イラスト：さめだ小判, 並列シリーズ
名：Dengeki bunko, 著作目録あり
「世界平和は一家団欒のあとに 8 恋す
る休日」 アスキー・メディアワークス,
角川グループパブリッシング（発売）
2009.8 308p 15cm （電撃文庫 1812）
590円 Ⓘ978-4-04-867943-5

橋本 康司郎 はしもと・こうしろう

5257 「遙かなるニューヨーク」
◇潮賞 （第7回/昭和63年/小説）
「遙かなるニューヨーク」 潮出版社
1988.9 244p

橋本 紫星 はしもと・しせい

5258 「雲のみだれ」
◇「文芸倶楽部」懸賞小説 （第16回/明
37年6月/第3等）

5259 「寂寥」
◇「文芸倶楽部」懸賞小説 （第45回/明
39年11月/第1等）

5260 「縺れ縁」
◇「文芸倶楽部」懸賞小説 （第42回/明
39年8月/第2等）

橋本 翠泉　はしもと・すいせん

5261　「池の主」
◇「文芸倶楽部」懸賞小説（第34回/明38年12月/第2等）

5262　「新婚旅行」
◇「文芸倶楽部」懸賞小説（第37回/明39年3月/第1等）

橋本 長道　はしもと・ちょうどう

5263　「サラの柔らかな香車」
◇小説すばる新人賞（第24回/平成23年）
「サラの柔らかな香車」　集英社　2012.2　229p　20cm　1200円　①978-4-08-771441-8

橋本 紡　はしもと・つむぐ

5264　「猫目狩り」
◇電撃ゲーム小説大賞（第4回/平成9年/金賞）
「猫目狩り　上」　メディアワークス, 主婦の友社〔発売〕　1998.2　191p　15cm（電撃文庫）　490円　①4-07-308057-1
「猫目狩り　下」　メディアワークス, 主婦の友社〔発売〕　1998.2　213p　15cm（電撃文庫）　490円　①4-07-308063-6

橋本 都耶子　はしもと・つやこ

5265　「朝鮮あさがお」
◇平林たい子文学賞（第6回/昭和53年/小説）
「朝鮮あさがお─橋本都耶子作品集」　北洋社　1977.11　269p

橋本 雄介　はしもと・ゆうすけ

5266　「フィニッシュ・フラッグ」
◇新日本文学賞（第11回/昭和47年/小説）
「大製鉄所─橋本雄介小説集」　土曜美術社　1974　239p（新日文双書）

橋本 録多　はしもと・ろくた

5267　「仏法僧ナチス陣営に羽搏く」
◇「サンデー毎日」大衆文芸（第28回/昭和16年上）

蓮生 あまね　はすお・あまね

5268　「鬼女の顔」
◇「小説推理」新人賞（第36回/平成26年）

葉月 堅　はずき・けん

5269　「アイランド」
◇日本ファンタジーノベル大賞（第8回/平成8年/優秀賞）
「アイランド」　新潮社　1996.12　225p　19×13cm　1400円　①4-10-415201-3

八月 万里子　はずき・まりこ

5270　「十三詣り」
◇堺自由都市文学賞（第16回/平成16年/佳作）

蓮見 恭子　はすみ・きょうこ

5271　「薔薇という名の馬」
◇横溝正史ミステリ大賞（第30回/平成22年/優秀賞）
「女騎手」　角川書店, 角川グループパブリッシング〔発売〕　2010.9　301p　20cm　1700円　①978-4-04-874114-9
※受賞作「薔薇という名の馬」を改題
「女騎手」　角川書店, 角川グループパブリッシング〔発売〕　2012.5　351p　15cm（角川文庫　は46-1）　667円　①978-4-04-100238-4

羽澄 愁子　はすみ・しゅうこ

5272　「ショーウィンドウ」
◇日本ラブストーリー大賞（第5回/平成21年/審査員特別賞）

長谷 圭剛　はせ・けいごう

5273　「下総 紺足袋おぼえ書き」
◇エンタテイメント小説大賞（第6回/昭和58年）

長谷 健　はせ・けん

5274　「あさくさの子供」
◇芥川龍之介賞（第9回/昭和14年上）
「あさくさの子供」　改造社　1940　355p
「あさくさの子供」　講談社　1947　256p
「あさくさの小供」　新版 教師の友社　1967.7　246p
「芥川賞全集2」　文芸春秋'82

長谷 敏司　はせ・さとし

5275　「**My Humanity**」
◇日本SF大賞（第35回/平成26年/大賞）
「My Humanity」　早川書房　2014.2　335p　16cm（ハヤカワ文庫 JA 1140）　680円　①978-4-15-031140-7

※本文は日本語

長谷 諭司　はせ・さとし

5276　「アルカディア」
◇スニーカー大賞　（第6回/平成13年/金賞）　〈受賞時〉長谷川諭司
「楽園―戦略拠点32098」　角川書店　2001.12　192p　15cm　（角川文庫）　419円　Ⓘ4-04-426701-4

馳 星周　はせ・せいしゅう

5277　「鎮魂歌」
◇日本推理作家協会賞　（第51回/平成10年/長編部門）
「鎮魂歌―不夜城　2」　角川書店　1997.8　330p　19cm　1500円　Ⓘ4-04-873070-3
「鎮魂歌―不夜城　2」　角川書店　2000.10　600p　15cm　（角川文庫）　762円　Ⓘ4-04-344202-5
「鎮魂歌・不夜城　2」　双葉社　2014.6　606p　15cm　（双葉文庫―日本推理作家協会賞受賞作全集88）　796円　Ⓘ978-4-575-65887-3

5278　「漂流街」
◇大藪春彦賞　（第1回/平成10年）
「漂流街」　徳間書店　1998.9　454p　19cm　1700円　Ⓘ4-19-860898-9
「漂流街」　徳間書店　2000.9　775p　15cm　（徳間文庫）　800円　Ⓘ4-19-891375-7
「漂流街」　新装版　徳間書店　2015.2　845p　15cm　（徳間文庫）　1040円　Ⓘ978-4-19-893940-3

5279　「不夜城」
◇吉川英治文学新人賞　（第18回/平成9年度）
「不夜城」　角川書店　1996.8　299p　19cm　1500円　Ⓘ4-04-872983-7
「不夜城」　角川書店　1998.4　533p　15cm　（角川文庫）　667円　Ⓘ4-04-344201-7

長谷 侑季　はせ・ゆきとし

5280　「ローズ・マリーン」
◇マリン文学賞　（第1回/平成2年/佳作）

長谷 流月　はせ・りゅうげつ

5281　「形見の写真」
◇「文芸倶楽部」懸賞小説　（第25回/明38年3月/選外）

長谷川 安宅　はせがわ・あたか

5282　「見つめていたい娘」
◇ポプラ社小説大賞　（第1回/平成18年/優秀賞）
「ミツメテイタイ」　ポプラ社　2006.10　273p　20cm　1200円　Ⓘ4-591-09473-1

長谷川 一石　はせがわ・いっせき

5283　「カシラコンブの海」
◇東北北海道文学賞　（第6回/平成7年）

長谷川 敬　はせがわ・けい

5284　「青の儀式」
◇文學界新人賞　（第18回/昭和39年上）

長谷川 憲司　はせがわ・けんじ

5285　「浪速怒り寿司」
◇織田作之助賞　（第4回/昭和62年）
「浪速怒り寿司」　大阪　関西書院　1990.7　280p

長谷川 昂　はせがわ・こう

5286　「風と道」
◇日本文芸大賞　（第20回/平成12年/芸術功労賞）
「風と道―木が好きで90年」　三五館　2000.5　205p　22cm　2400円　Ⓘ4-88320-198-8

長谷川 幸延　はせがわ・こうえん

5287　「冠婚葬祭」
◇新潮社文芸賞　（第5回/昭和17年/第2部）

長谷川 更生　はせがわ・こうせい

5288　「直助権兵衛」
◇「サンデー毎日」大衆文芸　（第19回/昭和11年下）

長谷川 潤二　はせがわ・じゅんじ

5289　「こちらノーム」
◇小説すばる新人賞　（第1回/昭和63年）
「こちらノーム」　集英社　1989.10　233p

長谷川 伸　はせがわ・しん

5290　「日本捕虜志」
◇菊池寛賞　（第4回/昭和31年）
「長谷川伸全集9」　朝日新聞社　昭和46年

長谷川 摂子　はせがわ・せつこ

5291　「人形の旅立ち」

◇坪田譲治文学賞（第19回／平成15年度）

長谷川 多紀　はせがわ・たき

5292　「ニノミヤのこと」
◇さくらんぼ文学新人賞（第1回／平成20年／大賞）

長谷川 卓　はせがわ・たく

5293　「南稜七ツ家秘録 七ツの二ツ」
◇角川春樹小説賞（第2回／平成12年）
「血路―南稜七ツ家秘録」角川春樹事務所 2001.3 324p 20cm（角川時代小説倶楽部）1900円 ①4-89456-921-3

5294　「昼と夜」
◇群像新人文学賞（第23回／昭和55年／小説）

長谷川 毅　はせがわ・つよし

5295　「暗闘 スターリン、トルーマンと日本降伏」
◇司馬遼太郎賞（第10回／平成19年）
「暗闘―スターリン、トルーマンと日本降伏」中央公論新社 2006.2 602p 20cm 3200円 ①4-12-003704-5

長谷川 也　はせがわ・なりや

5296　「セクステット 白凪学園演劇部の過剰な日常」
◇『このライトノベルがすごい！』大賞（第4回／平成25年／大賞）
「セクステット―白凪学園演劇部の過剰な日常」宝島社 2013.10 252p 16cm（このライトノベルがすごい！文庫 は-2-1）562円 ①978-4-8002-1686-1

長谷川 信夫　はせがわ・のぶお

5297　「浴室」
◇「サンデー毎日」大衆文芸（第9回／昭和6年下）

長谷川 昌史　はせがわ・まさし

5298　「ひかりのまち―nerim's note」
◇電撃小説大賞（第11回／平成16年／金賞）
「ひかりのまち―nerim's note」メディアワークス 2005.2 302p 15cm（電撃文庫）550円 ①4-8402-2918-X

長谷川 美智子　はせがわ・みちこ

5299　「野菊の如く 女医第二号 生沢久野の生涯」
◇健友館文学賞（第2回／平成12年／大賞）
「野菊の如く―女医第2号生沢久野の生涯」健友館 2001.1 199p 19cm 1400円 ①4-7737-0521-3

長谷川 素行　はせがわ・もとゆき

5300　「鎮魂歌」
◇文學界新人賞（第32回／昭和46年上）

長谷川 夕　はせがわ・ゆう

5301　「亡霊」
◇ノベル大賞（第1回／平成27年／準大賞）

長谷川 菱花　はせがわ・りょうか

5302　「袖ケ浦」
◇「文芸倶楽部」懸賞小説（第3回／明36年5月／第2等）

支倉 凍砂　はせくら・いすな

5303　「狼と香辛料」
◇電撃大賞（第12回／平成17年／電撃小説大賞部門／銀賞）
「狼と香辛料 1〜14」アスキー・メディアワークス、角川グループパブリッシング（発売）2006.2〜2010.2 15cm（電撃文庫）
※文倉十イラスト

支倉 隆子　はせくら・たかこ

5304　「酸素31」
◇地球賞（第19回／平成6年）
「酸素31」思潮社 1994.6 98p 21cm 2600円 ①4-7837-0514-3

馳平 啓樹　はせひら・ひろき

5305　「きんのじ」
◇文學界新人賞（第113回／平成23年下）

ハセベ バクシンオー

5306　「ビッグボーナス」
◇『このミステリーがすごい！』大賞（第2回／平成15年／優秀賞・読者賞）
〈受賞時〉ハセノバクシンオー
「ビッグボーナス」宝島社 2004.2 285p 20cm 1600円 ①4-7966-3881-4
「ビッグボーナス」宝島社 2005.2 356p 16cm（宝島社文庫）648円 ①4-7966-4486-5

羽田 圭介 はだ・けいすけ

5307 「黒冷水」
◇文藝賞（第40回/平成15年）
「黒冷水」 河出書房新社 2003.11
265p 20cm 1300円 ①4-309-01589-1

5308 「スクラップ・アンド・ビルド」
◇芥川龍之介賞（第153回/平成27年上半期）
「スクラップ・アンド・ビルド」 文藝春秋 2015.8 121p 20cm 1200円
①978-4-16-390340-8

秦 恒平 はた・こうへい

5309 「清経入水」
◇太宰治賞（第5回/昭和44年）
「清経入水」 星野書店 1969 286p〈私家版〉
「秘色」 筑摩書房 1970 275p
「秘色」 筑摩書房 1975 275p〈新装版〉
「清経入水」 角川書店 1976.12 256p（角川文庫）

畑 裕子 はた・ゆうこ

5310 「姥が宿」
◇地上文学賞（第41回/平成5年度）
「面・変幻」 朝日新聞社 1994.6 195p
19cm 1600円 ①4-02-256733-3

5311 「面・変幻」
◇朝日新人文学賞（第5回/平成5年）
「面・変幻」 朝日新聞社 1994.6 195p
19cm 1600円 ①4-02-256733-3

羽太 雄平 はた・ゆうへい

5312 「本多の狐」
◇時代小説大賞（第2回/平成3年）
「本多の狐―徳川家康の秘宝」 講談社 1992.1 344p
「本多の狐―徳川家康の秘宝」 講談社 1995.1 366p 15cm（講談社文庫）
580円 ①4-06-185865-3

畠 ゆかり はたけ・ゆかり

5313 「ファッションショー」
◇NHK銀の雫文芸賞（平成27年/優秀）

畠中 恵 はたけなか・めぐみ

5314 「しゃばけ」
◇日本ファンタジーノベル大賞（第13回/平成13年/優秀賞）
「しゃばけ」 新潮社 2001.12 250p

20cm 1500円 ①4-10-450701-6
「しゃばけ」 新潮社 2004.4 342p
16cm（新潮文庫）514円 ①4-10-146121-X

畠山 丑雄 はたけやま・うしお

5315 「地の底の記憶」
◇文藝賞（第52回/平成27年度）
「地の底の記憶」 河出書房新社 2015.11
221p 20cm 1350円 ①978-4-309-02430-1

畠山 恵美 はたけやま・えみ

5316 「遠雷や、残すものなどなにもない」
◇東北北海道文学賞（第12回/平成13年度）

畑中 りんご はたなか・りんご

5317 「魔滅のトーコ」
◇ジャンプ小説新人賞（jump Novel Grand Prix）（'13 Winter/平成25年冬/キャラクター小説部門/金賞）
「魔滅のトーコ」 集英社 2014.6 218p
19cm（JUMP j BOOKS）1000円
①978-4-08-703318-2

秦野 純一 はたの・じゅんいち

5318 「しろがねの雲―新・補陀洛渡海記」
◇潮賞（第14回/平成7年/小説）
「しろがねの雲―新・補陀洛渡海記」 潮出版社 1995.11 245p 19cm 1300円
①4-267-01390-X

畑野 智美 はたの・ともみ

5319 「国道沿いのファミレス」
◇小説すばる新人賞（第23回/平成22年）
「国道沿いのファミレス」 集英社 2011.2 277p 20cm 1400円 ①978-4-08-771392-3
「国道沿いのファミレス」 集英社 2013.5 319p 16cm（集英社文庫 は39-1）
550円 ①978-4-08-745069-9

波多野 杜夫 はたの・もりお

5320 「東京一景」
◇早稲田文学新人賞（第6回/平成1年）

波多野 鷹 はたの・よう

5321 「青いリボンの飛越（ジャンプ）」

◇コバルト・ノベル大賞（第5回/昭和
60年上）

波多野 陸　はたの・りく
5322 「鶏が鳴く」
◇群像新人文学賞（第56回/平成25年/
小説当選作）
「鶏が鳴く」講談社　2013.8　171p
19cm 1300円　①978-4-06-218473-1

畑山 博　はたやま・ひろし
5323 「いつか汽笛を鳴らして」
◇芥川龍之介賞（第67回/昭和47年上）
「いつか汽笛を鳴らして」文芸春秋
1982.1 247p《『はにわの子たち』の改題
新装版》
「芥川賞全集9」文芸春秋 1982
「いつか汽笛を鳴らして」文芸春秋
1986.2 253p（文春文庫）
5324 「教師宮沢賢治のしごと」
◇岩手日報文学賞（第4回/平成1年/賢
治賞）
「教師宮沢賢治のしごと」小学館 1992.8
236p（小学館ライブラリー29）

八王子 琴子　はちおうじ・ことこ
5325 「燔祭」
◇東北北海道文学賞（第13回/平成14年
度）

バチガルピ, パオロ
5326 「ねじまき少女」
◇星雲賞（第43回/平成24年/海外長編
部門（小説））
「ねじまき少女 上」パオロ・バチガル
ピ著, 田中一江, 金子浩訳　早川書房
2011.5 391p 16cm（ハヤカワ文庫
SF1809）840円　①978-4-15-011809-9
「ねじまき少女 下」パオロ・バチガル
ピ著, 田中一江, 金子浩訳　早川書房
2011.5 382p 16cm（ハヤカワ文庫
SF1810）840円　①978-4-15-011810-5
5327 「ポケットの中の法」
◇星雲賞（第44回/平成25年/海外短編
部門（小説））
「第六ポンプ」パオロ・バチガルピ著,
中原尚哉, 金子浩訳　早川書房 2012.2
392p 19cm（新☆ハヤカワ・SF・シ
リーズ no.5002）1600円　①978-4-15-
335002-1
「第六ポンプ」パオロ・バチガルピ著,

中原尚哉, 金子浩訳　早川書房 2013.
12 510p 16cm（ハヤカワ文庫 SF
1934）980円　①978-4-15-011934-8

八針 来夏　はちばり・きたか
5328 「覇道鋼鉄テッカイオー」
◇スーパーダッシュ小説新人賞（第10
回/平成23年/大賞）
「覇道鋼鉄テッカイオー」集英社 2011.
11 357p 15cm（集英社スーパーダッ
シュ文庫 は6-1）571円　①978-4-08-
630648-5
「覇道鋼鉄テッカイオー 2」集英社
2012.7 325p 15cm（集英社スー
パーダッシュ文庫 は6-2）638円　①978-4-
08-630689-8
「覇道鋼鉄テッカイオー 3」集英社
2013.1 337p 15cm（集英社スー
パーダッシュ文庫 は6-3）650円　①978-4-
08-630725-3

八匠 衆一　はっしょう・しゅういち
5329 「生命盡きる日」
◇平林たい子文学賞（第10回/昭和57年
/小説）
「生命尽きる日」作品社 1981.3 213p

八田 えつこ　はった・えつこ
5330 「ミルク」
◇新風舎出版賞（第23回/平成16年11月
/ハミングバード賞/ビジュアル部
門）

八田 尚之　はった・なおゆき
5331 「サラリーマン・コクテール」
◇「サンデー毎日」大衆文芸（第11回/
昭和7年下）

服部 慎一　はっとり・しんいち
5332 「杉の芽」
◇NHK銀の雫文芸賞（第4回/平成3年/
最優秀）

服部 泰平　はっとり・たいへい
5333 「恋する私家版」
◇古本小説大賞（第1回/平成13年/特別
奨励作品）

服部 鉄香　はっとり・てっこう
5334 「紅葉が淵」
◇「文芸倶楽部」懸賞小説（第6回/明
36年8月/第3等）

服部 英雄　はっとり・ひでお

5335　「河原ノ者・非人・秀吉」
◇毎日出版文化賞（第66回/平成24年/人文・社会部門）
「河原ノ者・非人・秀吉」　山川出版社　2012.4　713p　20cm　2800円　①978-4-634-15021-8

服部 正彦　はっとり・まさひこ

5336　「夕涼みの夜に」
◇深大寺短編恋愛小説「深大寺恋物語」（第8回/平成24年/調布市長賞）

服部 真澄　はっとり・ますみ

5337　「鷲の驕り」
◇吉川英治文学新人賞（第18回/平成9年度）
「鷲の驕り」　祥伝社　1996.12　436p　19cm　1800円　①4-396-63109-X
「鷲の驕り」　祥伝社　1999.7　669p　21cm（ノン・ポシェット）857円　①4-396-32692-0

服部 まゆみ　はっとり・まゆみ

5338　「時のアラベスク」
◇横溝正史賞（第7回/昭和62年）
「時のアラベスク」　角川書店　1987.5　301p
「時のアラベスク」　角川書店　1990.11　323p（角川文庫）

服部 洋介　はっとり・ようすけ

5339　「昔の眼」
◇神戸文学賞（第8回/昭和59年）
「私・僕・俺」　大阪 編集工房ノア　1985.10　217p

初野 晴　はつの・せい

5340　「水の時計」
◇横溝正史ミステリ大賞（第22回/平成14年）
「水の時計」　角川書店　2002.5　305p　20cm　1500円　①4-04-873382-6

初美 陽一　はつみ・よういち

5341　「凸凹ストレンジャーズ」
◇ファンタジア大賞（第23回/平成23年/大賞＆読者賞）
「ライジン×ライジン―RISING×RYDEEN」　富士見書房　2012.1　266p　15cm（富士見ファンタジア文庫　は-2-1-1）580円　①978-4-8291-3725-3

※受賞作「凸凹ストレンジャーズ」を改題
「ライジン×ライジン―RISING×RYDEEN　2」　富士見書房　2012.4　253p　15cm（富士見ファンタジア文庫　は-2-1-2）580円　①978-4-8291-3756-7
「ライジン×ライジン―RISING×RYDEEN　3」　富士見書房　2012.8　251p　15cm（富士見ファンタジア文庫　は-2-1-3）580円　①978-4-8291-3797-0
「ライジン×ライジン―RISING×RYDEEN　4」　富士見書房　2012.12　252p　15cm（富士見ファンタジア文庫　は-2-1-4）580円　①978-4-8291-3837-3
「ライジン×ライジン―RISING×RYDEEN　5」　富士見書房　2013.4　268p　15cm（富士見ファンタジア文庫　は-2-1-5）580円　①978-4-8291-3884-7
「ライジン×ライジン―RISING×RYDEEN　6」　富士見書房　2013.8　268p　15cm（富士見ファンタジア文庫　は-2-1-6）580円　①978-4-8291-3927-1
「ライジン×ライジン―RISING×RYDEEN　7」　KADOKAWA　2014.1　268p　15cm（富士見ファンタジア文庫　は-2-1-7）580円　①978-4-04-070009-0
「ライジン×ライジン―RISING×RYDEEN　8」　KADOKAWA　2014.5　268p　15cm（富士見ファンタジア文庫　は-2-1-8）580円　①978-4-04-070117-2

鳩見 すた　はとみ・すた

5342　「陸なき惑星のパラスアテナ ～二少女漂流記～」
◇電撃大賞（第21回/平成26年/大賞）
「ひとつ海のパラスアテナ」　KADOKAWA　2015.2　317p　15cm（電撃文庫 2879）590円　①978-4-04-869247-2
※著作目録あり
「ひとつ海のパラスアテナ　2」　KADOKAWA　2015.4　355p　15cm（電撃文庫 2912）650円　①978-4-04-865052-6
※著作目録あり
「ひとつ海のパラスアテナ　3」　KADOKAWA　2015.8　317p　15cm（電撃文庫 2970）650円　①978-4-04-865305-3
※著作目録あり

花 峰生　はな・みねお

5343　「煤煙」
◇「新小説」懸賞小説（明35年10月）

花井 俊子　はない・としこ

5344　「赤い電車が見える家」
◇作家賞　（第10回/昭和49年）
「赤い電車が見える家」　創樹社 1976
262p

5345　「降ってきた姫」
◇作品賞　（第1回/昭和55年）
「降ってきた姫」　作品社 1981.1 224p

花井 利徳　はない・としのり

5346　「駄犬の守る優しい世界」
◇ジャンプ小説新人賞（jump Novel
Grand Prix）（'14 Spring/平成26
年春/小説：フリー部門/金賞）

花井 美紀　はない・みき

5347　「天満の坂道」
◇堺自由都市文学賞　（第17回/平成17年
度/佳作）

花木 深　はなき・しん

5348　「B29の行方」
◇サントリーミステリー大賞　（第10回/
平成3年）
◇サントリーミステリー大賞　（第10回/
平成3年/読者賞）
「B29の行方」　文芸春秋 1992 300p

華城 文子　はなぎ・ふみこ

5349　「ダミアンズ, 私の獲物」
◇群像新人文学賞　（第27回/昭和59年/
小説）
「ダミアンズ、私の獲物」　講談社 1984.8
161p

花田 清輝　はなだ・きよてる

5350　「七」
◇「サンデー毎日」大衆文芸　（第8回/
昭和6年上）
「泥棒論語・七」　未来社 1959 144p
「花田清輝全集1」　講談社 昭和54年

花野 ゆい　はなの・ゆい

5351　「シークレット・メモリー」
◇サンリオ・ロマンス賞　（第1回/昭和
58年/準入選）
「シークレット・メモリー」　サンリオ
1984.1 185p（ニューロマンス）

花野 夢　はなの・ゆめ

5352　「エンジェルショー 黄色四葉」
◇12歳の文学賞　（第6回/平成24年/小説
部門/佳作）

5353　「Jewelry of a curse」
◇12歳の文学賞　（第6回/平成24年/小説
部門/佳作）

英 蟬花　はなぶさ・せんか

5354　「辰巳気質」
◇「文芸倶楽部」懸賞小説　（第33回/明
38年11月/第3等）

5355　「流転」
◇「文芸倶楽部」懸賞小説　（第39回/明
39年5月/第2等）

花房 牧生　はなぶさ・まきお

5356　「アニス」
◇ノベルジャパン大賞　（第1回/平成19
年/奨励賞）
「アニスと不機嫌な魔法使い」　ホビー
ジャパン 2008.7 261p 15cm（HJ文
庫 123）619円 ①978-4-89425-734-4
「アニスと不機嫌な魔法使い　2」　ホビー
ジャパン 2008.12 263p 15cm（HJ
文庫 143）619円 ①978-4-89425-795-5
「アニスと不機嫌な魔法使い　3」　ホビー
ジャパン 2009.4 258p 15cm（HJ文
庫 160）619円 ①978-4-89425-848-8
「アニスと不機嫌な魔法使い　4」　ホビー
ジャパン 2009.8 238p 15cm（HJ文
庫 189）619円 ①978-4-89425-918-8

花間 燈　はなま・とも

5357　「猫耳天使と恋するリンゴ」
◇MF文庫Jライトノベル新人賞　（第9回
/平成25年/佳作）
「猫耳天使と恋するリンゴ」
KADOKAWA 2013.11 262p 15cm
（MF文庫J は-07-01）580円 ①978-4-
04-066085-1
「猫耳天使と恋するリンゴ　2」
KADOKAWA 2014.5 262p 15cm
（MF文庫J は-07-02）580円 ①978-4-
04-066385-2

花巻 かおり　はなまき・かおり

5358　「赤い傘」
◇すばる文学賞　（第32回/平成20年/佳
作）

華宮 らら　はなみや・らら

5359 「ルチア」
◇小学館ライトノベル大賞〔ルルル文庫部門〕（第2回/平成20年/ルルル賞）
「ルチア—クラシカルロマン」 小学館 2008.12 310p 15cm （小学館ルルル文庫）514円 ⓘ978-4-09-452090-3

花村 萬月　はなむら・まんげつ

5360 「ゲルマニウムの夜」
◇芥川龍之介賞 （第119回/平成10年上期）
「ゲルマニウムの夜」 文藝春秋 1998.9 251p 19cm 1238円 ⓘ4-16-318070-2
「ゲルマニウムの夜—王国記 1」 文藝春秋 2001.11 316p 15cm （文春文庫）476円 ⓘ4-16-764203-4
「芥川賞全集 第18巻」 目取真俊、藤沢周、花村万月、平野啓一郎、玄月、藤野千夜著 文藝春秋 2002.10 434p 19cm 3238円 ⓘ4-16-507280-X

5361 「ゴッド・ブレイス物語」
◇小説すばる新人賞 （第2回/平成1年）
「ゴッド・ブレイス物語」 集英社 1990.2 210p

5362 「皆月」
◇吉川英治文学新人賞 （第19回/平成10年度）
「皆月」 講談社 1997.2 323p 19cm 1751円 ⓘ4-06-208559-3
「皆月」 講談社 2000.2 396p 15cm （講談社文庫）629円 ⓘ4-06-264781-8

花村 りく　はなむら・りく

5363 「夜半の太陽」
◇小学館ライトノベル大賞〔ルルル文庫部門〕 （第3回/平成21年/優秀賞）
〈受賞時〉神無月 りく
「月と太陽の国語り—夜半に咲く花」 小学館 2009.6 223p 15cm （小学館ルルル文庫 ルは3-1）476円 ⓘ978-4-09-452113-9
※並列シリーズ名：Shogakukan lululu bunko

花森 哲平　はなもり・てっぺい

5364 「ぼくのブラック・リスト」
◇小説新潮新人賞 （第4回/昭和51年）

埴谷 雄高　はにや・ゆたか

5365 「死霊」
◇日本文学大賞 （第8回/昭和51年）
「死霊」 第1巻 真善美社 1948 357p
「死霊」 第1巻 近代生活社 1956 374p
「埴谷雄高作品集1」 河出書房新社 昭和46年
「死霊」 埴谷雄高著 講談社 1976 452p
「死霊」 埴谷雄高著 講談社 1981.9 3冊
「死霊—七章」 講談社 1984.11 151p
「死霊—8章」 講談社 1986.11 65p
「昭和文学全集16」 小学館 1987
「死霊 1」 講談社 2003.2 423p 15cm （講談社文芸文庫）1400円 ⓘ4-06-198321-0
「死霊 2」 講談社 2003.3 402p 15cm （講談社文芸文庫）1400円 ⓘ4-06-198325-3
「死霊 3」 講談社 2003.4 425p 15cm （講談社文芸文庫）1400円 ⓘ4-06-198328-8

5366 「闇のなかの黒い馬」
◇谷崎潤一郎賞 （第6回/昭和45年度）
「埴谷雄高作品集2」 河出書房新社 昭和46年
「闇のなかの黒い馬」 〔新装版〕 河出書房新社 1994.2 173p 19cm 2000円 ⓘ4-309-00896-8
「日本近代短篇小説選 昭和篇 3」 紅野敏郎、紅野謙介、千葉俊二、宗像和重、山田俊治編 岩波書店 2012.10 393p 15cm （岩波文庫）800円 ⓘ978-4-00-311916-7

羽根川 牧人　はねかわ・まきと

5367 「ガジェットシティ」
◇ファンタジア大賞 （第25回/平成25年/金賞）
「心空管レトロアクタ」 KADOKAWA 2014.1 318p 15cm （富士見ファンタジア文庫 は-3-1-1）580円 ⓘ978-4-04-070010-6
※受賞作「ガジェットシティ」を改題
「心空管レトロアクタ 2」 KADOKAWA 2014.5 286p 15cm （富士見ファンタジア文庫 は-3-1-2）660円 ⓘ978-4-04-070118-9

羽倉 せい　はねくら・せい

5368 「エターナル・ゲート」
◇角川ビーンズ小説大賞 （第12回/平成25年/読者賞）

翅田 大介　はねた・だいすけ

5369　「カッティング　～Case of Mio Nishiamane～」

◇ノベルジャパン大賞　（第1回/平成19年/佳作）

「カッティング—case of Mio」　ホビージャパン　2007.7　308p　15cm　（HJ文庫 66）　619円　①978-4-89425-572-2

羽田 奈緒子　はねだ・なおこ

5370　「世界最大のこびと」

◇MF文庫Jライトノベル新人賞　（第0回/平成16年/佳作）

「世界最大のこびと」　メディアファクトリー　2004.8　263p　15cm（MF文庫J）　580円　①4-8401-1132-4

「世界最大のこびと　2　世界最小の再会」　メディアファクトリー　2004.11　263p　15cm（MF文庫J）　580円　①4-8401-1176-6

羽根田 康美　はねだ・やすみ

5371　「LA心中」

◇文學界新人賞　（第88回/平成11年上期）

5372　「シングルマザー」

◇早稲田文学新人賞　（第9回/平成4年）

羽谷 ユウスケ　はねたに・ゆうすけ

5373　「7/7のイチロと星喰いゾンビーズ」

◇小学館ライトノベル大賞〔ガガガ文庫部門〕　（第1回/平成19年/期待賞）

「7/7のイチロと星喰いゾンビーズ—"探し屋"クロニクル」　小学館　2007.10　269p　15cm　（ガガガ文庫）　590円　①978-4-09-451032-4

馬場 あき子　ばば・あきこ

5374　「歌説話の世界」

◇紫式部文学賞　（第17回/平成19年）

「歌説話の世界」　講談社　2006.4　314p　20cm　1700円　①4-06-213154-4

馬場 信浩　ばば・のぶひろ

5375　「くすぶりの龍」

◇エンタテイメント小説大賞　（第1回/昭和53年）

「将棋連盟が甦った日」　三一書房　1988.7　222p　（三一将棋シリーズ）

羽場 博行　はば・ひろゆき

5376　「レプリカ」

◇横溝正史賞　（第12回/平成4年）

「レプリカ—テーマパークの殺人」　角川書店　1992.5　245p

ばば まこと

5377　「ルビー・チューズディの闇」

◇小説現代新人賞　（第50回/昭和63年上）

羽場 幸子　はば・ゆきこ

5378　「以身伝震の森」

◇舟橋聖一顕彰青年文学賞　（第6回/平成6年）

馬場 由美　ばば・ゆみ

5379　「冬のノクターン」

◇サンリオ・ロマンス賞　（第3回/昭和60年）

「冬のノクターン」　サンリオ　1985.12　173p　（サンリオニューロマンス）

帚木 蓬生　ははきぎ・ほうせい

5380　「賞の柩」

◇日本推理サスペンス大賞　（第3回/平成2年/佳作）

「賞の柩」　新潮社　1990.12　277p

「賞の柩」　新潮社　1996.2　324p　15cm　（新潮文庫）　480円　①4-10-128805-4

「賞の柩」　集英社　2013.11　352p　15cm（集英社文庫）　650円　①978-4-08-745139-9

5381　「水神」

◇新田次郎文学賞　（第29回/平成22年）

「水神　上」　新潮社　2009.8　285p　20cm　1500円　①978-4-10-331417-2

「水神　下」　新潮社　2009.8　281p　20cm　1500円　①978-4-10-331418-9

「水神　上巻」　新潮社　2012.6　348p　16cm　（新潮文庫　は-7-22）　550円　①978-4-10-128822-2

「水神　下巻」　新潮社　2012.6　345p　16cm　（新潮文庫　は-7-23）　550円　①978-4-10-128823-9

5382　「頭蓋に立つ旗」

◇九州芸術祭文学賞　（第6回/昭和50年）

「空の色紙」　新潮社　1985.2　297p

「空の色紙」　新潮社　1997.12　350p　15cm　（新潮文庫）　476円　①4-10-128808-9

はふか

5383 「逃亡」
◇柴田錬三郎賞（第10回/平成9年）
「逃亡」新潮社　1997.5　622p　19cm
2300円　Ⓘ4-10-331408-7
「逃亡　上」新潮社　2000.8　623p
15cm（新潮文庫）781円　Ⓘ4-10-
128811-9
「逃亡　下」新潮社　2000.8　587p
15cm（新潮文庫）743円　Ⓘ4-10-
128812-7

5384 「蠅の帝国 軍医たちの黙示録」
◇日本医療小説大賞（第1回/平成24年）
「蠅の帝国―軍医たちの黙示録」新潮社
2011.7　424p　20cm　1800円　Ⓘ978-4-
10-331419-6
「蠅の帝国―軍医たちの黙示録」新潮社
2014.1　602p　16cm（新潮文庫　は-7-
24）790円　Ⓘ978-4-10-128824-6

5385 「閉鎖病棟」
◇山本周五郎賞（第8回/平成7年）
「閉鎖病棟―Closed Ward」新潮社
1994.4　295p　19cm　1500円　Ⓘ4-10-
331407-9
「閉鎖病棟」新潮社　1997.5　361p
15cm（新潮文庫）514円　Ⓘ4-10-
128807-0

5386 「蛍の航跡 軍医たちの黙示録」
◇日本医療小説大賞（第1回/平成24年）
「蛍の航跡―軍医たちの黙示録」新潮社
2011.11　547p　20cm　2000円　Ⓘ978-
4-10-331420-2
「蛍の航跡―軍医たちの黙示録」新潮社
2014.8　760p　16cm（新潮文庫　は-7-
25）990円　Ⓘ978-4-10-128825-3

5387 「三たびの海峡」
◇吉川英治文学新人賞（第14回/平成5
年度）
「三たびの海峡」新潮社　1992.4　354p
「三たびの海峡」新潮社　1995.8　465p
15cm（新潮文庫）600円　Ⓘ4-10-
128804-6

羽深 律　はぶか・りつ

5388 「インドミタブル物語」
◇小説新潮新人賞（第5回/昭和52年）

波間 忠郎　はま・ただお

5389 「看護卒」
◇「文章世界」特別募集小説（大8年11
月）

浜 比寸志　はま・ひさし

5390 「オホーツクに燃ゆ」
◇「文化評論」文学賞（第2回/昭和60
年/小説）

浜 夕平　はま・ゆうへい

5391 「絹コーモリ」
◇「サンデー毎日」大衆文芸（第41回/
昭和27年上）

浜口 隆義　はまぐち・たかよし

5392 「夏の果て」
◇文學界新人賞（第67回/昭和63年下）

浜口 倫太郎　はまぐち・りんたろう

5393 「アゲイン」
◇ポプラ社小説大賞（第5回/平成22年/
特別賞）
「アゲイン」ポプラ社　2011.4　333p
20cm　1600円　Ⓘ978-4-591-12416-1

濱崎 達弥　はまざき・たつや

5394 「トリスメギトス」
◇スニーカー大賞（第4回/平成11年/優
秀賞）
「トリスメギトス―光の神遺物」角川書
店　1999.7　347p　15cm（角川文庫）
620円　Ⓘ4-04-422201-0

浜田 嗣範　はまだ・あきらはん

5395 「クロダイと飛行機」
◇日本海文学大賞（第3回/平成4年/小
説）

はまだ 語録　はまだ・ごろく

5396 「ロリコンするウレタン・ボア生
地製熊のぬいぐるみ」
◇『このライトノベルがすごい！』大賞
（第5回/平成26年/最優秀賞）
「着ぐるみ最強魔術士の隠遁生活」宝島
社　2014.12　299p　16cm（このライ
トノベルがすごい！文庫　は-3-1）650
円　Ⓘ978-4-8002-3496-4

浜田 広介　はまだ・ひろすけ

5397 「影」
◇「万朝報」懸賞小説（第1067回/大5
年2月）
「浜田広介全集 第11巻」集英社　1976
254p〈編集：創美社〉

5398 「帰郷」
◇「万朝報」懸賞小説（第1113回/大6
　年2月）
　　「浜田広介全集 第11巻」 集英社 1976
　　254p〈編集：創美社〉

5399 「自画像」
◇「万朝報」懸賞小説（第1139回/大6
　年9月）
　　「浜田広介全集 第11巻」 集英社 1976
　　254p〈編集：創美社〉

5400 「ひろすけ童話集」
◇芸術選奨（第3回/昭和27年度/文学部
　門/文部大臣賞）
　　「ひろすけ童話集」 小学館 1962
　　「泣いた赤おに―浜田ひろすけ童話集」
　　浜田ひろすけ作, patty絵 角川書店, 角
　　川グループパブリッシング〔発売〕
　　2011.11 159p 17cm（角川つばさ文
　　庫）580円 ①978-4-04-631196-2

5401 「冬の小太郎」
◇「万朝報」懸賞小説（第1074回/大5
　年4月）
　　「浜田広介全集 第11巻」 集英社 1976
　　254p〈編集：創美社〉

5402 「途暗し」
◇透谷賞（大正年間/入選）
　　「浜田広介全集 第11巻」 集英社 1976
　　254p〈編集：創美社〉

5403 「龍の目の涙」
◇野間文芸奨励賞（第2回/昭和17年）
　　「りゅうの目になみだ」 あかね書房 1972
　　208p

5404 「零落」
◇「万朝報」懸賞小説（第992回/大3年
　9月）
　　「浜田広介全集 第11巻」 集英社 1976
　　254p〈編集：創美社〉

濱田 順子 はまだ・よりこ
5405 「Tiny, tiny」
◇文藝賞（第36回/平成11年）
　　「Tiny, tiny」 河出書房新社 2000.1
　　103p 20cm 1200円 ①4-309-01326-0

葉真中 顕 はまなか・あき
5406 「ロスト・ケア」
◇日本ミステリー文学大賞新人賞（第
　16回/平成24年度）
　　「ロスト・ケア」 光文社 2013.2 304p

20cm 1500円 ①978-4-334-92874-2

濱野 京子 はまの・きょうこ
5407 「トーキョー・クロスロード」
◇坪田譲治文学賞（第25回/平成21年
　度）
　　「トーキョー・クロスロード」 ポプラ社
　　2008.11 273p 20cm（Teens' best
　　selections 18）1300円 ①978-4-591-
　　10590-0
　　「トーキョー・クロスロード」 ポプラ社
　　2010.3 285p 15cm（ポプラ文庫ピュ
　　アフル は-2-1）560円 ①978-4-591-
　　11785-9
　　※2008年刊の加筆・訂正, 並列シリーズ
　　　名：Poplar bunko pureful

浜野 冴子 はまの・さえこ
5408 「亜季の決心」
◇NHK銀の雫文芸賞（平成22年/優秀）

5409 「ブルーローズ」
◇農民文学賞（第46回/平成15年）

浜本 浩 はまもと・ひろし
5410 「浅草の灯」
◇新潮社文芸賞（第1回/昭和13年/第2
　部）
　　「浅草の灯」 新潮社 1938 360p
　　「浅草の灯」 再版 コバルト社 1946 242p
　　（映画化文芸名作選）
　　「浅草の灯」 東方社 1956 192p（東方新
　　書）

葉巡 明治 はまわり・めいじ
5411 「嘘つき天使は死にました！
　　（嘘）」
◇スーパーダッシュ小説新人賞（第10
　回/平成23年/特別賞）
　　「嘘つき天使は死にました！」 集英社
　　2011.10 326p 15cm（集英社スー
　　パーダッシュ文庫 は5-1）571円
　　①978-4-08-630643-0
　　「嘘つき天使は死にました！ 2」 集英社
　　2012.1 276p 15cm（集英社スーパー
　　ダッシュ文庫 は5-2）571円 ①978-4-
　　08-630661-4
　　「嘘つき天使は死にました！ 3」 集英社
　　2012.4 238p 15cm（集英社スーパー
　　ダッシュ文庫 は5-4）600円 ①978-4-
　　08-630672-0

はむら

羽村 滋　はむら・しげる

5412　「天保水滸伝のライター」
◇小説現代新人賞（第29回/昭和52年
下）

葉村 哲　はむら・てつ

5413　「この広い世界に二人ぼっち」
◇MF文庫Jライトノベル新人賞（第4回
/平成20年/佳作）〈受賞時〉磯
葉 哲
「この広い世界にふたりぼっち」メディ
アファクトリー　2008.8　261p　15cm
（MF文庫J）580円　①978-4-8401-
2400-3
「この広い世界にふたりぼっち　2　人形
カラシニコフ」メディアファクトリー
2008.12　263p　15cm（MF文庫J）
580円　①978-4-8401-2500-0
「この広い世界にふたりぼっち　3　神狩
の夜」メディアファクトリー　2009.3
263p　15cm（MF文庫J　は-06-03）580
円　①978-4-8401-2718-9

葉村 亮介　はむら・りょうすけ

5414　「三色パンダは今日も不機嫌」
◇ランダムハウス講談社新人賞（第1回
/平成19年/優秀作）
「三色パンダは今日も不機嫌」ランダム
ハウス講談社　2008.3　238p　20cm
1500円　①978-4-270-00320-6

葉室 麟　はむろ・りん

5415　「銀漢の賦」
◇松本清張賞（第14回/平成19年）
「銀漢の賦」文藝春秋　2007.7　245p
20cm　1381円　①978-4-16-326200-0
「銀漢の賦」文藝春秋　2010.2　283p
16cm（文春文庫　は36-1）552円
①978-4-16-778101-9
※文献あり

5416　「乾山晩愁」
◇歴史文学賞（第29回/平成16年度）
「乾山晩愁」新人物往来社　2005.10
302p　20cm　1900円　①4-404-03278-1
「代表作時代小説　平成18年度（52・長屋
のさざめき、荒城の夢）」日本文藝家
協会編纂　光文社　2006.6　425p
20cm　2200円　①4-334-92503-0
「乾山晩愁」角川書店,角川グループパ
ブリッシング（発売）　2008.12　344p
15cm（角川文庫 15473）590円
①978-4-04-393001-2

5417　「蜩ノ記」
◇直木三十五賞（第146回/平成23年下
半期）
「蜩ノ記」祥伝社　2011.11　327p
20cm　1600円　①978-4-396-63373-8
「蜩ノ記　1巻」大活字文化普及協会,大
活字〔発売〕　2012.9　146p　26cm
（誰でも文庫 4）1800円　①978-4-
86055-662-4
「蜩ノ記　2巻」大活字文化普及協会,大
活字〔発売〕　2012.9　161p　26cm
（誰でも文庫 4）1800円　①978-4-
86055-663-1
「蜩ノ記　3巻」大活字文化普及協会,大
活字〔発売〕　2012.9　162p　26cm
（誰でも文庫 4）1800円　①978-4-
86055-664-8
「蜩ノ記」祥伝社　2013.11　404p
16cm（祥伝社文庫　は12-1）686円
①978-4-396-33890-9

早川 阿栗　はやかわ・あぐり

5418　「東京キノコ」
◇文學界新人賞（第105回/平成19年下
期/島田雅彦奨励賞）

隼川 いさら　はやかわ・いさら

5419　「リーディング！」
◇角川ビーンズ小説大賞（第9回/平成
22年/読者賞）〈受賞時〉姫川 い
さら
「リーディング―司書と魔本が出会うと
き」角川書店,角川グループパブリッ
シング〔発売〕　2011.8　254p　15cm
（角川ビーンズ文庫 BB80-1）514円
①978-4-04-455051-6
「リーディング　司書と迷える魔本」角
川書店,角川グループパブリッシング
〔発売〕　2011.12　253p　15cm（角川
ビーンズ文庫 BB80-2）514円　①978-
4-04-100050-2
「リーディング　司書と祈りの魔本」角
川書店,角川グループパブリッシング
〔発売〕　2012.3　251p　15cm（角川
ビーンズ文庫 BB80-3）514円　①978-
4-04-100223-0

早川 大介　はやかわ・だいすけ

5420　「ジャイロ！」
◇群像新人文学賞（第45回/平成14年/
小説）
「ジャイロ！」講談社　2002.12　182p
20cm　1600円　①4-06-211604-9

早川 北汀　はやかわ・ほくてい

5421　「秋雲冬雲」
◇「文芸倶楽部」懸賞小説（第32回／明
　38年10月／第1等）

早川 真澄　はやかわ・ますみ

5422　「横浜道慶橋縁起」
◇中・近世文学大賞（第3回／平成14年／
　大賞）
　「横浜道慶橋縁起」　郁朋社　2003.7
　　174p　20cm　1500円　①4-87302-237-1

早川 ゆい　はやかわ・ゆい

5423　「梨の木」
◇やまなし文学賞（第16回／平成19年度
　／小説部門／佳作）

ハヤケン

5424　「炎と鉄の装甲兵」
◇HJ文庫大賞（第6回／平成24年／銀賞）
　「紅鋼の精霊操者（エヴォルター）」　ホ
　　ビージャパン　2012.7　255p　15cm
　　（HJ文庫　は04-01-01）　619円　①978-4-
　　7986-0427-5
　※受賞作「炎と鉄の装甲兵」を改題

早坂 暁　はやさか・あきら

5425　「華日記―昭和いけ花戦国史」
◇新田次郎文学賞（第9回／平成2年）
　「華日記―昭和生け花戦国史」　新潮社
　　1989.10　350p

早﨑 慶三　はやさき・けいぞう

5426　「干拓団」
◇サンデー毎日小説賞（第1回／昭和35
　年上／第1席）

5427　「堺筋」
◇「サンデー毎日」大衆文芸（第52回／
　昭和32年下）

5428　「鯖」
◇「サンデー毎日」懸賞小説（大衆文芸
　30周年記念100万円懸賞／昭和30年）

5429　「商魂」
◇「サンデー毎日」大衆文芸（第47回／
　昭和30年上）

林 絵理沙　はやし・えりさ

5430　「ロシュフォールの舟」
◇舟橋聖一顕彰青年文学賞（第26回／平

成26年）

林 香織　はやし・かおり

5431　「灰色の電車」
◇全作家文学賞（第10回／平成27年度／
　佳作）

林 和太　はやし・かずた

5432　「アプカサンペの母（ハポ）」
◇早稲田文学新人賞（第7回／平成2年）
　「アプカサンペの母（ハポ）」　文芸社
　　2010.9　248p　19cm　1200円　①978-4-
　　286-09270-6

林 京子　はやし・きょうこ

5433　「三界の家」
◇川端康成文学賞（第11回／昭和59年）
　「三界の家」　新潮社　1984.11　237p
　「三界の家」　新潮社　1990.12　274p（新潮
　　文庫）
　「川端康成文学賞全作品　1」　上林暁，永
　　井龍男，佐多稲子，水上勉，富岡多恵子ほ
　　か著　新潮社　1999.6　452p　19cm
　　2800円　①4-10-305821-8
　「三界の家　道」　日本図書センター
　　2005.6　473p　22cm（林京子全集　第3
　　巻）　5800円　①4-8205-9836-8, 4-8205-
　　9833-3

5434　「上海」
◇女流文学賞（第22回／昭和58年度）
　「上海」　中央公論社　1983.5　191p
　「上海」　中央公論社　1987.6　223p（中公
　　文庫）
　「上海・ミッシェルの口紅―林京子中国小
　　説集」　講談社　2001.1　440p　15cm
　　（講談社文芸文庫）　1500円　①4-06-
　　198243-5
　「上海」　埼玉福祉会　2005.11　390p
　　21cm（大活字本シリーズ）　3200円
　　①4-88419-337-2
　※底本：中公文庫「上海」

5435　「長い時間をかけた人間の経験」
◇野間文芸賞（第53回／平成12年）
　「長い時間をかけた人間の経験」　講談社
　　2000.9　179p　20cm　1600円　①4-06-
　　210381-8
　「長い時間をかけた人間の経験」　講談社
　　2005.6　201p　15cm（講談社文芸文
　　庫）　1200円　①4-06-198407-1

5436　「祭りの場」
◇群像新人文学賞（第18回／昭和50年／

はやし

小説）
◇芥川龍之介賞（第73回/昭和50年上）
「祭りの場」講談社 1975 207p
「祭りの場」講談社 1978.7 154p（講談社文庫）
「芥川賞全集10」文芸春秋 1982
「日本の原爆文学3」ほるぷ出版 1983
「祭りの場・ギヤマンビードロ」講談社 1988.8 398p（講談社文芸文庫）
「三枝和子 林京子 富岡多恵子」三枝和子, 林京子, 富岡多恵子著, 河野多恵子, 大庭みな子, 佐藤愛子, 津村節子監修 角川書店 1999.3 433p 19cm（女性作家シリーズ 15）2800円 ①4-04-574215-8
「祭りの場 ギヤマンビードロ」日本図書センター 2005.6 485p 22cm（林京子全集 第1巻）5800円 ①4-8205-9834-1, 4-8205-9833-3

5437 「やすらかに今はねむり給え」
◇谷崎潤一郎賞（第26回/平成2年度）
「やすらかに今はねむり給え」講談社 1990.6 172p
「やすらかに今はねむり給え 青春」日本図書センター 2005.6 477p 22cm（林京子全集 第5巻）5800円 ①4-8205-9838-4, 4-8205-9833-3

林 慧子　はやし・けいこ
5438 「蒼い瞳」
◇12歳の文学賞（第2回/平成20年/審査員特別賞【あさのあつこ賞】）
「12歳の文学 第2集 小学生作家が紡ぐ9つの物語」小学館 2008.3 281p 20cm 1000円 ①978-4-09-289712-0
「12歳の文学 第2集」小学生作家たち著 小学館 2010.4 277p 15cm（小学館文庫）552円 ①978-4-09-408497-9

林 健　はやし・けん
5439 「境界にて」
◇新日本文学賞（第8回/昭和44年/小説）
「境界にて—林健小説集」土曜美術社 1973 283p（新日文双書）

林 玄川　はやし・げんせん
5440 「恋女房」
◇「文芸倶楽部」懸賞小説（第11回/明37年1月/第1等）

5441 「島の美人」

◇「文芸倶楽部」懸賞小説（第12回/明37年2月/第1等）

林 吾一　はやし・ごいち
5442 「風草」
◇「サンデー毎日」大衆文芸（第49回/昭和31年上）

林 千翼子　はやし・ちよこ
5443 「僕の失敗」
◇12歳の文学賞（第5回/平成23年/小説部門/佳作）

林 トモアキ　はやし・ともあき
5444 「九重第二の魔法少女」
◇角川学園小説大賞（第5回/平成13年/自由部門/優秀賞）
「ばいおれんす・まじかる—九重第二の魔法少女」角川書店 2001.10 279p 15cm（角川文庫）514円 ①4-04-426601-8

林 望　はやし・のぞむ
5445 「謹訳 源氏物語」
◇毎日出版文化賞（第67回/平成25年/特別賞）
「謹訳 源氏物語 1」紫式部原著, 林望著 祥伝社 2010.3 341p 19cm 1429円 ①978-4-396-61358-7
「謹訳 源氏物語 2」紫式部原著, 林望著 祥伝社 2010.5 337p 19cm 1700円 ①978-4-396-61361-7
「謹訳 源氏物語 3」紫式部原著, 林望著 祥伝社 2010.6 369p 19cm 1700円 ①978-4-396-61366-2
「謹訳 源氏物語 4」紫式部原著, 林望著 祥伝社 2010.11 368p 19cm 1700円 ①978-4-396-61378-5
「謹訳 源氏物語 5」紫式部原著, 林望著 祥伝社 2011.2 379p 19cm 1800円 ①978-4-396-61385-3
「謹訳 源氏物語 6」紫式部原著, 林望著 祥伝社 2011.6 349p 19cm 1700円 ①978-4-396-61395-2
「謹訳 源氏物語 7」紫式部原著, 林望著 祥伝社 2011.12 370p 19cm 1700円 ①978-4-396-61411-9
「謹訳 源氏物語 8」紫式部原著, 林望著 祥伝社 2012.7 447p 19cm 1900円 ①978-4-396-61422-5
「謹訳 源氏物語 9」紫式部原著, 林望著 祥伝社 2013.2 328p 19cm 1700円 ①978-4-396-61442-3

「謹訳 源氏物語 10」 紫式部原著, 林望
著 祥伝社 2013.6 398p 19cm
1800円 ①978-4-396-61457-7

林 英子 はやし・ひでこ

5446 「空転」
◇北日本文学賞 （第3回/昭和44年）

林 房雄 はやし・ふさお

5447 「乃木大将」
◇文学界賞 （第13回/昭和12年2月）
「乃木大将」 第一書房 1937 283p

5448 「妖魚」
◇大衆雑誌懇話会賞 （第1回/昭和22年）
「妖魚」 新潮社 1951 199p 〔新潮文庫〕
「まぼろしの魚」 伊藤桂一, 高橋治, 森秀
人編 作品社 1995.10 291p 19cm
（集成 日本の釣り文学 3） 2800円 ①4-
87893-716-5

林 芙美子 はやし・ふみこ

5449 「晩菊」
◇女流文学者賞 （第3回/昭和24年）
「晩菊」 河出書房 1951 169p 〔市民文庫〕
「晩菊―他六篇」 角川書店 1954 196p
〔角川文庫〕
「戦後十年名作選集」 第4集 臼井吉見編
光文社 1955 （カッパ・ブックス）
「林芙美子作品集」 第6 東都書房 1965
259p
「林芙美子全集7」 文泉堂 昭和52年
「昭和文学全集8」 小学館 1988
「この小説がすごい！―BS-i「恋する日曜
日・文学の歌」原作集」 宮沢賢治, 林芙
美子, 田山花袋, 佐々木俊郎, 武田麟太郎
著 シーエイチシー, コアラブックス
〔発売〕 2005.11 222p 19cm 1300円
①4-86097-145-0
「戦後占領期短篇小説コレクション 3
一九四八年」 紅野謙介, 川崎賢子, 寺田
博編 藤原書店 2007.8 305p 19cm
2500円 ①978-4-89434-587-4

林 真理子 はやし・まりこ

5450 「アスクレピオスの愛人」
◇島清恋愛文学賞 （第20回/平成25年）
「アスクレピオスの愛人」 新潮社 2012.
9 361p 20cm 1600円 ①978-4-10-
363110-1

5451 「京都まで」
◇直木三十五賞 （第94回/昭和60年下）

「最終便に間に合えば」 文芸春秋 1985.
11 219p
「最終便に間に合えば」 文芸春秋 1988.
11 238p 〔文春文庫〕
「最終便に間に合えば」 新装版 文藝春
秋 2012.7 232p 15cm 〔文春文庫〕
533円 ①978-4-16-747639-7

5452 「最終便に間に合えば」
◇直木三十五賞 （第94回/昭和60年下）
「最終便に間に合えば」 文芸春秋 1985.
11 219p
「最終便に間に合えば」 文芸春秋 1988.
11 238p 〔文春文庫〕
「最終便に間に合えば」 新装版 文藝春
秋 2012.7 232p 15cm 〔文春文庫〕
533円 ①978-4-16-747639-7

5453 「白蓮れんれん」
◇柴田錬三郎賞 （第8回/平成7年）
「白蓮れんれん」 中央公論社 1994.10
341p 20×14cm 1750円 ①4-12-
002372-9
「白蓮れんれん」 中央公論社 1998.10
431p 15cm 〔中公文庫〕 648円 ①4-
12-203255-5
「白蓮れんれん」 集英社 2005.9 430p
15cm 〔集英社文庫〕 667円 ①4-08-
747860-2

5454 「みんなの秘密」
◇吉川英治文学賞 （第32回/平成10年
度）
「みんなの秘密」 講談社 1997.12
261p 19cm 1400円 ①4-06-208934-3
「みんなの秘密」 講談社 2001.1 262p
15cm 〔講談社文庫〕 514円 ①4-06-
273064-2

林 美佐雄 はやし・みさお

5455 「やま襦袢」
◇「文芸倶楽部」懸賞小説 （第46回/明
39年12月/第3等）

林 由佳莉 はやし・ゆかり

5456 「地蔵の絆」
◇全作家文学賞 （第7回/平成24年度/佳
作）

林 由美子 はやし・ゆみこ

5457 「化粧坂」
◇日本ラブストーリー大賞 （第3回/平
成19年/審査員特別賞）
「化粧坂」 宝島社 2009.3 349p 20cm

1400円　①978-4-7966-6789-0

林 与茂三　はやし・よもぞう

5458　「双葉は匂ふ」
◇「サンデー毎日」大衆文芸　（第25回/昭和14年下）

林 量三　はやし・りょうぞう

5459　「遠陽の夕立」
◇堺自由都市文学賞　（第16回/平成16年/堺市長特別賞）

林 緑風　はやし・りょくふう

5460　「衣ケ浦」
◇「文芸倶楽部」懸賞小説　（第29回/明38年7月/第3等）

早島 悟　はやしま・さとる

5461　「DOY」
◇星新一ショートショート・コンテスト　（第2回/昭和55年/最優秀作）

林本 光義　はやしもと・みつよし

5462　「照見哲平」
◇「サンデー毎日」大衆文芸　（第7回/昭和5年下）

林屋 祐子　はやしや・ゆうこ

5463　「三年」
◇自分史文学賞　（第8回/平成9年度）
「最後の卒業」学習研究社　1998.6　226p　19cm　1500円　①4-05-400971-9

早矢塚 かつや　はやずか・かつや

5464　「World's tale 〜a girl meets the boy〜」
◇MF文庫Jライトノベル新人賞　（第2回/平成18年/佳作）〈受賞時〉矢塚
「悠久展望台のカイ」メディアファクトリー　2006.7　261p　15cm　（MF文庫J）580円　①4-8401-1572-9

早瀬 馨　はやせ・かおる

5465　「まだ、いま回復期なのに」
◇岡山・吉備の国「内田百閒」文学賞　（第8回/平成16・17年度/長編小説部門/最優秀賞）
「まだ、いま回復期なのに」作品社　2006.3　213p　20cm　1600円　①4-86182-081-2

早瀬 徹　はやせ・とおる

5466　「鞘師勘兵衛の義」
◇ちよだ文学賞　（第1回/平成19年/優秀賞）

5467　「獅子で勝負だ、菊三」
◇ちよだ文学賞　（第2回/平成20年/佳作）

早瀬 乱　はやせ・らん

5468　「三年坂 火の夢」
◇江戸川乱歩賞　（第52回/平成18年）
「三年坂火の夢」講談社　2006.8　380p　20cm　1600円　①4-06-213561-2
※肖像あり
「三年坂火の夢」講談社　2009.8　476p　15cm　（講談社文庫 は86-1）724円　①978-4-06-276442-1
※文献あり

早野 貢司　はやの・こうじ

5469　「朝鮮人街道」
◇文學界新人賞　（第61回/昭和60年下）

早見 和真　はやみ・かずまさ

5470　「イノセント・デイズ」
◇日本推理作家協会賞　（第68回/平成27年/長編及び連作短編集部門）
「イノセント・デイズ」新潮社　2014.8　342p　20cm　1800円　①978-4-10-336151-0
※他言語標題：innocent days, 文献あり

隼見 果奈　はやみ・かな

5471　「うつぶし」
◇太宰治賞　（第28回/平成24年）
「うつぶし」筑摩書房　2012.12　187p　20cm　1400円　①978-4-480-80446-4
「うつぶし　1」大活字文化普及協会, 大活字〔発売〕　2013.8　176p　26cm　（誰でも文庫 7）1800円　①978-4-86055-672-3

速水 キル　はやみ・きる

5472　「キレキレ妹がデレるまで！」
◇美少女文庫新人賞　（第9回/平成24年/編集長特別賞）
「キレキレ妹がデレるまで！」フランス書院　2012.10　271p　15cm　（美少女文庫）648円　①978-4-8296-6231-1

原 応青　はら・おうせい

5473　「冬の梢」
◇関西文学賞（第17回/昭和57年/小説
（佳作））
「沙河の笛売り―原応青作品集」　近代文
芸社　1996.7　144p　19cm　1500円
①4-7733-4912-3

原 勝文　はら・かつゆき

5474　「百才長寿学入門」
◇日本文芸大賞（第6回/昭和61年/現代
文学新人賞）

原 里実　はら・さとみ

5475　「タニグチくん」
◇三田文学新人賞（第20回/平成26年/
小説部門/佳作）

原 進一　はら・しんいち

5476　「アムステルダムの詭計」
◇島田荘司選 ばらのまち福山ミステ
リー文学新人賞（第8回/平成27年）

原 岳人　はら・たけし

5477　「なんか島開拓誌」
◇日本ファンタジーノベル大賞（第3回
/平成3年/優秀賞）
「なんか島開拓誌」　新潮社 1991.12 281p

原 武史　はら・たけし

5478　「昭和天皇」
◇司馬遼太郎賞（第12回/平成21年）
「昭和天皇」岩波書店　2008.1　228p
18cm（岩波新書）740円　①978-4-00-
431111-9

原 民喜　はら・たみき

5479　「夏の花」
◇水上滝太郎賞（第1回/昭和23年）
「創作代表選集」　第1 日本文芸家協会編
講談社 1948 1冊
「小説集夏の花」　能楽書林 1949 214p
（ざくろ文庫）
「原民喜作品集 第1巻」　角川書店 1953
19cm
「夏の花」　角川書店 1954 98p（角川文
庫）
「夏の花」　晶文社 1970 128p
「原民喜全集1」　青土社 昭和53年
「日本の原爆文学1」　ほるぷ出版 1983
「小説集夏の花」　岩波書店 1988.6 214p

（岩波文庫）
「昭和文学全集32」　小学館 1989
「ヒロシマ・ナガサキ」　集英社　2011.6
807p　19cm（コレクション 戦争と文
学 19）3400円　①978-4-08-157019-5
「日本近代短篇小説選 昭和篇　2」　紅野
敏郎、紅野謙介、千葉俊二、宗像和重、山
田俊治編 岩波書店　2012.9　382p
15cm（岩波文庫）800円　①978-4-00-
311915-0
「原民喜戦後全小説」　講談社　2015.6
579p　15cm（講談社文芸文庫スタン
ダード）2200円　①978-4-06-290276-2

原 トミ子　はら・とみこ

5480　「一人」
◇すばる文学賞（第1回/昭和52年/佳
作）

原 尚彦　はら・なおひこ

5481　「シェイク」
◇坊っちゃん文学賞（第1回/平成1年）

原 貝水　はら・ばいすい

5482　「水煙」
◇「文芸倶楽部」懸賞小説（第40回/明
39年6月/第2等）

原 元　はら・はじめ

5483　「遠い土産」
◇地上文学賞（第11回/昭和38年）

原 久人　はら・ひさと

5484　「踊り場」
◇北日本文学賞（第46回/平成24年/選
奨）

5485　「卒業」
◇部落解放文学賞（第31回/平成16年/
佳作/小説部門）

5486　「繭」
◇部落解放文学賞（第34回/平成19年/
佳作/小説部門）

原 水音　はら・みお

5487　「平成野生家族」
◇自分史文学賞（第14回/平成15年度/
佳作）

原 寮　はら・りょう

5488　「私が殺した少女」
◇直木三十五賞（第102回/平成1年下）

「私が殺した少女」 早川書房 1989.10
273p
「私が殺した少女」 早川書房 1996.4
439p 15cm （ハヤカワ文庫JA） 680円
①4-15-030546-3

原井 カズエ　はらい・かずえ

5489 「少年と鳥籠」
◇南日本文学賞 （第5回/昭和52年）

原口 啓一郎　はらぐち・けいいちろう

5490 「夢の地層」
◇東北北海道文学賞 （第17回/平成18年
/文学賞）

原口 真智子　はらぐち・まちこ

5491 「電車」
◇北日本文学賞 （第23回/平成1年）

原口 夭々　はらぐち・ようよう

5492 「春の夜」
◇「新小説」懸賞小説 （明34年6月）

原田 英輔　はらだ・えいすけ

5493 「無限青春」
◇日本文芸家クラブ大賞 （第5回/平成7
年度/長編小説賞）

原田 源五郎　はらだ・げんごろう

5494 「今日もオカリナを吹く予定は
ない」
◇小学館ライトノベル大賞〔ガガガ文庫
部門〕 （第3回/平成21年/優秀賞）
〈受賞時〉竹本 源五郎
「今日もオカリナを吹く予定はない」 小
学館 2009.7 278p 15cm （ガガガ文
庫 ガは4-1） 590円 ①978-4-09-
451147-5
※イラスト：x6suke
「今日もオカリナを吹く予定はない　2」
小学館 2010.1 241p 15cm （ガガガ
文庫 ガは4-2） 571円 ①978-4-09-
451181-9
※イラスト：x6suke

原田 孔平　はらだ・こうへい

5495 「春の館」
◇歴史群像大賞 （第16回/平成22年発表
/優秀賞） 〈受賞時〉原田 幸平
「春の館―元禄三春日和」 学研パブリッ
シング, 学研マーケティング〔発売〕
2010.12 341p 15cm （学研M文庫 は-

14-1） 648円 ①978-4-05-900668-8
※受賞作「春の館」を改題

原田 重久　はらだ・しげひさ

5496 「みのり」
◇「サンデー毎日」大衆文芸 （第33回/
昭和18年下）
「みのり」 羽生書店 1946 104p

5497 「むさしの手帖」
◇日本作家クラブ賞 （第6回/昭和55年）

原田 じゅん　はらだ・じゅん

5498 「17歳はキスから始まる」
◇パレットノベル大賞 （第3回/平成2年
夏/佳作）

原田 太朗　はらだ・たろう

5499 「鶏と女と土方」
◇オール讀物新人賞 （第53回/昭和53年
下）

原田 奈央子　はらだ・なおこ

5500 「砂場」
◇「恋愛文学」コンテスト （第1回/平
成16年1月/優秀賞）
「恋ノカタチ」 恋愛文学編集室編 新風
舎 2005.1 420p 20cm （私の恋愛短
編集 2） 2000円 ①4-7974-5272-2

原田 直澄　はらだ・なおすみ

5501 「不機嫌な人（々）」
◇ジャンプ小説大賞 （第9回/平成11年/
佳作）

原田 紀　はらだ・のり

5502 「月の裏で会いましょう」
◇コバルト・ノベル大賞 （第19回/平成
4年上/読者大賞）

原田 ひ香　はらだ・ひか

5503 「はじまらないティータイム」
◇すばる文学賞 （第31回/平成19年）
「はじまらないティータイム」 集英社
2008.1 147p 20cm 1300円 ①978-4-
08-771205-6

原田 マハ　はらだ・まは

5504 「カフーを待ちわびて」
◇日本ラブストーリー大賞 （第1回/平
成17年/大賞）
「カフーを待ちわびて」 宝島社 2006.4

283p 20cm 1400円 ⓘ4-7966-5212-4
「カフーを待ちわびて」 宝島社 2008.5
346p 16cm（宝島社文庫）457円
ⓘ978-4-7966-6352-6

5505 「楽園のカンヴァス」
◇山本周五郎賞（第25回/平成24年）
◇本屋大賞（第10回/平成25年/3位）
「楽園のカンヴァス」 新潮社 2012.1
294p 20cm 1600円 ⓘ978-4-10-
331751-7
「楽園のカンヴァス」 新潮社 2014.7
440p 16cm（新潮文庫 は-63-1）670
円 ⓘ978-4-10-125961-1

原田 宗典 はらだ・むねのり
5506 「おまえと暮らせない」
◇すばる文学賞（第8回/昭和59年/佳
作）

原田 康子 はらだ・やすこ
5507 「海霧」
◇吉川英治文学賞（第37回/平成15年）
「海霧 上」 講談社 2002.10 508p
20cm 2300円 ⓘ4-06-211417-8
「海霧 下」 講談社 2002.10 508p
20cm 2300円 ⓘ4-06-211418-6
5508 「挽歌」
◇女流文学者賞（第8回/昭和32年）
「長編小説挽歌」 東都書房 1956 286p
「挽歌」 角川書店 1960 353p（角川文庫）
「挽歌」 新潮社 1961 384p（新潮文庫）
「挽歌」 改版 新潮社 2013.11 476p
15cm（新潮文庫）670円 ⓘ978-4-10-
111401-9
5509 「蠟涙」
◇女流文学賞（第38回/平成11年）
「蠟涙」 講談社 1999.4 215p 20cm
1700円 ⓘ4-06-209647-1
「文学 2000」 日本文藝家協会編 講談
社 2000.4 304p 20cm 3000円 ⓘ4-
06-117100-3
「蠟涙」 講談社 2002.4 225p 15cm
（講談社文庫）552円 ⓘ4-06-273409-5

原田 八束 はらだ・やつか
5510 「落暉伝」
◇オール讀物新人賞（第21回/昭和37年
下）
「玉妖記」 三一書房 1969 248p（現代作
家シリーズ）

原中 三十四 はらなか・さとし
5511 「じんじゃえーる！」
◇ノベルジャパン大賞（第3回/平成21
年/佳作）
「じんじゃえーる！」 ホビージャパン
2009.9 262p 15cm（HJ文庫 191）
619円 ⓘ978-4-89425-928-7
「じんじゃえーる！ 2拝目」 ホビージャ
パン 2009.12 255p 15cm（HJ文庫
210）619円 ⓘ978-4-89425-969-0

波利 摩末香 はり・まみか
5512 「ふすまのむこうの」
◇YA文学短編小説賞（第1回/平成20年
/佳作）

張江 勝年 はりえ・かつとし
5513 「インシャラー」
◇「小説ジュニア」青春小説新人賞（第
15回/昭和57年）

針谷 卓史 はりや・たくし
5514 「針谷の小説」
◇三田文学新人賞（第13回/平成18年）
「針谷の短篇集」 講談社 2008.10
297p 19cm（講談社box）1300円
ⓘ978-4-06-283676-0

はるおか りの
5515 「三千寵愛在一身」
◇ロマン大賞（平成22年度/大賞）
「三千寵愛在一身」 集英社 2010.10
267p 15cm（コバルト文庫は6-1）
514円 ⓘ978-4-08-601459-5

春口 裕子 はるぐち・ゆうこ
5516 「火群の館」
◇ホラーサスペンス大賞（第2回/平成
13年/特別賞）
「火群の館」 新潮社 2002.1 311p
20cm 1500円 ⓘ4-10-451501-9

春名 雪風 はるな・ゆきかぜ
5517 「何もなかった日記」
◇「恋愛文学」コンテスト（第1回/平
成16年1月/優秀賞）
「恋ノカタチ」 恋愛文学編集室編 新風
舎 2005.1 420p 20cm（私の恋愛短
編集 2）2000円 ⓘ4-7974-5272-2

榛野 文美　はるの・あやみ

5518　「花村凜子の傘」
◇オール讀物新人賞　（第94回/平成26年）

春山 希義　はるやま・きよし

5519　「雪のない冬」
◇文學界新人賞　（第39回/昭和49年下）

坂照 鉄平　ばんじょう・てっぺい

5520　「太陽戦士サンササン」
◇ファンタジア長編小説大賞　（第18回/平成18年/準入選）
「太陽戦士サンササン」　富士見書房 2007.1　316p　15cm　（富士見ファンタジア文庫）580円　①978-4-8291-1889-4

番匠谷 英一　ばんしょうや・えいいち

5521　「黎明」
◇「朝日新聞」懸賞小説　（大朝1万5000号記念/大12年）

半田 畔　はんだ・あぜ

5522　「風見夜子の死体見聞」
◇富士見ラノベ文芸賞　（第3回/平成27年/金賞）

半田 義之　はんだ・よしゆき

5523　「鶏騒動」
◇芥川龍之介賞　（第9回/昭和14年上）
「鶏騒動」　小山書店 1942 301p
「芥川賞全集2」　文芸春秋 1982

半藤 一利　はんどう・かずとし

5524　「聖断」
◇「文藝春秋」読者賞　（第47回/昭和60年）
「聖断―昭和天皇と鈴木貫太郎」　PHP研究所 2006.8　562p　15cm　（PHP文庫）819円　①4-569-66668-X

5525　「漱石先生ぞな，もし」
◇新田次郎文学賞　（第12回/平成5年）
「漱石先生ぞな，もし」　文芸春秋 1992 312p
「漱石先生ぞな，もし」　文藝春秋 1996.3　302p　15cm　（文春文庫）450円　①4-16-748304-1
「続・漱石先生ぞな，もし」　文藝春秋 1996.12　324p　15cm　（文春文庫）460円　①4-16-748305-X

坂東 眞砂子　ばんどう・まさこ

5526　「桜雨」
◇島清恋愛文学賞　（第3回/平成8年）
「桜雨」　集英社 1995.10　333p　19cm 1800円　①4-08-774167-2
「桜雨」　集英社 1998.10　393p　15cm （集英社文庫）629円　①4-08-748865-9

5527　「曼荼羅道」
◇柴田錬三郎賞　（第15回/平成14年）
「曼荼羅道」　文藝春秋 2001.11　435p 20cm 1857円　①4-16-320520-9
「曼荼羅道」　集英社 2004.12　506p 16cm（集英社文庫）762円　①4-08-747763-0

5528　「虫」
◇日本ホラー小説大賞　（第1回/平成6年/佳作）
「虫」　角川書店 1994.4　295p　15cm （角川ホラー文庫）520円　①4-04-193201-7

5529　「山妣」
◇直木三十五賞　（第116回/平成8年下期）
「山妣」　新潮社 1996.11　488p　19cm 2000円　①4-10-414701-X
「山妣　上」　新潮社 2000.1　503p 15cm（新潮文庫）667円　①4-10-132322-4
「山妣　下」　新潮社 2000.1　345p 15cm（新潮文庫）514円　①4-10-132323-2

伴名 練　はんな・れん

5530　「少女禁区」
◇日本ホラー小説大賞　（第17回/平成22年/短編賞）
「少女禁区」　角川書店，角川グループパブリッシング〔発売〕　2010.10　173p 15cm（角川ホラー文庫 Hは3-1）438円 ①978-4-04-394388-3

半村 良　はんむら・りょう

5531　「雨やどり」
◇直木三十五賞　（第72回/昭和49年下）
「雨やどり―新宿馬鹿物語1」　河出書房新社 1975 272p
「雨やどり」　文芸春秋 1979.4 298p（文春文庫）
「雨やどり」　集英社 1990.3 295p（集英社文庫）

5532　「かかし長屋」

◇柴田錬三郎賞 （第6回/平成5年）
「かかし長屋」 読売新聞社 1992.11 352p
「かかし長屋―浅草人物語」 祥伝社
1996.7 383p 15cm （ノン・ポシェッ
ト） 600円 ⓘ4-396-32511-8
「かかし長屋」 集英社 2001.12 397p
15cm （集英社文庫） 648円 ⓘ4-08-
747391-0

5533 「収穫」
◇ハヤカワSFコンテスト （第2回/昭和
37年/佳作第3席）
「およね平吉時穴道行」 角川書店 1985.4
300p 〔角川文庫〕
「怪奇・ホラーワールド―大きな活字で読
みやすい本 科学の脅威」 江戸川乱歩,
海野十三, 筒井康隆, 半村良著 リブリ
オ出版 2001.4 259p 22cm 2800円
ⓘ4-89784-928-4
「怪奇・ホラーワールド」 二上洋一監修
リブリオ出版 2001.4 15冊（セット）
21cm 42000円 ⓘ4-89784-926-8
「およね平吉時穴道行」 改版 角川書店,
角川グループパブリッシング〔発売〕
2008.6 340p 15cm 〔角川文庫〕 590
円 ⓘ978-4-04-137534-1

5534 「岬一郎の抵抗」
◇日本SF大賞 （第9回/昭和63年）
「岬一郎の抵抗」 毎日新聞社 1988.2 2冊
「岬一郎の抵抗」 1 集英社 1990.3 419p
（集英社文庫）
「岬一郎の抵抗」 2 集英社 1990.3 406p
（集英社文庫）
「岬一郎の抵抗」 3 集英社 1990.3 401p
（集英社文庫）

5535 「産霊山秘録」
◇泉鏡花文学賞 （第1回/昭和48年）
「産霊山秘録」 早川書房 1973 507p （日
本SFノヴェルズ）
「産霊山秘録」 早川書房 1975 520p （ハ
ヤカワ文庫）
「産霊山秘録」 下の巻 改版 角川書店
1981.1 291p 〔角川文庫〕
「産霊山秘録」 上の巻 改版 角川書店
1981.1 273p 〔角川文庫〕
「産霊山秘録」 角川春樹事務所 1999.10
554p 15cm （ハルキ文庫） 952円
ⓘ4-89456-581-1
「産霊山秘録」 集英社 2005.11 518p
15cm （集英社文庫） 781円 ⓘ4-08-
747887-4

【ひ】

柊 ひいらぎ

5536 「コンシャス・デイズ」
◇織田作之助賞 （第28回/平成23年/青
春賞）

柊 清彦 ひいらぎ・きよひこ

5537 「デッドマン・ミーツ・ガール」
◇ジャンプ小説新人賞（jump Novel
Grand Prix） （'11 Summer/平成23
年夏/小説：フリー部門/特別賞）

樋浦 知子 ひうら・ともこ

5538 「ふしぎな犬フラワー」
◇わんマン賞 （第11回/平成20年/大賞）
「捨て犬フラワーの奇跡―余命一週間の
ダルメシアン」 ハート出版 2009.7
125p 22cm 1200円 ⓘ978-4-89295-
654-6

檜枝 悦子 ひえだ・えつこ

5539 「洞の中の女神」
◇ノベル大賞 （第23回/平成6年上期/佳
作）

比嘉 智康 ひが・ともやす

5540 「地方都市伝説大全」
◇MF文庫Jライトノベル新人賞 （第3回
/平成19年/優秀賞） 〈受賞時〉安
宅 代智
「ギャルゴ!!!!!―地方都市伝説大全」 メ
ディアファクトリー 2007.10 279p
15cm （MF文庫J） 580円 ⓘ978-4-
8401-2062-3

日影 丈吉 ひかげ・じょうきち

5541 「狐の鶏」
◇日本推理作家協会賞 （第9回/昭和31
年）
「恐怖博物誌」 学芸書林 1974 252p
「狐の鶏」 講談社 1979.2 216p （講談社
文庫）
「日影丈吉全集 5」 国書刊行会 2003.5
684p 21cm 9500円 ⓘ4-336-04415-5
「怪奇探偵小説名作選―かむなぎうた
日影丈吉集」 日影丈吉著, 日下三蔵編

筑摩書房　2003.7　505p　15cm（ちくま文庫）1300円　Ⓘ4-480-03835-3

5542　「泥汽車」
◇泉鏡花文学賞　（第18回/平成2年）
「泥汽車」　白水社　1989.12　220p（物語の王国）
「日影丈吉全集　7」　国書刊行会　2004.5　687p　21cm　9500円　Ⓘ4-336-04417-1
「日影丈吉傑作館」　河出書房新社　2015.10　304p　15cm（河出文庫）900円　Ⓘ978-4-309-41411-9

東　峰夫　ひがし・みねお

5543　「オキナワの少年」
◇文學界新人賞　（第33回/昭和46年下）
◇芥川龍之介賞　（第66回/昭和46年下）
「オキナワの少年」　文芸春秋　1972　189p
「オキナワの少年」　文芸春秋　1980.9　281p（文春文庫）
「芥川賞全集9」　文芸春秋　1982
「沖縄文学全集7」　国書刊行会　1990
「沖縄文学選―日本文学のエッジからの問い」　岡本恵徳, 高橋敏夫編　勉誠出版　2003.5　430p　21cm　2600円　Ⓘ4-585-09041-X

東岡　真美　ひがしおか・まさみ

5544　「彼方の時間割」
◇NHK銀の雫文芸賞　（第13回/平成12年/最優秀賞）

東川　篤哉　ひがしがわ・とくや

5545　「謎解きはディナーのあとで」
◇本屋大賞　（第8回/平成23年/大賞）
「謎解きはディナーのあとで」　小学館　2010.9　255p　19cm　1500円　Ⓘ978-4-09-386280-6
「謎解きはディナーのあとで　1巻」　大活字文化普及協会, 大活字〔発売〕　2011.8　368p　21cm（誰でも文庫 1）1800円　Ⓘ978-4-86055-651-8
「謎解きはディナーのあとで」　小学館　2012.10　348p　16cm（小学館文庫 ひ11-1）638円　Ⓘ978-4-09-408757-4

東館　千鶴子　ひがしだて・ちずこ

5546　「海ふかく」
◇健友館文学賞　（第13回/平成15年/大賞）
「海ふかく―津軽三味線 命賭けた恋」　健友館　2004.5　202p　20cm　1500円　Ⓘ4-7737-0893-X

東出　広隆　ひがしで・ひろたか

5547　「夏の磁力」
◇舟橋聖一顕彰青年文学賞　（第12回/平成12年）

東天満　進　ひがしてんま・すすむ

5548　「町は焼かせない」
◇歴史群像大賞　（第9回/平成15年/優秀賞）

東野　圭吾　ひがしの・けいご

5549　「祈りの幕が下りる時」
◇吉川英治文学賞　（第48回/平成26年度）
「祈りの幕が下りる時」　講談社　2013.9　381p　20cm　1700円　Ⓘ978-4-06-218536-3

5550　「新参者」
◇本屋大賞　（第7回/平成22年/9位）
「新参者」　講談社　2009.9　348p　20cm　1600円　Ⓘ978-4-06-215771-1
「新参者」　講談社　2013.8　400p　15cm（講談社文庫　ひ17-30）700円　Ⓘ978-4-06-277628-8

5551　「ナミヤ雑貨店の奇蹟」
◇中央公論文芸賞　（第7回/平成24年）
「ナミヤ雑貨店の奇蹟」　角川書店, 角川グループパブリッシング〔発売〕　2012.3　385p　19cm　1600円　Ⓘ978-4-04-110136-0

5552　「秘密」
◇日本推理作家協会賞　（第52回/平成11年/長篇部門）
「秘密」　文藝春秋　1998.9　415p　20cm　1905円　Ⓘ4-16-317920-8
「秘密」　文藝春秋　2001.5　452p　16cm（文春文庫）590円　Ⓘ4-16-711006-7

5553　「放課後」
◇江戸川乱歩賞　（第31回/昭和60年）
「放課後」　講談社　1985.9　308p
「放課後」　講談社　1988.7　353p（講談社文庫）
「天女の末裔・放課後―江戸川乱歩賞全集15」　鳥井架南子, 東野圭吾著, 日本推理作家協会編　講談社　2003.9　733p　15cm（講談社文庫）1190円　Ⓘ4-06-273847-3

5554　「夢幻花」
◇柴田錬三郎賞　（第26回/平成25年）
「夢幻花」　PHP研究所　2013.5　371p

19cm 1600円 ①978-4-569-81154-3

5555 「容疑者Xの献身」
◇直木三十五賞 （第134回/平成17年下半期）
◇本格ミステリ大賞 （第6回/平成18年/小説部門）
◇本屋大賞 （第3回/平成18年/4位）
「容疑者Xの献身」 文藝春秋 2005.8 352p 20cm 1600円 ①4-16-323860-3
「容疑者Xの献身」 文藝春秋 2008.8 394p 16cm （文春文庫） 629円 ①978-4-16-711012-3

5556 「流星の絆」
◇新風賞 （第43回/平成20年）
◇本屋大賞 （第6回/平成21年/9位）
「流星の絆」 講談社 2008.3 482p 20cm 1700円 ①978-4-06-214590-9

東山 彰良 ひがしやま・あきら

5557 「タード・オン・ザ・ラン （TURD ON THE RUN）」
◇『このミステリーがすごい！』大賞 （第1回/平成14年/大賞（銀賞）・読者賞） 〈受賞時〉東山魚良
「逃亡作法」 宝島社 2003.4 435p 20cm 1600円 ①4-7966-3230-1
「逃亡作法」 宝島社 2004.3 526p 16cm （宝島社文庫） 890円 ①4-7966-3986-1

5558 「流」
◇直木三十五賞 （第153回/平成27年上半期）
「流」 講談社 2015.5 403p 20cm 1600円 ①978-4-06-219485-3

5559 「路傍」
◇大藪春彦賞 （第11回/平成21年）
「路傍」 集英社 2008.2 217p 20cm 1700円 ①978-4-08-771215-5

東山 麓 ひがしやま・ふもと

5560 「解剖台」
◇「サンデー毎日」大衆文芸 （第42回/昭和27年下）

氷上 恭子 ひかみ・きょうこ

5561 「とりのなきうた」
◇創元推理短編賞 （第8回/平成13年）

干刈 あがた ひかり・あがた

5562 「しずかにわたすこがねのゆびわ」
◇野間文芸新人賞 （第8回/昭和61年）
「しずかにわたすこがねのゆびわ」 福武書店 1986.1 272p
「しずかにわたすこがねのゆびわ」 福武書店 1988.9 290p （福武文庫）
「しずかにわたすこがねのゆびわ」 干刈あがた著, 干刈あがたの世界刊行委員会編 河出書房新社 1999.1 262p 19cm （干刈あがたの世界 4） 2800円 ①4-309-62034-5

5563 「樹下の家族」
◇海燕新人文学賞 （第1回/昭和57年）
「樹下の家族」 福武書店 1983.10 238p
「樹下の家族/島唄」 福武書店 1986.9 224p （福武文庫）
「干刈あがたの世界 1 樹下の家族」 干刈あがた著, 干刈あがたの世界刊行委員会編 河出書房新社 1998.9 333p 19cm 2800円 ①4-309-62031-0
「樹下の家族」 朝日新聞社 2000.4 327p 15cm （朝日文庫） 680円 ①4-02-264225-4

5564 「ゆっくり東京女子マラソン」
◇芸術選奨 （第35回/昭和59年度/文学部門/新人賞）
「ゆっくり東京女子マラソン」 福武書店 1986.1 229p （福武文庫）
「干刈あがたの世界 2 ウホッホ探険隊」 干刈あがた著, 干刈あがたの世界刊行委員会編 河出書房新社 1998.11 292p 19cm 2800円 ①4-309-62032-9
「ゆっくり東京女子マラソン」 朝日新聞社 2000.6 267p 15cm （朝日文庫） 660円 ①4-02-264227-0

ヒキタ クニオ

5565 「遠くて浅い海」
◇大藪春彦賞 （第8回/平成18年）
「遠くて浅い海」 文藝春秋 2005.9 324p 19cm 1714円 ①4-16-324140-X
「遠くて浅い海」 文藝春秋 2008.11 370p 16cm （文春文庫） 657円 ①978-4-16-770203-8

引間 徹 ひきま・てつ

5566 「19分25秒」
◇すばる文学賞 （第17回/平成5年）
「19分25秒」 集英社 1998.6 238p 15cm （集英社文庫） 495円 ①4-08-748797-0

5567 「テレフォン・バランス」

ひくち　　　　　　　　　　　　　　　　　　　　　　　　　　　　　　5568〜5579

◇早稲田文学新人賞　（第6回/平成1年）
「19分25秒」　集英社　1998.6　238p
15cm　（集英社文庫）　495円　①4-08-
748797-0

樋口 明雄　ひぐち・あきお

5568　「約束の地」
◇大藪春彦賞　（第12回/平成22年）
「約束の地」　光文社　2008.11　513p
20cm　2300円　①978-4-334-92642-7
「約束の地　上」　光文社　2011.11
415p　16cm　（光文社文庫 ひ17-2）　724
円　①978-4-334-76333-6
「約束の地　下」　光文社　2011.11
415p　16cm　（光文社文庫 ひ17-3）　724
円　①978-4-334-76334-3

樋口 京輔　ひぐち・きょうすけ

5569　「火龍の休息」
◇横溝正史賞　（第19回/平成11年/佳作）
「フラッシュ・オーバー」　角川書店
1999.9　433p　20cm　2000円　①4-04-
873182-3

樋口 修吉　ひぐち・しゅうきち

5570　「ジェームス山の李蘭」
◇小説現代新人賞　（第36回/昭和56年
上）
「ジェームス山の李蘭」　講談社 1983.9
250p
「ジェームス山の李蘭」　講談社 1988.4
269p　（講談社文庫）

樋口 司　ひぐち・つかさ

5571　「ジャンクパーツ」
◇MF文庫Jライトノベル新人賞　（第4回
/平成20年/佳作）〈受賞時〉樋口
モグラ
「ぴにおん！」　メディアファクトリー
2008.11　263p　15cm　（MF文庫J ひ-
04-01）　580円　①978-4-8401-2480-5
「ぴにおん！ 2」　メディアファクトリー
2009.2　263p　15cm　（MF文庫J ひ-04-
02）　580円　①978-4-8401-2667-0
「ぴにおん！ 3」　メディアファクトリー
2009.5　263p　15cm　（MF文庫J ひ-04-
03）　580円　①978-4-8401-2785-1
「ぴにおん！ 4」　メディアファクトリー
2009.8　259p　15cm　（MF文庫J ひ-04-
04）　580円　①978-4-8401-2878-0

樋口 てい子　ひぐち・ていこ

5572　「冬のカンナ」

◇ゆきのまち幻想文学賞　（第10回/平成
12年/準大賞）
「ゆきのまち幻想文学賞小品集　10」　ゆ
きのまち通信企画・編　企画集団ぷりず
む　2001.3　223p　19cm　1800円　①4-
906691-08-0

樋口 直哉　ひぐち・なおや

5573　「さよなら アメリカ」
◇群像新人文学賞　（第48回/平成17年/
小説当選作）
「さよならアメリカ」　講談社　2005.7
198p　20cm　1200円　①4-06-213026-2

樋口 範子　ひぐち・のりこ

5574　「はんこ屋の女房」
◇やまなし文学賞　（第7回/平成10年度/
小説部門/佳作）

樋口 大成　ひぐち・ひろしげ

5575　「師団長だった父と私」
◇自分史文学賞　（第12回/平成13年度/
大賞）
「師団長だった父と私―ある若者が生き
た昭和のドラマ」　学習研究社　2002.6
181p　19cm　1400円　①4-05-401699-5

樋口 鳳香　ひぐち・ほうか

5576　「ぬしのはなし」
◇ちよだ文学賞　（第10回/平成27年/千
代田賞）

樋口 有介　ひぐち・ゆうすけ

5577　「ぼくと, ぼくらの夏」
◇サントリーミステリー大賞　（第6回/
昭和62年/読者賞）
「ぼくと、ぼくらの夏」　文芸春秋 1988.7
315p
「ぼくと、ぼくらの夏」　新装版　文藝春
秋　2007.5　329p　15cm　（文春文庫）
619円　①978-4-16-753105-8

樋口 至宏　ひぐち・よしひろ

5578　「僕たちの祭り」
◇文學界新人賞　（第31回/昭和45年下）

日暮 花音　ひぐらし・かのん

5579　「トマト」
◇10分で読める小説大賞　（第3回/平成
20年/大賞）

日暮 晶 ひぐれ・あきら

5580 「二・五次元スリーセブンズ」
◇ファンタジア大賞（第27回/平成26年/金賞）

久生 哲 ひさお・さとし

5581 「さよなら海ウサギ」
◇マリン文学賞（第1回/平成2年/入選）

久生 十蘭 ひさお・じゅうらん

5582 「キャラコさん」
◇新青年賞（第1回/昭和14年上）
「キャラコさん」 博文館 1939 540p
「久生十蘭全集7」 三一書房 昭和45年
「定本 久生十蘭全集 2」 国書刊行会
2009.1 680p 21cm 9500円 ①978-4-
336-05045-8

5583 「鈴木主水」
◇直木三十五賞（第26回/昭和26年下）
「うすゆき抄」 文芸春秋新社 1952 272p
「母子像・鈴木主水」 他五篇 角川書店
1959 168p（角川文庫）
「久生十蘭全集1」 三一書房 昭和44年
「定本 久生十蘭全集 8 小説8 1950 -
1954」 国書刊行会 2010.11 675p
21cm 9500円 ①978-4-336-05051-9

5584 「母子像」
◇国際短篇小説コンクール（昭28年/1
等）
「母子像」 新潮社 1955 208p（小説文庫）
「母子像・鈴木主水」 他五篇 角川書店
1959 168p（角川文庫）
「久生十蘭全集1」 三一書房 昭和44年
「昭和文学全集32」 小学館 1989
「日本幻想文学集成12」 国書刊行会 1992
「物語の饗宴」 大岡昇平, 平野謙, 佐々木
基一, 埴谷雄高, 花田清輝責任編集 新
装版 學藝書林 2005.6 633p 19cm
（全集 現代文学の発見 第16巻） 4500円
①4-87517-074-2
「定本 久生十蘭全集 9 小説9 1954 -
1957」 国書刊行会 2011.6 793p
21cm 10000円 ①978-4-336-05052-6

火坂 雅志 ひさか・まさし

5585 「天地人」
◇中山義秀文学賞（第13回/平成19年）
「天地人 上」 日本放送出版協会 2006.
9 381p 20cm 1800円 ①4-14-
005503-0
「天地人 下」 日本放送出版協会 2006.

9 421p 20cm 1800円 ①4-14-
005504-9
「天地人 上 天の巻」 新装版 日本放
送出版協会 2008.11 292p 19cm
850円 ①978-4-14-005553-3
「天地人 中 地の巻」 新装版 日本放
送出版協会 2008.11 333p 19cm
850円 ①978-4-14-005554-0
「天地人 下 人の巻」 新装版 日本放
送出版協会 2008.11 282p 19cm
850円 ①978-4-14-005555-7
「天地人 上（天の巻）1」 新装版 大活
字 2009.5 371p 21cm（大活字文庫
165） 2950円 ①978-4-86055-504-7
※底本：日本放送出版協会刊
「天地人 上（天の巻）2」 新装版 大活
字 2009.5 345p 21cm（大活字文庫
165） 2950円 ①978-4-86055-505-4
※底本：日本放送出版協会刊
「天地人 上（天の巻）3」 新装版 大活
字 2009.5 269p 21cm（大活字文庫
165） 2950円 ①978-4-86055-506-1
※底本：日本放送出版協会刊
「天地人 中（地の巻）1」 新装版 大活
字 2009.7 313p 21cm（大活字文庫
169） 2950円 ①978-4-86055-518-4
※底本：日本放送出版協会刊
「天地人 中（地の巻）2」 新装版 大活
字 2009.7 411p 21cm（大活字文庫
169） 2950円 ①978-4-86055-519-1
※底本：日本放送出版協会刊
「天地人 中（地の巻）3」 新装版 大活
字 2009.7 400p 21cm（大活字文庫
169） 2950円 ①978-4-86055-520-7
※底本：日本放送出版協会刊
「天地人 下（人の巻）1」 新装版 大活
字 2009.9 251p 21cm（大活字文庫
173） 2950円 ①978-4-86055-532-0
※底本：日本放送出版協会刊
「天地人 下（人の巻）2」 新装版 大活
字 2009.9 303p 21cm（大活字文庫
173） 2950円 ①978-4-86055-533-7
※底本：日本放送出版協会刊
「天地人 下（人の巻）3」 新装版 大活
字 2009.9 377p 21cm（大活字文庫
173） 2950円 ①978-4-86055-534-4
※底本：日本放送出版協会刊

久川 芙深彦 ひさがわ・ふみひこ

5586 「赤ずきんちゃん こんにちは」
◇フーコー短編小説コンテスト（第13
回/平成14年8月/最優秀賞）
「フーコー「短編小説」傑作選 13」

ひさた　　　　　　　　　　　　　　　　　　　　　　　5587〜5597

フーコー編集部編　フーコー　2003.7
465p　19cm　1700円　Ⓘ4-434-03257-7

久田 恵　ひさだ・めぐみ

5587　「息子の心、親知らず」
◇「文藝春秋」読者賞　（第59回/平成9
年）

久永 蒼真　ひさなが・そうま

5588　「ゴーストタワー」
◇12歳の文学賞　（第2回/平成20年/審査
員特別賞【樋口裕一賞】）
「12歳の文学　第2集　小学生作家が紡ぐ
9つの物語」　小学館　2008.3　281p
20cm　1000円　Ⓘ978-4-09-289712-0
「12歳の文学　第2集」　小学生作家たち
著　小学館　2010.4　277p　15cm　（小
学館文庫）　552円　Ⓘ978-4-09-408497-9

久野 智裕　ひさの・ともひろ

5589　「一セントコインの女」
◇織田作之助賞　（第23回/平成18年/青
春賞/佳作）

久間 十義　ひさま・じゅうぎ

5590　「世紀末鯨鯢記」
◇三島由紀夫賞　（第3回/平成2年）
「世紀末鯨鯢記」　河出書房新社　1990.3
238p

久丸 修　ひさまる・おさむ

5591　「荒れた粒子」
◇オール讀物推理小説新人賞　（第9回/
昭和45年）

久光 薫　ひさみつ・かおる

5592　「死期を誤った梶川」
◇「サンデー毎日」大衆文芸　（第10回/
昭和7年上）

久本 裕詩　ひさもと・ゆうし

5593　「僕たちは、いつまでもここにい
るわけではない」
◇ジャンプ小説大賞　（第7回/平成9年/
入選）

土方 鉄　ひじかた・てつ

5594　「地下茎」
◇新日本文学賞　（第3回/昭和38年/長編
小説）
「地下茎」　三一書房　1963　336p　〈黒い原

点（高田英太郎）を合刻〉
「浸蝕」　合同出版　1972　306p
「姚の闇―土方鉄小説集」　大阪 解放出版
社　1990.4　345p　（解放文学双書2）

菱田 愛日　ひしだ・まなび

5595　「空の彼方」
◇電撃大賞　（第16回/平成21年/電撃小
説大賞部門/選考委員奨励賞）
「空の彼方」　アスキー・メディアワーク
ス、角川グループパブリッシング（発
売）　2010.1　325p　15cm　（メディア
ワークス文庫 0012）　570円　Ⓘ978-4-
04-868289-3

緋月 薙　ひずき・なぎ

5596　「世の天秤はダンボールの中に」
◇ノベルジャパン大賞　（第4回/平成22
年/銀賞）
「前略。ねこと天使と同居はじめまし
た。」　ホビージャパン　2010.8　254p
15cm　（HJ文庫 255）　619円　Ⓘ978-4-
7986-0116-9
※受賞作「世の天秤はダンボールの中に」
を改題
「前略。ねこと天使と同居はじめました。
2匹目」　ホビージャパン　2011.1
317p　15cm　（HJ文庫 277）　638円
Ⓘ978-4-7986-0152-9
「前略。ねこと天使と同居はじめました。
3匹目」　ホビージャパン　2011.6
271p　15cm　（HJ文庫 297）　619円
Ⓘ978-4-7986-0214-1
「前略。ねこと天使と同居はじめました。
4匹目」　ホビージャパン　2011.9
276p　15cm　（HJ文庫 321）　619円
Ⓘ978-4-7986-0265-3
「前略。ねこと天使と同居はじめました。
5匹目」　ホビージャパン　2012.3
280p　15cm　（HJ文庫 361）　619円
Ⓘ978-4-7986-0358-2
「前略。ねこと天使と同居はじめました。
6匹目」　ホビージャパン　2012.7
287p　15cm　（HJ文庫 ひ03-01-06）　619
円　Ⓘ978-4-7986-0399-5

ひずき 優　ひずき・ゆう

5597　「REAL×FAKE」
◇ロマン大賞　（第16回/平成19年度/入
選）
「キミのいる場所―real×fake」　集英社
2007.8　254p　15cm　（コバルト文庫）
476円　Ⓘ978-4-08-601062-7

飛田 一歩　ひだ・かずほ

5598　「最後の姿」
◇北日本文学賞（第40回/平成18年）

火田 良子　ひだ・りょうこ

5599　「東京駅之介」
◇小説現代長編新人賞（第2回/平成19
年/奨励賞）
「東京駅之介」講談社 2007.10 221p
20cm 1600円 ①978-4-06-214321-9

日高 正信　ひだか・まさのぶ

5600　「「茂」二十二の秋に」
◇地上文学賞（第24回/昭和51年）

氷高 悠　ひだか・ゆう

5601　「魔法少女ほのりは今すぐ辞め
たい。」
◇ファンタジア大賞（第26回冬期/平成
26年/銀賞）

日高 麟三　ひだか・りんぞう

5602　「藁沓」
◇「サンデー毎日」大衆文芸（第30回/
昭和17年上）

未味 なり太　ひつじあじ・なりた

5603　「救われる世界と生贄少女の変な
カミサマ ～でも、願いはちゃん
と叶えてくれます～」
◇MF文庫Jライトノベル新人賞（第10
回/平成26年/審査員特別賞）

秀章　ひであき

5604　「脱兎リベンジ」
◇小学館ライトノベル大賞〔ガガガ文庫
部門〕（第5回/平成23年/ガガガ
賞）
「脱兎リベンジ」小学館 2011.7 294p
15cm（ガガガ文庫 ひだ3-1）590円
①978-4-09-451283-0

ひでまろ

5605　「醜業婦」
◇「新小説」懸賞小説（明34年11月）

緋奈川 イド　ひながわ・いど

5606　「ハイスペック・ハイスクール」
◇MF文庫Jライトノベル新人賞（第8回
/平成24年/審査員特別賞）

ひなた しょう

5607　「俺がメガネであいつはそのまま」
◇ジャンプ小説新人賞（jump Novel
Grand Prix）（'08 Spring（平成20
年春）/小説：テーマ部門/金賞）

日向 伸夫　ひなた・のぶお

5608　「第八号転轍器」
◇満洲文話会賞（第1回/昭和15年/作品
賞）
「第八号転轍器」砂子屋書房 1941 280p

日向 まさみち　ひなた・まさみち

5609　「本格推理委員会」
◇ボイルドエッグズ新人賞（第1回/平
成16年3月）
「本格推理委員会」産業編集センター
2004.7 380p 19cm 1100円 ①4-
916199-62-6
※他言語標題：The hon-sui comittee
「本格推理委員会」角川書店 2006.12
392p 15cm（角川文庫）629円 ①4-
04-472801-1

日向 康　ひなた・やすし

5610　「果てなき旅」
◇大佛次郎賞（第6回/昭和54年）
「果てなき旅」福音館書店 1978 2冊（福
音館日曜日文庫）

日向 蓬　ひなた・よもぎ

5611　「マゼンタ100」
◇女による女のためのR-18文学賞（第1
回/平成14年/大賞）
「マゼンタ100」新潮社 2002.9 141p
20cm 950円 ①4-10-455901-6

日向 六郎　ひなた・ろくろう

5612　「文久三年・海暗島」
◇放送文学賞（第7回/昭和59年/佳作）

火野 葦平　ひの・あしへい

5613　「革命前後」
◇日本芸術院賞（第16回/昭和34年）
「革命前後」中央文論社 1960 288p
「革命前後 上巻」社会批評社 2014.2
291p 19cm 1600円 ①978-4-907127-
06-0
「革命前後 下巻」社会批評社 2014.2
296p 19cm 1600円 ①978-4-907127-
07-7

ひの　　　　　　　　　　　　　　　　　　　5614～5624

5614　「糞尿譚」
◇芥川龍之介賞　（第6回/昭和12年下）
　「糞尿譚」　小山書店　1938　317p
　「糞尿譚―小説集」　日東出版社　1947
　　210p
　「糞尿譚」　新潮社　1948　306p（新潮文庫）
　「青春と泥濘・糞尿譚」　筑摩書房　1953
　　226p（現代日本名作選）
　「糞尿譚―他九篇」　角川書店　1955　194p
　　（角川文庫）
　「火野葦平選集1」　東京創元社　昭和33年
　「芥川賞全集2」　文芸春秋　1982
　「糞尿譚・河童曼陀羅」　講談社　2007.6
　　265p　15cm（講談社文芸文庫）1300
　　円　①978-4-06-198481-3

日野　啓三　　ひの・けいぞう

5615　「あの夕陽」
◇芥川龍之介賞　（第72回/昭和49年下）
　「あの夕陽」　新潮社　1975　216p
　「芥川賞全集10」　文芸春秋　1982
　「あの夕陽」　集英社　1984.2　234p（集英
　　社文庫）
　「あの夕陽・牧師館―日野啓三短篇小説
　　集」　講談社　2002.10　235p　15cm
　　（講談社文芸文庫）1200円　①4-06-
　　198309-1

5616　「砂丘が動くように」
◇谷崎潤一郎賞　（第22回/昭和61年度）
　「砂丘が動くように」　中央公論社　1986.4
　　263p
　「砂丘が動くように」　中央公論社　1990.3
　　268p（中公文庫）
　「砂丘が動くように」　講談社　1998.5
　　295p　16cm（講談社文芸文庫）980円
　　①4-06-197615-X
　※著作目録あり，年譜あり

5617　「此岸の家」
◇平林たい子文学賞　（第2回/昭和49年/
　小説）
　「此岸の家」　河出書房新社　1974　214p
　「此岸の家」　河出書房新社　1982.4　212p
　　（河出文庫）
　「日野啓三短篇選集　上」　読売新聞社
　　1996.12　288p　19cm　1900円　①4-
　　643-96111-2
　「全作家短編小説集　第7巻」　全作家協
　　会編　のべる出版，コスモヒルズ〔発
　　売〕　2008.7　233p　21cm　3000円
　　①978-4-87703-950-9

5618　「台風の眼」

◇野間文芸賞　（第46回/平成5年）
　「台風の眼」　新潮社　1993.7　277p
　　19cm　1600円　①4-10-317803-5
　「台風の眼」　新潮社　1997.2　296p
　　15cm（新潮文庫）440円　①4-10-
　　143221-X
　「台風の眼」　講談社　2009.2　345p
　　15cm（講談社文芸文庫）1500円
　　①978-4-06-290042-3

5619　「断崖の年」
◇伊藤整文学賞　（第3回/平成4年/小説）
　「断崖の年」　中央公論社　1992.2　181p
　「断崖の年」　中央公論新社　1999.9
　　183p　15cm（中公文庫）629円　①4-
　　12-203498-1

5620　「光」
◇読売文学賞　（第47回/平成7年/小説
　賞）
　「光」　文藝春秋　1995.11　413p　19cm
　　1900円　①4-16-315970-3

5621　「抱擁」
◇泉鏡花文学賞　（第10回/昭和57年）
　「抱擁」　集英社　1982.2　242p
　「抱擁」　集英社　1987.1　280p（集英社文
　　庫）

5622　「夢の島」
◇芸術選奨　（第36回/昭和60年度/文学
　部門/文部大臣賞）
　「夢の島」　講談社　1985.10　197p
　「昭和文学全集30」　小学館　1988
　「夢の島」　講談社　1988.5　221p（講談社
　　文芸文庫）

日野　俊太郎　　ひの・しゅんたろう

5623　「吉田キグルマレナイト」
◇日本ファンタジーノベル大賞　（第23
　回/平成23年/優秀賞）
　「吉田キグルマレナイト☆」　新潮社
　　2011.7　284p　20cm　1500円　①978-
　　4-10-331471-4

日野　四郎　　ひの・しろう

5624　「業海禅師―武田脚が最期に向
　　　かった天目山栖雲寺開山の記―」
◇中村星湖文学賞　（第29回/平成27年/
　特別賞）
　「業海禅師―武田勝頼が最期に向かった
　　天目山栖雲寺開山の記」　山梨ふるさと
　　文庫　2015.2　213p　19cm　1200円
　　①978-4-903680-67-5

426　　　　　　　　　　　　　文学賞受賞作品総覧　小説篇

日野 草　ひの・そう

5625　「枯神のイリンクス」
◇野性時代フロンティア文学賞（第2回／平成23年）
「ワナビー」　角川書店, 角川グループパブリッシング〔発売〕　2011.8　274p　19cm　1500円　①978-4-04-874248-1
※受賞作「枯神のイリンクス」を改題

日野 敏幸　ひの・としゆき

5626　「高円寺のシジミ」
◇NHK銀の雫文芸賞（平成21年／優秀）

緋野 由意子　ひの・ゆいこ

5627　「オレンジ色の部屋」
◇北日本文学賞（第43回／平成21年／選奨）

照下 土竜　ひのした・もぐら

5628　「ゴーディーサンディー」
◇日本SF新人賞（第6回／平成16年）
「ゴーディーサンディー」　徳間書店　2005.5　261p　20cm　1900円　①4-19-862017-2

旭爪 あかね　ひのつめ・あかね

5629　「稲の旋律」
◇多喜二・百合子賞（第35回／平成15年）
「稲の旋律」　新日本出版社　2002.4　281p　20cm　1800円　①4-406-02878-1

日の原 裕光　ひのはら・ひろみつ

5630　「ヤッカイさんとT2T」
◇ファンタジア大賞（第23回／平成23年／銀賞）
「ウチの彼女が中二で困ってます。　1」　富士見書房　2013.3　280p　15cm（富士見ファンタジア文庫　ひ-3-1-1）580円　①978-4-8291-3874-8
※受賞作「ヤッカイさんとT2T」を改題
「ウチの彼女が中二で困ってます。　2」　富士見書房　2013.8　286p　15cm（富士見ファンタジア文庫　ひ-3-1-2）640円　①978-4-8291-3928-8

ひびき 遊　ひびき・ゆう

5631　「天華無敵！」
◇ファンタジア長編小説大賞（第15回／平成15年／準入選）〈受賞時〉響遊山

「天華無敵！」　富士見書房　2003.9　350p　15cm（富士見ファンタジア文庫）580円　①4-8291-1554-8

響野 夏菜　ひびきの・かな

5632　「月虹のラーナ」
◇コバルト・ノベル大賞（第18回／平成3年下）
「月虹のラーナ」　集英社　1995.12　263p　15cm（コバルト文庫）470円　①4-08-614139-6

陽未　ひみ

5633　「プリンセス」
◇日本ケータイ小説大賞（第1回／平成18年／TSUTAYA賞）
「プリンセス」　スターツ出版　2007.3　284p　20cm　1000円　①978-4-88381-051-2
「プリンセス」　スターツ出版　2009.4　331p　15cm（ケータイ小説文庫　ひ1-1－野いちご）500円　①978-4-88381-501-2
※並列シリーズ名：Keitai shousetsu bunko

日向 蠟子　ひむかい・ろうこ

5634　「食肉植物」
◇フーコー短編小説コンテスト（第12回／平成14年2月／最優秀賞）
「フーコー「短編小説」傑作選　12」　フーコー編集部編　フーコー　2003.4　151p　19cm　1200円　①4-434-03037-X

媛 ひめる　ひめ・ひめる

5635　「塔はそこにある」
◇三田文学新人賞（第19回／平成25年／小説部門／当選作）

姫野 カオルコ　ひめの・かおるこ

5636　「昭和の犬」
◇直木三十五賞（第150回／平成25年下半期）
「昭和の犬──Perspective kid」　幻冬舎　2013.9　307p　20cm　1600円　①978-4-344-02446-5

百田 尚樹　ひゃくた・なおき

5637　「錨を上げよ」
◇本屋大賞（第8回／平成23年／4位）
「錨を上げよ　上」　講談社　2010.11　591p　20cm　1900円　①978-4-06-

216700-0
「錨を上げよ　下」　講談社　2010.11
616p　20cm　1900円　①978-4-06-
216701-7

5638　「海賊とよばれた男」
◇本屋大賞　（第10回/平成25年/大賞）
「海賊とよばれた男　上」　講談社　2012.
7　380p　20cm　1600円　①978-4-06-
217564-7
「海賊とよばれた男　下」　講談社　2012.
7　362p　20cm　1600円　①978-4-06-
217565-4
「海賊とよばれた男　上」　講談社　2014.
7　466p　15cm　（講談社文庫　ひ43-7）
750円　①978-4-06-277829-9
「海賊とよばれた男　下」　講談社　2014.
7　444p　15cm　（講談社文庫　ひ43-8）
750円　①978-4-06-277830-5

5639　「プリズム」
◇本屋大賞　（第9回/平成24年/10位）
「プリズム」　幻冬舎　2011.10　343p
20cm　1500円　①978-4-344-02064-1
「プリズム」　幻冬舎　2014.4　398p
16cm　（幻冬舎文庫　ひ-16-2）　690円
①978-4-344-42192-9

5640　「ボックス！」
◇本屋大賞　（第6回/平成21年/5位）
「ボックス！」　太田出版　2008.7　587p
19cm　1780円　①978-4-7783-1134-6
※他言語標題：Box！

百鬼丸　ひゃっきまる
5641　「異人館」
◇日本文芸家クラブ大賞　（第6回/平成8
年度/出版美術賞）

檜山　芙二夫　ひやま・ふじお
5642　「ニューヨークのサムライ」
◇オール讀物新人賞　（第46回/昭和50年
上）

檜山　良昭　ひやま・よしあき
5643　「スターリン暗殺計画」
◇日本推理作家協会賞　（第32回/昭和54
年/長篇部門）
「スターリン暗殺計画―ドキュメンタル・
ミステリィ」　徳間書店　1978.10　234p
「スターリン暗殺計画」　徳間書店　1980.
10　318p　（徳間文庫）
「スターリン暗殺計画」　桧山良昭著　双
葉社　1996.11　455p　15cm　（双葉文
庫―日本推理作家協会賞受賞作全集

38）　820円　①4-575-65834-0

日昌　晶　ひよし・あきら
5644　「覇壊の宴」
◇ファンタジア長編小説大賞　（第11回/
平成11年/準入選）
「覇壊の宴」　富士見書房　2000.1　318p
15cm　（富士見ファンタジア文庫）　580
円　①4-8291-2944-1

陽羅　義光　ひら・よしみつ
5645　「道元の風」
◇日本文芸大賞　（第20回/平成12年/歴
史小説奨励賞）
「道元の風」　国書刊行会　1998.11
239p　20cm　1800円　①4-336-04120-2

5646　「門前雀羅」
◇全作家文学奨励賞　（第1回/平成7年/
小説部門）
「水恋譚」　のべる出版企画，コスモヒル
ズ〔発売〕　1997.7　237p　19cm　1400
円　①4-87703-132-4

平井　敦貴　ひらい・あつたか
5647　「冬のコラージュ」
◇三田文学新人賞　（第10回/平成15年/
小説部門）

平井　杏子　ひらい・きょうこ
5648　「対岸の町」
◇堺自由都市文学賞　（第11回/平成11
年）

平井　塙村　ひらい・こうそん
5649　「神学士」
◇「文芸倶楽部」懸賞小説　（第1回/明
36年3月/第2等）

平井　彩花　ひらい・さいか
5650　「一大事」
◇神戸文学賞　（第17回/平成5年/佳作）

平石　貴樹　ひらいし・たかき
5651　「虹のカマクーラ」
◇すばる文学賞　（第7回/昭和58年）
「虹のカマクーラ」　集英社　1984.4　181p
「日本原発小説集」　井上光晴，清水義範，
豊田有恒，野坂昭如，平石貴樹著，柿谷浩
一編　水声社　2011.10　249p　19cm
1800円　①978-4-89176-852-2

平出 隆　ひらいで・たかし

5652　「猫の客」
◇木山捷平文学賞　（第6回/平成13年度）
「猫の客」　河出書房新社　2001.9　137p
20cm　1400円　Ⓘ4-309-01430-5
「文学　2002」　日本文藝家協会編　講談
社　2002.4　328p　20cm　3000円　Ⓘ4-
06-117102-X

平岩 弓枝　ひらいわ・ゆみえ

5653　「花影の花」
◇吉川英治文学賞　（第25回/平成3年度）
「花影の花―大石内蔵助の妻」　新潮社
1990.12　266p

5654　「狂言師」
◇直木三十五賞　（第41回/昭和34年上）
「鏨師」　文芸春秋　1971　265p
「鏨師」　文芸春秋　1977.12　264p（文春文
庫）
「鏨師」　文藝春秋　2008.12　311p
15cm（文春文庫）533円　Ⓘ978-4-16-
771009-5
「雪月花・江戸景色―新鷹会・傑作時代小
説選」　光文社　2013.6　423p　15cm
（光文社時代小説文庫）686円　Ⓘ978-
4-334-76588-0

5655　「鏨師」
◇新鷹会賞　（第10回/昭和34年前）
◇直木三十五賞　（第41回/昭和34年上）
「鏨師」　新小説社　1959　342p
「鏨師（たがねし）」　文芸春秋　1971　265p
「鏨師」　文芸春秋　1977.12　254p（文春文
庫）
「男たちの凱歌」　光文社　2002.9　463p
15cm（光文社文庫）686円　Ⓘ4-334-
73382-4
「鏨師」　文藝春秋　2008.12　311p
15cm（文春文庫）533円　Ⓘ978-4-16-
771009-5

平岡 陽明　ひらおか・ようめい

5656　「松田さんの181日」
◇オール讀物新人賞　（第93回/平成25
年）

平川 深空　ひらかわ・みそら

5657　「バルベスタールの秘婚」
◇小学館ライトノベル大賞〔ルルル文庫
部門〕　（第6回/平成24年/ルルル賞
＆読者賞）
「バルベスタールの秘婚」　小学館　2012.

7　250p　15cm（小学館ルルル文庫　ル
ひ2-1）533円　Ⓘ978-4-09-452229-7

平坂 静音　ひらさか・しずね

5658　「星の散るとき」
◇北日本文学賞　（第41回/平成19年/選
奨）

平坂 読　ひらさか・よみ

5659　「ホーンテッド！」
◇MF文庫Jライトノベル新人賞　（第0回
/平成16年/優秀賞）
「ホーンテッド！」　メディアファクト
リー　2004.9　263p　15cm（MF文庫
J）580円　Ⓘ4-8401-1148-0
「ホーンテッド！2　コトコトクライシ
ス」　メディアファクトリー　2004.12
256p　15cm（MF文庫J）580円　Ⓘ4-
8401-1197-9
「ホーンテッド！3　ラッシュ・アンド・
ラッシュ」　メディアファクトリー
2005.3　263p　15cm（MF文庫J）580
円　Ⓘ4-8401-1239-8
「ホーンテッド！4　エンドレスラビリ
ンス」　メディアファクトリー　2005.8
261p　15cm（MF文庫J）580円　Ⓘ4-
8401-1409-9

平茂 寛　ひらしげ・かん

5660　「隈取絵師」
◇朝日時代小説大賞　（第3回/平成23年）
「隈取絵師」　朝日新聞出版　2012.3
225p　19cm　1500円　Ⓘ978-4-02-
250949-9

平瀬 誠一　ひらせ・せいいち

5661　「鳥たちの影」
◇多喜二・百合子賞　（第32回/平成12
年）
「鳥たちの影」　新日本出版社　2000.3
381p　20cm　2800円　Ⓘ4-406-02733-5

平田 俊子　ひらた・としこ

5662　「二人乗り」
◇野間文芸新人賞　（第27回/平成17年）
「二人乗り」　講談社　2005.7　253p
20cm　1600円　Ⓘ4-06-212913-2

平手 清恵　ひらて・きよえ

5663　「アダンの海」
◇マリン文学賞　（第3回/平成4年/入選）

平中 悠一　ひらなか・ゆういち

5664　「"She's Rain"（シーズ・レイン）」

◇文藝賞（第21回/昭和59年）
「シーズ・レイン」 河出書房新社 1985.1
154p
「シーズ・レイン」 河出書房新社 1990.
10 156p（河出文庫）

平野 啓一郎　ひらの・けいいちろう

5665　「決壊」

◇芸術選奨（第59回/平成20年度/文学
部門/文部科学大臣新人賞）
「決壊　上」 新潮社 2008.6 382p
20cm 1800円 Ⓘ978-4-10-426007-2
「決壊　下」 新潮社 2008.6 402p
20cm 1800円 Ⓘ978-4-10-426008-9

5666　「ドーン」

◇Bunkamuraドゥマゴ文学賞（第19回/
平成21年度/島田雅彦選）
「ドーン」 講談社 2009.7 493p 19cm
1800円 Ⓘ978-4-06-215510-6
※他言語標題：Dawn, 文献あり

5667　「日蝕」

◇芥川龍之介賞（第120回/平成10年下
期）
「日蝕」 新潮社 1998.10 189p 20cm
1300円 Ⓘ4-10-426001-0
「日蝕」 新潮社 2002.2 212p 16cm
（新潮文庫） 400円 Ⓘ4-10-129031-8
「芥川賞全集　第18巻」 文藝春秋 2002.
10 434p 20cm 3238円 Ⓘ4-16-
507280-X

平野 純　ひらの・じゅん

5668　「日曜日には愛の胡瓜を」

◇文藝賞（第19回/昭和57年）
「日曜日には愛の胡瓜を」 河出書房新社
1983.1 193p

平野 正和　ひらの・まさかず

5669　「管輅別伝」

◇歴史群像大賞（第10回/平成16年/大
賞）
「後三国志―天道の馭者」 学習研究社
2004.11 346p 15cm（学研M文庫）
640円 Ⓘ4-05-900322-0

平野 依子　ひらの・よりこ

5670　「ホテル・カリフォルニアの明け
ない夜明け」

◇碧天文芸大賞（第4回/平成16年11月/
文芸大賞）

平林 英子　ひらばやし・えいこ

5671　「夜明けの風」

◇芸術選奨（第24回/昭和48年度/文学
部門/新人賞）
「夜明けの風」 浪曼 1973 242p

平林 たい子　ひらばやし・たいこ

5672　「かういふ女」

◇女流文学者賞（第1回/昭和22年）
「かういふ女」 札幌 筑摩書房 1947 240p
「かういふ女」 新潮社 1948 189p
「かういふ女」 再版 筑摩書房 1949 240p
「かういふ女・地底の歌」 筑摩書房 1953
199p（現代日本名作選）
「平林たい子集」 平林たい子著, 青野秀
吉編 河出書房 1953 166p（市民文庫）
「かういふ女―他四篇」 河出書房 1954
166p（河出文庫）
「私は生きる―他三篇」 角川書店 1956
130p（角川文庫）
「平林たい子全集3」 潮出版社 昭和52年
「昭和文学全集8」 小学館 1988

5673　「残品」

◇「朝日新聞」懸賞小説（大朝短編小説
/大15年）

5674　「秘密」

◇女流文学賞（第7回/昭和43年度）
「秘密」 中央公論社 1968 281p
「平林たい子全集9」 潮出版社 昭和53年
「昭和文学全集8」 小学館 1988

平林 彪吾　ひらばやし・ひょうご

5675　「鶏飼ひのコムミュニスト」

◇「文芸」懸賞創作（第2回/昭和9年）
「鶏飼ひのコムミュニスト―平林彪吾作
品集」 三信図書 1985.10 332p

平松 誠治　ひらまつ・せいじ

5676　「アドベンチャー」

◇中央公論新人賞（第15回/平成1年度）
「アドベンチャー」 中央公論社 1990.3
223p

平山 幸樹　ひらやま・こうき

5677　「あなたがそれを踏んだら、わた
しはどう償えばいいの」

◇部落解放文学賞（第37回／平成22年／佳作）

平山 壽三郎　ひらやま・じゅさぶろう

5678　「東京城の夕映え」
◇時代小説大賞（第9回／平成10年）

平山 瑞穂　ひらやま・みずほ

5679　「ラス・マンチャス通信」
◇日本ファンタジーノベル大賞（第16回／平成16年）
「ラス・マンチャス通信」　新潮社　2004.12　269p　20cm　1400円　①4-10-472201-4

平山 夢明　ひらやま・ゆめあき

5680　「ダイナー」
◇大藪春彦賞（第13回／平成23年）
「ダイナー」　ポプラ社　2009.10　473p　20cm　1500円　①978-4-591-11201-4
「ダイナー」　ポプラ社　2012.10　533p　16cm（ポプラ文庫　ひ2-1）　740円　①978-4-591-13117-6

5681　「独白するユニバーサル横メルカトル」
◇日本推理作家協会賞（第59回／平成18年／短編部門）
「魔地図」　光文社　2005.4　578p　16cm（光文社文庫―異形コレクション）　838円　①4-334-73865-6
※下位シリーズの責任表示：井上雅彦監修
「ザ・ベストミステリーズ―推理小説年鑑2006」　日本推理作家協会編　講談社　2006.7　429p　20cm　3500円　①4-06-114907-5
※他言語標題：The best mysteries
「独白するユニバーサル横メルカトル―平山夢明短編集」　光文社　2006.8　294p　20cm　1600円　①4-334-92510-3
「独白するユニバーサル横メルカトル」　光文社　2009.1　318p　16cm（光文社文庫　ひ14-1）　571円　①978-4-334-74526-4
※並列シリーズ名：Kobunsha bunko
「曲げられた真相」　日本推理作家協会編　講談社　2009.11　389p　15cm（講談社文庫　に6-65―ミステリー傑作選）　695円　①978-4-06-276499-5

平山 蘆江　ひらやま・ろこう

5682　「三つ巴」

◇「文芸倶楽部」懸賞小説（第3回／明36年5月／第3等）

蛭田 亜紗子　ひるた・あさこ

5683　「自縛自縄の二乗」
◇女による女のためのR-18文学賞（第7回／平成20年／大賞）

比留間 久夫　ひるま・ひさお

5684　「ＹＥＳ・ＹＥＳ・ＹＥＳ」
◇文藝賞（第26回／平成1年）
「Yes・yes・yes」　河出書房新社　1989.12　233p

熙 於志　ひろ・おし

5685　「二人妻」
◇オール讀物新人賞（第53回／昭和53年下）

広岡 千明　ひろおか・ちあき

5686　「猫の生涯」
◇小説現代新人賞（第62回／平成6年）

広川 純　ひろかわ・じゅん

5687　「一応の推定」
◇松本清張賞（第13回／平成18年）
「一応の推定」　文藝春秋　2006.6　282p　20cm　1429円　①4-16-325140-5
「一応の推定」　文藝春秋　2009.6　324p　16cm（文春文庫）　543円　①978-4-16-775382-5

広川 禎孝　ひろかわ・ていこう

5688　「チョーク」
◇群像新人文学賞（第14回／昭和46年／小説）

広小路 尚祈　ひろこうじ・なおき

5689　「だだだな町、ぐぐぐなおれ」
◇群像新人文学賞（第50回／平成19年／小説優秀賞）

広沢 サカキ　ひろさわ・さかき

5690　「アイドライジング！」
◇電撃大賞（第17回／平成22年／電撃小説大賞部門／金賞）
「アイドライジング！」　アスキー・メディアワークス, 角川グループパブリッシング〔発売〕　2011.2　297p　15cm（電撃文庫　2076）　550円　①978-4-04-870239-3
「アイドライジング！　2」　アスキー・メ

ディアワークス, 角川グループパブリッシング〔発売〕 2011.6 321p 15cm（電撃文庫 2139）610円 ①978-4-04-870555-4

「アイドライジング！ 3」 アスキー・メディアワークス, 角川グループパブリッシング〔発売〕 2011.10 301p 15cm（電撃文庫 2208）630円 ①978-4-04-870965-1

「アイドライジング！ 4」 アスキー・メディアワークス, 角川グループパブリッシング〔発売〕 2012.3 307p 15cm（電撃文庫 2294）630円 ①978-4-04-886393-3

広沢 康郎　ひろさわ・やすお

5691 「鯉の徳兵衛」
◇農民文学賞 （第29回/昭和60年度）

恢 余子　ひろし・よし

5692 「手」
◇中央公論新人賞 （第10回/昭和59年度）
「手」 中央公論社 1986.4 280p

廣嶋 玲子　ひろしま・れいこ

5693 「水妖の森」
◇ジュニア冒険小説大賞 （第4回/平成17年/大賞）
「水妖の森」 岩崎書店 2006.4 166p 22cm 1200円 ①4-265-82003-4
※絵：橋賢亀

5694 「姫君と女戦士」
◇パレットノベル大賞 （第27回/平成14年冬/佳作）
「デビュタント・オムニバス v.1」 神谷よしこ, 安西花奈絵, 廣嶋玲子著 小学館 2003.3 455p 15cm （パレット文庫）552円 ①4-09-421471-2

広瀬 晶　ひろせ・あきら

5695 「螺旋の王国」
◇ロマン大賞 （第14回/平成17年度/佳作）
「螺旋の王国」 集英社 2005.10 305p 15cm （コバルト文庫）533円 ①4-08-600662-6

廣瀬 楽人　ひろせ・がくと

5696 「前の店より」
◇12歳の文学賞 （第5回/平成23年/小説部門/大賞）

「12歳の文学　第5集」 小学館 2011.3 256p 19cm 1200円 ①978-4-09-289731-1

弘田 静憲　ひろた・しずのり

5697 「金魚を飼う女」
◇オール讀物推理小説新人賞 （第12回/昭和48年）

廣田 菜穂　ひろた・なほ

5698 「はしご」
◇12歳の文学賞 （第5回/平成23年/小説部門/審査員特別賞〈あさのあつこ賞〉）
「12歳の文学　第5集」 小学館 2011.3 256p 19cm 1200円 ①978-4-09-289731-1

広田 文世　ひろた・ふみよ

5699 「縁故節現世考」
◇やまなし文学賞 （第23回/平成26年度/小説部門/佳作）

広谷 鏡子　ひろたに・きょうこ

5700 「不随の家」
◇すばる文学賞 （第19回/平成7年）
「不随の家」 集英社 1996.1 189p 20cm 1300円 ①4-08-774180-X
「不随の家」 集英社 2000.1 222p 15cm （集英社文庫）400円 ①4-08-747151-9

広津 和郎　ひろつ・かずお

5701 「出獄の前夜」
◇「万朝報」懸賞小説 （第834回/明44年7月）
「広津和郎全集1」 中央公論社 昭和48年

5702 「創立記念日」
◇「万朝報」懸賞小説 （第838回/明44年8月）
「広津和全集1」 中央公論社 昭和48年

5703 「梅雨晴」
◇「万朝報」懸賞小説 （第689回/明43年8月）
「広津和郎全集1」 中央公論社 昭和48年

5704 「年月のあしおと」
◇野間文芸賞 （第16回/昭和38年）
「広津和全集12」 中央公論社 昭和49年
「年月のあしおと　上」 講談社 1998.3 295p 15cm （講談社文芸文庫）980円 ①4-06-197609-5

「年月のあしおと　下」　講談社　1998.5
288p　16cm　（講談社文芸文庫）　980円
①4-06-197617-6

5705　「微笑」
◇「万朝報」懸賞小説　（第567回/明41
年9月）

5706　「平凡な夜」
◇「万朝報」懸賞小説　（第609回/明42
年8月）

5707　「眼の印象」
◇「万朝報」懸賞小説　（第604回/明42
年7月）
「広津和郎全集1」　中央公論社　昭和48年

5708　「破れ風船」
◇「万朝報」懸賞小説　（第843回/明44
年9月）
「広津和全集1」　中央公論社　昭和48年

5709　「若葉の香」
◇「万朝報」懸賞小説　（第823回/明44
年6月）
「広津和郎全集1」　中央公論社　昭和48年

広津 桃子　ひろつ・ももこ
5710　「石蕗の花」
◇女流文学賞　（第20回/昭和56年度）
「石蕗の花―網野菊さんと私」　講談社
1981.3　237p
「昭和文学全集32」　小学館　1989
「石蕗の花―網野菊さんと私」　講談社
1994.11　225p　16cm　（講談社文芸文
庫）　880円　①4-06-196298-1

5711　「春の音」
◇田村俊子賞　（第12回/昭和46年）
「春の音」　講談社　1972　273p

広中 俊雄　ひろなか・としお
5712　「炎の日，一九四五年八月六日」
◇人間新人小説　（第4回/昭和25年）
「日本の原爆文学10」　ほるぷ出版　1983

広松 彰　ひろまつ・あきら
5713　「塗りこめられた時間」
◇文學界新人賞　（第35回/昭和47年下）

弘也 英明　ひろや・ひであき
5714　「厭犬伝」
◇日本ファンタジーノベル大賞　（第19
回/平成19年/大賞）
「厭犬伝」　新潮社　2007.11　278p

20cm　1200円　①978-4-10-305951-6

日和 聡子　ひわ・さとこ
5715　「螺法四千年記」
◇野間文芸新人賞　（第34回/平成24年）
「螺法四千年記」　幻戯書房　2012.7
189p　20cm　2300円　①978-4-901998-
96-3

【ふ】

黄 英治　ファン・ヨンチ
5716　「壁を打つ旅」
◇労働者文学賞　（第20回/平成20年/小
説部門/佳作）

5717　「記憶の火葬」
◇労働者文学賞　（第16回/平成16年/小
説）

5718　「ひまわり」
◇部落解放文学賞　（第40回/平成25年/
小説部門/佳作）

風来 某　ふうらい・ぼう
5719　「孤愁の仮面」
◇歴史文学賞　（第20回/平成7年度）
「孤愁の仮面」　沼口勝之著　新人物往来
社　2000.9　264p　19cm　1800円　①4-
404-02881-4

笛木 薫　ふえき・かおる
5720　「濁流の音」
◇日本海文学大賞　（第3回/平成4年/小
説）

ふぉれすと
5721　「偽りの…」
◇フーコー短編小説コンテスト　（第5回
/平成11年10月/ショートショート・
ミステリー部門/最優秀賞）
「フーコー「短編小説」傑作選　5　下」
フーコー編集部編　フーコー　2000.9
407p　19cm　1700円　①4-434-00407-7

深井 迪子　ふかい・みちこ
5722　「秋から冬へ」
◇学生小説コンクール　（第1回/昭和29
年上）

文学賞受賞作品総覧　小説篇

ふかい　　　　　　　　　　　　　　　　　　　　　　　　　　5723〜5733

「夏の嵐」　河出書房 1956 203p

深井 律夫　ふかい・りつお

5723　「黄土の疾風」
◇城山三郎経済小説大賞（第3回/平成
23年）
「黄土の疾風」　ダイヤモンド社　2011.7
354p　20cm 1600円　①978-4-478-
01639-8
「黄土の疾風」　KADOKAWA　2014.1
410p　15cm（角川文庫 ふ25-2）800円
①978-4-04-100705-1

深草 小夜子　ふかくさ・さよこ

5724　「悪魔の皇子」
◇角川ビーンズ小説大賞（第2回/平成
15年/優秀賞）
「アストロッド・サーガ―悪魔の皇子」
角川書店　2004.11　220p　15cm（角
川ビーンズ文庫）457円　④4-04-
450601-9

深沢 潮　ふかざわ・うしお

5725　「金江のおばさん」
◇女による女のためのR-18文学賞（第
11回/平成24年/大賞）
「ハンサラン愛する人びと」　新潮社
2013.2　286p　20cm 1700円　①978-4-
10-333541-2

深沢 夏衣　ふかさわ・かい

5726　「夜の子供」
◇新日本文学賞（第23回/平成4年/小説
/特別賞）
「夜の子供」　講談社 1992.12 173p
「在日文学全集　第14巻　深沢夏衣・金
真須美・鷺沢萌」　深沢夏衣,金真須美,
鷺沢萌著,磯貝治良,黒古一夫編　勉誠
出版　2006.6　407p　21cm 5000円
①4-585-01124-2

深沢 勝彦　ふかさわ・かつひこ

5727　「六道橋」
◇やまなし文学賞（第14回/平成17年度
/小説部門）
「六道橋」　やまなし文学賞実行委員会
2006.6　99p　19cm 857円　①4-89710-
675-3
※発行所：山梨日日新聞社

深沢 七郎　ふかざわ・しちろう

5728　「楢山節考」

◇中央公論新人賞（第1回/昭和31年度）
「楢山節考」　中央公論社 1957 222p
「楢山節考」　中央公論社 1958 213p（中
央公論文庫）
「楢山節考」　新潮社 1964 188p（新潮文
庫）
「深沢七郎選集」　第2 大和書房 1968
310p
「深沢七郎傑作小説集1」　読売新聞社 昭
和45年
「楢山節考」　改版　新潮社　2010.12
217p　15cm（新潮文庫）400円
①978-4-10-113601-1
「楢山節考/東北の神武たち―深沢七郎初
期短篇集」　中央公論新社　2014.9
349p　15cm（中公文庫）920円
①978-4-12-206010-4

5729　「みちのくの人形たち」
◇谷崎潤一郎賞（第17回/昭和56年度）
「みちのくの人形たち」　中央公論社
1980.12 324p
「みちのくの人形たち」　中央公論社
1981.7 221p
「みちのくの人形たち」　中央公論社
1982.11 228p（中公文庫）
「深沢七郎コレクション 流」　深沢七郎
著,戌井昭人編　筑摩書房　2010.11
470p　15cm（ちくま文庫）1000円
①978-4-480-42773-1
「みちのくの人形たち」　改版　中央公論
新社　2012.5　247p　15cm（中公文
庫）590円　①978-4-12-205644-2

深沢 晶子　ふかざわ・しょうこ

5730　「親友」
◇やまなし文学賞（第13回/平成16年度
/小説部門/佳作）

深沢 芽衣　ふかざわ・めい

5731　「プラスチック・トライアングル」
◇「恋愛文学」コンテスト（第2回/平
成16年7月/優秀賞）

深田 俊祐　ふかだ・しゅんすけ

5732　「永き闘いの序章」
◇社会新報文学賞（第1回/昭和41年）

深田 智香子　ふかだ・ちかこ

5733　「彼方から声」
◇NHK銀の雫文芸賞（第14回/平成13
年/優秀賞）

深田 祐介　ふかだ・ゆうすけ

5734　「あざやかなひとびと」
◇文學界新人賞（第7回/昭和33年下）
「経済小説名作選」　城山三郎選, 日本ペンクラブ編　筑摩書房　2014.5　506p　15cm（ちくま文庫）1200円　①978-4-480-43180-6

5735　「炎熱商人」
◇直木三十五賞（第87回/昭和57年上）
「炎熱商人」　文芸春秋　1982.5　523p
「炎熱商人」　文芸春秋　1984.2　2冊（文春文庫）

5736　「新東洋事情」
◇「文藝春秋」読者賞（第49回/昭和62年）
「新東洋事情」　文芸春秋　1990　336p（文春文庫）
「最新東洋事情　1995年版」　文藝春秋　1995.5　307p　19cm　1500円　①4-16-350220-3
「最新東洋事情」　文藝春秋　1997.11　324p　15cm（文春文庫）448円　①4-16-721920-4

深津 十一　ふかつ・じゅういち

5737　「「童（わらし）石」をめぐる奇妙な物語」
◇『このミステリーがすごい！』大賞（第11回/平成24年/優秀賞）
「「童石」をめぐる奇妙な物語」　宝島社　2013.3　335p　20cm　1429円　①978-4-8002-0643-5

深津 望　ふかつ・のぞみ

5738　「煙幕」
◇群像新人文学賞（第49回/平成18年/小説優秀作）

深月 ともみ　ふかつき・ともみ

5739　「雨のあがる日」
◇YA文学短編小説賞（第1回/平成20年/優秀賞）

5740　「コクリの子」
◇ジュニア冒険小説大賞（第8回/平成21年/大賞）
「百年の蝶」　深月ともみ作, 友風子絵　岩崎書店　2010.3　173p　22cm　1300円　①978-4-265-82029-0

5741　「ぼくらが大人になる日まで」
◇ジュニア冒険小説大賞（第7回/平成

20年/佳作）

深波 刹那　ふかなみ・せつな

5742　「朧月夜のしらべ」
◇小学館ライトノベル大賞〔ルルル文庫部門〕（第9回/平成27年/優秀賞＆読者賞）

深堀 骨　ふかほり・ほね

5743　「蚯蚓, 赤ん坊, あるいは砂糖水の沼」
◇ハヤカワ・ミステリ・コンテスト（第3回/平成4年/佳作）
「アマチャ・ズルチャ―柴刈天神前風土記」　早川書房　2003.8　329p　19cm（ハヤカワSFシリーズ・Jコレクション）1700円　①4-15-208508-8

深町 秋生　ふかまち・あきお

5744　「果てなき渇きに眼を覚まし」
◇『このミステリーがすごい！』大賞（第3回/平成16年/大賞）〈受賞時〉古川敦史
「果てしなき渇き」　宝島社　2005.2　413p　20cm　1600円　①4-7966-4460-1

深水 聡之　ふかみ・さとし

5745　「妖異の棲む城 大和筒井党異聞」
◇歴史群像大賞（第13回/平成19年発表/最優秀賞）
「妖異の棲む城―大和筒井党異聞」　学習研究社　2008.1　296p　18cm（歴史群像新書）900円　①978-4-05-403649-9

深見 真　ふかみ・まこと

5746　「アフリカン・ゲーム・カートリッジズ」
◇カドカワエンタテインメントNext賞（平成14年）
「アフリカン・ゲーム・カートリッジズ」　角川書店　2002.12　345p　19cm　950円　①4-04-873434-2

5747　「戦う少女と残酷な少年」
◇富士見ヤングミステリー大賞（第1回/平成13年/大賞）
「戦う少女と残酷な少年―ブロークン・フィスト」　富士見書房　2002.1　240p　15cm（富士見ミステリー文庫）500円　①4-8291-6154-X

深海 ゆずは　ふかみ・ゆずは

5748 「こちらパーティー編集部〜ひよっこ編集者と黒王子〜」
◇角川つばさ文庫小説賞（第2回/平成25年/一般部門/大賞）
「こちらパーティー編集部っ！―ひよっこ編集長とイジワル王子　1」深海ゆずは著・文・その他, 榎木りかイラスト　KADOKAWA　2014.9　104p　22cm（角川つばさ文庫）691円　①978-4-04-631441-3
※受賞作「こちらパーティー編集部〜ひよっこ編集者と黒王子〜」を改題

深水 黎一郎　ふかみ・れいいちろう

5749 「人間の尊厳と八〇〇メートル」
◇日本推理作家協会賞（第64回/平成23年/短編部門）
「ザ・ベストミステリーズ―推理小説年鑑2011」日本推理作家協会編　講談社　2011.7　396p　19cm　1600円　①978-4-06-114912-0
「人間の尊厳と八〇〇メートル」東京創元社　2011.9　206p　20cm　1600円　①978-4-488-02482-6
「人間の尊厳と八〇〇メートル」東京創元社　2014.2　233p　15cm（創元推理文庫 Mふ3-2）640円　①978-4-488-40412-3

深緑 野分　ふかみどり・のわき

5750 「オーブランの少女」
◇ミステリーズ！新人賞（第7回/平成22年度/佳作）
「ベスト本格ミステリ　2011」本格ミステリ作家クラブ選・編　講談社　2011.6　435p　18cm（講談社ノベルス ホA-11）1280円　①978-4-06-182782-0
「オーブランの少女」東京創元社　2013.10　260p　20cm（ミステリ・フロンティア 76）1500円　①978-4-488-01778-1

深谷 晶子　ふかや・あきこ

5751 「サカナナ」
◇ノベル大賞（第29回/平成10年度/入選）

福 明子　ふく・あきこ

5752 「熱風」
◇振媛文学賞（第1回/平成3年度/2席）

福井 馨　ふくい・かおる

5753 「風樹」
◇平林たい子文学賞（第13回/昭和60年/小説）
「風樹」〔三鷹〕〔福井馨〕1984.7　328p〈製作：中央公論事業出版〉
「風樹」中央公論社　1985.8　283p

福井 幸江　ふくい・さちえ

5754 「回路猫」
◇木山捷平短編小説賞（第6回/平成22年度）

福井 晴敏　ふくい・はるとし

5755 「終戦のローレライ」
◇吉川英治文学新人賞（第24回/平成15年）
「終戦のローレライ　上」講談社　2002.12　453p　20cm　1700円　①4-06-211528-X
「終戦のローレライ　下」講談社　2002.12　597p　20cm　1900円　①4-06-211529-8
「終戦のローレライ　1」講談社　2005.1　255p　15cm（講談社文庫）467円　①4-06-274966-1
「終戦のローレライ　2」講談社　2005.1　479p　15cm（講談社文庫）695円　①4-06-274971-8
「終戦のローレライ　3」講談社　2005.2　459p　15cm（講談社文庫）695円　①4-06-275002-3
「終戦のローレライ　4」講談社　2005.2　515p　15cm（講談社文庫）695円　①4-06-275003-1

5756 「12〈twelve Y O〉」
◇江戸川乱歩賞（第44回/平成10年）
「Twelve Y.O」講談社　1998.9　335p　19cm　1500円　①4-06-209368-5
「Twelve Y.O.」講談社　2001.6　402p　15cm（講談社文庫）648円　①4-06-273166-5

5757 「亡国のイージス」
◇大藪春彦賞（第2回/平成11年度）
◇日本推理作家協会賞（第53回/平成12年/長篇及び連作短篇集部門）
「亡国のイージス」講談社　1999.8　654p　20cm　2300円　①4-06-209688-9
「亡国のイージス　上」講談社　2002.7　552p　15cm（講談社文庫）695円　①4-06-273493-1

「亡国のイージス　下」　講談社　2002.7
564p　15cm（講談社文庫）695円
①4-06-273494-X

福尾 湖南　ふくお・こなん

5758　「帰帆」
◇「新小説」懸賞小説（明34年10月）

福岡 さだお　ふくおか・さだお

5759　「犬の戦場」
◇織田作之助賞（第3回/昭和61年）

5760　「父の場所」
◇堺自由都市文学賞（第14回/平成14年）

福岡 青河　ふくおか・せいが

5761　「冬霞」
◇北区内田康夫ミステリー文学賞（第1回/平成15年/区長賞（特別賞））

福迫 光英　ふくさこ・みつひで

5762　「ガリバーの死体袋」
◇文學界新人賞（第90回/平成12年上期/辻原登奨励賞）

福澤 徹三　ふくざわ・てつぞう

5763　「すじぼり」
◇大藪春彦賞（第10回/平成20年）
「すじぼり」　角川書店　2006.11　398p
20cm　1600円　①4-04-873740-6
「すじぼり」　角川書店，角川グループパブリッシング（発売）　2009.7　468p
15cm（角川文庫 15801）781円
①978-4-04-383404-4
※文献あり

福島 千佳　ふくしま・ちか

5764　「ストロベリーシェイク」
◇ゆきのまち幻想文学賞（第18回/平成20年/準大賞）
「ゆきのまち幻想文学賞小品集　18　河童と見た空」　ゆきのまち通信編　企画集団ぷりずむ　2009.3　223p　19cm
1715円　①978-4-906691-30-2
※選：高田宏，萩尾望都，乳井昌史

福田 和也　ふくだ・かずや

5765　「日本の家郷」
◇三島由紀夫賞（第6回/平成5年）
「日本の家郷」　新潮社　1993 168p
「日本の家郷」　洋泉社　2009.1　184p

18×11cm（洋泉社MC新書）1400円
①978-4-86248-329-4

福田 果歩　ふくだ・かほ

5766　「何を祈る」
◇深大寺短編恋愛小説「深大寺恋物語」（第10回/平成26年/最優秀賞）

福田 螢二　ふくだ・けいじ

5767　「宿場と女」
◇サンデー毎日新人賞（第4回/昭和48年/時代小説）

5768　「抒情の殺人」
◇宝石賞（昭37年）

ふくだ さち

5769　「百色メガネ」
◇文藝賞（第18回/昭和56年）
「百色メガネ」　河出書房新社 1981.12
194p

福田 繁子　ふくだ・しげこ

5770　「脱サラの夫とともに」
◇NHK銀の雫文芸賞（第1回/昭和63年/優秀）

福田 章二　ふくだ・しょうじ　⇒庄司 薫（しょうじ・かおる）

福田 須磨子　ふくだ・すまこ

5771　「われなお生きてあり」
◇田村俊子賞（第9回/昭和43年）
「われなお生きてあり」　筑摩書房 1977.8
284p〈新装版〉
「われなお生きてあり」　筑摩書房 1987.7
447p（ちくま文庫）

福田 敬　ふくだ・たかし

5772　「池」
◇木山捷平短編小説賞（第4回/平成20年度）

福田 政雄　ふくだ・まさお

5773　「殿がくる！」
◇スーパーダッシュ小説新人賞（第3回/平成16年/佳作）
「殿がくる！」　集英社　2004.8　337p
15cm（集英社スーパーダッシュ文庫）
629円　①4-08-630201-2
「殿がくる！―京都は燃えているか」　集英社　2004.11　258p　15cm（集英社

スーパーダッシュ文庫）552円 ①4-
08-630213-6
「殿がくる！―ニッポン最後の日!?」 集
英社 2005.6 273p 15cm（集英社
スーパーダッシュ文庫）571円 ①4-
08-630238-1

福田 道夫 ふくだ・みちお

5774 「バックミラーの空漠」
◇文學界新人賞 （第11回/昭和35年下）

福田 ゆかり ふくだ・ゆかり

5775 「かくれんぼ道」
◇新風舎出版賞 （第23回/平成16年11月
/大賞）

福田 遼太 ふくだ・りょうた

5776 「暴れん坊のサンタクロース」
◇12歳の文学賞 （第4回/平成22年/小説
部門/審査員特別賞〈事務局顧問・
宮川俊彦賞〉）
「12歳の文学 第4集」 小学館 2010.3
395p 20cm 1200円 ①978-4-09-
289725-0

福富 哲 ふくとみ・さとし

5777 「残照」
◇日本文芸大賞 （第13回/平成5年/現代
小説賞）
「残照」 全国朝日放送 1992.11 283p

福永 真也 ふくなが・しんや

5778 「姉のための花」
◇北日本文学賞 （第48回/平成26年/選
奨）

福長 斉 ふくなが・せい

5779 「蘭刈り」
◇パスカル短編文学新人賞 （第1回/平
成6年/People賞）
「パスカルへの道―第1回パスカル短篇文
学新人賞」 ASAHIネット編 中央公論
社 1994.10 377p 16cm（中公文庫）
740円 ①4-12-202161-8

福永 武彦 ふくなが・たけひこ

5780 「死の島」
◇日本文学大賞 （第4回/昭和47年）
「死の島」 下巻 河出書房新社 1971 441p
「死の島」 上巻 河出書房新社 1971 458p
「福永武彦全小説10」 新潮社 昭和49年
「死の島」 河出書房新社 1975 2冊〈新装

版〉
「死の島」 新潮社 1976 2冊（新潮文庫）
「福永武彦全集10, 11」 新潮社 1988
「死の島 上」 講談社 2013.2 446p
15cm（講談社文芸文庫）1900円
①978-4-06-290186-4
「死の島 下」 講談社 2013.3 476p
15cm（講談社文芸文庫）1900円
①978-4-06-290187-1

福永 令三 ふくなが・れいぞう

5781 「赤い鴉」
◇オール讀物新人賞 （第9回/昭和31年
下）

福林 正之 ふくばやし・まさゆき

5782 「かかる聖医ありき」
◇「文藝春秋」読者賞 （第33回/昭和46
年）

伏本 和代 ふくもと・かずよ

5783 「ちょっとムカつくけれど，居心
地のいい場所」
◇文學界新人賞 （第75回/平成4年下）
「ラクになる」 そして企画, 河出書房新
社〔発売〕 2002.4 254p 19cm 1333
円 ①4-309-90485-8

福本 武久 ふくもと・たけひさ

5784 「電車ごっこ停戦」
◇太宰治賞 （第14回/昭和53年）
「電車ごっこ停戦」 筑摩書房 1978.12

福元 早夫 ふくもと・はやお

5785 「足並みをそろえて」
◇新日本文学賞 （第16回/昭和52年/小
説・戯曲）
「工場」 大阪 編集工房ノア 1985.10 291p

福元 正実 ふくもと・まさみ

5786 「七面鳥の森」
◇南日本文学賞 （第19回/平成3年）
「七面鳥の森」 福元正實著 九州文学社
1997.6 357p 20cm 1714円 ①4-
906575-04-8

福山 創太 ふくやま・そうた

5787 「俺たち!! きゅぴきゅぴ♡Qピッ
ツ!!」
◇電撃大賞 （第22回/平成27年/電撃文
庫MAGAZINE賞）

不二 今日子　ふじ・きょうこ

5788　「花捨て」
◇太宰治賞　（第11回/昭和50年）
「花捨て」　筑摩書房　1977.6　203p

藤 水名子　ふじ・みなこ

5789　「涼州賦」
◇小説すばる新人賞　（第4回/平成3年）
「涼州賦」　集英社　1992.1　218p

藤井 建司　ふじい・けんじ

5790　「ある意味、ホームレスみたいな
ものですが、なにか？」
◇小学館文庫小説賞　（第9回/平成20年/
優秀賞）
「ある意味、ホームレスみたいなものです
が、なにか？」　小学館　2008.9　222p
20cm　1400円　①978-4-09-386228-8

藤井 早紀子　ふじい・さきこ

5791　「ここは四階妖怪診療所」
◇角川つばさ文庫小説賞　（第3回/平成
26年/一般部門/準グランプリ）

藤井 貞和　ふじい・さだかず

5792　「春楡の木」
◇芸術選奨　（第62回/平成23年度/文学
部門/文部科学大臣賞）
「春楡の木」　思潮社　2011.10　111p
24cm　2600円　①978-4-7837-3253-2

藤井 重夫　ふじい・しげお

5793　「虹」
◇直木三十五賞　（第53回/昭和40年上）
「虹」　文芸春秋新社　1965　206p
「虹」　角川書店　1981.7　258p（角川文庫）
「消えた受賞作 直木賞編」　川口則弘編
メディアファクトリー　2004.7　331p
19cm　（ダ・ヴィンチ特別編集 7）1500
円　④4-8401-1110-3

藤井 太洋　ふじい・たいよう

5794　「オービタル・クラウド」
◇日本SF大賞　（第35回/平成26年/大
賞）
◇星雲賞　（第46回/平成27年/日本長編
部門（小説））
「オービタル・クラウド」　早川書房
2014.2　473p　20cm　1900円　①978-4-
15-209444-5
※他言語標題：ORBITAL CLOUD

藤井 登美子　ふじい・とみこ

5795　「花がたみ」
◇中・近世文学大賞　（第4回/平成15年/
大賞）〈受賞時〉藤井みゆき
「花がたみ」　郁朋社　2004.7　183p
20cm　1500円　①4-87302-290-8

藤井 仁司　ふじい・ひとし

5796　「若竹教室」
◇部落解放文学賞　（第33回/平成18年/
佳作/小説部門）

藤井 素介　ふじい・もとすけ

5797　「流人群像 坩堝の島」
◇時代小説大賞　（第4回/平成5年）

藤石 波矢　ふじいし・なみや

5798　「初恋は坂道の先へ」
◇ダ・ヴィンチ「本の物語」大賞　（第1
回/平成25年/大賞）
「初恋は坂道の先へ」　KADOKAWA
2014.5　211p　19cm　1000円　①978-4-
04-066743-0

藤枝 和則　ふじえだ・かずのり

5799　「ドッグ・デイズ」
◇新潮新人賞　（第22回/平成2年）

藤枝 静男　ふじえだ・しずお

5800　「愛国者たち」
◇平林たい子文学賞　（第2回/昭和49年/
小説）
「愛国者たち」　講談社　1973　255p
「藤枝静男著作集3」　講談社　昭和51年
「愛国者たち」　講談社　2013.4　253p
15cm　（講談社文芸文庫）　1400円
①978-4-06-290193-2

5801　「悲しいだけ」
◇野間文芸賞　（第32回/昭和54年）
「悲しいだけ」　講談社　1979.2　249p
「悲しいだけ・欣求浄土」　講談社　1988.
12　343p（講談社文芸文庫）
「昭和文学全集17」　小学館　1989
「感じて。息づかいを。一恋愛小説アン
ソロジー」　川上弘美選、日本ペンクラ
ブ編　光文社　2005.1　271p　15cm
（光文社文庫）　495円　①4-334-73811-7
「空」　北原武夫, ジョージ・ムーア, 藤枝
静男著、高松雄一訳　ポプラ社　2010.
12　151p　19cm　（百年文庫 55）750円
①978-4-591-12143-6

ふしおか

「妻を失う―離別作品集」 講談社文芸文
庫編 講談社 2014.11 269p 15cm
（講談社文芸文庫） 1400円 ⓘ978-4-
06-290248-9

5802 「空気頭」
◇芸術選奨 （第18回/昭和42年度/文学
部門/文部大臣賞）
「空気頭」 講談社 1967 227p
「藤枝静男著作集6」 講談社 昭和52年
「昭和文学全集17」 小学館 1989
「田紳有楽・空気頭」 講談社 1990.6
297p （講談社文芸文庫）

5803 「田紳有楽」
◇谷崎潤一郎賞 （第12回/昭和51年度）
「田紳有楽」 講談社 1976 214p
「藤枝静男著作集6」 講談社 昭和52年
「田紳有楽」 講談社 1978.11 161p （講談
社文庫）
「昭和文学全集17」 小学館 1989
「田紳有楽・空気頭」 講談社 1990.6
297p （講談社文芸文庫）
「田紳有楽」 藤枝静男著, 七北数人, 烏有
書林 編 烏有書林 2012.6 349p
19cm （シリーズ日本語の醍醐味 3）
2400円 ⓘ978-4-904596-04-3

藤岡 真 ふじおか・しん

5804 「笑歩」
◇小説新潮新人賞 （第10回/平成4年）

藤岡 陽子 ふじおか・ようこ

5805 「結い言」
◇北日本文学賞 （第40回/平成18年/選
奨）

藤上 貴矢 ふじかみ・きや

5806 「なつかしの雨」
◇ノベル大賞 （第24回/平成6年下期/読
者大賞）

藤川 すみ子 ふじかわ・すみこ

5807 「電鍵」
◇「文学評論」懸賞創作 （第2回/昭和
10年）

藤川 省自 ふじかわ・せいじ

5808 「伝蔵脱走」
◇「サンデー毎日」大衆文芸 （第14回/
昭和9年上）

藤川 敏夫 ふじかわ・としお

5809 「侏儒の時代」
◇学生小説コンクール （第6回/昭和31
年下）

藤川 未央 ふじかわ・みお

5810 「インディビジュアル・デイズ」
◇舟橋聖一顕彰青年文学賞 （第9回/平
成9年/佳作）

5811 「紙の目」
◇舟橋聖一顕彰青年文学賞 （第13回/平
成13年/佳作）

5812 「フリーズ・ムーン」
◇舟橋聖一顕彰青年文学賞 （第14回/平
成14年）

藤木 靖子 ふじき・やすこ

5813 「女と子供」
◇宝石賞 （第1回/昭和35年）

藤木 優佳 ふじき・ゆか

5814 「**Dear Mother**」
◇12歳の文学賞 （第5回/平成23年/小説
部門/審査員特別賞〈事務局顧問・
宮川俊彦賞〉）
「12歳の文学 第5集」 小学館 2011.3
256p 19cm 1200円 ⓘ978-4-09-
289731-1

藤木 わしろ ふじき・わしろ

5815 「公正不偏の断罪官」
◇HJ文庫大賞 （第9回/平成27年/銀賞）

5816 「ダメ魔騎士の英雄道」
◇MF文庫Jライトノベル新人賞 （第11
回/平成27年/佳作）

ふじくわ 綾 ふじくわ・あや

5817 「右手左手、左手右手」
◇坊っちゃん文学賞 （第11回/平成20年
/大賞）

藤崎 和男 ふじさき・かずお

5818 「グッバイ、こおろぎ君。」
◇群像新人文学賞 （第55回/平成24年/
小説優秀作）
「グッバイ、こおろぎ君。」 講談社
2012.7 160p 20cm 1300円 ⓘ978-4-
06-217776-4

藤崎 かんな子　ふじさき・かんなこ

5819　「エステ地獄」
◇新風舎出版賞（第6回/平成10年1月/
　出版大賞）
　「エステ地獄」　フーコー, 星雲社〔発売〕
　1998.7　187p　19cm　1400円　①4-
　7952-3636-4

藤崎 翔　ふじさき・しょう

5820　「神様のもう一つの顔」
◇横溝正史ミステリ大賞（第34回/平成
　26年）

藤沢 清典　ふじさわ・きよつね

5821　「川霧の流れる村で」
◇北方文芸賞（第2回/昭和59年）

藤沢 呼宇　ふじさわ・こう

5822　「ぼくらは夜空に月と舞う」
◇ジュニア冒険小説大賞（第1回/平成
　14年/大賞）〈受賞時〉藤沢コウ
　「ぼくらは月夜に鬼と舞う」　藤沢呼宇作,
　目黒詔子絵　岩崎書店　2003.4　156p
　22cm　1200円　①4-265-80121-8

藤沢 周　ふじさわ・しゅう

5823　「ブエノスアイレス午前零時」
◇芥川龍之介賞（第119回/平成10年上
　期）
　「ブエノスアイレス午前零時」　河出書房
　新社　1998.8　146p　19cm　1000円
　①4-309-01233-7
　「ブエノスアイレス午前零時」　河出書房
　新社　1999.10　140p　15cm（河出文
　庫―文芸コレクション）440円　①4-
　309-40593-2
　「芥川賞全集　第18巻」　目取真俊, 藤沢
　周, 花村万月, 平野啓一郎, 玄月, 藤野千
　夜著　文藝春秋　2002.10　434p　19cm
　3238円　①4-16-507280-X
　「ブエノスアイレス午前零時」　新装版
　河出書房新社　2014.10　140p　15cm
　（河出文庫）500円　①978-4-309-
　41324-2

藤沢 周平　ふじさわ・しゅうへい

5824　「暗殺の年輪」
◇直木三十五賞（第69回/昭和48年上）
　「暗殺の年輪」　文芸春秋　1973　309p
　「暗殺の年輪」　文芸春秋　1978.2　300p
　（文春文庫）
　「藤沢周平全集4」　文芸春秋　1992

　「暗殺の年輪」　新装版　文藝春秋　2009.
　12　345p　15cm（文春文庫）543円
　①978-4-16-719245-7

5825　「溟い海」
◇オール讀物新人賞（第38回/昭和46年
　上）
　「藤沢周平全集1」　文芸春秋　1992
　「暗殺の年輪」　新装版　文藝春秋　2009.
　12　345p　15cm（文春文庫）543円
　①978-4-16-719245-7

5826　「市塵」
◇芸術選奨（第40回/平成1年度/文学部
　門/文部大臣賞）
　「日本歴史文学館15」　講談社　1988
　「市塵」　講談社　1989.5　409p
　「市塵　上」　新装版　講談社　2005.5
　320p　15cm（講談社文庫）571円
　①4-06-275075-9
　「市塵　下」　新装版　講談社　2005.5
　300p　15cm（講談社文庫）571円
　①4-06-275076-7
　「週刊藤沢周平の世界　27（市塵・稀代の
　政治家、新井白石）」　朝日新聞社
　2007.5　35p　30cm（朝日ビジュアル
　シリーズ）533円

5827　「白き瓶」
◇吉川英治文学賞（第20回/昭和61年
　度）
　「白き瓶―小説・長塚節」　文芸春秋
　1985.11　501p
　「白き瓶―小説長塚節」　文芸春秋　1988.
　12　493p（文春文庫）
　「週刊藤沢周平の世界　29（白き瓶小説長
　塚節）」　朝日新聞社　2007.6　35p
　30cm（朝日ビジュアルシリーズ）
　533円
　「白き瓶―小説長塚節」　新装版　文藝春
　秋　2010.5　612p　15cm（文春文庫）
　800円　①978-4-16-719246-4

藤沢 すみ香　ふじさわ・すみか

5828　「能満寺への道」
◇日本海文学大賞（第18回/平成19年/
　小説部門/佳作）
　「日本海文学大賞―入賞作品集　第18回」
　日本海文学大賞運営委員会, 中日新聞北
　陸本社　2007.11　261p　21cm
　※共同刊行：中日新聞北陸本社

5829　「夫婦風呂」
◇日本海文学大賞（第17回/平成18年/
　小説部門/佳作）

「日本海文学大賞一入賞作品集　第17回」
日本海文学大賞運営委員会, 中日新聞北
陸本社　2006.11　249p　21cm
※共同刊行：中日新聞北陸本社

藤島 秀憲　ふじしま・ひでのり

5830　「すずめ」
◇芸術選奨（第64回/平成25年度/文学
部門/新人賞）

藤代 泉　ふじしろ・いずみ

5831　「ボーダー＆レス」
◇文藝賞（第46回/平成21年度）
「ボーダー＆レス」河出書房新社　2009.
11　156p　20cm　1200円　①978-4-309-
01947-5

藤代 映二　ふじしろ・えいじ

5832　「国旗」
◇「サンデー毎日」大衆文芸（第16回/
昭和10年上）

藤瀬 雅輝　ふじせ・まさてる

5833　「非モテの呪いで俺の彼女が大変
なことに」
◇『このライトノベルがすごい！』大賞
（第4回/平成25年/優秀賞）
「非モテの呪いで俺の彼女が大変なこと
に」宝島社　2013.10　284p　16cm
（このライトノベルがすごい！文庫 ふ-
3-1）562円　①978-4-8002-1698-4

藤瀬 光哉　ふじせ・みつや

5834　「二つの火」
◇北日本文学賞（第1回/昭和42年）

藤田 繁　ふじた・しげる

5835　「草の碑」
◇泉鏡花記念金沢市民文学賞（第17回/
平成1年）

藤田 武司　ふじた・たけし

5836　「増毛の魚」
◇日本海文学大賞（第12回/平成13年/
小説）

藤田 千鶴　ふじた・ちづる

5837　「思いでの家」
◇やまなし文学賞（第5回/平成9年/小
説部門/佳作）

藤田 敏男　ふじた・としお

5838　「下宿あり」
◇「サンデー毎日」大衆文芸（第37回/
昭和24年上）

5839　「二等兵お仙ちゃん」
◇「サンデー毎日」大衆文芸（第38回/
昭和24年下）

藤田 博保　ふじた・ひろやす

5840　「十六歳」
◇地上文学賞（第14回/昭和41年）

藤田 雅矢　ふじた・まさや

5841　「糞袋」
◇日本ファンタジーノベル大賞（第7回
/平成7年/優秀賞）
「糞袋」新潮社　1995.12　233p　19cm
1400円　①4-10-409201-0

藤田 ミヨコ　ふじた・みよこ

5842　「雨上がり」
◇NHK銀の雫文芸賞（第4回/平成3年/
優秀）

藤田 めい　ふじた・めい

5843　「クロ」
◇12歳の文学賞（第7回/平成25年/小説
部門/審査員特別賞〈読売新聞社
賞〉）
「12歳の文学　第7集」小学館　2013.3
160p　26cm　952円　①978-4-09-
106804-0

藤田 宜永　ふじた・よしなが

5844　「愛の領分」
◇直木三十五賞（第125回/平成13年上
期）
「愛の領分」文藝春秋　2001.5　394p
20cm　1714円　①4-16-320060-6
「愛の領分」文藝春秋　2004.6　464p
16cm（文春文庫）629円　①4-16-
760606-2
5845　「求愛」
◇島清恋愛文学賞（第6回/平成11年）
「求愛」文藝春秋　1998.5　289p　20cm
1524円　①4-16-317820-1
「求愛」文藝春秋　2001.10　316p
16cm（文春文庫）552円　①4-16-
760603-8
5846　「鋼鉄の騎士」

◇日本推理作家協会賞（第48回/平成7
年/長編部門）
「鋼鉄の騎士」 新潮社 1994.11 870p
19cm（新潮ミステリー倶楽部）3000円
①4-10-602737-2
「鋼鉄の騎士 上」 新潮社 1998.2
757p 15cm（新潮文庫）781円 ①4-
10-119712-1
「鋼鉄の騎士 下」 新潮社 1998.2
752p 15cm（新潮文庫）781円 ①4-
10-119713-X
「鋼鉄の騎士 上」 双葉社 2009.6
757p 15cm（双葉文庫―日本推理作家
協会賞受賞作全集 78）895円 ①978-4-
575-65877-4
「鋼鉄の騎士 下」 双葉社 2009.6
759p 15cm（双葉文庫―日本推理作家
協会賞受賞作全集 79）895円 ①978-4-
575-65878-1

藤孝 剛志 ふじたか・つよし

5847 「姉ちゃんは中二病」
◇HJ文庫大賞（第7回/平成25年/金賞）
〈受賞時〉はぐれっち
「姉ちゃんは中二病 地上最強の弟!?」
ホビージャパン 2013.9 267p 15cm
（HJ文庫 ふ06-01-01）619円 ①978-4-
7986-0668-2
「姉ちゃんは中二病 2 へっぽこ吸血鬼
vs.最強の妹!?」 ホビージャパン 2014.
1 286p 15cm（HJ文庫 ふ06-01-02）
619円 ①978-4-7986-0714-6
「姉ちゃんは中二病 3 夏合宿で人類滅
亡!?」 ホビージャパン 2014.5 284p
15cm（HJ文庫 ふ06-01-03）619円
①978-4-7986-0813-6

藤谷 ある ふじたに・ある

5848 「ルイとよゐこの悪党稼業」
◇ノベルジャパン大賞（第3回/平成21
年/大賞）〈受賞時〉あるくん
「ルゥとよゐこの悪党稼業」 ホビージャ
パン 2009.7 292p 15cm（HJ文庫
183）619円 ①978-4-89425-903-4
「ルゥとよゐこの悪党稼業 folder.2」 ホ
ビージャパン 2009.11 254p 15cm
（HJ文庫 201）638円 ①978-4-89425-
953-9

藤谷 治 ふじたに・おさむ

5849 「世界でいちばん美しい」
◇織田作之助賞（第31回/平成26年）
「世界でいちばん美しい」 小学館 2013.
11 381p 19cm 1500円 ①978-4-09-

386363-6

5850 「船に乗れ！」
◇本屋大賞（第7回/平成22年/7位）
「船に乗れ！ 1 合奏と協奏」 ジャイブ
2008.11 280p 20cm 1600円 ①978-
4-86176-579-7
「船に乗れ！ 2 独奏」 ジャイブ
2009.7 297p 20cm 1600円 ①978-4-
86176-681-7
「船に乗れ！ 3 合奏協奏曲」 ジャイブ
2009.11 237p 20cm 1600円 ①978-
4-86176-735-7
「船に乗れ！ 1 合奏と協奏」 ポプラ社
2011.3 306p 15cm（ポプラ文庫ピュ
アフル ふ-2-2）620円 ①978-4-591-
12399-7
「船に乗れ！ 2 独奏」 ポプラ社 2011.
3 320p 15cm（ポプラ文庫ピュアフ
ル ふ-2-3）650円 ①978-4-591-12400-0
「船に乗れ！ 3 合奏協奏曲」 ポプラ社
2011.3 296p 15cm（ポプラ文庫ピュ
アフル ふ-2-4）620円 ①978-4-591-
12401-7

藤民 央 ふじたみ・おう

5851 「道之島遠島記」
◇中・近世文学大賞（第2回/平成13年/
創作部門優秀賞）〈受賞時〉茂野
洋一
「道之島遠島記」 郁朋社 2002.7 151p
19cm 1000円 ①4-87302-181-2

藤津一 ふじつはじめ

5852 「殺人ハウス」
◇ジャンプ小説新人賞（jump Novel
Grand Prix）（'14 Summer/平成26
年夏/小説：フリー部門/金賞）
「殺人ハウス」 集英社 2015.4 266p
19cm（JUMP j BOOKS）1000円
①978-4-08-703359-5

藤野 可織 ふじの・かおり

5853 「いやしい鳥」
◇文學界新人賞（第103回/平成18年下
期）
「いやしい鳥」 文藝春秋 2008.9 181p
20cm 1238円 ①978-4-16-327440-9

5854 「おはなしして子ちゃん」
◇フラウ文芸大賞（第2回/平成26年/大
賞）
「おはなしして子ちゃん」 講談社 2013.
9 216p 19cm 1300円 ①978-4-06-

218630-8

5855 「爪と目」
◇芥川龍之介賞 （第149回/平成25年上半期）
「爪と目」 新潮社 2013.7 125p 20cm 1200円 ①978-4-10-334511-4

藤野 健吾 ふじの・けんご

5856 「道化師」
◇「恋愛文学」コンテスト （第1回/平成16年1月/優秀賞）
「愛ノカタチ」 恋愛文学編集室編 新風舎 2005.1 420p 20cm （私の恋愛短編集 1） 2000円 ①4-7974-5271-4

藤野 千夜 ふじの・ちや

5857 「おしゃべり怪談」
◇野間文芸新人賞 （第20回/平成10年）
「おしゃべり怪談」 講談社 1998.9 191p 19cm 1600円 ①4-06-209376-6
「文学 1999」 日本文芸家協会編 講談社 1999.4 290p 19cm 3000円 ①4-06-117099-6
「おしゃべり怪談」 講談社 2001.12 202p 15cm （講談社文庫）448円 ①4-06-273256-4

5858 「夏の約束」
◇芥川龍之介賞 （第122回/平成11年下期）
「夏の約束」 講談社 2000.2 152p 20cm 1200円 ①4-06-210080-0
「芥川賞全集 第18巻」 文藝春秋 2002.10 434p 20cm 3238円 ①4-16-507280-X
「夏の約束」 講談社 2003.2 195p 15cm （講談社文庫）448円 ①4-06-273705-1

冨士野 督子 ふじの・まさこ

5859 「虹待ち」
◇舟橋聖一顕彰青年文学賞 （第21回/平成21年/最優秀賞（小説））

藤野 恵美 ふじの・めぐみ

5860 「ねこまた妖怪伝」
◇ジュニア冒険小説大賞 （第2回/平成15年/大賞）
「ねこまた妖怪伝」 藤野恵美作, 筒井海砂絵 岩崎書店 2004.4 158p 22cm 1200円 ①4-265-80139-0

藤林 愛夏 ふじばやし・あいか

5861 「殺人童話・北のお城のお姫様」
◇FNSレディース・ミステリー大賞 （第1回/平成1年/レディース・ミステリー特別賞）
「北の殺人童話」 扶桑社 1989.10 289p

藤春 都 ふじはる・みやこ

5862 「ブリティッシュ・ミステリアス・ミュージアム」
◇ノベルジャパン大賞 （第2回/平成20年/佳作）
「ミスティック・ミュージアム」 ホビージャパン 2008.7 286p 15cm （HJ文庫 120） 619円 ①978-4-89425-731-3
「ミスティック・ミュージアム 2 For your eyes only」 ホビージャパン 2008.11 283p 15cm （HJ文庫 138） 638円 ①978-4-89425-782-5
「ミスティック・ミュージアム 3 I pledge for my dear」 ホビージャパン 2009.4 295p 15cm （HJ文庫 162） 638円 ①978-4-89425-850-1
※文献あり

藤巻 幸作 ふじまき・こうさく

5863 「九紫火星の女」
◇中村星湖文学賞 （第3回/平成1年）
「九紫火星の女」 甲陽書房 1988.10 245p

藤まる ふじまる

5864 「明日、ボクは死ぬ。キミは生き返る。」
◇電撃大賞 （第19回/平成24年/電撃小説大賞部門/金賞）
「明日、ボクは死ぬ。キミは生き返る。」 アスキー・メディアワークス, 角川グループパブリッシング〔発売〕 2013.2 325p 15cm （電撃文庫）590円 ①978-4-04-891329-4
「明日、ボクは死ぬ。キミは生き返る。2」 アスキー・メディアワークス, 角川グループホールディングス〔発売〕 2013.6 303p 15cm （電撃文庫）590円 ①978-4-04-891599-1
「明日、ボクは死ぬ。キミは生き返る。3」 KADOKAWA 2013.10 315p 15cm （電撃文庫）630円 ①978-4-04-866024-2

伏見 丘太郎 ふしみ・きゅうたろう

5865 「悪い指」

◇小説現代新人賞 （第5回/昭和40年下）

藤美 清 ふじみ・きよし

5866 「装う理由」
◇関西文学賞 （第25回/平成2年/小説/
佳作）

伏見 憲明 ふしみ・のりあき

5867 「魔女の息子」
◇文藝賞 （第40回/平成15年）
「魔女の息子」 河出書房新社 2003.11
167p 20cm 1200円 ①4-309-01591-3

伏見 ひろゆき ふしみ・ひろゆき

5868 「十三歳の郵便法師」
◇スニーカー大賞 （第13回/平成20年/
奨励賞）

藤宮 カズキ ふじみや・かずき

5869 「箒が踊る夜」
◇スニーカー大賞 （第21回・春/平成27
年/優秀賞）

藤村 いずみ ふじむら・いずみ

5870 「孤独の陰翳」
◇サントリーミステリー大賞 （第19回/
平成14年/優秀作品賞）

藤村 正太 ふじむら・しょうた

5871 「孤独なアスファルト」
◇江戸川乱歩賞 （第9回/昭和38年）
「孤独なアスファルト」 講談社 1963
269p
「孤独なアスファルト」 講談社 1975
267p（Roman books）
「孤独なアスファルト・蟻の木の下で一江
戸川乱歩賞全集 5」 藤村正太、西東登
著, 日本推理作家協会編 講談社
1999.3 723p 15cm （講談社文庫）
1190円 ①4-06-264525-4

藤村 与一郎 ふじむら・よいちろう

5872 「鮫巻き直四郎 役人狩り」
◇歴史群像大賞 （第16回/平成22年発表
/最優秀賞）
「鮫巻き直四郎 役人狩り」 学研パブリッ
シング, 学研マーケティング〔発売〕
2010.7 361p 15cm （学研M文庫 ふ-
11-1） 629円 ①978-4-05-900645-9

藤本 義一 ふじもと・ぎいち

5873 「鬼の詩」
◇直木三十五賞 （第71回/昭和49年上）
「鬼の詩」 講談社 1974 217p
「鬼の詩」 講談社 1976.12 252p（講談社
文庫）
「鬼の詩/生きいそぎの記―藤本義一傑作
選」 河出書房新社 2013.4 292p
15cm （河出文庫） 850円 ①978-4-
309-41216-0

5874 「つばくろの歌」
◇芸術祭文部大臣賞 （昭32年/戯曲部
門）

5875 「螢の宿」
◇日本文芸大賞 （第7回/昭和62年）
「蛍の宿―わが織田作」 中央公論社
1986.2 202p

藤本 圭 ふじもと・けい

5876 「黒猫の愛読書」
◇スニーカー大賞 （第12回/平成19年/
優秀賞） 〈受賞時〉藤本 柊一
「黒猫の愛読書 1 隠された闇の系譜」
角川書店, 角川グループパブリッシング
〔発売〕 2008.9 327p 15cm （角川文
庫―角川スニーカー文庫） 552円
①978-4-04-474101-3
※他言語標題：The black cat's codex
「黒猫の愛読書 2 聖なる夜の外典」 角
川書店, 角川グループパブリッシング
〔発売〕 2008.11 319p 15cm （角川
文庫―角川スニーカー文庫） 552円
①978-4-04-474102-0
※他言語標題：The black cat's codex
「黒猫の愛読書 3 昏き追憶の神話（ミ
ソロジー）」 角川書店, 角川グループ
パブリッシング〔発売〕 2009.5 319p
15cm （角川文庫―角川スニーカー文
庫） 552円 ①978-4-04-474103-7
※他言語標題：The black cat's codex,
角川文庫15679

藤本 圭子 ふじもと・けいこ

5877 「卒業前年」
◇コバルト・ノベル大賞 （第2回/昭和
58年下/佳作）

藤本 恵子 ふじもと・けいこ

5878 「ウエイトレス」
◇作家賞 （第13回/昭和52年）

5879 「比叡を仰ぐ」

◇文學界新人賞 （第62回/昭和61年上）

藤本 泉　ふじもと・せん

5880　「嬴繁昌記」
◇小説現代新人賞 （第6回/昭和41年上）
「KENZAN！ Vol.6」 荒山徹, 池永陽,
稲葉稔, 岩井三四二, 神野オキナ, 金重
明, 高陽, 田牧大和, 平山夢明, 森谷明子,
米村圭伍, 細谷正充, 藤本泉, 石川英輔,
平岩弓枝著　講談社　2008.7　843p
19cm 1300円　①978-4-06-214867-2

5881　「時をきざむ潮」
◇江戸川乱歩賞 （第23回/昭和52年）
「時をきざむ潮」 講談社 1977.9 319p
「時をきざむ潮」 講談社 1980.4 314p
（ロマン・ブックス）
「時をきざむ潮」 講談社 1980.9 349p
（講談社文庫）
「透明な季節・時をきざむ潮―江戸川乱歩
賞全集 11」 梶龍雄, 藤本泉著, 日本推
理作家協会編　講談社　2001.9　788p
15cm （講談社文庫） 1190円　①4-06-
273267-X

藤本 富子　ふじもと・とみこ

5882　「おけらの森の夏休み」
◇部落解放文学賞 （第32回/平成17年/
佳作/児童文学部門）

藤本 ひとみ　ふじもと・ひとみ

5883　「眼差」
◇コバルト・ノベル大賞 （第4回/昭和
59年下）

冨士本 由紀　ふじもと・ゆき

5884　「包帯をまいたイブ」
◇小説すばる新人賞 （第7回/平成6年）
「包帯をまいたイブ」 集英社 1995.1
187p 19cm 1200円　①4-08-774111-7
「包帯をまいたイブ」 集英社 2000.1
198p 15cm （集英社文庫） 381円
①4-08-747152-7

藤森 慨　ふじもり・がい

5885　「団地夢想譚」
◇エンタテイメント小説大賞 （第3回/
昭和55年）

藤森 計　ふじもり・けい

5886　「悪い月が昇る」
◇『幽』文学賞 （第10回/平成27年/奨
励賞/長篇部門）

藤森 益弘　ふじもり・ますひろ

5887　「春の砦」
◇サントリーミステリー大賞 （第20回/
平成15年/優秀作品賞）
「春の砦」 文藝春秋　2003.6　404p
20cm 1905円　①4-16-321920-X

藤原 伊織　ふじわら・いおり

5888　「ダックスフントのワープ」
◇すばる文学賞 （第9回/昭和60年）
「ダックスフントのワープ」 集英社
1987.2 207p
「ダックスフントのワープ」 集英社
1990.2 203p （集英社文庫）

5889　「テロリストのパラソル」
◇江戸川乱歩賞 （第41回/平成7年）
◇直木三十五賞 （第114回/平成7年下
期）
「テロリストのパラソル」 講談社 1995.
9 314p 19cm 1400円　①4-06-
207797-3
「テロリストのパラソル」 講談社 1998.
7 387p 15cm （講談社文庫） 619円
①4-06-263817-7
「テロリストのパラソル 上」 埼玉福祉
会 2003.11 358p 21cm （大活字本
シリーズ） 3200円　①4-88419-215-X
※原本：講談社文庫
「テロリストのパラソル 下」 埼玉福祉
会 2003.11 334p 21cm （大活字本
シリーズ） 3100円　①4-88419-216-8
※原本：講談社文庫
「テロリストのパラソル」 角川書店, 角
川グループパブリッシング〔発売〕
2007.5 381p 15cm （角川文庫） 590
円　①978-4-04-384701-3
「テロリストのパラソル」 文藝春秋
2014.11 383p 15cm （文春文庫） 690
円　①978-4-16-790224-7

藤原 審爾　ふじわら・しんじ

5890　「罪な女」
◇直木三十五賞 （第27回/昭和27年上）
「初夜」 鱒書房 1955 191p （コバルト新
書）
「藤原審爾作品集5」 森脇文庫 昭和33年
「藤原審爾」 藤原審爾著, 結城信孝編・
解説　未知谷　2008.6　330p 19cm
（昭和の短篇一人一冊集成） 3000円
①978-4-89642-225-2

5891　「殿様と口紅」

◇小説新潮賞　（第9回/昭和38年）
「藤原審爾」　藤原審爾著, 結城信孝編・
解説　未知谷　2008.6　330p　19cm
（昭和の短篇一人一冊集成）　3000円
①978-4-89642-225-2

藤原 京　ふじわら・たかし

5892　「龍王の淡海（うみ）」
◇ファンタジーロマン大賞　（第2回/平
成5年）
「龍王の淡海（うみ）」　集英社　1993.6
182p（集英社スーパーファンタジー文
庫）

藤原 智美　ふじわら・ともみ

5893　「運転士」
◇芥川龍之介賞　（第107回/平成4年上）
「運転士」　講談社　1992.8　205p
「運転士」　講談社　1995.8　205p　15cm
（講談社文庫）　440円　①4-06-263038-9
「芥川賞全集　第16巻」　松村栄子, 藤原
智美, 多和田葉子, 吉目木晴彦, 奥泉光著
文藝春秋　2002.6　388p　19cm　3238
円　①4-16-507260-5

藤原 正彦　ふじわら・まさひこ

5894　「名著講義」
◇「文藝春秋」読者賞　（第71回/平成21
年）
「名著講義」　文藝春秋　2009.12　287p
20cm　1500円　①978-4-16-372020-3

藤原 眞莉　ふじわら・まり

5895　「帰る日まで」
◇ノベル大賞　（第25回/平成7年上期/読
者大賞）
「帰る日まで」　集英社　1996.1　325p
15cm　（コバルト文庫）　580円　①4-08-
614155-8

藤原 美里　ふじわら・みさと

5896　「桃仙娘々伝」
◇ノベル大賞　（第37回/平成18年度/入
選）
「桃仙娘々伝」　集英社　2007.4　205p
15cm　（コバルト文庫）　438円　①978-
4-08-601006-1

藤原 瑞記　ふじわら・みずき

5897　「光降る精霊の森」
◇C★NOVELS大賞　（第1回/平成17年/
大賞）

「光降る精霊の森」　中央公論新社　2005.
7　226p　18cm　（C novels fantasia）
900円　①4-12-500910-4

藤原 緑　ふじわら・みどり

5898　「海へ出た」
◇「恋愛文学」コンテスト　（第2回/平
成16年7月/優秀賞）

藤原 侑貴　ふじわら・ゆうき

5899　「通りゃんせ」
◇織田作之助賞　（第30回/平成25年/青
春賞）

藤原 葉子　ふじわら・ようこ

5900　「蛸地蔵」
◇『幽』怪談文学賞　（第4回/平成21年/
長編部門/佳作）

淵川 元晴　ふちかわ・もとはる

5901　「インド糞闘記」
◇12歳の文学賞　（第5回/平成23年/小説
部門/優秀賞）
「12歳の文学　第5集」　小学館　2011.3
256p　19cm　1200円　①978-4-09-
289731-1

淵田 隆雄　ふちだ・たかお

5902　「アイヌ遊侠伝」
◇小説現代新人賞　（第7回/昭和41年下）

物上 敬　ぶつうえ・たかし

5903　「大阪作者」
◇「サンデー毎日」大衆文芸　（第29回/
昭和16年下）

舟木 かな子　ふなき・かなこ

5904　「オレンジ色の闇」
◇神戸女流文学賞　（第10回/昭和61年）

船越 和太流　ふなこし・わたる

5905　「伊津子の切符売り」
◇堺自由都市文学賞　（第22回/平成22年
度/佳作）

舟崎 泉美　ふなざき・いずみ

5906　「ルイ」
◇本にしたい大賞　（第1回/平成25年）

舟里 映　ふなざと・えい

5907　「頭山」

ふなと

◇創元SF短編賞 （第3回/平成24年度/
日下三蔵賞）

船戸 与一　ふなと・よいち

5908 「砂のクロニクル」
◇山本周五郎賞 （第5回/平成4年）
「砂のクロニクル」 毎日新聞社 1991.11
586p
「砂のクロニクル　上」 小学館 2014.5
643p 15cm （小学館文庫） 840円
Ⓘ978-4-09-406050-8
「砂のクロニクル　下」 小学館 2014.5
567p 15cm （小学館文庫） 780円
Ⓘ978-4-09-406051-5

5909 「伝説なき地」
◇日本推理作家協会賞 （第42回/平成1
年/長編部門）
「伝説なき地」 講談社 1988.6 2冊
「伝説なき地　上」 双葉社 2003.6
587p 15cm （双葉文庫―日本推理作家
協会賞受賞作全集 58） 933円 Ⓘ4-575-
65856-1
「伝説なき地　下」 双葉社 2003.6
526p 15cm （双葉文庫―日本推理作家
協会賞受賞作全集 59） 886円 Ⓘ4-575-
65857-X

5910 「虹の谷の五月」
◇直木三十五賞 （第123回/平成12年上
期）
「虹の谷の五月」 集英社 2000.5 516p
20cm 1900円 Ⓘ4-08-774467-1
「虹の谷の五月　上」 集英社 2003.5
462p 16cm （集英社文庫） 743円
Ⓘ4-08-747572-7
「虹の谷の五月　下」 集英社 2003.5
476p 16cm （集英社文庫） 762円
Ⓘ4-08-747573-5

5911 「山猫の夏」
◇日本冒険小説協会大賞 （昭60年）
◇吉川英治文学新人賞 （第6回/昭和60
年度）
「山猫の夏」 講談社 1984.8 385p
「山猫の夏」 講談社 1987.8 2冊 （講談社
文庫）
「山猫の夏」 小学館 2014.8 757p
15cm （小学館文庫） 910円 Ⓘ978-4-
09-406070-6

舟橋 聖一　ふなはし・せいいち

5912 「ある女の遠景」
◇毎日芸術賞 （第5回/昭和38年度）

「ある女の遠景」 講談社 1963 423p
「舟橋聖一選集8」 新潮社 昭和43年
「昭和文学全集12」 小学館 1987
「ある女の遠景」 講談社 2003.12
464p 15cm （講談社文芸文庫） 1500
円 Ⓘ4-06-198354-7

5913 「好きな女の胸飾り」
◇野間文芸賞 （第20回/昭和42年）
「好きな女の胸飾り」 講談社 1967 359p
「舟橋聖一選集13」 新潮社 昭和44年

船山 馨　ふなやま・かおる

5914 「茜いろの坂」
◇吉川英治文学賞 （第15回/昭和56年
度）
「茜いろの坂」 新潮社 1980.9 2冊
「茜いろの坂」 新潮社 1984.1 581p （新
潮文庫）

5915 「石狩平野」
◇小説新潮賞 （第14回/昭和43年）
「石狩平野」 河出書房 1967 423p
「石狩平野」 河出書房新社 1970 856p
「石狩平野」 河出書房新社 1989.2 2冊
〈新装版〉

5916 「塔」
◇野間文芸奨励賞 （第5回/昭和20年）

5917 「笛」
◇野間文芸奨励賞 （第5回/昭和20年）
「笛」 文化書院 1947 254p
「船山馨小説全集2」 河出書房新社 昭和
51年

吹雪 ゆう　ふぶき・ゆう

5918 「御用雪氷異聞」
◇北区内田康夫ミステリー文学賞 （第8
回/平成22年/審査員特別賞（特別
賞））

夫馬 基彦　ふま・もとひこ

5919 「宝塔湧出」
◇中央公論新人賞 （第3回/昭和52年度）
「夢現」 中央公論社 1980.9 179p

ふみえだ としお

5920 「夜を泣く」
◇フーコー短編小説コンテスト （第16
回/平成16年3月/最優秀賞）
「フーコー「短編小説」傑作選　16 上」
フーコー編集部編　フーコー 2005.5
669p 19cm 2200円 Ⓘ4-434-05944-0

文沢 隆一 ふみざわ・たかいち

5921 「重い車」
◇群像新人文学賞（第6回/昭和38年/小説）
「日本の原爆文学10」 ほるぷ出版 1983

文野 あかね ふみの・あかね

5922 「女神と棺の手帳」
◇角川ビーンズ小説大賞（第10回/平成23年/読者賞）〈受賞時〉ひなた 茜
「女神と棺の手帳」 角川書店, 角川グループパブリッシング〔発売〕 2012.8 229p 15cm（角川ビーンズ文庫 BB87-1）514円 ①978-4-04-100410-4

文野 広輝 ふみの・ひろてる

5923 「濃紺のさよなら」
◇自由都市文学賞（第2回/平成2年/奨励賞）

冬 敏之 ふゆ・としゆき

5924 「ハンセン病療養所」
◇多喜二・百合子賞（第34回/平成14年）
「ハンセン病療養所―冬敏之短編小説集」 壺中庵書房 2001.5 319p 22cm 2381円 ①4-88023-366-8

冬川 文子 ふゆかわ・ふみこ

5925 「お魚にエサをあげてね」
◇やまなし文学賞（第19回/平成22年度/小説部門/佳作）

5926 「額紫陽花の花」
◇やまなし文学賞（第18回/平成21年度/小説部門/佳作）

5927 「遠い記憶」
◇ゆきのまち幻想文学賞（第12回/平成14年）
「遠い記憶」 冬川文子ほか著 企画集団ぷりずむ 2003.4 191p 19cm（ゆきのまち幻想文学賞小品集 12）1800円 ①4-906691-11-0

冬川 亘 ふゆかわ・わたる

5928 「紅栗」
◇新潮新人賞（第27回/平成7年）

冬木 憑 ふゆき・あつし

5929 「鹿鳴館時代」
◇「サンデー毎日」大衆文芸（第22回/昭和13年上）

冬木 鋭介 ふゆき・えいすけ

5930 「腐蝕色彩」
◇サンデー毎日新人賞（第3回/昭和47年/推理小説）

冬木 薫 ふゆき・かおる

5931 「天北の詩人たち」
◇すばる文学賞（第8回/昭和59年/佳作）
「天北の詩人たち」 冬村勇陽著 鳥影社, 星雲社〔発売〕 1997.8 223p 19cm 1500円 ①4-7952-9435-6

冬木 喬 ふゆき・きょう

5932 「笞刑」
◇宝石賞（第5回/昭和39年）

冬樹 忍 ふゆき・しのぶ

5933 「生物は、何故死なない？」
◇ノベルジャパン大賞（第1回/平成19年/大賞）
「たま・なま―生物は、何故死なない？」 ホビージャパン 2007.7 292p 15cm（HJ文庫 64）619円 ①978-4-89425-570-8

冬木 史朗 ふゆき・しろう

5934 「駆け抜けて，青春！」
◇「小説ジュニア」青春小説新人賞（第14回/昭和56年）

ふゆき たかし

5935 「暗示の壁」
◇サントリーミステリー大賞（第8回/平成1年/佳作賞）
「暗示の壁」 文芸春秋 1990.9 318p

冬木 冬樹 ふゆき・ふゆき

5936 「狐の百物語」
◇MF文庫Jライトノベル新人賞（第6回/平成22年/佳作）
「ふぉっくすている？ 1本目」 メディアファクトリー 2010.10 260p 15cm（MF文庫J ふ-01-01）580円 ①978-4-8401-3554-2
※受賞作「狐の百物語」を改題
「ふぉっくすている？ 2本目」 メディアファクトリー 2011.2 260p 15cm（MF文庫J ふ-01-03）580円 ①978-4-8401-3813-0

「ふぉっくすている？　3本目」メディアファクトリー　2011.4　262p　15cm（MF文庫J ふ-01-05）580円　①978-4-8401-3897-0

「ふぉっくすている？　4本目」メディアファクトリー　2011.7　260p　15cm（MF文庫J ふ-01-07）580円　①978-4-8401-3972-4

「ふぉっくすている？　5本目」メディアファクトリー　2011.11　260p　15cm（MF文庫J ふ-01-08）580円　①978-4-8401-4265-6

「ふぉっくすている？　6本目」メディアファクトリー　2012.2　258p　15cm（MF文庫J ふ-01-09）580円　①978-4-8401-4394-3

5937　「魔法少女☆仮免許」
◇MF文庫Jライトノベル新人賞（第6回/平成22年/佳作）
「魔法少女☆仮免許」メディアファクトリー　2010.11　258p　15cm（MF文庫J ふ-01-02）580円　①978-4-8401-3587-0
「魔法少女☆仮免許　2」メディアファクトリー　2011.2　263p　15cm（MF文庫J ふ-01-04）580円　①978-4-8401-3814-7
「魔法少女☆仮免許　3」メディアファクトリー　2011.6　279p　15cm（MF文庫J ふ-01-06）580円　①978-4-8401-3929-8

冬島 菖太郎　ふゆしま・しょうたろう

5938　「炎下の劇」
◇週刊小説新人賞（第1回/昭和49年6月）

冬野 良　ふゆの・りょう

5939　「少年と父親」
◇やまなし文学賞（第13回/平成16年度/小説部門）
「少年と父親」やまなし文学賞実行委員会　2005.6　97p　19cm　857円　①4-89710-674-5
※発行所：山梨日日新聞社

冬室 修　ふゆむろ・おさむ

5940　「残照の追憶」
◇放送文学賞（第3回/昭和55年/佳作）

ブリッジス, マーガレット

5941　「わが愛しのワトスン」
◇サントリーミステリー大賞（第10回/平成3年/特別佳作賞）
「わが愛しのワトスン」マーガレット・パーク・ブリッジス著, 春野丈伸訳 文芸春秋　1992.9　244p

武陵 蘭　ぶりょう・らん

5942　「花に抱かれて」
◇振媛文学賞（第2回/平成4年度/2席）

フリン, マイクル

5943　「異星人の郷」
◇星雲賞（第42回/平成23年/海外長編部門）
「異星人の郷（さと）　上」マイクル・フリン著, 嶋田洋一訳　東京創元社　2010.10　349p　15cm（創元SF文庫699-01）940円　①978-4-488-69901-7
「異星人の郷（さと）　下」マイクル・フリン著, 嶋田洋一訳　東京創元社　2010.10　366p　15cm（創元SF文庫699-02）940円　①978-4-488-69902-4

古井 盟尊　ふるい・あきたけ

5944　「死亡フラグが立ちました！（仮）」
◇『このミステリーがすごい！』大賞（第8回/平成21年/隠し玉）

古井 由吉　ふるい・よしきち

5945　「槿（あさがお）」
◇谷崎潤一郎賞（第19回/昭和58年度）
「槿」福武書店　1983.6　427p
「槿」福武書店　1988.7　489p（福武文庫）
「古井由吉自撰作品　5」河出書房新社　2012.5　460p　19cm　3600円　①978-4-309-70995-6

5946　「仮往生伝試文」
◇読売文学賞（第41回/平成1年/小説賞）
「仮往生伝試文」河出書房新社　1989.9　406p
「仮往生伝試文」河出書房新社　2004.12　409p　21cm　3500円　①4-309-01687-1
「仮往生伝試文」講談社　2015.7　506p　15cm（講談社文芸文庫）2000円　①978-4-06-290278-6

5947　「栖（すみか）」
◇日本文学大賞（第12回/昭和55年）
「栖」平凡社　1979.11　279p
「古井由吉作品5」河出書房新社　昭和58年

「聖・栖」 新潮社 1986.2 424p（新潮文庫）

「古井由吉自撰作品 3」 河出書房新社 2012.9 335p 19cm 3200円 ①978-4-309-70993-2

5948 「中山坂」
◇川端康成文学賞 （第14回/昭和62年）

「眉雨」 福武書店 1986.2 244p

「眉雨」 福武書店 1989.10 241p（福武文庫）

「川端康成文学賞全作品 2」 古井由吉, 阪田寛夫, 上田三四二, 丸谷才一, 大庭みな子ほか著 新潮社 1999.6 430p 19cm 2800円 ①4-10-305822-6

「古井由吉自撰作品 5」 河出書房新社 2012.5 460p 19cm 3600円 ①978-4-309-70995-6

5949 「杏子」
◇芥川龍之介賞 （第64回/昭和45年下）

「古井由吉集」 河出書房新社 1971 259p（新鋭作家叢書）

「杏子・妻隠」 河出書房新社 1971 239p

「杏子・妻隠」 河出書房新社 1975 239p（河出文芸選書）

「杏子・妻隠」 新潮社 1979.12 225p（新潮文庫）

「芥川賞全集8」 文芸春秋 1982

「古井由吉作品2」 河出書房新社 昭和57年

「昭和文学全集23」 小学館 1987

「古井由吉自撰作品 1」 河出書房新社 2012.3 425p 19cm 3600円 ①978-4-309-70991-8

古内 一絵 ふるうち・かずえ

5950 「銀色のマーメイド」
◇ポプラ社小説大賞 （第5回/平成22年/特別賞）

「快晴フライング」 ポプラ社 2011.4 350p 20cm 1600円 ①978-4-591-12417-8
※受賞作「銀色のマーメイド」を改題

「快晴フライング」 ポプラ社 2013.4 437p 16cm（ポプラ文庫 ふ2-1） 660円 ①978-4-591-13433-7

古岡 孝信 ふるおか・たかのぶ

5951 「夏の家」
◇新日本文学賞 （第25回/平成6年/小説）

「夏の家」 鳥影社 2007.1 179p 19cm 1500円 ①978-4-86265-054-2

5952 「二人三脚」
◇NHK銀の雫文芸賞 （第17回/平成16年/優秀）

5953 「離婚式」
◇新風舎出版賞 （第12回/平成12年3月/フィクション部門/最優秀賞） 〈受賞時〉古羽田良

「離婚式」 新風舎 2000.12 157p 19cm 1200円 ①4-7974-1487-1

古川 薫 ふるかわ・かおる

5954 「漂泊者のアリア」
◇直木三十五賞 （第104回/平成2年下）

「漂泊者のアリア」 文芸春秋 1990.10 265p

古川 こおと ふるかわ・こおと

5955 「図書館星の一冊の本」
◇YA文学短編小説賞 （第2回/平成21年/最優秀賞）

5956 「夜の姉妹」
◇YA文学短編小説賞 （第1回/平成20年/佳作）

古川 春秋 ふるかわ・しゅんじゅう

5957 「ホテルブラジル」
◇野性時代フロンティア文学賞 （第3回/平成24年）

「ホテルブラジル」 角川書店, 角川グループパブリッシング〔発売〕 2012.8 255p 19cm 1200円 ①978-4-04-110269-5

「ホテルブラジル」 KADOKAWA 2014.5 284p 15cm（角川文庫 ふ27-2） 560円 ①978-4-04-101767-8

古川 日出男 ふるかわ・ひでお

5958 「アラビアの夜の種族」
◇日本SF大賞 （第23回/平成14年）
◇日本推理作家協会賞 （第55回/平成14年/長篇及び連作短篇集部門）

「アラビアの夜の種族」 角川書店 2001.12 659p 20cm 2700円 ①4-04-873334-6

5959 「女たち三百人の裏切りの書」
◇野間文芸新人賞 （第37回/平成27年）

「女たち三百人の裏切りの書」 新潮社 2015.4 499p 19cm 2500円 ①978-4-10-306076-5

5960 「ベルカ、吠えないのか？」

ふるき   5961〜5974

◇本屋大賞 （第3回/平成18年/8位）
「ベルカ、吠えないのか?」 文藝春秋
2005.4 344p 20cm 1714円 ①4-16-
323910-3
「ベルカ、吠えないのか?」 文藝春秋
2008.5 394p 16cm （文春文庫） 543
円 ①978-4-16-771772-8

5961 「**LOVE**」
◇三島由紀夫賞 （第19回/平成18年）
「LOVE」 祥伝社 2005.9 329p 20cm
1600円 ①4-396-63253-3
※本文は日本語

古木 信子 ふるき・のぶこ

5962 「手袋」
◇北日本文学賞 （第24回/平成2年/選
奨）

古沢 英治 ふるさわ・えいじ

5963 「押し借り無用〜十郎太からぶ
り控」
◇歴史群像大賞 （第15回/平成21年発表
/優秀賞）
「騙り虚無僧一十郎太からぶり控」 学研
パブリッシング, 学研マーケティング
（発売） 2009.11 270p 15cm （学研
M文庫 ふ-10-1） 619円 ①978-4-05-
900606-0
※並列シリーズ名：Gakken M bunko

古澤 健太郎 ふるさわ・けんたろう

5964 「市役所のテーミス」
◇北区内田康夫ミステリー文学賞 （第5
回/平成19年/浅見光彦賞（特別
賞））

古沢 堅秋 ふるさわ・たてあき

5965 「命」
◇フーコー短編小説コンテスト （第7回
/平成12年2月/最優秀賞）
「フーコー「短編小説」傑作選 7」 フー
コー編集部編 フーコー 2001.4
511p 19cm 1700円 ①4-434-00915-X

古沢 嘉通 ふるさわ・よしみち

5966 「紙の動物園」
◇星雲賞 （第45回/平成26年/海外短編
部門（小説））

古荘 正朗 ふるしょう・ただあき

5967 「年頃」

◇文學界新人賞 （第48回/昭和54年上）

古田 航太 ふるた・こうた

5968 「お姉ちゃんだって痴女になれる
もん!」
◇美少女文庫新人賞 （第6回/平成21年/
えすかれ新人賞）
「お姉ちゃんだって痴女になれるもん!」
フランス書院 2010.9 313p 15cm
（えすかれ美少女文庫） 667円 ①978-
4-8296-5945-8

降田 天 ふるた・てん

5969 「女王はかえらない」
◇『このミステリーがすごい!』大賞
（第13回/平成26年/大賞）
「女王はかえらない」 宝島社 2015.1
317p 20cm 1480円 ①978-4-8002-
3547-3

古橋 智 ふるはし・とも

5970 「明け方僕は夢を見る」
◇新風舎出版賞 （第18回/平成14年6月/
フィクション部門/最優秀賞）
「明け方僕は夢を見る」 新風舎 2004.9
108p 19cm 1400円 ①4-7974-4320-0

古橋 秀之 ふるはし・ひでゆき

5971 「ブラックロッド」
◇電撃ゲーム小説大賞 （第2回/平成7年
/大賞）
「ブラックロッド」 メディアワークス,
主婦の友社〔発売〕 1996.2 251p
19cm 1400円 ①4-07-304160-6
「ブラックロッド」 メディアワークス,
主婦の友社〔発売〕 1997.4 228p
15cm （電撃文庫） 490円 ①4-07-
306035-X

古林 邦和 ふるばやし・くにかず

5972 「雨に打たれて」
◇NHK銀の雫文芸賞 （平成26年/優秀）

5973 「蛙殺し」
◇日本海文学大賞 （第16回/平成17年/
小説部門/佳作）
「日本海文学大賞一入賞作品集 第16回」
日本海文学大賞運営委員会, 中日新聞北
陸本社 2005.11 197p 21cm
※共同刊行：中日新聞北陸本社

5974 「白い夏」
◇東北北海道文学賞 （第16回/平成17年

452   文学賞受賞作品総覧 小説篇

/奨励賞）

5975 「パーボ・スロプタ」
◇東北北海道文学賞（第19回/平成20年
/奨励賞）

古厩 志津子 ふるまや・しずこ

5976 「はるさんの日記」
◇NHK銀の雫文芸賞（第18回/平成17
年度/最優秀）

古屋 甚一 ふるや・じんいち

5977 「潮の齢」
◇オール讀物新人賞（第36回/昭和45年
上）

古山 高麗雄 ふるやま・こまお

5978 「セミの追憶」
◇川端康成文学賞（第21回/平成6年）
「文学1994」 日本文芸家協会編 講談社
1994.4 269p 19cm 2800円 ①4-06-
117094-5
「セミの追憶」 新潮社 1994.9 213p
19cm 1900円 ①4-10-319305-0
「戦後短篇小説再発見 2 性の根源へ」
講談社文芸文庫編 講談社 2001.6
285p 15cm （講談社文芸文庫） 950円
①4-06-198262-1
「二十三の戦争短編小説」 文藝春秋
2004.3 601p 15cm （文春文庫） 952
円 ①4-16-729106-1
「現代小説クロニクル1990～1994」 日本
文藝家協会編 講談社 2015.4 281p
15cm （講談社文芸文庫） 1700円
①978-4-06-290266-3

5979 「小さな市街図」
◇芸術選奨（第23回/昭和47年度/文学
部門/新人賞）
「小さな市街図」 河出書房新社 1972
237p

5980 「プレオー8の夜明け」
◇芥川龍之介賞（第63回/昭和45年上）
「プレオー8の夜明け」 講談社 1970 212p
「古山高麗雄集」 河出書房新社 1972
249p （新鋭作家叢書）
「芥川賞全集8」 文芸春秋 1982
「昭和文学全集29」 小学館 1988
「プレオー8の夜明け―古山高麗雄作品選」
講談社 2001.7 329p 15cm （講談社
文芸文庫） 1300円 ①4-06-198271-0
「二十三の戦争短編小説」 文藝春秋
2004.3 601p 15cm （文春文庫） 952

円 ①4-16-729106-1

文藝春秋 ぶんげいしゅんじゅう

5981 「運命の人」
◇毎日出版文化賞（第63回/平成21年/
特別賞）
「運命の人 1」 山崎豊子著 文藝春秋
2009.4 251p 20cm 1524円 ①978-4-
16-328110-0
「運命の人 2」 山崎豊子著 文藝春秋
2009.4 253p 20cm 1524円 ①978-4-
16-328120-9
「運命の人 3」 山崎豊子著 文藝春秋
2009.5 268p 20cm 1524円 ①978-4-
16-328130-8
「運命の人 4」 山崎豊子著 文藝春秋
2009.6 282p 20cm 1524円 ①978-4-
16-328140-7
※文献あり

5982 「花を運ぶ妹」
◇毎日出版文化賞（第54回/平成12年/
第1部門（文学・芸術））
「花を運ぶ妹」 池澤夏樹著 文藝春秋
2000.4 421p 20cm 1762円 ①4-16-
318770-7
「花を運ぶ妹」 池澤夏樹著 文藝春秋
2003.4 459p 16cm （文春文庫） 724
円 ①4-16-756106-9

【へ】

塀流 通留 へいる・つる

5983 「阿頼耶識冥清の非日常」
◇MF文庫Jライトノベル新人賞（第10
回/平成26年/優秀賞）

別所 真紀子 べっしょ・まきこ

5984 「雪は ことしも」
◇歴史文学賞（第21回/平成8年度）
「雪はことしも」 新人物往来社 1999.9
296p 19cm 1900円 ①4-404-02823-7
「雪はことしも」 新人物往来社 2010.8
351p 15cm （新人物文庫） 667円
①978-4-404-03891-3

別所 三夫 べっしょ・みつお

5985 「ひろしの四季」
◇地上文学賞（第25回/昭和52年）

別当 晶司　べっとう・しょうじ

5986　「螺旋の肖像」
◇新潮新人賞（第24回/平成4年）

逸見 野々花　へんみ・ののか

5987　「その一瞬がいやでして」
◇12歳の文学賞（第8回/平成26年/小説部門/審査員特別賞〈西原理恵子賞〉）
「12歳の文学　第8集」　小学館　2014.3
137p　26cm　926円　①978-4-09-106822-4

逸見 真由　へんみ・まゆ

5988　「ごまめの歯軋り」
◇NHK銀の雫文芸賞（平成23年/最優秀）

5989　「餅」
◇やまなし文学賞（第22回/平成25年度/小説部門/佳作）

辺見 庸　へんみ・よう

5990　「自動起床装置」
◇芥川龍之介賞（第105回/平成3年上）
「自動起床装置」　文芸春秋　1991.8　172p
「闇に学ぶ一辺見庸掌編小説集 黒版」　角川書店　2004.9　383p　19cm　2500円
①4-04-873552-7
「自動起床装置」　新風舎　2005.2　220p
15cm（新風舎文庫）658円　①4-7974-9557-X

片理 誠　へんり・まこと

5991　「終末の海・韜晦の箱船」
◇日本SF新人賞（第5回/平成15年/佳作）
「終末の海—mysterious ark」　徳間書店　2005.3　276p　20cm　1900円　①4-19-861989-1

【 ほ 】

法坂 一広　ほうさか・いっこう

5992　「弁護士探偵物語 天使の分け前」
◇『このミステリーがすごい！』大賞（第10回/平成23年/大賞）
「弁護士探偵物語—天使の分け前」　宝島社　2012.1　381p　20cm　1400円
①978-4-7966-8814-7
「弁護士探偵物語—天使の分け前」　宝島社　2013.1　457p　16cm（宝島社文庫Cほ-2-1）600円　①978-4-8002-0556-8

北条 民雄　ほうじょう・たみお

5993　「いのちの初夜」
◇文学界賞（第2回/昭和11年3月）
「いのちの初夜」　創元社　1936　354p
「いのちの初夜」　再版 創元社 1949 278p（創元選書）
「いのちの初夜」　創元社 1951 256p（創元文庫）
「いのちの初夜」　ひまわり社 1955 225p（それいゆ新書）
「いのちの初夜—他七篇」　角川書店 1955　242p（角川文庫）
「北条民雄全集上」　東京創元社 昭和55年
「白」　梶井基次郎, 中谷孝雄, 北條民雄著　ポプラ社　2011.3　153p　19cm（百年文庫 68）750円　①978-4-591-12156-6
「日本近代短篇小説選 昭和篇 1」　紅野敏郎, 紅野謙介, 千葉俊二, 宗像和重, 山田俊治編　岩波書店　2012.8　394p　15cm（岩波文庫）800円　①978-4-00-311914-3
「北條民雄 小説随筆書簡集」　北條民雄著　講談社　2015.10　644p　15cm（講談社文芸文庫）2300円　①978-4-06-290289-2

北条 常久　ほうじょう・つねひさ

5994　「伊藤永之介の農民文学の道」
◇農民文学賞（第56回/平成25年度）

法条 遥　ほうじょう・はるか

5995　「バイロケーション」
◇日本ホラー小説大賞（第17回/平成22年/長編賞）
「バイロケーション」　角川書店, 角川グループパブリッシング〔発売〕　2010.10　421p　15cm（角川ホラー文庫 Hほ2-1）667円　①978-4-04-394387-6

宝生 房子　ほうしょう・ふさこ

5996　「光の中へ消えた大おばあちゃん」
◇やまなし文学賞（第4回/平成8年/小説部門）
「光の中へ消えた大おばあちゃん」　やまなし文学賞実行委員会　1996.6　102p　19cm　900円　①4-89710-666-4

北条 誠 ほうじょう・まこと

5997 「一年」
◇野間文芸奨励賞 （第5回/昭和20年）
「舞扇」 集英社 1977.10 261p

5998 「寒菊」
◇野間文芸奨励賞 （第5回/昭和20年）
「舞扇」 集英社 1977.10 261p

5999 「黄昏の旅」
◇野間文芸奨励賞 （第5回/昭和20年）

房部 文矢 ぼうぶ・ぶんや

6000 「どくりつ!! シンゾーさん」
◇ジャンプ小説新人賞（jump Novel Grand Prix）（'14 Summer/平成26年夏/小説：フリー部門/特別賞）

ぼくのみぎあしをかえして

6001 「断罪業火の召使い」
◇HJ文庫大賞 （第7回/平成25年/銀賞）

保坂 和志 ほさか・かずし

6002 「季節の記憶」
◇平林たい子文学賞 （第25回/平成9年/小説）
◇谷崎潤一郎賞 （第33回/平成9年度）
「季節の記憶」 講談社 1996.8 316p 19cm 1600円 ①4-06-208321-3
「季節の記憶」 中央公論新社 1999.9 376p 15cm （中公文庫） 743円 ①4-12-203497-3

6003 「草の上の朝食」
◇野間文芸新人賞 （第15回/平成5年）
「草の上の朝食」 講談社 1993.8 220p 19cm 1400円 ①4-06-206520-7
「プレーンソング 草の上の朝食」 講談社 1996.8 470p （講談社文庫） 840円 ①4-06-263303-5
「草の上の朝食」 中央公論新社 2000.11 294p 15cm （中公文庫） 800円 ①4-12-203742-5

6004 「この人の閾」
◇芥川龍之介賞 （第113回/平成7年上期）
「この人の閾」 新潮社 1995.8 209p 19cm 1300円 ①4-10-398202-0
「文学 1996」 日本文芸家協会編 講談社 1996.4 287p 21cm 2800円 ①4-06-117096-1
「この人の閾」 新潮社 1998.8 247p 15cm （新潮文庫） 400円 ①4-10-

144922-8
「芥川賞全集 第17巻」 笙野頼子, 室井光広, 保坂和志, 又吉栄喜, 川上弘美, 柳美里, 辻仁成著 文藝春秋 2002.8 500p 19cm 3238円 ①4-16-507270-2

6005 「未明の闘争」
◇野間文芸賞 （第66回/平成25年）
「未明の闘争」 講談社 2013.9 539p 20cm 1900円 ①978-4-06-218492-2

保阪 正康 ほさか・まさやす

6006 「太平洋戦争知られざる証言」
◇「文藝春秋」読者賞 （第74回/平成24年）

星 新一 ほし・しんいち

6007 「妄想銀行」
◇日本推理作家協会賞 （第21回/昭和43年）
「妄想銀行」 新潮社 1967 286p
「星新一の作品集7」 新潮社 昭和49年
「妄想銀行」 新潮社 1978.3 285p （新潮文庫）
「林家正蔵が選ぶオチがある話集」 林家正蔵選, 星新一ほか著, 大久保康雄訳 学習研究社 2007.2 175p 21cm （中学生のためのショート・ストーリーズ 5） 1300円 ①978-4-05-202630-0
「妄想銀行」 星新一作, 和田誠絵 理論社 2009.8 213p 19cm （星新一YAセレクション 7） 1300円 ①978-4-652-02387-7

星家 なこ ほしいえ・なこ

6008 「ヒトカケラ」
◇MF文庫Jライトノベル新人賞 （第3回/平成19年/佳作）
「ヒトカケラ」 メディアファクトリー 2007.11 260p 15cm （MF文庫J） 580円 ①978-4-8401-2084-5

穂史賀 雅也 ほしが・まさや

6009 「暗闇にヤギをさがして」
◇MF文庫Jライトノベル新人賞 （第2回/平成18年/優秀賞）
「暗闇にヤギを探して」 メディアファクトリー 2006.9 261p 15cm （MF文庫J） 580円 ①4-8401-1711-X
「暗闇にヤギを探して 2」 メディアファクトリー 2007.1 261p 15cm （MF文庫J） 580円 ①978-4-8401-1787-6
「暗闇にヤギを探して 3」 メディアファ

クトリー　2007.4　261p　15cm（MF
文庫J）580円　①978-4-8401-1840-8

星川 周太郎　ほしかわ・しゅうたろう

6010 「韓非子翼翬」
◇「サンデー毎日」大衆文芸　（第27回/
昭和15年下）

星川 清司　ほしかわ・せいじ

6011 「小伝抄」
◇直木三十五賞　（第102回/平成1年下）
「小伝抄」　文芸春秋　1990.3　250p

星月 むく　ほしづき・むく

6012 「負けられないバトル」
◇ジュニア冒険小説大賞　（第4回/平成
17年/佳作）

保科 昌彦　ほしな・まさひこ

6013 「怨讐の相続人」
◇日本ホラー小説大賞　（第10回/平成15
年/長編賞）
「相続人」　角川書店　2003.11　439p
15cm（角川ホラー文庫）667円　①4-
04-372801-8

星野 彼方　ほしの・かなた

6014 「超常現象交渉人」
◇ノベルジャパン大賞　（第2回/平成20
年/特別賞）
「クロス・リンク—残響少女」　ホビー
ジャパン　2010.3　310p　15cm（HJ文
庫）638円　①978-4-7986-0011-6

星野 智幸　ほしの・ともゆき

6015 「俺俺」
◇大江健三郎賞　（第5回/平成23年）
「俺俺」　新潮社　2010.6　251p　20cm
1600円　①978-4-10-437203-4
「俺俺」　新潮社　2013.4　342p　16cm
（新潮文庫 ほ-15-2）550円　①978-4-
10-116452-8

6016 「最後の吐息」
◇文藝賞　（第34回/平成9年）
「最後の吐息」　河出書房新社　1998.1
161p　19cm　1200円　①4-309-01196-9
「最後の吐息」　河出書房新社　2005.11
180p　15cm（河出文庫）480円　①4-
309-40767-6

6017 「ファンタジスタ」
◇野間文芸新人賞　（第25回/平成15年）

「ファンタジスタ」　集英社　2003.3
228p　20cm　1700円　①4-08-774641-0

6018 「目覚めよと人魚は歌う」
◇三島由紀夫賞　（第13回/平成12年）
「目覚めよと人魚は歌う」　新潮社　2000.
5　148p　20cm　1300円　①4-10-
437201-3
「目覚めよと人魚は歌う」　新潮社　2004.
11　152p　16cm（新潮文庫）324円
①4-10-116451-7

6019 「夜は終わらない」
◇読売文学賞　（第66回/平成26年/小説
賞）
「夜は終わらない」　講談社　2014.5
522p　20cm　1850円　①978-4-06-
218966-8

星野 泰司　ほしの・ひろし

6020 「俺は死事人」
◇堺自由都市文学賞　（第22回/平成22年
度/入賞）

星野 光徳　ほしの・みつのり

6021 「おれたちの熱い季節」
◇文藝賞　（第14回/昭和52年）
「おれたちの熱い季節」　河出書房新社
1978.2　206p

星野 泰斗　ほしの・やすと

6022 「俺の春」
◇堺自由都市文学賞　（第17回/平成17年
度/佳作）

星野 之宣　ほしの・ゆきのぶ

6023 「星を継ぐもの」
◇星雲賞　（第44回/平成25年/コミック
部門）
「星を継ぐもの　1～4」　星野之宣著, J.P.
ホーガン原作　小学館　2011.7～2012.
10　21cm（Big comics special）

穂積 驚　ほづみ・みはる

6024 「勝烏」
◇新鷹会賞　（第5回/昭和31年後/努力
賞）
◇直木三十五賞　（第36回/昭和31年下）
「勝烏」　大日本雄弁会講談社　1957　229p

細井 麻奈美　ほそい・まなみ

6025 「黄色いヘビ」
◇舟橋聖一顕彰青年文学賞　（第18回/平

成18年/最優秀賞(小説))

細見 隆博 ほそみ・たかひろ

6026 「みずうみ」
◇海燕新人文学賞 (第1回/昭和57年)

細谷地 真由美 ほそやち・まゆみ

6027 「福梅」
◇ゆきのまち幻想文学賞 (第15回/平成
17年/準大賞)
「心音」 中山聖子ほか著 企画集団ぷり
ずむ 2006.1 227p 19cm (ゆきのま
ち幻想文学賞小品集 15) 1715円 ①4-
906691-19-6
※選:高田宏, 萩尾望都, 乳井昌史

穂高 明 ほだか・あきら

6028 「月のうた」
◇ポプラ社小説大賞 (第2回/平成19年/
優秀賞)
「月のうた」 ポプラ社 2007.10 217p
20cm 1200円 ①978-4-591-09955-1

穂田川 洋山 ほたかわ・ようさん

6029 「自由高さH」
◇文學界新人賞 (第110回/平成22年上)
「自由高さH」 文藝春秋 2010.8 110p
20cm 1143円 ①978-4-16-329630-2

堀田 あけみ ほった・あけみ

6030 「1980 アイコ 十六歳」
◇文藝賞 (第18回/昭和56年)
「1980アイコ十六歳」 河出書房新社
1981.12 187p
「1980アイコ十六歳」 河出書房新社
1983.9 228p (河出文庫)
「1980 アイコ十六歳」 新装新版 河出書
房新社 2006.1 222p 15cm (河出文
庫) 570円 ①4-309-40777-3

堀田 利幸 ほった・としゆき

6031 「工場日記」
◇労働者文学賞 (第21回/平成21年/小
説部門/入選)

堀田 善衛 ほった・よしえ

6032 「漢奸」
◇芥川龍之介賞 (第26回/昭和26年下)
「堀田善衛全集1」 筑摩書房 昭和49年
「芥川賞全集4」 文芸春秋 1982
「広場の孤独・漢奸」 集英社 1998.9

238p 15cm (集英社文庫) 552円
①4-08-748859-4

6033 「ゴヤ」
◇大佛次郎賞 (第4回/昭和52年)
「ゴヤ1~4」 新潮社 昭和49~52年 4冊
「ゴヤ 1 スペイン・光と影」 堀田善衞
著 集英社 2010.11 483p 15cm (集
英社文庫) 933円 ①978-4-08-746638-6
「ゴヤ 2 マドリード・砂漠と緑」 堀田
善衞著 集英社 2010.12 525p 15cm
(集英社文庫) 1000円 ①978-4-08-
746648-5
「ゴヤ 3 巨人の影に」 堀田善衞著 集
英社 2011.1 493p 15cm (集英社文
庫) 952円 ①978-4-08-746658-4
「ゴヤ 4 運命・黒い絵」 堀田善衞著
集英社 2011.2 525p 15cm (集英社
文庫) 1000円 ①978-4-08-746666-9

6034 「広場の孤独」
◇芥川龍之介賞 (第26回/昭和26年下)
「創作代表選集」 第9巻 日本文芸家協会
編 大日本雄弁会講談社 1950
「広場の孤独」 中央公論社 1951 201p
「広場の孤独」 新潮社 1953 128p (新潮
文庫)
「広場の孤独・祖国喪失」 筑摩書房 1953
214p (現代日本名作選)
「戦後芥川賞作品集 第2」 長島書房 1956
「堀田善衛全集1」 筑摩書房 昭和49年
「広場の孤独」 成瀬書房 1980.9 190p
〈限定版〉
「芥川賞全集4」 文芸春秋 1982
「昭和文学全集17」 小学館 1989
「広場の孤独・漢奸」 集英社 1998.9
238p 15cm (集英社文庫) 552円
①4-08-748859-4

ポプラ社 ぽぷらしゃ

6035 「グッドラック」
◇新風賞 (第39回/平成16年)
「グッドラック」 アレックス・ロビラ,
フェルナンド・トリアス・デ・ベス著,
田内志文訳 ポプラ社 2004.6 119p
20cm 952円 ①4-591-08145-1

ぽぺち

6036 「カンダタ」
◇ホワイトハート新人賞 (平成20年上
期)
「カンダタ」 講談社 2008.12 229p
15cm (講談社X文庫 ほB-01—White
heart) 600円 ①978-4-06-286574-6

※折り込1枚

保前 信英 ほまえ・のぶひで

6037 「静謐な空」
◇中央公論新人賞 （第20回/平成6年度）

穂邑 正裕 ほむら・まさひろ

6038 「ガン×スクール=パラダイス！」
◇スーパーダッシュ小説新人賞 （第6回
/平成19年/佳作） 〈受賞時〉やま
だ ゆうすけ
「ガン×スクール=パラダイス！」 集英
社 2007.9 310p 15cm（集英社スー
パーダッシュ文庫）619円 Ⓘ978-4-08-
630377-4

戊乱 稟人 ぼらん・りんと

6039 「弾道」
◇歴史群像大賞 （第18回/平成24年発表
/奨励賞）

堀 晃 ほり・あきら

6040 「太陽風交点」
◇日本SF大賞 （第1回/昭和55年）
「太陽風交点」 早川書房 1979.10 317p
「太陽風交点」 徳間書店 1981.3 318p
（徳間文庫）
「遺跡の声―宇宙SF傑作選 2」 堀晃著,
第六書籍編集部編 アスキー, アスペク
ト〔発売〕 1996.12 223p 18cm（ア
スペクトノベルス）980円 Ⓘ4-89366-
614-2
「遺跡の声」 東京創元社 2007.9 315p
15cm（創元SF文庫）740円 Ⓘ978-4-
488-72202-9

堀 和久 ほり・かずひさ

6041 「享保貢象始末」
◇オール讀物新人賞 （第51回/昭和52年
下）
「享保貢象始末」 文藝春秋 1995.9
302p 15cm（文春文庫）450円 Ⓘ4-
16-749504-X

6042 「長い道程」
◇中山義秀文学賞 （第2回/平成6年）
「長い道程」 講談社 1993.10 295p
19cm 1700円 Ⓘ4-06-206628-9
「長い道程」 講談社 1999.6 313p
15cm（講談社文庫）619円 Ⓘ4-06-
264633-1
「長い道程 上」 埼玉福祉会 2004.5
285p 21cm（大活字本シリーズ）

2900円 Ⓘ4-88419-251-6
※原本：講談社文庫
「長い道程 下」 埼玉福祉会 2004.5
271p 21cm（大活字本シリーズ）
2900円 Ⓘ4-88419-252-4
※原本：講談社文庫

堀 辰雄 ほり・たつお

6043 「菜穂子」
◇中央公論社文芸賞 （第1回/昭和17年）
「菜穂子」 創元社 1941 252p
「菜穂子」 鎌倉文庫 1946 293p（現代文
学選）
「堀辰雄作品集 第5」 角川書店 1946 1冊
「菜穂子」 角川書店 1947 345p
「菜穂子―他三篇」 角川書店 1951 208p
（角川文庫）
「菜穂子・聖家族」 筑摩書房 1952 211p
（現代日本名作選）
「菜穂子・風立ちぬ」 新潮社 1952 244p
「小説菜穂子」 河出書房 1955 176p（河
出新書）
「日本青春文学名作選」 第11 学習研究社
1964（ガッケン・ブックス）
「菜穂子・楡の家」 改訂版 角川書店
1968 225p（角川文庫）
「菜穂子―他5編」 岩波書店 1973 304p
（岩波文庫）
「堀辰雄全集2」 筑摩書房 昭和52年
「堀辰雄作品集 第3巻」 筑摩書房 1982.7
384p
「菜穂子・楡の家」 改版 新潮社 2013.
6 227p 16cm（新潮文庫 ほー1-5）
460円 Ⓘ978-4-10-100405-1
「風立ちぬ/菜穂子」 小学館 2013.11
293p 15cm（小学館文庫）514円
Ⓘ978-4-09-408877-9

堀 佳子 ほり・よしこ

6044 「生き人形」
◇新風舎出版賞 （第4回/平成9年5月/ビ
ジュアル部門/最優秀賞）
「生き人形―堀佳子の世界」 フーコー,
星雲社〔発売〕 1998.8 1冊 19cm
2500円 Ⓘ4-7952-3637-2

堀井 拓馬 ほりい・たくま

6045 「なまづま」
◇日本ホラー小説大賞 （第18回/平成23
年/長編賞）
「なまづま」 角川書店, 角川グループパ
ブリッシング〔発売〕 2011.10 236p

堀内 伸　ほりうち・しん

6046　「彩色」
◇文學界新人賞　（第2回/昭和31年）

堀江 敏幸　ほりえ・としゆき

6047　「おばらばん」
◇三島由紀夫賞　（第12回/平成11年）
　「おばらばん」　青土社　1998.7　214p
　20cm　1900円　①4-7917-5651-7

6048　「河岸忘日抄」
◇読売文学賞　（第57回/平成17年度/小
　説賞）
　「河岸忘日抄」　新潮社　2005.2　317p
　20cm　1500円　①4-10-447103-8
　「河岸忘日抄」　新潮社　2008.5　407p
　16cm（新潮文庫）590円　①978-4-10-
　129473-5

6049　「熊の敷石」
◇芥川龍之介賞　（第124回/平成12年下
　期）
　「熊の敷石」　講談社　2001.2　165p
　20cm　1400円　①4-06-210635-3
　「芥川賞全集　第19巻」　文藝春秋　2002.
　12　399p　20cm　3238円　①4-16-
　507290-7
　「熊の敷石」　講談社　2004.2　189p
　15cm（講談社文庫）495円　①4-06-
　273958-5

6050　「スタンス・ドット」
◇川端康成文学賞　（第29回/平成15年）
　「雪沼とその周辺」　新潮社　2003.11
　187p　20cm　1400円　①4-10-447102-X

6051　「なずな」
◇伊藤整文学賞　（第23回/平成24年/小
　説）
　「なずな」　集英社　2011.5　436p　20cm
　1800円　①978-4-08-771377-0

6052　「雪沼とその周辺」
◇木山捷平文学賞　（第8回/平成15年度）
◇谷崎潤一郎賞　（第40回/平成16年）
　「雪沼とその周辺」　新潮社　2003.11
　187p　20cm　1400円　①4-10-447102-X

堀川 アサコ　ほりかわ・あさこ

6053　「闇鏡」
◇日本ファンタジーノベル大賞　（第18
　回/平成18年/優秀賞）

「闇鏡」　新潮社　2006.11　298p　20cm
　1500円　①4-10-303071-2

堀川 弘通　ほりかわ・ひろみち

6054　「評伝 黒沢明」
◇Bunkamuraドゥマゴ文学賞　（第11回/
　平成13年）
　「評伝黒沢明」　毎日新聞社　2000.10
　339p　20cm　2200円　①4-620-31470-6
　「評伝黒沢明」　筑摩書房　2003.9　353p
　15cm（ちくま文庫）840円　①4-480-
　03882-5

堀口 捨己　ほりぐち・すてみ

6055　「利休の茶」
◇透谷文学賞　（第5回/昭和16年）
　「利休の茶」　岩波書店　1995.9　586p
　22cm　7200円　①4-00-002446-9
　※第3刷（第1刷：1951年）

堀越 博　ほりこし・ひろし

6056　「超古代史 壬申の乱 大海人皇子
　の陰謀」
◇古代ロマン文学大賞　（第2回/平成13
　年/飛鳥ロマン文学賞）
　「大海人皇子の陰謀―超古代史壬申の乱」
　郁朋社　2002.8　238p　20cm　1500円
　①4-87302-185-5

本沢 幸次郎　ほんざわ・こうじろう

6057　「黒い乳房」
◇「サンデー毎日」大衆文芸　（第41回/
　昭和27年上）

本沢 みなみ　ほんざわ・みなみ

6058　「ゴーイング・マイ・ウェイ」
◇ノベル大賞　（第24回/平成6年下期/佳
　作）
　「リミット・ステージ―東京ANGEL」
　集英社　2003.6　202p　15cm（コバル
　ト文庫）419円　①4-08-600277-9

本荘 浩子　ほんじょう・ひろこ

6059　「史子（ふみこ）」
◇「小説ジュニア」青春小説新人賞　（第
　5回/昭和47年）
　「史子」　集英社　1977.10　245p（集英社文
　庫）

本城 美智子　ほんじょう・みちこ

6060　「十六歳のマリンブルー」
◇すばる文学賞　（第10回/昭和61年）

「十六歳のマリンブルー」 集英社 1987.2
163p
「十六才のマリンブルー」 集英社 1989.1
174p（集英社文庫）

ほんじょう 山羊 ほんじょう・やぎ

6061 「サムライ・凜は0勝7敗!?」
◇美少女文庫新人賞 （第8回／平成23年）
「サムライ・凜は0勝7敗!?」 フランス書
院 2012.3 320p 15cm（えすかれ美
少女文庫） 667円 ①978-4-8296-6209-0

本多 孝好 ほんだ・たかよし

6062 「眠りの海」
◇「小説推理」新人賞 （第16回／平成6
年）
「ミッシング」 双葉社 1999.6 297p
21cm 1700円 ①4-575-23375-7
「MISSING」 双葉社 2001.11 341p
15cm（双葉文庫） 600円 ①4-575-
50803-9
「MISSING」 角川書店, 角川グループパ
ブリッシング〔発売〕 2013.2 302p
15cm（角川文庫） 552円 ①978-4-04-
100707-5

誉田 哲也 ほんだ・てつや

6063 「アクセス」
◇ホラーサスペンス大賞 （第4回／平成
15年／特別賞）
「アクセス」 新潮社 2004.1 343p
20cm 1400円 ①4-10-465201-6

6064 「妖の華―あやかしのはな」
◇ムー伝奇ノベル大賞 （第2回／平成14
年／優秀賞）
「ダークサイド・エンジェル紅鈴―妖の
華」 学習研究社 2003.1 394p 18cm
（ウルフ・ノベルス） 890円 ①4-05-
401863-7

本多 はる子 ほんだ・はるこ

6065 「磐船街道」
◇「文芸倶楽部」懸賞小説 （第46回／明
39年12月／第1等）

本田 緋兎美 ほんだ・ひとみ

6066 「八枚の奇跡」
◇角川ビーンズ小説大賞 （第2回／平成
15年／奨励賞）

本多 美智子 ほんだ・みちこ

6067 「落し穴」

◇作家賞 （第22回／昭和61年）

本田 美なつ ほんだ・みなつ

6068 「ミス・ホームズ 夏色のメ
モリー」
◇12歳の文学賞 （第4回／平成22年／小説
部門／審査員特別賞〈樋口裕一賞〉）
「12歳の文学 第4集」 小学館 2010.3
395p 20cm 1200円 ①978-4-09-
289725-0

本田 元弥 ほんだ・もとや

6069 「家のなか・なかの家」
◇文藝賞 （第8回／昭和46年）
「家のなか・なかの家」 河出書房新社
1973 228p

誉田 龍一 ほんだ・りゅういち

6070 「消えずの行灯」
◇「小説推理」新人賞 （第28回／平成18
年）
「消えずの行灯―本所七不思議捕物帖」
双葉社 2007.10 373p 20cm 1800円
①978-4-575-23595-1
「消えずの行灯―本所七不思議捕物帖」
双葉社 2009.5 382p 15cm（双葉文
庫） 695円 ①978-4-575-66382-2

本渡 章 ほんど・しょう

6071 「くろ」
◇パスカル短編文学新人賞 （第3回／平
成8年／優秀賞）

本間 剛夫 ほんま・たけお

6072 「パナマを越えて」
◇日本文芸大賞 （第23回／平成17年／文
芸功績賞）

本間 洋平 ほんま・ようへい

6073 「家族ゲーム」
◇すばる文学賞 （第5回／昭和56年）
「家族ゲーム」 集英社 1982.1 168p
「家族ゲーム」 集英社 1984.3 195p（集
英社文庫）

【ま】

真朝 ユヅキ まあさ・ゆずき

6074 「波乱万丈☆青春生き残りゲーム
　　　―魔王殿下と勇者の私―」
◇ノベル大賞　（第36回/平成17年度/佳
　作）
　「魔王サマと勇者の私」　集英社　2006.11
　247p　15cm　（コバルト文庫）　495円
　①4-08-600846-7
　「魔王サマと勇者の私―外交官はじめま
　した」　集英社　2007.2　222p　15cm
　（コバルト文庫）　457円　①978-4-08-
　600881-5
　「魔王サマと勇者の私―海賊のススメ」
　集英社　2007.6　237p　15cm　（コバル
　ト文庫）　495円　①978-4-08-601029-0

舞坂 あき まいさか・あき

6075 「落日の炎」
◇女流新人賞　（第33回/平成2年度）

舞城 王太郎 まいじょう・おうたろう

6076 「阿修羅ガール」
◇三島由紀夫賞　（第16回/平成15年）
　「阿修羅ガール」　新潮社　2003.1　284p
　20cm　1400円　①4-10-458001-5
　「阿修羅ガール」　新潮社　2005.5　367p
　16cm　（新潮文庫）　552円　①4-10-
　118631-6

前川 亜希子 まえかわ・あきこ

6077 「河童と見た空」
◇ゆきのまち幻想文学賞　（第18回/平成
　20年）
　「ゆきのまち幻想文学賞小品集　18　河
　童と見た空」　ゆきのまち通信編　企画
　集団ぷりずむ　2009.3　223p　19cm
　1715円　①978-4-906691-30-2
　※選：高田宏, 萩尾望都, 乳井昌史

前川 麻子 まえかわ・あさこ

6078 「鞄屋の娘」
◇小説新潮長篇新人賞　（第6回/平成12
　年）
　「鞄屋の娘」　新潮社　2000.6　166p
　20cm　1300円　①4-10-437401-6

前川 梓 まえかわ・あずさ

6079 「ようちゃんの夜」
◇ダ・ヴィンチ文学賞　（第1回/平成18
　年/大賞）
　「ようちゃんの夜」　メディアファクト
　リー　2006.8　144p　20cm　1000円
　①4-8401-1587-7
　「ようちゃんの夜」　メディアファクト
　リー　2008.6　187p　15cm　（MF文庫
　ダ・ヴィンチ）　495円　①978-4-8401-
　2345-7
　※2006年刊の増補

前川 紫山 まえかわ・しざん

6080 「雨期晴」
◇「文芸倶楽部」懸賞小説　（第37回/明
　39年3月/第2等）

前川 知大 まえかわ・ともひろ

6081 「太陽」
◇読売文学賞　（第63回/平成23年度/戯
　曲・シナリオ賞）

前川 裕 まえかわ・ゆたか

6082 「クリーピー」
◇日本ミステリー文学大賞新人賞　（第
　15回/平成23年度）
　「クリーピー」　光文社　2012.2　328p
　20cm　1600円　①978-4-334-92808-7
　「クリーピー」　光文社　2014.3　389p
　16cm　（光文社文庫　ま20-1）　680円
　①978-4-334-76708-2

前嶋 佐和子 まえじま・さわこ

6083 「水槽の中の二頭魚」
◇YA文学短編小説賞　（第2回/平成21年
　/優秀賞）

前島 不二雄 まえじま・ふじお

6084 「風そよぐ名塩峠」
◇歴史文学賞　（第17回/平成4年度/佳
　作）

6085 「秘聞　武田山嶽党」
◇歴史群像大賞　（第9回/平成15年/最優
　秀賞）
　「秘聞武田山嶽党」　学習研究社　2003.6
　269p　20cm　1600円　①4-05-402086-0

前田 新 まえだ・あらた

6086 「彼岸獅子舞の村」
◇農民文学賞　（第51回/平成20年度）

前田 慈乃　まえだ・しの

6087　「かくれんぼクラブ」

◇12歳の文学賞　（第6回/平成24年/小説部門/優秀賞）

「12歳の文学　第6集」　小学館　2012.3　216p　19cm　1200円　①978-4-09-289735-9

真枝 志保　まえだ・しほ

6088　「桃と灰色」

◇坊っちゃん文学賞　（第12回/平成23年/大賞）

前田 司郎　まえだ・しろう

6089　「夏の水の半魚人」

◇三島由紀夫賞　（第22回/平成21年）

「夏の水の半魚人」　扶桑社　2009.2　171p　20cm　1600円　①978-4-594-05878-4

前田 宣山人　まえだ・せんさんじん

6090　「伊庭如水」

◇「文芸倶楽部」懸賞小説　（第43回/明39年9月/第3等）

前田 珠子　まえだ・たまこ

6091　「眠り姫の目覚める朝」

◇コバルト・ノベル大賞　（第9回/昭和62年上/佳作）

前田 菜穂　まえだ・なほ

6092　「河原者の牛黄を見つけたることと」

◇部落解放文学賞　（第38回/平成23年/小説部門/佳作）

前田 万里　まえだ・まり

6093　「雪椿」

◇深大寺短編恋愛小説「深大寺恋物語」　（第1回/平成17年/調布市長賞）

前田 豊　まえだ・ゆたか

6094　「ある非行少年」

◇池内祥三文学奨励賞　（第7回/昭和52年）

6095　「川の終り」

◇オール讀物新人賞　（第35回/昭和44年下）

前田 隆壱　まえだ・りゅういち

6096　「アフリカ鯰」

◇文學界新人賞　（第117回/平成25年下）

前田 隆之介　まえだ・りゅうのすけ

6097　「使徒」

◇文學界新人賞　（第30回/昭和45年上）

前中 行至　まえなか・こうし

6098　「太陽の匂い」

◇「小説ジュニア」青春小説新人賞　（第12回/昭和54年）

「太陽の匂い」　集英社　1981.10　327p（集英社文庫）

前山 尚士　まえやま・たかし

6099　「百年杉と斜陽と不発弾」

◇深大寺短編恋愛小説「深大寺恋物語」　（第5回/平成21年/深大寺特別賞）

曲木 磯六　まがき・いそろく

6100　「青鳥発見伝」

◇「サンデー毎日」大衆文芸　（第39回/昭和25年上）

真木 桂之助　まき・けいのすけ

6101　「崩れ去る大地に」

◇農民文学賞　（第2回/昭和32年度）

「崩れ去る大地に」　現代社　1959　203p

麻木 琴加　まき・ことか

6102　「外面姫と月影の誓約」

◇角川ビーンズ小説大賞　（第11回/平成24年/奨励賞）　〈受賞時〉山内 マキ

「外面姫と月影の誓約」　KADOKAWA　2013.12　254p　15cm　（角川ビーンズ文庫 BB93-1）　560円　①978-4-04-101102-7

「外面姫と月影の誓約　2　彼方に望む永遠」　KADOKAWA　2014.4　253p　15cm　（角川ビーンズ文庫 BB93-2）　560円　①978-4-04-101309-0

牧 薩次　まき・さつじ　⇒辻 真先（つじ・まさき）

真木 純　まき・じゅん

6104　「寒菊抄」

◇「サンデー毎日」大衆文芸　（第29回/昭和16年下）

蒔岡 雪子　まきおか・ゆきこ

6105　「飴玉が三つ」
◇文學界新人賞（第94回/平成14年上期）

蒔田 広　まきた・ひろし

6106　「嫁の地位」
◇地上文学賞（第21回/昭和48年）

牧田 真有子　まきた・まゆこ

6107　「椅子」
◇文學界新人賞（第105回/平成19年下期/辻原登奨励賞）

マキタリック, モリー

6108　「**TV**レポーター殺人事件」
◇サントリーミステリー大賞（第8回/平成1年）
「TVレポーター殺人事件」文芸春秋 1990.7 290p

牧野 礼　まきの・あや

6109　「滝まくらの君」
◇ジュニア冒険小説大賞（第6回/平成19年/大賞）
「滝まくらの君」牧野礼作, 照世絵　岩崎書店　2008.4　181p　22cm　1300円　①978-4-265-82018-4

牧野 英二　まきの・えいじ

6110　「突撃中隊の記録」
◇新潮社文芸賞（第7回/昭和19年/第2部）
「突撃中隊の記録」新太陽社　1943　310p

まきの えり

6111　「プツン」
◇早稲田文学新人賞（第4回/昭和62年/小説）
「プツン―まきの・えり作品集」講談社 1988.3　212p

牧野 修　まきの・おさむ

6112　「王の眠る丘」
◇ハイ！ノヴェル大賞（第1回/平成4年）
「王の眠る丘」早川書房 1993.6　275p
「王の眠る丘」早川書房 2000.1　331p 15cm（ハヤカワ文庫JA）600円　①4-15-030630-3

6113　「傀儡后」
◇日本SF大賞（第23回/平成14年）
「傀儡后」早川書房 2002.4　334p 19cm（ハヤカワSFシリーズJコレクション）1700円　①4-15-208412-X
「傀儡后」早川書房 2005.3　537p 16cm（ハヤカワ文庫 JA）840円　①4-15-030788-1

牧野 節子　まきの・せつこ

6114　「水族館」
◇女流新人賞（第35回/平成4年度）

牧野 恒紀　まきの・つねのり

6115　「彼女の恋わずらい」
◇深大寺短編恋愛小説「深大寺恋物語」（第11回/平成27年/深大寺そば組合賞）

牧原 万里　まきはら・まり

6116　「ジェットコースターのあとは七色の気球船に乗って」
◇自分史文学賞（第6回/平成7年度/佳作）

まきびし ゆーき　⇒伊澄 優希（いずみ・ゆうき）

牧村 泉　まきむら・いずみ

6117　「邪光」
◇ホラーサスペンス大賞（第3回/平成14年/特別賞）〈受賞時〉槙居泉
「邪光」幻冬舎 2003.2　373p　20cm 1600円　①4-344-00289-X
「邪光」幻冬舎 2004.10　438p　16cm（幻冬舎文庫）686円　①4-344-40576-5

牧村 一人　まきむら・かずひと

6118　「俺と雌猫のレクイエム」
◇オール讀物推理小説新人賞（第45回/平成18年）

6119　「六本木心中」
◇松本清張賞（第16回/平成21年）
「アダマースの饗宴」文藝春秋 2009.7 318p　20cm 1429円　①978-4-16-328380-7

牧村 圭　まきむら・けい

6120　「三宅島遠島始末～赦免花の咲く日まで」
◇歴史群像大賞（第20回/平成26年発表

/佳作）

万城目 学　まきめ・まなぶ

6121　「偉大なる、しゅららぼん」
◇本屋大賞（第9回/平成24年/9位）
「偉大なる、しゅららぼん」　集英社　2011.4　548p　20cm　1619円　①978-4-08-771399-2
「偉大なる、しゅららぼん」　集英社　2013.12　582p　16cm（集英社文庫 ま21-2）760円　①978-4-08-745142-9

6122　「鴨川ホルモー」
◇ボイルドエッグズ新人賞（第4回/平成17年11月）
◇本屋大賞（第4回/平成19年/第6位）
「鴨川ホルモー」　産業編集センター　2006.4　283p　19cm　1200円　①4-916199-82-0
「鴨川ホルモー」　角川書店, 角川グループパブリッシング（発売）　2009.2　299p　15cm（角川文庫 15579）514円　①978-4-04-393901-5

6123　「鹿男あをによし」
◇本屋大賞（第5回/平成20年/8位）
「鹿男あをによし」　幻冬舎　2007.4　394p　20cm　1500円　①978-4-344-01314-8
※他言語標題：The fantastic deer-man

6124　「とっぴんぱらりの風太郎」
◇本屋大賞（第11回/平成26年/5位）
「とっぴんぱらりの風太郎」　文藝春秋　2013.9　746p　20cm　1900円　①978-4-16-382500-7

幕内 克蔵　まくうち・かつぞう

6125　「ハルマヘラの鬼」
◇「サンデー毎日」大衆文芸（第46回/昭和29年下）

真久田 正　まくた・ただし

6126　「白いサメ」
◇海洋文学大賞（第4回/平成12年/童話部門）

マクワイア, アツコ

6127　「クリスタル・イーゴ」
◇全作家文学奨励賞（第3回/平成9年/小説部門）

まこと

6128　「学校裁判」

◇角川つばさ文庫小説賞（第2回/平成25年/こども部門/グランプリ）

真坂 マサル　まさか・まさる

6129　「水木しげ子さんと結ばれました」
◇電撃大賞（第20回/平成25年/電撃小説大賞部門/20回記念特別賞）
「水木しげ子さんと結ばれました」　KADOKAWA　2014.2　335p　15cm（電撃文庫 2690）590円　①978-4-04-866313-7
「水木しげ子さんと結ばれました　2」　KADOKAWA　2014.6　339p　15cm（電撃文庫 2762）630円　①978-4-04-866639-8

柾 悟郎　まさき・ごろう

6130　「ヴィーナス・シティ」
◇日本SF大賞（第14回/平成5年）
「ヴィーナス・シティ」　早川書房 1992.11　313p
「ヴィーナス・シティ」　早川書房　1995.12　364p　15cm（ハヤカワ文庫JA）580円　①4-15-030536-6

正木 陶子　まさき・とうこ

6131　「パートナー」
◇女による女のためのR-18文学賞（第2回/平成15年/優秀賞）

正木 斗周　まさき・としゅう

6132　「パパのおしごと」
◇労働者文学賞（第26回/平成26年/小説部門/佳作）

真崎 雅樹　まさき・まさき

6133　「夢幻史記 游侠妖魅列伝」
◇ファンタジア長編小説大賞（第19回/平成19年/佳作）

真崎 まさむね　まさき・まさむね

6134　「失敗禁止っ！ 彼女のヒミツは漏らせない！」
◇MF文庫Jライトノベル新人賞（第8回/平成24年/優秀賞）
「失敗禁止！―彼女のヒミツはもらさない！」　メディアファクトリー　2012.10　263p　15cm（MF文庫J ま-03-01）580円　①978-4-8401-4850-4
※受賞作「失敗禁止っ！ 彼女のヒミツは漏らせない！」を改題
「失敗禁止！―彼女のヒミツはもらさな

い！ 2」 メディアファクトリー
2013.1 263p 15cm （MF文庫J ま-03-
02） 580円 ①978-4-8401-4961-7

柾 弥生 まさき・やよい

6135 「**STAY WITH ME**」
◇パレットノベル大賞 （第2回/平成1年
冬/佳作）

正木 ゆう子 まさき・ゆうこ

6136 「静かな水」
◇芸術選奨 （第53回/平成14年度/文学
部門/文部大臣賞）
「静かな水―正木ゆう子句集」 春秋社
2002.10 177p 20cm 2000円 ①4-
393-43415-3

真咲 ようこ まさき・ようこ

6137 「金の輪がまわる日」
◇BE・LOVE原作大賞 （第2回/平成11
年/準入選）

正大 喜一 まさひろ・きいち

6138 「東に向かう道」
◇ジャンプ小説新人賞 (jump Novel
Grand Prix) （'12 Summer/平成24
年夏/小説：フリー部門/特別賞）

正宗 白鳥 まさむね・はくちょう

6139 「今年の秋」
◇読売文学賞 （第11回/昭和34年/小説
賞）
「正宗白鳥全集4」 新潮社 昭和41年
「昭和文学全集2」 小学館 1988
「何処へ・入江のほとり」 講談社 1998.
1 328p 15cm （講談社文芸文庫）
1050円 ①4-06-197569-4
「戦後短篇小説再発見 5 生と死の光
景」 講談社文芸文庫編 講談社 2001.
10 272p 15cm （講談社文芸文庫）
950円 ①4-06-198265-6

間嶋 稔 まじま・みのる

6140 「海鳴りの丘」
◇日本海文学大賞 （第2回/平成3年/小
説）

6141 「海辺のレクイエム」
◇松岡譲文学賞 （第3回/昭和53年）

6142 「悪い夏」
◇北日本文学賞 （第18回/昭和59年）

真代屋 秀晃 ましろや・ひであき

6143 「韻が織り成す召喚魔法―バス
タ・リリッカーズ―」
◇電撃大賞 （第20回/平成25年/電撃小
説大賞部門/金賞）
「韻が織り成す召喚魔法 バスタ・リリッ
カーズ」 KADOKAWA 2014.2 319p
15cm （電撃文庫 2687） 590円 ①978-
4-04-866319-9
「韻が織り成す召喚魔法 2 クレイジー・
マネー・ウォーズ」 KADOKAWA
2014.6 331p 15cm （電撃文庫 2758）
650円 ①978-4-04-866683-1

ますくど

6144 「剣澄む～TSURUGISM～」
◇『このライトノベルがすごい！』大賞
（第3回/平成24年/優秀賞）
「剣澄む―TSURUGISM―」 宝島社
2012.10 300p 16cm （このライトノ
ベルがすごい！文庫 ま-1-1） 648円
①978-4-8002-0272-7

増田 勇 ますだ・いさむ

6145 「郵便物裁断」
◇労働者文学賞 （第25回/平成25年/小
説部門/入選）

増田 御風 ますだ・ぎょふう

6146 「傀儡」
◇「文芸倶楽部」懸賞小説 （第38回/明
39年4月/第2等）

増田 忠則 ますだ・ただのり

6147 「マグノリア通り、曇り」
◇「小説推理」新人賞 （第35回/平成25
年）

増田 俊成 ますだ・としなり

6148 「シャトゥーン」
◇『このミステリーがすごい！』大賞
（第5回/平成18年/優秀賞）
「シャトゥーン―ヒグマの森」 宝島社
2007.2 347p 20cm 1600円 ①978-4-
7966-5639-9
「シャトゥーン―ヒグマの森」 増田俊也
著 宝島社 2009.6 379p 16cm （宝
島社文庫） 562円 ①978-4-7966-6903-0

増田 みず子 ますだ・みずこ

6149 「自由時間」

◇野間文芸新人賞　（第7回/昭和60年）
「自由時間」　新潮社　1984.10　253p（新鋭
書下ろし作品）

6150　「シングル・セル」
◇泉鏡花文学賞　（第14回/昭和61年）
「シングル・セル」　福武書店　1986.7　260p
「シングル・セル」　福武書店　1988.7
280p（福武文庫）
「シングル・セル」　講談社　1999.8
293p　15cm（講談社文芸文庫）1300
円　Ⓘ4-06-197675-3

6151　「月夜見」
◇伊藤整文学賞　（第12回/平成13年/小
説）
「月夜見」　講談社　2001.1　287p　20cm
1800円　Ⓘ4-06-210549-7

6152　「夢虫（ゆめんむし）」
◇芸術選奨　（第42回/平成3年度/文学部
門/新人賞）
「童神」　中央公論社　1990.10　251p

桝田 豊　ますだ・ゆたか

6153　「小悪」
◇早稲田文学新人賞　（第25回/平成27
年）

舛山 六太　ますやま・ろくた

6154　「降倭記」
◇サンデー毎日新人賞　（第1回/昭和45
年/時代小説）

又吉 栄喜　またよし・えいき

6155　「ギンネム屋敷」
◇すばる文学賞　（第4回/昭和55年）
「ギンネム屋敷」　集英社　1981.1　212p
「オキナワ　終わらぬ戦争」　山之口獏ほか
著　集英社　2012.5　721p　19cm（コ
レクション　戦争と文学 20）3600円
Ⓘ978-4-08-157020-1

6156　「ジョージが射殺した猪」
◇九州芸術祭文学賞　（第8回/昭和52年）
「ギンネム屋敷」　集英社　1981.1　212p
「沖縄文学全集8」　国書刊行会　1990
「ベトナム戦争」　開高健ほか著　集英社
2012.4　633p　19cm（コレクション　戦
争と文学 2）3600円　Ⓘ978-4-08-
157002-7

6157　「豚の報い」
◇芥川龍之介賞　（第114回/平成7年下
期）

「豚の報い」　文藝春秋　1996.3　221p
19cm　1100円　Ⓘ4-16-316210-0
「豚の報い」　文藝春秋　1999.2　235p
15cm（文春文庫）429円　Ⓘ4-16-
761801-X
「芥川賞全集　第17巻」　笙野頼子, 室井
光広, 保坂和志, 又吉栄喜, 川上弘美, 柳
美里, 辻仁成著　文藝春秋　2002.8
500p　19cm　3238円　Ⓘ4-16-507270-2
「沖縄文学選―日本文学のエッジからの
問い」　岡本恵徳, 高橋敏夫編　勉誠出
版　2003.5　430p　21cm　2600円　Ⓘ4-
585-09041-X

又吉 直樹　またよし・なおき

6158　「火花」
◇芥川龍之介賞　（第153回/平成27年上
半期）
「火花」　文藝春秋　2015.3　148p　20cm
1200円　Ⓘ978-4-16-390230-2

町田 康　まちだ・こう

6159　「きれぎれ」
◇芥川龍之介賞　（第123回/平成12年上
期）
「きれぎれ」　文藝春秋　2000.7　188p
20cm　1143円　Ⓘ4-16-319330-8
「芥川賞全集　第19巻」　文藝春秋　2002.
12　399p　20cm　3238円　Ⓘ4-16-
507290-7
「きれぎれ」　文藝春秋　2004.4　213p
16cm（文春文庫）429円　Ⓘ4-16-
765303-6

6160　「くっすん大黒」
◇Bunkamuraドゥマゴ文学賞　（第7回/
平成9年）
◇野間文芸新人賞　（第19回/平成9年）
「くっすん大黒」　文藝春秋　1997.3
173p　19cm　1429円　Ⓘ4-16-316820-6
「くっすん大黒」　文藝春秋　2002.5
181p　15cm（文春文庫）390円　Ⓘ4-
16-765301-X

6161　「告白」
◇谷崎潤一郎賞　（第41回/平成17年度）
◇本屋大賞　（第3回/平成18年/7位）
「告白」　中央公論新社　2005.3　676p
20cm　1900円　Ⓘ4-12-003621-9
「告白」　中央公論新社　2008.2　850p
16cm（中公文庫）1143円　Ⓘ978-4-
12-204969-7

6162　「権現の踊り子」
◇川端康成文学賞　（第28回/平成14年）

「権現の踊り子」 講談社 2003.3 203p
20cm 1500円 Ⓘ4-06-211760-6

6163 「宿屋めぐり」
◇野間文芸賞 （第61回/平成20年）
「文学 2002」 日本文藝家協会編 講談
社 2002.4 328p 20cm 3000円 Ⓘ4-
06-117102-X
「宿屋めぐり」 講談社 2008.8 602p
20cm 1900円 Ⓘ978-4-06-214861-0

松 英一郎 まつ・えいいちろう
6164 「つくし」
◇NHK銀の雫文芸賞 （平成20年/優秀）

松 時ノ介 まつ・ときのすけ
6165 「幕乱資伝」
◇HJ文庫大賞 （第6回/平成24年/金賞）
「サムライブラッド 天守無双」 ホビー
ジャパン 2012.8 257p 15cm （HJ文
庫 ま01-01-01） 619円 Ⓘ978-4-7986-
0441-1
※受賞作「幕乱資伝」を改題
「サムライブラッド 2 神花襲来」 ホ
ビージャパン 2012.11 280p 15cm
（HJ文庫 ま01-01-02） 619円 Ⓘ978-4-
7986-0492-3

松井 今朝子 まつい・けさこ
6166 「仲蔵狂乱」
◇時代小説大賞 （第8回/平成9年）
「仲蔵狂乱」 講談社 1998.3 336p
19cm 1500円 Ⓘ4-06-209074-0
「仲蔵狂乱」 講談社 2001.2 362p
15cm （講談社文庫） 752円 Ⓘ4-06-
273071-5
「仲蔵狂乱 上」 埼玉福祉会 2004.5
372p 21cm （大活字本シリーズ）
3200円 Ⓘ4-88419-253-2
※原本：講談社文庫
「仲蔵狂乱 下」 埼玉福祉会 2004.5
348p 21cm （大活字本シリーズ）
3100円 Ⓘ4-88419-254-0
※原本：講談社文庫
6167 「吉原手引草」
◇直木三十五賞 （第137回/平成19年上
半期）
「吉原手引草」 幻冬舎 2007.3 256p
20cm 1600円 Ⓘ978-4-344-01295-0
「吉原手引草」 幻冬舎 2009.4 326p
16cm （幻冬舎文庫 ま-13-1） 600円
Ⓘ978-4-344-41294-1

松井 健一郎 まつい・けんいちろう
6168 「私の労働問題」
◇全作家文学賞 （第16回/平成4年度/小
説）

松井 千尋 まつい・ちひろ
6169 「ウェルカム・ミスター・エカリ
タン」
◇ノベル大賞 （第30回/平成11年/読者
大賞）
「犬が来ました—ウェルカム・ミスター・
エカリタン」 集英社 2000.9 247p
15cm （コバルト文庫） 476円 Ⓘ4-08-
614765-3

松井 司 まつい・つかさ
6170 「分かりづらい！」
◇深大寺短編恋愛小説「深大寺恋物語」
（第9回/平成25年/深大寺そば組合
賞）

松家 仁之 まついえ・まさし
6171 「火山のふもとで」
◇読売文学賞 （第64回/平成24年度/小
説賞）
「火山のふもとで」 新潮社 2012.9
377p 20cm 1900円 Ⓘ978-4-10-
332811-7

松浦 幸男 まつうら・さちお
6172 「宝くじ挽歌」
◇オール讀物新人賞 （第4回/昭和29年
上）

松浦 淳 まつうら・じゅん
6173 「窓辺の頬杖」
◇東北北海道文学賞 （第3回/平成5年）

松浦 節 まつうら・たかし
6174 「伊奈半十郎上水記」
◇歴史文学賞 （第26回/平成13年度）
「伊奈半十郎上水記」 新人物往来社
2002.9 312p 20cm 1900円 Ⓘ4-404-
02990-X
「代表作時代小説 平成15年度」 日本文
藝家協会編纂 光風社出版 2003.5
413p 20cm 2200円 Ⓘ4-415-08854-6

松浦 千恵美 まつうら・ちえみ
6175 「傀儡呪」
◇アガサ・クリスティー賞 （第4回/平

成26年）

松浦 寿輝　まつうら・ひさき

6176 「あやめ 鰈 ひかがみ」
◇木山捷平文学賞　（第9回/平成17年）
「あやめ/鰈/ひかがみ」　講談社　2004.3
229p　20cm　1600円　Ⓘ4-06-212205-7
「あやめ/鰈/ひかがみ」　講談社　2008.10
246p　15cm（講談社文庫）552円
Ⓘ978-4-06-276181-9

6177 「花腐し」
◇芥川龍之介賞　（第123回/平成12年上
期）
「花腐し」　講談社　2000.8　150p　20cm
1300円　Ⓘ4-06-210379-6
「芥川賞全集　第19巻」　文藝春秋　2002.
12　399p　20cm　3238円　Ⓘ4-16-
507290-7
「花腐し」　講談社　2005.6　183p　15cm
（講談社文庫）467円　Ⓘ4-06-275121-6

6178 「半島」
◇読売文学賞　（第56回/平成16年度/小
説賞）
「半島」　文藝春秋　2004.7　303p　20cm
2190円　Ⓘ4-16-323110-2
「半島」　文藝春秋　2007.7　345p　16cm
（文春文庫）657円　Ⓘ978-4-16-
770302-8

松浦 央和　まつうら・ひろかず

6179 「ゴーストタワー」
◇12歳の文学賞　（第2回/平成20年/審査
員特別賞【樋口裕一賞】）
「12歳の文学　第2集　小学生作家が紡ぐ
9つの物語」　小学館　2008.3　281p
20cm　1000円　Ⓘ978-4-09-289712-0
「12歳の文学　第2集」　小学生作家たち
著　小学館　2010.4　277p　15cm（小
学館文庫）552円　Ⓘ978-4-09-408497-9

松浦 理英子　まつうら・りえこ

6180 「親指Pの修業時代」
◇女流文学賞　（第33回/平成6年度）
「親指Pの修業時代　上」　河出書房新社
1993.11　354p　19cm　1500円　Ⓘ4-
309-00867-4
「親指Pの修業時代　下」　河出書房新社
1993.11　319p　19cm　1500円　Ⓘ4-
309-00868-2
「親指Pの修業時代　上」　河出書房新社
1995.9　359p　15cm（河出文庫）580
円　Ⓘ4-309-40455-3

「親指Pの修業時代　下」　河出書房新社
1995.9　333p　15cm（河出文庫）560
円　Ⓘ4-309-40456-1
「親指Pの修業時代　上」　新装版　河出
書房新社　2006.4　365p　15cm（河出
文庫）660円　Ⓘ4-309-40792-7
「親指Pの修業時代　下」　新装版　河出
書房新社　2006.4　333p　15cm（河出
文庫）650円　Ⓘ4-309-40793-5

6181 「犬身」
◇読売文学賞　（第59回/平成19年度/小
説賞）
「犬身」　朝日新聞社　2007.10　505p
20cm　2000円　Ⓘ978-4-02-250335-0

6182 「葬儀の日」
◇文學界新人賞　（第47回/昭和53年下）
「葬儀の日―松浦理英子/三つの短編小
説」　文芸春秋　1980.8　233p

松江 ちづみ　まつえ・ちづみ

6183 「四人姉妹」
◇部落解放文学賞　（第12回/昭和60年/
小説）

松尾 真由美　まつお・まゆみ

6184 「密約―オブリガート」
◇H氏賞　（第52回/平成14年）
「密約―オブリガート」　思潮社　2001.3
93p　22cm　2200円　Ⓘ4-7837-1239-5

松尾 光治　まつお・みつはる

6185 「ファースト・ブルース」
◇文學界新人賞　（第78回/平成6年上期）

松尾 佑一　まつお・ゆういち

6186 「鳩とクラウジウスの原理」
◇野性時代フロンティア文学賞　（第1回
/平成21年）
「鳩とクラウジウスの原理」　角川書店,
角川グループパブリッシング（発売）
2010.4　187p　19cm　1300円　Ⓘ978-4-
04-874048-7

松尾 依子　まつお・よりこ

6187 「子守唄しか聞こえない」
◇群像新人文学賞　（第51回/平成20年/
小説当選作）
「子守唄しか聞こえない」　講談社　2008.
8　211p　20cm　1429円　Ⓘ978-4-06-
214902-0

松岡 弘一　まつおか・こういち

6188　「鬼婆」
◇池内祥三文学奨励賞（第21回/平成3
年）

6189　「仮面アルツハイマー症」
◇日本文芸家クラブ大賞（第6回/平成8
年度/短編小説賞）

6190　「坂道」
◇池内祥三文学奨励賞（第21回/平成3
年）

松岡 智　まつおか・さとし

6191　「山の灯」
◇農民文学賞（第22回/昭和53年度）

松岡 弘　まつおか・ひろし

6192　「狂気の遺産」
◇黒豹小説賞（平3年/長編小説部門）

松岡 万作　まつおか・まんさく

6193　「もえさん～ぶたのえさの香ば
しさ～」
◇HJ文庫大賞（第6回/平成24年/奨励
賞）
「もえぶたに告ぐ―DRAMATIC
REVENGE STORY」ホビージャパン
2013.4　286p　15cm（HJ文庫 ま02-
01-01）619円　①978-4-7986-0589-0
※受賞作「もえさん～ぶたのえさの香ば
しさ～」を改題

松川 明彦　まつかわ・あきひこ

6194　「うたかたのうた」
◇堺自由都市文学賞（第22回/平成22年
度/堺市長特別賞）

松木 修平　まつき・しゅうへい

6195　「機械野郎」
◇小説現代新人賞（第20回/昭和48年
上）

松樹 剛史　まつき・たけし

6196　「残影の馬」
◇小説すばる新人賞（第14回/平成13
年）
「ジョッキー」集英社　2002.1　284p
20cm　1500円　①4-08-774567-8
「ジョッキー」集英社　2005.1　323p
16cm（集英社文庫）600円　①4-08-
747777-0

真継 伸彦　まつぎ・のぶひこ

6197　「鮫」
◇文藝賞（第2回/昭和38年）
「鮫」河出書房新社 1964 257p
（Kawade paperbacks）
「真継伸彦集」河出書房新社 1971 230p
（新鋭作家叢書）
「鮫」河出書房新社 1980.8 216p（河出
文庫）

松木 麗　まつき・れい

6198　「恋文」
◇横溝正史賞（第12回/平成4年）
「恋文」角川書店 1992.5 224p
「恋文」角川書店　1998.4　235p　15cm
（角川文庫）440円　①4-04-344301-3

松倉 紫苑　まつくら・しおん

6199　「ミスティ・ガール」
◇サンリオ・ロマンス賞（第4回/昭和
61年）
「よみがえった伝説」サンリオ 1986.12
183p（サンリオニューロマンス）
「ミスティ・ガール」サンリオ 1987.8
160p（サンリオニューロマンス 25）

松倉 隆清　まつくら・たかきよ

6200　「ホロカ」
◇東北北海道文学賞（第9回/平成10年
度/三好京三賞）

松﨑 成穂　まつざき・なるほ

6201　「コミック・トラブル」
◇12歳の文学賞（第7回/平成25年/小説
部門/優秀賞）
「12歳の文学　第7集」小学館　2013.3
160p　26cm　952円　①978-4-09-
106804-0

松崎 美保　まつざき・みほ

6202　「**DAY LABOUR**（デイ・レイ
バー）」
◇文學界新人賞（第88回/平成11年上
期）

6203　「まり子のこと」
◇早稲田文学新人賞（第6回/平成1年）

松﨑 有理　まつざき・ゆうり

6204　「あがり」
◇創元SF短編賞（第1回/平成22年度）

「量子回廊—一年刊日本SF傑作選」 大森望, 日下三蔵編 東京創元社 2010.7 629p 15cm (創元SF文庫 734-03) 1300円 ①978-4-488-73403-9

松崎 陽平 まつざき・ようへい

6205 「狂いだすのは三月」
◇文藝賞 (第14回/昭和52年)
「狂いだすのは三月」 河出書房新社 1978.1 216p

松崎 与志人 まつざき・よしと

6206 「少年工」
◇「サンデー毎日」大衆文芸 (第32回/昭和18年上)

松沢 哲郎 まつざわ・てつろう

6207 「想像するちから」
◇毎日出版文化賞 (第65回/平成23年/自然科学部門)
「想像するちから—チンパンジーが教えてくれた人間の心」 岩波書店 2011.2 198p 20cm 1900円 ①978-4-00-005617-5

松沢 友実 まつざわ・ともみ

6208 「白い壁と、画家の妻」
◇舟橋聖一顕彰青年文学賞 (第22回/平成22年/佳作)

松下 寿治 まつした・じゅじ

6209 「西域剣士列伝」
◇ファンタジア長編小説大賞 (第13回/平成13年/佳作)
「天山疾風記—西域剣士列伝」 富士見書房 2002.11 380p 15cm (富士見ファンタジア文庫) 620円 ①4-8291-1454-1

松下 麻理緒 まつした・まりお

6210 「誤算」
◇横溝正史ミステリ大賞 (第27回/平成19年/テレビ東京賞)
「誤算」 角川書店, 角川グループパブリッシング(発売) 2007.10 333p 15cm (角川文庫) 590円 ①978-4-04-386601-4

松嶋 節 まつしま・せつ

6211 「アアア・ア・ア」
◇小谷剛文学賞 (第5回/平成8年)
「月夜のクラゲ」 松嶋節著 叢文社

2001.1 247p 19cm 1600円 ①4-7947-0344-9

6212 「そこに居るのは誰？」
◇マリン文学賞 (第4回/平成5年/地方文学賞)
「月夜のクラゲ」 叢文社 2001.1 247p 19cm 1600円 ①4-7947-0344-9

松嶋 ちえ まつしま・ちえ

6213 「あははの辻」
◇北日本文学賞 (第39回/平成17年)

6214 「眠れぬ川」
◇織田作之助賞 (第22回/平成17年/大賞)

6215 「化け猫音頭」
◇ちよだ文学賞 (第4回/平成22年/唯川恵特別賞)

松島 那美 まつしま・なみ

6216 「お見合い」
◇舟橋聖一顕彰青年文学賞 (第17回/平成17年/最優秀賞(小説))

松嶋 ひとみ まつしま・ひとみ

6217 「胸に降る雪」
◇ゆきのまち幻想文学賞 (第14回/平成16年/長編賞)
「雪見酒」 七森はなほか著 企画集団ぷりずむ 2005.1 195p 19cm (ゆきのまち幻想文学賞小品集 14) 1715円 ①4-906691-17-X

松瀬 久雄 まつせ・ひさお

6218 「私の童話」
◇地上文学賞 (第25回/昭和52年)

松田 喜平 まつだ・きへい

6219 「林檎の木」
◇地上文学賞 (第59回/平成23年)

松田 桂 まつだ・けい

6220 「宇宙切手シリーズ」
◇女による女のためのR-18文学賞 (第4回/平成17年/読者賞)

松田 公平 まつだ・こうへい

6221 「リグレット」
◇舟橋聖一顕彰青年文学賞 (第24回/平成24年/佳作)

松田 志乃ぶ　まつだ・しのぶ

6222　「花ざかりの夜」
◇ノベル大賞（第36回/平成17年度/佳
　作）

松田 解子　まつだ・ときこ

6223　「おりん口伝」
◇田村俊子賞（第8回/昭和42年）
◇多喜二・百合子賞（第1回/昭和44年）
　「おりん口伝」　新日本出版社　1966 245p
　「おりん口伝」　新日本出版社　1974 500p
　「おりん口伝―第1部」　新日本出版社
　　1983.3 332p（新日本文庫）
　「おりん口伝―第2部」　下　新日本出版社
　　1983.5 232p（新日本文庫）
　「おりん口伝―第2部」　上　新日本出版社
　　1983.4 237p（新日本文庫）
　「おりん口伝」　澤田出版, 民衆社〔発売〕
　　2006.1 485p 21cm（松田解子自選集
　　第1巻）3800円　①4-8383-0906-6

松田 正隆　まつだ・まさたか

6224　「夏の砂の上」
◇読売文学賞（第50回/平成10年度/戯
　曲・シナリオ賞）
　「雲母坂・夏の砂の上―松田正隆戯曲集」
　　深夜叢書社　2002.9 269p 20cm
　　1900円　①4-88032-250-4

松田 幸緒　まつだ・ゆきお

6225　「完璧なママ」
◇北区内田康夫ミステリー文学賞（第8
　回/平成22年/大賞）
　「はじめての小説（ミステリー）2　内田
　康夫＆東京・北区が選んだ珠玉のミス
　テリー」　内田康夫選・編　実業之日本
　社　2013.3 373p 19cm 1500円
　①978-4-408-53621-7

6226　「最後のともだち」
◇堺自由都市文学賞（第21回/平成21年
　度/佳作）

6227　「中庭に面した席」
◇オール讀物新人賞（第95回/平成27
　年）

松谷 健三　まつたに・けんぞう

6228　「魔の海」
◇歴史群像大賞（第10回/平成16年/佳
　作）

松谷 文吾　まつたに・ぶんご

6229　「筋骨」
◇「サンデー毎日」懸賞小説（創刊30
　年記念100万円懸賞小説/昭和26年/
　歴史小説（1席））

松谷 みよ子　まつたに・みよこ

6230　「あの世からの火」
◇小学館文学賞（第43回/平成6年）
　「あの世からの火」　偕成社　1993.4
　　212p 21cm（偕成社の創作―直樹とゆ
　　う子の物語）1300円　①4-03-635500-7

松永 弘高　まつなが・ひろたか

6231　「泰平に蠢く」
◇朝日時代小説大賞（第6回/平成26年/
　優秀作）
　「決戦！熊本城―肥後加藤家改易始末」
　　朝日新聞出版　2015.3 261p 19cm
　　1400円　①978-4-02-251268-0

松永 美穂　まつなが・みほ

6232　「朗読者」
◇毎日出版文化賞（第54回/平成12年/
　特別賞）
　「朗読者」　ベルンハルト・シュリンク著,
　　松永美穂訳　新潮社　2000.4 213p
　　20cm（Crest books）1800円　①4-10-
　　590018-8
　「朗読者」　ベルンハルト・シュリンク著,
　　松永美穂訳　新潮社　2003.6 258p
　　16cm（新潮文庫）514円　①4-10-
　　200711-3

松浪 和夫　まつなみ・かずお

6233　「エノラゲイ撃墜指令」
◇日本推理サスペンス大賞（第4回/平
　成3年/佳作）
　「エノラゲイ撃墜指令」　新潮社　1992.2
　　308p

松波 太郎　まつなみ・たろう

6234　「廃車」
◇文學界新人賞（第107回/平成20年下
　期）
　「よもぎ学園高等学校蹴球部」　文藝春秋
　　2009.8 209p 20cm 1429円　①978-4-
　　16-328590-0

6235　「LIFE」
◇野間文芸新人賞（第36回/平成26年）
　「LIFE」　講談社　2014.1 258p 20cm

1400円 ①978-4-06-218829-6
※本文は日本語

松並 百合愛 まつなみ・ゆりあ

6236 「手の記憶」
◇NHK銀の雫文芸賞 （平成21年/最優秀）

松野 秋鳴 まつの・あきなり

6237 「自己中戦艦2年3組」
◇MF文庫Jライトノベル新人賞 （第1回/平成17年/優秀賞）〈受賞時〉秋鳴
「青葉くんとウチュウ・ジン」 メディアファクトリー 2005.11 274p 15cm（MF文庫J）580円 ①4-8401-1452-8
「青葉くんとウチュウ・ジン 2 Xマス・スクランブル」 メディアファクトリー 2006.2 259p 15cm（MF文庫J）580円 ①4-8401-1505-2
「青葉くんとウチュウ・ジン 3 やってきた迷惑王女」 メディアファクトリー 2006.5 271p 15cm（MF文庫J）580円 ①4-8401-1538-9

松信 春秋 まつのぶ・しゅんじゅう

6238 「密売薬児」
◇「文芸倶楽部」懸賞小説 （第45回/明39年11月/第3等）

松葉屋 なつみ まつばや・なつみ

6239 「歌う峰のアリエス」
◇C★NOVELS大賞 （第10回/平成26年/大賞）
「歌う峰のアリエス」 中央公論新社 2014.7 237p 18cm（C・NOVELS Fantasia ま3-1）900円 ①978-4-12-501306-0

松原 伊佐子 まつばら・いさこ

6240 「巨人の城」
◇九州芸術祭文学賞 （第3回/昭和47年）

松原 一枝 まつばら・かずえ

6241 「大きな息子」
◇文学報国新人小説 （昭18年/佳作）
6242 「お前よ美しくあれと声がする」
◇田村俊子賞 （第10回/昭和44年）
「お前よ美しくあれと声がする」 集英社 1970 233p

松原 幹 まつばら・かん

6243 「本朝算法縁起」

◇「サンデー毎日」大衆文芸 （第19回/昭和11年下）

松原 真琴 まつばら・まこと

6244 「そして龍太はニャーと鳴く」
◇ジャンプ小説大賞 （第11回/平成13年/入選）
「そして龍太はニャーと鳴く」 松原真琴, 久保帯人著 集英社 2002.12 220p 19cm（Jump j books）762円 ①4-08-703122-5

松原 三和子 まつばら・みわこ

6245 「わらわらと」
◇関西文學新人賞 （第4回/平成16年/佳作/小説部門）

松原 好之 まつばら・よしゆき

6246 「京都よ, わが情念のはるかな飛翔を支えよ」
◇すばる文学賞 （第3回/昭和54年）
「京都よ、わが情念のはるかな飛翔を支えよ」 集英社 1980.1 196p

松美 佐雄 まつみ・すけお

6247 「偲ケ巌」
◇「文芸倶楽部」懸賞小説 （第45回/明39年11月/第3等）

松村 栄子 まつむら・えいこ

6248 「至高聖所（アバトーン）」
◇芥川龍之介賞 （第106回/平成3年下）
「至高聖所（アバトーン）」 福武書店 1992.2 176p
「至高聖所」 福武書店 1995.1 186p 15cm（福武文庫）480円 ①4-8288-5705-2
「芥川賞全集 第16巻」 松村栄子, 藤原智美, 多和田葉子, 吉目木晴彦, 奥泉光著 文藝春秋 2002.6 388p 19cm 3238円 ①4-16-507260-5
6249 「僕はかぐや姫」
◇海燕新人文学賞 （第9回/平成2年）
「僕はかぐや姫」 福武書店 1991.5 195p

松村 哲秀 まつむら・のりひで

6250 「弥勒が天から降りてきた日」
◇堺自由都市文学賞 （第16回/平成16年）

松村 秀樹　まつむら・ひでき

6251　「大脳ケービング」
◇小説現代新人賞（第46回/昭和61年
　上）

松村 比呂美　まつむら・ひろみ

6252　「女たちの殺意」
◇新風舎文庫大賞（第4回/平成16年8月
　/テーマ部門賞/ミステリー部門賞）
「女たちの殺意」新風舎　2005.1　212p
　15cm（新風舎文庫）658円　①4-7974-
　9528-6

6253　「ながもち」
◇あさよむ携帯文学賞（第1回/平成15
　年/佳作）

松村 美香　まつむら・みか

6254　「ロロ・ジョングランの歌声」
◇城山三郎経済小説大賞（第1回/平成
　20年/大賞）
「ロロ・ジョングランの歌声」ダイヤモ
　ンド社　2009.3　332p　20cm 1600円
　①978-4-478-00844-7

松村 涼哉　まつむら・りょうや

6255　「ただ、それだけで良かったん
　です」
◇電撃大賞（第22回/平成27年/大賞）

松本 ありさ　まつもと・ありさ

6256　「リトル・ダーリン」
◇パレットノベル大賞（第3回/平成2年
　夏/佳作）

松本 薫　まつもと・かおる

6257　「ブロックはうす」
◇早稲田文学新人賞（第16回/平成11
　年）

松本 寛大　まつもと・かんだい

6258　「玻璃の家」
◇島田荘司選 ばらのまち福山ミステ
　リー文学新人賞（第1回/平成20年）
「玻璃の家」講談社　2009.3　368p
　20cm 1700円　①978-4-06-215311-9
　※他言語標題：House of glass, 文献あり

松本 清　まつもと・きよし

6259　「サンパウリ夜話」
◇「サンデー毎日」大衆文芸（第13回/

昭和8年下）

松本 琴潮　まつもと・きんちょう

6260　「面影橋」
◇「文芸倶楽部」懸賞小説（第41回/明
　39年7月/第1等）

松本 幸子　まつもと・さちこ

6261　「閑谷の日日」
◇歴史文学賞（第2回/昭和52年度）
「閑谷の日日」新人物往来社 1978.5 251p

松本 智子　まつもと・さとこ

6262　「ジャイブ」
◇三田文学新人賞（第8回/平成13年/小
　説部門）

松本 清張　まつもと・せいちょう

6263　「或る『小倉日記』伝」
◇芥川龍之介賞（第28回/昭和27下）
「或る「小倉日記」伝―他五篇」角川書
　店 1958 219p（角川文庫）
「松本清張全集35」文芸春秋 昭和47年
「或る「小倉日記」伝」成瀬書房 1980.7
　101p〈限定版〉
「芥川賞全集5」文芸春秋 1982
「或る「小倉日記」伝」改版 角川書店
　1983.10 220p（角川文庫）
「昭和文学全集18」小学館 1987
「或る「小倉日記」伝」64刷改版　新潮
　社　2004.5　495p　16cm（新潮文庫・
　傑作短編集 1）667円　①4-10-110902-8
「松本清張傑作短篇コレクション　上」
　松本清張著, 宮部みゆき責任編集　文藝
　春秋　2004.11　541p　15cm（文春文
　庫）667円　①4-16-710694-9
「西郷札―松本清張短編全集　01」光文
　社　2008.9　317p　15cm（光文社文
　庫）619円　①978-4-334-74476-2

6264　「顔」
◇日本推理作家協会賞（第10回/昭和32
　年）
「顔」大日本雄弁会講談社 1956 245p
　（ロマン・ブックス）
「顔・白い闇―他三篇」角川書店 1959
　250p（角川文庫）
「松本清張全集36」文芸春秋 昭和48年
「松本清張自選傑作短篇集」読売新聞社
　1976 330p
「松本清張自選短篇」作品社 1980.9 472p
「顔」角川書店 1982.11 250p（角川文

庫)
「声―松本清張短編全集 05」 光文社
2009.1 299p 15cm （光文社文庫）
629円 Ⓘ978-4-334-74533-2
「松本清張傑作選 時刻表を殺意が走る―
原武史オリジナルセレクション」 松本
清張著, 原武史編 新潮社 2009.5
345p 19cm 1700円 Ⓘ978-4-10-
320434-3

6265 「西郷札」

◇「週刊朝日」懸賞小説 （昭25年/入選）
「松本清張全集35」 文芸春秋 昭和47年
「昭和文学全集18」 小学館 1987
「マイ・ベスト・ミステリー 4」 日本推
理作家協会編 文藝春秋 2007.10
589p 15cm （文春文庫） 762円
Ⓘ978-4-16-774004-7
「西郷札―松本清張短編全集 01」 光文
社 2008.9 317p 15cm （光文社文
庫） 619円 Ⓘ978-4-334-74476-2

6266 「小説帝銀事件」

◇「文藝春秋」読者賞 （第16回/昭和34
年上）
「小説帝銀事件」 文芸春秋社 1959 245p
「小説帝銀事件」 角川書店 1961 226p
（角川文庫）
「松本清張全集17」 文芸春秋 昭和49年
「小説帝銀事件」 講談社 1980.5 245p
（講談社文庫）
「小説帝銀事件」 新装版 角川書店, 角
川グループパブリッシング〔発売〕
2009.12 286p 15cm （角川文庫） 552
円 Ⓘ978-4-04-122769-5

6267 「昭和史発掘」

◇吉川英治文学賞 （第1回/昭和42年度）
◇菊池寛賞 （第18回/昭和45年）
「松本清張全集32」 文芸春秋 昭和48年
「昭和史発掘 1」 新装版 文藝春秋
2005.3 417p 15cm （文春文庫） 829
円 Ⓘ4-16-710699-X
「昭和史発掘 2」 文藝春秋 2005.4
470p 15cm （文春文庫） 829円 Ⓘ4-
16-769701-7
「昭和史発掘 3」 新装版 文藝春秋
2005.5 456p 15cm （文春文庫） 829
円 Ⓘ4-16-769702-5
「昭和史発掘 4」 新装版 文藝春秋
2005.6 430p 15cm （文春文庫） 829
円 Ⓘ4-16-769703-3
「昭和史発掘 5」 新装版 文藝春秋
2005.7 438p 16cm （文春文庫） 829
円 Ⓘ4-16-769704-1

「昭和史発掘 6」 新装版 文藝春秋
2005.8 512p 15cm （文春文庫） 829
円 Ⓘ4-16-769705-X
「昭和史発掘 7 2.26事件3」 新装版
文藝春秋 2005.9 436p 15cm 829円
Ⓘ4-16-769706-8
「昭和史発掘 8」 新装版 文藝春秋
2005.10 430p 15cm （文春文庫） 829
円 Ⓘ4-16-769707-6
「昭和史発掘 9」 新装版 文藝春秋
2005.11 397p 15cm （文春文庫） 829
円 Ⓘ4-16-769708-4

6268 「逃亡」

◇吉川英治文学賞 （第1回/昭和42年度）
「逃亡」 光文社 1966 （カッパ・ノベル
ス）
「松本清張全集29」 文藝春秋 昭和48年
「逃亡―長編時代小説」 下 光文社 1990.
10 474p （光文社文庫）
「逃亡―長編時代小説」 上 光文社 1990.
10 430p （光文社文庫）
「逃亡 上」 新装版 光文社 2002.1
474p 15cm （光文社時代小説文庫）
724円 Ⓘ4-334-73271-2
「逃亡 下」 新装版 光文社 2002.1
518p 15cm （光文社時代小説文庫）
724円 Ⓘ4-334-73272-0

6269 「花氷」

◇吉川英治文学賞 （第1回/昭和42年度）
「花氷」 講談社 1966 244p
「花氷」 講談社 1968 252p （ロマン・
ブックス）

6270 「留守宅の事件」

◇小説現代ゴールデン読者賞 （第3回/
昭和46年上）
「水の肌」 新潮社 1978.10 223p
「水の肌」 新潮社 1982.7 250p （新潮文
庫）
「松本清張全集56」 文芸春秋 昭和59年
「証明」 新装版 文藝春秋 2013.11
247p 15cm （文春文庫） 540円
Ⓘ978-4-16-769735-8

松本 太吉 まつもと・たきち

6271 「奥の谷へ」

◇部落解放文学賞 （第11回/昭和59年/
小説）

松本 敏彦 まつもと・としひこ

6272 「青春遺書」

◇小谷剛文学賞 （第2回/平成5年）

松本 富生 まつもと・とみお

6273 「野薔薇の道」
◇文學界新人賞 （第63回/昭和61年下）
「栃木県近代文学全集4」 下野新聞社
1990
「野薔薇の道」 宇都宮 下野新聞社 1990.
10 206p
「在日文学全集 第16巻 作品集2」 磯
貝治良,黒古一夫編 勉誠出版 2006.6
487p 21cm 5000円 ①4-585-01126-9

松本 はる まつもと・はる

6274 「彼女の結婚」
◇あさよむ 携帯文学賞 （第3回/平成17
年/読者賞）

松本 英哉 まつもと・ひでや

6275 「幻想ジウロバ」
◇島田荘司選 ばらのまち福山ミステ
リー文学新人賞 （第8回/平成27年/
優秀作）

松本 侑子 まつもと・ゆうこ

6276 「巨食症の明けない夜明け」
◇すばる文学賞 （第11回/昭和62年）
「巨食症の明けない夜明け」 集英社
1988.1 157p

6277 「恋の蛍」
◇新田次郎文学賞 （第29回/平成22年）
「恋の蛍―山崎富栄と太宰治」 光文社
2009.10 363p 20cm 1800円 ①978-
4-334-92685-4
「恋の蛍―山崎富栄と太宰治」 光文社
2012.5 445p 図版12p 16cm （光文社
文庫 ま18-1） 743円 ①978-4-334-
76406-7

松谷 雅志 まつや・まさし

6278 「真拳勝負！」
◇ソノラマ文庫大賞 （第4回/平成12年/
佳作）
「真拳勝負！」 朝日ソノラマ 2001.12
279p 15cm （ソノラマ文庫） 495円
①4-257-76954-8

松山 巌 まつやま・いわお

6279 「闇のなかの石」
◇伊藤整文学賞 （第7回/平成8年/小説）
「闇のなかの石」 文藝春秋 1995.8
257p 19cm 1600円 ①4-16-315750-6

松山 照夫 まつやま・てるお

6280 「未完の告白」
◇大衆文芸賞 （第1回/昭和23年）

真殿 皎 まどの・こう

6281 「鬼道」
◇新潮社文学賞 （第2回/昭和26年）
「鬼道」 みすず書房 1954 172p
「鬼道」 みすず書房 1987.3 172p〈新装
版〉

真中 良 まなか・りょう

6282 「ツクモガミ」
◇ジャンプ小説新人賞（jump Novel
Grand Prix） （'13 Spring/平成25
年春/キャラクター小説部門/金賞）

真名月 由美 まなつき・ゆみ

6283 「電脳幽戯 ゴーストタッチ」
◇ホワイトハート新人賞 （平成19年下
期）
「電脳幽戯―ゴーストタッチ」 講談社
2008.6 210p 15cm （講談社X文庫 ま
D-01―White heart） 550円 ①978-4-
06-286552-4

真鍋 元之 まなべ・もとゆき

6284 「炎風」
◇新鷹会賞 （第8回/昭和33年前/特別奨
励賞）

真野 光一 まの・こういち

6285 「本宮鉄工所」
◇木山捷平短編小説賞 （第10回/平成26
年度）

真野 真央 まの・まお

6286 「テンサウザンドの節約術師」
◇MF文庫Jライトノベル新人賞 （第8回
/平成24年/審査員特別賞）
「スリーピング・ストレーガ 転入少女の
魔術戦略」 メディアファクトリー
2012.11 263p 15cm （MF文庫J ま-
04-01） 580円 ①978-4-8401-4881-8
※受賞作「テンサウザンドの節約術師」
を改題
「スリーピング・ストレーガ 2 刻限聖
夜の凶星魔王」 メディアファクトリー
2013.2 263p 15cm （MF文庫J ま-04-
02） 580円 ①978-4-8401-4992-1
「スリーピング・ストレーガ 3 恋避離

脱の魔術領域」 メディアファクトリー
2013.5 257p 15cm（MF文庫J ま-04-
03）580円 ①978-4-8401-5190-0

まはら 三桃　まはら・みと

6287 「鉄のしぶきがはねる」
◇坪田譲治文学賞 （第27回/平成23年
度）

真帆 しん　まほ・しん

6288 「セルリアン・シード」
◇ゆきのまち幻想文学賞 （第13回/平成
15年/長編賞）
「赤い女」 国吉史郎ほか著　企画集団ぷ
りずむ　2004.1　207p　19cm（ゆきの
まち幻想文学賞小品集）1800円　①4-
906691-13-7

まみや かつき

6289 「妖魔アモル 翡翠の魔身変」
◇ファンタジア長編小説大賞 （第4回/
平成4年/準入選）

間宮 真琴　まみや・まこと

6290 「混沌都市の泥棒屋」
◇集英社ライトノベル新人賞 （第3回/
平成27年/特別賞）

間宮 緑　まみや・みどり

6291 「牢獄詩人」
◇早稲田文学新人賞 （第22回/平成20
年）

麻宮 ゆり子　まみや・ゆりこ

6292 「敬語で旅する四人の男」
◇小説宝石新人賞 （第7回/平成25年）
「敬語で旅する四人の男」 光文社　2014.
7　276p　19cm　1500円　①978-4-334-
92955-8

真室 二郎　まむろ・じろう

6293 「心の査問」
◇航空文学賞・航空総監賞 （第2回/昭
和18年）

麻耶 雄嵩　まや・ゆたか

6294 「さよなら神様」
◇本格ミステリ大賞 （第15回/平成27年
/小説部門）
「さよなら神様」 文藝春秋　2014.8
282p　20cm　1500円　①978-4-16-
390104-6

6295 「隻眼の少女」
◇日本推理作家協会賞 （第64回/平成23
年/長編および連作短編集部門）
◇本格ミステリ大賞 （第11回/平成23年
/小説部門）
「隻眼の少女」 文藝春秋　2010.9　420p
20cm　1900円　①978-4-16-329600-5
「隻眼の少女」 文藝春秋　2013.3　506p
16cm （文春文庫 ま32-1）705円
①978-4-16-783846-1

繭 まゆ

6296 「風にキス、君にキス。」
◇日本ケータイ小説大賞 （第4回/平成
22年/大賞, TSUTAYA賞, TBSブック
ス★賞）
「風にキス、君にキス。」 スターツ出版
2010.1　289p　19cm　1000円　①978-4-
88381-111-3
「風にキス、君にキス。」 スターツ出版
2012.3　253p　15cm （ケータイ小説文
庫 Bま1-1―野いちご）520円　①978-
4-88381-652-1

黛 信彦　まゆずみ・のぶひこ

6297 「残照龍ノ口」
◇岡山・吉備の国「内田百間」文学賞
（第5回/平成10・11年度/長編小説
部門/最優秀賞）
「「岡山・吉備の国」文学賞　第5回 長編
小説部門最優秀作品」 ベネッセコーポ
レーション　2000.4　147p　20cm
1429円

黛 ましろ　まゆずみ・ましろ

6298 「肉食生徒会長サマと草食な俺」
◇美少女文庫新人賞 （第7回/平成22年）
「肉食生徒会長サマと草食な俺」 フラン
ス書院　2011.8　312p　15cm （美少女
文庫）667円　①978-4-8296-5984-7

真弓 あきら　まゆみ・あきら

6299 「怪盗ブラックドラゴン」
◇パレットノベル大賞 （第4回/平成2年
冬/佳作）
「怪盗ブラックドラゴン2」 小学館 1991.
9 203p （パレット文庫）

眉村 卓　まゆむら・たく

6300 「下級アイデアマン」
◇ハヤカワSFコンテスト （第1回/昭和
36年/佳作第2席）

「重力地獄」　角川書店 1978.5 294p（角川文庫）

6301　「消滅の光輪」
◇泉鏡花文学賞　（第7回/昭和54年）
「消滅の光輪」　早川書房 1979.4 597p
「消滅の光輪」　早川書房 1981.6 3冊（ハヤカワ文庫）
「消滅の光輪　1」　角川春樹事務所 2000.10　322p　15cm（ハルキ文庫）780円　①4-89456-783-0
「消滅の光輪　2」　角川春樹事務所 2000.10　376p　15cm（ハルキ文庫）860円　①4-89456-784-9
「消滅の光輪　3」　角川春樹事務所 2000.10　340p　15cm（ハルキ文庫）800円　①4-89456-785-7
「消滅の光輪　上」　東京創元社　2008.7 505p　15cm（創元SF文庫）1000円 ①978-4-488-72902-8
「消滅の光輪　下」　東京創元社　2008.7 503p　15cm（創元SF文庫）1000円 ①978-4-488-72903-5

6302　「夕焼けの回転木馬」
◇日本文芸大賞　（第7回/昭和62年/特別賞）
「夕焼けの回転木馬」　角川書店 1986.4 385p（角川文庫）

毬　まり
6303　「小さな魔法の降る日に」
◇ゆきのまち幻想文学賞　（第25回/平成27年/大賞）

丸岡 明　まるおか・あきら
6304　「静かな影絵」
◇芸術選奨　（第16回/昭和40年度/文学部門/文部大臣賞）
「静かな影絵」　講談社 1965 216p
「丸岡明小説全集3」　新潮社 昭和44年
「昭和文学全集7」　小学館 1989

6305　「街の灯」
◇芸術選奨　（第16回/昭和40年度/文学部門/文部大臣賞）
「丸岡明小説全集3」　新潮社 昭和44年

丸岡 大介　まるおか・だいすけ
6306　「カメレオン狂のための戦争学習帳」
◇群像新人文学賞　（第52回/平成21年/小説/当選作）

「カメレオン狂のための戦争学習帳」　講談社　2009.7　172p　20cm　1500円 ①978-4-06-215598-4

丸岡 通子　まるおか・みちこ
6307　「みすず」
◇北日本文学賞　（第37回/平成15年）

丸川 賀世子　まるかわ・かよこ
6308　「巷のあんばい」
◇女流新人賞　（第6回/昭和38年度）

丸川 トモヒロ　まるかわ・ともひろ
6309　「成恵の世界」
◇星雲賞（第45回/平成26年/コミック部門）
「成恵の世界　1〜13」　角川書店 2000.7〜2013.2　18cm（角川コミックス・エース）

丸川 雄一　まるかわ・ゆういち
6310　「ライプニッツ・ドリーム」
◇パスカル短編文学新人賞　（第2回/平成7年）

丸谷 才一　まるや・さいいち
6311　「輝く日の宮」
◇泉鏡花文学賞　（第31回/平成15年）
「輝く日の宮」　講談社　2003.6　434p 20cm　1800円　①4-06-211849-1

6312　「樹影譚」
◇川端康成文学賞　（第15回/昭和63年）
「樹影譚」　文芸春秋 1988.8 172p
「樹影譚」　特装版　中央公論新社　2008.12　2冊（付録とも）　22cm　全47520円 ①978-4-12-003996-6
※付録(134p)：ふるさと富士、外箱入
「丸谷才一全集　第4巻　裏声で歌へ君が代・樹影譚」　文藝春秋　2014.6　579p 19cm　5300円　①978-4-16-382670-7

6313　「たった一人の反乱」
◇谷崎潤一郎賞　（第8回/昭和47年度）
「たった一人の反乱」　講談社 1972 501p
「たった一人の反乱」　講談社 1982.12 2冊（講談社文庫）
「たった一人の反乱」　講談社　1997.3 650p　15cm（講談社文芸文庫）1545円　①4-06-197558-7
「丸谷才一全集　第3巻　中年・たった一人の反乱・横しぐれ」　文藝春秋　2014.2　667p　19cm　5500円　①978-4-16-

382660-8

6314 「年の残り」
◇芥川龍之介賞　（第59回/昭和43年上）
「年の残り」　文芸春秋　1968　267p
「芥川賞全集8」　文芸春秋　1982
「昭和文学全集23」　小学館　1987
「丸谷才一全集　第2巻　彼方へ・笹まく
ら・年の残り・初旅・だらだら坂」　文
藝春秋　2014.4　581p　19cm　5300円
①978-4-16-382650-9

丸矢 光　まるや・ひかる
6315 「帝都妖奇譚」
◇ジャンプ小説新人賞(jump Novel
Grand Prix)　（'13 Summer/平成25
年夏/小説：フリー部門/銅賞）

丸山 健二　まるやま・けんじ
6316 「夏の流れ」
◇文學界新人賞　（第23回/昭和41年下）
◇芥川龍之介賞　（第56回/昭和41年下）
「夏の流れ」　文芸春秋　1967　220p
「丸山健二集」　河出書房新社　1972　249p
（新鋭作家叢書）
「芥川賞全集7」　文芸春秋　1982
「丸山健二自選中篇集」　文芸春秋　1991
「夏の流れ―丸山健二初期作品集」　講談
社　2005.2　297p　15cm　（講談社文芸
文庫）　1250円　①4-06-198396-2

丸山 英人　まるやま・ひでと
6317 「隙間女(幅広)」
◇電撃大賞　（第15回/平成20年/電撃小
説大賞部門/電撃文庫MAGAZINE
賞）

丸山 史　まるやま・ふみ
6318 「ふたりぐらし」
◇女流新人賞　（第29回/昭和61年度）

円山 夢久　まるやま・むく
6319 「リングテイル」
◇電撃ゲーム小説大賞　（第6回/平成11
年/大賞）
「リングテイル―勝ち戦の君」　メディア
ワークス　2000.2　297p　15cm　（電撃
文庫）　550円　①4-8402-1418-2

丸山 義二　まるやま・よしじ
6320 「田舎」
◇農民文学有馬賞　（第1回/昭和13年）

「長篇小説田舎」　砂子屋書房　1938　229p
（新農民文学叢書）

万足 卓　まんぞく・たく
6321 「季節の詩」
◇泉鏡花記念金沢市民文学賞　（第7回/
昭和54年）

【み】

三浦 明博　みうら・あきひろ
6322 「滅びのモノクローム」
◇江戸川乱歩賞　（第48回/平成14年）
「滅びのモノクローム」　講談社　2002.8
317p　20cm　1600円　①4-06-211458-5

三浦 綾子　みうら・あやこ
6323 「氷点」
◇「朝日新聞」懸賞小説　（朝日新聞
1000万円懸賞小説/昭和38年）
「氷点」　朝日新聞社　1965　415p
「氷点」　朝日新聞社　1970　415p〈改装版〉
「氷点」　続　朝日新聞社　1971　415p
「氷点」　続　朝日新聞社　1978.6　2冊
「氷点」　角川書店　1982.1　2冊　（角川文
庫）
「氷点」　続　角川書店　1982.3　2冊　（角川文
庫）
「三浦綾子作品集」　朝日新聞社　昭和58年
「三浦綾子全集1」　主婦の友社　1991
「氷点　上」　改版　角川書店, 角川グ
ループパブリッシング〔発売〕　2012.6
380p　15cm　（角川文庫）　629円
①978-4-04-100340-4
「氷点　下」　改版　角川書店, 角川グ
ループパブリッシング〔発売〕　2012.6
385p　15cm　（角川文庫）　629円
①978-4-04-100339-8

三浦 勇雄　みうら・いさお
6324 「クリスマス上等。」
◇MF文庫Jライトノベル新人賞　（第1回
/平成17年/審査員特別賞）
「クリスマス上等。」　メディアファクト
リー　2005.10　261p　15cm　（MF文庫
J）　580円　①4-8401-1428-5

三浦 清宏　みうら・きよひろ

6325　「海洞―アフンルパロの物語」
◇日本文芸大賞（第24回/平成18年/日
　本文芸大賞）
「海洞―アフンルパロの物語」　文藝春秋
　2006.9　604p　20cm　3000円　①4-16-
　325230-4

6326　「長男の出家」
◇芥川龍之介賞（第98回/昭和62年下）
「長男の出家」　福武書店　1988.2　229p
「芥川賞全集14」　文芸春秋　1989
「長男の出家」　新版　芸文社　2011.4
　174p　19cm　1400円　①978-4-86396-
　121-0

三浦 しをん　みうら・しおん

6327　「風が強く吹いている」
◇本屋大賞（第4回/平成19年/第3位）
「風が強く吹いている」　新潮社　2006.9
　507p　20cm　1800円　①978-4-10-
　454104-1
「風が強く吹いている」　新潮社　2009.7
　670p　16cm（新潮文庫　み-34-8）　819
　円　①978-4-10-116758-9
　※文献あり

6328　「神去なあなあ日常」
◇本屋大賞（第7回/平成22年/4位）
「神去なあなあ日常」　徳間書店　2009.5
　290p　20cm　1500円　①978-4-19-
　862731-7
「神去なあなあ日常」　徳間書店　2012.9
　355p　15cm（徳間文庫　み24-1）　619円
　①978-4-19-893604-4

6329　「舟を編む」
◇本屋大賞（第9回/平成24年/大賞）
「舟を編む」　光文社　2011.9　259p
　20cm　1500円　①978-4-334-92776-9

6330　「まほろ駅前多田便利軒」
◇直木三十五賞（第135回/平成18年上
　半期）
「まほろ駅前多田便利軒」　文藝春秋
　2006.3　334p　20cm　1600円　①4-16-
　324670-3
「まほろ駅前多田便利軒」　文藝春秋
　2009.1　351p　16cm（文春文庫　み36-
　1）　543円　①978-4-16-776101-1

6331　「私が語りはじめた彼は」
◇本屋大賞（第2回/平成17年/9位）
「私が語りはじめた彼は」　新潮社　2004.
　5　251p　20cm　1500円　①4-10-

454103-6
「私が語りはじめた彼は」　新潮社　2007.
　8　297p　16cm（新潮文庫）　438円
　①978-4-10-116755-8

三浦 朱門　みうら・しゅもん

6332　「箱庭」
◇新潮社文学賞（第14回/昭和42年）
「箱庭」　文芸春秋　1967　283p
「箱庭」　文芸春秋　1978.6　248p（文春文
　庫）
「昭和文学全集22」　小学館　1988
「箱庭」　講談社　2010.6　299p　15cm
　（講談社文芸文庫）　1500円　①978-4-
　06-290089-8

6333　「武蔵野インディアン」
◇芸術選奨（第33回/昭和57年度/文学
　部門/文部大臣賞）
「武蔵野インディアン」　河出書房新社
　1982.7　258p
「昭和文学全集22」　小学館　1988

三浦 哲郎　みうら・てつお

6334　「拳銃と十五の短篇」
◇野間文芸賞（第29回/昭和51年）
「拳銃と十五の短篇」　講談社　1976　257p
「三浦哲郎短篇小説全集3」　講談社　昭和
　52年
「拳銃と十五の短編」　講談社　1981.9
　271p（講談社文庫）
「母の肖像―短篇名作選」　構想社　1983.9
　247p
「昭和文学全集23」　小学館　1987
「三浦哲郎自選全集7」　新潮社　1988
「拳銃と十五の短編」　講談社　1989.2
　301p（講談社文芸文庫）

6335　「じねんじょ」
◇川端康成文学賞（第17回/平成2年）
「みちずれ」　新潮社　1991.2　287p（短編集
　モザイク1）
「川端康成文学賞全作品　2」　古井由吉，
　阪田寛夫，上田三四二，丸谷才一，大庭み
　な子ほか著　新潮社　1999.6　430p
　19cm　2800円　①4-10-305822-6
「完本　短篇集モザイク」　新潮社　2010.
　12　573p　19cm　2800円　①978-4-10-
　320922-5

6336　「忍ぶ川」
◇芥川龍之介賞（第44回/昭和35年下）
「忍ぶ川」　新潮社　1961　238p
「忍ぶ川」　新潮社　1965　327p（新潮文庫）

「忍ぶ川」 青娥書房 1972 53p〈限定版〉

「三浦哲郎短篇小説全集1」 講談社 昭和
52年

「芥川賞全集6」 文芸春秋 1982

「三浦哲郎自選全集1」 新潮社 1987

「昭和文学全集23」 小学館 1987

「私小説の生き方」 秋山駿, 富岡幸一郎編
アーツアンドクラフツ 2009.6 315p
21cm 2200円 ①978-4-901592-52-9

6337 「十五歳の周囲」

◇同人雑誌賞 （第2回/昭和30年）

「三浦哲郎短篇小説全集」 講談社 昭和
52年

「三浦哲郎自選短編集」 読売新聞社
1978.11 268p

「十五歳の周囲」 成瀬書房 1979.1 76p
〈特装版〉

「三浦哲郎自選全集1」 新潮社 1987

「昭和文学全集23」 小学館 1987

6338 「少年讃歌」

◇日本文学大賞 （第15回/昭和58年）

「少年讃歌」 文芸春秋 1982.11 468p

「少年讃歌」 文芸春秋 1986.11 557p（文
春文庫）

「三浦哲郎自選全集6」 新潮社 1988

6339 「白夜を旅する人々」

◇大佛次郎賞 （第12回/昭和60年）

「白夜を旅する人々」 新潮社 1984.10
491p

「三浦哲郎自選全集12」 新潮社 1988

「白夜を旅する人々」 新潮社 1989.4
579p（新潮文庫）

6340 「みちづれ」

◇伊藤整文学賞 （第2回/平成3年/小説）

「みちづれ」 新潮社 1991.2 287p（短編集
モザイク1）

「みちづれ―短篇集モザイク　1」 新潮
社 1999.1 271p 15cm（新潮文庫）
438円 ①4-10-113514-2

「完本 短篇集モザイク」 新潮社 2010.
12 573p 19cm 2800円 ①978-4-10-
320922-5

6341 「みのむし」

◇川端康成文学賞 （第22回/平成7年）

「短篇集モザイク　2 ふなうた」 新潮社
1994.12 242p 19cm 1400円 ①4-10-
320918-6

「川端康成文学賞全作品　2」 古井由吉,
阪田寛夫, 上田三四二, 丸谷才一, 大庭み
な子ほか著 新潮社 1999.6 430p

19cm 2800円 ①4-10-305822-6

「完本 短篇集モザイク」 新潮社 2010.
12 573p 19cm 2800円 ①978-4-10-
320922-5

「小川洋子の偏愛短篇箱」 小川洋子編著
河出書房新社 2012.6 348p 15cm
（河出文庫） 840円 ①978-4-309-
41155-2

三浦 英子 みうら・ひでこ

6342 「入れ歯にやさしいレストラン
『ルンビニ』が開店しました」

◇NHK銀の雫文芸賞 （第13回/平成12
年/優秀賞）

三浦 浩樹 みうら・ひろき

6343 「月の道化者」

◇太宰治賞 （第4回/昭和43年）

三浦 正輝 みうら・まさてる

6344 「消せぬ風音」

◇新日本文学賞 （第25回/平成6年/小
説）

三浦 真奈美 みうら・まなみ

6345 「行かないで―If You Go
Away」

◇コバルト・ノベル大賞 （第14回/平成
1年下/佳作）

三浦 恵 みうら・めぐみ

6346 「音符」

◇文藝賞 （第29回/平成4年）

「音符」 河出書房新社 1993.1 133p

三浦 康男 みうら・やすお

6347 「黒の連環」

◇古代ロマン文学大賞 （第1回/平成12
年/大賞）

「黒の連環」 郁朋社 2001.1 279p
20cm 1700円 ①4-87302-125-1

三浦 良 みうら・りょう

6348 「運命破壊者（フェイト・ブレイ
カーズ）復讐の魔王と策略の
皇帝」

◇ファンタジア長編小説大賞 （第17回/
平成17年/審査委員賞）

「逆襲の魔王―抗いし者たちの系譜」 富
士見書房 2006.1 268p 15cm（富士
見ファンタジア文庫）560円 ①4-

8291-1787-7

三浦 良一 みうら・りょういち

6349 「らすと・すぱーと」
◇労働者文学賞 （第8回/平成7年度/小説）
「風やまず」 文芸社 2006.11 239p
19cm 1400円 ①4-286-01957-8

三鏡 一敏 みかがみ・かずとし

6350 「ヴァルハラの晩ご飯〜イノシシとドラゴンのブロシェット 氷の泉に沢山のヤドリギを添えて〜」
◇電撃大賞 （第22回/平成27年/金賞）

水鏡 希人 みかがみ・まれひと

6351 「君のための物語」
◇電撃大賞 （第14回/平成19年/電撃小説大賞部門/金賞）
「君のための物語」 メディアワークス, 角川グループパブリッシング（発売）
2008.2 313p 15cm （電撃文庫 1547）
570円 ①978-4-8402-4166-3

磨 聖 みがき・あきら

6352 「阿吽の弾丸」
◇ジャンプ小説大賞 （第13回/平成15年/特別奨励賞）

三日月 みかずき

6353 「さちの世界は死んでも廻る」
◇小学館ライトノベル大賞〔ガガガ文庫部門〕 （第1回/平成19年/期待賞）
「さちの世界は死んでも廻る」 小学館
2007.8 262p 15cm （ガガガ文庫）
571円 ①978-4-09-451025-6
「さちの世界は死んでも廻る 2」 小学館 2008.1 307p 15cm （ガガガ文庫）600円 ①978-4-09-451049-2

三日月 拓 みかずき・ひらく

6354 「シーズンザンダースプリン♪」
◇女による女のためのR-18文学賞 （第6回/平成19年/優秀賞）

三門 鉄狼 みかど・てつろう

6355 「ローズウィザーズ」
◇MF文庫Jライトノベル新人賞 （第5回/平成21年/佳作）
「集団美少女戦士キューティー・パンツァー」 学研パブリッシング, 学研マーケティング（発売） 2009.12 269p

15cm （Megami bunko 041） 620円
①978-4-05-903541-1
※イラスト：ゆーげん

三上 洸 みかみ・あきら

6356 「日出づる国のアリス」
◇日本ミステリー文学大賞新人賞 （第6回/平成14年） 〈受賞時〉藍川暁
「アリスの夜」 光文社 2003.3 382p
20cm 1700円 ①4-334-92389-5

三上 延 みかみ・えん

6357 「ビブリア古書堂の事件手帖―栞子さんと奇妙な客人たち」
◇本屋大賞 （第9回/平成24年/8位）
「ビブリア古書堂の事件手帖―栞子さんと奇妙な客人たち」 アスキー・メディアワークス, 角川グループパブリッシング〔発売〕 2011.3 307p 15cm （メディアワークス文庫 0078） 590円
①978-4-04-870469-4

三神 弘 みかみ・ひろし

6358 「三日芝居」
◇すばる文学賞 （第6回/昭和57年）
「三日芝居」 集英社 1985.6 289p

三神 ふさ子 みかみ・ふさこ

6359 「踊りましょう、ワルツで」
◇中村星湖文学賞 （第11回/平成9年）
「踊りましょう、ワルツで」 講談社出版サービスセンター 1996.10 363p
20cm 2000円 ①4-87601-382-9

三神 真彦 みかみ・まさひこ

6360 「流刑地にて」
◇太宰治賞 （第7回/昭和46年）
「流刑地にて」 筑摩書房 1972 235p

未上 夕二 みかみ・ゆうじ

6361 「心中おサトリ申し上げます」
◇野性時代フロンティア文学賞 （第5回/平成26年）
「心中おサトリ申し上げます」
KADOKAWA 2014.8.31 237p
19cm 1500円 ①978-4-04-101987-0

美川 きよ みかわ・きよ

6362 「女流作家」
◇三田文学賞 （第4回/昭和13年）
「女流作家」 中央公論社 1939 381p

三河 ごーすと　みかわ・ごーすと

6363 「ウィザード＆ウォーリアー・ウィズ・マネー」

◇電撃大賞（第18回/平成23年/電撃小説大賞部門/銀賞）

「ウィザード＆ウォーリアー・ウィズ・マネー」　アスキー・メディアワークス，角川グループパブリッシング〔発売〕　2012.2　287p　15cm（電撃文庫 2274）570円　①978-4-04-886273-8

「ウィザード＆ウォーリアー・ウィズ・マネー 2」　アスキー・メディアワークス，角川グループパブリッシング〔発売〕　2012.5　308p　15cm（電撃文庫 2340）590円　①978-4-04-886575-3

「ウィザード＆ウォーリアー・ウィズ・マネー 3」　アスキー・メディアワークス，角川グループパブリッシング〔発売〕　2013.2　275p　15cm（電撃文庫 2495）590円　①978-4-04-891408-6

三川 みり　みかわ・みり

6364 「シュガーアップル・フェアリーテイル―砂糖林檎妖精譚―」

◇角川ビーンズ小説大賞（第7回/平成20年/審査員特別賞）

「銀砂糖師と黒の妖精―シュガーアップル・フェアリーテイル」　角川書店，角川グループパブリッシング（発売）2010.4　221p　15cm（角川ビーンズ文庫）457円　①978-4-04-455007-3

深木 章子　みき・あきこ

6365 「鬼畜の家」

◇島田荘司選 ばらのまち福山ミステリー文学新人賞（第3回/平成22年）

「鬼畜の家」　原書房　2011.5　322p　20cm（a rose city fukuyama）1800円　①978-4-562-04696-6

「鬼畜の家」　講談社　2014.4　389p　15cm（講談社文庫 み64-1）730円　①978-4-06-277825-1

三木 一郎　みき・いちろう

6366 「重い雨」

◇歴史文学賞（第1回/昭和51年度）

「重い雨―伊予吉田藩一揆始末」　新人物往来社　1978.2　227p

三木 聖子　みき・せいこ

6367 「花の巫女」

◇ジュニア冒険小説大賞（第9回/平成22年/大賞）

「花の巫女」　三木聖子作，シゲリカツヒコ絵　岩崎書店　2011.3　149p　22cm　1300円　①978-4-265-84001-4

三木 孝一　みき・たかかず

6368 「独裁者の夢・陥落前夜」

◇ブックバード文学大賞（第1回/昭和62年）

三木 卓　みき・たく

6369 「馭者の秋」

◇平林たい子文学賞（第14回/昭和61年/小説）

「馭者の秋」　集英社　1985.7　333p

「馭者の秋」　集英社　1988.6　379p（集英社文庫）

6370 「K」

◇伊藤整文学賞（第24回/平成25年/小説）

「K」　講談社　2012.5　226p　20cm　1500円　①978-4-06-217670-5

6371 「小咄集」

◇芸術選奨（第39回/昭和63年度/文学部門/文部大臣賞）

「小噺集」　文芸春秋　1988.8　259p

6372 「東京午前三時」

◇H氏賞（第17回/昭和42年）

「東京午前三時」　思潮社　1966　132p

6373 「裸足と貝殻」

◇読売文学賞（第51回/平成11年度/小説賞）

「裸足と貝殻」　集英社　1999.5　501p　20cm　2200円　①4-08-774394-2

「裸足と貝殻」　集英社　2005.6　556p　15cm（集英社文庫）819円　①4-08-747830-0

6374 「鶫」

◇芥川龍之介賞（第69回/昭和48年上）

「砲撃のあとで」　集英社　1977.5　260p（集英社文庫）

「芥川賞全集10」　文芸春秋　1982

「昭和文学全集31」　小学館　1988

6375 「路地」

◇谷崎潤一郎賞（第33回/平成9年度）

「路地」　講談社　1997.5　253p　19cm　1700円　①4-06-208629-8

「路地」　講談社　2002.12　304p　15cm（講談社文芸文庫）1300円　①4-06-

198315-6
「路地　上」 埼玉福祉会　2007.5　260p
21cm　(大活字本シリーズ)　2900円
①978-4-88419-434-5
※底本：講談社文芸文庫「路地」
「路地　下」 埼玉福祉会　2007.5　239p
21cm　(大活字本シリーズ)　2800円
①978-4-88419-435-2
※底本：講談社文芸文庫「路地」

三岸 あさか　みぎし・あさか

6376 「はるかな町」
◇放送文学賞　(第6回/昭和58年/佳作)

渚辺 環生　みぎわ・たまき

6377 「魔を穿つレイン」
◇角川学園小説大賞　(第6回/平成14年/
ヤングミステリー&ホラー部門/優
秀賞)

三國 青葉　みくに・あおば

6378 「朝の容花」
◇日本ファンタジーノベル大賞　(第24
回/平成24年/優秀賞)
「かおばな憑依帖」 新潮社　2012.11
269p　20cm　1500円　①978-4-10-
333081-3
※受賞作「朝の容花」を改題

海邦 智子　みくに・ともこ

6379 「霧の旅人」
◇全作家文学賞　(第4回/平成21年/佳
作)

三雲 岳斗　みくも・がくと

6380 「アース・リバース」
◇スニーカー大賞　(第5回/平成12年/特
別賞)
「アース・リバース」 角川書店　2000.7
262p　15cm　(角川文庫)　533円　①4-
04-424101-5

6381 「M.G.H.」
◇日本SF新人賞　(第1回/平成11年)
「M.G.H.―楽園の鏡像」 徳間書店
2000.6　349p　20cm　1600円　①4-19-
861194-7

6382 「コールド・ゲヘナ」
◇電撃ゲーム小説大賞　(第5回/平成10
年/銀賞)
「コールド・ゲヘナ」 メディアワークス,
主婦の友社〔発売〕　1999.2　216p
15cm　(電撃文庫)　490円　①4-07-

310947-2

美倉 健治　みくら・けんじ

6383 「崩れた墓標」
◇日本文芸大賞　(第25回/平成19年/文
学奨励賞)
「崩れた墓標」 のべる出版企画, コスモ
ヒルズ(発売)　2007.12　184p　19cm
1300円　①978-4-87703-947-9

みご なごみ

6384 「彼岸バス」
◇新風舎出版賞　(第20回/平成15年6月/
松崎義行賞/フィクション部門)
「彼岸バス」 新風舎　2004.8　142p
19cm　1300円　①4-7974-4327-8

御坂 真之　みさか・さねゆき

6385 「仮面の生活」
◇日本推理サスペンス大賞　(第4回/平
成3年/佳作)

三阪 水銹　みさか・すいしゅう

6386 「燈台の火」
◇「文芸倶楽部」懸賞小説　(第19回/明
37年9月/第3等)

6387 「春告鳥」
◇「文芸倶楽部」懸賞小説　(第25回/明
38年3月/第2等)

三崎 亜記　みさき・あき

6388 「失われた町」
◇本屋大賞　(第4回/平成19年/第9位)
「失われた町」 集英社　2006.11　428p
20cm　1600円　①4-08-774830-8
「失われた町」 集英社　2009.11　535p
16cm　(集英社文庫 み40-3)　714円
①978-4-08-746498-6

6389 「となり町戦争」
◇小説すばる新人賞　(第17回/平成16
年)　〈受賞時〉御清街
「となり町戦争」 集英社　2005.1　196p
20cm　1400円　①4-08-774740-9

岬 かつみ　みさき・かつみ

6390 「大ドロボウは小粋に盗む」
◇ファンタジア大賞　(第26回夏期/平成
26年/金賞)
「オー・ドロボー！　1　怪盗淑女は恋き
に盗む？」 KADOKAWA　2014.9
277p　15cm　(角川スニーカー文庫 み-

4-1-1） 600円　①978-4-04-070331-2
※受賞作「大ドロボウは小粋に盗む」を
改題

6391　「大魔王ジャマ子さんと全人類総勇者」
◇スニーカー大賞　（第19回・春/平成25年/優秀賞）
「大魔王ジャマ子さんと全人類総勇者」KADOKAWA　2014.8　277p　15cm（角川スニーカー文庫　み-4-1-1）　600円①978-4-04-102008-1

岬 鷺宮　みさき・さぎのみや

6392　「失恋探偵ももせ」
◇電撃大賞　（第19回/平成24年/電撃小説大賞部門/電撃文庫MAGAZINE賞）
「失恋探偵ももせ」　アスキー・メディアワークス, 角川グループホールディングス〔発売〕　2013.4　353p　15cm（電撃文庫 2527）　630円　①978-4-04-891553-3
「失恋探偵ももせ 2」　アスキー・メディアワークス, KADOKAWA〔発売〕2013.8　297p　15cm（電撃文庫 2594）630円　①978-4-04-891869-5
「失恋探偵ももせ 3」　KADOKAWA2013.11　241p　15cm（電撃文庫2647）　590円　①978-4-04-866121-8

みさき みちこ

6393　「とおせんぼ岬の少年」
◇新風舎出版賞　（第20回/平成15年6月/最優秀賞/フィクション部門）
「とおせんぼ岬の少年」　みさきみちこ作,泉川紀子絵　新風舎　2004.12　126p22cm（ことりのほんばこ）　1400円①4-7974-4323-5

三咲 光郎　みさき・みつお

6394　「群蝶の空」
◇松本清張賞　（第8回/平成13年）
「群蝶の空」　文藝春秋　2001.6　212p20cm　1333円　①4-16-320240-4

6395　「大正暮色」
◇自由都市文学賞　（第5回/平成5年）

6396　「大正四年の狙撃手」
◇オール讀物新人賞　（第78回/平成10年）

美里 敏則　みさと・としのり

6397　「探骨」
◇やまなし文学賞　（第21回/平成24年度/小説部門）
「探骨」　やまなし文学賞実行委員会2013.6　86p　19cm　857円　①978-4-89710-633-5

三沢 陽一　みさわ・よういち

6398　「コンダクターを撃て」
◇アガサ・クリスティー賞　（第3回/平成25年）
「致死量未満の殺人」　早川書房　2013.10331p　20cm　1600円　①978-4-15-209411-7
※受賞作「コンダクターを撃て」を改題

三島 浩司　みしま・こうじ

6399　「ルナ（RNA）」
◇日本SF新人賞　（第4回/平成14年）
「ルナ—orphan's trouble」　徳間書店2003.6　316p　20cm　1900円　①4-19-861695-7

三島 霜川　みしま・そうせん

6400　「埋れ井戸」
◇「新小説」懸賞小説　（第2回/明32年）
「三島霜川選集上」　同刊行会　昭和54年

三島 由紀夫　みしま・ゆきお

6401　「絹と明察」
◇毎日芸術賞　（第6回/昭和39年）
「三島由紀夫全集17」　新潮社　昭和48年
「決定版 三島由紀夫全集　10　長編小説」新潮社　2001.9　656p　21cm　5800円①4-10-642550-5
「絹と明察」　改版　新潮社　2012.2372p　15cm（新潮文庫）　590円①978-4-10-105037-9

6402　「金閣寺」
◇読売文学賞　（第8回/昭和31年/小説賞）
「金閣寺」　限定版 新潮社　1956 263p〈著者署名本〉
「金閣寺」　新潮社　1956 263p
「三島由紀夫選集 第18」　新潮社　1959344p
「金閣寺」　新潮社　1960 276p（新潮文庫）
「三島由紀夫全集10」　新潮社　昭和48年
「日本の文学（近代編）84」　ほるぷ出版1984

「昭和文学全集15」 小学館 1987
「金閣寺」 新潮社 1990.9 241p
「決定版 三島由紀夫全集 6 長編小説」
新潮社 2001.5 764p 21cm 5800円
Ⓘ4-10-642546-7
「金閣寺」 改版 新潮社 2011.4 375p
15cm （新潮文庫） 552円 Ⓘ978-4-10-
105008-9
※130刷（初版1960年）

6403 「潮騒」
◇新潮社文学賞 （第1回/昭和29年）
「潮騒」 新潮社 1954 240p
「潮騒」 新潮社 1955 167p （新潮文庫）
「潮騒」 新潮社 1955 174p （新潮青春文
学叢書）
「三島由紀夫選集 第14」 新潮社 1959
255p
「三島由紀夫全集9」 新潮社 昭和48年
「潮騒」 新潮社 1990.9 176p
「決定版 三島由紀夫全集 4 長編小説」
新潮社 2001.3 680p 21cm 5800円
Ⓘ4-10-642544-0
「潮騒」 122刷改版 新潮社 2005.10
213p 16cm （新潮文庫） 400円 Ⓘ4-
10-105007-4
※年譜あり
「新 現代文学名作選」 中島国彦監修 明
治書院 2012.1 256p 21cm 781円
Ⓘ978-4-625-65415-2

6404 「十日の菊」
◇読売文学賞 （第13回/昭和36年/戯曲
賞）
「三島由紀夫全集22」 新潮社 昭和50年
「三島由紀夫戯曲全集下」 新潮社 1990
「決定版 三島由紀夫全集 23 戯曲」 新
潮社 2002.10 709p 19cm 5800円
Ⓘ4-10-642563-7
「英霊の聲─オリジナル版」 河出書房新
社 2005.10 268p 15cm （河出文庫）
650円 Ⓘ4-309-40771-4

水芦 光子 みずあし・みつこ
6405 「奪われるもの」
◇泉鏡花記念金沢市民文学賞 （第3回/
昭和50年）
「奪われるもの」 ゆまにて 1975 225p

水市 恵 みずいち・けい
6406 「携帯電話俺」
◇小学館ライトノベル大賞〔ガガガ文庫
部門〕 （第1回/平成19年/佳作）

「携帯電話俺」 小学館 2007.6 256p
15cm （ガガガ文庫） 571円 Ⓘ978-4-
09-451011-9
「携帯電話俺 2」 小学館 2007.9
250p 15cm （ガガガ文庫） 571円
Ⓘ978-4-09-451028-7
「携帯電話俺 3」 小学館 2008.1
295p 15cm （ガガガ文庫） 590円
Ⓘ978-4-09-451048-5

瑞岡 露泉 みずおか・ろせん
6407 「病院船」
◇「文芸倶楽部」懸賞小説 （第34回/明
38年12月/第3等）

水上 勉 みずかみ・つとむ
6408 「一休」
◇谷崎潤一郎賞 （第11回/昭和50年度）
「一休」 中央公論社 1975 370p
「水上勉全集18」 中央公論社 昭和52年
「一休」 改版 中央公論社 1978.8 347p
「一休」 中央公論社 1978.3 349p （中公
文庫）
「一休・正三・白隠─高僧私記」 筑摩書
房 1987.7 245p （ちくま文庫）
「一休」 改版 中央公論社 1997.5
474p 15cm （中公文庫） 933円 Ⓘ4-
12-202853-1
「水上勉自選仏教文学全集 2 一休のす
べて」 河出書房新社 2002.6 416p
21cm 3800円 Ⓘ4-309-62152-X

6409 「宇野浩二伝」
◇菊池寛賞 （第19回/昭和46年）
「水上勉全集16」 中央公論社 昭和52年

6410 「海の牙」
◇日本推理作家協会賞 （第14回/昭和36
年）
「海の牙」 河出書房新社 1960 250p
「海の牙」 角川書店 1964 262p （角川文
庫）
「海の牙」 集英社 1968 201p （コンパク
ト・ブックス）
「水上勉社会派傑作選2」 朝日新聞社
1972 421p
「水上勉全集23」 中央公論社 昭和52年
「海の牙」 双葉社 1995.11 334p
15cm （双葉文庫─日本推理作家協会賞
受賞作全集 13） 640円 Ⓘ4-575-65814-
6

6411 「雁の寺」
◇直木三十五賞 （第45回/昭和36年上）

文学賞受賞作品総覧 小説篇

みすき　　　　　　　　　　　　　　　　　　　　　　　　　6412～6423

「雁の寺」　文芸春秋新社 1961 230p
「雁の寺」　文芸春秋新社 1964 321p
「水上勉選集 第1巻」　新集社 1968 282p
「雁の寺」　新訂 文芸春秋 1975 317p
「水上勉全集1」　中央公論社 昭和51年
「昭和文学全集25」　小学館 1988

6412 「北国の女の物語」
◇吉川英治文学賞　（第7回/昭和48年度）
「北国の女の物語」　講談社 1972 2冊
「北国の女の物語」　講談社 1974 2冊
（Roman books）

6413 「虚竹の笛」
◇親鸞賞　（第2回/平成14年）
「虚竹の笛―尺八私考」　集英社 2001.10
377p　20cm 1800円　①4-08-774553-8

6414 「城」
◇「文藝春秋」読者賞　（第27回/昭和40
年）
「城」　文芸春秋 1966 230p
「水上勉全集8」　中央公論社 昭和52年
「城/蓑笠の人―水上勉作品集」　新日本
出版社　2008.6　237p　19cm 1600円
①978-4-406-05142-2

6415 「寺泊」
◇川端康成文学賞　（第4回/昭和52年）
「寺泊」　筑摩書房 1977.1 225p
「寺泊・わが風車」　新潮社 1984.2 263p
（新潮文庫）
「昭和文学全集25」　小学館 1988
「川端康成文学賞全作品　1」　上林暁, 永
井龍男, 佐多稲子, 水上勉, 富岡多恵子ほ
か著　新潮社　1999.6　452p　19cm
2800円　①4-10-305821-8
「越の道―越前・越中・越後」　河出書房
新社　2000.3　206p　19cm（日本の風
景を歩く）1600円　①4-309-62132-5
「私小説名作選　下」　中村光夫選, 日本
ペンクラブ編　講談社　2012.6　263p
15cm（講談社文芸文庫）1400円
①978-4-06-290159-8

6416 「兵卒の鬢」
◇吉川英治文学賞　（第7回/昭和48年度）
「兵卒の鬢」　新潮社 1972 205p
「水上勉全集15」　中央公論社 昭和53年
「兵卒の鬢」　角川書店 1981.8 220p（角
川文庫）
「水上勉作品集 日本の戦争」　新日本出版
社　2008.2　276p　19cm 1800円
①978-4-406-05123-1

6417 「良寛」

◇毎日芸術賞　（第25回/昭和58年度）
「水上勉全集18」　中央公論社 昭和52年
「良寛」　中央公論社 1984.4 339p
「良寛」　中央公論社 1986.9 354p（中公
文庫）
「良寛」　改訂　中央公論社　1997.7
439p　15cm（中公文庫）895円　①4-
12-202890-6
「水上勉自選仏教文学全集　3　良寛のす
べて」　河出書房新社　2002.7　346p
21cm 3500円　①4-309-62153-8

水城 昭彦　みずき・あきひこ

6418 「三十五歳, 独身」
◇小説現代新人賞　（第58回/平成4年上）

水樹 あきら　みずき・あきら

6419 「一平くん純情す」
◇コバルト・ノベル大賞　（第13回/平成
1年上）

瑞木 加奈　みずき・かな

6420 「侘助ひとつ」
◇ゆきのまち幻想文学賞　（第24回/平成
26年/大賞）

水樹 ケイ　みずき・けい

6421 「鋼鉄のワルキューレ」
◇歴史群像大賞　（第14回/平成20年発表
/最優秀賞）
「鋼鉄のワルキューレ―ケーニヒス
ティーガーin WW2東部戦線」　学習研
究社　2009.3　381p　20cm 1900円
①978-4-05-404002-1
※文献あり

水月 昂　みずき・こう

6422 「リバーシブル・シティ」
◇角川学園小説大賞　（第9回/平成17年/
自由部門/奨励賞）
「リバーシブル　1　黒の兵士」　角川書店
2006.8　333p　15cm（角川文庫）552
円　①4-04-472201-3

水月 紗鳥　みずき・さとり

6423 「万能による無能のための狂想曲」
◇MF文庫Jライトノベル新人賞　（第8回
/平成24年/佳作）
「森羅万象（オムニア）を統べる者　万物
創造」　メディアファクトリー　2012.10
291p　15cm（MF文庫J み-07-01）580
円　①978-4-8401-4849-8

486　　　　　　　　　　　　　　　　　文学賞受賞作品総覧 小説篇

※受賞作「万能による無能のための狂想曲」を改題

「森羅万象（オムニア）を統べる者 2 閉じた小部屋 上」メディアファクトリー 2013.2 293p 15cm（MF文庫J み-07-02）580円 ①978-4-8401-4986-0

「森羅万象（オムニア）を統べる者 3 閉じた小部屋 下」メディアファクトリー 2013.6 262p 15cm（MF文庫J み-07-03）580円 ①978-4-8401-5233-4

「森羅万象（オムニア）を統べる者 4 万物の使用者」KADOKAWA 2013.10 260p 15cm（MF文庫J み-07-04）580円 ①978-4-04-066033-2

美杉 しげり　みすぎ・しげり

6424　「瑠璃」
◇やまなし文学賞（第21回/平成24年度/小説部門/佳作）

水生 大海　みずき・ひろみ

6425　「罪人いずくにか」
◇島田荘司選 ばらのまち福山ミステリー文学新人賞（第1回/平成20年/優秀作）
「少女たちの羅針盤」原書房 2009.7 342p 20cm 1600円 ①978-4-562-04502-0

観月 文　みづき・ふみ

6426　「ジジイとスライムとあたし」
◇ジャンプ小説大賞（第8回/平成10年/佳作）

水木 ゆうか　みずき・ゆうか

6427　「真夜中のシスターン」
◇新風舎出版賞（第10回/平成11年6月/最優秀賞/フィクション部門）
「真夜中のシスターン」新風舎 2000.7 133p 19cm 1300円 ①4-7974-1357-3

水木 亮　みずき・りょう

6428　「海老フライ」
◇労働者文学賞（第19回/平成19年/小説部門/入選）

6429　「お見合いツアー」
◇農民文学賞（第49回/平成18年度）

6430　「祝祭」
◇織田作之助賞（第16回/平成11年）

6431　「峠の念仏踊り」
◇地上文学賞（第62回/平成26年）

水口 敬文　みずぐち・たかふみ

6432　「憐 Ren―刻のナイフと空色のミライ」
◇スニーカー大賞（第9回/平成16年/奨励賞）
「憐―刻のナイフと空色のミライ」角川書店 2004.11 285p 15cm（角川文庫）533円 ①4-04-470801-0

水沢 秋生　みずさわ・あきお

6433　「虹の切れはし」
◇新潮エンターテインメント大賞（第7回/平成23年/大賞 恩田陸選）
「ゴールデンラッキービートルの伝説」新潮社 2012.1 252p 20cm 1500円 ①978-4-10-331771-5
※受賞作「虹の切れはし」を改題

水沢 黄平　みずさわ・こうへい

6434　「ルドルフと少女」
◇ファンタジア大賞（第22回/平成22年/銀賞）
「ごめんねツーちゃん―1/14569」富士見書房 2011.3 302p 15cm（富士見ファンタジア文庫 み-4-1-1）580円 ①978-4-8291-3625-6
※受賞作「ルドルフと少女」を改題

水沢 夢　みずさわ・ゆめ

6435　「俺、ツインテールになります。」
◇小学館ライトノベル大賞〔ガガガ文庫部門〕（第6回/平成24年/審査員特別賞）
「俺、ツインテールになります。」小学館 2012.6 287p 15cm（ガガガ文庫 がみ7-1）590円 ①978-4-09-451346-2
「俺、ツインテールになります。 2」小学館 2012.11 274p 15cm（ガガガ文庫 がみ7-2）590円 ①978-4-09-451375-2
「俺、ツインテールになります。 3」小学館 2013.3 291p 15cm（ガガガ文庫 がみ7-3）590円 ①978-4-09-451398-1
「俺、ツインテールになります。 4」小学館 2013.7 289p 15cm（ガガガ文庫 がみ7-4）590円 ①978-4-09-451424-7
「俺、ツインテールになります。 5」小学館 2013.12 326p 15cm（ガガガ文庫 がみ7-5）600円 ①978-4-09-451454-4

水沢 莉　みずさわ・れい

「俺、ツインテールになります。　6」小
学館　2014.6　310p　15cm（ガガガ文
庫 ガみ7-6）611円　①978-4-09-
451491-9

6436　「レンタルな関係」
◇日本ケータイ小説大賞（第3回/平成
20年/優秀賞）
「レンタルな関係。　1」スターツ出版
2009.4　283p　15cm（ケータイ小説文
庫 み1-1―野いちご）500円　①978-4-
88381-503-6
※並列シリーズ名：Keitai shousetsu
bunko
「レンタルな関係。　2」スターツ出版
2009.5　231p　15cm（ケータイ小説文
庫 み1-2―野いちご）500円　①978-4-
88381-506-7
※並列シリーズ名：Keitai shousetsu
bunko

水田 静子　みずた・しずこ

6437　「喪失 プルシアンブルーの祈り」
◇ポプラ社小説新人賞（第1回/平成23
年/特別賞）
「喪失」ポプラ社　2012.12　251p
20cm　1500円　①978-4-591-13179-4
※受賞作「喪失 プルシアンブルーの祈
り」を改題

水田 敏彦　みずた・としひこ

6438　「血の花」
◇作家賞（第14回/昭和53年）

水田 美意子　みずた・みいこ

6439　「殺人ピエロの孤島同窓会」
◇『このミステリーがすごい！』大賞
（第4回/平成17年/特別奨励賞）
「殺人ピエロの孤島同窓会」宝島社
2006.3　253p　19cm　1100円　①4-
7966-5134-9
「殺人ピエロの孤島同窓会」宝島社
2008.5　348p　16cm（宝島社文庫）
552円　①978-4-7966-6346-5

水谷 準　みずたに・じゅん

6440　「ある決闘」
◇日本推理作家協会賞（第5回/昭和27
年）
「短篇集」水谷準, 大坪砂男共著 春陽堂
書店 1954 312p（日本探偵小説全集）

水足 蘭秋　みずたり・らんしゅう

6441　「斑蝥（みちおしえ）」
◇「サンデー毎日」大衆文芸（第4回/
昭和4年上/甲）

水鳥 舞美　みずとり・まいみ

6442　「オトナの人へ。」
◇12歳の文学賞（第1回/平成19年/佳
作）
「12歳の文学」小学館　2007.4　269p
26cm　1500円　①978-4-09-289711-3
「12歳の文学」小学生作家たち著　小学
館　2009.4　313p　15cm（小学館文庫
し7-1）552円　①978-4-09-408384-2

水野 昭義　みずの・あきよし

6443　「土之繰言」
◇農民文学賞（第43回/平成12年）

ミズノ アユム

6444　「そして紅蓮の雪は止む」
◇ファンタジア大賞（第26回冬期/平成
26年）
「死線世界の追放者（リジェクター）」
KADOKAWA　2014.8　298p　15cm
（富士見ファンタジア文庫 み-7-1-1）
580円　①978-4-04-070285-8
※受賞作「そして紅蓮の雪は止む」を
改題

水野 スミレ　みずの・すみれ

6445　「ハワイッサー」
◇カドカワエンタテインメントNext賞
（平成15年）
「ハワイッサー」角川書店　2003.6
251p　19cm　950円　①4-04-873471-7

水野 泰治　みずの・たいじ

6446　「殺意」
◇集英社創業50周年記念1000万円懸賞
小説（昭53年）
「殺意」集英社　1979.2　250p

水野 友貴　みずの・ともたか

6447　「おばあちゃんの恋人」
◇コバルト・ノベル大賞（第20回/平成
4年下/読者大賞）

水野 由美　みずの・ゆみ

6448　「ほたる座」
◇文學界新人賞（第89回/平成11年下期

/島田雅彦・辻原登奨励賞）

水野 ユーリ みずの・ゆーり

6449 「あの夏を生きた君へ」
◇日本ケータイ小説大賞（第6回/平成
24年/大賞）
「あの夏を生きた君へ」 スターツ出版
2012.3 245p 19cm 1000円 ①978-4-
88381-173-1

水橋 朋子 みずはし・ともこ

6450 「なんじゃもんじゃの木の下で」
◇深大寺短編恋愛小説「深大寺恋物語」
（第7回/平成23年/深大寺賞）

水原 秀策 みずはら・しゅうさく

6451 「スロウ・カーブ」
◇『このミステリーがすごい！』大賞
（第3回/平成16年/大賞）
「サウスポー・キラー」 宝島社 2005.2
349p 20cm 1600円 ①4-7966-4458-X

水原 涼 みずはら・りょう

6452 「甘露」
◇文學界新人賞（第112回/平成23年上）

水村 美苗 みずむら・みなえ

6453 「私小説」
◇野間文芸新人賞（第17回/平成7年）
「私小説―from left to right」 新潮社
1995.9 390p 19cm 2000円 ①4-10-
407701-1
「私小説 from left to right」 新潮社
1998.10 460p 15cm（新潮文庫）629
円 ①4-10-133812-4
「私小説―from left to right」 筑摩書房
2009.3 462p 15cm（ちくま文庫）
780円 ①978-4-480-42585-0

6454 「続 明暗」
◇芸術選奨（第41回/平成2年度/文学部
門/新人賞）
「続 明暗」 筑摩書房 1990.9 373p
「続 明暗」 筑摩書房 2009.6 417p
15cm（ちくま文庫）840円 ①978-4-
480-42609-3

6455 「母の遺産―新聞小説」
◇大佛次郎賞（第39回/平成24年）
「母の遺産―新聞小説」 中央公論新社
2012.3 524p 20cm 1800円 ①978-4-
12-004347-5

6456 「本格小説」

◇読売文学賞（第54回/平成14年度/小
説賞）
「本格小説 上」 新潮社 2002.9 469p
20cm 1800円 ①4-10-407702-X
「本格小説 下」 新潮社 2002.9 412p
20cm 1700円 ①4-10-407703-8

未須本 有生 みすもと・ゆうき

6457 「推定脅威」
◇松本清張賞（第21回/平成26年）
「推定脅威」 文藝春秋 2014.6 307p
20cm 1350円 ①978-4-16-390083-4

水杜 明珠 みずもり・あけみ

6458 「春風変異譚」
◇コバルト・ノベル大賞（第17回/平成
3年上）

水森 サトリ みずもり・さとり

6459 「でかい月だな」
◇小説すばる新人賞（第19回/平成18
年）
「でかい月だな」 集英社 2007.1 276p
20cm 1400円 ①978-4-08-774844-4
「でかい月だな」 集英社 2010.1 326p
16cm（集英社文庫 み43-1）571円
①978-4-08-746527-3

瑞山 いつき みずやま・いつき

6460 「混ざりものの月」
◇角川ビーンズ小説大賞（第1回/平成
14年/優秀賞）
「混ざりものの月―スカーレット・クロ
ス」 角川書店 2003.10 253p 15cm
（角川ビーンズ文庫）457円 ①4-04-
449701-X

溝口 三平 みぞぐち・さんぺい

6461 「空間の殺人」
◇「サンデー毎日」大衆文芸（第12回/
昭和8年上）

溝部 隆一郎 みぞべ・りゅういちろう

6462 「興島（こしじま）」
◇マリン文学賞（第4回/平成5年/佳作）

三田 完 みた・かん

6463 「櫻川イワンの恋」
◇オール讀物新人賞（第80回/平成12
年）

三田 つばめ　みた・つばめ

6464　「ウォッチャー」
◇小説現代新人賞　（第56回/平成3年上）

三田 華　みた・はな

6465　「芝居茶屋」
◇織田作之助賞　（第19回/平成14年）

三田 華子　みた・はなこ

6466　「祖父」
◇「文芸」推薦作品　（第4回/昭和16年下）

三田 誠広　みた・まさひろ

6467　「Mの世界」
◇学生小説コンクール　（復活第1回/昭和41年/佳作）
「Mの世界」　河出書房新社　1978.1　238p
「Mの世界」　河出書房新社　1982.6　209p（河出文庫）

6468　「僕って何」
◇芥川龍之介賞　（第77回/昭和52年上）
「僕って何」　河出書房新社　1977.7　176p
「僕って何」　河出書房新社　1980.6　193p（河出文庫）
「芥川賞全集11」　文芸春秋　1982
「昭和文学全集31」　小学館　1988
「僕って何」　角川書店　1988.5　169p（角川文庫）
「僕って何」　新装新版　河出書房新社　2008.9　183p　15cm（河出文庫）590円　①978-4-309-40924-5
「現代小説クロニクル 1975〜1979」　日本文藝家協会編　講談社　2014.10　347p　15cm（講談社文芸文庫）1700円　①978-4-06-290245-8

三田村 志郎　みたむら・しろう

6469　「嘘神」
◇日本ホラー小説大賞　（第16回/平成21年/長編賞）〈受賞時〉てえし
「嘘神」　角川書店, 角川グループパブリッシング（発売）　2009.10　407p　15cm（角川ホラー文庫 Hみ3-1）667円　①978-4-04-394318-0
※並列シリーズ名：Kadokawa horror bunko

道 俊介　みち・しゅんすけ

6470　「蔵法師助五郎」
◇「サンデー毎日」大衆文芸　（第51回/

昭和32年上）

道尾 秀介　みちお・しゅうすけ

6471　「カラスの親指」
◇日本推理作家協会賞　（第62回/平成21年/長編及び連作短編集部門）
「カラスの親指」　講談社　2008.7　424p　20cm　1700円　①978-4-06-214805-4
※他言語標題：By rule of crow's thumb

6472　「光媒の花」
◇山本周五郎賞　（第23回/平成22年）
「光媒の花」　集英社　2010.3　258p　20cm　1400円　①978-4-08-771337-4
「光媒の花」　集英社　2012.10　293p　16cm（集英社文庫 み46-1）540円　①978-4-08-746891-5

6473　「シャドウ」
◇本格ミステリ大賞　（第7回/平成19年/小説部門）
「シャドウ」　東京創元社　2006.9　283p　20cm（ミステリ・フロンティア 27）1500円　①4-488-01734-7
「シャドウ」　東京創元社　2009.8　346p　15cm（創元推理文庫 496-01）700円　①978-4-488-49601-2
※文献あり

6474　「背の眼」
◇ホラーサスペンス大賞　（第5回/平成16年/特別賞）
「背の眼」　幻冬舎　2005.1　397p　19cm　1800円　①4-344-00731-X

6475　「月と蟹」
◇直木三十五賞　（第144回/平成22年下半期）
「月と蟹」　文藝春秋　2010.9　333p　20cm　1400円　①978-4-16-329560-2
「月と蟹」　文藝春秋　2013.7　358p　16cm（文春文庫 み38-2）590円　①978-4-16-783866-9

6476　「龍神の雨」
◇大藪春彦賞　（第12回/平成22年）
「龍神の雨」　新潮社　2009.5　308p　20cm　1600円　①978-4-10-300333-5
「龍神の雨」　新潮社　2012.2　410p　16cm（新潮文庫 み-40-3）630円　①978-4-10-135553-5

光岡 明　みつおか・あきら

6477　「機雷」
◇直木三十五賞　（第86回/昭和56年下）

「機雷」　講談社　1981.7　377p
「機雷」　講談社　1984.7　428p（講談社文庫）

三岡 雅晃　みつおか・まさあき

6478　「空白を歌え」
◇パピルス新人賞（第5回/平成23年/特別賞）

光川 純太郎　みつかわ・じゅんたろう

6479　「きつねぼら」
◇新風舎出版賞（第2回/平成8年9月/出版大賞）
「きつねぼら」　光川純太郎作，廣瀬剛絵　新風舎　1997.5　61p　27cm　1800円　①4-7974-0217-2

三ツ木 茂　みつき・しげる

6480　「漱石の忘れもん」
◇岡山・吉備の国「内田百閒」文学賞（第12回/平成25・26年度/最優秀賞）
「内田百閒文学賞受賞作品集―岡山県　第12回」　三ツ木茂，里海瓢一，畔地里美，小田由紀子著　作品社　2015.3　169p　20cm　926円　①978-4-86182-527-9
※主催：岡山県 岡山県郷土文化財団

6481　「伯備線の女―断腸亭異聞」
◇岡山・吉備の国「内田百閒」文学賞（第11回/平成23・24年度/優秀賞）
「内田百閒文学賞受賞作品集―岡山県　第11回」　岩朝清美，木下訓成，三ツ木茂著　作品社　2013.3　149p　20cm　952円　①978-4-86182-430-2

満坂 太郎　みつさか・たろう

6482　「海賊丸漂着異聞」
◇鮎川哲也賞（第7回/平成8年）
「海賊丸漂着異聞」　東京創元社　1996.3　229p　19cm　1400円　①4-488-02348-7
「海賊丸漂着異聞」　東京創元社　2005.3　263p　15cm（創元推理文庫）640円　①4-488-45201-9

三津田 信三　みつだ・しんぞう

6483　「水魑の如き沈むもの」
◇本格ミステリ大賞（第10回/平成22年/小説部門）
「水魑の如き沈むもの」　原書房　2009.12　569p　20cm（ミステリー・リーグ）1900円　①978-4-562-04541-9
「水魑の如き沈むもの」　講談社　2013.5

743p　15cm（講談社文庫 み58-10）1048円　①978-4-06-277525-0

三羽 省吾　みつば・しょうご

6484　「ハナづらにキツいのを一発」
◇小説新潮長篇新人賞（第8回/平成14年）
「太陽がイッパイいっぱい」　新潮社　2002.11　253p　20cm　1300円　①4-10-456801-5

光原 百合　みつはら・ゆり

6485　「十八の夏」
◇日本推理作家協会賞（第55回/平成14年/短篇部門）
「ザ・ベストミステリーズ―推理小説年鑑2002」　日本推理作家協会編　講談社　2002.7　622p　20cm　3200円　①4-06-114903-2
「十八の夏」　双葉社　2002.8　269p　20cm　1600円　①4-575-23447-8
「十八の夏」　双葉社　2004.6　321p　15cm（双葉文庫）571円　①4-575-50947-7

光本 正記　みつもと・まさき

6486　「白い夢」
◇新潮エンターテインメント大賞（第8回/平成24年/大賞 畠中恵選）
「紅葉街駅前自殺センター」　新潮社　2013.1　249p　20cm　1500円　①978-4-10-333411-8
※受賞作「白い夢」を改題

光山 明美　みつやま・あけみ

6487　「土曜日の夜 The Heart of Saturday night」
◇坊っちゃん文学賞（第3回/平成5年）
「土曜日の夜」　マガジンハウス　1994.10　204p　19cm　1300円　①4-8387-0553-0

みどり ゆうこ

6488　「海を渡る植物群」
◇文學界新人賞（第72回/平成3年上）

緑川 玄三　みどりかわ・げんぞう

6489　「銀の峠」
◇「サンデー毎日」大衆文芸（第31回/昭和17年下）
「河井継之助余聞」　三条 野島出版　1984.12　392p

6490　「花火師丹十」

◇「サンデー毎日」大衆文芸 （第32回/
昭和18年上）
「河井継之助余聞」 三条 野島出版 1984.
12 392p

御永 真幸 みなが・さなゆき

6491 「ただここに降りしきるもの」
◇ノベル大賞 （平成22年度/佳作）
「無音の哀戀歌（セレナード）―さような
ら、わたしの最愛」 集英社 2011.8
254p 15cm （コバルト文庫 み13-1)
514円 ⑪978-4-08-601553-0
※受賞作「ただここに降りしきるもの」
を改題

皆川 博子 みながわ・ひろこ

6492 「アルカディアの夏」
◇小説現代新人賞 （第20回/昭和48年
上）
「トマト・ゲーム」 講談社 1974 276p
「トマト・ゲーム」 講談社 1981.12 304p
（講談社文庫）
「トマト・ゲーム」 早川書房 2015.6
431p 15cm （ハヤカワ文庫JA) 960円
⑪978-4-15-031197-1

6493 「壁・旅芝居殺人事件」
◇日本推理作家協会賞 （第38回/昭和60
年/長篇部門）
「壁―旅芝居殺人事件」 白水社 1984.9
199p
「壁・旅芝居殺人事件―日本推理作家協会
賞受賞作全集 46」 双葉社 1998.11
169p 15cm （双葉文庫） 400円 ⑪4-
575-65843-X

6494 「恋紅」
◇直木三十五賞 （第95回/昭和61年上）
「恋紅」 新潮社 1986.3 265p
「恋紅」 新潮社 1989.4 309p （新潮文庫）

6495 「死の泉」
◇吉川英治文学賞 （第32回/平成10年
度）
「死の泉」 早川書房 1997.10 435p
19cm （ハヤカワ・ミステリワールド)
2000円 ⑪4-15-208114-7
「死の泉」 早川書房 2001.4 659p
15cm （ハヤカワ文庫JA) 860円 ⑪4-
15-030662-1

6496 「薔薇忌」
◇柴田錬三郎賞 （第3回/平成2年）
「薔薇忌」 実業之日本社 1990.6 240p

「薔薇忌」 実業之日本社 2014.6 289p
15cm （実業之日本社文庫） 593円
⑪978-4-408-55175-3

6497 「開かせていただき光栄です」
◇本格ミステリ大賞 （第12回/平成24年
/小説部門）
「開かせていただき光栄です」 早川書房
2011.7 437p 20cm （ハヤカワ・ミス
テリワールド） 1800円 ⑪978-4-15-
209227-4
「開かせていただき光栄です―DILATED
TO MEET YOU」 早川書房 2013.9
523p 16cm （ハヤカワ文庫 JA 1129)
900円 ⑪978-4-15-031129-2

美奈川 護 みながわ・まもる

6498 「ヴァンダル画廊街の奇跡」
◇電撃大賞 （第16回/平成21年/電撃小
説大賞部門/金賞）
「ヴァンダル画廊街の奇跡」 アスキー・
メディアワークス、角川グループパブ
リッシング（発売） 2010.2 314p
15cm （電撃文庫 1892) 570円 ⑪978-
4-04-868324-1
※イラスト：望月朔、並列シリーズ名：
Dengeki bunko

皆月 蒼葉 みなづき・あおば

6499 「テラの水槽」
◇創元SF短編賞 （第3回/平成24年度/
大森望賞）

みなづき 志生 みなづき・しお

6500 「ハイガールムの魔物」
◇ロマン大賞 （第17回/平成20年度/入
選）
「ラーザリューンの少年術師―片翼のき
み」 集英社 2008.11 269p 15cm
（コバルト文庫） 514円 ⑪978-4-08-
601233-1

水無月 ばけら みなづき・ばけら

6501 「友井町バスターズ」
◇ファンタジア長編小説大賞 （第8回/
平成8年/準入選）
「友井町バスターズ」 富士見書房 1997.
6 304p 15cm （富士見ファンタジア
文庫） 580円 ⑪4-8291-2745-7

水無瀬 さんご みなせ・さんご

6502 「お嬢様・錦織由梨菜は保健が苦
手！」

◇美少女文庫新人賞 （第6回/平成21年）
「お嬢様・錦織由梨菜は保健が苦手！」
フランス書院　2010.7　298p　15cm
（美少女文庫）　667円　①978-4-8296-
5935-9

水瀬 葉月　みなせ・はづき

6503　「結界師のフーガ」
◇電撃ゲーム小説大賞 （第10回/平成15
年/選考委員奨励賞）
「結界師のフーガ」　メディアワークス
2004.4　351p　15cm （電撃文庫）　590
円　①4-8402-2659-8

miNato

6504　「また、キミに逢えたなら。」
◇日本ケータイ小説大賞 （第9回/平成
27年/大賞, ブックパス賞）
「また、キミに逢えたなら。」スターツ出
版　2015.3　315p　19cm　1100円
①978-4-88381-439-8

湊 かなえ　みなと・かなえ

6505　「告白」
◇本屋大賞 （第6回/平成21年/大賞）
「告白」　双葉社　2008.8　268p　20cm
1400円　①978-4-575-23628-6

6506　「聖職者」
◇「小説推理」新人賞 （第29回/平成19
年）
「告白」　双葉社　2008.8　268p　20cm
1400円　①978-4-575-23628-6

6507　「望郷、海の星」
◇日本推理作家協会賞 （第65回/平成24
年/短編部門）
「望郷」　文藝春秋　2013.1　260p　20cm
1400円　①978-4-16-381900-6

湊 ちはる　みなと・ちはる

6508　「こころのいえ」
◇新風舎出版賞 （第12回/平成12年3月/
出版大賞）
「こころのいえ」　新風舎　2000.11
119p　20cm　1500円　①4-7974-1460-X

湊 ようこ　みなと・ようこ

6509　「春にとけゆくものの名は」
◇ロマン大賞 （平成22年度/大賞）
「氷雪王の求婚—春にとけゆくものの名
は」　集英社　2010.11　263p　15cm
（コバルト文庫 み12-1）　514円　①978-

4-08-601469-4

南 綾子　みなみ・あやこ

6510　「夏がおわる」
◇女による女のためのR-18文学賞 （第4
回/平成17年/大賞）
「ほしいあいたいすきいれて」　新潮社
2007.2　154p　20cm　1200円　①978-4-
10-303851-1

見波 タクミ　みなみ・たくみ

6511　「逆襲のスライムトレーナー」
◇ファンタジア大賞 （第27回/平成26年
/金賞）

三波 利夫　みなみ・としお

6512　「ニコライエフスク」
◇「改造」懸賞創作 （第8回/昭和10年/
佳作）

三並 夏　みなみ・なつ

6513　「平成マシンガンズ」
◇文藝賞 （第42回/平成17年度）
「平成マシンガンズ」　河出書房新社
2005.11　109p　20cm　1000円　①4-
309-01738-X

美波 夕　みなみ・ゆう

6514　「あのこになりたい」
◇日本ケータイ小説大賞 （第9回/平成
27年/特別賞）
「あのこになりたい」　スターツ出版
2015.5　243p　15cm （ケータイ小説文
庫 Bみ3-1—野いちご）　530円　①978-
4-88381-969-0

南 ゆう子　みなみ・ゆうこ

6515　「パリのため息」
◇日本文芸大賞 （第4回/昭和59年/女流
文学新人賞）
「パリのため息」　光風社出版　1984.6　238p

南大沢 健　みなみおおさわ・けん

6516　「二番札」
◇北区内田康夫ミステリー文学賞 （第
13回/平成27年/大賞）

南川 潤　みなみかわ・じゅん

6517　「掌の性」
◇三田文学賞 （第2回/昭和11年）

6518　「風俗十日」

◇三田文学賞（第4回/昭和13年）
「風俗十日」　日本文学社　1939　341p

南島 砂江子　みなみしま・さえこ

6519 「道連れ」
◇オール讀物推理小説新人賞（第36回/
　平成9年）
「ザ・ベストミステリーズ―推理小説年鑑
1998」　日本推理作家協会編　講談社
1998.6　440p　19cm　2200円　①4-06-
114540-1
「殺人者―ミステリー傑作選 38」　日本
推理作家協会編　講談社　2000.11
412p　15cm（講談社文庫）648円
①4-06-264983-7
「疑惑」　碧天舎　2005.9　202p　19cm
1000円　①4-7789-0136-3

源 高志　みなもと・たかし

6520 「トラブル街三丁目」
◇堺自由都市文学賞（第15回/平成15年
　/佳作）

水沫 流人　みなわ・りゅうと

6521 「七面坂心中」
◇『幽』怪談文学賞（第1回/平成18年/
　長編部門/優秀賞）
「七面坂心中」　メディアファクトリー
2007.5　215p　20cm　1200円　①978-4-
8401-1854-5

岑 亜紀良　みね・あきら

6522 「ハリウッドを旅するブルース」
◇小説現代新人賞（第31回/昭和53年
　下）

峰 隆一郎　みね・りゅういちろう

6523 「流れ灌頂」
◇問題小説新人賞（第5回/昭和54年）
「流れ灌頂」　集英社　1998.12　278p
15cm（集英社文庫）514円　①4-08-
748886-1
「剣光、閃く！―問題小説傑作選 4　剣
戟小説篇」　徳間文庫編集部編　徳間書
店　1999.11　462p　15cm（徳間文庫）
648円　①4-19-891211-4

嶺里 俊介　みねさと・しゅんすけ

6524 「星宿る虫」
◇日本ミステリー文学大賞新人賞（第
　19回/平成27年度）

峯澤 典子　みねさわ・のりこ

6525 「ひかりの途上で」
◇H氏賞（第64回/平成26年）
「ひかりの途上で」　七月堂　2013.8　92p
19cm　1200円　①978-4-87944-209-3

峰原 緑子　みねはら・みどりこ

6526 「風のけはい」
◇文學界新人賞（第52回/昭和56年上）
「風のけはい」　文芸春秋　1981.7　181p

峰守 ひろかず　みねもり・ひろかず

6527 「放課後百物語」
◇電撃大賞（第14回/平成19年/電撃小
　説大賞部門/大賞）
「ほうかご百物語」　メディアワークス，
角川グループパブリッシング（発売）
2008.2　297p　15cm（電撃文庫 1546）
550円　①978-4-8402-4168-7
「ほうかご百物語 2」　アスキー・メディ
アワークス，角川グループパブリッシン
グ（発売）　2008.6　319p　15cm（電撃
文庫 1606）570円　①978-4-04-867091-
3
「ほうかご百物語 3」　アスキー・メディ
アワークス，角川グループパブリッシン
グ（発売）　2008.10　303p　15cm（電
撃文庫 1669）550円　①978-4-04-
867273-3
※著作目録あり
「ほうかご百物語 4」　アスキー・メディ
アワークス，角川グループパブリッシン
グ（発売）　2009.2　313p　15cm（電撃
文庫 1723）570円　①978-4-04-867524-
6
「ほうかご百物語 5」　アスキー・メディ
アワークス，角川グループパブリッシン
グ（発売）　2009.6　313p　15cm（電撃
文庫 1778）570円　①978-4-04-867846-
9
※イラスト：京極しん, 並列シリーズ名：
Dengeki bunko, 著作目録あり
「ほうかご百物語 6」　アスキー・メディ
アワークス，角川グループパブリッシン
グ（発売）　2009.10　309p　15cm（電
撃文庫 1837）570円　①978-4-04-
868073-8
※イラスト：京極しん, 並列シリーズ名：
Dengeki bunko, 著作目録あり
「ほうかご百物語 7」　アスキー・メディ
アワークス，角川グループパブリッシン
グ（発売）　2010.2　307p　15cm（電撃
文庫 1894）570円　①978-4-04-868332-

6
※イラスト：京極しん, 並列シリーズ名：
Dengeki bunko, 著者目録あり

蓑 修吉　みの・しゅうきち
6528　「椚平にて」
◇地上文学賞　（第58回/平成22年）

三ノ神 龍司　みのかみ・りゅうじ
6529　「世界の正しい壊し方」
◇スニーカー大賞　（第18回・春/平成24
年/特別賞）
「終焉世界の天災姫（レベリオン）」　角川
書店, KADOKAWA〔発売〕　2013.8
271p　15cm（角川スニーカー文庫 み-
2-1-1）600円　①978-4-04-100952-9
※受賞作「世界の正しい壊し方」を改題
「終焉世界の天災姫（レベリオン）　2」
KADOKAWA　2013.12　284p　15cm
（角川スニーカー文庫 み-2-1-2）600円
①978-4-04-101117-1
「終焉世界の天災姫（レベリオン）　3」
KADOKAWA　2014.5　280p　15cm
（角川スニーカー文庫 み-2-1-3）620円
①978-4-04-101574-2

見延 典子　みのべ・のりこ
6530　「頼山陽」
◇新田次郎文学賞　（第27回/平成20年）
「頼山陽　上」徳間書店　2007.10　493p
20cm 2200円　①978-4-19-862421-7
「頼山陽　下」徳間書店　2007.10　427p
20cm 2200円　①978-4-19-862422-4

簑輪 諒　みのわ・りょう
6531　「うつろ屋軍師」
◇歴史群像大賞　（第19回/平成25年発表
/佳作）
「うつろ屋軍師」　学研パブリッシング,
学研マーケティング〔発売〕　2014.8
338p　19cm 1250円　①978-4-05-
406027-2

三萩 せんや　みはぎ・せんや
6532　「裏道通り三番地、幻想まほろば
屋書店」
◇ダ・ヴィンチ「本の物語」大賞　（第2
回/平成26年/大賞）
「神さまのいる書店―まほろばの夏」
KADOKAWA　2015.7　233p　19cm
1000円　①978-4-04-067703-3
6533　「Shall we ダンス部？」

◇スニーカー大賞　（第20回・春/平成26
年/特別賞）
「たま高社交ダンス部へようこそ」
KADOKAWA　2015.8　301p　15cm
（角川スニーカー文庫 みー5-1-1）620
円　①978-4-04-103414-9

三原 実敏　みはら・さねとし
6534　「傪安」
◇南日本文学賞　（第10回/昭和57年）

三原 てつを　みはら・てつお
6535　「空の味」
◇北日本文学賞　（第49回/平成27年/選
奨）

三原 みつき　みはら・みつき
6536　「新世紀ガクエンヤクザ！」
◇MF文庫Jライトノベル新人賞　（第5回
/平成21年/審査員特別賞）
「ごくペン！」メディアファクトリー
2009.10　263p　15cm（MF文庫J み-
02-01）580円　①978-4-8401-3058-5
「ごくペン！ 2」メディアファクトリー
2010.1　261p　15cm（MF文庫J み-02-
02）580円　①978-4-8401-3158-2

壬生 菜々佳　みぶ・ななか
6537　「給食工場」
◇12歳の文学賞　（第5回/平成23年/小説
部門/審査員特別賞〈西原理恵子
賞〉）
「12歳の文学　第5集」　小学館　2011.3
256p　19cm 1200円　①978-4-09-
289731-1

三船 恭太郎　みふね・きょうたろう
6538　「ヘチマと僕と、そしてハヤ」
◇12歳の文学賞　（第2回/平成20年/大
賞）
「12歳の文学　第2集　小学生作家が紡ぐ
9つの物語」　小学館　2008.3　281p
20cm 1000円　①978-4-09-289712-0
「12歳の文学　第2集」　小学生作家たち
著　小学館　2010.4　277p　15cm（小
学館文庫）552円　①978-4-09-408497-9

三村 雅子　みむら・まさこ
6539　「満月」
◇北日本文学賞　（第27回/平成5年）
「北日本文学賞入賞作品集　2」井上靖,
宮本輝選, 北日本新聞社編　北日本新聞

社 2002.8 436p 19cm 2190円 ①4-906678-67-X

宮 規子 みや・のりこ

6540 「魚は水の中」
◇織田作之助賞 （第24回/平成19年/青春賞/佳作）

宮井 千津子 みやい・ちずこ

6541 「天窓のある部屋」
◇作家賞 （第20回/昭和59年）

宮井 紅於 みやい・べにお

6542 「もちた」
◇12歳の文学賞 （第4回/平成22年/小説部門/大賞）
「12歳の文学 第4集」 小学館 2010.3 395p 20cm 1200円 ①978-4-09-289725-0

宮内 勝典 みやうち・かつすけ

6543 「金色の象」
◇野間文芸新人賞 （第3回/昭和56年）
「金色の象」 河出書房新社 1981.7 195p
「金色の象」 河出書房新社 1988.4 206p （河出文庫）

6544 「焼身」
◇芸術選奨 （第56回/平成17年度/文学部門/文部科学大臣賞）
◇読売文学賞 （第57回/平成17年度/小説賞）
「焼身」 集英社 2005.7 267p 20cm 2000円 ①4-08-774764-6

6545 「南風」
◇文藝賞 （第16回/昭和54年）
「南風」 河出書房新社 1979.12 179p
「南風」 河出書房新社 1990.4 228p （河出文庫）

6546 「魔王の愛」
◇伊藤整文学賞 （第22回/平成23年/小説）
「魔王の愛」 新潮社 2010.11 375p 20cm 2000円 ①978-4-10-344902-7

宮内 寒弥 みやうち・かんや

6547 「七里ケ浜」
◇平林たい子文学賞 （第6回/昭和53年/小説）
「七里ヶ浜」 新潮社 1978.1 209p
「宮内寒弥小説集成」 作品社 1985.5 542p

宮内 剛 みやうち・ごう

6548 「堕ちた鯉」
◇問題小説新人賞 （第8回/昭和57年/佳作）

宮内 聡 みやうち・さとし

6549 「坂」
◇三田文学新人賞 （第9回/平成14年/小説部門）

宮内 悠介 みやうち・ゆうすけ

6550 「盤上の夜」
◇創元SF短編賞 （第1回/平成22年度/山田正紀賞）
◇日本SF大賞 （第33回/平成24年）
「盤上の夜」 東京創元社 2012.3 283p 20cm （創元日本SF叢書 02） 1600円 ①978-4-488-01815-3
「盤上の夜」 東京創元社 2014.4 333p 15cm （創元SF文庫 SFみ2-1） 820円 ①978-4-488-74701-5

6551 「ヨハネスブルグの天使たち」
◇日本SF大賞 （第34回/平成25年/特別賞）
「ヨハネスブルグの天使たち」 早川書房 2013.5 261p 19cm （ハヤカワSFシリーズJコレクション） 1500円 ①978-4-15-209378-3

宮尾 登美子 みやお・とみこ

6552 「一絃の琴」
◇直木三十五賞 （第80回/昭和53年下）
「一絃の琴」 講談社 1978.10 369p
「一絃の琴」 講談社 1982.7 402p （講談社文庫）
「一絃の琴」 新装版 講談社 2000.2 371p 19cm 1900円 ①4-06-209915-2
「一絃の琴」 新装版 講談社 2008.4 516p 15cm （講談社文庫） 762円 ①978-4-06-276028-7

6553 「櫂」
◇太宰治賞 （第9回/昭和48年）
「櫂」 上 筑摩書房 1973 233p
「櫂」 上巻 中央公論社 1978.4 233p （中公文庫）
「櫂」 筑摩書房 1985.12 553p （ちくま文庫）
「櫂」 改版 中央公論社 1990.4 603p （中公文庫）
「宮尾登美子全集1」 朝日新聞社 1992
「三浦綾子・宮尾登美子」 三浦綾子, 宮

6554～6565   みやきた

尾登美子著, 河野多恵子, 大庭みな子, 佐藤愛子, 津村節子監修　角川書店 1998.11　433p　19cm　（女性作家シリーズ 13）2600円　①4-04-574213-1
「櫂」 16刷改版　新潮社　2005.11 598p　16cm（新潮文庫）781円　①4-10-129308-2
「春燈」 新潮社　2007.2　643p　15cm（新潮文庫）819円　①978-4-10-129305-9

6554　「寒椿」
◇女流文学賞　（第16回/昭和52年度）
「寒椿」 中央公論社 1977.4 289p
「寒椿」 中央公論社 1979.1 296p（中公文庫）
「寒椿」 新潮社　2003.1　379p　15cm（新潮文庫）552円　①4-10-129316-3

6555　「序の舞」
◇吉川英治文学賞　（第17回/昭和58年度）
「序の舞」 朝日新聞社 1982.11 2冊
「序の舞」 中央公論社 1985.1 738p（中公文庫）
「序の舞」 朝日新聞社 1985.1 2冊（朝日文庫）

6556　「錦」
◇親鸞賞　（第6回/平成22年）
「錦」 中央公論新社　2008.6　438p 20cm　1800円　①978-4-12-003935-5
「錦」 中央公論新社　2011.11　501p 16cm　（中公文庫 み18-18）762円 ①978-4-12-205558-2

6557　「松風の家」
◇「文藝春秋」読者賞　（第51回/平成1年）
「松風の家」 下巻 文芸春秋 1989.9 249p
「松風の家」 上巻 文芸春秋 1989.9 244p

6558　「連」
◇女流新人賞　（第5回/昭和37年度）
「影絵」 筑摩書房 1978.6 227p
「影絵」 集英社 1981.10 244p（集英社文庫）
「夜汽車・岩伍覚え書」 筑摩書房 1986.2 504p（ちくま文庫）
「三浦綾子・宮尾登美子」 三浦綾子, 宮尾登美子著, 河野多恵子, 大庭みな子, 佐藤愛子, 津村節子監修　角川書店 1998.11　433p　19cm（女性作家シリーズ 13）2600円　①4-04-574213-1

宮川 顕二　みやがわ・けんじ
6559　「ハンザキ」
◇やまなし文学賞　（第14回/平成17年度/小説部門/佳作）

宮川 曙村　みやがわ・しょそん
6560　「若い二人」
◇「文章世界」特別募集小説　（大8年9月）

宮川 直子　みやがわ・なおこ
6561　「私の神様」
◇北日本文学賞　（第44回/平成22年/選奨）

宮木 あや子　みやぎ・あやこ
6562　「花宵道中」
◇女による女のためのR-18文学賞　（第5回/平成18年/大賞・読者賞）
「花宵道中」 新潮社　2007.2　251p 20cm　1400円　①978-4-10-303831-3
「花宵道中」 新潮社　2009.9　374p 16cm（新潮文庫 み-43-1）552円 ①978-4-10-128571-9

宮城 しず　みやぎ・しず
6563　「天から降ってくる悔恨の声」
◇自分史文学賞　（第12回/平成13年度/佳作・北九州市特別賞）

宮城 正枝　みやぎ・まさえ
6564　「ハーフドームの月」
◇潮賞　（第20回/平成13年/小説）
「ハーフドームの月」 潮出版社　2001.9 189p　19cm　1143円　①4-267-01610-0

宮城谷 昌光　みやぎたに・まさみつ
6565　「夏姫春秋」
◇直木三十五賞　（第105回/平成3年上）
「夏姫春秋」 下 名古屋 海越出版社 1991.4 281p
「夏姫春秋」 上 名古屋 海越出版社 1991.4 281p
「夏姫春秋　上」 改訂新版　文藝春秋 2000.11　277p　19cm　1619円　①4-16-319710-9
「夏姫春秋　下」 文藝春秋　2000.12 282p　19cm　1619円　①4-16-319750-8
「宮城谷昌光全集　第5巻　夏姫春秋」 文藝春秋　2003.7　507p　19cm　4571円 ①4-16-641150-0

文学賞受賞作品総覧 小説篇　　　　　　497

みやけ

6566　「子産」
◇吉川英治文学賞　（第35回/平成13年）
　「子産　上巻」　講談社　2000.10　373p
　20cm　1700円　①4-06-210382-6
　「子産　下巻」　講談社　2000.10　369p
　20cm　1700円　①4-06-210383-4
　「子産　上」　講談社　2003.10　372p
　15cm　（講談社文庫）　619円　①4-06-
　273872-4
　「子産　下」　講談社　2003.10　378p
　15cm　（講談社文庫）　619円　①4-06-
　273873-2
　「宮城谷昌光全集　第19巻」　文藝春秋
　2004.5　612p　20cm　4571円　①4-16-
　641290-6

6567　「重耳」
◇芸術選奨　（第44回/平成5年度/文学部
　門/文部大臣賞）
　「重耳」　下　講談社　1993.4　328p
　「重耳」　上　講談社　1993.2　312p
　「重耳」　中　講談社　1993.3　310p
　「重耳　上」　講談社　1996.9　354p
　15cm　（講談社文庫）　580円　①4-06-
　263323-X
　「重耳　中」　講談社　1996.9　350p
　15cm　（講談社文庫）　580円　①4-06-
　263324-8
　「重耳　下」　講談社　1996.9　374p
　15cm　580円　①4-06-263325-6
　「宮城谷昌光全集　第6巻　重耳」　文藝春
　秋　2003.8　933p　20×14cm　5714円
　①4-16-641160-8

6568　「天空の舟」
◇新田次郎文学賞　（第10回/平成3年）
　「天空の舟―小説・伊尹伝」　下巻　名古屋
　海越出版社　1990.7　361p
　「天空の舟―小説・伊尹伝」　上巻　名古屋
　海越出版社　1990.7　381p
　「天空の舟　上　小説　伊尹伝」　文藝春秋
　2000.8　394p　19cm　1762円　①4-16-
　319370-7
　「天空の舟　下　小説　伊尹伝」　文藝春秋
　2000.8　373p　19cm　1762円　①4-16-
　319450-9
　「宮城谷昌光全集　第4巻　天空の舟」　文
　藝春秋　2003.6　700p　19cm　4571円
　①4-16-641140-3

三宅 彰　みやけ・あきら
6569　「風よ、撃て」
◇サントリーミステリー大賞　（第14回/
　平成9年）

「風よ、撃て」　文藝春秋　1997.4　257p
19cm　1333円　①4-16-316910-5

三宅 克俊　みやけ・かつとし
6570　「草原を走る都」
◇堺自由都市文学賞　（第12回/平成12年
　/佳作）

三宅 孝太郎　みやけ・こうたろう
6571　「夕映え河岸」
◇オール讀物新人賞　（第64回/昭和59
　年）

三宅 直美　みやけ・なおみ
6572　「シーツと砂糖」
◇新風舎出版賞　（第6回/平成10年1月/
　フィクション部門/最優秀賞）
　「シーツと砂糖」　新風舎　1999.6　68p
　19cm　1100円　①4-7974-0863-4

三宅 雅子　みやけ・まさこ
6573　「阿修羅を棲まわせて」
◇日本文芸大賞　（第7回/昭和62年/女流
　文学賞）
　「短篇集阿修羅を棲まわせて」　日本図書
　刊行会　1986.9　250p（トレビ文庫）
　「武子夫人の秘密」　泰流社　1987.8　166p

宮越 しまぞう　みやこし・しまぞう
6574　「がらくたヴィーナス」
◇角川学園小説大賞　（第14回/平成22年
　/優秀賞）

都田 鼎　みやこだ・かなえ
6575　「山中鹿之介の兄」
◇「サンデー毎日」大衆文芸　（第6回/
　昭和5年上）

宮坂 朝子　みやざか・あさこ
6576　「クシュクシュ、キュッ」
◇NHK銀の雫文芸賞　（平成26年/優秀）

宮崎 一郎　みやざき・いちろう
6577　「マーシュ大尉の手記」
◇「サンデー毎日」大衆文芸　（第31回/
　昭和17年下）

宮崎 恵実　みやざき・えみ
6578　「アダムとイヴに幸せを。」
◇12歳の文学賞　（第2回/平成20年/佳
　作）

498　　　　　　　　　　　　　　　　　文学賞受賞作品総覧　小説篇

宮崎 和雄 みやざき・かずお

6579 「洗濯機は俺にまかせろ」
◇小説現代新人賞 （第65回/平成9年）

宮崎 美由紀 みやざき・みゆき

6580 「晴れ時どき正義の乙女」
◇角川学園小説大賞 （第8回/平成16年/
自由部門/奨励賞）

宮崎 吉宏 みやざき・よしひろ

6581 「甲斐駒開山」
◇中村星湖文学賞 （第19回/平成17年）
「甲斐駒開山」 山梨日日新聞社出版部
2005.7 207p 20cm 2000円 ①4-
89710-610-9
※年表あり，文献あり

宮沢 周 みやざわ・あまね

6582 「アンシーズ」
◇スーパーダッシュ小説新人賞 （第8回
/平成21年/佳作）
「アンシーズ―刀俠戦姫血風録」 集英社
2009.9 307p 15cm （集英社スーパー
ダッシュ文庫 み4-1） 619円 ①978-4-
08-630505-1
※イラスト：久世
「アンシーズ 2 刀俠戦姫言想録」 集英
社 2009.12 261p 15cm （集英社
スーパーダッシュ文庫 み4-2） 552円
①978-4-08-630524-2
※イラスト：久世

宮澤 伊織 みやざわ・いおり

6583 「神々の歩法」
◇創元SF短編賞 （第6回/平成27年度）
「折り紙衛星の伝説」 大森望，日下三蔵
編 東京創元社 2015.6 618p 15cm
（創元SF文庫 SFん1-8―年刊日本SF傑
作選） 1300円 ①978-4-488-73408-4

宮澤 えふ みやざわ・えふ

6584 「伝心」
◇関西文學新人賞 （第6回/平成18年/奨
励賞 小説部門）

宮沢 すみれ みやざわ・すみれ

6585 「ふるさと」
◇「新小説」懸賞小説 （明35年7月）

宮沢 輝夫 みやざわ・てるお

6586 「ハチの巣とり名人」

◇舟橋聖一顕彰青年文学賞 （第7回/平
成7年）

宮下 奈都 みやした・なつ

6587 「静かな雨」
◇文學界新人賞 （第98回/平成16年上期
/佳作）

6588 「誰かが足りない」
◇本屋大賞 （第9回/平成24年/7位）
「誰かが足りない」 双葉社 2011.10
174p 20cm 1200円 ①978-4-575-
23741-2

宮田 隆 みやた・たかし

6589 「花見の仇討」
◇北区内田康夫ミステリー文学賞 （第
10回/平成24年/区長賞）

宮寺 清一 みやでら・せいいち

6590 「和歌子・夏」
◇多喜二・百合子賞 （第20回/昭和63
年）
「和歌子・夏」 新日本出版社 1987.3 339p

宮西 建礼 みやにし・けんれい

6591 「銀河風帆走」
◇創元SF短編賞 （第4回/平成25年度）
「極光星群」 大森望，日下三蔵編 東京
創元社 2013.6 513p 15cm （創元SF
文庫 SFん1-6―年刊日本SF傑作選）
1100円 ①978-4-488-73406-0

宮野 晶 みやの・あきら

6592 「真空管式」
◇やまなし文学賞 （第19回/平成22年度
/小説部門）
「真空管式」 やまなし文学賞実行委員会
2011.6 82p 19cm 857円 ①978-4-
89710-631-1

宮野 美嘉 みやの・みか

6593 「幽霊伯爵の花嫁」
◇小学館ライトノベル大賞 〔ルルル文庫
部門〕 （第5回/平成23年/ルルル
賞）
「幽霊伯爵の花嫁」 小学館 2011.6
285p 15cm （小学館ルルル文庫 るみ4-
1） 552円 ①978-4-09-452193-1
「幽霊伯爵の花嫁 首切り魔と乙女の輪
舞曲」 小学館 2011.10 251p 15cm
（小学館ルルル文庫 るみ4-2） 533円

みやのか

①978-4-09-452206-8
「幽霊伯爵の花嫁　囚われの姫君と怨嗟
の夜会」　小学館　2012.2　251p　15cm
（小学館ルルル文庫　ルみ4-3）　533円
①978-4-09-452215-0
「幽霊伯爵の花嫁　偽りの聖女と地下牢
の怪人」　小学館　2012.5　251p　15cm
（小学館ルルル文庫　ルみ4-4）　533円
①978-4-09-452222-8
「幽霊伯爵の花嫁　悪魔の罪過と忘れら
れた愛嬢」　小学館　2012.8　251p
15cm（小学館ルルル文庫　ルみ4-5）
552円　①978-4-09-452230-3
「幽霊伯爵の花嫁　彷徨う少女と踊る髑
髏の秘密」　小学館　2012.12　251p
15cm（小学館ルルル文庫　ルみ4-6）
552円　①978-4-09-452240-2
「幽霊伯爵の花嫁　闇黒の魔女と終焉の
歌」　小学館　2013.3　286p　15cm
（小学館ルルル文庫　ルみ4-7）　619円
①978-4-09-452248-8

宮ノ川 顕　みやのがわ・けん

6594　「ヤゴ」

◇日本ホラー小説大賞　（第16回/平成21
年/大賞）
「化身」　角川書店, 角川グループパブ
リッシング（発売）　2009.10　283p
20cm　1500円　①978-4-04-873994-8
※他言語標題：Ke-shin

宮原 昭夫　みやはら・あきお

6595　「石のニンフ達」

◇文學界新人賞　（第23回/昭和41年下）
「石のニンフ達」　文芸春秋　1969　263p
「駆け落ち」　集英社　1981.3　230p（集英
社文庫）
「宮原昭夫小説選」　宮原昭夫小説選制作
委員会, 河出書房新社〔発売〕　2007.8
670p　21cm　5500円　①978-4-309-
90737-6

6596　「誰かが触った」

◇芥川龍之介賞　（第67回/昭和47年上）
「誰かが触った」　河出書房新社　1972
238p
「芥川賞全集9」　文芸春秋　1982
「宮原昭夫小説選」　宮原昭夫小説選制作
委員会, 河出書房新社〔発売〕　2007.8
670p　21cm　5500円　①978-4-309-
90737-6

雅 彩人　みやび・あやと

6597　「HOROGRAM SEED」

◇電撃ゲーム小説大賞　（第3回/平成8年
/銀賞）

宮部 みゆき　みやべ・みゆき

6598　「火車」

◇山本周五郎賞　（第6回/平成5年）
「火車」　双葉社　1992.7　358p
「火車」　新潮社　1998.2　590p　15cm
（新潮文庫）　743円　①4-10-136918-6

6599　「蒲生邸事件」

◇日本SF大賞　（第18回/平成9年）
「蒲生邸事件」　毎日新聞社　1996.10
427p　19cm　1700円　①4-620-10551-1
「蒲生邸事件」　光文社　1999.1　530p
18cm（カッパ・ノベルス）　952円
①4-334-07324-7
「蒲生邸事件」　文藝春秋　2000.10
686p　15cm（文春文庫）　829円　①4-
16-754903-4
「蒲生邸事件　1」　大活字　2002.5
417p　21cm（大活字文庫）　2980円
①4-86055-017-X
「蒲生邸事件　2」　大活字　2002.5
423p　21cm（大活字文庫）　2980円
①4-86055-018-8
「蒲生邸事件　3」　大活字　2002.5
448p　21cm（大活字文庫）　2980円
①4-86055-019-6
「蒲生邸事件　4」　大活字　2002.5
401p　21cm（大活字文庫）　2980円
①4-86055-020-X
「蒲生邸事件　5」　大活字　2002.5
333p　21cm（大活字文庫）　2980円
①4-86055-021-8
「蒲生邸事件　6」　大活字　2002.5
415p　21cm（大活字文庫）　2980円
①4-86055-022-6

6600　「ソロモンの偽証」

◇本屋大賞　（第10回/平成25年/7位）
「ソロモンの偽証　第1部　事件」　新潮社
2012.8　741p　20cm　1800円　①978-4-
10-375010-9
「ソロモンの偽証　第2部　決意」　新潮社
2012.9　715p　20cm　1800円　①978-4-
10-375011-6
「ソロモンの偽証　第3部　法廷」　新潮社
2012.10　722p　20cm　1800円　①978-
4-10-375012-3
「ソロモンの偽証　第1部［上巻］　事件
上巻」　新潮社　2014.9　515p　16cm
（新潮文庫　み-22-25）　750円　①978-4-
10-136935-8
「ソロモンの偽証　第1部［下巻］　事件

下巻」 新潮社 2014.9 503p 16cm
（新潮文庫 み-22-26） 750円 ①978-4-
10-136936-5

6601 「名もなき毒」
◇本屋大賞 （第4回/平成19年/第10位）
◇吉川英治文学賞 （第41回/平成19年
度）
「名もなき毒」 幻冬舎 2006.8 489p
20cm 1800円 ①4-344-01214-3
「名もなき毒」 光文社 2009.5 461p
18cm （Kappa novels） 1200円 ①978-
4-334-07683-2

6602 「本所深川ふしぎ草紙」
◇吉川英治文学新人賞 （第13回/平成4
年度）
「本所深川ふしぎ草紙」 新人物往来社
1991.4 234p
「本所深川ふしぎ草紙」 改版 新潮社
2012.1 294p 15cm （新潮文庫） 590
円 ①978-4-10-136915-0

6603 「魔術はささやく」
◇日本推理サスペンス大賞 （第2回/平
成1年）
「魔術はささやく」 新潮社 1989.12 333p
「魔術はささやく」 改版 新潮社 2010.
11 476p 15cm （新潮文庫） 629円
①978-4-10-136911-2

6604 「模倣犯」
◇芸術選奨 （第52回/平成13年度/文学
部門/文部大臣賞）
◇毎日出版文化賞 （第55回/平成13年/
特別賞）
「模倣犯 上」 小学館 2001.4 721p
20cm 1900円 ①4-09-379264-X
「模倣犯 下」 小学館 2001.4 701p
20cm 1900円 ①4-09-379265-8

6605 「理由」
◇直木三十五賞 （第120回/平成10年下
期）
「理由」 朝日新聞社 1998.6 573p
20cm 1800円 ①4-02-257244-2
「理由」 朝日新聞社 2002.9 630p
15cm （朝日文庫） 857円 ①4-02-
264295-5
「理由」 新潮社 2004.7 686p 16cm
（新潮文庫） 857円 ①4-10-136923-2

6606 「龍は眠る」
◇日本推理作家協会賞 （第45回/平成4
年/長編部門）
「龍は眠る」 出版芸術社 1991.2 318p

「龍は眠る」 新潮社 1995.2 537p
15cm （新潮文庫） 680円 ①4-10-
136914-3
「日本推理作家協会賞受賞作全集 67 龍
は眠る」 双葉社 2006.6 523p 15cm
（双葉文庫） 743円 ①4-575-65866-9

6607 「我らが隣人の犯罪」
◇オール讀物推理小説新人賞 （第26回/
昭和62年）
「我らが隣人の犯罪」 文芸春秋 1990.1
229p
「逆転の瞬間—「オール読物」推理小説新
人賞傑選 3」 文芸春秋編 文藝春秋
1998.6 398p 15cm （文春文庫） 505
円 ①4-16-721767-8
「我らが隣人の犯罪」 新装版 新潮社
2008.1 221p 19cm （宮部みゆきアー
リーコレクション） 1400円 ①978-4-
10-375005-5
「謎—綾辻行人選スペシャル・ブレンド・
ミステリー」 綾辻行人選,日本推理作
家協会編 講談社 2014.9 412p
15cm （講談社文庫） 770円 ①978-4-
06-277914-2

深山 あいこ みやま・あいこ
6608 「ユメノシマ」
◇織田作之助賞 （第25回/平成20年/青
春賞/佳作）

深山 くのえ みやま・くのえ
6609 「籠の鳥いつか飛べ」
◇パレットノベル大賞 （第29回/平成15
年冬/佳作）

深山 亮 みやま・りょう
6610 「遠田の蛙」
◇「小説推理」新人賞 （第32回/平成22
年）
「ゼロワン—陸の孤島の司法書士事件簿」
双葉社 2013.11 291p 20cm 1600円
①978-4-575-23840-2

宮本 誠一 みやもと・せいいち
6611 「涅槃岳」
◇部落解放文学賞 （第34回/平成19年/
入選作/小説部門）

6612 「真夜中の列車」
◇部落解放文学賞 （第24回/平成9年/小
説）

6613 「水色の川」

みやもと   6614～6626

◇部落解放文学賞 （第25回/平成10年度
　/入選/小説部門）

宮本 輝　みやもと・てる

6614　「骸骨ビルの庭」
◇司馬遼太郎賞 （第13回/平成22年）
「骸骨ビルの庭　上」　講談社　2009.6
288p　20cm　1500円　Ⓘ978-4-06-
215531-1
「骸骨ビルの庭　下」　講談社　2009.6
282p　20cm　1500円　Ⓘ978-4-06-
215532-8
※文献あり
「骸骨ビルの庭　上」　講談社　2011.12
313p　15cm　（講談社文庫 み16-26）
600円　Ⓘ978-4-06-277021-7
「骸骨ビルの庭　下」　講談社　2011.12
315p　15cm　（講談社文庫 み16-27）
600円　Ⓘ978-4-06-277022-4

6615　「泥の河」
◇太宰治賞 （第13回/昭和52年）
「蛍川」　筑摩書房 1978.2 184p
「蛍川」　角川書店 1980.2 178p（角川文
庫）
「宮本輝・川・三部作」　筑摩書房 1985.1
390p〈限定版〉
「泥の河・蛍川・道頓堀川─川三部作」
筑摩書房 1986.1 403p（ちくま文庫）
「宮本輝全集」　新潮社 1992
「螢川 泥の河」　14刷改版　新潮社
2005.11　199p　16cm　（新潮文庫）362
円　Ⓘ4-10-130709-1
「宮本輝全短篇　上」　集英社　2007.11
405p　21cm　2500円　Ⓘ978-4-08-
771201-8

6616　「螢川」
◇芥川龍之介賞 （第78回/昭和52年下）
「蛍川」　筑摩書房 1978.2 184p
「蛍川」　角川書店 1980.2 178p（角川文
庫）
「芥川賞全集11」　文芸春秋 1982
「宮本輝・川・三部作」　筑摩書房 1985.1
390p〈限定版〉
「泥の河・蛍川・道頓堀川─川三部作」
筑摩書房 1986.1 403p（ちくま文庫）
「宮本輝全集1」　新潮社 1992
「螢川 泥の河」　14刷改版　新潮社
2005.11　199p　16cm　（新潮文庫）362
円　Ⓘ4-10-130709-1
「宮本輝全短篇　上」　集英社　2007.11
405p　21cm　2500円　Ⓘ978-4-08-
771201-8

6617　「約束の冬」
◇芸術選奨 （第54回/平成15年度/文学
部門/文部大臣賞）
「約束の冬　上」　文藝春秋　2003.5
419p　20cm 1600円　Ⓘ4-16-321820-3
「約束の冬　下」　文藝春秋　2003.5
362p　20cm 1550円　Ⓘ4-16-321830-0

6618　「優駿」
◇吉川英治文学賞 （第21回/昭和62年
度）
「優駿」　新潮社 1986.10 2冊
「優駿」　新潮社 1989.11 2冊（新潮文庫）
「宮本輝全集7」　新潮社 1992

宮本 徳蔵　みやもと・とくぞう

6619　「虎砲記（こほうき）」
◇柴田錬三郎賞 （第4回/平成3年）
「虎砲記」　新潮社 1991.5 185p

6620　「浮游」
◇新潮新人賞 （第7回/昭和50年）

宮本 紀子　みやもと・のりこ

6621　「雨宿り」
◇小説宝石新人賞 （第6回/平成24年）
「雨宿り」　光文社　2014.3　296p　19cm
1600円　Ⓘ978-4-334-92936-7

宮本 此君庵　みやもと・ひくんあん

6622　「破馬車」
◇「新小説」懸賞小説 （明34年3月）

6623　「和歌の浦波」
◇「新小説」懸賞小説 （明33年5月）

宮本 将行　みやもと・まさゆき

6624　「えヴりでい・えれめんたる」
◇角川学園小説大賞 （第10回/平成18年
/自由部門/奨励賞）

宮脇 俊三　みやわき・しゅんぞう

6625　「殺意の風景」
◇泉鏡花文学賞 （第13回/昭和60年）
「殺意の風景」　新潮社 1985.4 227p
「殺意の風景」　新潮社 1988.4 250p（新
潮文庫）

深志 いつき　みゆき・いつき

6626　「あなたはあたしを解き放つ」
◇ノベル大賞 （第32回/平成13年/佳作）

502　　　　　　　　　　　　　　文学賞受賞作品総覧 小説篇

明神 しじま　みょうじん・しじま

6627　「商人の空誓文」
◇ミステリーズ！新人賞（第7回/平成
22年度/佳作）

三好 郁子　みよし・いくこ

6628　「明るい午後」
◇関西文學新人賞（第6回/平成18年/佳
作 小説部門）

三好 一知　みよし・かずとも

6629　「弾性波動」
◇「サンデー毎日」大衆文芸（第33回/
昭和18年下）

三好 京三　みよし・きょうぞう

6630　「子育てごっこ」
◇文學界新人賞（第41回/昭和50年下）
◇直木三十五賞（第76回/昭和51年下）
「子育てごっこ」 文芸春秋 1976 248p
「子育てごっこ」 文芸春秋 1979.12 253p
（文春文庫）

三好 治郎　みよし・じろう

6631　「菌糸にからむ恋」
◇「サンデー毎日」大衆文芸（第3回/
昭和3年/乙）

三吉 眞一郎　みよし・しんいちろう

6632　「翳（かげり）の城」
◇歴史群像大賞（第8回/平成14年/優秀
賞）

三好 徹　みよし・とおる

6633　「聖少女」
◇直木三十五賞（第58回/昭和42年下）
「聖少女」 文芸春秋 1968 264p
「消えた直木賞―男たちの足音編」 邱永
漢, 南条範夫, 戸板康二, 三好徹, 有明夏
夫著 メディアファクトリー 2005.7
487p 19cm 1900円 ①4-8401-1292-4

6634　「風塵地帯」
◇日本推理作家協会賞（第20回/昭和42
年）
「風塵地帯」 三一書房 1966 265p（三一
新書）
「風塵地帯」 中央公論社 1982.4 273p
（中公文庫）
「風塵地帯」 双葉社 1995.11 304p
15cm（双葉文庫―日本推理作家協会賞

受賞作全集 21） 600円 ①4-575-65820-
0

三吉 不二夫　みよし・ふじお

6635　「楊貴妃亡命伝説」
◇古代ロマン文学大賞（第3回/平成14
年/飛鳥ロマン文学賞）

三好 三千子　みよし・みちこ

6636　「どくだみ」
◇群像新人文学賞（第7回/昭和39年/小
説）

未来谷 今芥　みらたに・いまぁく

6637　「アイランド2012」
◇織田作之助賞（第29回/平成24年/佳
作）

美輪 和音　みわ・かずね

6638　「強欲な羊」
◇ミステリーズ！新人賞（第7回/平成
22年度）
「強欲な羊」 東京創元社 2012.11
246p 20cm（ミステリ・フロンティア
73） 1500円 ①978-4-488-01775-0

三輪 克巳　みわ・かつみ

6639　「働かざるもの」
◇文學界新人賞（第87回/平成10年下期
/奥泉光・島田雅彦奨励賞）

三輪 滋　みわ・しげる

6640　「ステンドグラスの中の風景」
◇文學界新人賞（第45回/昭和52年下）

三輪 太郎　みわ・たろう

6641　「ポル・ポトの掌」
◇日経小説大賞（第1回/平成18年/佳
作）
「ポル・ポトの掌」 日本経済新聞出版社
2007.2 308p 20cm 1500円 ①978-4-
532-17075-2

三輪 チサ　みわ・ちさ

6642　「捻じれた手」
◇『幽』怪談文学賞（第5回/平成22年/
長編部門/大賞）
「死者はバスに乗って」 メディアファク
トリー 2011.5 287p 19cm（幽
books） 1300円 ①978-4-8401-3912-0
※受賞作「捻じれた手」を改題

海羽 超史郎　みわ・ちょうしろう

6643　「天剣王器」
◇電撃ゲーム小説大賞（第7回/平成12
年/選考委員奨励賞）
「天剣王器」　メディアワークス　2001.7
311p　15cm（電撃文庫）570円　①4-
8402-1864-1

三和 みか　みわ・みか

6644　「そばとうどん」
◇深大寺短編恋愛小説「深大寺恋物語」
（第5回/平成21年/深大寺そば組合
賞）

明楽 三芸　みんがく・さんげい

6645　「風が吹くとき」
◇深大寺短編恋愛小説「深大寺恋物語」
（第7回/平成23年/審査員特別賞）

【 む 】

向井 湘吾　むかい・しょうご

6646　「お任せ！ 数学屋さん」
◇ポプラ社小説新人賞（第2回/平成24
年/新人賞）
「お任せ！数学屋さん」　ポプラ社　2013.
6　326p　19cm　1500円　①978-4-591-
13494-8

向井 通孝　むかい・みちたか

6647　「ブルー・イン・グリーン」
◇深大寺短編恋愛小説「深大寺恋物語」
（第4回/平成20年/審査員特別賞）

向井 路琉　むかい・みちる

6648　「白い鬼」
◇オール讀物推理小説新人賞（第46回/
平成19年）

無側迫　むがわはく

6649　「ノーデッド！」
◇HJ文庫大賞（第7回/平成25年/奨励
賞）

椋本 一期　むくもと・いちご

6650　「不定期船 宝洋丸」
◇海洋文学大賞（第7回/平成15年/海洋

文学賞部門）

務古 一郎　むこ・いちろう

6651　「環濠の内で」
◇自由都市文学賞（第1回/平成1年/佳
作）
「ミッドナイト・マジック」　集英社
1993.7 238p（ジャンプジェイブックス）

六甲月 千春　むこうずき・ちはる

6652　「まおうとゆびきり」
◇ファンタジア長編小説大賞（第16回/
平成16年/特別賞）
「まおうとゆびきり」　富士見書房　2004.
9　302p　15cm（富士見ファンタジア
文庫）580円　①4-8291-1641-2

向田 邦子　むこうだ・くにこ

6653　「犬小屋」
◇直木三十五賞（第83回/昭和55年上）
「思い出トランプ」　新潮社 1980.12 230p
「思い出トランプ」　新潮社 1983.5 225p
（新潮文庫）
「向田邦子全集3」　文芸春秋 1987
「向田邦子全集　1　小説1 思い出トラン
プ」　新版　文藝春秋　2009.4　215p
19cm 1800円　①978-4-16-641680-6
「思い出トランプ」　改版　新潮社　2014.
6　245p　15cm（新潮文庫）460円
①978-4-10-129402-5

6654　「かわうそ」
◇直木三十五賞（第83回/昭和55年上）
「思い出トランプ」　新潮社 1980.12 230p
「思い出トランプ」　新潮社 1983.5 225p
（新潮文庫）
「向田邦子全集3」　文芸春秋 1987
「昭和文学全集32」　小学館 1989
「向田邦子全集　1　小説1 思い出トラン
プ」　新版　文藝春秋　2009.4　215p
19cm 1800円　①978-4-16-641680-6
「家族の物語」　松田哲夫編　あすなろ書
房　2011.1　275p　22×14cm（中学生
までに読んでおきたい日本文学 5)
1800円　①978-4-7515-2625-5
「思い出トランプ」　改版　新潮社　2014.
6　245p　15cm（新潮文庫）460円
①978-4-10-129402-5

6655　「花の名前」
◇直木三十五賞（第83回/昭和55年上）
「思い出トランプ」　新潮社 1980.12 230p
「思い出トランプ」　新潮社 1983.5 225p

（新潮文庫）
「向田邦子全集3」　文芸春秋　1987
「向田邦子全集　1　小説1　思い出トラン
プ」　新版　文藝春秋　2009.4　215p
19cm　1800円　①978-4-16-641680-6
「10ラブ・ストーリーズ」　林真理子編
朝日新聞出版　2011.11　465p　15cm
（朝日文庫）　760円　①978-4-02-
264634-7
「思い出トランプ」　改版　新潮社　2014.
6　245p　15cm（新潮文庫）460円
①978-4-10-129402-5

向山 正家　むこうやま・まさいえ

6656　「明治造幣局物語」
◇関西文學新人賞　（第2回/平成14年/佳
作/小説部門）

無茶雲　むちゃうん

6657　「明日へ帰れ」
◇坊っちゃん文学賞　（第9回/平成18年/
佳作）

睦月 カンナ　むつき・かんな

6658　「そして、猫が鳴いたら」
◇深大寺短編恋愛小説「深大寺恋物語」
（第10回/平成26年/審査員特別賞）

睦月 けい　むつき・けい

6659　「首（おびと）の姫と首なし騎士」
◇角川ビーンズ小説大賞　（第9回/平成
22年/奨励賞）
「首の姫と首なし騎士」　角川書店, 角川グ
ループパブリッシング〔発売〕　2011.9
223p　15cm（角川ビーンズ文庫 BB81-
1）　495円　①978-4-04-455054-7
「首の姫と首なし騎士―いわくつきの訪
問者」　角川書店, 角川グループパブ
リッシング〔発売〕　2012.1　253p
15cm（角川ビーンズ文庫 BB81-2）
514円　①978-4-04-100093-9
「首の姫と首なし騎士―英雄たちの祝宴」
角川書店, 角川グループパブリッシング
〔発売〕　2012.4　250p　15cm（角川
ビーンズ文庫 BB81-3）　514円　①978-
4-04-100225-4
「首の姫と首なし騎士―追跡者たちの罠」
角川書店, 角川グループパブリッシング
〔発売〕　2012.7　236p　15cm（角川
ビーンズ文庫 BB81-4）　514円　①978-
4-04-100365-7
「首の姫と首なし騎士―華麗なる背信者」
角川書店, 角川グループパブリッシング

〔発売〕　2012.11　187p　15cm（角川
ビーンズ文庫 BB81-5）　476円　①978-
4-04-100507-1
「首の姫と首なし騎士―裏切りの婚約者」
角川書店, 角川グループパブリッシング
〔発売〕　2013.4　266p　15cm（角川
ビーンズ文庫 BB81-6）　552円　①978-
4-04-100773-0
「首の姫と首なし騎士―誇り高き反逆者」
角川書店, KADOKAWA〔発売〕
2013.8　214p　15cm（角川ビーンズ文
庫 BB81-7）　514円　①978-4-04-
100947-5
「首の姫と首なし騎士―奪われし花嫁」
KADOKAWA　2013.12　251p　15cm
（角川ビーンズ文庫 BB81-8）　560円
①978-4-04-101106-5

六塚 光　むつづか・あきら

6660　「タマラセ」
◇スニーカー大賞　（第9回/平成16年/優
秀賞）
「タマラセ―彼女はキュートな撲殺魔」
角川書店　2004.11　333p　15cm（角
川文庫）　533円　④04-470701-4

六冬 和生　むとう・かずき

6661　「みずは無間」
◇ハヤカワSFコンテスト　（第1回/平成
25年）
「みずは無間」　早川書房　2013.11　332p
19cm（ハヤカワSFシリーズJコレク
ション）　1600円　①978-4-15-209420-9

武藤 大成　むとう・だいせい

6662　「最後の剣」
◇歴史群像大賞　（第12回/平成18年発表
/奨励賞）
「撃剣―鞘走り暮鐘」　学習研究社　2007.
5　298p　15cm（学研M文庫）　619円
①978-4-05-900479-0

棟田 博　むねた・ひろし

6663　「台児荘」
◇野間文芸奨励賞　（第2回/昭和17年）
「棟田博兵隊小説文庫3」　光人社　1974
254p

宗任 珊作　むねとう・さんさく

6664　「楽浪の棺」
◇「サンデー毎日」大衆文芸　（第43回/
昭和28年上）

胸宮 雪夫　むねみや・ゆきお

6665 「苦い暦」
◇オール讀物推理小説新人賞（第16回/昭和52年）

村井 泰子　むらい・やすこ

6666 「おとぎ話集」
◇12歳の文学賞（第7回/平成25年/小説部門/審査員特別賞〈事務局顧問・宮川俊彦賞〉）
「12歳の文学　第7集」　小学館　2013.3　160p　26cm　952円　①978-4-09-106804-0

村岡 圭三　むらおか・けいぞう

6667 「乾谷」
◇幻影城新人賞（第1回/昭和50年）

村上 章子　むらかみ・あきこ

6668 「四月は残酷な月」
◇女流新人賞（第27回/昭和59年度）

村上 恭介　むらかみ・きょうすけ

6669 「ガリヤ戦記」
◇歴史群像大賞（第1回/平成6年/優秀賞）
「ガリア戦記―ローマに挑むケルトの若き狼」　学習研究社　1995.1　240p　18cm（歴史群像新書）780円　①4-05-400411-3

村上 元三　むらかみ・げんぞう

6670 「上総風土記」
◇直木三十五賞（第12回/昭和15年下）
「上総風土記」　河出書房　1951　233p（市民文庫）
「上総風土記」　春陽堂　1962　205p（春陽文庫）
「上総風土記」　六興出版　1983.1　222p
「侍たちの歳月」　平岩弓枝監修　光文社　2002.6　496p　15cm（光文社時代小説文庫）724円　①4-334-73338-7
「江戸の鈍感力―時代小説傑作選」　細谷正充編　集英社　2007.12　302p　15cm（集英社文庫）552円　①978-4-08-746245-6

村上 健太郎　むらかみ・けんたろう

6671 「ふたりぼっち」
◇東北北海道文学賞（第15回/平成16年/奨励賞）

村上 尋　むらかみ・じん

6672 「大川図絵」
◇小説新潮賞（第2回/昭和31年）

村上 節　むらかみ・せつ

6673 「狸」
◇文學界新人賞（第50回/昭和55年上）

村上 春樹　むらかみ・はるき

6674 「**1Q84**」
◇新風賞（第44回/平成21年）
◇毎日出版文化賞（第63回/平成21年/文学・芸術部門）
◇本屋大賞（第7回/平成22年/10位）
「1Q84　BOOK1　4月－6月」　新潮社　2009.5　554p　19cm　1800円　①978-4-10-353422-8
「1Q84　BOOK2　7月－9月」　新潮社　2009.5　554p　19cm　1800円　①978-4-10-353423-5
「1Q84　BOOK3　10月－12月」　新潮社　2010.4　602p　19cm　1900円　①978-4-10-353425-9
「1Q84　BOOK1（4月－6月）1」　大活字　2010.10　559p　21cm（大活字文庫）3100円　①978-4-86055-613-6
「1Q84　BOOK1（4月－6月）2」　大活字　2010.10　599p　21cm（大活字文庫）3130円　①978-4-86055-614-3
「1Q84　BOOK1（4月－6月）3」　大活字　2010.10　552p　21cm（大活字文庫）3100円　①978-4-86055-615-0
「1Q84　BOOK2（7月－9月）1」　大活字　2010.10（第2刷）　511p　21cm（大活字文庫 200）3070円　①978-4-86055-619-8
「1Q84　BOOK2（7月－9月）2」　大活字　2010.10　525p　21cm（大活字文庫 200）3070円　①978-4-86055-620-4
「1Q84　BOOK2（7月－9月）3」　大活字　2010.10　516p　21cm（大活字文庫 200）3070円　①978-4-86055-621-1
「1Q84　BOOK1 前編　4月－6月」　新潮社　2012.4　357p　15cm（新潮文庫）590円　①978-4-10-100159-3
「1Q84　BOOK1 後編　4月－6月」　新潮社　2012.4　362p　15cm（新潮文庫）590円　①978-4-10-100160-9
「1Q84　BOOK2 前編　7月－9月」　新潮社　2012.5　345p　15cm（新潮文庫）590円　①978-4-10-100161-6
「1Q84　BOOK2 後編　7月－9月」　新潮社　2012.5　308p　15cm（新潮文庫）

550円 ①978-4-10-100162-3
「1Q84　BOOK3　前編　10月－12月」　新
潮社　2012.6　391p　15cm（新潮文
庫）　630円　①978-4-10-100163-0
「1Q84　BOOK3　後編　10月－12月」　新
潮社　2012.6　394p　15cm（新潮文
庫）　630円　①978-4-10-100164-7

6675　「風の歌を聴け」
◇群像新人文学賞（第22回/昭和54年/
小説）
「風の歌を聴け」　講談社　1979.7　201p
「風の歌を聴け」　講談社　1982.7　155p
（講談社文庫）
「村上春樹全作品1979〜1989　1」　講談社
1990
「風の歌を聴け」　講談社　2004.9　160p
15cm（講談社文庫）381円　①4-06-
274870-3

6676　「世界の終りとハードボイルド・
　　　　ワンダーランド」
◇谷崎潤一郎賞（第21回/昭和60年度）
「村上春樹全作品1979〜1989　4」　講談社
1990
「世界の終りとハードボイルド・ワンダー
ランド」　新装版　新潮社　1999.5
618p　19cm　2400円　①4-10-353410-9
「世界の終りとハードボイルド・ワンダー
ランド」　新装版　新潮社　2005.9
618p　19cm　2400円　①4-10-353417-6
「世界の終りとハードボイルド・ワンダー
ランド　上」　新装版　新潮社　2010.4
471p　15cm（新潮文庫）710円
①978-4-10-100157-9
「世界の終りとハードボイルド・ワンダー
ランド　下」　新装版　新潮社　2010.4
410p　15cm（新潮文庫）630円
①978-4-10-100158-6

6677　「ねじまき鳥クロニクル」
◇読売文学賞（第47回/平成7年/小説
賞）
「ねじまき鳥クロニクル　第1部　泥棒か
ささぎ編」　新潮社　1994.4　308p
19cm　1600円　①4-10-353403-6
「ねじまき鳥クロニクル　第2部　予言す
る鳥編」　新潮社　1994.4　356p　19cm
1700円　①4-10-353404-4
「ねじまき鳥クロニクル　第3部　鳥刺し
男編」　新潮社　1995.8　492p　19cm
2200円　①4-10-353405-2
「ねじまき鳥クロニクル　第1部　泥棒か
ささぎ編」　新潮社　1997.10　312p
15cm（新潮文庫）476円　①4-10-

100141-3
「ねじまき鳥クロニクル　第2部　予言す
る鳥編」　新潮社　1997.10　361p
15cm（新潮文庫）514円　①4-10-
100142-1
「ねじまき鳥クロニクル　第3部　鳥刺し
男編」　新潮社　1997.10　509p　15cm
（新潮文庫）629円　①4-10-100143-X
「村上春樹全作品1990〜2000　4　ねじま
き鳥クロニクル1」　講談社　2003.5
567p　21cm　3500円　①4-06-187944-8
「村上春樹全作品1990〜2000　5　ねじま
き鳥クロニクル」　講談社　2003.7
434p　20×14cm　3000円　①4-06-
187945-6

6678　「羊をめぐる冒険」
◇野間文芸新人賞（第4回/昭和57年）
「羊をめぐる冒険」　講談社　1982.10　405p
「羊をめぐる冒険」　講談社　1985.10　2冊
（講談社文庫）
「村上春樹全作品1979〜1989　2」　講談社
1990
「羊をめぐる冒険　上」　講談社　2004.11
268p　15cm（講談社文庫）476円
①4-06-274912-2
「羊をめぐる冒険　下」　講談社　2004.11
257p　15cm（講談社文庫）476円
①4-06-274913-0

村上　兵衛　むらかみ・ひょうえ
6679　「陸士よもやま話」
◇日本文芸大賞（第6回/昭和61年/現代
文学賞）

村上　福三郎　むらかみ・ふくさぶろう
6680　「御符」
◇「サンデー毎日」大衆文芸（第2回/
昭和2年/乙）

村上　正彦　むらかみ・まさひこ
6681　「純愛」
◇海燕新人文学賞（第6回/昭和62年）

村上　雅郁　むらかみ・まさふみ
6682　「ぼくの不思議なアルバイト」
◇ジュニア冒険小説大賞（第13回/平成
26年/佳作）

村上　桃子　むらかみ・ももこ
6683　「ごみ箱の慟哭」
◇舟橋聖一顕彰青年文学賞（第16回/平
成16年/佳作）

文学賞受賞作品総覧　小説篇

むらかみ

村上 靖子　むらかみ・やすこ

6684 「沖」
◇マリン文学賞　（第2回/平成3年/入選）

村上 裕香　むらかみ・ゆか

6685 「楽園」
◇12歳の文学賞　（第5回/平成23年/小説部門/佳作）

村上 龍　むらかみ・りゅう

6686 「イン ザ・ミソスープ」
◇読売文学賞　（第49回/平成9年/小説賞）
「イン ザ・ミソスープ」　読売新聞社　1997.10　238p　19cm　1500円　①4-643-97099-5
「イン ザ・ミソスープ」　幻冬舎　1998.8　304p　15cm　（幻冬舎文庫）533円　①4-87728-633-0
「村上龍自選小説集　7　ドキュメントとしての小説」　集英社　2000.5　581p　21cm　2400円　①4-08-774438-8

6687 「限りなく透明に近いブルー」
◇群像新人文学賞　（第19回/昭和51年/小説）
◇芥川龍之介賞　（第75回/昭和51年上）
「限りなく透明に近いブルー」　講談社　1976　209p
「限りなく透明に近いブルー」　講談社　1978.12　162p（講談社文庫）
「芥川賞全集11」　文芸春秋　1982
「昭和文学全集31」　小学館　1988
「限りなく透明に近いブルー」　新装版　講談社　2009.4　164p　15cm　（講談社文庫）400円　①978-4-06-276347-9

6688 「共生虫」
◇谷崎潤一郎賞　（第36回/平成12年）
「共生虫」　講談社　2000.3　293p　20cm　1500円　①4-06-210027-4
「共生虫」　講談社　2003.3　313p　15cm　（講談社文庫）533円　①4-06-273696-9

6689 「コインロッカー・ベイビーズ」
◇野間文芸新人賞　（第3回/昭和56年）
「コインロッカー・ベイビーズ」　講談社　1980.10　2冊
「コインロッカー・ベイビーズ」　講談社　1984.1　2冊（講談社文庫）
「コインロッカー・ベイビーズ」　新装版　講談社　2009.7　567p　15cm　（講談社文庫）876円　①978-4-06-276416-2

6690 「半島を出よ」
◇野間文芸賞　（第58回/平成17年）
◇毎日出版文化賞　（第59回/平成17年/文学・芸術部門）
「半島を出よ　上」　幻冬舎　2005.3　430p　20cm　1800円　①4-344-00759-X
「半島を出よ　下」　幻冬舎　2005.3　496p　20cm　1900円　①4-344-00760-3
「半島を出よ　上」　幻冬舎　2007.8　509p　16cm　（幻冬舎文庫）724円　①978-4-344-41000-8
「半島を出よ　下」　幻冬舎　2007.8　591p　16cm　（幻冬舎文庫）762円　①978-4-344-41001-5

6691 「村上龍映画小説集」
◇平林たい子文学賞　（第24回/平成8年/小説）
「村上龍映画小説集」　講談社　1995.6　221p　19cm　1400円　①4-06-207660-8
「村上龍映画小説集」　講談社　1998.4　267p　15cm　（講談社文庫）448円　①4-06-263763-4

村上 林造　むらかみ・りんぞう

6692 「『土』論」
◇農民文学賞　（第41回/平成9年度）
「土の文学——長塚節・芥川龍之介」　翰林書房　1997.10　283p　19cm　3800円　①4-87737-026-9

村木 嵐　むらき・らん

6693 「マルガリータ」
◇松本清張賞　（第17回/平成22年）
「マルガリータ」　文藝春秋　2010.6　299p　20cm　1500円　①978-4-16-329510-7
「マルガリータ」　文藝春秋　2013.6　345p　16cm　（文春文庫　む15-1）630円　①978-4-16-783859-1

村越 英文　むらこし・ひでふみ

6694 「だから言わないコッチャナイ」
◇オール讀物新人賞　（第60回/昭和57年上）

村崎 えん　むらさき・えん

6695 「なれない」
◇坊っちゃん文学賞　（第11回/平成21年/大賞）

村崎 友　むらさき・ゆう

6696 「風の歌、星の口笛」

◇横溝正史ミステリ大賞 （第24回/平成
16年）
　「風の歌、星の口笛」 角川書店 2004.5
　350p 20cm 1500円 ①4-04-873540-3

村雨 貞郎 むらさめ・さだお

6697 「マリ子の肖像」
◇松本清張賞 （第4回/平成9年）
　「マリ子の肖像」 文藝春秋 1998.4
　241p 19cm 1524円 ①4-16-317600-4

村雨 退二郎 むらさめ・たいじろう

6698 「泣くなルヴィニア」
◇「サンデー毎日」大衆文芸 （第16回/
昭和10年上）

村雨 悠 むらさめ・ゆう

6699 「砂上の記録」
◇「小説推理」新人賞 （第15回/平成5
年）
　「小説推理新人賞受賞作アンソロジー
　1」 浅黄斑, 香納諒一, 久遠恵, 本多孝
　好, 村雨貞郎著 双葉社 2000.10
　314p 15cm （双葉文庫） 571円 ①4-
　575-50751-2

村田 喜代子 むらた・きよこ

6700 「蟹女」
◇紫式部文学賞 （第7回/平成9年）
　「蟹女」 文藝春秋 1996.6 269p 19cm
　1600円 ①4-16-316360-3
　「八つの小鍋―村田喜代子傑作短篇集」
　文藝春秋 2007.12 397p 15cm （文
　春文庫） 686円 ①978-4-16-731854-3

6701 「故郷のわが家」
◇野間文芸賞 （第63回/平成22年）
　「故郷のわが家」 新潮社 2010.1 247p
　20cm 1700円 ①978-4-10-404103-9

6702 「望潮」
◇川端康成文学賞 （第25回/平成10年）
　「望潮」 文藝春秋 1998.12 212p
　19cm 1762円 ①4-16-318180-6
　「川端康成文学賞全作品 2」 古井由吉,
　阪田寛夫, 上田三四二, 丸谷才一, 大庭み
　な子ほか著 新潮社 1999.6 430p
　19cm 2800円 ①4-10-305822-6
　「八つの小鍋―村田喜代子傑作短篇集」
　文藝春秋 2007.12 397p 15cm （文
　春文庫） 686円 ①978-4-16-731854-3
　「日本文学100年の名作 第9巻 1994 -
　2003 アイロンのある風景」 池内紀, 川

本三郎, 松田哲夫編 新潮社 2015.5
510p 15cm （新潮文庫） 750円
①978-4-10-127440-9

6703 「白い山」
◇女流文学賞 （第29回/平成2年度）
　「白い山―作品集」 文芸春秋 1990.6 213p
　「ワニを抱く夜―村田喜代子作品集」 葦
　書房 1999.12 295p 19cm 2200円
　①4-7512-0752-0
　「八つの小鍋―村田喜代子傑作短篇集」
　文藝春秋 2007.12 397p 15cm （文
　春文庫） 686円 ①978-4-16-731854-3

6704 「水中の声」
◇九州芸術祭文学賞 （第7回/昭和51年）
　「鍋の中」 文芸春秋 1987.8 235p
　「鍋の中」 文芸春秋 1990.8 246p （文春
　文庫）

6705 「鍋の中」
◇芥川龍之介賞 （第97回/昭和62年上）
　「鍋の中」 文芸春秋 1987.8 235p
　「芥川賞全集14」 文芸春秋 1989
　「鍋の中」 文芸春秋 1990.8 246p （文
　春文庫）
　「八つの小鍋―村田喜代子傑作短篇集」
　文藝春秋 2007.12 397p 15cm （文
　春文庫） 686円 ①978-4-16-731854-3
　「現代小説クロニクル 1985～1989」 日
　本文藝家協会編 講談社 2015.2
　288p 15cm （講談社文芸文庫） 1700
　円 ①978-4-06-290261-8

6706 「真夜中の自転車」
◇平林たい子文学賞 （第20回/平成4年/
小説）
　「真夜中の自転車」 文芸春秋 1991.10
　300p
　「津島佑子 金井美恵子 村田喜代子」 津
　島佑子, 金井美恵子, 村田喜代子著, 河野
　多恵子, 大庭みな子, 佐藤愛子, 津村節子
　監修 角川書店 1998.5 463p 19cm
　（女性作家シリーズ 19） 2600円 ①4-
　04-574219-0
　「八つの小鍋―村田喜代子傑作短篇集」
　文藝春秋 2007.12 397p 15cm （文
　春文庫） 686円 ①978-4-16-731854-3

6707 「ゆうじょこう」
◇読売文学賞 （第65回/平成25年度/小
説賞）
　「ゆうじょこう」 新潮社 2013.4 317p
　20cm 1800円 ①978-4-10-404104-6

6708 「龍秘御天歌」

◇芸術選奨（第49回/平成10年度/文学
部門/文部大臣賞）
「龍秘御天歌」　文藝春秋　1998.5　266p
20cm　1524円　Ⓘ4-16-317680-2
「龍秘御天歌」　文藝春秋　2004.10
263p　16cm　（文春文庫）　524円　Ⓘ4-
16-731853-9

村田 沙耶香　むらた・さやか

6709　「ギンイロノウタ」
◇野間文芸新人賞（第31回/平成21年）
「ギンイロノウタ」　新潮社　2008.10
217p　20cm　1600円　Ⓘ978-4-10-
310071-3

6710　「授乳」
◇群像新人文学賞（第46回/平成15年/
小説/優秀作）
「授乳」　講談社　2005.2　253p　20cm
1500円　Ⓘ4-06-212794-6

6711　「しろいろの街の、その骨の体温の」
◇フラウ文芸大賞（第1回/平成25年/大
賞）
◇三島由紀夫賞（第26回/平成25年）
「しろいろの街の、その骨の体温の」　朝
日新聞出版　2012.9　271p　19cm
1800円　Ⓘ978-4-02-251011-2

村田 栞　むらた・しおり

6712　「魂の捜索人」
◇角川ビーンズ小説大賞（第3回/平成
16年/読者賞・奨励賞）
「シェオル・レジーナ─魂の捜索人」　角
川書店　2005.7　220p　15cm　（角川
ビーンズ文庫）　457円　Ⓘ4-04-451001-6

村田 等　むらた・ひとし

6713　「山脇京」
◇「サンデー毎日」大衆文芸（第5回/
昭和4年下/乙）

村野 温　むらの・たず

6714　「対馬─こころの島」
◇やまなし文学賞（第5回/平成9年/小
説部門）
「対馬─こころの島」　やまなし文学賞実
行委員会　1997.6　96p　19cm　857円
Ⓘ4-89710-667-2

村松 駿吉　むらまつ・しゅんきち

6715　「最後のトロンペット」

◇「サンデー毎日」大衆文芸（第26回/
昭和15年上）

6716　「風俗人形」
◇「サンデー毎日」大衆文芸（第27回/
昭和15年下）

村松 友視　むらまつ・ともみ

6717　「鎌倉のおばさん」
◇泉鏡花文学賞（第25回/平成9年）
「鎌倉のおばさん」　新潮社　1997.6
259p　19cm　1700円　Ⓘ4-10-350402-1
「鎌倉のおばさん」　新潮社　2000.8
311p　15cm　（新潮文庫）　476円　Ⓘ4-
10-101115-X
「鎌倉のおばさん　上」　埼玉福祉会
2006.11　262p　21cm　（大活字本シ
リーズ）　2900円　Ⓘ4-88419-402-0
※底本：新潮文庫「鎌倉のおばさん」
「鎌倉のおばさん　下」　埼玉福祉会
2006.11　303p　21cm　（大活字本シ
リーズ）　3000円　Ⓘ4-88419-403-9
※底本：新潮文庫「鎌倉のおばさん」

6718　「時代屋の女房」
◇直木三十五賞（第87回/昭和57年上）
「時代屋の女房」　角川書店　1982.8　213p
「時代屋の女房・泪橋」　角川書店　1983.1
222p　（角川文庫）
「村松友視自選作品集」　アーツアンドク
ラフツ　2004.1　397p　19cm　2600円
Ⓘ4-901592-21-1

村松 真理　むらまつ・まり

6719　「雨にぬれても」
◇三田文学新人賞（第12回/平成17年）

村松 美悠加　むらまつ・みゆか

6720　「自分は自分でいいんだ」
◇12歳の文学賞（第3回/平成21年/小説
部門/審査員特別賞〈西原理恵子
賞〉）
「12歳の文学　第3集　小学生作家が紡ぐ
9つの物語」　小学館　2009.3　299p
20cm　1100円　Ⓘ978-4-09-289721-2

村本 健太郎　むらもと・けんたろう

6721　「サナギのように私を縛って」
◇海燕新人文学賞（第11回/平成4年）

村山 小弓　むらやま・こゆみ

6722　「しらべ」
◇北日本文学賞（第42回/平成20年）

村山 知義 むらやま・ともよし

6723 「芝居の環」
◇文学界賞 （第3回/昭和11年4月）

村山 富士子 むらやま・ふじこ

6724 「越後瞽女唄冬の旅」
◇太宰治賞 （第12回/昭和51年）
「越後瞽女唄冬の旅」 筑摩書房 1977.6
147p

村山 由佳 むらやま・ゆか

6725 「ダブル・ファンタジー」
◇柴田錬三郎賞 （第22回/平成21年）
◇島清恋愛文学賞 （第16回/平成21年）
◇中央公論文芸賞 （第4回/平成21年度）
「ダブル・ファンタジー」 文藝春秋
2009.1 494p 20cm 1695円 ①978-4-
16-327530-7

6726 「春妃（はるひ）～デッサン」
◇小説すばる新人賞 （第6回/平成5年）

6727 「星々の舟」
◇直木三十五賞 （第129回/平成15年上
期）
「星々の舟」 文藝春秋 2003.3 389p
20cm 1600円 ①4-16-321650-2

村若 昭雄 むらわか・あきお

6728 「鎖」
◇農民文学賞 （第45回/平成14年）

室井 光広 むろい・みつひろ

6729 「おどるでく」
◇芥川龍之介賞 （第111回/平成6年上
期）
「おどるでく」 講談社 1994.7 187p
19cm 1500円 ①4-06-207174-6
「芥川賞全集 第17巻」 笙野頼子、室井
光広、保坂和志、又吉栄喜、川上弘美、柳
美里、辻仁成著 文藝春秋 2002.8
500p 19cm 3238円 ①4-16-507270-2

室生 犀星 むろう・さいせい

6730 「あにいもうと」
◇文芸懇話会賞 （第1回/昭和10年）
「兄いもうと」 山本書店 1935 206p
「兄いもうと」 山本書店 1936 206p〈廉
価版〉
「あにいもうと」 新潮社 1938 277p（新
潮文庫）
「あにいもうと」 文潮社 1947 192p（文

潮選書）
「あにいもうと・女の図」 春陽堂 1949
162p（春陽堂文庫）
「現代日本文学選集」 第2巻 日本ペンク
ラブ編 細川書店 1949 1冊
「あにいもうと・山吹」 角川書店 1953
226p（角川文庫）
「幼年時代・あにいもうと」 新潮社 1955
218p（新潮文庫）
「女の図」 河出書房 1956 162p（河出文
庫）
「室生犀星作品集 第4巻」 新潮社 1958
310p
「室生犀星全集5」 新潮社 昭和50年
「昭和文学全集6」 小学館 1988
「あにいもうと・詩人の別れ」 講談社
1994.9 332p 15cm （講談社文芸文
庫） 980円 ①4-06-196291-4
「六人の作家小説選」 室生犀星学会編
東銀座出版社 1997.2 313p 19cm
（銀叢書） 1747円 ①4-938652-88-9
「日本近代短篇小説選 昭和篇 1」 紅野
敏郎、紅野謙介、千葉俊二、宗像和重、山
田俊治編 岩波書店 2012.8 394p
15cm （岩波文庫） 800円 ①978-4-00-
311914-3

6731 「杏っ子」
◇読売文学賞 （第9回/昭和32年/小説
賞）
「杏っ子」 新潮社 1957 313p
「室生犀星作品集 第11巻」 新潮社 1959
459p
「杏っ子」 新潮社 1962 520p（新潮文庫）
「室生犀星全集」 新潮社 昭和39年
「杏っ子」 東方社 1967 280p
「杏っ子」 改版 新潮社 2001.6 636p
16cm （新潮文庫） 781円 ①4-10-
110306-2

6732 「かげろふの日記遺文」
◇野間文芸賞 （第12回/昭和34年）
「かげろふの日記遺文」 講談社 1959
247p
「かげろふの日記遺文」 講談社 1963
251p（ロマン・ブックス）
「室生犀星全集11」 新潮社 昭和40年
「かげろふの日記遺文」 角川書店 1967
262p（角川文庫）
「室生犀星全王朝物語」 下 室生朝子編
作品社 1982.6 430p
「昭和文学全集6」 小学館 1988

6733 「戦死」

◇菊池寛賞 （第3回/昭和15年）
「戦死」 小山書店 1940 344p

室岡 ヨシミコ　むろおか・よしみこ

6734　「神様、ノーパンはお好きですか」
◇深大寺短編恋愛小説「深大寺恋物語」
　（第10回/平成26年/審査員特別賞）

室町 修二郎　むろまち・しゅうじろう

6735　「遭難」
◇「サンデー毎日」大衆文芸 （第18回/
　昭和11年上）

【め】

冥王 まさ子　めいおう・まさこ

6736　「ある女のグリンプス」
◇文藝賞 （第16回/昭和54年）
「ある女のグリンプス」 河出書房新社
　1979.12 179p
「ある女のグリンプス」 講談社 1999.9
　215p 15cm （講談社文芸文庫） 1200
　円 ①4-06-197681-8

明利 英司　めいり・えいじ

6737　「ビリーバーの賛歌」
◇島田荘司選 ばらのまち福山ミステ
　リー文学新人賞 （第6回/平成25年/
　優秀作）
「旧校舎は茜色の迷宮」 講談社 2014.8
　326p 18cm （講談社ノベルス メB-01）
　1000円 ①978-4-06-299027-1
　※受賞作「ビリーバーの賛歌」を改題

恵 茉美　めぐみ・まみ

6738　「レジェスの夜に」
◇ちよだ文学賞 （第2回/平成20年/大
　賞）

召田 喜和子　めしだ・きわこ

6739　「万事ご吹聴」
◇堺自由都市文学賞 （第16回/平成16年
　/佳作）

目取真 俊　めどるま・しゅん

6740　「水滴」
◇芥川龍之介賞 （第117回/平成9年上
　期）
「水滴」 文藝春秋 1997.9 188p 19cm
　1000円 ①4-16-317280-7
「文学 1998」 日本文芸家協会編、佐伯
　一麦、佐藤亜有子、又吉栄喜、光岡明、石
　牟礼道子ほか著 講談社 1998.4
　286p 19cm 2800円 ①4-06-117098-8
「水滴」 文藝春秋 2000.10 181p
　15cm （文春文庫） 438円 ①4-16-
　764901-2
「赤い椰子の葉―目取真俊短篇小説選集
　2」 影書房 2013.7 386p 19cm
　2000円 ①978-4-87714-434-0
「現代小説クロニクル 1995〜1999」 日
　本文藝家協会編 講談社 2015.6
　279p 15cm （講談社文芸文庫） 1700
　円 ①978-4-06-290273-1

6741　「魂込め」
◇木山捷平文学賞 （第4回/平成11年度）
◇川端康成文学賞 （第26回/平成12年）
「魂込め」 朝日新聞社 1999.8 224p
　20cm 1400円 ①4-02-257407-0
「魂込め」 朝日新聞社 2002.11 218p
　15cm （朝日文庫） 480円 ①4-02-
　264301-3

【も】

毛利 志生子　もうり・しうこ

6742　「カナリア・ファイル―金蚕蠱」
◇ロマン大賞 （第6回/平成9年度/入選）
「カナリア・ファイル―金蚕蠱」 集英社
　1997.10 265p 15cm （集英社スー
　パーファンタジー文庫） 495円 ①4-
　08-613282-6
「カナリア・ファイル―金蚕蠱」 集英社
　2006.2 264p 15cm （コバルト文庫）
　495円 ①4-08-600723-1

最上 燭介　もがみ・ようすけ

6743　「物語が殺されたあとで」
◇文學界新人賞 （第83回/平成8年下期）

木宮 条太郎　もくみや・じょうたろう

6744　「時は静かに戦慄く」
◇ホラーサスペンス大賞 （第6回/平成
　17年/特別賞）
「時は静かに戦慄く」 新潮社 2006.1

350p　20cm　1600円　①4-10-300701-X

母田 裕高　もだ・ゆたか

6745　「溶けた貝」
◇中央公論新人賞（第7回/昭和56年度）

持崎 湯葉　もちざき・ゆば

6746　「現し彩なす」
◇スーパーダッシュ小説新人賞（第13回/平成26年/優秀賞）

望月 飛鳥　もちづき・あすか

6747　「回転する熱帯」
◇ランダムハウス講談社新人賞（第1回/平成19年）
「回転する熱帯」　ランダムハウス講談社　2007.11　238p　20cm　1400円　①978-4-270-00278-0

望月 充つ　もちづき・あたるっ

6748　「Sっ気のある美少女ボディガードを雇ってしまったので、いつも敢えて死にそうな目に遭わされたのちに護られる俺。」
◇集英社ライトノベル新人賞（第2回/平成27年/特別賞）

6749　「カバディバビディブー!!」
◇ジャンプ小説新人賞（jump Novel Grand Prix）（'14 Winter/平成26年冬/小説：フリー部門/特別賞）

望月 廣三　もちづき・こうぞう

6750　「路地」
◇部落解放文学賞（第22回/平成7年/小説）
「路地」　文藝書房　1999.9　216p　20cm　1500円　①4-89477-035-0

望月 茂　もちづき・しげる

6751　「佐久良東雄」
◇野間文芸奨励賞（第3回/昭和18年）

望月 武　もちづき・たけし

6752　「テネシー・ワルツ」
◇横溝正史ミステリ大賞（第28回/平成20年/テレビ東京賞）
「テネシー・ワルツ」　角川書店, 角川グループパブリッシング（発売）　2010.1　316p　19cm　1500円　①978-4-04-873999-3
※他言語標題：Tennessee waltz

望月 もらん　もちづき・もらん

6753　「風水天戯」
◇角川ビーンズ小説大賞（第8回/平成21年/大賞）　〈受賞時〉桃園 もらん

望月 雄吾　もちづき・ゆうご

6754　「純銀」
◇YA文学短編小説賞（第1回/平成20年/優秀賞）

6755　「糖度30」
◇YA文学短編小説賞（第2回/平成21年/佳作）

望月 諒子　もちづき・りょうこ

6756　「大絵画展」
◇日本ミステリー文学大賞新人賞（第14回/平成22年度）
「大絵画展」　光文社　2011.2　306p　20cm　1700円　①978-4-334-92746-2
「大絵画展―長編推理小説」　光文社　2013.3　378p　16cm（光文社文庫 も20-1）　648円　①978-4-334-76549-1

持田 美根子　もちだ・みねこ

6757　「灰色のコンプレックス」
◇マドモアゼル女流短篇新人賞（第1回/昭和40年）
「メイド・イン・ジャパン」　日本女性文学会　1972　209p

木枯舎　もっこしゃ

6758　「ふなうた」
◇「新小説」懸賞小説（明33年3月）

本岡 冬成　もとおか・とうせい

6759　「黄昏世界の絶対逃走」
◇小学館ライトノベル大賞〔ガガガ文庫部門〕（第4回/平成22年/優秀賞）
「黄昏世界の絶対逃走」　小学館　2010.5　291p　15cm（ガガガ文庫 がも1-1）　590円　①978-4-09-451205-2
「黄昏世界の絶対逃走　2」　小学館　2010.12　243p　15cm（ガガガ文庫 がも1-2）　571円　①978-4-09-451246-5

本岡 類　もとおか・るい

6760　「歪んだ駒跡」
◇オール讀物推理小説新人賞（第20回/昭和56年）

本川 さとみ　もとかわ・さとみ

6761　「拳をにぎる」
◇労働者文学賞 （第22回/平成22年/小説部門/入選）

本橋 理子　もとはし・さとこ

6762　「にちようび」
◇新風舎出版賞 （第20回/平成15年6月/最優秀賞/ビジュアル部門）
「にちようび」 もとはしさとこ作　新風舎　2005.2　1冊（ページ付なし）　20×27cm　1400円　①4-7974-4325-1

本村 大志　もとむら・たいし

6763　「ようかい遊ビ」
◇MF文庫Jライトノベル新人賞 （第7回/平成23年/優秀賞）〈受賞時〉木村 大志
「Tとパンツとイイ話」 メディアファクトリー　2011.10　263p　15cm（MF文庫J も-03-01）　580円　①978-4-8401-4264-9
※受賞作「ようかい遊ビ」を改題
「Tとパンツとイイ話　2」 メディアファクトリー　2012.2　261p　15cm（MF文庫J も-03-02）　580円　①978-4-8401-4395-0
「Tとパンツとイイ話　3」 メディアファクトリー　2012.11　261p　15cm（MF文庫J も-03-03）　580円　①978-4-8401-4599-2

本谷 有希子　もとや・ゆきこ

6764　「嵐のピクニック」
◇大江健三郎賞 （第7回/平成25年）
◇フラウ文芸大賞 （第1回/平成25年/準大賞）
「嵐のピクニック」 講談社　2012.6　185p　20cm　1300円　①978-4-06-217704-7

6765　「自分を好きになる方法」
◇三島由紀夫賞 （第27回/平成26年）
「自分を好きになる方法」 講談社　2013.7　186p　20cm　1300円　①978-4-06-218455-7

6766　「ぬるい毒」
◇野間文芸新人賞 （第33回/平成23年）
「ぬるい毒」 新潮社　2011.6　133p　20cm　1300円　①978-4-10-301774-5
「ぬるい毒」 新潮社　2014.3　159p　16cm（新潮文庫 も-35-3）　400円

①978-4-10-137173-3

本山 袖頭巾　もとやま・そでずきん

6767　「非々国民」
◇「文芸倶楽部」懸賞小説 （第15回/明37年5月/第1等）

本山 荻舟　もとやま・てきしゅう

6768　「自用車」
◇「文芸倶楽部」懸賞小説 （第13回/明37年3月/第3等）

モブ・ノリオ

6769　「介護入門」
◇芥川龍之介賞 （第131回/平成16年上期）
◇文學界新人賞 （第98回/平成16年上期）
「介護入門」 文藝春秋　2004.8　106p　20cm　1000円　①4-16-323460-8

籾山 市太郎　もみやま・いちたろう

6770　「アッティラ！」
◇小説宝石新人賞 （第4回/平成22年）
「アッティラ！」 光文社　2011.11　216p　19cm　1300円　①978-4-334-92790-5

桃井 あん　ももい・あん

6771　「無限のマリオン」
◇ノベル大賞 （第35回/平成16年/佳作）

桃江 メロン　ももえ・めろん

6772　「**Omotesando Exit A4**」
◇ランダムハウス講談社新人賞 （第2回/平成20年/優秀作）
「表参道exit A4（エーフォー）」 ランダムハウス講談社　2009.7　307p　20cm　1500円　①978-4-270-00517-0
※他言語標題：Omotesando exit A4

桃華 舞　ももか・まい

6773　「アリス イン サスペンス」
◇ホワイトハート新人賞 （平成22年上期）
「アリスインサスペンス」 講談社　2011.3　253p　15cm（講談社X文庫 もG-01―White heart）　600円　①978-4-06-286676-7

桃木 夏彦　ももき・なつひこ

6774　「雁主」
◇関西文學新人賞 （第1回/平成13年/佳

作/掌編小説部門）

ももくち そらミミ

6775 「たぁちゃんへ」
◇ゆきのまち幻想文学賞 （第23回/平成
25年/準長編賞）

百瀬 ヨルカ　ももせ・よるか

6776 「地獄の女公爵とひとりぼっちの
召喚師」
◇HJ文庫大賞 （第7回/平成25年/銀賞）
「ヘルプリンセスと王統（ソロモン）の召
喚師」 ホビージャパン　2013.8　251p
15cm （HJ文庫 も01-01-01）619円
①978-4-7986-0652-1
※受賞作「地獄の女公爵とひとりぼっち
の召喚師」を改題
「ヘルプリンセスと王統（ソロモン）の召
喚師　2」 ホビージャパン　2013.11
247p　15cm （HJ文庫 も01-01-02）619
円　①978-4-7986-0703-0

桃園 直秀　ももぞの・なおひで

6777 「徳川魔退伝」
◇歴史群像大賞 （第5回/平成10年/奨励
賞）

森 晶麿　もり・あきまろ

6778 「黒猫の遊歩あるいは美学講義」
◇アガサ・クリスティー賞 （第1回/平
成23年）
「黒猫の遊歩あるいは美学講義」 早川書
房　2011.10　293p　20cm　1500円
①978-4-15-209248-9
「黒猫の遊歩あるいは美学講義」 早川書
房　2013.9　314p　16cm （ハヤカワ文
庫 JA 1128）700円　①978-4-15-
031128-5

森 当　もり・あたる

6779 「はみだし会」
◇農民文学賞 （第33回/平成1年度）

森 厚　もり・あつし

6780 「異郷」
◇地上文学賞 （第47回/平成11年）

6781 「**TAKARA**」
◇農民文学賞 （第52回/平成21年度）

森 敦　もり・あつし

6782 「月山」

◇芥川龍之介賞 （第70回/昭和48年下）
「月山」 河出書房新社　1974　209p
「月山・鳥海山」 文芸春秋　1979.10　366p
（文春文庫）
「芥川賞全集10」 文芸春秋　1982
「月山」 成瀬書房　1982.4　149p〈限定版〉
「昭和文学全集29」 小学館　1988

6783 「われ逝くもののごとく」
◇野間文芸賞 （第40回/昭和62年）
「われ逝くもののごとく」 講談社　1987.5
688p

森 一歩　もり・いっぽ

6784 「九官鳥は泣いていた」
◇池内祥三文学奨励賞 （第12回/昭和57
年）

6785 「団地の猫」
◇池内祥三文学奨励賞 （第12回/昭和57
年）

森 詠　もり・えい

6786 「オサムの朝」
◇坪田譲治文学賞 （第10回/平成6年度）
「オサムの朝」 集英社　1994.3　245p
19cm　1500円　①4-08-774065-X
「オサムの朝」 集英社　1997.6　270p
15cm （集英社文庫）533円　①4-08-
748629-X
「オサムの朝」 埼玉福祉会　2001.6　2冊
22cm （大活字本シリーズ）3200
円;3300円　①4-88419-074-2, 4-88419-
075-0
※原本：集英社文庫, 限定版

杜 香織　もり・かおり

6787 「雪花」
◇女流新人賞 （第10回/昭和42年度）

森 一彦　もり・かずひこ

6788 「シャモ馬鹿」
◇オール讀物新人賞 （第61回/昭和57年
下）

森 純　もり・じゅん

6789 「八月の獲物」
◇サントリーミステリー大賞 （第13回/
平成8年）
「八月の獲物」 文藝春秋　1996.4　298p
19cm　1400円　①4-16-316220-8
「八月の獲物」 文藝春秋　1999.8　358p
15cm （文春文庫）514円　①4-16-

725102-7

森 誠一郎　もり・せいいちろう

6790 「分子レベルの愛」
◇海燕新人文学賞　（第5回/昭和61年）

森 青花　もり・せいか

6791 「BH85」
◇日本ファンタジーノベル大賞　（第11回/平成11年/優秀賞）
「BH85」　新潮社　1999.12　226p　20cm　1300円　①4-10-433901-6

森 荘巳池　もり・そういち

6792 「蛾と笹舟」
◇直木三十五賞　（第18回/昭和18年下）
「消えた受賞作 直木賞編」　川口則弘編　メディアファクトリー　2004.7　331p　19cm（ダ・ヴィンチ特別編集 7）　1500円　①4-8401-1110-3

6793 「山畠」
◇直木三十五賞　（第18回/昭和18年下）
「消えた受賞作 直木賞編」　川口則弘編　メディアファクトリー　2004.7　331p　19cm（ダ・ヴィンチ特別編集 7）　1500円　①4-8401-1110-3

森 健　もり・たけし

6794 「火薬と愛の星」
◇群像新人文学賞　（第46回/平成15年/小説）
「火薬と愛の星」　講談社　2003.9　211p　20cm　1400円　①4-06-212046-1

森 直子　もり・なおこ

6795 「スパイシー・ジェネレーション」
◇潮賞　（第10回/平成3年/小説）
「スパイシー・ジェネレーション」　潮出版社　1992.6　215p

森 日向　もり・ひなた

6796 「レトリカ・クロニクル ～狼少女と嘘つき話術士～」
◇電撃大賞　（第21回/平成26年/銀賞）
「レトリカ・クロニクル―嘘つき話術士と狐の師匠」　KADOKAWA　2015.2　350p　15cm（メディアワークス文庫　も1-1）　610円　①978-4-04-869245-8
※他言語標題：Rhetorica Chronicle
「レトリカ・クロニクル ［2］ 香油の盟約」　KADOKAWA　2015.10　347p　15cm（メディアワークス文庫　も1-2）

630円　①978-4-04-865504-0
※他言語標題：Rhetorica Chronicle, 著作目録あり

森 万紀子　もり・まきこ

6797 「雪女」
◇泉鏡花文学賞　（第8回/昭和55年）
「雪女」　新潮社　1980.4　220p

森 真沙子　もり・まさこ

6798 「バラード・イン・ブルー」
◇小説現代新人賞　（第33回/昭和54年下）

森 雅裕　もり・まさひろ

6799 「モーツァルトは子守唄を歌わない」
◇江戸川乱歩賞　（第31回/昭和60年）
「モーツァルトは子守唄を歌わない」　講談社　1985.9　288p
「モーツァルトは子守唄を歌わない」　講談社　1988.7　304p（講談社文庫）
「モーツァルトは子守唄を歌わない―森雅裕幻コレクション 1」　ベストセラーズ　1997.8　255p　18cm（ワニの本）　933円　①4-584-01021-8
「モーツァルトは子守唄を歌わない」　ブッキング　2005.12　334p　19cm　1900円　①4-8354-4207-5

森 茉莉　もり・まり

6800 「甘い蜜の部屋」
◇泉鏡花文学賞　（第3回/昭和50年）
「甘い蜜の部屋」　新潮社　1975　469p
「甘い蜜の部屋」　新潮社　1981.9　517p（新潮文庫）
「甘い蜜の部屋」　新潮社　1982.8　314p（森茉莉・ロマンとエッセーロマン 3）
「甘い蜜の部屋」　筑摩書房　1996.12　544p　15cm（ちくま文庫）　1200円　①4-480-03203-7

6801 「恋人たちの森」
◇田村俊子賞　（第2回/昭和36年）
「恋人たちの森」　新潮社　1961　200p
「恋人たちの森」　講談社　1963　198p
「恋人たちの森」　新潮社　1982.6　283p（森茉莉・ロマンとエッセー）
「昭和文学全集7」　小学館　1989
「恋人たちの森」　改版　新潮社　2004.2　373p　15cm（新潮文庫）　552円　①4-10-117401-6

「古典BL小説集」 ラシルド, 森茉莉ほか
著, 笠間千浪編 平凡社 2015.5 353p
15cm（平凡社ライブラリー）1300円
①978-4-582-76829-9

森 美樹 もり・みき

6802 「朝凪」
◇女による女のためのR-18文学賞（第
12回/平成25年/読者賞）

6803 「ミリ・グラム」
◇「恋愛文学」コンテスト（第2回/平
成16年7月/優秀賞）

森 美樹子 もり・みきこ

6804 「ふう子のいる街」
◇北日本文学賞（第43回/平成21年/選
奨）

森 美紗乃 もり・みさの

6805 「奥様は貴腐人 旦那様はボイスマ
イスター」
◇ホワイトハート新人賞（平成22年下
期）
「奥様は貴腐人旦那様はボイスマイス
ター」 講談社 2011.7 253p 15cm
（講談社X文庫 もH-01—White heart）
600円 ①978-4-06-286685-9

森 三千代 もり・みちよ

6806 「和泉式部」
◇新潮社文芸賞（第7回/昭和19年/第1
部）
「長篇小説和泉式部」 協力出版社 1943
332p
「和泉式部」 大阪 三島書房 1947 200p
（三島文庫）
「森三千代鈔」 涛書房 1977.8 437p

森 ゆうこ もり・ゆうこ

6807 「白い永遠」
◇ゆきのまち幻想文学賞（第16回/平成
18年/準大賞）
「横着星」 川田裕美子ほか著 企画集団
ぷりずむ 2007.1 223p 19cm（ゆき
のまち幻想文学賞小品集 16）1715円
①978-4-906691-24-1, 4-906691-24-2
※選：高田宏, 萩尾望都, 乳井昌史

森 瑤子 もり・ようこ

6808 「情事」
◇すばる文学賞（第2回/昭和53年）

「情事」 集英社 1978.12 158p
「情事」 集英社 1982.4 236p（集英社文
庫）
「夏樹静子 森瑤子 皆川博子」 夏樹静子,
森瑤子, 皆川博子著, 河野多恵子, 大庭み
な子, 佐藤愛子, 津村節子監修 角川書
店 1998.8 461p 19cm（女性作家シ
リーズ 18）2600円 ④4-04-574218-2

森 葉治 もり・ようじ

6809 「傍流」
◇オール讀物新人賞（第8回/昭和31年
上）

森 与志男 もり・よしお

6810 「炎の暦」
◇多喜二・百合子賞（第20回/昭和63
年）
「炎の暦」 新日本出版社 1987.8 355p

森 礼子 もり・れいこ

6811 「モッキングバードのいる町」
◇芥川龍之介賞（第82回/昭和54年下）
「モッキングバードのいる町」 新潮社
1980.2 193p
「芥川賞全集12」 文芸春秋 1982

森 れしな もり・れしな

6812 「中学生」
◇「太陽」懸賞小説及脚本（第9回/明
44年6月/佳作）

森 露声 もり・ろせい

6813 「もつれ糸」
◇「文芸倶楽部」懸賞小説（第13回/明
37年3月/第2等）

森内 俊雄 もりうち・としお

6814 「幼き者は驢馬に乗って」
◇文學界新人賞（第29回/昭和44年下）
「幼き者は驢馬に乗って」 文芸春秋 1971
239p
「幼き者は驢馬に乗って」 角川書店
1980.11 246p（角川文庫）

6815 「翔ぶ影」
◇泉鏡花文学賞（第1回/昭和48年）
「翔ぶ影」 角川書店 1972 265p
「翔ぶ影」 角川書店 1978.1 290p（角川
文庫）

6816 「氷河が来るまでに」

◇読売文学賞 （第42回/平成2年/小説賞）

◇芸術選奨 （第41回/平成2年度/文学部門/文部大臣賞）

「氷河が来るまでに」 河出書房新社 1990.9 259p

もりお みずき

6817 「湧水」

◇やまなし文学賞 （第15回/平成18年度/小説部門/佳作）

森岡 泉 もりおか・いずみ

6818 「散華（はなふる）之海」

◇マリン文学賞 （第1回/平成2年/佳作）

森岡 啓子 もりおか・けいこ

6819 「退職記念」

◇NHK銀の雫文芸賞 （第20回/平成19年度/優秀）

森岡 騒外 もりおか・そうがい

6820 「慈善家」

◇「文芸倶楽部」懸賞小説 （第46回/明39年12月/第2等）

6821 「少女の煩悶」

◇「文芸倶楽部」懸賞小説 （第42回/明39年8月/第1等）

6822 「神経家」

◇「文芸倶楽部」懸賞小説 （第44回/明39年10月/第2等）

森岡 隆司 もりおか・たかし

6823 「行商見習い」

◇NHK銀の雫文芸賞 （平成24年/優秀）

森川 智喜 もりかわ・ともき

6824 「スノーホワイト 名探偵三途川理と少女の鏡は千の目を持つ」

◇本格ミステリ大賞 （第14回/平成26年/小説部門）

「スノーホワイト―名探偵三途川理と少女の鏡は千の目を持つ」 講談社 2013.2 342p 19cm （講談社BOX） 1580円 ①978-4-06-283831-3

森川 楓子 もりかわ・ふうこ

6825 「林檎と蛇のゲーム」

◇『このミステリーがすごい！』大賞 （第6回/平成19年/隠し玉）

「林檎と蛇のゲーム」 宝島社 2008.5 351p 20cm 1400円 ①978-4-7966-6203-1

「林檎と蛇のゲーム」 宝島社 2009.9 383p 16cm （宝島社文庫） 562円 ①978-4-7966-7248-1

森繁 杏子 もりしげ・きょうこ

6826 「ばばの手紙」

◇日本文芸大賞 （第11回/平成3年/特別賞）

守島 邦明 もりしま・くにあき

6827 「息子の逸楽」

◇文學界新人賞 （第117回/平成25年下）

森瀬 一昌 もりせ・かずまさ

6828 「右と左」

◇「サンデー毎日」大衆文芸 （第40回/昭和25年下）

森田 あきみ もりた・あきみ

6829 「朧月夜」

◇「文芸倶楽部」懸賞小説 （第26回/明38年4月/第2等）

6830 「片頬の笑」

◇「文芸倶楽部」懸賞小説 （第24回/明38年2月/第1等）

6831 「門出」

◇「文芸倶楽部」懸賞小説 （第22回/明37年12月/第2等）

森田 功 もりた・いさお

6832 「残像」

◇北日本文学賞 （第21回/昭和62年）

「北日本文学賞入賞作品集 2」 井上靖、宮本輝選, 北日本新聞社編 北日本新聞社 2002.8 436p 19cm 2190円 ①4-906678-67-X

森田 一正 もりた・かずまさ

6833 「ホムンクルス」

◇南日本文学賞 （第17回/平成1年）

森田 季節 もりた・きせつ

6834 「ベネズエラ・ビター・マイ・スウィート」

◇MF文庫Jライトノベル新人賞 （第4回/平成20年/優秀賞）

「ベネズエラ・ビター・マイ・スウィート」 メディアファクトリー 2008.9

261p　15cm　（MF文庫J）　580円
①978-4-8401-2422-5

森田 健一　もりた・けんいち

6835　「風邪が治れば」
◇北日本文学賞　（第49回/平成27年）

森田 定治　もりた・さだじ

6836　「オープン・セサミ」
◇九州芸術祭文学賞　（第2回/昭和46年）

森田 修二　もりた・しゅうじ

6837　「雨の中の飛行船」
◇労働者文学賞　（第23回/平成23年/小説部門/入選）

6838　「トライアルウイーク」
◇労働者文学賞　（第21回/平成21年/小説部門/佳作）

森田 誠吾　もりた・せいご

6839　「魚河岸ものがたり」
◇直木三十五賞　（第94回/昭和60年下）
　「魚河岸ものがたり」　新潮社　1985.9　272p
　「魚河岸ものがたり」　新潮社　1988.7　317p（新潮文庫）

もりた なるお

6840　「頂」
◇小説現代新人賞　（第23回/昭和49年下）

6841　「真贋の構図」
◇オール讀物推理小説新人賞　（第19回/昭和55年）
　「真贋の構図」　文芸春秋　1986.1　251p
　「真贋の構図」　文芸春秋　1989.6　268p（文春文庫）

6842　「山を貫く」
◇新田次郎文学賞　（第12回/平成5年）
　「山を貫く」　文芸春秋　1992.11　290p

森田 二十五絃
もりた・にじゅうごげん

6843　「仮寝姿」
◇「文芸倶楽部」懸賞小説　（第5回/明36年7月/第1等）

6844　「恋の曲者」
◇「文芸倶楽部」懸賞小説　（第2回/明36年4月/第3等）

森田 尚　もりた・ひさし

6845　「セ・ラ・ヴィ！」
◇ノベル大賞　（第26回/平成7年下期/佳作）

森田 弘輝　もりた・ひろき

6846　「逃げるやもりと追うやもり」
◇織田作之助賞　（第27回/平成22年/佳作）

森田 裕之　もりた・ひろゆき

6847　「無粋なやつら」
◇パピルス新人賞　（第3回/平成21年/特別賞）

森田 由紀　もりた・ゆき

6848　「盆祭りの後に」
◇日本文芸家クラブ大賞　（第2回/平成4年度/短編小説部門/準賞）

森田 洋一　もりた・よういち

6849　「実験台のメリー」
◇関西文学賞　（第27回/平成4年/小説/佳作）

森月 朝文　もりつき・あさふみ

6850　「狩りりんぐ！ 萩乃森高校狩猟専門課程」
◇小学館ライトノベル大賞〔ガガガ文庫部門〕　（第6回/平成24年/ガガガ大賞）
　「狩りりんぐ！―萩乃森高校狩猟専門課程」　小学館　2012.7　293p　15cm（ガガガ文庫 がも2-1）　590円　①978-4-09-451350-9

森次 柚依　もりつぐ・ゆい

6851　「またたびバスツアーへようこそ」
◇12歳の文学賞　（第8回/平成26年/小説部門/審査員特別賞〈読売新聞社賞〉）
　「12歳の文学　第8集」　小学館　2014.3　137p　26cm　926円　①978-4-09-106822-4

森野 昭　もりの・あきら

6852　「離れ猿」
◇潮賞　（第13回/平成6年/小説）
　「離れ猿」　潮出版社　1994.10　192p　19cm　1200円　①4-267-01365-9

文学賞受賞作品総覧　小説篇

もりふく

森福 都　もりふく・みやこ

6853　「長安牡丹花異聞」
◇松本清張賞　（第3回/平成8年）
「長安牡丹花異聞」　文藝春秋　1997.4
　217p　19cm　1238円　①4-16-316830-3
「長安牡丹花異聞」　文藝春秋　2005.7
　300p　16cm　（文春文庫）　619円　①4-
　16-767946-9
「長安牡丹花異聞　上」　埼玉福祉会
　2007.5　247p　21cm　（大活字本シリー
　ズ）　2800円　①978-4-88419-439-0
　※底本：文春文庫「長安牡丹花異聞」
「長安牡丹花異聞　下」　埼玉福祉会
　2007.5　284p　21cm　（大活字本シリー
　ズ）　2900円　①978-4-88419-440-6
　※底本：文春文庫「長安牡丹花異聞」

もりま いつ

6854　「いつか見た海へ」
◇コバルト・ノベル大賞　（第17回/平成
　3年上/読者大賞）

森見 登美彦　もりみ・とみひこ

6855　「有頂天家族」
◇本屋大賞　（第5回/平成20年/3位）
「有頂天家族」　幻冬舎　2007.9　357p
　20cm　1500円　①978-4-344-01384-1

6856　「聖なる怠け者の冒険」
◇本屋大賞　（第11回/平成26年/9位）
「聖なる怠け者の冒険」　朝日新聞出版
　2013.5　339p　20cm　1600円　①978-4-
　02-250786-0

6857　「太陽の塔/ピレネーの城」
◇日本ファンタジーノベル大賞　（第15
　回/平成15年）
「太陽の塔」　新潮社　2003.12　205p
　20cm　1300円　①4-10-464501-X

6858　「ペンギン・ハイウェイ」
◇日本SF大賞　（第31回/平成22年）
◇本屋大賞　（第8回/平成23年/3位）
「ペンギン・ハイウェイ」　角川書店, 角
　川グループパブリッシング〔発売〕
　2010.5　348p　20cm　1600円　①978-4-
　04-874063-0
「ペンギン・ハイウェイ」　角川書店, 角
　川グループパブリッシング〔発売〕
　2012.11　387p　15cm　（角川文庫　も19-
　3）　629円　①978-4-04-100561-3

6859　「夜は短し歩けよ乙女」
◇本屋大賞　（第4回/平成19年/第2位）

◇山本周五郎賞　（第20回/平成19年）
「夜は短し歩けよ乙女」　角川書店　2006.
　11　301p　20cm　1500円　①4-04-
　873744-9
「夜は短し歩けよ乙女」　角川書店, 角川
　グループパブリッシング（発売）　2008.
　12　320p　15cm　（角川文庫　15481）
　552円　①978-4-04-387802-4

森村 誠一　もりむら・せいいち

6860　「悪道」
◇吉川英治文学賞　（第45回/平成23年
　度）
「悪道」　講談社　2010.8　401p　20cm
　1800円　①978-4-06-216486-3
「悪道―西国謀反」　講談社　2011.10
　294p　20cm　1600円　①978-4-06-
　217282-0
「悪道」　講談社　2012.10　536p　15cm
　（講談社文庫　も1-94）　790円　①978-4-
　06-277393-5
「悪道―御三家の刺客」　講談社　2013.7
　302p　20cm　1600円　①978-4-06-
　218437-3
「悪道―西国謀反」　講談社　2013.11
　393p　15cm　（講談社文庫　も1-95）　680
　円　①978-4-06-277691-2

6861　「空洞の怨恨」
◇小説現代ゴールデン読者賞　（第10回/
　昭和49年下）
「空洞の怨恨」　講談社　1975　304p
「空洞の怨恨」　講談社　1977.2　304p
　（Roman books）
「空洞の怨恨―傑作短編集4」　講談社
　1977.7　313p　（講談社文庫）
「森村誠一短編推理選集9」　講談社　昭和
　53年
「空洞の怨恨―森村誠一ベストセレクショ
　ン」　光文社　2011.3　357p　15cm　（光
　文社文庫）　629円　①978-4-334-74928-6

6862　「高層の死角」
◇江戸川乱歩賞　（第15回/昭和44年）
「高層の死角」　講談社　1969　288p
「森村誠一長編推理選集1」　講談社　昭和
　51年
「高層の死角」　角川書店　1977.9　324p
　（角川文庫）
「高層の死角―長編推理小説」　光文社
　1984.4　218p　（カッパ・ノベルス）

6863　「人間の証明」
◇角川小説賞　（第3回/昭和51年）
「森村誠一長編推理選集14」　講談社　昭和

52年
「人間の証明」　角川書店　1977.3　458p
（角川文庫）
「人間の証明―長編推理小説」　光文社
1977.3　298p（カッパ・ノベルス）
「人間の証明」　講談社　1989.5　468p（講
談社文庫）
「人間の証明」　改版　KADOKAWA
2015.2　509p　15cm（角川文庫）720
円　①978-4-04-102599-4

6864　「腐蝕の構造」
◇日本推理作家協会賞　（第26回/昭和48
年）
「腐蝕の構造」　青樹社　1975　418p
「森村誠一長編推理選集11」　講談社　昭和
52年
「腐蝕の構造」　毎日新聞社　1977.10　307p
〈新装版〉
「腐蝕の構造」　祥伝社　1978.8　368p（ノ
ン・ノベル）〈発売：小学館〉
「腐蝕の構造」　講談社　1982.9　558p（講
談社文庫）
「腐蝕の構造」　角川春樹事務所　1998.3
605p　15cm（ハルキ文庫）762円
①4-89456-390-8
「腐蝕の構造」　KADOKAWA　2015.3
622p　15cm（角川文庫）880円
①978-4-04-102814-8

森村 南　もりむら・みなみ

6865　「陋巷の狗」
◇小説すばる新人賞　（第9回/平成8年）
「陋巷の狗」　集英社　1997.1　206p
19cm　1200円　①4-08-774244-X

森本 繁　もりもと・しげる

6866　「征西府秘帖」
◇歴史群像大賞　（第2回/平成7年）
「征西府秘帖―村上義弘と南海水軍王国」
学習研究社　1995.11　350p　19cm
1800円　①4-05-400603-5

森本 等　もりもと・ひとし

6867　「或る回復」
◇群像新人文学賞　（第17回/昭和49年/
小説）
「或る回復」　講談社　1977.7　264p

森本 平三　もりもと・へいぞう

6868　「不人情噺」
◇千葉亀雄賞　（第2回/昭和14年/1席）
「不人情噺」　京都　教文社　1947　206p

森々 明詩　もりもり・めいし

6869　「潮騒」
◇部落解放文学賞　（第20回/平成5年/小
説）

森谷 明子　もりや・あきこ

6870　「異本・源氏藤式部の書き侍りける
物語」
◇鮎川哲也賞　（第13回/平成15年）
「千年の黙―異本源氏物語」　東京創元社
2003.10　317p　20cm　1800円　①4-
488-02378-9

森屋 寛治　もりや・かんじ

6871　「オデカケ」
◇オール讀物新人賞　（第89回/平成21
年）

森山 啓　もりやま・けい

6872　「海の扇」
◇新潮社文芸賞　（第6回/昭和18年/第1
部）
「海の扇」　文芸春秋新社　1942　382p

森山 東　もりやま・ひがし

6873　「お見世出し」
◇日本ホラー小説大賞　（第11回/平成16
年/短編賞）〈受賞時〉大和王子
「お見世出し」　角川書店　2004.11
200p　15cm（角川ホラー文庫）438円
①4-04-376901-6

諸隈 元　もろくま・けん

6874　「熊の結婚」
◇文學界新人賞　（第118回/平成26年上）

両角 長彦　もろずみ・たけひこ

6875　「ラガド」
◇日本ミステリー文学大賞新人賞　（第
13回/平成21年）
「ラガド―煉獄の教室」　光文社　2010.2
338p　19cm　1400円　①978-4-334-
92698-4

両角 道子　もろずみ・みちこ

6876　「九官鳥」
◇池内祥三文学奨励賞　（第29回/平成11
年）

6877　「隣りの女」
◇池内祥三文学奨励賞　（第29回/平成11
年）

6878 「喪服」
◇池内祥三文学奨励賞 （第29回/平成11年）

6879 「別れ上手」
◇池内祥三文学奨励賞 （第29回/平成11年）

諸田 玲子　もろた・れいこ

6880 「妖婦にあらず」
◇新田次郎文学賞 （第26回/平成19年）
「妖婦にあらず」 日本経済新聞社　2006.11　509p　20cm　1900円　①4-532-17073-7
「妖婦にあらず」 文藝春秋　2009.11　627p　16cm （文春文庫 も18-6）848円　①978-4-16-767706-0
※文献あり

6881 「其の一日」
◇吉川英治文学新人賞 （第24回/平成15年）
「其の一日」 講談社　2002.11　214p　20cm　1700円　①4-06-211611-1

諸藤 成信　もろふじ・しげのぶ

6882 「水の兵士」
◇地上文学賞 （第49回/平成13年）

諸星 悠　もろぼし・ゆう

6883 「俺が教官で、彼女たちが魔導師候補生だと……そんなまさかっ！」
◇ファンタジア大賞 （第24回後期/平成24年/金賞）〈受賞時〉諸星 遊星
「空戦魔導士候補生の教官　4」 KADOKAWA　2011.12　299p　15cm （富士見ファンタジア文庫 も-1-1-4）580円　①978-4-04-070130-1
「空戦魔導士候補生の教官　1」 富士見書房　2013.7　284p　15cm （富士見ファンタジア文庫 も-1-1-1）580円　①978-4-8291-3918-9
※受賞作「俺が教官で、彼女たちが魔導師候補生だと……そんなまさかっ！」を改題
「空戦魔導士候補生の教官　2」 KADOKAWA　2013.11　283p　15cm （富士見ファンタジア文庫 も-1-1-2）580円　①978-4-04-712957-3
「空戦魔導士候補生の教官　3」 KADOKAWA　2014.3　314p　15cm （富士見ファンタジア文庫 も-1-1-3）

580円　①978-4-04-070071-7

門前 典之　もんぜん・のりゆき

6884 「人を喰らう建物」
◇鮎川哲也賞 （第11回/平成13年）
「建築屍材」 東京創元社　2001.9　346p　20cm　1900円　①4-488-02356-8

門田 充宏　もんでん・みつひろ

6885 「風牙」
◇創元SF短編賞 （第5回/平成26年度）
「さよならの儀式」 大森望, 日下三蔵編 東京創元社　2014.6　665p　15cm （創元SF文庫 SFん-1-7—年刊日本SF傑作選）1300円　①978-4-488-73407-7

【や】

八重樫 久　やえがし・ひさし

6886 「町内会長奮戦記」
◇NHK銀の雫文芸賞 （第19回/平成18年度/優秀）

八木 圭一　やぎ・けいいち

6887 「一千兆円の身代金」
◇『このミステリーがすごい！』大賞 （第12回/平成25年/大賞）
「一千兆円の身代金」 宝島社　2014.1　349p　20cm　1400円　①978-4-8002-2050-9

矢城 潤一　やぎ・じゅんいち

6888 「55」
◇日本ラブストーリー大賞 （第5回/平成21年/エンタテインメント特別賞）
「ふたたび」 宝島社　2010.7　213p　16cm （宝島社文庫 Cや-3-1—Japan love story award）457円　①978-4-7966-7794-3
※受賞作「55」を改題

八木 大介　やぎ・だいすけ

6889 「青年重役」
◇日経懸賞経済小説 （第2回/昭和55年）
「青年重役」 日本経済新聞社　1981.4　284p
「青年重役」 徳間書店　1984.11　318p （徳間文庫）

八木 東作　やぎ・とうさく

6890　「秋の一日」
◇「時事新報」懸賞短編小説（大10年/第3席）

八木 義徳　やぎ・よしのり

6891　「風祭」
◇読売文学賞（第28回/昭和51年/小説賞）
「風祭」　河出書房新社　1976　241p
「昭和文学全集14」　小学館　1988
「八木義徳全集5」　福武書店　1990
「私のソーニャ/風祭―八木義徳名作選」　講談社　2000.8　309p　15cm（講談社文芸文庫）　1200円　ⓘ4-06-198223-0

6892　「劉広福」
◇芥川龍之介賞（第19回/昭和19年上）
「劉広福」　成瀬書房　1980.5　130p〈限定版〉
「芥川賞全集3」　文芸春秋　1982
「八木義徳全集1」　福武書店　1990
「私のソーニャ/風祭―八木義徳名作選」　講談社　2000.8　309p　15cm（講談社文芸文庫）　1200円　ⓘ4-06-198223-0
「波」　菊池寛、八木義徳、シェンキェヴィチ著, 吉上昭三訳　ポプラ社　2010.10　165p　19cm（百年文庫 48）　750円　ⓘ978-4-591-11930-3
「満洲の光と影」　伊藤永之介, 今村栄治, 徳永直, 牛島春子, 逸見猶吉ほか著　集英社　2012.2　689p　19cm（コレクション 戦争と文学 16）　3600円　ⓘ978-4-08-157016-4

八木澤 里志　やぎさわ・さとし

6893　「森崎書店の日々」
◇ちよだ文学賞（第3回/平成21年/大賞）

八木沼 瑞穂　やぎぬま・みずほ

6894　「たいまつ赤くてらしつつ」
◇東北北海道文学賞（第7回/平成8年/奨励賞）

八切 止夫　やぎり・とめお

6895　「寸法武者」
◇小説現代新人賞（第3回/昭和39年下）
「寸法武者」　講談社　1967　246p
「寸法武者　5」　作品社　2002.9　236p　18cm（八切意外史 5）　850円　ⓘ4-87893-509-X

矢口 葵　やぐち・あおい

6896　「LOVE BOX～光を探して～」
◇日本ケータイ小説大賞（第3回/平成20年/源氏物語千年紀賞）
「Love box―光を探して」　スターツ出版　2009.7　281p　19cm　1000円　ⓘ978-4-88381-101-4

矢口 敦子　やぐち・あつこ

6897　「人形になる」
◇女流新人賞（第40回/平成9年度）
「人形になる」　中央公論社　1998.5　157p　19cm　1400円　ⓘ4-12-002792-9
「人形になる」　徳間書店　2008.8　203p　15cm（徳間文庫）　514円　ⓘ978-4-19-892841-4

薬丸 岳　やくまる・がく

6898　「天使のナイフ」
◇江戸川乱歩賞（第51回/平成17年）
「天使のナイフ」　講談社　2005.8　350p　20cm　1600円　ⓘ4-06-213055-6
※肖像あり
「天使のナイフ」　講談社　2008.8　438p　15cm（講談社文庫）　667円　ⓘ978-4-06-276138-3

矢倉 房枝　やぐら・ふさえ

6899　「とばっちり」
◇地上文学賞（第12回/昭和39年）

八坂 まゆ　やさか・まゆ

6900　「ヤドカリ～葛之葉町＊怪獣綺譚」
◇ジュニア冒険小説大賞（第4回/平成17年/佳作）

八坂 龍一　やさか・りゅういち

6901　「女郎部唄」
◇オール讀物新人賞（第2回/昭和28年上）

八坂堂 蓮　やさかど・れん

6902　「ドランク チェンジ」
◇小学館文庫小説賞（第14回/平成25年）

矢島 綾　やじま・あや

6903　「神の御名の果てに…」
◇ジャンプ小説大賞（第16回/平成19年/佳作）

やしま 6904〜6913

矢島 渚男　やじま・なぎさお

6904 「百済野」

◇芸術選奨（第58回/平成19年度/文学部門/文部科学大臣賞）

「百済野―句集」　ふらんす堂　2007.9　151p　22cm　2667円　①978-4-89402-959-0

八島 ハル　やしま・はる

6905 「少年、少女」

◇フーコー短編小説コンテスト（第5回/平成11年10月/純文学・娯楽部門/最優秀賞）〈受賞時〉藤本拓也

「フーコー「短編小説」傑作選　5 上」　フーコー編集部編　フーコー　2000.9　407p　19cm　1700円　①4-434-00406-9

安井 健太郎　やすい・けんたろう

6906 「ラグナロク」

◇スニーカー大賞（第3回/平成10年/大賞）

「ラグナロク―黒き獣」　角川書店　1998.7　341p　15cm　（角川スニーカー文庫）580円　①4-04-419201-4

安井 陵子　やすい・りょうこ

6907 「しあわせのかけら」

◇新風舎出版賞（第10回/平成11年6月/最優秀賞/ビジュアル部門）

「しあわせのかけら」　フーコー　2000.3　64p　21cm　1200円　①4-434-00138-8
「しあわせのかけら」　新風舎　2003.12　64p　21cm　950円　①4-7974-4191-7

安岡 章太郎　やすおか・しょうたろう

6908 「陰気な愉しみ」

◇芥川龍之介賞（第29回/昭和28年上）

「安岡章太郎全集3」　講談社　昭和46年
「悪い仲間」　成瀬書房　1974.12　185p〈特装版〉
「芥川賞全集5」　文芸春秋　1982
「安岡章太郎集1」　岩波書店　1986
「昭和文学全集20」　小学館　1987
「ガラスの靴・悪い仲間」　講談社　1989.8　350p（講談社文芸文庫）
「質屋の女房」　改版　新潮社　2004.7　296p　15cm　（新潮文庫）438円　①4-10-113002-7
「私小説名作選　下」　中村光夫選, 日本ペンクラブ編　講談社　2012.6　263p　15cm　（講談社文芸文庫）1400円

①978-4-06-290159-8

6909 「海辺の光景」

◇芸術選奨（第10回/昭和34年度/文学部門/文部大臣賞）

◇野間文芸賞（第13回/昭和35年）

「海辺の光景」　講談社　1959　194p
「海辺の光景」　講談社　1961　200p（ミリオン・ブックス）
「海辺の光景」　新潮社　1965　248p（新潮文庫）
「安岡章太郎全集1」　講談社　昭和46年
「海辺の光景」　旺文社　1978.3　197p（旺文社文庫）
「海辺の光景」　角川書店　1979.5　182p（角川文庫）
「日本の文学（近代編）83」　ほるぷ出版　1985
「安岡章太郎集5」　岩波書店　1986
「昭和文学全集20」　小学館　1987
「日常のなかの危機」　大岡昇平, 平野謙, 佐々木基一, 埴谷雄高, 花田清輝編, 嘉村礒多ほか著　新装版　學藝書林　2003.5　554p　19cm　（全集 現代文学の発見 第5巻）4500円　①4-87517-063-7

6910 「伯父の墓地」

◇川端康成文学賞（第18回/平成3年）

「夕陽の河岸」　新潮社　1994.10　177p　15cm　320円　①4-10-113008-6
「川端康成文学賞全作品　2」　古井由吉, 阪田寛夫, 上田三四二, 丸谷才一, 大庭みな子ほか著　新潮社　1999.6　430p　19cm　2800円　①4-10-305822-6
「文士の意地―車谷長吉撰短編小説輯」　車谷長吉編　作品社　2005.8　397p　19cm　3600円　①4-86182-043-X

6911 「鏡川」

◇大佛次郎賞（第27回/平成12年）

「鏡川」　新潮社　2000.7　185p　20cm　2500円　①4-10-321910-6
「鏡川」　新潮社　2004.5　211p　16cm（新潮文庫）438円　①4-10-113011-6

6912 「ハウスガード」

◇時事文学賞（第1期/昭和28年2〜5月）

「安岡章太郎全集3」　講談社　昭和46年
「悪い仲間」　成瀬書房　1974.12　185p〈特装版〉
「安岡章太郎集1」　岩波書店　1986
「ガラスの靴・悪い仲間」　講談社　1989.8　350p（講談社文芸文庫）

6913 「走れトマホーク」

◇読売文学賞（第25回/昭和48年/小説

524　　　　　　　　　　　　　　文学賞受賞作品総覧 小説篇

賞）
「走れトマホーク」　講談社　1973　229p
「走れトマホーク」　講談社　1977.10　222p
（講談社文庫）
「安岡章太郎集4」　岩波書店　1986
「昭和文学全集20」　小学館　1987
「走れトマホーク」　講談社　1988.6　277p
（講談社文芸文庫）

6914　「幕が下りてから」
◇毎日出版文化賞　（第21回/昭和42年）
「幕が下りてから」　講談社　1967.6

6915　「流離譚」
◇日本文学大賞　（第14回/昭和57年）
「流離譚」　新潮社　1981.12　2冊
「流離譚」　新潮社　1986.2　2冊（新潮文庫）
「安岡章太郎集8, 9」　岩波書店　1988
「流離譚　上」　講談社　2000.2　518p
15cm（講談社文芸文庫）1700円　①4-06-198200-1
「流離譚　下」　講談社　2000.3　558p
15cm（講談社文芸文庫）1700円　①4-06-198203-6

6916　「悪い仲間」
◇芥川龍之介賞　（第29回/昭和28年上）
「悪い仲間」　文芸春秋社　1953　229p
「安岡章太郎全集3」　講談社　昭和46年
「悪い仲間」　成瀬書房　1974.12　185p〈特装版〉
「芥川賞全集5」　文芸春秋　1982
「日本の文学（近代編）83」　ほるぷ出版　1985
「安岡章太郎集1」　岩波書店　1986
「昭和文学全集20」　小学館　1987
「ガラスの靴・悪い仲間」　講談社　1989.8　350p（講談社文芸文庫）

八杉 将司　やすぎ・まさよし
6917　「夢見る猫は、宇宙に眠る」
◇日本SF新人賞　（第5回/平成15年）
「夢見る猫は、宇宙に眠る」　徳間書店　2004.7　308p　20cm　1900円　①4-19-861880-1

椰月 美智子　やずき・みちこ
6918　「しずかな日々」
◇坪田譲治文学賞（第23回/平成19年度）

安田 依央　やすだ・いお
6919　「百狐狸斉放」

◇小説すばる新人賞　（第23回/平成22年）
「たぶらかし」　集英社　2011.2　250p
20cm　1300円　①978-4-08-771390-9
※受賞作「百狐狸斉放」を改題
「たぶらかし」　集英社　2012.3　300p
16cm（集英社文庫　や46-1）514円
①978-4-08-746813-7

保田 亨介　やすだ・きょうすけ
6920　「俺らしくB―坊主」
◇ジャンプ小説大賞　（第12回/平成14年/入選）
「俺らしくB―坊主」　保田亨介, 河野慶著
集英社　2003.12　218p　19cm（Jump j books）762円　①4-08-703136-5

保田 良雄　やすだ・よしお
6921　「カフカズに星墜ちて」
◇サントリーミステリー大賞　（第3回/昭和59年/読者賞）
「カフカズに星墜ちて」　文芸春秋　1985.6　285p
「カフカズに星墜ちて」　文芸春秋　1989.6　318p（文春文庫）

保高 徳蔵　やすたか・とくぞう
6922　「泥濘」
◇「改造」懸賞創作　（第1回/昭和3年/2等）
「保高徳蔵選集」　新潮社　1972　367p

安戸 悠太　やすと・ゆうた
6923　「おひるのたびにさようなら」
◇文藝賞　（第45回/平成20年度）
「おひるのたびにさようなら」　河出書房新社　2008.11　128p　20cm　1100円　①978-4-309-01886-7

安彦 良和　やすひこ・よしかず
6924　「機動戦士ガンダム THE ORIGIN」
◇星雲賞　（第43回/平成24年/コミック部門）
「機動戦士ガンダム THE ORIGIN　1～23」　角川書店　2002.6～2011.11　18cm（角川コミックス・エース）
「機動戦士ガンダム THE ORIGIN―愛蔵版　1～12」　角川書店　2005.5～2014.8　22cm

安本 嘆　やすもと・なげき

6925 「武人立つ」
◇歴史浪漫文学賞（第5回/平成16年/大賞）
「武人立つ―戦国の武将上泉秀綱」　郁朋社　2005.9　311p　20cm　1800円　①4-87302-318-1

6926 「落下」
◇東北北海道文学賞（第10回/平成11年度）

谷津 矢車　やつ・やぐるま

6927 「蒲生の記」
◇歴史群像大賞（第18回/平成24年発表/優秀賞）

梁 雅子　やな・まさこ

6928 「悲田院」
◇女流文学者賞（第11回/昭和35年）
「悲田院」　京都　三一書房　1959　255p
「悲田院」　講談社　1962　216p（ロマン・ブックス）

柳井 正夫　やない・まさお

6929 「南国殉教記」
◇「サンデー毎日」大衆文芸（第3回/昭和3年/甲）

柳岡 雪声　やなおか・せっせい

6930 「わかき心」
◇「文芸倶楽部」懸賞小説（第44回/明39年10月/第2等）

やながさわ かだ

6931 「イワレ奇譚」
◇ダ・ヴィンチ「本の物語」大賞（第1回/平成25年/読者賞）

柳川 明彦　やながわ・あきひこ

6932 「狂った背景」
◇オール讀物推理小説新人賞（第3回/昭和39年）

八奈川 景晶　やながわ・けいしょう

6933 「ヘルカム！地獄って、ステキだと思いませんか？」
◇ファンタジア大賞（第22回/平成22年/読者賞）〈受賞時〉八奈川 来晶
「ヘルカム！　地獄って、ステキだと思いませんか？」　富士見書房　2011.1　283p　15cm（富士見ファンタジア文庫や-6-1-1）580円　①978-4-8291-3609-6
「ヘルカム！　2　地獄を嫌いになってね、おにーちゃん？」　富士見書房　2011.5　300p　15cm（富士見ファンタジア文庫や-6-1-2）580円　①978-4-8291-3646-1
「ヘルカム！　3　絶対、地獄（てめぇ）をデレさせる！」　富士見書房　2011.10　302p　15cm（富士見ファンタジア文庫や-6-1-3）580円　①978-4-8291-3697-3
「ヘルカム！　4　誰が為に地獄（おまえ）は微笑む？」　富士見書房　2012.3　286p　15cm（富士見ファンタジア文庫や-6-1-4）580円　①978-4-8291-3747-5

柳 広司　やなぎ・こうじ

6934 「贋作『坊っちゃん』殺人事件」
◇朝日新人文学賞（第12回/平成13年）
「贋作『坊ちゃん』殺人事件」　朝日新聞社　2001.10　205p　20cm　1500円　①4-02-257670-7
「贋作『坊ちゃん』殺人事件」　集英社　2005.3　225p　16cm（集英社文庫）476円　①4-08-747803-3

6935 「ジョーカー・ゲーム」
◇日本推理作家協会賞（第62回/平成21年/長編及び連作短編集部門）
◇本屋大賞（第6回/平成21年/3位）
◇吉川英治文学新人賞（第30回/平成21年度）
「ジョーカー・ゲーム」　角川書店, 角川グループパブリッシング（発売）　2008.8　252p　20cm　1500円　①978-4-04-873851-4

柳 蒼二郎　やなぎ・そうじろう

6936 「異形の者」
◇歴史群像大賞（第7回/平成13年/大賞）
「異形の者」　学習研究社　2001.12　408p　20cm　1700円　①4-05-401587-5
「異形の者―甲賀忍・佐助異聞」　学習研究社　2005.1　433p　15cm（学研M文庫）720円　①4-05-900334-4

八薙 玉造　やなぎ・たまぞう

6937 「鉄球姫エミリー」
◇スーパーダッシュ小説新人賞（第6回/平成19年/大賞）
「鉄球姫エミリー」　集英社　2007.9　419p　15cm（集英社スーパーダッシュ文庫）667円　①978-4-08-630375-0

柳 宣宏 やなぎ・のぶひろ

6938 「施無畏 柳宣宏歌集」
◇芸術選奨（第60回/平成21年度/文学部門/文部科学大臣賞）
「施無畏―柳宣宏歌集」 砂子屋書房 2009.3 265p 20cm（まひる野叢書 第260篇）3000円 ⓘ978-4-7904-1149-9

柳 霧津子 やなぎ・むつこ

6939 「マー子さん」
◇NHK銀の雫文芸賞（平成25年/最優秀）

柳澤 桂子 やなぎさわ・けいこ

6940 「般若心経 いのちの対話」
◇「文藝春秋」読者賞（第68回/平成18年）

柳澤 大悟 やなぎさわ・だいご

6941 「ジンジャーガム」
◇織田作之助賞（第31回/平成26年/青春賞）

柳田 邦男 やなぎだ・くにお

6942 「原発事故 私の最終報告書」
◇「文藝春秋」読者賞（第74回/平成24年）

6943 「犠牲―わが息子・脳死の11日」
◇「文藝春秋」読者賞（第56回/平成6年）
「犠牲―わが息子・脳死の11日」 文藝春秋 1995.7 253p 19cm 1400円 ⓘ4-16-350490-7
「犠牲―わが息子・脳死の11日」 文藝春秋 1999.6 294p 15cm（文春文庫）495円 ⓘ4-16-724015-7

6944 「脳内治療革命」
◇「文藝春秋」読者賞（第59回/平成9年）

柳田 狐狗狸 やなぎだ・こくり

6945 「エーコと【トオル】と部活の時間。」
◇電撃大賞（第19回/平成24年/電撃小説大賞部門/金賞）
「エーコと【トオル】と部活の時間。」 アスキー・メディアワークス, 角川グループパブリッシング〔発売〕 2013.2 314p 15cm（電撃文庫 2485）590円 ⓘ978-4-04-891340-9

柳田 知怒夫 やなぎだ・ちぬお

6946 「お小人騒動」
◇オール讀物新人賞（第5回/昭和29年下）

柳原 一日 やなぎはら・いちひ

6947 「王妃の階段」
◇サンリオ・ロマンス賞（第2回/昭和59年）
「王妃の階段」 サンリオ 1984.12 185p（サンリオニューロマンス）
「王妃の階段」 サンリオ 1986.12 237p（サンリオ文庫）

柳原 慧 やなぎはら・けい

6948 「夜の河にすべてを流せ」
◇『このミステリーがすごい！』大賞（第2回/平成15年/大賞）
「パーフェクト・プラン」 宝島社 2004.2 343p 20cm 1600円 ⓘ4-7966-3811-3
「パーフェクト・プラン」 宝島社 2005.1 418p 16cm（宝島社文庫）695円 ⓘ4-7966-4452-0

柳原 隆 やなぎはら・たかし

6949 「日向の王子」
◇やまなし文学賞（第17回/平成20年度/小説部門）
「日向の王子」 やまなし文学賞実行委員会 2009.6 99p 19cm 857円 ⓘ978-4-89710-678-6
※発行所：山梨日日新聞社

柳実 冬貴 やなぎみ・とうき

6950 「量産型はダテじゃない！」
◇ファンタジア長編小説大賞（第19回/平成19年/準入選）
「量産型はダテじゃない！」 富士見書房 2007.9 312p 15cm（富士見ファンタジア文庫）580円 ⓘ978-4-8291-1959-4
「量産型はダテじゃない！ 2」 富士見書房 2008.1 286p 15cm（富士見ファンタジア文庫）580円 ⓘ978-4-8291-3257-9
「量産型はダテじゃない！ 3」 富士見書房 2008.4 266p 15cm（富士見ファンタジア文庫）580円 ⓘ978-4-8291-3283-8
「量産型はダテじゃない！ 4」 富士見書房 2008.9 253p 15cm（富士見ファンタジア文庫）580円 ⓘ978-4-8291-3335-4

「量産型はダテじゃない！ 5」 富士見書
房 2008.12 365p 15cm（富士見
ファンタジア文庫）660円 ①978-4-
8291-3364-4

柳谷 千恵子　やなぎや・ちえこ

6951　「猫はいません」
◇自由都市文学賞 （第1回/平成1年/佳
作）

柳瀬 直子　やなせ・なおこ

6952　「凍港へ」
◇作家賞 （第24回/昭和63年）
「神の午睡の時」 名古屋 作家社 1990.3
321p

矢貫 こよみ　やぬき・こよみ

6953　「悪い魔法使いはいりませんか？」
◇小学館ライトノベル大賞〔ルルル文庫
部門〕 （第3回/平成21年/奨励賞）

矢野 愛佳　やの・あいか

6954　「俺は座布団」
◇12歳の文学賞 （第4回/平成22年/小説
部門/審査員特別賞〈あさのあつこ
賞〉）
「12歳の文学　第4集」 小学館 2010.3
395p 20cm 1200円 ①978-4-09-
289725-0

夜野 しずく　やの・しずく

6955　「ドラゴンは姫のキスで目覚める」
◇角川ビーンズ小説大賞 （第8回/平成
21年/奨励賞） 〈受賞時〉夜野 静玖

矢野 絢也　やの・じゅんや

6956　「極秘メモ全公開」
◇「文藝春秋」読者賞 （第55回/平成5
年）
「二重権力・闇の流れ―平成動乱を読む、
政界仕掛人・矢野絢也回想録」 文藝春
秋 1994.9 375p 19cm 1800円 ①4-
16-349210-0

矢野 隆　やの・たかし

6957　「蛇衆綺談」
◇小説すばる新人賞 （第21回/平成20
年）
「蛇衆」 集英社 2009.1 323p 19cm
1500円 ①978-4-08-771277-3
※文献あり

矢野 とおる　やの・とおる

6958　「土手の家」
◇部落解放文学賞 （第8回/昭和56年/小
説）
「土手の家」 青弓社 1984.5 225p

矢野 一　やの・はじめ

6959　「桃の花あかり」
◇NHK銀の雫文芸賞 （第15回/平成14
年/最優秀）

矢作 俊彦　やはぎ・としひこ

6960　「あ・じゃ・ぱん」
◇Bunkamuraドゥマゴ文学賞 （第8回/
平成10年）
「あ・じゃ・ぱん！ 上」 新潮社 1997.
11 437p 21cm 2400円 ①4-10-
377504-1
「あ・じゃ・ぱん！ 下」 新潮社 1997.
11 590p 21cm 2800円 ①4-10-
377505-X
「あ・じゃ・ぱん」 角川書店 2002.3
777p 19cm 2900円 ①4-04-873347-8
「あ・じゃ・ぱん！ 上」 角川書店, 角川
グループパブリッシング〔発売〕
2009.11 485p 15cm（角川文庫）743
円 ①978-4-04-161657-4
「あ・じゃ・ぱん！ 下」 角川書店, 角川
グループパブリッシング〔発売〕
2009.11 662p 15cm（角川文庫）857
円 ①978-4-04-161658-1
6961　「暗闇にノーサイドI・II」
◇角川小説賞 （第10回/昭和58年）
「暗闇にノーサイド」 矢作俊彦, 司城志
朗著 角川書店 1983.8.2冊 （カドカワノ
ベルズ）
「暗闇にノーサイド」 1 矢作俊彦著, 司城
志朗著 角川書店 1986.3 319p （角川文
庫）
「暗闇にノーサイド」 2 矢作俊彦著, 司城
志朗著 角川書店 1986.3 469p （角川文
庫）
6962　「ららら科學の子」
◇三島由紀夫賞 （第17回/平成16年）
「ららら科學の子」 文藝春秋 2003.9
475p 20cm 1800円 ①4-16-322200-6

矢彦沢 典子　やひこざわ・のりこ

6963　「天氷山時暁」
◇ファンタジーロマン大賞 （第1回/平
成4年）

矢吹 透　やぶき・とう

6964　「バスケット通りの人たち」
◇小説現代新人賞　（第47回/昭和61年
下）

藪本 孝一　やぶもと・こういち

6965　「春子の竹ボウキ」
◇NHK銀の雫文芸賞　（平成26年/最優
秀）

矢部 嵩　やべ・たかし

6966　「紗央里ちゃんの家」
◇日本ホラー小説大賞　（第13回/平成18
年/長編賞）
「紗央里ちゃんの家」　角川書店　2006.10
174p　20cm　1100円　①4-04-873724-4
「紗央里ちゃんの家」　角川書店, 角川グ
ループパブリッシング（発売）　2008.9
160p　15cm　（角川ホラー文庫）438円
①978-4-04-390101-2

山内 史朗　やまうち・しろう

6967　「神学生の手記」
◇「サンデー毎日」大衆文芸　（第18回/
昭和11年上）

山内 マリコ　やまうち・まりこ

6968　「ここは退屈迎えに来て」
◇フラウ文芸大賞　（第1回/平成25年/装
丁賞）
「ここは退屈迎えに来て」　幻冬舎　2012.
8　239p　19cm　1500円　①978-4-344-
02232-4
「ここは退屈迎えに来て」　幻冬舎　2014.
4　259p　16cm　（幻冬舎文庫 や-30-1)
540円　①978-4-344-42188-2

6969　「16歳はセックスの齢」
◇女による女のためのR-18文学賞　（第7
回/平成20年/読者賞）

山内 美樹子　やまうち・みきこ

6970　「十六夜華泥棒」
◇北区内田康夫ミステリー文学賞　（第3
回/平成17年/審査員特別賞）
「十六夜華泥棒─鍵屋お仙見立絵解き 連
作時代小説」　光文社　2006.1　253p
16cm　（光文社文庫）476円　①4-334-
74011-1

山内 令南　やまうち・れいなん

6971　「癌だましい」

◇文學界新人賞　（第112回/平成23年上）
「癌だましい」　文藝春秋　2011.8　122p
20cm　1143円　①978-4-16-380820-8
「癌だましい」　文藝春秋　2014.2　122p
16cm　（文春文庫 や55-1）470円
①978-4-16-790033-5

山浦 玄嗣　やまうら・はるつぐ

6972　「ナツェラットの男」
◇Bunkamuraドゥマゴ文学賞　（第24回/
平成26年）
「ナツェラットの男」　ぷねうま舎　2013.
7　317p　20cm　2300円　①978-4-
906791-17-0

山岡 荘八　やまおか・そうはち

6973　「海底戦記」
◇野間文芸奨励賞　（第2回/昭和17年）
「海底戦記」　中央公論新社　2000.8
191p　15cm　（中公文庫）533円　①4-
12-203699-2

6974　「徳川家康」
◇吉川英治文学賞　（第2回/昭和43年度）
「徳川家康1〜26」　大日本雄弁会講談社
1953〜昭和41年 25冊
「徳川家康1〜26」　講談社 1967〜昭和43
年 26冊　（ロマン・ブックス）
「山岡荘八全集1〜13」　講談社 昭和56〜
57年
「徳川家康1〜26」　講談社 1982〜昭和58
年 26冊
「徳川家康1〜26」　講談社 1987〜昭和63
年 26冊　（山岡荘八歴史文庫）

6975　「約束」
◇「サンデー毎日」大衆文芸　（第23回/
昭和13年下）

山岡 都　やまおか・みやこ

6976　「昆虫記」
◇創元推理短編賞　（第9回/平成14年）

山形 石雄　やまがた・いしお

6977　「戦う司書と恋する爆弾」
◇スーパーダッシュ小説新人賞　（第4回
/平成17年/大賞）
「戦う司書と恋する爆弾」　集英社　2005.
9　290p　15cm　（集英社スーパーダッ
シュ文庫）571円　①4-08-630257-8

山形 由純　やまがた・よしずみ

6978　「リアルヴィジョン」

山上 藤吾　やまがみ・とうご

6979　「富士の茜に」
◇碧天文芸大賞　（第2回/平成15年/最優秀賞/フィクション部門）

山川 一作　やまかわ・いっさく

6980　「電電石縁起」
◇文學界新人賞　（第55回/昭和57年下）

山川 進　やまかわ・すすむ

6981　「学園カゲキ！」
◇小学館ライトノベル大賞〔ガガガ文庫部門〕　（第1回/平成19年/ガガガ賞）
「学園カゲキ！」　小学館　2007.5　256p　15cm（ガガガ文庫）571円　①978-4-09-451004-1
「学園カゲキ！　2」　小学館　2007.9　261p　15cm（ガガガ文庫）571円　①978-4-09-451030-0
「学園カゲキ！　3」　小学館　2008.4　308p　15cm（ガガガ文庫）600円　①978-4-09-451063-8
「学園カゲキ！　4」　小学館　2008.7　241p　15cm（ガガガ文庫）571円　①978-4-09-451082-9
「学園カゲキ！　5」　小学館　2008.11　259p　15cm（ガガガ文庫）571円　①978-4-09-451099-7
「学園カゲキ！　6」　小学館　2009.3　240p　15cm（ガガガ文庫）571円　①978-4-09-451126-0
※イラスト：よし・ヲ

山川出版社　やまかわしゅっぱんしゃ

6982　「河原ノ者・非人・秀吉」
◇毎日出版文化賞　（第66回/平成24年/人文・社会部門）
「河原ノ者・非人・秀吉」　服部英雄著　山川出版社　2012.4　713p　20cm　2800円　①978-4-634-15021-8

山木 麗子　やまき・れいこ

6983　「ペンギンの水平線」
◇ジュニア冒険小説大賞　（第9回/平成22年/佳作）

山岸 昭枝　やまぎし・あきえ

6984　「雪と火の祭り」
◇やまなし文学賞　（第9回/平成12年度/小説部門/佳作）

山岸 一章　やまぎし・いっしょう

6985　「聳ゆるマスト」
◇多喜二・百合子賞　（第14回/昭和57年）
「聳ゆるマスト―史伝小説」　小栗勉著　かもがわ出版　2010.2　253p　19cm　1700円　①978-4-7803-0328-5

山岸 香奈恵　やまぎし・かなえ

6986　「川は涙を飲み込んで」
◇振媛文学賞　（第1回/平成3年度/2席）

山岸 恵一　やまぎし・けいいち

6987　「魔の影」
◇ムー伝奇ノベル大賞　（第4回/平成16年/佳作）

山岸 真　やまぎし・まこと

6988　「暗黒整数」
◇星雲賞　（第41回/平成22年/海外短編部門）
「プランク・ダイヴ」　グレッグ・イーガン著，山岸真編・訳　早川書房　2011.9　415p　16cm（ハヤカワ文庫 SF1826）900円　①978-4-15-011826-6

山岸 雅恵　やまぎし・まさえ

6989　「遙かなる山なみ」
◇「小説ジュニア」青春小説新人賞　（第1回/昭和43年）

山口 陽　やまぐち・あきら

6990　「メイドインバトル！」
◇美少女文庫新人賞　（第3回/平成19年/編集長特別賞）
「メイドインバトル！」　フランス書院　2008.7　303p　15cm（美少女文庫）648円　①978-4-8296-5854-3

山口 泉　やまぐち・いずみ

6991　「宇宙のみなもとの滝」
◇日本ファンタジーノベル大賞　（第1回/平成1年/優秀賞）
「宇宙のみなもとの滝」　新潮社　1989.12　334p

山口 恵以子　やまぐち・えいこ

6992　「印繰り」
◇池内祥三文学奨励賞　（第41回/平成24

年）

「イングリ—熱血人情高利貸」 山口恵以
子著 一二三書房 2013.7 219p
19cm 1300円 ①978-4-89199-167-8
※受賞作「印繰り」を改題

6993 「月下上海」
◇松本清張賞 （第20回/平成25年）
「月下上海」 山口恵以子著 文藝春秋
2013.6 270p 20cm 1300円 ①978-4-
16-382350-8

6994 「野菊の様に」
◇池内祥三文学奨励賞 （第41回/平成24
年）

6995 「みてはいけない」
◇池内祥三文学奨励賞 （第41回/平成24
年）

山口 源二 やまぐち・げんじ

6996 「ボルネオ奇談・レジデントの
時計」
◇「サンデー毎日」大衆文芸 （第2回/
昭和2年/甲）

山口 幸三郎 やまぐち・こうざぶろう

6997 「語り部じんえい」
◇電撃大賞 （第15回/平成20年/電撃小
説大賞部門/選考委員奨励賞）
「神のまにまに！—カグツチ様の神芝居」
アスキー・メディアワークス, 角川
グループパブリッシング（発売） 2009.4
274p 15cm （電撃文庫 1752） 550円
①978-4-04-867766-0
※イラスト：天草帳, 並列シリーズ名：
Dengeki bunko
「神のまにまに！ 2 咲姫様の神芝居」
アスキー・メディアワークス, 角川グ
ループパブリッシング（発売） 2009.8
305p 15cm （電撃文庫 1814） 590円
①978-4-04-867945-9
「神のまにまに！ 3 真曜お嬢様と神芝
居」 アスキー・メディアワークス, 角
川グループパブリッシング（発売）
2010.2 335p 15cm （電撃文庫 1901）
630円 ①978-4-04-868333-3
※イラスト：天草帳, 並列シリーズ名：
Dengeki bunko

山口 正二 やまぐち・しょうじ

6998 「雪の丹後路」
◇池内祥三文学奨励賞 （第26回/平成8
年）

山口 四郎 やまぐち・しろう

6999 「たぬきの戦場」
◇オール讀物新人賞 （第49回/昭和51年
下）

山口 清次郎 やまぐち・せいじろう

7000 「Ｐ・Ｗ・ヴェラエティー俘虜演
芸会」
◇大衆文芸賞 （第2回/昭和24年）

山口 タオ やまぐち・たお

7001 「ふられ薬」
◇星新一ショートショート・コンテスト
（第7回/昭和60年/最優秀作）

山口 たかよ やまぐち・たかよ

7002 「にじふぁそら」
◇フーコー短編小説コンテスト （第11
回/平成13年11月/最優秀賞）
「フーコー「短編小説」傑作選 11」
フーコー編集部編 フーコー 2002.12
319p 19cm 1700円 ①4-434-02462-0

山口 年子 やまぐち・としこ

7003 「集塵」
◇女流新人賞 （第11回/昭和43年度）

山口 朋子 やまぐち・ともこ

7004 「恋愛ゼミナール」
◇BE・LOVE原作大賞 （第3回/平成12
年/佳作）

山口 瞳 やまぐち・ひとみ

7005 「江分利満氏の優雅な生活」
◇直木三十五賞 （第48回/昭和37年下）
「江分利満氏の優雅な生活」 文芸春秋新
社 1963 243p
「江分利満氏の優雅な生活」 新潮社 1968
209p （新潮文庫）
「昭和文学全集26」 小学館 1988
「山口瞳大全1」 新潮社 1992
「江分利満氏の優雅な生活」 筑摩書房
2009.11 252p 15cm （ちくま文庫）
800円 ①978-4-480-42656-7

7006 「血族」
◇菊池寛賞 （第27回/昭和54年）
「血族—純文学長篇」 文芸春秋 1979.1
322p
「血族」 文芸春秋 1982.2 366p （文春文
庫）

山口 雛絹　やまぐち・ひなぎぬ

7007　「案山子の娘」
◇YA文学短編小説賞　（第1回/平成20年
/最優秀賞）

山口 雅也　やまぐち・まさや

7008　「日本殺人事件」
◇日本推理作家協会賞　（第48回/平成7
年/短編および連作短編集部門）
　「日本殺人事件」　角川書店　1994.9
　307p　19cm　1600円　Ⓘ4-04-872825-3
　「日本殺人事件」　角川書店　1998.5
　340p　15cm　（角川文庫）　552円　Ⓘ4-
　04-345501-1
　「日本殺人事件」　東京創元社　2007.5
　321p　15cm　（創元推理文庫）　720円
　Ⓘ978-4-488-41604-1
　「日本殺人事件」　双葉社　2009.6　327p
　15cm（双葉文庫―日本推理作家協会賞
　受賞作全集 81）686円　Ⓘ978-4-575-
　65880-4

山口 優　やまぐち・まさる

7009　「シンギュラリティ・コンクェス
ト」
◇日本SF新人賞　（第11回/平成21年）
　「SF Japan　2010 SPRING」　SF Japan
　編集部編　徳間書店　2010.3　431p
　21cm　1700円　Ⓘ978-4-19-862918-2

山口 勇子　やまぐち・ゆうこ

7010　「荒れ地野ばら」
◇多喜二・百合子賞　（第14回/昭和57
年）
　「荒れ地野ばら」　新日本出版社　1981.8
　277p

山口 由紀子　やまぐち・ゆきこ

7011　「よく似た女」
◇星新一ショートショート・コンテスト
　（第6回/昭和59年/最優秀作）

山口 洋子　やまぐち・ようこ

7012　「演歌の虫」
◇直木三十五賞　（第93回/昭和60年上）
　「演歌の虫」　文芸春秋　1985.3　240p
　「演歌の虫」　文芸春秋　1988.2　264p（文
　春文庫）
7013　「プライベート・ライブ」
◇吉川英治文学新人賞　（第5回/昭和59
年度）

　「プライベート・ライブ」　講談社　1983.9
　259p
　「プライベート・ライブ」　講談社　1986.5
　265p（講談社文庫）
7014　「老梅」
◇直木三十五賞　（第93回/昭和60年上）
　「演歌の虫」　文芸春秋　1985.3　240p
　「演歌の虫」　文芸春秋　1988.2　264p（文
　春文庫）

山口 芳宏　やまぐち・よしひろ

7015　「雲上都市の大冒険」
◇鮎川哲也賞　（第17回/平成19年）
　「雲上都市の大冒険」　東京創元社　2007.
　10　394p　20cm　2200円　Ⓘ978-4-488-
　02397-3

山腰 慎吉　やまこし・しんきち

7016　「知られざる医原性薬物依存」
◇パスカル短編文学新人賞　（第3回/平
成8年/優秀賞）

山崎 厚子　やまざき・あつこ

7017　「鳳頸の女」
◇日本文芸家クラブ大賞　（第1回/平成3
年度/長編小説部門）

山崎 絵里　やまざき・えり

7018　「長安の女将軍―平陽公主伝」
◇歴史群像大賞　（第5回/平成10年/奨励
賞）

山崎 公夫　やまざき・きみお

7019　「御巣鷹おろし」
◇「サンデー毎日」大衆文芸　（第20回/
昭和12年上）

山﨑 智　やまざき・さとし

7020　「明日を待つ―冴子と清次」
◇部落解放文学賞　（第35回/平成20年/
佳作/小説部門）
7021　「生きていりゃこそ」
◇部落解放文学賞　（第36回/平成21年/
小説部門/佳作）
7022　「京都五番町付近」
◇部落解放文学賞　（第37回/平成22年/
小説部門/入選）
7023　「鉄の窓までご案内」
◇部落解放文学賞　（第18回/平成3年/小
説）

山崎　恒裕　やまざき・つねひろ

7024　「いくつもの十年―函館の二日」
◇東北北海道文学賞（第10回/平成11年度/奨励賞）

山崎　豊子　やまさき・とよこ

7025　「運命の人」
◇毎日出版文化賞（第63回/平成21年/特別賞）
「運命の人　1」　文藝春秋　2009.4　251p　20cm　1524円　①978-4-16-328110-0
「運命の人　2」　文藝春秋　2009.4　253p　20cm　1524円　①978-4-16-328120-9
「運命の人　3」　文藝春秋　2009.5　268p　20cm　1524円　①978-4-16-328130-8
「運命の人　4」　文藝春秋　2009.6　282p　20cm　1524円　①978-4-16-328140-7
※文献あり

7026　「白い巨塔」
◇菊池寛賞（第39回/平成3年）
「白い巨塔」　新潮社　1965　527p
「白い巨塔」　続　新潮社　1969　403p
「白い巨塔」　新潮社　1978.4　2冊（新潮文庫）
「山崎豊子全作品・1957‐1985　6」　新潮社　1985　2冊
「白い巨塔　第1巻」　新潮社　2002.11　422p　15cm（新潮文庫）590円　①4-10-110433-6
「白い巨塔　第2巻」　新潮社　2002.11　403p　15cm（新潮文庫）590円　①4-10-110434-4
「白い巨塔　第3巻」　新潮社　2002.11　377p　15cm（新潮文庫）552円　①4-10-110435-2
「白い巨塔　第4巻」　新潮社　2002.11　526p　15cm（新潮文庫）705円　①4-10-110436-0
「白い巨塔　第5巻」　新潮社　2002.11　416p　15cm（新潮文庫）590円　①4-10-110437-9
「白い巨塔　1」　新潮社　2004.6　469p　19cm（山崎豊子全集　6）3800円　①4-10-644516-6
「白い巨塔　2」　新潮社　2004.7　441p　19cm（山崎豊子全集　7）3800円　①4-10-644517-4
「白い巨塔　3」　新潮社　2004.8　681p　19cm（山崎豊子全集　8）4700円　①4-10-644518-2

7027　「大地の子」
◇「文藝春秋」読者賞（第52回/平成2年）

◇菊池寛賞（第39回/平成3年）
「大地の子」　下　文芸春秋　1991.4　501p
「大地の子」　上　文芸春秋　1991.1　363p
「大地の子」　中　文芸春秋　1991.3　281p
「大地の子　1」　新潮社　2005.7　637p　19cm（山崎豊子全集　19）4300円　①4-10-644529-8
「大地の子　2」　新潮社　2005.8　621p　19cm（山崎豊子全集　20）4300円　①4-10-644530-1

7028　「花のれん」
◇直木三十五賞（第39回/昭和33年上）
「花のれん」　中央公論社　1958　258p
「花のれん」　中央公論社　1959　221p
「花のれん」　新潮社　1961　277p（新潮文庫）
「山崎豊子全作品・1957‐1985　1」　新潮社　1985
「暖簾・花のれん」　新潮社　2003.12　570p　19cm（山崎豊子全集　1）4300円　①4-10-644511-5
「花のれん」　50刷改版　新潮社　2005.4　327p　16cm（新潮文庫）514円　①4-10-110403-4

7029　「不毛地帯」
◇菊池寛賞（第39回/平成3年）
「不毛地帯」　1～3　新潮社　1976～昭和53年　3冊
「不毛地帯」　1～4　新潮社　1983　624p（新潮文庫）
「山崎豊子全作品・1957‐1985　9」　新潮社　1986　2冊
「不毛地帯　1」　新潮社　2004.12　554p　19cm（山崎豊子全集　12）4300円　①4-10-644522-0
「不毛地帯　2」　新潮社　2005.1　557p　19cm（山崎豊子全集　13）4300円　①4-10-644523-9
「不毛地帯　3」　新潮社　2005.2　555p　19cm（山崎豊子全集　14）4300円　①4-10-644524-7
「不毛地帯　4」　新潮社　2005.3　549p　19cm（山崎豊子全集　15）4300円　①4-10-644525-5

山崎　ナオコーラ　やまざき・なおこーら

7030　「人のセックスを笑うな」
◇文藝賞（第41回/平成16年）
「人のセックスを笑うな」　河出書房新社　2004.11　120p　20cm　1000円　①4-

309-01684-7

山崎 秀雄 やまざき・ひでお

7031 「隣に良心ありき」
◇ハヤカワ・ミステリ・コンテスト
（第2回/平成3年）

山崎 人功 やまざき・ひとのり

7032 「檻の里」
◇農民文学賞 （第30回/昭和61年度）

山崎 光夫 やまざき・みつお

7033 「安楽処方箋」
◇小説現代新人賞 （第44回/昭和60年
上）
「安楽処方箋」 講談社 1986.11 270p

7034 「薮の中の家―芥川自死の謎を
解く」
◇新田次郎文学賞 （第17回/平成10年）
「藪の中の家―芥川自死の謎を解く」 文
藝春秋 1997.6 261p 19cm 1619円
Ⓘ4-16-353020-7
「藪の中の家―芥川自死の謎を解く」 中
央公論新社 2008.7 312p 15cm （中
公文庫） 838円 Ⓘ978-4-12-205093-8

山崎 洋子 やまざき・ようこ

7035 「花園の迷宮」
◇江戸川乱歩賞 （第32回/昭和61年）
「花園の迷宮」 講談社 1986.9 320p
「花園の迷宮」 講談社 1989.7 354p （講
談社文庫）
「花園の迷宮/風のターン・ロード―江戸
川乱歩賞全集 16」 山崎洋子, 石井敏
弘著, 日本推理作家協会編 講談社
2003.9 747p 15cm （講談社文庫）
1190円 Ⓘ4-06-273848-1

山崎 里佳 やまさき・りか

7036 「フェアリータイムズ～英雄魔術
師と囚われの乙女～」
◇角川ビーンズ小説大賞 （第14回/平成
27年/優秀賞, 読者賞）

山里 水葉 やまざと・すいよう

7037 「きやうだい」
◇「新小説」懸賞小説 （明35年11月）

7038 「夜の雨」
◇「新小説」懸賞小説 （明35年6月）

山里 禎子 やまさと・ていこ

7039 「ソウル・トリップ」
◇文學界新人賞 （第68回/平成1年上）

山沢 和男 やまざわ・かずお

7040 「階段の下」
◇関西文學新人賞 （第4回/平成16年/佳
作/小説部門）

山地 正 やまじ・ただし

7041 「白い肌と黄色い隊長」
◇「文藝春秋」読者賞 （第17回/昭和34
年下）

山路 ひろ子 やまじ・ひろこ

7042 「風花」
◇潮賞 （第12回/平成5年/小説）

7043 「父とカリンズ」
◇北日本文学賞 （第25回/平成3年/選
奨）

山下 歩 やました・あゆみ

7044 「凶音窟」
◇北区内田康夫ミステリー文学賞 （第
10回/平成24年/大賞）
「はじめての小説（ミステリー） 2 内田
康夫＆東京・北区が選んだ珠玉のミス
テリー」 内田康夫選・編 実業之日本
社 2013.3 373p 19cm 1500円
Ⓘ978-4-408-53621-7

山下 郁夫 やました・いくお

7045 「南溟」
◇同人雑誌賞 （第14回/昭和42年）

山下 一味 やました・いちみ

7046 「泣き屋」
◇北日本文学賞 （第46回/平成24年/選
奨）

山下 悦夫 やました・えつお

7047 「灯台視察船羅州丸」
◇マリン文学賞 （第3回/平成4年/佳作）

山下 澄人 やました・すみと

7048 「緑のさる」
◇野間文芸新人賞 （第34回/平成24年）
「緑のさる」 平凡社 2012.3 141p
20cm 1400円 Ⓘ978-4-582-83561-8

山下 惣一　やました・そういち

7049　「海鳴り」
◇農民文学賞（第13回/昭和44年度）

7050　「減反神社」
◇地上文学賞（第27回/昭和54年）
「減反神社」　家の光協会　1981.1　283p

山下 敬　やました・たかし

7051　「土の塵」
◇創元SF短編賞（第1回/平成22年度/
日下三蔵賞）
「原色の想像力—創元SF短編賞アンソロ
ジー」　大森望, 日下三蔵, 山田正紀編
東京創元社　2010.12　506p　15cm
（創元SF文庫 739-01）1100円　①978-
4-488-73901-0

山下 貴光　やました・たかみつ

7052　「屋上ミサイル」
◇『このミステリーがすごい！』大賞
（第7回/平成20年/大賞）
「屋上ミサイル」　宝島社　2009.1　381p
20cm　1400円　①978-4-7966-6777-7
「屋上ミサイル　上」　宝島社　2010.2
252p　16cm（宝島社文庫 Cや-2-1—
〔このミス大賞〕）476円　①978-4-7966-
7561-1
「屋上ミサイル　下」　宝島社　2010.2
251p　16cm（宝島社文庫 Cや-2-2—
〔このミス大賞〕）476円　①978-4-7966-
7563-5

7053　「ガレキの下で思う」
◇ポプラ社小説大賞（第2回/平成19年/
奨励賞）

山下 智恵子　やました・ちえこ

7054　「犬」
◇作家賞（第15回/昭和54年）
「砂色の小さい蛇」　BOC出版部 1978.7
302p

7055　「埋める」
◇女流新人賞（第19回/昭和51年度）
「砂色の小さい蛇」　BOC出版部 1978.7
302p

山下 紘加　やました・ひろか

7056　「ドール」
◇文藝賞（第52回/平成27年度）
「ドール」　河出書房新社　2015.11　157p
20cm　1250円　①978-4-309-02429-5

山下 みゆき　やました・みゆき

7057　「競うように雲が行く日に」
◇深大寺短編恋愛小説「深大寺恋物語」
（第9回/平成25年/審査員特別賞）

山下 欣宏　やました・よしひろ

7058　「ドリーム・アレイの錬金術師」
◇北区内田康夫ミステリー文学賞（第3
回/平成17年/大賞）
「はじめての小説—内田康夫＆東京・北区
が選んだ気鋭のミステリー」　内田康夫
選・編　実業之日本社　2008.1　361p
20cm　1500円　①978-4-408-53518-0
※折り込1枚

山科 春樹　やましな・はるき

7059　「忍耐の祭」
◇群像新人長編小説賞（第2回/昭和54
年）
「忍耐の祭」　講談社 1980.3 285p

山城 むつみ　やましろ・むつみ

7060　「ドストエフスキー」
◇毎日出版文化賞（第65回/平成23年/
文学・芸術部門）
「ドストエフスキー」　講談社　2010.11
549p　20cm　3600円　①978-4-06-
216650-8

山田 あかね　やまだ・あかね

7061　「終わりのいろいろなかたち」
◇文學界新人賞（第81回/平成7年下期/
奥泉光・山田詠美奨励賞）

7062　「ベイビー・シャワー」
◇小学館文庫小説賞（第4回/平成15年）
「ベイビーシャワー」　小学館　2004.9
239p　20cm　1400円　①4-09-386143-9

山田 晃　やまだ・あきら

7063　「山田晃のキーワードに依る株式
操作の読み方」
◇日本文芸大賞（第8回/昭和63年/経済
小説優秀賞）

山田 彩人　やまだ・あやと

7064　「眼鏡屋は消えた」
◇鮎川哲也賞（第21回/平成23年度）
「眼鏡屋は消えた」　東京創元社　2011.10
338p　20cm　1900円　①978-4-488-
02483-3

やまた　　　　　　　　　　　　　　　　　　　　　　　　　　　　　7065〜7078

山田 詠美　やまだ・えいみ

7065　「アニマル・ロジック」
◇泉鏡花文学賞　（第24回/平成8年）
「アニマル・ロジック」　新潮社　1996.4
573p　19cm　2400円　①4-10-600658-8
「アニマル・ロジック」　新潮社　1999.11
629p　21cm　（新潮文庫）　819円　①4-
10-103619-5
「はじめての文学 山田詠美」　文藝春秋
2007.9　267p　19×14cm　1238円
①978-4-16-359910-6

7066　「A2Z」
◇読売文学賞　（第52回/平成12年度/小
説賞）
「A2Z」　講談社　2000.1　239p　20cm
1400円　①4-06-209952-7
「A2Z」　講談社　2003.1　248p　15cm
（講談社文庫）　467円　①4-06-273623-3

7067　「ジェントルマン」
◇野間文芸賞　（第65回/平成24年）
「ジェントルマン」　講談社　2011.11
219p　20cm　1400円　①978-4-06-
217386-5
「ジェントルマン」　講談社　2014.7.15
238p　15cm　（講談社文庫　や30-17）
560円　①ISBN978-4-06-277875-6

7068　「ソウル・ミュージック・ラバーズ・オンリー」
◇直木三十五賞　（第97回/昭和62年上）
「ソウル・ミュージック・ラバーズ・オン
リー」　角川書店　1987.11　222p　（角川文
庫）
「ソウル・ミュージック・ラバーズ・オン
リー」　角川書店　1987.5　215p
「ソウル・ミュージック・ラバーズ・オン
リー」　幻冬舎　1997.6　213p　16cm
（幻冬舎文庫）　457円　①4-87728-475-3
※肖像あり

7069　「トラッシュ」
◇女流文学賞　（第30回/平成3年度）
「トラッシュ」　文芸春秋　1991.2　442p
「トラッシュ」　文藝春秋　1994.2　574p
15cm　（文春文庫）　650円　①4-16-
755801-7

7070　「風葬の教室」
◇平林たい子文学賞　（第17回/平成1年/
小説）
「風葬の教室」　河出書房新社　1988.3　167p
「蝶々の纏足・風葬の教室」　新潮社
1997.3　215p　15cm　（新潮文庫）　520

円　①4-10-103618-7

7071　「風味絶佳」
◇谷崎潤一郎賞　（第41回/平成17年度）
「風味絶佳」　文藝春秋　2005.5　237p
20cm　1229円　①4-16-323930-8
「風味絶佳」　文藝春秋　2008.5　259p
16cm　（文春文庫）　476円　①978-4-16-
755806-2

7072　「ベッドタイムアイズ」
◇文藝賞　（第22回/昭和60年）
「ベッドタイムアイズ」　河出書房新社
1985.11　139p
「ベッドタイムアイズ」　河出書房新社
1987.8　158p　（河出文庫）
「栃木県近代文学全集4」　下野新聞社
1990
「ベッドタイムアイズ・指の戯れ・ジェ
シーの背骨」　新潮社　1996.11　322p
15cm　（新潮文庫）　600円　①4-10-
103617-9

山田 江里子　やまだ・えりこ

7073　「シャトー」
◇BE・LOVE原作大賞　（第2回/平成11
年/特別賞）

山田 克郎　やまだ・かつろう

7074　「海の廃園」
◇直木三十五賞　（第22回/昭和24年下）
「海の廃園」　宝文館　1950
「男たちの凱歌」　平岩弓枝監修　光文社
2002.9　463p　15cm　（光文社文庫）
686円　①4-334-73382-4

山田 旭南　やまだ・きょくなん

7075　「細杖」
◇「新小説」懸賞小説　（明33年7月）

山田 集佳　やまだ・しゅうか

7076　「鬼燈のえくぼ」
◇深大寺短編恋愛小説「深大寺恋物語」
（第9回/平成25年/最優秀賞）

山田 清吉　やまだ・せいきち

7077　「土偶」
◇農民文学賞　（第57回/平成26年度）
「土偶（でこんぼ）」　紫陽社　2013.6
113p　20cm　1800円

山田 赤磨　やまだ・せきま

7078　「峠」

536　　　　　　　　　　　　　　　　　　　　　　文学賞受賞作品総覧 小説篇

◇「サンデー毎日」大衆文芸（第43回/
昭和28年上）

山田 太一　やまだ・たいち

7079　「異人たちとの夏」
◇日本文芸大賞（第8回/昭和63年/放送
作家賞）
◇山本周五郎賞（第1回/昭和63年）
「異人たちとの夏」 新潮社 1987.12 217p
「異人たちとの夏」 埼玉福祉会 2007.5
363p　21cm（大活字本シリーズ）
3200円　①978-4-88419-441-3
※底本:新潮文庫「異人たちとの夏」

山田 たかし　やまだ・たかし

7080　「天の虫」
◇労働者文学賞（第13回/平成13年/小
説）

7081　「龍勢の翔る里」
◇地上文学賞（第48回/平成12年）

7082　「別れの谷」
◇やまなし文学賞（第10回/平成13年度
/小説部門/佳作）

山田 剛　やまだ・たけし

7083　「刺客―用心棒日和」
◇歴史群像大賞（第17回/平成23年発表
/佳作）
「雪見の刺客―大江戸旅の用心棒」 学研
パブリッシング, 学研マーケティング
〔発売〕　2011.11　238p　15cm（学研
M文庫 や-14-1）619円　①978-4-05-
900721-0
※受賞作「刺客―用心棒日和」を改題

7084　「鳥」
◇農民文学賞（第17回/昭和48年度）

山田 武博　やまだ・たけひろ

7085　「風物語」
◇ジャンプ小説大賞（第6回/平成8年/
佳作）

山田 辰二郎　やまだ・たつじろう

7086　「門司発沖縄行き D51列車発車」
◇自分史文学賞（第11回/平成12年度/
佳作・北九州市特別賞）

山田 とし　やまだ・とし

7087　「白い切り紙」
◇九州芸術祭文学賞（第1回/昭和45年）

「鬼子―山田とし短篇集」 熊本 青潮社
1974 200p

山田 野理夫　やまだ・のりお

7088　「南部牛追唄」
◇農民文学賞（第6回/昭和36年度）
「南部牛追唄」 東京信友社 1961 245p
（センチュリィ ブックス）

山田 風太郎　やまだ・ふうたろう

7089　「眼中の悪魔」
◇日本推理作家協会賞（第2回/昭和24
年/短篇賞）
「眼中の悪魔」 岩谷書店 1948 270p
「眼中の悪魔」 春陽堂 1952 170p（春陽
文庫）
「山田風太郎推理全集 第5」 東京文芸社
1965 283p（Tokyo books）
「眼中の悪魔」 東京文芸社 1966 283p
（Tokyo books）
「山田風太郎全集16」 講談社 昭和47年
「現代推理小説大系7」 講談社 1973 422p
「厨子家の悪霊」 立風書房 1978.4 223p
（山田風太郎奇怪小説集 2）
「眼中の悪魔 本格篇―山田風太郎ミステ
リー傑作選 1」 光文社 2001.3
632p　15cm（光文社文庫）857円
①4-334-73121-X
「虚像淫楽―山田風太郎ベストコレク
ション」 角川書店, 角川グループパブ
リッシング〔発売〕　2010.7　426p
15cm（角川文庫）705円　①978-4-04-
135654-8

7090　「虚像淫楽」
◇日本推理作家協会賞（第2回/昭和24
年/短篇賞）
「眼中の悪魔」 春陽堂 1952 170p（春陽
文庫）
「山田風太郎奇想小説全集 第6」 桃源社
1965 227p（ポピュラー・ブックス）
「山田風太郎全集15」 講談社 昭和47年
「現代推理小説大系7」 講談社 1973 422p
「虚像淫楽―風変りな推理の物語」 桃源
社 1979.8 227p（山田風太郎の奇想小説
6）
「虚像淫楽」 旺文社 1985.4 286p（旺文
社文庫）
「眼中の悪魔 本格篇―山田風太郎ミステ
リー傑作選 1」 光文社 2001.3
632p　15cm（光文社文庫）857円
①4-334-73121-X
「虚像淫楽―山田風太郎ベストコレク

ション」 角川書店, 角川グループパブ
リッシング〔発売〕 2010.7 426p
15cm（角川文庫）705円 ①978-4-04-
135654-8

7091 「達磨峠の殺人」
◇「宝石」懸賞小説 （第1回/昭和21年/
探偵小説募集/入選）

山田 風見子　やまだ・ふみこ

7092 「ブルースを葬れ」
◇ハヤカワ・ミステリ・コンテスト
（第3回/平成4年）

山田 萍南　やまだ・へいなん

7093 「うしろ姿」
◇「文芸倶楽部」懸賞小説 （第38回/明
39年4月/第2等）

7094 「赤十字」
◇「文芸倶楽部」懸賞小説 （第21回/明
37年11月/第1等）

7095 「宿の春」
◇「文芸倶楽部」懸賞小説 （第23回/明
38年1月/第2等）

山田 正紀　やまだ・まさき

7096 「神々の埋葬」
◇角川小説賞 （第4回/昭和52年）
「神々の埋葬」 角川書店 1977.12 283p
「神々の埋葬」 角川書店 1979.6 316p
（角川文庫）

7097 「最後の敵」
◇日本SF大賞 （第3回/昭和57年）
「最後の敵―モンスターのM・ミュータン
トのM」 徳間書店 1985.5 412p（徳間
文庫）
「最後の敵」 河出書房新社 2014.10
505p 15cm（河出文庫）920円
①978-4-309-41323-5

7098 「ミステリ・オペラ」
◇日本推理作家協会賞 （第55回/平成14
年/長篇及び連作短篇集部門）
◇本格ミステリ大賞 （第2回/平成14年/
小説部門）
「ミステリ・オペラ―宿命城殺人事件」
早川書房 2001.4 682p 20cm（ハヤ
カワ・ミステリワールド）2300円
①4-15-208344-1

山田 道夫　やまだ・みちお

7099 「拗ね張る」

◇地上文学賞 （第26回/昭和53年）

山田 稔　やまだ・みのる

7100 「コーマルタン界隈」
◇芸術選奨 （第32回/昭和56年度/文学
部門/文部大臣賞）
「コーマルタン界隈」 河出書房新社
1981.9 201p
「コーマルタン界隈」 みすず書房 1999.
9 220p 19cm（みすずライブラリー）
2400円 ①4-622-05042-0
「コーマルタン界隈」 編集工房ノア
2012.6 220p 20cm 2000円 ①978-4-
89271-194-7
※河出書房新社1981年刊, の増訂

山田 宗樹　やまだ・むねき

7101 「直線の死角」
◇横溝正史賞 （第18回/平成10年）
「直線の死角」 角川書店 1998.5 300p
19cm 1400円 ①4-04-873115-7
「直線の死角」 角川書店 2003.5 333p
15cm（角川文庫）552円 ①4-04-
371201-4

7102 「百年法」
◇日本推理作家協会賞 （第66回/平成25
年/長編および連作短編集部門）
◇本屋大賞 （第10回/平成25年/9位）
「百年法 上」 角川書店, 角川グループ
パブリッシング〔発売〕 2012.7 394p
20cm 1800円 ①978-4-04-110148-3
「百年法 下」 角川書店, 角川グループ
パブリッシング〔発売〕 2012.7 413p
20cm 1800円 ①978-4-04-110191-9

山田 萌々　やまだ・もも

7103 「ふしぎな町のまっかなもみじ」
◇12歳の文学賞 （第2回/平成20年/審査
員特別賞【伊藤たかみ賞】）
「12歳の文学 第2集 小学生作家が紡ぐ
9つの物語」 小学館 2008.3 281p
20cm 1000円 ①978-4-09-289712-0
「12歳の文学 第2集」 小学生作家たち
著 小学館 2010.4 277p 15cm（小
学館文庫）552円 ①978-4-09-408497-9

山手 樹一郎　やまて・きいちろう

7104 「崋山と長英」
◇野間文芸奨励賞 （第4回/昭和19年）
「崋山と長英」 同光社磯部書房 1952
361p
「崋山と長英」 河出書房 1956 248p（河

出新書）
「崋山と長英」 講談社 1959 255p（ロマン・ブックス）
「山手樹一郎全集3」 講談社 昭和37年
「崋山と長英」 青樹社 1975 328p
「崋山と長英―他一編」 春陽堂書店 1978.10 457p（山手樹一郎長編時代小説全集）

ヤマト

7105 「首桃果の秘密」
◇10分で読める小説大賞 （第1回/平成18年/佳作）
「首桃果の秘密」 ジョルダン 2009.1 223p 19cm 1200円 ①978-4-915933-06-6

山門 敬弘　やまと・たかひろ

7106 「風に祈りを」
◇ファンタジア長編小説大賞 （第13回/平成13年/準入選）〈受賞時〉山本敬弘
「風の聖痕」 富士見書房 2002.1 301p 15cm（富士見ファンタジア文庫） 560円 ①4-8291-1403-7

山名 美和子　やまな・みわこ

7107 「梅花二輪」
◇歴史文学賞 （第19回/平成6年度/佳作）
「梅花二輪」 新人物往来社 1998.1 373p 19cm 1800円 ①4-404-02589-0

山名 良介　やまな・りょうすけ

7108 「パーティー」
◇「小説推理」新人賞 （第29回/平成19年/選考委員特別賞）

山中 佳織　やまなか・かおり

7109 「巡礼のふたり」
◇舟橋聖一顕彰青年文学賞 （第23回/平成23年/佳作）

山中 公男　やまなか・きみお

7110 「風神送り」
◇歴史群像大賞 （第11回/平成17年発表/佳作）
「風神送り―四谷崖下騒動記」 学習研究社 2006.2 269p 15cm（学研M文庫） 590円 ①4-05-900399-9

山中 峯太郎　やまなか・みねたろう

7111 「実録アジアの曙」
◇「文藝春秋」読者賞 （第22回/昭和37年上）
「実録アジアの曙」 二見書房 1964 270p

山中 八千代　やまなか・やちよ

7112 「君の手が笑うから」
◇中村星湖文学賞 （第25回/平成23年/優秀賞）
「君の手が笑うから―小説とエッセイ」 山梨ふるさと文庫 2011.5 277p 19cm 1500円 ①978-4-903680-34-7

山西 基之　やまにし・もとゆき

7113 「後漢戦国志1」
◇歴史群像大賞 （第8回/平成14年/佳作）

山根 幸子　やまね・さちこ

7114 「はじめてのお客さん」
◇NHK銀の雫文芸賞 （第2回/平成1年/優秀）

山野 ねこ　やまの・ねこ

7115 「いぬのかお」
◇『幽』文学賞 （第9回/平成26年/奨励賞/短篇部門）

山井 道代　やまのい・みちよ

7116 「夜の雲」
◇学生小説コンクール （第3回/昭和30年上）

山ノ内 早苗　やまのうち・さなえ

7117 「朝まで踊ろう」
◇大阪女性文芸賞 （第6回/昭和63年）

山ノ内 真樹子　やまのうち・まきこ

7118 「大きな木」
◇ゆきのまち幻想文学賞 （第22回/平成24年/大賞）

山之内 正文　やまのうち・まさふみ

7119 「風の吹かない景色」
◇小説推理新人賞 （第23回/平成13年）
「エンドコールメッセージ」 双葉社 2002.8 284p 20cm 1700円 ①4-575-23445-1
「エンドコールメッセージ」 双葉社 2004.5 301p 15cm（双葉文庫） 571

文学賞受賞作品総覧 小説篇　　　　539

円　①4-575-50942-6

山之口 洋　やまのぐち・よう

7120　「オルガニスト」
◇日本ファンタジーノベル大賞（第10回/平成10年）

「オルガニスト」　新潮社　1998.12　279p　19cm　1600円　①4-10-427001-6

「オルガニスト」　新潮社　2001.9　381p　15cm（新潮文庫）　552円　①4-10-101421-3

山原 ユキ　やまはら・ゆき

7121　「Mind Parasite」
◇スニーカー大賞（第10回/平成17年/優秀賞）〈受賞時〉山原 正義

「レゾナンス　1　夕色の墜落」　角川書店　2006.9　268p　15cm（角川文庫―角川スニーカー文庫）　514円　①4-04-472401-6

山村 アンジー　やまむら・あんじー

7122　「ブサイク犬のなやみ」
◇新風舎出版賞（第17回/平成13年11月/出版大賞）

「ブサイク犬のなやみ」　新風舎　2003.4　1冊（ページ付なし）　19×19cm　1400円　①4-7974-2587-3

山村 巌　やまむら・いわお

7123　「撮影所三重奏」
◇「サンデー毎日」大衆文芸（第15回/昭和9年下）

山村 直樹　やまむら・なおき

7124　「破門の記」
◇オール讀物新人賞（第29回/昭和41年下）

山村 正夫　やまむら・まさお

7125　「湯殿山麓呪い村」
◇角川小説賞（第7回/昭和55年）

「湯殿山麓呪い村」　角川書店　1980.9　401p

「湯殿山麓呪い村」　角川書店　1983.8　339p（カドカワノベルズ）

「湯殿山麓呪い村」　角川書店　1984.4　2冊（角川文庫）

「湯殿山麓呪い村」　勁文社　1994.6　459p　15cm（ケイブンシャ文庫）　640円　①4-7669-2014-7

「湯殿山麓呪い村　上」　改版　角川書店　1997.2　276p　15cm（角川文庫―リバ

イバルコレクション）　536円　①4-04-141202-1

「湯殿山麓呪い村　下」　改版　角川書店　1997.2　269p　15cm（角川文庫―リバイバルコレクション）　494円　①4-04-141203-X

山村 美紗　やまむら・みさ

7126　「消えた相続人」
◇日本文芸大賞（第3回/昭和58年）

「消えた相続人―長篇推理小説」　光文社　1982.12　231p（カッパ・ノベルス）

「消えた相続人―長編推理小説」　光文社　1985.11　338p（光文社文庫）

「山村美紗長編推理選集5」　講談社　1990

「消えた相続人　上」　埼玉福祉会　2011.5　339p　21cm（大活字本シリーズ）　3100円　①978-4-88419-692-9
※底本：光文社文庫「消えた相続人」

「消えた相続人　下」　埼玉福祉会　2011.5　344p　21cm（大活字本シリーズ）　3100円　①978-4-88419-693-6
※底本：光文社文庫「消えた相続人」

山村 睦　やまむら・むつみ

7127　「大鹿」
◇北日本文学賞（第4回/昭和45年）

山室 一広　やまむろ・かずひろ

7128　「キャプテンの星座」
◇すばる文学賞（第14回/平成2年）

「キャプテンの星座」　集英社　1991.1　157p

山室 信一　やまむろ・しんいち

7129　「憲法9条の思想水脈」
◇司馬遼太郎賞（第11回/平成20年）

「憲法9条の思想水脈」　朝日新聞社　2007.6　289p　19cm（朝日選書 823）　1300円　①978-4-02-259923-0

山本 綾乃　やまもと・あやの

7130　「友絶ち」
◇YA文学短編小説賞（第2回/平成21年/佳作）

山本 一力　やまもと・いちりき

7131　「あかね空」
◇直木三十五賞（第126回/平成13年下期）

「あかね空」　文藝春秋　2001.10　365p　20cm　1762円　①4-16-320430-X

「あかね空」　文藝春秋　2004.9　411p

16cm（文春文庫）590円　①4-16-767002-X

7132　「蒼龍」
◇オール讀物新人賞（第77回/平成9年）
「蒼龍」　文藝春秋　2002.4　333p　19cm　1571円　①4-16-320860-7
「蒼龍」　文藝春秋　2005.4　361p　15cm（文春文庫）552円　①4-16-767003-8

山本 栄治　やまもと・えいじ

7133　「アイ・リンク・ユー」
◇健友館文学賞（第10回/平成14年/大賞）
「アイ・リンク・ユー」　健友館　2003.11　195p　20cm　1500円　①4-7737-0831-X

山本 音也　やまもと・おとや

7134　「偽書西鶴」
◇松本清張賞（第9回/平成14年）
「ひとは化けもんわれも化けもん」　文藝春秋　2002.6　246p　20cm　1429円　①4-16-321080-6

山本 恵子　やまもと・けいこ

7135　「夫婦鯉」
◇オール讀物新人賞（第81回/平成13年）

山本 兼一　やまもと・けんいち

7136　「火天の城」
◇松本清張賞（第11回/平成16年）
「火天の城」　文藝春秋　2004.6　359p　20cm　1524円　①4-16-323210-9

7137　「利休にたずねよ」
◇直木三十五賞（第140回/平成20年下半期）
「利休にたずねよ」　PHP研究所　2008.11　418p　20cm　1800円　①978-4-569-70276-6

山本 甲士　やまもと・こうし

7138　「ノーペイン、ノーゲイン」
◇横溝正史賞（第16回/平成8年/優秀作）
「ノーペイン、ノーゲイン」　角川書店　1996　288p　19cm　1456円　①4-04-872964-0

山本 修一　やまもと・しゅういち

7139　「川の声」
◇小説すばる新人賞（第1回/昭和63年）

「川の声」　集英社　1989.10　260p

山本 周五郎　やまもと・しゅうごろう

7140　「須磨寺附近」
◇「文藝春秋」懸賞小説（第1回/大14年）
「現代小説集」　実業之日本社　1978.9　312p（全集未収録作品集15）
「山本周五郎全集18」　新潮社　昭和58年
「花杖記」　改版　新潮社　2003.9　442p　15cm（新潮文庫）590円　①4-10-113433-2

山本 俊亮　やまもと・しゅんすけ

7141　「カーミン」
◇関西文學新人賞（第5回/平成17年/奨励賞 小説部門）

山本 多津　やまもと・たず

7142　「セカンド・ガール」
◇小説現代新人賞（第31回/昭和53年下）
「聖夜に猫一匹」　講談社　1981.2　210p

山本 恒彦　やまもと・つねひこ

7143　「パジャマラマ」
◇ジャンプ小説大賞（第5回/平成7年/佳作）

山本 徹夫　やまもと・てつお

7144　「舗道に唱う」
◇「サンデー毎日」大衆文芸（第15回/昭和9年下）

山本 輝久　やまもと・てるひさ

7145　「冬の海女」
◇マリン文学賞（第4回/平成5年/地方文学賞）

山本 利雄　やまもと・としお

7146　「花火」
◇中・近世文学大賞（第3回/平成14年/創作部門優秀賞）

山本 奈央子　やまもと・なおこ

7147　「ぼくと92」
◇YA文学短編小説賞（第1回/平成20年/佳作）

山本 直哉　やまもと・なおや

7148　「シライへの道」

やまもと 7149〜7160

◇日本海文学大賞（第13回/平成14年/小説/佳作）

山本 渚　やまもと・なぎさ

7149 「吉野北高校図書委員会」
◇ダ・ヴィンチ文学賞（第3回/平成20年/編集長特別賞）
「吉野北高校図書委員会」　メディアファクトリー　2008.8　185p　15cm（MF文庫ダ・ヴィンチ や-1-1）495円　①978-4-8401-2413-3
「吉野北高校図書委員会　2　委員長の初恋」　メディアファクトリー　2009.2　213p　15cm（MF文庫 や-1-2—ダ・ヴィンチ）524円　①978-4-8401-2701-1
「吉野北高校図書委員会　3　トモダチと恋ゴコロ」　メディアファクトリー　2009.12　221p　15cm（MF文庫 や-1-3—ダ・ヴィンチ）524円　①978-4-8401-3141-4

山本 ひろし　やまもと・ひろし

7150 「勇気のカード」
◇ジュニア冒険小説大賞（第3回/平成16年/佳作）

山本 弘　やまもと・ひろし

7151 「去年はいい年になるだろう」
◇星雲賞（第42回/平成23年/日本長編部門）
「去年はいい年になるだろう」　PHP研究所　2010.4　429p　20cm　1700円　①978-4-569-77663-7
「去年はいい年になるだろう　上」　PHP研究所　2012.10　295p　15cm（PHP文芸文庫 や3-1）648円　①978-4-569-67887-0
「去年はいい年になるだろう　下」　PHP研究所　2012.10　307p　15cm（PHP文芸文庫 や3-2）648円　①978-4-569-67888-7

山本 文緒　やまもと・ふみお

7152 「アカコとヒトミと」
◇小説すばる新人賞（第16回/平成15年）
「笑う招き猫」　集英社　2004.1　253p　20cm　1500円　①4-08-774681-X

7153 「プラナリア」
◇直木三十五賞（第124回/平成12年下期）
「プラナリア」　文藝春秋　2000.10

266p　20cm　1333円　①4-16-319630-7

7154 「プレミアム・プールの日々」
◇コバルト・ノベル大賞（第10回/昭和62年下/佳作）
「おひさまのブランケット」　集英社　1999.7　272p　15cm（集英社文庫）495円　①4-08-747083-0

7155 「恋愛中毒」
◇吉川英治文学新人賞（第20回/平成11年）
「恋愛中毒」　角川書店　1998.11　349p　20cm　1800円　①4-04-873140-8
「恋愛中毒」〔点字資料〕　日本点字図書館　2000.12　5冊　27cm　全9000円
「恋愛中毒」　角川書店　2002.6　415p　15cm（角川文庫）571円　①4-04-197010-5

山本 昌代　やまもと・まさよ

7156 「応為坦坦録」
◇文藝賞（第20回/昭和58年）
「応為坦坦録」　河出書房新社　1984.1　156p
「応為坦坦録」　河出書房新社　1990.4　166p（河出文庫）
「応為坦坦録」　埼玉福祉会　1995.5　251p　22cm（大活字本シリーズ）3296円
※原本：河出文庫, 限定版

7157 「緑色の濁ったお茶あるいは幸福の散歩道」
◇三島由紀夫賞（第8回/平成7年）
「緑色の濁ったお茶あるいは幸福の散歩道」　河出書房新社　1994.10　168p　19cm　1500円　①4-309-00938-7
「緑色の濁ったお茶あるいは幸福の散歩道」　河出書房新社　1997.1　173p　15cm（河出文庫—文芸コレクション）546円　①4-309-40492-8

山本 三鈴　やまもと・みすず

7158 「みのむし」
◇文藝賞（第18回/昭和56年）
「みのむし」　河出書房新社 1981.12 158p

山本 道子　やまもと・みちこ

7159 「ひとの樹」
◇女流文学賞（第24回/昭和60年度）
「ひとの樹」　文芸春秋 1985.1 243p

7160 「ベティさんの庭」
◇芥川龍之介賞（第68回/昭和47年下）

「ベティさんの庭」 新潮社 1973 243p
「ベティさんの庭」 新潮社 1977.3 268p
（新潮社文庫）
「芥川賞全集9」 文芸春秋 1982
「安西篤子 山本道子 岩橋邦枝 木崎さと
子」 安西篤子, 山本道子, 岩橋邦枝, 木
崎さと子著, 河野多恵子, 大庭みな子, 佐
藤愛子, 津村節子監修 角川書店
1998.7 463p 19cm（女性作家シリー
ズ 17） 2600円 ①4-04-574217-4

7161 「魔法」
◇新潮新人賞 （第4回/昭和47年）
「ベティさんの庭」 新潮社 1973 243p
「ベティさんの庭」 新潮社 1977.3 268p
（新潮社文庫）

7162 「喪服の子」
◇泉鏡花文学賞 （第21回/平成5年）
「喪服の子」 講談社 1992.10 255p
「安西篤子 山本道子 岩橋邦枝 木崎さと
子」 安西篤子, 山本道子, 岩橋邦枝, 木
崎さと子著, 河野多恵子, 大庭みな子, 佐
藤愛子, 津村節子監修 角川書店
1998.7 463p 19cm（女性作家シリー
ズ 17） 2600円 ①4-04-574217-4

7163 「瑠璃唐草」
◇島清恋愛文学賞 （第2回/平成7年）
「瑠璃唐草」 講談社 1995.3 267p
19cm 1700円 ①4-06-206711-0

山本 勇一 やまもと・ゆういち
7164 「春の雪」
◇地上文学賞 （第36回/昭和63年）

山本 瑤 やまもと・よう
7165 「パーフェクト・ガーデン」
◇ノベル大賞 （第33回/平成14年/佳作）

山本 洋介 やまもと・ようすけ
7166 「待ち人は春にやってくる」
◇深大寺短編恋愛小説「深大寺恋物語」
（第2回/平成18年/佳作）

山本 柳風 やまもと・りゅうふう
7167 「盲士官」
◇「文芸倶楽部」懸賞小説 （第36回/明
39年2月/第1等）

やまろ まさし
7168 「がんばれ！」
◇NHK銀の雫文芸賞 （平成25年/優秀）

山脇 立嗣 やまわき・たつし
7169 「居酒屋ふるさと営業中」
◇部落解放文学賞 （第32回/平成17年/
佳作/戯曲部門）

7170 「改訂版 居酒屋ふるさと営業中」
◇部落解放文学賞 （第33回/平成18年/
入選作/戯曲部門）

八本 正幸 やもと・まさゆき
7171 「失われた街―MY LOST
TOWN」
◇小説新潮新人賞 （第6回/昭和63年）

矢元 竜 やもと・りゅう
7172 「女花火師伝」
◇歴史群像大賞 （第9回/平成15年/優秀
賞）

7173 「舞い上がる島」
◇歴史浪漫文学賞 （第6回/平成18年/歴
史浪漫文学賞特別賞）

弥生 翔太 やよい・しょうた
7174 「反逆者 ～ウンメイノカエカタ
～」
◇スーパーダッシュ小説新人賞 （第7回
/平成20年/佳作）
「反逆者―ウンメイノカエカタ」 集英社
2008.9 317p 15cm（集英社スーパー
ダッシュ文庫） 638円 ①978-4-08-
630447-4

弥生 志郎 やよい・しろう
7175 「ドリーミー・ドリーマー」
◇MF文庫Jライトノベル新人賞 （第8回
/平成24年/佳作） 〈受賞時〉中島
三四郎
「ドリーミー・ドリーマー」 メディア
ファクトリー 2012.10 261p 15cm
（MF文庫J や-03-01） 580円 ①978-4-
8401-4852-8

弥生 はつか やよい・はつか
7176 「とむらい合戦」
◇BE・LOVE原作大賞 （第4回/平成13
年/佳作）

梁 石日 ヤン・ソギル
7177 「血と骨」
◇山本周五郎賞 （第11回/平成10年）
「血と骨」 幻冬舎 1998.2 513p 19cm

2000円　Ⓘ4-87728-210-6
「血と骨　上」　幻冬舎　2001.4　466p
15cm　（幻冬舎文庫）648円　Ⓘ4-344-
40105-0
「血と骨　下」　幻冬舎　2001.4　476p
15cm　（幻冬舎文庫）648円　Ⓘ4-344-
40106-9

ヤン　ヨンヒ

7178　「かぞくのくに」
◇読売文学賞　（第64回/平成24年度/戯
曲・シナリオ賞）

ヤング, ラルフ

7179　「クロスファイヤ」
◇サントリーミステリー大賞　（第4回/
昭和60年/佳作賞）

【ゆ】

湯浅　克衛　ゆあさ・かつえ

7180　「焔の記録」
◇「改造」懸賞創作　（第8回/昭和10年
/2等）

由井　鮎彦　ゆい・あゆひこ

7181　「会えなかった人」
◇太宰治賞　（第27回/平成23年）
「会えなかった人」　筑摩書房　2011.12
190p　20cm　1500円　Ⓘ978-4-480-
80438-9

唯川　恵　ゆいかわ・けい

7182　「愛に似たもの」
◇柴田錬三郎賞　（第21回/平成20年）
「愛に似たもの」　集英社　2007.9　229p
20cm　1300円　Ⓘ978-4-08-774879-6
「愛に似たもの」　集英社　2009.10
260p　16cm　（集英社文庫　ゆ5-24）476
円　Ⓘ978-4-08-746486-3

7183　「海色の午後」
◇コバルト・ノベル大賞　（第3回/昭和
59年上）
「海色の午後」　集英社　2004.6　126p
15cm　（集英社文庫）419円　Ⓘ4-08-
747706-1

7184　「肩ごしの恋人」
◇直木三十五賞　（第126回/平成13年下
期）
「肩ごしの恋人」　マガジンハウス　2001.
9　293p　20cm　1400円　Ⓘ4-8387-
1298-7
「肩ごしの恋人」　集英社　2004.10
331p　16cm　（集英社文庫）600円
Ⓘ4-08-747744-4

ゆいっと

7185　「許される恋じゃなくても」
◇日本ケータイ小説大賞　（第8回/平成
26年/特別賞）

柳　美里　ゆう・みり

7186　「家族シネマ」
◇芥川龍之介賞　（第116回/平成8年下
期）
「家族シネマ」　講談社　1997.1　159p
19cm　1236円　Ⓘ4-06-208607-7
「文学　1997」　日本文芸家協会編　講談
社　1997.4　294p　19cm　2800円　Ⓘ4-
06-117097-X
「家族シネマ」　講談社　1999.9　178p
15cm　（講談社文庫）448円　Ⓘ4-06-
264668-4
「芥川賞全集　第17巻」　笙野頼子, 室井
光広, 保坂和志, 又吉栄喜, 川上弘美, 柳
美里, 辻仁成著　文藝春秋　2002.8
500p　19cm　3238円　Ⓘ4-16-507270-2
「現代小説クロニクル 1995〜1999」　日
本文藝家協会編　講談社　2015.6
279p　15cm　（講談社文芸文庫）1700
円　Ⓘ978-4-06-290273-1

7187　「ゴールドラッシュ」
◇木山捷平文学賞　（第3回/平成10年度）
「ゴールドラッシュ」　新潮社　1998.11
323p　20cm　1700円　Ⓘ4-10-401703-5
「ゴールドラッシュ」　〔点字資料〕　日
本点字図書館　1999.12　6冊　27cm　全
10800円
「ゴールドラッシュ」　新潮社　2001.5
398p　16cm　（新潮文庫）552円　Ⓘ4-
10-122922-8

7188　「フルハウス」
◇泉鏡花文学賞　（第24回/平成8年）
「フルハウス」　文藝春秋　1996.6　189p
19cm　1200円　Ⓘ4-16-316310-7
「フルハウス」　文藝春秋　1999.5　190p
15cm　（文春文庫）390円　Ⓘ4-16-
762101-0

五百家 元子 ゆうか・もとこ

7189 「水銀女」
◇野性時代新人文学賞（第4回/昭和52年）

由布川 祝 ゆうかわ・はじめ

7190 「選ばれた種子」
◇「サンデー毎日」大衆文芸（第24回/昭和14年上）

7191 「有願春秋抄」
◇「サンデー毎日」大衆文芸（第29回/昭和16年下）

悠喜 あづさ ゆうき・あづさ

7192 「水位」
◇文學界新人賞（第59回/昭和59年下）

結城 恭介 ゆうき・きょうすけ

7193 「美琴姫様騒動始末」
◇小説新潮新人賞（第1回/昭和58年）
「美琴姫様騒動始末」 新潮社 1985.10 236p
「美琴姫様騒動始末」 新潮社 1989.4 97p （新潮文庫）

由布木 皓人 ゆうき・こうじん

7194 「食む」
◇日本文芸家クラブ大賞（第9回/平成12年/短編小説部門）

結城 五郎 ゆうき・ごろう

7195 「心室細動」
◇サントリーミステリー大賞（第15回/平成10年）
「心室細動」 文藝春秋 1998.4 278p 19cm 1333円 ①4-16-317650-0
「心室細動」 文藝春秋 2001.6 363p 15cm （文春文庫）524円 ①4-16-765605-1

7196 「その夏の終わりに」
◇小谷剛文学賞（第2回/平成5年）
「その夏の終わりに」 架空社 1994.7 222p 19cm 1600円 ①4-906268-66-8

悠木 シュン ゆうき・しゅん

7197 「スマートクロニクル」
◇「小説推理」新人賞（第35回/平成25年）
「スマドロ」 双葉社 2014.5 192p 20cm 1200円 ①978-4-575-23862-4

※受賞作「スマートクロニクル」を改題

結城 昌治 ゆうき・しょうじ

7198 「軍旗はためく下に」
◇直木三十五賞（第63回/昭和45年上）
「軍旗はためく下に」 中央公論社 1970 242p
「結城昌治作品集5」 朝日新聞社 昭和48年
「軍旗はためく下に」 改版 中央公論新社 2006.7 278p 15cm （中公文庫 BIBLIO）952円 ①4-12-204715-3

7199 「終着駅」
◇吉川英治文学賞（第19回/昭和60年度）
「終着駅」 講談社 2005.9 428p 15cm （講談社文芸文庫）1300円 ①4-06-198418-7

7200 「夜の終る時」
◇日本推理作家協会賞（第17回/昭和39年）
「夜の終る時」 中央公論社 1963 218p
「夜の終る時」 角川書店 1965 254p （角川小説新書）
「結城昌治作品集3」 朝日新聞社 昭和48年
「夜の終る時」 中央公論社 1990.12 262p （中公文庫）
「夜の終る時」 双葉社 1995.11 260p 15cm （双葉文庫―日本推理作家協会賞受賞作全集 17）520円 ①4-575-65816-2

結城 信一 ゆうき・しんいち

7201 「空の細道」
◇日本文学大賞（第12回/昭和55年）
「空の細道」 河出書房新社 1980.2 219p
「昭和文学全集32」 小学館 1989
「セザンヌの山・空の細道―結城信一作品選」 講談社 2002.11 235p 15cm （講談社文芸文庫）1200円 ①4-06-198312-1

結木 貴子 ゆうき・たかこ

7202 「うるみん」
◇部落解放文学賞（第38回/平成23年/戯曲部門/佳作）

結城 辰二 ゆうき・たつじ

7203 「暴走ラボ（研究所）」
◇サントリーミステリー大賞（第17回/

平成12年/優秀作品賞）

結城 はに　ゆうき・はに

7204　「うきだあまん」
◇ゆきのまち幻想文学賞　（第22回/平成
24年/長編賞）

結城 真子　ゆうき・まこ

7205　「ハッピーハウス」
◇文藝賞　（第26回/平成1年）
「ハッピーハウス」　河出書房新社　1989.
12 206p

佑木 美紀　ゆうき・みき

7206　「月姫降臨」
◇文學界新人賞　（第59回/昭和59年下）

結城 充考　ゆうき・みつたか

7207　「奇蹟の表現」
◇電撃小説大賞　（第11回/平成16年/銀
賞）
「奇蹟の表現」　メディアワークス　2005.
2　255p　15cm　（電撃文庫）　510円
①4-8402-2919-8
7208　「プラ・バロック」
◇日本ミステリー文学大賞新人賞　（第
12回/平成20年度）
「プラ・バロック」　光文社　2009.3
372p　20cm　1600円　①978-4-334-
92655-7
※他言語標題：Pla-baroque

釉木 淑乃　ゆうき・よしの

7209　「予感」
◇すばる文学賞　（第15回/平成3年）
「予感」　集英社　1992.1　142p

ゆうき りん

7210　「夜の家の魔女」
◇コバルト・ノベル大賞　（第19回/平成
4年上）

遊座 理恵　ゆうざ・りえ

7211　「空見子の花束」
◇ちよだ文学賞　（第3回/平成21年/唯川
恵特別賞）

遊道 渉　ゆうどう・わたる

7212　「農林技官」
◇潮賞　（第7回/昭和63年/小説）

YuUHi

7213　「大好きでした。」
◇日本ケータイ小説大賞　（第7回/平成
25年/大賞・進研ゼミ中学講座賞）
「大好きでした。」　スターツ出版　2013.3
271p　19cm　1000円　①978-4-88381-
413-8

遊馬 足掻　ゆうま・あがき

7214　「サマにならない英雄伝説」
◇『このライトノベルがすごい！』大賞
（第3回/平成24年/栗山千明賞）
「魔王討伐！俺、英雄…だったはずなの
に!?」　宝島社　2012.10　284p　16cm
（このライトノベルがすごい！文庫 ゆ-
1-1）　648円　①978-4-8002-0276-5
※受賞作「サマにならない英雄伝説」を
改題
「魔王討伐！俺、英雄…だったはずなの
に!? 2」　宝島社　2013.2　284p　16cm
（このライトノベルがすごい！文庫 ゆ-
1-2）　657円　①978-4-8002-0628-2
「魔王討伐！俺、英雄…だったはずなの
に!? 3」　宝島社　2013.5　284p　16cm
（このライトノベルがすごい！文庫 ゆ-
1-3）　657円　①978-4-8002-1047-0

湯川 淳哉　ゆかわ・じゅんや

7215　「鈴のざわめき」
◇深大寺短編恋愛小説「深大寺恋物語」
（第4回/平成20年/深大寺特別賞）

湯川 れい子　ゆかわ・れいこ

7216　「幸福への旅立ち」
◇日本文芸大賞　（第19回/平成11年/特
別賞）
「幸福への旅立ち─人生を完璧なものに
するための20章」　海竜社　1999.5
221p　19cm　1400円　①4-7593-0590-4

ゆき

7217　「この涙が枯れるまで」
◇日本ケータイ小説大賞　（第1回/平成
18年/優秀賞）
「この涙が枯れるまで」　スターツ出版
2007.6　441p　20cm　1000円　①978-4-
88381-054-3
「この涙が枯れるまで　上」　スターツ出
版　2009.8　259p　15cm　（ケータイ小
説文庫 ゆ1-1─野いちご）　500円
①978-4-88381-515-9
※並列シリーズ名：Keitai shousetsu

bunko
「この涙が枯れるまで　下」　スターツ出版　2009.9　258p　15cm（ケータイ小説文庫 ゆ1-2―野いちご）500円
①978-4-88381-518-0
※並列シリーズ名：Keitai shousetsu bunko

由岐 京彦　ゆき・きょうひこ

7218　「雉子」
◇講談倶楽部賞　（第17回/昭和36年下）

由起 しげ子　ゆき・しげこ

7219　「沢夫人の貞節」
◇小説新潮賞　（第8回/昭和37年）
「沢夫人の貞節」　新潮社　1961　227p

7220　「本の話」
◇芥川龍之介賞　（第21回/昭和24年上）
「警視総監の笑い・本の話―他三篇」　角川書店　1951　176p　（角川文庫）
「芥川賞作品集 第1巻」　修道社　1956
「芥川賞全集4」　文芸春秋　1982
「書物愛 日本篇」　紀田順一郎編集解説　晶文社　2005.5　328p　19cm　1900円
①4-7949-6663-6
「書物愛 日本篇」　紀田順一郎編　東京創元社　2014.2　324p　15cm　（創元ライブラリ）1000円　①978-4-488-07074-8

雪代 陽　ゆきしろ・よう

7221　「ジョーカー」
◇ジャンプ小説新人賞（jump Novel Grand Prix）（'11 Winter/平成23年冬/小説：テーマ部門/銀賞）

行田 尚希　ゆきた・なおき

7222　「路地裏のあやかしたち 綾櫛横丁加納表具店」
◇電撃大賞　（第19回/平成24年/電撃小説大賞部門/メディアワークス文庫賞）
「路地裏のあやかしたち―綾櫛横丁加納表具店」　アスキー・メディアワークス，角川グループパブリッシング〔発売〕　2013.2　342p　15cm　（メディアワークス文庫 ゆ1-1）590円　①978-4-04-891377-5
「路地裏のあやかしたち―綾櫛横丁加納表具店 2」　KADOKAWA　2013.11　326p　15cm　（メディアワークス文庫 ゆ1-2）570円　①978-4-04-866166-9
「路地裏のあやかしたち―綾櫛横丁加納

表具店 3」　KADOKAWA　2014.6　315p　15cm　（メディアワークス文庫 ゆ1-3）570円　①978-4-04-866694-7

雪富 千晶紀　ゆきとみ・ちあき

7223　「死呪の島」
◇日本ホラー小説大賞　（第21回/平成26年/大賞）

行成 薫　ゆきなり・かおる

7224　「名も無き世界のエンドロール」
◇小説すばる新人賞　（第25回/平成24年）
「名も無き世界のエンドロール」　集英社　2013.3　283p　20cm　1300円　①978-4-08-771500-2

雪野 静　ゆきの・いずみ

7225　「逆理の魔女」
◇スーパーダッシュ小説新人賞　（第8回/平成21年/佳作）　〈受賞時〉雪叙 静
「逆理の魔女」　集英社　2009.9　323p　15cm（集英社スーパーダッシュ文庫 ゆ6-1）638円　①978-4-08-630506-8
※イラスト：石川沙絵

雪乃 紗衣　ゆきの・さい

7226　「彩雲国綺譚」
◇角川ビーンズ小説大賞　（第1回/平成14年/奨励賞・読者賞）
「彩雲国物語―はじまりの風は紅く」　角川書店　2003.11　223p　15cm　（角川ビーンズ文庫）438円　①4-04-449901-2

雪野 竹人　ゆきの・ちくじん

7227　「鮎鮓」
◇「文芸倶楽部」懸賞小説　（第6回/明36年8月/第1等）

雪村 花菜　ゆきむら・かな

7228　「生生流転」
◇富士見ラノベ文芸賞　（第2回/平成26年/金賞）
「紅霞後宮物語」　KADOKAWA　2015.5　269p　15cm　（富士見L文庫）580円　①978-4-04-070626-9
「紅霞後宮物語　第2幕」　KADOKAWA　2015.10　251p　15cm　（富士見L文庫）580円　①978-4-04-070720-4

雪村 夏希　ゆきむら・なつき

7229　「ロゴシックバディ」
◇新風舎出版賞（第23回/平成16年11月/最優秀賞/フィクション部門）

湯郷 将和　ゆごう・まさかず

7230　「遠雷と怒濤と」
◇放送文学賞（第3回/昭和55年）
「遠雷と怒濤と」日本放送出版協会
1982.3　243p

遊佐 真弘　ゆさ・まひろ

7231　「オーバーイメージ」
◇MF文庫Jライトノベル新人賞（第7回/平成23年/佳作）〈受賞時〉永藤
「オーバーイメージ　金色反鏡」メディアファクトリー　2011.12　261p　15cm（MF文庫J ゆ-02-01）580円　①978-4-8401-4337-0
「オーバーイメージ　2　漆黒鋭剣」メディアファクトリー　2012.6　255p　15cm（MF文庫J ゆ-02-02）580円　①978-4-8401-4600-5
「オーバーイメージ　3　人間失核」メディアファクトリー　2013.1　259p　15cm（MF文庫J ゆ-02-03）580円　①978-4-8401-4972-3
「オーバーイメージ　4　終結消失」KADOKAWA　2014.5　261p　15cm（MF文庫J ゆ-02-04）580円　①978-4-04-066751-5

弓束 しげる　ゆずか・しげる

7232　「NOTTE―異端の十字架―」
◇小学館ライトノベル大賞〔ルルル文庫部門〕（第4回/平成22年/優秀賞＆読者賞）
「NOTTE―異端の十字架」小学館　2011.3　282p　15cm（小学館ルルル文庫 ルゆ2-1）552円　①978-4-09-452189-4

柚木 麻子　ゆずき・あさこ

7233　「ナイルパーチの女子会」
◇山本周五郎賞（第28回/平成27年）
「ナイルパーチの女子会」文藝春秋　2015.3　352p　20cm　1500円　①978-4-16-390229-6
※文献あり

7234　「フォーゲットミー、ノットブルー」
◇オール讀物新人賞（第88回/平成20年）

7235　「本屋さんのダイアナ」
◇フラウ文芸大賞（第2回/平成26年/人気作家賞）
◇本屋大賞（第12回/平成27年/4位）
「本屋さんのダイアナ」新潮社　2014.4　250p　20cm　1300円　①978-4-10-335531-1
※文献あり

7236　「ランチのアッコちゃん」
◇本屋大賞（第11回/平成26年/7位）
「ランチのアッコちゃん」双葉社　2013.4　166p　20cm　1100円　①978-4-575-23819-8

柚月 裕子　ゆずき・ゆうこ

7237　「検事の本懐」
◇大藪春彦賞（第15回/平成25年）
「検事の本懐」宝島社　2011.11　376p　20cm　1429円　①978-4-7966-8682-2
「検事の本懐」宝島社　2012.11　465p　16cm（宝島社文庫 Cゆ-1-4）657円　①978-4-8002-0289-5

7238　「臨床真理士」
◇『このミステリーがすごい！』大賞（第7回/平成20年/大賞）〈受賞時〉藤木 裕子
「臨床真理」宝島社　2009.1　341p　20cm　1400円　①978-4-7966-6779-1
「臨床真理　上」宝島社　2010.3　217p　16cm（宝島社文庫 Cゆ-1-1―〔このミス大賞〕）438円　①978-4-7966-7573-4
「臨床真理　下」宝島社　2010.3　223p　16cm（宝島社文庫 Cゆ-1-2―〔このミス大賞〕）438円　①978-4-7966-7575-8
※文献あり

由仁尾 真千子　ゆにび・まちこ

7239　「ジャージの反乱」
◇労働者文学賞（第24回/平成24年/小説部門/入選）

柚木 空　ゆのき・そら

7240　「シャーレンブレンの癒し姫」
◇小学館ライトノベル大賞〔ルルル文庫部門〕（第2回/平成20年/佳作）〈受賞時〉銀貨
「見習い従者と銀の姫―シャーレンブレン物語」小学館　2008.6　244p　15cm（小学館ルルル文庫 ルゆ1-1）476円　①978-4-09-452068-2

「癒し姫の結婚―シャーレンブレン物語」
小学館　2008.11　279p　15cm（小学
館ルルル文庫　ルゆ1-2）495円　①978-
4-09-452085-9
「舞踏会と花の誘惑―シャーレンブレン
物語」　小学館　2009.4　281p　15cm
（小学館ルルル文庫　ルゆ1-3）495円
①978-4-09-452108-5
※並列シリーズ名：Shogakukan lululu
bunko
「恋の蕾と秘密の小箱―シャーレンブレ
ン物語」　小学館　2009.8　283p CD1枚
15cm（小学館ルルル文庫　ルゆ1-4）
848円　①978-4-09-452124-5
※付属資料（CD1枚 8cm）：見習い従者と
銀の姫、並列シリーズ名：Shogakukan
lululu bunko
「ふたりの聖女―シャーレンブレン物語」
小学館　2009.12　250p　15cm（小学
館ルルル文庫　ルゆ1-5）533円　①978-
4-09-452139-9
※並列シリーズ名：Shogakukan lululu
bunko
「はじまりの約束―シャーレンブレン物
語」　小学館　2010.3　283p　15cm
（小学館ルルル文庫　ルゆ1-6）552円
①978-4-09-452149-8
※並列シリーズ名：Shogakukan lululu
bunko

宙目 ケン　ゆま・けん

7241　「Ray After Lover.」
◇パピルス新人賞（第3回/平成21年/大
賞）

由真 直人　ゆま・なおと

7242　「ハンゴンタン」
◇文學界新人賞（第97回/平成15年下
期）

弓 透子　ゆみ・とうこ

7243　「北の国」
◇大阪女性文芸賞（第5回/昭和62年）

7244　「メイン州のある街で」
◇大阪女性文芸賞（第1回/昭和58年/佳
作）

祐未 みらの　ゆみ・みらの

7245　「緋の風」
◇サントリーミステリー大賞（第11回/
平成4年/佳作賞）
「緋の風」　角川春樹事務所　1999.12
368p　15cm（ハルキ文庫）840円

①4-89456-620-6

弓原 望　ゆみはら・のぞむ

7246　「マリオ・ボーイの逆説」
◇ロマン大賞（第5回/平成8年度/佳作）
「マリオ・ボーイの逆説」　集英社　1996.
10　278p　15cm（コバルト文庫）490
円　①4-08-614245-7

夢猫　ゆめねこ

7247　「『いかにもってかんじに呪われ
て荘』の住人」
◇ジャンプ小説新人賞（jump Novel
Grand Prix）（'09 Summer（平成
21年夏）/小説：フリー部門/銅賞）

夢野 リコ　ゆめの・りこ

7248　「傾国の美姫」
◇ノベル大賞（第40回/平成21年度/佳
作）
「傾国の美姫」　集英社　2010.4　230p
15cm（コバルト文庫）495円　①978-
4-08-601399-4

夢枕 獏　ゆめまくら・ばく

7249　「大江戸釣客伝」
◇泉鏡花文学賞（第39回/平成23年度）
◇舟橋聖一文学賞（第5回/平成23年）
◇吉川英治文学賞（第46回/平成24年
度）
「大江戸釣客伝　上」　講談社　2011.7
319p　20cm　1600円　①978-4-06-
216999-8
「大江戸釣客伝　下」　講談社　2011.7
315p　20cm　1600円　①978-4-06-
217087-1
「大江戸釣客伝　上」　講談社　2013.5
425p　15cm（講談社文庫　ゆ3-9）676
円　①978-4-06-277554-0
「大江戸釣客伝　下」　講談社　2013.5
414p　15cm（講談社文庫　ゆ3-10）676
円　①978-4-06-277555-7

7250　「神々の山嶺」
◇柴田錬三郎賞（第11回/平成10年）
「神々の山嶺　上」　集英社　1997.8
461p　19cm　1800円　①4-08-774295-4
「神々の山嶺　下」　集英社　1997.8
501p　19cm　1800円　①4-08-774296-2
「神々の山嶺　上」　集英社　2000.8
504p　15cm（集英社文庫）724円
①4-08-747222-1
「神々の山嶺　下」　集英社　2000.8

567p 15cm（集英社文庫）800円
①4-08-747223-X
「神々の山嶺 上」 KADOKAWA
2014.6 541p 15cm（角川文庫）720
円 ①978-4-04-101776-0
「神々の山嶺 下」 KADOKAWA
2014.6 601p 15cm（角川文庫）800
円 ①978-4-04-101777-7
「エヴェレスト―神々の山嶺」
KADOKAWA 2015.10 1076p 15cm
（角川文庫）1300円 ①978-4-04-
103453-8

7251 「上弦の月を喰べる獅子」
◇日本SF大賞（第10回/平成1年）
「上弦の月を喰べる獅子」 早川書房
1989.8 572p
「上弦の月を喰べる獅子 上」 早川書房
2011.3 423p 15cm（ハヤカワ文庫
JA）860円 ①978-4-15-031026-4
「上弦の月を喰べる獅子 下」 早川書房
2011.3 446p 15cm（ハヤカワ文庫
JA）860円 ①978-4-15-031027-1

由良 三郎 ゆら・さぶろう
7252 「運命交響曲殺人事件」
◇サントリーミステリー大賞（第2回/
昭和58年）
「運命交響曲殺人事件」 文芸春秋 1984.6
318p
「運命交響曲殺人事件」 文芸春秋 1987.6
341p（文春文庫）

ユール
7253 「ぼくはここにいる」
◇ノベル大賞（第31回/平成12年/佳
作・読者大賞）
「ぼくはここにいる」 集英社 2001.8
205p 15cm（コバルト文庫）419円
①4-08-614897-8

【よ】

楊 逸 よう・いつ
7254 「時が滲む朝」
◇芥川龍之介賞（第139回/平成19年上
半期）
「時が滲む朝」 文藝春秋 2008.7 150p
20cm 1238円 ①978-4-16-327360-0

7255 「ワンちゃん」
◇文學界新人賞（第105回/平成19年下
期）
「ワンちゃん」 文藝春秋 2008.1 146p
20cm 1143円 ①978-4-16-326880-4
「文学 2008」 日本文藝家協会編 講談
社 2008.4 307p 20cm 3300円
①978-4-06-214662-3

楊 海英 よう・かいえい
7256 「墓標なき草原」
◇司馬遼太郎賞（第14回/平成23年）
「墓標なき草原―内モンゴルにおける文
化大革命・虐殺の記録 上」 岩波書店
2009.12 276p 20cm 3000円 ①978-
4-00-024771-9
「墓標なき草原―内モンゴルにおける文
化大革命・虐殺の記録 下」 岩波書店
2009.12 261, 28p 20cm 3000円
①978-4-00-024772-6

楊 達 よう・とおる
7257 「新聞配達夫」
◇「文学評論」懸賞創作（第1回/昭和9
年）

羊太郎 ようたろう
7258 「ニートなボクが魔術の講師に
なったワケ」
◇ファンタジア大賞（第26回/平成26年
/大賞，冬期大賞）
「ロクでなし魔術講師と禁忌教典（アカ
シックレコード）」 KADOKAWA
2014.7.25 327p 15cm（富士見ファン
タジア文庫 ひ-5-1-1）580円 ①978-4-
04-070231-5
※受賞作「ニートなボクが魔術の講師に
なったワケ」を改題

横尾 忠則 よこお・ただのり
7259 「ぶるうらんど」
◇泉鏡花文学賞（第36回/平成20年度）
「ぶるうらんど」 文藝春秋 2008.4
156p 20cm 1333円 ①978-4-16-
327090-6
「文学 2008」 日本文藝家協会編 講談
社 2008.4 307p 20cm 3300円
①978-4-06-214662-3

横尾 久男 よこお・ひさお
7260 「赤い鳥」
◇「サンデー毎日」大衆文芸（第32回/

昭和18年上）

横倉 辰次　よこくら・たつじ

7261 「東京パック」
◇新鷹会賞（第2回/昭和30年前/奨励賞）

横瀬 信子　よこせ・のぶこ

7262 「花束」
◇NHK銀の雫文芸賞（第15回/平成14年/優秀）

7263 「優しい雲」
◇やまなし文学賞（第10回/平成13年度/小説部門）
「優しい雲」やまなし文学賞実行委員会　2002.6　85p　19cm　857円　①4-89710-672-9

横関 大　よこぜき・だい

7264 「再会」
◇江戸川乱歩賞（第56回/平成22年）
「再会」講談社　2010.8　326p　20cm　1600円　①978-4-06-216465-8
「再会」講談社　2012.8　407p　15cm（講談社文庫　よ38-1）648円　①978-4-06-277347-8

横田 あゆ子　よこた・あゆこ

7265 「仲介者の意志」
◇オール讀物推理小説新人賞（第17回/昭和53年）

横田 順弥　よこた・じゅんや

7266 「快男児押川春浪」
◇日本SF大賞（第9回/昭和63年）
「快男児押川春浪」徳間書店 1991 416p（徳間文庫）

横田 進　よこた・すすむ

7267 「死と向かい合って」
◇自分史文学賞（第13回/平成14年度/大賞）
「おうちがだんだん遠くなる—死と向かい合った陸軍予科士官学校の青春」学習研究社　2003.6　205p　19cm　1400円　①4-05-402017-8

横田 創　よこた・はじめ

7268 「世界記録」
◇群像新人文学賞（第43回/平成12年/小説）
「世界記録」講談社　2000.8　179p　20cm　1600円　①4-06-210294-3

横浜 優　よこはま・まさる

7269 「深川発十時五十三分発」
◇NHK銀の雫文芸賞（第3回/平成2年/優秀）

横溝 正史　よこみぞ・せいし

7270 「本陣殺人事件」
◇日本推理作家協会賞（第1回/昭和23年/長篇賞）
「本陣殺人事件」春陽堂 1951 176p
「横溝正史傑作選集 第4」東都書房 1965
「横溝正史全集 第3」講談社 1970 380p
「横溝正史全集5」講談社 昭和50年
「本陣殺人事件・三つ首塔」講談社　1977.4　274p
「日本探偵小説全集9」東京創元社 1986
「本陣殺人事件—名探偵金田一耕助の事件簿2」横溝正史原作、長尾文子作画　秋田書店　2004.5　188p　19cm（サスペリアミステリーコミックス—横溝正史ミステリーシリーズ）514円　①4-253-18512-6
※下位シリーズの責任表示：横溝正史原作
「横溝正史自選集　1　本陣殺人事件/蝶々殺人事件」出版芸術社　2006.12　382p　19cm　2000円　①4-88293-308-X
「七つの棺—密室殺人が多すぎる」折原一著　新装版　東京創元社　2013.3　437p　15cm（創元推理文庫）800円　①978-4-488-40903-6

横溝 美晶　よこみぞ・よしあき

7271 「湾岸バッド・ボーイ・ブルー」
◇「小説推理」新人賞（第9回/昭和62年）
「湾岸バッド・ボーイ・ブルー」双葉社　1988.9　231p（Futaba novels）
「湾岸バッド・ボーイ・ブルー」双葉社　1994.8　310p　15cm（双葉文庫）560円　①4-575-50483-1

横光 佑典　よこみつ・ゆうてん

7272 「新しい道を求めて」
◇自分史文学賞（第8回/平成9年度/佳作）

横光 利一　よこみつ・りいち

7273 「覚書」

◇文学界賞（第3回/昭和11年4月）
「横光利一全集13」 河出書房新社 昭和
57年

7274 「犯罪」
◇「万朝報」懸賞小説（第1146回/大6
年10月）

7275 「紋章」
◇文芸懇話会賞（第1回/昭和10年）
「紋章」 改造社 1934 554p
「紋章」 改造社 1935 554p〈普及版〉
「紋章」 鎌倉文庫 1946 367p
「紋章」 新潮社 1947 362p
「紋章」 小山書店 1949 274p（小山文庫）
「横光利一作品集 第3巻」 創元社 1951〜
昭和27年
「横光利一全集5」 河出書房新社 昭和
56年

横谷 芳枝　よこや・よしえ

7276 「かんかん虫」
◇作家賞（第23回/昭和62年）

横山 さやか　よこやま・さやか

7277 「豚の神さま」
◇YA文学短編小説賞（第2回/平成21年
/佳作）

横山 重　よこやま・しげる

7278 「書物捜索」
◇三田文学賞（第5回/昭和14年）

横山 忠　よこやま・ただ

7279 「警極魔道課チルビィ先生の迷子
なひび」
◇スーパーダッシュ小説新人賞（第6回
/平成19年/佳作）
「警極魔道課チルビィ先生の迷子なひび」
集英社 2007.9 309p 15cm（集英社
スーパーダッシュ文庫）619円 ①978-
4-08-630376-7

横山 秀夫　よこやま・ひでお

7280 「陰の季節」
◇松本清張賞（第5回/平成10年）
「陰の季節」 文藝春秋 1998.10 227p
19cm 1429円 ①4-16-318080-X
「陰の季節」 文藝春秋 2001.10 247p
15cm（文春文庫）448円 ①4-16-
765901-8

7281 「動機」

◇日本推理作家協会賞（第53回/平成12
年/短篇部門）
「ザ・ベストミステリーズ―推理小説年鑑
2000」 日本推理作家協会編 講談社
2000.6 558p 20cm 2800円 ①4-06-
114901-6
「動機」 文藝春秋 2000.10 290p
20cm 1571円 ①4-16-319570-X
「罪深き者に罰を」 日本推理作家協会編
講談社 2002.11 459p 15cm（講談
社文庫―ミステリー傑作選 42）667円
①4-06-273582-2
「動機」 文藝春秋 2002.11 312p
16cm（文春文庫）476円 ①4-16-
765902-6

7282 「ルパンの消息」
◇サントリーミステリー大賞（第9回/
平成2年/佳作賞）
「ルパンの消息」 光文社 2005.5 331p
18cm（カッパ・ノベルス）876円
①4-334-07610-6
「ルパンの消息」 光文社 2009.4 441p
15cm（光文社文庫）705円 ①978-4-
334-74569-1

7283 「64」
◇本屋大賞（第10回/平成25年/2位）
「64」 文藝春秋 2012.10 647p 20cm
1900円 ①978-4-16-381840-5

横山 美智子　よこやま・みちこ

7284 「緑の地平線」
◇「朝日新聞」懸賞小説（朝日新聞長編
現代小説/昭和8年）
「緑の地平線」 朝日新聞社 1935 572p
「緑の地平線」 主婦と生活社 1947 300p

横山 充男　よこやま・みつお

7285 「帰郷」
◇やまなし文学賞（第2回/平成6年/小
説部門）
「帰郷」 やまなし文学賞実行委員会
1994.7 137p 19cm 900円 ①4-
89710-662-1

横山 悠太　よこやま・ゆうた

7286 「吾輩ハ猫ニナル」
◇群像新人文学賞（第57回/平成26年/
小説当選作）
「吾輩ハ猫ニナル」 講談社 2014.7.15
135p 19cm 1200円 ①978-4-06-
219064-0

吉井 恵璃子 よしい・えりこ

7287 「この村, 出ていきません」
◇地上文学賞 （第40回/平成4年）

吉井 薫 よしい・かおる

7288 「蕎麦談義恋道中」
◇深大寺短編恋愛小説「深大寺恋物語」
（第4回/平成20年/最優秀賞）

吉井 磨弥 よしい・まや

7289 「ゴルディータは食べて、寝て、働くだけ」
◇文學界新人賞 （第111回/平成22年下）

吉井 よう子 よしい・ようこ

7290 「伐り株」
◇北海道新聞文学賞 （第23回/平成1年/創作）
「伐り株・水晶林―吉井よう子作品集」
構想社 1999.9 376p 19cm 1900円
Ⓘ4-87574-065-4

吉岡 健 よしおか・けん

7291 「ワンルームの砂」
◇自由都市文学賞 （第2回/平成2年/佳作）

吉岡 暁 よしおか・さとし

7292 「サンマイ崩れ」
◇日本ホラー小説大賞 （第13回/平成18年/短編賞） 〈受賞時〉平松 次郎
「サンマイ崩れ」 角川書店, 角川グループパブリッシング（発売） 2008.7
279p 15cm （角川ホラー文庫）590円
Ⓘ978-4-04-390001-5

吉岡 千代美 よしおか・ちよみ

7293 「私の場所」
◇部落解放文学賞 （第26回/平成11年度/入選/戯曲部門）

吉岡 真由 よしおか・まゆ

7294 「はりをのむ」
◇舟橋聖一顕彰青年文学賞 （第15回/平成15年）

吉岡 利恵 よしおか・りえ

7295 「人間いくつになっても 男と女ですね」
◇新風舎出版賞 （第12回/平成12年3月/ビジュアル部門/最優秀賞）

「ピンクな老後」 新風舎 2001.1 88p
16×22cm 2500円 Ⓘ4-7974-1478-2

吉開 那津子 よしかい・なつこ

7296 「前夜」
◇多喜二・百合子賞 （第12回/昭和55年）
「前夜」 新日本出版社 1980.2 2冊

吉川 潮 よしかわ・うしお

7297 「江戸前の男 春風亭柳朝一代記」
◇新田次郎文学賞 （第16回/平成9年）
「江戸前の男―春風亭柳朝一代記」 新潮社 1996.5 419p 19cm 2000円 Ⓘ4-10-411801-X
「江戸前の男―春風亭柳朝一代記」 新潮社 1999.4 564p 15cm （新潮文庫）
743円 Ⓘ4-10-137621-2
「江戸前の男―春風亭柳朝一代記」 ランダムハウス講談社 2007.11 596p
15cm （ランダムハウス講談社文庫―吉川潮芸人小説セレクション 第1巻） 840円 Ⓘ978-4-270-10138-4

吉川 英治 よしかわ・えいじ

7298 「新・平家物語」
◇菊池寛賞 （復活第1回/昭和28年）
「新・平家物語1～24」 朝日新聞社 1951～昭和32年 24冊
「新・平家物語1～8」 朝日新聞社 1959 8冊
「新・平家物語1～12」 朝日新聞社 1962 12冊
「新・平家物語」 愛蔵版 朝日新聞社 1965 10冊
「吉川英治全集33～38」 講談社 昭和42～43年
「新・平家物語1～16」 講談社 1989 16冊 （吉川英治歴史時代文庫47）
「新・平家物語 1」 新潮社 2014.2 632p 15cm （新潮文庫）670円 Ⓘ978-4-10-115470-1
「新・平家物語 2」 新潮社 2014.2 669p 15cm （新潮文庫）670円 Ⓘ978-4-10-115471-8
「新・平家物語 3」 新潮社 2014.3 672p 15cm （新潮文庫）670円 Ⓘ978-4-10-115472-5
「新・平家物語 4」 新潮社 2014.4 351p 15cm （新潮文庫）490円 Ⓘ978-4-10-115473-2
「新・平家物語 5」 新潮社 2014.5 371p 15cm （新潮文庫）520円

よしかわ

①978-4-10-115474-9
「新・平家物語　6」　新潮社　2014.6
364p　15cm　(新潮文庫)　520円
①978-4-10-115475-6
「新・平家物語　7」　新潮社　2014.7
412p　15cm　(新潮文庫)　550円
①978-4-10-115476-3
「新・平家物語　8」　新潮社　2014.8
356p　15cm　(新潮文庫)　490円
①978-4-10-115477-0
「新・平家物語　9」　新潮社　2014.9
358p　15cm　(新潮文庫)　490円
①978-4-10-115478-7
「新・平家物語　10」　新潮社　2014.10
626p　15cm　(新潮文庫)　670円
①978-4-10-115479-4
「新・平家物語　11」　新潮社　2014.11
418p　15cm　(新潮文庫)　550円
①978-4-10-115480-0
「新・平家物語　12」　新潮社　2014.12
426p　15cm　(新潮文庫)　550円
①978-4-10-115481-7
「新・平家物語　13」　新潮社　2015.1
353p　15cm　(新潮文庫)　490円
①978-4-10-115482-4
「新・平家物語　14」　新潮社　2015.2
380p　15cm　(新潮文庫)　520円
①978-4-10-115483-1
「新・平家物語　15」　新潮社　2015.3
459p　15cm　(新潮文庫)　590円
①978-4-10-115484-8
「新・平家物語　16」　新潮社　2015.4
454p　15cm　(新潮文庫)　590円
①978-4-10-115485-5
「新・平家物語　17」　新潮社　2015.5
430p　15cm　(新潮文庫)　550円
①978-4-10-115486-2
「新・平家物語　18」　新潮社　2015.6
449p　15cm　(新潮文庫)　590円
①978-4-10-115487-9
「新・平家物語　19」　新潮社　2015.7
425p　15cm　(新潮文庫)　550円
①978-4-10-115488-6
「新・平家物語　20」　新潮社　2015.8
445p　15cm　(新潮文庫)　590円
①978-4-10-115489-3

7299　「忘れ残りの記」
◇「文藝春秋」読者賞　(第8回/昭和30
年上)
「吉川英治全集48」　講談社　昭和43年
「吉川英治歴史時代文庫77」　講談社　1989

吉川　英梨　よしかわ・えり
7300　「私の結婚に関する予言「38」」

◇日本ラブストーリー大賞　(第3回/平
成19年/エンタテインメント特別
賞)
「私の結婚に関する予言38―Prediction
38 about my marriage」　宝島社　2008.
4　379p　20cm　952円　①978-4-7966-
6320-5
「私の結婚に関する予言38」　宝島社
2009.8　408p　16cm　(宝島社文庫)
476円　①978-4-7966-7163-7
※2008年刊の増訂

吉川　隆代　よしかわ・たかよ
7301　「1/3の罪」
◇池内祥三文学奨励賞　(第18回/昭和63
年)

7302　「父の涙」
◇池内祥三文学奨励賞　(第18回/昭和63
年)

7303　「夕映え」
◇池内祥三文学奨励賞　(第18回/昭和63
年)

吉川　トリコ　よしかわ・とりこ
7304　「ねむりひめ」
◇女による女のためのR-18文学賞　(第3
回/平成16年/大賞・読者賞)
「しゃぼん」　新潮社　2004.12　173p
20cm　1200円　④4-10-472501-3

吉川　永青　よしかわ・ながはる
7305　「我が糸は誰を操る」
◇小説現代長編新人賞　(第5回/平成22
年/奨励賞)
「戯史三國志 我が糸は誰を操る」　講談社
2011.5　398p　20cm　1700円　①978-4-
06-216935-6
※受賞作「我が糸は誰を操る」を改題
「戯史三國志 我が糸は誰を操る」　講談社
2013.7　572p　15cm　(講談社文庫 よ
40-1)　838円　①978-4-06-277596-0

吉川　良　よしかわ・まこと
7306　「自分の戦場」
◇すばる文学賞　(第2回/昭和53年)
「自分の戦場」　集英社　1979.8　206p

吉川　良太郎　よしかわ・りょうたろう
7307　「ペロー・ザ・キャット全仕事」
◇日本SF新人賞　(第2回/平成12年)
「ペロー・ザ・キャット全仕事」　徳間書

店 2001.5 366p 20cm 1600円 ①4-19-861349-4

吉澤 薫 よしざわ・かおり

7308 「となりのピアニスト」
◇やまなし文学賞（第14回/平成17年度/小説部門/佳作）

吉沢 景介 よしざわ・けいすけ

7309 「できすぎ」
◇星新一ショートショート・コンテスト（第1回/昭和54年/最優秀作）

吉澤 慎一郎 よしざわ・しんいちろう

7310 「社員・失格」
◇舟橋聖一顕彰青年文学賞（第7回/平成7年/佳作）
「君のいない眠りのなかでぼくは君の夢をみる」 吉沢慎一郎著 新風舎 2002.2 291p 19cm 1500円 ①4-7974-1682-3

吉沢 敏子 よしざわ・としこ

7311 「とんねるの向こう側」
◇NHK銀の雫文芸賞（第3回/平成2年/優秀）

吉住 侑子 よしずみ・ゆうこ

7312 「遊ぶ子どもの声きけば」
◇北日本文学賞（第20回/昭和61年）

吉田 健一 よしだ・けんいち

7313 「瓦礫の中」
◇読売文学賞（第22回/昭和45年/小説賞）
「瓦礫の中」 中央公論社 1970 210p
「瓦礫の中」 中央公論社 1977.10 190p（中公文庫）
「吉田健一著作集17」 集英社 昭和55年

7314 「日本について」
◇新潮社文学賞（第4回/昭和32年）
「吉田健一著作集4」 集英社 昭和54年

7315 「ヨオロッパの世紀末」
◇野間文芸賞（第23回/昭和45年）
「吉田健一著作集17」 集英社 昭和55年
「昭和文学全集23」 小学館 1987
「ヨオロッパの世紀末」 岩波書店 1994.10 263p 15cm （岩波文庫）570円 ①4-00-331942-7
「吉田健一」 河出書房新社 2015.5 550p 19cm （池澤夏樹＝個人編集 日本文学全集 20）3100円 ①978-4-309-

72890-2

吉田 健至 よしだ・けんじ

7316 「ネクタイの世界」
◇文學界新人賞（第37回/昭和48年下）

吉田 幸子 よしだ・さちこ

7317 「ロイヤルミルクティー」
◇NHK銀の雫文芸賞（平成20年/最優秀）

吉田 沙美子 よしだ・さみこ

7318 「沢瀉の紋章の影に」
◇放送文学賞（第8回/昭和60年/佳作）

吉田 修一 よしだ・しゅういち

7319 「悪人」
◇大佛次郎賞（第34回/平成19年）
◇毎日出版文化賞（第61回/平成19年/文学・芸術部門）
◇本屋大賞（第5回/平成20年/4位）
「悪人」 朝日新聞社 2007.4 420p 20cm 1800円 ①978-4-02-250272-8
「悪人 上」 朝日新聞出版 2009.11 265p 15cm （朝日文庫 よ16-1）540円 ①978-4-02-264523-4
「悪人 下」 朝日新聞出版 2009.11 275p 15cm （朝日文庫 よ16-2）540円 ①978-4-02-264524-1

7320 「怒り」
◇本屋大賞（第12回/平成27年/6位）
「怒り 上」 中央公論新社 2014.1 280p 20cm 1200円 ①978-4-12-004586-8
「怒り 下」 中央公論新社 2014.1 254p 20cm 1200円 ①978-4-12-004587-5

7321 「最後の息子」
◇文學界新人賞（第84回/平成9年上期）
「最後の息子」 文藝春秋 1999.7 253p 19cm 1333円 ①4-16-318570-4
「最後の息子」 文藝春秋 2002.8 245p 15cm （文春文庫）505円 ①4-16-766501-8

7322 「パーク・ライフ」
◇芥川龍之介賞（第127回/平成14年上期）
「パーク・ライフ」 文藝春秋 2002.8 176p 20cm 1238円 ①4-16-321180-2
「文学 2003」 日本文藝家協会編 講談社 2003.4 305p 20cm 3300円 ①4-

06-211811-4
「パーク・ライフ」 文藝春秋 2004.10
177p 16cm （文春文庫）390円 ①4-
16-766503-4

7323 「パレード」
◇山本周五郎賞 （第15回/平成14年）
「パレード」 幻冬舎 2002.2 282p
20cm 1600円 ①4-344-00155-9
「パレード」 幻冬舎 2004.4 309p
16cm （幻冬舎文庫）533円 ①4-344-
40515-3

7324 「横道世之介」
◇柴田錬三郎賞 （第23回/平成22年）
◇本屋大賞 （第7回/平成22年/3位）
「横道世之介」 毎日新聞社 2009.9
423p 20cm 1600円 ①978-4-620-
10743-1
「横道世之介」 文藝春秋 2012.11
467p 16cm （文春文庫 よ19-5）714円
①978-4-16-766505-0

吉田 信 よしだ・しん

7325 「石斧の恋」
◇深大寺短編恋愛小説「深大寺恋物語」
（第1回/平成17年/佳作）

7326 「山椿」
◇深大寺短編恋愛小説「深大寺恋物語」
（第3回/平成19年/審査員特別賞）

吉田 直 よしだ・すなお

7327 「ジェノサイド・エンジェル」
◇スニーカー大賞 （第2回/平成9年/大
賞）
「ジェノサイド・エンジェル―叛逆の
神々」 角川書店 1997.7 321p 15cm
（角川文庫―角川スニーカー文庫）580
円 ①4-04-418401-1

吉田 武三 よしだ・たけぞう

7328 「新宿紫団」
◇「サンデー毎日」大衆文芸 （第13回/
昭和8年下）

吉田 勉 よしだ・つとむ

7329 「ひかり駆ける」
◇坊っちゃん文学賞 （第14回/平成26年
/佳作）

吉田 荻洲 よしだ・てきしゅう

7330 「薄命」
◇「帝国文学」懸賞小説 （明37年/3等）

吉田 十四雄 よしだ・としお

7331 「人間の土地」
◇北海道新聞文学賞 （第15回/昭和56年
/小説）
◇農民文学賞 （第25回/昭和56年度/特
別賞）
「人間の土地―小説」 第1部 1〜4 農山漁
村文化協会 1978.11 4冊 （人間選書）
「人間の土地―小説」 第2部 1〜4 農山漁
村文化協会 1980.2 4冊 （人間選書）

吉田 知子 よしだ・ともこ

7332 「お供え」
◇川端康成文学賞 （第19回/平成4年）
「お供え」 福武書店 1993.5 215p
「小川洋子の偏愛短篇箱」 小川洋子編著
河出書房新社 2012.6 348p 15cm
（河出文庫）840円 ①978-4-309-
41155-2
「脳天壊了―吉田知子選集 1」 景文館
書店 2012.12 245p 19cm 1500円
①978-4-907105-00-6
「お供え」 講談社 2015.4 237p 15cm
（講談社文芸文庫）1350円 ①978-4-
06-290267-0

7333 「箱の夫」
◇泉鏡花文学賞 （第27回/平成11年）
「箱の夫」 中央公論社 1998.12 221p
20cm 1750円 ①4-12-002866-6

7334 「満洲は知らない」
◇女流文学賞 （第23回/昭和59年度）
「満洲は知らない」 新潮社 1985.2 240p

7335 「無明長夜」
◇芥川龍之介賞 （第63回/昭和45年上）
「無明長夜」 新潮社 1970 251p
「芥川賞全集8」 文芸春秋 1982
「吉田知子 森万紀子 吉行理恵 加藤幸子」
吉田知子、森万紀子、吉行理恵、加藤幸子
著、河野多恵子、大庭みな子、佐藤愛子、
津村節子監修 角川書店 1998.10
455p 19cm （女性作家シリーズ 16）
2600円 ①4-04-574216-6

吉田 直美 よしだ・なおみ

7336 「ポータブル・パレード」
◇新潮新人賞 （第38回/平成18年/小説
部門）

吉田 典子 よしだ・のりこ

7337 「妹の帽子」

◇北海道新聞文学賞 （第26回／平成4年／創作）

7338 「海のない港街」
◇大阪女性文芸賞 （第2回／昭和59年）

7339 「ブラックディスク」
◇北日本文学賞 （第26回／平成4年／選奨）

吉田 初太郎 よしだ・はつたろう

7340 「武蔵野」
◇「サンデー毎日」大衆文芸 （第7回／昭和5年下）

吉田 春子 よしだ・はるこ

7341 「娘」
◇「文章世界」特別募集小説 （大7年7月）

吉田 陽向子 よしだ・ひなこ

7342 「鬼宿者」
◇12歳の文学賞 （第8回／平成26年／小説部門／佳作）

吉田 文彦 よしだ・ふみひこ

7343 「自転車」
◇やまなし文学賞 （第11回／平成14年度／小説部門／佳作）

吉田 みづ絵 よしだ・みずえ

7344 「空とぶ金魚をさがしています」
◇YA文学短編小説賞 （第2回／平成21年／優秀賞）

よしだ みどり

7345 「物語る人」
◇日本文芸大賞 （第20回／平成12年／伝記翻訳新人賞）
「物語る人―『宝島』の作者R・L・スティーヴンスンの生涯」 毎日新聞社 1999.12 254p 21cm 1900円 ⓘ4-620-31401-3

吉田 恭教 よしだ・やすのり

7346 「変若水」
◇島田荘司選 ばらのまち福山ミステリー文学新人賞 （第3回／平成22年／優秀作）
「変若水」 光文社 2011.10 417p 20cm 2000円 ⓘ978-4-334-92784-4

吉田 縁 よしだ・ゆかり

7347 「アルヴィル 銀の魚」
◇ノベル大賞 （第26回／平成7年下期／佳作）

吉田 塁 よしだ・るい

7348 「ためのいたみ」
◇深大寺短編恋愛小説 「深大寺恋物語」 （第9回／平成25年／調布市長賞）

吉富 有 よしとみ・ゆう

7349 「オレンジ砂塵」
◇小説すばる新人賞 （第5回／平成4年）

吉永 達彦 よしなが・たつひこ

7350 「古川」
◇日本ホラー小説大賞 （第8回／平成13年／短編賞）
「古川」 角川書店 2001.6 184p 20cm 1200円 ⓘ4-04-873310-9
「古川」 角川書店 2003.9 191p 15cm （角川ホラー文庫） 476円 ⓘ4-04-372301-6

吉永 南央 よしなが・なお

7351 「紅雲町のお草」
◇オール讀物推理小説新人賞 （第43回／平成16年）

吉野 一洋 よしの・かずひろ

7352 「アオの本と鉄の靴」
◇角川学園小説大賞 （第10回／平成18年／自由部門／奨励賞）

吉野 一穂 よしの・かずほ

7353 「感情日記」
◇「小説ジュニア」青春小説新人賞 （第9回／昭和51年）
「感情日記」 集英社 1977.11 187p （集英社文庫）

吉乃 かのん よしの・かのん

7354 「ともだちごっこ」
◇坊っちゃん文学賞 （第10回／平成19年／佳作）

吉野 栄 よしの・さかえ

7355 「物原を踏みて」
◇岡山・吉備の国「内田百閒」文学賞 （第10回／平成21・22年度／優秀賞）
「内田百閒文学賞受賞作品集 第10回（岡

よしの   7356〜7370

山県）　猿尾の記憶/くるり用水のかめ
んた/物原を踏みて/震える水」　浅沼郁
男著, 小蘭ミサオ著, 吉野栄著, 畦地里美
著　作品社　2011.3　165p　20cm
1000円　①978-4-86182-329-9

吉野 光　よしの・ひかる

7356 「撃壌歌」
◇文藝賞 （第28回/平成3年）

吉野 万理子　よしの・まりこ

7357 「秋の大三角」
◇新潮エンターテインメント新人賞
（第1回/平成16年度/大賞 石田衣良
選）
「秋の大三角」　新潮社　2005.12　254p
20cm 1300円　①4-10-300631-5

吉野 光久　よしの・みつひさ

7358 「異土」
◇木山捷平短編小説賞 （第7回/平成23
年度）

義則 喬　よしのり・たかし

7359 「静かなる叫び」
◇サントリーミステリー大賞 （第19回/
平成14年/優秀作品賞）

吉橋 通夫　よしはし・みちお

7360 「恋初む」
◇振媛文学賞 （第2回/平成4年度/2席）

吉原 清隆　よしはら・きよたか

7361 「テーパー・シャンク」
◇すばる文学賞 （第30回/平成18年/佳
作）

吉平 映理　よしひら・えり

7362 「救助信号」
◇ノベル大賞 （第30回/平成11年/佳作）

吉増 剛造　よします・ごうぞう

7363 「『雪の島』あるいは『エミリーの
幽霊』」
◇芸術選奨 （第49回/平成10年度/文学
部門/文部大臣賞）
「「雪の島」あるいは「エミリーの幽霊」」
集英社　1998.10　104p　27cm 3000円
①4-08-774358-6

吉未 秦乃　よしみ・はたの

7364 「盂蘭盆」
◇深大寺短編恋愛小説「深大寺恋物語」
（第11回/平成27年/審査員特別賞）

吉峰 正人　よしみね・まさと

7365 「生活」
◇神戸文学賞 （第2回/昭和53年）

吉村 昭　よしむら・あきら

7366 「関東大震災」
◇菊池寛賞 （第21回/昭和48年）
「関東大震災」　文芸春秋 1977 288p（文
春文庫）
「関東大震災」　新装版　文藝春秋 2004.
8　347p　15cm （文春文庫）543円
①4-16-716941-X

7367 「深海の使者」
◇「文藝春秋」読者賞 （第34回/昭和47
年）
「深海の使者」　文芸春秋 1973 338p
「吉村昭自選作品集4」　新潮社 1991
「深海の使者」　新装版　文藝春秋 2011.
3　427p　15cm （文春文庫）648円
①978-4-16-716949-7

7368 「戦艦武蔵」
◇菊池寛賞 （第21回/昭和48年）
「戦艦武蔵」　新潮社 1966 228p
「戦艦武蔵」　新潮社 1968 244p（新潮小
説文庫）
「吉村昭自選作品集2」　新潮社 1990
「戦艦武蔵」　改版　新潮社　2009.11
316p　15cm （新潮文庫）476円
①978-4-10-111701-0
「吉村昭昭和の戦争―戦艦武蔵 戦艦武蔵
ノート 陸奥爆沈 ほか　武蔵と陸奥と」
新潮社　2015.7　732p　19cm 2700円
①978-4-10-645022-8

7369 「冷い夏、熱い夏」
◇毎日芸術賞 （第26回/昭和59年度）
「冷い夏、熱い夏」　新潮社 1984.7 236p
「冷い夏、熱い夏」　新潮社 1990.6 267p
（新潮文庫）
「吉村昭自選作品集13」　新潮社 1991
「冷い夏、熱い夏」　改版　新潮社　2013.
11　299p　15cm （新潮文庫）550円
①978-4-10-111727-0

7370 「天狗争乱」
◇大佛次郎賞 （第21回/平成6年）
「天狗争乱」　朝日新聞社　1994.5　451p

558   文学賞受賞作品総覧 小説篇

19cm 1800円 ①4-02-256724-4
「天狗争乱」 新潮社 1997.7 555p
15cm（新潮文庫）667円 ①4-10-
111738-1
「天狗争乱」 朝日新聞社 1999.11
586p 15cm（朝日文庫）740円 ①4-
02-264209-2
「吉村昭歴史小説集成 2 天狗争乱・彰
義隊・幕府軍艦「回天」始末」 岩波書
店 2009.5 579p 21cm 5600円
①978-4-00-028312-0

7371 「破獄」
◇読売文学賞（第36回/昭和59年/小説
賞）
◇芸術選奨（第35回/昭和59年度/文学
部門/文部大臣賞）
「破獄」 岩波書店 1983.11 339p
「破獄」 新潮社 1986.12 371p（新潮文
庫）
「吉村昭自選作品集12」 新潮社 1991

7372 「ふぉん・しいほるとの娘」
◇吉川英治文学賞（第13回/昭和54年
度）
「ふぉん・しいほるとの娘」 上 毎日新聞
社 1978.3 325p
「ふぉん・しいほるとの娘」 下 毎日新聞
社 1978.3 343p
「ふぉん・しいほるとの娘」 講談社 1981
3冊（講談社文庫）
「ふぉん・しいほるとの娘 上巻」 8刷改
版 新潮社 2009.2 692p 16cm（新
潮文庫 よー5-31）857円 ①978-4-10-
111731-7
「ふぉん・しいほるとの娘 下巻」 8刷改
版 新潮社 2009.2 741p 16cm（新
潮文庫 よー5-32）895円 ①978-4-10-
111732-4
※文献あり
「吉村昭歴史小説集成 6 ふぉん・しい
ほるとの娘」 岩波書店 2009.9 671p
21cm 6000円 ①978-4-00-028316-8

7373 「星への旅」
◇太宰治賞（第2回/昭和41年）
「昭和文学全集26」 小学館 1988
「吉村昭自選作品集1」 新潮社 1990
「星への旅」 改版 新潮社 2013.10
384p 15cm（新潮文庫）590円
①978-4-10-111702-7

吉村 茂 よしむら・しげる

7374 「熱い雨」
◇野性時代新人文学賞（第10回/昭和58

年）

吉村 正一郎 よしむら・しょういちろう

7375 「石上草心の生涯」
◇オール讀物新人賞（第58回/昭和56年
上）

7376 「西鶴人情橋」
◇時代小説大賞（第3回/平成4年）
「西鶴人情橋」 講談社 1993.1 321p
「西鶴人情橋」 講談社 1996.3 329p
15cm（講談社文庫）600円 ①4-06-
263204-7

吉村 涼花 よしむら・すずか

7377 「つながり」
◇12歳の文学賞（第8回/平成26年/小説
部門/審査員特別賞〈石田衣良賞〉）
「12歳の文学 第8集」 小学館 2014.3
137p 26cm 926円 ①978-4-09-
106822-4

吉村 登 よしむら・のぼる

7378 「木ニナル」
◇やまなし文学賞（第9回/平成12年度/
小説部門/佳作）
「木ニナル」 愛知書房 2003.3 230p
19cm 1800円 ①4-900556-44-0

儀村 方夫 よしむら・まさお

7379 「にがい米」
◇農民文学賞（第12回/昭和43年度）

吉村 萬壱 よしむら・まんいち

7380 「クチュクチュバーン」
◇文學界新人賞（第92回/平成13年上
期）
「クチュクチュバーン」 文藝春秋 2002.
2 157p 20cm 1238円 ①4-16-
320720-1

7381 「ハリガネムシ」
◇芥川龍之介賞（第129回/平成15年上
期）
「ハリガネムシ」 文藝春秋 2003.8
137p 20cm 1143円 ①4-16-322340-1

吉村 夜 よしむら・よる

7382 「魔魚戦記」
◇ファンタジア長編小説大賞（第11回/
平成11年/準入選）
「魔魚戦記」 富士見書房 2000.1 256p
15cm（富士見ファンタジア文庫）520

よしむら　　　　　　　　　　　　　　　　　　　　　　　　　　7383〜7394

円　①4-8291-2941-7

吉村 龍一　よしむら・りゅういち

7383 「焔火」
◇小説現代長編新人賞（第6回/平成23年）
「焔火」 講談社 2012.1 212p 20cm 1500円 ①978-4-06-217460-2

吉目木 晴彦　よしめき・はるひこ

7384 「ジパング」
◇群像新人文学賞（第28回/昭和60年/小説）
「ルイジアナ杭打ち」 講談社 1988.9 274p

7385 「寂寥郊野」
◇芥川龍之介賞（第109回/平成5年上）
「寂寥郊野」 講談社 1993.5 208p
「寂寥郊野」 講談社 1998.3 208p 15cm（講談社文庫）495円 ①4-06-263573-9
「芥川賞全集 第16巻」 松村栄子, 藤原智美, 多和田葉子, 吉目木晴彦, 奥泉光著 文藝春秋 2002.6 388p 19cm 3238円 ①4-16-507260-5

7386 「誇り高き人々」
◇平林たい子文学賞（第19回/平成3年/小説）
「誇り高き人々」 講談社 1991.3 209p

7387 「ルイジアナ杭打ち」
◇野間文芸新人賞（第10回/昭和63年）
「ルイジアナ杭打ち」 講談社 1988.9 274p

吉本 加代子　よしもと・かよこ

7388 「湯宿物語」
◇日本海文学大賞（第13回/平成14年/小説/奨励賞）

吉本 ばなな　よしもと・ばなな

7389 「アムリタ」
◇紫式部文学賞（第5回/平成7年）
「アムリタ 上」 福武書店 1994.1 286p 19cm 1200円 ①4-8288-2467-7
「アムリタ 下」 福武書店 1994.1 286p 19cm 1200円 ①4-8288-2468-5
「アムリタ 上」 角川書店 1997.1 286p 15cm（角川文庫）560円 ①4-04-180004-8
「アムリタ 下」 角川書店 1997.1 301p 15cm（角川文庫）560円 ①4-04-180005-6
「吉本ばなな自選選集 1 Occult オカル

ト」 新潮社 2000.11 644p 19cm 2300円 ①4-10-646301-6
「アムリタ 上」 新潮社 2002.10 295p 15cm（新潮文庫）476円 ①4-10-135914-8
「アムリタ 下」 新潮社 2002.10 308p 15cm（新潮文庫）476円 ①4-10-135915-6

7390 「うたかた サクチュアリ」
◇芸術選奨（第39回/昭和63年度/文学部門/新人賞）
「うたかた」 〔岡山〕 福武書店 1988.8 213p
「うたかた/サンクチュアリ」 福武書店 1989.10 213p

7391 「キッチン」
◇海燕新人文学賞（第6回/昭和62年）
◇泉鏡花文学賞（第16回/昭和63年）
◇芸術選奨（第39回/昭和63年度/文学部門/新人賞）
「キッチン」 福武書店 1988.1 226p
「キッチン」 角川書店 1998.6 200p 15cm（角川文庫）400円 ①4-04-180008-1
「吉本ばなな自選選集 3 Deathデス」 新潮社 2001.1 437p 19cm 2000円 ①4-10-646303-2
「キッチン」 新潮社 2002.7 197p 15cm（新潮文庫）400円 ①4-10-135913-X

7392 「TUGUMI つぐみ」
◇山本周五郎賞（第2回/平成1年）
「TUGUMI―つぐみ」 中央公論社 1989.3 234p
「吉本ばなな自選選集 4 Lifeライフ」 新潮社 2001.2 461p 19cm 2000円 ①4-10-646304-0

7393 「不倫と南米」
◇Bunkamuraドゥマゴ文学賞（第10回/平成12年）
「不倫と南米」 幻冬舎 2000.3 195p 20cm 1400円 ①4-87728-396-X
「不倫と南米」 幻冬舎 2003.8 199p 16cm（幻冬舎文庫―世界の旅 3）533円 ①4-344-40417-3

吉屋 信子　よしや・のぶこ

7394 「鬼火」
◇女流文学者賞（第4回/昭和27年）
「鬼火」 中央公論社 1952 235p
「鬼火」 中央公論社 1956 202p

「吉屋信子全集10」 朝日新聞社 昭和50年
「昭和文学全集32」 小学館 1989
「栃木県近代文学全集1」 下野新聞社
1990
「父の果/未知の月日」 吉屋信子著, 吉川
豊子編 みすず書房 2003.2 291p
19cm（大人の本棚）2400円 ①4-622-
04836-1
「鬼火・底のぬけた柄杓―吉屋信子作品
集」 講談社 2003.3 261p 15cm
（講談社文芸文庫）1300円 ①4-06-
198326-1
「名短篇、さらにあり」 北村薫, 宮部み
ゆき編 筑摩書房 2008.2 390p
15cm（ちくま文庫）780円 ①978-4-
480-42405-1

7395 「地の果まで」
◇「朝日新聞」懸賞小説（大朝創刊40
周年記念文芸/大8年）
「地の果て迄」 北光書房 1947 320p
「吉屋信子全集2」 朝日新聞社 昭和50年

吉行 淳之介 　よしゆき・じゅんのすけ
7396 「暗室」
◇谷崎潤一郎賞（第6回/昭和45年度）
「暗室」 講談社 1970 289p
「吉行淳之介自選作品5」 潮出版社 1975
349p
「吉行淳之介全集9」 講談社 昭和59年
「昭和文学全集20」 小学館 1987
「暗室」 講談社 1988.5 309p（講談社文
芸文庫）

7397 「鞄の中身」
◇読売文学賞（第27回/昭和50年/小説
賞）
「鞄の中身」 講談社 1974 240p
「鞄の中身」 講談社 1978.2 190p（講談
社文庫）
「吉行淳之介全集10」 講談社 昭和59年
「日本幻想文学大全下」 青銅社 1985
「昭和文学全集20」 小学館 1987
「鞄の中身」 講談社 1990.5 301p（講談
社文芸文庫）
「暗闇の声」 出版芸術社 1997.7 250p
19cm（ふしぎ文学館）1456円 ①4-
88293-140-0

7398 「驟雨」
◇芥川龍之介賞（第31回/昭和29年上）
「驟雨」 新潮社 1954 228p
「吉行淳之介の本」 ベストセラーズ 1969
285p

「吉行淳之介自選作品1」 潮出版社 1975
360p
「吉行淳之介娼婦小説集成」 潮出版社
1980.9 228p
「芥川賞全集5」 文芸春秋 1982
「吉行淳之介全集1」 講談社 昭和58年
「日本の文学（近代編）82」 ほるぷ出版
1985
「昭和文学全集20」 小学館 1987
「原色の街・驟雨」 改版 新潮社 2012.
10 324p 15cm（新潮文庫）520円
①978-4-10-114301-9
「日本近代短篇小説選 昭和篇 3」 紅野
敏郎, 紅野謙介, 千葉俊二, 宗像和重, 山
田俊治編 岩波書店 2012.10 393p
15cm（岩波文庫）800円 ①978-4-00-
311916-7
「吉行淳之介娼婦小説集成」 中央公論新
社 2014.6 293p 15cm（中公文庫）
760円 ①978-4-12-205969-6

7399 「不意の出来事」
◇新潮社文学賞（第12回/昭和40年）
「不意の出来事」 東京 新潮社 1965 225p
「吉行淳之介自選作品4」 潮出版社 1975
359p
「吉行淳之介全集8」 講談社 昭和58年
「日本の文学（近代編）82」 ほるぷ出版
1985
「昭和文学全集20」 小学館 1987
「魂がふるえるとき―心に残る物語 日本
文学秀作選」 宮本輝編 文藝春秋
2004.12 375p 15cm（文春文庫）543
円 ①4-16-734817-9
「悪女という種族」 吉行淳之介著, 結城
信孝編 角川春樹事務所 2010.2
221p 15cm（ハルキ文庫）686円
①978-4-7584-3460-7

7400 「星と月は天の穴」
◇芸術選奨（第17回/昭和41年度/文学
部門/文部大臣賞）
「星と月は天の穴」 講談社 1967 204p
「吉行淳之介全集8」 講談社 昭和58年
「星と月は天の穴」 講談社 1989.6 211p
（講談社文芸文庫）

7401 「夕暮まで」
◇野間文芸賞（第31回/昭和53年）
「夕暮まで」 新潮社 1978.9 172p
「夕暮まで」 新潮社 1980.9 199p〈限定
版〉
「夕暮まで」 新潮社 1982.5 184p（新潮
文庫）

「吉行淳之介全集12」 講談社 昭和59年

吉行 理恵　よしゆき・りえ

7402 「黄色い猫」
◇女流文学賞 （第28回/平成1年度）
「黄色い猫」 新潮社 1989.6 181p
「吉行理恵レクイエム「青い部屋」」 吉行
理恵著, 吉行あぐり編 文園社 2007.5
301p 19cm 1700円 ①978-4-89336-
220-9

7403 「小さな貴婦人」
◇芥川龍之介賞 （第85回/昭和56年上）
「小さな貴婦人」 新潮社 1981.7 192p
「芥川賞全集12」 文芸春秋 1982
「小さな貴婦人」 新潮社 1986.3 211p
（新潮文庫）
「吉田知子 森万紀子 吉行理恵 加藤幸子」
吉田知子, 森万紀子, 吉行理恵, 加藤幸子
著, 河野多恵子, 大庭みな子, 佐藤愛子,
津村節子監修 角川書店 1998.10
455p 19cm （女性作家シリーズ 16）
2600円 ①4-04-574216-6
「吉行理恵レクイエム「青い部屋」」 吉行
理恵著, 吉行あぐり編 文園社 2007.5
301p 19cm 1700円 ①978-4-89336-
220-9

与田 Kee　よだ・きー

7404 「不眠症奇譚」
◇創元SF短編賞 （第4回/平成25年度/
円城塔賞）

依田 茂夫　よだ・しげお

7405 「花嫁の父」
◇やまなし文学賞 （第5回/平成9年/小
説部門/佳作）
「花嫁の父」 谺文学会 2002.7 186p
20cm 1428円

米内 和代　よない・かずよ

7406 「明日を信じて」
◇BE・LOVE原作大賞 （第5回/平成14
年/佳作）

米内 糺　よない・ただし

7407 「フェルメールの少女」
◇関西文學新人賞 （第5回/平成17年/佳
作 小説部門）

米川 忠臣　よねかわ・ただおみ

7408 「秋桜の迷路」
◇やまなし文学賞 （第13回/平成16年度

/小説部門/佳作）

米倉 あきら　よねくら・あきら

7409 「せんせいは何故女子中学生にち
んちんをぶちこみ続けるのか？」
◇HJ文庫大賞 （第6回/平成24年/奨励
賞）
「インテリぶる推理少女とハメたいせん
せい」 ホビージャパン 2013.3 334p
15cm （HJ文庫 よ01-01-01） 638円
①978-4-7986-0569-2
※受賞作「せんせいは何故女子中学生に
ちんちんをぶちこみ続けるのか？」を
改題

米沢 朝子　よねざわ・あさこ

7410 「水際まで」
◇全作家文学賞 （第5回/平成22年度）

米澤 歩佳　よねざわ・あゆか

7411 「ぼーずは今日もたんしゃに乗る」
◇12歳の文学賞 （第3回/平成21年/小説
部門/審査員特別賞〈樋口裕一賞〉）
「12歳の文学 第3集 小学生作家が紡ぐ
9つの物語」 小学館 2009.3 299p
20cm 1100円 ①978-4-09-289721-2

米澤 穂信　よねざわ・ほのぶ

7412 「ありうべきよすが～氷菓～」
◇角川学園小説大賞 （第5回/平成13年/
ヤングミステリー＆ホラー部門/奨
励賞） 〈受賞時〉北澤汎信
「氷菓」 角川書店 2001.11 217p
15cm （角川文庫ースニーカー・ミステ
リ倶楽部） 457円 ①4-04-427101-1

7413 「折れた竜骨」
◇日本推理作家協会賞 （第64回/平成23
年/長編および連作短編集部門）
「折れた竜骨」 東京創元社 2010.11
338p 20cm （東京創元社・ミステリ・
フロンティア 63） 1800円 ①978-4-
488-01765-1
「折れた竜骨 上」 東京創元社 2013.7
290p 15cm （創元推理文庫 Mよ1-7）
620円 ①978-4-488-45107-3
「折れた竜骨 下」 東京創元社 2013.7
264p 15cm （創元推理文庫 Mよ1-8）
620円 ①978-4-488-45108-0

7414 「満願」
◇山本周五郎賞 （第27回/平成26年）
◇本屋大賞 （第12回/平成27年/7位）

「満願」 新潮社 2014.3 330p 20cm
1600円 ①978-4-10-301474-4

米田 京 よねだ・きょう

7415 「ブラインドi・諦めない気持ち」
◇北区内田康夫ミステリー文学賞（第
11回/平成25年/区長賞（特別賞））

米田 夕歌里 よねだ・ゆかり

7416 「トロンプルイユの星」
◇すばる文学賞（第34回/平成22年）
「トロンプルイユの星」 集英社 2011.2
138p 20cm 1100円 ①978-4-08-
771391-6

米原 万里 よねはら・まり

7417 「オリガ・モリソヴナの反語法」
◇Bunkamuraドゥマゴ文学賞（第13回/
平成15年）
「オリガ・モリソヴナの反語法」 集英社
2002.10 407p 20cm 1800円 ①4-08-
774572-4

米光 硯海 よねみつ・けんかい

7418 「生駒山」
◇「新小説」懸賞小説（第2回/明32年）

米村 圭伍 よねむら・けいご

7419 「風流冷飯伝」
◇小説新潮長篇新人賞（第5回/平成11
年）
「風流冷飯伝」 新潮社 1999.6 264p
20cm 1500円 ①4-10-430401-8
「風流冷飯伝」 新潮社 2002.4 351p
16cm（新潮文庫）514円 ①4-10-
126531-3

蓬田 耕作 よもぎだ・こうさく

7420 「雨」
◇週刊小説新人賞（第5回/昭和51年6
月）

四方山 蕎 よもやま・よもぎ

7421 「レポクエ―赤点勇者とゆかいな
仲間たち―」
◇小学館ライトノベル大賞〔ルルル文庫
部門〕（第6回/平成24年/奨励賞）

【ら】

来田 志郎 らいだ・しろう

7422 「勇者には勝てない」
◇電撃大賞（第18回/平成23年/電撃小
説大賞部門/銀賞）
「勇者には勝てない」 アスキー・メディ
アワークス，角川グループパブリッシン
グ〔発売〕 2012.2 327p 15cm（電
撃文庫 2275）590円 ①978-4-04-
886276-9

来楽 零 らいらく・れい

7423 「哀しみキメラ」
◇電撃大賞（第12回/平成17年/電撃小
説大賞部門/金賞）
「哀しみキメラ」 メディアワークス，角川
書店（発売） 2006.2 299p 15cm（電
撃文庫 1214）550円 ①4-8402-3301-2
※東京 角川書店（発売）
「哀しみキメラ 2」 メディアワークス，
角川書店（発売） 2006.7 340p 15cm
（電撃文庫 1285）590円 ①4-8402-
3484-1
「哀しみキメラ 3」 メディアワークス，
角川書店（発売） 2006.12 307p
15cm（電撃文庫 1361）630円 ①4-
8402-3640-2
「哀しみキメラ 4」 メディアワークス，
角川グループパブリッシング（発売）
2007.6 429p 15cm（電撃文庫 1445）
730円 ①978-4-8402-3885-4

ラヴグローヴ，ジェイムズ

7424 「月をぼくのポケットに」
◇星雲賞（第42回/平成23年/海外短編
部門）
「ワイオミング生まれの宇宙飛行士―宇宙
開発SF傑作選 SFマガジン創刊50周年記
念アンソロジー」 中村融編 早川書房
2010.7 479p 16cm（ハヤカワ文庫
SF1769）940円 ①978-4-15-011769-6

楽月 慎 らくづき・しん

7425 「陽だまりのブラジリアン」
◇朝日新人文学賞（第16回/平成17年）
「陽だまりのブラジリアン」 朝日新聞社
2006.6 234p 20cm 1400円 ①4-02-

250191-X

駱駝　らくだ

7426 「壊れたジョーロは使えない」
◇電撃大賞（第22回/平成27年/金賞）

等門 じん　らもん・じん

7427 「ダダダダだちょう～!!」
◇新風舎出版賞（第1回/平成8年2月/出版大賞）
「ダダダダだちょー！」　新風舎　1996.11
1冊　22×31cm　1500円　①4-7974-0006-4

藍上 陸　らんじょう・りく

7428 「Beurre・Noisette（ブール・ノアゼット）」
◇スーパーダッシュ小説新人賞（第5回/平成18年/佳作）
「Beurre・noisette―世界一孤独なボクとキミ」　集英社　2006.9　317p　15cm（集英社スーパーダッシュ文庫）619円
①4-08-630317-5

【り】

李 恢成　り・かいせい　⇒李 恢成（イ・フェソン）

李 優蘭　り・ゆうらん

7429 「川べりの家族」
◇やまなし文学賞（第3回/平成7年/小説部門）
「川べりの家族」　やまなし文学賞実行委員会　1995.6　110p　19cm　900円
①4-89710-665-6

力石 平三　りきいし・へいぞう

7430 「父と子と」
◇「文藝春秋」懸賞小説（第1回/大14年）

リービ 英雄　りーび・ひでお

7431 「仮の水」
◇伊藤整文学賞（第20回/平成21年/小説部門）
「仮の水」　講談社　2008.8　160p　20cm　1500円　①978-4-06-214841-2

7432 「星条旗の聞こえない部屋」
◇野間文芸新人賞（第14回/平成4年）
「星条旗の聞こえない部屋」　講談社　1992.2　193p
「星条旗の聞こえない部屋」　講談社　2004.9　189p　15cm（講談社文芸文庫）1100円　①4-06-198380-6

7433 「千々にくだけて」
◇大佛次郎賞（第32回/平成17年）
「千々にくだけて」　講談社　2005.4　165p　20cm　1600円　①4-06-212884-5
「千々にくだけて」　講談社　2008.9　276p　15cm（講談社文庫）590円
①978-4-06-276161-1
※2005年刊の増補

理山 貞二　りやま・ていじ

7434 「〈すべての夢｜果てる地で〉」
◇創元SF短編賞（第3回/平成24年度）
「拡張幻想」　大森望,日下三蔵編　東京創元社　2012.6　645p　15cm（創元SF文庫 SFん1-5―一年刊日本SF傑作選）1300円　①978-4-488-73405-3

龍 一京　りゅう・いっきょう

7435 「雪迎え」
◇日本文芸家クラブ大賞（第7回/平成10年/長編小説部門）
「雪迎え」　実業之日本社　1998.2　345p　19cm　1700円　①4-408-53329-7

龍 瑛宗　りゅう・えいしゅう

7436 「パパイヤのある街」
◇「改造」懸賞創作（第9回/昭和12年/佳作）

劉 絹子　りゅう・きぬこ

7437 「はけん小学生」
◇12歳の文学賞（第4回/平成22年/小説部門/優秀賞）
「12歳の文学 第4集」　小学館　2010.3　395p　20cm　1200円　①978-4-09-289725-0

隆 慶一郎　りゅう・けいいちろう

7438 「一夢庵風流記」
◇柴田錬三郎賞（第2回/平成1年）
「一夢庵風流記」　読売新聞社　1989.3　453p
「一夢庵風流記」　改版　新潮社　2007.12　664p　15cm（新潮文庫）743円
①978-4-10-117414-3

「隆慶一郎全集　15　一夢庵風流記」　新
潮社　2010.5　341p　19cm　1600円
①978-4-10-647015-8
「隆慶一郎全集　16　一夢庵風流記」　新
潮社　2010.5　345p　19cm　1600円
①978-4-10-647016-5

竜岩石 まこと
りゅうがんせき・まこと

7439　「試射室」
◇ジャンプ小説新人賞（jump Novel
Grand Prix）（'09 Spring（平成21
年春）/小説：テーマ部門/銀賞）

龍胆寺 雄　りゅうたんじ・ゆう

7440　「放浪時代」
◇「改造」懸賞創作（第1回/昭和3年/1
等）
「放浪時代」　改造社　1930　242p（新鋭文
学叢書）
「放浪時代」　鎌倉文庫　1948　272p（青春
の書 第11）
「龍胆寺雄全集1」　龍胆寺雄全集刊行会
1984
「昭和文学全集32」　小学館　1989
「放浪時代・アパアトの女たちと僕と」
竜胆寺雄著　講談社　1996.12　324p
15cm（講談社文芸文庫）980円　①4-
06-196399-6
「放浪時代」　龍膽寺雄著, 関井光男監修
ゆまに書房　1998.5　242p　19cm（新
鋭文学叢書 1）　①4-89714-435-3, 4-
89714-433-7
※改造社昭和5年刊の複製、肖像あり

寮 美千子　りょう・みちこ

7441　「楽園の鳥 カルカッタ幻想曲」
◇泉鏡花文学賞（第33回/平成17年度）
「楽園の鳥―カルカッタ幻想曲」　講談社
2004.10　523p　20cm　2600円　①4-06-
212439-4

rila。

7442　「四つ葉のクローバーちょう
だい。」
◇日本ケータイ小説大賞（第7回/平成
25年/TSUTAYA賞）
「四つ葉のクローバーちょうだい。」　ス
ターツ出版　2013.6　327p　19cm
1000円　①978-4-88381-423-7

リリー・フランキー

7443　「東京タワー オカンとボクと、

時々、オトン」
◇本屋大賞（第3回/平成18年/大賞）
「東京タワー―オカンとボクと、時々、オ
トン」　扶桑社　2005.6　449p　20cm
1500円　①4-594-04966-4

リンゼイ 美恵子　りんぜい・みえこ

7444　「答えて、トマス」
◇女流新人賞（第39回/平成8年度）
「答えて、トマス」　新風舎　2001.3
141p　19cm　1400円　①4-7974-1534-7

【 る 】

類 ちゑ子　るい・ちえこ

7445　「瓦礫」
◇全作家文学賞（復活第2回/平成14年/
佳作）

琉架 るか

7446　「白銀の民」
◇ホワイトハート新人賞（平成20年上
期）
「白銀の民」　講談社　2008.12　249p
15cm（講談社X文庫 る A-01―White
heart）600円　①978-4-06-286575-3
※折り込1枚

流奈 るな

7447　「星空」
◇日本ケータイ小説大賞（第1回/平成
18年/審査員特別賞）
「星空」　スターツ出版　2007.5　264p
20cm　1000円　①978-4-88381-052-9
※他言語標題：Even now, I still look up
at stars in the sky
「星空」　スターツ出版　2009.4　283p
15cm（ケータイ小説文庫 る1-1―野い
ちご）500円　①978-4-88381-502-9
※並列シリーズ名：Keitai shousetsu
bunko

【れ】

reY

7448 「白いジャージ～先生と私～」

◇日本ケータイ小説大賞（第2回/平成19年/大賞）

「白いジャージ―先生と私」 スターツ出版 2008.1 299p 20cm 1000円 ①978-4-88381-067-3

「白いジャージ 2 先生と青い空」 スターツ出版 2008.8 255p 20cm 1000円 ①978-4-88381-083-3

「オレンジジュース―俺とひとりの生徒」 スターツ出版 2009.3 335p 19cm（「白いジャージ」シリーズ）1000円 ①978-4-88381-095-6

「白いジャージ 3 先生とヴァージンロード」 スターツ出版 2009.7 309p 19cm ①978-4-88381-100-7

「白いジャージ―先生と私 上」 スターツ出版 2009.12 275p 15cm（ケータイ小説文庫 れ1-1―野いちご）450円 ①978-4-88381-530-2

※並列シリーズ名：Keitai shousetsu bunko

「白いジャージ―先生と私 下」 スターツ出版 2010.1 205p 15cm（ケータイ小説文庫 れ1-2―野いちご）450円 ①978-4-88381-534-0

※並列シリーズ名：Keitai shousetsu bunko

「白いジャージ 2 先生と青い空」 スターツ出版 2010.2 251p 15cm（ケータイ小説文庫 れ1-3―野いちご）500円 ①978-4-88381-536-4

※並列シリーズ名：Keitai shousetsu bunko

「白いジャージ 4 先生とlove life」 スターツ出版 2010.2 311p 19cm 1000円 ①978-4-88381-114-4

黎 まやこ　れい・まやこ

7449 「五月に―」

◇文學界新人賞（第35回/昭和47年下）

麗 羅　れい・ら

7450 「桜子は帰って来たか」

◇サントリーミステリー大賞（第1回/

昭和57年/読者賞）

「桜子は帰ってきたか」 文芸春秋 1983.6 296p

「桜子は帰ってきたか」 文芸春秋 1986.5 348p（文春文庫）

7451 「ルバング島の幽霊」

◇サンデー毎日新人賞（第4回/昭和48年/推理小説）

「殺意の曠野」 毎日新聞社 1974 237p

レオン，ドナ・M.

7452 「死のフェニーチェ劇場」

◇サントリーミステリー大賞（第9回/平成2年）

「死のフェニーチェ劇場」 ドナ・M.レオン著，春野丈伸訳 文芸春秋 1991.7 292p

蓮華 ゆい　れんげ・ゆい

7453 「幸せの島」

◇ジャンプ小説新人賞（jump Novel Grand Prix）（'12 Winter/平成24年冬/銅賞）

連城 三紀彦　れんじょう・みきひこ

7454 「隠れ菊」

◇柴田錬三郎賞（第9回/平成8年）

「隠れ菊」 新潮社 1996.2 580p 19cm 2000円 ①4-10-347506-4

「隠れ菊 上」 新潮社 1999.3 369p 15cm（新潮文庫）552円 ①4-10-140516-6

「隠れ菊 下」 新潮社 1999.3 431p 15cm（新潮文庫）590円 ①4-10-140517-4

「隠れ菊 上」 集英社 2013.7 369p 15cm（集英社文庫）660円 ①978-4-08-745095-8

「隠れ菊 下」 集英社 2013.7 430p 15cm（集英社文庫）700円 ①978-4-08-745096-5

7455 「恋文」

◇直木三十五賞（第91回/昭和59年上）

「恋文」 新潮社 1984.5 213p

「恋文」 新潮社 1987.8 240p（新潮文庫）

「恋文・私の叔父さん」 新潮社 2012.2 270p 15cm（新潮文庫）490円 ①978-4-10-140520-9

※『恋文』改題書

7456 「変調二人羽織」

◇幻影城新人賞（第3回/昭和52年/小説部門）

「変調二人羽織」　講談社　1981.9　217p
「変調二人羽織」　講談社　1984.7　255p
（講談社文庫）
「ミステリーの愉しみ4」　立風書房　1992
「甦る「幻影城」　1　新人賞傑作選」　村
岡圭三, 泡坂妻夫, 滝原満, 霜月信二郎,
連城三紀彦, 聖城白人, 田中芳樹, 中上正
文著　角川書店　1997.8　402p　19cm
（カドカワ・エンタテインメント）　1048
円　①4-04-788105-8
「変調二人羽織―連城三紀彦傑作推理コ
レクション」　角川春樹事務所　1998.9
404p　15cm（ハルキ文庫）838円
①4-89456-453-X
「変調二人羽織」　光文社　2010.1　257p
15cm（光文社文庫）514円　①978-4-
334-74714-5

7457 「戻り川心中」
◇日本推理作家協会賞（第34回/昭和56
年/短篇部門）
「戻り川心中」　講談社　1980.9　225p
「戻り川心中」　講談社　1983.5　280p（講
談社文庫）

7458 「宵待草夜情」
◇吉川英治文学新人賞（第5回/昭和59
年度）
「宵待草夜情」　新潮社　1983.8　237p
「宵待草夜情」　新潮社　1987.2　306p（新
潮文庫）
「宵待草夜情―連城三紀彦傑作推理コレ
クション」　角川春樹事務所　1998.7
305p　15cm（ハルキ文庫）667円
①4-89456-431-9
「宵待草夜情」　新装版　角川春樹事務所
2015.5　305p　16cm（ハルキ文庫　れ1-
10）700円　①978-4-7584-3905-3

【ろ】

ロペス, ベゴーニャ
7459 「死がお待ちかね」
◇サントリーミステリー大賞（第7回/
昭和63年）
「死がお待ちかね」　文芸春秋　1989　304p

【わ】

若合 春侑　わかい・すう
7460 「海馬の助走」
◇野間文芸新人賞（第24回/平成14年）
「海馬の助走」　中央公論新社　2002.9
229p　20cm　1700円　①4-12-003311-2

7461 「脳病院へまゐります。」
◇文學界新人賞（第86回/平成10年上
期）
「脳病院へまゐります。」　文藝春秋
1999.7　171p　20cm　1095円　①4-16-
318560-7
「脳病院へまゐります。」　文藝春秋
2003.7　165p　16cm（文春文庫）457
円　①4-16-765670-1

若一 光司　わかいち・こうじ
7462 「海に夜を重ねて」
◇文藝賞（第20回/昭和58年）
「海に夜を重ねて」　河出書房新社　1984.1
141p

若木 未生　わかぎ・みお
7463 「AGE」
◇コバルト・ノベル大賞（第13回/平成
1年上/佳作）
「AGE 楽園の涯―グラスハートex.」　集
英社　1997.8　250p　15cm（コバルト
文庫）476円　①4-08-614350-X
「いくつかの太陽―GLASS HEART」　幻
冬舎コミックス, 幻冬舎〔発売〕　2010.
10　350p　18cm（バーズノベルス）
1200円　①978-4-344-82069-2

若狭 滝　わかさ・たき
7464 「河原評判記」
◇「サンデー毎日」大衆文芸（第40回/
昭和25年下）

若杉 晶子　わかすぎ・あきこ
7465 「デコとぬた」
◇地上文学賞（第60回/平成24年）

若竹 七海　わかたけ・ななみ
7466 「暗い越流」

◇日本推理作家協会賞（第66回/平成25
年/短編部門）
「宝石ザミステリー 2」 光文社 2012.
12 545p 21cm 952円 ⓘ978-4-334-
92863-6
「ザ・ベストミステリーズ―推理小説年鑑
2013」 日本推理作家協会編 講談社
2013.4 366p 19cm 1600円 ⓘ978-4-
06-114914-4
「暗い越流」 光文社 2014.3 236p
20cm 1600円 ⓘ978-4-334-92933-6

若月 香 わかつき・かおり

7467 「dog pound」
◇島田荘司選 ばらのまち福山ミステ
リー文学新人賞（第6回/平成25年/
優秀作）

若林 利光 わかばやし・としみつ

7468 「いろはでボケ封じ―健脳ライフ
のすすめ―」
◇日本文芸大賞（第25回/平成19年/特
別賞）
「いろはでボケ封じ―健脳ライフのすす
め」 若林ライフ社 2007.5 201p
18cm（若林ライフ新書） 800円
ⓘ978-4-9903656-0-8

和ケ原 聡司 わがはら・さとし

7469 「はたらく魔王さま！」
◇電撃大賞（第17回/平成22年/電撃小
説大賞部門/銀賞）
「はたらく魔王さま！」 アスキー・メ
ディアワークス, 角川グループパブリッ
シング〔発売〕 2011.2 312p 15cm
（電撃文庫 2078） 590円 ⓘ978-4-04-
870270-6
「はたらく魔王さま！ 2」 アスキー・メ
ディアワークス, 角川グループパブリッ
シング〔発売〕 2011.6 362p 15cm
（電撃文庫 2141） 590円 ⓘ978-4-04-
870547-9
「はたらく魔王さま！ 3」 アスキー・メ
ディアワークス, 角川グループパブリッ
シング〔発売〕 2011.10 351p 15cm
（電撃文庫 2213） 590円 ⓘ978-4-04-
870815-9
「はたらく魔王さま！ 4」 アスキー・メ
ディアワークス, 角川グループパブリッ
シング〔発売〕 2012.2 353p 15cm
（電撃文庫 2281） 590円 ⓘ978-4-04-
886344-5
「はたらく魔王さま！ 6」 アスキー・メ
ディアワークス, 角川グループパブリッ
シング〔発売〕 2012.10 349p 15cm
（電撃文庫 2423） 590円 ⓘ978-4-04-
886990-4
「はたらく魔王さま！ 7」 アスキー・メ
ディアワークス, 角川グループパブリッ
シング〔発売〕 2013.2 335p 15cm
（電撃文庫 2490） 610円 ⓘ978-4-04-
891406-2
「はたらく魔王さま！ 8」 アスキー・メ
ディアワークス, 角川グループホール
ディングス〔発売〕 2013.4 336p
15cm（電撃文庫 2519） 610円 ⓘ978-
4-04-891580-9
「はたらく魔王さま！ 5」 アスキー・メ
ディアワークス, 角川グループパブリッ
シング〔発売〕 2013.6 353p 15cm
（電撃文庫 2348） 590円 ⓘ978-4-04-
886654-5
「はたらく魔王さま！ 9」 アスキー・メ
ディアワークス, KADOKAWA〔発売〕
2013.8 359p 15cm（電撃文庫 2587）
610円 ⓘ978-4-04-891854-1
「はたらく魔王さま！ 10」
KADOKAWA 2013.12 317p 15cm
（電撃文庫 2657） 590円 ⓘ978-4-04-
866161-4
「はたらく魔王さま！ 11」
KADOKAWA 2014.5 307p 15cm
（電撃文庫 2736） 570円 ⓘ978-4-04-
866554-4

脇 真珠 わき・しんじゅ

7470 「夏の宴」
◇ちよだ文学賞（第5回/平成23年/大
賞）

脇坂 綾 わきさか・あや

7471 「鼠と肋骨」
◇群像新人文学賞（第46回/平成15年/
小説/優秀作）

脇田 浩幸 わきた・ひろゆき

7472 「関西古本屋一期一会『まいど』」
◇古本小説大賞（第3回/平成15年/特別
奨励作品）

7473 「私はコレクター」
◇古本小説大賞（第2回/平成14年/特別
奨励作品）

脇田 恭弘 わきた・やすひろ

7474 「おとうさんの逆襲」
◇労働者文学賞（第18回/平成18年/小

説部門/入選）

7475 「翼は折れない」
◇労働者文学賞（第26回/平成26年/小
説部門/佳作）

和久 峻三　わく・しゅんぞう

7476 「雨月荘殺人事件」
◇日本推理作家協会賞（第42回/平成1
年/長編部門）
「雨月荘殺人事件—公判調書ファイル・ミ
ステリー」中央公論社 1988.4 2冊
「雨月荘殺人事件—公判調書ファイル・ミ
ステリー」中央公論社 1996.9 2冊
（セット）15cm（中公文庫）1700円
①4-12-202696-2
「雨月荘殺人事件—公判調書ファイル・ミ
ステリー」双葉社 2004.6 586p
15cm（双葉文庫—日本推理作家協会賞
受賞作全集 61）943円　①4-575-65860-
X

7477 「仮面法廷」
◇江戸川乱歩賞（第18回/昭和47年）
「仮面法廷」角川書店 1980.5 384p（角
川文庫）
「殺意の演奏・仮面法廷—江戸川乱歩賞全
集 8」大谷羊太郎, 和久峻三著, 日本
推理作家協会編　講談社 1999.9
822p 15cm（講談社文庫）1190円
①4-06-264675-7

和沢 昌治　わざわ・しょうじ

7478 「犀川べりで」
◇泉鏡花記念金沢市民文学賞（第9回/
昭和56年）
「犀川べりで」甲陽書房 1981.1 226p

鷲尾 雨工　わしお・うこう

7479 「吉野朝太平記」
◇直木三十五賞（第2回/昭和10年下）
「吉野朝太平記1〜5」東都書房 1958 5冊
「吉野朝太平記1」富士見書房 1990.11
376p（時代小説文庫）
「吉野朝太平記2」富士見書房 1990.12
372p（時代小説文庫）
「吉野朝太平記　第1巻」誠文図書
2001.7 346p 20cm（歴史小説名作
館）2000円　①4-88195-100-9
※東京 共栄図書（発売）
「吉野朝太平記　第2巻　正儀策謀・師直
の死」誠文図書, 共栄図書〔発売〕
2001.9 343p 19cm（歴史小説名作
館）2000円　①4-88195-101-7

「吉野朝太平記　第3巻」誠文図書
2002.2 369p 20cm（歴史小説名作
館）2000円　①4-88195-102-5
※東京 共栄図書（発売）
「吉野朝太平記　第4巻　北畠三上皇の南
遷」誠文図書, 共栄図書〔発売〕
2002.7 394p 19cm 2000円　①4-
88195-103-3
「吉野朝太平記　第5巻　親房と尊氏逝
く」誠文図書, 共栄図書〔発売〕
2003.1 374p 19cm（歴史小説名作
館）2000円　①4-88195-105-X

和喰 博司　わじき・ひろし

7480 「休眠打破」
◇北区内田康夫ミステリー文学賞（第7
回/平成21年/区長賞（特別賞））

鷲田 旌刀　わしだ・せいとう

7481 「つばさ」
◇ロマン大賞（第10回/平成13年/佳作）
「つばさ」集英社 2002.9 261p 15cm
（コバルト文庫）514円　①4-08-
600162-4

和田 新　わだ・あらた

7482 「黒歯将軍」
◇総額2000万円懸賞小説募集（昭56年/
佳作）

和田 頴太　わだ・えいた

7483 「密猟者」
◇小説現代新人賞（第24回/昭和50年
上）

和田 一範　わだ・かずのり

7484 「信玄堤」
◇中村星湖文学賞（第17回/平成15年）
「信玄堤—千二百年の系譜と大陸からの
潮流」山梨日日新聞社 2002.12
307p 20cm 1800円　①4-89710-607-9

和田 賢一　わだ・けんいち

7485 「ヴァロフェス」
◇ファンタジア長編小説大賞（第13回/
平成13年/努力賞）
「ヴァロフェス 1」富士見書房 2003.4
249p 15cm（富士見ファンタジア文
庫）560円　①4-8291-1489-4

和田 伝　わだ・でん（つとう）

7486 「沃土」

◇新潮社文芸賞 （第1回/昭和13年/第1
部）
「沃土」 新潮社 1940 294p （昭和名作選
集）
「世界農民小説名作物語」 山下一夫編 多
摩書房 1941 272p
「沃土」 新潮社 1947 304p
「和田伝全集2」 家の光協会 昭和53年

和田 徹 わだ・とおる

7487 「空中庭園」
◇小説現代新人賞 （第62回/平成6年）

和田 芳恵 わだ・よしえ

7488 「一葉の日記」
◇日本芸術院賞 （第13回/昭和31年）
「和田芳恵全集4」 河出書房新社 昭和
53年
「一葉の日記―現代日本の評伝」 講談社
1995.11 382p 15cm （講談社文芸文
庫） 1100円 ①4-06-196347-3
「一葉の日記」 新装版 講談社 2005.4
382p 15cm （講談社文芸文庫） 1650
円 ①4-06-198403-9

7489 「暗い流れ」
◇日本文学大賞 （第9回/昭和52年）
「暗い流れ」 河出書房新社 1977.4 258p
「和田芳恵全集3」 河出書房新社 昭和
53年
「暗い流れ」 集英社 1979.11 248p （集英
社文庫）
「昭和文学全集14」 小学館 1988
「暗い流れ」 講談社 2000.4 303p
15cm （講談社文芸文庫） 1300円 ①4-
06-198207-9

7490 「塵の中」
◇直木三十五賞 （第50回/昭和38年下）
「塵の中」 光風社 1963 272p
「塵の中」 光風社書店 1966 274p
「塵の中―小説集」 光風社書店 1975
274p
「和田芳恵全集3」 河出書房新社 昭和
53年

7491 「接木の台」
◇読売文学賞 （第26回/昭和49年/小説
賞）
「接木の台」 河出書房新社 1974 236p
「自選和田芳恵短篇小説全集」 河出書房
新社 1976 473p
「道祖神幕」 大西書店 1977.5 134p〈限

定版〉
「接木の台」 集英社 1979.7 274p （集英
社文庫）
「和田芳恵全集2」 河出書房新社 昭和
54年
「昭和文学全集14」 小学館 1988
「おまんが紅・接木の台・雪女」 講談社
1994.3 317p 15cm （講談社文芸文
庫） 980円 ①4-06-196266-3
「私小説名作選 上」 中村光夫選、日本
ペンクラブ編 講談社 2012.5 279p
15cm （講談社文芸文庫） 1400円
①978-4-06-290158-1

7492 「雪女」
◇川端康成文学賞 （第5回/昭和53年）
「雪女」 文芸春秋 1978.6 221p
「和田芳恵全集2」 河出書房新社 昭和
54年
「昭和文学全集14」 小学館 1988
「おまんが紅・接木の台・雪女」 講談社
1994.3 317p 15cm （講談社文芸文
庫） 980円 ①4-06-196266-3
「川端康成文学賞全作品 1」 上林暁、永
井龍男、佐多稲子、水上勉、富岡多恵子ほ
か著 新潮社 1999.6 452p 19cm
2800円 ①4-10-305821-8

和田 竜 わだ・りょう

7493 「のぼうの城」
◇本屋大賞 （第6回/平成21年/2位）
「のぼうの城」 小学館 2007.12 333p
20cm 1500円 ①978-4-09-386196-0
「のぼうの城 1」 大活字 2008.11
389p 21cm （大活字文庫 154） 3010円
①978-4-86055-469-9
※底本：「のぼうの城」 小学館
「のぼうの城 2」 大活字 2008.11
385p 21cm （大活字文庫 154） 3010円
①978-4-86055-470-5
※底本：「のぼうの城」 小学館
「のぼうの城 3」 大活字 2008.11
411p 21cm （大活字文庫 154） 3010円
①978-4-86055-471-2
※底本：「のぼうの城」 小学館

7494 「村上海賊の娘」
◇親鸞賞 （第8回/平成26年）
◇本屋大賞 （第11回/平成26年/大賞）
◇吉川英治文学新人賞 （第35回/平成26
年度）
「村上海賊の娘 上巻」 新潮社 2013.10
474p 20cm 1600円 ①978-4-10-
306882-2

「村上海賊の娘　下巻」　新潮社　2013.10
499p　20cm　1600円　①978-4-10-
306883-9

渡瀬 桂子　わたせ・けいこ

7495　「魂守記―枯骨報恩」
◇ロマン大賞（第9回/平成12年/佳作）
「魂守記―頭蓋骨は秋空を見上げる」　集
英社　2000.10　251p　15cm（コバル
ト文庫）　476円　①4-08-614774-2

渡瀬 草一郎　わたせ・そういちろう

7496　「陰陽ノ京」
◇電撃ゲーム小説大賞（第7回/平成12
年/金賞）
「陰陽ノ京」　メディアワークス　2001.2
355p　15cm（電撃文庫）　610円　①4-
8402-1740-8

和多月 かい　わだつき・かい

7497　「世界融合でウチの会社がブラッ
クになった件について」
◇C★NOVELS大賞（第10回/平成26年
/特別賞＆読者賞）
「世界融合でウチの会社がブラックに!?」
中央公論新社　2014.7　248p　18cm
（C・NOVELS Fantasia わ1-1）　900円
①978-4-12-501307-7
※受賞作「世界融合でウチの会社がブ
ラックになった件について」を改題

渡邉 彩　わたなべ・あや

7498　「かくれんぼの裏」
◇12歳の文学賞（第2回/平成20年/佳
作）

渡辺 江里子　わたなべ・えりこ

7499　「にゃんこそば」
◇フーコー短編小説コンテスト（第15
回/平成15年8月/最優秀賞）
「フーコー「短編小説」傑作選　15 上」
フーコー編集部編　フーコー　2004.7
339p　19cm　1700円　①4-434-04416-8

渡辺 喜恵子　わたなべ・きえこ

7500　「馬淵川」
◇直木三十五賞（第41回/昭和34年上）
「馬淵川」　光風社　1962　279p
「馬淵川」　光風社　1963　281p
「馬淵川―小説」　光風社書店　75　281p
「馬淵川」　毎日新聞社　1981.3　298p

渡辺 球　わたなべ・きゅう

7501　「象の棲む街」
◇日本ファンタジーノベル大賞（第15
回/平成15年/優秀賞）
「象の棲む街」　新潮社　2003.12　254p
20cm　1500円　①4-10-464601-6

渡辺 京二　わたなべ・きょうじ

7502　「黒船前夜―ロシア・アイヌ・日
本の三国志」
◇大佛次郎賞（第37回/平成22年）
「黒船前夜―ロシア・アイヌ・日本の三国
志」　洋泉社　2010.2　353p　22cm
2900円　①978-4-86248-506-9

渡辺 伍郎　わたなべ・ごろう

7503　「ノバルサの果樹園」
◇夏目漱石賞（第1回/昭和21年）

渡辺 淳一　わたなべ・じゅんいち

7504　「死化粧」
◇同人雑誌賞（第12回/昭和40年）
「死化粧―他三篇」　角川書店　1971　340p
（角川文庫）
「渡辺淳一作品集20」　文芸春秋　昭和55年
「死化粧」　文芸春秋　1986.5　323p（文春
文庫）
「渡辺淳一自選短篇コレクション　第1巻
医学小説1」　朝日新聞社　2006.1
381p　19cm　1800円　①4-02-250091-3
「死化粧」　朝日新聞出版　2010.4　357p
15cm（朝日文庫）　700円　①978-4-02-
264542-5

7505　「静寂の声」
◇「文藝春秋」読者賞（第48回/昭和61
年）
「静寂の声―乃木希典夫妻の生涯」　文芸
春秋 1988.4　2冊
「渡辺淳一全集　第18巻　静寂の声―乃
木希典夫妻の生涯」　角川書店　1997.3
451p　20cm　2200円　①4-04-573618-2
※著者の肖像あり

7506　「天上紅蓮」
◇「文藝春秋」読者賞（第72回/平成22
年）
「天上紅蓮」　文藝春秋　2011.6　367p
20cm　1600円　①978-4-16-380500-9
「天上紅蓮」　文藝春秋　2013.10　382p
16cm（文春文庫 わ1-31）　590円
①978-4-16-714531-6

わたなへ

7507 「遠き落日」
◇吉川英治文学賞 （第14回/昭和55年度）
「遠き落日」 角川書店 1979.9 2冊
「渡辺淳一作品集18」 文芸春秋 昭和56年
「遠き落日」 角川書店 1982.9 2冊（角川文庫）
「日本歴史文学館34」 講談社 1987
「遠き落日」 集英社 1990.5 2冊（集英社文庫）
「渡辺淳一全集 第7巻 遠き落日―他四編」 角川書店 1996.3 499p 20cm 2200円 ①4-04-573607-7
※著者の肖像あり
「遠き落日―渡辺淳一セレクション」 講談社 2013.12 367p 15cm（講談社文庫）870円 ①978-4-06-277696-7
「遠き落日―渡辺淳一セレクション」 講談社 2013.12 369p 15cm（講談社文庫）870円 ①978-4-06-277695-0

7508 「長崎ロシア遊女館」
◇吉川英治文学賞 （第14回/昭和55年度）
「長崎ロシア遊女館」 講談社 1979.11 271p
「渡辺淳一作品集11」 文芸春秋 昭和56年
「長崎ロシア遊女館」 講談社 1982.11 247p（講談社文庫）
「日本歴史文学館34」 講談社 1987
「頚の貌」 朝日新聞出版 2010.8 385p 15cm（朝日文庫）740円 ①978-4-02-264559-3
※『渡辺淳一自選短篇コレクション（第五巻）歴史時代小説』再構成・改題書
「長崎ロシア遊女館―渡辺淳一セレクション」 講談社 2013.11 277p 15cm（講談社文庫）730円 ①978-4-06-277692-9

7509 「光と影」
◇直木三十五賞 （第63回/昭和45年上）
「光と影」 文芸春秋 1970 254p
「渡辺淳一作品集20」 文芸春秋 昭和55年
「光と影」 新装版 文藝春秋 2008.2 267p 15cm（文春文庫）562円 ①978-4-16-714526-2
「頚の貌」 朝日新聞出版 2010.8 385p 15cm（朝日文庫）740円 ①978-4-02-264559-3
※『渡辺淳一自選短篇コレクション（第五巻）歴史時代小説』再構成・改題書
「光と影―渡辺淳一セレクション」 講談社 2013.9 275p 15cm（講談社文

庫）690円 ①978-4-06-277558-8

渡辺 淳子 わたなべ・じゅんこ
7510 「私を悩ますもじゃもじゃ頭」
◇小説宝石新人賞 （第3回/平成21年）

渡辺 毅 わたなべ・たけし
7511 「アプトルヤンペ（嵐）」
◇歴史群像大賞 （第8回/平成14年/優秀賞）

7512 「小さな墓の物語」
◇東北北海道文学賞 （第1回/平成3年）

7513 「ぼくたちの〈日露〉戦争」
◇坪田譲治文学賞 （第12回/平成8年度）
「ぼくたちの「日露」戦争」 邑書林 1996.2 179p 19cm 2000円 ①4-89709-163-2

渡辺 貞子 わたなべ・ていこ
7514 「桜街道」
◇12歳の文学賞 （第2回/平成20年/審査員特別賞〈西原理恵子賞〉）
「12歳の文学 第2集 小学生作家が紡ぐ9つの物語」 小学館 2008.3 281p 20cm 1000円 ①978-4-09-289712-0
「12歳の文学 第2集」 小学生作家たち著 小学館 2010.4 277p 15cm（小学館文庫）552円 ①978-4-09-408497-9

渡辺 時雄 わたなべ・ときお
7515 「最果ての収容所にて―シベリア抑留・鎮魂の灯―」
◇中村星湖文学賞 （第22回/平成20年）
「最果ての収容所にて―シベリア抑留・鎮魂の灯」 改訂新版 山梨ふるさと文庫 2008.4 330p 19cm 1500円 ①978-4-903680-15-6

渡辺 捷夫 わたなべ・としお
7516 「熊と越年者」
◇「サンデー毎日」大衆文芸 （第31回/昭和17年下）

渡邊 利道 わたなべ・としみち
7517 「エヌ氏」
◇創元SF短編賞 （第3回/平成24年度/飛浩隆賞）

渡辺 利弥 わたなべ・としや
7518 「とんがり」
◇小説現代新人賞 （第13回/昭和44年

下）

渡部 智子 わたなべ・ともこ

7519 「額縁」
◇北日本文学賞 （第17回/昭和58年）

渡辺 信広 わたなべ・のぶひろ

7520 「インパール」
◇歴史群像大賞 （第5回/平成10年/奨励
賞）

渡邊 則幸 わたなべ・のりゆき

7521 「Σ―シグマ―」
◇ジャンプ小説新人賞（jump Novel
Grand Prix） （'12 Spring/平成24
年春）

渡辺 房男 わたなべ・ふさお

7522 「ゲルマン紙幣一億円」
◇中村星湖文学賞 （第15回/平成13年）
「ゲルマン紙幣一億円」 講談社 2000.10
331p 20cm 1800円 Ⓘ4-06-210287-0

7523 「桜田門外十万坪」
◇歴史文学賞 （第23回/平成10年度）
「桜田門外十万坪」 新人物往来社 1999.
10 247p 19cm 1800円 Ⓘ4-404-
02829-6

わたなべ 文則 わたなべ・ふみのり

7524 「砂糖菓子」
◇ジャンプ小説大賞 （第8回/平成10年/
佳作）

渡邊 政治 わたなべ・まさはる

7525 「石工のしあわせ」
◇NHK銀の雫文芸賞 （平成25年/優秀）

渡部 雅文 わたなべ・まさふみ

7526 「不運な延長線―江夏豊の罠」
◇「小説推理」新人賞 （第4回/昭和57
年/佳作）

渡邉 雅之 わたなべ・まさゆき

7527 「君とリンゴの木の下で」
◇スニーカー大賞 （第19回・春/平成25
年/特別賞）

渡辺 真理子 わたなべ・まりこ

7528 「鬼灯市」
◇オール讀物新人賞 （第66回/昭和61
年）

渡邊 道輝 わたなべ・みちてる

7529 「ストップウォッチ物語」
◇12歳の文学賞 （第4回/平成22年/小説
部門/優秀賞）
「12歳の文学 第4集」 小学館 2010.3
395p 20cm 1200円 Ⓘ978-4-09-
289725-0

渡辺 やよい わたなべ・やよい

7530 「そして俺は途方に暮れる」
◇女による女のためのR-18文学賞 （第2
回/平成15年/読者賞）
「そして俺は途方に暮れる」 双葉社
2004.2 205p 19cm 1200円 Ⓘ4-575-
23491-5

渡辺 優 わたなべ・ゆう

7531 「ラメルノエリキサ」
◇小説すばる新人賞 （第28回/平成27
年）

渡辺 由佳里 わたなべ・ゆかり

7532 「ノーティアーズ」
◇小説新潮長篇新人賞 （第7回/平成13
年）
「ノーティアーズ」 新潮社 2001.6
253p 20cm 1500円 Ⓘ4-10-447001-5

渡辺 容子 わたなべ・ようこ

7533 「左手に告げるなかれ」
◇江戸川乱歩賞 （第42回/平成8年）
「左手に告げるなかれ」 講談社 1996.9
349p 19cm 1500円 Ⓘ4-06-208385-X
「左手に告げるなかれ」 講談社 1999.7
432p 15cm （講談社文庫） 667円
Ⓘ4-06-264620-X

渡辺 陽司 わたなべ・ようじ

7534 「心のヒダ」
◇部落解放文学賞 （第27回/平成12年度
/入選/小説部門）

7535 「大丈夫だよ、和美ちゃん！」
◇部落解放文学賞 （第35回/平成20年/
佳作/小説部門）

渡辺 渉 わたなべ・わたる

7536 「霧朝」
◇「改造」懸賞創作 （第9回/昭和12年/
佳作）

綿引 なおみ　わたびき・なおみ

7537 「弾丸迷走」
◇小説現代新人賞（第69回/平成13年）

綿矢 りさ　わたや・りさ

7538 「インストール」
◇文藝賞（第38回/平成13年）
「インストール」　河出書房新社　2001.11
119p　20cm　1000円　①4-309-01437-2
「文学 2002」　日本文藝家協会編　講談
社　2002.4　328p　20cm　3000円　①4-
06-117102-X

7539 「かわいそうだね？」
◇大江健三郎賞（第6回/平成24年）
「かわいそうだね？」　文藝春秋　2011.10
237p　20cm　1300円　①978-4-16-
380950-2
「かわいそうだね？」　文藝春秋　2013.12
267p　16cm　（文春文庫 わ17-2）　500円
①978-4-16-784002-0

7540 「蹴りたい背中」
◇芥川龍之介賞（第130回/平成15年下
期）
「蹴りたい背中」　河出書房新社　2003.8
140p　20cm　1000円　①4-309-01570-0

渡会 圭子　わたらい・けいこ

7541 「スノーボール・アース」
◇毎日出版文化賞（第58回/平成16年/
第3部門（自然科学））
「スノーボール・アース―生命大進化をも
たらした全地球凍結」　ガブリエル・
ウォーカー著, 川上紳一監修, 渡会圭子
訳　早川書房　2004.2　293p　20cm
1900円　①4-15-208550-9

渡 航　わたり・わたる

7542 「あやかしがたり」
◇小学館ライトノベル大賞〔ガガガ文庫
部門〕（第3回/平成21年/大賞）
「あやかしがたり」　小学館　2009.5
325p　15cm　（ガガガ文庫 がわ3-1）
600円　①978-4-09-451133-8
※イラスト：夏目義徳
「あやかしがたり　2」　小学館　2009.11
325p　15cm　（ガガガ文庫 がわ3-2）
600円　①978-4-09-451169-7
※イラスト：夏目義徳

渡野 玖美　わたりの・くみ

7543 「五里峠」
◇日本海文学大賞（第1回/平成2年/小
説）
「五里峠」　近代文芸社　1989.12　216p
「五里峠」　金沢文学会　2004.9　235p
15cm　（金澤文學文庫）　648円　①4-
89010-363-5
※［金沢］能登印刷出版部（発売）

ワッツ, ピーター

7544 「ブラインドサイト」
◇星雲賞（第45回/平成26年/海外長編
部門（小説））
「ブラインドサイト　上」　ピーター・
ワッツ著, 嶋田洋一訳　東京創元社
2013.10　275p　15cm　（創元SF文庫
SFワ3-1）　840円　①978-4-488-74601-8
「ブラインドサイト　下」　ピーター・
ワッツ著, 嶋田洋一訳　東京創元社
2013.10　301p　15cm　（創元SF文庫
SFワ3-2）　840円　①978-4-488-74602-5

我鳥 彩子　わどり・さいこ

7545 「最後のひとりが死に絶えるまで」
◇ロマン大賞（第18回/平成21年度/佳
作）
「最後のひとりが死に絶えるまで」　集英
社　2009.11　274p　15cm　（コバルト文
庫 わ5-1）　533円　①978-4-08-601353-6
※並列シリーズ名：Cobalt-series

和巻 耿介　わまき・こうすけ

7546 「雲雀は鳴かず」
◇池内祥三文学奨励賞（第2回/昭和47
年）

割石 裂　わりいし・さく

7547 「死体回収屋ブリッド」
◇ファンタジア大賞（第26回/平成26年
/準大賞, 夏期大賞）　〈受賞時〉勝
間 登
「100万回死んでも少女は死体回収屋の苦
労を知らない」　KADOKAWA　2014.8
285p　15cm　（富士見ファンタジア文庫
わ-3-1-1）　580円　①978-4-04-070234-6
※受賞作「死体回収屋ブリッド」を改題

【 英数字 】

8bee
　7548　「僕の妹は兄が好き」
　◇ジャンプ小説新人賞（jump Novel
　　Grand Prix）（'15 Spring/平成27
　　年春/小説：テーマ部門/銅賞）

CAMY
　7549　「なつそら」
　◇富士見ヤングミステリー大賞（第8回
　　/平成20年/佳作）

作品名索引

作品名索引　　　　　　　　　　　　　　　　　　　　あ　かき

【あ】

「アアア・ア・ア」（松嶋節）‥‥‥‥‥‥ 6211
「ああ 狂おしの鳩ポッポ 一月某日」（須賀章雅）‥‥‥‥‥‥‥‥‥‥‥‥‥‥‥ 3567
「嗚呼 二本松少年隊」（城光貴）‥‥‥‥ 3453
「愛・編む・Ami」（明地祐子）‥‥‥‥‥ 0180
「哀色のデッサン」（真田文香）‥‥‥‥ 3148
「愛玩王子」（片瀬由良）‥‥‥‥‥‥‥ 1818
「愛犬ムクと幸せ半分こ」（中岡正代）‥‥ 4707
「愛国者たち」（藤枝静男）‥‥‥‥‥‥ 5800
「相沢村レンゲ条例」（今野東）‥‥‥‥ 2846
「愛書喪失三代記」（成瀬正祐）‥‥‥‥ 4993
「会津士魂」（早乙女貢）‥‥‥‥‥‥‥ 2915
「会津士魂」（笹本寅）‥‥‥‥‥‥‥‥ 3063
「愛する源氏物語」（俵万智）‥‥‥‥‥ 4282
「ID01」（ぬこ）‥‥‥‥‥‥‥‥‥‥‥ 5128
「Identity Lullaby」（北原なお）‥‥‥‥ 2216
「愛と殺意と境界人間」（神崎紫電）‥‥ 2084
「愛と人生」（滝口悠生）‥‥‥‥‥‥‥ 4010
「アイドライジング！」（広沢サカキ）‥‥ 5690
「愛に似たもの」（唯川恵）‥‥‥‥‥‥ 7182
「アイヌ遊侠伝」（淵田隆雄）‥‥‥‥‥ 5902
「アイネクライネナハトムジーク」（伊坂幸太郎）‥‥‥‥‥‥‥‥‥‥‥‥‥‥ 0574
「愛の焔」（小田銀兵衛）‥‥‥‥‥‥‥ 1577
「愛の夢とか」（川上未映子）‥‥‥‥‥ 2008
「愛の領分」（藤田宜永）‥‥‥‥‥‥‥ 5844
「愛の渡し込み」（笠置勝一）‥‥‥‥‥ 1746
「I MISS YOU」（塩月剛）‥‥‥‥‥‥‥ 3219
「アイランド」（葉月堅）‥‥‥‥‥‥‥ 5269
「アイランド2012」（未来谷今芥）‥‥‥ 6637
「アイ・リンク・ユー」（山本栄治）‥‥‥ 7133
「愛恋無限」（中河与一）‥‥‥‥‥‥‥ 4723
「アイロンのはなし」（田中修理）‥‥‥ 4168
「OUT」（桐野夏生）‥‥‥‥‥‥‥‥‥ 2331
「アウレリャーノがやってくる」（高橋文樹）‥‥‥‥‥‥‥‥‥‥‥‥‥‥‥‥ 3939
「阿吽の弾丸」（磨聖）‥‥‥‥‥‥‥‥ 6352
「アエティウス 最後のローマ人」（大塚卓嗣）‥‥‥‥‥‥‥‥‥‥‥‥‥‥‥‥ 1345
「会えなかった人」（由井鮎彦）‥‥‥‥ 7181
「蒼い影の傷みを」（稲葉真弓）‥‥‥‥ 0826
「青い傷」（北原リエ）‥‥‥‥‥‥‥‥ 2219

「青い航跡」（瀬山寛二）‥‥‥‥‥‥‥ 3746
「碧い谷の水面」（石坂あゆみ）‥‥‥‥ 0633
「青い鳥を探す方法」（今井達夫）‥‥‥ 0915
「青い沼」（島村利正）‥‥‥‥‥‥‥‥ 3388
「蒼い瞳」（林慧子）‥‥‥‥‥‥‥‥‥ 5438
「青いリボンの飛越（ジャンプ）」（波多野鷹）‥‥‥‥‥‥‥‥‥‥‥‥‥‥‥‥ 5321
「青色讃歌」（丹下健太）‥‥‥‥‥‥‥ 4289
「青色ジグゾー」（野村行央）‥‥‥‥‥ 5212
「蒼き狼」（井上靖）‥‥‥‥‥‥‥‥‥ 0878
「蒼き人竜―偽りの神」（杉田純一）‥‥ 3588
「青桐」（木崎さと子）‥‥‥‥‥‥‥‥ 2131
「青き竜の伝説」（久保田香里）‥‥‥‥ 2426
「蒼ざめた馬を見よ」（五木寛之）‥‥‥ 0748
「青空クライシス」（佐々木義登）‥‥‥ 3052
「蒼空時雨」（綾崎隼）‥‥‥‥‥‥‥‥ 0381
「青空チェリー」（豊島ミホ）‥‥‥‥‥ 4588
「青猫の街」（涼元悠一）‥‥‥‥‥‥‥ 3666
「青猫屋」（城戸光子）‥‥‥‥‥‥‥‥ 2246
「青の悪魔」（九重遙）‥‥‥‥‥‥‥‥ 2660
「青の儀式」（長谷川敬）‥‥‥‥‥‥‥ 5284
「アオの本と鉄の靴」（吉野一洋）‥‥‥ 7352
「蒼火」（北重人）‥‥‥‥‥‥‥‥‥‥ 2160
「赤い女」（国吉史郎）‥‥‥‥‥‥‥‥ 2414
「赤い傘」（花巻かおり）‥‥‥‥‥‥‥ 5358
「赤い鴉」（福永令三）‥‥‥‥‥‥‥‥ 5781
「緋い記憶」（髙橋克彦）‥‥‥‥‥‥‥ 3905
「赤い牛乳」（飯塚静治）‥‥‥‥‥‥‥ 0494
「赤い大地―満州豊村―」（淡路一朗）‥‥ 0454
「赤い血の流れの果て」（伊野上裕伸）‥‥ 0876
「赤い電車が見える家」（花井俊子）‥‥‥ 5344
「あかいでんしゃ きいろいなのはな」（岩崎里香）‥‥‥‥‥‥‥‥‥‥‥‥‥‥ 0970
「赤いトマト」（宇ององ紀夫）‥‥‥‥‥ 1044
「赤い鳥」（横尾久男）‥‥‥‥‥‥‥‥ 7260
「紅い夏みかん」（大沼菜摘）‥‥‥‥‥ 1358
「赤い猫」（仁木悦子）‥‥‥‥‥‥‥‥ 5032
「赤いベスト」（永田萬里子）‥‥‥‥‥ 4785
「赤い繭」（安部公房）‥‥‥‥‥‥‥‥ 0323
「赤い満月」（大庭みな子）‥‥‥‥‥‥ 1367
「赤い雪」（榛葉英治）‥‥‥‥‥‥‥‥ 3553
「赤い夜明け」（伊藤礼子）‥‥‥‥‥‥ 0811
「赤いろ黄信号」（仲村萌々子）‥‥‥‥ 4897
「《赤色棚》考」（涼原みなと）‥‥‥‥‥ 3661
「赤鬼はもう泣かない」（明坂つづり）‥‥ 0178
「赤き月の廻るころ」（岐川新）‥‥‥‥ 2114

文学賞受賞作品総覧 小説篇　　　　　　　　　　　　　**579**

あかく　　　　　　　作品名索引

「赤朽葉家の伝説」(桜庭一樹) ………… *3030*
「アカコとヒトミと」(山本文緒) ……… *7152*
「Acacia！ 〜明るい未来と幸せな現在の
　ために〜」(厚木隼) ……………………… *0301*
「アカシヤの大連」(清岡卓行) ………… *2312*
「赤頭巾ちゃん気をつけて」(庄司薫) … *3461*
「赤ずきんちゃん こんにちは」(久川美深
　彦) ………………………………………… *5586*
「赤土の家」(朝比奈愛子) ……………… *0243*
「赤つめ草の冠」(武田美智子) ………… *4065*
「赤と黒の記憶」(後藤明生) …………… *2720*
「赤と白」(櫛木理宇) …………………… *2376*
「茜いろの坂」(船山馨) ………………… *5914*
「あかね空」(山本一力) ………………… *7131*
「茜とんぼ」(西谷洋) …………………… *5061*
「赤の他人の瓜二つ」(磯崎憲一郎) …… *0703*
「赤富士」(卯月金仙) …………………… *1070*
「赤目四十八滝心中未遂」(車谷長吉) … *2493*
「あがり」(松崎有理) …………………… *6204*
「明るい午後」(三好郁子) ……………… *6628*
「明るい墓地」(奈良井一) ……………… *4983*
「秋」(沢亨二) …………………………… *3170*
「秋」(永井龍男) ………………………… *4679*
「明夫と良二」(庄野潤三) ……………… *3473*
「秋風」(小田切芳郎) …………………… *1601*
「秋から冬へ」(深井迪子) ……………… *5722*
「明希子」(武部悦子) …………………… *4086*
「晶子曼陀羅」(佐藤春夫) ……………… *3117*
「秋田口の兄弟」(大池唯雄) …………… *1210*
「秋の一日」(八木東作) ………………… *6890*
「秋の金魚」(河治和香) ………………… *2031*
「亜季の決心」(浜野冴子) ……………… *5408*
「秋の鈴虫」(栗栖喬平) ………………… *2475*
「秋の大三角」(吉野万理子) …………… *7357*
「秋の猫」(藤堂志津子) ………………… *4542*
「あきらめ」(田村俊子) ………………… *4258*
「あきらめのよい相談者」(剣持鷹士) … *2582*
「商人」(ねじめ正一) …………………… *5134*
「悪医」(久坂部羊) ……………………… *2361*
「悪妻に捧げるレクイエム」(赤川次郎)
　………………………………………………… *0097*
「握手」(黒河内桂林) …………………… *2523*
「アクセス」(誉田哲也) ………………… *6063*
「アクセル・ワールド」(川原礫) ……… *2062*
「芥川龍之介の復活」(関口安義) ……… *3721*
「悪道」(森村誠一) ……………………… *6860*
「悪人」(朝日新聞社) …………………… *0241*

「悪人」(吉田修一) ……………………… *7319*
「悪の教典」(貴志祐介) ………………… *2142*
「アクバール・カンの復讐」(石井哲夫)
　………………………………………………… *0605*
「あくび猫」(空猫軒) …………………… *3792*
「悪魔と若き人麿」(久保栄) …………… *2415*
「悪魔の皇子」(深草小夜子) …………… *5724*
「悪魔の謝肉祭」(揚羽猛) ……………… *0184*
「悪魔の侵略」(阿木翁助) ……………… *0134*
「悪魔のミカタ」(うえお久光) ………… *1002*
「悪夢から悪夢へ」(北乃坂柾雪) ……… *2207*
「悪夢の骨牌」(中井英夫) ……………… *4683*
「悪役令嬢ヴィクトリア〜花洗う雨の紅
　茶屋〜」(菅原りであ) ………………… *3580*
「アゲイン」(浜口倫太郎) ……………… *5393*
「明け方の家」(秋吉敦貴) ……………… *0169*
「明け方僕は夢を見る」(古橋智) ……… *5970*
「揚羽蝶が壊れる時」(小川洋子) ……… *1484*
「朱美くんがいっぱい。」(嶋崎宏樹) … *3367*
「明けもどろ」(霜多正次) ……………… *3431*
「明ゆく路」(野村愛正) ………………… *5198*
「浅い眠り」(岩橋邦枝) ………………… *0983*
「ア・サウザンド・ベイビーズ」(金閣寺
　ドストエフスキー) …………………… *2348*
「槿(あさがお)」(古井由吉) …………… *5945*
「朝顔の朝」(遠野りりこ) ……………… *4561*
「朝が止まる」(淺川継太) ……………… *0205*
「朝霧」(永井龍男) ……………………… *4680*
「浅草エノケン一座の嵐」(長坂秀佳) … *4724*
「幻景淺草色付不良少年團(あさくさカ
　ラー・ギャング)」(祐光正) ………… *3613*
「浅草人間縦覧所」(雨神音矢) ………… *0343*
「あさくさの子供」(長谷健) …………… *5274*
「浅草の灯」(浜本浩) …………………… *5410*
「浅沙の影」(瀬緒瀧世) ………………… *3702*
「アサッテの人」(諏訪哲史) …………… *3687*
「朝露」(児島晴미) ……………………… *2669*
「朝凪」(森美樹) ………………………… *6802*
「朝の容花」(三國青葉) ………………… *6378*
「朝のガスパール」(筒井康隆) ………… *4422*
「朝のひかりが」(土井大助) …………… *4520*
「朝の幽霊」(永沢透) …………………… *4741*
「朝まで踊ろう」(山ノ内早苗) ………… *7117*
「あざやかなひとびと」(深田祐介) …… *5734*
「海豹亭の客」(浅黄斑) ………………… *0207*
「朝は来る」(今西真歩) ………………… *0919*
「足柄峠」(草薙一雄) …………………… *2365*

580　　　　　　　文学賞受賞作品総覧 小説篇

作品名索引　　　　　あにの

「紫陽花」（中原吾郎）・・・・・・・・・・・・・・・・・・　4831

「紫陽花」（間ミツル）・・・・・・・・・・・・・・・・・・　5244

「明日を信じて」（米内和代）・・・・・・・・・・・・　7406

「明日の記憶」（荻原浩）・・・・・・・・・・・・・・・・　1515

「あしたのジョーは死んだのか」（朝稲日
　出夫）・・・・・・・・・・・・・・・・・・・・・・・・・・・・・・　0196

「明日の夜明け」（時無ゆたか）・・・・・・・・・・　4576

「明日、ボクは死ぬ。キミは生き返る。」
　（藤まる）・・・・・・・・・・・・・・・・・・・・・・・・・・・　5864

「足並みをそろえて」（福元早夫）・・・・・・・・　5785

「葦の原─ありふれた死の舞踏─」（金子
　みづは）・・・・・・・・・・・・・・・・・・・・・・・・・・・・・　1909

「あしみじおじさん」（尾﨑英子）・・・・・・・・　1549

「足下の殺意」（檻春根）・・・・・・・・・・・・・・・・　1657

「足下の土」（堂垣園江）・・・・・・・・・・・・・・・・　4529

「あ・じゃ・ぱん」（矢作俊彦）・・・・・・・・・・　6960

「阿修羅を棲まわせて」（三宅雅子）・・・・・・　6573

「阿修羅ガール」（舞城王太郎）・・・・・・・・・・　6076

「葦分船」（伊藤小翠）・・・・・・・・・・・・・・・・・・　0785

「明日」（児島晴浜）・・・・・・・・・・・・・・・・・・・・　2670

「明日へ帰れ」（無茶雲）・・・・・・・・・・・・・・・・　6657

「明日を待つ─冴子と清次」（山﨑智）・・・　7020

「飛鳥残照」（倉橋寛）・・・・・・・・・・・・・・・・・・　2463

「明日から俺らがやってきた」（高樹凛）
　・・・・・・・・・・・・・・・・・・・・・・・・・・・・・・・・・・・・　3850

「アスガルド」（香里了子）・・・・・・・・・・・・・・　2616

「アスクレビオスの愛人」（林真理子）・・・・　5450

「明日こそ鳥は羽ばたく」（河野典生）・・・・　2644

「安土往還記」（辻邦生）・・・・・・・・・・・・・・・・　4358

「アストロノト！」（赤松中学）・・・・・・・・・・　0121

「明日なき街角」（北方謙三）・・・・・・・・・・・・　2178

「アース・リバース」（三雲岳斗）・・・・・・・・　6380

「明日はお天気」（北園孝吉）・・・・・・・・・・・・　2202

「あすは、満月だと約束して」（月嶋楡）
　・・・・・・・・・・・・・・・・・・・・・・・・・・・・・・・・・・・・　4340

「あぜ道」（大浜則子）・・・・・・・・・・・・・・・・・・　1376

「遊びのエピローグ」（木村幸）・・・・・・・・・・　2289

「遊びの時間は終らない」（都井邦彦）・・・・　4517

「遊ぶ子どもの声きけば」（吉住侑子）・・・・　7312

「仇討ち異聞」（神室磐司）・・・・・・・・・・・・・・　1964

「あたし彼女」（kiki）・・・・・・・・・・・・・・・・・・　2115

「あたしの幸福」（青桐柾夫）・・・・・・・・・・・・　0057

「温かな素足」（上田理恵）・・・・・・・・・・・・・・　1020

「足立さんの古い革鞄」（庄野至）・・・・・・・・　3472

「アダムとイヴに幸せを。」（宮崎恵実）・・・　6578

「新しい風を」（堂迫充）・・・・・・・・・・・・・・・・　4536

「新しい人よ眼ざめよ」（大江健三郎）・・・・　1231

「新しい道を求めて」（横光佑典）・・・・・・・・　7272

「あたらしい娘」（今村夏子）・・・・・・・・・・・・　0923

「アダンの海」（平手清恵）・・・・・・・・・・・・・・　5663

「あちん」（雀野日名子）・・・・・・・・・・・・・・・・　3664

「熱い雨」（吉村茂）・・・・・・・・・・・・・・・・・・・・　7374

「アッティラ！」（籾山市太郎）・・・・・・・・・・　6770

「聚まるは永遠の大地」（柴田明美）・・・・・・　3321

「厚物咲」（中山義秀）・・・・・・・・・・・・・・・・・・　4913

「あと、11分」（ちせ.）・・・・・・・・・・・・・・・・・・　4296

「あとかた」（千早茜）・・・・・・・・・・・・・・・・・・　4308

「あと三ヵ月　死への準備日記」（戸塚洋
　二）・・・・・・・・・・・・・・・・・・・・・・・・・・・・・・・・　4594

「あとつぎエレジー」（田中昭一）・・・・・・・・　4169

「アド・バード」（椎名誠）・・・・・・・・・・・・・・　3209

「アドベンチャー」（平松誠治）・・・・・・・・・・　5676

「アトムたちの空」（大城貞俊）・・・・・・・・・・　1299

「あとより恋の責めくれば　御家人南畝先
　生」（竹田真砂子）・・・・・・・・・・・・・・・・・・　4062

「アトラス伝説」（井出孫六）・・・・・・・・・・・・　0765

「穴」（小山田浩子）・・・・・・・・・・・・・・・・・・・・　1654

「アナザープラネット」（奥田亜希子）・・・・　1523

「あなしの吹く頃」（田中健三）・・・・・・・・・・　4161

「あなた」（鳴原慎一）・・・・・・・・・・・・・・・・・・　3236

「あなたへ」（河崎愛美）・・・・・・・・・・・・・・・・　2029

「あなたへの贈り物」（和泉ひろみ）・・・・・・　0690

「あなたがそれを踏んだら、わたしはど
　う償えばいいの」（平山幸樹）・・・・・・・・　5677

「あなたがほしい jete veux」（安達千夏）
　・・・・・・・・・・・・・・・・・・・・・・・・・・・・・・・・・・・・　0293

「あなたとの縁」（どば）・・・・・・・・・・・・・・・・　4600

「あなたと呼べば」（右近稜）・・・・・・・・・・・・　1051

「あなたについて　わたしについて」（下井
　葉子）・・・・・・・・・・・・・・・・・・・・・・・・・・・・・・　3420

「貴方の首にくちづけを」（沙藤薫）・・・・・・　3106

「あなたの隣で」（杉本絵理）・・・・・・・・・・・・　3593

「あなたの涙よ　私の頬につたわれ」（野上
　寧彦）・・・・・・・・・・・・・・・・・・・・・・・・・・・・・・　5147

「あなたの街の都市伝鬼！」（聴猫芝居）
　・・・・・・・・・・・・・・・・・・・・・・・・・・・・・・・・・・・・　2250

「あなたはあたしを解き放つ」（深志いつ
　き）・・・・・・・・・・・・・・・・・・・・・・・・・・・・・・・・　6626

「あなたは不屈のハンコ・ハンター」（多
　島斗志之）・・・・・・・・・・・・・・・・・・・・・・・・・・　4109

「アナベルと魔女の種」（朝戸麻央）・・・・・・　0229

「穴らしきものに入る」（国広正人）・・・・・・　2411

「あにいもうと」（室生犀星）・・・・・・・・・・・・　6730

「アニス」（花房牧生）・・・・・・・・・・・・・・・・・・　5356

「兄の偵察」（大石観一）・・・・・・・・・・・・・・・・　1213

文学賞受賞作品総覧　小説篇　　　　　　　　　　　　　　581

あにま   作品名索引

「アニマ」(佐佐木幸綱) ・・・・・・・・・・・・・・ *3051*
「アニマル・ロジック」(山田詠美) ・・・・・・・ *7065*
「あねあねハーレム」(上原りょう) ・・・・・・ *1034*
「姉飼」(遠藤徹) ・・・・・・・・・・・・・・・・・・・・・ *1196*
「姉のための花」(福永真也) ・・・・・・・・・・・ *5778*
「あのこになりたい」(美波夕) ・・・・・・・・・・ *6514*
「あの神父は、やっぱりクズだった」(城
　道コスケ) ・・・・・・・・・・・・・・・・・・・・・・・・ *3470*
「あの夏、最後に見た打ち上げ花火は」(助
　供珠樹) ・・・・・・・・・・・・・・・・・・・・・・・・・・ *3612*
「あの夏を生きた君へ」(水野ユーリ) ・・・・ *6449*
「あの夏に生まれたこと」(沢辺のら) ・・・・ *3195*
「あの日、あの時」(門倉ミミ) ・・・・・・・・・・ *1884*
「あの日この日」(尾崎一雄) ・・・・・・・・・・・ *1550*
「あのひとは蜘蛛を潰せない」(彩瀬ま
　る) ・・・・・・・・・・・・・・・・・・・・・・・・・・・・・・ *0382*
「あの町」(田口潔) ・・・・・・・・・・・・・・・・・・・ *4024*
「あの夕陽」(日野啓三) ・・・・・・・・・・・・・・・ *5615*
「あの世からの火」(松谷みよ子) ・・・・・・・・ *6230*
「ア・ハッピーファミリー」(黒野伸一)
　・・・・・・・・・・・・・・・・・・・・・・・・・・・・・・・・・ *2545*
「アパートメント・ラブ」(蒼井ひかり)
　・・・・・・・・・・・・・・・・・・・・・・・・・・・・・・・・・ *0035*
「あははの辻」(松嶋ちえ) ・・・・・・・・・・・・・ *6213*
「暴れん坊のサンタクロース」(福田遼
　太) ・・・・・・・・・・・・・・・・・・・・・・・・・・・・・・ *5776*
「アーバン・ヘラクレス」(久保田弥代)
　・・・・・・・・・・・・・・・・・・・・・・・・・・・・・・・・・ *2437*
「アヒルと鴨のコインロッカー」(伊坂幸
　太郎) ・・・・・・・・・・・・・・・・・・・・・・・・・・・・ *0575*
「アプカサンペの母(ハポ)」(林和太) ・・・ *5432*
「アプトルヤンペ(嵐)」(渡辺毅) ・・・・・・・ *7511*
「アフリカ鯰」(前田隆壱) ・・・・・・・・・・・・・ *6096*
「アフリカン・ゲーム・カートリッジズ」
　(深見真) ・・・・・・・・・・・・・・・・・・・・・・・・・ *5746*
「アプリコット・レッド」(北國ばらっ
　ど) ・・・・・・・・・・・・・・・・・・・・・・・・・・・・・・ *2194*
「ア・フール」(小倉千恵) ・・・・・・・・・・・・・ *1544*
「『アボジ』を踏む」(小田実) ・・・・・・・・・・ *1592*
「甘いお菓子は食べません」(田中兆子)
　・・・・・・・・・・・・・・・・・・・・・・・・・・・・・・・・・ *4179*
「甘い過日」(倉田樹) ・・・・・・・・・・・・・・・・・ *2460*
「甘い蜜の部屋」(森茉莉) ・・・・・・・・・・・・・ *6800*
「あまえて♡騎士ねえ様」(あすなゆう)
　・・・・・・・・・・・・・・・・・・・・・・・・・・・・・・・・・ *0270*
「天城峠」(池波正太郎) ・・・・・・・・・・・・・・・ *0561*
「甘口廿日は空を飛ぶ」(竹原漢字) ・・・・・・ *4085*
「尼子悲話」(高橋直樹) ・・・・・・・・・・・・・・・ *3931*

「天の川の太陽」(黒岩重吾) ・・・・・・・・・・・ *2509*
「アマノン国往還記」(倉橋由美子) ・・・・・・ *2464*
「海人舟」(近藤啓太郎) ・・・・・・・・・・・・・・・ *2833*
「雨やどり」(半村良) ・・・・・・・・・・・・・・・・・ *5531*
「雨宿り」(宮本紀子) ・・・・・・・・・・・・・・・・・ *6621*
「網」(笹本定) ・・・・・・・・・・・・・・・・・・・・・・・ *3061*
「アムステルダムの詭計」(原進一) ・・・・・・ *5476*
「アムリタ」(吉本ばなな) ・・・・・・・・・・・・・ *7389*
「雨」(蓬田耕作) ・・・・・・・・・・・・・・・・・・・・・ *7420*
「雨上がり」(藤田ミヨコ) ・・・・・・・・・・・・・ *5842*
「雨あがりの奇跡」(太田貴子) ・・・・・・・・・・ *1311*
「雨女」(明野照葉) ・・・・・・・・・・・・・・・・・・・ *0182*
「雨が好き」(高橋洋子) ・・・・・・・・・・・・・・・ *3954*
「飴玉が三つ」(蒔岡雪子) ・・・・・・・・・・・・・ *6105*
「飴玉の味」(柴崎日砂子) ・・・・・・・・・・・・・ *3320*
「雨に打たれて」(古林邦和) ・・・・・・・・・・・ *5972*
「雨にぬれても」(村松真理) ・・・・・・・・・・・ *6719*
「雨のあがる日」(深月ともみ) ・・・・・・・・・ *5739*
「雨の自転車」(織田正吾) ・・・・・・・・・・・・・ *1580*
「雨のち雨?」(岩阪恵子) ・・・・・・・・・・・・・ *0962*
「雨の中の飛行船」(森田修二) ・・・・・・・・・ *6837*
「雨降る季節に」(岩間光介) ・・・・・・・・・・・ *0990*
「あめふれば」(西山隆幸) ・・・・・・・・・・・・・ *5091*
「アメリカ三度笠」(小山甲三) ・・・・・・・・・ *2817*
「アメリカ縦断記」(開高健) ・・・・・・・・・・・ *1687*
「アメリカひじき」(野坂昭如) ・・・・・・・・・ *5158*
「アメリカン・スクール」(小島信夫) ・・・・ *2679*
「危うい歳月」(尾高修也) ・・・・・・・・・・・・・ *1598*
「綾尾内記覚書」(滝口康彦) ・・・・・・・・・・・ *4008*
「あやかしがたり」(渡航) ・・・・・・・・・・・・・ *7542*
「妖の華―あやかしのはな」(誉田哲也)
　・・・・・・・・・・・・・・・・・・・・・・・・・・・・・・・・・ *6064*
「あやかし不動産 取引台帳」(桜月あき
　ら) ・・・・・・・・・・・・・・・・・・・・・・・・・・・・・・ *3024*
「怪しい来客簿」(色川武大) ・・・・・・・・・・・ *0936*
「あやつり組由来記」(南条範夫) ・・・・・・・・ *5011*
「あやめ 蝶 ひかがみ」(松浦寿輝) ・・・・・・ *6176*
「あやめも知らぬ」(暁美耶子) ・・・・・・・・・ *0115*
「鮎鮓」(雪野竹人) ・・・・・・・・・・・・・・・・・・・ *7227*
「あゆみ」(仁田恵) ・・・・・・・・・・・・・・・・・・・ *5093*
「洗うひと」(田原弘毅) ・・・・・・・・・・・・・・・ *4245*
「あらし」(久米天琴) ・・・・・・・・・・・・・・・・・ *2451*
「嵐がやってくる」(齋藤たかえ) ・・・・・・・・ *2876*
「嵐のピクニック」(本谷有希子) ・・・・・・・・ *6764*
「嵐の前に」(阪野陽花) ・・・・・・・・・・・・・・・ *2963*
「アラスカH―湾の追想」(川上澄生) ・・・・・ *1996*

582　　　　　　　　　　　文学賞受賞作品総覧 小説篇

作品名索引　　　　　　　　　　　　あんさ

「阿頼耶識冥清の非日常」(堺流通留) ‥‥ 5983

「新たなる出発」(小川栄) ‥‥‥‥‥‥ 1468

「アラバーナの海賊達」(伊藤たつき) ‥‥ 0793

「アラビアの夜の種族」(古川日出男) ‥‥ 5958

「あらゆる場所に花束が…」(中原昌也)
　　‥‥‥‥‥‥‥‥‥‥‥‥‥‥‥‥ 4833

「澪れた言葉」(岡本澄子) ‥‥‥‥‥‥ 1452

「蟻」(岸根誠司) ‥‥‥‥‥‥‥‥‥‥ 2148

「有明先生と瑞穂さん」(コン) ‥‥‥‥ 2827

「ありうべきよすが～氷菓～」(米澤穂
　信) ‥‥‥‥‥‥‥‥‥‥‥‥‥‥‥ 7412

「アリス イン サスペンス」(桃華舞) ‥‥ 6773

「蟻塚」(川辺豊三) ‥‥‥‥‥‥‥‥‥ 2065

「アリスの国の殺人」(辻真先) ‥‥‥‥ 4364

「アリスマ王の愛した魔物」(小川一水)
　　‥‥‥‥‥‥‥‥‥‥‥‥‥‥‥‥ 1459

「アリス・リローデッド ハロー、ミスター・
　マグナム」(茜屋まつり) ‥‥‥‥‥‥ 0119

「蟻と麝香」(赤木駿介) ‥‥‥‥‥‥‥ 0102

「蟻の木の下で」(西東登) ‥‥‥‥‥‥ 2880

「蟻の群れ」(田島一) ‥‥‥‥‥‥‥‥ 4110

「ある秋の出来事」(坂上弘) ‥‥‥‥‥ 2932

「あるアーティストの死」(櫻田しのぶ)
　　‥‥‥‥‥‥‥‥‥‥‥‥‥‥‥‥ 3026

「或る遺書」(沼田茂) ‥‥‥‥‥‥‥‥ 5129

「ある一日」(いしいしんじ) ‥‥‥‥‥ 0601

「ある一領具足の一生」(菅靖匡) ‥‥‥ 3571

「ある意味、ホームレスみたいなもので
　すが、なにか?」(藤井建司) ‥‥‥‥ 5790

「アルヴィル 銀の魚」(吉田縁) ‥‥‥‥ 7347

「ある女の遠景」(舟橋聖一) ‥‥‥‥‥ 5912

「ある女のグリンプス」(冥王まさ子) ‥‥ 6736

「或る回復」(森本等) ‥‥‥‥‥‥‥‥ 6867

「アルカディア」(長谷諭司) ‥‥‥‥‥ 5276

「アルカディアの夏」(皆川博子) ‥‥‥ 6492

「アルカトラズの聖夜」(彩本和希) ‥‥ 0387

「ある環境」(北村謙次郎) ‥‥‥‥‥‥ 2224

「アルキメデスは手を汚さない」(小峰
　元) ‥‥‥‥‥‥‥‥‥‥‥‥‥‥‥ 2799

「アル・グランデ・カーポ」(亜能退人)
　　‥‥‥‥‥‥‥‥‥‥‥‥‥‥‥‥ 0309

「ある決闘」(水谷準) ‥‥‥‥‥‥‥‥ 6440

「或る『小倉日記』伝」(松本清張) ‥‥ 6263

「ある殺人者の告白」(大和田光也) ‥‥ 1406

「アルジェントの輝き」(鳴海エノト) ‥‥ 4994

「或る住家」(阿川志津代) ‥‥‥‥‥‥ 0126

「ある少女にまつわる殺人の告白」(佐藤
　青南) ‥‥‥‥‥‥‥‥‥‥‥‥‥‥ 3107

「あるスカウトの死」(高原弘吉) ‥‥‥‥ 3962

「ア・ルース・ボーイ」(佐伯一麦) ‥‥‥ 2896

「或戦線の風景」(白石義夫) ‥‥‥‥‥ 3502

「アルタッドに捧ぐ」(金子薫) ‥‥‥‥ 1904

「アルチュール・エリソンの素描」(石田
　郁男) ‥‥‥‥‥‥‥‥‥‥‥‥‥‥ 0641

「ある登校拒否児の午後」(竹森茂裕) ‥‥ 4097

「二激港(アルトンカン)」(池田直彦) ‥‥ 0554

「アルハンブラの想い出」(石井龍生) ‥‥ 0603

「アルハンブラの想い出」(井原まなみ)
　　‥‥‥‥‥‥‥‥‥‥‥‥‥‥‥‥ 0902

「ある非行少年」(前田豊) ‥‥‥‥‥‥ 6094

「或る一人の女の話」(宇野千代) ‥‥‥ 1107

「アルプスに死す」(加藤薫) ‥‥‥‥‥ 1853

「ある保安隊員」(秋山富雄) ‥‥‥‥‥ 0166

「或る醜き美顔術師」(川上喜久子) ‥‥ 1992

「ある夕べ」(木杉教) ‥‥‥‥‥‥‥‥ 2158

「或る夜の出来事」(定岡章司) ‥‥‥‥ 3075

「或る老後 ユタの窓はどれだ」(千葉淳
　平) ‥‥‥‥‥‥‥‥‥‥‥‥‥‥‥ 4304

「アレキシシミア」(生田庄司) ‥‥‥‥ 0526

「アレスケのふとん」(木次園子) ‥‥‥ 2241

「荒れた粒子」(久丸修) ‥‥‥‥‥‥‥ 5591

「荒地の恋」(ねじめ正一) ‥‥‥‥‥‥ 5135

「荒れ地野ばら」(山口勇子) ‥‥‥‥‥ 7010

「アレックスの暑い夏」(奥出清典) ‥‥ 1533

「あれは超高率のモチャ子だよ」(丹羽春
　信) ‥‥‥‥‥‥‥‥‥‥‥‥‥‥‥ 5116

「アレルヤ」(桜井鈴茂) ‥‥‥‥‥‥‥ 3005

「アレンシアの魔女」(上総朋大) ‥‥‥ 1789

「泡をたたき割る人魚は」(片瀬チヲル)
　　‥‥‥‥‥‥‥‥‥‥‥‥‥‥‥‥ 1816

「合わせ鏡」(津村節子) ‥‥‥‥‥‥‥ 4456

「哀れな労働者」(赤城享治) ‥‥‥‥‥ 0101

「憐れまれた晋作」(重見利秋) ‥‥‥‥ 3249

「暗渠の宿」(西村賢太) ‥‥‥‥‥‥‥ 5077

「暗君～大友皇子物語」(小幡佑貴) ‥‥ 1646

「暗号少女が解読できない」(新保静波)
　　‥‥‥‥‥‥‥‥‥‥‥‥‥‥‥‥ 3557

「暗黒告知」(小林久三) ‥‥‥‥‥‥‥ 2746

「暗黒整数」(イーガン, グレッグ) ‥‥‥ 0523

「暗黒整数」(山岸真) ‥‥‥‥‥‥‥‥ 6988

「暗殺教師に純潔を―アサシンズプライ
　ド―」(天城ケイ) ‥‥‥‥‥‥‥‥‥ 0345

「暗殺者」(中野孝次) ‥‥‥‥‥‥‥‥ 4801

「暗殺者グラナダに死す」(逢坂剛) ‥‥ 1206

「暗殺の年輪」(藤沢周平) ‥‥‥‥‥‥ 5824

文学賞受賞作品総覧 小説篇　　　　　　　　　　**583**

あんさ　　　　　　作品名索引

「暗殺百美人」(飯島耕一) ……………… 0491
「アンシーズ」(宮沢周) ………………… 6582
「暗室」(吉行淳之介) …………………… 7396
「暗示の壁」(ふゆきたかし) …………… 5935
「アンジュ・ガルディアン」(年見悟) … 4589
「杏っ子」(室生犀星) …………………… 6731
「あんずの向こう」(小山幾) …………… 2810
「安政写真記」(那木葉二) ……………… 4657
「アンダカの怪造学―フェニックスの研
　究」(日日日) ………………………… 0170
「アンチリテラルの数秘術師」(兎月山
　羊) …………………………………… 4595
「アンデスの十字架」(高尾佐介) ……… 3823
「暗闘 スターリン、トルーマンと日本降
　伏」(長谷川毅) ……………………… 5295
「庵堂三兄弟の聖職」(真藤順丈) ……… 3542
「暗闘士」(高山聖史) …………………… 3985
「安徳天皇漂海記」(宇月原晴明) ……… 1098
「アンドロイドの夢の羊」(内田昌之) … 1084
「アンドロイドの夢の羊」(スコルジー, ジ
　ョン) ………………………………… 3614
「安南人の眼」(関川周) ………………… 3713
「安南の六連銭」(新宮正春) …………… 3531
「アンフォゲッタブル」(伊兼源太郎) … 0509
「安楽処方箋」(山崎光夫) ……………… 7033

【い】

「家を建てる」(江藤由縁) ……………… 1157
「YES・YES・YES」(比留間久夫) …… 5684
「イエスの裔」(柴田錬三郎) …………… 3332
「家と幼稚園」(寺島英輔) ……………… 4497
「家に帰ろう」(齊藤洋大) ……………… 2886
「家のなか・なかの家」(本田元弥) …… 6069
「家日和」(奥田英朗) …………………… 1525
「硫黄島」(菊村到) ……………………… 2125
「硫黄島に死す」(城山三郎) …………… 3522
「異界ノスタルジア」(瀬那和章) ……… 3740
「筏」(外村繁) …………………………… 4598
「行かないで―If You Go Away」(三浦真
　奈美) ………………………………… 6345
「『いかにもってかんじに呪われて荘』の
　住人」(夢猫) ………………………… 7247
「怒り」(吉田修一) ……………………… 7320
「錨を上げよ」(百田尚樹) ……………… 5637

「怒りの子」(高橋たか子) ……………… 3922
「錨のない部屋」(阿南泰) ……………… 0307
「いきいき老青春」(田村総) …………… 4269
「生神モラトリアム」(沖永融明) ……… 1507
「生籠り」(杉田幸三) …………………… 3587
「生きていりゃこそ」(山﨑智) ………… 7021
「生き人形」(堀佳子) …………………… 6044
「生き屛風」(田辺青蛙) ………………… 4200
「異郷」(津村節子) ……………………… 4457
「異郷」(森厚) …………………………… 6780
「異郷の歌」(岡松和夫) ………………… 1443
「異形の神」(中堂利夫) ………………… 4794
「異形の姫と妙薬の王子」(せひらあや
　み) …………………………………… 3744
「異形の者」(柳蒼二郎) ………………… 6936
「イギリス山」(佐藤洋二郎) …………… 3130
「生きる」(乙川優三郎) ………………… 1615
「蘭刈り」(福長斉) ……………………… 5779
「イクシードサーキット」(杉賢要) …… 3586
「郁達夫伝」(小田岳夫) ………………… 1582
「いくつもの十年―函館の二日」(山崎恒
　裕) …………………………………… 7024
「イクライナの鬼」(崎谷真琴) ………… 2992
「EQUATION―イクヴェイジョン―」
　(竜ノ湖太郎) ………………………… 4139
「池」(福田敬) …………………………… 5772
「池から帰るふたり」(中原らいひ) …… 4837
「池の主」(橋本翠泉) …………………… 5261
「池袋ウエストゲートパーク」(石田衣
　良) …………………………………… 0642
「生ける屍の夜」(阿部和重) …………… 0316
「異国の髭」(奈良井一) ………………… 4984
「生駒山」(米光硯海) …………………… 7418
「居酒屋ふるさと営業中」(山脇立嗣) … 7169
「居酒屋『やなぎ』」(難波田節子) …… 5019
「居酒屋野郎ナニワブシ」(秋山鉄) …… 0165
「十六夜に」(竹田真砂子) ……………… 4063
「十六夜橋」(石牟礼道子) ……………… 0674
「十六夜華泥棒」(山内美樹子) ………… 6970
「石を背負う父」(河野修一郎) ………… 2634
「石を持つ女」(一瀬宏也) ……………… 0736
「石上草心の生涯」(吉村正一郎) ……… 7375
「意地がらみ」(市川雨声) ……………… 0721
「石狩平野」(船山馨) …………………… 5915
「石工のしあわせ」(渡邊政治) ………… 7525
「石の記憶」(田原) ……………………… 4479
「医師の子」(小沢久雄) ………………… 1566

作品名索引　　　　　　　　　　いてさ

「石の叫び」(柘植文雄) ················ 4356
「石の下の記録」(大下宇陀児) ······ 1291
「石の中の蜘蛛」(浅暮三文) ········ 0217
「石のニンフ達」(宮原昭夫) ········ 6595
「石の来歴」(奥泉光) ················ 1518
「いじめられっ子ゲーム」(野本隆) 5214
「異人館」(百鬼丸) ···················· 5641
「異人たちとの夏」(山田太一) ······ 7079
「以身伝震の森」(羽場幸子) ········ 5378
「椅子」(牧田真有子) ················ 6107
「伊津子の切符売り」(船越和太流) 5905
「和泉式部」(森三千代) ·············· 6806
「出雲の阿国」(有吉佐和子) ········ 0442
「異星人の郷」(嶋田洋一) ··········· 3376
「異星人の郷」(フリン, マイクル) 5943
「異世界錬金メカニクス」(伊神一稀) 0510
「異 戦国志」(仲路さとる) ·········· 4746
「異相界の凶獣」(対馬正治) ········ 4389
「磯松風」(伊達鏡雨) ················ 0769
「ISOLA」(貴志祐介) ················ 2143
「-I-S-O-N-」(一乃勢まや) ········· 0737
「偉大なる、しゅららぼん」(万城目学)
·································· 6121
「悪戯」(黒部順拙) ···················· 2548
「頂」(もりたなるお) ················ 6840
「いただきさん」(北澤佑紀) ········ 2198
「韋駄天じじいの行列」(岩崎悟) ··· 0965
「悼む人」(天童荒太) ················ 4509
「一応の推定」(広川純) ·············· 5687
「1Q84」(村上春樹) ················· 6674
「1Q84」(新潮社) ···················· 3537
「いちげんさん」(ゾペティ, デビット) ··· 3791
「一絃の琴」(宮尾登美子) ··········· 6552
「一期一会」(網野菊) ················ 0364
「いちごのケーキ」(豊沢谷はじめ) 4643
「イチゴミルクキャンディーな、ひと夏
　の恋」(神崎リン) ················ 2088
「いちじく」(内村幹子) ·············· 1091
「無花果の森」(小池真理子) ········ 2590
「無花果よ私を貫け」(楠見千鶴子) 2385
「一条の光」(耕治人) ················ 2609
「一大事」(平井彩花) ················ 5650
「一二月八日の奇術師」(直原冬明) ··· 3237
「一日 夢の柵」(黒井千次) ········· 2505
「一年」(北条誠) ······················ 5997
「一年の牧歌」(河野多恵子) ········ 2636

「一番星」(赤目什吉) ················ 3722
「一姫二太郎ゼロ博士」(桂和歌) ··· 1842
「一枚摺屋」(城野隆) ················ 3479
「一夢庵風流記」(隆慶一郎) ········ 7438
「一夜」(篠貴一郎) ···················· 3272
「イチヤの雪」(石脇信) ·············· 0684
「一葉の日記」(和田芳恵) ··········· 7488
「一輪車の歌」(青木陽子) ··········· 0055
「一縷の川」(直井潔) ················ 4664
「一路」(丹羽文雄) ···················· 5117
「いつか汽笛を鳴らして」(畑山博) 5323
「いつかこの手に、こぼれ雪を」(紀伊楓
　庵) ································ 2110
「いつか、眠りにつく日」(いぬじゅん)
·································· 0834
「いつか見た海へ」(もりまいつ) ··· 6854
「一休」(水上勉) ······················ 6408
「一向僧兵伝」(洗潤) ················ 0394
「一個その他」(永井龍男) ··········· 4681
「一札の事」(大舘欣一) ·············· 1332
「一週間」(トバシサイコ) ··········· 4603
「一瞬の風になれ」(佐藤多佳子) ··· 3109
「一色一生」(志村ふくみ) ··········· 3419
「一所懸命」(岩井三四二) ··········· 0947
「一千兆円の身代金」(八木圭一) ··· 6887
「一セントコインの女」(久野智裕) 5589
「一朝の夢」(梶よう子) ·············· 1760
「一通の手紙」(武重謙) ·············· 4054
「イッツ・オンリー・トーク」(絲山秋子)
·································· 0812
「一滴の藍」(北村周一) ·············· 2225
「一滴の嵐」(小島小陸) ·············· 2668
「一転」(大石観一) ···················· 1214
「いつの間にか・写し絵」(浅利佳一郎)
·································· 0251
「一平くん純情す」(水樹あきら) ··· 6419
「一方通行のバイパス」(桜木木綿) 3012
「いつまでも」(阿部暁子) ··········· 0312
「逸民」(小川国夫) ···················· 1464
「いつも心に爆弾を」(うさぎ鍋竜之介)
·································· 1052
「いつもと同じ春」(辻井喬) ········ 4370
「いつも通り」(片桐里香) ··········· 1813
「いつも夜」(康伸吉) ················ 2607
「偽りの…」(ふぉれすと) ··········· 5721
「イデオローグ」(椎田十三) ········ 3206
「射手座」(上村渉) ···················· 1042

文学賞受賞作品総覧 小説篇　　　　　　　　　　585

「渭田開城記」（野村敏雄）……………… 5207

「異土」（吉野光久）……………………… 7358

「伊藤永之介の農民文学の道」（北条常久）…………………………………………… 5994

「いとしきもの すこやかに生まれよ―ケイゼルレイケスネーデ物語―」（高城廣子）…………………………………………… 3849

「いとしのブリジット・バルドー」（井上ひさし）………………………………… 0865

「糸でんわ」（鈴木郁子）………………… 3621

「糸偏となぞなぞ」（霜鳥つらら）……… 3434

「田舎」（丸山義二）……………………… 6320

「田舎の刑事の趣味とお仕事」（滝田務雄）…………………………………………… 4016

「伊奈半十郎上水記」（松浦節）………… 6174

「犬」（山下智恵子）……………………… 7054

「乾谷」（村岡圭三）……………………… 6667

「犬飼い」（浅永マキ）…………………… 0230

「犬（影について・その一）」（司修）… 4329

「犬神」（後藤杉彦）……………………… 2717

「犬小屋」（向田邦子）…………………… 6653

「犬侍」（楢八郎）………………………… 4977

「犬とハモニカ」（江國香織）…………… 1145

「犬盗人」（仲若直子）…………………… 4929

「いぬのかお」（山野ねこ）……………… 7115

「犬の気焔」（北村周一）………………… 2226

「犬の系譜」（椎名誠）…………………… 3210

「犬の戦場」（福岡さだお）……………… 5759

「犬のように死にましょう」（高橋一起）…………………………………………… 3892

「犬婿入り」（多和田葉子）……………… 4274

「犬よ笑うな『そんなもの』を」（橋てつと）………………………………………… 5248

「犬はいつも足元にいて」（大森兄弟）… 1400

「稲の旋律」（旭爪あかね）……………… 5629

「いねの花」（野坂喜美）………………… 5163

「井上成美」（阿川弘之）………………… 0130

「"異"能者たちは青春を謳歌する」（来生直紀）…………………………………… 2159

「イノセンス」（押井守）………………… 1569

「Innocent Summer」（小笠原由記）…… 1419

「イノセント・デイズ」（早見和真）…… 5470

「命」（古沢堅秋）………………………… 5965

「命がけのゲームに巻き込まれたので嫌いな奴をノリノリで片っ端から殺してやることにした」（中田かなた）…… 4781

「いのち毛」（海賀変哲）………………… 1681

「生命盡きる日」（八匠衆一）…………… 5329

「いのちに満ちる日」（田中雅美）……… 4190

「いのちの初夜」（北条民雄）…………… 5993

「命の「呼子笛（ホイッスル）」」（尾崎竹一）………………………………………… 1556

「いのち燃える日に」（浅井春美）……… 0188

「祈りの日」（倉世春）…………………… 2459

「祈りの幕が下りる時」（東野圭吾）…… 5549

「祈る時まで」（川口明子）……………… 2016

「伊庭如水」（前田宣山人）……………… 6090

「いばらの呪い師 病葉兄妹 対 怪人三日月卿」（大谷久）………………………… 1337

「遺品」（瀬戸井誠）……………………… 3731

「if」（知念里佳）………………………… 4300

「いふや坂」（内藤みどり）……………… 4659

「異聞浪人記」（滝口康彦）……………… 4009

「異邦人」（辻亮一）……………………… 4369

「異本・源氏藤式部の書き侍りける物語」（森谷明子）……………………………… 6870

「いま集合的無意識を、」（神林長平）… 2104

「今までの自分にサヨナラを」（Salala）… 3169

「今様ごよみ」（内村幹子）……………… 1092

「イミューン」（青木和）………………… 0041

「妹ChuChu♡」（鷹羽シン）…………… 3886

「妹とあまいちゃ！」（衣月敬真）……… 0685

「妹の帽子」（吉田典子）………………… 7337

「妹夫婦を迎えて」（窪川鶴次郎）……… 2423

「妹は漢字が読める」（かじいたかし）… 1762

「イモムシランデブー」（久麻當郎）…… 2303

「いやしい鳥」（藤野可織）……………… 5853

「いやな感じ」（高見順）………………… 3965

「イライラ小学生」（高橋瑛理）………… 3893

「蕁麻の家」（萩原葉子）………………… 5237

「イラナイチカラ」（阿澄森羅）………… 0280

「イラハイ」（佐藤哲也）………………… 3111

「入り江にて」（伊藤幸恵）……………… 0806

「海豚」（石上襄次）……………………… 0613

「刺青」（富田常雄）……………………… 4620

「入れ歯にやさしいレストラン『ルンビニ』が開店しました」（三浦英子）… 6342

「いろいろな日」（白木陸郎）…………… 3510

「色のない街」（笠原藤代）……………… 1752

「いろはでボケ封じ―健脳ライフのすすめ―」（若林利光）…………………… 7468

「いろはもみじ」（小堺麻里）…………… 2664

「磐船街道」（本多はる子）……………… 6065

「イワレ奇譚」（やながさわかだ）……… 6931

「韻が織り成す召喚魔法―バスタ・リリッ

作品名索引　　　　うそか

カーズ―」(真代屋秀晃) ……………… 6143
「陰気な愉しみ」(安岡章太郎) ………… 6908
「印繰り」(山口恵以子) ……………… 6992
「因業羅漢谷」(鷹尾東雨) …………… 3824
「イン ザ・ミソスープ」(村上龍) …… 6686
「インシャラー」(張江勝年) ………… 5513
「インストール」(綿矢りさ) ………… 7538
「インディゴの夜」(加藤実秋) ……… 1876
「インディビジュアル・デイズ」(藤川未
　央) ……………………………………… 5810
「印度」(田郷虎雄) …………………… 4104
「イントゥルーダー」(高嶋哲夫) …… 3851
「インドクリスタル」(篠田節子) …… 3284
「インド幻想」(井上武彦) …………… 0859
「インド糞闘記」(淵川元晴) ………… 5901
「インドミタブル物語」(羽深律) …… 5388
「インバネス」(坂井京子) …………… 2920
「インパール」(渡辺信広) …………… 7520
「インフィニティ・ゼロ」(有沢まみず)
　……………………………………………… 0432
「地獄―私の愛したピアニスト」(瀬尾こ
　ると) …………………………………… 3701
「隠蔽捜査」(今野敏) ………………… 2850
「陰冥道士～福山宮のカンフー少女とオ
　ネエ道士」(中野之三雪) …………… 4824

【う】

「ヴァーテックテイルズ あるいはM婦人
　の犯罪」(尾関修一) ………………… 1575
「ヴァニラテイル」(須藤あき) ……… 3669
「ヴァルハラの晩ご飯～イノシシとドラ
　ゴンのブロシェット 氷の泉に沢山の
　ヤドリギを添えて～」(三鏡一敏) …… 6350
「ヴァロフェス」(和田賢一) ………… 7485
「ヴァンダル画廊街の奇跡」(美奈川護)
　……………………………………………… 6498
「ヴィクティム」(小笠原慧) ………… 1417
「Wizard's Fugue」(すえばしけん) …… 3564
「ウィザーズ・ブレイン」(三枝零一) …… 2910
「ウィザード＆ウォーリアー・ウィズ・マ
　ネー」(三河ごーすと) ……………… 6363
「ウィッチハント・カーテンコール 超歴
　史的殺人事件」(紙城境介) ………… 1946
「ヴィーナス・シティ」(柾悟郎) …… 6130
「女神の永遠」(柴田よしき) ………… 3331

「ヴィナスの濡れ衣」(醍醐麻沙夫) …… 3796
「ウイニング・ボール」(白河暢子) …… 3507
「ヴェアヴォルフ オルデンベルク探偵事
　務所録」(九条菜月) ………………… 2380
「ウエイトレス」(藤本恵子) ………… 5878
「ヴェクサシオン」(新井満) ………… 0404
「ヴェサリウスの柩」(麻見和史) …… 0249
「ヴェジトピア」(杉本裕孝) ………… 3601
「ウェルカム・ミスター・エカリタン」(松
　井千尋) ………………………………… 6169
「ウエンカムイの爪」(熊谷達也) …… 2443
「魚河岸ものがたり」(森田誠吾) …… 6839
「ウォークライ」(笠原淳) …………… 1748
「ウォー・クライ」(上原小夜) ……… 1032
「ウォーターズ・ウィスパー」(湖山真)
　……………………………………………… 2818
「ウォッチャー」(三田つばめ) ……… 6464
「雨季」(郡司道子) …………………… 2563
「ヴギウギ・80」(池田純子) ………… 0551
「うきだあまん」(結城はに) ………… 7204
「宇喜多の捨て嫁」(木下昌輝) ……… 2266
「浮名長者」(南条三郎) ……………… 5006
「浮橋」(岩橋邦枝) …………………… 0984
「雨期晴」(前川紫山) ………………… 6080
「右京の恋」(楢八郎) ………………… 4978
「うぐいす」(小田武雄) ……………… 1584
「鴬」(伊藤永之介) …………………… 0768
「鶯を呼ぶ少年」(日下圭介) ………… 2356
「受け月」(伊集院静) ………………… 0678
「雨月荘殺人事件」(和久峻三) ……… 7476
「動く不動産」(姉小路祐) …………… 0308
「兎の復習」(加奈山径) ……………… 1898
「うさぎの瞳」(中濱ひびき) ………… 4827
「うさぎパン」(瀧羽麻子) …………… 4020
「うさパン！私立戦車小隊/首なしラビッ
　ツ」(兎月竜之介) …………………… 1071
「牛家」(岩城裕明) …………………… 0956
「失われた街―MY LOST TOWN」(八
　本正幸) ………………………………… 7171
「失われた町」(三崎亜記) …………… 6388
「うしろ姿」(立石富男) ……………… 4145
「うしろ姿」(山田萍南) ……………… 7093
「薄青の風景画」(椎名鳴葉) ………… 3208
「うすべにの街」(近藤弘子) ………… 2839
「埋み火」(植松三郎) ………………… 1035
「雨舌」(桑原幹夫) …………………… 2561
「嘘神」(三田村志郎) ………………… 6469

文学賞受賞作品総覧 小説篇　　　　587

「うそつき、うそつき」（清水杜氏彦）‥‥ 3403	「海へのチチェローネ」（中戸真吾）‥‥‥ 4791
「嘘つき天使は死にました！（嘘」（葉巡明治）‥‥‥‥‥‥‥‥‥‥‥‥ 5411	「海を感じる時」（中沢けい）‥‥‥‥‥ 4737
「嘘つきな五月女王」（白川紺子）‥‥‥‥ 3505	「海を越えた者たち」（笹倉明）‥‥‥‥ 3053
「歌う潜水艦とピアピア動画」（野尻抱介）‥‥‥‥‥‥‥‥‥‥‥‥ 5176	「海を渡る植物群」（みどりゆうこ）‥‥ 6488
「歌う峰のアリエス」（松葉屋なつみ）‥‥ 6239	「ウミガメのくる浜辺」（とうやあや）‥‥ 4554
「うたかた サクチュアリ」（吉本ばなな）	「海からの光」（辻井良）‥‥‥‥‥‥‥ 4376
‥‥‥‥‥‥‥‥‥‥‥‥ 7390	「海霧」（原田康子）‥‥‥‥‥‥‥‥‥ 5507
「うたかた草紙」（海音寺潮五郎）‥‥‥ 1678	「海と死者」（梅田昌志郎）‥‥‥‥‥‥ 1130
「うたかたのうた」（松川明彦）‥‥‥‥ 6194	「海と月の迷路」（大沢在昌）‥‥‥‥‥ 1281
「宴の前」（宇野千代）‥‥‥‥‥‥‥‥ 1108	「海と毒薬」（遠藤周作）‥‥‥‥‥‥‥ 1189
「歌枕」（中里恒子）‥‥‥‥‥‥‥‥‥ 4728	「海鳥の翔ぶ日」（篠島周）‥‥‥‥‥‥ 3283
「撃たれなきゃわからない」（椎葉周）‥‥ 3214	「海鳴り」（山下惣一）‥‥‥‥‥‥‥‥ 7049
「打ち上げ花火」（田村初美）‥‥‥‥‥ 4263	「海鳴りの丘」（間嶋稔）‥‥‥‥‥‥‥ 6140
「ウチの妹がここまでMなわけがない」（遠野渚）‥‥‥‥‥‥‥‥‥ 4560	「海に与える書」（岩崎春子）‥‥‥‥‥ 0967
「うーちゃんの小箱」（和見俊樹）‥‥‥ 1791	「海にゆらぐ糸」（大庭みな子）‥‥‥‥ 1368
「宇宙切手シリーズ」（松田桂）‥‥‥‥ 6220	「海に夜を重ねて」（若一光司）‥‥‥‥ 7462
「宇宙犬ハッチー」（かわせひろし）‥‥ 2038	「海猫」（谷村志穂）‥‥‥‥‥‥‥‥‥ 4231
「宇宙細胞」（黒葉雅人）‥‥‥‥‥‥‥ 2547	「海猫ツリーハウス」（木村友祐）‥‥‥ 2291
「宇宙ステーション」（尾木直子）‥‥‥ 1495	「海のアリーズ」（小林栗奈）‥‥‥‥‥ 2753
「雨中の客」（浅黄斑）‥‥‥‥‥‥‥‥ 0208	「海の扇」（森山啓）‥‥‥‥‥‥‥‥‥ 6872
「宇宙のみなもとの滝」（山口泉）‥‥‥ 6991	「海の回廊」（梅原稜子）‥‥‥‥‥‥‥ 1132
「有頂天家族」（森見登美彦）‥‥‥‥‥ 6855	「海のかけら」（井野登志子）‥‥‥‥‥ 0849
「美しい女」（椎名麟三）‥‥‥‥‥‥‥ 3211	「海の牙」（水上勉）‥‥‥‥‥‥‥‥‥ 6410
「美しい果実」（唐瓜直）‥‥‥‥‥‥‥ 1980	「海の沙」（島比呂志）‥‥‥‥‥‥‥‥ 3353
「美しい私の顔」（中納直子）‥‥‥‥‥ 4813	「海の仙人」（絲山秋子）‥‥‥‥‥‥‥ 0813
「うつけ信長」（鈴木旭）‥‥‥‥‥‥‥ 3619	「海の底のコールタール」（上野登史郎）
「現し彩なす」（持崎湯葉）‥‥‥‥‥‥ 6746	‥‥‥‥‥‥‥‥‥‥‥‥ 1029
「うつぶし」（隼見果奈）‥‥‥‥‥‥‥ 5471	「海の空 空の舟」（上野哲也）‥‥‥‥ 1027
「ウツボの森の少女」（片島麦子）‥‥‥ 1815	「海のない港街」（吉田典子）‥‥‥‥‥ 7338
「うつろ屋軍師」（簑輪諒）‥‥‥‥‥‥ 6531	「海の廃園」（山田克郎）‥‥‥‥‥‥‥ 7074
「うどん キツネつきの」（高山羽根子）‥‥ 3988	「海の花婿」（川端克二）‥‥‥‥‥‥‥ 2050
「宇野浩二伝」（水上勉）‥‥‥‥‥‥‥ 6409	「海の向日葵」（小山弓）‥‥‥‥‥‥‥ 2824
「姥が宿」（畑裕子）‥‥‥‥‥‥‥‥‥ 5310	「海のまつりごと」（大久保房男）‥‥‥ 1260
「乳母車の記憶」（佐々木国広）‥‥‥‥ 3040	「海の都の物語」（塩野七生）‥‥‥‥‥ 3221
「姥捨て」（奥野忠昭）‥‥‥‥‥‥‥‥ 1534	「海の向こうの血」（飯尾憲士）‥‥‥‥ 0481
「奪われるもの」（水芦光子）‥‥‥‥‥ 6405	「海の娘」（のむら真郷）‥‥‥‥‥‥‥ 5210
「馬」（阪中正夫）‥‥‥‥‥‥‥‥‥‥ 2960	「海の指」（飛浩隆）‥‥‥‥‥‥‥‥‥ 4605
「馬市果てて」（千葉治平）‥‥‥‥‥‥ 4302	「海ふかく」（東館千鶴子）‥‥‥‥‥‥ 5546
「馬追原野」（辻村もと子）‥‥‥‥‥‥ 4406	「海辺の光景」（安岡章太郎）‥‥‥‥‥ 6909
「石女」（沢田ふじ子）‥‥‥‥‥‥‥‥ 3189	「海辺の生と死」（島尾ミホ）‥‥‥‥‥ 3361
「馬船楽浪航」（片岡伸行）‥‥‥‥‥‥ 1804	「海辺の町」（尾木沢響子）‥‥‥‥‥‥ 1497
「海」（安土萌）‥‥‥‥‥‥‥‥‥‥‥ 0269	「海辺の村から」（中野衣恵）‥‥‥‥‥ 4798
「海色の午後」（唯川恵）‥‥‥‥‥‥‥ 7183	「海辺の物語」（西田喜代志）‥‥‥‥‥ 5058
「海へ出た」（藤原緑）‥‥‥‥‥‥‥‥ 5898	「海辺のレクイエム」（間嶋稔）‥‥‥‥ 6141
	「海ん婆」（菅原裕紀）‥‥‥‥‥‥‥‥ 3579
	「ウメ子」（阿川佐和子）‥‥‥‥‥‥‥ 0123

作品名索引　　　　　えとむ

「卯女さんの表彰状」(市嶋絢) ………… *0728*
「梅と鶯」(折口真喜子) ………… *1662*
「梅の花」(杉啓吉) ………… *3581*
「埋められた傷痕」(芹川兵衛) ………… *3748*
「埋める」(山下智恵子) ………… *7055*
「埋れ井戸」(三島霜川) ………… *6400*
「埋もれる」(奈良美那) ………… *4982*
「烏有此譚」(円城塔) ………… *1176*
「裏へ走り蹴り込め」(小野寺史宜) ………… *1644*
「裏ギリ少女」(川崎中) ………… *2024*
「裏通りの炎」(黒岩龍太) ………… *2514*
「裏庭の穴」(田山朔美) ………… *4271*
「裏の海」(久保田匡子) ………… *2428*
「盂蘭盆」(吉未秦乃) ………… *7364*
「裏街」(田中律子) ………… *4198*
「ウラミズ」(佐島佑) ………… *3069*
「裏道通り三番地、幻想まほろば屋書店」
　(三萩せんや) ………… *6532*
「うらモモ伝説」(石井紀大) ………… *0607*
「浦安うた日記」(大庭みな子) ………… *1369*
「うらやましい死に方」(五木寛之) ………… *0749*
「売る女、脱ぐ女」(斉藤朱美) ………… *2865*
「ウルトラ高空路」(樺鼎太) ………… *2099*
「うるみん」(結木貴子) ………… *7202*
「うるわしき日々」(小島信夫) ………… *2680*
「熟れてゆく夏」(藤堂志津子) ………… *4543*
「雲上都市の大冒険」(山口芳宏) ………… *7015*
「運転士」(藤原智美) ………… *5893*
「雲南守備兵」(木村荘十) ………… *2280*
「運・不運」(池田源尚) ………… *0549*
「運命交響曲殺人事件」(由良三郎) ………… *7252*
「運命に愛されてごめんなさい。」(うわみ
　くるま) ………… *1139*
「運命の糸」(池内陽) ………… *0538*
「運命の人」(文藝春秋) ………… *5981*
「運命の人」(山崎豊子) ………… *7025*

【え】

「絵合せ」(庄野潤三) ………… *3474*
「A&A アンドロイド・アンド・エイリア
　ン」(北川拓磨) ………… *2191*
「〔映〕アムリタ」(野崎まど) ………… *5166*
「永遠に一日」(小幡亮介) ………… *1647*
「永遠に消えず」(阿久根星斗) ………… *0177*

「永遠に放つ」(田内初義) ………… *3808*
「永遠の仔」(天童荒太) ………… *4510*
「永遠の1/2」(佐藤正午) ………… *3104*
「永遠の都」(加賀乙彦) ………… *1704*
「永遠の森」(菅浩江) ………… *3570*
「映画篇」(金城一紀) ………… *1913*
「栄光一途」(雫井脩介) ………… *3261*
「英語屋さん」(源氏鶏太) ………… *2573*
「AGE」(若木未生) ………… *7463*
「エイジ」(重松清) ………… *3242*
「永青」(篠原一郎) ………… *3294*
「H丸伝奇」(小松滋) ………… *2790*
「A2Z」(山田詠美) ………… *7066*
「A/Bエクストリーム」(高橋弥七郎) …… *3947*
「A・B・C…」(佐藤龍一郎) ………… *3134*
「英文科Aトゥズ」(武谷牧子) ………… *4099*
「嬰へ短調」(田畑麦彦) ………… *4242*
「英雄失格！」(白木秋) ………… *3508*
「英雄伝フリードリヒ」(霧島兵庫) ………… *2327*
「英雄になりたい男」(津田伸二郎) ………… *4412*
「英雄ラファシ伝」(岡崎弘明) ………… *1412*
「英雄〈竜殺し〉の終焉」(戒能靖十郎) …… *1699*
「ええから加減」(永田俊也) ………… *4784*
「A×M—ジェリー・フィッシュと五つの
　イニシャル—」(七菜なな) ………… *3265*
「エクスプローラー」(北山大詩) ………… *2238*
「エーゲ海に捧ぐ」(池田満寿夫) ………… *0556*
「エーコと【トオル】と部活の時間。」(柳
　田狐狗狸) ………… *6945*
「エスケエプ・スピキド」(九岡望) ………… *2350*
「Sっ気のある美少女ボディガードを雇っ
　てしまったので、いつも敢えて死にそ
　うな目に遭わされたのちに護られる
　俺。」(望月充っ) ………… *6748*
「エステ地獄」(藤崎かんな子) ………… *5819*
「蝦夷松を焚く」(竹本賢三) ………… *4095*
「エターナル・ゲート」(羽倉せい) ………… *5368*
「越後瞽女唄冬の旅」(村山富士子) ………… *6724*
「越境者」(宅和俊平) ………… *4041*
「エデンの卵」(佐々木信子) ………… *3046*
「江戸切絵図の記憶」(跡部蛮) ………… *0306*
「江戸職人綺譚」(佐江衆一) ………… *2892*
「穢土荘厳」(杉本苑子) ………… *3596*
「江戸風狂伝」(北原亜以子) ………… *2210*
「江戸前の男　春風亭柳朝一代記」(吉川
　潮) ………… *7297*
「江戸娘」(滝夜半) ………… *3996*

文学賞受賞作品総覧 小説篇　　　　　**589**

えとろ　　　　　　　　作品名索引

「エトロフ発緊急電」(佐々木譲) ……… 3041
「エヌ氏」(渡邊利道) ……………… 7517
「エノラゲイ撃墜指令」(松浪和夫) …… 6233
「絵はがき」(小田武雄) …………… 1585
「絵葉書」(小田武雄) ……………… 1586
「abさんご」(黒田夏子) …………… 2537
「恵比寿様から届いた手紙」(小林宏暢)
　　……………………………… 2765
「恵比寿屋喜兵衛手控え」(佐藤雅美) …… 3124
「エピデミックゲージ」(相川黒介) …… 0009
「海老フライ」(水木亮) …………… 6428
「F」(井谷昌喜) ……………………… 0713
「FL無宿のテーマ」(有明夏夫) ……… 0420
「えヴりでい・えれめんたる」(宮本将
　行) ………………………………… 6624
「江分利満氏の優雅な生活」(山口瞳) … 7005
「F1地上の夢」(海老沢泰久) ……… 1166
「M.G.H.」(三雲岳斗) …………… 6381
「Mの世界」(三田誠広) …………… 6467
「えもんかのみち」(立飛ゆき) …… 4147
「選ばれた種子」(由布川祝) ……… 7190
「LA心中」(羽根田康美) ………… 5371
「エル・キャプ」(都築直子) ……… 4409
「LC1961」(伊崎喬助) …………… 0591
「Electro Fairy」(桜木紫築) ……… 3013
「エレナ，目を閉じるとき」(中村茂樹) … 4861
「エレメンツ・マスター」(弐宮環) … 5106
「縁/EN」(酒津はる) ……………… 2956
「艶影」(南条三郎) ………………… 5007
「宴会」(池田章一) ………………… 0552
「炎下の劇」(冬島菖太郎) ………… 5938
「演歌の虫」(山口洋子) …………… 7012
「演歌の明治大正史」(添田知道) …… 3774
「炎環」(永井路子) ………………… 4686
「遠景の森」(田島一) ……………… 4111
「厭犬伝」(弘也英明) ……………… 5714
「縁故節現世考」(広田文世) ……… 5699
「エンジェルショー 黄色四葉」(花野夢)
　　……………………………… 5352
「円周率を計算した男」(鳴海風) …… 4995
「厭世マニュアル」(阿川せんり) …… 0127
「延段」(須山ユキエ) ……………… 3684
「寅淡語怪録」(朱雀門出) ………… 3616
「婉という女」(大原富枝) ………… 1383
「エンドレス・ワルツ」(稲葉真弓) … 0827
「炎熱商人」(深田祐介) …………… 5735
「エンパシー」(中島ゆうり) ……… 4770

「炎風」(真鍋元之) ………………… 6284
「天皇の密使」(丹羽昌一) ………… 5115
「遠方より」(谷口哲秋) …………… 4226
「煙幕」(深津望) …………………… 5738
「遠雷」(七条勉) …………………… 3266
「遠雷と怒濤と」(湯郷将和) ……… 7230
「遠来の客」(米谷ふみ子) ………… 2801
「遠来の客たち」(曽野綾子) ……… 3784
「遠雷や、残すものなどなにもない」(畠
　山恵美) …………………………… 5316
「遠雷」(立松和平) ………………… 4149

【 お 】

「オアシス」(生田紗代) …………… 0525
「お家さん」(玉岡かおる) ………… 4247
「お椅子さん」(鯱城一郎) ………… 3441
「老いつつ」(小木曽左今次) ……… 1500
「追いつめる」(生島治郎) ………… 0524
「オイディプス症候群」(笠井潔) …… 1742
「オイディプスの刃」(赤江瀑) …… 0088
「おいでるかん」(仲町六絵) ……… 4839
「お稲荷さんが通る」(叶泉) ……… 1923
「おいべっさん」(竹内紘子) ……… 4045
「おいらん六花」(宇多ゆりえ) …… 1072
「応為坦坦録」(山本昌代) ………… 7156
「往還の記」(竹西寛子) …………… 4073
「王国物語」(雨川恵) ……………… 0369
「往古来今」(磯﨑憲一郎) ………… 0704
「黄金を抱いて翔べ」(高村薫) …… 3969
「黄金火」(沢良太) ………………… 3176
「黄金寺院浮上」(沢田黒蔵) ……… 3183
「黄金の蛇と古の兄弟」(くれや一空) … 2502
「黄金の星の庭」(髙橋陽子) ……… 3953
「黄金の罠」(田中光二) …………… 4163
「黄金流砂」(中津文彦) …………… 4788
「黄金旅風」(飯嶋和一) …………… 0483
「王さま歩きましょう」(遠藤萌花) … 1198
「王子降臨」(手代木正太郎) ……… 4487
「桜咲荘」(片岡真) ………………… 1805
「王子はただ今出稼ぎ中」(岩城広海) … 0957
「横着星」(川田裕美子) …………… 2043
「王手桂香取り！」(青葉優一) …… 0068
「王道三国志1」(宇佐美浩然) …… 1053
「王道楽土」(御堂彰彦) …………… 1614

590　　　　　　　　　　　　　　文学賞受賞作品総覧 小説篇

「押忍!!かたれ部」（喜多見かなた） ······· 2221	「おくつき」（佐藤れい子） ············· 3135
「王の眠る丘」（牧野修） ············· 6112	「奥の谷へ」（松本太吉） ············· 6271
「おうばがふところ」（高原深雪） ····· 3963	「おくりびと」（小山薫堂） ············· 2815
「王妃の階段」（柳原一日） ············· 6947	「遅れ咲き」（内田迪子） ············· 1087
「王妃の離婚」（佐藤賢一） ············· 3100	「オーケストラ、それは我なり」（中丸美
「横柄巫女と宰相陛下」（鮎川はぎの） ··· 0392	絵） ······························· 4842
「逢魔の都市」（葉越晶） ············· 5242	「桶狭間合戦録」（久住隈苅） ············· 2384
「追うもの」（谷克二） ············· 4210	「おけらの森の夏休み」（藤本富子） ····· 5882
「大いなる幻影」（戸川昌子） ············· 4569	「お子様ランチ・ロックソース」（彩河
「大江戸医譚―PRACTICE―」（史間あ	杏） ······························· 2857
かし） ························· 3347	「お魚にエサをあげてね」（冬川文子） ···· 5925
「大江戸釣奇伝」（夢枕獏） ············· 7249	「オサキ狩り」（泉田もと） ············· 0694
「オオカミくんはピアニスト」（石田真	「幼き者は驢馬に乗って」（森内俊雄） ··· 6814
理） ························· 0650	「オサムの朝」（森詠） ············· 6786
「狼と香辛料」（支倉凍砂） ············· 5303	「お猿のおばちゃま」（津田美幸） ····· 4414
「狼奉行」（高橋義夫） ············· 3955	「おじいさんの内緒」（奥宮和典） ····· 1536
「大川図絵」（村上尋） ············· 6672	「おじいちゃん こっちむいて」（熊田のぶ
「大きい大将と小さい大将」（井上薫） ··· 0856	子） ······························· 2448
「大きな木」（山ノ内真樹子） ············· 7118	「押し入れ」（小森隆司） ············· 2806
「大きな息子」（松原一枝） ············· 6241	「おしかくさま」（谷川直子） ············· 4221
「大阪作者」（物上敬） ············· 5903	「押しかけ絵術師と公爵家の秘密」（斉藤
「大坂誕生」（片山洋一） ············· 1829	百伽） ························· 2885
「大鹿」（山村睦） ············· 7127	「押しかけラグナロク」（高遠豹介） ····· 3870
「おおづちメモリアル」（榊原隆介） ····· 2942	「押し借り無用～十郎太からぶり控」（古
「大砲煎餅」（穂村正治） ············· 0153	沢英治） ························· 5963
「大ドロボウは小粋に盗む」（岬かつみ）	「伯父の墓地」（安岡章太郎） ············· 6910
······························· 6390	「おしゃべり怪談」（藤野千夜） ············· 5857
「大宮踊り」（神崎信一） ············· 2085	「おじゃま」（神狛しず） ············· 1942
「犯さぬ罪」（大高綾子） ············· 1324	「お嬢様・錦織由梨菜は保健が苦手！」（水
「おかっぱちゃん」（朝倉由希野） ····· 0216	無瀬さんご） ····················· 6502
「オカッパニカッパ」（伊達康） ············· 4143	「お小人騒動」（柳田知怒夫） ············· 6946
「お兼の児」（谷口順一郎） ············· 4224	「おすず―信太郎人情始末帖」（杉本章
「岡本太郎の見た日本」（赤坂憲雄） ······· 0106	子） ······························· 3591
「オカルトゼネコン富田林組」（蒲原二	「御巣鷹おろし」（山崎公夫） ············· 7019
郎） ························· 2106	「オセロー」（内堀優一） ············· 1089
「オカンの嫁入り」（咲乃月音） ············· 2997	「遅い目覚めながらも」（阿部光子） ····· 0335
「沖」（村上靖子） ············· 6684	「お供え」（吉田知子） ············· 7332
「沖で待つ」（絲山秋子） ············· 0814	「お染」（宇野千代） ············· 1109
「颯繁昌記」（藤本泉） ············· 5880	「お台場アイランドベイビー」（伊与原
「沖縄島」（霜多正次） ············· 3432	新） ······························· 0928
「オキナワの少年」（東峰夫） ············· 5543	「お竹さんはいるかえ」（大谷重司） ······· 1334
「お吟さま」（今東光） ············· 2829	「お試しの男」（進藤晃子） ············· 3541
「奥様は貴腐人 旦那様はボイスマイス	「小田原の織社」（中野良浩） ············· 4821
ター」（森美紗乃） ············· 6805	「落栗」（片上伸） ············· 1808
「屋上のウインドノーツ」（額賀澪） ····· 5122	「堕ちた鯉」（宮内剛） ············· 6548
「屋上ミサイル」（山下貴光） ············· 7052	「落葉をまく庭」（手塚英孝） ············· 4489
「億男」（川村元気） ············· 2069	「変若水」（吉田恭教） ············· 7346

「落武者」(小林林之助) ‥‥‥‥‥ 2777	「鬼ヶ島の姥たち」(飯島勝彦) ‥‥‥ 0489
「お茶漬の味」(小松左京) ‥‥‥‥ 2785	「鬼とオサキとムカデ女と(仮)」(高橋由太) ‥‥‥‥‥‥‥‥‥‥‥‥‥‥ 3952
「おちゃらけ王」(朽葉屋周太郎) ‥‥ 2396	
「落ちる」(多岐川恭) ‥‥‥‥‥‥ 4000	「鬼どもの夜は深い」(三枝和子) ‥‥ 2907
「おっさん」(香川みわ) ‥‥‥‥‥ 1714	「鬼のいる社で」(小沢冬雄) ‥‥‥ 1567
「オッドアイズドール」(佐伯ツカサ) 2904	「鬼の詩」(藤本義一) ‥‥‥‥‥‥ 5873
「夫の始末」(田中澄江) ‥‥‥‥‥ 4174	「鬼の話」(秋田禎信) ‥‥‥‥‥‥ 0146
「オッフェルトリウム」(鈴木智之) 3646	「鬼婆」(松岡弘一) ‥‥‥‥‥‥‥ 6188
「オデカケ」(森屋寛治) ‥‥‥‥‥ 6871	「鬼はもとより」(青山文平) ‥‥‥ 0081
「オーデュボンの祈り」(伊坂幸太郎) 0576	「鬼火」(吉屋信子) ‥‥‥‥‥‥‥ 7394
「おとうさんの逆襲」(脇田恭弘) ‥‥ 7474	「オニヒトデ」(兼島優) ‥‥‥‥‥ 1912
「弟」(石原慎太郎) ‥‥‥‥‥‥‥ 0663	「鬼平犯科帳」(池波正太郎) ‥‥‥ 0562
「弟を看る」(桑田忠親) ‥‥‥‥‥ 2556	「オニヤンマ」(時沢京子) ‥‥‥‥ 4574
「音を聞く」(大巻裕子) ‥‥‥‥‥ 1393	「おねえさんの呪文」(木々乃すい) 2119
「おとぎ話」(小手鞠るい) ‥‥‥‥ 2707	「お姉ちゃんだって痴女になれるもん！」(古田航太) ‥‥‥‥‥‥‥‥‥‥ 5968
「おとぎ話集」(村井泰子) ‥‥‥‥ 6666	
「男衆藤太郎」(九谷桑樹) ‥‥‥‥ 2395	「お願いだからあと五分！」(境京亮) ‥‥ 2921
「落し穴」(本多美智子) ‥‥‥‥‥ 6067	「お望みのままに！ お嬢様姉妹サマ 執事は高貴な姉とマゾな妹に挟まれて」(明山聖) ‥‥‥‥‥‥‥‥‥‥‥ 0167
「大人と子どもの二つの物語」(小坂泰介) ‥‥‥‥‥‥‥‥‥‥‥‥‥‥ 2663	
「オトナの人へ。」(水鳥舞美) ‥‥‥ 6442	「斧と楡のひつぎ」(沢田誠一) ‥‥‥ 3184
「お隣さんと世界破壊爆弾と」(近藤左弦) ‥‥‥‥‥‥‥‥‥‥‥‥‥‥ 2837	「斧と勾玉」(内藤明) ‥‥‥‥‥‥ 4658
	「おばあちゃん 1200キロの旅」(能勢健生) ‥‥‥‥‥‥‥‥‥‥‥‥‥ 5177
「オートバイと茂平」(西村琢) ‥‥‥ 5080	
「お富は, 悦田君の「恋人」」(石中象治) ‥‥‥‥‥‥‥‥‥‥‥‥‥‥ 0651	「おばあちゃんと梅の木」(桜糀瑚子) 3019
	「おばあちゃんの恋人」(水野友貴) ‥‥‥ 6447
「お弔い」(岩波三樹緒) ‥‥‥‥‥ 0981	「オーバーイメージ」(遊佐真弘) ‥‥ 7231
「乙女の密告」(赤染晶子) ‥‥‥‥ 0112	「お初の繭」(一路晃司) ‥‥‥‥‥ 0747
「をとめ模様、スパイ日和」(徳永圭) 4583	「おはなしして子ちゃん」(藤野可織) 5854
「踊り猫―異本 甲斐のおとぎ話」(濃野初美) ‥‥‥‥‥‥‥‥‥‥‥‥ 5142	「おばらばん」(堀江敏幸) ‥‥‥‥ 6047
	「お腹召しませ」(浅田次郎) ‥‥‥ 0221
「踊り場」(原久人) ‥‥‥‥‥‥‥ 5484	「お針子人魚メロウ～吸血鬼の花嫁衣裳～」(天正紗夜) ‥‥‥‥‥‥‥‥ 4508
「オート・リバース」(寺田文恵) ‥‥ 4499	
「踊りましょう、ワルツで」(三神ふさ子) ‥‥‥‥‥‥‥‥‥‥‥‥‥‥ 6359	「おはん」(宇野千代) ‥‥‥‥‥‥ 1110
	「オービタル・クラウド」(藤井太洋) ‥‥ 5794
「おどる牛」(川重茂子) ‥‥‥‥‥ 2032	「首（おびと）の姫と首なし騎士」(睦月けい) ‥‥‥‥‥‥‥‥‥‥‥‥‥ 6659
「踊る幻影」(頴田島一二郎) ‥‥‥ 1156	
「おどるでく」(室井光広) ‥‥‥‥ 6729	「おひるのたびにさようなら」(安戸悠太) ‥‥‥‥‥‥‥‥‥‥‥‥‥‥ 6923
「踊るナマズ」(高瀬ちひろ) ‥‥‥ 3856	
「踊ろう, マヤ」(有為エィンジェル (エンジェル)) ‥‥‥‥‥‥‥‥‥‥‥ 0998	「オブ・ザ・ベースボール」(円城塔) 1177
	「オーブランの少女」(深緑野分) ‥‥ 5750
「おどんナ海賊」(塚田照夫) ‥‥‥ 4333	「オブリビオン～忘却」(大石直紀) 1216
「お夏」(門田露) ‥‥‥‥‥‥‥‥ 1886	「オーフロイデ」(木村英代) ‥‥‥ 2284
「鬼を見た童子」(如月天音) ‥‥‥ 2138	「オープン・セサミ」(森田定治) ‥‥ 6836
「オニオンスキン・テイルズ」(鈴木和子) ‥‥‥‥‥‥‥‥‥‥‥‥‥‥ 3622	「覚書」(横光利一) ‥‥‥‥‥‥‥ 7273
	「オホーツクに燃ゆ」(浜比寸志) ‥‥ 5390
「鬼が来た」(長部日出雄) ‥‥‥‥ 1559	「溺れる」(川上弘美) ‥‥‥‥‥‥ 2002

作品名索引　　　おわり

「朧月夜」(森田あきみ) ・・・・・・・・・・・・・・・ 6829
「朧月夜のしらべ」(深波利那) ・・・・・・・ 5742
「おまえと暮らせない」(原田宗典) ・・・・・・ 5506
「お前よ美しくあれと声がする」(松原一
　枝) ・・・・・・・・・・・・・・・・・・・・・・・・・・・・・・・・・・・ 6242
「お任せ！ 数学屋さん」(向井湘吾) ・・ 6646
「お見合い」(松島那美) ・・・・・・・・・・・・・・・ 6216
「お見合いツアー」(水木亮) ・・・・・・・・・・ 6429
「お見世出し」(森山東) ・・・・・・・・・・・・・・・ 6873
「おむら殉愛記」(能木昶) ・・・・・・・・・・・・・ 0290
「重い雨」(三木一郎) ・・・・・・・・・・・・・・・・・ 6366
「偲ヶ巌」(松美佐雄) ・・・・・・・・・・・・・・・・・ 6247
「思ひ川」(宇野浩二) ・・・・・・・・・・・・・・・・・ 1106
「重い車」(文沢隆一) ・・・・・・・・・・・・・・・・・ 5921
「思ひざめ」(瀬戸新声) ・・・・・・・・・・・・・・・ 3727
「思い出さないで」(瀬川隆文) ・・・・・・・・ 3709
「思いでの家」(藤田千鶴) ・・・・・・・・・・・・・ 5837
「思い出読みの憶絵さん」(49) ・・・・・・ 3239
「"思い"の国のセイナ」(近藤里莉) ・・・・・ 2845
「俤」(中村稲海) ・・・・・・・・・・・・・・・・・・・・・ 4871
「面影橋」(松本琴潮) ・・・・・・・・・・・・・・・・・ 6260
「沢潟の紋章の影に」(吉田沙美子) ・・・ 7318
「Omotesando Exit A4」(桃江メロン) ・・・ 6772
「面・変幻」(畑裕子) ・・・・・・・・・・・・・・・・・ 5311
「親子」(常夏) ・・・・・・・・・・・・・・・・・・・・・・・ 3454
「親ごゝろ」(桂川秋香) ・・・・・・・・・・・・・・・ 1843
「おやじの就職」(坂本昭和) ・・・・・・・・・・ 2967
「親の無い姉弟」(渋谷悠蔵) ・・・・・・・・・・ 3344
「親指Pの修業時代」(松浦理英子) ・・・ 6180
「於雪―土佐―条家の崩壊」(大原富枝)
　・・・・・・・・・・・・・・・・・・・・・・・・・・・・・・・・・・・・・・ 1384
「泳ぐのに、安全でも適切でもありませ
　ん」(江國香織) ・・・・・・・・・・・・・・・・・・・・・ 1146
「およぐひと」(坂本美智子) ・・・・・・・・・・ 2971
「おらんだ楽兵」(大池唯雄) ・・・・・・・・・・ 1211
「阿蘭陀西鶴」(朝井まかて) ・・・・・・・・・・ 0189
「オリガ・モリソヴナの反語法」(米原万
　里) ・・・・・・・・・・・・・・・・・・・・・・・・・・・・・・・・・・ 7417
「折鶴」(泡坂妻夫) ・・・・・・・・・・・・・・・・・・・ 0450
「檻の里」(山崎人功) ・・・・・・・・・・・・・・・・・ 7032
「檻の中の少女」(一田和樹) ・・・・・・・・・・ 0732
「おりん口伝」(松田解子) ・・・・・・・・・・・・・ 6223
「オリンピックの身代金」(奥田英朗) ・・ 1526
「オルガニスト」(山之口洋) ・・・・・・・・・・ 7120
「オルゴールメリーの残像」(井上凛) ・・ 0896
「お留守バンシー」(小河正岳) ・・・・・・・・ 1480
「オレを二つ名(そのな)で呼ばないで

！」(逢上央士) ・・・・・・・・・・・・・・・・・・・・・ 0003
「おれをひろえ」(五十棲叶子) ・・・・・・・・ 0707
「俺俺」(星野智幸) ・・・・・・・・・・・・・・・・・・・ 6015
「俺が教官で、彼女たちが魔導師候補
　生だと……そんなまさかっ！」(諸星
　悠) ・・・・・・・・・・・・・・・・・・・・・・・・・・・・・・・・・・ 6883
「俺がメガネであいつはそのまま」(ひな
　たしょう) ・・・・・・・・・・・・・・・・・・・・・・・・・・・ 5607
「俺様王子と秘密の時間」(涼宮リン) ・・・・ 3663
「俺たち!! きゅぴきゅぴ♡Qピッツ!!」(福
　山創太) ・・・・・・・・・・・・・・・・・・・・・・・・・・・・・・ 5787
「俺たちの水晶宮」(影山雄作) ・・・・・・・・ 1737
「俺達のストライクゾーン」(橘涼香) ・・・・ 4132
「おれたちの熱い季節」(星野光徳) ・・・・・・ 6021
「俺達のさよなら」(葉狩哲) ・・・・・・・・・・・ 5226
「折れた竜骨」(米澤穂信) ・・・・・・・・・・・・・ 7413
「俺、ツインテールになります。」(水沢
　夢) ・・・・・・・・・・・・・・・・・・・・・・・・・・・・・・・・・・ 6435
「俺と彼女のラブコメが全力で黒歴史」
　(柑橘ゆすら) ・・・・・・・・・・・・・・・・・・・・・・・ 2080
「俺とマッ缶の行方」(額賀澪) ・・・・・・・・・ 5123
「俺と雌猫のレクイエム」(牧村一人) ・・・ 6118
「俺のある寒い日」(豊田宜子) ・・・・・・・・ 4641
「俺の妹を世界一の魔法使いにする方法」
　(進藤典尚) ・・・・・・・・・・・・・・・・・・・・・・・・・ 3548
「おれのおばさん」(佐川光晴) ・・・・・・・・・ 2976
「俺の春」(星野泰斗) ・・・・・・・・・・・・・・・・・ 6022
「俺の眼鏡は伊達じゃない」(浅野大志)
　・・・・・・・・・・・・・・・・・・・・・・・・・・・・・・・・・・・・・・ 0235
「俺らしくB―坊主」(保田亨介) ・・・・・・・・ 6920
「俺は座布団」(矢野愛佳) ・・・・・・・・・・・・・ 6954
「俺は死事人」(星野泰司) ・・・・・・・・・・・・・ 6020
「俺はどしゃぶり」(須藤靖貴) ・・・・・・・・・ 3672
「オレンジ色の部屋」(緋野由意子) ・・・・・ 5627
「オレンジ色の闇」(舟木かな子) ・・・・・・・ 5904
「オレンジ砂塵」(吉富有) ・・・・・・・・・・・・・ 7349
「オレンジブロッサム」(沢城友理) ・・・・・ 3182
「おれんの死」(太田忠久) ・・・・・・・・・・・・・ 1314
「愚か者の願い」(五十嵐裕一郎) ・・・・・・ 0521
「おろしや国酔夢譚」(井上靖) ・・・・・・・・・ 0879
「オロロ畑でつかまえて」(荻原浩) ・・・・・ 1516
「終わらざる夏」(浅田次郎) ・・・・・・・・・・・ 0222
「オワ・ランデ～夢魔の貴族は焦らし好
　き～」(神秋昌史) ・・・・・・・・・・・・・・・・・・・ 1938
「終わりのいろいろなかたち」(山田あか
　ね) ・・・・・・・・・・・・・・・・・・・・・・・・・・・・・・・・・・ 7061
「終わらざる夏」(集英社) ・・・・・・・・・・・・・ 3442
「終わる世界の物語」(涼野遊平) ・・・・・・・・ 3659

文学賞受賞作品総覧 小説篇　　　593

おん　　　　　　　　　　　　　　　　　　　作品名索引

「ON」（内藤了）‥‥‥‥‥‥‥‥‥‥‥ 4660
「恩愛遮断機」（暖文兵）‥‥‥‥‥‥‥ 5000
「怨讐の相続人」（保科昌彦）‥‥‥‥‥ 6013
「温泉妖精」（黒名ひろみ）‥‥‥‥‥‥ 2541
「恩寵」（大橋絋子）‥‥‥‥‥‥‥‥‥ 1375
「女絵地獄」（南原幹雄）‥‥‥‥‥‥‥ 5023
「女からの声」（青野聡）‥‥‥‥‥‥‥ 0064
「女狂い日記」（北林耕生）‥‥‥‥‥‥ 2208
「女ごゝろ」（高信狂酔）‥‥‥‥‥‥‥ 3885
「女坂」（円地文子）‥‥‥‥‥‥‥‥‥ 1180
「女たち三百人の裏切りの書」（古川日出
　男）‥‥‥‥‥‥‥‥‥‥‥‥‥‥‥ 5959
「女たちの殺意」（松村比呂美）‥‥‥‥ 6252
「女たちのジハード」（篠田節子）‥‥‥ 3285
「女たちの審判」（紺野仲右エ門）‥‥‥ 2848
「女と刀」（中村きい子）‥‥‥‥‥‥‥ 4851
「女と子供」（藤木靖子）‥‥‥‥‥‥‥ 5813
「女友達」（有井聡）‥‥‥‥‥‥‥‥‥ 0422
「女のいくさ」（佐藤得二）‥‥‥‥‥‥ 3112
「女の子に夢を見てはいけません！」（恵
　比須清司）‥‥‥‥‥‥‥‥‥‥‥‥ 1169
「女の宿」（佐多稲子）‥‥‥‥‥‥‥‥ 3071
「女花火師伝」（矢穴竜）‥‥‥‥‥‥‥ 7172
「女渡守」（大倉桃郎）‥‥‥‥‥‥‥‥ 1262
「音符」（三浦恵）‥‥‥‥‥‥‥‥‥‥ 6346
「おんぼろ鏡とプリンセス」（草間茶子）
　‥‥‥‥‥‥‥‥‥‥‥‥‥‥‥‥‥ 2371
「陰陽ノ京」（渡瀬草一郎）‥‥‥‥‥‥ 7496
「恩屋の流儀」（宗滴）‥‥‥‥‥‥‥‥ 3764

【 か 】

「母さんの樹」（佐藤貴美子）‥‥‥‥‥ 3098
「母ちゃんが流れた川」（兼多遙）‥‥‥ 2577
「戒」（小山歩）‥‥‥‥‥‥‥‥‥‥‥ 1652
「櫂」（宮尾登美子）‥‥‥‥‥‥‥‥‥ 6553
「海暗」（有吉佐和子）‥‥‥‥‥‥‥‥ 0443
「街煙」（玉田崇二）‥‥‥‥‥‥‥‥‥ 4251
「街煙」（玉田崇二）‥‥‥‥‥‥‥‥‥ 4250
「壊音 KAI―ON」（篠原一）‥‥‥‥‥ 3296
「絵画魔術師トルフカ・ミットの旅路」（夏
　橋渡）‥‥‥‥‥‥‥‥‥‥‥‥‥‥ 4954
「海岸の丘」（加藤牧星）‥‥‥‥‥‥‥ 1870
「回帰」（朴重鎬）‥‥‥‥‥‥‥‥‥‥ 5239
「海峡」（赤江瀑）‥‥‥‥‥‥‥‥‥‥ 0089

「海峡の光」（辻仁成）‥‥‥‥‥‥‥‥ 4362
「皆勤の徒」（西島伝法）‥‥‥‥‥‥‥ 4652
「海溝のピート」（浦島聖哲）‥‥‥‥‥ 1134
「邂逅の森」（熊谷達也）‥‥‥‥‥‥‥ 2444
「骸骨山脈」（野間井淳）‥‥‥‥‥‥‥ 5196
「骸骨ビルの庭」（宮本輝）‥‥‥‥‥‥ 6614
「介護入門」（モブ・ノリオ）‥‥‥‥‥ 6769
「甲斐駒開山」（宮崎吉宏）‥‥‥‥‥‥ 6581
「海士」（阪本佐多生）‥‥‥‥‥‥‥‥ 2969
「懐柔」（浦出卓郎）‥‥‥‥‥‥‥‥‥ 1135
「会真記」（西川満）‥‥‥‥‥‥‥‥‥ 5047
「海図」（田久保英夫）‥‥‥‥‥‥‥‥ 4033
「海星・河童」（唐十郎）‥‥‥‥‥‥‥ 1977
「海戦」（丹羽文雄）‥‥‥‥‥‥‥‥‥ 5118
「海賊船ガルフストリーム」（なつみど
　り）‥‥‥‥‥‥‥‥‥‥‥‥‥‥‥ 4945
「海賊とよばれた男」（百田尚樹）‥‥‥ 5638
「海賊丸漂着異聞」（満坂太郎）‥‥‥‥ 6482
「快男児押川春浪」（会津信吾）‥‥‥‥ 0018
「快男児押川春浪」（横田順弥）‥‥‥‥ 7266
「階段の下」（山沢和男）‥‥‥‥‥‥‥ 7040
「怪談撲滅委員会」（永遠月心悟）‥‥‥ 4655
「懐中時計」（小倉綺乃）‥‥‥‥‥‥‥ 1542
「懐中時計」（小沼丹）‥‥‥‥‥‥‥‥ 1627
「海底戦記」（山岡荘八）‥‥‥‥‥‥‥ 6973
「海底の愛人」（秋草露路）‥‥‥‥‥‥ 0139
「改訂版 居酒屋ふるさと営業中」（山脇立
　嗣）‥‥‥‥‥‥‥‥‥‥‥‥‥‥‥ 7170
「回転する熱帯」（望月飛鳥）‥‥‥‥‥ 6747
「海洞―アフンルパロの物語」（三浦清
　宏）‥‥‥‥‥‥‥‥‥‥‥‥‥‥‥ 6325
「海道東征」（阪田寛夫）‥‥‥‥‥‥‥ 2952
「怪盗ブラックドラゴン」（真弓あきら）
　‥‥‥‥‥‥‥‥‥‥‥‥‥‥‥‥‥ 6299
「海（かい）と帆（はん）」（坂本美智子）‥‥ 2972
「海馬の助走」（若合春侑）‥‥‥‥‥‥ 7460
「解氷期」（大滝重直）‥‥‥‥‥‥‥‥ 1330
「怪物が街にやってくる」（今野敏）‥‥ 2851
「解剖台」（東山篤）‥‥‥‥‥‥‥‥‥ 5560
「解剖台を繞る人々」（夏川黎人）‥‥‥ 4946
「海鰻荘綺談」（香山滋）‥‥‥‥‥‥‥ 1974
「海霧のある原野」（窪田精）‥‥‥‥‥ 2430
「傀儡」（増田御風）‥‥‥‥‥‥‥‥‥ 6146
「海狼伝」（白石一郎）‥‥‥‥‥‥‥‥ 3492
「廻廊にて」（辻邦生）‥‥‥‥‥‥‥‥ 4359
「回路猫」（福井幸江）‥‥‥‥‥‥‥‥ 5754
「カウンターブロウ」（長尾健一）‥‥‥ 4698

594　　　　　　　　　　　　　　文学賞受賞作品総覧 小説篇

作品名索引　　　　　　　　　かさは

「カウント・プラン」(黒川博行) ……… 2517
「花影」(大岡昇平) ……………………… 1245
「花影の花」(平岩弓枝) ………………… 5653
「楓が通る！」(かたやま和華) ………… 1831
「帰らざる旅」(青山暝) ………………… 0084
「帰らざる夏」(加賀乙彦) ……………… 1705
「蛙殺し」(古林邦和) …………………… 5973
「かえるの子」(税所隆介) ……………… 2860
「帰る日まで」(藤原眞莉) ……………… 5895
「火怨」(高橋克彦) ……………………… 3906
「顔」(丹羽文雄) ………………………… 5119
「顔」(松本清張) ………………………… 6264
「カオスガーデン～プロジェクト ブライ
　　ダル～」(延野正行) ………………… 5191
「カオスの娘」(島田雅彦) ……………… 3371
「顔に降りかかる雨」(桐野夏生) ……… 2332
「顔剥ぎ観音」(内藤了) ………………… 4661
「薫れ茉莉花」(中山ちえ) ……………… 4921
「加賀瓜四代記」(今井敏夫) …………… 0916
「加賀開港始末」(谷甲州) ……………… 4212
「『科学小説』神髄 アメリカSFの源流」
　　(野田昌宏) …………………………… 5182
「かかし長屋」(半村良) ………………… 5532
「案山子の娘」(山口雛絹) ……………… 7007
「かかとを失くして」(多和田葉子) …… 4275
「画家と野良犬」(鈴木千久馬) ………… 3645
「鏡色の瞳」(中野文明) ………………… 4815
「鏡川」(安岡章太郎) …………………… 6911
「鏡餅」(荒川玲子) ……………………… 0410
「輝く日の宮」(丸谷才一) ……………… 6311
「かがやく山のひみつ」(いいだよしこ)
　　　…………………………………………… 0501
「輝ける碧き空の下で」(北杜夫) ……… 2171
「輝ける闇」(開高健) …………………… 1688
「加賀谷智明の軌跡」(岡田成司) ……… 1427
「篝火」(北野華岳) ……………………… 2203
「かかる聖医ありき」(福林正之) ……… 5782
「花顔の人―花柳章太郎伝」(大笹吉雄)
　　　…………………………………………… 1280
「河岸忘日抄」(堀江敏幸) ……………… 6048
「夏姫春秋」(宮城谷昌光) ……………… 6565
「カキツバタ群落」(田中澄江) ………… 4175
「餓鬼道」(野口赫宙) …………………… 5151
「柿盗人」(野村落椎) …………………… 5213
「柿の木、枇杷も木」(中澤日菜子) …… 4742
「鍵のない夢を見る」(辻村深月) ……… 4402
「下級アイデアマン」(眉村卓) ………… 6300

「華僑伝」(大林清) ……………………… 1377
「限りなく透明に近いブルー」(村上龍)
　　　…………………………………………… 6687
「額紫陽花の花」(冬川文子) …………… 5926
「架空列車」(岡本学) …………………… 1455
「学園カゲキ！」(山川進) ……………… 6981
「確証」(小谷剛) ………………………… 2701
「覚醒時代」(灰野庄平) ………………… 5225
「かくてありけり」(野口冨士男) ……… 5155
「カクテル・パーティー」(大城立裕) …… 1302
「額縁」(渡部智子) ……………………… 7519
「革命前後」(火野葦平) ………………… 5613
「革命のためのサウンドトラック」(清水
　　アリカ) ……………………………… 3396
「神楽坂ファミリー」(竹内真) ………… 4046
「神楽舞いの後で」(鶴ケ野勉) ………… 4470
「カクリヨの短い歌」(大桑八代) ……… 1271
「隠れ菊」(連城三紀彦) ………………… 7454
「かくれんぼクラブ」(前田慈乃) ……… 6087
「かくれんぼの裏」(渡邉彩) …………… 7498
「かくれんぼ道」(福田ゆかり) ………… 5775
「影」(浜田広介) ………………………… 5397
「崖」(大島直次) ………………………… 1294
「駆け足の季節」(飯田智) ……………… 0499
「影をめぐるとき」(萩山綾音) ………… 5235
「藤桔梗」(泡坂妻夫) …………………… 0451
「影と棲む」(田口佳子) ………………… 4025
「駆け抜けて、青春！」(冬木史朗) …… 5934
「陰の季節」(横山秀夫) ………………… 7280
「影の告発」(土屋隆夫) ………………… 4419
「蔭の棲みか」(玄月) …………………… 2570
「影の眼差し」(高橋秀行) ……………… 3936
「陰日向に咲く」(劇団ひとり) ………… 2566
「影踏み鬼」(翔田寛) …………………… 3465
「かけら」(青山七恵) …………………… 0078
「翳(かげり)の城」(三吉眞一郎) ……… 6632
「翳りゆく夏」(赤井三尋) ……………… 0087
「駆ける少年」(鷺沢萠) ………………… 2985
「KAGEROU」(齋藤智裕) ……………… 2878
「かげろふの日記遺文」(室生犀星) …… 6732
「駆けろ鉄兵」(内田聖子) ……………… 1083
「籠の鳥いつか飛べ」(深山くのえ) …… 6609
「過去のはじまり未来のおわり」(西本
　　秋) …………………………………… 5083
「KASAGAMI」(高木智視) …………… 3840
「風花」(坂本美智子) …………………… 2973
「風花」(山路ひろ子) …………………… 7042

文学賞受賞作品総覧 小説篇　　　　　　　　595

かさは 作品名索引

「風花」（智本光隆） ・・・・・・・・・・・・・・・・ 4312
「風祭」（八木義徳） ・・・・・・・・・・・・・・・・ 6891
「風見夜子の死体見聞」（半田畔） ・・・・・ 5522
「過酸化水素水　$2H_2O_2 \rightarrow 2H_2O+O_2 \uparrow$ 」
　（西本綾花） ・・・・・・・・・・・・・・・・・・・・・・ 5084
「火山島」（金石範） ・・・・・・・・・・・・・・・・ 2271
「崋山と長英」（山手樹一郎） ・・・・・・・・ 7104
「火山のふもとで」（松家仁之） ・・・・・・ 6171
「火山灰の道」（龍野咲人） ・・・・・・・・・・ 4137
「ガジェットシティ」（羽根川牧人） ・・ 5367
「カシオペアの丘で」（重松清） ・・・・・・・ 3243
「化（か）して荒波」（井上尚登） ・・・・・・ 0864
「河岸八町」（大道二郎） ・・・・・・・・・・・・ 1394
「化車」（廿楽順治） ・・・・・・・・・・・・・・・・ 4410
「火車」（宮部みゆき） ・・・・・・・・・・・・・・ 6598
「ガジュマルの家」（大島孝雄） ・・・・・・ 1293
「賀状」（鈴木信一） ・・・・・・・・・・・・・・・・ 3634
「過剰兵」（木山大作） ・・・・・・・・・・・・・・ 2299
「カシラコンブの海」（長谷川一石） ・・・ 5283
「潜士（かづぎ）の源造」（阿部幹） ・・・・ 0322
「上総風土記」（村上元三） ・・・・・・・・・・ 6670
「和宮様御留」（有吉佐和子） ・・・・・・・・ 0444
「カスピ海の宝石」（延江浩） ・・・・・・・・ 5189
「風」（壺井栄） ・・・・・・・・・・・・・・・・・・・・ 4443
「風―勝負の日々」（篠貴一郎） ・・・・・・ 3273
「火星の人」（ウィアー、アンディ） ・・ 1001
「風駆ける日」（桑原水菜） ・・・・・・・・・・ 2562
「風邪が治れば」（森田健一） ・・・・・・・・ 6835
「風が強く吹いている」（三浦しをん） ・・・・ 6327
「風が吹くとき」（明楽三芸） ・・・・・・・・ 6645
「化石の森」（石原慎太郎） ・・・・・・・・・・ 0664
「風そよぐ名塩峠」（前島不二雄） ・・・・ 6084
「歌説話の世界」（馬場あき子） ・・・・・・ 5374
「風と道」（長谷川昂） ・・・・・・・・・・・・・・ 5286
「風に祈りを」（山門敬弘） ・・・・・・・・・・ 7106
「風に訊く日日」（中沢正弘） ・・・・・・・・ 4743
「風にキス、君にキス。」（繭） ・・・・・・ 6296
「風に棲む」（桂城和子） ・・・・・・・・・・・・ 1844
「風に添へた手紙」（田原夏彦） ・・・・・・ 4244
「風のある日に」（桑原恭子） ・・・・・・・・ 2560
「風の詩（うた）」（中村淳） ・・・・・・・・・・ 4862
「風の歌を聴け」（村上春樹） ・・・・・・・・ 6675
「風の歌、星の口笛」（村崎友） ・・・・・・ 6696
「風の馬」（相馬里美） ・・・・・・・・・・・・・・ 3766
「風の河」（小浜清志） ・・・・・・・・・・・・・・ 2743
「風のけはい」（峰原緑子） ・・・・・・・・・・ 6526

「風の生涯」（辻井喬） ・・・・・・・・・・・・・・ 4371
「風のターン・ロード」（石井敏弘） ・・ 0606
「風のナル」（川越義之） ・・・・・・・・・・・・ 2023
「風の白猿神」（滝川羊） ・・・・・・・・・・・・ 4004
「風の柩」（有馬太郎） ・・・・・・・・・・・・・・ 0436
「風の吹かない景色」（山之内正文） ・・ 7119
「風の行く先」（井野登志子） ・・・・・・・・ 0850
「風のゆくへ」（金南一夫） ・・・・・・・・・・ 2633
「風のラヴソング」（越水利江子） ・・・・ 2686
「風物語」（山田武博） ・・・・・・・・・・・・・・ 7085
「風よ、撃て」（三宅彰） ・・・・・・・・・・・・ 6569
「風よ、空駆ける風よ」（津島佑子） ・・ 4390
「架線」（斧冬二） ・・・・・・・・・・・・・・・・・・ 1634
「仮想儀礼」（篠田節子） ・・・・・・・・・・・・ 3286
「仮装人物」（徳田秋声） ・・・・・・・・・・・・ 4578
「仮想の騎士」（斉藤直子） ・・・・・・・・・・ 2879
「家族狩り」（天童荒太） ・・・・・・・・・・・・ 4511
「家族ゲーム」（本間洋平） ・・・・・・・・・・ 6073
「家族ごっこ」（秋元朔） ・・・・・・・・・・・・ 0154
「家族シネマ」（柳美里） ・・・・・・・・・・・・ 7186
「家族の絆 キヨ子の青春」（下元年世） ・・ 3437
「かぞくのくに」（ヤンヨンヒ） ・・・・・・ 7178
「家族の肖像」（なつかわめりお） ・・・・ 4949
「硬い水」（畔地里美） ・・・・・・・・・・・・・・ 0282
「画題「統一」」（安倍村羊） ・・・・・・・・・・ 0328
「傍聞き」（長岡弘樹） ・・・・・・・・・・・・・・ 4703
「片思慕の竹」（黒部亨） ・・・・・・・・・・・・ 2549
「火宅の人」（檀一雄） ・・・・・・・・・・・・・・ 4284
「肩ごしの恋人」（唯川恵） ・・・・・・・・・・ 7184
「カタコンベ」（神山裕右） ・・・・・・・・・・ 1963
「かたづの！」（中島京子） ・・・・・・・・・・ 4751
「寂兮寥兮（かたちもなく）」（大庭みな
　子） ・・・・・・・・・・・・・・・・・・・・・・・・・・・・ 1370
「蝸牛」（飯塚静治） ・・・・・・・・・・・・・・・・ 0495
「象られた力」（飛浩隆） ・・・・・・・・・・・・ 4606
「片ひげのデコ」（暖聖） ・・・・・・・・・・・・ 4288
「片頬の笑」（森田あきみ） ・・・・・・・・・・ 6830
「片道200円の恋」（岡本祥子） ・・・・・・ 1451
「形見の写真」（長谷流月） ・・・・・・・・・・ 5281
「ガダラの豚」（中島らも） ・・・・・・・・・・ 4771
「かたりべものがたり～ウードの調べは
　政変の幕開け～」（貴嶋啓） ・・・・・・・・ 2150
「語り部じんえい」（山口幸三郎） ・・・・・・ 6997
「ガダルカナル島戦線」（中山堅恵） ・・・・ 4920
「傍らの男」（髙木敏次） ・・・・・・・・・・・・ 3838
「かたわれ月」（永井荷風） ・・・・・・・・・・ 4671

作品名索引 かまく

「果断 隠蔽捜査2」(今野敏) ………… 2852
「勝烏」(穂積驚) ………………… 6024
「家畜の朝」(浅尾大輔) ………… 0200
「ガチャマン」(南禅満作) ……… 5016
「楽器」(滝口悠生) ……………… 4011
「学校裁判」(まこと) …………… 6128
「月山」(森敦) …………………… 6782
「褐色のメロン」(小針鯛一) …… 2778
「渇水」(河林満) ………………… 2058
「滑走路34」(緒川怜) …………… 1472
「カッティング ～Case of Mio Nishia-
mane～」(翅田大介) ………… 5369
「河童群像を求めて」(暮安翠) … 2503
「かっぱたろうとさかなぶえ」(かつら
こ) ……………………………… 1850
「河童と見た空」(前川亜希子) … 6077
「桂とライラとカガンダンハン」(岸山真
理子) …………………………… 2155
「かつり人」(野村菫雨) ………… 5200
「カディスの赤い星」(逢坂剛) … 1207
「ガーデナーの家族」(清津郷子) 2318
「ガーデン」(越智絢子) ………… 1603
「カーテンコール」(黒井千次) … 2506
「カーテンコール」(寺林智栄) … 4502
「火天の城」(山本兼一) ………… 7136
「ガード」(塚原幸) ……………… 4334
「蛾と笹舟」(森莊已池) ………… 6792
「首途」(児島晴浜) ……………… 2671
「門出」(佐藤比呂美) …………… 3123
「門出」(森田あきみ) …………… 6831
「金江のおばさん」(深沢潮) …… 5725
「叶えられた祈り」(萱野葵) …… 1971
「愛(かな)し」(千梨らく) ……… 4298
「かなしい赤色，しあわせな闇色」(伊藤
ユキムネ) ……………………… 0808
「悲しいことなどないけれど さもしいこ
とならどっこいあるさ」(安久昭男) … 0173
「悲しいだけ」(藤枝静男) ……… 5801
「悲しき木霊」(市川靖人) ……… 0726
「哀しみ色は似合わない」(小野早那恵)
………………………………… 1631
「哀しみキメラ」(来楽零) ……… 7423
「悲しみの港」(小川国夫) ……… 1465
「悲しみの竜」(中野千鶴) ……… 4812
「彼方から声」(深田智香子) …… 5733
「カナダ館一九四一年」(西条倶吉) 2861
「かなたの子」(角田光代) ……… 1719

「彼方の時間割」(東岡真美) …… 5544
「カナリア・ファイル―金蚕蠱」(毛利志
生子) …………………………… 6742
「蟹」(河野多恵子) ……………… 2637
「蟹女」(村田喜代子) …………… 6700
「蟹と彼と私」(荻野アンナ) …… 1508
「蟹の国」(有井聡) ……………… 0423
「かにみそ」(倉狩聡) …………… 2457
「鐘の音」(青平繁九) …………… 0069
「蚊の手術」(髙野涼) …………… 3882
「彼女たちのメシがマズい100の理由」(高
野小鹿) ………………………… 3876
「彼女と地獄のはなし」(鵠東きみ) … 2657
「彼女には自身がない」(時里キサト) 4573
「彼女の結婚」(松本はる) ……… 6274
「彼女の恋わずらい」(牧野恒紀) 6115
「彼女の知らない彼女」(里見蘭) 3141
「彼女の背中を追いかけて」(佐々木み
ほ) ……………………………… 3050
「彼女のブレンカ」(中上紀) …… 4711
「彼女はこん，とかわいく咳をして」(西
野かつみ) ……………………… 5065
「彼女は魔眼をつかわない」(春日秋人)
………………………………… 1785
「彼の町に逃れよ」(朝稲日出夫) … 0197
「河伯洞余滴」(玉井史太郎) …… 4246
「カバディバビディブー!!」(望月充っ) … 6749
「河馬に嚙まれる」(大江健三郎) … 1232
「鞄の中身」(吉行淳之介) ……… 7397
「鞄屋の娘」(前川麻子) ………… 6078
「花評者石山」(高市俊次) ……… 3822
「カフーを待ちわびて」(原田マハ) 5504
「カフカズに星墜ちて」(保田良雄) 6921
「カブキの日」(小林恭二) ……… 2749
「カプセルフィッシュ」(大西智子) 1352
「兜首」(大池唯雄) ……………… 1212
「かぶら川」(木村芳夫) ………… 2292
「壁」(安部公房) ………………… 0324
「壁」(岡松和夫) ………………… 1444
「壁」(加藤霖雨) ………………… 1881
「壁を打つ旅」(黄英治) ………… 5716
「壁・旅芝居殺人事件」(皆川博子) 6493
「かべちょろ」(黒沢いづ子) …… 2529
「壁の花」(今官一) ……………… 2828
「河傍の家」(橋富光雄) ………… 5250
「南瓜盗人」(加藤牧星) ………… 1871
「鎌倉擾乱」(髙橋直樹) ………… 3932

文学賞受賞作品総覧 小説篇 597

かまく　　　　　　　　　　作品名索引

「鎌倉のおばさん」(村松友視) ………… 6717

「鎌倉物語」(梶原珠子) ………… 1784

「蒲田行進曲」(つかこうへい) ………… 4325

「がまの子蛙」(下澤勝井) ………… 3426

「神遊び」(清水朔) ………… 3405

「神隠し」(竹内大) ………… 4043

「神隠し　異聞『王子路考(おうじろこう)』」(安堂虎夫) ………… 0464

「神隠しの町」(井上博) ………… 0875

「神語りの茶会」(薙野ゆいら) ………… 4937

「神々の山嶺」(夢枕獏) ………… 7250

「神々の歩法」(宮澤伊織) ………… 6583

「神々の埋葬」(山田正紀) ………… 7096

「神キチ」(赤木和雄) ………… 0100

「神様」(川上弘美) ………… 2003

「神様と取り引き」(長野慶太) ………… 4799

「神様のおきにいり」(内山靖二郎) ………… 1095

「神様のカルテ」(夏川草介) ………… 4947

「神様のカルテ 2」(夏川草介) ………… 4948

「神様のしっぽ」(中村みなみ) ………… 4895

「神様、ノーパンはお好きですか」(室岡ヨシミコ) ………… 6734

「神様のもう一つの顔」(藤崎翔) ………… 5820

「紙漉小屋」(斉藤紫軒) ………… 2870

「紙漉風土記」(小田武雄) ………… 1587

「神と人との門」(北沢美勇) ………… 2197

「髪にふれる」(今村恵子) ………… 0921

「紙人形」(秋元朔) ………… 0155

「神の石」(相加八重) ………… 3761

「神の女」(加藤富夫) ………… 1865

「紙の月」(角田光代) ………… 1720

「紙の動物園」(ケンリュウ) ………… 2568

「紙の動物園」(古沢嘉通) ………… 5966

「神の値段」(一色さゆり) ………… 0755

「髪の花」(小林美代子) ………… 2768

「紙の真鯉」(井上雪) ………… 0893

「神の御名の果てに…」(矢島綾) ………… 6903

「紙の目」(藤川未央) ………… 5811

「髪の環」(田久保英夫) ………… 4034

「紙飛行機」(中沢茂) ………… 4740

「紙ヒコーキ・飛んだ」(市山隆一) …… 0746

「カーミン」(山本俊亮) ………… 7141

「仮眠室」(田場美津子) ………… 4238

「神去なあなあ日常」(三浦しをん) …… 6328

「カメ男」(小磯良子) ………… 2598

「かめくん」(北野勇作) ………… 2205

「亀とり作一」(赤江行夫) ………… 0092

「甕の鈴虫」(竹本喜美子) ………… 4093

「似たものにあらず」(竹本喜美子) …… 4092

「カメレオン狂のための戦争学習帳」(丸岡大介) ………… 6306

「仮面アルツハイマー症」(松岡弘一) … 6189

「仮面の生活」(御坂真之) ………… 6385

「仮面法廷」(和久峻三) ………… 7477

「仮面は夜に踊る」(名島ちはや) ………… 4944

「蒲生邸事件」(宮部みゆき) ………… 6599

「蒲生の記」(谷津矢車) ………… 6927

「鴨川ホルモー」(万城目学) ………… 6122

「かもめの日」(黒川創) ………… 2515

「COME ON MY DEAR」(掛川直賢) … 1732

「火薬と愛の星」(森健) ………… 6794

「榀の木祭り」(高城修三) ………… 3994

「茅原の瓜一小説 関藤藤陰伝・青年時代一」(栗谷川虹) ………… 2486

「痒み」(岩田圏) ………… 0975

「唐草物語」(渋沢龍彦) ………… 3340

「がらくた」(江國香織) ………… 1147

「がらくたヴィーナス」(宮越しまぞう) ………… 6574

「がらくた博物館」(大庭みな子) ………… 1371

「絡繰り心中」(永井紗耶子) ………… 4675

「唐衣の疑問」(牛尾八十八) ………… 1059

「唐島大尉の失踪」(荒木左右) ………… 0411

「ガラシャ夫人のお手玉」(桐衣朝子) … 2324

「カラス」(富崎喜代美) ………… 4617

「硝子障子のシルエット」(島尾敏雄) … 3355

「烏に単は似合わない」(阿部智里) …… 0329

「カラスの親指」(道尾秀介) ………… 6471

「ガラスの麒麟」(加納朋子) ………… 1926

「鴉の裔」(高木恭造) ………… 3835

「硝子のハンマー」(貴志祐介) ………… 2144

「硝子の広場」(草部和子) ………… 2369

「ガラスの森の子供達」(小出美樹) …… 2600

「ガラスペンと白文鳥」(印内美和子) … 0996

「カラっぽの僕に、君はうたう。」(木ノ歌詠) ………… 2736

「からの鳥かご」(杉原悠) ………… 3589

「カラマーゾフの妹」(高野史緒) ………… 3878

「カラマーゾフの兄弟」(亀山郁夫) …… 1969

「カラマーゾフの兄弟」(光文社) ………… 2648

「カラマーゾフの兄弟」(ドストエフスキー) ………… 4590

「からみつく指」(奥村理英) ………… 1537

作品名索引　　　　　　　　　　かんせ

「ガランドウ」(佐伯葉子) ……………… 2905	「河のにおい」(辻井良) ……………… 4377
「仮往生伝試文」(古井由吉) ………… 5946	「川べりの家族」(李優蘭) …………… 7429
「雁金屋草紙」(鳥越碧) …………… 4651	「川べりの道」(鷺沢萠) …………… 2986
「雁立」(清水基吉) ………………… 3411	「川よ奔れ」(鈴木新吾) …………… 3635
「仮寝姿」(森田二十五絃) ………… 6843	「変わらざる喜び」(伊藤朱里) …… 0766
「仮のねむり」(中里喜昭) ………… 4727	「河原ノ者・非人・秀吉」(服部英雄) … 5335
「仮の水」(リービ英雄) …………… 7431	「河原ノ者・非人・秀吉」(山川出版社)
「ガリバーの死体袋」(福迫光英) … 5762	……………………………………… 6982
「カリフォルニア」(土居良一) …… 4523	「河原評判記」(若狭滝) …………… 7464
「ガリヤ戦記」(村上恭介) ………… 6669	「河原者の牛黄を見つけたるのこと」(前
「刈谷得三郎の私事」(清沢晃) …… 2315	田菜穂) …………………………… 6092
「火龍の休息」(樋口京輔) ………… 5569	「河原者ノススメ 死穢と修羅の記憶」(篠
「華竜の宮」(上田早夕里) ………… 1008	田正浩) …………………………… 3291
「狩りりんぐ！ 萩乃森高校狩猟専門課程」	「川は涙を飲み込んで」(山岸香奈恵) …… 6986
(森月朝文) ……………………… 6850	「癌」(西久保隆) …………………… 5054
「ガリレオの迷宮」(高橋憲一) …… 3914	「かんがえるひとになりかけ」(近田鳶
「ガールズレビューステイ」(友桐夏) … 4627	迩) ………………………………… 4293
「ガールズロボティクス」(白木秋) … 3509	「漢奸」(堀田善衛) ………………… 6032
「カルトブランシェ」(坂井むささし) … 2926	「かんかん虫」(横谷芳枝) ………… 7276
「華麗なる醜聞」(佐野洋) ………… 3156	「寒菊」(北条誠) …………………… 5998
「瓦礫」(類ちゑ子) ………………… 7445	「寒菊抄」(真木純) ………………… 6104
「枯木灘」(中上健次) ……………… 4708	「換気扇」(木田肇) ………………… 2166
「ガレキの下で思う」(山下貴光) … 7053	「歓喜の仔」(幻冬舎) ……………… 2578
「瓦礫の中」(吉田健一) …………… 7313	「歓喜の仔」(天童荒太) …………… 4512
「枯草の根」(陳舜臣) ……………… 4317	「眼球奇譚」(鷹羽知) ……………… 3888
「枯れ蔵」(永井するみ) …………… 4676	「玩具」(津村節子) ………………… 4458
「彼氏人形」(西羽咲花月) ………… 5092	「玩具修理者」(小林泰三) ………… 2770
「涸滝」(加堂秀三) ………………… 1858	「雁主」(桃木夏彦) ………………… 6774
「枯れてたまるか探偵団」(岡田斎志) … 1434	「関係者以外立入り禁止」(芦原公) … 0257
「枯葉の中の青い炎」(辻原登) …… 4380	「管絃祭」(竹西寛子) ……………… 4074
「枯葉の微笑」(とだあきこ) ……… 4591	「環濠の内で」(務古一郎) ………… 6651
「かわいそうだね？」(綿矢りさ) … 7539	「監獄舎の殺人」(伊吹亜門) ……… 0904
「乾いた石」(すずの・とし) ……… 3658	「看護卒」(波間忠郎) ……………… 5389
「かわうそ」(向田邦子) …………… 6654	「冠婚葬祭」(長谷川幸延) ………… 5287
「かわかぜ」(朝井果林) …………… 0185	「関西古本屋一期一会『まいど』」(脇田浩
「乾き」(刀祢喜美子) ……………… 4597	幸) ………………………………… 7472
「渇きの街」(北方謙三) …………… 2179	「贋作『坊っちゃん』殺人事件」(柳広
「川霧の流れる村で」(藤沢清典) … 5821	司) ………………………………… 6934
「カワサキタン」(中山幸太) ……… 4915	「官山」(野川義秋) ………………… 5149
「川崎長太郎自選全集」(川崎長太郎) … 2027	「ガンジーの空」(篠藤由里) ……… 3293
「カワセミ」(図子英雄) …………… 3618	「感情日記」(吉野一穂) …………… 7353
「川に沿う邑」(清野春樹) ………… 3697	「感傷の街角」(大沢在昌) ………… 1282
「川に抱かれて」(奥村理英) ……… 1538	「感触的昭和文壇史」(野口冨士男) … 5156
「川の掟」(高石次郎) ……………… 3821	「肝心の子供」(磯﨑憲一郎) ……… 0705
「川の終り」(前田豊) ……………… 6095	「ガン×スクール＝パラダイス！」(穂邑
「川の声」(山本修一) ……………… 7139	正裕) ……………………………… 6038
	「寛政見立番付」(片野善章) ……… 1820

文学賞受賞作品総覧 小説篇　　　　　　　　　　　　**599**

かんせ　　　　　　　作品名索引

「感染─infection」(仙川環) ………… *3752*
「完全な銀」(金城孝祐) ……………… *1915*
「完全なる首長竜(くびながりゅう)の日」
　(乾緑郎) ……………………………… *0840*
「完全恋愛」(辻真先) ………………… *6103*
「乾燥腕」(鶴川健吉) ………………… *4472*
「乾燥する街」(阿部知二) …………… *0330*
「干拓団」(早崎慶三) ………………… *5426*
「カンダタ」(ぽぺち) ………………… *6036*
「神田伯山」(工藤健策) ……………… *2401*
「癌だましい」(山内令南) …………… *6971*
「眼中の悪魔」(山田風太郎) ………… *7089*
「寒椿」(宮尾登美子) ………………… *6554*
「完盗オンサイト」(玖村まゆみ) …… *2450*
「関東大震災」(吉村昭) ……………… *7366*
「カントリーロード」(有矢聖美) …… *0441*
「元年者達」(佐賀純一) ……………… *2917*
「雁の寺」(水上勉) …………………… *6411*
「観音力疾走」(高橋撰一郎) ………… *3910*
「カンパニュラの銀翼」(中里友香) … *4734*
「がんばれ!」(やまろまさし) ……… *7168*
「看板屋さん」(川上澄生) …………… *1997*
「看板屋の恋」(都築隆広) …………… *4408*
「韓非子翼贔」(星川周太郎) ………… *6010*
「贋物」(石村和彦) …………………… *0673*
「姦婦にあらず」(諸田玲子) ………… *6880*
「完璧なママ」(松田幸緒) …………… *6225*
「寒昴」(出雲井晶) …………………… *0696*
「漢方小説」(中島たい子) …………… *4758*
「願望百景」(吉小坂かをり) ………… *2242*
「灌木の唄」(野火鳥夫) ……………… *5188*
「甘味中毒」(緒川莉々子) …………… *1492*
「寛容」(神崎武雄) …………………… *2086*
「甘露」(水原涼) ……………………… *6452*
「管略別伝」(平野正和) ……………… *5669*

【 き 】

「GEAR　BLUE─UNDER　WATER
　WORLD─」(神田メトロ) ………… *2092*
「黄色い牙」(志茂田景樹) …………… *3428*
「黄色い猫」(吉行理恵) ……………… *7402*
「黄色いハイビスカス」(蔵原惟和) … *2467*
「黄色い花の紅」(アサウラ) ………… *0199*
「黄色いヘビ」(細井麻奈美) ………… *6025*

「消えずの行灯」(誉田龍一) ………… *6070*
「消えた相続人」(山村美紗) ………… *7126*
「消えた脳病変」(浅ノ宮遼) ………… *0238*
「記憶」(中村玲子) …………………… *4904*
「記憶の一行」(坂口雄城) …………… *2948*
「記憶の火葬」(黄英治) ……………… *5717*
「記憶屋」(織守きょうや) …………… *1661*
「木を接ぐ」(佐伯一麦) ……………… *2897*
「機械仕掛けのブラッドハウンド」(つい
　へいじりう) ………………………… *4324*
「機械の耳」(小松由加子) …………… *2793*
「機械野郎」(松木修平) ……………… *6195*
「帰還学生」(阿波一郎) ……………… *0449*
「機関車先生」(伊集院静) …………… *0679*
「聞きます屋・聡介」(小川栄) ……… *1469*
「聴き屋の芸術学部祭」(市井豊) …… *0719*
「帰郷」(海老沢泰久) ………………… *1167*
「帰郷」(大佛次郎) …………………… *1563*
「帰郷」(瀬良けい) …………………… *3747*
「帰郷」(浜田広介) …………………… *5398*
「帰郷」(横山充男) …………………… *7285*
「木喰虫愛憎図」(猪ノ鼻俊三) ……… *0898*
「喜劇悲奇劇」(泡坂妻夫) …………… *0452*
「キケン」(有川浩) …………………… *0424*
「危険な関係」(新章文子) …………… *3533*
「帰国」(高嶋哲夫) …………………… *3852*
「鬼哭山恋奇譚」(加藤政義) ………… *1875*
「きことわ」(朝吹真理子) …………… *0245*
「気障でけっこうです」(小嶋陽太郎) … *2685*
「雉子」(由岐京彦) …………………… *7218*
「雉」(伊藤浩睦) ……………………… *0797*
「きじかくしの庭」(桜井美奈) ……… *3011*
「鬼子草子(きしぞうし)～人と神と妖と
　～」(川口士) ………………………… *2019*
「義姉妹」(小寺秋雨) ………………… *2709*
「鬼子母神」(安東能明) ……………… *0465*
「汽車の家」(井原敏) ………………… *0901*
「鬼宿者」(吉田陽向子) ……………… *7342*
「奇術師の家」(魚住陽子) …………… *1043*
「喜娘」(梓沢要) ……………………… *0268*
「気象精霊記 正しい台風の起こし方」(清
　水文化) ……………………………… *3408*
「机上の人」(栗山富明) ……………… *2487*
「偽書西鶴」(山本音也) ……………… *7134*
「鬼女の顔」(蓮生あまね) …………… *5268*
「傷ある翼」(円地文子) ……………… *1181*

600　　　　　　　　文学賞受賞作品総覧 小説篇

| 作品名索引 | きやく |

「傷口にはウオッカ」(大道珠貴) ……… 3800
「傷ついた野獣」(伴野朗) ………… 4631
「絆」(小杉健治) ………… 2691
「きずな†ほろこーすと」(しきや) … 3238
「キスまでの距離」(佐野あげは) … 3149
「寄生彼女サナ」(砂義出雲) … 3674
「寄生人の生活」(飯沼優) … 0502
「奇跡33756」(田丸久深) ……… 4253
「輝石の花」(河屋一) ………… 2075
「奇蹟の表現」(結城充考) ……… 7207
「奇蹟の夜」(高田侑) ……… 3864
「季節の記憶」(保坂和志) ……… 6002
「季節の詩」(万足卓) ……… 6321
「季節風」(押井岩雄) ……… 1568
「競うように雲が行く日に」(山下みゆ
き) ……… 7057
「キタイ」(吉来駿作) ……… 2321
「擬態少女は夢を見る」(島津緒繰) … 3368
「北回帰線」(太田正) ……… 1312
「北風のランナー」(月足亮) ……… 4341
「北国の女の物語」(水上勉) ……… 6412
「北の朝」(新井英生) ……… 0400
「北の海明け」(佐江衆一) ……… 2893
「北の河」(高井有一) ……… 3814
「北の国」(弓透子) ……… 7243
「奇譚百話綴り」(内藤了) ……… 4662
「鬼畜の家」(深木章子) ……… 6365
「キッズ　アー　オールライト」(岡田智
彦) ……… 1430
「キッチン」(吉本ばなな) ……… 7391
「キッドナッパーズ」(門井慶喜) … 1851
「狐提灯」(齊藤朋) ……… 2877
「きつね峠」(白石すみほ) ……… 3500
「狐寝入夢虜」(十文字実香) ……… 3446
「狐の鶏」(日影丈吉) ……… 5541
「狐の百物語」(冬木冬樹) ……… 5936
「きつねのよめいり」(稲羽白菟) … 0824
「きつねぼら」(光川純太郎) ……… 6479
「きつね与次郎」(大沼珠生) ……… 1356
「偽帝誅戮」(武川哲郎) ……… 4052
「気笛一声」(志茂田景樹) ……… 3429
「汽笛一声」(中村光夫) ……… 4893
「汽笛は響く」(田島啓二郎) ……… 4107
「KI.DO.U」(杉本蓮) ……… 3604
「鬼道」(真殿皎) ……… 6281
「機動戦士ガンダム THE ORIGIN」(安

彦良和) ……… 6924
「木ニナル」(吉村登) ……… 7378
「木に登る犬」(日下圭介) ……… 2357
「人形(ギニョル)」(佐藤ラギ) ……… 3133
「衣ケ浦」(林緑風) ……… 5460
「絹コーモリ」(浜夕平) ……… 5391
「砧をうつ女」(李恢成) ……… 0470
「絹と明察」(三島由紀夫) ……… 6401
「絹の変容」(篠田節子) ……… 3287
「樹の上の草魚」(薄井ゆうじ) ……… 1067
「きのうの空」(志水辰夫) ……… 3400
「紀伊国屋文左衛門」(武田八洲満) … 4066
「キノコの呪い」(佐藤そのみ) ……… 3108
「きのこ村の女英雄」(冴崎伸) ……… 2911
「黄の花」(一ノ瀬綾) ……… 0734
「木橋」(永山則夫) ……… 4924
「帰帆」(福尾湖南) ……… 5758
「黍の葉揺れやまず」(青崎庚次) … 0058
「ぎぶそん」(伊藤たかみ) ……… 0790
「紀分の料理番」(勢田春介) ……… 3724
「騎兵」(高橋喫々軒) ……… 3895
「希望の砦」(竹内泰宏) ……… 4050
「気紛れ発一本松行き」(石塚京助) … 0640
「君を、何度でも愛そう。」(沙絢) … 2854
「君が咲く場所」(こみこみこ) ……… 2797
「君たちに明日はない」(垣根涼介) … 1715
「機密」(斎藤栄) ……… 2868
「ギミック・ハート」(七海純) ……… 4971
「君とリンゴの木の下で」(渡邉雅之) … 7527
「キミとは致命的なズレがある」(赤月カ
ケヤ) ……… 0114
「きみに会えて」(今川真由美) ……… 0918
「キミのイタズラに涙する。」(cheeery)
……… 4292
「君のための物語」(水鏡希人) ……… 6351
「君の手が笑うから」(山中八千代) … 7112
「君の勇者に俺はなる!」(永原十茂) … 4832
「奇妙な雪」(鴻みのる) ……… 1350
「君等の記号/私のジケン」(東亮太) … 0278
「きみはいい子」(中脇初枝) ……… 4930
「キミはぼっちじゃない!」(小岩井蓮
二) ……… 2604
「木村家の人びと」(谷俊彦) ……… 4216
「キメラ暗殺計画」(小野博通) ……… 1633
「肝、焼ける」(朝倉かすみ) ……… 0211
「逆襲のスライムトレーナー」(見波タク
ミ) ……… 6511

文学賞受賞作品総覧 小説篇

601

「逆理の魔女」(雪野静) ……………… 7225	「狂骨死語り」(飯塚守) ……………… 0496
「キャッツアイころがった」(黒川博行)	「教師宮沢賢治のしごと」(畑山博) …… 5324
……………………………………… 2518	「教場」(長岡弘樹) ………………… 4704
「CATT─託されたメッセージ」(新井政	「狂城」(島田一砂) ………………… 3369
彦) ………………………………… 0401	「梟将記」(野村敏雄) ……………… 5208
「キャバの十字架」(沢木耕太郎) …… 3179	「狭小邸宅」(新庄耕) ……………… 3532
「キャプテンサンダーボルト」(阿部和	「行商見習い」(森岡隆司) ………… 6823
重) ………………………………… 0317	「狂人日記」(色川武大) …………… 0937
「キャプテンサンダーボルト」(伊坂幸太	「僑人の檻」(早乙女貢) …………… 2916
郎) ………………………………… 0577	「共生虫」(村上龍) ………………… 6688
「キャプテンの星座」(山室一広) …… 7128	「競漕海域」(佐藤茂) ……………… 3103
「キャラコさん」(久生十蘭) ……… 5582	「協奏曲 "群青"」(高殿円) ………… 3871
「伽羅の橋」(叶紙器) ……………… 1925	「きゃうだい」(山里水葉) ………… 7037
「キャンディ・ボーイ」(能面次郎) … 5143	「キョウダイ」(嶋戸悠祐) ………… 3381
「求愛」(藤田宜永) ………………… 5845	「今日もオカリナを吹く予定はない」(原
「九官鳥」(両角道子) ……………… 6876	田源五郎) ………………………… 5494
「九官鳥は泣いていた」(森一歩) …… 6784	「狂蝶」(千早霞城) ………………… 4310
「ぎゅうぎゅうごとごと」(古知屋恵子)	「凶鳥の群」(徳留節) ……………… 4580
……………………………………… 2706	「京都」(黒川創) …………………… 2516
「仇喰の真機鎧霊装」(草薙アキ) …… 2363	「凶徒」(野上龍) …………………… 5148
「球形時間」(多和田葉子) ………… 4276	「『キョウドウゲンソウ論』異聞」(西内
「球形世界の定戯式士」(秋月煌介) … 0144	駿) ………………………………… 5046
「吸血鬼のおしごと」(鈴木鈴) …… 3638	「京都五番町付近」(山﨑智) ……… 7022
「吸血の家」(二階堂黎人) ………… 5030	「京都まで」(林真理子) …………… 5451
「九紫火星の女」(藤巻幸作) ……… 5863	「京都よ、わが情念のはるかな飛翔を支え
「99%の誘拐」(岡嶋二人) ………… 1422	よ」(松原好之) …………………… 6246
「給食工場」(壬生菜々佳) ………… 6537	「凶の剣士」(田中啓文) …………… 4186
「給食争奪戦」(アズミ) …………… 0279	「京包線にて」(稲垣史生) ………… 0818
「救助信号」(吉平映理) …………… 7362	「享保貢象始末」(堀和久) ………… 6041
「給水塔と亀」(津村記久子) ……… 4451	「享保猪垣始末記」(樹下昌史) …… 2260
「窮鼠の眼」(酒井健亀) …………… 2922	「今日もクジラは元気だよ」(月本裕) … 4353
「宮廷恋語り─お妃修業も楽じゃない─」	「狂乱二十四孝」(北森鴻) ………… 2235
(響咲いつき) …………………… 2310	「恐竜たちは夏に祈る」(高橋有機子) … 3951
「九年前の祈り」(小野正嗣) ……… 1636	「狂恋の女師匠」(高槻真樹) ……… 3866
「キュウビ」(熊谷秀介) …………… 2441	「極北ツアー御一行様」(富谷千夏) … 4625
「休眠打破」(和喰博司) …………… 7480	「玉嶺よふたたび」(陳舜臣) ……… 4318
「キュウリが好きなカッパの話」(野呂翔	「巨鯨の海」(伊東潤) ……………… 0782
太) ………………………………… 5222	「虚構推理 鋼人七瀬」(城平京) …… 3521
「教育者」(添田知道) ……………… 3775	「馭者の秋」(三木卓) ……………… 6369
「凶音窟」(山下歩) ………………… 7044	「巨食症の明けない夜明け」(松本侑子)
「境界に生きる」(孫美幸) ………… 3794	……………………………………… 6276
「境界にて」(林健) ………………… 5439	「虚人たち」(筒井康隆) …………… 4423
「鏡花恋唄」(大鷹不二雄) ………… 1326	「巨人の城」(松原伊佐子) ………… 6240
「京から来た運孤」(俵元昭) ……… 4283	「虚数の庭」(一柳凪) ……………… 0745
「兜器」(高森真士) ………………… 3978	「虚像淫楽」(山田風太郎) ………… 7090
「狂気の遺産」(松岡弘) …………… 6192	「巨大な祭典」(佐々木二郎) ……… 3045
「狂言師」(平岩弓枝) ……………… 5654	「虚竹の笛」(水上勉) ……………… 6413

作品名索引　　　くうて

「清経入水」(秦恒平) ……………… 5309
「去年の冬、きみと別れ」(中村文則) …… 4881
「去年はいい年になるだろう」(山本弘)
　……………………………………… 7151
「清正の後悔」(竹中亮) …………… 4072
「漁遊」(小川文夫) ………………… 1479
「魚雷艇学生」(島尾敏雄) ………… 3356
「キョンシー・プリンセス〜乙女は糖蜜
　色の恋を知る〜」(後白河安寿) … 2688
「機雷」(光岡明) …………………… 6477
「キラキラハシル」(桐りんご) …… 2323
「きらきらひかる」(江國香織) …… 1148
「伐り株」(吉井よう子) …………… 7290
「吉里吉里人」(井上ひさし) ……… 0866
「キーリ 死者たちは荒野に眠る」(壁井ユ
　カコ) ……………………………… 1934
「桐島、部活やめるってよ」(朝井リョ
　ウ) ………………………………… 0193
「霧の旅人」(海邦智子) …………… 6379
「霧の橋」(乙川優三郎) …………… 1616
「切羽(きりは)へ」(井上荒野) …… 0852
「キリハラキリコ」(高野道夫) …… 3879
「桐一葉〜大阪城妖綺譚〜」(智凪桜) … 4630
「気流」(田中香津子) ……………… 4160
「機龍警察 暗黒市場」(月村了衛) … 4348
「機龍警察 自爆条項」(月村了衛) … 4349
「キリング・タイム」(蒼井上鷹) … 0032
「キリングドール」(鈴原まき) …… 3660
「ギルド」(大村麻梨子) …………… 1396
「基隆港」(石川信乃) ……………… 0616
「きれぎれ」(町田康) ……………… 6159
「キレキレ妹がデレるまで！」(速水キ
　ル) ………………………………… 5472
「切れた鎖」(田中慎弥) …………… 4170
「疑惑の背景」(杉山宇宙美) ……… 3610
「金色機械」(恒川光太郎) ………… 4430
「金色の網」(木坂涼) ……………… 2129
「ギンイロノウタ」(村田沙耶香) … 6709
「金色の大きい魚」(小木曽新) …… 1502
「金色の魚」(竹森千珂) …………… 4098
「金色の象」(宮内勝典) …………… 6543
「銀色のマーメイド」(古内一絵) … 5950
「禁煙」(関口莨哀) ………………… 3717
「金閣寺」(三島由紀夫) …………… 6402
「銀化猫―ギンカネコ―」(田中明子) … 4155
「銀河の道 虹の架け橋」(大林太良) … 1381
「銀河の道 虹の架け橋」(小学館) … 3456

「銀河風帆走」(宮西建礼) ………… 6591
「銀漢の賦」(葉室麟) ……………… 5415
「金魚を飼う女」(弘田静憲) ……… 5697
「金鶏郷に死出虫は嗤う」(神狛しず) … 1943
「筋骨」(松谷文吾) ………………… 6229
「『銀座』と南十字星」(醍醐麻沙夫) … 3797
「菌糸にからむ恋」(三好治郎) …… 6631
「金属バットの女」(ちゅーばちばちこ)
　……………………………………… 4315
「禁断の木の実」(菊池寛) ………… 2120
「禁断のパンダ」(拓未司) ………… 4039
「金と銀の暦」(小橋博) …………… 2738
「銀杏の墓」(飯島勝彦) …………… 0490
「ギンネム屋敷」(又吉栄喜) ……… 6155
「銀の雨」(羽島トオル) …………… 5252
「金の騎士は銀の姫君をさらう」(あまね
　翠) ………………………………… 0350
「きんのじ」(馳平啓樹) …………… 5305
「銀の峠」(緑川玄三) ……………… 6489
「金の棺」(網野菊) ………………… 0365
「銀の明星」(夏実桃子) …………… 4957
「金の輪がまわる日」(真咲ようこ) … 6137
「緊縛」(小川内初枝) ……………… 1494
「銀盤カレイドスコープ」(海原零) … 1702
「謹訳 源氏物語」(祥伝社) ……… 3469
「謹訳 源氏物語」(林望) ………… 5445
「吟遊翅ファティオータ」(黒川裕子) … 2521
「銀葉亭茶話」(金蓮花) …………… 2347

【く】

「杭」(中条厚) ……………………… 4314
「クイックセーブ＆ロード」(鮎川歩) … 0389
「グイン・サーガ」(栗本薫) ……… 2482
「〈グイン・サーガ〉シリーズ」(栗本薫)
　……………………………………… 2483
「空間の殺人」(溝口三平) ………… 6461
「空気頭」(藤枝静男) ……………… 5802
「空気集め」(貞久秀紀) …………… 3079
「偶然の息子」(上月文青) ………… 2619
「偶像南京に君臨す」(野口活) …… 5152
「空中庭園」(角田光代) …………… 1721
「空中庭園」(和田徹) ……………… 7487
「空中ブランコ」(奥田英朗) ……… 1527
「空転」(林英子) …………………… 5446

文学賞受賞作品総覧 小説篇　　　603

「空洞の怨恨」(森村誠一) ‥‥‥‥ 6861
「空の味」(三原てつを) ‥‥‥‥‥ 6535
「空白を歌え」(三岡雅晃) ‥‥‥‥ 6478
「空腹」(川上澄生) ‥‥‥‥‥‥‥ 1998
「空母大戦」(鋭電力) ‥‥‥‥‥‥ 1142
「空母プロメテウス」(岡本好古) ‥ 1457
「苦役列車」(西村賢太) ‥‥‥‥‥ 5078
「愚園路秘帖」(摂津茂和) ‥‥‥‥ 3725
「クォンタム・ファミリーズ」(東浩紀)
‥‥‥‥‥‥‥‥‥‥‥‥‥‥‥‥ 0277
「久遠の絆」(小鞠小雪) ‥‥‥‥‥ 2794
「9月が永遠に続けば」(沼田まほかる) ‥‥ 5130
「九月の空」(高橋三千綱) ‥‥‥‥ 3943
「九月の渓で」(梓林太郎) ‥‥‥‥ 0267
「九月の町」(軒上泊) ‥‥‥‥‥‥ 2576
「釘師」(蒲池香里) ‥‥‥‥‥‥‥ 1937
「傀儡后」(牧野修) ‥‥‥‥‥‥‥ 6113
「傀儡呪」(松浦千恵美) ‥‥‥‥‥ 6175
「草小路鷹麿の東方見聞録」(草薙渉) 2368
「草死なざりき」(岩山六太) ‥‥‥ 0994
「草すべり その他の短編」(南木佳士) 4934
「草の上の朝食」(保坂和志) ‥‥‥ 6003
「草のかんむり」(伊井直行) ‥‥‥ 0477
「草のつるぎ」(野呂邦暢) ‥‥‥‥ 5221
「草の碑」(藤田繁) ‥‥‥‥‥‥‥ 5835
「草の臥所」(津島佑子) ‥‥‥‥‥ 4391
「草葉の陰で見つけたもの」(大田十折)
‥‥‥‥‥‥‥‥‥‥‥‥‥‥‥‥ 1316
「鎖」(村若昭雄) ‥‥‥‥‥‥‥‥ 6728
「櫛挽道守」(木内昇) ‥‥‥‥‥‥ 2111
「孔雀の道」(陳舜臣) ‥‥‥‥‥‥ 4319
「愚者の夜」(青野聡) ‥‥‥‥‥‥ 0065
「クシュクシュ、キュッ」(宮坂朝子) ‥‥‥ 6576
「駆除屋とブタ」(ディセーン留根千代)
‥‥‥‥‥‥‥‥‥‥‥‥‥‥‥‥ 4480
「くじらになりたい」(瀬垣維) ‥‥ 3707
「鯨のいる地図」(柏木武彦) ‥‥‥ 1776
「狗人」(小川喜一郎) ‥‥‥‥‥‥ 1463
「薬子の京」(三枝和子) ‥‥‥‥‥ 2908
「くずばこに箒星」(石原宙) ‥‥‥ 0669
「くすぶりの龍」(馬場信浩) ‥‥‥ 5375
「薬箱」(加藤敬尚) ‥‥‥‥‥‥‥ 1866
「九頭竜川」(大島昌宏) ‥‥‥‥‥ 1295
「崩れ去る大地に」(真木桂之助) ‥ 6101
「崩れた墓標」(美倉健治) ‥‥‥‥ 6383
「糞袋」(藤田雅矢) ‥‥‥‥‥‥‥ 5841
「くたばれ地下アイドル」(小林早代子)

‥‥‥‥‥‥‥‥‥‥‥‥‥‥‥‥ 2756
「百済野」(矢島渚男) ‥‥‥‥‥‥ 6904
「Kudanの瞳」(志保龍彦) ‥‥‥‥ 3346
「朽ちた裏階段の挿話」(島木葉子) 3365
「梔子の草湯」(中林亮介) ‥‥‥‥ 4830
「くちびるに歌を」(中田永一) ‥‥ 4780
「口火は燃える」(多々羅四郎) ‥‥ 4118
「口紅と鏡」(源氏鶏太) ‥‥‥‥‥ 2574
「クチュクチュバーン」(吉村萬壱) 7380
「靴」(田口佳子) ‥‥‥‥‥‥‥‥ 4026
「靴を探しに」(高田喜佐) ‥‥‥‥ 3861
「くっすん大黒」(町田康) ‥‥‥‥ 6160
「グッドラック」(ポプラ社) ‥‥‥ 6035
「グッバイ、こおろぎ君。」(藤崎和男) ‥ 5818
「国を蹴った男」(伊東潤) ‥‥‥‥ 0783
「国盗り物語」(司馬遼太郎) ‥‥‥ 3301
「椚平にて」(裳修吉) ‥‥‥‥‥‥ 6528
「首飾り」(雨森零) ‥‥‥‥‥‥‥ 0362
「くびきの夏」(黒田孝高) ‥‥‥‥ 2538
「首化粧」(浅田耕三) ‥‥‥‥‥‥ 0220
「首塚の上のアドバルーン」(後藤明生)
‥‥‥‥‥‥‥‥‥‥‥‥‥‥‥‥ 2721
「首なし騎士は月夜に嘲笑う」(関口とし
わ) ‥‥‥‥‥‥‥‥‥‥‥‥‥‥ 3716
「首のたるみが気になるの」(阿川佐和
子) ‥‥‥‥‥‥‥‥‥‥‥‥‥‥ 0124
「首のたるみが気になるの」(エフロン,
ノーラ) ‥‥‥‥‥‥‥‥‥‥‥‥ 1170
「首曲がり」(稲生正美) ‥‥‥‥‥ 0851
「狗賓童子の島」(飯嶋和一) ‥‥‥ 0484
「熊と越年者」(渡辺捷夫) ‥‥‥‥ 7516
「隈取絵師」(平茂寛) ‥‥‥‥‥‥ 5660
「熊の結婚」(諸隈元) ‥‥‥‥‥‥ 6874
「熊の敷石」(堀江敏幸) ‥‥‥‥‥ 6049
「空見子の花束」(遊座理恵) ‥‥‥ 7211
「ぐみの木の下には」(北村染衣) ‥ 2229
「雲を斬る」(池永陽) ‥‥‥‥‥‥ 0559
「雲をつかむ話」(多和田葉子) ‥‥ 4277
「雲と風と」(永井路子) ‥‥‥‥‥ 4687
「くもの糸その後」(仲川晴斐) ‥‥ 4718
「雲の翼」(谷ユリ子) ‥‥‥‥‥‥ 4219
「雲のみだれ」(橋本紫星) ‥‥‥‥ 5258
「雲の都」(加賀乙彦) ‥‥‥‥‥‥ 1706
「雲の都」(新潮社) ‥‥‥‥‥‥‥ 3538
「雲ゆきあやし, 雨にならんや」(坪田亮
介) ‥‥‥‥‥‥‥‥‥‥‥‥‥‥ 4449
「雲ゆく人」(片山洋一) ‥‥‥‥‥ 1830

作品名索引　　　　くろね

「くもり日」(瀬戸新声) ……………… 3728
「曇る時」(稲垣瑞雄) …………………… 0821
「雲は還らず」(高橋八重彦) ………… 3946
「涙い海」(藤沢周平) …………………… 5825
「暗い越流」(若竹七海) ……………… 7466
「暗い珊瑚礁」(葛城範子) …………… 1847
「暗い流れ」(和田芳恵) ……………… 7489
「暗い森」(大川龍次) ………………… 1253
「暗い森を抜けるための方法」(足立浩
　二) ……………………………………… 0291
「クラウディア」(中村幌) …………… 4847
「グラウンド」(鈴木弘樹) …………… 3648
「暗くて長い穴の中」(荒川義清) …… 0409
「蔵の中」(楢八郎) …………………… 4979
「蔵法師助五郎」(道俊介) …………… 6470
「鞍骨坂」(北柳あぶみ) ……………… 2237
「暗闇にノーサイドI・II」(司城志朗) … 4331
「暗闇にノーサイドI・II」(矢作俊彦) … 6961
「暗闇にヤギをさがして」(穂史賀雅也)
　………………………………………… 6009
「暗闇の光」(直江謙継) ……………… 4665
「グランドピアノと校長先生の動かない
　右手」(桜糀瑚子) …………………… 3020
「グランド・フィナーレ」(阿部和重) … 0318
「グランプリ」(西巻秀夫) …………… 5071
「グランホッパーを倒せ！」(いとうのぶ
　き) ……………………………………… 0794
「グラン・マーの犯罪」(相馬隆) …… 3768
「クリアネス」(十和) ………………… 4654
「クリオネのしっぽ」(長崎夏海) …… 4726
「クリス・クロス―混沌の魔王」(高畑京
　一郎) …………………………………… 3958
「クリスタル・イーゴ」(マクワイア, ア
　ツコ) …………………………………… 6127
「クリスタル・ヴァリーに降りそそぐ灰」
　(今村友紀) …………………………… 0922
「クリストファー男娼窟」(草間弥生) … 2372
「クリスマス上等。」(三浦勇雄) …… 6324
「クリスマスの旅」(小野木朝子) …… 1641
「クリーピー」(前川裕) ……………… 6082
「クリミナルハイスクール」(埼田要介)
　………………………………………… 2988
「グリーン・イリュージョン」(杉江久美
　子) ……………………………………… 3585
「グリーン車の子供」(戸板康二) …… 4525
「ぐりーん・ふぃっしゅ」(市川温子) … 0725
「クルー」(石和鷹) …………………… 0594
「狂ひ凧」(梅崎春生) ………………… 1124

「狂いだすのは三月」(松崎陽平) …… 6205
「狂いバチ, 迷いバチ」(竹野昌代) … 4081
「ぐるぐる渦巻きの名探偵」(上田志岐)
　………………………………………… 1009
「ぐるぐるまわるすべり台」(中村航) … 4857
「狂った背景」(柳川明彦) …………… 6932
「クルドの花」(五十嵐邁) …………… 0514
「クルト・フォルケンの神話」(図子慧)
　………………………………………… 3617
「車いすの若猛者たち」(彩永真司) … 0385
「くるり用水のかめんた」(小薗ミサオ)
　………………………………………… 1576
「廓の与右衛門 恋の顛末」(中嶋隆) … 4759
「クレア、冬の音」(遠藤純子) ……… 1194
「紅荘の悪魔たち」(井上靖) ………… 0880
「紅の翼」(南里征典) ………………… 5026
「紅蓮の闇」(賀川敦夫) ……………… 1713
「くろ」(本渡章) ……………………… 6071
「クロ」(藤田めい) …………………… 5843
「黒い雨」(井伏鱒二) ………………… 0907
「黒い家」(貴志祐介) ………………… 2145
「黒い季節」(冲方丁) ………………… 1113
「黒い原点」(高田英太郎) …………… 3859
「くろい、こうえんの」(橘川有弥) … 2240
「黒い小屋」(鈴木重雄) ……………… 3632
「黒い裾」(幸田文) …………………… 2622
「黒い旅路」(寺内大吉) ……………… 4491
「黒い乳房」(本沢幸次郎) …………… 6057
「黒い蜻蛉」(川崎真希子) …………… 2028
「黒い布」(色川武大) ………………… 0938
「黒いバイオリン」(大石もり子) …… 1224
「黒い白鳥」(鮎川哲也) ……………… 0390
「黒い服の未亡人」(汐見薫) ………… 3226
「黒い森の宿」(高柳芳夫) …………… 3982
「黒髪のアン」(牛久輝美) …………… 1060
「黒髪の沼」(五十嵐貴久) …………… 0515
「黒十字サナトリウム」(中里友香) … 4735
「黒白の踊り」(一戸冬彦) …………… 0738
「クロスファイヤ」(ヤング, ラルフ) … 7179
「クロスフェーダーの曖昧な光」(飯塚朝
　美) ……………………………………… 0492
「クロス・ロード」(桑原一世) ……… 2559
「クロダイと飛行機」(浜田嗣範) …… 5395
「グロテスク」(桐野夏生) …………… 2333
「黒と白のデュエット」(岡村流生) … 1447
「黒猫の愛読書」(藤本圭) …………… 5876
「黒猫の遊歩あるいは美学講義」(森晶

「磨）・・・・・・・・・・・・・・・・・・・・・・・・ *6778*
「「クロ」の生涯」（石野緑石）・・・・・・・・・・・ *0654*
「黒の連環」（三浦康男）・・・・・・・・・・・・・・ *6347*
「黒鳩団がやってくる」（倉村実水）・・・・・・ *3770*
「黒パン俘虜記」（胡桃沢耕史）・・・・・・・・・ *2497*
「グローブ・ジャングル「虚構の劇団」旗
　揚げ3部作」（鴻上尚史）・・・・・・・・・・ *2613*
「黒船前夜―ロシア・アイヌ・日本の三
　国志」（渡辺京二）・・・・・・・・・・・・・・・・ *7502*
「黒門町界隈」（大谷民郎）・・・・・・・・・・・・ *1336*
「黒落語」（近藤五郎）・・・・・・・・・・・・・・・・ *2835*
「黒ん棒はんべえ 鄭芝龍救出行」（雑賀俊
　一郎）・・・・・・・・・・・・・・・・・・・・・・・・ *2856*
「桑の村」（鬼丸智彦）・・・・・・・・・・・・・・・・ *1625*
「軍医大尉」（小島久枝）・・・・・・・・・・・・・・ *2683*
「軍艦高砂」（片上伸）・・・・・・・・・・・・・・・・ *1809*
「軍旗はためく下に」（結城昌治）・・・・・・・ *7198*
「軍事郵便」（河内仙介）・・・・・・・・・・・・・・ *2045*
「勲章」（徳田秋声）・・・・・・・・・・・・・・・・・・ *4579*
「群青―日本海軍の礎を築いた男」（植松
　三十里）・・・・・・・・・・・・・・・・・・・・・・・ *1037*
「群棲」（黒井千次）・・・・・・・・・・・・・・・・・・ *2507*
「群蝶の空」（三咲光郎）・・・・・・・・・・・・・・ *6394*
「軍用犬」（東郷十三）・・・・・・・・・・・・・・・・ *4532*

【け】

「Ｋ」（三木卓）・・・・・・・・・・・・・・・・・・・・・・ *6370*
「慶安余聞「中山文四郎」」（喬木言吉）・・・ *3836*
「Ｋ医学士の場合」（久米徹）・・・・・・・・・・・ *2452*
「契火の末裔」（篠月美弥）・・・・・・・・・・・・・ *3292*
「警極魔道課チルビィ先生の迷子なひび」
　（横山忠）・・・・・・・・・・・・・・・・・・・・・・・ *7279*
「傾国の美姫」（夢野リコ）・・・・・・・・・・・・・ *7248*
「敬語で旅する四人の男」（麻宮ゆり子）
　・・・・・・・・・・・・・・・・・・・・・・・・・・・・・・ *6292*
「警視庁捜査二課・郷間彩香 特命指揮官」
　（梶永正史）・・・・・・・・・・・・・・・・・・・・・ *1764*
「鯨神」（宇能鴻一郎）・・・・・・・・・・・・・・・・ *1105*
「経清記」（江宮隆之）・・・・・・・・・・・・・・・・ *1171*
「ケイゾウ・アサキのデーモン・バスター
　ズ 血ぬられた貴婦人」（小山真弓）・・ *2822*
「携帯電話俺」（水市恵）・・・・・・・・・・・・・・・ *6406*
「Ｋの残り香」（雨宮町子）・・・・・・・・・・・・ *0372*
「刑罰の真意義」（志筑祥光）・・・・・・・・・・・ *3260*
「競馬の終わり」（杉山俊彦）・・・・・・・・・・・ *3609*

「刑務所ものがたり」（小嵐九八郎）・・・・・・ *2587*
「警鈴」（岡本真）・・・・・・・・・・・・・・・・・・・・ *1454*
「穢れ聖者のエク・セ・レスタ」（新見聖）
　・・・・・・・・・・・・・・・・・・・・・・・・・・・・・・ *5028*
「撃壌歌」（吉野光）・・・・・・・・・・・・・・・・・・ *7356*
「激痛ロード・グラフィティー」（時田慎
　也）・・・・・・・・・・・・・・・・・・・・・・・・・・・・ *4575*
「劇的なる精神 福田恒存」（井尻千男）・・・ *0683*
「激突カンフーファイター」（清水良英）
　・・・・・・・・・・・・・・・・・・・・・・・・・・・・・・ *3415*
「下克上ジーニアス」（高辻楓）・・・・・・・・・ *3867*
「けさらんぱさらん」（城島明彦）・・・・・・・ *3464*
「消された航跡」（阿部智）・・・・・・・・・・・・・ *0327*
「夏至祭」（佐藤洋二郎）・・・・・・・・・・・・・・・ *3131*
「夏至の匂い」（青山恵梨子）・・・・・・・・・・・ *0071*
「下宿あり」（藤田敏男）・・・・・・・・・・・・・・・ *5838*
「化粧坂」（林由美子）・・・・・・・・・・・・・・・・ *5457*
「化粧男」（鳥海文子）・・・・・・・・・・・・・・・・ *4648*
「化身」（愛川晶）・・・・・・・・・・・・・・・・・・・・ *0007*
「化身」（倉橋健一）・・・・・・・・・・・・・・・・・・ *2462*
「消せぬ風音」（三浦正輝）・・・・・・・・・・・・・ *6344*
「下駄物語」（中村星湖）・・・・・・・・・・・・・・ *4866*
「けちゃっぷ」（喜多ふあり）・・・・・・・・・・・ *2167*
「決壊」（平野啓一郎）・・・・・・・・・・・・・・・・ *5665*
「結界師のフーガ」（水瀬葉月）・・・・・・・・・ *6503*
「月下浮世奇談」（希多美咲）・・・・・・・・・・・ *2168*
「月下上海」（山口恵以子）・・・・・・・・・・・・・ *6993*
「月華の楼閣」（蒼井湊都）・・・・・・・・・・・・・ *0037*
「月鏡の海」（陣内よしゆき）・・・・・・・・・・・ *3550*
「月虹のラーナ」（響野夏菜）・・・・・・・・・・・ *5632*
「月光見返り美人」（武宮閣之）・・・・・・・・・ *4087*
「結婚せえ」（里中智矩）・・・・・・・・・・・・・・・ *3138*
「決死水兵」（大石霧山）・・・・・・・・・・・・・・ *1220*
「血族」（山口瞳）・・・・・・・・・・・・・・・・・・・・ *7006*
「月桃夜」（遠田潤子）・・・・・・・・・・・・・・・・ *4559*
「決闘ワルツ」（秋月煌）・・・・・・・・・・・・・・ *0143*
「ケツバット女、笑う夏希。」（樹戸英斗）
　・・・・・・・・・・・・・・・・・・・・・・・・・・・・・・ *2245*
「訣別の森」（末浦広海）・・・・・・・・・・・・・・ *3563*
「月明に飛ぶ」（明田鉄男）・・・・・・・・・・・・・ *0179*
「血緑」（木村荘十）・・・・・・・・・・・・・・・・・・ *2281*
「月齢0831」（田口かおり）・・・・・・・・・・・・ *4022*
「ゲーテル物語」（大日向葵）・・・・・・・・・・・ *1390*
「ゲートボールのルーツ」（北城恵）・・・・・・ *2201*
「ケニア夜間鉄道」（滝洸一郎）・・・・・・・・・ *3993*
「気配」（片山恭一）・・・・・・・・・・・・・・・・・・ *1823*
「仮病」（片野朗延）・・・・・・・・・・・・・・・・・・ *1819*

作品名索引　　　　こうか

「煙が目にしみる」(石川渓月) ‥‥‥‥ 0615
「けやきの木の枝」(蔵方杏奈) ‥‥‥‥ 2456
「欅の芽立」(橋本英吉) ‥‥‥‥‥‥‥ 5253
「快楽」(武田泰淳) ‥‥‥‥‥‥‥‥‥ 4060
「蹴りたい背中」(綿矢りさ) ‥‥‥‥‥ 7540
「ゲルマニウムの夜」(花村萬月) ‥‥‥ 5360
「ゲルマン紙幣一億円」(渡辺房男) ‥‥ 7522
「幻影城」(江戸川乱歩) ‥‥‥‥‥‥‥ 1158
「幻影の蛍」(田村初美) ‥‥‥‥‥‥‥ 4264
「幻化」(梅崎春生) ‥‥‥‥‥‥‥‥‥ 1125
「幻花」(北川修) ‥‥‥‥‥‥‥‥‥‥ 2188
「剣客商売」(池波正太郎) ‥‥‥‥‥‥ 0563
「検察官の証言」(中嶋博行) ‥‥‥‥‥ 4762
「乾山晩愁」(葉室麟) ‥‥‥‥‥‥‥‥ 5416
「幻詩狩り」(川又千秋) ‥‥‥‥‥‥‥ 2066
「現実的感覚」(内野哲郎) ‥‥‥‥‥‥ 1088
「検事の本懐」(柚月裕子) ‥‥‥‥‥‥ 7237
「源氏物語」(瀬戸内寂聴) ‥‥‥‥‥‥ 3732
「源氏物語人殺し絵巻」(長尾誠夫) ‥‥ 4701
「幻住庵」(木村とし子) ‥‥‥‥‥‥‥ 2283
「拳銃と十五の短篇」(三浦哲郎) ‥‥‥ 6334
「元首の謀叛」(中村正軌) ‥‥‥‥‥‥ 4887
「健次郎，十九歳」(仲村雅彦) ‥‥‥‥ 4889
「原子炉の蟹」(長井彬) ‥‥‥‥‥‥‥ 4670
「犬身」(松浦理英子) ‥‥‥‥‥‥‥‥ 6181
「幻想婚」(鷹野良仁) ‥‥‥‥‥‥‥‥ 3881
「幻想ジウロパ」(松本英哉) ‥‥‥‥‥ 6275
「幻想のエロス」(種村季弘) ‥‥‥‥‥ 4235
「減反神社」(山下惣一) ‥‥‥‥‥‥‥ 7050
「県庁の星」(桂望実) ‥‥‥‥‥‥‥‥ 1840
「けんちん汁」(宇梶紀夫) ‥‥‥‥‥‥ 1045
「遣唐使」(東野治之) ‥‥‥‥‥‥‥‥ 4547
「幻塔譜」(東条元) ‥‥‥‥‥‥‥‥‥ 4538
「剣と薔薇の夏」(戸松淳矩) ‥‥‥‥‥ 4611
「絃の聖域」(栗本薫) ‥‥‥‥‥‥‥‥ 2484
「剣の道殺人事件」(鳥羽亮) ‥‥‥‥‥ 4602
「原発事故 私の最終報告書」(柳田邦男)
　　‥‥‥‥‥‥‥‥‥‥‥‥‥‥‥‥ 6942
「憲法9条の思想水脈」(山室信一) ‥‥ 7129
「厳命」(古賀宣子) ‥‥‥‥‥‥‥‥‥ 2654
「懸命の地」(幸川牧生) ‥‥‥‥‥‥‥ 2614
「幻領主の鳥籠」(秋杜フユ) ‥‥‥‥‥ 0147
「幻惑」(佐島沙織) ‥‥‥‥‥‥‥‥‥ 3068
「剣はデジャ・ブ」(合戸周左衛門) ‥‥ 2632

【こ】

「恋」(小池真理子) ‥‥‥‥‥‥‥‥‥ 2591
「恋敵」(板谷朔) ‥‥‥‥‥‥‥‥‥‥ 0716
「恋ごころ」(里見弴) ‥‥‥‥‥‥‥‥ 3139
「小石川の家」(青木玉) ‥‥‥‥‥‥‥ 0046
「恋する私家版」(服部泰平) ‥‥‥‥‥ 5333
「恋初む」(吉橋通夫) ‥‥‥‥‥‥‥‥ 7360
「恋と拳闘」(金田勲衛) ‥‥‥‥‥‥‥ 1916
「恋に変する魔改上書」(木村百草) ‥‥ 2290
「恋女房」(林玄ã) ‥‥‥‥‥‥‥‥‥ 5440
「小犬」(青木音吉) ‥‥‥‥‥‥‥‥‥ 0040
「こいねこ〜君に逢えたら」(あおぞら鈴
　音) ‥‥‥‥‥‥‥‥‥‥‥‥‥‥‥ 0061
「恋の曲者」(森田二十五絃) ‥‥‥‥‥ 6844
「鯉の徳兵衛」(広沢康郎) ‥‥‥‥‥‥ 5691
「鯉の病院」(田中泰高) ‥‥‥‥‥‥‥ 4193
「恋の蛍」(松本侑子) ‥‥‥‥‥‥‥‥ 6277
「コイバナ」(中島あや) ‥‥‥‥‥‥‥ 4747
「恋人たちの森」(森茉莉) ‥‥‥‥‥‥ 6801
「恋人といっしょになるでしょう」(上野
　歩) ‥‥‥‥‥‥‥‥‥‥‥‥‥‥‥ 1026
「恋文」(松木麗) ‥‥‥‥‥‥‥‥‥‥ 6198
「恋文」(連城三紀彦) ‥‥‥‥‥‥‥‥ 7455
「恋紅」(皆川博子) ‥‥‥‥‥‥‥‥‥ 6494
「恋忘れ草」(北原亞以子) ‥‥‥‥‥‥ 2211
「恋はセサミ」(西田俊也) ‥‥‥‥‥‥ 5060
「ゴーイング・マイ・ウェイ」(本沢みな
　み) ‥‥‥‥‥‥‥‥‥‥‥‥‥‥‥ 6058
「コインロッカー・ベイビーズ」(村上
　龍) ‥‥‥‥‥‥‥‥‥‥‥‥‥‥‥ 6689
「GO」(金城一紀) ‥‥‥‥‥‥‥‥‥ 1914
「GO」(宮藤官九郎) ‥‥‥‥‥‥‥‥ 2400
「恋う」(高橋たか子) ‥‥‥‥‥‥‥‥ 3923
「かういふ女」(平林たい子) ‥‥‥‥‥ 5672
「紅雲町のお草」(吉永南央) ‥‥‥‥‥ 7351
「公園」(荻世いをら) ‥‥‥‥‥‥‥‥ 1514
「高円寺純情商店街」(ねじめ正一) ‥‥ 5136
「高円寺のシジミ」(日野敏幸) ‥‥‥‥ 5626
「公園のフィクサー」(佐藤利夫) ‥‥‥ 3113
「公園のベンチで」(佐藤いずみ) ‥‥‥ 3094
「甲乙丙丁」(中野重治) ‥‥‥‥‥‥‥ 4805
「公害」(石井藤雄) ‥‥‥‥‥‥‥‥‥ 0609
「後悔さきにたたず」(野水陽介) ‥‥‥ 5197

文学賞受賞作品総覧 小説篇　　　　**607**

こうか　　　　　　　　　　　作品名索引

「業海禅師－武田脚が最期に向かった天
　目山栖雲寺開山の記－」(日野四郎) … 5624
「後悔と真実の色」(貫井徳郎) ………… 5126
「航海日誌―un journal de bord」(くぼ
　ひでき) ………………………………… 2418
「郊外の家」(木村一郎) ………………… 2273
「郊外の基督」(後藤功) ………………… 2711
「後宮小説」(酒見賢一) ………………… 3032
「号泣する準備はできていた」(江國香
　織) ……………………………………… 1149
「交響詩「一騒乱」」(藍あずみ) ……… 0001
「好去来好歌」(温又柔) ………………… 1668
「拘禁」(海堂昌之) ……………………… 1696
「行軍」(豊田三郎) ……………………… 4639
「香華」(有吉佐和子) …………………… 0445
「攻撃天使スーサイドホワイト」(高瀬ユ
　ウヤ) …………………………………… 3858
「皓月に白き虎の啼く」(嬉野秋彦) …… 1138
「光源」(澤好摩) ………………………… 3171
「高原のDデイ」(五十嵐均) …………… 0520
「交叉する線」(草野唯雄) ……………… 3765
「黄砂吹く」(野田栄二) ………………… 5179
「高瀬離と筑」(桐谷正) ………………… 2328
「孔子」(井上靖) ………………………… 0881
「こうして彼は屋上を燃やすことにした」
　(カミツキレイニー) ………………… 1952
「行春の曲」(山東厭花) ………………… 3204
「工場」(小山田浩子) …………………… 1655
「強情いちご」(田岡典夫) ……………… 3810
「工場日記」(堀田利幸) ………………… 6031
「江上の客」(井上朝歌) ………………… 0861
「光刃の魔王と月影の少女軍師」(桜崎あ
　きと) …………………………………… 3022
「香水はミス・ディオール」(白石美保
　子) ……………………………………… 3501
「洪水はわが魂に及び」(大江健三郎) … 1233
「公正不偏の断罪官」(藤木わしろ) …… 5815
「紅雪」(大越台籠) ……………………… 1274
「高層の死角」(森村誠一) ……………… 6862
「業多姫」(時海結以) …………………… 4572
「巷談」(坂口安吾) ……………………… 2944
「巷談本牧亭」(安藤鶴夫) ……………… 0463
「好敵手「敵の手が好き」」(阿部藍樹) … 0339
「鋼鉄の騎士」(藤田宜永) ……………… 5846
「鋼鉄のワルキューレ」(水樹ケイ) …… 6421
「高塔奇譚」(伊井圭) …………………… 0476
「黄土の疾風」(深井律夫) ……………… 5723

「光媒の花」(道尾秀介) ………………… 6472
「こうばしい日々」(江國香織) ………… 1150
「幸福」(宇野千代) ……………………… 1111
「幸福への旅立ち」(湯川れい子) ……… 7216
「幸福な食卓」(瀬尾まいこ) …………… 3704
「幸福な朝食」(乃南アサ) ……………… 5185
「幸福な遊戯」(角田光代) ……………… 1722
「幸福の絵」(佐藤愛子) ………………… 3082
「幸不幸」(石川達三) …………………… 0621
「神戸で出会った中国人」(諏訪山みど
　り) ……………………………………… 3688
「光芒」(多岐一雄) ……………………… 3989
「こうもりかるてっと」(坂原瑞穂) …… 2966
「荒野を見よ」(中林明正) ……………… 4829
「煌夜祭」(多崎礼) ……………………… 4106
「高安犬物語」(戸川幸夫) ……………… 4570
「強欲なパズル」(小林成美) …………… 2761
「強欲な羊」(美輪和音) ………………… 6638
「強欲な僕とグリモワール」(北國ばらっ
　と) ……………………………………… 2195
「黄落」(佐江衆一) ……………………… 2894
「強力伝」(新田次郎) …………………… 5096
「交流」(金川太郎) ……………………… 1894
「降倭記」(舛山六太) …………………… 6154
「港湾都市」(川口明子) ………………… 2017
「声」(鄭遇尚) …………………………… 4477
「声の娼婦」(稲葉真弓) ………………… 0828
「故園」(川端康成) ……………………… 2052
「孤屋」(中内蝶二) ……………………… 4694
「氷の海のガレオン」(木地雅映子) …… 2141
「氷の橋」(野島千恵子) ………………… 5173
「凍れる瞳」(西木正明) ………………… 5049
「五ケ月の女」(江原無窮大) …………… 1164
「五月に一」(黎まやこ) ………………… 7449
「五月の気流」(北村満緒) ……………… 2233
「五月の花」(梅田晴夫) ………………… 1129
「五月は薄闇の内に―耕書堂奇談」(風花
　千里) …………………………………… 1747
「後漢戦国志1」(山西基之) …………… 7113
「故郷」(明石鉄也) ……………………… 0109
「故郷のわが家」(村田喜代子) ………… 6701
「こぎん幻想」(田邊奈津子) …………… 4208
「国王・ルイ十五世」(磯部慧) ………… 0710
「黒牛と妖怪」(風野真知雄) …………… 1797
「国語入試問題必勝法」(清水義範) …… 3414
「国際会議はたはむれる」(木村みどり)
　………………………………………… 2288

608　　　　　　　　　　　文学賞受賞作品総覧 小説篇

作品名索引	こつけ

「国際児」(栄野弘) ・・・・・・・・・・・・・・・ 1143

「極彩色の夢」(瀬川まり) ・・・・・・・・・・ 3710

「黒歯将軍」(和田新) ・・・・・・・・・・・・・ 7482

「獄中より」(尾崎士郎) ・・・・・・・・・・・・ 1553

「黒鳥」(安西篤子) ・・・・・・・・・・・・・・・ 0458

「黒鳥共和国」(木村清) ・・・・・・・・・・・・ 2275

「国道沿いのファミレス」(畑野智美) ・・・・ 5319

「告白」(町田康) ・・・・・・・・・・・・・・・・・ 6161

「告白」(湊かなえ) ・・・・・・・・・・・・・・・ 6505

「告白 ～synchronize　love～」(夏木エ
ル) ・・・・・・・・・・・・・・・・・・・・・・・・・ 4951

「告白の連鎖」(大谷裕三) ・・・・・・・・・・ 1341

「極秘メモ全公開」(矢野絢也) ・・・・・・・・ 6956

「極楽」(笙野頼子) ・・・・・・・・・・・・・・・ 3481

「コクリの子」(深月ともみ) ・・・・・・・・・ 5740

「黒冷水」(羽田圭介) ・・・・・・・・・・・・・・ 5307

「孤軍の城」(野田真理子) ・・・・・・・・・・・ 5183

「焦茶色のパステル」(岡嶋二人) ・・・・・・ 1423

「虎口からの脱出」(景山民夫) ・・・・・・・・ 1735

「凍える牙」(乃南アサ) ・・・・・・・・・・・・ 5186

「凍える口」(金鶴泳) ・・・・・・・・・・・・・・ 2272

「凍える島」(近藤史恵) ・・・・・・・・・・・・ 2842

「枯骨の恋」(岡部えつ) ・・・・・・・・・・・・ 1442

「九重第二の魔法少女」(林トモアキ) ・・・・ 5444

「午後の祠(まつ)り」(江場秀志) ・・・・・・・ 1163

「ここは四階妖怪診療所」(藤井早紀子)
・・・・・・・・・・・・・・・・・・・・・・・・・・・ 5791

「心を解く」(小木曽左今次) ・・・・・・・・・ 1501

「心ささくれて」(小林ぎん子) ・・・・・・・・ 2752

「心づくし」(海賀変哲) ・・・・・・・・・・・・ 1682

「こころのいえ」(湊ちはる) ・・・・・・・・・ 6508

「ココロのうた」(天楓一日) ・・・・・・・・・ 4516

「心の査問」(真室二郎) ・・・・・・・・・・・・ 6293

「心のヒダ」(渡辺陽司) ・・・・・・・・・・・・ 7534

「心映えの記」(太田治子) ・・・・・・・・・・ 1317

「ここは退屈迎えに来て」(山内マリコ)
・・・・・・・・・・・・・・・・・・・・・・・・・・・ 6968

「後妻」(大倉桃郎) ・・・・・・・・・・・・・・・ 1263

「ゴサインタン―神の座」(篠田節子) ・・・・ 3288

「五左衛門坂の敵討」(中村彰彦) ・・・・・・ 4843

「小猿別の子ザルっこたち」(石原敬三)
・・・・・・・・・・・・・・・・・・・・・・・・・・・ 0661

「誤算」(松下麻理緒) ・・・・・・・・・・・・・・ 6210

「五色の魔女」(狗彦) ・・・・・・・・・・・・・・ 0845

「興島(こしじま)」(溝部隆一郎) ・・・・・・ 6462

「ゴシック・ローズ」(小糸なな) ・・・・・・ 2602

「後日の話」(河野多恵子) ・・・・・・・・・・ 2638

「越の麗媛(くわしめ)」(楠本幸子) ・・・・・ 2387

「越の老函人」(息長大次郎) ・・・・・・・・・ 1506

「腰振りで踊る男」(愛川弘) ・・・・・・・・・ 0011

「小島に祈る」(中村豊秀) ・・・・・・・・・・ 4876

「コシャマイン記」(鶴田知也) ・・・・・・・・ 4475

「コシャマインの末裔」(上西晴治) ・・・・・ 1024

「55」(矢城潤一) ・・・・・・・・・・・・・・・・ 6888

「ご愁傷さま二ノ宮くん」(鈴木大輔) ・・・・ 3642

「孤愁の仮面」(風果某) ・・・・・・・・・・・・ 5719

「孤愁の岸」(杉本苑子) ・・・・・・・・・・・・ 3597

「五十万年の死角」(伴野朗) ・・・・・・・・・ 4632

「ご主人さん&メイドさま 父さん母さん、
ウチのメイドは頭が高いと怒ります」
(榎木津無代) ・・・・・・・・・・・・・・・・・ 1162

「孤児列車」(クライン, クリスティナ・ベ
イカー) ・・・・・・・・・・・・・・・・・・・・・ 2455

「孤児列車」(田栗美奈子) ・・・・・・・・・・ 4040

「個人的な体験」(大江健三郎) ・・・・・・・・ 1234

「枯神のイリンクス」(日野草) ・・・・・・・・ 5625

「コスチューム！」(将吉) ・・・・・・・・・・ 3458

「ゴーストタワー」(土居洸太) ・・・・・・・・ 4519

「ゴーストタワー」(久永蒼真) ・・・・・・・・ 5588

「ゴーストタワー」(松浦央和) ・・・・・・・・ 6179

「ゴーストライフ」(竹村肇) ・・・・・・・・・ 4090

「秋桜の迷路」(米川忠臣) ・・・・・・・・・・ 7408

「GOTH リストカット事件」(乙一) ・・・・・ 1608

「戸籍係の憂鬱」(茅本有里) ・・・・・・・・・ 1976

「午前三時のルースター」(垣根涼介) ・・・・ 1716

「午前二時の勇気」(岡本雅歩美) ・・・・・・・・ 1456

「午前零時のサンドリヨン」(相沢沙呼)
・・・・・・・・・・・・・・・・・・・・・・・・・・・ 0014

「子育てごっこ」(三好京三) ・・・・・・・・・ 6630

「答えて、トマス」(リンゼイ美恵子) ・・・・ 7444

「子種」(有賀喜代子) ・・・・・・・・・・・・・・ 0448

「木霊集」(田久保英夫) ・・・・・・・・・・・・ 4035

「コチャバンバ行き」(永井龍男) ・・・・・・ 4682

「壷中遊魚」(沙木とも子) ・・・・・・・・・・ 2979

「壺中の天国」(倉知淳) ・・・・・・・・・・・・ 2461

「胡蝶の剣」(高妻秀樹) ・・・・・・・・・・・・ 2621

「こちらノーム」(長谷川潤二) ・・・・・・・・ 5289

「こちらパーティー編集部～ひよっこ編
集者と黒王子～」(深海ゆずは) ・・・・・ 5748

「告解」(志智双六) ・・・・・・・・・・・・・・・ 3264

「蟲使い・ユリウス」(葵ゆう) ・・・・・・・・ 0038

「国旗」(藤代映二) ・・・・・・・・・・・・・・・ 5832

「滑稽な巨人 坪内逍遥の夢」(津野海太
郎) ・・・・・・・・・・・・・・・・・・・・・・・・ 4432

文学賞受賞作品総覧 小説篇　　　　　　　　609

こつと 作品名索引

「ゴッド・クライシス―天来鬼神伝」（七尾あきら） …………………………… 4966

「ゴッド・ブレイス物語」（花村萬月） …… 5361

「ゴーディーサンディー」（照下土竜） … 5628

「孤島」（新田次郎） ……………………… 5097

「孤闘 立花宗茂」（上田秀人） ………… 1013

「孤独なアスファルト」（藤村正太） …… 5871

「孤独の陰翳」（藤村いずみ） …………… 5870

「孤独の歌声」（天童荒太） ……………… 4513

「孤独の人」（辻真先） …………………… 4365

「今年の秋」（正宗白鳥） ………………… 6139

「今年の贈り物」（古谷田奈月） ………… 2808

「言壺」（神林長平） ……………………… 2105

「言葉の海へ」（高田宏） ………………… 3863

「言葉の帰る日」（中沢紅鯉） …………… 4739

「琴葉のキソク！」（京本蝶） …………… 2311

「子供の四季」（坪田譲治） ……………… 4447

「こどもの指につつかれる」（小祝百々子） …………………………………… 2603

「子供部屋」（阿部昭） …………………… 0313

「ことり」（小川洋子） …………………… 1485

「子盗り」（海月ルイ） …………………… 1119

「五年の梅」（乙川優三郎） ……………… 1617

「この国の空」（高井有一） ……………… 3815

「このくらい、のあなた」（一井七菜子） …………………………………… 0717

「此の子」（玄川舟人） …………………… 2569

「この子の七つのお祝いに」（斎藤澪） … 2883

「この地図を消去せよ」（久世禄太） …… 2393

「この流れの中に」（木下富砂子） ……… 2263

「この涙が枯れるまで」（ゆき） ………… 7217

「この人の閾」（保坂和志） ……………… 6004

「この広い世界に二人ぼっち」（葉村哲） …………………………………… 5413

「この胸に深々と突き刺さる矢を抜け」（白石一文） ……………………… 3498

「この村，出ていきません」（吉井恵璃子） …………………………………… 7287

「この世に招かれて来た客」（耕治人） … 2610

「この世の富」（添田小萩） ……………… 3773

「この夜にさようなら」（池田藻） ……… 0553

「琥珀の心臓」（瀬尾つかさ） …………… 3703

「小咄集」（三木卓） ……………………… 6371

「小林一茶」（井上ひさし） ……………… 0867

「小春日和」（楠本洋子） ………………… 2388

「小春日和」（谷本美彌子） ……………… 4233

「小春日和」（澄川笑子） ………………… 3678

「湖畔の家」（野村菫雨） ………………… 5201

「珈琲牛乳」（白坂愛） …………………… 3511

「コピーフェイスとカウンターガール」（仮名堂アレ） ……………………… 1968

「五百円」（中村稲海） …………………… 4872

「コーヒー・ルンバ」（瀬古恵子） ……… 3723

「御符」（村上福三郎） …………………… 6680

「拳をにぎる」（本川さとみ） …………… 6761

「小ぶなものがたり」（太田黒克彦） …… 1331

「虎砲記（こほうき）」（宮本徳蔵） …… 6619

「ゴボウ潔子の猫魂」（朱野帰子） ……… 0181

「御坊丸と弥九郎」（河丸裕次郎） ……… 2067

「Go, HOME」（橘夏水） ………………… 4125

「こぼれ梅」（小川兎馬子） ……………… 1475

「ごまめの歯軋り」（逸見真由） ………… 5988

「コーマルタン界隈」（山田稔） ………… 7100

「ごみを拾う犬もも子のねがい」（中野英明） ……………………………… 4814

「コミック・トラブル」（松﨑成穂） …… 6201

「ゴミ箱から失礼いたします」（岩波零） …………………………………… 0982

「ごみ箱の慟哭」（村上桃子） …………… 6683

「ごむにんげん」（浩祥まきこ） ………… 2618

「子守唄しか聞こえない」（松尾依子） … 6187

「子守りの殿」（南条範夫） ……………… 5012

「こもれびノート」（しやけ遊魚） ……… 3440

「ゴヤ」（堀田善衞） ……………………… 6033

「小指」（堤千代） ………………………… 4428

「御用雪氷異聞」（吹雪ゆう） …………… 5918

「孤鷹の天」（澤田瞳子） ………………… 3185

「コヨーテの町」（サム横内） …………… 3161

「暦」（壺井栄） …………………………… 4444

「コーリ駄菓子店のむこうがわ」（木内陽） ……………………………… 2113

「五里峠」（渡野玖美） …………………… 7543

「狐狸物語」（坂田太郎） ………………… 2951

「御料林」（中村星湖） …………………… 4867

「ゴルディータは食べて、寝て、働くだけ」（吉井磨弥） ………………… 7289

「ゴールデンスランバー」（伊坂幸太郎） …………………………………… 0578

「コルトM1851残月」（月村了衛） …… 4350

「コールド・ゲヘナ」（三雲岳斗） ……… 6382

「ゴールドラッシュ」（柳美里） ………… 7187

「五霊闘士オーキ伝―五霊闘士現臨！」（土門弘幸） ……………………… 4636

「ゴーレム×ガールズ」（大凹友数） …… 1257

作品名索引　　　　　　　　　　　　　　　　　　さえ

「これはゾンビですか？　はい。魔法少
　女です」(木村心一) ………………… 2278
「ごろごろ」(伊集院静) ……………… 0680
「殺しの四人」(池波正太郎) ………… 0564
「コロロギ岳から木星トロヤへ」(小川一
　水) ………………………………… 1460
「こわれたガラス箱」(小林時子) …… 2759
「壊れたジョーロは使えない」(駱駝) … 7426
「こわれた人々」(高岡杉成) ………… 3827
「権現の踊り子」(町田康) …………… 6162
「コンシェルジュの煌めく星」(汐原由里
　子) ………………………………… 3225
「コンシャス・デイズ」(柊) ………… 5536
「痕跡」(久保田匡子) ………………… 2429
「コンダクターを撃て」(三沢陽一) … 6398
「コンタクト」(上坪裕介) …………… 1953
「昆虫記」(山岡都) …………………… 6976
「コンディション・ブルー」(瀧井耕平)
　…………………………………… 3999
「コンとアンジ」(井鯉こま) ………… 0573
「混沌都市の泥棒屋」(間宮真琴) …… 6290
「こんなふうに死にたい」(佐藤愛子) … 3083
「紺野機業場」(庄野潤三) …………… 3475
「コンパニオン・プランツ」(奥村理英)
　…………………………………… 1539
「金春稲荷」(伊上凰骨) ……………… 0512
「金春屋ゴメス」(西條奈加) ………… 2862
「コンビニエンスロゴス」(高野亘) … 3884
「金毘羅」(笙野頼子) ………………… 3482
「権兵衛の生涯」(薄井清) …………… 1064
「紺碧のサリフィーラ」(天堂里砂) …… 4515
「婚約のあとで」(阿川佐和子) ……… 0125
「今夜，すべてのバーで」(中島らも) …… 4772

【　さ　】

「さあ、地獄へ堕ちよう」(菅原和也) …… 3575
「彩雲国綺譚」(雪乃紗衣) …………… 7226
「再会」(白石義夫) …………………… 3503
「再会」(西山樹一郎) ………………… 5089
「再会」(横関大) ……………………… 7264
「西海のうねり」(伊坊榮一) ………… 0911
「再会」(大谷藤子) …………………… 1338
「催花雨」(阪野鴎花) ………………… 2964
「西鶴人情橋」(吉村正一郎) ………… 7376

「犀川べりで」(和沢昌治) …………… 7478
「西行花伝」(辻邦生) ………………… 4360
「再建工作」(津留六平) ……………… 4466
「西郷札」(松本清張) ………………… 6265
「細香日記」(南条範夫) ……………… 5013
「最高の喜び」(西山浩一) …………… 5090
「最後の歌を越えて」(冴桐由) ……… 2906
「最後のうるう年」(二瓶哲也) ……… 5108
「最後の王妃」(白洲梓) ……………… 3513
「最後の剣」(武藤大成) ……………… 6662
「最後の姿」(飛田一歩) ……………… 5598
「最後の星戦 老人と宇宙3」(内田昌之)
　…………………………………… 1085
「最後の星戦 老人と宇宙3」(スコルジー，
　ジョン) …………………………… 3615
「最後の敵」(山田正紀) ……………… 7097
「最後の吐息」(星野智幸) …………… 6016
「最後の逃亡者」(熊谷独) …………… 2446
「最後の時」(河野多恵子) …………… 2639
「最後のともだち」(松田幸緒) ……… 6226
「最後のトロンペット」(村松駿吉) …… 6715
「最後のひとりが死に絶えるまで」(我鳥
　彩子) ……………………………… 7545
「最後のヘルパー」(高橋正樹) ……… 3942
「最後の息子」(吉田修一) …………… 7321
「サイコロの裏」(草木野鎮) ………… 2362
「さいころの政」(陣出達朗) ………… 3540
「彩色」(堀内伸) ……………………… 6046
「最終上映」(石黒達昌) ……………… 0632
「最終バス」(竹本喜美子) …………… 4094
「最終便に間に合えば」(林真理子) …… 5452
「細杖」(山田旭南) …………………… 7075
「再生のパラダイムシフト」(武葉コウ)
　…………………………………… 4082
「埼玉県神統系譜」(中村智紀) ……… 4875
「サイドカーに犬」(長嶋有) ………… 4767
「さい果て」(津村節子) ……………… 4459
「最果ての収容所にて―シベリア抑留・
　鎮魂の灯―」(渡辺時雄) …………… 7515
「催眠！ おっぱい学園」(イササナナ) … 0592
「サイヨーG・ノート」(鶴岡一生) …… 4468
「サイレント・ナイト」(高野裕美子) …… 3880
「サイレントパニック」(新堂令子) …… 3549
「SILENT VOICE」(橘有未) ………… 4131
「サイレンの鳴る村」(柏木智二) …… 1777
「サウスバウンド」(奥田英朗) ……… 1528
「佐恵」(杉昌乃) ……………………… 3582

文学賞受賞作品総覧 小説篇　　　　　　　　　　　　　　　611

さえす　　　　　　　　　　　作品名索引

「さえずりの宇宙」（坂永雄一）‥‥‥‥‥ 2961
「紗央里ちゃんの家」（矢部嵩）‥‥‥‥‥ 6966
「坂」（宮内聡）‥‥‥‥‥‥‥‥‥‥‥‥ 6549
「堺筋」（早崎慶三）‥‥‥‥‥‥‥‥‥‥ 5427
「サカサマホウショウジョ」（大澤誠）‥‥ 1289
「魚」（千早茜）‥‥‥‥‥‥‥‥‥‥‥‥ 4309
「坂中井に虹が出て」（馬面善子）‥‥‥‥ 1118
「〜サカナ帝国〜」（井手花美）‥‥‥‥‥ 0762
「サカナナ」（深谷晶子）‥‥‥‥‥‥‥‥ 5751
「魚のように」（中脇初枝）‥‥‥‥‥‥‥ 4931
「魚は水の中」（宮規子）‥‥‥‥‥‥‥‥ 6540
「坂の下の蜘蛛」（高橋亮光）‥‥‥‥‥‥ 3890
「坂の町の家族」（難波田節子）‥‥‥‥‥ 5020
「坂の向うに」（鳥井綾子）‥‥‥‥‥‥‥ 4644
「酒場」（荒畑寒村）‥‥‥‥‥‥‥‥‥‥ 0414
「坂道」（壺井栄）‥‥‥‥‥‥‥‥‥‥‥ 4445
「坂道」（松岡弘一）‥‥‥‥‥‥‥‥‥‥ 6190
「相模通走」（家城洋子）‥‥‥‥‥‥‥‥ 0503
「佐川君からの手紙」（唐十郎）‥‥‥‥‥ 1978
「鷺谷」（遠山あき）‥‥‥‥‥‥‥‥‥‥ 4563
「鷺と雪」（北村薫）‥‥‥‥‥‥‥‥‥‥ 2222
「砂丘」（鮫島麟太郎）‥‥‥‥‥‥‥‥‥ 3164
「砂丘が動くように」（日野啓三）‥‥‥‥ 5616
「昨夜のカレー、明日のパン」（木皿泉）
　　　　　　‥‥‥‥‥‥‥‥‥‥‥‥‥ 2137
「昨夜は鮮か」（大久保操）‥‥‥‥‥‥‥ 1261
「桜」（鈴木依古）‥‥‥‥‥‥‥‥‥‥‥ 3653
「さくら」（西加奈子）‥‥‥‥‥‥‥‥‥ 5039
「桜雨」（坂東眞砂子）‥‥‥‥‥‥‥‥‥ 5526
「桜を愛でる」（仁科友里）‥‥‥‥‥‥‥ 5064
「桜街道」（渡辺貞子）‥‥‥‥‥‥‥‥‥ 7514
「櫻川イワンの恋」（三田完）‥‥‥‥‥‥ 6463
「櫻観音」（紫野貴李）‥‥‥‥‥‥‥‥‥ 3275
「桜子は帰って来たか」（麗羅）‥‥‥‥‥ 7450
「桜田門外十万坪」（渡辺房男）‥‥‥‥‥ 7523
「桜散る」（中村豊）‥‥‥‥‥‥‥‥‥‥ 4898
「佐久良東雄」（望月茂）‥‥‥‥‥‥‥‥ 6751
「桜の忌」（富崎喜代美）‥‥‥‥‥‥‥‥ 4618
「桜の国」（大田洋子）‥‥‥‥‥‥‥‥‥ 1322
「桜の下で会いましょう」（久遠くおん）
　　　　　　‥‥‥‥‥‥‥‥‥‥‥‥‥ 2408
「桜の下の人魚姫」（沖原朋美）‥‥‥‥‥ 1513
「さくらの花」（網野菊）‥‥‥‥‥‥‥‥ 0366
「桜の花をたてまつれ」（木島次郎）‥‥‥ 2151
「錯乱」（池波正太郎）‥‥‥‥‥‥‥‥‥ 0565
「犠牲―わが息子・脳死の11日」（柳田邦
　男）‥‥‥‥‥‥‥‥‥‥‥‥‥‥‥‥ 6943

「サクリファイス」（近藤史恵）‥‥‥‥‥ 2843
「サークル」（門倉暁）‥‥‥‥‥‥‥‥‥ 1882
「鮭と狐の村」（中川童二）‥‥‥‥‥‥‥ 4716
「叫びと祈り」（梓崎優）‥‥‥‥‥‥‥‥ 3250
「鮭姫」（中田龍雄）‥‥‥‥‥‥‥‥‥‥ 4783
「叫ぶ人」（岡野弘樹）‥‥‥‥‥‥‥‥‥ 1440
「左近戦記 大和篇」（志木沢郁）‥‥‥‥ 3234
「サザエ計画」（園山創介）‥‥‥‥‥‥‥ 3789
「さざなみの国」（勝山海百合）‥‥‥‥‥ 1836
「さざんか」（いしみちか）‥‥‥‥‥‥‥ 0672
「さざんか」（岡島伸吾）‥‥‥‥‥‥‥‥ 1421
「サージウスの死神」（佐藤憲胤）‥‥‥‥ 3116
「さして重要でない一日」（伊井直行）‥‥ 0478
「砂上の記録」（村雨悠）‥‥‥‥‥‥‥‥ 6699
「左遷の理由」（黒沼彰）‥‥‥‥‥‥‥‥ 2542
「さちの世界は死んでも廻る」（三日月）
　　　　　　‥‥‥‥‥‥‥‥‥‥‥‥‥ 6353
「サーチライトと誘蛾灯」（櫻田智也）‥‥ 3029
「殺意」（水野泰治）‥‥‥‥‥‥‥‥‥‥ 6446
「殺意という名の家畜」（河野典生）‥‥‥ 2645
「殺意の演奏」（大谷羊太郎）‥‥‥‥‥‥ 1342
「殺意の風景」（宮脇俊三）‥‥‥‥‥‥‥ 6625
「撮影所三重奏」（山村巌）‥‥‥‥‥‥‥ 7123
「作家前後」（豊田行二）‥‥‥‥‥‥‥‥ 4637
「五月闇」（田村松魚）‥‥‥‥‥‥‥‥‥ 4256
「殺人喜劇の十三人」（芦辺拓）‥‥‥‥‥ 0261
「殺人狂時代ユリエ」（阿久悠）‥‥‥‥‥ 0174
「殺人交差」（小川美那子）‥‥‥‥‥‥‥ 1482
「殺人童話・北のお城のお姫様」（藤林愛
　夏）‥‥‥‥‥‥‥‥‥‥‥‥‥‥‥‥ 5861
「殺人の棋譜」（斎藤栄）‥‥‥‥‥‥‥‥ 2869
「殺人の駒音」（亜木冬彦）‥‥‥‥‥‥‥ 0135
「殺人ハウス」（藤津一）‥‥‥‥‥‥‥‥ 5852
「殺人ピエロの孤島同窓会」（水田美意
　子）‥‥‥‥‥‥‥‥‥‥‥‥‥‥‥‥ 6439
「殺人フォーサム」（秋川陽二）‥‥‥‥‥ 0138
「薩摩刀匂えり」（波平由紀靖）‥‥‥‥‥ 4976
「薩摩風雲録」（柴田宗徳）‥‥‥‥‥‥‥ 3329
「サティン・ローブ」（浅見理恵）‥‥‥‥ 0250
「サテライト三国志・上下巻」（塚本青
　史）‥‥‥‥‥‥‥‥‥‥‥‥‥‥‥‥ 4335
「砂糖菓子」（わたなべ文則）‥‥‥‥‥‥ 7524
「里恋ひ記」（寺門秀雄）‥‥‥‥‥‥‥‥ 4494
「遊郭の怪談（さとのはなし）」（長島槙
　子）‥‥‥‥‥‥‥‥‥‥‥‥‥‥‥‥ 4763
「サドル」（石川宏宇）‥‥‥‥‥‥‥‥‥ 0625
「サトル」（漆原正雄）‥‥‥‥‥‥‥‥‥ 1136

作品名索引　　　さんし

「さながら駆けし破軍の如く」（天野ゆい
　な）………………………………… 0358
「蛹」（田中慎弥）………………………… 4171
「蛹の中の十日間」（秋葉千景）………… 0151
「サナギのように私を縛って」（村本健太
　郎）………………………………… 6721
「真田剣忍帖」（大谷春介）……………… 1335
「真田弾正忠幸隆」（神尾秀）…………… 1940
「鯖」（早崎慶三）………………………… 5428
「サバイブ」（加藤秀行）………………… 1868
「砂漠を走る船の道」（梓崎優）………… 3251
「砂漠の青がとける夜」（中村理聖）…… 4901
「砂漠の千一昼夜物語―幻の王子と悩殺
　王女―」（きりしま志帆）……………… 2326
「サハリンの鯉」（河井大輔）…………… 1987
「淋しい香車」（篠貴一郎）……………… 3274
「寂しさの音」（大谷綾子）……………… 1333
「ザ・ブラック・ヴィーナス」（城山真一）
　………………………………………… 3527
「ザ ブルー クロニクル」（白星敦士）… 3517
「サマーグリーン」（倉本由布）………… 2473
「些末なおもいで」（埜田杳）…………… 5180
「サマにならない英雄伝説」（遊馬足搔）
　………………………………………… 7214
「サマー・ランサー」（天沢夏月）……… 0348
「寂野」（沢田ふじ子）…………………… 3190
「五月雨」（大倉桃郎）…………………… 1264
「佐通太郎と帰宅戦争」（鬼火あられ）… 1624
「寒い夏」（石田きよし）………………… 0646
「侍」（遠藤周作）………………………… 1190
「サムライ・凛は0勝7敗!?」（ほんじょう山
　羊）………………………………… 6061
「鮫」（真継伸彦）………………………… 6197
「鮫釣り」（伊良波弥）…………………… 0930
「醒めない夏」（植村有）………………… 1041
「鮫巻き直四郎 役人狩り」（藤村与一郎）
　………………………………………… 5872
「鞘火」（唐草燕）………………………… 1981
「鞘師勘兵衛の義」（早瀬徹）…………… 5466
「沙耶のいる透視図」（伊達一行）……… 4140
「さようなら、オレンジ」（岩城けい）… 0953
「さようなら，ギャングたち」（高橋源一
　郎）………………………………… 3915
「さよなら アメリカ」（樋口直哉）…… 5573
「さよなら海ウサギ」（久生哲）………… 5581
「さよなら神様」（麻耶雄嵩）…………… 6294
「さよならクリストファー・ロビン」（高
　橋源一郎）………………………… 3916

「さよならドビュッシー」（中山七里）… 4917
「さよならトロイメライ」（壱乗寺かる
　た）………………………………… 0730
「サラの柔らかな香車」（橋本長道）…… 5263
「サラバ！」（西加奈子）………………… 5040
「さらば国境よ」（木村春作）…………… 2277
「さらばモスクワ愚連隊」（五木寛之）… 0750
「サラマンダー殲滅」（梶尾真治）……… 1763
「サラリーマン・コクテール」（八田尚
　之）………………………………… 5331
「さりぎわの歩き方」（中山智幸）……… 4923
「ザ・リコール」（志摩峻）……………… 3352
「猿尾の記憶」（浅沼郁男）……………… 0232
「ざるそば（かわいい）」（つちせ八十五）
　………………………………………… 4418
「猿丸幻視行」（井沢元彦）……………… 0597
「されど咎人は竜と踊る」（浅井ラボ）… 0192
「されどわれらが日々―」（柴田翔）…… 3325
「ザ・ロスチャイルド」（渋井真帆）…… 3338
「沢夫人の貞節」（由起しげ子）………… 7219
「佐和山異聞」（九月文）………………… 2397
「斬」（綱淵謙錠）………………………… 4429
「残穢」（小野不由美）…………………… 1635
「3H2A 論理魔術師は深夜の廊下で議論
　する」（土屋つかさ）……………… 4420
「残影の馬」（松樹剛史）………………… 6196
「三界の家」（林京子）…………………… 5433
「山姫抄」（加藤元）……………………… 1856
「残虐記」（桐野夏生）…………………… 2334
「山峡」（石黒佐近）……………………… 0631
「残響」（田中和夫）……………………… 4159
「山峡の町で」（なかむらみのる）……… 4896
「残光」（東直己）………………………… 0275
「三号室の男」（後藤幸次郎）…………… 2714
「三皇の琴 天地を鳴動さす」（小島環）… 2678
「三国志 英雄ここにあり」（柴田錬三郎）
　………………………………………… 3333
「産後思春期症候群」（片岡直子）……… 1803
「さんさ踊り」（今川勲）………………… 0917
「三次元への招待状」（天音マサキ）…… 0351
「三姉妹」（大佛次郎）…………………… 1564
「三十九条の過失」（遠藤武文）………… 1195
「三十五歳、独身」（水城昭彦）………… 6418
「残照」（織田貞之）……………………… 1579
「三条院記」（永井路子）………………… 4688
「残照龍ノ口」（黛信彦）………………… 6297
「残照」（福富哲）………………………… 5777

文学賞受賞作品総覧 小説篇　　　　613

さんし　　　　　　　　　作品名索引

「残照の追憶」(冬室修) ………………… 5940
「残照の譜」(徳永一未) ………………… 4581
「三色パンダは今日も不機嫌」(葉村亮
　介) ………………………………………… 5414
「残心」(伊藤京治) ……………………… 0771
「山水楼悲話」(佐藤夏蔦) ……………… 3097
「三千寵愛在一身」(はるおかりの) …… 5515
「残像」(森田功) ………………………… 6832
「残像少年」(薄井ゆうじ) ……………… 1068
「酸素31」(支倉隆子) …………………… 5304
「三代の分割」(神庭与作) ……………… 2100
「三代目」(摂津茂和) …………………… 3726
「サンタクロースな女の子」(さかてしゅ
　うぞう) …………………………………… 2957
「サンタクロースな女の子」(さかてしん
　こ) ………………………………………… 2958
「簒奪者」(岩井三四二) ………………… 0948
「山塔」(斯波四郎) ……………………… 3299
「サント・ジュヌビエーブの丘で」(見矢
　百代) ……………………………………… 2581
「三度目の正直」(浅井柑) ……………… 0186
「三人の木樵の話」(久保栄) …………… 2416
「三年」(林屋祐子) ……………………… 5463
「三年坂 火の夢」(早瀬乱) …………… 5468
「三の酉」(久保田万太郎) ……………… 2435
「サンパウリ夜話」(松本清) …………… 6259
「茉莉花(サンパギータ)」(川中大樹) … 2047
「三匹の蟹」(大庭みな子) ……………… 1372
「残品」(平林たい子) …………………… 5673
「山風記」(長尾宇迦) …………………… 4697
「サンフラワー症候群」(池田京二) …… 0547
「桑港にて」(植松三十里) ……………… 1038
「3分26秒の削除ボーイズ─ぼくと春とコ
　ウモリと─」(方波見大志) …………… 1822
「1/3の罪」(吉川隆代) ………………… 7301
「三別抄耽羅戦記」(金重明) …………… 2269
「サンマイ崩れ」(吉岡暁) ……………… 7292
「三面鏡」(黒田桜の園) ………………… 2536

【し】

「刺」(久志もと代) ……………………… 2375
「幸せ色の空」(大懸朋雪) ……………… 1252
「シアワセデアリタイトソノヒトハネガッ
　タ」(加藤徹) …………………………… 1864

「幸せの色」(雨のち晴香) ……………… 0370
「しあわせのかけら」(安井陵子) ……… 6907
「幸せの島」(蓮華ゆい) ………………… 7453
「幸せバスは異世界行き」(石橋幸音) … 0660
「飼育」(大江健三郎) …………………… 1235
「じいちゃんが…」(小林陸) …………… 2776
「椎の川」(大城貞俊) …………………… 1300
「シインの毒」(荻野目悠樹) …………… 1512
「シェイク」(原尚彦) …………………… 5481
「シェイクスピア狂い─十三人目の幽霊
　たちへ」(伊神貴世) …………………… 0511
「屍衛兵」(蒼社廉三) …………………… 3762
「C.S.T. 情報通信保安庁警備部」(十三
　湊) ………………………………………… 4587
「ジェットコースターのあとは七色の気
　球船に乗って」(牧原万里) …………… 6116
「ジェノサイド」(高野和明) …………… 3874
「ジェノサイド・エンジェル」(吉田直)
　…………………………………………… 7327
「ジェームスの日記」(田中里佳) ……… 4197
「ジェームス山の李蘭」(樋口修吉) …… 5570
「ジェリー・フィッシ」(井坂浩二) …… 0587
「ジェロニモの十字架」(青来有一) …… 3698
「ジェントルマン」(山田詠美) ………… 7067
「潮風の情炎」(杉本要) ………………… 3594
「潮彩」(柴田こずえ) …………………… 3323
「潮騒」(三島由紀夫) …………………… 6403
「潮騒」(森々明詩) ……………………… 6869
「塩壺の匙」(車谷長吉) ………………… 2494
「潮の流れは」(中山聖子) ……………… 4918
「塩の街」(有川浩) ……………………… 0425
「潮の齢」(古屋甚一) …………………… 5977
「望潮」(村田喜代子) …………………… 6702
「紫苑物語」(石川淳) …………………… 0617
「鹿男あをによし」(万城目学) ………… 6123
「死がお待ちかね」(ロペス，ベゴーニ
　ャ) ………………………………………… 7459
「字隠し」(小田由紀子) ………………… 1596
「刺客─用心棒日和」(山田剛) ………… 7083
「仕掛人・藤枝梅安」(池波正太郎) …… 0566
「しかして塵は─」(須山静夫) ………… 3682
「自画像」(浜田広介) …………………… 5399
「四月七日金曜日」(剣眞) ……………… 4474
「四月は残酷な月」(村上章子) ………… 6668
「鹿の王」(上橋菜穂子) ………………… 1031
「鹿の消えた島」(円乗淳一) …………… 1175
「志賀島」(岡松和夫) …………………… 1445

作品名索引　　　　　　　　しち

「屍の足りない密室」（岸田るり子）‥‥‥ 2147
「侍家坊主」（洗潤）‥‥‥‥‥‥‥‥‥‥ 0395
「時間」（黒井千次）‥‥‥‥‥‥‥‥‥‥ 2508
「此岸の家」（日野啓三）‥‥‥‥‥‥‥‥ 5617
「死期を誤った梶川」（久光薫）‥‥‥‥‥ 5592
「式神宅配便の二宮少年」（イセカタワキ
　カツ）‥‥‥‥‥‥‥‥‥‥‥‥‥‥‥ 0701
「色彩のある海図」（早乙女秀）‥‥‥‥‥ 2912
「色彩のない風景」（酒井牧子）‥‥‥‥‥ 2925
「鴫のうらみ」（小山花礁）‥‥‥‥‥‥‥ 2813
「時給八百円」（沢村ふう子）‥‥‥‥‥‥ 3198
「紫金色」（坂本憲良）‥‥‥‥‥‥‥‥‥ 2970
「ジグソーパズル」（鈴木克己）‥‥‥‥‥ 3623
「Σ―シグマ―」（渡邊則幸）‥‥‥‥‥‥ 7521
「しぐれ茶屋おりく」（川口松太郎）‥‥‥ 2020
「シークレット・メモリー」（花野ゆい）
　‥‥‥‥‥‥‥‥‥‥‥‥‥‥‥‥‥‥ 5351
「指月の筒」（仁志耕一郎）‥‥‥‥‥‥‥ 5043
「「茂」二十二の秋に」（日高正信）‥‥‥ 5600
「茂六先生」（辻本浩太郎）‥‥‥‥‥‥‥ 4407
「事件」（大岡昇平）‥‥‥‥‥‥‥‥‥‥ 1246
「次元管理人―The Inn of the Sixth Hap-
　piness―」（立花椎夜）‥‥‥‥‥‥‥ 4128
「時限爆呪」（希崎火夜）‥‥‥‥‥‥‥‥ 2130
「至高聖所（アバトーン）」（松村栄子）‥‥ 6248
「事故からの生還」（武重謙）‥‥‥‥‥‥ 4055
「地獄絵」（赤沼三郎）‥‥‥‥‥‥‥‥‥ 0117
「地獄鈎」（伊東信）‥‥‥‥‥‥‥‥‥‥ 0786
「四国山」（梅原稜子）‥‥‥‥‥‥‥‥‥ 1133
「地獄の女公爵とひとりぼっちの召喚師」
　（百瀬ヨルカ）‥‥‥‥‥‥‥‥‥‥‥ 6776
「地獄番 鬼蜘蛛日誌」（斎樹真琴）‥‥‥ 2859
「地獄は一定すみかぞかし」（石和鷹）‥‥ 0595
「自己紹介不能者たちの夕べ」（金久保光
　央）‥‥‥‥‥‥‥‥‥‥‥‥‥‥‥‥ 1895
「自己中戦艦2年3組」（松野秋鳴）‥‥‥ 6237
「子産」（宮城谷昌光）‥‥‥‥‥‥‥‥‥ 6566
「ジジイとスライムとあたし」（観月文）
　‥‥‥‥‥‥‥‥‥‥‥‥‥‥‥‥‥‥ 6426
「事実より奇なる解を」（大槻一翔）‥‥‥ 1346
「獅子で勝負だ、菊三」（早瀬徹）‥‥‥‥ 5467
「試射室」（竜岩石まこと）‥‥‥‥‥‥‥ 7439
「屍者の帝国」（伊藤計劃）‥‥‥‥‥‥‥ 0775
「屍者の帝国」（円城塔）‥‥‥‥‥‥‥‥ 1178
「刺繍」（川本晶子）‥‥‥‥‥‥‥‥‥‥ 2073
「四十七人の刺客」（池宮彰一郎）‥‥‥‥ 0571
「死咒の島」（雪富千晶紀）‥‥‥‥‥‥‥ 7223

「思春期サイコパス」（井上悠宇）‥‥‥‥ 0892
「思春期ボーイズ×ガールズ戦争」（亜紀
　坂圭春）‥‥‥‥‥‥‥‥‥‥‥‥‥‥ 0140
「私小説」（水村美苗）‥‥‥‥‥‥‥‥‥ 6453
「詩小説」（阿久悠）‥‥‥‥‥‥‥‥‥‥ 0175
「市塵」（藤沢周平）‥‥‥‥‥‥‥‥‥‥ 5826
「詩人の妻 生田花世」（戸田房子）‥‥‥ 4593
「静かな雨」（宮下奈都）‥‥‥‥‥‥‥‥ 6587
「静かな影絵」（丸岡明）‥‥‥‥‥‥‥‥ 6304
「静かな大地」（池澤夏樹）‥‥‥‥‥‥‥ 0542
「静かなノモンハン」（伊藤桂一）‥‥‥‥ 0772
「しずかな日々」（椰月美智子）‥‥‥‥‥ 6918
「静かな水」（正木ゆう子）‥‥‥‥‥‥‥ 6136
「静かなる叫び」（義則喬）‥‥‥‥‥‥‥ 7359
「しずかにわたすこがねのゆびわ」（干刈
　あがた）‥‥‥‥‥‥‥‥‥‥‥‥‥‥ 5562
「雫の涙」（井谷舞）‥‥‥‥‥‥‥‥‥‥ 0712
「雫の日」（左近育子）‥‥‥‥‥‥‥‥‥ 3037
「閑谷の日日」（松本幸子）‥‥‥‥‥‥‥ 6261
「しづのと私と…」（織部紅）‥‥‥‥‥‥ 1666
「沈むさかな」（式田ティエン）‥‥‥‥‥ 3235
「沈める城」（辻井喬）‥‥‥‥‥‥‥‥‥ 4372
「沈める寺」（木崎さと子）‥‥‥‥‥‥‥ 2132
「シズリのひろいもの」（宇多ゆりえ）‥‥ 1073
「シースルー!?」（天羽伊吹清）‥‥‥‥‥ 0375
「"She's Rain"（シーズ・レイン）」（平中
　悠一）‥‥‥‥‥‥‥‥‥‥‥‥‥‥‥ 5664
「シーズンザンダースプリン♪」（三日月
　拓）‥‥‥‥‥‥‥‥‥‥‥‥‥‥‥‥ 6354
「私生活」（神吉拓郎）‥‥‥‥‥‥‥‥‥ 2078
「自生の夢」（飛浩隆）‥‥‥‥‥‥‥‥‥ 4607
「死せる魂の幻想」（寺村朋輝）‥‥‥‥‥ 4503
「視線」（石沢英太郎）‥‥‥‥‥‥‥‥‥ 0636
「慈善家」（森岡顕外）‥‥‥‥‥‥‥‥‥ 6820
「私撰阪大異聞物語」（秋山浩司）‥‥‥‥ 0160
「地蔵の絆」（林由佳莉）‥‥‥‥‥‥‥‥ 5456
「地蔵の背」（織江邑）‥‥‥‥‥‥‥‥‥ 1659
「始祖鳥記」（飯嶋和一）‥‥‥‥‥‥‥‥ 0485
「死体回収屋ブリッド」（割石裂）‥‥‥‥ 7547
「死体と花嫁」（つのみつき）‥‥‥‥‥‥ 4434
「時代屋の女房」（村松友視）‥‥‥‥‥‥ 6718
「羊歯行」（石沢英太郎）‥‥‥‥‥‥‥‥ 0637
「下町ロケット」（池井戸潤）‥‥‥‥‥‥ 0533
「師団坂・六〇」（井水伶）‥‥‥‥‥‥‥ 3693
「示談書」（豊田行二）‥‥‥‥‥‥‥‥‥ 4638
「師団長だった父と私」（樋口大成）‥‥‥ 5575
「七」（花田清輝）‥‥‥‥‥‥‥‥‥‥‥ 5350

文学賞受賞作品総覧 小説篇　　　　　　**615**

しちか　　　　　　　　　　作品名索引

「七月十八日」（中村正徳）‥‥‥‥‥ 4888
「七月の鏡」（鍋島幹夫）‥‥‥‥‥‥ 4974
「7月4日」（高橋正枝）‥‥‥‥‥‥ 3941
「七人の共犯者」（中津文彦）‥‥‥‥ 4789
「七人の武器屋 新装開店・エクス・ガリ
　バー」（大楽絢太）‥‥‥‥‥‥‥ 3807
「七面坂心中」（水沫流人）‥‥‥‥‥ 6521
「七面鳥の森」（福元正実）‥‥‥‥‥ 5786
「七里ケ浜」（宮内寒弥）‥‥‥‥‥‥ 6547
「湿原」（加賀乙彦）‥‥‥‥‥‥‥‥ 1707
「実験―ガリヴァ」（篠原陽一）‥‥‥ 3298
「実験台のメリー」（森田洋一）‥‥‥ 6849
「失語」（谷口葉子）‥‥‥‥‥‥‥‥ 4228
「執行猶予」（小山いと子）‥‥‥‥‥ 2812
「実生乱造症候群」（伊吹真理子）‥‥ 0905
「実存主義のネコ」（小井戸早葉）‥‥ 2601
「じっちゃんの養豚場」（木下訓成）‥ 2254
「シーツと砂糖」（三宅直美）‥‥‥‥ 6572
「じっと見つめる君は堕天使」（にゃお）
　‥‥‥‥‥‥‥‥‥‥‥‥‥‥‥‥ 5111
「失敗禁止っ！ 彼女のヒミツは漏らせな
　い！」（真崎まさむね）‥‥‥‥‥ 6134
「疾風伝」（二宮隆雄）‥‥‥‥‥‥‥ 5105
「失楽園」（講談社）‥‥‥‥‥‥‥‥ 2628
「失恋探偵ももせ」（岬鷺宮）‥‥‥‥ 6392
「実録 風林火山―「甲陽軍鑑」の正しい
　読み方」（北影雄幸）‥‥‥‥‥‥ 2177
「実録アジアの曙」（山中峯太郎）‥‥ 7111
「実録アヘン戦争」（陳舜臣）‥‥‥‥ 4320
「実録・「S」の田所さんとの恋愛」（出谷
　ユキ子）‥‥‥‥‥‥‥‥‥‥‥‥ 4490
「自転車」（吉田文彦）‥‥‥‥‥‥‥ 7343
「使徒」（前田隆之介）‥‥‥‥‥‥‥ 6097
「自動起床装置」（辺見庸）‥‥‥‥‥ 5990
「死と向かい合って」（横田進）‥‥‥ 7267
「品川沖脱走」（木邑昌保）‥‥‥‥‥ 2287
「シーナくんのつくりかた！」（すみや
　き）‥‥‥‥‥‥‥‥‥‥‥‥‥‥ 3681
「死なす」（高橋丈雄）‥‥‥‥‥‥‥ 3927
「死なない男に恋した少女」（空埜一樹）
　‥‥‥‥‥‥‥‥‥‥‥‥‥‥‥‥ 3793
「地鳴り」（有森信二）‥‥‥‥‥‥‥ 0440
「死なんようにせいよ」（出川沙美雄）‥ 4482
「死に急ぐ者」（小林春郎）‥‥‥‥‥ 2762
「死に至るノーサイド」（蟹谷勉）‥‥ 1900
「死神とチョコレート・パフェ」（花凰神
　也）‥‥‥‥‥‥‥‥‥‥‥‥‥‥ 1703

「死神の精度」（伊坂幸太郎）‥‥‥‥ 0579
「死化粧」（渡辺淳一）‥‥‥‥‥‥‥ 7504
「死にたくなったら電話して」（李龍徳）
　‥‥‥‥‥‥‥‥‥‥‥‥‥‥‥‥ 0474
「死に待ちの家」（伊藤光子）‥‥‥‥ 0803
「死にゆくものへの釘」（田中万三記）‥ 4191
「シネマ・ロマン」（菅野宗）‥‥‥‥ 2095
「じねんじょ」（三浦哲郎）‥‥‥‥‥ 6335
「死の泉」（皆川博子）‥‥‥‥‥‥‥ 6495
「死の島」（福永武彦）‥‥‥‥‥‥‥ 5780
「死の棘」（島尾敏雄）‥‥‥‥‥‥‥ 3357
「志乃の桜」（高田郁）‥‥‥‥‥‥‥ 3860
「死の配達夫」（大貫進）‥‥‥‥‥‥ 1354
「忍び外伝」（乾緑郎）‥‥‥‥‥‥‥ 0841
「死の日付」（清水保野）‥‥‥‥‥‥ 3412
「死のフェニーチェ劇場」（レオン, ドナ・
　M.）‥‥‥‥‥‥‥‥‥‥‥‥‥‥ 7452
「忍ぶ川」（三浦哲郎）‥‥‥‥‥‥‥ 6336
「死の淵より」（高見順）‥‥‥‥‥‥ 3966
「芝居茶屋」（三田華）‥‥‥‥‥‥‥ 6465
「芝居の環」（村山知義）‥‥‥‥‥‥ 6723
「自爆」（名和一男）‥‥‥‥‥‥‥‥ 4998
「自縛自縄の二秉」（蛭田亜紗子）‥‥ 5683
「柴栗」（千葉不忘庵）‥‥‥‥‥‥‥ 4306
「ジパング」（吉目木晴彦）‥‥‥‥‥ 7384
「時評日誌」（高見順）‥‥‥‥‥‥‥ 3967
「渋い夢」（田中啓文）‥‥‥‥‥‥‥ 4187
「C＋P」（小野みずほ）‥‥‥‥‥‥ 1640
「自分を好きになる方法」（本谷有希子）
　‥‥‥‥‥‥‥‥‥‥‥‥‥‥‥‥ 6765
「脂粉の顔」（宇野千代）‥‥‥‥‥‥ 1112
「自分の戦場」（吉川良）‥‥‥‥‥‥ 7306
「自分の室へ」（鳥山浪之介）‥‥‥‥ 4653
「自分は自分でいいんだ」（村松美悠加）
　‥‥‥‥‥‥‥‥‥‥‥‥‥‥‥‥ 6720
「シベリア」（大江賢次）‥‥‥‥‥‥ 1240
「死亡フラグが立ちました！（仮）」（古井
　盟章）‥‥‥‥‥‥‥‥‥‥‥‥‥ 5944
「しまいちゃび」（くるみざわしん）‥ 2500
「島木赤彦」（上田三四二）‥‥‥‥‥ 1017
「シー・マスト・ダイ」（石川あまね）‥ 0614
「島津奔る」（池宮彰一郎）‥‥‥‥‥ 0572
「島と人類」（足立陽）‥‥‥‥‥‥‥ 0295
「島之内ブルース」（田靡新）‥‥‥‥ 4199
「島の美人」（林玄川）‥‥‥‥‥‥‥ 5441
「島はぼくらと」（辻村深月）‥‥‥‥ 4403
「四万十川―あつよしの夏」（笹山久三）

616　　　　　　　　　　　　　　　　　文学賞受賞作品総覧 小説篇

作品名索引　　　　しゅう

‥‥‥‥‥‥‥‥‥‥‥‥‥‥‥‥‥‥‥	*3066*
「しみじみ日本・乃木大将」(井上ひさし)	*0868*
「地虫」(伍東和郎) ‥‥‥‥‥‥‥‥‥‥	*2712*
「地虫」(難波利三) ‥‥‥‥‥‥‥‥‥‥	*5017*
「下総 紺足袋おぼえ書き」(長谷圭剛) ‥‥	*5273*
「下々の女」(江夏美好) ‥‥‥‥‥‥‥‥	*1159*
「霜月の花」(内藤了) ‥‥‥‥‥‥‥‥‥	*4663*
「下ネタという概念が存在しない退屈な 世界」(赤城大空) ‥‥‥‥‥‥‥‥‥‥	*0104*
「下関花嫁」(相星雅子) ‥‥‥‥‥‥‥‥	*0030*
「ジャイブ」(松本智子) ‥‥‥‥‥‥‥‥	*6262*
「ジャイロ!」(早川大介) ‥‥‥‥‥‥‥	*5420*
「社員・失格」(吉澤慎一郎) ‥‥‥‥‥‥	*7310*
「社会部記者」(島田一男) ‥‥‥‥‥‥‥	*3370*
「ジャガーになった男」(佐藤賢一) ‥‥‥	*3101*
「市役所のテーミス」(古澤健太郎) ‥‥‥	*5964*
「惜身命」(上田三四二) ‥‥‥‥‥‥‥‥	*1018*
「斜坑」(野島誠) ‥‥‥‥‥‥‥‥‥‥‥	*5175*
「遮光」(中村文則) ‥‥‥‥‥‥‥‥‥‥	*4882*
「邪光」(牧村泉) ‥‥‥‥‥‥‥‥‥‥‥	*6117*
「麝香草荘のユディト」(川辺純可) ‥‥‥	*2063*
「殺三狼(しゃさんろう)」(秋梨惟喬) ‥‥	*0150*
「ジャージの反乱」(由仁尾真千子) ‥‥‥	*7239*
「じゃじゃ馬娘と死神騎士団ッ!」(入皇)	*0931*
「シャジャラ=ドゥル」(小林霧野) ‥‥‥	*2751*
「写真」(西山梅生) ‥‥‥‥‥‥‥‥‥‥	*5087*
「邪神大沼」(川岸殳魚) ‥‥‥‥‥‥‥‥	*2014*
「ジャスティン!」(小端安我流) ‥‥‥‥	*2742*
「写生難」(高橋南浦) ‥‥‥‥‥‥‥‥‥	*3934*
「ジャッカーズ」(大石直紀) ‥‥‥‥‥‥	*1217*
「ジャッジメント」(小林由香) ‥‥‥‥‥	*2773*
「シャトー」(山田江里子) ‥‥‥‥‥‥‥	*7073*
「シャドウ」(道尾秀介) ‥‥‥‥‥‥‥‥	*6473*
「Shadow & Light」(影名浅海) ‥‥‥‥	*1734*
「シャトゥーン」(増田俊成) ‥‥‥‥‥‥	*6148*
「シャトーからの眺め」(岩井啓庫) ‥‥‥	*0942*
「しゃばけ」(畠中恵) ‥‥‥‥‥‥‥‥‥	*5314*
「ジャパニーズ・カウボーイ」(緒方雅彦)	*1435*
「ジャパゆき梅子」(味尾長太) ‥‥‥‥‥	*0252*
「シャープ・エッジ」(坂入慎一) ‥‥‥‥	*2929*
「邪魔」(奥田英朗) ‥‥‥‥‥‥‥‥‥‥	*1529*
「赦免船—新選組最後の隊長相馬主計の妻」(小山啓子)	*2816*
「軍鶏師と女房たち」(石橋徹志) ‥‥‥‥	*0658*

「シャモ馬鹿」(森一彦) ‥‥‥‥‥‥‥‥	*6788*
「軍鶏流行」(石橋徹志) ‥‥‥‥‥‥‥‥	*0659*
「写楽殺人事件」(高橋克彦) ‥‥‥‥‥‥	*3907*
「沙羅沙羅越え」(風野真知雄) ‥‥‥‥‥	*1798*
「シャーレンブレンの癒し姫」(柚木空)	*7240*
「ジャンクパーツ」(樋口司) ‥‥‥‥‥‥	*5571*
「ジャンケンポン協定」(佐木隆三) ‥‥‥	*2982*
「ジャン=ジャックの自意識の場合」(樺山三英)	*1931*
「ジャンの冒険」(北村夏海) ‥‥‥‥‥‥	*2230*
「上海」(林京子) ‥‥‥‥‥‥‥‥‥‥‥	*5434*
「上海脱出指令」(工藤誉) ‥‥‥‥‥‥‥	*2404*
「シャンハイムーン」(井上ひさし) ‥‥‥	*0869*
「シャンペイン・キャデラック」(岡崎竜一)	*1416*
「シュアン」(黒猫ありす) ‥‥‥‥‥‥‥	*2543*
「銃」(中村文則) ‥‥‥‥‥‥‥‥‥‥‥	*4883*
「十一月の晴れ間」(加藤幸一) ‥‥‥‥‥	*1857*
「秋雲冬雲」(早川北汀) ‥‥‥‥‥‥‥‥	*5421*
「驟雨」(吉行淳之介) ‥‥‥‥‥‥‥‥‥	*7398*
「周縁の女たち」(沢村ふう子) ‥‥‥‥‥	*3199*
「銃音」(内山捷華) ‥‥‥‥‥‥‥‥‥‥	*1094*
「集会参加」(中尾昇) ‥‥‥‥‥‥‥‥‥	*4700*
「収穫」(半村良) ‥‥‥‥‥‥‥‥‥‥‥	*5533*
「19分25秒」(引間徹) ‥‥‥‥‥‥‥‥‥	*5566*
「醜業婦」(ひでまろ) ‥‥‥‥‥‥‥‥‥	*5605*
「従軍タイピスト」(桜田常久) ‥‥‥‥‥	*3027*
「周公旦」(酒見賢一) ‥‥‥‥‥‥‥‥‥	*3033*
「十五歳の周囲」(三浦哲郎) ‥‥‥‥‥‥	*6337*
「15歳のラビリンス」(月森みるく) ‥‥‥	*4354*
「じゅうごの夜」(佐久間直樹) ‥‥‥‥‥	*2998*
「十五秒」(榊林銘) ‥‥‥‥‥‥‥‥‥‥	*2939*
「十五mの通学路」(ごんだ淳平) ‥‥‥‥	*2832*
「13」(津山紘一) ‥‥‥‥‥‥‥‥‥‥‥	*4465*
「13階段」(高野和明) ‥‥‥‥‥‥‥‥‥	*3875*
「十三歳の郵便法師」(伏見ひろゆき) ‥‥	*5868*
「十三姫子(じゅうさんひめこ)が菅を刈る」(高橋和島)	*3957*
「8/13」(萩沢馨) ‥‥‥‥‥‥‥‥‥‥‥	*5231*
「十三詣り」(八月万里子) ‥‥‥‥‥‥‥	*5270*
「十字架」(重松清) ‥‥‥‥‥‥‥‥‥‥	*3244*
「自由時間」(増田みず子) ‥‥‥‥‥‥‥	*6149*
「十七八より」(乗代雄介) ‥‥‥‥‥‥‥	*5217*
「終章」(島木健作) ‥‥‥‥‥‥‥‥‥‥	*3362*
「終審」(稲角良子) ‥‥‥‥‥‥‥‥‥‥	*0822*
「集塵」(山口年子) ‥‥‥‥‥‥‥‥‥‥	*7003*

文学賞受賞作品総覧 小説篇　　　　**617**

しゅう　　　　　　　　　　　作品名索引

「囚人のうた」（青山健司） ………… 0072
「終身未決囚」（有馬頼義） ………… 0437
「秋蝉の村」（西谷洋） …………… 5062
「終戦のローレライ」（福井晴敏） …… 5755
「自由高さH」（穂川洋山） ………… 6029
「住宅」（赤羽建美） ……………… 0120
「終着駅」（結城昌治） …………… 7199
「終着駅殺人事件」（西村京太郎） …… 5072
「自由と正義の水たまり」（蒼龍一） … 3760
「銃と魔法」（川崎康宏） ………… 2030
「姑ごゝろ」（岡田美知代） ………… 1437
「17歳の日に」（石動香） ………… 0699
「17歳はキスから始まる」（原田じゅん）

　　　　　　　　　　　　　　　………… 5498
「十二階」（小口正明） …………… 1532
「12月のベロニカ」（貫子潤一郎） …… 3873
「十二歳の時の記憶」（谷崎精二） …… 4229
「十二の夏」（今井恭子） ………… 0914
「十八の夏」（光原百合） ………… 6485
「終末探偵紀行」（江西哲嗣） ……… 1160
「終末の海・稲晦の箱船」（片理誠） … 5991
「終末のフール」（伊坂幸太郎） …… 0580
「秋明菊の花びら」（武重謙） ……… 4056
「襲名犯」（竹吉優輔） …………… 4103
「終油の遺物」（大森実） ………… 1399
「自由戀愛」（岩井志麻子） ……… 0943
「十六歳」（藤田博保） …………… 5840
「十六歳, 夏のカルテ」（甲紀枝） …… 2608
「十六歳のマリンブルー」（本城美智子）

　　　　　　　　　　　　　　　………… 6060
「16歳はセックスの齢」（山内マリコ）… 6969
「樹影」（佐多稲子） ……………… 3072
「樹影譚」（丸谷才一） …………… 6312
「Jewelry of a curse」（花野夢） …… 5353
「朱円姉妹」（島野一） …………… 3384
「朱を奪ふもの」（円地文子） ……… 1182
「シュガーアップル・フェアリーテイル
　―砂糖林檎妖精譚―」（三川みり） … 6364
「SUGAR DARK―Digger&Keeper―」
　（新井円侍） …………………… 0393
「樹下の家族」（干刈あがた） ……… 5563
「珠華繚乱」（宇津田晴） ………… 1101
「祝婚」（上田三四二） …………… 1019
「祝祭」（水木亮） ……………… 6430
「祝祭のための特別興行」（志貴宏） … 3233
「祝捷の宴」（柏木露月） ………… 1779
「熟女少女」（早苗Nene） ………… 3144

「宿場と女」（福田螢二） ………… 5767
「宿命」（沖野岩三郎） …………… 1511
「寿限無」（浮穴みみ） …………… 1048
「呪剣」（田村大） ……………… 4268
「守護神の品格」（田口達大） ……… 4030
「守護天使」（上村佑） …………… 1040
「呪殺屋本舗」（神埜明美） ……… 3551
「シュージの放浪」（朝稲日出夫） …… 0198
「手術綺談」（中野隆介） ………… 4822
「呪術法律家ミカヤ」（大桑康博） …… 1272
「侏儒の時代」（藤川敏夫） ……… 5809
「繻子の靴」（クローデル, ポール） … 2540
「酒仙」（南条竹則） ……………… 5010
「出家者たち」（さとうのぶひと） …… 3115
「出港」（渋川驍） ……………… 3339
「出獄の前夜」（広津和郎） ……… 5701
「出獄の翌日」（荒畑寒村） ……… 0415
「出孤島記」（島尾敏雄） ………… 3358
「出刃」（小檜山博） ……………… 2779
「出星前夜」（飯嶋和一） ………… 0486
「出立の前」（高橋一夫） ………… 3903
「出張神易」（河原晋也） ………… 2060
「出発の周辺」（勝木康介） ……… 1833
「首桃果の秘密」（ヤマト） ……… 7105
「首都消失」（小松左京） ………… 2786
「授乳」（村田沙耶香） …………… 6710
「シュネームジーク」（小滝ダイゴロウ）

　　　　　　　　　　　　　　　………… 2698
「主婦＋動詞」（鈴木能理子） ……… 3647
「シュプルのおはなし Grandpa's Trea-
　sure Box」（雨宮諒） …………… 0361
「シューマンの指」（奥泉光） ……… 1519
「樹木内侵入臨床士」（安斎あざみ） … 0457
「修羅の逕」（富樫倫太郎） ……… 4567
「修羅の人」（青山光二） ………… 0073
「修羅の群れ」（大下英治） ……… 1292
「ジュリエット」（伊島りすと） …… 0671
「純愛」（村上正彦） ……………… 6681
「潤一」（井上荒野） ……………… 0853
「春王冥府」（真堂樹） …………… 3547
「春夏秋冬」（小林栗奈） ………… 2754
「春夏秋冬春」（雲藤みやび） ……… 2453
「殉教カテリナ車輪」（飛鳥部勝則） … 0266
「殉教秘闘」（有城達二） ………… 1063
「純銀」（望月雄吾） ……………… 6754
「純潔ブルースプリング」（十文字青） … 3445

618　　　　　　　　　　　　文学賞受賞作品総覧 小説篇

作品名索引　　しよこ

「殉死」(司馬遼太郎) ･･････････････ 3302
「純情綺談」(鬼頭恭二) ･･････････ 2247
「春雪仕掛針」(池波正太郎) ･･････ 0567
「春風変異譚」(水杜明珠) ･･････････ 6458
「春陽のベリーロール」(植松二郎) 1036
「巡礼のふたり」(山中佳織) ･･････ 7109
「小悪」(桝田豊) ････････････････ 6153
「咲庵」(中山義秀) ････････････ 4914
「ショーウィンドウ」(羽澄愁子) ･･････ 5272
「城下」(西敏明) ･･･････････････ 5045
「城外」(小田岳夫) ････････････ 1583
「上顎下顎観血手術」(加奈山径) 1899
「小学生浪人」(黒岩重吾) ･･････ 2510
「消閑の挑戦者〜Perfect King〜」(岩井
　　恭平) ････････････････････ 0941
「償勤兵行状記」(田辺闘青火) ･･ 4207
「憧憬の翼 透明の枠」(西崎いつき) 5055
「証言」(中島安祥) ････････････ 4748
「上弦の月を喰べる獅子」(夢枕獏) 7251
「小研寮」(栗山富明) ･･････････ 2488
「商魂」(早崎慶三) ････････････ 5429
「招魂の賦」(中谷孝雄) ･･････････ 4787
「焼残反故」(妻屋大助) ･･････････ 4450
「情事」(森瑤子) ････････････ 6808
「自用車」(本山荻舟) ････････････ 6768
「上州巷説ちりめん供養」(都島純) 4388
「杖術師夢幻帳」(昆飛雄) ･･････ 2830
「蕭々館日録」(久世光彦) ･･････ 2389
「少女が星々を砕いた理由」(高柳亜論)
　　　　　　　　　　　　　　　　　3981
「少女禁区」(伴名練) ･･････････ 5530
「少女のための鏖殺作法」(加藤幹也) ･･･ 1877
「少女の煩悶」(森岡騒外) ･･････ 6821
「少女は巨人と踊る」(雨木シュウスケ)
　　　　　　　　　　　　　　　　　0346
「焼身」(宮内勝典) ･･･････････ 6544
「小説朝日茂」(右遠俊郎) ･･････ 1103
「小説「敦盛」」(北川真一郎) ･･ 2190
「小説・エネルギー試論」(川ゆたか) 1985
「小説家」(河田鳥城) ･･････････ 2039
「小説帝銀事件」(松本清張) ･･････ 6266
「小説野中兼山」(田岡典夫) ･･････ 3811
「小説吉田学校」(戸川猪佐武) ･･ 4568
「章三の叔父」(島木健作) ･･････ 3363
「冗談関係のメモリアル」(中村邦生) 4854
「小伝抄」(星川清司) ･･･････････ 6011
「庄内士族」(大林清) ･･････････ 1378

「証人台」(かなまるよしあき) ･･････ 1897
「商人の空響文」(明神しじま) ･･････ 6627
「少年」(児玉サチ子) ･･････････ 2705
「少年愛の美学」(稲垣足穂) ･･････ 0820
「少年アリス」(長野まゆみ) ･･････ 4818
「少年H」(妹尾河童) ･･･････････ 3743
「少年工」(松崎与志人) ･･････････ 6206
「少年讃歌」(三浦哲郎) ･･････････ 6338
「少年、少女」(八島ハル) ･･････ 6905
「少年と父親」(冬野良) ･･････････ 5939
「少年と鳥籠」(原井カズエ) ･･････ 5489
「少年の果実」(竹森一男) ･･････ 4096
「少年の休日」(津田耀子) ･･････ 4416
「少年の橋」(後藤紀一) ･･････････ 2713
「賞の枢」(帚木蓬生) ･･････････ 5380
「蒸発」(夏樹静子) ････････････ 4952
「菖蒲人形」(中村春雨) ･･････････ 4878
「笑歩」(藤岡真) ･･････････････ 5804
「賞味期限」(田村初美) ･･････････ 4265
「消滅の光輪」(眉村卓) ･･････････ 6301
「証文」(鈴木佐代子) ･･････････ 3631
「縄文流」(杉山恵治) ･･････････ 3608
「賞与日前後」(北町一郎) ･･････ 2220
「松林図屏風」(萩耿介) ･･････････ 5227
「省令第105号室」(名草良作) ･･･ 4938
「昭和史発掘」(松本清張) ･･････ 6267
「昭和天皇」(原武史) ･･････････ 5478
「昭和天皇伝」(伊藤之雄) ･･････ 0807
「昭和の犬」(姫野カオルコ) ･･････ 5636
「昭和の謎辻政信伝」(杉森久英) 3605
「女王国の城」(有栖川有栖) ･･････ 0433
「女王はかえらない」(降田天) ･･････ 5969
「ジョーカー」(雪代陽) ･･････････ 7221
「初夏」(田中敏夫) ････････････ 4181
「ジョーカー・ゲーム」(柳広司) ･･ 6935
「諸葛孔明」(陳舜臣) ･･････････ 4321
「女患部屋」(鶴木不二夫) ･･････ 4473
「食神」(内田俊) ････････････ 1080
「色挿し」(井岡道子) ･･････････ 0507
「食肉植物」(日向蠟子) ･･････････ 5634
「触媒」(田久保英夫) ･･････････ 4036
「植物祭」(富岡多恵子) ･･････････ 4612
「植物図鑑」(有川浩) ･･････････ 0426
「蜀竜本紀」(名木朗人) ･･････････ 4933
「処刑は行われている」(三枝和子) 2909
「女工失業時代」(南海日出子) ･･････ 5002

文学賞受賞作品総覧 小説篇　　　　　**619**

しよこ　　　　　　　　　作品名索引

「ショコラの錬金術師」(高見雛) ……… 3968
「ジョージが射殺した猪」(又吉栄喜) … 6156
「女子行員・滝野」(長野慶太) ………… 4800
「女子大生・曲愛玲」(瀬戸内寂聴) …… 3733
「ジョージとジョセフィーンとフィービ
　ースペンサースミス そして彼らの
　庭と冒険」(中濱ひびき) …………… 4826
「助手席にて、グルグル・ダンスを踊っ
　て」(伊藤たかみ) ………………… 0791
「序章」(今井公雄) ………………… 0913
「抒情の殺人」(福田螢二) …………… 5768
「女生徒」(太宰治) ………………… 4105
「女装王子と男装王女のワルツ」(一石月
　下) ……………………………… 0720
「職工長」(児島晴浜) ……………… 2672
「しょっぱいドライブ」(大道珠貴) …… 3801
「ショート・サーキット」(佐伯一麦) … 2898
「ショート・ストーリーズ」(西崎憲) … 5056
「死よ何というつらさ」(内村晋) …… 1090
「序の舞」(宮尾登美子) ……………… 6555
「女碑銘」(角田明) ………………… 4435
「徐福」(加藤真司) ………………… 1860
「女夫船」(貝永漁史) ……………… 5223
「処方箋」(清水博子) ……………… 3406
「書物捜索」(横山重) ……………… 7278
「女流作家」(美川きよ) ……………… 6362
「女郎部唄」(八坂龍一) ……………… 6901
「ジョン万次郎漂流記」(井伏鱒二) …… 0908
「シライへの道」(山本直哉) ………… 7148
「白樫の樹の下で」(青山文平) ……… 0082
「白壁」(滝閑邨) …………………… 3990
「白菊」(大越台麓) ………………… 1275
「じらしたお詫びはこのバスジャックで」
　(大橋慶三) ………………………… 1374
「しら浪」(長尾紫孤庵) ……………… 4699
「しらべ」(村山小弓) ……………… 6722
「白百合」(黒河内桂林) ……………… 2524
「知られざる医原性薬物依存」(山腰慎
　吉) ……………………………… 7016
「シリアスレイジ」(白川敏行) ……… 3506
「私立エルニーニョ学園伝説 立志編」
　(SOW) ……………………………… 3758
「死霊」(埴谷雄高) ………………… 5365
「シルエット」(島本理生) …………… 3392
「シルフィ・ナイト」(神野淳一) …… 1955
「城」(水上勉) …………………… 6414
「白い犬と黒い犬」(直江総一) ……… 4666

「白い永遠」(森ゆうこ) ……………… 6807
「白い鬼」(向井路琉) ……………… 6648
「白い壁と、画家の妻」(松沢友実) …… 6208
「白い紙」(ネザマフィ, シリン) …… 5133
「白い巨塔」(山崎豊子) ……………… 7026
「白い切り紙」(山田とし) …………… 7087
「白い罌粟」(立原正秋) ……………… 4134
「白いサメ」(真久田正) ……………… 6126
「白いジャージ～先生と私～」(reY) …… 7448
「白い手の残像」(汐見薫) …………… 3227
「白い唐辛子」(名倉吉郎) …………… 4939
「白い夏」(古林邦和) ……………… 5974
「白い虹」(川島義高) ……………… 2034
「白い肌と黄色い隊長」(山地正) …… 7041
「白い肌と黄色い隊長」(菊地政男) …… 2123
「白い花と鳥たちの祈り」(河原千恵子)
　……………………………………… 2061
「白い薔薇の淵まで」(中山可穂) …… 4911
「白い人」(遠藤周作) ……………… 1191
「白い紐」(中村光至) ……………… 4859
「白い部屋」(伊藤光子) ……………… 0804
「白い部屋で月の歌を」(朱川湊人) …… 3448
「白い虫」(竹内進) ………………… 4042
「白い屋形船」(上林暁) ……………… 2101
「白い山」(村田喜代子) ……………… 6703
「白い夢」(光本正記) ……………… 6486
「しろいろの街の、その骨の体温の」(村
　田沙耶香) ………………………… 6711
「しろがねの雲―新・補陀洛渡海記」(秦
　野純一) …………………………… 5318
「白き瓶」(藤沢周平) ……………… 5827
「白き嶺の男」(谷甲州) ……………… 4213
「白き闇の中で」(霧流涼) …………… 2330
「白く長い廊下」(川田弥一郎) ……… 2042
「シロクロネクロ」(多宇部貞人) …… 3809
「白の聖都 ―小説 白山平泉寺―」(千葉
　亮) ……………………………… 4307
「白妙塚」(中村春雨) ……………… 4879
「白の家族」(栗田教行) ……………… 2476
「白の咆哮」(朝倉祐弥) ……………… 0215
「死は誰のもの」(新谷識) …………… 3536
「神異帝記」(小松多聞) ……………… 2791
「心音」(中山聖子) ………………… 4919
「深海の使者」(吉村昭) ……………… 7367
「深海の尖兵～戦略潜水艦「海王」奮闘
　記～」(金子カズミ) ……………… 1905
「神学士」(平井堵村) ……………… 5649

620　　　　　　　　　　　　　　　文学賞受賞作品総覧 小説篇

作品名索引　　　　すいこ

「神学生の手記」（山内史朗）・・・・・・・・・・・ 6967
「新陰流 活人剣」（斎藤光顕）・・・・・・・・・ 2884
「神学校一年生」（阿部光子）・・・・・・・・・・・ 0336
「進化の時計」（伊井直行）・・・・・・・・・・・ 0479
「新感覚バナナ系ファンタジーバナデレ
　！〜剣と魔法と基本はバナナと」（谷口
　シュンスケ）・・・・・・・・・・・・・・・・ 4225
「真贋の構図」（もりたなるお）・・・・・・・・・ 6841
「神器 軍艦「橿原」殺人事件」（奥泉光）
　・・・・・・・・・・・・・・・・・・・・・・ 1520
「シンギュラリティ・コンクエスト」（山
　口優）・・・・・・・・・・・・・・・・・・・ 7009
「深紅」（野沢尚）・・・・・・・・・・・・・・・ 5168
「真空が流れる」（佐藤弘）・・・・・・・・・・・ 3121
「真空管式」（宮野晶）・・・・・・・・・・・・・ 6592
「真空地帯」（野間宏）・・・・・・・・・・・・・ 5193
「シングル・セル」（増田みず子）・・・・・・・ 6150
「シングルマザー」（羽根田康美）・・・・・・・ 5372
「シンクロ・インフィニティ—Synchro∞」
　（上智一麻）・・・・・・・・・・・・・・・・ 3468
「神経家」（森岡騒外）・・・・・・・・・・・・・ 6822
「新月」（木々高太郎）・・・・・・・・・・・・・ 2116
「真拳勝負！」（松谷雅志）・・・・・・・・・・・ 6278
「信玄堤」（和田一範）・・・・・・・・・・・・・ 7484
「信玄の逃げた島」（帯刀収）・・・・・・・・・ 4153
「信号機の向こうへ」（岩猿孝広）・・・・・・・ 0971
「新古今殺人草子」（岩木章太郎）・・・・・・・ 0954
「神国崩壊」（獅子宮敏彦）・・・・・・・・・・・ 3255
「新婚旅行」（橋本翠泉）・・・・・・・・・・・・ 5262
「真作譚」（加藤栄次）・・・・・・・・・・・・・ 1852
「新参者」（東野圭吾）・・・・・・・・・・・・・ 5550
「新・執行猶予考」（荒馬間）・・・・・・・・・ 0413
「心室細動」（結城五郎）・・・・・・・・・・・・ 7195
「じんじゃえーる！」（原中三十四）・・・・・ 5511
「ジンジャーガム」（柳澤大悟）・・・・・・・・ 6941
「ジンジャー・マンを探して」（永田もく
　もく）・・・・・・・・・・・・・・・・・・・ 4786
「心中おサトリ申し上げます」（未上タ
　二）・・・・・・・・・・・・・・・・・・・・ 6361
「深重の海」（津本陽）・・・・・・・・・・・・・ 4463
「新宿鮫」（大沢在昌）・・・・・・・・・・・・・ 1283
「新宿鮫 無間人形」（大沢在昌）・・・・・・・ 1284
「新宿鮫 無間人形」（大沢在昌）・・・・・・・ 1285
「新宿紫団」（吉田武三）・・・・・・・・・・・・ 7328
「新世紀ガクエンヤクザ！」（三原みつ
　き）・・・・・・・・・・・・・・・・・・・・ 6536
「人生劇場」（尾崎士郎）・・・・・・・・・・・・ 1554

「人生なんて！」（小久保純子）・・・・・・・・ 2658
「人生の阿呆」（木々高太郎）・・・・・・・・・ 2117
「人生の一日」（阿部昭）・・・・・・・・・・・・ 0314
「人生の親戚」（大江健三郎）・・・・・・・・・ 1236
「人生は疑似体験ゲーム」（太田健一）・・・ 1307
「新世界より」（貴志祐介）・・・・・・・・・・・ 2146
「真説石川五右衛門」（檀一雄）・・・・・・・・ 4285
「シンセミア」（朝日新聞社）・・・・・・・・・ 0242
「シンセミア」（阿部和重）・・・・・・・・・・・ 0319
「真相里見八犬伝」（典厩五郎）・・・・・・・・ 4505
「新創世記」（神田順）・・・・・・・・・・・・・ 2091
「深大寺そば部」（雑賀壱）・・・・・・・・・・・ 2855
「深大寺ラバーズ」（安達茉莉子）・・・・・・・ 0294
「寝台特急事件」（滝本正和）・・・・・・・・・ 4018
「寝台の方舟」（勝目梓）・・・・・・・・・・・・ 1835
「死んだ息子の定期券」（浅黄斑）・・・・・・・ 0209
「新炭図」（秋山恵三）・・・・・・・・・・・・・ 0159
「新地海岸（第一部）」（木村和彦）・・・・・・ 2274
「新知己」（斉藤紫軒）・・・・・・・・・・・・・ 2871
「シンデレラの朝」（野村正樹）・・・・・・・・ 5209
「新東洋事情」（深田祐介）・・・・・・・・・・・ 5736
「新トロイア物語」（阿刀田高）・・・・・・・・ 0303
「新聞配達夫」（楊達）・・・・・・・・・・・・・ 7257
「甚平」（釈永君子）・・・・・・・・・・・・・・ 3439
「新兵群像」（小倉龍男）・・・・・・・・・・・・ 1543
「新・平家物語」（吉川英治）・・・・・・・・・ 7298
「真牡丹燈籠」（遠藤明範）・・・・・・・・・・・ 1187
「深夜曲馬団」（大沢在昌）・・・・・・・・・・・ 1286
「親友」（深沢晶子）・・・・・・・・・・・・・・ 5730
「「親友」と「恋人」の間」（鈴木若葉）・・・ 3657
「親鸞」（五木寛之）・・・・・・・・・・・・・・ 0751
「親鸞」（講談社）・・・・・・・・・・・・・・・ 2629
「新リア王」（高村薫）・・・・・・・・・・・・・ 3970
「侵略教師星人ユーマ」（スミス，エドワー
　ド）・・・・・・・・・・・・・・・・・・・・ 3679

【 す 】

「水位」（悠喜あづさ）・・・・・・・・・・・・・ 7192
「水煙」（原貝水）・・・・・・・・・・・・・・・ 5482
「酔蟹」（沖田一）・・・・・・・・・・・・・・・ 1503
「随監」（安東能明）・・・・・・・・・・・・・・ 0466
「水銀女」（五百家元子）・・・・・・・・・・・・ 7189
「水軍大宝丸」（阿賀利善三）・・・・・・・・・ 0122
「水滸伝」（北方謙三）・・・・・・・・・・・・・ 2180

文学賞受賞作品総覧 小説篇　　　　　　　　　　　　621

すいし　　　　　　　　　　　作品名索引

「水上街の美学」（波佐間義之）……………… 5246
「水上のパッサカリア」（海野碧）……… 1122
「水上のヴェリアル」（志木謙介）……… 3232
「水神」（帚木蓬生）………………… 5381
「水神の舟」（久保田香里）……………… 2427
「水声」（川上弘美）………………… 2004
「水槽の中の二頭魚」（前嶋佐和子）…… 6083
「水族館」（牧野節子）……………… 6114
「水中の声」（村田喜代子）……………… 6704
「スイーツ！」（しなな泰之）……………… 3270
「SWITCH スイッチ」（さとうさくら）… 3102
「推定脅威」（未須本有生）……………… 6457
「水滴」（目取真俊）………………… 6740
「水平線上にて」（中沢けい）…………… 4738
「水脈」（高樹のぶ子）………………… 3841
「水妖の森」（廣嶋玲子）……………… 5693
「水曜日」（中村星湖）………………… 4868
「水曜日の客」（小西久也）……………… 2731
「睡蓮と小鮒」（千家紀彦）…………… 3753
「頭蓋に立つ旗」（帚木蓬生）………… 5382
「姿見物語」（片上伸）………………… 1810
「須賀幌の市」（並木将介）…………… 4975
「スカーレット・バード―天空に咲く薔
　薇―」（小湊悠貴）……………… 2798
「過越しの祭」（米谷ふみ子）…………… 2802
「好きな女の胸飾り」（舟橋聖一）……… 5913
「好きな人」（坂口雅美）……………… 2947
「杉の芽」（服部慎一）………………… 5332
「隙間」（守山忍）…………………… 1962
「隙間女（幅広）」（丸山英人）………… 6317
「スク鳴り」（中村喬次）……………… 4853
「スクラップ・アンド・ビルド」（羽田圭
　介）………………………………… 5308
「スクリプトリウムの迷宮」（後藤均）… 2718
「末黒野」（佐久吉忠夫）……………… 3000
「救われる世界と生贄少女の変なカミサ
　マ ～でも、願いはちゃんと叶えてく
　れます～」（未味なり太）…………… 5603
「健やかな日常」（斉藤せつ子）………… 2875
「スコールの夜」（芦崎笙）…………… 0253
「スシコン！～Super Sister Complex～」
　（稲葉洋樹）……………………… 0825
「筋違い半介」（犬飼六岐）…………… 0844
「スシになろうとした女」（キャディガン，
　パット）…………………………… 2297
「スシになろうとした女」（嶋田洋一）… 3378
「すじぼり」（福澤徹三）……………… 5763

「スズ！」（白石かをる）……………… 3496
「鈴」（氏家暁子）…………………… 1057
「鈴木春信」（滝川虔）………………… 4002
「鈴木主水」（久生十蘭）……………… 5583
「鈴のざわめき」（湯川淳哉）………… 7215
「涼宮ハルヒの憂鬱」（谷川流）……… 4222
「すずめ」（藤島秀憲）………………… 5830
「雀」（小沼燦）……………………… 2733
「スターバト・マーテル」（篠田節子）… 3289
「スターマイン」（高橋しげる）……… 3920
「Star Ride Seeker エヴィ・ソルト」（都
　藤周幸）…………………………… 4610
「スターリン暗殺計画」（檜山良昭）…… 5643
「スタンス・ドット」（堀江敏幸）…… 6050
「スチール」（織田みずほ）…………… 1594
「すっぽん心中」（戌井昭人）………… 0835
「STAY WITH ME」（柾弥生）……… 6135
「スティル・ライフ」（池澤夏樹）…… 0543
「ステージ」（清水芽美子）…………… 3410
「すてっち！―上乃原女子高校手芸部日
　誌」（相内円）…………………… 0005
「ステップアップスマイル」（入江悦子）
　……………………………………… 0932
「ステンドグラスの中の風景」（三輪滋）
　……………………………………… 6640
「ストップウォッチ物語」（渡邊道輝）… 7529
「ストマイつんぼ」（大原富枝）……… 1385
「ストラルブラグ」（桑井朋子）……… 2553
「ストーリー・セラー」（有川浩）…… 0427
「ストルイピン特急―越境者杉本良吉の
　旅路」（大西功）………………… 1351
「ストレイ・シープ」（中平まみ）…… 4838
「ストロベリーシェイク」（福島千佳）… 5764
「砂絵呪縛後日怪談」（野坂昭如）…… 5159
「すなぞこの鳥」（笹本定）…………… 3062
「砂時計」（梅崎春生）………………… 1126
「砂の女」（安部公房）………………… 0325
「砂の関係」（黒omission亨）………………… 2550
「砂のクロニクル」（船戸与一）……… 5908
「砂のレクイエム」（手島史詞）……… 4486
「砂場」（原田奈央子）………………… 5500
「拗ね張る」（山田道夫）……………… 7099
「スノードロップ―セリアと恋の調薬師
　―」（萩野てまり）……………… 5234
「スノーボール・アース」（渡会圭子）… 7541
「スノーホワイト 名探偵三途川理と少女
　の鏡は千の目を持つ」（森川智喜）…… 6824

622　　　　　　　　　　　　　　　　　　　　　　　　　　　　文学賞受賞作品総覧 小説篇

作品名索引　　　　　　せかい

「スパイシー・ジェネレーション」（森直子）‥‥‥‥‥ 6795
「スパゲッティー・スノウクリームワールド」（神崎照子）‥‥‥‥‥ 2087
「素晴らしい一日」（平安寿子）‥‥‥‥ 3803
「すばらしい新世界」（池澤夏樹）‥‥‥ 0544
「スフィンクス作戦」（仁賀克雄）‥‥‥ 3530
「スフィンクスに」（風見治）‥‥‥‥‥ 1755
「スプラッシュ」（大鶴義丹）‥‥‥‥‥ 1348
「スペアキー」（葛城範子）‥‥‥‥‥‥ 1848
「スペシャル・アナスタシア・サービス」（鳥居羊）‥‥‥‥‥ 4646
「すべて売り物」（小松光宏）‥‥‥‥‥ 2792
「〈すべての夢｜果てる地で〉」（理山貞二）‥‥‥‥‥ 7434
「全ては授業参観のために」（橘公司）‥ 4127
「すべては勅命のままに」（桑田淳）‥‥ 2557
「須磨寺附近」（山本周五郎）‥‥‥‥‥ 7140
「スマートクロニクル」（悠木シュン）‥ 7197
「栖（すみか）」（古井由吉）‥‥‥‥‥ 5947
「住処」（谷一生）‥‥‥‥‥‥‥‥‥‥ 4209
「隅田川暮色」（芝木好子）‥‥‥‥‥‥ 3311
「スミレ」（阿部菜月）‥‥‥‥‥‥‥‥ 0332
「純恋―スミレ―」（なぁな）‥‥‥‥‥ 4656
「掏摸」（中村文則）‥‥‥‥‥‥‥‥‥ 4884
「スリー・アゲーツ」（五條瑛）‥‥‥‥ 2687
「3days friend」（伊藤ひかり）‥‥‥‥ 0795
「スリーパー・ゲノム」（司城志朗）‥‥ 4332
「スリーピーホロウの座敷童子」（狩野昌人）‥‥‥‥‥ 1928
「スレイヤーズ！」（神坂一）‥‥‥‥‥ 2083
「スロウ・カーブ」（水原秀策）‥‥‥‥ 6451
「スローなブギにしてくれ」（片岡義男）‥‥‥‥‥ 1807
「諏訪に落ちる夕陽～落日の姫～」（ながと帰葉）‥‥‥‥‥ 4790
「寸法武者」（八切止夫）‥‥‥‥‥‥‥ 6895

【せ】

「背」（佐江衆一）‥‥‥‥‥‥‥‥‥‥ 2895
「世阿弥」（太田光一）‥‥‥‥‥‥‥‥ 1308
「西域剣士列伝」（松下寿治）‥‥‥‥‥ 6209
「生活」（吉峰正人）‥‥‥‥‥‥‥‥‥ 7365
「生活の設計」（佐川光晴）‥‥‥‥‥‥ 2977
「生活の探求」（島木健作）‥‥‥‥‥‥ 3364

「青果の市」（芝木好子）‥‥‥‥‥‥‥ 3312
「生還」（石原慎太郎）‥‥‥‥‥‥‥‥ 0665
「世紀末をよろしく」（浅川純）‥‥‥‥ 0206
「世紀末鯨鯢記」（久間十義）‥‥‥‥‥ 5590
「青玉獅子香炉」（陳舜臣）‥‥‥‥‥‥ 4322
「聖ゲオルギー勲章」（高円寺文雄）‥‥ 2611
「青幻記」（一色次郎）‥‥‥‥‥‥‥‥ 0756
「青磁砧」（芝木好子）‥‥‥‥‥‥‥‥ 3313
「静寂の声」（渡辺淳一）‥‥‥‥‥‥‥ 7505
「聖者の異端書」（内田響子）‥‥‥‥‥ 1079
「星宿る虫」（嶺里俊介）‥‥‥‥‥‥‥ 6524
「青春遺書」（松本敏彦）‥‥‥‥‥‥‥ 6272
「青春デンデケデケデケ」（芦原すなお）‥‥‥‥‥ 0259
「青春の譜」（北村英明）‥‥‥‥‥‥‥ 2231
「青春の門 筑豊篇」（五木寛之）‥‥‥‥ 0752
「青春譜」（園部舞雨）‥‥‥‥‥‥‥‥ 3788
「青春ラリアット!!」（蟬川タカマル）‥ 3745
「星条旗の聞こえない部屋」（リービ英雄）‥‥‥‥‥ 7432
「聖少女」（三好徹）‥‥‥‥‥‥‥‥‥ 6633
「聖職者」（湊かなえ）‥‥‥‥‥‥‥‥ 6506
「聖水」（青来有一）‥‥‥‥‥‥‥‥‥ 3699
「征西府秘帖」（森本繁）‥‥‥‥‥‥‥ 6866
「生生流転」（雪村花菜）‥‥‥‥‥‥‥ 7228
「清然和尚と仏の領解」（天野暁月）‥‥ 0352
「生存者ゼロ」（安生正）‥‥‥‥‥‥‥ 0461
「聖断」（半藤一利）‥‥‥‥‥‥‥‥‥ 5524
「青鳥発見伝」（曲木磯六）‥‥‥‥‥‥ 6100
「晴天の迷いクジラ」（窪美澄）‥‥‥‥ 2420
「聖なる怠け者の冒険」（森見登美彦）‥ 6856
「聖なる春」（久世光彦）‥‥‥‥‥‥‥ 2390
「青年重役」（八木大介）‥‥‥‥‥‥‥ 6889
「青年の環」（野間宏）‥‥‥‥‥‥‥‥ 5194
「静謐な空」（保前信英）‥‥‥‥‥‥‥ 6037
「制服」（大江いくの）‥‥‥‥‥‥‥‥ 1230
「静物」（庄野潤三）‥‥‥‥‥‥‥‥‥ 3476
「生物は、何故死なない？」（冬樹忍）‥ 5933
「正方形の食卓」（竹野雅人）‥‥‥‥‥ 4079
「正捕手の篠原さん」（千羽カモメ）‥‥ 3756
「晴夜」（池井昌樹）‥‥‥‥‥‥‥‥‥ 0532
「清佑、ただいま在庄」（岩井三四二）‥ 0949
「精恋三国志」（奈々愁仁子）‥‥‥‥‥ 4968
「背負い水」（荻野アンナ）‥‥‥‥‥‥ 1509
「世界から猫が消えたなら」（川村元気）‥‥‥‥‥ 2070
「世界記録」（横田創）‥‥‥‥‥‥‥‥ 7268

文学賞受賞作品総覧 小説篇　　　　　　**623**

「世界最大のこびと」(羽田奈緒子) ……… 5370	「背の眼」(道尾秀介) ……………… 6474
「世界樹の枝で」(桂木希) …………… 1846	「セピア色のインク」(木下訓成) …… 2255
「世界征服物語―ユマの大冒険」(神代明) …………………………………… 1945	「背広を買う」(帯正子) …………… 1651
「世界地図の下書き」(朝井リョウ) …… 0194	「セブンティーンズ・コネクション」(高梁るいひ) …………………………… 3956
「世界でいちばん美しい」(藤谷治) …… 5849	「セミの追憶」(古山高麗雄) ……… 5978
「世界泥棒」(桜井晴也) …………… 3008	「施無畏 柳宣宏歌集」(柳宣宏) …… 6938
「世界の終りとハードボイルド・ワンダーランド」(村上春樹) ………………… 6676	「セ・ラ・ヴィ!」(森田尚) ……… 6845
「世界の正しい壊し方」(三ノ神龍司) … 6529	「セルゲイ王国の影使い」(月野美夜子) …………………………………… 4343
「世界の涯ての夏」(つかいまこと) …… 4326	「セルリアン・シード」(真帆しん) …… 6288
「世界のバラ」(青木正久) ………… 0050	「Seele(ゼーレ)」(五代剛) ……… 2695
「世界平和は一家団欒のあとに」(橋本和也) …………………………………… 5256	「セレスティアル・フォース」(中川圭士) ………………………………… 4713
「世界融合でウチの会社がブラックになった件について」(和多月かい) ……… 7497	「ZERO」(映島巡) ………………… 1141
「セカンド・ガール」(山本多津) …… 7142	「ゼロから始める魔法の書」(虎走かける) ………………………………… 2741
「セカンド・サイト」(中野順一) …… 4808	「ゼロはん」(李起昇) ……………… 0467
「隻眼の少女」(麻耶雄嵩) ………… 6295	「戦域軍ケージュン部隊」(木立嶺) … 2700
「赤十字」(山田萍南) ……………… 7094	「戦雲の座」(野村尚吾) …………… 5204
「赤刃」(長浦京) …………………… 4695	「銭形平次」(野村胡堂) …………… 5203
「責任―ラバウルの将軍 今村均」(角田房子) ………………………………… 4438	「戦艦武蔵」(吉村昭) ……………… 7368
「石斧の恋」(吉田信) ……………… 7325	「戦鬼たちの海―織田水軍の将・九鬼嘉隆」(白石一郎) …………………… 3493
「寂寥」(橋本紫星) ………………… 5259	「1934年冬―乱歩」(久世光彦) …… 2391
「寂寥郊野」(吉目木晴彦) ………… 7385	「1980 アイコ 十六歳」(堀田あけみ) … 6030
「脊梁山脈」(乙川優三郎) ………… 1618	「1000キロくらいじゃ、涙は死なない」(相羽鈴) ……………………………… 0028
「セクステット 白凪学園演劇部の過剰な日常」(長谷川也) ………………… 5296	「宣告」(加賀乙彦) ………………… 1708
「世間」(石野緑石) ………………… 0655	「戦国えすぴる」(A*sami) ………… 0247
「世間知らず」(岩崎保子) ………… 0969	「戦国の零」(永松久義) …………… 4841
「雪冤の日」(佐藤昌志) …………… 3128	「戦死」(室生犀星) ………………… 6733
「雪花」(杜香織) …………………… 6787	「戦死の花」(河田鳥城) …………… 2040
「切岸まで」(風森さわ) …………… 1800	「千寿庵」(大高綾子) ……………… 1325
「雪渓のリネット」(七瀬那由) …… 4969	「仙寿院裕子」(雲村俊慥) ………… 2454
「折箸曲」(大倉桃郎) ……………… 1265	「戦場のバニーボーイズ」(草部貴史) … 2360
「雪洞にて」(内海隆一郎) ………… 1102	「戦塵、北に果つ」(甲斐原康) …… 1701
「切腹」(上野治子) ………………… 1030	「センセイの鞄」(川上弘美) ……… 2005
「切腹」(柏木春彦) ………………… 1778	「せんせいは何故女子中学生にちんちんをぶちこみ続けるのか?」(米倉あきら) ………………………………… 7409
「切腹九人目」(田中敏樹) ………… 4182	「前線部隊」(沢縫之助) …………… 3175
「絶滅危惧種の左眼竜王」(千月さかき) …………………………………… 3754	「戦争を演じた神々たち」(大原まり子) …………………………………… 1387
「ゼツメツ少年」(重松清) ………… 3245	「前奏曲」(杉本浩平) ……………… 3595
「背中あわせ」(甲斐ゆみ代) ……… 1676	「先祖祭りの夜」(十市梨夫) ……… 4527
「背中の傷」(紺野真美子) ………… 2853	「洗濯機は俺にまかせろ」(宮崎和雄) … 6579
「銭の弾もて秀吉を撃て 海商 島井宗室」(指方恭一郎) ………………… 3067	

作品名索引　　　　　そして

「感傷旅行（センチメンタル・ジャーニイ）」（田辺聖子）……………… *4201*
「センチメンタル・ファンキー・ホラー」（南家礼子）………………… *5004*
「先導者」（小杉英了）……………… *2689*
「聖野菜祭（セントベジタブルデイ）」（片山満久）…………………… *1826*
「千年」（阿部昭）…………………… *0315*
「千年杉」（西原健次）……………… *5068*
「1000の小説とバックベアード」（佐藤友哉）………………………… *3129*
「千の花も、万の死も」（斉木香津）… *2858*
「先輩とぼく」（沖田雅）…………… *1504*
「千羽鶴」（川端康成）……………… *2053*
「前夜」（吉開那津子）……………… *7296*
「前夜の航跡」（紫野貴李）………… *3276*
「戦略遊撃艦隊出撃ス」（小佐一成）… *2662*
「仙龍演義」（秋穂有輝）…………… *0152*
「千両乞食風井月記」（柴上悠）…… *3310*
「全力少女」（柴理恵）……………… *3300*

【そ】

「蒼闇深くして金暁を招ぶ」（西本紘奈）
　………………………………… *5085*
「憎悪の化石」（鮎川哲也）………… *0391*
「双界のアトモスフィア」（寛ミツル）… *1731*
「滄海の海人」（伊達虔）…………… *4141*
「総会屋錦城」（城山三郎）………… *3523*
「草芽枯る」（里生香志）…………… *3136*
「葬儀の日」（松浦理英子）………… *6182*
「蒼空の零」（真田左近）…………… *3147*
「蒼月宮殺人事件」（堊城白人）…… *0262*
「草原を走る都」（三宅克俊）……… *6570*
「草原の風」（城内嶺）……………… *3519*
「相克のファトゥム」（七瀬川夏吉）… *4970*
「想師」（灰崎抗）…………………… *5224*
「喪失」（庄司薫）…………………… *3462*
「喪失への徘徊」（津田美幸）……… *4415*
「喪失 プルシアンブルーの祈り」（水田静子）…………………………… *6437*
「相思花」（大西幸）………………… *1353*
「壮士再び帰らず」（胡桃沢耕史）… *2498*
「早春」（椿径子）…………………… *4440*
「早春賦」（清水佐知子）…………… *3398*

「双調 平家物語」（橋本治）……… *5254*
「草上の食卓」（坂口香野）………… *2946*
「喪神」（五味康祐）………………… *2796*
「漱石先生ぞな、もし」（半藤一利）… *5525*
「漱石のマドンナ」（河内一郎）…… *2631*
「漱石の忘れもん」（三ツ木茂）…… *6480*
「想像するちから」（松沢哲郎）…… *6207*
「想像ラジオ」（いとうせいこう）… *0789*
「増大派に告ぐ」（小田雅久仁）…… *1593*
「蒼天」（今村了介）………………… *0925*
「贈答のうた」（竹西寛子）………… *4075*
「遭難」（室町修二郎）……………… *6735*
「遭難前夜」（古賀宣子）…………… *2655*
「象のささくれ」（清繭子）………… *3690*
「象の棲む街」（渡辺球）…………… *7501*
「雑兵」（白石一郎）………………… *3494*
「蒼氓」（石川達三）………………… *0622*
「総門谷」（高橋克彦）……………… *3908*
「宗谷丸の難航」（高頭聡明）……… *3868*
「創立記念日」（広津和郎）………… *5702*
「双龍」（小鹿進）…………………… *1570*
「蒼龍」（山本一力）………………… *7132*
「蒼龍の系譜」（木々康子）………… *2118*
「ソウルシンクロマシン」（久慈マサムネ）……………………………… *2374*
「ソウル・トリップ」（山里禎子）… *7039*
「ソウルに消ゆ」（有沢創司）……… *0430*
「ソウル・ミュージック・ラバーズ・オンリー」（山田詠美）…………… *7068*
「葬列」（小川勝己）………………… *1462*
「疎開無情―父母の死」（龍田健一）… *4136*
「続 明暗」（水村美苗）…………… *6454*
「狙撃者」（谷克二）………………… *4211*
「粗忽拳銃」（竹内真）……………… *4047*
「そこに居るのは誰？」（松嶋節）… *6212*
「底ぬけ」（青垣進）………………… *0039*
「そこはかさん」（沙木とも子）…… *2980*
「そこへ行くな」（井上荒野）……… *0854*
「そこは、イラン」（ハギギ志雅子）… *5230*
「ソシオグラム」（谷本州子）……… *4232*
「そして俺は途方に暮れる」（渡辺やよい）…………………………… *7530*
「そして紅蓮の雪は止む」（ミズノアユム）…………………………… *6444*
「そして、猫が鳴いたら」（睦月カンナ）
　………………………………… *6658*
「そして龍太はニャーと鳴く」（松原真

文学賞受賞作品総覧 小説篇　　　　　**625**

そつき　　　　　　　作品名索引

琴）‥‥‥‥‥‥‥‥‥‥‥‥‥‥‥ 6244
「卒業」（原久人）‥‥‥‥‥‥‥‥‥‥ 5485
「即興オペラ・世界旅行者」（栗原ちひ
　ろ）‥‥‥‥‥‥‥‥‥‥‥‥‥‥‥ 2480
「卒業前年」（藤本圭子）‥‥‥‥‥‥‥ 5877
「晬啄の嘴」（小川大夢）‥‥‥‥‥‥‥ 1474
「袖ケ浦」（長谷川菱花）‥‥‥‥‥‥‥ 5302
「袖時雨」（田口掬汀）‥‥‥‥‥‥‥‥ 4023
「袖枕」（北島春石）‥‥‥‥‥‥‥‥‥ 2199
「外面姫と月影の誓約」（麻木琴加）‥‥ 6102
「其の一日」（諸田玲子）‥‥‥‥‥‥‥ 6881
「その一瞬がいやでして」（逸見野々花）
　‥‥‥‥‥‥‥‥‥‥‥‥‥‥‥‥‥ 5987
「その仮面をはずして」（岡崎裕信）‥‥ 1413
「そのケータイはXXで」（上甲宣之）‥ 3460
「その声」（小原かずを）‥‥‥‥‥‥‥ 1648
「その後のお滝」（阪西夫次郎）‥‥‥‥ 2962
「その静かな、小さな声」（上村亮平）‥ 1956
「その次」（池野仁美）‥‥‥‥‥‥‥‥ 0569
「そのときは彼によろしく」（市川拓司）
　‥‥‥‥‥‥‥‥‥‥‥‥‥‥‥‥‥ 0722
「その夏の終わりに」（結城五郎）‥‥‥ 7196
「その日彼は死なずにすむか？」（小木君
　人）‥‥‥‥‥‥‥‥‥‥‥‥‥‥‥ 2656
「その一つのもの」（荒木巍）‥‥‥‥‥ 0412
「その日のまえに」（重松清）‥‥‥‥‥ 3246
「その街の今は」（柴崎友香）‥‥‥‥‥ 3317
「その闇、いただきます。」（友坂幸詠）‥ 4628
「日照雨～そばえ～」（時乃真帆）‥‥‥ 3263
「そばかす三次」（小流智尼）‥‥‥‥‥ 2729
「蕎麦談義恋道中」（吉井薫）‥‥‥‥‥ 7288
「そばとうどん」（三和みか）‥‥‥‥‥ 6644
「蕎麦の花」（阿夫利千恵）‥‥‥‥‥‥ 0311
「聳ゆるマスト」（山岸一章）‥‥‥‥‥ 6985
「祖父」（三田華子）‥‥‥‥‥‥‥‥‥ 6466
「ソフィア・ブランカ」（武田志麻）‥‥ 4059
「ソフィーの世界」（日本放送出版協会）
　‥‥‥‥‥‥‥‥‥‥‥‥‥‥‥‥‥ 5109
「ソフトウェア・オブジェクトのライフ
　サイクル」（大森望）‥‥‥‥‥‥‥ 1398
「ソフトウェア・オブジェクトのライフ
　サイクル」（チャン, テッド）‥‥‥‥ 4313
「背いて故郷」（志水辰夫）‥‥‥‥‥‥ 3401
「空」（成田昌代）‥‥‥‥‥‥‥‥‥‥ 4989
「空色想い」（Ayaka.）‥‥‥‥‥‥‥‥ 0379
「空をサカナが泳ぐ頃」（浅葉なつ）‥‥ 0239
「空をつかむまで」（関口尚）‥‥‥‥‥ 3718

「空を失くした日」（岩橋昌美）‥‥‥‥ 0989
「空とぶ金魚をさがしています」（吉田み
　づ絵）‥‥‥‥‥‥‥‥‥‥‥‥‥‥ 7344
「そらにうかぶ止まった脳みそ」（T.比
　嘉）‥‥‥‥‥‥‥‥‥‥‥‥‥‥‥ 4481
「空に向かって」（畔地里美）‥‥‥‥‥ 0283
「空の彼方」（菱田愛日）‥‥‥‥‥‥‥ 5595
「空の巣」（岡篠名桜）‥‥‥‥‥‥‥‥ 1420
「空の果てまで」（高橋たか子）‥‥‥‥ 3924
「空の歩行」（北川功三）‥‥‥‥‥‥‥ 2189
「空の細道」（結城信一）‥‥‥‥‥‥‥ 7201
「空模様の翼」（多田愛理）‥‥‥‥‥‥ 4113
「ソリトンの悪魔」（梅原克文）‥‥‥‥ 1131
「それからの二人」（岩城武史）‥‥‥‥ 0955
「それぞれの終楽章」（阿部牧郎）‥‥‥ 0334
「それは魔法とアートの因果律」（かねく
　ら万千花）‥‥‥‥‥‥‥‥‥‥‥‥ 1902
「ソロモンの偽証」（宮部みゆき）‥‥‥ 6600
「ソロモンの夏」（鮫島秀夫）‥‥‥‥‥ 3163
「ソング・オブ・サンデー」（藤堂志津子）
　‥‥‥‥‥‥‥‥‥‥‥‥‥‥‥‥‥ 4544
「song for you」（小川練）‥‥‥‥‥‥ 1493
「存在のエコー」（島さち子）‥‥‥‥‥ 3351
「村長日記」（岩倉政治）‥‥‥‥‥‥‥ 0958
「そんな血を引く戦士たち」（川口大介）
　‥‥‥‥‥‥‥‥‥‥‥‥‥‥‥‥‥ 2018

【た】

「たぁちゃんへ」（ももくちそらミミ）‥‥ 6775
「胎」（野島勝彦）‥‥‥‥‥‥‥‥‥‥ 5171
「タイアップ屋さん」（佐野寿人）‥‥‥ 3152
「ダイアン」（植田草介）‥‥‥‥‥‥‥ 1010
「大暗黒」（小栗虫太郎）‥‥‥‥‥‥‥ 1546
「体育館の殺人」（青崎有吾）‥‥‥‥‥ 0059
「第一日」（川上澄生）‥‥‥‥‥‥‥‥ 1999
「第一のGymnopedie」（沙山茴）‥‥‥ 3167
「D.I.Speed!!（ダイヴ・イントゥ・スピー
　ド）」（狭山京輔）‥‥‥‥‥‥‥‥‥ 3168
「ダイエット」（井手花美）‥‥‥‥‥‥ 0763
「体温の灰」（七井春之）‥‥‥‥‥‥‥ 4962
「大絵画展」（望月諒子）‥‥‥‥‥‥‥ 6756
「大河の一滴」（幻冬舎）‥‥‥‥‥‥‥ 2579
「対岸の彼女」（角田光代）‥‥‥‥‥‥ 1723
「対岸の町」（平井杏子）‥‥‥‥‥‥‥ 5648

626　　　　　　　　　　文学賞受賞作品総覧 小説篇

作品名索引　　　　　たから

「大空母時代」（齋藤拓樹） ・・・・・・・・・・・・・・ *2881*
「退屈解消アイテム」（香住泰） ・・・・・・・・・ *1792*
「退屈しのぎ」（高橋三千綱） ・・・・・・・・・・・・ *3944*
「退屈な植物の赫い溜息」（島貫尚美） ・・・・ *3383*
「第九の流れる家」（五谷翔） ・・・・・・・・・・・ *0758*
「大君の通貨―幕末「円ドル戦争」」（佐藤
　雅美） ・・・・・・・・・・・・・・・・・・・・・・・・・・・・・・・・ *3125*
「太閤暗殺」（岡田秀文） ・・・・・・・・・・・・・・・・ *1432*
「退行する日々」（桑井朋子） ・・・・・・・・・・・ *2554*
「だいこくのねじ」（靏井通眞） ・・・・・・・・・・ *4467*
「第三次世界大戦」（土門周平） ・・・・・・・・・ *4635*
「第三新生丸後日譚」（荘司重夫） ・・・・・・・ *3463*
「大事」（武田八洲満） ・・・・・・・・・・・・・・・・・・ *4067*
「台児荘」（棟田博） ・・・・・・・・・・・・・・・・・・・・ *6663*
「第十三場 神代植物公園（夕方、雨）」（岡
　英里奈） ・・・・・・・・・・・・・・・・・・・・・・・・・・・・・ *1407*
「代償のギルタオン」（神高槍矢） ・・・・・・・ *1949*
「大丈夫だよ、和美ちゃん！」（渡辺陽
　司） ・・・・・・・・・・・・・・・・・・・・・・・・・・・・・・・・・・ *7535*
「大正暮色」（三咲光郎） ・・・・・・・・・・・・・・・ *6395*
「大正四年の狙撃手」（三咲光郎） ・・・・・・・ *6396*
「退職記念」（森岡啓子） ・・・・・・・・・・・・・・・ *6819*
「代書屋」（手塚和美） ・・・・・・・・・・・・・・・・・・ *4488*
「大親友」（大久保咲希） ・・・・・・・・・・・・・・・ *1256*
「大好きでした。」（YuUHi） ・・・・・・・・・・・ *7213*
「大地の子」（山崎豊子） ・・・・・・・・・・・・・・・ *7027*
「大帝の恋文」（一原みう） ・・・・・・・・・・・・・ *0742*
「大唐風雲記」（田村登正） ・・・・・・・・・・・・・ *4257*
「台所」（坂上弘） ・・・・・・・・・・・・・・・・・・・・・・ *2933*
「ダイナー」（平山夢明） ・・・・・・・・・・・・・・・ *5680*
「大浪花諸人往来」（有明夏夫） ・・・・・・・・・ *0421*
「Tiny, tiny」（濱田順子） ・・・・・・・・・・・・・・ *5405*
「大日本帝国海軍第七艦隊始末記」（鷹見
　一幸） ・・・・・・・・・・・・・・・・・・・・・・・・・・・・・・・・ *3964*
「大脳ケービング」（松村秀樹） ・・・・・・・・・ *6251*
「退廃姉妹」（島田雅彦） ・・・・・・・・・・・・・・・ *3372*
「第八号転轍器」（日向伸夫） ・・・・・・・・・・・ *5608*
「第八東龍丸」（阿井渉介） ・・・・・・・・・・・・・ *0002*
「タイピングハイ！」（長森浩平） ・・・・・・・ *4906*
「台風の眼」（日野啓三） ・・・・・・・・・・・・・・・ *5618*
「大踏切書店のこと」（石田千） ・・・・・・・・・ *0649*
「泰平に蠢く」（松永弘高） ・・・・・・・・・・・・・ *6231*
「太平洋 おんな戦史」シリーズ（小野孝
　二） ・・・・・・・・・・・・・・・・・・・・・・・・・・・・・・・・・・ *1630*
「太平洋戦争知られざる証言」（保阪正
　康） ・・・・・・・・・・・・・・・・・・・・・・・・・・・・・・・・・・ *6006*
「太平洋の嵐」（田中崇博） ・・・・・・・・・・・・・ *4177*

「太平洋の薔薇」（笹本稜平） ・・・・・・・・・・・ *3064*
「大砲松」（東郷隆） ・・・・・・・・・・・・・・・・・・・・ *4533*
「大魔王ジャマ子さんと全人類総勇者」
　（岬かつみ） ・・・・・・・・・・・・・・・・・・・・・・・・・ *6391*
「退魔師鬼十郎」（市川丈夫） ・・・・・・・・・・・ *0723*
「たいまつ赤くてらしつつ」（八木沼瑞
　穂） ・・・・・・・・・・・・・・・・・・・・・・・・・・・・・・・・・・ *6894*
「タイムスリップ・コンビナート」（笙野
　頼子） ・・・・・・・・・・・・・・・・・・・・・・・・・・・・・・・・ *3483*
「太厄記」（久保綱） ・・・・・・・・・・・・・・・・・・・・ *2417*
「ダイヤモンドダスト」（南木佳士） ・・・・・ *4935*
「大誘拐」（天藤真） ・・・・・・・・・・・・・・・・・・・・ *4514*
「太陽」（上田岳弘） ・・・・・・・・・・・・・・・・・・・・ *1011*
「太陽」（前川知大） ・・・・・・・・・・・・・・・・・・・・ *6081*
「太陽を曳く馬」（高村薫） ・・・・・・・・・・・・・ *3971*
「太陽が死んだ夜」（月原渉） ・・・・・・・・・・・ *4344*
「太陽が見てるから」（高橋あこ） ・・・・・・・ *3891*
「太陽戦士サンササン」（坂照鉄平） ・・・・・ *5520*
「太陽と死者の記録」（粕谷知世） ・・・・・・・ *1793*
「太陽と月の邂逅 ハプスブルク夢譚」（槻
　宮和祈） ・・・・・・・・・・・・・・・・・・・・・・・・・・・・・ *4346*
「太陽のあくび」（有間カオル） ・・・・・・・・・ *0435*
「太陽の季節」（石原慎太郎） ・・・・・・・・・・・ *0666*
「太陽の塔／ピレネーの城」（森見登美彦）
　　・・・・・・・・・・・・・・・・・・・・・・・・・・・・・・・・・・・・・ *6857*
「太陽の匂い」（前中行至） ・・・・・・・・・・・・・ *6098*
「太陽風交点」（堀晃） ・・・・・・・・・・・・・・・・・・ *6040*
「大陸の細道」（木山捷平） ・・・・・・・・・・・・・ *2298*
「代理処罰」（嶋中潤） ・・・・・・・・・・・・・・・・・・ *3382*
「大連海員倶楽部 餐庁（れすとらん）」（太
　田晶） ・・・・・・・・・・・・・・・・・・・・・・・・・・・・・・・・ *1305*
「大連物語」（浅野幾代） ・・・・・・・・・・・・・・・ *0234*
「田植唄は心唄」（高橋武彦） ・・・・・・・・・・・ *3929*
「田植え舞」（北原文雄） ・・・・・・・・・・・・・・・ *2218*
「高丘親王航海記」（渋沢龍彦） ・・・・・・・・・ *3341*
「誰袖草」（中里恒子） ・・・・・・・・・・・・・・・・・・ *4729*
「高遠櫻」（伊多波碧） ・・・・・・・・・・・・・・・・・・ *0714*
「高那ケ辻」（西島恭子） ・・・・・・・・・・・・・・・ *5057*
「高梨大乱―上杉家を狂わせた親子の物
　語―」（小田切健自） ・・・・・・・・・・・・・・・・・ *1600*
「鏨（たがね）」（伊達慶） ・・・・・・・・・・・・・・ *4142*
「塹師」（平岩弓枝） ・・・・・・・・・・・・・・・・・・・・ *5655*
「高天原なリアル」（霜越かほる） ・・・・・・・ *3425*
「耕す人々の群」（青木洪） ・・・・・・・・・・・・・ *0049*
「TAKARA」（森厚） ・・・・・・・・・・・・・・・・・・ *6781*
「だから言わないコッチャナイ」（村越英
　文） ・・・・・・・・・・・・・・・・・・・・・・・・・・・・・・・・・・ *6694*

「高らかな挽歌」(高井有一) ……………… 3816
「宝くじ挽歌」(松浦幸男) ……………… 6172
「多輝子ちゃん」(辻内智貴) ……………… 4378
「滝沢馬琴」(杉本苑子) ……………… 3598
「滝まくらの君」(牧野礼) ……………… 6109
「ダーク・アイズ」(天羽沙夜) ……………… 0376
「託された恋」(五十嵐寿恵) ……………… 0519
「タクティカル ジャッジメント」(師走ト
　オル) ……………………………………… 3528
「DARK DAYS」(橘恭介) ……………… 4126
「啄木とその系譜」(田中礼) ……………… 4185
「濁流の音」(笛木薫) ……………… 5720
「武田信玄」(新田次郎) ……………… 5098
「駄犬の守る優しい世界」(花井利徳) …… 5346
「蛸地蔵」(藤原葉子) ……………… 5900
「蛇衆綺談」(矢野隆) ……………… 6957
「多重人格者世界ポリフォニア」(永森悠
　哉) ……………………………………… 4907
「多重世界の幻影ども 魚津庸介とカオス
　でマルチなご町内」(有澤415満) …… 0431
「多生」(とうやまりょうこ) ……………… 4556
「尋ね人の時間」(新井満) ……………… 0405
「黄昏色の詠使い―イヴは夜明けに微笑
　んで―」(細音啓) ……………… 3058
「黄昏世界の絶対逃走」(本岡冬成) …… 6759
「黄昏のストーム・シーディング」(大岡
　玲) ……………………………………… 1243
「黄昏の旅」(北条誠) ……………… 5999
「戦いすんで日が暮れて」(佐藤愛子) …… 3084
「闘いの構図」(青山光二) ……………… 0074
「戦いの時代」(椎ノ川成三) ……………… 3213
「戦う司書と恋する爆弾」(山形石雄) …… 6977
「戦う少女と残酷な少年」(深見真) …… 5747
「戦うヒロインに必要なものは、この世
　でただ愛だけだよね、ったら」(成上
　真) ……………………………………… 4991
「ただここに降りしきるもの」(御永真
　幸) ……………………………………… 6491
「ただしくないひと、桜井さん」(滝田愛
　美) ……………………………………… 4015
「ただ、それだけで良かったんです」(松
　村涼哉) ………………………………… 6255
「ダダダダだちょう～!!」(等門じん) …… 7427
「だだだな町、ぐぐぐなおれ」(広小路尚
　祈) ……………………………………… 5689
「タタド」(小池昌代) ……………… 2588
「立合川」(川端要壽) ……………… 2057
「立切れ」(富岡多恵子) ……………… 4613

「橘屋本店閻魔帳～跡を継ぐまで待って
　～」(高山ちあき) ……………… 3987
「立原正秋」(高井有一) ……………… 3817
「ダック・コール」(稲見一良) ……………… 0832
「ダックスフントのワープ」(藤原伊織)
　…………………………………………… 5888
「脱獄情死行」(平龍生) ……………… 3805
「脱サラの夫とともに」(福田繁子) …… 5770
「奪取」(真保裕一) ……………… 3558
「脱出」(駒田信二) ……………… 2784
「脱出」(大藤治郎) ……………… 3799
「脱走九年」(赤沼三郎) ……………… 0118
「たった一人の反乱」(丸谷才一) …… 6313
「韃靼疾風録(だったんしっぷうろく)」
　(司馬遼太郎) ……………………… 3303
「韃靼の馬」(辻原登) ……………… 4381
「脱兎リベンジ」(秀章) ……………… 5604
「竜巻ガール」(垣谷美雨) ……………… 1718
「辰巳気質」(英蝉花) ……………… 5354
「たとえ世界に背いても」(神谷一心) …… 1957
「たとえば, 十九のアルバムに」(一藤木
　杏子) …………………………………… 0760
「タード・オン・ザ・ラン(TURD ON
　THE RUN)」(東山彰良) ……………… 5557
「田中角栄の恋文」(佐藤あつ子) …… 3091
「棚子」(漆原正雄) ……………… 1137
「ダニ」(沢田玄夫) ……………… 3192
「タニグチくん」(原里実) ……………… 5475
「谷間の生霊たち」(朝海さち子) …… 0204
「他人の垢」(住太陽) ……………… 3676
「他人の椅子」(桑高喜秋) ……………… 2558
「狸」(村上節) ……………… 6673
「たぬきの戦場」(山口四郎) ……………… 6999
「旅をする蝶のように」(外本次男) …… 3780
「旅芸人翔んだ！」(草彅紘一) ……………… 2366
「旅芝居怪談双六 屋台崩骨寄敦盛」(長島
　槙子) …………………………………… 4764
「旅する前に」(大高雅博) ……………… 1328
「タビネコ」(ネムはじめ) ……………… 5139
「旅の足跡」(高瀬紀子) ……………… 3857
「旅のウィーク」(戸田鎮子) ……………… 4592
「旅の果て」(飯倉章) ……………… 0482
「たびんちゅ」(大野俊郎) ……………… 1361
「百狐狸斉放」(安田依央) ……………… 6919
「『ω β』～ダブリュベータ～」(伊澄優
　希) ……………………………………… 0692
「ダブル」(久綱さざれ) ……………… 2398

作品名索引　　　　　　　　　　　　ちちお

「○○式歩兵型戦闘車両」(坂本康宏) ‥‥ 2974
「ダブル・ファンタジー」(村山由佳) ‥‥ 6725
「ダブルブリッド」(中村恵里加) ‥‥‥‥ 4848
「たべもの芳名録」(神吉拓郎) ‥‥‥‥‥ 2079
「玉, 砕ける」(開高健) ‥‥‥‥‥‥‥‥ 1689
「卵」(佐々木邦子) ‥‥‥‥‥‥‥‥‥‥ 3039
「卵洗い」(立松和平) ‥‥‥‥‥‥‥‥‥ 4150
「たまご戦争 上中下」(金子めぐみ) ‥‥ 1911
「卵の緒」(瀬尾まいこ) ‥‥‥‥‥‥‥‥ 3705
「魂の捜索人」(村田栞) ‥‥‥‥‥‥‥‥ 6712
「黙って喰え」(門脇大祐) ‥‥‥‥‥‥‥ 1889
「魂萌え！」(桐野夏生) ‥‥‥‥‥‥‥‥ 2335
「たまもの」(小池昌代) ‥‥‥‥‥‥‥‥ 2589
「魂守記─枯骨報恩」(渡瀬桂子) ‥‥‥‥ 7495
「タマや」(金井美恵子) ‥‥‥‥‥‥‥‥ 1892
「たまゆら」(あさのあつこ) ‥‥‥‥‥‥ 0233
「タマラセ」(六塚光) ‥‥‥‥‥‥‥‥‥ 6660
「たまらなくグッドバイ」(大津光央) ‥‥ 1343
「球は転々宇宙間」(赤瀬川隼) ‥‥‥‥‥ 0110
「ダミアンズ, 私の獲物」(華城文子) ‥‥ 5349
「だむかん」(柄澤昌幸) ‥‥‥‥‥‥‥‥ 1982
「田村俊子」(瀬戸内寂聴) ‥‥‥‥‥‥‥ 3734
「田村はまだか」(朝倉かすみ) ‥‥‥‥‥ 0212
「ためのいたみ」(吉田塁) ‥‥‥‥‥‥‥ 7348
「ダメ魔騎士の英雄道」(藤木わしろ) ‥‥ 5816
「たゆたふ蠟燭」(小林ゆり) ‥‥‥‥‥‥ 2774
「達磨峠の殺人」(山田風太郎) ‥‥‥‥‥ 7091
「だれ？」(海老沢文哉) ‥‥‥‥‥‥‥‥ 1165
「誰かが触った」(宮原昭夫) ‥‥‥‥‥‥ 6596
「誰かが足りない」(宮下奈都) ‥‥‥‥‥ 6588
「誰もがなびく」(津林邦英) ‥‥‥‥‥‥ 4441
「だれもしらないどうぶつえん」(さとう
　　あつし) ‥‥‥‥‥‥‥‥‥‥‥‥‥ 3092
「タロウの鉗子」(甘木つゆこ) ‥‥‥‥‥ 1117
「断雲」(南条三郎) ‥‥‥‥‥‥‥‥‥‥ 5008
「断崖の年」(日野啓三) ‥‥‥‥‥‥‥‥ 5619
「弾丸迷走」(綿引なおみ) ‥‥‥‥‥‥‥ 7537
「探骨」(美里敏則) ‥‥‥‥‥‥‥‥‥‥ 6397
「断罪業火の召使い」(ぼくのみぎあしを
　　かえまして) ‥‥‥‥‥‥‥‥‥‥‥ 6001
「団十郎切腹事件」(戸板康二) ‥‥‥‥‥ 4526
「誕生」(島村潤一郎) ‥‥‥‥‥‥‥‥‥ 3386
「探照燈」(河野修一郎) ‥‥‥‥‥‥‥‥ 2635
「ダンスインザウインド」(岩佐まもる)
　　‥‥‥‥‥‥‥‥‥‥‥‥‥‥‥‥‥ 0961
「男性審議会」(宗久之助) ‥‥‥‥‥‥‥ 3759

「弾性波動」(三好一知) ‥‥‥‥‥‥‥‥ 6629
「団地の猫」(森一歩) ‥‥‥‥‥‥‥‥‥ 6785
「団地夢想譚」(藤森慨) ‥‥‥‥‥‥‥‥ 5885
「炭田の人々」(筑紫聡) ‥‥‥‥‥‥‥‥ 4355
「弾道」(戌乱稟人) ‥‥‥‥‥‥‥‥‥‥ 6039
「短篇集 半分コ」(出久根達郎) ‥‥‥‥ 4484
「ダンボールボートで海岸」(千頭ひな
　　た) ‥‥‥‥‥‥‥‥‥‥‥‥‥‥‥ 4294
「黙市」(津島佑子) ‥‥‥‥‥‥‥‥‥‥ 4392

【 ち 】

「血」(高木光) ‥‥‥‥‥‥‥‥‥‥‥‥ 3848
「小さいおうち」(中島京子) ‥‥‥‥‥‥ 4752
「小さな貴婦人」(吉行理恵) ‥‥‥‥‥‥ 7403
「小さな市街図」(古山高麗雄) ‥‥‥‥‥ 5979
「小さなねずみ」(二宮桂子) ‥‥‥‥‥‥ 5104
「小さな墓の物語」(渡辺毅) ‥‥‥‥‥‥ 7512
「小さな魔法の降る日に」(毬) ‥‥‥‥‥ 6303
「ちいさなモスクワ あなたに」(浅井京
　　子) ‥‥‥‥‥‥‥‥‥‥‥‥‥‥‥ 0187
「黄色軍艦」(長堂英吉) ‥‥‥‥‥‥‥‥ 4792
「チェイン」(伊東雅之) ‥‥‥‥‥‥‥‥ 0802
「智恵子飛ぶ」(津村節子) ‥‥‥‥‥‥‥ 4460
「チェーザレ・ボルジアあるいは優雅な
　　る冷酷」(塩野七生) ‥‥‥‥‥‥‥‥ 3222
「チェストかわら版」(桐生悠三) ‥‥‥‥ 2341
「地を駆ける虹」(七位連一) ‥‥‥‥‥‥ 4963
「地下茎」(土方鉄) ‥‥‥‥‥‥‥‥‥‥ 5594
「近すぎた朝」(伊坂尚仁) ‥‥‥‥‥‥‥ 0584
「地下鉄クイーン」(東佐紀) ‥‥‥‥‥‥ 0271
「地球最後の24時間」(貞次シュウ) ‥‥ 3077
「地球防衛部！」(こばやしゆうき) ‥‥‥ 2772
「地球唯一の男」(鏡銀鉢) ‥‥‥‥‥‥‥ 1710
「チキン・ノート」(萩岩祥子) ‥‥‥‥‥ 5228
「筑紫の歌」(早乙女秀) ‥‥‥‥‥‥‥‥ 2913
「チグリスとユーフラテス」(新井素子)
　　‥‥‥‥‥‥‥‥‥‥‥‥‥‥‥‥‥ 0406
「笞刑」(冬木喬) ‥‥‥‥‥‥‥‥‥‥‥ 5932
「千里がいる」(渋谷貴志) ‥‥‥‥‥‥‥ 3343
「血潮の色に咲く花は」(霧崎雀) ‥‥‥‥ 2325
「千々にくだけて」(リービ英雄) ‥‥‥‥ 7433
「縮んだ愛」(佐川光晴) ‥‥‥‥‥‥‥‥ 2978
「地図男」(真藤順丈) ‥‥‥‥‥‥‥‥‥ 3543
「父親」(鈴木重作) ‥‥‥‥‥‥‥‥‥‥ 3633

文学賞受賞作品総覧 小説篇　　　　　　629

ちちか　　　　　　　　　作品名索引

「父が消えた」(尾辻克彦) ・・・・・・・・・ 1610
「父とカリンズ」(山路ひろ子) ・・・・・・・ 7043
「父と子と」(力石平三) ・・・・・・・・・・ 7430
「父と子の炎」(小林久三) ・・・・・・・・・ 2747
「乳と卵」(川上未映子) ・・・・・・・・・・ 2009
「父の外套」(秋元朔) ・・・・・・・・・・・ 0156
「父のグッド・バイ」(井岡道子) ・・・・・・ 0508
「父の肖像」(辻井喬) ・・・・・・・・・・・ 4373
「父の背中」(岡本賢一) ・・・・・・・・・・ 1450
「チチノチ」(白崎由宇) ・・・・・・・・・・ 3512
「父の涙」(吉川隆代) ・・・・・・・・・・・ 7302
「父の場所」(福岡さだお) ・・・・・・・・・ 5760
「父の筆跡」(武重謙) ・・・・・・・・・・・ 4057
「ちーちゃんは悠久の向こう」(日日日)
　　・・・・・・・・・・・・・・・・・・・・ 0171
「地中海」(富沢有為男) ・・・・・・・・・・ 4619
「小っちゃなヒーロー」(上田風登) ・・・・・ 1014
「血と黄金」(田中光二) ・・・・・・・・・・ 4164
「血と骨」(梁石日) ・・・・・・・・・・・・ 7177
「地に満ちる」(竹林美佳) ・・・・・・・・・ 4084
「地には平和を」(小松左京) ・・・・・・・・ 2787
「血ヌル里、首挽村」(大村友貴美) ・・・・・ 1397
「地熱」(稲沢潤子) ・・・・・・・・・・・・ 0823
「地の底にいななく」(富永敏治) ・・・・・・ 4623
「地の底のヤマ」(西村健) ・・・・・・・・・ 5075
「地の底の記憶」(畠山丑雄) ・・・・・・・・ 5315
「地のはてから」(乃南アサ) ・・・・・・・・ 5187
「地の果まで」(吉屋信子) ・・・・・・・・・ 7395
「血の花」(水田敏彦) ・・・・・・・・・・・ 6438
「地の炎」(竹内松太郎) ・・・・・・・・・・ 4049
「血薔薇」(井手蕉雨) ・・・・・・・・・・・ 0764
「ちびひれギン」(竹内賢寿) ・・・・・・・・ 4044
「乳房」(伊集院静) ・・・・・・・・・・・・ 0681
「地方都市伝説大全」(比嘉智康) ・・・・・・ 5540
「巷のあんばい」(丸川賀世子) ・・・・・・・ 6308
「チーム・バチスタの崩壊」(海堂尊) ・・・・ 1695
「チャイ・コイ」(岩井志麻子) ・・・・・・・ 0944
「チャージ」(片岡稔恵) ・・・・・・・・・・ 1802
「茶ばなし」(獅子文六) ・・・・・・・・・・ 3253
「ちゃぶ台」(児玉恭二) ・・・・・・・・・・ 2703
「チャームアングル」(坂崎美代子) ・・・・・ 2950
「茶山の婦」(臼井澄江) ・・・・・・・・・・ 1066
「チューイングボーン」(大山尚利) ・・・・・ 1404
「中位の苦痛」(小林勝美) ・・・・・・・・・ 2745
「中陰の花」(玄侑宗久) ・・・・・・・・・・ 2583
「仲介者の意志」(横田あゆ子) ・・・・・・・ 7265

「中学生」(森れしな) ・・・・・・・・・・・ 6812
「中空」(鳥飼否宇) ・・・・・・・・・・・・ 4650
「中原の虹」(浅田次郎) ・・・・・・・・・・ 0223
「中国の拷問」(仙田学) ・・・・・・・・・・ 3755
「中の下と言われたオレ〜聖☆イチロー
　　高校をつぶせ！〜」(長岡マキ子) ・・・・ 4706
「チューリップの誕生日」(楡井亜木子)
　　・・・・・・・・・・・・・・・・・・・・ 5114
「長安の女将軍―平陽公主伝」(山崎絵
　　里) ・・・・・・・・・・・・・・・・・・ 7018
「長安牡丹花異聞」(森福都) ・・・・・・・・ 6853
「長官」(赤江行夫) ・・・・・・・・・・・・ 0093
「超吉ガール〜コンと東京十社めぐりの
　　巻〜」(遠藤まり) ・・・・・・・・・・・ 1197
「超高層に懸かる月と、骨と」(北重人)
　　・・・・・・・・・・・・・・・・・・・・ 2161
「長江デルタ」(多田裕計) ・・・・・・・・・ 4115
「超告白」(御伽枕) ・・・・・・・・・・・・ 1621
「超古代史 壬申の乱 大海人皇子の陰謀」
　　(堀越博) ・・・・・・・・・・・・・・・ 6056
「長恨歌」(檀一雄) ・・・・・・・・・・・・ 4286
「彫残二人」(植松三十里) ・・・・・・・・・ 1039
「重耳」(宮城谷昌光) ・・・・・・・・・・・ 6567
「寵児」(津島佑子) ・・・・・・・・・・・・ 4393
「調子のいい女」(宇佐美游) ・・・・・・・・ 1056
「超常現象交渉人」(星野彼方) ・・・・・・・ 6014
「張少子の話」(安西篤子) ・・・・・・・・・ 0459
「寵臣」(佐藤明子) ・・・・・・・・・・・・ 3089
「鳥人の儀礼」(四十雀亮) ・・・・・・・・・ 3256
「朝鮮あさがお」(橋本都耶子) ・・・・・・・ 5265
「朝鮮人街道」(早野貢司) ・・・・・・・・・ 5469
「蝶たちは今…」(日下圭介) ・・・・・・・・ 2358
「蝶番」(中島桃果子) ・・・・・・・・・・・ 4766
「蝶とヒットラー」(久世光彦) ・・・・・・・ 2392
「町内会長奮戦記」(八重樫久) ・・・・・・・ 6886
「長男」(野村幽篁) ・・・・・・・・・・・・ 5211
「長男の出家」(三浦清宏) ・・・・・・・・・ 6326
「町人」(太田正) ・・・・・・・・・・・・・ 1313
「超人間・岩村」(滝川廉治) ・・・・・・・・ 4005
「蝶の季節」(高橋光子) ・・・・・・・・・・ 3945
「蝶のゆくえ」(橋本治) ・・・・・・・・・・ 5255
「チョーク」(広川禎孝) ・・・・・・・・・・ 5688
「直線の死角」(山田宗樹) ・・・・・・・・・ 7101
「チョコ。」(後藤彩) ・・・・・・・・・・・ 2710
「チョコレートゲーム」(岡嶋二人) ・・・・・ 1424
「チョコレート・コンフュージョン」(星
　　奏なつめ) ・・・・・・・・・・・・・・・ 3694

作品名索引　　　つつか

「ちょっと今から仕事やめてくる」（北川
　　恵海）………………………………… 2187
「ちょっとムカつくけれど，居心地のいい
　　場所」（伏本和代）…………………… 5783
「チヨ丸」（大野俊郎）…………………… 1362
「佇立する影」（榊初）…………………… 2938
「ちりざくら」（片上伸）………………… 1811
「塵の中」（和田芳恵）…………………… 7490
「チルカの海」（桂環）…………………… 1839
「チルドレン」（伊坂幸太郎）…………… 0581
「鎮魂夏」（金木静）……………………… 1901
「鎮魂歌」（馳星周）……………………… 5277
「鎮魂歌」（長谷川素行）………………… 5300
「チンチン踏切」（会田五郎）…………… 0022
「沈底魚」（曽根圭介）…………………… 3781
「枕頭の青春」（大貫進）………………… 1355
「チン・ドン・ジャン」（奈良裕明）… 4981
「沈黙」（遠藤周作）……………………… 1192
「沈黙の教室」（折原一）………………… 1664
「沈黙のひと」（小池真理子）…………… 2592
「沈黙の輪」（釣巻礼公）………………… 4476

【つ】

「憑いている！」（後藤祐迅）…………… 2724
「終の住処」（磯﨑憲一郎）……………… 0706
「墜落の歌」（太田千鶴夫）……………… 1315
「通勤電車ブルース」（尾張はじめ）…… 1667
「通信制警察」（耳目）…………………… 3424
「通天閣」（西加奈子）…………………… 5041
「通訳の勲章」（赤江行夫）……………… 0094
「津軽じょんから節」（長部日出雄）…… 1560
「津軽富士」（高橋嘤々軒）……………… 3896
「津軽世去れ節」（長部日出雄）………… 1561
「月王」（櫻井牧）………………………… 3010
「月を描く少女と太陽を描いた吸血鬼」
　　（川村蘭世）…………………………… 2072
「月をぼくのポケットに」（中村融）…… 4873
「月をぼくのポケットに」（ラヴグローヴ，
　　ジェイムズ）…………………………… 7424
「月が綺麗ですね」（種田千恵）………… 1201
「月が飛ぶ」（来栖颯太郎）……………… 2492
「月からの贈り物」（榛葉莟子）………… 3554
「接木の台」（和田芳恵）………………… 7491
「月白風清」（東織白鷺）………………… 4540

「突き進む鼻先の群れ」（高岡水平）…… 3828
「つきせぬ恨」（滝閑郵）………………… 3991
「月だけが，私のしていることを見おろ
　　していた。」（成田名璃子）………… 4988
「月と貴女に花束を」（志村一矢）……… 3416
「月と風と大地とケンジ」（武田ユウナ）
　　……………………………………………… 4069
「月と蟹」（道尾秀介）…………………… 6475
「月と大地の血運」（秋月紅葉）………… 0142
「月に笑く」（白井信隆）………………… 3490
「月のうた」（穂高明）…………………… 6028
「月ノ浦惣庄公事置書」（岩井三四二）… 0950
「月の裏で会いましょう」（原田紀）…… 5502
「月のころはさらなり」（井口ひろみ）… 0529
「月のさかな」（追本葵）………………… 1202
「月のさなぎ」（石野晶）………………… 0652
「月の出の頃」（館内勇生）……………… 4146
「月の道化者」（三浦浩樹）……………… 6343
「月のない晩に」（橘かがり）…………… 4124
「月の汀」（永井清子）…………………… 4674
「月姫降臨」（佑木美紀）………………… 7206
「月夜が丘」（神津慶次朗）……………… 1947
「つくし」（松英一郎）…………………… 6164
「佃島ふたり書房」（出久根達郎）……… 4485
「TUGUMI つぐみ」（吉本ばなな）…… 7392
「ツクモガミ」（真中良）………………… 6282
「つくも神は青春をもてなさんと欲す」
　　（慶野由志）…………………………… 2565
「月夜見」（増田みず子）………………… 6151
「辻打ち」（葛葉康司）…………………… 2383
「辻火」（田久保英夫）…………………… 4037
「対馬―こころの島」（村野温）………… 6714
「伝えたいこと」（鈴木萌）……………… 3649
「つたのとりで」（小粥かおり）………… 1409
「蔦燃」（高樹のぶ子）…………………… 3842
「蔦紅葉」（小川兎馬子）………………… 1476
「つちくれ」（岩橋邦枝）………………… 0985
「土と戦ふ」（菅野正男）………………… 2097
「土の器」（阪田寛夫）…………………… 2953
「土之繰言」（水野昭義）………………… 6443
「土の声」（芦田千恵美）………………… 0256
「土の塵」（山下敬）……………………… 7051
「土のともしび」（田中虎市）…………… 4183
「土の中の子供」（中村文則）…………… 4885
「土踏まずの日記」（高森一栄子）……… 3976
「『土』論」（村上林造）………………… 6692
「羔虫」（出口正二）……………………… 4483

文学賞受賞作品総覧 小説篇　　631

つなか　　　　　　　　　　作品名索引

「つながり」（吉村涼花）……………… 7377
「ツナグ」（辻村深月）………………… 4404
「津波」（菅原康）……………………… 3577
「つなわたり」（一ノ宮慧）…………… 0739
「常ならぬ者の棲む」（鈴木誠司）…… 3641
「つばくろの歌」（藤本義一）………… 5874
「つばさ」（鷲田庭刀）………………… 7481
「翼の人々」（秋永芳郎）……………… 0148
「翼の末裔」（片倉一）………………… 1814
「翼はいつまでも」（川上健一）……… 1994
「翼は折れない」（脇田恭弘）………… 7475
「坪田譲治全集」（坪田譲治）………… 4448
「妻が椎茸だったころ」（中島京子）… 4753
「つまずきゃ，青春」（児波いさき）… 2730
「妻と戦争」（大庭さち子）…………… 1365
「妻の女友達」（小池真理子）………… 2593
「積み木の日々」（高橋堅悦）………… 3918
「罪な女」（藤原審爾）………………… 5890
「罪なくして斬らる―小栗上野介」（大島
　昌宏）………………………………… 1296
「罪の余白」（芦沢央）………………… 0254
「罪人いずくにか」（水生大海）……… 6425
「瞑りの森」（くるみざわしん）……… 2501
「冷い夏、熱い夏」（吉村昭）………… 7369
「冷たい部屋」（磧朝次）……………… 2076
「冷たい水の羊」（田中慎弥）………… 4172
「爪と目」（藤野可織）………………… 5855
「積もる雪」（尾川裕子）……………… 1483
「通夜ごっこ」（門倉ミミ）…………… 1885
「艶やかな死神」（桜田忍）…………… 3025
「露」（大石霧山）……………………… 1221
「梅雨明け」（倉持れい子）…………… 2470
「ツユクサ」（高田慧）………………… 3862
「梅雨晴」（広津和郎）………………… 5703
「つらつら椿」（志賀葉子）…………… 3230
「ツリーハウス」（角田光代）………… 1724
「鶴」（竹西寛子）……………………… 4076
「ツール＆ストール」（円谷夏樹）…… 4442
「鶴亀堂の冬」（北川悠）……………… 2192
「剣澄む～TSURUGISM～」（ますく
　ど）…………………………………… 6144
「蔓草の院」（井坂浩子）……………… 0588
「鶴沢清造」（石河内城）……………… 0624
「ツール・ド・フランス」（冨成東志）… 4624
「鶴八鶴次郎」（川口松太郎）………… 2021
「釣瓶の音」（大谷藤子）……………… 1339

「鶴は病みき」（岡本かの子）………… 1449
「連れ合い」（高森和子）……………… 3977
「石蕗春菊ひとめぐり」（道具小路）… 4531
「石蕗の花」（広津桃子）……………… 5710

【 て 】

「手」（恢余子）………………………… 5692
「ディアヴロの茶飯事」（思惟入）…… 3215
「Dear Mother」（藤木優佳）………… 5814
「ディヴァースワールズ・クライシス」（九
　條斥）………………………………… 2379
「TVJ」（五十嵐貫久）………………… 0516
「ディオニス死すべし」（大門剛明）… 3802
「テイク・マイ・ピクチャー」（越沼初美）
　………………………………………… 2667
「DJヌバ」（草部和子）……………… 2370
「定数」（有砂悠子）…………………… 0429
「DT覇王ドマイナー」（仙波千広）… 3757
「帝都物語」（荒俣宏）………………… 0418
「帝都妖奇譚」（丸矢光）……………… 6315
「ディーナザード」（千世明）………… 4297
「泥濘」（保高徳蔵）…………………… 6922
「D―ブリッジ・テープ」（沙藤一樹）… 3096
「底辺かける高嶺の花」（鎌倉となり）… 1935
「DMAC」（小竹陽一朗）…………… 2699
「Dランドは遠い」（鈴木るりか）…… 3655
「停留所前の家」（寺久保友哉）……… 4495
「ティールーム」（野崎雅人）………… 5164
「DAY LABOUR（デイ・レイバー）」（松
　崎美保）……………………………… 6202
「てぃんさぐぬ花」（大野俊郎）……… 1363
「ディヴィジョン」（奥田真理子）…… 1531
「手遅れの死」（津野創一）…………… 4433
「でかい月だな」（水森サトリ）……… 6459
「出稼ぎ」（庄内美代子）……………… 3471
「手紙―The Song is Over」（佐浦文香）
　………………………………………… 2891
「できすぎ」（吉沢景介）……………… 7309
「できればムカつかずに生きたい」（田口
　ランディ）…………………………… 4032
「手鎖心中」（井上ひさし）…………… 0870
「女性状無意識」（小谷真理）………… 2702
「テクノデリック・ブルー」（鳥羽耕二）
　………………………………………… 4601
「デコとぬた」（若杉晶子）…………… 7465

632　　　　　　　　　　　　　　　　　　　　　　　文学賞受賞作品総覧 小説篇

作品名索引 てんし

「凸凹ストレンジャーズ」(初美陽一) ‥‥ 5341
「土偶」(山田清吉) ‥‥‥‥‥‥‥‥‥ 7077
「デジタル時計」(城内嶺) ‥‥‥‥‥‥ 3520
「鉄騎兵、跳んだ」(佐々木譲) ‥‥‥‥ 3042
「鉄球姫エミリー」(八薙玉造) ‥‥‥‥ 6937
「徹甲―アーマーピアシング」(嶋龍三郎) ‥‥‥‥‥‥‥‥‥‥‥‥‥‥‥ 3354
「鉄格子の彼方で」(窪田精) ‥‥‥‥‥ 2431
「鉄甲船異聞木津川口の波涛」(百目鬼涼一郎) ‥‥‥‥‥‥‥‥‥‥‥‥‥ 4551
「鉄石心」(大倉桃郎) ‥‥‥‥‥‥‥‥ 1266
「鉄塔家族」(佐伯一麦) ‥‥‥‥‥‥‥ 2899
「鉄塔の上から、さようなら」(真田コジマ) ‥‥‥‥‥‥‥‥‥‥‥‥‥‥‥ 3146
「鉄塔 武蔵野線」(銀林みのる) ‥‥‥‥ 2349
「デッドエンド・スカイ」(清野栄一) ‥‥ 3695
「デッドマン」(河合莞爾) ‥‥‥‥‥‥ 1986
「DEADMAN'S BBS」(蒼隼大) ‥‥‥‥ 0033
「デッドマン・ミーツ・ガール」(柊清彦)
‥‥‥‥‥‥‥‥‥‥‥‥‥‥‥‥ 5537
「鉄の階段」(石原節男) ‥‥‥‥‥‥‥ 0668
「鉄のしぶきがはねる」(まはら三桃) ‥‥ 6287
「鉄の光」(五十嵐勉) ‥‥‥‥‥‥‥‥ 0517
「鉄の骨」(池井戸潤) ‥‥‥‥‥‥‥‥ 0534
「鉄の窓までご案内」(山﨑智) ‥‥‥‥ 7023
「撤兵」(木之下白蘭) ‥‥‥‥‥‥‥‥ 2262
「鉄竜戦記」(佐藤弘志) ‥‥‥‥‥‥‥ 3122
「手ぬぐい」(小山幾) ‥‥‥‥‥‥‥‥ 2811
「テネシー・ワルツ」(望月武) ‥‥‥‥ 6752
「手の記憶」(松並百合愛) ‥‥‥‥‥‥ 6236
「てのひらを、ぎゅっと。」(逢優) ‥‥‥ 0388
「掌の性」(南川潤) ‥‥‥‥‥‥‥‥‥ 6517
「テーパー・シャンク」(吉原清隆) ‥‥‥ 7361
「てびらこみたいな嫁」(佐藤あつこ) ‥‥ 3090
「デフォルト」(相場英雄) ‥‥‥‥‥‥ 0026
「手袋」(古木信子) ‥‥‥‥‥‥‥‥‥ 5962
「でぶでぶと歩むもの」(伊藤岩梅) ‥‥‥ 0767
「テムズのあぶく」(武谷牧子) ‥‥‥‥ 4100
「寺泊」(水上勉) ‥‥‥‥‥‥‥‥‥‥ 6415
「テラの水槽」(皆川蒼葉) ‥‥‥‥‥‥ 6499
「寺山修司・遊戯の人」(杉山正樹) ‥‥‥ 3611
「照見哲平」(林本光義) ‥‥‥‥‥‥‥ 5462
「TVレポーター殺人事件」(マキタリック、モリー) ‥‥‥‥‥‥‥‥‥‥‥‥ 6108
「テレフォン・バランス」(引間徹) ‥‥‥ 5567
「テロリストのパラソル」(藤原伊織) ‥‥ 5889
「典医の女房」(仲町六絵) ‥‥‥‥‥‥ 4840

「田園風景」(坂上弘) ‥‥‥‥‥‥‥‥ 2934
「天涯の果て 波濤の彼方をゆく翼」(篠原悠希) ‥‥‥‥‥‥‥‥‥‥‥‥‥ 3297
「天華無敵！」(ひびき遊) ‥‥‥‥‥‥ 5631
「天から降ってくる悔恨の声」(宮城しず) ‥‥‥‥‥‥‥‥‥‥‥‥‥‥‥ 6563
「伝記谷崎潤一郎」(野村尚吾) ‥‥‥‥ 5205
「TENGU」(柴田哲孝) ‥‥‥‥‥‥‥‥ 3326
「天空の舟」(宮城谷昌光) ‥‥‥‥‥‥ 6568
「天狗争乱」(吉村昭) ‥‥‥‥‥‥‥‥ 7370
「天狗のいたずら」(田端六六) ‥‥‥‥‥ 4243
「てんくらげ」(河島忠) ‥‥‥‥‥‥‥ 2035
「電鍵」(藤川すみ子) ‥‥‥‥‥‥‥‥ 5807
「天剣王器」(海王超史郎) ‥‥‥‥‥‥ 6643
「天鼓」(田中平六) ‥‥‥‥‥‥‥‥‥ 4189
「転校生は忍びのつかい」(加部鈴子) ‥‥ 1933
「天獄と地国」(小林泰三) ‥‥‥‥‥‥ 2771
「天国に涙はいらない」(佐藤ケイ) ‥‥‥ 3099
「天国の番人」(加野厚) ‥‥‥‥‥‥‥ 1920
「天国への切符」(幸) ‥‥‥‥‥‥‥‥ 3080
「天国までの49日間」(櫻井千姫) ‥‥‥ 3006
「天国は待つことができる」(小熊文彦)
‥‥‥‥‥‥‥‥‥‥‥‥‥‥‥‥ 1535
「天才と狂人の間」(杉森久英) ‥‥‥‥ 3606
「テンサウザンドの節約術師」(真野真央) ‥‥‥‥‥‥‥‥‥‥‥‥‥‥‥ 6286
「天山を越えて」(胡桃沢耕史) ‥‥‥‥ 2499
「天使」(佐藤亜紀) ‥‥‥‥‥‥‥‥‥ 3086
「天竺」(石川緑) ‥‥‥‥‥‥‥‥‥‥ 0627
「天使誕生」(小林実) ‥‥‥‥‥‥‥‥ 2767
「天使の傷痕」(西村京太郎) ‥‥‥‥‥ 5073
「天使の取り分」(齊藤洋大) ‥‥‥‥‥ 2887
「天使のナイフ」(薬丸岳) ‥‥‥‥‥‥ 6898
「天使の旗の下に」(奥田瓶人) ‥‥‥‥ 1530
「天使の漂流」(阿川大樹) ‥‥‥‥‥‥ 0128
「天使の骨」(中山可穂) ‥‥‥‥‥‥‥ 4912
「天使の歩廊 ある建築家をめぐる物語」(中村弦) ‥‥‥‥‥‥‥‥‥‥‥‥ 4856
「電車」(原口真智子) ‥‥‥‥‥‥‥‥ 5491
「電車ごっこ停戦」(福本武久) ‥‥‥‥ 5784
「天上紅蓮」(渡辺淳一) ‥‥‥‥‥‥‥ 7506
「天正十年五月 明智光秀 羽柴秀吉 謀叛の競演」(太田満明) ‥‥‥‥‥‥‥‥ 1320
「天正女合戦」(海音寺潮五郎) ‥‥‥‥ 1679
「天翔の謀」(坂上天陽) ‥‥‥‥‥‥‥ 2930
「天上の花」(萩原葉子) ‥‥‥‥‥‥‥ 5238
「伝蔵郎の鱗」(市原千尋) ‥‥‥‥‥‥ 0741

文学賞受賞作品総覧 小説篇　　　　　　633

てんし　　　　　　　　　　作品名索引

「伝心」(宮澤えふ) ……………… 6584
「天神斎一門の反撃」(乗峯栄一) … 5220
「田紳有楽」(藤枝静男) ………… 5803
「伝説兄妹！」(おかもと (仮)) ……… 1458
「伝説なき地」(船戸与一) ……… 5909
「伝蔵脱走」(藤川省自) ………… 5808
「纏足の頃」(石塚喜久三) ……… 0639
「転地」(黒河内桂林) …………… 2525
「電池式」(庵桐サチ) …………… 0456
「天地人」(火坂雅志) …………… 5585
「天地明察」(冲方丁) …………… 1114
「天梯」(緒野雅裕) ……………… 1639
「電電石縁起」(山川一作) ……… 6980
「テント」(高尾光) ……………… 3826
「天なお寒し」(勢九二五) ……… 3689
「天女の末裔」(鳥井加南子) …… 4645
「天皇機関説」(尾崎士郎) ……… 1555
「電脳コイル」(磯光雄) ………… 0702
「天皇の帽子」(今日出海) ……… 2831
「電脳幽戯 ゴーストタッチ」(真名月由
　美) ……………………………… 6283
「天の音」(加地慶子) …………… 1758
「天の眷族」(王城夕紀) ………… 1209
「てんのじ村」(難波利三) ……… 5018
「天の園」(打木村治) …………… 1078
「天の虫」(山田たかし) ………… 7080
「天の罠」(下澤勝井) …………… 3427
「電蜂 DENPACHI」(石踏一榮) … 0670
「電波日和」(片山憲太郎) ……… 1824
「天氷山時暁」(矢彦沢典子) …… 6963
「天平の甍」(井上靖) …………… 0882
「テンペスト」(池上永一) ……… 0539
「電報」(田村西男) ……………… 4259
「天保水滸伝のライター」(羽村滋) … 5412
「天保の雪」(間万里子) ………… 5243
「天北の詩人たち」(冬木薫) …… 5931
「天馬、翔ける」(安部龍太郎) … 0340
「天窓のある部屋」(宮井千津子) … 6541
「天満の坂道」(花井美紀) ……… 5347
「天馬往くところ」(富川典康) … 4616
「天明」(檀一雄) ………………… 4287
「天佑」(小林卿) ………………… 2748
「天佑なり―高橋是清・百年前の日本国
　債―」(幸田真音) ……………… 2627
「天理教」(額田六福) …………… 5125
「天理教本部」(騎西一夫) ……… 2128

「電話男」(小林恭二) …………… 2750
「電話で、その日の服装等を言い当てる
　女について」(清水杜氏彦) …… 3404

【と】

「ドアの隙間」(飛鳥ゆう) ……… 0264
「とある梅干、エリザベスの物語」(西田
　咲) ……………………………… 5059
「とある博士の とんでもない発明品」(石
　井杏奈) ………………………… 0598
「DOY」(早島悟) ……………… 5461
「ドイツ機動艦隊」(神谷隆一) … 1961
「十色トリック」(木崎菜菜恵) … 2136
「塔」(末弘喜久) ………………… 3565
「塔」(船山馨) …………………… 5916
「闘」(幸田文) …………………… 2623
「偸安」(三原実敏) ……………… 6534
「12〈twelve Y O〉」(福井晴敏) … 5756
「動機」(横山秀夫) ……………… 7281
「桃鬼城伝奇」(柏田道夫) ……… 1781
「闘牛」(井上靖) ………………… 0883
「闘牛」(副田義也) ……………… 3776
「闘牛士の夜」(諏訪月江) ……… 3686
「TOKYOアナザー鎮魂曲」(上段十三)
　…………………………………… 3467
「東京一景」(波multi野杜夫) …… 5320
「東京駅之介」(火田良子) ……… 5599
「東京かくれんぼ」(九瑠久流) … 2489
「東京キノコ」(早川阿栗) ……… 5418
「東京午前三時」(三木卓) ……… 6372
「東京自叙伝」(奥泉光) ………… 1521
「東京島」(桐野夏生) …………… 2336
「東京城の夕映え」(平山壽三郎) … 5678
「東京新大橋雨中図」(杉本章子) … 3592
「東京スノウ」(岩崎恵) ………… 0968
「塔京ソウルウィザーズ」(愛染猫太郎)
　…………………………………… 0020
「東京ダモイ」(鏑木蓮) ………… 1932
「東京タワー オカンとボクと、時々、オ
　トン」(リリー・フランキー) … 7443
「東京のカナダっぺ」(土門冽) … 4634
「東京のロビンソン」(金子きみ) … 1906
「東京パック」(横倉辰次) ……… 7261
「東京ヴァンパイア・ファイナンス」(真
　藤順丈) ………………………… 3544

634　　　　　　　　文学賞受賞作品総覧 小説篇

作品名索引　　　　　　　　　　　　　　　　　ときの

「東京プリズン」(赤坂真理) …………… 0107
「同居離婚」(出雲井晶) …………………… 0697
「峠」(山田赤磨) ………………………… 7078
「凍蛍」(田畑茂) ………………………… 4239
「闘鶏」(神部龍平) ……………………… 2109
「峠越え」(伊東潤) ……………………… 0784
「道化師」(藤野健吾) …………………… 5856
「道化師の蝶」(円城塔) ………………… 1179
「凍結幻想」(西口典江) ………………… 5053
「峠の棲家」(岡松和夫) ………………… 1446
「峠の念仏踊り」(水木亮) ……………… 6431
「峠の春は」(栗林佐知) ………………… 2478
「道元禅師」(立松和平) ………………… 4151
「道元の風」(陽羅義光) ………………… 5645
「道元の冒険」(井上ひさし) …………… 0871
「投降のあとさき」(伯井重行) ………… 5241
「透光の樹」(高樹のぶ子) ……………… 3843
「凍港へ」(柳瀬直子) …………………… 6952
「碯山の梨」(仁木英之) ………………… 5036
「東寺の霧」(大田倭子) ………………… 1309
「頭状花」(多賀多津子) ………………… 3812
「同心円」(野坂昭如) …………………… 5160
「桃仙娘々伝」(藤原美里) ……………… 5896
「盗賊娘はお国のために」(淡路帆希) … 0455
「燈台鬼」(南条範夫) …………………… 5014
「灯台視察船羅州丸」(山下悦夫) ……… 7047
「燈台の火」(三阪水鉄) ………………… 6386
「闘茶－私本 珠光記－」(加藤正明) … 1873
「道中双六」(秋山正香) ………………… 0168
「疼痛の履歴」(間紋太郎) ……………… 5245
「とうとうたらり たらりら たらり」(滝
　川野枝) ………………………………… 4003
「道徳の時間」(呉勝浩) ………………… 2586
「東独のヒルダ」(角田房子) …………… 4439
「糖度30」(望月雄吾) …………………… 6755
「道頓堀の雨に別れて以来なり」(田辺聖
　子) ……………………………………… 4202
「闘婆」(石和仙衣) ……………………… 0593
「等伯」(安部龍太郎) …………………… 0341
「登攀」(小尾十三) ……………………… 1650
「盗癖」(井上利和) ……………………… 0863
「逃亡」(小島泰介) ……………………… 2676
「逃亡」(帚木蓬生) ……………………… 5383
「逃亡」(松本清張) ……………………… 6268
「東北呪禁道士」(大林憲司) …………… 1380
「動脈列島」(清水一行) ………………… 3397

「透明な季節」(梶龍雄) ………………… 1759
「東明の浜」(尾崎昌躬) ………………… 1557
「東名ハイウエイバス・ドリーム号」(井
　口泰子) ………………………………… 0530
「同盟罷工」(荒畑寒村) ………………… 0416
「トウヤのホムラ」(小泉八束) ………… 2597
「頭山」(舟里映) ………………………… 5907
「蟷螂」(岩田恒徳) ……………………… 0976
「燈籠流」(浅野笛秋) …………………… 0236
「塔はそこにある」(媛ひめる) ………… 5635
「ドS魔女の×××」(藍上ゆう) ……… 0004
「遠いアメリカ」(常盤新平) …………… 4577
「遠い海から来たCOO」(景山民夫) … 1736
「遠い記憶」(冬川文子) ………………… 5927
「遠い国からの殺人者」(笹倉明) ……… 3054
「遠い翼」(豊永寿人) …………………… 4642
「遠い農協」(風間透) …………………… 1754
「遠い日の墓標」(小郷穆子) …………… 1547
「遠い土産」(原元) ……………………… 5483
「遠い山なみをもとめて」(小川薫) …… 1461
「十日の菊」(三島由紀夫) ……………… 6404
「遠き今」(堂迫充) ……………………… 4537
「遠き山に日は落ちて」(佐伯一麦) …… 2900
「遠き落日」(渡辺淳一) ………………… 7507
「遠くへ行く船」(多々良安朗) ………… 4119
「遠くて浅い海」(ヒキタクニオ) ……… 5565
「とおせんぼ岬の少年」(みさきみちこ)
　…………………………………………… 6393
「遠田の蛙」(深山亮) …………………… 6610
「遠火の馬子唄」(暖文兵) ……………… 5001
「遠見と海の物語」(高村圭子) ………… 3975
「通りゃんせ」(藤原侑貴) ……………… 5899
「都会の牧歌」(浮島吉之) ……………… 1049
「十勝平野」(上西晴治) ………………… 1025
「戸川幸夫動物文学全集」(戸川幸夫) … 4571
「トギオ」(太朗想史郎) ………………… 4273
「時をきざむ潮」(藤本泉) ……………… 5881
「刻を曳く」(後藤みな子) ……………… 2719
「時が滲む朝」(楊逸) …………………… 7254
「時泥棒と椿姫の夢」(辻村七子) ……… 4401
「時に佇つ」(佐多稲子) ………………… 3073
「時の悪魔と三つの物語」(ころみごや)
　…………………………………………… 2826
「時のアラベスク」(服部まゆみ) ……… 5338
「時の潮」(高井有一) …………………… 3818
「時のなかに」(岩田典子) ……………… 0977
「時の渚」(笹本稜平) …………………… 3065

文学賞受賞作品総覧 小説篇　　　　　　　　　　　　　　　　635

ときの　　　　　　　　　作品名索引

「時載りリンネの冒険―イクリージアスティアーズ―」(清野静) ……………… 3696

「ドキュメンタリーはお好き？」(鈴原レイ) …………………………………… 3662

「トーキョー・クロスロード」(濱野京子) ……………………………………… 5407

「トーキョー下町ゴールドクラッシュ！」(角埜杞真) ……………………… 1888

「時は今…」(井野酔雲) ………………… 0847

「時は静かに戦慄く」(木宮条太郎) …… 6744

「毒」(木村清治) ……………………… 2279

「徳川家康」(山岡荘八) ……………… 6974

「徳川魔退伝」(桃園直秀) …………… 6777

「独裁者の夢・陥落前夜」(三木孝一) … 6368

「毒殺魔の教室」(塔山郁) …………… 4555

「ど腐れ炎上記」(中川童二) ………… 4717

「どくだみ」(三好三千子) …………… 6636

「独白するユニバーサル横メルカトル」(平山夢明) ……………………… 5681

「毒―風聞・田中正造」(立松和平) … 4152

「特別の夏休み」(榎木洋子) ………… 1161

「徳山道助の帰郷」(柏原兵三) ……… 1783

「どくりつ!! シンゾーさん」(房部文矢) ……………………………………… 6000

「髑髏庵」(西村真次) ………………… 5079

「時計館の殺人」(綾辻行人) ………… 0384

「時計塔のある町」(古賀千冬) ……… 2652

「溶けた貝」(母田裕高) ……………… 6745

「溶けたらしぽんだ。」(木爾チレン) … 2249

「とげ抜き 新巣鴨地蔵縁起」(伊藤比呂美) ……………………………… 0798

「棘の忠臣」(河童三郎) ……………… 1834

「溶ける闇」(高木敏克) ……………… 3837

「渡座」(佐野嘉昭) …………………… 3157

「屠殺」(川久保流木) ………………… 2022

「年頃」(古荘正朗) …………………… 5967

「都市伝説パズル」(法月綸太郎) …… 5218

「年の残り」(丸谷才一) ……………… 6314

「図書館星の一冊の本」(古川こおと) … 5955

「図書館戦争」(有川浩) ……………… 0428

「ドストエフスキー」(講談社) ……… 2630

「ドストエフスキー」(山城むつみ) … 7060

「土壇場でハリー・ライム」(典厩五郎) ……………………………………… 4506

「途中下車」(高橋文樹) ……………… 3940

「ドッグ・デイズ」(藤枝和則) ……… 5799

「dog pound」(若月香) ……………… 7467

「ドッグファイト」(谷口裕貴) ……… 4227

「突撃中隊の記録」(牧野英二) ……… 6110

「独行船（どっこうせん）」(上甲彰) … 3459

「どっちがネットアイドル？」(須堂項) ……………………………………… 3670

「とっぴんぱらりの風太郎」(万城目学) ……………………………………… 6124

「土手の家」(矢野とおる) …………… 6958

「とても小さな世界」(鈴木小太郎) … 3630

「怒濤の唄」(関川周) ………………… 3714

「怒濤のごとく」(白石一郎) ………… 3495

「ドナーカード～その他〈全てを〉」(千桂賢丈) …………………………… 4316

「隣に良心ありき」(山崎秀雄) ……… 7031

「隣のあの子は魔王様？」(秋山楓) … 0157

「隣りの女」(両角道子) ……………… 6877

「となりのピアニスト」(吉澤薫) …… 7308

「となり町戦争」(三崎亜記) ………… 6389

「怒鳴る内儀さん」(石野緑石) ……… 0656

「殿がくる！」(福田政雄) …………… 5773

「殿様と口紅」(藤原審爾) …………… 5891

「土漠の花」(月村了衛) ……………… 4351

「とばっちり」(矢倉房枝) …………… 6899

「土俵を走る殺意」(小杉健治) ……… 2692

「翔ぶ影」(森内俊雄) ………………… 6815

「翔べ麒麟」(辻原登) ………………… 4382

「跳べ、ジョー！B.Bの魂が見てるぞ」(川上健一) ……………………… 1995

「飛べないシーソー」(島崎ひろ) …… 3366

「とべない蝶々」(仲村かずき) ……… 4849

「翔べよ源内」(小中陽太郎) ………… 2728

「トマト」(日暮花音) ………………… 5579

「トマトの木」(小川真由子) ………… 1481

「トマトのために」(石田祥) ………… 0647

「ドマーニ（明日）」(月村葵) ……… 4347

「止まらない記憶」(織越遥) ………… 1663

「碇泊なき海図」(今井泉) …………… 0912

「とむらい合戦」(弥生はつか) ……… 7176

「戸村飯店 青春100連発」(瀬尾まいこ) ……………………………………… 3706

「友」(有本隆敏) ……………………… 0439

「友井町バスターズ」(水無月ばけら) … 6501

「共喰い」(田中慎弥) ………………… 4173

「友子」(高橋揆一郎) ………………… 3911

「トモスイ」(高樹のぶ子) …………… 3844

「友絶ち」(山本綾乃) ………………… 7130

「ともだちごっこ」(吉乃かのん) …… 7354

作品名索引　　　　　　　　　　　　　　　　なかさ

「友達の彼氏をスキになった。」(tomo4) ………… 4633

「友達の作り方」(愛洲かりみ) ………… 0017

「ともだちは緑のにおい」(工藤直子) …… 2402

「ともに在る、ともに生きる」(沢村ふう子) ……………………………… 3200

「伴林光平」(上司小剣) ……………… 1951

「友待つ雪」(木下訓成) ……………… 2256

「土用の海」(川島徹) ………………… 2036

「土曜の夜の狼たち」(川村久志) ……… 2071

「土曜日の夜 The Heart of Saturday night」(光山明美) ……………… 6487

「トライアル」(菊池瞳) ……………… 2122

「トライアル&エラー」(伊園旬) …… 0709

「トライアルウイーク」(森田修二) …… 6838

「虎が来る」(赤江行夫) ……………… 0095

「どらきゅら綺談」(香山純) ………… 1975

「ドラゴンキラーあります」(海原育人) ……………………………… 1104

「ドラゴン・デイズ」(咲田哲宏) …… 2987

「ドラゴンは姫のキスで目覚める」(夜野しずく) …………………… 6955

「Draglight/5つ星と7つ星」(下村智恵理) ……………………… 3436

「トラッシュ」(山田詠美) …………… 7069

「とらばらーま哀歌」(国梓としひで) … 2373

「トラブル街三丁目」(源高志) ……… 6520

「ドラマチック」(荒井登喜子) ……… 0398

「太鼓」(池波正太郎) ………………… 0568

「ドランク チェンジ」(八坂堂蓮) … 6902

「鳥」(山田剛) ………………………… 7084

「鳥を売る」(岡本達也) ……………… 1453

「鶏飼ひのコムミュニスト」(平林彪吾) ……………………………… 5675

「鳥ぐるい抄」(左館秀之助) ………… 3078

「トリスメギトス」(濱崎達弥) ……… 5394

「鳥たちの影」(平瀬誠一) …………… 5661

「鳥たちの闇のみち」(黒田宏治郎) … 2535

「TRIP TRAP トリップ・トラップ」(金原ひとみ) ………………… 1917

「鳥のうた、魚のうた」(小島水青) …… 2684

「とりのなきうた」(氷上恭子) ……… 5561

「鳥の悲鳴」(倉林洋子) ……………… 2466

「トリプルエース」(汐見舜一) ……… 3228

「ドリーミー・ドリーマー」(弥生志郎) ……………………………… 7175

「ドリーム・アレイの錬金術師」(山下欣宏) ……………………… 7058

「ドール」(山下紘加) ………………… 7056

「ドルグオン・サーガ」(にゃお) …… 5112

「どれあい」(中条孝子) ……………… 4773

「トレイス」(板垣真任) ……………… 0711

「泥汽車」(日影丈吉) ………………… 5542

「泥と飛天」(小森好彦) ……………… 2807

「泥人魚」(唐十郎) …………………… 1979

「泥の河」(宮本輝) …………………… 6615

「泥の谷から」(いぬゐじゅん) ……… 0836

「どろぼうの名人」(中里十) ………… 4731

「トロンプルイユの星」(米田夕歌里) … 7416

「ドーン」(平野啓一郎) ……………… 5666

「とんがり」(渡辺利弥) ……………… 7518

「トンコ」(雀野日名子) ……………… 3665

「敦煌」(井上靖) ……………………… 0884

「敦煌の旅」(陳舜臣) ………………… 4323

「とんでるじっちゃん」(大沼珠生) …… 1357

「トンニャット・ホテルの客」(謙東弥) ……………………………… 2567

「とんねるの向こう側」(吉沢敏子) …… 7311

「ドン・ビセンテ」(田中せり) ……… 4176

【 な 】

「ナイトダンサー」(鳴海章) ………… 4996

「ナイトメアオブラプラス」(鷹山誠一) ……………………………… 3986

「ナイフ」(重松清) …………………… 3247

「内部告発者」(滝沢隆一郎) ………… 4014

「ないものツクール！─小森のぞみの大盛り化計画─」(坂井テルオ) …… 2923

「ナイルパーチの女子会」(柚木麻子) … 7233

「ナインレリック・リベリオン」(高槻燦人) ……………………… 3865

「菜穂子」(堀辰雄) …………………… 6043

「直助権兵衛」(長谷川更生) ………… 5288

「長い腕」(川崎草志) ………………… 2026

「長いお別れ」(中島京子) …………… 4754

「長い午後」(井川正史) ……………… 0522

「長い時間をかけた人間の経験」(林京子) ……………………… 5435

「長い道程」(堀和久) ………………… 6042

「永き闘いの序章」(深田俊祐) ……… 5732

「長崎ぶらぶら節」(なかにし礼) …… 4796

「NAGASAKI 夢の王国」(典厩五郎) … 4507

文学賞受賞作品総覧 小説篇　　　　　　　　　637

「長崎ロシア遊女館」(渡辺淳一) ……… 7508
「仲蔵狂乱」(松井今朝子) …………… 6166
「中庭に面した席」(松田幸緒) ……… 6227
「中庭の出来事」(恩田陸) …………… 1672
「中原中也」(大岡昇平) ……………… 1247
「中原昌也 作業日誌 2004→2007」(中原
　昌也) ………………………………… 4834
「長町ひるさがり」(大戸宏) ………… 1349
「ながもち」(松村比呂美) …………… 6253
「中山坂」(古井由吉) ………………… 5948
「長良川」(豊田穣) …………………… 4640
「流れ浮く人々」(井坂浩子) ………… 0589
「流れ灌頂」(峰隆一郎) ……………… 6523
「流れない川」(石原悟) ……………… 0662
「流れない歳月」(中西美智子) ……… 4795
「流れる」(幸田文) …………………… 2624
「凪のあとさき」(北村周一) ………… 2227
「なぎの葉考」(野口冨士男) ………… 5157
「泣き屋」(山下一味) ………………… 7046
「なくこころとさびしさを」(清瀬マオ)
　……………………………………… 2316
「啼く鳥の」(大庭みな子) …………… 1373
「泣くなルヴィニア」(村雨退二郎) … 6698
「投げし水音」(竹中八重子) ………… 4071
「泣けない魚たち」(阿部夏丸) ……… 0333
「名残七寸五分」(後藤翔如) ………… 2716
「梨の木」(早川ゆい) ………………… 5423
「なしのすべて」(高木敦) …………… 3832
「梨の花」(中野重治) ………………… 4806
「梨畑の向こう側」(田中幸夫) ……… 4195
「なずな」(堀江敏幸) ………………… 6051
「謎解きはディナーのあとで」(東川篤
　哉) …………………………………… 5545
「雪崩と熊の物語」(下山俊三) ……… 3438
「夏」(中村真一郎) …………………… 4863
「夏ニ至ル」(井上秀明) ……………… 0874
「ナツェラットの男」(山浦玄嗣) …… 6972
「夏がおわる」(南綾子) ……………… 6510
「夏影」(閏月じゃく) ………………… 3258
「懐かしき友へ──オールド・フレンズ」(井
　上淳) ………………………………… 0858
「なつかしの雨」(藤上貴矢) ………… 5806
「なっこぶし」(宗谷真爾) …………… 3771
「なつそら」(CAMY) ………………… 7549
「夏時計」(古賀けいと) ……………… 2650
「夏と花火と私の死体」(乙一) ……… 1609
「夏の家」(古岡孝信) ………………… 5951

「夏の鶯」(伊藤桂一) ………………… 0773
「夏の鶯」(清松吾郎) ………………… 2320
「夏の宴」(脇真珠) …………………… 7470
「夏の遠景」(伊々田桃) ……………… 0500
「夏のオーバーライト」(永山天乃) … 4910
「夏の終り」(笠原靖) ………………… 1753
「夏の終り」(瀬戸内寂聴) …………… 3735
「夏の終わりのトラヴィアータ」(伊吹有
　喜) …………………………………… 0906
「夏の栞」(佐多稲子) ………………… 3074
「夏の磁力」(東出広隆) ……………… 5547
「夏の砂の上」(松田正隆) …………… 6224
「夏の流れ」(丸山健二) ……………… 6316
「夏の賑わい」(中島俊輔) …………… 4756
「夏の果て」(浜口隆義) ……………… 5392
「夏の果て」(中野まさ子) …………… 4816
「夏の花」(中沢ゆかり) ……………… 4744
「夏の花」(原民喜) …………………… 5479
「夏の淵」(高瀬千図) ………………… 3855
「夏の魔球」(高木敦) ………………… 3833
「夏の水の半魚人」(前田司郎) ……… 6089
「夏の約束」(野野千夜) ……………… 5858
「夏光」(乾ルカ) ……………………… 0839
「夏海紗音と不思議な航海」(直江ヒロ
　ト) …………………………………… 4667
「夏虫色の少女」(黒澤成美) ………… 2531
「夏目漱石の事件簿」(楠木誠一郎) … 2381
「夏よ，光り輝いて流れよ」(野辺慎一) … 5190
「夏は着ぬ！Ⅰ・Ⅱ」(夏海あおい) … 4955
「ななかさんは現実」(鮫島くらげ) … 3162
「七転び」(志川節子) ………………… 3231
「名なし鳥飛んだ」(土井行夫) ……… 4522
「七つの海を照らす星」(七河迦南) … 4967
「ななつのこ」(加納朋子) …………… 1927
「ナナツノノロイ」(北沢) …………… 2196
「七歳美郁と虚構の王」(陸凡鳥) …… 2352
「ナナとリンリン草～ひみつのカギ～」
　(中野天音) ………………………… 4797
「七番目の世界」(中村涼子) ………… 4903
「七姫物語」(高野和) ………………… 3883
「七百二十日のひぐらし」(木倉屋鉦造)
　……………………………………… 2127
「七不思議デビュー」(黒島大助) …… 2532
「7/7のイチロと星喰いゾンビーズ」(羽
　谷ユウスケ) ……………………… 5373
「何を祈る」(福田果歩) ……………… 5766
「ナニカアル」(桐野夏生) …………… 2337

作品名索引　　　　　　　　　　　　にしあ

「なにもしてない」(笙野頼子) ………… 3484
「何もなかった日記」(春名雪風) ……… 5517
「何者」(朝井リョウ) ……………… 0195
「浪速怒り寿司」(長谷川憲司) ……… 5285
「NANIWA捜神記」(栗府二郎) ……… 2481
「ナノの星、しましまの王女、宮殿の秘
　密」(西村文宏) ………………… 5081
「那覇の木馬」(五代夏夫) ……… 2696
「鍋の中」(村田喜代子) ……… 6705
「ナホトカ号の雪辱」(大岩尚志) ……… 1228
「ナポレオン狂」(阿刀田高) ……… 0304
「名前のない表札」(市村薫) ……… 0743
「生首に聞いてみろ」(法月綸太郎) …… 5219
「なまづま」(堀井拓馬) ……… 6045
「ナマハゲ」(富樫孝康) ……… 4566
「なまみこ物語」(円地文子) ……… 1183
「奈美子の冬」(宗宮みちよ) ……… 3769
「涙多摩川」(児島晴浜) ……… 2673
「ナミヤ雑貨店の奇蹟」(東野圭吾) ……… 5551
「なめくじ共和国」(御田祐美子) ……… 1671
「名もない花なんてものはない」(卯月イ
　ツカ) ………………… 1069
「名もなき孤児たちの墓」(中原昌也) …… 4835
「名も無き世界のエンドロール」(行成
　薫) ………………… 7224
「名もなき毒」(宮部みゆき) ……… 6601
「なもなきはなやま」(岩槻優佑) ……… 0978
「名もなき道を」(高橋治) ……… 3898
「奈落」(伊藤孝一) ……… 0777
「ナラタージュ」(島本理生) ……… 3393
「楢山の里へ」(成島俊司) ……… 4992
「楢山節考」(深沢七郎) ……… 5728
「ナラ・レポート」(津島佑子) ……… 4394
「ナリン殿下への回想」(橘外男) ……… 4129
「成恵の世界」(丸川トモヒロ) ……… 6309
「なるたま〜あるいは学園パズル」(玩具
　堂) ………………… 2082
「鳴門崩れ」(池辺たかね) ……… 0570
「なるとの中将」(曽我det二) ……… 3777
「鳴海五郎供述書」(榊原直人) ……… 2940
「なれない」(村崎えん) ……… 6695
「なわとび」(加藤由) ……… 1878
「南海封鎖」(津村敏行) ……… 4462
「なんか島開拓誌」(原岳人) ……… 5477
「南郷エロ探偵社長」(上津虔生) ……… 1023
「南国殉教記」(柳井正夫) ……… 6929
「汝ふたたび故郷へ帰れず」(飯嶋和一) …

………………… 0487
「軟弱なからし明太子」(崎村亮介) …… 2991
「なんじゃもんじゃの木の下で」(水橋朋
　子) ………………… 6450
「南朝の暁星、楠木正儀」(百目鬼涼一
　郎) ………………… 4552
「なんとなく、クリスタル」(田中康夫) … 4192
「南蛮かんぬし航海記」(伊東昌輝) ……… 0800
「南蛮寺門前町別れ坂」(田吉義明) ……… 4272
「南風」(宮内勝典) ……… 6545
「南部牛追唄」(山田野理夫) ……… 7088
「南溟」(山下郁夫) ……… 7045
「南稜七ツ家秘録 七ツの二ツ」(長谷川
　卓) ………………… 5293

【に】

「新島守」(二牛迂人) ……… 5038
「兄ちゃんを見た」(小堀新吉) ……… 2782
「贄のとき」(中野睦夫) ……… 4820
「仁王立ち」(島野一) ……… 3385
「にがい米」(儀村方夫) ……… 7379
「苦い暦」(胸宮雪夫) ……… 6665
「苦い酒」(荒尾和彦) ……… 0408
「二階の王」(名梁和泉) ……… 4973
「似顔絵」(桐生悠三) ……… 2342
「似顔絵」(東野光生) ……… 4546
「二月・断片」(田辺武光) ……… 4206
「にぎやかな湾に背負われた船」(小野正
　嗣) ………………… 1637
「肉骨茶」(高尾長良) ……… 3825
「肉触」(佐藤智加) ……… 3114
「肉食生徒会長サマと草食な俺」(黛まし
　ろ) ………………… 6298
「肉親」(上田良一) ……… 1021
「逃げ口上」(滝本陽一郎) ……… 4019
「逃げ場」(青木礼子) ……… 0056
「逃げ水の見える日」(海月ルイ) ……… 1120
「逃げ道」(北野道夫) ……… 2204
「逃げるやもりと追うやもり」(森田弘
　輝) ………………… 6846
「二剣用心棒」(九鬼蛍) ……… 2354
「濁った激流にかかる橋」(伊藤直行) …… 0480
「ニコライエフスク」(三波利夫) ……… 6512
「虹」(藤井重夫) ……… 5793
「西明り」(野里征彦) ……… 5167

文学賞受賞作品総覧 小説篇　　　　　　　　　　　　639

にしえ　　　　　　　　　作品名索引

「虹へ，アヴァンチュール」（鷹羽十九哉） ……………… 3887
「虹を見たか」（赤江行夫） …………… 0096
「錦」（宮尾登美子） ………………… 6556
「虹と修羅」（円地文子） …………… 1184
「虹の彼方」（小池真理子） ………… 2594
「虹のカマクーラ」（平石貴樹） …… 5651
「虹の切れはし」（水沢秋生） ……… 6433
「西巷説百物語」（京極夏彦） ……… 2305
「虹の谷の五月」（船戸与一） ……… 5910
「西の魔女が死んだ」（梨木香歩） … 4940
「虹の岬」（辻井喬） ………………… 4374
「西日」（倉持れい子） ……………… 2471
「にじふぁそら」（山口たかよ） …… 7002
「虹待ち」（冨士野督子） …………… 5859
「二重奏」（岩下啓亮） ……………… 0972
「二十代は個性の冒険」（幸田シャーミン） ……………………………… 2626
「鰊漁場」（梶野憲三） ……………… 1765
「ニジンスキーの手」（赤江瀑） …… 0090
「にずわい」（多田真梨子） ………… 4114
「贋の偶像」（中村光夫） …………… 4894
「二千七百の夏と冬」（荻原浩） …… 1517
「尼僧とキューピッドの弓」（多和田葉子） ……………………………… 4278
「尼僧の襟」（海月ルイ） …………… 1121
「日月山水図屛風異聞」（小林義彦） 2775
「日常転換期」（野口卓也） ………… 5154
「日日世は好日」（大林宣彦） ……… 1382
「日曜の人達」（入江君人） ………… 0934
「にちようび」（本橋理子） ………… 6762
「日曜日には愛の胡瓜を」（平野純） 5668
「日曜日の翌日はいつも」（相川英輔） …… 0008
「日蝕」（西原啓） …………………… 5067
「日蝕」（平野啓一郎） ……………… 5667
「二・五次元スリーセブンズ」（日暮晶） …………………………… 5580
「二等兵お仙ちゃん」（藤田敏男） … 5839
「ニートなボクが魔術の講師になったワケ」（羊太郎） ………………… 7258
「二度のお別れ」（黒川博行） ……… 2519
「二度の恋」（児島晴浜） …………… 2674
「二度目の太陽」（和泉朱希） ……… 0686
「二人三脚」（古ড孝信） …………… 5952
「二年四組 暴走中！」（朝田雅康） … 0228
「ニノミヤのこと」（長谷川多紀） … 5292
「二番札」（南大沢健） ……………… 6516

「二番目の男」（会田五郎） ………… 0023
「二匹」（鹿島田真希） ……………… 1768
「二百回忌」（笙野頼子） …………… 3485
「日本殺人事件」（山口雅也） ……… 7008
「日本沈没」（小松左京） …………… 2788
「日本について」（吉田健一） ……… 7314
「日本の家郷」（福田和也） ………… 5765
「日本の近世」（朝尾直弘） ………… 0201
「日本の中世」（網野善彦） ………… 0367
「『日本のユダ』と呼ばれて」（伊藤律） … 0809
「日本文化の源流をたずねて」（紲の会）
　　　　……………………………… 1799
「日本文壇史」（伊藤整） …………… 0787
「日本捕虜志」（長谷川伸） ………… 5290
「二万三千日の幽霊」（柏田道夫） … 1782
「にゃんこそば」（渡辺江里子） …… 7499
「ニューオーリンズ・ブルース」（岡田信子） ……………………… 1431
「ニューギニア山岳戦」（岡田誠三） 1428
「ニューヨークのサムライ」（檜山芙二夫） ……………………………… 5642
「女人浄土」（鈴木新吾） …………… 3636
「ニライカナイの空で」（上野哲也） 1028
「ニルヤの島」（柴田勝家） ………… 3322
「楡家の人びと」（北杜夫） ………… 2172
「にわか産婆・漱石」（篠田達明） … 3290
「にわか姫の懸想」（長尾彩子） …… 4696
「鶏が鳴く」（波多野陸） …………… 5322
「鶏騒動」（半田義之） ……………… 5523
「鶏と女と土方」（原田太朗） ……… 5499
「にわとり翔んだ」（合田圭希） …… 2625
「人形」（西堀凜華） ………………… 5070
「仁俠ダディ」（東朔水） …………… 0272
「人形遣い」（賽目和七） …………… 2890
「人形になる」（矢口敦子） ………… 6897
「人形の旅立ち」（長谷川摂子） …… 5291
「人魚姫」（珠城みう） ……………… 4248
「人間いくつになっても 男と女ですね」（吉岡利恵） ……………… 7295
「人間と魔物がいる世界」（扇友太） 1204
「人間のいとなみ」（青野聡） ……… 0066
「人間の運命」（芹沢光治良） ……… 3750
「人間の証明」（森村誠一） ………… 6863
「人間の尊厳と八〇〇メートル」（深水黎一郎） …………………… 5749
「人間の土地」（吉田十四雄） ……… 7331
「ニンゲンバスター九里航平」（灰音ケン

作品名索引　　　　　　　　のあの

ジ）……………………………… 1677
「人間万事塞翁が丙午」（青島幸男）…… 0060
「人間襤褸」（大田洋子）……………… 1323
「妊娠カレンダー」（小川洋子）……… 1486
「人参ごんぼ、豆腐にこんにゃく」（木塚
　昌宏）………………………………… 2157
「忍耐の祭」（山科春樹）……………… 7059

【ぬ】

「脱がせません」（小山タケル）……… 2819
「泥濘城のモンスターとひとりぼっちの
　ココ」（石川宏千花）………………… 0626
「抜け道」（根本幸江）………………… 5141
「ぬしのはなし」（樋口鳳香）………… 5576
「沼地のある森を抜けて」（梨木香歩）… 4941
「沼地の虎」（清水政二）……………… 3399
「塗りこめられた時間」（広松彰）…… 5713
「ぬるい毒」（本谷有希子）…………… 6766
「濡れた心」（多岐川恭）……………… 4001
「ぬんない」（徳永博之）……………… 4584

【ね】

「姉さん」（瀬戸新声）………………… 3729
「姉ちゃんは中二病」（藤孝剛志）…… 5847
「ネオンと三角帽子」（黒岩重吾）…… 2511
「ネガティブハッピー・チェーンソーエッ
　ヂ」（滝本竜彦）……………………… 4017
「ネクスト・エイジ」（野島けんじ）… 5172
「ネクタイの世界」（吉田健至）……… 7316
「ネクラ少女は黒魔法で恋をする」（熊谷
　雅人）………………………………… 2447
「猫を抱いて象と泳ぐ」（小川洋子）…… 1487
「猫か花火のような人」（十八鳴浜鷗）… 2355
「ねこたま」（小林めぐみ）…………… 2769
「猫なで風がふくから」（可珂真弓）…… 1738
「猫にはなれないご職業」（竹林七草）… 4083
「猫の客」（平出隆）…………………… 5652
「猫の生涯」（広岡千明）……………… 5686
「猫のスノウ」（加藤清子）…………… 1854
「ねこのなくような　こえ」（伊族鴻一）… 0778
「猫耳天使と恋するリンゴ」（花間燈）… 5357

「ネコババのいる町で」（滝沢美恵子）…… 4013
「ねこまた妖怪伝」（藤野恵美）……… 5860
「猫目狩り」（橋本紡）………………… 5264
「猫はいません」（柳谷千恵子）……… 6951
「猫は知っていた」（仁木悦子）……… 5033
「ねじまき少女」（金子浩）…………… 1907
「ねじまき少女」（田中一江）………… 4158
「ねじまき少女」（バチガルピ，パオロ）… 5326
「ねじまき鳥クロニクル」（村上春樹）… 6677
「ネージュ・パルファム」（柏崎恵理）… 1780
「捻じれた手」（三輪チサ）…………… 6642
「鼠浄土」（宗谷真爾）………………… 3772
「鼠と肋骨」（脇坂綾）………………… 7471
「ねずみ娘」（宇井無愁）……………… 1000
「熱帯夜」（曽根圭介）………………… 3782
「熱病夢」（香里了子）………………… 2617
「熱風」（長瀬ひろこ）………………… 4778
「熱風」（福明子）……………………… 5752
「寝ても覚めても」（柴崎友香）……… 3318
「ネバーランドの枢」（新井政彦）…… 0402
「涅槃岳」（宮本誠一）………………… 6611
「涅槃の雪」（西條奈加）……………… 2863
「ねぷたが笑った」（木田孝夫）……… 2162
「眠りなき夜」（北方謙三）…………… 2181
「眠りの海」（本多孝好）……………… 6062
「眠りの前に」（二取由子）…………… 5102
「ねむりひめ」（吉川トリコ）………… 7304
「眠り姫の目覚める朝」（前田珠子）… 6091
「ネームレス・デイズ」（上川龍次）… 1941
「眠れぬ川」（松嶋ちえ）……………… 6214
「眠れぬ真珠」（石田衣良）…………… 0643
「眠れる島の王子様」（夏埜イズミ）… 4953
「眠れる聖母〜絵画探偵の事件簿〜」（國
　本まゆみ）…………………………… 2413
「狙うて候」（東郷隆）………………… 4534
「年季奉公」（小松重男）……………… 2789
「年月のあしおと」（広津和郎）……… 5704
「燃焼」（薄井清）……………………… 1065
「粘膜蜥蜴」（飴村行）………………… 0373
「粘膜人間の見る夢」（飴村行）……… 0374

【の】

「ノアの住む国」（北原なお）………… 2217

文学賞受賞作品総覧 小説篇　　　　　　　　641

のいは 作品名索引

「野いばら」(梶村啓二) ……………… 1772
「脳男」(首藤瓜於) ………………… 3451
「濃紺のさよなら」(文野広輝) …… 5923
「脳内治療革命」(柳田邦男) ……… 6944
「脳病院へまゐります。」(若合春侑) …… 7461
「能満寺への道」(藤沢すみ香) …… 5828
「能面殺人事件」(高木彬光) ……… 3831
「農林技官」(遊道渉) ……………… 7212
「ノエル・マジック」(寺田七海) … 4498
「野餓鬼のいた村」(加藤幸子) …… 1879
「野菊の如く 女医第二号 生沢久野の生
  涯」(長谷川美智子) …………… 5299
「野菊の様に」(山口恵以子) ……… 6994
「乃木大将」(林房雄) ……………… 5447
「軒の雫」(沙木実里) ……………… 2981
「残された夫」(田木敏智) ………… 3995
「残された重吉」(橋場忠三郎) …… 5251
「遺されたもの」(井口勢津子) …… 0528
「野ざらし語り」(泉田もと) ……… 0695
「ノスタルジア」(巌谷藍水) ……… 0993
「覘き小平次」(京極夏彦) ………… 2306
「後巷説百物語」(京極夏彦) ……… 2307
「ノックする人びと」(池内広明) … 0537
「NOTTE─異端の十字架─」(弓束しげ
  る) ………………………………… 7232
「ノーティアーズ」(渡辺由佳里) … 7532
「ノーデッド!」(無側迫) ………… 6649
「野天風呂」(大庭芙蓉子) ………… 1366
「能登」(杉森久英) ………………… 3607
「ののの」(太田靖久) ……………… 1321
「ノノメメ、ハートブレイク」(近村英
  一) ………………………………… 2737
「野薔薇の道」(松本富生) ………… 6273
「ノバルサの果樹園」(渡辺伍郎) … 7503
「ノーパンツ・チラリズム」(佐倉唄) … 3001
「野火」(大岡昇平) ………………… 1248
「野ブタ。をプロデュース」(白岩玄) … 3504
「信長」(秋山駿) …………………… 0163
「信長 あるいは戴冠せるアンドロギュヌ
  ス」(宇月原晴明) ……………… 1099
「信長のおもかげ」(志野靖史) …… 3280
「信長の首」(伊ահ沈) ……………… 0796
「伸予」(高橋揆一郎) ……………… 3912
「ノーペイン、ノーゲイン」(山本甲士)
  …………………………………… 7138
「ノベルダムと本の虫」(天川栄人) …… 0344
「のぼうの城」(和田竜) …………… 7493

「ノボさん 小説 正岡子規と夏目漱石」(伊
  集院静) …………………………… 0682
「呑川煩悩流し」(小里直哉) ……… 1656
「蚤の心臓ファンクラブ」(萩原亭) … 5236
「ノーモア・家族」(円つぶら) …… 1174
「乗合馬車」(中里恒子) …………… 4730
「ノルゲ Norge」(佐伯一麦) ……… 2901
「呪われた七つの町のある祝福された一
  つの国の物語」(喜多みどり) … 2169
「野分酒場」(石和鷹) ……………… 0596
「暢気眼鏡」(尾崎一雄) …………… 1551
「ノヴァーリスの引用」(奥泉光) … 1522

【 は 】

「ばあちゃんのBSE」(鶴ヶ野勉) … 4471
「灰色猫のフィルム」(天埜裕文) … 0356
「灰色の海」(草鹿外吉) …………… 2359
「灰色のコンプレックス」(持田美根子)
  …………………………………… 6757
「灰色の電車」(林香織) …………… 5431
「灰色の北壁」(真保裕一) ………… 3559
「煤煙」(花峰生) …………………… 5343
「煤煙の街から」(中元大介) ……… 4905
「BH85」(森青花) ………………… 6791
「梅花二輪」(山名美和子) ………… 7107
「灰被り異聞」(九江桜) …………… 2302
「ハイガールムの魔物」(みなづき志生)
  …………………………………… 6500
「背教者ユリアヌス」(辻邦生) …… 4361
「廃墟に乞う」(佐々木譲) ………… 3043
「ハイキング」(管乃了) …………… 2098
「売国奴」(永瀬三吾) ……………… 4776
「背後の時間」(海堂昌之) ………… 1697
「廃車」(松波太郎) ………………… 6234
「俳人仲間」(滝井孝作) …………… 3997
「ハイスペック・ハイスクール」(緋奈川
  イド) ……………………………… 5606
「ハイデラパシャの魔法」(左能典代) … 3153
「背天紅路」(新八角) ……………… 0297
「背徳ソナタ」(紙上ユキ) ………… 1939
「背徳のメス」(黒岩重吾) ………… 2512
「バイバイ, エンジェル」(笠井潔) … 1743
「灰姫鏡の国のスパイ」(打海文三) … 1076
「HYBRID」(カシュウタツミ) …… 1774

642 文学賞受賞作品総覧 小説篇

「敗北者の群」(佐野順一郎) ……………… 3150	名部宗司) ……………………………… 4205
「バイリンガル」(高林さわ) …………… 3959	「薄命」(吉田荻洲) …………………………… 7330
「バイロケーション」(法条遥) ………… 5995	「薄命記」(織笠白梅) ……………………… 1660
「パイロットフィッシュ」(大崎善生) …… 1278	「パーク・ライフ」(吉田修一) ………… 7322
「ハウスガード」(安岡章太郎) ………… 6912	「伯楽の子」(上田良一) ………………… 1022
「バウルを探して―地球の片隅に伝わる	「幕乱資伝」(松時ノ介) ………………… 6165
秘密の歌―」(川内有緒) …………… 1989	「はぐれ念仏」(寺内大吉) ……………… 4492
「蠅の帝国 軍医たちの黙示録」(帚木蓬	「博浪沙異聞」(狩野あざみ) …………… 1922
生) ………………………………………… 5384	「端黒豹紋」(海辺鷹彦) ………………… 1123
「覇王の娘～外つ風は琥珀に染まる～」	「破軍の星」(北方謙三) ………………… 2182
(市瀬まゆ) ……………………………… 0731	「激しい夏」(太田博子) ………………… 1318
「覇壊の宴」(日昌晶) ……………………… 5644	「化け猫音頭」(松嶋ちえ) ……………… 6215
「ハガキ職人カタギ!」(風カオル) …… 1795	「ハケンアニメ!」(辻村深月) ………… 4405
「墓じまい」(佐野透) ……………………… 3151	「はけん小学生」(池田史) ……………… 0555
「バガージマヌパナス」(池上永一) …… 0540	「はけん小学生」(劉絹子) ……………… 7437
「博士の愛した数式」(小川洋子) ……… 1488	「覇権の標的 (ターゲット)」(阿川大樹)
「博多豚骨ラーメンズ」(木崎ちあき) …… 2134	………………………………………… 0129
「儚い者たち」(ERINA) ………………… 1173	「破獄」(吉村昭) …………………………… 7371
「ハガネノツルギ～死でも二人を別てな	「箱庭」(三浦朱門) ………………………… 6332
い～」(無嶋樹了) ……………………… 4943	「箱のうちそと」(田口佳子) …………… 4027
「墓場の野師」(仁田義男) ……………… 5101	「箱の夫」(吉田知子) …………………… 7333
「バーガンディ色の扉」(ジンスキー, 京	「箱部～東高引きこもり同好会～」(小川
子) ………………………………………… 3534	博史) ……………………………………… 1478
「萩家の三姉妹」(永井愛) ……………… 4669	「葉桜が来た夏」(夏海公司) …………… 4956
「掃き溜めエデン」(犬浦香魚子) ……… 0842	「葉桜の季節に君を想うということ」(歌
「履き忘れたもう片方の靴」(大石圭) …… 1215	野晶午) …………………………………… 1074
「白雨録」(井上梨花) ……………………… 0895	「橋/サドンデス」(伊良子序) ………… 0929
「白銀新生ゼストマーグ」(天埜冬景) …… 0355	「はしか犬」(稲村格) …………………… 0833
「白銀の民」(琉架) ………………………… 7446	「はしご」(廣田菜穂) …………………… 5698
「白磁の人」(江宮隆之) ………………… 1172	「橋茶屋」(大倉桃郎) …………………… 1267
「白春」(竹田真砂子) ……………………… 4064	「ハシッシ・ギャング」(小川国夫) …… 1466
「白盾騎士団・営業部」(方波見咲) …… 1821	「橋の上から」(川勝篤) ………………… 1991
「白色の残像」(坂本光一) ……………… 2968	「橋の上の少年」(菅野雪虫) …………… 3574
「爆心」(青来有一) ………………………… 3700	「橋の下と僕のナイフ」(岡田美津穂) …… 1436
「剣製博物館」(泉秀樹) ………………… 0689	「端島の女」(西木正明) ………………… 5050
「パークチルドレン」(石野文香) ……… 0653	「はじまらないティータイム」(原田ひ
「バクト!」(海冬レイジ) ……………… 1698	香) ………………………………………… 5503
「白鳥に乗られた王子様」(石岡琉衣) …… 0611	「始まりの日は空へ落ちる」(久賀理世)
「伯備線の女―断腸亭異聞」(三ツ木茂)	………………………………………… 2353
………………………………………… 6481	「はじまりの骨の物語」(五代ゆう) …… 2697
「博物館の思い出」(和泉正幸) ………… 0691	「はじめてのお客さん」(山根幸子) …… 7114
「白芙蓉」(田村西男) ……………………… 4260	「初めの愛」(坂上弘) …………………… 2935
「白泡の記」(川浪樗弓) ………………… 2048	「パジャマラマ」(山本恒彦) …………… 7143
「幕末京都大火余話 町人剣 高富屋晃造」	「場所」(瀬戸内寂聴) …………………… 3736
(沢良木和生) ……………………………… 3202	「走る男」(上原秀樹) …………………… 1033
「幕末薩摩」(郷原建樹) ………………… 2647	「走るジイサン」(池永陽) ……………… 0560
「幕末魔法士―Mage Revolution―」(田	「走れトマホーク」(安岡章太郎) ……… 6913

はしれ   作品名索引

「走れ！僕らの明日へ」（近藤沙紀） ……… 2836
「バージン・ロードをまっしぐら」（鈴木
　多郎） ……………………………………… 3644
「破水」（南木佳士） ………………………… 4936
「パスカルの恋」（駒井れん） ……………… 2783
「バスケット通りの人たち」（矢吹透） …… 6964
「バスストップの消息」（嶋本達嗣） ……… 3391
「破線のマリス」（野沢尚） ………………… 5169
「裸の王様」（開高健） ……………………… 1690
「裸の女王」（荒井登喜子） ………………… 0399
「裸の捕虜」（鄭承博） ……………………… 4478
「肌ざわり」（尾辻克彦） …………………… 1611
「裸足」（木崎さと子） ……………………… 2133
「裸足と貝殻」（三木卓） …………………… 6373
「はだしの小源太」（喜安幸夫） …………… 2295
「二十歳の朝に」（木田拓雄） ……………… 2164
「働かざるもの」（三輪克巳） ……………… 6639
「はたらく魔王さま！」（和ケ原聡司） …… 7469
「ハチカヅキ！」（壱日千次） ……………… 0733
「八月の獲物」（森純） ……………………… 6789
「八月の午後」（立原正秋） ………………… 4135
「八月のマルクス」（新野剛志） …………… 3552
「八月の路上に捨てる」（伊藤たかみ） …… 0792
「八十四円のライター」（木下真一） ……… 2261
「八代目団十郎の死」（霜川遠志） ………… 3421
「蜂の殺意」（関口ふさえ） ………………… 3720
「ハチの巣とり名人」（宮沢輝夫） ………… 6586
「パチプロ・コード」（伽古屋圭市） ……… 1740
「八枚の奇跡」（本田緋兎美） ……………… 6066
「はちみつ」（市井沙名） …………………… 0718
「パチンコ玉はUFO、ブルーのビー玉は
　地球」（烏丸にひる） ……………………… 1097
「バッカーノ！」（成田良悟） ……………… 4990
「白球残映」（赤瀬川隼） …………………… 0111
「白球と爆弾」（朝倉宏景） ………………… 0214
「髪魚」（鈴木善徳） ………………………… 3651
「発狂」（角田喜久雄） ……………………… 4436
「バックミラーの空漠」（福田道夫） …… 5774
「初恋タイムスリップ」（樹香梨） ………… 3447
「初恋物語」（井上靖） ……………………… 0885
「初恋は坂道の先へ」（藤石波矢） ………… 5798
「発酵部屋」（田中由起） …………………… 4194
「初子さん」（赤染晶子） …………………… 0113
「PASSION」（キノ） ………………………… 2251
「八丁堀慕情・流刑の女」（押川國秋） …… 1571
「But Beautiful」（沢木まひろ） ………… 3180

「服部半蔵の陰謀」（沢田直大） …………… 3188
「初音の日」（梅田丘匠） …………………… 1128
「ハッピーハウス」（結城真子） …………… 7205
「初雪」（獅子文六） ………………………… 3254
「果つる底なき」（池井戸潤） ……………… 0535
「パーティー」（山名良介） ………………… 7108
「パーティーのその前に」（久藤冬貴） …… 2403
「果てなき渇きに眼を覚まし」（深町秋
　生） ………………………………………… 5744
「果てなき旅」（日向康） …………………… 5610
「派手浴衣」（志村白汀） …………………… 3418
「葉照りの中で」（佐野正芳） ……………… 3155
「破天の剣」（天野純希） …………………… 0353
「覇道鋼鉄テッカイオー」（八針来夏） …… 5328
「覇道の城」（尾山晴繁） …………………… 1653
「鳩を食べる」（中野勝） …………………… 4817
「鳩とクラウジウスの原理」（松尾佑一）
　……………………………………………… 6186
「パートナー」（正木陶子） ………………… 6131
「鳩の撃退法」（佐藤正午） ………………… 3105
「バードメン」（澁谷ヨシユキ） …………… 3345
「バトルカーニバル・オブ・猿」（春日部
　タケル） …………………………………… 1786
「鼻」（曽根圭介） …………………………… 3783
「花合せ―濱次お役者双六一」（田牧大
　和） ………………………………………… 4249
「花いちもんめ」（新光江） ………………… 0296
「華岡青洲の妻」（有吉佐和子） …………… 0446
「花落ちて未だ掃かず」（坂野雄一） ……… 2965
「花を運ぶ妹」（池澤夏樹） ………………… 0545
「花を運ぶ妹」（文藝春秋） ………………… 5982
「花籠」（永井荷風） ………………………… 4672
「花がたみ」（藤井登美子） ………………… 5795
「花腐し」（松浦寿輝） ……………………… 6177
「鼻毛と小人と女の子」（桜糀乃々子） …… 3021
「花氷」（松本清張） ………………………… 6269
「花衣ぬぐやまつわる…」（田辺聖子） …… 4203
「花ざかりの夜」（松田志乃ぶ） …………… 6222
「話、聞きます」（門倉暁） ………………… 1883
「花捨て」（不二今日子） …………………… 5788
「ハナづらにキツいのを一発」（三羽省
　吾） ………………………………………… 6484
「花園のサル」（神田茜） …………………… 2089
「花園の迷宮」（山崎洋子） ………………… 7035
「花畳」（夏芽涼子） ………………………… 4961
「花束」（横瀬信子） ………………………… 7262
「花と少年」（片瀬二郎） …………………… 1817

644   文学賞受賞作品総覧 小説篇

作品名索引　　　　　　はるい

「花に眩む」(彩瀬まる) ･･･････････････ 0383
「花に抱かれて」(武陵蘭) ･･･････････ 5942
「華日記―昭和いけ花戦国史」(早坂暁)
　　　　　　　　　　　　　　　　　 5425
「花に問え」(瀬戸内寂聴) ･･････････ 3737
「花に降る千の翼」(月本ナシオ) ･･･ 4352
「花の御所」(稲垣史生) ･･････････････ 0819
「鼻の周辺」(風見治) ･･･････････････ 1756
「花の独身」(伊藤幸子) ･････････････ 0779
「花の名前」(向田邦子) ･････････････ 6655
「花の碑」(友谷蒼) ･･･････････････････ 4629
「花の巫女」(三木聖子) ･････････････ 6367
「花の魔女」(青谷真未) ･････････････ 0070
「花の下にて春死なむ」(北森鴻) ･･･ 2236
「花のれん」(山崎豊子) ･････････････ 7028
「花火」(江坂遊) ･････････････････････ 1154
「花火」(山本利雄) ･･･････････････････ 7146
「花火師丹十」(緑川玄三) ･･･････････ 6490
「花びら、ひらひらと」(大高ミナ) ･････ 1329
「花びら餅」(大矢風子) ･････････････ 1401
「散華(はなふる)之海」(森岡泉) ･･･ 6818
「パナマを越えて」(本間剛夫) ･･････ 6072
「花まんま」(朱川湊人) ･････････････ 3449
「花見の仇討」(宮田隆) ･････････････ 6589
「花村凜子の傘」(榛野文美) ･････････ 5518
「はなもよう」(杉元晶子) ･･･････････ 3590
「華やかな死体」(佐賀潜) ･･･････････ 2918
「花雪小雪」(佐藤ちあき) ･･･････････ 3110
「花宵道中」(宮木あや子) ･･･････････ 6562
「花嫁の父」(依田茂夫) ･････････････ 7405
「離れ猿」(森野昭) ･･･････････････････ 6852
「花はさくら木」(辻原登) ･･･････････ 4383
「花は桜よりも華のごとく」(河合ゆう
　み) ･････････････････････････････････ 1988
「翅と虫ピン」(周防柳) ･････････････ 3566
「パパイヤのある街」(龍瑛宗) ･･････ 7436
「ははうえのひみつ」(きとうひろえ) ･･･ 2248
「母への皆勤賞」(桐生悠三) ･････････ 2343
「羽ばたきの中で」(高山あつひこ) ･･･ 3984
「母の遺産―新聞小説」(水村美苗) ･･･ 6455
「パパのおしごと」(正木斗周) ･･････ 6132
「バーバーの肖像」(早乙女朋子) ･････ 2914
「ばばの手紙」(森繁杏子) ･･･････････ 6826
「母のない子と子のない母と」(壺井栄)
　　　　　　　　　　　　　　　　　 4446
「母の肉」(塩塚夢) ･･･････････････････ 3217
「パパの分量」(竹村肇) ･････････････ 4091

「母よ」(青野聡) ･････････････････････ 0067
「パーフェクト・ガーデン」(山本瑤) ･･･ 7165
「ハーフドームの月」(宮城正枝) ･････ 6564
「派兵」(第3部・第4部)(高橋治) ･･･ 3899
「パーボ・スロプタ」(古林邦和) ･････ 5975
「浜津脇溶鉱炉」(家坂洋子) ･････････ 0504
「ハミザベス」(栗田有起) ･･･････････ 2477
「はみだし会」(森当) ･･･････････････ 6779
「ハミングで二番まで」(香納諒一) ･･･ 1929
「食む」(由布木皓人) ･･･････････････ 7194
「ハーモニー」(伊藤計劃) ･･･････････ 0776
「波紋」(徳見萢子) ･･･････････････････ 4585
「破門」(黒川博行) ･･･････････････････ 2520
「破門の記」(山村直樹) ･････････････ 7124
「薔薇忌」(皆川博子) ･･･････････････ 6496
「パラサイト・イヴ」(瀬名秀明) ･････ 3741
「原島弁護士の処理」(小杉健治) ･････ 2693
「ハラスのいた日々」(中野孝次) ･････ 4802
「パラダイス・スネーク」(久留寿シュ
　ウ) ･･･････････････････････････････ 2491
「パラダイスファミリー」(島田理聡) ･･･ 3379
「パラダイス ルネッサンス」(谷瑞恵) ･･･ 4218
「腹鼓記」(井上ひさし) ･････････････ 0872
「薔薇という名の馬」(蓮見恭子) ･････ 5271
「バラード・イン・ブルー」(森真沙子)
　　　　　　　　　　　　　　　　　 6798
「薔薇に雨」(東堂燦) ･･･････････････ 4541
「薔薇の鏨音」(菊池佐紀) ･･･････････ 2121
「パラノイア7」(一条理希) ･････････ 0729
「パラノイド」(伊坂尚仁) ･･･････････ 0585
「腹の底から力が」(河西和代) ･･････ 1741
「パララバ ―Parallel lovers―」(静月遠
　火) ･････････････････････････････････ 3259
「波乱万丈☆青春生き残りゲーム―魔王
　殿下と勇者の私―」(真朝ユヅキ) ･････ 6074
「バリアクラッカー」(囲恭之介) ･･････ 1739
「ハリウッドを旅するブルース」(岑亜紀
　良) ･････････････････････････････････ 6522
「はりをのむ」(吉岡真由) ･･･････････ 7294
「ハリガネムシ」(吉村萬壱) ･････････ 7381
「パリの朝」(奈良迫ミチ) ･･･････････ 4985
「玻璃の家」(松本寛大) ･････････････ 6258
「パリのため息」(南ゆう子) ･････････ 6515
「ハリー・ポッター」シリーズ(静山社)
　　　　　　　　　　　　　　　　　 3692
「針谷の小説」(針谷卓史) ･･･････････ 5514
「春一番」(木下訓成) ･･･････････････ 2257

文学賞受賞作品総覧 小説篇　　　　　　645

「春を待ちつゝ」(木村恒) …… 2282
「春を待つクジラ」(加藤清子) …… 1855
「はるがいったら」(飛鳥井千砂) …… 0265
「はるか海の彼方に」(高遠砂夜) …… 3869
「はるかな町」(三岸あさか) …… 6376
「遙かなるニューヨーク」(橋本康司郎) …… 5257
「遙かなる山なみ」(山岸雅恵) …… 6989
「春来る鬼」(須知徳平) …… 3668
「春子の竹ボウキ」(藪本孝一) …… 6965
「春子のバラード」(片山ゆかり) …… 1828
「はるさんの日記」(古厩志津子) …… 5976
「春紫苑物語」(新田次郎) …… 5099
「パルタイ」(倉橋由美子) …… 2465
「バルタザールの遍歴」(佐藤亜紀) …… 3087
「春告鳥」(三阪水銹) …… 6387
「春とボロ自転車」(志村雄) …… 3417
「パルナッソスへの旅」(相沢正一郎) …… 0015
「春にとけゆくものの名は」(湊ようこ) …… 6509
「春楡の木」(藤井貞和) …… 5792
「春の音」(広津桃子) …… 5711
「春の訪れ」(根本大輝) …… 5140
「春の終り」(一ノ瀬綾) …… 0735
「春の川」(桂木和子) …… 1845
「春の草」(石川利光) …… 0630
「春の皇后」(出雲井晶) …… 0698
「春の坂」(上林暁) …… 2102
「春の城」(阿川弘之) …… 0131
「春の手品師」(大島真寿美) …… 1297
「春の伝言板」(小林栗奈) …… 2755
「春の砦」(藤森益弘) …… 5887
「春の庭」(柴崎友香) …… 3319
「春の館」(原田孔平) …… 5495
「春の雪」(山本勇一) …… 7164
「春の夜」(原口夭々) …… 5492
「春の夜の夢のごとく 新平家公達草子」(篠綾子) …… 3271
「バルバラ異界」(萩尾望都) …… 5229
「春妃(はるひ)～デッサン」(村山由佳) …… 6726
「春彼岸」(東しいな) …… 0273
「ハルビン・カフェ」(打海文三) …… 1077
「バルベスタールの秘婚」(平川深空) …… 5657
「ハルマヘラの鬼」(幕内克蔵) …… 6125
「パレスチナから来た少女」(大石直紀) …… 1218
「パレード」(吉田修一) …… 7323
「晴れ時どき正義の乙女」(宮崎美由紀) …… 6580
「は～れ部創立! 新入部員(嫁)募集」(月乃御伽) …… 4342
「ハーレムのサムライ」(海庭良和) …… 1700
「ハロー、厄災」(こざわたまこ) …… 2665
「ハワイ? how was it? Vol.1」(黒野アギト) …… 2544
「ハワイッサー」(水野スミレ) …… 6445
「パワー系 181」(墨谷渉) …… 3680
「挽歌」(原田康子) …… 5508
「晩菊」(林芙美子) …… 5449
「反逆者 ～ウンメイノカエカタ～」(弥生翔太) …… 7174
「反逆者たちに祝福を～置き去りの搭の三奇竜～」(鳶月重治) …… 4417
「ハングリー・ブルー」(小柳義則) …… 2809
「飯盒」(西山梅生) …… 5088
「はんこ屋の女房」(樋口範子) …… 5574
「ハンゴンタン」(由真直人) …… 7242
「犯罪」(横光利一) …… 7274
「燔祭」(八王子琴子) …… 5325
「ハンザキ」(宮川顕二) …… 6559
「万事ご吹聴」(召田喜和子) …… 6739
「晩秋の客」(難波田節子) …… 5021
「晩鐘」(佐藤愛子) …… 3085
「盤上のアルファ」(塩田武士) …… 3218
「盤上の夜」(宮内悠介) …… 6550
「半所有者」(河野多恵子) …… 2640
「韓素音の月」(茅野裕城子) …… 1972
「半生」(大谷藤子) …… 1340
「半世記」(高貝弘也) …… 3829
「ハンセン病療養所」(冬敏之) …… 5924
「晩霜の朝」(高橋惟文) …… 3919
「熊猫(ぱんだ)の囁き」(邢彦) …… 2564
「蕃地」(坂口䙥子) …… 2949
「パンツァーポリス1935」(川上稔) …… 2011
「パンツ・ミーツ・ガール」(為三) …… 4270
「半島」(松浦寿輝) …… 6178
「半島を出よ」(幻冬舎) …… 2580
「半島を出よ」(村上龍) …… 6690
「半島の芸術家たち」(金聖珉) …… 2345
「板東武神俠」(中里融司) …… 4732
「半島へ」(稲葉真弓) …… 0829
「パントマイム」(夏目千代) …… 4960
「パンドラ・アイランド」(大沢在昌) …… 1287

作品名索引　　　ひたみ

「般若陰」（大鷹不二雄）……………… 1327
「般若心経 いのちの対話」（玄侑宗久）… 2584
「般若心経 いのちの対話」（柳澤桂子）… 6940
「犯人に告ぐ」（雫井脩介）…………… 3262
「晩年の抒情」（関川周）……………… 3715
「晩年の弟子」（小川栄一）…………… 1470
「万能による無能のための狂想曲」（水月
　紗鳥）………………………………… 6423
「パンのなる海、緋の舞う空」（木島たま
　ら）…………………………………… 2153
「パンパスグラスの森で」（狸）……… 4234
「パンパスの祝福」（高橋やまね）…… 3948
「ハンヒニー・ボウィータ」（アザミ）… 0248
「はんぶんのイチ」（飛山裕一）……… 4608
「半分のふるさと―私が日本にいたとき
　のこと」（李相琴）…………………… 0469
「叛乱」（立野信之）…………………… 4148
「伴侶」（岩橋邦枝）…………………… 0986

【ひ】

「ピアニシモ」（辻仁成）……………… 4363
「日出づる国のアリス」（三上洸）…… 6356
「日出る処の天子の願い」（鳥海孝）… 4647
「比叡炎上」（佐藤弘夫）……………… 3120
「比叡を仰ぐ」（藤本恵子）…………… 5879
「ピエタ」（大島真寿美）……………… 1298
「冷える」（中渡瀬正晃）……………… 4932
「非オタの彼女が俺の持ってるエロゲに
　興味津々なんだが」（滝沢慧）……… 4012
「被害妄想彼氏」（アポロ）…………… 0342
「東に向かう道」（正大喜一）………… 6138
「光」（日野啓三）……………………… 5620
「ひかり駆ける」（吉田勉）…………… 7329
「光抱く友よ」（高樹のぶ子）………… 3845
「光と影」（渡辺淳一）………………… 7509
「光の戦士たち」（大内曜子）………… 1229
「ひかりの途上で」（峯澤典子）……… 6525
「光の中へ消えた大おばあちゃん」（宝生
　房子）………………………………… 5996
「ひかりのまち―nerim's note」（長谷川
　昌史）………………………………… 5298
「光の魔法使い」（椎野美由貴）……… 3212
「光の山」（玄侑宗久）………………… 2585
「光の領分」（津島佑子）……………… 4395

「光降る精霊の森」（藤原瑞記）……… 5897
「光る入江」（新谷清子）……………… 3535
「光る女」（小檜山博）………………… 2780
「光る大雪」（小檜山博）……………… 2781
「ピカルディーの三度」（鹿島田真希）… 1769
「光の射す方へ」（赤井晋一）………… 0086
「彼岸へ」（齊藤洋大）………………… 2888
「彼岸獅子舞の村」（前田新）………… 6086
「彼岸先生」（島田雅彦）……………… 3373
「彼岸バス」（みごなごみ）…………… 6384
「ひきこもり卒業マニュアル」（中川勝
　文）…………………………………… 4720
「引き籠り迷路少女」（漆土龍平）…… 3267
「緋魚」（犬飼和雄）…………………… 0843
「燧火」（神堀一郎）…………………… 3529
「美琴姫様騒動始末」（結城恭介）…… 7193
「蜩ノ記」（葉室麟）…………………… 5417
「蜩（ひぐらし）」（一色るい）……… 0757
「日暮れての道」（竹中正）…………… 4070
「日暮れの前に」（野島千恵子）……… 5174
「ひげ」（高橋宏）……………………… 3938
「微光」（伊庭高明）…………………… 0900
「飛行機レトロ」（萩野千影）………… 5233
「Because of you」（宇木聡史）……… 1047
「ピコラエヴィッチ紙幣―日本人が発行
　したルーブル札の謎」（熊谷敬太郎）… 2440
「陽射し」（中石海）…………………… 4692
「飛車を追う」（篠鷹之）……………… 3277
「微笑」（広津和郎）…………………… 5705
「美少女を嫌いなこれだけの理由」（遠藤
　浅蜊）………………………………… 1188
「美少女ロボットコンテスト」（興津聡
　史）…………………………………… 1505
「飛翔の村」（西村友里）……………… 5082
「翡翠の旋律」（楠瀬蘭）……………… 2382
「翡翠の封印」（夏目翠）……………… 4959
「ビスクドール」（杉本晴子）………… 3600
「ピストルズ」（阿部和重）…………… 0320
「秘蹟商会」（小山恭平）……………… 2814
「密かな名人戦」（小川栄一）………… 1471
「BITTER。○」（秋桜）……………… 0137
「ヒタキの愛」（佐々智佳子）………… 3081
「火田の女」（泉淳）…………………… 0687
「Ｐ・Ｗ・ヴェラエティー俘虜演芸会」（山
　口清次郎）…………………………… 7000
「陽だまりのブラジリアン」（楽月慎）… 7425
「ビタミンＦ」（重松清）……………… 3248

文学賞受賞作品総覧 小説篇　　　**647**

ひたり　　　　　　　　　　　作品名索引

「左側を歩め」（田宮釧）‥‥‥‥‥‥‥‥ 4254
「左手に告げるなかれ」（渡辺容子）‥‥‥ 7533
「美談の出発」（川村晃）‥‥‥‥‥‥‥‥ 2068
「ピーチガーデン」（青田八葉）‥‥‥‥‥ 0062
「飛蝶」（新田純子）‥‥‥‥‥‥‥‥‥‥ 5095
「ビッグボーナス」（ハセベバクシン
　　オー）‥‥‥‥‥‥‥‥‥‥‥‥‥‥‥ 5306
「羊をめぐる冒険」（村上春樹）‥‥‥‥‥ 6678
「羊かひ」（市川露葉）‥‥‥‥‥‥‥‥‥ 0727
「ひっそりとして，残酷な死」（小林仁
　　美）‥‥‥‥‥‥‥‥‥‥‥‥‥‥‥‥ 2764
「尾てい骨」（熊谷宗秀）‥‥‥‥‥‥‥‥ 2442
「ヒデブー」（斧田のびる）‥‥‥‥‥‥‥ 1642
「秀吉と利休」（野上弥生子）‥‥‥‥‥‥ 5144
「日照り雨」（田村初美）‥‥‥‥‥‥‥‥ 4266
「秘伝」（高橋治）‥‥‥‥‥‥‥‥‥‥‥ 3900
「悲田院」（梁雅子）‥‥‥‥‥‥‥‥‥‥ 6928
「人を喰らう建物」（門前典之）‥‥‥‥‥ 6884
「ヒトカケラ」（星家なこ）‥‥‥‥‥‥‥ 6008
「人喰い」（笹沢左保）‥‥‥‥‥‥‥‥‥ 3056
「一桁の前線」（二鬼薫子）‥‥‥‥‥‥‥ 5034
「人質の朗読会」（小川洋子）‥‥‥‥‥‥ 1489
「ひとすじの髪」（西本陽子）‥‥‥‥‥‥ 5086
「ひとの樹」（山本道子）‥‥‥‥‥‥‥‥ 7159
「人のセックスを笑うな」（山崎ナオコー
　　ラ）‥‥‥‥‥‥‥‥‥‥‥‥‥‥‥‥ 7030
「人柱」（王遍浬）‥‥‥‥‥‥‥‥‥‥‥ 1203
「ひとびとの跫音」（司馬遼太郎）‥‥‥‥ 3304
「獄の海」（西原健次）‥‥‥‥‥‥‥‥‥ 5069
「一人」（原トミ子）‥‥‥‥‥‥‥‥‥‥ 5480
「一人暮らしアパート発・Wao・ブラン
　　ド」（小沼まり子）‥‥‥‥‥‥‥‥‥ 2735
「独り群せず」（北方謙三）‥‥‥‥‥‥‥ 2183
「ヒトリコ」（額賀澪）‥‥‥‥‥‥‥‥‥ 5124
「独楽（ひとりたのしみ）」（島村洋子）‥ 3390
「ひとり日和」（青山七恵）‥‥‥‥‥‥‥ 0079
「雛を弔う」（津川有香子）‥‥‥‥‥‥‥ 4337
「ヒナギクのお茶の場合」（多和田葉子）
　　‥‥‥‥‥‥‥‥‥‥‥‥‥‥‥‥‥‥ 4279
「日向の王子」（柳原隆）‥‥‥‥‥‥‥‥ 6949
「ひなた屋ドーナツ」（井上佳穂）‥‥‥‥ 0894
「B29の行方」（花木深）‥‥‥‥‥‥‥‥ 5348
「ひねくれ一茶」（田辺聖子）‥‥‥‥‥‥ 4204
「微熱」（小原美治）‥‥‥‥‥‥‥‥‥‥ 1649
「微熱狼少女」（仁川高丸）‥‥‥‥‥‥‥ 5031
「日の移ろい」（島尾敏雄）‥‥‥‥‥‥‥ 3359
「悲の器」（高橋和巳）‥‥‥‥‥‥‥‥‥ 3904

「緋の風」（祐未みらの）‥‥‥‥‥‥‥‥ 7245
「火の壁」（伊野上裕伸）‥‥‥‥‥‥‥‥ 0877
「日輪の神女」（篠崎紘一）‥‥‥‥‥‥‥ 3282
「若火之燎于原」（ねずみ正午）‥‥‥‥‥ 5138
「火ノ児の剣」（中路啓太）‥‥‥‥‥‥‥ 4745
「日乃出が走る―浜風屋菓子話」（中島久
　　枝）‥‥‥‥‥‥‥‥‥‥‥‥‥‥‥‥ 4761
「日の果てから」（大城立裕）‥‥‥‥‥‥ 1303
「火の山―山猿記」（津島佑子）‥‥‥‥‥ 4396
「ビハインド・ザ・マスク」（勝浦雄）‥‥ 1832
「緋帛紗」（秋玲瓏）‥‥‥‥‥‥‥‥‥‥ 0136
「美白屋のとんがり屋根」（畔地里美）‥‥ 0284
「火花」（又吉直樹）‥‥‥‥‥‥‥‥‥‥ 6158
「Bハナブサへようこそ」（内山純）‥‥‥ 1093
「雲雀は鳴かず」（和巻耿介）‥‥‥‥‥‥ 7546
「非々国民」（本山袖頭巾）‥‥‥‥‥‥‥ 6767
「ビブリア古書堂の事件手帖―栞子さん
　　と奇妙な客人たち」（三上延）‥‥‥‥ 6357
「秘聞　武田山嶽党」（前島不二雄）‥‥‥ 6085
「美貌戦記」（青木弓高）‥‥‥‥‥‥‥‥ 0054
「ひまわり」（あちゃみ）‥‥‥‥‥‥‥‥ 0300
「ひまわり」（黄英治）‥‥‥‥‥‥‥‥‥ 5718
「ひまわりの夏服」（相馬里美）‥‥‥‥‥ 3767
「秘密」（東野圭吾）‥‥‥‥‥‥‥‥‥‥ 5552
「秘密」（平林たい子）‥‥‥‥‥‥‥‥‥ 5674
「秘密結社にご注意を」（新藤卓広）‥‥‥ 3546
「秘密の陰陽師―身代わりの姫と恋する
　　後宮―」（藍川竜樹）‥‥‥‥‥‥‥‥ 0010
「ヒムル、割れた野原」（野木京子）‥‥‥ 5150
「姫騎士オークはつかまりました。」（霧山
　　よん）‥‥‥‥‥‥‥‥‥‥‥‥‥‥‥ 2340
「ひめきぬげ」（小森淳一郎）‥‥‥‥‥‥ 2805
「姫君と女戦士」（廣嶋玲子）‥‥‥‥‥‥ 5694
「秘めた想い」（鳴見風）‥‥‥‥‥‥‥‥ 4997
「火目の巫女」（杉井光）‥‥‥‥‥‥‥‥ 3583
「皇女夢幻変」（片桐樹童）‥‥‥‥‥‥‥ 1812
「ひもじい月日」（円地文子）‥‥‥‥‥‥ 1185
「紐付きの恩賞」（黒郷里鏡太郎）‥‥‥‥ 2526
「非モテの呪いで俺の彼女が大変なこと
　　に」（藤瀬雅輝）‥‥‥‥‥‥‥‥‥‥ 5833
「ヒモの穴」（坂上琴）‥‥‥‥‥‥‥‥‥ 2931
「素見（ひやかし）」（中島要）‥‥‥‥‥ 4750
「百」（色川武大）‥‥‥‥‥‥‥‥‥‥‥ 0939
「百歳」（柴田トヨ）‥‥‥‥‥‥‥‥‥‥ 3327
「百才長寿学入門」（原勝文）‥‥‥‥‥‥ 5474
「百獣の母」（小澤姿子）‥‥‥‥‥‥‥‥ 1565
「百色メガネ」（ふくださち）‥‥‥‥‥‥ 5769

作品名索引　　　　ふうか

「白道」(瀬戸内寂聴) ……………… 3738
「百年杉と斜陽と不発弾」(前山尚士) …… 6099
「百年の旅人たち」(李恢成) ……… 0471
「百年法」(山田宗樹) ……………… 7102
「白夜を旅する人々」(三浦哲郎) … 6339
「ヒャクヤッコの百夜行」(サブ) … 3159
「白蓮れんれん」(林真理子) …… 5453
「ヒヤシンス」(寺坂小迪) ……… 4496
「ピュタゴラスの旅」(酒見賢一) … 3034
「病院船」(瑞岡露泉) ……………… 6407
「病院漂流」(雨宮清子) …………… 0371
「氷河が来るまでに」(森内俊雄) … 6816
「漂砂(ひょうさ)のうたう」(木内昇) … 2112
「氷上のウェイ」(安西花奈絵) …… 0460
「氷雪の花」(川上直志) …………… 2001
「表層生活」(大岡玲) ……………… 1244
「秒速10センチの越冬」(岡崎祥久) …… 1414
「氷点」(三浦綾子) ………………… 6323
「評伝 黒沢明」(堀川弘通) ……… 6054
「評伝 野上彌生子―迷路を抜けて森へ」
　(岩橋邦枝) ……………………… 0987
「評伝 長谷川時雨」(岩橋邦枝) … 0988
「漂泊者のアリア」(古川薫) …… 5954
「漂泊の門出」(笠原淳) …………… 1749
「漂泊の牙」(熊谷達也) …………… 2445
「氷壁」(井上靖) …………………… 0886
「氷壁のシュプール」(篠原正) …… 3295
「漂民」(奥田久司) ………………… 1524
「漂民宇三郎」(井伏鱒二) ………… 0909
「漂流街」(馳星周) ………………… 5278
「漂流巌流島」(高井忍) …………… 3813
「漂流裁判」(笹倉明) ……………… 3055
「漂流者」(神室磐司) ……………… 1965
「漂流物」(車谷長吉) ……………… 2495
「漂流物」(古賀剛) ………………… 2653
「氷輪」(永井路子) ………………… 4689
「比翼くづし」(寺田麗花) ………… 4500
「ヒョタの存在」(神藤まさ子) …… 2093
「火男」(吉来駿作) ………………… 2322
「平井骸惣此中ニ有リ」(田代裕彦) …… 4112
「平賀源内」(桜田常久) …………… 3028
「開かせていただき光栄です」(皆川博
　子) ……………………………… 6497
「平戸島」(神近市子) ……………… 1950
「ひらめきの風」(辻昌利) ………… 4368
「ビリーバーの賛歌」(明利英司) … 6737

「ビリーブ」(鈴木篤夫) …………… 3620
「昼と夜」(長谷川卓) ……………… 5294
「ビルマの竪琴」(竹山道雄) ……… 4101
「ヒーロー」(鳥海帆乃花) ………… 4649
「ヒロコ」(加藤博子) ……………… 1869
「ひろしの四季」(別所三夫) ……… 5985
「ひろすけ童話集」(浜田広介) …… 5400
「広瀬餅」(岩田昭三) ……………… 0974
「拾った剣豪」(志野亮一郎) ……… 3281
「広場の孤独」(堀田善衞) ………… 6034
「鵺」(三木卓) ……………………… 6374
「琵琶歌」(大倉桃郎) ……………… 1268
「ピンクゴム・ブラザーズ」(清野かほ
　り) ……………………………… 2319

【 ふ 】

「ふ」(ねじめ正一) ………………… 5137
「φの方石」(新田周右) …………… 5094
「5ミニッツ4エバー」(音七畔) …… 1622
「ファウスト」(池内紀) …………… 0536
「ファウスト」(集英社) …………… 3443
「ファザーファッカー」(内田春菊) … 1081
「ファースト・ブルース」(松尾光治) …… 6185
「1st・フレンド」(さくまゆうこ) …… 2999
「ファッションショー」(畠ゆかり) … 5313
「ファディダディ・ストーカーズ」(芹澤
　桂) ……………………………… 3749
「ファナイル・ゲーム」(岸間信明) … 2154
「ファミリー」(北村洪史) ………… 2232
「ファミリー・ビジネス」(米谷ふみ子)
　……………………………………… 2803
「ファーレンハイト9999」(朝倉勲) …… 0210
「ファンタジスタ」(星野智幸) …… 6017
「ファンダ・メンダ・マウス」(大間九郎)
　……………………………………… 1392
「FISH IN THE SKY」(岡本蒼) ……… 1448
「フィニッシュ・フラッグ」(橋本雄介)
　……………………………………… 5266
「不意の声」(河野多恵子) ………… 2641
「不意の出来事」(吉行淳之介) …… 7399
「フィリピンからの手紙」(草薙秀一) …… 2367
「封印の女王」(遠沢志希) ………… 4557
「風雲」(海音寺潮五郎) …………… 1680
「風牙」(門田充宏) ………………… 6885

ふうか　　　　　　　　　作品名索引

「風化する女」（木村紅美）　・・・・・・・・・・　2276

「風景」（瀬戸内寂聴）　・・・・・・・・・・・・　3739

「風景男のカンタータ」（耳目口司）　・・・・・　5110

「ふう子のいる街」（森美樹子）　・・・・・・・・　6804

「風歯（ふうし）」（賈名生岳）　・・・・・・・・　0310

「風車の音はいらない」（上田三洋子）　・・・・　1016

「風樹」（福井馨）　・・・・・・・・・・・・・・　5753

「風神送り」（山中公男）　・・・・・・・・・・・　7110

「風塵地帯」（三好徹）　・・・・・・・・・・・・　6634

「風水天戯」（望月もらん）　・・・・・・・・・・　6753

「風船」（柴田和子）　・・・・・・・・・・・・・　3334

「風草」（林吾一）　・・・・・・・・・・・・・・　5442

「風葬の教室」（山田詠美）　・・・・・・・・・・　7070

「風俗十日」（南川潤）　・・・・・・・・・・・・　6518

「風俗人形」（村松駿吉）　・・・・・・・・・・・　6716

「瘋癲」（小山牧子）　・・・・・・・・・・・・・　2821

「風濤」（井上靖）　・・・・・・・・・・・・・・　0887

「夫婦」（荒畑寒村）　・・・・・・・・・・・・・　0417

「夫婦」（白井和子）　・・・・・・・・・・・・・　3489

「封殺組血風録～〈DON〉と呼ばれたくな
　い男」（須藤隆二）　・・・・・・・・・・・・　3673

「風味絶佳」（山田詠美）　・・・・・・・・・・・　7071

「風紋」（足立妙子）　・・・・・・・・・・・・・　0292

「風流尸解記」（金子光晴）　・・・・・・・・・・　1910

「風流冷飯伝」（米山圭伍）　・・・・・・・・・・　7419

「不運な延長線―江夏豊の罠」（渡部雅
　文）　・・・・・・・・・・・・・・・・・・・　7526

「笛」（船山馨）　・・・・・・・・・・・・・・・　5917

「フェアリーエッジ」（あやめゆう）　・・・・・　0386

「フェアリータイムズ～英雄魔術師と囚
　われの乙女～」（山崎里佳）　・・・・・・・　7036

「フェイク」（犬山丈）　・・・・・・・・・・・・　0846

「運命破壊者（フェイト・ブレイカーズ）
　復讐の魔王と策略の皇帝」（三浦良）
　・・・・・・・・・・・・・・・・・・・・・　6348

「フェニックスの弔鐘」（阿部陽一）　・・・・・　0338

「ブエノスアイレス午前零時」（藤沢周）
　・・・・・・・・・・・・・・・・・・・・・　5823

「笛吹けば人が死ぬ」（角田喜久雄）　・・・・・　4437

「フェルメールの少女」（米内乱）　・・・・・・　7407

「舞王―プリンシパル―」（志堂日咲）　・・・・　3269

「フォーゲットミー、ノットブルー」（柚
　木麻子）　・・・・・・・・・・・・・・・・・　7234

「4TEEN フォーティーン」（石田衣良）　・・・　0644

「ふぉん・しいほるとの娘」（吉村昭）　・・・・　7372

「鱗」（田中阿里子）　・・・・・・・・・・・・・　4157

「深い河」（遠藤周作）　・・・・・・・・・・・・　1193

「深い河」（田久保英夫）　・・・・・・・・・・・　4038

「ふがいない僕は空を見た」（窪美澄）　・・・・　2421

「孵化界」（なかじまみさを）　・・・・・・・・・　4765

「深川恋物語」（宇江佐真理）　・・・・・・・・・　1003

「深川発十時五十三分発」（横浜優）　・・・・・　7269

「深川澪通り木戸番小屋」（北原亞以子）
　・・・・・・・・・・・・・・・・・・・・・　2212

「深き流れとなりて」（及川和男）　・・・・・・　1199

「深爪」（浅永マキ）　・・・・・・・・・・・・・　0231

「武官弁護士エル・ウィン」（鏡貴也）　・・・・　1711

「不機嫌な悪魔とおしゃべりなカラスと」
　（二階堂紘嗣）　・・・・・・・・・・・・・・　5029

「不機嫌な人（々）」（原田直澄）　・・・・・・・　5501

「不帰水道」（池田雄一）　・・・・・・・・・・・　0558

「蕗のとう」（来住野彰作）　・・・・・・・・・・　2149

「ブギーポップは笑わない」（上遠野浩
　平）　・・・・・・・・・・・・・・・・・・・　1887

「福梅」（細谷地真由美）　・・・・・・・・・・・　6027

「ふくさ」（菅野照代）　・・・・・・・・・・・・　3573

「復讐」（橋爪勝）　・・・・・・・・・・・・・・　5249

「復讐するは我にあり」（佐木隆三）　・・・・・　2983

「福寿草」（中原洋一）　・・・・・・・・・・・・　4836

「福の神」（葛城範子）　・・・・・・・・・・・・　1849

「伏魔殿社会保険庁を解体せよ」（岩瀬達
　哉）　・・・・・・・・・・・・・・・・・・・　0973

「福耳を持った男の話」（里村洋子）　・・・・・　3142

「伏竜伝―始皇帝の封印」（瀬川由利）　・・・・　3711

「フクロウ男」（朱川湊人）　・・・・・・・・・・　3450

「梟の城」（司馬遼太郎）　・・・・・・・・・・・　3305

「袋小路の男」（絲山秋子）　・・・・・・・・・・　0815

「ふくわらい」（西加奈子）　・・・・・・・・・・　5042

「武家用心集」（乙川優三郎）　・・・・・・・・・　1619

「普賢」（石川淳）　・・・・・・・・・・・・・・　0618

「不幸大王がやってくる」（平金魚）　・・・・・　3804

「不幸な家族」（千葉亜夫）　・・・・・・・・・・　4305

「ブサイク犬のなやみ」（山村アンジー）
　・・・・・・・・・・・・・・・・・・・・・　7122

「ふざけろ」（くぼ田あずさ）　・・・・・・・・・　2425

「ふざけんな，ミーノ」（永石拓）　・・・・・・　4693

「富士川」（鬼丸智彦）　・・・・・・・・・・・・　1626

「ふしぎうさぎの大ぼうけん」（川内侑
　子）　・・・・・・・・・・・・・・・・・・・　1990

「ふしぎな犬フラワー」（樋浦知子）　・・・・・　5538

「ふしぎな町のまっかなもみじ」（山田
　萌々）　・・・・・・・・・・・・・・・・・・　7103

「プシスファイラ」（天野邊）　・・・・・・・・・　0357

「不死鳥」（清谷閑子）　・・・・・・・・・・・・　2317

650　　　　　　　　　　　　　　文学賞受賞作品総覧　小説篇

「武士道哀話」(中嶋隆) ……………… 4760
「富士の茜に」(山上藤吾) ………… 6979
「藤野先生」(霜川遠志) …………… 3422
「富士北麓・忍野の民話と民謡」(後藤義隆) ……………………………………… 2725
「藤村の礼状」(田律子) …………… 4504
「プシュケープリンセス」(刈野ミカタ) ……………………………………… 1983
「浮上」(田野武裕) ………………… 4236
「腐蝕色彩」(冬木鋭介) …………… 5930
「腐蝕の構造」(森村誠一) ………… 6864
「武人立つ」(安本暎) ……………… 6925
「無粋なやつら」(森田裕之) ……… 6847
「不随の家」(広谷鏡子) …………… 5700
「ふすまのむこうの」(波利摩未香) … 5512
「舞台役者の孤独」(玄月) ………… 2571
「再びの青春」(国本衛) …………… 2412
「ふたつの家のちえ子」(今村葦子) … 0920
「二つの山河」(中村彰彦) ………… 4844
「二つの宣言」(生田崇二) ………… 4252
「二つの火」(藤瀬光哉) …………… 5834
「二つのボール」(砂田弘) ………… 3675
「ブタになったお姉ちゃん」(アイカ) … 0006
「豚の神さま」(横山さやか) ……… 7277
「フタのマネーゲーム」(久世禄太) … 2394
「豚の報い」(又吉栄喜) …………… 6157
「双葉は匂ふ」(林与茂三) ………… 5458
「ふたり」(高野紀子) ……………… 3877
「ふたりぐらし」(丸山史) ………… 6318
「二人妻」(熙於志) ………………… 5685
「二人づれ」(常夏) ………………… 3455
「ふたりだけの記憶」(滝沢浩平) … 4007
「二人で始める世界征服」(おかざき登) ……………………………………… 1411
「二人乗り」(平田俊子) …………… 5662
「二人の老人」(阿見本幹生) ……… 0368
「ふたりぼっち」(村上健太郎) …… 6671
「豚は飛んでもただの豚？」(涼木行) … 3627
「不断煩悩」(山東厭花) …………… 3205
「不忠臣蔵」(井上ひさし) ………… 0873
「不沈戦艦 紀伊」(子竜螢) ……… 3518
「復活祭のためのレクイエム」(新井千裕) ……………………………………… 0397
「ぶつかる夢ふたつ」(戸梶圭太) … 4565
「仏教福祉のこころ—仏教の先達に学ぶ」(新保哲) ……………………… 3556
「仏陀を買う」(近藤紘一) ………… 2834

「ブッタの垣根」(柏木抄蘭) ……… 1775
「降ってきた姫」(花井俊子) ……… 5345
「仏法僧ナチス陣営に羽搏く」(橋本録多) ……………………………………… 5267
「プツン」(まきのえり) …………… 6111
「不定期船 宝洋丸」(椋本一期) … 6650
「ふなうた」(木枯舎) ……………… 6758
「舟形光背」(小田武雄) …………… 1588
「船霊」(沢哲也) …………………… 3174
「船若寺穴蔵覚書」(東条元) ……… 4539
「不人情噺」(森本平三) …………… 6868
「舟を編む」(三浦しをん) ………… 6329
「船に乗れ！」(藤谷治) …………… 5850
「船はどこへ行く」(片岡正) ……… 1801
「ブバリヤの花」(田中耕作) ……… 4162
「吹雪の系譜」(中村豊) …………… 4899
「不法所持」(菊村到) ……………… 2126
「史子(ふみこ)」(本荘浩子) ……… 6059
「不眠症奇譚」(与田Kee) ………… 7404
「不毛地帯」(山崎豊子) …………… 7029
「不夜城」(馳星周) ………………… 5279
「冬」(中村真一郎) ………………… 4864
「浮游」(宮本ས蔵) ………………… 6620
「冬を待つ季節」(志摩佐木男) …… 3350
「冬霞」(福岡青河) ………………… 5761
「冬がはじまる」(小出まゆみ) …… 2599
「冬子の場合」(炭釜宗允) ………… 3677
「冬の海女」(山本輝久) …………… 7145
「冬のカンナ」(樋口てい子) ……… 5572
「冬の梢」(原応青) ………………… 5473
「冬の小太郎」(浜田広介) ………… 5401
「冬のコラージュ」(平井敦貴) …… 5647
「冬の旅」(辻原登) ………………… 4384
「冬の動物園」(入江和生) ………… 0933
「冬のねじ鳥」(高川ひびき) ……… 3830
「冬のノクターン」(馬場由美) …… 5379
「冬の日の幻想」(久和まり) ……… 2552
「冬の宿」(阿部知二) ……………… 0331
「武揚伝」(佐々木譲) ……………… 3044
「プライベート・ライブ」(山口洋子) … 7013
「ブラインドi・諦めない気持ち」(米田京) ………………………………… 7415
「ブラインドサイト」(嶋田洋一) … 3377
「ブラインドサイト」(ワッツ，ピーター) ………………………………… 7544
「ブラウン管の中の彼女」(のらね) … 5216

ふらす　　　　　　　　　　　　　作品名索引

「プラスチック高速桜（スピードチェリー）」（小川顕太）……………… 1467
「プラスチック・トライアングル」（深沢芽衣）……………………………… 5731
「プラスティック・サマー」（竹邑祥太）……………………………………… 4089
「ブラック・ジャック・キッド」（久保寺健彦）…………………………… 2438
「BLACK JOKER」（あくたゆい）……… 0176
「ブラックディスク」（吉田典子）……… 7339
「ブラックロッド」（古橋秀之）………… 5971
「プラトン的恋愛」（金井美恵子）……… 1893
「プラナリア」（山本文緒）……………… 7153
「富良野川辺の或村」（加藤牧星）……… 1872
「プラハからの道化たち」（高柳芳夫）… 3983
「プラ・バロック」（結城充考）………… 7208
「ブラフマンの埋葬」（小川洋子）……… 1490
「フラミンゴの村」（澤西祐典）………… 3194
「ふられ薬」（山口タオ）………………… 7001
「フランドルの冬」（加賀乙彦）………… 1709
「フリーク」（中野沙羅）………………… 4804
「ブリザード」（維住玲子）……………… 0677
「プリザーブドフラワー」（田村初美）… 4267
「フリースタイルのいろんな話」（中井祐治）…………………………………… 4690
「プリズム」（百田尚樹）………………… 5639
「プリズムの夏」（関口尚）……………… 3719
「フリーズ・ムーン」（藤川未央）……… 5812
「Bridge」（堂場瞬一）…………………… 4549
「ブリティッシュ・ミステリアス・ミュージアム」（藤春都）…………………… 5862
「FLEET IN BEING PEARL HERBER」（天宮謙輔）…………………… 0360
「不良少年とレヴューの踊り子」（市橋一宏）…………………………………… 0740
「俘虜記」（大岡昇平）…………………… 1249
「俘虜の花道」（小橋博）………………… 2739
「ふりわけ髪」（志ぐれ庵）……………… 3240
「ふりわけ髪」（高橋嚶々軒）…………… 3897
「プリンセス」（陽未）…………………… 5633
「プリンセスの系譜」（桜木はな）……… 3017
「プリンセスブーケ」（安藤あやか）…… 0462
「不倫と南米」（吉本ばなな）…………… 7393
「ブルー・イン・グリーン」（向井通孝）
………………………………………… 6647
「ぶるうらんど」（横尾忠則）…………… 7259
「震える水」（畔地里美）………………… 0285

「古川」（吉永達彦）……………………… 7350
「ブルキナ、ファソの夜」（櫻沢順）…… 3023
「「ふることぶみ」によせて」（野間ゆかり）……………………………………… 5195
「プールサイド小景」（庄野潤三）……… 3477
「ふるさと」（宮沢すみれ）……………… 6585
「故里」（亀井宏）………………………… 1966
「ふるさと抄」（黒田馬造）……………… 2534
「ふるさとに、待つ」（織江大輔）……… 1658
「ブルジョア」（芹沢光治良）…………… 3751
「ブルースを葬れ」（山田風見子）……… 7092
「ブルックリン」（トビーン、コルム）… 4609
「Beurre・Noisette（ブール・ノアゼット）」（藍上陸）…………………………… 7428
「フルハウス」（柳美里）………………… 7188
「フルホシュタットの魔術士」（尾地雫）
………………………………………… 1604
「ブルーローズ」（浜野冴子）…………… 5409
「フレア」（大鋸一正）…………………… 1251
「BLAIN VALLEY」（瀬名秀明）……… 3742
「プレオー8の夜明け」（古山高麗雄）… 5980
「プレゼント」（高橋結愛）……………… 3949
「プレミアム・プールの日々」（山本文緒）…………………………………… 7154
「前奏曲（プレリュード）」（有為エィンジェル（エンジェル））………………… 0999
「不連続殺人事件」（坂口安吾）………… 2945
「不連続線」（石川真介）………………… 0620
「ブロオニングの照準」（中村獏）……… 4877
「ブロックはうす」（松本薫）…………… 6257
「プロミスト・ランド」（飯嶋和一）…… 0488
「フロムヘル～悪魔の子～」（十色）…… 4528
「プロメテウスの晩餐」（オキシタケヒコ）…………………………………… 1499
「Prologue」（久保田万太郎）…………… 2436
「ブロンズの首」（上林暁）……………… 2103
「フロンタルローブ」（植田文博）……… 1015
「フロンティア、ナウ」（野崎雅人）…… 5165
「腑分けの巧者―蘭学事始異聞」（大野滋）…………………………………… 1360
「ふわっとした穴」（高梨ぽこ）………… 3872
「芬夷行」（佐藤春夫）…………………… 3118
「文久三年・海暗島」（日向六郎）……… 5612
「分校の春」（大田君恵）………………… 1306
「分子レベルの愛」（森誠一郎）………… 6790
「奮戦陸上自衛隊イラク派遣部隊」（小森喜四朗）……………………………… 2804

作品名索引 へゔん

「文壇」(野坂昭如) ……………… 5161
「文壇栄華物語」(大村彦次郎) ……… 1395
「文壇人国記」(大河内昭爾) ……… 1273
「糞尿譚」(火野葦平) ……………… 5614
「墳墓」(黒薮次男) ……………… 2551
「フンボルト海流」(谷恒生) ……… 4215

【へ】

「平安異聞」(泉竹男) …………… 0688
「兵営の記録」(権藤実) ………… 2844
「平家蟹異聞」(奥山景布子) ……… 1541
「閉鎖型エデンのノオト」(伊瀬ネキセ)
……………………………… 0700
「閉鎖病棟」(帚木蓬生) ………… 5385
「ベイスボイル・ブック」(井村恭一) 0927
「ベイスボール★キッズ」(清水てつき)
……………………………… 3402
「平成マシンガンズ」(三並夏) …… 6513
「平成野生家族」(原水音) ………… 5487
「平蔵狩り」(逢坂剛) …………… 1208
「兵卒の鬃」(水上勉) …………… 6416
「兵隊宿」(竹西寛子) …………… 4077
「閉店まで」(下川博) …………… 3423
「ベイビー・シャワー」(山田あかね) … 7062
「平凡な夜」(広津和郎) ………… 5706
「平野の鳥」(岩朝清美) ………… 0959
「並列バイオ」(川上亮) ………… 2012
「北京飯店旧館にて」(中薗英助) … 4779
「×(ペケ)計画予備軍婦人部」(平城山
工) ……………………… 4986
「ベゴと老婆」(岩井川皓二) ……… 0952
「べしみ」(田中兆子) …………… 4180
「へだて」(大石夢幻庵) ………… 1219
「ヘチマと僕と、そしてハヤ」(三船恭太
郎) ……………………… 6538
「ベッティさんは何を見たのか? 愛 運
命、信頼と裏切り、そして強くなるこ
と、死ぬほど辛い事が人を強くする。」
(中濱ひびき) ……………… 4828
「ベッドタイムアイズ」(山田詠美) …… 7072
「ペットの背景」(小倉弘子) ……… 1545
「ベティさんの庭」(山本道子) …… 7160
「ベトナム戦記」(開高健) ………… 1691
「紅栗」(冬川亘) ………………… 5928
「ベネズエラ・ビター・マイ・スウィー

ト」(森田季節) ………………… 6834
「へび苺」(柴田眉軒) …………… 3328
「蛇いちごの周囲」(青木八束) …… 0051
「へびいちごの森」(小酒部沙織) … 1548
「蛇を踏む」(川上弘美) ………… 2006
「蛇師」(多田裕計) ……………… 4116
「蛇と鳩」(丹羽文雄) …………… 5120
「蛇と水と梔子の花」(足塚鰯) …… 0255
「蛇にピアス」(金原ひとみ) …… 1918
「蛇の卵」(中山茅集) …………… 4925
「蛇街」(小野田遙) ……………… 1643
「ペペ&ケルル どろぼう大作戦!」(緒呢
吉乃) ……………………… 3487
「ベラクルス」(堂垣園江) ……… 4530
「ヘリウム24」(黒武洋) ………… 2539
「ベルカ、吠えないのか?」(古川日出
男) ……………………… 5960
「ヘルカム!地獄って、ステキだと思い
ませんか?」(八奈川景晶) …… 6933
「ペルシャの幻術師」(司馬遼太郎) … 3306
「ヘルジャンパー」(須藤万尋) …… 3671
「ヘルマフロディテの体温」(小島てる
み) ……………………… 1573
「伯林―1888年」(海渡英祐) …… 1694
「ベロー・ザ・キャット全仕事」(吉川良
太郎) ……………………… 7307
「ペンギンの水平線」(山木麗子) … 6983
「ペンギンの前で会いましょう」(片山奈
保子) ……………………… 1825
「ペンギン・ハイウェイ」(森見登美彦)
……………………………… 6858
「弁護士探偵物語 天使の分け前」(法坂一
広) ……………………… 5992
「ヘンジン先生奮戦す」(伊東静雄) …… 0781
「変態王子と笑わない猫」(さがら総) … 2975
「編隊飛行」(井上立士) ………… 0860
「変調二人羽織」(連城三紀彦) …… 7456
「変な仇討」(加藤日出太) ……… 1867
「ヘンな椅子」(加藤善也) ……… 1862
「ベンハムの独楽」(小島達矢) …… 2677
「ペンペンのなやみごと」(オオサワチ
カ) ……………………… 1288
「ベンヤミン院長の古文書」(金澤マリ
コ) ……………………… 1896
「変容」(伊藤整) ………………… 0788
「ヘンリエッタ」(中山咲) ……… 4916
「返礼」(富岡多恵子) …………… 4614
「ヘヴン」(川上未映子) ………… 2010

文学賞受賞作品総覧 小説篇 **653**

【 ほ 】

「祝人伝」(朝田武史) ・・・・・・・・・・・・・・・・・・ 0227

「防衛庁特殊偵察救難隊」(中村ケージ) ・・ 4855

「崩壊」(加藤武雄) ・・・・・・・・・・・・・・・・・・・・ 1863

「放課後」(東野圭吾) ・・・・・・・・・・・・・・・・・・ 5553

「放課後図書室」(イアム) ・・・・・・・・・・・・・・ 0475

「放課後百物語」(峰守ひろかず) ・・・・・・・・ 6527

「防鴨河使異聞」(西野喬) ・・・・・・・・・・・・・・ 5066

「蜂窩房」(石河穣治) ・・・・・・・・・・・・・・・・・・ 0619

「防寒具」(伊藤鏡雨) ・・・・・・・・・・・・・・・・・・ 0770

「幇間の退京」(浮世夢介) ・・・・・・・・・・・・・・ 1050

「箒が踊る夜」(藤宮カズキ) ・・・・・・・・・・・・ 5869

「蜂起前夜」(小寺和平) ・・・・・・・・・・・・・・・・ 1613

「望郷」(嘉野さつき) ・・・・・・・・・・・・・・・・・・ 1921

「望郷、海の星」(湊かなえ) ・・・・・・・・・・・・ 6507

「鳳頸の女」(山崎厚子) ・・・・・・・・・・・・・・・・ 7017

「冒険商人アムラフィ―海神ドラムの秘
宝」(中里融司) ・・・・・・・・・・・・・・・・・・・・ 4733

「亡国のイージス」(福井晴敏) ・・・・・・・・・・ 5757

「逢春門」(寺内大吉) ・・・・・・・・・・・・・・・・・・ 4493

「鳳積術」(金重明) ・・・・・・・・・・・・・・・・・・・・ 2270

「暴走社会魔法学」(夏村めめ) ・・・・・・・・・・ 4958

「暴走少女と妄想少年」(木野裕喜) ・・・・・・ 2253

「暴走ラボ(研究所)」(結城辰二) ・・・・・・・・ 7203

「包帯をまいたイブ」(冨士本由紀) ・・・・・・ 5884

「宝塔湧出」(夫馬基彦) ・・・・・・・・・・・・・・・・ 5919

「亡命記」(白藤茂) ・・・・・・・・・・・・・・・・・・・・ 3516

「抱擁」(日野啓三) ・・・・・・・・・・・・・・・・・・・・ 5621

「抱擁家族」(小島信夫) ・・・・・・・・・・・・・・・・ 2681

「謀略銀行」(大塚将司) ・・・・・・・・・・・・・・・・ 1344

「傍流」(森葉治) ・・・・・・・・・・・・・・・・・・・・・・ 6809

「亡霊」(長谷川夕) ・・・・・・・・・・・・・・・・・・・・ 5301

「放浪時代」(龍胆寺雄) ・・・・・・・・・・・・・・・・ 7440

「放浪の血脈」(中野玲子) ・・・・・・・・・・・・・・ 4823

「吼え起つ龍は高らかに」(伊上円) ・・・・・・ 0513

「Whaling Myth―捕鯨神話あるいは鯨
捕りの乱痴気―」(七緒) ・・・・・・・・・・・・ 4965

「鬼灯市」(渡辺真理子) ・・・・・・・・・・・・・・・・ 7528

「鬼燈のえくぼ」(山田集佳) ・・・・・・・・・・・・ 7076

「ほか〻いど」(青沼静哉) ・・・・・・・・・・・・・・ 0063

「ほかならぬ人へ」(白石一文) ・・・・・・・・・・ 3499

「ぽぎわん」(澤村伊智) ・・・・・・・・・・・・・・・・ 3196

「北夷の海」(乾浩) ・・・・・・・・・・・・・・・・・・・・ 0838

「僕が学校を辞めると言った日」(稲泉
連) ・・・・・・・・・・・・・・・・・・・・・・・・・・・・・・・・ 0817

「僕が七不思議になったわけ」(小川晴
央) ・・・・・・・・・・・・・・・・・・・・・・・・・・・・・・・・ 1477

「僕がなめたいのは君っ！」(桜こう) ・・・・ 3002

「北斎殺人事件」(高橋克彦) ・・・・・・・・・・・・ 3909

「北斎の弟子」(佐野文哉) ・・・・・・・・・・・・・・ 3154

「牧場犬になったマヤ」(中島晶子) ・・・・・・ 4757

「北征の人」(滝閑邨) ・・・・・・・・・・・・・・・・・・ 3992

「ほくそ笑む人々」(曽野綾子) ・・・・・・・・・・ 3785

「ぼくたちの〈日露〉戦争」(渡辺毅) ・・・・・・ 7513

「僕たちのホタル」(秋山咲絵) ・・・・・・・・・・ 0161

「僕たちの祭り」(樋口至宏) ・・・・・・・・・・・・ 5578

「僕たちは、いつまでもここにいるわけ
ではない」(久本裕詩) ・・・・・・・・・・・・・・ 5593

「僕たちは、監視されている」(里田和
登) ・・・・・・・・・・・・・・・・・・・・・・・・・・・・・・・・ 3137

「僕って何」(三田誠広) ・・・・・・・・・・・・・・・・ 6468

「僕であるための旅」(梶井俊介) ・・・・・・・・ 1761

「北天双星」(中村朋臣) ・・・・・・・・・・・・・・・・ 4874

「ぼくと相棒」(鹿島春光) ・・・・・・・・・・・・・・ 1767

「ぼくと相棒」(竜口亘) ・・・・・・・・・・・・・・・・ 4138

「北斗 ある殺人者の回心」(石田衣良) ・・・・ 0645

「僕と『彼女』の首なし死体」(白石かお
る) ・・・・・・・・・・・・・・・・・・・・・・・・・・・・・・・・ 3497

「ぼくと92」(山本奈央子) ・・・・・・・・・・・・・・ 7147

「ぼくと桜のアブナイ関係」(小高宏子)
・・・・・・・・・・・・・・・・・・・・・・・・・・・・・・・・・・・・ 1599

「僕と姉妹と幽霊(カノジョ)の約束
(ルール)」(喜多南) ・・・・・・・・・・・・・・・・ 2170

「ぼくとばあちゃんと桜の精」(藍沢羽
衣) ・・・・・・・・・・・・・・・・・・・・・・・・・・・・・・・・ 0013

「僕と不思議な望遠鏡」(石本紫野) ・・・・・・・ 0675

「ぼくと, ぼくらの夏」(樋口有介) ・・・・・・・ 5577

「僕にキが訪れる」(秋梨) ・・・・・・・・・・・・・・ 0149

「僕には彼女が見えない」(霧友正規) ・・・・ 2329

「僕の妹は兄が好き」(8bee) ・・・・・・・・・・・・ 7548

「ぼくのお姉さん」(丘修三) ・・・・・・・・・・・・ 1408

「僕の失敗」(林千翼子) ・・・・・・・・・・・・・・・・ 5443

「ぼくのしっぽ」(黒岩真央) ・・・・・・・・・・・・ 2513

「ぼくの出発」(運上旦子) ・・・・・・・・・・・・・・ 1140

「ぼくのズーマー」(青木祐子) ・・・・・・・・・・ 0052

「僕の戦場日記」(赤川武助) ・・・・・・・・・・・・ 0099

「僕の血を吸わないで」(阿智太郎) ・・・・・・ 0299

「ぼくの不思議なアルバイト」(村上雅
郁) ・・・・・・・・・・・・・・・・・・・・・・・・・・・・・・・・ 6682

「ぼくのブラック・リスト」(花森哲平)
・・・・・・・・・・・・・・・・・・・・・・・・・・・・・・・・・・・・ 5364

「僕僕先生」(仁木英之) ……………… 5037
「北冥日記」(小田武雄) …………… 1589
「ぼくらが大人になる日まで」(深月とも
　み) ………………………………… 5741
「僕らに降る雨」(竹岡葉月) ………… 4051
「ぼくらの時代」(栗本薫) …………… 2485
「僕らの諸事情と、生理的な問題」(河島
　光) ………………………………… 2033
「ぼくらの妖怪封じ」(香西美保) …… 1745
「ボクら星屑のダンス」(佐倉淳一) … 3003
「ぼくらは夜空に月と舞う」(藤沢呼宇)
　……………………………………… 5822
「僕はお父さんを訴えます」(友井羊) … 4626
「僕はかぐや姫」(松村栄子) ………… 6249
「ボクは風になる」(石川美子) ……… 0629
「ぼくはきみのおにいさん」(角田光代)
　……………………………………… 1725
「ぼくはここにいる」(ユール) ……… 7253
「僕はやっぱり気付かない」(望公太) … 5178
「ポケット」(竹内真) ………………… 4048
「ポケットの中の法」(金子浩) ……… 1908
「ポケットの中の法」(バチガルビ, パオ
　ロ) ………………………………… 5327
「誇り高き人々」(吉目木晴彦) ……… 7386
「埃家」(剣先あおり) ………………… 2572
「欲しいのは、あなただけ」(小手鞠る
　い) ………………………………… 2708
「星への旅」(吉村昭) ………………… 7373
「星を継ぐもの」(星野之宣) ………… 6023
「星を創る者たち」(谷甲州) ………… 4214
「星をひろいに」(高橋あい) ………… 3889
「星からの風」(青木健) ……………… 0042
「星屑ビーナス!」(中居真麻) ……… 4684
「母子像」(久生十蘭) ………………… 5584
「星空」(流奈) ………………………… 7447
「星空のマリオネット」(喜多唯志) …… 2165
「星と月は天の穴」(吉行淳之介) …… 7400
「星の衣」(高橋治) …………………… 3901
「星の散るとき」(平坂静音) ………… 5658
「星の光 月の位置」(大迫瑞志郎) …… 1279
「星の世の恋」(新井霊泉) …………… 0407
「星の夜」(斉藤紫軒) ………………… 2872
「星降夜」(田中昭雄) ………………… 4154
「星降る夜は社畜を殴れ」(高橋祐一) … 3950
「星々」(遊部香) ……………………… 0289
「星々の舟」(村山由佳) ……………… 6727
「星宿り」(神月柚子) ………………… 2620

「墓上の涙」(大石霧山) ……………… 1222
「慕情二つ井戸」(加瀬政広) ………… 1796
「戊辰牛方参陣記」(奥山英一) ……… 1540
「戊辰瞽女唄」(相沢武夫) …………… 0016
「歩数計」(田端展) …………………… 4241
「ぽーずは今日もたんしゃに乗る」(米澤
　歩佳) ……………………………… 7411
「細い赤い糸」(飛鳥高) ……………… 0263
「ほそのを」(生田花世) ……………… 0527
「ボーダー&レス」(藤代泉) ………… 5831
「ポータブル・パレード」(吉田直美) … 7336
「ボタ山は枯れても」(井手武雄) …… 0761
「螢川」(宮本輝) ……………………… 6616
「ほたる座」(水野由美) ……………… 6448
「螢の河」(伊藤桂一) ………………… 0774
「蛍の航跡 軍医たちの黙示録」(帚木蓬
　生) ………………………………… 5386
「火垂るの墓」(野坂昭如) …………… 5162
「螢の宿」(藤本義一) ………………… 5875
「HOKKAI」(高樹のぶ子) …………… 3846
「北海道牛飼い抄」(中紙輝一) ……… 4710
「POKKA POKKA」(中川充) ………… 4721
「北帰行」(外岡秀俊) ………………… 3779
「ホック氏の異郷の冒険」(加納一朗) … 1924
「ボックス!」(百田尚樹) …………… 5640
「ぽっくり屋」(夏那靈キチ) ………… 1891
「ぼっけえ、きょうてえ」(岩井志麻子)
　……………………………………… 0945
「墨攻」(酒見賢一) …………………… 3035
「BOCCHES」(千尋) ………………… 4311
「鉄道員」(浅田次郎) ………………… 0224
「ボディ・ダブル」(久遠恵) ………… 2351
「ボディ・メッセージ」(安萬純一) …… 0363
「ボディ・レンタル」(佐藤亜有子) …… 3093
「ぼてこ陣屋」(富永滋人) …………… 4622
「ホテル・カリフォルニアの明けない夜
　明け」(平野依子) ………………… 5670
「ホテル・ザンビア」(稲葉真弓) …… 0830
「ホテルブラジル」(古川春秋) ……… 5957
「ホテルローヤル」(桜木紫乃) ……… 3014
「舗道に唱う」(山本徹夫) …………… 7144
「仏の城」(榊原直人) ………………… 2941
「ポトスライムの舟」(津村記久子) …… 4452
「ポート・タウン・ブルース」(麻生俊平)
　……………………………………… 0288
「ほとゝぎす」(伊藤紫琴) …………… 0780
「ポートレート・イン・ナンバー」(鈴木

ほなす　　　　　作品名索引

隆之）‥‥‥‥‥‥‥‥‥‥‥‥‥‥ *3643*
「ボーナス・トラック」（越谷オサム）‥‥ *2666*
「ほな、またね、メール、するからね」（津
　川有香子）‥‥‥‥‥‥‥‥‥‥‥‥‥ *4338*
「骨」（氏家敏子）‥‥‥‥‥‥‥‥‥‥‥ *1058*
「骨」（近藤弘俊）‥‥‥‥‥‥‥‥‥‥‥ *2841*
「焔をかつぐ」（高橋新吉）‥‥‥‥‥‥‥ *3921*
「炎と鉄の装甲兵」（ハヤケン）‥‥‥‥‥ *5424*
「焔の記録」（湯浅克衛）‥‥‥‥‥‥‥‥ *7180*
「炎の暦」（森与志男）‥‥‥‥‥‥‥‥‥ *6810*
「炎の日，一九四五年八月六日」（広中俊
　雄）‥‥‥‥‥‥‥‥‥‥‥‥‥‥‥‥ *5712*
「墓標なき草原」（楊海英）‥‥‥‥‥‥‥ *7256*
「ぽぷらと軍神」（高橋揆一郎）‥‥‥‥‥ *3913*
「屠る」（飯塚伎）‥‥‥‥‥‥‥‥‥‥‥ *0497*
「火群の館」（春口裕子）‥‥‥‥‥‥‥‥ *5516*
「焔火」（吉村龍一）‥‥‥‥‥‥‥‥‥‥ *7383*
「ホムンクルス」（森田一正）‥‥‥‥‥‥ *6833*
「ホモ・スーペレンス」（小笠原慧）‥‥‥ *1418*
「ホモ・ビカレンス創世記」（武宮閣之）
　‥‥‥‥‥‥‥‥‥‥‥‥‥‥‥‥‥‥ *4088*
「洞の中の女神」（檜枝悦子）‥‥‥‥‥‥ *5539*
「ホラ吹きアンリの冒険」（荻野アンナ）
　‥‥‥‥‥‥‥‥‥‥‥‥‥‥‥‥‥‥ *1510*
「ポリエステル系十八号」（真田和）‥‥‥ *3145*
「ポリティカル・スクール」（秋山大事）
　‥‥‥‥‥‥‥‥‥‥‥‥‥‥‥‥‥‥ *0164*
「ボルジア家の人々」（中田耕治）‥‥‥‥ *4782*
「ボルネオ奇談・レシデントの時計」（山
　口源二）‥‥‥‥‥‥‥‥‥‥‥‥‥‥ *6996*
「ボルバの行方」（神園麟）‥‥‥‥‥‥‥ *1948*
「ポル・ポトの掌」（三輪太郎）‥‥‥‥‥ *6641*
「ホロカ」（松倉隆清）‥‥‥‥‥‥‥‥‥ *6200*
「HOROGRAM SEED」（雅彩人）‥‥‥‥ *6597*
「滅びのモノクローム」（三浦明博）‥‥‥ *6322*
「ボロボロ」（田中小実昌）‥‥‥‥‥‥‥ *4165*
「ボロ家の春秋」（梅崎春生）‥‥‥‥‥‥ *1127*
「ホワイトアウト」（真保裕一）‥‥‥‥‥ *3560*
「本格小説」（水村美苗）‥‥‥‥‥‥‥‥ *6456*
「本格推理委員会」（日向まさみち）‥‥‥ *5609*
「本覚坊遺文」（井上靖）‥‥‥‥‥‥‥‥ *0888*
「骨王（ボーンキング）」（野村佳）‥‥‥‥ *5202*
「香港」（邱永漢）‥‥‥‥‥‥‥‥‥‥‥ *2300*
「本日休診」（井伏鱒二）‥‥‥‥‥‥‥‥ *0910*
「本所深川ふしぎ草紙」（宮部みゆき）‥‥ *6602*
「凡人コンプレックス」（黒木サトキ）‥‥ *2522*
「本陣殺人事件」（横溝正史）‥‥‥‥‥‥ *7270*

「本田宗一郎は泣いている」（城山三郎）
　‥‥‥‥‥‥‥‥‥‥‥‥‥‥‥‥‥‥ *3524*
「本多の狐」（羽太雄平）‥‥‥‥‥‥‥‥ *5312*
「盆地の女」（水晶文子）‥‥‥‥‥‥‥‥ *3562*
「本朝甲冑奇談」（東郷隆）‥‥‥‥‥‥‥ *4535*
「本朝算法縁起」（松原幹）‥‥‥‥‥‥‥ *6243*
「PONTIFEX」（葦原青）‥‥‥‥‥‥‥‥ *0260*
「ホーンテッド！」（平坂読）‥‥‥‥‥‥ *5659*
「ホーンテッド・キャンパス」（櫛木理
　宇）‥‥‥‥‥‥‥‥‥‥‥‥‥‥‥‥ *2377*
「煩悩」（崎村裕）‥‥‥‥‥‥‥‥‥‥‥ *2990*
「本の話」（由起しげ子）‥‥‥‥‥‥‥‥ *7220*
「本の魔法」（司修）‥‥‥‥‥‥‥‥‥‥ *4330*
「奔馬」（高森真士）‥‥‥‥‥‥‥‥‥‥ *3979*
「盆祭りの後に」（森田由紀）‥‥‥‥‥‥ *6848*
「本屋さんのダイアナ」（柚木麻子）‥‥‥ *7235*
「ほんやり姫と黒いマントの老婆」（永井
　美智子）‥‥‥‥‥‥‥‥‥‥‥‥‥‥ *4685*

【ま】

「舞い上がる島」（矢元竜）‥‥‥‥‥‥‥ *7173*
「舞扇」（数野和夫）‥‥‥‥‥‥‥‥‥‥ *1790*
「舞い落ちる村」（谷崎由依）‥‥‥‥‥‥ *4230*
「迷子屋」（相川貢）‥‥‥‥‥‥‥‥‥‥ *0012*
「マイナス因子」（木崎巴）‥‥‥‥‥‥‥ *2135*
「毎日大好き！」（高橋ななを）‥‥‥‥‥ *3933*
「マイ・ハウス」（田畑茂）‥‥‥‥‥‥‥ *4240*
「マイブルー・ヘブン」（田中千佳）‥‥‥ *4178*
「マイワールド」（鈴木るりか）‥‥‥‥‥ *3656*
「Mind Parasite」（山原ユキ）‥‥‥‥‥‥ *7121*
「前の店より」（廣瀬楽人）‥‥‥‥‥‥‥ *5696*
「魔王」（伊坂幸太郎）‥‥‥‥‥‥‥‥‥ *0582*
「魔王を孕んだ子宮」（土井建太）‥‥‥‥ *4518*
「魔を穿つレイン」（渚辺環生）‥‥‥‥‥ *6377*
「まおうとゆびきり」（六甲月千春）‥‥‥ *6652*
「魔王の愛」（宮内勝典）‥‥‥‥‥‥‥‥ *6546*
「マカロニ」（中村正常）‥‥‥‥‥‥‥‥ *4886*
「魔魚戦記」（吉村夜）‥‥‥‥‥‥‥‥‥ *7382*
「幕が下りてから」（安岡章太郎）‥‥‥‥ *6914*
「幕切れ」（寺林峻）‥‥‥‥‥‥‥‥‥‥ *4501*
「真葛と馬琴」（小室千鶴子）‥‥‥‥‥‥ *2800*
「マークスの山」（高村薫）‥‥‥‥‥‥‥ *3972*
「マグノリア通り、曇り」（増田忠則）‥‥ *6147*
「マグロてんごく」（高橋瑛理）‥‥‥‥‥ *3894*

656　　　　　　　　　　　　　文学賞受賞作品総覧 小説篇

作品名索引　　　　　　　　　　　まほろ

「負けられないバトル」（星月むく）‥‥‥ 6012
「マー子さん」（柳霧津子）‥‥‥‥‥‥‥ 6939
「マザーズ」（金原ひとみ）‥‥‥‥‥‥‥ 1919
「マサヒロ」（田中文子）‥‥‥‥‥‥‥‥ 4188
「混ざりものの月」（瑞山いつき）‥‥‥‥ 6460
「マシアス・ギリの失脚」（池澤夏樹）‥‥ 0546
「増毛の魚」（藤田武司）‥‥‥‥‥‥‥‥ 5836
「Magicians Mysterion─血みどろ帽子は
　傀儡と踊る─」（神無月セツナ）
　‥‥‥‥‥‥‥‥‥‥‥‥‥‥‥‥‥‥ 2094
「マジックドラゴン」（長屋潤）‥‥‥‥‥ 4908
「マジックランタンサーカス」（一村征
　吾）‥‥‥‥‥‥‥‥‥‥‥‥‥‥‥‥ 0744
「マーシュ大尉の手記」（宮崎一郎）‥‥‥ 6577
「魔術師キリエの始め方」（桜木ゆう）‥‥ 3018
「魔術師の小指」（佐方瑞歩）‥‥‥‥‥‥ 2954
「魔術師は竜を抱きしめる」（ツガワトモ
　タカ）‥‥‥‥‥‥‥‥‥‥‥‥‥‥‥ 4336
「魔術都市に吹く赤い風」（仁木健）‥‥‥ 5035
「魔術はささやく」（宮部みゆき）‥‥‥‥ 6603
「魔女になりたかった」（橘雨璃）‥‥‥‥ 4123
「魔女の息子」（伏見憲明）‥‥‥‥‥‥‥ 5867
「魔女ルミカの赤い糸」（田口一）‥‥‥‥ 4031
「マシーン・マン」（伊坂尚仁）‥‥‥‥‥ 0586
「まずは一報ポプラパレスより」（河出智
　紀）‥‥‥‥‥‥‥‥‥‥‥‥‥‥‥‥ 2046
「マゼンタ100」（日向蓬）‥‥‥‥‥‥‥ 5611
「マーダー・アイアン─万聖節前夜祭─」
　（タタツシンイチ）‥‥‥‥‥‥‥‥‥ 4117
「まだ、いま回復期なのに」（早瀬馨）‥‥ 5465
「また、かきます。」（石津クミン）‥‥‥ 0638
「また、キミに逢えたなら。」（miNato）
　‥‥‥‥‥‥‥‥‥‥‥‥‥‥‥‥‥‥ 6504
「犾物見隊顚末」（葉治英哉）‥‥‥‥‥‥ 5247
「またたびバスツアーへようこそ」（森次
　柚依）‥‥‥‥‥‥‥‥‥‥‥‥‥‥‥ 6851
「またふたたびの道」（李恢成）‥‥‥‥‥ 0472
「斑」（竹沢紫帆）‥‥‥‥‥‥‥‥‥‥‥ 4053
「街の国際娘」（北林透馬）‥‥‥‥‥‥‥ 2209
「街の座標」（清水博子）‥‥‥‥‥‥‥‥ 3407
「町の底」（加堂秀三）‥‥‥‥‥‥‥‥‥ 1859
「街の灯」（丸岡明）‥‥‥‥‥‥‥‥‥‥ 6305
「待ち人は春にやってくる」（山本洋介）
　‥‥‥‥‥‥‥‥‥‥‥‥‥‥‥‥‥‥ 7166
「町は焼かせない」（東天満進）‥‥‥‥‥ 5548
「松ケ岡開懇」（大林清）‥‥‥‥‥‥‥‥ 1379
「松風の家」（宮尾登美子）‥‥‥‥‥‥‥ 6557
「末代まで！」（猫砂一平）‥‥‥‥‥‥‥ 5132

「松田さんの181日」（平岡陽明）‥‥‥‥ 5656
「マッチ売りの偽書」（中島悦子）‥‥‥‥ 4749
「マッチメイク」（不知火京介）‥‥‥‥‥ 3514
「待つ妻」（大石霧山）‥‥‥‥‥‥‥‥‥ 1223
「松前追分」（斎藤渓舟）‥‥‥‥‥‥‥‥ 2867
「松山一家」（郡虎彦）‥‥‥‥‥‥‥‥‥ 2649
「祭りに咲いた波の花」（中野青史）‥‥‥ 4810
「祭りの時」（夏川裕樹）‥‥‥‥‥‥‥‥ 4950
「祭りの場」（林京子）‥‥‥‥‥‥‥‥‥ 5436
「魔笛」（古賀珠子）‥‥‥‥‥‥‥‥‥‥ 2651
「マテリアルゴースト」（葵せきな）‥‥‥ 0034
「惑う朝」（滝口明）‥‥‥‥‥‥‥‥‥‥ 4006
「窓の灯」（青山七恵）‥‥‥‥‥‥‥‥‥ 0080
「窓辺の頬杖」（松浦淳）‥‥‥‥‥‥‥‥ 6173
「まどろむ夜のUFO」（角田光代）‥‥‥ 1726
「マドンナのごとく」（藤堂志津子）‥‥‥ 4545
「俎板橋からずっと」（阿部安治）‥‥‥‥ 0337
「眼差」（藤本ひとみ）‥‥‥‥‥‥‥‥‥ 5883
「真鶴」（川上弘美）‥‥‥‥‥‥‥‥‥‥ 2007
「真夏の車輪」（長岡弘樹）‥‥‥‥‥‥‥ 4705
「真夏のスクリーン」（北原双治）‥‥‥‥ 2215
「マニシェの林檎」（島谷明）‥‥‥‥‥‥ 3380
「魔の海」（松谷健三）‥‥‥‥‥‥‥‥‥ 6228
「魔の影」（山岸恵一）‥‥‥‥‥‥‥‥‥ 6987
「まばたき」（澤田石円）‥‥‥‥‥‥‥‥ 3193
「真昼なのに昏い部屋」（江國香織）‥‥‥ 1151
「真昼へ」（津島佑子）‥‥‥‥‥‥‥‥‥ 4397
「魂込め」（目取真俊）‥‥‥‥‥‥‥‥‥ 6741
「馬淵川」（渡辺喜恵子）‥‥‥‥‥‥‥‥ 7500
「マブリの島」（出水沢藍子）‥‥‥‥‥‥ 0693
「マーブル騒動記」（井上剛）‥‥‥‥‥‥ 0862
「魔法」（山本道子）‥‥‥‥‥‥‥‥‥‥ 7161
「魔法学園（マギスシューレ）の天匙使い」
　（小泊フユキ）‥‥‥‥‥‥‥‥‥‥‥ 2727
「魔法少女☆仮免許」（冬木冬樹）‥‥‥‥ 5937
「魔法少女ほのりは今すぐ辞めたい。」（氷
　高悠）‥‥‥‥‥‥‥‥‥‥‥‥‥‥‥ 5601
「まほし、まほろば」（織田百合子）‥‥‥ 1597
「まほろ駅前多田便利軒」（三浦しをん）
　‥‥‥‥‥‥‥‥‥‥‥‥‥‥‥‥‥‥ 6330
「幻をなぐる」（瀬戸良枝）‥‥‥‥‥‥‥ 3730
「まぼろし日記」（海賀変哲）‥‥‥‥‥‥ 1683
「幻の愛妻」（岩間光介）‥‥‥‥‥‥‥‥ 0991
「幻の朱い実」（石井桃子）‥‥‥‥‥‥‥ 0610
「幻の池」（野元正）‥‥‥‥‥‥‥‥‥‥ 5215
「幻のイセザキストリート」（永嶋公栄）
　‥‥‥‥‥‥‥‥‥‥‥‥‥‥‥‥‥‥ 4755

文学賞受賞作品総覧 小説篇　　　　　　　　657

まほろ　　　　　　　　　　　　作品名索引

「まほろしの王国物語」（小浜ユリ）……… 2744
「幻の女」（香納諒一）………………… 1930
「幻の川」（小田泰正）………………… 1595
「まほろしの記」（尾崎一雄）………… 1552
「幻の声」（宇江佐真理）……………… 1004
「幻のささやき」（井口厚）…………… 0897
「幻の壺」（家坂洋子）………………… 0505
「幻の母」（城戸朱理）………………… 2244
「幻のリニア燃えたカー」（栗進介）… 2474
「幻物語」（駿河台人）………………… 3685
「継子殺」（海賀変哲）………………… 1684
「ママにハンド・クラップ」（青山美智
　子）…………………………………… 0083
「ママは知らなかったのよ」（北原亞以
　子）…………………………………… 2213
「まみぃぽこ！一ある日突然モンゴリア
　ン・デス・ワームになりました」（草薙
　アキ）………………………………… 2364
「魔滅のトーコ」（畑中りんご）……… 5317
「繭」（原久人）………………………… 5486
「繭の見る夢」（空木春宵）…………… 1096
「迷える魔物使い」（柑橘ゆずら）…… 2081
「まよチキ！～迷える執事とチキンな俺
　と～」（あさのハジメ）……………… 0237
「真夜中のアルカイックスマイル」（碧夕
　季里）………………………………… 0031
「真夜中のシスターン」（水木ゆうか）… 6427
「真夜中の自転車」（村田喜代子）…… 6706
「真夜中の少年」（平龍生）…………… 3806
「真夜中のニワトリ」（谷川みのる）… 4223
「真夜中のホウコウ」（久保田大樹）… 2434
「真夜中の列車」（宮本誠一）………… 6612
「マリアの父親」（たくきよしみつ）… 4021
「マリオネットラプソディー」（赤月黎）
　………………………………………… 0116
「マリオ・ボーイの逆説」（弓原望）… 7246
「まり子のこと」（松崎美保）………… 6203
「マリ子の肖像」（村雨貞郎）………… 6697
「マリのさんしん情話」（大石もり子）… 1225
「マルガリータ」（村木嵐）…………… 6693
「マルガリータを飲むには早すぎる」（喜
　多嶋隆）……………………………… 2200
「マルゴの調停人」（木下祥）………… 2259
「マルジャーナの知恵」（木下訓成）… 2258
「マルドゥック・スクランブル」（冲方
　丁）…………………………………… 1115
「○の一途な追いかけかた」（中村みし
　ん）…………………………………… 4891

「マルフーシャ」（南条範夫）………… 5015
「まるまるの毬」（西條奈加）………… 2864
「マレー鉄道の謎」（有栖川有栖）…… 0434
「マロニエの花が言った」（清岡卓行）… 2313
「マンイーター」（津村記久子）……… 4453
「万延元年のフットボール」（大江健三
　郎）…………………………………… 1237
「マンガ肉と僕」（朝香式）…………… 0202
「マンガの神様」（蘇之一行）………… 3786
「満願」（米澤穂信）…………………… 7414
「満月」（三村雅子）…………………… 6539
「マンゴスチンの恋人」（遠野りりこ）… 4562
「満洲は知らない」（吉田知子）……… 7334
「曼珠沙華」（鶴岡一生）……………… 4469
「まんずまんず」（紺野仲右エ門）…… 2849
「曼荼羅道」（坂東眞砂子）…………… 5527
「マンモスの牙」（小山有人）………… 2823

【み】

「みいら採り猟奇譚」（河野多恵子）… 2642
「視えない大きな鳥」（鈴木凛太朗）… 3654
「見えない町」（須海尋子）…………… 3572
「澪標」（外村繁）……………………… 4599
「見かえり峠の落日」（笹沢左保）…… 3057
「見返り美人を消せ」（石井龍生）…… 0604
「見返り美人を消せ」（井原まなみ）… 0903
「三笠の偉大と悲惨」（伊藤正徳）…… 0801
「身代わり忠義」（喜安幸夫）………… 2296
「身代わり伯爵の冒険」（清家未森）… 3691
「みかんちゃんとりんごちゃん」（柴田康
　志）…………………………………… 3330
「未完の告白」（松山照夫）…………… 6280
「未完のファシズム―『持たざる国』日
　本の運命」（片山杜秀）……………… 1827
「右手左手、左手右手」（ふじくわ綾）… 5817
「右と左」（森瀬一昌）………………… 6828
「右の祠」（武重謙）…………………… 4058
「見切り千両」（梶山季之）…………… 1773
「ミクゥさん」（尾木沢響子）………… 1498
「ミクマリ」（窪美澄）………………… 2422
「見越の松」（神谷鶴伴）……………… 1958
「ミコトバヅカイ、参るでござる！」（あ
　さばみゆき）………………………… 0240
「実さえ花さえ」（朝井まかて）……… 0190

「岬」(中上健次) …… 4709
「岬一郎の抵抗」(半村良) …… 5534
「ミサキへ」(榊邦彦) …… 2937
「三崎がよひ」(中村星湖) …… 4869
「岬から翔べ」(川辺為三) …… 2064
「ミサキの一発逆転！」(石川ユウヤ) …… 0628
「岬の気」(野村尚吾) …… 5206
「岬の蛍」(佐藤洋二郎) …… 3132
「未熟なナルシスト達」(杉本りえ) …… 3602
「見知らぬ侍」(岡田秀文) …… 1433
「見知らぬ戦場」(長部日出雄) …… 1562
「水色の川」(宮本誠一) …… 6613
「水色の夏」(赤木里絵) …… 0105
「みずうみ」(細見隆博) …… 6026
「水上往還」(崎山多美) …… 2993
「水木しげ子さんと結ばれました」(真坂マサル) …… 6129
「水際まで」(米沢朝子) …… 7410
「水子地蔵」(沖百百枝) …… 1496
「みすず」(丸岡通子) …… 6307
「水魑の如き沈むもの」(三津田信三) …… 6483
「ミスティ・ガール」(松倉紫苑) …… 6199
「ミステリアス・セブンス―封印の七不思議」(如月かずさ) …… 2139
「ミステリ・オペラ」(山田正紀) …… 7098
「水に埋もれる墓」(小野正嗣) …… 1638
「水に立つ人」(香月夕花) …… 1733
「水になる」(川田みちこ) …… 2041
「水の地図」(鈴木有美子) …… 3650
「水の時計」(初野晴) …… 5340
「水のはじまり」(長田敦司) …… 1558
「水の兵士」(諸藤成信) …… 6882
「水のレクイエム」(牛山初美) …… 1062
「みずは無間」(六冬和生) …… 6661
「ミス・ホームズ 夏色のメモリー」(本田美なつ) …… 6068
「未成年儀式」(彩坂美月) …… 0380
「ミゼリコート」(飯塚朝美) …… 0493
「三たびの海峡」(帚木蓬生) …… 5387
「乱れからくり」(泡坂妻夫) …… 0453
「斑蝥(みちおしえ)」(水足蘭秋) …… 6441
「途暗し」(浜田広介) …… 5402
「迪子とその夫」(飯田章) …… 0498
「みち潮」(上坂高生) …… 1006
「みちづれ」(喜尚晃子) …… 2156
「みちづれ」(三浦哲郎) …… 6340
「道連れ」(南島砂江子) …… 6519
「満ちない月」(中川裕之) …… 4719
「みちのくの人形たち」(深沢七郎) …… 5729
「道之島遠島記」(藤民央) …… 5851
「道寥寥」(海賀変哲) …… 1685
「三日芝居」(三神弘) …… 6358
「光圀伝」(冲方丁) …… 1116
「密告者」(木村嘉孝) …… 2293
「密室殺人ゲーム2.0」(歌野晶午) …… 1075
「密室蒐集家」(大山誠一郎) …… 1403
「mit Tuba(ミット・チューバ)」(瀬川深) …… 3708
「ミッドナイト・ホモサピエンス」(渥美饒児) …… 0302
「三つ巴」(平山蘆江) …… 5682
「密売薬児」(松信春秋) …… 6238
「蜜ビスケット工場」(渋谷江津子) …… 3342
「見つめていたい娘」(長谷川安宅) …… 5282
「密約―オブリガート」(松尾真由美) …… 6184
「密輸入」(田島準子) …… 4108
「密猟者」(寒川光太郎) …… 3160
「密猟者」(和田顯太) …… 7483
「満つる月の如し 仏師・定朝」(澤田瞳子) …… 3186
「みてはいけない」(山口恵以子) …… 6995
「見てはいけない」(狂) …… 2304
「緑色のストッキング」(安部公房) …… 0326
「緑色の濁ったお茶あるいは幸福の散歩道」(山本昌代) …… 7157
「緑のさる」(山下澄人) …… 7048
「緑の草原に……」(田中芳樹) …… 4196
「緑の地平線」(横山美智子) …… 7284
「緑の闇」(香月紗江子) …… 1787
「みなさん、さようなら」(久保寺健彦) …… 2439
「皆月」(花村萬月) …… 5362
「水底の家」(齊藤洋大) …… 2889
「港へ」(青木智子) …… 0048
「ミーナの行進」(小川洋子) …… 1491
「南十字星の女」(窪川稔) …… 2424
「ミニッツ――一分間の絶対時間」(乙野四方字) …… 1623
「ミネさん」(河西美穂) …… 2049
「ミノタウロス」(佐藤亜紀) …… 3088
「みのむし」(三浦哲郎) …… 6341
「みのむし」(山本三鈴) …… 7158
「みのり」(原田重久) …… 5496

みふき　　　　　　　　　　作品名索引

「壬生義士伝」(浅田次郎) ･･････････････ 0225
「身分帳」(佐木隆三) ････････････････････ 2984
「美歩！」(遠田緻) ･･････････････････････ 4558
「未亡人」(田村西男) ････････････････････ 4261
「耳を澄ますと声が聞こえた」(単三Mg)
　･･ 4290
「蚯蚓, 赤ん坊, あるいは砂糖水の沼」(深
　　堀骨) ･･････････････････････････････ 5743
「ミミズクと夜の王」(紅玉いづき) ･･････ 2615
「ミミのこと」(田中小実昌) ･･･････････ 4166
「未明の悪夢」(谺健二) ････････････････ 2704
「未明の闘争」(保坂和志) ･･････････････ 6005
「ミモザの林を」(岩阪恵子) ･･･････････ 0963
「三宅島遠島始末～赦免花の咲く日まで」
　　(牧村圭) ･･････････････････････････ 6120
「宮澤賢治と東北砕石工場の人々」(伊藤
　　良治) ･･････････････････････････････ 0810
「宮島曲」(小林天眠) ･･････････････････ 2758
「深山の桜」(神家正成) ････････････････ 1959
「ミュージック・ブレス・ユー!!」(津村記
　　久子) ･･････････････････････････････ 4454
「ミューズ」(赤坂真理) ････････････････ 0108
「ミューズに抱かれて」(中井由希恵) ･･･ 4691
「妙高の秋」(島村利正) ････････････････ 3389
「苗字買い」(熊田保市) ････････････････ 2449
「妙薬」(桐生祐狩) ････････････････････ 2344
「ミラノ 霧の風景」(須賀敦子) ･･････ 3568
「ミリ・グラム」(森美樹) ･･････････････ 6803
「海松」(稲葉真弓) ････････････････････ 0831
「ミルク」(八田えつこ) ････････････････ 5330
「ミレ」(工藤みのり) ･･････････････････ 2406
「弥勒が天から降りてきた日」(松村哲
　　秀) ････････････････････････････････ 6250
「みんな誰かを殺したい」(射逆裕二) ･･･ 0590
「みんなの秘密」(林真理子) ･･･････････ 5454
「民謡ごよみ」(沙和宋一) ･･････････････ 3173

【 む 】

「無縁の常闇に嘘は香る」(下村敦史) ･･･ 3435
「無縁仏」(池田みち子) ････････････････ 0557
「昔, 火星のあった場所」(北野勇作) ･･･ 2206
「むかしがたり」(津田伸一郎) ･･･････････ 4411
「昔の眼」(服部洋介) ･･････････････････ 5339
「麦熟るる日に」(中野孝次) ･･･････････ 4803

「無機世界へ」(筒井康隆) ･･････････････ 4424
「麦の虫」(川崎敬一) ･･････････････････ 2025
「麦ふみクーツェ」(いしいしんじ) ･･････ 0602
「無窮」(国木田独歩) ･･････････････････ 2409
「椋鳥日記」(小沼丹) ･･････････････････ 1628
「葎の母」(津島佑子) ･･････････････････ 4398
「夢幻史記 游俠妖魅列伝」(真崎雅樹) ･･･ 6133
「無限青春」(原田英輔) ････････････････ 5493
「夢幻の山旅」(西木正明) ･･････････････ 5051
「無限のしもべ」(木下古栗) ･･･････････ 2265
「夢幻の扉」(佐藤巌太郎) ･･････････････ 3095
「無限のマリオン」(桃井あん) ･･････････ 6771
「夢幻花」(東野圭吾) ･･････････････････ 5554
「無限舞台のエキストラ―『流転骨牌(メ
　　タフエシス)』の傾向と対策―」(九重
　　一木) ･･････････････････････････････ 2659
「武蔵野」(吉田初太郎) ････････････････ 7340
「武蔵野インディアン」(三浦朱門) ･･････ 6333
「むさしの手帖」(原田重久) ･･･････････ 5497
「武蔵丸」(車谷長吉) ･･････････････････ 2496
「虫」(坂東眞砂子) ････････････････････ 5528
「虫けらたちの夏」(鈴木新吾) ･･････････ 3637
「蟲と眼球とテディベア」(日日日) ･･････ 0172
「虫のいどころ」(大洞醇) ･･････････････ 1391
「虫のいどころ」(坂井希久子) ･･････････ 2919
「虫封じマス」(立花水馬) ･･････････････ 4130
「無常」(相場秀穂) ････････････････････ 0027
「無情の世界」(阿部和重) ･･････････････ 0321
「無常米」(島一春) ････････････････････ 3348
「無人車」(高林杏子) ･･････････････････ 3961
「無人島に生きる十六人」(須川邦彦) ･･･ 3576
「息子の逸楽」(守島邦明) ･･････････････ 6827
「息子の心, 親知らず」(久田恵) ･･･････ 5587
「息子の時代」(井賢治) ････････････････ 0468
「産霊山秘録」(半村良) ････････････････ 5535
「娘」(吉田春子) ･･････････････････････ 7341
「霧朝」(渡辺渉) ･･････････････････････ 7536
「陸奥甲冑記」(沢田ふじ子) ･･･････････ 3191
「無頭人」(辻井南青紀) ････････････････ 4375
「胸に降る雪」(松嶋ひとみ) ･･･････････ 6217
「無明長夜」(吉田知子) ････････････････ 7335
「無名の虎」(仁志耕一郎) ･･････････････ 5044
「無明の果て」(桜井こゆび) ･･･････････ 3004
「夢遊王国のための音楽」(島田雅彦) ･･･ 3374
「村を助くは誰ぞ」(岩井三四二) ･･･････ 0951
「村上海賊の娘」(和田竜) ･･････････････ 7494

660　　　　　　　　　　　　　　　　文学賞受賞作品総覧 小説篇

作品名索引　　　もしこ

「村上龍映画小説集」(村上龍) ………… 6691
「むらぎも」(中野重治) ………… 4807
「紫の木緑の木」(牛島敦子) ………… 1061
「むらさめ」(金啓子) ………… 2268
「村の名前」(辻原登) ………… 4385
「村の名物」(鈴木好狼) ………… 3652
「村正と正宗」(野口健二) ………… 5153
「無力の王」(粕谷日出美) ………… 1794
「ムーンスベル!!」(尼野ゆたか) ………… 0359

【 め 】

「明暗二人影」(南条三郎) ………… 5009
「明治犬鑑」(小田真紀恵) ………… 1591
「明治新選組」(中村彰彦) ………… 4845
「明治造幣局物語」(向山正家) ………… 6656
「明治二十四年のオウガア」(桂修司) ………… 1838
「明治の女」(菊地真千子) ………… 2124
「明治の青雲」(佐文字雄策(勇策)) …… 3165
「明治零年」(高橋丈雄) ………… 3928
「名人」(芝野武男) ………… 3335
「名推理はミモザにおまかせ!」(月ゆき) ………… 4339
「五月の嵐(メイストーム)」(乾東里子) ………… 0837
「名探偵の証明」(市川哲也) ………… 0724
「名著講義」(藤原正彦) ………… 5894
「冥途あり」(長野まゆみ) ………… 4819
「メイド・イン・ジャパン」(石垣由美子) ………… 0612
「メイド・イン・ジャパン」(黒田晶) …… 2533
「メイドインバトル!」(山口陽) ………… 6990
「鳴動」(川端克二) ………… 2051
「冥土の家族」(富岡多恵子) ………… 4615
「冥土めぐり」(鹿島田真希) ………… 1770
「冥府から来た女」(一刀研二) ………… 0759
「瞑父記」(田能千世子) ………… 4237
「迷路」(野上弥生子) ………… 5145
「メイン州のある街で」(弓透子) ………… 7244
「夫婦鯉」(山本恵子) ………… 7135
「夫婦善哉」(織田作之助) ………… 1578
「夫婦風呂」(藤沢すみ香) ………… 5829
「眼鏡HOLICしんどろ〜む」(上栖綴人) ………… 1007
「眼鏡屋は消えた」(山田彩人) ………… 7064

「女神記」(桐野夏生) ………… 2338
「女神と棺の手帳」(文野あかね) ………… 5922
「盲士官」(山本柳風) ………… 7167
「目覚めよと人魚は歌う」(星野智幸) … 6018
「目覚めれば森の中」(おおるり万葉) … 1405
「目印はコンビニエンス」(塩崎豪士) … 3216
「メソッド」(金真須美) ………… 2346
「目出し帽の女」(蕎麦田) ………… 3790
「滅亡の門」(川上喜久子) ………… 1993
「地下鉄にのって」(浅田次郎) ………… 0226
「眼の印象」(広津和郎) ………… 5707
「目のくらむ、暑く眩しい日」(井家歩美) ………… 0531
「眩暈」(来島潤子) ………… 2490
「目まいのする散歩」(武田泰淳) ………… 4061
「メルト・ダウン」(高嶋哲夫) ………… 3853
「メロウ1983」(田口賢司) ………… 4028
「面」(富田常雄) ………… 4621
「『明太子王国』と『たらこ王国』」(井上薫) ………… 0857
「めんどうみてあげるね」(鈴木輝一郎) ………… 3624
「牝鶏となった帖佐久・倫氏」(里利健子) ………… 3143

【 も 】

「もういちど」(ナカガワコウ) ………… 4714
「猛スピードで母は」(長嶋有) ………… 4768
「妄想カレシ」(芦原瑞祥) ………… 0258
「妄想彼氏、妄想彼女」(ささきまさき) ………… 3048
「妄想銀行」(星新一) ………… 6007
「妄想とその犠牲」(竹山道雄) ………… 4102
「もう一度の青い空」(黒崎良乃) ………… 2528
「もう一つの朝」(佐藤泰志) ………… 3127
「もうひとつの階段」(東しいな) ………… 0274
「もう一人」(伊東美穂) ………… 0805
「魍魎の匣」(京極夏彦) ………… 2308
「もえさん〜ぶたのえさの香ばしさ〜」(松岡万作) ………… 6193
「杢二の世界」(笠原淳) ………… 1750
「目的補語」(黒羽英二) ………… 2546
「黙禱」(川岸裕美子) ………… 2015
「もし高校野球の女子マネージャーがドラッカーの「マネジメント」を読んだ

文学賞受賞作品総覧 小説篇　　661

もしは　　　　　　　　　　作品名索引

ら」(岩崎夏海) ……………… 0966
「門司発沖縄行き D51列車発車」(山田辰
二郎) ……………………… 7086
「もしも人工知能が世界を支配していた
場合のシミュレーションケース1」(土
橋真二郎) ………………… 4604
「もしや」(倉持れい子) ………… 2472
「もずの庭」(桜井利枝) ………… 3007
「モダンタイムス」(伊坂幸太郎) … 0583
「餅」(逸見真由) ………………… 5989
「もちた」(宮井紅於) …………… 6542
「モーツァルトは子守唄を歌わない」(森
雅裕) ……………………… 6799
「モッキングバードのいる町」(森礼子)
……………………………… 6811
「木琴のトランク」(高橋白鹿) … 3935
「もつれ糸」(森露声) …………… 6813
「縺れ縁」(橋本紫星) …………… 5260
「モテモテな僕は世界まで救っちゃうん
だぜ(泣)」(谷春慶) ……… 4217
「本宮鉄工所」(真野光一) ……… 6285
「戻り川心中」(連城三紀彦) …… 7457
「戻り梅雨」(南海良治) ………… 5003
「モーニング・サイレンス」(麻田圭子)
……………………………… 0219
「物語が殺されたあとで」(最上場介) … 6743
「物語る人」(よしだみどり) …… 7345
「MONOKOとボク 渡邊道輝」(田口大
貴) ………………………… 4029
「モノ好きな彼女と恋に落ちる99の方法」
(木更木ハル) …………… 2140
「物原を踏みて」(吉野栄) ……… 7355
「ものみな憩える」(忍澤勉) …… 1572
「モバイルサイト・H/A」(桟思愛) … 3203
「喪服」(徳永一未) ……………… 4582
「喪服」(両角道子) ……………… 6878
「喪服の子」(山本道子) ………… 7162
「喪服のノンナ」(小野紀美子) … 1629
「模倣犯」(小学館) ……………… 3457
「模倣犯」(宮部みゆき) ………… 6604
「紅葉が淵」(服部鉄香) ………… 5334
「桃太郎の流産」(小杉謙后) …… 2690
「桃と灰色」(真枝志保) ………… 6088
「桃の花あかり」(矢野一) ……… 6959
「桃山ビート・トライブ」(天野純希) … 0354
「紡いあう男たち」(中山登紀子) … 4922
「森」(野上弥生子) ……………… 5146
「森崎書店の日々」(八木澤里志) … 6893

「森の樵は陽気に歌う」(小山タケル) … 2820
「森の言葉/森への飛翔」(伊野隆之) … 0848
「森の黄昏」(岡田美知代) ……… 1438
「守札の中身」(木村政巳) ……… 2286
「紋章」(横光利一) ……………… 7275
「門前雀羅」(陽羅義光) ………… 5646
「門間さんの礼状」(宇津志勇三) … 1100

【 や 】

「八百長」(新橋遊吉) …………… 3555
「八百万戀歌」(当真伊純) ……… 4550
「夜界」(土居良一) ……………… 4524
「やがて霧が晴れる時」(汐月遥) … 3220
「やがて伝説がうまれる」(上正路理砂)
……………………………… 1944
「焼絵玻璃」(石崎晴央) ………… 0635
「焼き子の唄」(菅原康) ………… 3578
「柳生斬魔伝」(鴉紋洋) ………… 0378
「柳生大戦争」(荒山徹) ………… 0419
「厄神」(玉岬無能) ……………… 2314
「約束」(山岡荘八) ……………… 6975
「約束」(伊岡瞬) ………………… 0506
「約束の地」(樋口明雄) ………… 5568
「約束の柱、落日の女王」(いわなぎ一
葉) ………………………… 0980
「約束の冬」(宮本輝) …………… 6617
「約束の宝石」(神谷よしこ) …… 1960
「八雲が殺した」(赤江瀑) ……… 0091
「焼けた弟の屍体」(高木白葉) … 3847
「ヤゴ」(宮ノ川顕) ……………… 6594
「優しい贈物」(秋澤収一) ……… 0141
「優しい女」(中山あい子) ……… 4909
「優しい雲」(横瀬信子) ………… 7263
「優しい碇泊地」(坂上弘) ……… 2936
「やさしい光」(鈴木けいこ) …… 3626
「優しい人たち」(大江健三郎) … 1238
「香具師仁義」(扇田征夫) ……… 1205
「野趣」(滝井孝作) ……………… 3998
「野獣の乾杯」(高円寺文雄) …… 2612
「やすらかに今はねむり給え」(林京子)
……………………………… 5437
「やだぜ!」(華屋初音) ………… 1970
「ヤッカイさんとT2T」(日の原裕光) … 5630
「やつし屋の明り」(畔地里美) … 0286

662　　　　　　　　　文学賞受賞作品総覧 小説篇

作品名索引　　　　　　　　　　　ゆうこ

「やってきたよ，ドルイドさん！」（志瑞祐）‥‥‥‥‥‥‥‥‥‥‥‥‥ 3413
「やっとこ探偵」（志茂田景樹）‥‥‥‥ 3430
「ヤドカリ〜葛之葉町＊怪獣綺譚」（八坂まゆ）‥‥‥‥‥‥‥‥‥‥‥‥‥ 6900
「宿の春」（山田萍南）‥‥‥‥‥‥‥ 7095
「宿屋めぐり」（町田康）‥‥‥‥‥‥ 6163
「柳月夜」（神田意智楼）‥‥‥‥‥‥ 2090
「柳寿司物語」（池上信一）‥‥‥‥‥ 0541
「柳に咲く花」（芝原歌織）‥‥‥‥‥ 3336
「屋根裏」（坂手洋二）‥‥‥‥‥‥‥ 2959
「藪燕」（乙川優三郎）‥‥‥‥‥‥‥ 1620
「薮の中の家—芥川自死の謎を解く」（山崎光夫）‥‥‥‥‥‥‥‥‥‥‥‥ 7034
「破れた繭 耳の物語1」（開高健）‥‥ 1692
「破馬車」（宮本此君庵）‥‥‥‥‥‥ 6622
「破れ風船」（広津和郎）‥‥‥‥‥‥ 5708
「やまあいの煙」（重兼芳子）‥‥‥‥ 3241
「山犬物語」（新田次郎）‥‥‥‥‥‥ 5100
「やまいはちから—スペシャルマン」（成重尚弘）‥‥‥‥‥‥‥‥‥‥‥‥ 4987
「山姥騒動」（中村路子）‥‥‥‥‥‥ 4892
「山を貫く」（もりたなるお）‥‥‥‥ 6842
「山を祭る人々」（池田茂光）‥‥‥‥ 0550
「山影」（韮山圭介）‥‥‥‥‥‥‥‥ 5113
「山川さんは鳥を見た」（咲木ようこ）‥‥‥ 2995
「山川登美子—明星の歌人」（竹西寛子）‥‥‥‥‥‥‥‥‥‥‥‥‥‥‥ 4078
「山下バッティングセンター」（曽我部敦史）‥‥‥‥‥‥‥‥‥‥‥‥‥ 3778
「やま襦袢」（林美佐雄）‥‥‥‥‥‥ 5455
「邪馬台国の謎」（加藤真司）‥‥‥‥ 1861
「山田晃のキーワードに依る株式操作の読み方」（山田晃）‥‥‥‥‥‥‥‥ 7063
「山田と田中と」（苅谷崇之）‥‥‥‥ 1984
「山椿」（吉田信）‥‥‥‥‥‥‥‥‥ 7326
「大和撫子」（池田錦水）‥‥‥‥‥‥ 0548
「山中鹿之介の兄」（都田鼎）‥‥‥‥ 6575
「山梨 太宰治の記憶」（相原千里）‥‥ 0029
「山猫の夏」（船戸与一）‥‥‥‥‥‥ 5911
「山の彼方（あなた）」（あがわふみ）‥‥ 0133
「山の音」（川端康成）‥‥‥‥‥‥‥ 2054
「ヤマの疾風」（西村健）‥‥‥‥‥‥ 5076
「山の灯」（松岡智）‥‥‥‥‥‥‥‥ 6191
「山の宿にて」（小西保明）‥‥‥‥‥ 2732
「山畠」（森荘已池）‥‥‥‥‥‥‥‥ 6793
「山姫」（坂東眞砂子）‥‥‥‥‥‥‥ 5529

「山姫と黒の皇子さま〜遠まわりな非政略結婚〜」（咲村まひる）‥‥‥‥‥ 2989
「山道」（木村路吾）‥‥‥‥‥‥‥‥ 2294
「山本五十六」（阿川弘之）‥‥‥‥‥ 0132
「山脇京」（村田等）‥‥‥‥‥‥‥‥ 6713
「闇鏡」（堀川アサコ）‥‥‥‥‥‥‥ 6053
「闇と影の百年戦争」（南原幹雄）‥‥ 5024
「闇の奥」（辻原登）‥‥‥‥‥‥‥‥ 4386
「闇の力」（佐野良二）‥‥‥‥‥‥‥ 3158
「闇の中から」（中崎久二男）‥‥‥‥ 4725
「闇のなかの石」（松山巌）‥‥‥‥‥ 6279
「闇の中の記憶 むくげの花は咲いていますか」（坂井ひろ子）‥‥‥‥‥‥‥ 2924
「闇のなかの黒い馬」（埴谷雄高）‥‥ 5366
「闇の夜」（永井荷風）‥‥‥‥‥‥‥ 4673
「やみ窓」（篠たまき）‥‥‥‥‥‥‥ 3279
「ヤモリ、カエル、シジミチョウ」（江國香織）‥‥‥‥‥‥‥‥‥‥‥‥‥ 1152
「家守綺譚」（梨木香歩）‥‥‥‥‥‥ 4942
「夜嵐」（泣淚漁郎）‥‥‥‥‥‥‥‥ 4668
「槍」（大正十三造）‥‥‥‥‥‥‥‥ 3798
「柔らかな頬」（桐野夏生）‥‥‥‥‥ 2339
「ヤンデレ学園ハーレム天国」（相泉ひつじ）‥‥‥‥‥‥‥‥‥‥‥‥‥ 0019
「ヤンのいた島」（沢村凛）‥‥‥‥‥ 3201
「ヤンのいた場所」（小田原直知）‥‥‥‥ 1602

【 ゆ 】

「結い言」（藤岡陽子）‥‥‥‥‥‥‥ 5805
「幽韻」（登坂北嶺）‥‥‥‥‥‥‥‥ 5192
「憂鬱なハスビーン」（朝比奈あすか）‥‥ 0244
「誘拐児」（翔田寛）‥‥‥‥‥‥‥‥ 3466
「幽界森娘異聞」（笙野頼子）‥‥‥‥ 3486
「優雅で感傷的な日本野球」（高橋源一郎）‥‥‥‥‥‥‥‥‥‥‥‥‥‥ 3917
「誘蛾灯」（中条佑弥）‥‥‥‥‥‥‥ 4774
「祐花とじゃじゃまるの夏」（蒲原文郎）‥‥‥‥‥‥‥‥‥‥‥‥‥‥‥ 2107
「有願春秋抄」（由布川祝）‥‥‥‥‥ 7191
「勇気のカード」（山本ひろし）‥‥‥ 7150
「ゆうぐれ」（桜井ひかり）‥‥‥‥‥ 3009
「夕暮まで」（吉行淳之介）‥‥‥‥‥ 7401
「有限会社もやしや」（浅津慎）‥‥‥ 0218
「夕子ちゃんの近道」（長嶋有）‥‥‥ 4769

文学賞受賞作品総覧 小説篇　　　　　　　663

ゆうこ　　　　　　作品名索引

「遊魂」(円地文子) ・・・・・・・・・・・・・・・・・ 1186
「勇士の妹」(田村西男) ・・・・・・・・・・・・ 4262
「勇者と過ごす夏休み」(琴平稜) ・・・・ 2726
「勇者になれなかった俺はしぶしぶ就職
　を決意しました。」(左京潤) ・・・・・・・・・・ 2994
「勇者には勝てない」(来田志郎) ・・・・ 7422
「勇者は口数がそんなに多くない傾向に
　あるのか」(加藤雅利) ・・・・・・・・・・・・・・ 1874
「幽囚転転」(中川静子) ・・・・・・・・・・・・ 4715
「優駿」(宮本輝) ・・・・・・・・・・・・・・・・・・・ 6618
「友情が見つからない」(立木十八) ・・・ 4122
「遊食の家(や)」(近藤弘子) ・・・・・・・・ 2840
「ゆうじょこう」(村田喜代子) ・・・・・・・・ 6707
「湧水」(もりおみずき) ・・・・・・・・・・・・・ 6817
「夕涼みの夜に」(服部正彦) ・・・・・・・・ 5336
「驟雨(ゆふだち)」(国木田独歩) ・・・・ 2410
「遊動亭円木」(辻原登) ・・・・・・・・・・・・ 4387
「夕凪から」(里海瓢一) ・・・・・・・・・・・・ 3140
「夕映え」(吉川隆代) ・・・・・・・・・・・・・・ 7303
「夕映え河岸」(三宅孝太郎) ・・・・・・・・ 6571
「夕日」(川端康成) ・・・・・・・・・・・・・・・・ 2055
「夕日の丘に」(竹生修平) ・・・・・・・・・・ 4295
「郵便物裁断」(増田勇) ・・・・・・・・・・・・ 6145
「郵便屋」(杉浦愛) ・・・・・・・・・・・・・・・・ 3584
「夕べの雲」(庄野潤三) ・・・・・・・・・・・・ 3478
「夕焼け好きのポエトリー」(ココロ直)
　・・・・・・・・・・・・・・・・・・・・・・・・・・・・・・・・・ 2661
「夕焼の回転木馬」(眉村卓) ・・・・・・・・ 6302
「雄略の青たける島」(半井肇) ・・・・・・・ 4928
「幽霊でSで悪食な彼女が可愛くて仕方な
　い」(秋月紫) ・・・・・・・・・・・・・・・・・・・・・ 0145
「幽霊になった男」(源氏鶏太) ・・・・・・・ 2575
「幽霊伯爵の花嫁」(宮野美嘉) ・・・・・・ 6593
「幽霊列車」(赤川次郎) ・・・・・・・・・・・・ 0098
「誘惑者」(高橋たか子) ・・・・・・・・・・・・ 3925
「ユーカリさん」シリーズ(辻真先) ・・・・ 4366
「歪んだ朝」(西村京太郎) ・・・・・・・・・・ 5074
「歪んだ駒跡」(本岡類) ・・・・・・・・・・・・ 6760
「雪あかり」(遠山あき) ・・・・・・・・・・・・・ 4564
「雪男は向こうからやって来た」(角幡唯
　介) ・・・・・・・・・・・・・・・・・・・・・・・・・・・・・ 1730
「雪女」(森万紀子) ・・・・・・・・・・・・・・・・ 6797
「雪女」(和田芳恵) ・・・・・・・・・・・・・・・・ 7492
「雪国」(川端康成) ・・・・・・・・・・・・・・・・ 2056
「雪空」(畔地里美) ・・・・・・・・・・・・・・・・ 0287
「行き着く場所」(境田吉孝) ・・・・・・・・・ 2928
「雪椿」(前田万里) ・・・・・・・・・・・・・・・・ 6093

「雪と火の祭り」(山岸昭枝) ・・・・・・・・・ 6984
「雪沼とその周辺」(堀江敏幸) ・・・・・・・ 6052
「雪野」(尾辻克彦) ・・・・・・・・・・・・・・・・ 1612
「雪の扇」(野村かほり) ・・・・・・・・・・・・・ 5199
「『雪の島』あるいは『エミリーの幽霊』」
　(吉増剛造) ・・・・・・・・・・・・・・・・・・・・・ 7363
「雪の丹後路」(山口正二) ・・・・・・・・・・ 6998
「雪の断章」(佐々木丸美) ・・・・・・・・・・ 3049
「雪の翼」(巣山ひろみ) ・・・・・・・・・・・・ 3683
「雪のない冬」(春山希義) ・・・・・・・・・・ 5519
「雪果幻語」(大久保悟朗) ・・・・・・・・・・ 1255
「雪の反転鏡」(中山佳子) ・・・・・・・・・・ 4926
「雪の日のおりん」(岩浪護) ・・・・・・・・・ 0946
「雪の降る朝」(大江眞輝) ・・・・・・・・・・ 1241
「雪の林檎畑」(中村佐喜子) ・・・・・・・・ 4860
「雪の練習生」(多和田葉子) ・・・・・・・・ 4280
「雪舞い」(芝木好子) ・・・・・・・・・・・・・・ 3314
「雪見酒」(七森はな) ・・・・・・・・・・・・・・ 4972
「雪道」(沢井繁男) ・・・・・・・・・・・・・・・・ 3178
「雪迎え」(岩森道子) ・・・・・・・・・・・・・・ 0992
「雪迎え」(龍一京) ・・・・・・・・・・・・・・・・ 7435
「雪虫」(桜木紫乃) ・・・・・・・・・・・・・・・・ 3015
「雪物語」(児島晴浜) ・・・・・・・・・・・・・・ 2675
「雪は ことしも」(別所真紀子) ・・・・・・・ 5984
「ゆく雲」(鈴木狭花) ・・・・・・・・・・・・・・ 3625
「ゆくとし くるとし」(大沼紀子) ・・・・・・ 1359
「ユグノーの呪い」(新井政彦) ・・・・・・・ 0403
「行く水」(沢田東水) ・・・・・・・・・・・・・・ 3187
「ユージニア」(恩田陸) ・・・・・・・・・・・・ 1673
「輸出」(城山三郎) ・・・・・・・・・・・・・・・・ 3525
「ゆっくり東京女子マラソン」(千刈あが
　た) ・・・・・・・・・・・・・・・・・・・・・・・・・・・・・ 5564
「湯殿山麓呪い村」(山村正夫) ・・・・・・ 7125
「ユートロニカのこちら側」(小川哲) ・・・ 1473
「湯ノ川」(木島次郎) ・・・・・・・・・・・・・・ 2152
「湯葉」(芝木好子) ・・・・・・・・・・・・・・・・ 3315
「由熙(ユヒ)」(李良枝) ・・・・・・・・・・・・ 0473
「指の音楽」(志賀泉) ・・・・・・・・・・・・・・ 3229
「指の骨」(高橋弘希) ・・・・・・・・・・・・・・ 3937
「油麻藤の花」(酒井龍輔) ・・・・・・・・・・ 2927
「夢売りのたまご」(立原とうや) ・・・・・・・ 4133
「夢顔さんによろしく」(西木正明) ・・・・・ 5052
「夢かたり」(後藤明生) ・・・・・・・・・・・・ 2722
「夢食い魚のブルーグッドバイ」(釜谷か
　おる) ・・・・・・・・・・・・・・・・・・・・・・・・・・・ 1936
「夢で遭いましょう」(小池雪) ・・・・・・・・ 2596

作品名索引　　　　　　　　よしの

「夢の壁」(加藤幸子) ………………… 1880
「夢の木坂分岐点」(筒井康隆) ……… 4425
「夢の島」(日野啓三) ………………… 5622
「ユメノシマ」(深山あいこ) ………… 6608
「夢の消滅」(大原由記子) …………… 1388
「夢の地層」(原口啓一郎) …………… 5490
「夢のトビラは泉の中に」(辻堂ゆめ) … 4379
「夢の乳房」(小林長太郎) …………… 2757
「夢の花」(穐山定文) ………………… 0162
「夢の碑」(高井有一) ………………… 3819
「夢の方位」(辻章) …………………… 4357
「夢のまた夢」(津本陽) ……………… 4464
「夢の宮〜竜のみた夢」(今野緒雪) … 2847
「夢、はじけても」(ととり礼治) …… 4596
「夢羊」(川上千尋) …………………… 2000
「夢見草」(織田卓之) ………………… 1581
「夢見の噺」(清水雅世) ……………… 3409
「夢見る猫は、宇宙に眠る」(八杉将司)
　………………………………………… 6917
「夢見る野菜の精霊歌〜My Grandfa-
　thers'Clock〜」(永瀬さらさ) …… 4775
「夢よりももっと現実的なお伽話」(浅賀
　美奈子) ……………………………… 0203
「夢虫 (ゆめんむし)」(増田みず子) … 6152
「ユーモレスク」(北村周一) ………… 2228
「湯宿物語」(吉本加代子) …………… 7388
「ゆらぎ」(片岡真) …………………… 1806
「ゆらぐ藤浪」(洗潤) ………………… 0396
「ユリイカ EUREKA」(青山真治) …… 0077
「ユリゴコロ」(沼田まほかる) ……… 5131
「百合野通りから」(大久保智曉) …… 1259
「許される恋じゃなくても」(ゆいっと)
　………………………………………… 7185
「赦しの庭」(舘有紀) ………………… 4144
「ゆれる」(西川美和) ………………… 5048
「ゆれる甲板」(岡田京子) …………… 1425
「ゆれる風景」(甲斐英輔) …………… 1675
「世の中 (ゆんなか) や」(阿嘉誠一郎) … 0085

【よ】

「夜明けの音が聞こえる」(大泉芽衣子)
　………………………………………… 1227
「夜明けの風」(平林英子) …………… 5671
「夜明けの時」(窪田精) ……………… 2432

「よいこのうた」(いたみありお) …… 0715
「夜市」(恒川光太郎) ………………… 4431
「宵待草夜情」(連城三紀彦) ………… 7458
「妖異の棲む城 大和筒井党異聞」(深水聡
　之) …………………………………… 5745
「ようかい遊ビ」(本村大志) ………… 6763
「妖怪の図」(城野隆) ………………… 3480
「妖怪ポストのラブレター」(久保真実)
　………………………………………… 2419
「楊家将」(北方謙三) ………………… 2184
「八日目の蟬」(角田光代) …………… 1727
「容疑者Xの献身」(東野圭吾) ……… 5555
「容疑者の夜行列車」(多和田葉子) … 4281
「妖気な五レンジャーと夏休み！」(高森
　美由紀) ……………………………… 3980
「楊貴妃亡命伝説」(三吉不二夫) …… 6635
「妖魚」(林房雄) ……………………… 5448
「杏子」(古井由吉) …………………… 5949
「ようこそ仙界！ 鳥界山白絵巻」(小野は
　るか) ………………………………… 1632
「ようこそ『東京』へ」(杉元伶一) … 3603
「幼児狩り」(河野多惠子) …………… 2643
「窯談」(小田武雄) …………………… 1590
「ようちゃんの夜」(前川梓) ………… 6079
「妖魔アモル 翡翠の魔身変」(まみやかつ
　き) …………………………………… 6289
「妖魔の道行き」(多々良安朗) ……… 4120
「楊令伝」(北方謙三) ………………… 2185
「楊令伝」(集英社) …………………… 3444
「ヨオロッパの世紀末」(吉田健一) … 7315
「夜風の通りすぎるまま」(久嶋薫) … 2378
「予感」(釉木淑乃) …………………… 7209
「余寒の雪」(宇江佐真理) …………… 1005
「浴室」(長谷川信夫) ………………… 5297
「沃土」(和田伝) ……………………… 7486
「よく似た女」(山口由紀子) ………… 7011
「欲望」(小池真理子) ………………… 2595
「横須賀線にて」(桐部次郎) ………… 4553
「横須賀ドブ板通り」(達忠) ………… 4121
「横浜道慶橋縁起」(早川真澄) ……… 5422
「横道世之介」(吉田修一) …………… 7324
「吉田キグルマレナイト」(日野俊太郎)
　………………………………………… 5623
「芳年冥府彷徨」(島村匠) …………… 3387
「吉野北高校図書委員会」(山本渚) … 7149
「吉野大夫」(後藤明生) ……………… 2723
「吉野朝太平記」(鷲尾雨工) ………… 7479

文学賞受賞作品総覧 小説篇　　　　　　665

よしわ　　　作品名索引

「吉原手引草」(松井今朝子) ……………… 6167
「よすが横丁修理店 —迷子の持ち主、お探しします—」(及川早月) …… 1200
「装う理由」(藤美清) ……………………… 5866
「よそながら」(大倉桃郎) ………………… 1269
「四日間」(坂谷照美) ……………………… 2955
「四日間の奇蹟」(浅倉卓弥) ……………… 0213
「ヨッパ谷への降下」(筒井康隆) ………… 4426
「四つ葉のクローバーちょうだい。」(rila。) ……………………………… 7442
「夜露に濡れて蜘蛛」(中野拓馬) ………… 4811
「淀川にちかい町から」(岩阪恵子) ……… 0964
「淀どの日記」(井上靖) …………………… 0889
「世に棲む日日」(司馬遼太郎) …………… 3307
「四人姉妹」(松江ちづみ) ………………… 6183
「4年ぶり」(沢小民) ……………………… 3172
「四年霊組こわいもの係」(床丸迷人) …… 4586
「世の天秤はダンボールの中に」(緋月薙) …………………………………… 5596
「余白の祭」(恩田侑布子) ………………… 1670
「夜咄(よばなし)」(青木裕次) ………… 0053
「ヨハネスブルグの天使たち」(宮内悠介) ………………………………… 6551
「夜更けにスローダンス」(岡江多紀) … 1410
「読むな」(青木隆弘) ……………………… 0045
「嫁の地位」(蒔田広) ……………………… 6106
「嫁よこせ村長様」(河内幸一郎) ………… 2044
「ヨモギ・アイス」(野中柊) ……………… 5184
「夜を泣く」(ふみえだとしお) …………… 5920
「夜と陽炎 耳の物語2」(開高健) ……… 1693
「夜と霧の隅で」(北杜夫) ………………… 2173
「夜猫夜話」(天城れい) …………………… 0347
「夜の明けるまで」(北原亞以子) ………… 2214
「夜の雨」(山里水葉) ……………………… 7038
「夜の蟻」(高井有一) ……………………… 3820
「夜の家の魔女」(ゆうきりん) …………… 7210
「夜の梅」(大越台籠) ……………………… 1276
「夜の終る時」(結城昌治) ………………… 7200
「夜の河にすべてを流せ」(柳原慧) …… 6948
「夜の雲」(山井道代) ……………………… 7116
「夜の子供」(深沢夏衣) …………………… 5726
「夜の魚・一週間の嘘」(是方直子) …… 2825
「夜の姉妹」(古川こおと) ………………… 5956
「夜の蟬」(北村薫) ………………………… 2223
「夜の鶴」(芝木好子) ……………………… 3316
「夜の床屋」(沢村浩輔) …………………… 3197
「夜の薔薇の紅い花びらの下」(長尾由多加) ……………………………… 4702
「夜の光に追われて」(津島佑子) ………… 4399
「夜のピクニック」(恩田陸) ……………… 1674
「夜の道行」(千野隆司) …………………… 4301
「夜は終わらない」(星野智幸) …………… 6019
「夜は明けない」(木戸織男) ……………… 2243
「夜は一緒に散歩しよ」(黒史郎) ………… 2504
「夜は短し歩けよ乙女」(森見登美彦) … 6859
「よろずのことに気をつけよ」(川瀬七緒) ……………………………………… 2037
「萬屋探偵事務所事件簿」(にのまえあゆむ) …………………………………… 5103
「余は如何にして服部ヒロシとなりしか」(あせごのまん) ………………… 0281
「弱き者は死ね」(亀井宏) ………………… 1967
「弱音を吐こう！」(佐藤春子) …………… 3119
「夜半の太陽」(花村りく) ………………… 5363
「四十日と四十夜のメルヘン」(青木淳悟) ……………………………………… 0043
「409ラドクリフ」(江國香織) …………… 1153
「四万二千メートルの果てには」(岡田義之) ……………………………………… 1439
「四万人の目撃者」(有馬頼義) …………… 0438

【ら】

「頼山陽」(見延典子) ……………………… 6530
「頼山陽とその時代」(中村真一郎) ……… 4865
「雷獅子昇伝」(尾白未果) ………………… 1574
「ライトノベルの神さま」(佐々之青々) ………………………………………… 3059
「RIGHT×LIGHT」(ツカサ) …………… 4328
「ライプニッツ・ドリーム」(丸川雄一) ………………………………………… 6310
「来訪者」(阿刀田高) ……………………… 0305
「来訪者の足あと」(恩田雅和) …………… 1669
「ライン・アップ」(久和崎康) …………… 2555
「ラヴ☆アタック！」(川上亮) …………… 2013
「ラガド」(両角長彦) ……………………… 6875
「楽園」(鈴木光司) ………………………… 3628
「楽園」(村上裕香) ………………………… 6685
「楽園幻想」(高野冬子) …………………… 2646
「楽園に間借り」(黒澤珠々) ……………… 2530
「楽園のカンヴァス」(原田マハ) ………… 5505
「楽園の種子」(倉吹ともえ) ……………… 2468
「楽園の鳥 カルカッタ幻想曲」(寮美千

作品名索引　りはさ

子）……………… 7441
「落日」（赤城樫生）……………… 0103
「落日」（斎藤史子）……………… 2882
「落日の炎」（舞坂あき）……………… 6075
「落日燃ゆ」（城山三郎）……………… 3526
「落首」（小橋博）……………… 2740
「落城魏将・郝昭伝」（河原谷創次郎）… 2077
「楽天屋」（岡崎祥久）……………… 1415
「ラグナロク」（安井健太郎）……………… 6906
「楽浪の棺」（宗任珊作）……………… 6664
「ラジオ ディズ」（鈴木清剛）……………… 3639
「ラジオと背中」（齋藤恵美子）……………… 2866
「羅生門の鬼」（津田伸二郎）……………… 4413
「ラスト・ゲーム」（かな）……………… 1890
「ラストゴング」（石谷洋子）……………… 0676
「ラストシーン」（大野優凛子）……………… 1364
「らすと・すぱーと」（三浦良一）……………… 6349
「ラス・マンチャス通信」（平山瑞穂）… 5679
「らせん」（鈴木光司）……………… 3629
「螺旋の王国」（広瀬晶）……………… 5695
「螺旋の肖像」（別当晶司）……………… 5986
「埒外」（朴重鎬）……………… 5240
「落下」（安本嘆）……………… 6926
「落花は枝に還らずとも」（中村彰彦）… 4846
「落款を割る絵師」（篠鷹之）……………… 3278
「落暉伝」（原田八束）……………… 5510
「ラッシュ・くらっしゅ・トレスパス―
　鋼鉄の吸血鬼―」（風見周）……………… 1757
「RAT SHOTS」（天羽沙夜）……………… 0377
「ラニーニャ」（伊藤比呂美）……………… 0799
「LOVE」（古川日出男）……………… 5961
「ラブ・ケミストリー」（喜多喜久）…… 2174
「LOVE GENE〜恋する遺伝子〜」（相戸
　結衣）……………… 0025
「ラブ・パレード」（秋山寛）……………… 0158
「LOVE　BOX〜光を探して〜」（矢口
　葵）……………… 6896
「ラブ・ラブ・レラ」（さくしゃ）……… 2996
「ラブレス」（桜木紫乃）……………… 3016
「ラベル」（小林フユヒ）……………… 2766
「螺法四千年記」（日和聡子）……………… 5715
「ラボルさんの話」（内田道子）……………… 1086
「ラムネの泡と、溺れた人魚」（石田瀬々）
　……………… 0648
「ラメルノエリキサ」（渡辺優）……………… 7531
「ららら科學の子」（矢作俊彦）……………… 6962
「爛壊」（木村政子）……………… 2285

「RANK」（真藤順丈）……………… 3545
「ランジーン×コード」（大泉貴）……………… 1226
「乱世」（楢八郎）……………… 4980
「ランタナの花の咲く頃に」（長堂英吉）
　……………… 4793
「ランチのアッコちゃん」（柚木麻子）… 7236
「蘭と狗」（中村勝行）……………… 4850
「ランドスケープの知性定理」（高島雄
　哉）……………… 3854
「ランニング・オブ」（大木智洋）……… 1254
「乱反射」（貫井徳郎）……………… 5127
「乱反射」（難波田節子）……………… 5022
「乱」（海老沢泰久）……………… 1168
「襤褸」（木野工）……………… 2252

【 り 】

「リア充×オタク×不良×中二病×痴女
　〜犯人は誰だ!?〜」（天地優雅）……… 0349
「Re：ALIVE 〜戦争のシカタ〜」（壱月
　龍一）……………… 0753
「リアルヴィジョン」（山形由純）……… 6978
「REAL×FAKE」（ひずき優）……………… 5597
「利休にたずねよ」（山本兼一）……………… 7137
「利休の茶」（堀口捨己）……………… 6055
「陸軍特別攻撃隊」（高木俊朗）……………… 3839
「陸士よもやま話」（村上兵衛）……………… 6679
「陸なき惑星のパラスアテナ 〜二少女漂
　流記〜」（鳩見すた）……………… 5342
「陸の孤島」（武田雄一郎）……………… 4068
「りく平紛失」（南郷二郎）……………… 5005
「リグレット」（松田公平）……………… 6221
「離婚」（色川武大）……………… 0940
「離婚式」（古岡孝信）……………… 5953
「離人たち」（団野文丈）……………… 4291
「リストカット／グラデーション」（長沢
　樹）……………… 4736
「陸橋からの眺め」（中村昌義）……………… 4890
「律子の箸」（白井靖之）……………… 3491
「リーディング！」（隼川いさら）……… 5419
「リトル・ダーリン」（松本ありさ）…… 6256
「リトル・バイ・リトル」（島本理生）… 3394
「リトルリトル☆トライアングル」（斉藤
　真也）……………… 2874
「リバーサイド・チルドレン」（梓崎優）
　……………… 3252

文学賞受賞作品総覧 小説篇　　　　　　　　667

作品名索引

「リバーシブル・シティ」（水月昴）……… 6422
「理髪店の女」（塚越淑行）…………………… 4327
「リフレインリフレイン」（土谷三奈）……… 4421
「リベンジ・ゲーム」（谷川哀）…………… 4220
「過去（リメンバー）」（北方謙三）………… 2186
「理由」（宮部みゆき）………………………… 6605
「流」（東山彰良）……………………………… 5558
「柳暗花明」（細雪）…………………………… 3060
「龍王の淡海（うみ）」（藤原京）…………… 5892
「龍ヶ崎のメイドさんには秘密がいっぱ
　い」（田中創）……………………………… 4184
「柳下亭」（猪ノ鼻俊三）……………………… 0899
「竜岩石」（勝山海百合）……………………… 1837
「劉広福」（八木義徳）………………………… 6892
「龍神像は金にかがやく」（大崎梢）……… 1277
「龍神の雨」（道尾秀介）……………………… 6476
「流星雨」（津村節子）………………………… 4461
「龍勢の翔る里」（山田たかし）…………… 7081
「流星の絆」（東野圭吾）……………………… 5556
「流跡」（朝吹真理子）………………………… 0246
「龍の赤ん坊にフカシギの花を」（可西氷
　穂）………………………………………… 1744
「龍の目の涙」（浜田広介）…………………… 5403
「龍秘御天歌」（村田喜代子）……………… 6708
「流氷の祖国」（志図川倫）…………………… 3257
「流氷の街」（南部きみ子）…………………… 5025
「龍へ向かう」（中山良太）…………………… 4927
「流密のとき」（太田道子）…………………… 1319
「流離譚」（中村隆資）………………………… 4902
「流離譚」（安岡章太郎）……………………… 6915
「龍は眠る」（宮部みゆき）…………………… 6606
「リュカオーン」（縄手秀幸）……………… 4999
「良寛」（水上勉）……………………………… 6417
「諒君の三輪車」（五十ав彩）………………… 0708
「量産型はダテじゃない！」（柳実冬貴）

　……………………………………………… 6950
「涼州賦」（藤水名子）………………………… 5789
「良心」（佐伯二郎）…………………………… 2903
「猟人の眠り」（中川裕朗）…………………… 4722
「両手を広げて」（河原明）…………………… 2059
「竜馬がゆく」（司馬遼太郎）……………… 3308
「遼陽の夕立」（林量三）……………………… 5459
「虜愁記」（千葉治平）………………………… 4303
「離陸」（絲山秋子）…………………………… 0816
「リリーちゃんとお幸せに」（牛次郎）…… 2301
「リレキショ」（中村航）……………………… 4858
「りはめより100倍恐ろしい」（木堂椎）…… 2715

「輪（RINKAI）廻」（明野照葉）…………… 0183
「隣家の律義者」（土井稔）…………………… 4521
「リングテイル」（円山夢久）……………… 6319
「林檎と蛇のゲーム」（森川楓子）………… 6825
「林檎の木」（松田喜平）……………………… 6219
「リンゴ畑の樹の下で」（香山暁子）……… 1973
「臨床真理士」（柚月裕子）…………………… 7238
「吝嗇の人」（辻真先）………………………… 4367
「隣人」（永井するみ）………………………… 4677
「林戦条件のなった日から」（仁科愛村）

　……………………………………………… 5063
「私刑」（大坪砂男）…………………………… 1347
「りんの響き」（宇梶紀夫）…………………… 1046
「燐の譜」（杉本苑子）………………………… 3599
「リヴィエラを撃て」（高村薫）…………… 3973

【 る 】

「ルイ」（舟崎泉美）…………………………… 5906
「ルイジアナ杭打ち」（吉目木晴彦）……… 7387
「ルイとよゐこの悪党稼業」（藤谷ある）

　……………………………………………… 5848
「ルカ―楽園の囚われ人たち」（七飯宏
　隆）………………………………………… 4964
「流刑地にて」（三神真彦）…………………… 6360
「ル・ジタン」（斎藤純）……………………… 2873
「留守宅の事件」（松本清張）……………… 6270
「ルソンの谷間」（江崎誠致）……………… 1155
「流謫の島」（五十嵐勉）……………………… 0518
「ルチア」（華宮らら）………………………… 5359
「ルッキング・フォー・フェアリーズ」（永
　野新弥）…………………………………… 4809
「流転」（井上靖）……………………………… 0890
「流転」（英蝉花）……………………………… 5355
「√セッテン」（椎名恵）……………………… 3207
「ルドルフ・カイヨワの事情」（北國浩
　二）………………………………………… 2193
「ルドルフと少女」（水沢黄平）…………… 6434
「ルナ（RNA）」（三島浩司）……………… 6399
「流人群像 柑堝の島」（藤井素介）……… 5797
「流人島にて」（窪田精）……………………… 2433
「ルバング島の幽霊」（麗羅）……………… 7451
「ルパンの消息」（横山秀夫）……………… 7282
「ルビー・チューズディの闇」（ばばまこ
　と）………………………………………… 5377
「ルベト～夕照の少女～」（葵みどり）…… 0036

作品名索引　　　　　　　　　　ろくめ

「瑠璃」(美杉しげり) ・・・・・・・・・・・・・・・・・・ 6424
「瑠璃唐草」(山本道子) ・・・・・・・・・・・・・・・ 7163
「ルリトカゲの庭」(佐々木信子) ・・・・・・・ 3047
「流浪刑の物語」(菅野隆宏) ・・・・・・・・・・・ 2096
「るんびにの子供」(宇佐美まこと) ・・・・・・ 1054

【れ】

「Ray After Lover.」(宙目ケン) ・・・・・・・・ 7241
「霊岸」(岩佐なを) ・・・・・・・・・・・・・・・・・・・・ 0960
「霊眼」(中村啓) ・・・・・・・・・・・・・・・・・・・・・・ 4880
「零歳の詩人」(楠見朋彦) ・・・・・・・・・・・・・ 2386
「レイテ戦記」(大岡昇平) ・・・・・・・・・・・・・ 1250
「黎明」(番匠谷英一) ・・・・・・・・・・・・・・・・・ 5521
「黎明以前―山県大弐」(石井計記) ・・・・・ 0599
「黎明の河口」(きだたかし) ・・・・・・・・・・・ 2163
「黎明の国の姉妹」(喜多リリコ) ・・・・・・・ 2175
「黎明の農夫たち～甲州大小切騒動～」
　(中村芳満) ・・・・・・・・・・・・・・・・・・・・・・・・・ 4900
「零落」(浜田広介) ・・・・・・・・・・・・・・・・・・・ 5404
「『雨の木』(レイン・ツリー)を聴く女た
　ち」(大江健三郎) ・・・・・・・・・・・・・・・・・・ 1239
「レヴォリューションNO.3」(岡田孝進)
　・・・・・・・・・・・・・・・・・・・・・・・・・・・・・・・・・・・・・ 1426
「歴史」(榊山潤) ・・・・・・・・・・・・・・・・・・・・・ 2943
「歴史を紀行する」(司馬遼太郎) ・・・・・・・ 3309
「れくいえむ」(郷静子) ・・・・・・・・・・・・・・・ 2606
「レクイエム (鎮魂曲)」(大江和子) ・・・・・ 1242
「レジェスの夜に」(恵茉美) ・・・・・・・・・・・ 6738
「『レストラン・フォリオーズ』の歪な業
　務記録」(落合祐輔) ・・・・・・・・・・・・・・・・ 1607
「レゾン・デートル」(知念実希人) ・・・・・・ 4299
「レディ・ジョーカー」(高村薫) ・・・・・・・ 3974
「レトリカ・クロニクル ～狼少女と嘘つ
　き話術士～」(森日向) ・・・・・・・・・・・・・・ 6796
「レフトハンド」(中井拓志) ・・・・・・・・・・・ 4678
「レプリカ」(羽場博行) ・・・・・・・・・・・・・・・ 5376
「レプリカント・パレード」(木下文緒)
　・・・・・・・・・・・・・・・・・・・・・・・・・・・・・・・・・・・・・ 2264
「レポクエ―赤点勇者とゆかいな仲間た
　ち―」(四方山嵩) ・・・・・・・・・・・・・・・・・・ 7421
「レールの向こう」(大城立裕) ・・・・・・・・・ 1304
「連」(宮尾登美子) ・・・・・・・・・・・・・・・・・・・ 6558
「恋愛時代」(野沢尚) ・・・・・・・・・・・・・・・・・ 5170
「恋愛ゼミナール」(山口朋子) ・・・・・・・・・ 7004
「恋愛中毒」(山本文緒) ・・・・・・・・・・・・・・・ 7155

「恋歌」(朝井まかて) ・・・・・・・・・・・・・・・・・ 0191
「連鎖」(真保裕一) ・・・・・・・・・・・・・・・・・・・ 3561
「連想ゲーム～ツムギビト～」(白藤こな
　つ) ・・・・・・・・・・・・・・・・・・・・・・・・・・・・・・・・・ 3515
「レンタルキャット 小六」(工藤みのり)
　・・・・・・・・・・・・・・・・・・・・・・・・・・・・・・・・・・・・・ 2407
「レンタルな関係」(水沢莉) ・・・・・・・・・・・ 6436
「憐 Ren―刻のナイフと空色のミライ」
　(水口敬文) ・・・・・・・・・・・・・・・・・・・・・・・・・ 6432
「蓮如」(丹羽文雄) ・・・・・・・・・・・・・・・・・・・ 5121
「蓮氷」(織部圭子) ・・・・・・・・・・・・・・・・・・・ 1665
「連舞」(有吉佐和子) ・・・・・・・・・・・・・・・・・ 0447
「連絡員」(倉光俊夫) ・・・・・・・・・・・・・・・・・ 2469

【ろ】

「ロイヤル・クレセント」(島田悠) ・・・・・・ 3375
「ロイヤルミルクティー」(吉田幸子) ・・・・ 7317
「ロウきゅーぶ!」(蒼山サグ) ・・・・・・・・・・ 0076
「浪曲師朝日丸の話」(田中小実昌) ・・・・・ 4167
「老校長の死」(小沼水明) ・・・・・・・・・・・・・ 2734
「陌巷(ろうこう)に在り」(酒見賢一) ・・・ 3036
「陌巷の狗」(森村南) ・・・・・・・・・・・・・・・・・ 6865
「牢獄詩人」(間宮緑) ・・・・・・・・・・・・・・・・・ 6291
「螻蛄の歌」(中川一政) ・・・・・・・・・・・・・・・ 4712
「老人と猫」(石井博) ・・・・・・・・・・・・・・・・・ 0608
「老人の朝」(井村叡) ・・・・・・・・・・・・・・・・・ 0926
「ロッド・オブ・デュラハン」(紫藤ケイ)
　・・・・・・・・・・・・・・・・・・・・・・・・・・・・・・・・・・・・・ 3268
「朗読者」(シュリンク, ベルンハルト) ・・・ 3452
「朗読者」(新潮社) ・・・・・・・・・・・・・・・・・・・ 3539
「朗読者」(松永美穂) ・・・・・・・・・・・・・・・・・ 6232
「浪人弥一郎」(佐文字雄策(勇策)) ・・・・・ 3166
「老農夫」(島一春) ・・・・・・・・・・・・・・・・・・・ 3349
「老梅」(山口洋子) ・・・・・・・・・・・・・・・・・・・ 7014
「老猫のいる家」(岩山六太) ・・・・・・・・・・・ 0995
「老父」(倉島斉) ・・・・・・・・・・・・・・・・・・・・・ 2458
「老木」(近藤勲公) ・・・・・・・・・・・・・・・・・・・ 2838
「楼蘭」(井上靖) ・・・・・・・・・・・・・・・・・・・・・ 0891
「蠟涙」(原田康子) ・・・・・・・・・・・・・・・・・・・ 5509
「六〇〇〇度の愛」(鹿島田真希) ・・・・・・・ 1771
「6000日後の一瞬」(工藤亜希子) ・・・・・・ 2399
「6000フィートの夏」(高木功) ・・・・・・・・ 3834
「六道橋」(深沢勝彦) ・・・・・・・・・・・・・・・・・ 5727
「鹿鳴館時代」(冬木愚) ・・・・・・・・・・・・・・・ 5929

文学賞受賞作品総覧 小説篇　　　　　　　　**669**

ろくめ　　　　　　　　作品名索引

「鹿鳴館の肖像」(東秀紀) ……………… 0276
「64」(横山秀夫) ……………………… 7283
「ロゴシックバディ」(雪村夏希) ……… 7229
「路地」(三木卓) ……………………… 6375
「路地」(望月廣三) …………………… 6750
「路地裏のあやかしたち 綾櫛横丁加納表
　具店」(行田尚希) …………………… 7222
「匙（ローシカ）」(高橋達三) ………… 3930
「路地の灯」(上坪裕介) ……………… 1954
「ロシュフォールの舟」(林絵理沙) …… 5430
「rose」(川本俊二) …………………… 2074
「ローズウィザーズ」(三門鉄狼) ……… 6355
「ロスト・ケア」(葉真中顕) ………… 5406
「LOST CHILD」(桂美人) …………… 1841
「ロスト・チルドレン」(加賀美桃志郎)
　………………………………………… 1712
「ローズ・マリーン」(長谷侑季) ……… 5280
「ロッカー」(小野寺史宜) …………… 1645
「ロックスミス！ カルナの冒険」(月見草
　平) …………………………………… 4345
「ロック母」(角田光代) ……………… 1728
「ロックンロールミシン」(鈴木清剛) … 3640
「六〇〇日」(戸切冬樹) ……………… 2694
「六本木心中」(牧村一人) …………… 6119
「ロデオ・カウボーイ」(園部晃三) …… 3787
「Road」(今村真珠美) ………………… 0924
「ロバ君の問題点」(北山幸太郎) …… 2239
「ロープ」(野田秀樹) ………………… 5181
「路傍」(東山彰良) …………………… 5559
「ローマ人の物語」(塩野七生) ……… 3223
「ロマン戦」(萩田洋文) ……………… 5232
「ロマンティック」(大久秀憲) ……… 1389
「ロミオとインディアナ」(永瀬直矢) …… 4777
「ロリコンするウレタン・ボア生地製熊
　のぬいぐるみ」(はまだ語録) ……… 5396
「ロロ・ジョングランの歌声」(松村美
　香) …………………………………… 6254
「ロンリー・ウーマン」(高橋たか子) … 3926

【わ】

「Yの紋章師」(越智文比古) ………… 1606
「ワイルド・ソウル」(垣根涼介) …… 1717
「賄賂」(佐藤光子) …………………… 3126
「ワイングラスは殺意に満ちて」(黒崎

緑) …………………………………… 2527
「ワーカー」(関俊介) ………………… 3712
「若い歩み」(左右田謙) ……………… 3763
「若い渓間」(大原富枝) ……………… 1386
「わが愛しのワトスン」(ブリッジス, マー
　ガレット) …………………………… 5941
「我が糸は誰を操る」(吉川永青) …… 7305
「若い人」(石坂洋次郎) ……………… 0634
「若い二人」(宮川曙村) ……………… 6560
「わかき心」(柳岡雪声) ……………… 6930
「若草野球部狂想曲 サブマリンガール」
　(一色銀河) ………………………… 0754
「和歌子・夏」(宮寺清一) …………… 6590
「若さを長持ちさせる法」(越智宏倫) … 1605
「わかさぎ武士」(沢良太) …………… 3177
「わが祝日に」(新延拳) ……………… 5027
「わが人生の時の人々」(石原慎太郎) … 0667
「ワーカーズ・ダイジェスト」(津村記久
　子) …………………………………… 4455
「我が青春の北西壁」(涼元悠一) …… 3667
「若竹教室」(藤井仁司) ……………… 5796
「わが友マキアヴェッリ」(塩野七生) … 3224
「我が名はエリザベス」(入江曜子) …… 0935
「和歌の浦波」(宮本此君庵) ………… 6623
「吾輩ハ猫ニナル」(横山悠太) ……… 7286
「若葉の香」(広津和郎) ……………… 5709
「わが羊に草を与えよ」(佐竹一彦) …… 3076
「和歌文学大系77 一握の砂」(木股知史)
　………………………………………… 2267
「わが町サンチャゴ, 恋の町」(笠原なお
　み) …………………………………… 1751
「わが胸は蒼茫たり」(大久保智弘) …… 1258
「我が家のお稲荷さま。」(柴村仁) …… 3337
「我が家の神様セクハラニート」(香月せ
　りか) ………………………………… 1788
「分かりづらい！」(松井司) ………… 6170
「わかれ」(中村星湖) ………………… 4870
「別れ作」(小林英文) ………………… 2763
「別れ上手」(両角道子) ……………… 6879
「別れてぃどぃちゅる」(大城貞俊) …… 1301
「別れてのちの恋歌」(高橋治) ……… 3902
「別れの風」(小林友) ………………… 2760
「別れの谷」(山田たかし) …………… 7082
「わかれみち」(大矢風子) …………… 1402
「別れる理由」(小島信夫) …………… 2682
「脇差の記憶」(石野緑石) …………… 0657
「吾妹子哀し」(青山光二) …………… 0075

670　　　　　　　　　　文学賞受賞作品総覧 小説篇

「惑星童話」(須賀しのぶ) ……………… 3569
「惑星のキオク」(田中明子) …………… 4156
「わくら葉」(佐宗湖心) ………………… 3070
「わけしいのちの歌」(江口渙) ………… 1144
「和紙」(東野辺薫) ……………………… 4548
「鷲の驕り」(服部真澄) ………………… 5337
「和神の血族～熱いアタシ×冷たいアイ
　ツ～」(岩長咲耶) ……………………… 0979
「わすれないよ　波の音」(下鳥潤子) … 3433
「忘れ残りの記」(吉川英治) …………… 7299
「和船」(石井謙治) ……………………… 0600
「私が殺した少女」(原寮) ……………… 5488
「私のチェーホフ」(佐々木基一) ……… 3038
「私の童話」(松瀬久雄) ………………… 6218
「私の労働問題」(松井健一郎) ………… 6168
「私ひとりの私」(石川達三) …………… 0623
「わたくしはねこですわ」(金子朱里) … 1903
「わたしを調律する」(柴田三吉) ……… 3324
「私を悩ますもじゃもじゃ頭」(渡辺淳
　子) ……………………………………… 7510
「私が語りはじめた彼は」(三浦しをん)
　………………………………………… 6331
「わたしたちに許された特別な時間の終
　わり」(岡田利規) ……………………… 1429
「私たちは繁殖している」(内田春菊) … 1082
「私のいない高校」(青木淳悟) ………… 0044
「私の男」(桜庭一樹) …………………… 3031
「私の神様」(宮川直子) ………………… 6561
「私の彼はジャンボマン」(宇佐美みゆ
　き) ……………………………………… 1055
「わたしのグランパ」(筒井康隆) ……… 4427
「私の結婚に関する予言「38」」(吉川英
　梨) ……………………………………… 7300
「私の券売機」(栗林佐知) ……………… 2479
「私の恋人」(上田岳弘) ………………… 1012
「私の自叙伝」(竹野雅人) ……………… 4080
「わたしの好きなハンバーガー」(北岡耕
　二) ……………………………………… 2176
「私のなかの彼女」(角田光代) ………… 1729
「私の中の百年の断層」(大田倭子) …… 1310
「わたしのヌレエフ」(井上荒野) ……… 0855
「私の場所」(吉岡千代美) ……………… 7293
「わたしの牧歌」(田村加寿子) ………… 4255
「わたしのマリコさん」(青木千枝子) … 0047
「渡守」(大倉桃郎) ……………………… 1270
「渡守」(海賀変哲) ……………………… 1686
「私は歌い、亡き王は踊る」(岡野めぐ

み) ……………………………………… 1441
「私はコレクター」(脇田浩幸) ………… 7473
「渡良瀬」(佐伯一麦) …………………… 2902
「渡良瀬川」(大鹿卓) …………………… 1290
「ワナビーズ」(紅) ……………………… 2605
「鰐を見た川」(中浜照子) ……………… 4825
「ワバッシュ河の朝」(高林左和) ……… 3960
「侘助ひとつ」(瑞木加奈) ……………… 6420
「ワーホリ任侠伝」(ヴァシィ章絵) …… 0997
「笑い宇宙の旅芸人」(かんべむさし) … 2108
「笑いオオカミ」(津島佑子) …………… 4400
「嗤う伊右衛門」(京極夏彦) …………… 2309
「笑えよ」(工藤水生) …………………… 2405
「藁沓」(日高麟三) ……………………… 5602
「「童(わらし)石」をめぐる奇妙な物語」
　(深津十一) …………………………… 5737
「藁焼きのころ」(中村公子) …………… 4852
「わらわらと」(松原三和子) …………… 6245
「ワリナキナカ」(沢木まひろ) ………… 3181
「悪い月が昇る」(藤森計) ……………… 5886
「悪い仲間」(安岡章太郎) ……………… 6916
「悪い夏」(間嶋稔) ……………………… 6142
「悪い病気」(小見さゆり) ……………… 2795
「悪い魔法使いはいりませんか？」(矢貫
　こよみ) ………………………………… 6953
「悪い指」(伏見丘太郎) ………………… 5865
「ワルツとヘリコプター」(二宮英温) … 5107
「われなお生きてあり」(福田須磨子) … 5771
「われ逝くもののごとく」(森敦) ……… 6783
「我らが隣人の犯罪」(宮部みゆき) …… 6607
「湾岸バッド・ボーイ・ブルー」(横溝美
　晶) ……………………………………… 7271
「ワンちゃん」(楊逸) …………………… 7255
「湾内の入江で」(島尾敏雄) …………… 3360
「ワンルームの砂」(吉岡健) …………… 7291

【 ABC 】

「BLOOD IN BLOOD」(亜逸) ………… 0024
「Laugh，You're　Laughing！」(亜壇月

子）‥‥‥‥‥‥‥‥‥‥‥‥‥‥‥ 0298
「LIFE」（松波太郎）‥‥‥‥‥‥‥‥‥ 6235
「My Humanity」（長谷敏司）‥‥‥‥‥ 5275
「One-seventh Dragon Princess」（北元
　あきの）‥‥‥‥‥‥‥‥‥‥‥‥‥‥ 2234
「Rain of Filth」（ぞんちょ）‥‥‥‥‥ 3795
「Red」（島本理生）‥‥‥‥‥‥‥‥‥‥ 3395
「Rolling Combat」（ジョニー音田）‥‥‥ 3488
「Shall we ダンス部？」（三萩せんや）‥‥ 6533
「The Unknown Hero： Secret Origin」
　（鹿島建曜）‥‥‥‥‥‥‥‥‥‥‥‥ 1766
「Wandervogel」（相磯巴）‥‥‥‥‥‥‥ 0021
「World's tale 〜a girl meets the boy〜」
　（早矢塚かつや）‥‥‥‥‥‥‥‥‥‥ 5464

文学賞受賞作品総覧 小説篇

2016 年 2 月 25 日　第 1 刷発行
2018 年 1 月 25 日　第 3 刷発行

発 行 者／大高利夫
編集・発行／日外アソシエーツ株式会社
　　　　　〒140-0013 東京都品川区南大井 6-16-16 鈴中ビル大森アネックス
　　　　　電話 (03)3763-5241 (代表)　FAX(03)3764-0845
　　　　　URL　http://www.nichigai.co.jp/
発 売 元／株式会社紀伊國屋書店
　　　　　〒163-8636 東京都新宿区新宿 3-17-7
　　　　　電話 (03)3354-0131 (代表)
　　　　　ホールセール部 (営業) 電話 (03)6910-0519

電算漢字処理／日外アソシエーツ株式会社
印刷・製本／株式会社 デジタル パブリッシング サービス

不許複製・禁無断転載
〈落丁・乱丁本はお取り替えいたします〉
ISBN978-4-8169-2586-3　　　***Printed in Japan, 2018***

本書はディジタルデータでご利用いただくことが
できます。詳細はお問い合わせください。

小説の賞事典

A5・540頁　定価（本体13,500円＋税）　2015.1刊

国内の純文学、ミステリ、SF、ホラー、ファンタジー、歴史・時代小説、経済小説、ライトノベルなどの小説に関する賞300賞を収録した事典。各賞の概要と歴代の全受賞者記録を掲載。

ノンフィクション・評論・学芸の賞事典

A5・470頁　定価（本体13,500円＋税）　2015.6刊

国内のルポルタージュ、ドキュメンタリー、旅行記、随筆、評論、学芸に関するさまざまな賞151賞を収録した事典。各賞の概要と歴代の全受賞者記録を掲載。

詩歌・俳句の賞事典

A5・530頁　定価（本体13,500円＋税）　2015.12刊

国内の詩、短歌、俳句、川柳に関する265賞を収録した事典。各賞の概要と歴代の受賞情報を掲載。

戦後詩歌俳句人名事典

A5・650頁　定価（本体9,250円＋税）　2015.10刊

戦後に活躍した物故詩歌人4,501人を、詩・短歌・俳句・川柳などにまたがって幅広く収録した人名事典。生没年月日・出身地・学歴・経歴・受賞歴などのプロフィールを記載。

読んでおきたい「世界の名著」案内

A5・920頁　定価（本体9,250円＋税）　2014.9刊

読んでおきたい「日本の名著」案内

A5・850頁　定価（本体9,250円＋税）　2014.11刊

国内で出版された解題書誌に収録されている名著を、著者ごとに記載した図書目録。文学・歴史学・社会学・自然科学など幅広い分野の名著がどの近刊書に収録され、どの解題書誌に掲載されているかを、著者名の下に一覧することができる。

データベースカンパニー
日外アソシエーツ

〒140-0013　東京都品川区南大井6-16-16
TEL.(03)3763-5241　FAX.(03)3764-0845　http://www.nichigai.co.jp/